Jonathan Kellerman
DAS PHANTOM VON JERUSALEM

Von Jonathan Kellerman erschienen bei BASTEI-LÜBBE:

11811   Jamey – Das Kind, das zuviel wußte
12278   Sharon – Die Frau, die zweimal starb
12355   Säure
12605   Exit
12782   Böse Liebe
12831   Narben

JONATHAN KELLERMAN
DAS PHANTOM VON JERUSALEM

Thriller

Aus dem Amerikanischen
von Manfred Helling und Dirk Muelder

BASTEI-LÜBBE-TASCHENBUCH
Band 11910

1.-2. Auflage 1993
3. Auflage 1999

Titel der amerikanischen Originalausgabe:
THE BUTCHER'S THEATER
© 1988 by Jonathan Kellerman
© 1991 für die deutschsprachige Ausgabe
by Gustav Lübbe Verlag GmbH, Bergisch Gladbach
Ungekürzte Taschenbuchausgabe
Printed in Germany
Einbandgestaltung: CCG, Köln
unter Verwendung eines Fotos von Tony Stone, München
Satz: Kremerdruck GmbH, Lindlar
Druck und Bindung: Elsnerdruck, Berlin
ISBN 3-404-11910-X

Der Preis dieses Bandes versteht sich einschließlich
der gesetzlichen Mehrwertsteuer.

Vorwort

Dies ist ein Roman. Figuren und Handlung sind ein Produkt der Phantasie des Autors. Jede Ähnlichkeit mit tatsächlichen Geschehnissen, Orten und lebenden oder verstorbenen Personen wäre rein zufällig.

Mein aufrichtiger und tief empfundener Dank gilt Eli Ben Aharon, Eli Bichler, Peter Guzzardi, Eran Israel, Barney Karpfinger, Baruch Ram und Robert Rosenberg. Und ich danke Jesse, Rachel und Ilana, die sich auf unseren Reisen so vorbildlich verhalten haben.

Dienstgrade der israelischen Polizei

Rav nitzav	Polizeipräfekt
Nitzav	Kommandeur
Tat nitzav	Polizeichef
Nitzav mishneh	Stellvertretender Polizeichef
Sgan nitzav	Polizeidirektor
Rav Pakad	Chefkommissar
Mefakeah	Kommissar
Mefakeah mishneh	Unterkommissar
Sgan mefakeah	Stellvertretender Kommissar
Rav samal rishon	Stabshauptfeldwebel
Rav samal	Hauptfeldwebel
Samal rishon	Wachtmeister
Samal sheni	Unteroffizier
Rav shoter	Obergefreiter
Tura'i	Rekrut

1 *1985. Im Frühjahr.*

Yaakov Schlesinger konnte nur ans Essen denken. Idiot, sagte er zu sich. Ein so schönes Fleckchen Erde, und du hast nichts als den eigenen Bauch im Sinn.

Er machte die Taschenlampe von seinem Hosengürtel los und leuchtete flüchtig das Südtor des Schulhofs ab. Das Schloß war an seinem Platz, stellte er mit Zufriedenheit fest. Er zog sich die Hose höher und stapfte mit schweren Schritten in die Dunkelheit, entschlossen, das nagende Gefühl in seinem Innern zu ignorieren.

Die Straße zum Berg Skopus stieg unversehens an, aber es war eine Steigung, die er gut kannt – wie viele Streifengänge hatte er schon hinter sich, vielleicht zweihundert? –, und er blieb sicher auf den Beinen. Schwenkte links ein, hielt sich in Richtung auf die Hügelkette im Osten und schaute mit einem angenehmen Schwindelgefühl über das Nichts: die düstere Weite der judäischen Wüste. In einer knappen Stunde würde es dämmern und das Licht der Sonne die Wüste überfluten wie Haferbrei mit Honig, der in dicken Tropfen in eine Steingutschale floß ... ach, schon wieder. Der Gedanke ans Essen.

Aber, auch nüchtern betrachtet, sah die Landschaft genau wie eine Schale aus. Oder vielleicht wie eine gedeckte Tafel. Eine ausgedehnte Wüstenplatte, leicht gewölbt und weiß wie Kreide, von Kupfersträngen durchzogen, mit Mesquitbäumen gesprenkelt und mit Höhlen wie Pockennarben – eine gigantische, brüchige Tafel, die an den Rändern ins Tote Meer abkippte. Jeder Terrorist, der dumm genug war, die Wüste durchqueren zu wollen, würde auffallen wie eine Fliege, die über ein Blatt Papier krabbelte. Todsicher würde ihn die Grenzpatrouille entdecken, noch ehe er die Siedlung Ma'ale

Adumim erreichte. Was seinen Job, davon war er überzeugt, im Grunde zur reinen Formsache machte. Eine Arbeit für einen alten Mann.

Gedankenverloren faßte er an den Kolben seines M-1-Karabiners, den er über die Schulter geschnallt hatte, und plötzlich waren die Erinnerungen wieder da. Die schmerzhafte Melancholie. Er verdrängte sie und redete sich ein, er habe keinen Grund zu klagen. Er müsse dankbar sein, daß er als Freiwilliger seinen Dienst tun dürfe. Dankbar, daß er jede Nacht seine Pflicht erfüllen und die angenehme Kühle der Luft genießen konnte. Stolz auf seine M-1, die er zwischen den Schulterblättern spürte, und auf die schneidige Hagah-Uniform, in der er sich wieder fühlte wie ein Soldat.

Ein Huschen und Knistern irgendwo auf der Rückseite des Hügels brachte seinen Herzschlag für einen Augenblick aus dem Rhythmus. Er zog den Karabiner von der Schulter, hielt ihn mit beiden Händen fest und wartete. Stille, dann wieder das Huschen, aber diesmal war es leicht zu identifizieren: das wilde Getrippel eines Nagetiers, einer Spitzmaus vielleicht. Er atmete tief aus, hielt die M-1 mit der rechten Hand, nahm seine Taschenlampe in die linke und leuchtete das Unterholz ab. Der Lichtkegel erfaßte nur Steinbrocken und Sträucher. Einen Busch mit Unkraut. Eine zart wirbelnde Wolke von nächtlichen Insekten.

Er kehrte dem Kamm den Rücken und ging in Richtung Süden. Die Öde der Straße am Gipfel des Hügels wurde von einer Anzahl von Dächern unterbrochen, die sich stoisch und unerschütterlich um einen hohen Spitzturm drängten: das Amelia-Katharina-Krankenhaus, ein an diesem levantinischen Ort am Gipfel des Berges anmaßend kolonialistischer Bau. Das Krankenhaus unterstand der UNO und gehörte darum nicht zu seiner Route. Aber zuweilen blieb er gern hier stehen und machte draußen vor dem Grundstück eine Pause. Rauchte eine Zigarette und sah zu, wie sich die Ziegen und Esel in dem Gehege hinter dem Hauptgebäude vom Geruch seines türkischen Tabaks in Unruhe versetzen ließen. Warum, so fragte er sich, gestattete man den Arabern, an dieser Stelle Tiere zu halten? Wie war das mit den hygienischen Erfordernissen einer Klinik in Einklang zu bringen?

Sein Magen knurrte. Absurd war das. Um acht hatte er herzhaft zu Abend gegessen und die folgenden vier Stunden damit verbracht, auf dem Balkon zu sitzen und sich häppchenweise einzuverleiben, was Eva für ihn zubereitet hatte, bevor sie zu Bett gegangen war: getrocknete Aprikosen und Äpfel, einen Strang saftiger Kalimyrna-Feigen, Teewaffeln, Zitronenkekse, Marzipan, Mandarinen und Goldorangen, getoastete *Gar'inim*, ein gehöriges Quantum Halbbitter-Schokolade, Geleefrüchte und *Halvah*. Und als Krönung eine ganze Literflasche Pampelmusensaft und einen Siphon mit Soda – Kohlensäure war seine letzte Hoffnung. Vielleicht würden die Schaumbläschen zustande bringen, was mit fester Nahrung nicht zu schaffen war, und ihm den Magen füllen. Es hatte nicht geklappt.

Seit über vierzig Jahren lebte er mit diesem unstillbaren Heißhunger – und mit dessen Komplizin, der Schlaflosigkeit. Lange genug, um sie als lebendige Kreaturen zu empfinden; zwei Lebewesen, die atmeten und Hände und Füße besaßen. Homunkuli in seinem Unterleib. Die Bastarde in Dachau hatten sie ihm eingepflanzt. Ein Dämonenpaar, das ihm den Seelenfrieden raubte und ihn ständig leiden ließ. Natürlich war es kein Krebs, aber auch keine Kleinigkeit.

Das Schmerzgefühl schwankte. Am ehesten war noch die dumpfe, fühllose Hohlheit zu ertragen, auch wenn es ihn manchmal verrückt machte. Am schlimmsten aber war der quälende, reale Schmerz, als ob eine eiserne Hand seine Eingeweide umklammert hielt.

Keiner nahm ihn mehr ernst. Eva meinte, er könnte doch von Glück sagen, einer, der essen konnte, was er wollte, ohne dick zu werden. Dabei drückte sie die weichen Polster ihrer eigenen, schwellenden Taille und studierte die aktuelle Diätbroschüre, die sie in der Kupat Holim Klinik bekommen hatte. Und die Ärzte teilten ihm fröhlich mit, ihm fehle rein gar nichts. Die Experimente hätten keine spürbaren Narben hinterlassen. Er sei ein Prachtexemplar von Kerl, behaupteten sie beharrlich, er besäße den Verdauungstrakt und den Allgemeinzustand eines um zwanzig Jahre jüngeren Mannes.

»Sie sind siebzig Jahre alt, Mr. Schlesinger«, hatte ihm einer verkündet und sich dann mit selbstzufriedenem Lächeln in seinen Schreibtischsessel zurückgelehnt. Als wenn es damit getan wäre. Aktiver Stoffwechsel, hatte ihm ein anderer erklärt. »Seien Sie dankbar, daß Sie noch so aktiv sind, *Adoni*.« Wieder ein anderer hatte ihn mit offenkundigem Mitgefühl angehört und Hoffnungen in ihm erweckt, die schlagartig schwanden, als er ihm den Rat gab, die Psychiatrische Abteilung in der Hadassah aufzusuchen. Was nur bewies, daß der Mann nichts anderes war als so ein typischer Beamter im öffentlichen Dienst – die Schmerzen waren in seinem Bauch, nicht in seinem Kopf. Er hatte sich geschworen, das Theater mit den Ärzten im Krankenhaus nicht mehr länger mitzumachen und sich einen Privatarzt zu suchen, koste es, was es wolle. Einen, der verstehen konnte, was es für ein Gefühl war, mitten im Überfluß verhungern zu müssen. Einer, der den grundlosen Schmerz begreifen konnte, der ihn plagte, seit die Amerikaner ihn gefunden hatten. Ein Skelett, das kaum noch Kraft zu atmen hatte, ohnmächtig auf einem Berg von stinkenden, zerschundenen Leichen …

Genug davon, du Narr. Laß die Vergangenheit ruhen. Jetzt bist du frei. Ein Soldat. Du bist der Verantwortliche, trägst eine Waffe und hast zu bestimmen. Und du genießt das Privileg, die schönste Stadt der Welt zur schönsten Zeit des Tages zu bewachen. Du darfst zuschauen, wie sie erwacht, gebadet in Lavendel und scharlachrotes Licht, wie eine Prinzessin, die sich aus ihrem seidenen Himmelbett erhebt.

Schlesinger, der Poet.

Er atmete tief, sog den herben Duft der Pinien Jerusalems

ein und drehte der schemenhaften Silhouette des Krankenhauses den Rücken zu. Als er langsam ausatmete, schaute er über die steil abfallenden Terrassen des Wadi el Jozin in Richtung Südwesten. Das war der Blick, den er sich immer bis zuletzt aufbewahrte:

Die Altstadt im bernsteinfarbenen Hintergrundlicht, der feuerrote Saum von Türmen und Zinnen vor dem pechschwarzen Himmel. Jenseits der Mauer die schwachen, schattenhaften Konturen von Kathedralen und Kirchen, Spitztürmen und Minaretten. Am südlichen Ende die Zitadelle mit ihrer vertikalen Wucht. Im Norden dominierte das Haram-esh-Sharif-Plateau, auf dem der große Felsendom thronte, dessen Goldkuppel im Zwielicht rosenrot glänzte und der sich wie eine in grauen Samt gebettete Brosche an die schlafende Stadt schmiegte. Wie konnte er, von so viel Schönheit umgeben, an seinen Bauch denken? Und trotzdem, der Schmerz war wieder stärker geworden, folgte seinem eigenen sich steigernden Pulsschlag.

Verbittert nahm er seinen Gang wieder auf und überquerte die Straße. Neben dem Asphalt verlief eine seichte Wasserrinne. Sie führte zu den leeren Feldern, die dem Wadi vorgelagert waren. Beiläufig ließ er das Licht seiner Taschenlampe über das vertraute Gelände huschen. Immer dieselben verdammten Silhouetten, dieselben verdammten Schatten. Dieser Olivenbaum da, diese Zeile von Grenzsteinen. Der verrostete weggeworfene Tauchsieder, der da schon seit Monaten lag, die glitzernden Glasscherben, der scharfe Gestank von Schafskot ... Und noch etwas anderes.

Ein längliches Gebilde, vielleicht eineinhalb Meter lang, das oben an der nördlichen Seite der Rinne in einem terrassenartigen Loch steckte. Es lag schlaff neben der Wurzel eines jungen Olivenbaums. Eine Bombe? Nein, sagte ihm sein Instinkt – dafür sah es zu weich aus. Aber man konnte nicht vorsichtig genug sein.

Als er noch überlegte, was er tun sollte, bewegte sich sein

Arm wie von selbst und ließ den Lichtstrahl der Lampe über das Gebilde gleiten. Auf und ab, vor und zurück. Das war mit Sicherheit etwas Neues. Gestreift? Nein, zwei verschiedenfarbene Stoffe. Dunkel auf Hell. Eine Decke über einem Laken. Ein Leichentuch. Feucht glänzend und dunkel an den Rändern.

Er ließ den Lichtstrahl seiner Taschenlampe die Rinne abtasten. Nichts. Niemand. Er überlegte, ob er um Hilfe rufen sollte, wollte aber keinen falschen Alarm auslösen. Besser, erst einmal selbst nachzusehen.

Mit dem Karabiner in der Hand bewegte er sich Schritt für Schritt auf die Rinnenkante zu, fing an hinunterzuklettern und blieb stehen, seine Beine waren plötzlich wie Blei. Sein Atem ging kurz. Er war erschöpft. Spürte sein Alter. Besann sich wieder und schalt sich einen Waschlappen. Schlappmachen wegen ein paar Decken? Vielleicht war da überhaupt nichts.

Er stieg weiter hinunter und bewegte sich im Zickzackkurs auf das Gebilde zu. Den freien Arm streckte er waagerecht aus und versuchte, das Gleichgewicht zu halten. Alle paar Sekunden blieb er stehen und richtete den Strahl seiner Taschenlampe auf sein Ziel. Blickte wie mit Radaraugen. Konzentrierte sich auf das kleinste, fremdartige Geräusch. War jeden Augenblick darauf gefaßt, die Lampe fallenzulassen und seine M-1 in Anschlag zu bringen. Aber nichts rührte sich; es blieb absolut still. Es gab nur ihn und das Gebilde. Dieses seltsame Gebilde.

Als er weiter nach unten stieg, fiel plötzlich der Boden ab. Er stolperte, kämpfte um sein Gleichgewicht, rammte seine Absätze in den Boden und schaffte es, sich auf den Beinen zu halten. Gut. Sehr gut für einen alten Mann. Aktiver Stoffwechsel ...

Nur noch ein paar Schritte, dann war er am Ziel. Stopp. Das Gelände überprüfen, vielleicht gab es da noch andere Gebilde. Die Andeutung einer Bewegung. Nichts. Warten. Weiter. Alles im Auge behalten. Nicht in diesen Haufen Kot treten. Und nicht auf die blanken schwarzen Käfer, die panikartig in alle Richtungen flüchteten. Winzige schwarze Beinchen hasteten über die Kothügel. Auf etwas Bleiches zu. Auf etwas, das unter dem Laken hervorragte. Bleich wie Pastillen.

Er stand jetzt über dem Gebilde. Kniete sich hin. Hielt den Atem an und spürte eine Spannung in der Brust.

Als er schräg nach unten leuchtete, sah er sie, weich und gesprenkelt wie kleine weiße Magnolien: menschliche Finger. Die sanfte Wölbung einer Handfläche. Kleine Tupfer. Nachtschwarz. Blutrot an den Rändern. Eine flehentlich ausgestreckte Hand.

Er griff mit zwei Fingern nach der Decke und schlug sie an einer Ecke vorsichtig zurück. Mit der bösen Vorahnung und dem unwiderstehlichen Drang des Kindes, das einen Steinbrocken umwälzt und dabei weiß, daß an der Unterseite schleimige Kreaturen leben.

So. Das war es. Er ließ den Stoff los und starrte auf das, was er freigelegt hatte.

Sein Stöhnen kam unwillkürlich und zwischen zusammengebissenen Zähnen. Er war Soldat – war es zumindest gewesen – und hatte seinen Teil an Scheußlichkeiten gesehen. Aber das hier war etwas anderes. Etwas Klinisches. Und es rief schreckliche Erinnerungen wach ...

Er wandte sich ab, spürte, wie er doch wieder hinsehen mußte. Wie er sich festsog an dem grauenhaften Anblick. Plötzlich wurde ihm schwindelig, er schwankte und schwamm hilflos in einem Meer von Bildern. Erinnerungsfetzen. Da waren andere Hände, andere Alpträume. Hände mit derselben flehentlichen Geste. Tausende von Händen, ein Gebirge von Händen. Die vergeblich um Gnade flehten.

Er richtete sich unsicher auf, suchte Halt an einem Olivenzweig und atmete in heißen, heftigen Stößen aus. Ihm war übel bis ins Mark, doch die Ironie des Augenblicks entging ihm nicht.

Denn was da in den Decken lag, hatte seine Dämonen vernichtet; er war frei, zum ersten Mal seit über vierzig Jahren.

Im Innern seines Leibes spürte er eine heftige Bewegung. Die eiserne Hand ließ von ihm ab. Brennende Galle kam ihm hoch bis in die Kehle. Er würgte und erbrach sich mehrmals in den Dreck, ein Teil von ihm blieb dabei seltsam losgelöst, so, als würde er zusehen, wie er sich besudelte. Und aufpassen, daß sein Erbrochenes nicht auf die Laken fiel. Als wolle er es nicht noch schlimmer machen, was geschehen war.

Als er sich entleert hatte, schaute er wieder hin. Mit jener magischen Hoffnung, wie nur Kinder sie haben. Glaubte für einen Augenblick, sein Erbrechen sei eine Art Ritual, ein Sühneopfer gewesen, das das Entsetzliche hätte vergehen lassen.

Aber vergangen war ihm nur sein Hunger.

2

Der Ford Escort fuhr bei Rot über die Kreuzung vor dem Eingang zum Liberty Bell Park. Er bog links in die King David ein, dann in die Shlomo Hamelekh bis zum Zahal-Platz, beschleunigte auf der Sultan Suleiman Road in nordöstlicher Richtung und hielt sich dicht am Umkreis der Altstadt.

Eine glühende Wüstensonne ging über dem Olivenberg auf und erfüllte wieder einmal, was der Tagesanbruch verheißen hatte. Ihre Strahlen erwärmten die kühle Morgenluft und warfen mit der Leidenschaft eines verrückt gewordenen Malers kupferrote und goldene Farbflecke auf die aschgrauen Stadtmauern.

Der Escort jagte über Kopfsteinpflaster und durch heller werdende Straßen, an Gehwegen vorbei und durch Gassen mit vereinzelten Frühaufstehern: beduinische Schafhirten, die ihre Herden zum freitäglichen Viehmarkt am Nordoststrand der Altstadt bugsierten; verschleierte Frauen aus den umliegenden Dörfern, die mit leuchtenden Stoffballen und selbstgeflochtenen Körben zum Straßenmarkt am Damaskustor unterwegs waren; Hassidim in langen schwarzen Umhängen und weißen Gamaschenhosen, die zu zweit und zu dritt, die Blicke zu Boden gerichtet, mit langen Schritten in Richtung Jaffator gingen und rechtzeitig zum ersten *Shaharit Minyan* des Tages an der Westmauer sein wollten; Träger mit ihren Käppchen, wuchtige Lattenkisten auf den schmalen Rücken; Bäckerjungen mit sesambestreutem *Bagelah*, das in Ringen an stabilen Eisenstangen hing.

Unter anderen Umständen hätte der Fahrer des Escort dies alles und weit mehr noch wahrgenommen. Seine Gefühle für die Stadt waren nie verblaßt, und ganz gleich, wie oft er sie und ihre Bilder, ihre Geräusche und Gerüche erlebte, die Stadt bezauberte ihn immer wieder von neuem. Aber an diesem Morgen hatte er andere Dinge im Kopf.

Er steuerte den Wagen in die Shmuel Ben Adayah. Ein schneller Schlenker nach links brachte ihn auf die Straße zum Olivenberg bis hoch auf den Gipfel des Skopus. Die höchste Erhebung der Stadt. Das Auge von Jerusalem, der Schauplatz des Verbrechens.

Die Straße war mit Lichtsignalen und Metallgittern abgesperrt. Hinter den Barrieren stand ein Grenzpolizist – ein Druse, den der Fahrer kannte; er hieß Salman Afif. Afif schob teilnahmslos Wache, stand breitbeinig und wie festgewachsen da; eine Hand am Pistolenhalfter, mit der anderen zwirbelte er an den Enden seines gewaltigen Schnurrbarts. Als sich der Escort näherte, ließ er ihn anhalten, kam ans offene Fenster und nickte, als er den Fahrer erkannte. Nach einer flüchtigen Begrüßung wurden die Sperrgitter zur Seite geschoben.

Als der Escort die Absperrung passiert hatte, konnte der Fahrer den Hügel überblicken. Er sah sich die Fahrzeuge an, die entlang der Straße parkten: der mobile Gefangenenwagen; der Transporter aus der Pathologie von Abu Kabir, ein blau-weißer, dessen Blaulicht noch immer rotierte; Afifs Jeep, ein weißer Volvo 240 mit Polizeikennzeichen. Die Leute von der

Spurensicherung waren schon eingetroffen, auch Beamte in Uniform – aber nur zwei. Neben dem Volvo standen Polizeichef Laufer und sein Fahrer. Aber kein Polizeisprecher, keine Presse, und auch von dem Pathologen war nichts zu sehen, was den Fahrer wunderte. Er parkte in einiger Entfernung von den anderen, schaltete den Motor aus und zog die Handbremse. Auf dem Beifahrersitz lag ein Notizblock. Er nahm ihn etwas ungelenk in die linke Hand und stieg aus dem Auto.

Er war ein kleiner, dunkler, gepflegt wirkender Mann, einsachtundsechzig groß, hundertsiebenundzwanzig Pfund schwer und siebenunddreißig Jahre alt, wirkte aber um zehn Jahre jünger. Seine Kleidung war einfach – kurzärmeliges weißes Baumwollhemd, dunkle Hose, Sandalen ohne Socken – keine Accessoires außer einer billigen Armbanduhr und einem viel zu üppigen Ehering aus Filigrangold.

Sein Haar war schwarz, dicht gekräuselt und halblang geschnitten, eine Frisur, die man in Amerika Afro-Look nannte; auf dem Kopf trug er eine kleine schwarze *Kipah Srugah* – ein gestricktes, mit roten Rosen gesäumtes Band. Sein Gesicht unter der Afrofrisur war hager und glatt, und seine Haut erinnerte an die Farbe von Kaffee, der einen reichlichen Schuß Sahne abbekommen hatte. Die hohen Wangenknochen zeichneten sich deutlich ab; er besaß eine kräftige Nase; die Lippen waren voll und stark und bildeten einen Bogen. Nur die Oberfläche seiner linken Hand war andersfarbig – gräulich weiß, faltig und glänzend, mit kreuzweise verlaufenden Narben.

Die bogenförmigen Augenbrauen verliehen ihm einen Ausdruck des Erstaunens. Die hellen Mandelaugen, deren Iris eine seltsame goldbraune Schattierung aufwies, lagen in tiefen Höhlen, und seine Wimpern waren so lang, daß sie fast weiblich wirkten. In einer anderen Umgebung hätte man ihn für einen Mann von romanischer oder karibischer Herkunft halten können, vielleicht auch für einen Iberer mit starkem aztekischem Einschlag. Bei zumindest einer Gelegenheit hatte man ihn mit einem hellhäutigen Schwarzen verwechselt.

Er hieß Daniel Shalom Sharavi und war tatsächlich Jude von jemenitischer Abstammung. Durch die Zeit, die Umstände und *Protekzia* – Beziehungen – war er zum Polizeibeamten geworden und hatte es mit Intelligenz und Eifer bis zum Rang des *Pakad* – eines Chefinspektors – der nationalen Polizei im Distrikt Süd gebracht. Die meiste Zeit hatte er als Kriminalbeamter gearbeitet und sich in den letzten beiden Jahren auf Kapitalverbrechen spezialisiert – die in Jerusalem nur selten Dinge wie an diesem Morgen betrafen, als man ihn zum Skopus gerufen hatte.

Er ging zum Ort des Geschehens. Die Männer von der Fahrbereitschaft saßen in ihrem Lieferwagen. Die uniformierten Polizisten sprachen mit einem älteren Mann von der Zivilgarde. Daniel sah ihn sich genauer an: er mochte Ende Sechzig bis Anfang Siebzig sein, war hager, aber kräftig gebaut; er trug kurzgeschnittenes weißes Haar und einen borstigen weißen Schnurrbart. Er schien gerade den Polizisten etwas zu demonstrieren und zeigte auf eine Rinne neben der westlichen Straßenseite. Dabei gestikulierte er mit beiden Händen, und seine Lippen bewegten sich unaufhörlich.

Laufer stand ein paar Schritte entfernt; die Demonstration schien ihn nicht zu interessieren; er rauchte und sah auf die Uhr. Der stellvertretende Polizeichef trug ein schwarzes Strickhemd und graue lange Hosen; er hatte wohl nicht mehr die Zeit gehabt, sich seine Uniform anzuziehen. In Zivil und ohne seine Rangabzeichen wirkte er dicklicher und entschieden weniger beeindruckend. Als er Daniel kommen sah, ließ er seine Zigarette fallen und zertrat sie im Dreck. Dann sagte er etwas zu seinem Fahrer, der sich entfernte. Er wartete nicht ab, bis Daniel bei ihm war, sondern ging ihm mit vorgestrecktem Bauch und energischen kleinen Schritten entgegen.

Sie trafen sich auf halbem Weg und gaben sich flüchtig die Hand.

»Entsetzlich«, sagte Laufer, »ein Gemetzel.« Seine Backen bebten beim Sprechen wie Gummiblasen, aus denen die Luft entwichen war. Seine Augen, fand Daniel, wirkten müder als sonst.

Laufer tastete über die Brusttasche seines Hemdes und nahm eine Packung Zigaretten heraus. Englische Oval. Zweifellos ein Souvenir von seinem letzten Trip nach London. Er steckte sich eine Zigarette an und blies den Rauch aus beiden Nasenlöchern.

»Ein Gemetzel«, sagte er noch einmal.

Daniel deutete mit einer Kopfbewegung auf den Mann in der Hagah-Uniform.

»Hat der's gefunden?«

Laufer nickte. »Schlesinger, Yaakov.«

»Gehört das hier zu seinem Streifengang?«

»Ja. Von der alten Hadassah um die Universität, unten am Amelia-Katharina vorbei und wieder zurück. Zurück und das Ganze noch mal von vorn, fünfmal die Nacht, sechs Nächte die Woche.«

»Eine schöne Strecke für einen Mann in seinem Alter.«

»Er ist ein zäher Bursche. Ehemaliger Palmahi. Braucht nicht viel Schlaf, meint er.«

»Bei welcher Tour hat er seine Entdeckung gemacht?«

»Bei der vierten. Es war seine letzte. Die Straße noch mal runter, dann haut er sich in sein Auto an der Sderot Churchill und fährt nach Hause. Zum French Hill.«

»Führt er ein Logbuch?«

»Im Auto, wenn er fertig ist. Es sei denn, er findet was Außergewöhnliches.« Laufer lächelte bitter.

»Vielleicht läßt sich dadurch feststellen, wann das Opfer abgelegt wurde.«

»Kommt drauf an, wie ernst Sie ihn nehmen.«

»Gibt's irgendwelche Zweifel?«

»In *seinem* Alter?« sagte Laufer. »Er sagt, er sei sich ganz sicher. Da wäre vorher nichts gewesen. Aber wer weiß? Vielleicht will er nur nicht für schlampig gehalten werden.«

Daniel betrachtete den alten Mann. Der hatte seine Demonstration beendet und stand senkrecht wie ein Lineal zwischen den Polizisten. Hielt seine M-1, als wäre sie ein Teil seiner selbst. Seine Uniform hatte Bügelfalten. Ein Mann der alten Schule. Ohne die geringste Spur von Schlampigkeit.

Daniel wandte sich wieder an Laufer, nahm seinen Notizblock in die vernarbte Hand, schlug ihn auf und zog seinen Stift.

»Um welche Zeit, sagt er, hat er's gefunden?« fragte er.

»Fünf Uhr fünfundvierzig.«

Angerufen hatte man ihn erst eine ganze Stunde später. Er senkte den Stift und sah Laufer fragend an.

»Ich wollte keinen Wirbel«, sagte der Polizeichef. Wie selbstverständlich und ohne einen Ton der Entschuldigung. »Zumindest so lange nicht, bis wir das hier in einen Zusammenhang gebracht haben. Keine Presse, keine Statements, minimaler Personalaufwand. Und kein unnützes Gerede mit irgendwelchen Kollegen, die mit dem Fall nichts zu tun haben.«

»Verstehe«, sagte Daniel. »War Dr. Levi da?«

»Er war da und ist schon wieder weg. Macht heute nachmittag die Obduktion und ruft Sie an.«

Der stellvertretende Polizeichef zog an seiner Zigarette und inhalierte tief. Ein Tabakkrümel blieb an seiner Lippe hängen, er spuckte ihn aus.

»Glauben Sie, daß er wieder aufgetaucht ist?« fragte er. »Unser Freund, der Graue Mann?«

Eine voreilige Frage, dachte Daniel. Auch für einen Mann, der sich in seinem Amt einen Namen gemacht hatte.

»Lassen die Indizien darauf schließen?« fragte er.

Es war Laufer anzusehen, daß er die Frage nicht besonders ernst nahm. »Der Tatort stimmt doch überein, oder? Sind die anderen Opfer nicht auch hier in der Gegend aufgefunden worden?«

»Eine – Marcovici. Das war weiter unten in dem Waldstück.«

»Und die anderen?«

»Zwei in Sheikh Jarrah, die vierte – «

»Genau.« Laufer ließ ihn nicht ausreden. »Alle in einem Umkreis von einem halben Kilometer. Vielleicht hat der Mistkerl etwas mit der Gegend hier am Hut. Was Psychologisches.«

»Vielleicht«, sagte Daniel. »Was hat das Opfer für Verletzungen?«

»Gehen Sie runter und sehen Sie sich das selbst an«, sagte Laufer.

Er drehte sich um, zog an seiner Zigarette und hustete. Daniel ließ ihn allein und kletterte mit flinken Bewegungen in die Rinne. Zwei Techniker, ein Mann und eine Frau, arbeiteten neben der Leiche, die mit einem weißen Laken bedeckt war.

»Guten Morgen, Chefinspektor Sharavi«, sagte der Mann mit gespieltem Respekt. Er hielt ein Reagenzglas gegen die Sonne, schüttelte es leicht und verstaute es dann in einem offenen Koffer mit Beweismaterial.

»Steinfeld«, grüßte Daniel. Er schaute sich in dem Gelände um. Suchte, ob es etwas zu entdecken gab in dem Grau des Gesteins und dem Graubraun der Erde. Stümpfe von Olivenbäumen reckten sich aus dem Boden, ihre Keime schimmerten silbrig grün. Einen Kilometer weit fiel der Felsboden schräg ab; dahinter dann das tiefe, enge Tal des Wadi el Jozin. Sheikh Jarrah, ein Gewirr aus kleinen Gassen und vanillefarbenen Häusern. Dazwischen Flecken aus Türkis: schmiedeeiserne Gitterfenster in dem Farbton, von dem die Araber glaubten, daß er die bösen Geister vertrieb. Die Spitztürme und Kirchen in der amerikanischen Kolonie, verknüpft mit einem Netzgeflecht von Fernsehantennen.

Keine Blutspritzer, keine Spur von zerdrücktem Laub, keine Stoffetzen, die praktischerweise an hervorstehenden Ästen hängengeblieben wären. Die Geographie gab nichts preis. Nur ein weißes Gebilde, unter einem Baum. Isoliert, deplaziert. Als hätte ein gigantischer Vogel ein großes Ei im Fluge fallen lassen.

»Hat sich Dr. Levi nach seiner Untersuchung geäußert?« fragte Daniel.

»Er hat nur den Kopf geschüttelt.« Steinfeld nahm ein zweites Reagenzglas, betrachtete es prüfend und stellte es ab.

Daniel bemerkte verschiedene Gipsformen in dem Koffer und fragte: »Gibt es deutliche Fußspuren?«

»Nur die von dem Hagah-Mann«, sagte der Techniker gereizt. »Und falls es noch andere gab, dann hat er sie verwischt. Er hat sich auch erbrochen. Da drüben.« Er wies auf einen trockenen weißlichen Fleck, einen Meter links neben dem Laken. »Hat die Leiche nur knapp verpaßt. Gut gezielt, was?«

Die Frau war noch neu im Dienst und hieß Avital. Sie kniete im Dreck und nahm Proben von Laub, von Zweigen und Kot und verstaute alles in Plastikbeuteln. Sie arbeitete rasch und ohne zu reden; ihr Gesicht wirkte konzentriert. Als sie die Beutel verschlossen hatte, blickte sie hoch und verzog den Mund. »Der Anblick wird Ihnen nicht viel Freude machen, *Adoni*.«

»Bestimmt nicht«, sagte Daniel. Er kniete sich nieder und hob das Laken hoch.

Das Gesicht war unversehrt. Es lag schräg in unnatürlicher Position; es starrte ihn an, die trüben Augen halb geschlossen. Ein gespenstisch hübscher Puppenkopf, nur lose verbunden mit dem blutigen Fleischklumpen darunter. Ein junges Gesicht, dunkel, rund; Stirn und Kinn hatten leichte Pickel; welliges schwarzes Haar, lang und glänzend.

Wie alt sie wohl gewesen sein mochte, dachte er. Fünfzehn, vielleicht sechzehn? Heiße Wut stieg in ihm hoch. Avital starrte ihn an, und ihm wurde bewußt, daß er seine Fäuste geballt hatte. Er entspannte sich und spürte ein Kribbeln in den Fingerspitzen.

»War das Haar schon so, als Sie sie gefunden haben?« fragte er.

»Schon wie?« fragte Steinfeld.

»Gepflegt. Und frisiert.«

Die Techniker schauten sich an.

»Ja«, sagte Avital.

Steinfeld nickte. Offenbar wartete er auf weitere Fragen. Als nichts mehr kam, zuckte er die Achseln und machte sich wieder an die Arbeit.

Daniel ging dichter heran und sog die Luft durch die Nase. Der Geruch des Todes ging von der Leiche aus, aber da war noch das sauersüßliche Aroma von Seife. Jemand mußte sie gewaschen haben.

Er hob den Kopf und sah sich noch einmal das Gesicht an. Der Mund stand leicht offen und ließ eine Andeutung von weißen, aber weit auseinanderstehenden Zähnen erkennen. Die unteren standen dichter, waren leicht schadhaft. In der oberen Reihe fehlte ein Eckzahn. Kein wohlhabendes Mädchen. Die Ohrläppchen durchlöchert, aber ohne Ohrringe. Keine Stammestätowierungen, keine Narben, Muttermale oder besonderen Kennzeichen.

»Hat man sie identifiziert?«

»Das Leben könnte so schön sein«, sagte Steinfeld.

Daniel betrachtete sie noch eine Weile und gab es dann auf, nach individuellen Merkmalen zu suchen. Er nahm einen anderen Blickwinkel ein, schaute auf das Gesicht als Ganzes und suchte nach ethnischen Merkmalen. Sie wirkte orientalisch, aber das hatte wenig zu bedeuten. In Jerusalem gab es nicht viele Gesichter, die sich ethnisch eindeutig zuordnen ließen – Araber, Ostjuden, Drusen, Bukanier, Armenier. Für jeden gab es den Idealtyp, aber es kam auf die Mischungen an. Er hatte zu viele blonde, blauäugige Araber gesehen, zu viele dunkelhäutige Deutsche, um sich noch ethnische Einschätzungen zuzutrauen. Trotzdem hätte er sich einen Anhaltspunkt gewünscht, etwas für den Anfang ...

Eine glänzende grüne Fliege ließ sich auf der Unterlippe nieder und begann, die einzelnen Poren zu erforschen. Er verscheuchte sie. Zwang sich, noch einmal hinzusehen.

Der Hals war durchtrennt, mit einem tiefen Schnitt von einem Ohr zum andern, Kehle und Luftröhre waren zerschnitten, auch die elfenbeinfarbenen Rückenwirbel; Millimeter fehlten an einer vollständigen Enthauptung. Die kleinen Brüste waren von Stichwunden umkreist. Der Unterleib war rechts unter den Rippen aufgeschlitzt, der Schnitt führte zum Becken und wieder zurück zur linken Seite. Fetzen von glänzendem Gewebe quollen aus den Wunden. Die Schamgegend war ein unkenntlicher Klumpen Blut.

Daniel war sprachlos vor Erbitterung. Er deckte die Leiche zu, legte das Laken zuerst über ihren Kopf.

»Sie ist nicht hier ermordet worden«, sagte er.

Steinfeld nickte zustimmend. »Dafür ist nicht genug Blut da. Sie hat so gut wie gar kein Blut mehr. Sieht aus, als hätte man sie ausbluten lassen.«

»Wie meinen Sie das?«

Steinfeld zeigte auf die Hautfetzen an der Wunde. »Auf dem Körper ist kein Blut. Was in der Wunde zu sehen ist, sieht bleich aus – wie eine Laborprobe. Ausgeblutet.«

»Ist Sperma da?«

»Auf den ersten Blick nicht – wir haben Ausschabungen gemacht. Levis Analyse wird Ihnen mehr sagen.«

Daniel dachte an die entsetzlich zugerichteten Genitalien. »Glauben Sie, daß Dr. Levi in der Lage sein wird, Analysen im Vaginalbereich zu machen?«

»Das müssen Sie Dr. Levi fragen.« Steinfeld ließ den Koffer mit den Beweismaterialien zuschnappen.

»Jemand hat sie gründlich gesäubert«, sagte Daniel, mehr zu sich selbst als zu den Technikern.

»Gut möglich.«

Neben dem Koffer lag eine Kamera.

»Ihre Fotos haben Sie gemacht?«

»Die üblichen.«

»Machen Sie noch ein paar mehr. Nur für den Fall.«

»Wir haben schon drei Filme verknipst«, sagte Steinfeld.

»Nehmen Sie noch ein paar«, sagte Daniel. »Nicht, daß wir

noch mal so ein Desaster erleben wie im Fall Aboutboul.« – »Mit Aboutboul hatte ich nichts zu tun«, verteidigte sich Steinfeld. Aber sein Gesicht verriet noch etwas anderes.

Er ist fix und fertig, dachte Daniel, und er kämpft mit sich, will es nicht zeigen. Er schlug einen sanfteren Ton an.

»Das weiß ich, Meir.«

»So ein Schwachkopf aus dem Nordbezirk. Als Leihgabe beim Nationalen Stab.« Der Techniker schien immer noch untröstlich. »Nimmt die Kamera und macht sie auf. Und das in einem hellen Zimmer – alle Beweise zum Teufel.«

Daniel war mit seinen Gedanken woanders, aber er nickte zustimmend und zwang sich, Verständnis zu zeigen.

»*Protekzia*?«

»Was sonst? Der Neffe von jemandem.«

»Kann ich mir vorstellen.«

Steinfeld inspizierte, was er im Koffer hatte, schloß ihn zu und wischte sich die Hände an der Hose ab. Er warf einen Blick auf die Kamera und nahm sie an sich.

»Wieviel soll ich zusätzlich aufnehmen?«

»Zwei Filme. Okay?«

»Okay.«

Daniel machte sich eine Notiz in seinem Block, erhob sich, rieb sich die Hosen ab und schaute noch einmal auf das tote Mädchen. Die statische Schönheit des Gesichts, ihre Schändung ... was wohl ihre letzten Gedanken gewesen waren ... und ihr Todeskampf ...?

»Irgendwelche Sandspuren auf der Leiche?« fragte er.

»Nichts«, sagte Avital, »nicht mal zwischen den Zehen.«

»Und im Haar?«

»Nein«, sagte sie. »Ich habe es durchgekämmt. Davor hat es perfekt ausgesehen – gewaschen und zurechtgemacht.« Sie zögerte. »Was hat das zu bedeuten?«

»Ein Haarfetischist«, sagte Steinfeld. »Ein Verrückter. Wenn man es mit Verrückten zu tun hat, ist alles möglich. Ist es nicht so, Chefinspektor?«

»Absolut.« Daniel verabschiedete sich und kletterte wieder nach oben. Laufer hatte sich in seinen Volvo zurückgezogen und sprach in sein Funkgerät. Sein Fahrer stand hinter der Absperrung und plauderte mit Afif. Der alte Hagah-Mann stand immer noch eingerahmt zwischen zwei Beamten. Ihre Blicke trafen sich, und er nickte förmlich, als ob er salutierte. Daniel wollte auf ihn zugehen, aber Laufers Stimme hielt ihn zurück.

»Sharavi.«

Er drehte sich um. Laufer war aus dem Wagen gestiegen und winkte ihn zu sich herüber.

»Nun?« fragte der stellvertretende Polizeichef, als sie sich gegenüberstanden.

»Wie Sie sagten, ein Gemetzel.«

»Ist das Schwein wieder am Werk?«

»Sieht auf den ersten Blick nicht so aus.«

»Drücken Sie sich konkret aus«, befahl Laufer.

»Das hier ist ein Kind. Die Opfer des Grauen Mannes waren älter – Mitte bis Ende Dreißig.«

Laufer überging den Einwand mit einer ungeduldigen Handbewegung.

»Vielleicht ist er auf einen anderen Geschmack gekommen«, sagte er. »Und hat neuerdings Lust auf junge Huren.«

»Wir wissen nicht, ob sie eine Hure war«, sagte Daniel und wunderte sich, wie gereizt seine Stimme klang.

Laufer brummte etwas und sah in die andere Richtung.

»Auch bei den Wunden gibt es Unterschiede«, sagte Daniel. »Der Graue Mann hat seinen Einschnitt immer von der Seite her gemacht, ein Stück links von der Kehle. Er hat die größeren Blutgefäße durchtrennt, aber nicht annähernd so tief geschnitten wie dieser – was einen Sinn ergibt, denn die Frau in Gadish, die so lange überlebt hat, daß sie noch imstande war zu reden, sprach von einem kleinen Messer. Dies arme Mädchen ist beinahe enthauptet worden, was auf eine größere, schwerere Waffe hindeutet.«

»Was der Fall wäre, wenn er aggressiver geworden und schwerer bewaffnet ist«, sagte Laufer. »Zunehmende Gewalttätigkeit. Ist doch ein Verhaltensmuster bei Sexualtätern, oder?«

»Manchmal«, sagte Daniel. »Aber die Unterschiede sind nicht nur eine Frage der Intensität. Der Graue Mann hat sich auf den Oberleib konzentriert. Hat in die Brüste gestochen, aber nie unterhalb der Hüfte. Und er hat seine Opfer auf der Stelle getötet, nach kurzer Fellatio. Dies Mädchen ist an einem anderen Ort ermordet worden. Jemand hat ihr die Haare gewaschen und gekämmt. Und sie sauber gebürstet.«

Laufer richtete sich ruckartig auf. »Was hat das zu bedeuten?«

»Ich weiß es nicht.«

Der stellvertretende Polizeichef nahm sich noch eine Oval und steckte sie in den Mund, zündete sie an und fing wütend an zu paffen.

»Noch so einer«, sagte er. »Noch so ein verrücktes Schwein, das in unseren Straßen herumlungert.«

»Es gibt noch andere Möglichkeiten«, sagte Daniel.

»Was denn, ein zweiter Tutunji?«

»Müssen wir in Betracht ziehen.«

»Scheiße.«

Faiz Tutunji. Daniel sprach den Namen aus und verwünschte den Kerl, dessen Gesicht ihm noch deutlich in Erinnerung war: länglich und hohlwangig, die Zähne nur Stümpfe und auf jedem Fahndungsfoto dieselben trüben Augen. Ein Eierdieb aus Hebron, der das Talent besaß, sich ständig von der Polizei erwischen zu lassen. Ein absolut kleiner Fisch, bis er sich auf einer Reise nach Amman in einen Revolutionär verwandelt hatte. Als er zurückkam, deklamierte er politische Parolen, scharte sechs Kumpane um sich, mit denen er dann in einer Seitenstraße in der Hafengegend von Haifa eine Frau kidnappte, die eine Militäruniform trug. In den Karmelbergen war sie von allen sieben vergewaltigt worden, danach hatte man sie erdrosselt und aufgeschlitzt; es sollte wie ein Sexualmord aussehen. Eine Patrouille aus dem Bezirk Nord hatte die Bande kurz vor Acre geschnappt, als sie mit vorgehaltenen Pistolen versuchten, ein neues Opfer in ihren Lieferwagen zu zwingen. Bei der anschließenden Schießerei waren sechs von den sieben Bandenmitgliedern umgekommen, darunter auch Tutunji, und beim einzig Überlebenden hatte man schriftliche Anweisungen vom Oberkommando der El Fatah gefunden. Die ehrenwerte neue Strategie gegen den zionistischen Eindringling war vom Vorsitzenden Arafat abgesegnet.

»Politische Befreiung durch Verstümmelung von Menschen«, schimpfte Laufer. »Das hat uns gerade noch gefehlt.« Er überlegte, verzog das Gesicht und sagte dann: »Okay. Ich werde die erforderlichen Nachforschungen anstellen und herausfinden, ob es Neuigkeiten in der Gerüchteküche gibt. Wenn die Sache zu einem Sicherheitsfall wird, werden Sie mit Latam, Shin Bet und Mossad Kontakt aufnehmen.« Er ging die Straße hoch in Richtung auf die Südgrenze des Campus der alten Hebräischen Universität, wo immer noch alles ruhig war. Daniel blieb an seiner Seite.

»Was gibt es sonst noch?« fragte der stellvertretende Polizeichef. »Sie haben von Möglichkeiten gesprochen.«

»Blutrache. Eine Liebesgeschichte, die in die Brüche gegangen ist.«

Laufer dachte darüber nach.

»Ein bißchen sehr brutal, finden Sie nicht?«

»Wenn Leidenschaft im Spiel ist, geraten die Dinge schon mal außer Kontrolle«, sagte Daniel, »aber es stimmt, ich glaube, das ist zu weit hergeholt.«

»Blutrache«, sagte Laufer und überlegte wieder. »Halten Sie das Mädchen für eine Araberin?«

»Kann ich nicht sagen.«

Laufer machte ein mißmutiges Gesicht, als ob Daniel über besondere Einsichten verfügte, wie Araber auszusehen hätten, und damit hinterm Berge halten wollte.

»Die Identifizierung des Opfers sollte absolute Priorität für uns haben«, sagte Daniel. »Damit können wir dann weiterarbeiten. Je eher wir das Team zusammenstellen, desto besser.«

»Gut, gut. Verfügbar ist Ben-Ari, Zussman auch. Wen wollen Sie haben?«

»Keinen von beiden. Ich werde Nahum Shmeltzer nehmen.«

»Ich dachte, der wäre pensioniert.«

»Noch nicht ganz – im nächsten Frühjahr.«

»Wird auch Zeit. Er ist ein müder Gaul, ausgebrannt. Hat keine Kreativität mehr.«

»Er ist kreativ auf seine eigene Weise«, sagte Daniel. »Intelligent und ausdauernd – gut geeignet für Aktenarbeit. Davon wird's bei diesem Fall eine Menge geben.«

Laufer blies seinen Zigarettenrauch in den Himmel, räusperte sich und sagte schließlich: »Sehr gut, nehmen Sie ihn. Als rechte Hand –«

»Will ich Yosef Lee.«

»Immer ein Herz für die freien Leute?«

»Er ist ein guter Teamarbeiter. Kennt sich auf der Straße aus, ist nicht kleinzukriegen.«

»Was hat er für Erfahrung mit Mordfällen?«

»Er war beteiligt an dem Fall mit der alten Frau aus Musrara, die an dem Knebel des Einbrechers erstickte. Und er wurde auf den Grauen Mann angesetzt, kurz bevor wir unsere Aktivitäten ... reduziert haben. Zusammen mit Daoud, den will ich auch haben.«

»Den Araber aus Bethlehem?«

»Genau den.«

»Das«, sagte Laufer, »könnte nach hinten losgehen.«

»Das weiß ich. Aber die Vorteile überwiegen.«

»Ich höre.«

Daniel zählte sie auf, und Laufer ließ ihn reden, ohne eine Miene zu verziehen. Er überlegte sich die Sache, und dann sagte er: »Sie wollen einen Araber, okay, aber Sie müssen die

Dinge im Griff behalten. Wenn die Angelegenheit sich zu einem Sicherheitsfall entwickelt, fliegt er sofort raus – in seinem eigenen und auch in unserem Interesse. Und die Sache wird als administrative Fehlleistung in Ihre Personalakte eingehen.«

Daniel ignorierte seine Warnung und kam gleich zu seinem nächsten Anliegen. »Bei einer so großen Sache könnte ich mehr als einen *Samal* gebrauchen. Es gibt da einen jungen Mann drüben auf dem russischen Gelände namens Ben Aharon –«

»Den können Sie gleich vergessen«, sagte Laufer. Er drehte sich auf dem Absatz um und ging zu seinem Volvo zurück. Daniel mußte ihm folgen, um ihm weiter zuzuhören. »Wir arbeiten wie üblich – mit einem *Samal* –, und über den habe ich schon entschieden. Es ist ein neuer Mann namens Avi Cohen, gerade von Tel Aviv hierher versetzt.«

»Was hat er für Talente, daß er es so schnell zu einer Versetzung bringt?«

»Jung, dynamisch, ehrgeizig. Hat sich im Libanon einen Orden verdient.« Laufer zögerte. »Er ist der dritte Sohn von Pinni Cohen, dem Abgeordneten aus Petah Tikva.«

»Ist Cohen nicht kürzlich gestorben?«

»Vor zwei Monaten. Herzanfall, der ganze Streß. Falls Sie keine Zeitungen lesen: er gehörte in der Knesset zu unseren Freunden, hat immer für uns gekämpft, wenn es um Etatmittel ging. Der Junge hat gute Zeugnisse, und wir würden der Witwe einen Gefallen tun.«

»Warum die Versetzung?«

»Persönliche Gründe.«

»Wie persönlich?«

»Hat nichts mit seiner Arbeit zu tun. Er hatte eine Affäre mit der Frau eines Vorgesetzten. Asher Davidoffs Blondine, so eine Kurvenschönheit.«

»Das beweist einen empfindlichen Mangel an Urteilsvermögen.«

Laufer ignorierte seine Bemerkung.

»Es ist eine alte Geschichte mit ihr, Sharavi. Sie hat es immer auf die jungen Leute abgesehen, wirft sich den Männern regelrecht an den Hals. Kein Grund, daß Cohen nun die Suppe auslöffeln soll, bloß weil man ihn dabei erwischt hat. Geben Sie ihm eine Chance.«

Sein Ton signalisierte, daß er damit die Diskussion für beendet hielt, und auch Daniel wollte das Thema nicht weiter strapazieren. Er hatte nahezu alles bekommen, was er wollte. Für diesen Cohen würde es eine Menge Papierarbeit geben. Genug, um ihn zu beschäftigen und ihn aus der Schußlinie zu halten.

»Gut«, sagte er und hatte auf einmal keine Geduld mehr für weitere Gespräche. Er warf einen Blick über die Schulter, schaute zu dem Hagah-Mann und stellte sich innerlich auf sein Verhör ein; legte sich zurecht, wie er am besten auf einen alten Soldaten wie ihn zugehen wollte.

»... und absolut keinen Kontakt mit der Presse«, sagte Laufer noch. »Ich werde Sie wissen lassen, ob und wann etwas durchsickern darf. Ihre Berichte erwarte ich auf dem direkten Weg. Halten Sie mich hundertprozentig auf dem laufenden.«

»Selbstverständlich. Gibt es sonst noch was?«

»Sonst nichts«, sagte Laufer. »Klären Sie diesen Fall auf.«

3 Als der Polizeichef weggefahren war, ging Daniel auf Schlesinger zu. Den uniformierten Beamten sagte er, sie sollten bei ihrem Wagen auf ihn warten, und streckte dann dem Hagah-Mann die Hand entgegen. Dessen Griff war hart und trocken.

»*Adon* Schlesinger, ich bin *Pakad* Sharavi. Ich möchte Ihnen ein paar Fragen stellen.«

»Sharavi?« Der Mann hatte eine tiefe und heisere Stimme,

sein Hebräisch klang etwas abgehackt, die Spuren eines deutschen Akzents. »Sie sind Jemeniter?«

Daniel nickte.

»Ich habe mal einen Sharavi gekannt«, sagte Schlesinger. »Magerer kleiner Kerl – Moshe, der Bäcker. Wohnte in der Altstadt, bevor wir sie '48 verloren. Hat damals bei der Truppe mitgemacht, die den Kabelwagen vom Ophthalmic-Krankenhaus zum Berg Zion baute.« Er zeigte nach Süden. »Den haben wir immer abends aufgebaut und jedesmal vor Sonnenaufgang wieder abmontiert. So konnten uns die verdammten Engländer nicht erwischen, wenn wir unsere Kämpfer mit Essen und Medikamenten versorgten.«

»Mein Onkel«, sagte Daniel.

»Ach, die Welt ist klein. Wie geht es ihm?«

»Er ist vor fünf Jahren gestorben.«

»Woran?«

»Schlaganfall.«

»Wie alt ist er geworden, siebzig?« Schlesinger war seine Beklommenheit anzusehen; seine buschigen weißen Brauen hingen tief über den wäßrigen blauen Augen.

»Neunundsiebzig.«

»Neunundsiebzig«, wiederholte Schlesinger. »Hätte schlimmer kommen können. Er hat sich die Seele aus dem Leib gearbeitet, der kleine Kerl, und nie hat er geklagt. Sie kommen aus einem guten Stall, *Pakad* Sharavi.«

»Danke.« Daniel nahm seinen Notizblock zur Hand. Schlesingers Blick folgte seinen Bewegungen und blieb an seinem Handrücken haften. Fixierte das vernarbte Gewebe. Ein guter Beobachter, dachte Daniel.

»Erzählen Sie mir von Ihrer Streife«, sagte er.

Schlesinger zog die Schultern hoch. »Was gibt's da groß zu erzählen? Ich gehe die Straße rauf und runter, fünfmal die Nacht, und verscheuche die Karnickel.«

»Wie lange sind Sie bei der Hagah gewesen?«

»Vierzehn Jahre, ich war bei den ersten Rekruten. Hab'

dreizehn Jahre bei Rehavya Patrouille geschoben, das Haus des Premierministers gehörte zu meiner Streife. Vor einem Jahr habe ich in den Hochhäusern am French Hill eine Wohnung gekauft – gar nicht weit von Ihrem Präsidium –, und meine Frau wollte gern, daß ich eine Arbeit in der Nähe annehme.«

»Wie ist Ihre Arbeitszeit?«

»Mitternacht bis Sonnenaufgang, Montag bis Samstag. Fünf Streifen von der Alten Hadassah bis zur Kreuzung an der Ben Adayah und zurück.«

»Fünfzehn Kilometer pro Nacht«, sagte Daniel.

»Es sind eher zwanzig, wenn Sie die Schleifen mitrechnen.«

»Das ist eine ganz schöne Strecke, *Adoni*.«

»Für einen alten Knochen?«

»Für jeden Mann.«

Schlesinger lachte trocken.

»Der Boß von der Zivilgarde dachte das auch. Die hatten Angst, daß ich tot umfalle und man sie dann belangen würde. Wollten mich zu einer halben Schicht überreden, aber ich konnte sie überzeugen, und sie haben mir eine Chance gegeben.« Er klopfte sich auf seinen Bauch. »Drei Jahre ist das jetzt her, und ich bin immer noch am Leben. Beine wie aus Eisen. Aktiver Stoffwechsel.«

Daniel nickte anerkennend. »Wie lange brauchen Sie für jede Patrouille?« fragte er.

»Fünfzig Minuten bis eine Stunde. Zweimal mache ich halt und rauche eine Zigarette, einmal pro Schicht mache ich eine Pinkelpause.«

»Sonst noch Unterbrechungen?«

»Keine«, sagte Schlesinger. »Sie können die Uhr nach mir stellen.«

Vielleicht, dachte Daniel, hatte das wirklich jemand getan.

»Um welche Zeit haben Sie das Mädchen gefunden?«

»Fünf Uhr siebenundvierzig.«

»Das ist sehr präzise.«

»Ich habe auf die Uhr gesehen«, sagte Schlesinger, aber er wirkte unsicher.

»Ist irgendwas?«

Der alte Mann schaute sich um, als müsse er sich vergewissern, ob sie Zuhörer hatten. Faßte an den Griff seiner M-1 und nagte an seinem Schnurrbart.

»Wenn Sie sich mit der genauen Zeit nicht sicher sind, genügt auch eine Schätzung«, sagte Daniel.

»Nein, nein. Fünf Uhr siebenundvierzig. Exakt.«

Daniel notierte. Was Schlesinger offenbar noch unsicherer machte.

»Also«, sagte er und sprach leiser, »das ist die Zeit, um die ich angerufen habe. Gefunden habe ich sie schon vorher.«

Daniel schaute hoch. »Ist denn dazwischen viel Zeit vergangen?«

Schlesinger wich Daniels Blick aus.

»Ich ... als ich sie sah, wurde mir übel. Hab' mein Essen ins Gebüsch gebrochen.«

»Die Reaktion ist verständlich, *Adoni*.«

Der alte Mann ignorierte Daniels Geste.

»Die Sache ist so, ich bin für eine Zeitlang nicht ganz bei mir gewesen. Mir war schwindelig und so benommen. Ich kann nicht genau sagen, wieviel Zeit vergangen ist, bis ich wieder klar im Kopf war.«

»Kam es Ihnen länger vor als ein paar Minuten?«

»Nein, aber ich kann es wirklich nicht mehr genau sagen.«

»Wann sind Sie das letzte Mal an der Stelle vorbeigekommen, wo Sie sie gefunden haben?«

»Auf dem Weg nach oben nach der vierten Streife. Ungefähr eine Stunde vorher.«

»Vier Uhr dreißig?«

»Ungefähr.«

»Und Sie haben nichts gesehen?«

»Da war nichts«, sagte Schlesinger entschieden. »Es gehört

zu meiner Routine, die Rinne sorgfältig zu kontrollieren, weil man sich da sehr gut verstecken kann.«

»Also«, sagte Daniel und notierte weiter, »soweit Sie das sagen können, hat man sie zwischen vier Uhr dreißig und fünf Uhr siebenundvierzig an die Stelle gebracht.«

»Absolut.«

»Haben Sie während dieser Zeit irgendwelche Autos gesehen oder gehört?«

»Nein.«

»Jemand auf einem Esel oder einem Pferd?«

»Nein.«

»Und auf dem Campus?«

»Der Campus war geschlossen – um die Zeit ist da alles tot.«

»Fußgänger?«

»Kein einziger. Bevor ich es ... also sie entdeckte, habe ich was von der Wüstenseite gehört.« Er drehte sich um und zeigte auf die Hügelkette im Osten. »Ein Huschen und Rascheln im Laub. Vielleicht Eidechsen. Oder Nagetiere. Ich habe mit meiner Lampe alles abgeleuchtet. Mehrmals. Es war nichts.«

»Wie lange war das her, als Sie sie fanden?«

»Nur ein paar Minuten. Dann bin ich rübergegangen. Aber da war keiner, ich schwör's Ihnen.«

Daniel hob seine Hand, schützte die Augen vor der Sonne und schaute in Richtung Wüste: die zackenartigen, goldfarbenen Hügel mit ihren rostbraunen und grünen Streifen, antike Terrassen, die unvermittelt auf die knochenbleiche Tafel des Jordanischen Grabens stürzten. Wo der Blick endete, war das Tote Meer, eine schattenhafte Ellipse. Über dem Wasser schwebte ein bleigrauer Nebelkeil, dessen Ränder in den Horizont übergingen.

Er machte sich eine Notiz. Beamte in Uniform sollten zu Fuß den Hang absuchen.

»Da ist nichts«, wiederholte Schlesinger. »Die sind ganz

bestimmt aus Richtung Stadt gekommen. Aus dem Sheikh Jarrah oder aus dem Wadi.«

»Die?«

»Araber. Das ist ganz eindeutig die schmutzige Arbeit dieser Leute.«

»Wie kommen Sie darauf?«

»Sie ist doch aufgeschlitzt worden, oder? Araber lieben scharfe Messer.«

»Sie sprachen von Arabern«, sagte Daniel. »In der Mehrzahl. Haben Sie einen Grund dafür?«

»Ist doch nur logisch«, sagte Schlesinger. »Das ist nun mal ihre Art, die Bandenmentalität. Fallen alle Mann über jemanden her, der sich nicht wehren kann. Verstümmeln die Leute. Das war sehr verbreitet, noch vor Ihrer Zeit – in Hebron, Kfar Etzion, bei den Unruhen am Jaffator. Frauen und Kinder wurden abgeschlachtet wie die Schafe. Die verfluchten Engländer standen daneben und haben nur zugeschaut. Ich erinnere mich noch an eine Geschichte – Ende '47 –, da verhafteten sie vier von unseren Jungs und übergaben sie am Damaskustor einer Bande von Arabern. Die haben sie zerschlitzt. Da blieb nichts mehr zu begraben.«

Schlesingers Gesicht erinnerte auf einmal an einen Raubvogel, die Augen waren nur Schlitze, die Lippen unter dem Schnurrbart dünn und gekrümmt.

»Sie wollen den Fall hier lösen, mein Sohn? Gehen Sie in den Osten der Stadt, und klopfen Sie da an die Türen.«

Daniel klappte seinen Notizblock zu. »Etwas noch, *Adoni*.«

»Ja?«

»Sie sagten, Sie wohnen auf dem French Hill.«

»Das ist richtig. Gleich oben an der Straße.«

»Da können Sie praktisch zu Fuß zur Arbeit gehen.«

»Richtig.«

»Und nach Ihren eigenen Angaben sind Sie sehr gut zu Fuß. Trotzdem fahren Sie mit Ihrem Wagen und stellen ihn in der Sderot Churchill ab.«

Schlesingers Blick war wie versteinert.

»Nach meinem Dienst möchte ich manchmal noch nicht gleich nach Hause«, sagte er. »Dann fahre ich noch etwas mit dem Auto.«

»Haben Sie ein besonderes Ziel?«

»Mal hier, mal da. Ist was dagegen zu sagen, *Pakad*?« Die kehlige Stimme des alten Mannes klang rauh vor Entrüstung.

»Überhaupt nichts«, sagte Daniel, aber in Gedanken war er woanders. *Ben Adam Afor*, hatte Carmellah Gadish noch flüstern können, als man sie fand. Ein grauer Mann. Drei kaum hörbare Worte aus einem Mund mit blutverschmierten Lippen. Danach hatte sie das Bewußtsein verloren, war in Koma gefallen und gestorben.

Ben Adam Afor. Als Information eine Winzigkeit, vielleicht auch nur eine Phantasie im Delirium. Aber es war, wenn auch nur entfernt, eine Art Beweismittel, und als solches hatten die Worte eine Aura von Bedeutung angenommen. *Der Graue Mann*.

Tagelang hatten sie sich damit befaßt. War das ein Deckname oder eine Art Kodewort in der Unterwelt? Hatte es mit der Kleidung des Mannes zu tun, der sie aufgeschlitzt hatte? War es eine kränkliche Gesichtshaut? Eine charakterliche Eigenart? Oder ein Hinweis auf sein fortgeschrittenes Alter?

Er schaute Schlesinger an und lächelte ermutigend. Weißes Haar und Schnurrbart. Hellblaue Augen, von grauen Ringen umrandet. Weiß, hellblau. Nachts konnte alles gleich aussehen. *Grau*. Es schien verrückt, beinahe ketzerisch, einem alten Palmah-Kämpfer so etwas zuzutrauen. Und er selbst hatte Laufer noch erklärt, wie sehr sich dieser Mord von den fünf anderen unterschied. Aber man konnte nie wissen. Schlesinger hatte, kurz nachdem der Graue Mann seinen letzten Mord beging, seine Streifengänge am Skopus aufgenommen. Dreizehn Jahre in ein und derselben Umgebung, dann die plötzliche Veränderung. Vielleicht gab es da eine verdeckte Verbindung, die er erst noch in den Griff bekommen mußte. Er beschloß, die Vorgeschichte des alten Mannes unter die Lupe zu nehmen.

»Ich habe für diese Stadt gekämpft«, sagte Schlesinger grimmig. »Hab' mir den Arsch aufgerissen. Man sollte meinen, ich hätte was Besseres verdient, als hier wie ein Verdächtiger behandelt zu werden.«

Daniel wunderte sich, daß er mit seinen Gedanken derart durchschaubar war. Er betrachtete Schlesinger und fand, daß der alte Mann überempfindlich reagierte.

»Kein Mensch will Sie verdächtigen, *Adoni*«, sagte er besänftigend. »Mit mir ist einfach die Neugier durchgegangen – eine Berufskrankheit.«

Schlesinger schnaubte und fragte, ob er gehen könne.

»Selbstverständlich, und vielen Dank für Ihre Zeit. Ich werde dafür sorgen, daß die Beamten Sie zu Ihrem Wagen zurückbringen.«

»Ich kann sehr gut allein gehen.«

»Bestimmt können Sie das, aber die Vorschriften sind nun einmal so.«

Er gab den uniformierten Beamten ein Zeichen, und der alte Mann grummelte etwas von Bürokraten und Amtsschimmeln. Der eine begleitete Schlesinger zu dem Blauweißen, den anderen nahm er beiseite.

»Sehen Sie sich sein Auto an, Amnon. Suchen Sie nichts Spezielles, schauen Sie nur beiläufig hinein. Erklären Sie ihm, daß der Karabiner im Kofferraum aufbewahrt werden muß, und legen Sie ihn selbst hinein. Bei der Gelegenheit kontrollieren Sie den Kofferraum.«

»Irgendwas Besonderes, worauf ich achten soll?«

»Auf alles, was ungewöhnlich ist. Verhalten Sie sich auf jeden Fall ganz selbstverständlich – lassen Sie sich nicht anmerken, was Sie tun.«

Der Beamte schaute Schlesinger nach, dessen Gestalt sich langsam entfernte.

»Ist er ein Verdächtiger?«

»Wir wollen nur gründlich sein. Er wohnt auf dem French Hill. Begleiten Sie ihn bis zu den Hochhäusern, und fordern Sie über Funk zwei weitere Leute an. Sie sollen einen Metalldetektor mitbringen. Zu viert klettern Sie dann da hinunter und suchen engmaschig den Hang an der Wüstenseite ab. Konzentrieren Sie sich auf die unmittelbare Umgebung hinter dem Hügel – ein Radius von zwei Kilometern sollte ausreichen. Achten Sie auf Fußspuren, Blut, menschliche Abfälle, Einwickelpapier.«

»Alles, was ungewöhnlich ist.«

»Genau. Und kein unnötiges Gerede. Der Boß will den Fall unterm Teppich halten.«

Der Beamte nickte und ging. Er sprach mit Schlesinger und geleitete ihn zu seinem Wagen. Der Blauweiße fuhr los, gefolgt von dem Kombi mit den Technikern. Die Transportwagenfahrer stiegen mit einer Bahre und einem zusammengefalteten schwarzen Leichensack aus Plastik in die Rinne und kamen kurz darauf mit dem gefüllten Sack wieder nach oben. Sie schoben die Bahre in den Wagen von Abu Kabir, kletterten hinein, schlugen die Türen zu und fuhren ab. Daniel ging zu Afif hinüber, und gemeinsam bauten sie die Sperrgitter ab und luden sie in den Jeep.

»Salman, wie stehen die Chancen für einen Mann, der sich in den frühen Morgenstunden von der Wüste aus anschleichen will?«

»Es ist ruhig gewesen«, sagte der Druse gleichmütig. »Wir haben alles unter Kontrolle.«

»Und aus Richtung Isawiya?«

»Das große Schweigen. Wir haben Infrarotgeräte in unseren Stationen draußen. Auch in den Begleitfahrzeugen und in ein paar Jeeps. Das einzige, was wir vor die Nase kriegen, sind Schlangen und Kaninchen. Nördlich des Ramot gibt es eine kleine Gruppe von Beduinen. Die werden erst im Sommer herunterkommen.«

»Wie sieht's in Ramallah aus?«

»Lokale Unruhe, aber mehr Gerede als sonstwas.«

»Im Bereich von Bethlehem?«

»Nach der Beerdigung des Mädchens sind die Streifen verdoppelt worden. Keine verdächtigen Bewegungen.«

Das Mädchen. Najwa Sa'id Mussa. Vierzehn Jahre alt und auf dem Weg zum Markt, als sie in ein Kreuzfeuer zwischen einer Bande von steinewerfenden Arabern und zwei neunzehnjährigen Soldaten geriet, die in Notwehr zurückschossen. Eine Kugel traf sie in den Kopf und machte sie zur Heldin. Poster mit ihrem Bild hingen an den Feigenbäumen entlang der Straße nach Hebron. Graffiti mit Racheschwüren verschandelten Mauern und Straßenpflaster. Bei der Beerdigung war es beinahe zum Aufruhr gekommen, aber schließlich hatten sich die Dinge wieder beruhigt.

Oder doch nicht?

Er dachte an das andere tote Mädchen und wunderte sich.

Gegen sieben Uhr fünfundvierzig begannen die Studenten in Richtung Campus zu strömen, und das Dröhnen des Autoverkehrs drang die Straße hinunter. Daniel ging auf die andere Seite und machte sich auf den Weg zum Amelia-Katharina-Krankenhaus. Er war schon häufig hier vorbeigekommen, hatte das Gebäude aber noch nie betreten. Bei den Ermittlungen im Fall des Grauen Mannes hatte Gavrieli persönlich alle notwendigen Gespräche mit den Leuten von der UNO geführt. Ein guter Boß. Wirklich bedauerlich, daß er so unvorsichtig gewesen war.

Als sich Daniel dem Gelände näherte, fiel ihm auf, wie deplaziert das Krankenhaus hier oben auf dem Skopus doch wirkte. Das Gebäude hatte eine grünlich gelbe Steinfassade, einen Glockenturm von der Form eines Obelisken, Wasserspeier mit weiten Öffnungen und steil abfallende Ziegeldächer. Als hätte eine überkorrekt gekleidete viktorianische Matrone ihre Zelte in der Wüste aufgeschlagen.

Ein efeubewachsener Torbogen führte in das Innere des Gebäudes. Über dem Eingang war ein Rechteck aus grauem

Granit in den Kalkstein gebettet, darin eingemeißelt eine Inschrift in englischer Sprache: *Amelia-Katharina-Wallfahrer-Hospiz und Krankenhaus, errichtet am 15. August 1898 durch Hermann Brauner.* Auf einer gleich darunter angenagelten Emailletafel hieß es in blauen Buchstaben auf weißem Grund: *Hilfsorganisation der Vereinten Nationen unter Mitverwaltung des Weltkirchenrats.* Alles auf englisch und arabisch, von Hebräisch keine Spur. Weiße Kletterrosen, die Blütenblätter halb von der Hitze verbrannt, umgaben die kannelierten Säulen zu beiden Seiten des Torbogens. Der Eingang führte auf einen weitläufigen staubigen Hof, in dessen Mitte eine ausladende immergrüne Eiche, die so alt war wie das Gebäude selbst, ihre Schatten warf. Den Stamm des großen Baumes umgaben speichenartig angeordnete Blumenbeete: Tulpen, Mohn, Schwertlilien und wieder Rosen. Ein hoher, in Stein gemeißelter Springbrunnen beherrschte einen Winkel, er war ausgetrocknet und stumm, sein Marmorbecken starrte vor Schmutz.

Ein paar Schritte hinter dem Eingang saß ein beleibter arabischer Wachmann mittleren Alters auf einem wackeligen Plastikstuhl und döste schläfrig vor sich hin. Nur seine Finger tanzten behende über die Bernsteinperlen einer Rosenkranzkette. Der Mann trug eine graue Arbeitshose und ein graues Hemd. Unter seinen Achselhöhlen hatten sich große schwarze Halbmonde aus Schweiß gebildet. Auf dem Boden stand neben einem Stuhlbein ein Glas mit Tamarindensaft, dessen Eiswürfel halb zerschmolzen waren.

Als er Daniels Schritte hörte, schlug der Wachmann die Augen auf. Sein Gesicht reflektierte ein ganzes Gemisch von Emotionen: Neugier, Mißtrauen und die stumpfe Apathie eines Menschen, dem das Leben alle Illusionen ausgetrieben hatte.

Daniel begrüßte ihn auf arabisch und zeigte ihm seine Dienstmarke. Der Wachmann runzelte die Stirn, hievte seinen schweren Körper aus dem Stuhl und griff in die Tasche, um seinen Ausweis zu zeigen.

»Nicht nötig, nur Ihren Namen, bitte.«

»Hajab, Zia.« Der Wachmann wich seinem Blick aus und konzentrierte sich auf einen Punkt hinter Daniels linker Schulter. Mit seiner wulstigen Hand fuhr er sich über das kurzgeschorene, in Farbe und Beschaffenheit Feilspänen ähnliche Haar und trat ungeduldig mit dem Fuß auf. Sein Schnurrbart bestand aus kohlefarbenen Stoppeln, seine Lippen waren bleich und dünn. Daniel fiel auf, daß er Schwielen an den Fingern hatte, abgebrochene Nägel mit schmutzigen Rändern.

»Sind Sie aus Jerusalem, Mr. Hajab?«

»Ramallah.« Der Wachmann demonstrierte Lokalpatriotismus. Der Stolz eines kleinen Mannes, der aus einem wohlhabenden Ort stammte.

»Ich möchte Ihnen gern ein paar Fragen stellen.«

Hajab zog resigniert die Schultern hoch und schaute unentwegt an ihm vorbei. »Fragen Sie nur, aber ich weiß nichts darüber.«

»Worüber?«

»Über Ihre Polizeiangelegenheiten.« Hajab sog die Luft ein und bearbeitete seine Bernsteinperlen mit beiden Händen.

»Um welche Zeit sind Sie heute morgen zur Arbeit gegangen, Mr. Hajab?«

»Um sechs Uhr dreißig.«

»Fangen Sie normalerweise um die Zeit an zu arbeiten?«

»Nicht normalerweise. Immer.«

»Und welche Straße sind Sie von Ramallah gekommen?«

»Über gar keine.«

»Wie bitte?«

»Keine Straße. Ich wohne hier.«

»Hier im Krankenhaus?«

»Ja.«

»Ist das so mit Ihrer Arbeit vereinbart worden?«

»Ich habe in Ramallah eine schöne Wohnung«, sagte der Wachmann abwehrend. »Mit großem Garten, mit Feigenbäumen und Weinstöcken. Aber ich muß hier jederzeit mit meinen Diensten zur Verfügung stehen, und darum hat man mir ein Zimmer im Krankenhaus angeboten. Hübsch und sauber, frisch gestrichen und gut möbliert.«

»Es ist auch ein schönes Krankenhaus«, sagte Daniel. »Sehr großzügig gebaut.«

»Ja.« Hajabs Stimme klang feierlich.

»Wann wachen Sie normalerweise auf?«

»Um sechs.«

»Und was tun Sie nach dem Aufstehen?«

»Meine Waschungen, die Morgengebete, ein kleines Frühstück, und dann gehe ich sofort auf meinen Posten.«

»Wie lange wohnen Sie schon hier in dem Krankenhaus, Mr. Hajab?«

»Dreizehn Monate.«

»Und vorher?«

»Vorher habe ich in Ramallah gewohnt. Wie ich Ihnen schon sagte.« Er schien etwas aufgeregt.

»Haben Sie in Ramallah auch als Wachmann gearbeitet?«

»Nein.« Hajab zögerte, bearbeitete seine Bernsteinperlen. Über seinen Augenbrauen stand Schweiß, den er sich mit einer Hand abwischte.

»In Ramallah arbeitete ich ... als Kraftfahrzeugmechaniker.«

Daniel notierte ›Mechaniker‹ neben Hajabs Namen.

»Aus welchem Grund haben Sie Ihren Beruf gewechselt?«

Hajabs fleischiges Gesicht verdüsterte sich vor Wut. »Die Tankstelle, an der ich beschäftigt war, ist verkauft worden, und der neue Besitzer hat seinem Schwiegersohn meinen Job gegeben.« Er schaute auf seine Perlen, hustete und fluchte im Flüsterton auf arabisch: »*Zaiyel te'ban.*« Wie eine Schlange.

Er hustete wieder, leckte sich die Lippen und starrte sehnsüchtig auf seinen Tamarindensaft.

»Bitte«, sagte Daniel und wies auf das Glas, aber der Wachmann schüttelte den Kopf.

»Machen Sie weiter mit Ihren Fragen«, sagte er.

»Verstehen Sie, warum ich Ihnen diese Fragen stelle?«

»Da ist was passiert«, sagte Hajab mit bemühter Gleichgültigkeit.

Daniel wartete noch einen Moment, und als er nicht weitersprach, fragte er: »Wissen Sie denn, was da passiert ist?«

»Wie ich schon sagte, ich weiß nichts von Polizeiangelegenheiten.«

»Aber Sie wußten, daß etwas passiert ist.«

»Ich habe die Absperrgitter gesehen und die Autos, und da habe ich gemeint, es muß was passiert sein.« Hajab lächelte traurig. »Ich habe mir nichts dabei gedacht. Immer passiert irgendwas, und immer werden irgendwelche Fragen gestellt.«

»Hier oben im Krankenhaus?«

»Überall.«

Die Stimme des Arabers klang feindselig, und Daniel verstand die Botschaft zwischen den Zeilen: Seit ihr Juden hier am Ruder seid, gibt es nur noch Ärger.

»Haben Sie einen tiefen Schlaf, Mr. Hajab?«

»Ich träume süß und selig. Meine Träume sind wie die Blüten einer Rose.«

»Haben Sie letzte Nacht auch süß und selig geträumt?«

»Warum nicht?«

»Haben Sie irgend etwas Ungewöhnliches gesehen oder gehört?«

»Überhaupt nichts.«

»Keine ungewöhnliche Bewegung? Stimmen?«

»Nein.«

»Wie sind Sie zu Ihrer Arbeit im Amelia-Katharina gekommen?« fragte Daniel.

»Als ich meine Stellung als Mechaniker aufgab, bin ich krank geworden und in einer Klinik behandelt worden, die dem Krankenhaus untersteht.«

»Was war das für eine Krankheit?«

»Kopfschmerzen.«

»Und wo war die Klinik?«

»In Bir Zeit.«
»Weiter, bitte.«
»Was soll da noch weiter sein?«
»Wie Sie hier zu Ihrer Arbeit gekommen sind.«

Hajab runzelte die Stirn. »Der Arzt in der Klinik hat mir geraten, ich solle mich hier untersuchen lassen. An dem Tag, als ich hier ankam, habe ich einen Anschlag am Schwarzen Brett gesehen, da wurde eine Hilfe gesucht. Wachdienst und Reparaturarbeiten. Ich habe mich darum bemüht, und als Mr. Baldwin meine Fähigkeiten als Techniker erkannte, hat er mich eingestellt.«

»Da haben Sie aber Glück gehabt.«

Hajab zog die Schultern hoch.

»*Al Maktoub*«, sagte er beiläufig. »Der Wille Gottes.«

»Und was macht Ihr Kopf?«

»Geht sehr gut, gepriesen sei der Prophet.«

»Gut. Sagen Sie, Mr. Hajab, wie viele Leute leben hier sonst noch in dem Krankenhaus?«

»Ich habe nie nachgezählt.«

Bevor Daniel den Punkt weiterverfolgen konnte, fuhr ein glänzend schwarzer Lancia im Eingang vor. Nach dem Knall einer Fehlzündung und dem Abstellen des Motors vibrierte der Sportwagen noch etwas nach. Die Fahrertür öffnete sich, und aus dem Wagen stieg ein großer blonder Mann in hellbrauner Safarijacke und braunen Cordsamthosen. Unter der Jacke trug er ein weißes Hemd mit einer grünrot gestreiften Krawatte. Der Mann war von undefinierbarem Alter, er gehörte zu jenen glattgesichtigen Typen irgendwo in der Mitte zwischen Dreißig und Vierzig. Er hatte breite Schultern und schmale Hüften, eine sportlich kräftige Figur und lange Arme, die er lässig schlenkern ließ. Sein helles Haar war wachsbleich und glatt, am Scheitel wurde es dünner bis zur totalen Kahlheit; er hatte ein schmales, sonnengebräuntes Gesicht, eine hohe Stirn voller Sommersprossen und rissige Lippen; die hellrote Nasenspitze wies nach oben, und die Haut pellte sich. Seine Augen verbarg er hinter einer großen Sonnenbrille mit Spiegelglas. Er schaute zuerst Daniel an, dann blickte er zu Hajab. »Zia?« sagte er.

»Polizei, Mr. Baldwin«, sagte Hajab, auf englisch. »Es gibt Fragen.«

Der Mann wandte sich wieder zu Daniel, lächelte schwach und wurde dann ernst. »Ich bin Sorrel Baldwin, Verwalter des Krankenhauses. Was haben wir denn für Probleme, Officer?«

Er sprach mit amerikanischem Akzent und jenen Dehnungen, die Daniel aus Cowboy-Filmen kannte.

»Eine Routinebefragung«, sagte Daniel und hielt ihm seine Dienstmarke hin. Baldwin nahm sie in die Hand.

»Es ist was passiert«, sagte Hajab mutig.

»Aha, so«, sagte Baldwin, schob seine Sonnenbrille hoch und sah sich die Dienstmarke aus der Nähe an. Seine kleinen Augen waren blau und rotunterlaufen. Die Augen eines Trinkers? »Und Sie sind also ... Inspektor.«

»Chefinspektor.«

Baldwin reichte ihm die Dienstmarke zurück.

»In polizeilichen Angelegenheiten hatte ich immer nur mit dem stellvertretenden Polizeichef Gavrieli zu tun.«

Kungeleien mit dem Boß. Wollte Daniel zu verstehen geben, daß sie beide nicht auf derselben Rangstufe standen. Aber daß er glaubte, Gavrielis Name besäße immer noch Gewicht, strafte seine Worte Lügen. Daniel ignorierte seinen Anwurf und kam gleich zur Sache.

»Mr. Baldwin, heute in den frühen Morgenstunden ist hier ein Verbrechen begangen worden – der eindeutige Beweis fand sich in dieser Rinne direkt am Ende der Straße. Ich möchte gern mit Ihren Mitarbeitern sprechen, um festzustellen, ob jemand etwas gesehen hat, das uns bei unseren Ermittlungen dienlich sein könnte.«

Baldwin setzte die Sonnenbrille wieder auf.

»Wenn jemand etwas bemerkt hätte«, sagte er, »dann hätte er das auch berichtet, das versichere ich Ihnen.«

»Selbstverständlich. Aber manchmal sehen Menschen Dinge – oft sind es nur Kleinigkeiten – und sind sich ihrer Bedeutung nicht bewußt.«

»Um was für ein Verbrechen handelt es sich denn überhaupt?« fragte Baldwin.

»Um ein Kapitalverbrechen. Über nähere Einzelheiten bin ich nicht befugt zu sprechen.«

»So? Zensur aus Sicherheitsgründen?«

Daniel lächelte. »Darf ich jetzt mit Ihren Mitarbeitern reden?«

Baldwin massierte sich das Kinn. »Sie sind sich dessen bewußt, Officer ...«

»Sharavi.«

»... Officer Sharavi, daß wir der Hilfsorganisation der Vereinten Nationen unterstellt sind und als solche im Hinblick auf polizeiliche Maßnahmen diplomatische Privilegien genießen.«

»Selbstverständlich, Mr. Baldwin.«

»Haben Sie bitte auch Verständnis dafür, daß wir alle Anstrengungen unternehmen, um nicht in politische Angelegenheiten verwickelt zu werden.«

»Es handelt sich um einen Kriminalfall, Sir. Nicht um eine politische Angelegenheit.«

»In dieser Stadt«, sagte Baldwin, »ist das ein sehr delikater Unterschied. Und ich muß zu meinem Bedauern feststellen, daß die Polizei nicht immer imstande gewesen ist, diesen Unterschied zu respektieren.« Er zögerte einen Moment und sah auf Daniel hinab. »Nein, es tut mir leid, Officer Sharavi, aber Sie würden uns ganz erheblich in der Wahrnehmung unserer dienstlichen Verpflichtungen stören, und das kann ich nicht gestatten.«

Während Daniel den Amerikaner reden hörte, mußte er wieder an das ermordete Mädchen denken, und er überließ sich einer Phantasie, die sein Zorn ihm eingab: Er, der Polizeibeamte, nimmt diesen Bürokraten beim Arm und führt ihn zu der Rinne und bis über den Rand, mitten hinein in das Gemetzel. Drückt sein Gesicht auf die Leiche, zwingt ihn, den Geruch des Bösen einzuatmen. Mach die Augen auf und atme tief ein. Bis in dein Inneres. So. Ist das nun kriminell oder politisch, du Bleistiftwichser?

»Ich gebe Ihnen durchaus recht«, hörte er sich sagen. »Das ist ein sehr delikater Unterschied. Den wir aber zunehmend besser in den Griff bekommen. Sie erinnern sich bestimmt noch an den Fall des Unteroffiziers Takumbai?«

»Vage.« Baldwin trat von einem Bein aufs andere, und man sah ihm an, daß er sich unbehaglich fühlte. »Ist das nicht irgendwo im Norden gewesen?«

»Ganz recht. In Tiberias. Unteroffizier Takumbai gehörte zum Kontingent der Fidschi, die im Südlibanon mit militärpolizeilichen Aufgaben betraut waren. Daß er an mentalen Störungen litt, war zwar bekannt, ist aber von niemandem wirklich ernst genommen worden. Eines Nachts, es war bei einem Urlaub am See von Galilea, entfernte er sich von seinen Kameraden, brach in eine Wohnung ein und vergewaltigte zwei alte Frauen. Jemand hörte Schreie und rief die Polizei. Als man versuchte, ihn festzunehmen, verletzte Takumbai einen Beamten und –«

»Ich weiß beim besten Willen nicht, was das zu tun haben soll mit –«

»– hätte um ein Haar einen zweiten getötet. Trotzdem haben wir ihn laufen lassen, Mr. Baldwin. Zurück nach Fidschi, ohne gerichtliche Verfolgung. In seiner Funktion als Militärpolizist stand er unter dem Schutz der Vereinten Nationen, und wir haben das respektiert. Wir sind durchaus in der Lage, zwischen einem politischen und einem kriminellen Fall zu unterscheiden. Natürlich hat es noch andere gegeben – den Franzosen Grimaud, ein zwanghafter Ladendieb; einen Finnen namens Kokkonen, der sich gern betrank und dann Frauen verprügelte. Im Augenblick wird gerade gegen einen anderen Franzosen ermittelt. Man hat ihn dabei erwischt, wie er Haschischresinate aus dem Flüchtlingslager an der Gazaküste schmuggelte. Wie alle anderen wird man auch ihn des Landes verweisen, ohne Verfahren. Und ohne Bloßstellung in der Öffentlichkeit. Sie sehen also, Mr. Baldwin, Sie haben nichts zu befürchten. Den guten Namen der Vereinten Nationen werden wir auch weiterhin respektieren. Wir sind sehr wohl in der Lage, delikate Unterscheidungen zu treffen.«

Baldwin blickte über seine Schulter und sah Hajab an, der ihren Wortwechsel hingerissen verfolgt und den Kopf wie bei einem Tennismatch hin- und herbewegt hatte. Der Amerikaner griff in die Tasche, zog ein Bund mit Autoschlüsseln heraus und warf es dem Wachmann zu.

»Stell den Wagen ab, Zia.«

Der Wachmann war sichtlich enttäuscht, fügte sich aber. Als er mit dem Lancia weggefahren war, sagte Baldwin: »In jeder Organisation wird es immer ein paar faule Äpfel geben. Was aber auf die Mitarbeiter dieses Krankenhauses nicht zutrifft. Die sind handverlesen. Alles Altruisten. Gute und zuverlässige Leute.«

»Das würde ich niemals in Zweifel ziehen, Mr. Baldwin. Aber als Altruisten werden mir Ihre Mitarbeiter sicher gern behilflich sein.«

Der Amerikaner kratzte sich einen papierdünnen Hautfetzen von der Nase und blickte in Richtung Schauplatz des Verbrechens. Eine Schar von Krähen flog über der Rinne auf. Irgendwo hinter dem Krankenhaus schrie ein Esel.

»Ich könnte natürlich den Dienstweg beschreiben«, sagte Daniel. »Was aber die Ermittlungen nur verzögern würde – die Konferenzen, den Schriftverkehr. Wir leben in einem kleinen Land, Mr. Baldwin. Neuigkeiten sprechen sich schnell herum. Je länger sich die Ermittlungen hinziehen, um so schwieriger wird es, die Öffentlichkeit herauszuhalten. Man wird Fragen stellen. Die Leute wollen wissen, warum so viele Kriminelle ihrer Bestrafung entgehen. Das öffentliche Ansehen der UNO würde unnötig Schaden nehmen, und daran kann niemandem gelegen sein.«

Als Baldwin nicht antwortete, fuhr Daniel fort: »Vielleicht drücke ich mich auch nicht klar genug aus. Mein Englisch –«

»Ihr Englisch ist schon okay«, sagte Baldwin und lächelte säuerlich.

Auch Daniel lächelte. »Ich hatte einen ausgezeichneten Lehrer«, sagte er und schaute auf seine Uhr. Dann blätterte er in seinem Schreibblock und fing an, sich Notizen zu machen. Beide sprachen sie kein Wort. »Also gut«, sagte Baldwin schließlich. »Aber machen wir es kurz.«

Er drehte sich auf dem Absatz um, und Daniel folgte ihm. Sie gingen unter dem Torbogen hindurch und quer über den Hof, in dem sich nichts rührte. Eine Eidechse hastete über den Stamm der großen Eiche und verschwand im Laubwerk. Daniel atmete tief ein und spürte den Duft der Rosen. Wie ein kühler Nebel aus Zuckerwatte in der heißen Luft des Morgens.

4 Das Krankenhaus hatte seine eigene Geschichte. 1967, bei einer Reserveübung mit der 66., hatte Daniel davon erfahren, denn danach brachten die Gerüchte über den bevorstehenden Krieg jeden Fallschirmjägeroffizier dazu, seine alten Landkarten und Geschichtsbücher wieder hervorzuholen.

Das Amelia-Katharina war ursprünglich eine herrschaftliche Residenz gewesen – ein weitläufiges, verschwenderisch ausgestattetes Pfarrhaus am Kamm der Wasserscheide zwischen Jordantal und Mittelmeer.

Geplant von einem wohlhabenden deutschen Missionar als Hochzeitsgeschenk für seine junge Braut, nach der er es auch benannte, wurde es von einheimischen Maurern aus landesüblichem Kalkstein und Marmor erbaut. Die Pläne aber hatte ein anglophiler Architekt in München gezeichnet, und das Ergebnis war eine selbstherrliche Darstellung viktorianischen Zeitgeistes, nach Palästina transponiert – viele Nummern zu groß, ausgesprochen snobistisch, von architektonischen Gärten umgeben und überfrachtet mit Buchsbaumhecken, Blumenbeeten und samtweichem Rasen, die in der judäischen Hitze nicht lange überlebten. Der Missionar war auch ein Gourmet, und er ließ Büchsenfleisch, Delikatessen in Dosen und Flaschen mit französischem Wein einschiffen, die er in höhlenartigen Kellern unter dem Wohnhaus einlagerte.

Das Objekt all dieser Liebesbeweise, ein zartes, blondes Fräulein von einundzwanzig Jahren, erkrankte zwei Monate nach ihrer Ankunft in Jerusalem an Cholera. Drei Wochen später war sie tot. Nachdem er sie am Garten von Gethsemane zu Grabe getragen hatte, überkam den untröstlichen Witwer eine heftige Glaubenskrise. Er eilte nach Europa, um nie wiederzukehren. Das Haus seiner Träume überließ er den herrschenden Osmanen.

Die Türken hatten Jerusalem und seine Bauten schon immer verachtet und die Stadt in den vier Jahrhunderten ihrer Herrschaft völlig verwandelt. Aus dem funkelnden Kreuzfahrerjuwel war ein staubiges, von Krankheiten geplagtes Provinznest geworden, eine Heimstatt für Bettler, Aussätzige und fanatische jüdische Ungläubige. Von Anfang an, seit seiner Gründung, war ihnen das Amelia-Katharina ein Dorn im Auge gewesen und hatte ihrer Weltanschauung im Wege gestanden – daß man einem christlichen Ungläubigen gestattete, etwas derart Unanständiges zu bauen wie ein *Haus für eine Frau*, ein Haus, das auf die Moschee von Al Aksa und den Felsendom herabsah, war eine ernstliche Beleidigung Allahs.

Hohe Steuern, die man dem Narren aus Deutschland abverlangte, milderten diese religiösen Vorbehalte. Doch kaum war er abgereist, ließ man die Gärten brachliegen und die Rasenflächen verbrennen. Aus dem stattlichen Haus wurde ein militärisches Waffenlager. Es dauerte nicht lange, bis der Gestank von Maschinenöl durch die marmornen Korridore waberte.

So standen die Dinge bis 1917, bis die Engländer in Palästina einfielen. Das entwürdigte Herrenhaus auf dem Skopus war von strategischer Bedeutung, und die trüben, verschmierten Fensterscheiben sahen so manches lange und blutige Gemetzel. Als am 11. Dezember das Geschützfeuer erstarb, marschierte General Allenby in Jerusalem ein, und das Osmanische Reich gehörte der Geschichte an.

Die Engländer bereiteten sich selbst einen ungewöhnlich pompösen Empfang – eine Zeremonie, die den armen Juden und Arabern, die seit Jahrhunderten mit ihren Familien in der Stadt lebten, kaum mehr als ein Schmunzeln entlocken konnte – und wie alle marodierenden Eroberer vor ihnen, machten sich auch die neuen Herrscher sogleich daran, die Heilige Stadt nach ihrem Geschmack aufzupolieren. Mit dem Amelia-Katharina fingen sie an.

Arbeiterkolonnen mußten knöchelzerstechende Unkrautbüschel mit der Sense bearbeiten; Kalkstein ließ man abschleifen, bis er seinen ursprünglichen Glanz zurückerhielt; Zisternen wurden entleert, Jauchegruben trockengelegt und neu eingefaßt. In wenigen Wochen war ein imposantes, dem britischen Militärgouverneur angemessenes Hauptquartier entstanden, und auf der Veranda ließen sich gezierter Small talk und das artige Geklimper von Teetassen vernehmen.

1947 erreichten die Spannungen zwischen Juden und Arabern in Palästina ihren Siedepunkt. Die Briten fanden keinen rechten Gefallen mehr an imperialen Gebäuden und machten sich eilends aus dem Staub. Kämpfe brachen aus, es kam zu einem Waffenstillstand und einer Aufteilung durch die Vereinten Nationen – einer Laubsägenlösung: Das Land wurde in sechs Teile geteilt, die südlichen und nördlichen Küstenregionen, das Kernland mit Jerusalem und den meisten größeren Städten erhielten die Araber. Die Juden bekamen einen mittleren Küstenstreifen, ein keilförmiges Stück von Galiläa und die unfruchtbare Wüste Negev. Auch wenn man sie mit dem Löwenanteil an natürlichen Bodenschätzen beschenkt hatte, blieben die Araber unzufrieden, denn sie wollten alles. Im Jahr 1948 überfielen sie die Juden. Tausende kamen ums Leben, bis es wieder einen Waffenstillstand gab. Der jüdische Anteil, der nun Israel hieß, wurde größer und umfaßte den gesamten Westteil von Palästina, war aber immer noch kleiner als der arabische, Jordanien genannte Teil, der beide Seiten des Jordan einschloß und sich nach Osten erstreckte.

Falsche Prognosen führten dann zu der grotesken Situation eines zweigeteilten Jerusalems. Die Heilige Stadt war am 30. November 1948, während einer vorübergehenden Waffenruhe, in aller Eile aufgeteilt worden. Die Teilungsprozedur, die sich ganz unfeierlich in einem verlassenen Gebäude in den Slums von Musrara vollzog, wurde von dem jüdischen Kommandeur, einem Oberstleutnant namens Moshe Dayan, und dem arabischen Kommandeur, Oberstleutnant Abdullah Tal, ausgeführt.

Weder Dayan noch Tal glaubten an eine länger andauernde Waffenruhe und sahen ihre Abmachungen als vorübergehend an. Die Juden hofften auf einen dauerhaften Friedensvertrag mit ihren Vettern, Abdullah Tal dagegen, der noch wenige Tage zuvor damit geprahlt hatte, er werde auf einem Schimmel in das jüdische Jerusalem einreiten, hing noch immer seinen Eroberungsphantasien nach.

Bei dem gemeinsamen Werk benutzten sie weiche Wachsstifte; Dayan einen roten, Tal einen grünen. Auf einer Karte von Jerusalem im Maßstab von 1:20000 zogen sie grobe, willkürliche Linien, deren Breite einer Ausdehnung von fünfzig Metern entsprach. Linien, die immer breiter wurden, je mehr das Wachs schmolz, die mitten durch Häuser und Höfe, Läden und Büros liefen und die Stadt wie Salomons Kind zu zerreißen drohten. Linien, die keine ernsthafte Beachtung verdienten, denn sie waren nicht mehr als flüchtige Skizzen.

Doch zerteilten die Kommandeure ein Land, das seine Propheten frißt und in dem nur Bestand hat, was unbeständig ist. Die Tage gingen dahin, die Waffenruhe reifte zum Waffenstillstand, aus der flüchtigen Skizze wurden internationale Grenzen, der Abstand zwischen den wächsernen Linien wurde zum Niemandsland für neunzehn Jahre.

Seiner strategischen Bedeutung wegen hatte man den Berg Skopus schon früher geteilt und zur entmilitarisierten Zone erklärt, hoheitlich verwaltet von den Vereinten Nationen. Israel behielt die Trümmer des Hadassah-Krankenhauses und die Hebräische Universität; der Osthang mit dem arg mitgenommenen Amelia-Katharina wurde Jordanien zugesprochen. Alle Gebäude zu beiden Seiten des Berges standen leer und ungenutzt, wenn auch kleinere Patrouillen geduldet, das Unkraut gestutzt wurde und man arabischen Bauern illegal gestattete, die Felder um das Amelia-Katharina zu bestellen und Gemüse anzubauen.

1967 griffen die Araber erneut an, verloren auch diesmal Land und Ehre. Jerusalem geriet zum ersten Mal in mehr als dreitausend Jahren unter jüdische Alleinherrschaft, die Teilung des Skopus wurde aufgehoben. Das Amelia-Katharina erlebte seine fünfte Metamorphose, in ein Krankenhaus, das gemeinsam von der UN und einer Gruppe protestantischer Missionare aus der Schweiz betrieben wurde.

Die Umgestaltung war in aller Eile vorgenommen worden und ließ jedes Gefühl vermissen: hohe Maschendrahtzäune umgaben das Gelände, großzügige Zimmerfluchten hatte man mit Stellwänden zu Krankenabteilungen verkleinert, die weitläufige Hausbibliothek war krankenhausgrün gestrichen und in ein Labyrinth von Büros unterteilt. Schon bald hallten die hohen Steinmauern von den Seufzern und Klagelauten menschlichen Leidens wider.

Die einstige Größe, die an Würde verloren hatte – Daniel begegnete ihr überall, als er Baldwin an einem geschwungenen Marmortreppenaufgang vorbei und über einen langen, weißgetünchten Korridor begleitete. Das Gebäude schien menschenleer, und es war totenstill, von einer schleppenden Sonate abgesehen, die jemand irgendwo auf einer Schreibmaschine spielte.

Das Büro des Verwalters lag auf halbem Weg zur Vorhalle, ein heller, kleiner Raum mit hohem Kuppelgewölbe. An der Innenseite der Tür hing ein Zeitplan für die Ambulanzwagen.

Die Einrichtung war billig und zweckmäßig: in der Mitte die Imitation eines modernen dänischen Schreibtisches, dazu passend zwei einfache Lehnstühle, links an der Wand ein Sofa, mit gestreiftem Baumwollstoff bezogen. Darüber hingen »Das letzte Abendmahl Christi« als gerahmter Druck und zwei akademische Diplome – ein kaufmännisches Bakkalaureat von einer Agrarfachhochschule in San Antonio, Texas, und ein Magisterdiplom in Soziologie von der amerikanischen Universität in Beirut. Dem Sofa gegenüber stand ein Regal, das zur Hälfte mit Lehrbüchern und UN-Publikationen in Ringbuchordnern gefüllt war. In einem leeren Regalfach hielt ein kleiner elektrischer Ventilator die Luft in Bewegung. Daneben lag ein Cowboyhut mit einer Lederbinde. Die zwei hohen Bogenfenster hinter dem Schreibtisch gaben einen Panoramablick auf die Wüste frei. Zwischen den Fenstern stand eine Glasvitrine mit archäologischen Fundstücken: Münzen, kleine Tonurnen und Pergamentrollen. Baldwin sah lächelnd zu, wie Daniel die Dinge betrachtete.

»Alles legal und korrekt, Officer Sharavi. Offizielles Eigentum der UN.«

Daniel erwiderte das Lächeln, und der Amerikaner trat hinter den Schreibtisch und ließ sich in seinen Stuhl fallen. Daniel setzte sich ihm gegenüber, legte seinen Notizblock auf den Schoß. Er suchte nach Dingen, die auf Persönliches deuteten – Schnappschüsse von der Familie, privater Kleinkram, den die Menschen gern an ihrem Arbeitsplatz haben, weil er sie an ihr Zuhause erinnert. Bis auf den Hut war da nichts.

»Wieviele Leute zählen Sie zu Ihren Mitarbeitern, Mr. Baldwin?«

»Nur die Vollzeitbeschäftigten oder auch die Teilzeitkräfte?«

»Alle, bitte.«

»In dem Fall kann ich Ihnen sagen: das ist eine lange Liste.«

»Existiert diese Liste in geschriebener Form?«

Baldwin schüttelte den Kopf. »So einfach ist das nicht, Officer. Das Amelia-Katharina konzentriert sich auf zwei Tätigkeitsbereiche: mobile Außendienstambulanzen für Flüchtlinge und Bedürftige und einmal die Woche stationäre Therapien, die wir im Hause durchführen – Dermatologie, Augenbehandlungen, Neurologie, Frauenkrankheiten, Vorsorgeuntersuchungen für Mutter und Kind. Viele Ärzte und Schwestern, die hier wohnen, arbeiten unentgeltlich; ein paar beziehen Gehälter auf Teilzeitbasis; wieder andere sind Vollzeitbeschäftigte. Also eine Situation, die man dynamisch nennen könnte.«

»Ich bin an allen interessiert«, sagte Daniel, »die hier im Hause schlafen.«

»Das«, sagte Baldwin gedehnt, »engt die Dinge beträchtlich ein.« Der Amerikaner hob die Hand und hakte beim Sprechen die Personen an seinen Fingern ab. »Da gibt es unsere Krankenschwestern, Peggy Cassidy und Catherine Hauser –«

»Von welcher Nationalität?«

»Peggy ist Amerikanerin – aus Kalifornien, falls Ihnen das etwas sagt. Catherine kommt aus der Schweiz.«

»Und beide haben letzte Nacht hier geschlafen?«

»Tja«, sagte Baldwin und breitete seine Hände aus. »Sie sagten ›schlafen‹ ganz allgemein. Was speziell die letzte Nacht angeht, habe ich keine Ahnung.«

Der Mann hatte eine Art, auf einfache Fragen zu reagieren, als ob man ihm eine Falle stellte. Die Schlitzohrigkeit eines Kriminellen oder eines Politikers, dachte Daniel.

»Weiter, bitte«, sagte er und machte sich Notizen. »Wer noch?«

»Dr. Carter, Dr. Al Biyadi, vielleicht auch Dr. Darousha.«
»Vielleicht?«

»Dr. Darousha wohnt in Ramallah. Er ist ein sehr engagierter Mann, ein ausgezeichneter Arzt. Kommt hierher, nachdem er seine Privatpatienten besucht hat, und arbeitet manchmal bis tief in die Nacht. Wir stellen ihm ein Zimmer zur Verfügung, damit er nicht mehr nach Hause fahren muß, wenn er zu müde ist. Ob er es letzte Nacht benutzt hat, kann ich beim besten Willen nicht sagen.«

»Die Vornamen der Ärzte, bitte.«

»*Richard* Carter, *Hassan* Al Biyadi, *Walid* Darousha.«

»Danke. Noch jemand?«

»Ma'ila Khoury, unsere Sekretärin. Zia – den Sie gesehen haben. Und ich.«

Daniel sah in seine Notizen. »Dr. Carter ist Amerikaner?«

»Nein, Kanadier. Dr. Al Biyadi stammt aus Jerusalem.«

Daniel kannte eine Familie Al Biyadi. Gemüsehändler mit einem Verkaufsstand in der Altstadt, in der Street of Chains. Vielleicht bestand da eine Verbindung.

»Ma'ila ist Libanesin«, sagte Baldwin. »Zia ist Palästinenser, und ich komme aus dem glorreichen Lone Star State von Texas. Das wär's dann.«

»Was ist mit den Patienten?«

Baldwin räusperte sich.

»Die Klinik hat heute geschlossen. Wir respektieren den moslemischen Sabbat.«

»Ich meine Patienten, die stationär behandelt werden.«

Baldwin runzelte die Stirn. »Wie ich schon sagte, besteht unsere Aufgabe in der Hauptsache darin, Patienten ambulant und außer Haus zu behandeln. Es ist unser Ziel, mit Menschen in Kontakt zu kommen, die normalerweise keine medizinische Versorgung erhalten. Wir stellen eine Diagnose und leiten die Patienten weiter, damit sie eine angemessene Behandlung bekommen.«

»Ein Überweisungszentrum.«

»In gewissem Sinne, aber wir haben hier auch eine Erste-Hilfe-Station.«

»Sie nehmen also überhaupt keine Patienten auf?«

»Ich würde nicht sagen: überhaupt keine. Aber es kommt selten vor.«

So ein Riesengebäude, dachte Daniel, und alles für ein halbes Dutzend Menschen. Die Krankenstationen leer, die Betten nicht belegt. All das Geld aus dem Ausland, damit bedürftige Araber Ärzte aufsuchen konnten, die ihnen dann sagten, sie sollten zu anderen Ärzten gehen. Leere Symbole anstelle von Arbeit, eine Farce. Typisch für die UNO. Aber solche Probleme gab es auch anderswo.

»Mr. Hajab«, sagte Daniel. »Was ist sein Job?«

»Nachtwächter, Aufseher, verantwortlich für Instandsetzungsarbeiten.«

»Eine einzige Person, die ein so großes Gebäude instandhält?«

»Eine Putzkolonne – Frauen aus Ostjerusalem – besorgt das tägliche Reinemachen. Zia geht bei den Kleinigkeiten zur Hand.«

»Mr. Hajab und Dr. Darousha sind beide aus Ramallah. Kannten sie sich schon, bevor Mr. Hajab hier anfing zu arbeiten?«

»Dr. Darousha hat Zia für den Job empfohlen. Mehr kann ich Ihnen nicht sagen.«

»Mr. Hajab sagte mir, er wäre zuerst als Patient in das Krankenhaus gekommen. War Dr. Darousha sein behandelnder Arzt?«

»Darüber müssen Sie sich mit Dr. Darousha unterhalten.«

»Sehr gut«, sagte Daniel und stand auf. »Genau das möchte ich auch tun.«

Baldwin wählte eine Telefonnummer, bekam aber keine Verbindung und brachte Daniel über den Flur in das Zimmer, wo das Geklapper auf der Schreibmaschine herkam. Ma'ila Khoury war eine attraktive Frau, Mitte Zwanzig, mit vollen, blassen Lippen, hennafarbenen Locken und grauen, weit auseinanderstehenden Augen. Sie trug elegante westliche Kleidung, ihre Fingernägel waren lang und glatt. Eine emanzipierte Frau aus dem alten Beirut. Daniel fragte sich, warum und wie sie dazu gekommen war, in Israel zu arbeiten. Die Antwort bekam er gleich danach, als die beiden einen raschen Blick wechselten, in dem mehr lag als das, was beruflich zwischen Chef und Sekretärin üblich ist. Der Amerikaner sprach mit ihr in schlechtem Arabisch, und sie antwortete mit kultiviertem libanesischem Akzent.

»Hat Dr. Darousha gestern nacht hier geschlafen, Ma'ila?«
»Ich weiß es nicht, Sir.«
»Ist er im Hause?«
»Ja, Sir. Im Behandlungsraum vier, mit einem Notfall, wurde gerade eingeliefert.«
»Kommen Sie mit, Officer Sharavi.«

Die Behandlungsräume lagen hinter dem Treppenaufgang im Westflügel des Gebäudes. In den Zimmern hinter den fünf numerierten Türen hatte früher einmal das Dienstpersonal gewohnt. Baldwin klopfte leise an Nummer vier und öffnete die Tür, die in einen Raum führte, dessen teigiger Stuck pfauenblau überstrichen war. Dicht unter der Deckenwölbung gab es ein einzelnes, vergittertes Fenster. An der Wand hingen ein Kruzifix aus Olivenholz und ein metallweißer Erste-Hilfe-Kasten. Eine angeschlagene weiße Behandlungsliege und ein abgestoßener weißer Laborschrank füllten fast den ganzen Raum. Unter der Decke hing eine weiße Lampe, von der ein bläulich kaltes Licht ausging.

Auf der Liege lag ein Mann – seiner verstaubten Kleidung nach zu urteilen ein Landarbeiter – und rührte sich nicht. Der eine Arm lag seitlich, der andere hing schlaff im Griff eines zweiten Mannes mit einem langen, weißen Kittel. Der Mann, der den Arm hielt, warf einen Blick auf die Eindringlinge.

»Guten Morgen, Dr. Darousha«, sagte Baldwin.

Darousha bedeutete ihnen mit einer Geste, noch einen Augenblick zu warten, und widmete sich wieder dem Arm, der, auch für Daniel sichtbar, rot glänzte und angeschwollen war wie eine aufgebrühte Wurst. Der Arzt war ein dunkler Typ um die Fünfzig, klein und froschartig, buschiges Haar, traurige, müde Augen hinter schwarzgerahmten Brillengläsern. Sein Kittel war gestärkt und von makellosem Weiß, er trug ihn zugeknöpft über einem weißen Hemd mit dunkler Krawatte und dunkler Hose, die Bügelfalten wie mit dem Lineal gezogen. Ein Stethoskop hing wie eine Krawatte um seinen Hals. Die kleinen Füße steckten in schwarzen, geflochtenen Mokassins, und wenn er von einem Bein aufs andere trat, schien er kaum den Boden zu berühren.

»Wie viele Wespen haben Sie gestochen?« fragte er mit einer tiefen, Respekt gebietenden Stimme.

»Ein paar hundert. Vielleicht ein paar tausend.«

Darousha machte ein finsteres Gesicht und ließ den Arm behutsam sinken. Er steckte sich die Stethoskopenden in beide Ohren, hielt die Scheibe auf die immer noch bekleidete Brust des Mannes, horchte ihn ab und legte den Apparat beiseite. Dann hob er den Arm noch einmal an und sagte: »Das sieht böse aus. Sehr böse.« Er warf dem Arbeiter einen strengen Blick zu, und der lächelte matt.

»Na gut. Ich gebe Ihnen jetzt eine Spritze gegen die Vergiftung, und dann bekommen Sie noch Tabletten. Davon nehmen Sie zehn Tage lang täglich zwei, und dann kommen Sie wieder zu mir. Wenn es bis dahin nicht besser ist, muß ich den Arm aufschneiden und die Flüssigkeit ableiten, was sehr schmerzhaft ist. Verstehen Sie das?«

»Ja, Doktor.«

»Von diesen Tabletten nehmen Sie alle, verstehen Sie?«

»Ja, Doktor.«

»Wie oft sollen Sie die nehmen?«

»Zweimal täglich, Doktor.«

»Und wie lange?«

»Zehn Tage.«

»Drehen Sie sich um, das Gesicht zur Tür.«

Darousha nahm eine Spritze aus dem Laborschrank, zog sie auf, kontrollierte routinemäßig, drückte die Luftbläschen heraus und zog dann dem Mann den Hosenbund herunter, der so locker saß, daß man ihn nicht einmal aufzuknöpfen brauchte. Er zielte wie mit einem Wurfpfeil und stieß die Nadel in das Hinterteil des Arbeiters. Vor Schmerz kniff der Mann die Augen zu, lächelte zu Daniel und Baldwin hinüber.

»Sie können jetzt gehen. Die Schwester in Zimmer zwei gibt Ihnen die Tabletten.«

»Danke, Doktor.«

Als der Bauer gegangen war, trat Darousha in die Eingangshalle und zündete sich eine Rothmans an. Daniels Anwesenheit schien ihn nicht zu irritieren, und als Baldwin ihn als Polizeibeamten vorstellte, nickte Darousha, als hätte er ihn erwartet.

»Ich habe mich noch um ein paar Dinge zu kümmern«, sagte Baldwin und wandte sich zum Gehen. »Bin gleich wieder da, okay?«

Es war dem Amerikaner anzusehen, daß er etwas zu verbergen hatte, und Daniel fragte sich, was er wohl vorhaben mochte. Vielleicht die Mitarbeiter warnen, daß ihnen Vernehmungen bevorstanden? Sich heimlich einen Drink genehmigen? Oder mit Ma'ila flirten?

»Okay«, sagte er und sah Baldwin nach, der mit großen Schritten die Eingangshalle durchquerte. Dann wandte er sich wieder Darousha zu, der gierig an seiner Zigarette zog, als wäre es die letzte.

»Was kann ich für Sie tun?« fragte der Arzt. Daniel war auf ein Gespräch in Arabisch eingestellt, aber der Mann sprach perfekt Hebräisch.

»In der näheren Umgebung wurde ein schweres Verbrechen begangen, Doktor. Ich habe die Mitarbeiter des Krankenhauses zu fragen, ob ihnen ungewöhnliche Dinge aufgefallen sind.«

Darousha blieb gelassen. »Was für ungewöhnliche Dinge?«

»Haben Sie etwas gesehen oder etwas gehört, irgendwas Außergewöhnliches?«
»Ich habe Polizeiwagen gesehen und gehört. Sonst nichts.«
»Und Sie sind die ganze Nacht hier gewesen?«
»Ja.«
»Wann sind Sie ins Bett gegangen?«
»Kurz vor Mitternacht.«
»Um welche Zeit sind Sie aufgewacht?«
»Um sieben.«
»Wie oft schlafen Sie hier, Doktor?«
»Das hängt ganz von meinem Arbeitstag ab. Wenn ich meine Verpflichtungen hinter mir habe und es ist so spät, daß ich zum Autofahren zu müde bin, bleibe ich hier.«
»Mit ›Verpflichtungen‹ meinen Sie Patienten?«
»Auch andere Dinge. Gestern habe ich zum Beispiel an einem ganztätigen Seminar in der Hadassah teilgenommen. Notfallsituationen bei Kindern – anaphylaktische Schockzustände, Erstickungsanfälle. Meine Nachmittagspatienten mußten bis abends auf mich warten, und ich war erst nach elf fertig.«
»Haben die anderen Ärzte – Carter und Al Biyadi – auch an dem Seminar teilgenommen?«
»Dr. Carter ja. Dr. Al Biyadi nicht.«
»Er ist hiergeblieben?«
»Ich habe keine Ahnung.« Darousha hielt die Zigarette zwischen seinen Lippen und inhalierte; die Aschenglut wuchs um einen Millimeter.
»Sie wohnen in Ramallah?«
»Das ist richtig.«
»Zia Hajab ist auch von dort.«
Kopfnicken. Die Asche fiel zu Boden.
»Wie gut kennen Sie ihn?«
»Unsere Familien sind miteinander verbunden. Sein Großvater hat für meinen Großvater gearbeitet und sein Vater für meinen Vater.«

»Was war das für eine Arbeit?«

»Wir hatten eine Obstzucht. Und sie waren Landarbeiter.«

»Besteht die Verbindung noch?«

Darousha schüttelte den Kopf. »Ich bin der einzige Sohn meines Vaters. Nach seinem Tode habe ich mich entschlossen, Medizin zu studieren, und die Obstkulturen wurden an eine Familie verpachtet, die für Zias Dienste keine Verwendung mehr hatte. Ich habe um die Zeit nicht zu Hause gewohnt, weil ich in Amman Medizin studierte. Sonst hätte ich mich eingeschaltet. Er hat dann schließlich eine Teilzeitarbeit an einer Tankstelle gefunden.«

»Bis es wieder eine familiäre Transaktion gab und er auf der Straße landete.«

»Das ist richtig.«

»Schwierig für ihn und seine Familie.«

»Für ihn, ja. Eine Familie hat er nicht. Beide Eltern und eine Schwester sind vor dreißig Jahren an Tuberkulose gestorben. Seine drei Brüder wurden zur arabischen Legion einberufen. '67 sind sie alle umgekommen.«

»Hat er auch gekämpft?«

»Ja. Er geriet gleich in Gefangenschaft.«

»Frau und Kinder?«

»Keine.«

Daniels Interesse an dem Wachmann wuchs. Denn das Bild, das Darousha von ihm entwarf, war das des ewigen Versagers, dem das Schicksal immerzu übel mitspielte. Warum hatte Hajab solche Schwierigkeiten, einen Job zu halten? Und warum, wo es doch unter Arabern praktisch keine Junggesellen gab, hatte er es nie zu einer Frau gebracht, nie Nachkommen gezeugt? Das ließ soziale Probleme vermuten und auf ein ungelebtes Leben in großer Isoliertheit schließen, was nicht selten zu Selbsthaß führte. Oder zu Ressentiments. Dem Nährboden für Gewalttätigkeit.

Er wollte mehr über diesen Mann erfahren und herausfinden, ob er etwas zu verbergen hatte; aber direkte Fragen, das spürte er, würde Darousha nur abblocken. Er versuchte es mit einer indirekten Strategie und sagte: »Hajab hat mir erzählt, er hätte an Kopfschmerzen gelitten. Haben Sie ihn wegen seiner Schmerzen behandelt?«

»In einem gewissen Sinne.«

»Erklären Sie mir das bitte.«

Daroushas Trauerblick wirkte noch verhangener.

»Seine Schmerzen waren eher psychischer Natur. Sie haben sich dann in seinem Kopf festgesetzt. Ich habe ihm Gespräche angeboten, um ihn zu beruhigen – sentimentale Sonntagsreden. Mein größter medizinischer Erfolg war, daß ich ihm zu einem Job verholfen habe.«

»Es war also eine psychosomatische Störung.«

Darousha schaltete auf Abwehr. »Diese Dinge sind vertraulich. Ich bin an meine ärztliche Schweigepflicht gebunden.«

»Doktor«, sagte Daniel, »wenn Hajab eine psychologische Veranlagung besitzt, die ihn für asoziales Verhalten anfällig macht, dann müssen Sie mir das unbedingt sagen.«

»Der Mann ist gemütskrank«, sagte Darousha. »Leidet an Depressionen. Aber er hat nichts Kriminelles. Nichts, das für Sie von Belang wäre.«

»Wie oft hat er seine Depressionen?«

»Selten. Vielleicht ein- oder zweimal im Monat.«

»Hält das länger an?«

»Zwei oder drei Tage.«

»Und was hat er für Symptome?«

Darousha hob die Hände; er wurde ungeduldig.

»Ich sollte mich eigentlich nicht dazu äußern, aber wenn es zur Klärung beiträgt, will ich es Ihnen sagen. Er hat unbestimmte Schmerzen – psychosomatische Symptome – eben Kopfschmerzen, fühlt sich sehr schwach und schläft viel. Aber von Aggressivität oder kriminellem Verhalten kann keine Rede sein. Also, wenn Sie mich jetzt bitte entschuldigen, ich muß wirklich gehen.«

Der Mann hatte zugemacht, da ging nichts mehr. Daniel spürte, daß es keinen Sinn hatte, ihn noch weiter zu bedrängen. Er notierte sich die Adresse und Telefonnummer, bedankte sich, daß er ihm seine Zeit gewidmet hatte, und beendete die Vernehmung.

Draußen in der Eingangshalle dachte er noch eine Zeitlang über Zia Hajab nach. Er war immer noch in Gedanken, als Baldwin aufkreuzte.

»Die andern sind alle im Eßzimmer, nur Peggy nicht«, sagte der Amerikaner. »Sie sagen, sie hätten nichts gesehen und nichts gehört.«

»Was haben Sie ihnen erzählt?« fragte Daniel.

»Dasselbe wie Sie. Daß hier in der Nähe ein Verbrechen begangen wurde. Keiner weiß etwas, das Ihnen weiterhelfen könnte.«

»Trotzdem muß ich mit den Leuten sprechen.«

»Lassen Sie sich nicht hindern.«

Im Eßzimmer, einem Rechteck in zartblauer Farbe, stand ein halbes Dutzend runder Tische, fünf davon waren unbesetzt. Die Decke war weiß und mit kranzförmigen Gebilden eingefaßt. Glastüren führten auf einen Innenhof, der einer Taubenschar als Futterplatz diente. Ihr Gurren und Schnarren drang durch das Glas bis nach innen. Rund um die mit wasserblauen Tüchern bedeckten Tische standen Klappstühle. Aus einem Kofferradio tönte arabische Musik. In der Mitte des Raumes standen auf einem langen Tisch Platten mit Gebäck und Früchten und Gläser mit Orangensaft. Aus einem Messingsamowar auf einem Servierwagen zischte Dampf, der Kaffeeduft verbreitete. Neben dem Wagen stand Zia Hajeb, der mit feierlichem Gesicht und einer weißen Schürze über der Arbeitskleidung eine Tasse unter den Hahn hielt.

Baldwin führte Daniel zu einem Tisch neben dem Fenster, an dem die anderen zwei Ärzte mit der Schweizer Krankenschwester Catherine Hauser saßen und frühstückten. Baldwin stellte ihnen Daniel vor und setzte sich dazu. Noch ehe er sein

Hinterteil auf einen Stuhl geschoben hatte, war Hajab zur Stelle und bediente ihn. Er füllte ihm Teller mit Datteln und Äpfeln, goß ihm dampfenden Kaffee ein und unterbrach sein Tun nur durch servile Verbeugungen.

Da man Daniel keinen Stuhl anbot, blieb er stehen. Drei Gesichter starrten zu ihm hoch. Er mußte mit jedem einzelnen unter vier Augen sprechen, da er sie aber beim Plaudern gestört hatte, kam er sich wie ein Eindringling vor. Catherine Hauser nahm er als erste beiseite und führte sie zu einem Tisch am andern Ende des Raumes. Er trug ihr die Kaffeetasse.

Sie bedankte sich und lächelte – eine mollige, etwas ältliche Frau in einem farblosen Arbeitskittel ohne jeden Schick. Sie hatte graues Haar, blaue Augen und jene Pergamenthaut, die er bei älteren Nonnen im Kloster von Notre Dame de Sion gesehen hatte. Als er sie ansah, bekam sie rote Flecken auf den Wangen. Sie machte einen freundlichen und kooperativen Eindruck, war sich aber sicher, daß sie nichts gehört und nichts gesehen hatte. Was denn geschehen sei, wollte sie wissen. Ein Verbrechen, sagte er, lächelte und geleitete sie an ihren Tisch zurück.

Carter, der Kanadier, hätte in seinen Augen für einen jener Rucksacktouristen durchgehen können, die jeden Sommer aus den skandinavischen Ländern einfielen und durch die Stadt latschten – hünenhafte Figur und robustes Gesicht, blonde Locken, kleine graue Augen und ein rotblonder Vollbart. Er war Anfang Dreißig und trug eine altmodische Brille mit goldgerahmten runden Gläsern. Seine Haare waren lang und ungepflegt und wirkten so schlampig wie die ganze Person. Der weiße Kittel, den er über einem blauen Arbeitshemd und verwaschenen Jeans trug, war zerknittert. Mit seiner langsamen und bedächtigen Art zu sprechen wirkte er wie ein Mensch, der sich in seine eigene Welt verloren hatte, auch wenn er an dem Verbrechen ein ganz normales Interesse zeigte.

Daniel beantwortete seine Fragen mit vagen Gemeinplätzen. »Sie waren auf dem Seminar mit Dr. Darousha zusammen?«

»Logisch.«

»Haben Sie danach noch Patienten behandelt?«

»Nein«, sagte Carter. »Wally ist allein zurückgefahren. Ich hatte keinen Dienst mehr, darum habe ich mir ein Taxi nach Ostjerusalem genommen und bin essen gegangen. Im Restaurant ›Dallas‹.« Er fing an zu kichern und sagte: »Filetsteak, Schnitzel und drei Flaschen Heineken.« Wieder kicherte er.

»Finden Sie das so komisch, Dr. Carter?«

Carter schüttelte den Kopf, fuhr sich mit den Fingern durch seinen Bart und lächelte.

»Das nicht. Klingt bloß alles wie in diesen Polizeifilmen bei uns im Fernsehen – wo sind Sie gestern abend gewesen und so.«

»Mag sein«, sagte Daniel und machte sich Notizen. »Um welche Uhrzeit waren Sie wieder im Krankenhaus?«

»Muß so gegen zehn Uhr dreißig gewesen sein.«

»Was haben Sie dann gemacht?«

»Bin in mein Zimmer gegangen, habe noch medizinische Zeitschriften gelesen, bin darüber müde geworden und eingepennt.«

»Um welche Zeit war das?«

»Kann ich Ihnen wirklich nicht sagen. Es war ziemlich langweiliger Kram, also nicht allzu spät, wohl so gegen elf. Wann ist das Verbrechen begangen worden?«

»Das steht noch nicht fest. Haben Sie denn überhaupt irgendwas Ungewöhnliches gesehen oder gehört?«

»Nichts. Tut mir leid.«

Daniel entließ ihn, und er schlenderte an seinen Tisch zurück. Ein ehemaliger Hippie, dachte Daniel. Einer von denen, die sich die Widrigkeiten des Lebens hie und da mit einem Joint vom Leibe halten. Ein Träumer.

Dr. Hassan Al Biyadi war das ganze Gegenteil: Vom Scheitel bis zur Sohle korrekt, höflich und elegant, ein schlanker, fast zierlicher Mann. Seine Haut war so dunkel wie die von Daniel, das kurze schwarze Haar schien geölt und sein Lippenbärtchen wie mit dem Bleistift gezogen und von geometrischer Präzision. Für einen Arzt wirkte er zu jung, und mit seinem weißen Kittel und der adretten Kleidung hatte er etwas von einem Kind, das die Mutter sonntagsfein gemacht hatte.

»Könnte es sein«, fragte Daniel ihn, »daß zwischen Ihnen und dem Lebensmittelhändler Mohammed Al Biyadi eine Verbindung besteht?«

»Er ist mein Vater«, sagte Al Biyadi mißtrauisch.

»Vor vielen Jahren, als ich noch eine Polizeiuniform trug, hat man in das Lager Ihres Vaters eingebrochen. Die Diebe stahlen eine frische Lieferung Melonen und Kürbisse. Ich war damals mit dem Fall betraut.« Es war einer seiner ersten Triumphe gewesen. Die Täter wurden schnell gefaßt, und die Waren konnten zurückgegeben werden. Tagelang war er mit stolzgeschwellter Brust herumgelaufen.

Der Versuch, auf diesem Wege ins Gespräch zu kommen, mißlang.

»Von Melonen verstehe ich nichts«, sagte der junge Arzt. »Vor zehn Jahren habe ich in Amerika gelebt.«

»Wo in Amerika?«

»In Detroit, Michigan.«

»Die Autostadt.«

Al Biyadi verschränkte seine Arme vor der Brust. »Was wollen Sie von mir?«

»Haben Sie in Detroit, Michigan, Medizin studiert?«

»Ja.«

»Wo?«

»An der staatlichen Universität von Wayne.«

»Wann sind Sie nach Israel zurückgekehrt?«

»Ich bin vor zwei Jahren nach *Palästina* zurückgekehrt.«

»Haben Sie die ganze Zeit im Amelia-Katharina gearbeitet?«

»Ja.«

»Worauf sind Sie spezialisiert?«

»Ich bin Hausarzt.«

»Haben Sie an dem Seminar in der Hadassah teilgenommen?«

Al Biyadi runzelte die Stirn und verzog sein Gesicht vor Empörung. »Das wissen Sie doch schon längst, Sie Polizist. Also was sollen diese Spielchen?«

Daniel sah ihn gelassen an und schwieg.

»Es ist doch immer dasselbe«, sagte Al Biyadi. »Wenn irgendwas passiert, behelligt man uns damit.«

»Sind Sie schon mal von der Polizei behelligt worden, Dr. Al Biyadi?«

»Sie wissen schon, was ich meine«, schimpfte der junge Araber. Er schaute auf die Uhr und trommelte mit den Fingern auf den Tisch. »Ich habe eine Menge zu tun, muß nach meinen Patienten sehen.«

»Wo Sie gerade von ›sehen‹ sprechen – haben Sie gestern nacht irgendwas Ungewöhnliches gesehen?«

»Nein, nichts, und das ist wahrscheinlich meine Antwort auf alle Ihre Fragen.«

»Und in den frühen Morgenstunden?«

»Nein.«

»Keine Rufe oder Schreie?«

»Nein.«

»Haben Sie einen Wagen?« fragte Daniel, wohlwissend, daß er in Reaktion auf Al Biyadis feindselige Haltung die Vernehmung künstlich in die Länge zog. Aber nicht allein aus Sturheit: Die Reaktion des jungen Arztes überstieg jedes Maß. Hatte seine Dünnhäutigkeit politische Gründe, oder steckte mehr dahinter – vielleicht ein Schuldbewußtsein? Er brauchte noch etwas Zeit, um sich ein abgerundetes Bild von Hassan Al Biyadi zu machen.

»Ja.«

»Was für einen?«

»Mercedes.«

»Welche Farbe?«

»Grün.«

»Diesel oder Benziner?«

»Diesel.« Er sprach mit zusammengebissenen Zähnen.

»Wo parken Sie?«

»Hinter dem Haus. Wie alle andern auch.«

»Sind Sie gestern abend gefahren?«

»Gestern abend bin ich nicht weggewesen.«

»Also waren Sie den ganzen Abend hier.«

»Richtig.«

»Und was haben Sie gemacht?«

»Habe studiert, bin meiner Arbeit nachgegangen.«

»Studiert wofür?«

Al Biyadi warf ihm einen herablassenden Blick zu. »Im Gegensatz zu weniger qualifizierten Tätigkeiten handelt es sich bei der Medizin um einen komplexen Bereich, der sich laufend wandelt. Man kann sich nur durch ständige Studien auf dem letzten Stand halten.«

Eine Frau, etwa Ende Zwanzig, betrat das Eßzimmer. Sie sah Al Biyadi, ging auf ihn zu und legte ihm eine Hand auf die Schulter.

»Guten Morgen, Hassan«, sagte sie strahlend. Ihr Arabisch hatte einen starken Akzent.

Al Biyadi murmelte eine Antwort.

»Haben Sie noch Fragen?« Er sah Daniel an.

Die Frau blickte irritiert. Sie wirkte unscheinbar: ein glattes, freundliches Gesicht, Stupsnase, Sommersprossen, keine Spur von Make-up. Zu blauen Jeans trug sie ein ärmelloses weißes Stretchtop und Sandalen mit niedrigen Absätzen. Ihr dünnes Haar war glatt und mittelbraun, schulterlang und hinter den Ohren von weißen Spangen gehalten. Die großen, runden Augen, die zur Farbe ihrer Haare paßten, glitten forschend über Daniels Gesicht. Doch dann verdüsterte sich ihr Blick, der Anblick seiner *Kipah* schien sie zu verwirren.

»Polizei«, sagte Al Biyadi. »Ein Verbrechen ist geschehen, und mich verhört man hier wie einen ganz gewöhnlichen Kriminellen.«

Wie durch Osmose nahm die Frau dieselbe Abwehrhaltung ein, imitierte seine Positur mit verschränkten Armen und starrte Daniel an, als wenn sie sagen wollte: *Nun haben Sie ihn also fertiggemacht. Hoffentlich sind Sie jetzt glücklich.*

»Miss Cassidy?«

»Ganz recht.«

»Ich bin Chefinspektor Sharavi. Bitte, nehmen Sie Platz. Sie, Herr Doktor, dürfen jetzt gehen.«

Daß er so schnell entlassen wurde, schien Al Biyadi ebenso zu verärgern wie der Umstand, daß man ihn hier festgehalten hatte. Er sprang eilig aus seinem Stuhl auf und stampfte aus dem Zimmer.

»Ihr Typen«, sagte Peggy Cassidy. »Glaubt, Ihr könnt mit den Leuten einfach so umspringen.«

»Wenn Sie von *Typen* sprechen, wen meinen Sie da?«

Die junge Frau lächelte vielsagend.

»Bitte setzen Sie sich«, sagte Daniel noch einmal.

Sie starrte ihn an und ließ sich dann in den Stuhl sinken.

»Möchten Sie einen Kaffee, Miss Cassidy?«

»Nein, und können wir nun endlich zur Sache kommen? Was wollen Sie von mir?«

»Ich will von Ihnen wissen«, sagte Daniel, »ob Sie gestern nacht oder in den frühen Morgenstunden irgend etwas Ungewöhnliches gehört oder gesehen haben?«

»Nein. Hätte ich das müssen?«

»Hier oben an der Straße ist ein Verbrechen begangen worden. Ich suche Zeugen.«

»Oder Sündenböcke.«

»Wie bitte?«

»Wir wissen, wie Sie über uns denken. Über Menschen, die dem palästinensischen Volk helfen wollen.«

»Dies ist kein politischer Fall«, sagte Daniel.

Peggy Cassidy lachte. »Alles ist politisch.«

Daniel nahm sich einen Augenblick Zeit für seine Notizen.

»Aus welchem Ort in den Staaten kommen Sie, Miss Cassidy?«

»Huntington Beach, Kalifornien.«

»Wie lange leben Sie schon in Israel?«

»Ein Jahr.«

»Und wie lange in Detroit?«

Die Frage überraschte sie, aber nur für einen Moment. Sie warf Daniel einen spöttischen Blick zu, als hätte sie es mit einem Magier zu tun, dessen Zaubertricks mißglückten. »Drei Jahre. Ach ja, und da habe ich auch Hassan kennengelernt.«

»An der staatlichen Universität von Wayne?«

»In der Harper-Klinik, die zur Universität von Wayne gehört. Wenn Sie das wissen müssen.«

»Wann haben Sie beide sich kennengelernt?«

»Vor vier Jahren.«

»Sind Sie ... haben Sie seit dieser Zeit eine Beziehung?«

»Ich wüßte nicht, was Sie das angehen sollte?«

»Wenn ich zu weit gegangen bin, bitte ich Sie um Entschuldigung«, sagte Daniel.

Sie sah ihn prüfend an und fragte sich, ob er das ironisch gemeint hatte.

»Hassan ist ein wunderbarer Mensch«, sagte sie. »Was Sie ihm angetan haben, hat er nicht verdient.«

»Und was habe ich ihm angetan?«

»Also wissen Sie.«

Daniel seufzte, stützte sein Kinn auf eine Hand und schaute sie an.

»Miss Cassidy, wie ich Ihnen schon sagte, ist in der Umgebung dieses Krankenhauses ein Verbrechen begangen worden. Ein schweres Verbrechen. Mein Interesse an Ihnen oder an Dr. Al Biyadi beschränkt sich auf das, was Sie beide mir über dies Verbrechen sagen können.«

»Wunderbar«, sagte sie und erhob sich. »Dann haben Sie

also nicht das geringste Interesse an uns. Kann ich jetzt gehen?«

Er verließ das Amelia-Katharina um neun. An der Ostseite des Hanges parkten einige blau-weiße Fahrzeuge – die Netzfahndung am Berg hatte begonnen. Er fuhr den Escort bis an die Klippe und fragte einen der Beamten in Uniform, ob man in Schlesingers Kofferraum irgend etwas gefunden hätte.

»Nur einen Reservereifen, Pakad.«
»Und am Hang?«
»Eine Colaflasche ohne Fingerabdrücke – sonst nichts bis jetzt.«

Daniel wendete den Wagen, fuhr die Shmuel Ben Adayah hinunter und bog, als er den Nordostrand der Altstadt erreichte, auf der Derekh Yericho links ab und die Mauern entlang, bis er den Parkplatz kurz vor dem Dungtor erreichte. Er rangierte den Escort in großem Bogen auf eine freie Stellfläche, schaltete den Motor ab, stieg aus und machte den Kofferraum auf. Im Innern lagen zwei schwarze Beutel aus Samt. Er nahm sie an sich, klemmte sie unter den linken Arm und drückte sie an sein Herz. Der größere von beiden war viereckig, ungefähr dreißig mal dreißig Zentimeter groß, und mit Mandelblüten in Gold und Silber bestickt, die eine goldene Filigranarbeit einfaßten. Nur halb so groß war der kleinere Beutel, über und über mit Goldtränen, Schnörkeln und Ziermünzen besetzt.

Er schloß den Kofferraum und machte sich auf den Weg. Gleich hinter dem Eingang zum Dungtor standen Wachposten. In seinem Rücken lag friedlich das Südtal, im alten Jerusalem hatte es noch als Müllabladeplatz gedient. Er passierte die Wachtposten, ging unter dem ehrwürdigen, reich verzierten Bogen hindurch und reihte sich ein in den Strom von Menschen, die alle zur *Hakotel Hama'aravi* wollten – der Westmauer.

Der Himmel wirkte wie ein Baldachin aus Frühlingsblau,

so wolkenlos und klar, wie nur ein Himmel über Jerusalem sein konnte, und von einer solchen Reinheit, daß man sich darin hätte verlieren können, wenn man nur lange genug hineinsah. Ein kühles, heiteres Blau, das die Hitzeschicht Lügen strafte, die sich über die Stadt gesenkt hatte. Als er die Westmauer erreichte, war er schweißverklebt.

Der Gebetsplatz gegenüber der *Kotel* war fast menschenleer, und auf der Frauenseite kauerten nur einige wenige Gestalten in dunkler Kleidung – rechtschaffende Großmütter, die für unfruchtbare Frauen beteten und Papierschnipsel mit Botschaften an den Allmächtigen bekritzelten, die sie dann in die Ritzen zwischen den Steinen schoben. Es war spät, die Gebetszeit für das *Shaharit* näherte sich dem Ende, und der letzte Durchgang des jemenitischen *Minyanim* war schon vorüber. Trotzdem war Mori Zadok noch zu sehen, er rezitierte Psalmen, sein Gesicht zur Mauer gewandt. Ein schmächtiger Irrwisch mit weißem Bart und Schläfenlocken. Er wiegte sich langsam und rhythmisch, vor und zurück. Eine Hand hielt er sich vor die Augen, mit der andern berührte er den goldfarbenen Stein. Andere Kirchenälteste – Jemeniter, Ashkenasim, Sephardim – hatten ihre gewohnten Plätze im Schatten der Mauer eingenommen und meditierten. Ihre einsamen Gebete verschmolzen zu einem leisen Klagechor, der über den Platz hallte.

Daniel schloß sich der einzigen *Minyan* an, die sich noch bildete, einer gemischten Gruppe von Lubavitcher Hassidim und jüdischen Touristen aus Amerika; die Lubavitcher hatten sie zum Gebet hierher geleitet. Die Touristen mit ihren teuren Kameras trugen grellbunte Polohemden, Bermudashorts und *Kipots* aus Papier, aber so unmöglich aufgesetzt, wie das nur bei fremdartigem Kopfputz vorkommen kann. Einige hatten, wie bei Gruppenreisen üblich, Identitätsschildchen an ihre Hemden geheftet *(Hallo! Ich bin Barry Siegel)*. Und die meisten von ihnen schienen etwas irritiert, als ihnen die Hassidim Gebetsriemen um die Arme banden.

Daniels eigene Gebetsriemen lagen in dem kleineren Samtbeutel, sein *Tallit* in dem größeren. An einem gewöhnlichen Morgen rezitierte er das Dankgebet über dem *Tallit* und legte sich den wollenen Gebetsschal um. Dann nahm er die Gebetsriemen an sich und knüpfte sie auf. Mit einem zweiten Dankgebet heftete er den schwarzen Würfel des Gebetsriemens an seinen Oberarm, die Riemen selbst legte er siebenfach um den Unterarm und über das vernarbte Gewebe an seiner linken Hand. Dann schnürte er sie um seine Finger. Noch einmal sprach er eine *Braha* und schob sich den Gebetsriemen über die Stirn und bis knapp über den Haaransatz. Die Anordnung der Würfel war ein Symbol – damit überantwortete er Gott seinen Körper und seinen Geist. Auf solche Weise eingesegnet, konnte er dann seine Andacht verrichten.

Aber dies war kein gewöhnlicher Morgen. Er legte die Beutel auf einem Stuhl ab, schnürte den größeren auf und nahm nicht den *Tallit*, sondern einen *Siddur* heraus, der silbern eingefaßt war. Dann schlug er das Gebetsbuch auf und wählte das *Modeh ani*, das Dankgebet nach dem Erwachen. Laufers Telefonanruf hatte ihn davon abgehalten, es an seinem Bett zu sprechen. Er wandte sich mit dem Gesicht zur *Kotel* und sang:

> »*Modeh ani lefaneha, melekh hai v'kayam,*
> ›Dank sage ich dir, o König immerdar,‹
> *Shem hehezarta bi nishmati b'hemla.*
> ›Der du mir die Gnade erwiesen hast, meine Seele wiedererstehen zu lassen.‹«

Die Hassidim und die Touristen in seiner Nähe mußten den Eindruck haben, daß der dunkelhäutige kleine Mann aus seinem tiefsten Innern betete; so entrückt und wahrhaftig wirkte sein rhythmischer Lobgesang. Nur er selbst wußte, daß es nicht so war. Mangelnde Konzentration störte ihn in seiner Andacht. Wie ein Hagelschauer überfiel ihn die Erinnerung.

Der Gedanke an andere Seelen. Die kein Gott hatte wiedererstehen lassen.

5 Um zehn fuhr er die El Muqaddas hinauf zum French Hill, an dem Hochhauskomplex vorbei, in dem Yaakov Schlesinger wohnte, und dann hinunter zum Landespolizeipräsidium. Das Gebäude lag einen halben Kilometer südöstlich des Ammunition Hill. Ein spröder, sechsstöckiger Würfel aus sandfarbenem Kalkstein mit einem Raster aus Fensterreihen und einem Flaggenturm, der es in zwei Hälften teilte. An der Frontseite erstreckte sich ein weitläufiger, nur zur Hälfte besetzter Parkplatz. Das gesamte Grundstück war von einem eisernen Zaun umgeben. Das elektrisch betriebene Tor in der Mitte dieses Zauns wurde von einem uniformierten Beamten von einem Wachhäuschen aus kontrolliert. Daniel fuhr bis dicht an das Kontrollfenster.

»Morgen, Tzvika.«
»Morgen, Dani.«
Das Tor tat sich weit auf.

Eine stählerne Drehtür führte in die Vorhalle. Im Innern war alles kühl und still, die weißen Marmorböden makellos. Auf einer Bank saß eine einzelne Frau und wartete, sie massierte sich ihre Finger. Drei Männer in Uniform standen hinter dem glänzend schwarzen Informationsschalter, sie erzählten sich Witze und lachten, nickten ihm zu, ohne ihre Unterhaltung zu unterbrechen. Er ging schnell an ihnen vorbei, auch an den Schaukästen mit den Bomben und der Ausstellung zur Verhütung von Einbruchdiebstahl. Die Fahrstühle ignorierte er, stieß die Tür zum Treppenhaus auf und lief bis in die dritte Etage.

Er trat in einen langen Korridor und wandte sich nach rechts, vor einer schlichten Holztür blieb er stehen. Nur ein Klebestreifen mit seinem Namen unterschied sie von den vielen anderen Türen, die vom Flur abgingen. Das Klingeln von Telefonen und ein unverständliches Stimmengewirr drang nach draußen auf den Gang, schwoll an und verebbte, blieb aber unaufdringlich. Geschäftsmäßig. Wie in einer Anwaltskanzlei.

Und so ganz anders als das ehemalige russische Gelände mit seinen grünen Kupferkuppeln und den kalten, schmuddeligen Wänden, wo der Putz wie Eierschalen von den Wänden bröckelte. Es war ein ständiges Gedränge und Geschiebe von Leibern, die nie endende Parade von Menschen. Sein kleines Büro war laut gewesen und eng, von Ungestörtheit keine Spur. Verdächtige und Polizeibeamte rempelten sich Ellbogen an Ellbogen. Die in Blei gefaßten Fenster waren von Weinlaub umrankt und gaben den Blick frei auf Verdächtige, die in Handfesseln über den Hof geführt wurden, unterwegs zur zwangsweisen Vorführung beim Vernehmungsrichter. Die einen gingen schleppend, die andern tanzend ihrem Urteil entgegen. Der säuerliche Geruch von Angstschweiß, laute Stimmen, das ewig alte Lied von Beschuldigung und Leugnen. Die Arbeitswelt eines Kriminalbeamten.

Später für Kapitalverbrechen zuständig, hatte er ins Landespolizeipräsidium ziehen müssen. Doch beim Bau des Präsidiums hatte man an Verwaltungsbeamte gedacht. An Papierkriege und Ermittlungsarbeit mit den Möglichkeiten moderner High-Tech. Labors im Erdgeschoß und Reihen von Computern. Hell erleuchtete Konferenzräume und Vortragssäle. Sauber und steril. Klinisch.

Er drehte den Schlüssel um. Sein Büro war knallweiß und winzig – drei mal drei Meter mit Blick auf den Parkplatz. Angefüllt mit Schreibtisch, Akten und Regalen, blieb kaum noch Platz für einen Besucherstuhl. Wenn auch nur zwei Leute kamen, dann hieß das, in eins der Vernehmungszimmer umzuziehen. An der Wand hing eine gerahmte Batikarbeit, ein Werk Lauras aus dem letzten Sommer. Zwei alte Jemeniter, braune Gestalten vor hellbraunem Hintergrund, die voller

Hingabe unter einem leuchtend orangefarbenen Sonnenball tanzten. Daneben ein Fotokalender vom Naturschutzbund mit dem Bild des Monats – zwei junge Mandelbäume in voller Blüte, und im Hintergrund eine fließend graue Hügellandschaft.

Er quetschte sich hinter den Schreibtisch. Sein Arbeitsplatz war aufgeräumt und leer, bis auf einen Schnappschuß von Laura mit den Kindern und einen Stapel Post. Obenauf lag eine Notiz, er solle Laufer anrufen, wenn es etwas Neues gäbe, dann ein paar Fragebogen von der Abteilung für Forschung und Entwicklung, die so schnell wie möglich ausgefüllt werden sollten, ein Papier mit neuen Vorschriften für die Beantragung von Spesenerstattungen und ein Autopsiebericht von Abu Kabir über den holländischen Touristen, den man vor drei Tagen in der Waldung direkt unterhalb des Dormition-Klosters tot aufgefunden hatte. Er nahm den Bericht zur Hand und schob den Rest zur Seite. Das Nekropsieprotokoll mit der schablonenhaften und gefühllosen Sprache überflog er nur (›Bei der Leiche handelt es sich um einen gut entwickelten, wohlgenährten männlichen Weißen ...‹). Sein Blick fiel auf den letzten Absatz: Arteriosklerose im fortgeschrittenen Stadium, Verstopfung mehrerer Hauptblutgefäße, keine Spur von Giftstoffen oder Fremdeinwirkung. Schlußfolgerung: der Mann hatte kurz vor einem Herzanfall gestanden. Der steile Aufstieg zu dem Kloster war zu viel für ihn gewesen und hatte ihn umgebracht.

Er legte den Bericht beiseite, nahm den Telefonhörer, wählte die Nummer der Zentrale und sollte warten. Nach ein paar Sekunden legte er auf, wählte noch einmal, und es meldete sich eine Telefonistin mit fröhlicher Stimme. Er gab sich zu erkennen und nannte ihr die Namen von drei Personen, die sich so rasch wie möglich mit ihm in Verbindung setzen sollten.

Sie las ihm die Namen noch einmal vor, und er sagte: »Sehr gut. Ich habe noch jemand, einen *Samal* Avi Cohen. Ein Neuer.

Versuchen Sie es in der Personalabteilung, und wenn man dort nicht weiß, wo er zu erreichen ist, dann fragen Sie im Büro von *Tat nitzav* Laufer. Richten Sie ihm dasselbe aus.«

»Okay. *Shalom*.«

»*Shalom*.«

Die nächste Telefonnummer war besetzt. Er wollte nicht warten, verließ das Büro und ging nach oben in den vierten Stock.

Das Büro, das er betrat, war um ein Drittel größer als sein eigenes, dafür aber für zwei Personen. Zwei Tische waren L-förmig zusammengestellt. An der Wand dahinter stand ein einzelnes Regal mit Büchern, einer Sammlung von Strohpuppen und einem Duftkissen, das einen Hauch von Patschuli verströmte.

Die beiden jungen Beamtinnen telefonierten, offensichtlich hatten sie es mit sturen Bürokraten zu tun. Beide trugen sie pastellfarbene, kurzärmelige Blusen über Jeans. Aber sonst hätten sie, äußerlich und vom Naturell her, kaum gegensätzlicher sein können.

Hannah Shalvi saß näher an der Tür, sie war dunkelhäutig, zierlich und trug eine Brille. Mit ihrem Babygesicht wirkte sie nicht viel älter als die Kinder, für die sie arbeitete. Sie stellte eine Frage, bei der es um die Tauglichkeit einer Familie ging. Beim Zuhören nickte sie, sagte immer wieder »ja« und »mh«, wiederholte die Frage, wartete und fragte noch einmal.

Ein paar Schritt weiter saß Alice Yanushevsky über ihren Schreibtisch gebeugt, stocherte mit einem Bleistift in der Luft herum und rauchte wie ein Schlot. Sie war hoch aufgeschossen und hatte ein Mondgesicht. Mit ihrer strohblonden Frisur sah sie aus wie ein Rauschgoldengel. Sie hatte es mit einem widerspenstigen Federfuchser zu tun, den sie mit ungeduldiger Stimme zu einer raschen Entscheidung drängen wollte.

»Das Mädchen ist in großer Gefahr! Wir dürfen keine Zeit mehr verlieren! Haben Sie mich verstanden?« Rumms.

Für Daniel hatte sie ein charmantes Lächeln. Und ein freundliches Wort. »Guten Morgen, Dani.« Sie nahm eine Röhre aus Pappkarton in die Hand, machte den Verschluß auf und faltete ein Papier auseinander. »Wie gefällt Ihnen mein neues Poster?«

Es war ein vergrößertes Foto von der amerikanischen Rockgruppe Fleetwood Mac.

»Sehr nett.«

»Avner hat es mir gegeben, er findet, ich sehe aus wie die eine« – sie beugte sich vor und zeigte mit dem Finger – »wie Christine, die Engländerin. Was meinen Sie?«

»Ein bißchen schon«, gab er zu. »Sie sind aber jünger.«

Alice lachte herzhaft, dann zog sie an ihrer Zigarette und lachte wieder.

»Setzen Sie sich, *Pakad* Sharavi. Was können wir für Sie tun?«

»Ich brauche Fotos von vermißten Mädchen. Brünette, vielleicht fünfzehn oder sechzehn Jahre alt. Aber gehen wir lieber auf Nummer Sicher und sagen zwölf bis neunzehn.«

Alice erschrak und sah ihn mit ihren grünen Augen an.

»Ist da einer was passiert?«

»Wahrscheinlich.«

»Was?« wollte sie wissen.

»Kann ich im Moment nicht sagen. Laufer hat mir einen Maulkorb verpaßt.«

»Also, wissen Sie.«

»Tut mir leid.«

»Nehmen, nehmen, nur nicht geben. Erleichtert Ihnen die Arbeit ungemein.« Sie schüttelte mißbilligend den Kopf. »*Laufer*. Was bildet der sich ein? Sollen wir alle für ihn die braven, stillen Mäuschen spielen?«

»Sie haben ja recht. Aber ich muß ihn bei Laune halten.«

Alice drückte ihre Zigarette aus. Sie schüttelte noch einmal den Kopf.

»Das Mädchen, um das es geht, ist dunkelhäutig und hat

dunkles Haar«, sagte Daniel. »Rundes Gesicht, hübsch, schadhaftes Gebiß, in der oberen Reihe fehlt ein Zahn. Fällt Ihnen dazu etwas ein?«

»Ziemlich allgemein, abgesehen von den Zähnen«, sagte Alice. »Und das hätte auch nach ihrem Verschwinden passieren können.« Sie zog eine von ihren Schreibtischschubladen auf, nahm einen Stapel von einem guten Dutzend Schnellheftern heraus, ging sie mit dem Daumen durch, entschied sich für drei und legte die anderen wieder zurück.

»Unsere offenen Fälle sind alle in den Computer eingegeben worden, aber ich habe hier ein paar, die sind gerade eben erst reingekommen. Alles Ausreißer – die würden hier altersmäßig genau passen.«

Er sah sich die Fotos an und schüttelte den Kopf.

»Vielleicht hat sie noch welche«, sagte Alice. Sie stand auf und stellte sich neben Hannah, die immer noch nickte und fragte. Sie tippte ihr auf die Schulter und sagte: »Komm, laß es gut sein.«

Hannah hielt eine Hand hoch und signalisierte *Savlanut* mit Daumen und Zeigefinger. Geduld.

»Wenn du sie bis jetzt nicht überzeugt hast, schaffst du's nie«, sagte Alice. Sie fuhr sich mit den Fingern durch ihr Haar und richtete sich auf. »Komm, das reicht.«

Hannah sprach noch ein paar Takte, bedankte sich und trennte sich von ihrem Gesprächspartner.

»Endlich«, sagte Alice. »Nimm dir mal deine akuten Fälle. Dani muß sie sich ansehen.«

»Guten Morgen, Dani«, sagte Hannah. »Worum geht's denn?«

»Kann er dir nicht sagen, aber helfen mußt du ihm trotzdem. Anweisung von Laufer.«

Hannah schaute ihn an. Hinter ihrer starken Brille wirkten ihre Augen wie unter einem Vergrößerungsglas. Er nickte bestätigend.

»Was brauchen Sie denn?« fragte sie.

Er gab ihr noch einmal eine Beschreibung des ermordeten Mädchens, und sie sah ihn an, als fiele ihr etwas ein.

»Was ist denn?«

»Klingt alles wie nach einem Mädchen, mit dem ich es vor zwei Wochen zu tun hatte. Aber die war erst dreizehn.«

»Dreizehn kann auch sein«, sagte Daniel. »Wie heißt sie?«

»Cohen. Yael Cohen. Sekunde.« Sie ging ihre Unterlagen durch, und beim Blättern sprach sie weiter. »Ein Mädchen aus Musrara. Hat mit einem zweiundzwanzig Jahre alten *Pooshtak* herumgemacht. Ihr Vater kam dahinter und hat sie verprügelt. Am nächsten Tag, als sie von der Schule nicht mehr nach Hause kam, machte er sich auf die Suche nach ihr, wollte auch den Freund verprügeln und wurde für seine Bemühungen ganz schrecklich verdroschen. Ach, da haben wir's ja.«

Daniel nahm die Akte, machte sich mit dem Foto vertraut und sah sich sehr schnell enttäuscht. Yael Cohen hatte lockiges Haar, sie wirkte plump und einfältig. Ihr fehlte ein Zahn, aber damit erschöpfte sich auch schon jegliche Ähnlichkeit.

»Ist sie nicht«, sagte er und gab Hannah den Hefter zurück.

»Die andern sind im Computer?«

»Werden gerade eingegeben«, sagte Alice.

»Von wievielen Fällen sprechen wir?«

»Vermißte Mädchen in dieser Altersstufe? Landesweit sind das ungefähr vierhundert, in Jerusalem circa sechzig. Aber die Akten sind alphabetisch geordnet, nicht nach Alter oder Geschlecht. Sie müßten also alle durchgehen – etwa sechzehnhundert.«

Mühsam, aber machbar.

»Wie kann ich daran kommen?«

»Gehen Sie nach unten zur Datenverarbeitung, und stellen Sie sich in die Schlange.«

Die nächsten zwei Stunden verbrachte er am Telefon. Er rief Dr. Levi in Abu Kabir an, um sich von einem Assistenten sagen zu lassen, daß der Pathologe nicht im Büro sei. In der Leitstelle der Zivilgarde bat er um eine Kopie von Schlesin-

81

gers Personalakte. Einen Aktenspezialisten beauftragte er damit, irgendwelche Auffälligkeiten im Vorleben der Mitarbeiter des Amelia-Katharina zu recherchieren. Dann versuchte er, ohne Erfolg, herauszufinden, ob einer von den drei Kriminalbeamten schon seine Nachricht erhalten hätte. Den Leuten in der Datenverarbeitung kündigte er an, daß er ihnen jemanden schicken würde, der das Material über vermißte Jugendliche recherchieren sollte. Er füllte Berge von Antragsformularen aus, um seine diversen Begehren bürokratisch zu rechtfertigen. Und bei jedem Schritt erwies es sich als Hemmnis, daß er die Neugier der Leute nicht befriedigen durfte, auf deren Kooperation er angewiesen war.

Um zwölf Uhr fünfzehn rief Levi an.

»*Shalom, Pakad*. Es geht um das junge Mädchen von heute morgen. Ich habe die Voruntersuchung fertig. Ich weiß, daß es dringlich ist, darum lese ich Ihnen meine Aufzeichnungen vor: normal entwickelte jugendliche weiße Leiche von östlicher Herkunft. Zahlreiche Stichwunden, Schock nach beträchtlichem Blutverlust – man hat sie ausbluten lassen.«

»Und wie?«

»Gravitation. Wahrscheinlich hat man sie an den Füßen hochgehalten, damit das Blut durch die Wunde am Kehlkopf ausfließen konnte.«

Geschlachtet wie ein Stück Vieh, dachte Daniel. Seine Hand umklammerte krampfhaft den Hörer. Mit der anderen kritzelte er nervös auf Papier, während der Pathologe fortfuhr, seine Erkenntnisse vorzutragen:

»Die Löcher in den Ohrläppchen waren älteren Datums. In den Löchern fand sich eine Schwarzfärbung, die sich unter dem Spektograph als Stahloxydierung erwies – von einem nicht goldhaltigen Draht. Daraus folgt, daß die Ohrringe selbst wahrscheinlich nicht aus Gold waren und wohl vor kurzem abgenommen wurden.«

»Könnte der Draht vergoldet gewesen sein?«

»Möglicherweise. Oder auch goldlackiert. Lassen Sie mich

fortfahren. Es gab keine Schnitte, die durch Gegenwehr entstanden sind, und auch keine Spuren von Schnüren. Sie hat also keinen Widerstand geleistet und ist auch nicht gefesselt worden. Was darauf schließen läßt, daß sie während der eigentlichen Metzelei bewußtlos gewesen sein muß, aber für ein Hirntrauma hat sich kein Hinweis gefunden. Dagegen habe ich an den Armen zwei frische Nadeleinstiche entdeckt, und die Giftchromatographie hat Opiate analysiert. Heroin. Nicht genug, um sie umzubringen, es sei denn, sie hätte eine pathologische Überempfindlichkeit gehabt; aber genug, um sie zu betäuben.«

»Hat man sie aufgeschlitzt, bevor sie betäubt wurde, oder erst danach?«

»Da sie sich nicht gewehrt hat, würde ich sagen: erst nachher. Um ihretwillen kann ich es nur hoffen.«

»Vollnarkose«, sagte Daniel.

»Rücksichtsvoll von dem Schwein, nicht?«

»Irgendwelche Anzeichen, daß sie drogensüchtig war?«

»Im Gegenteil: die inneren Organe waren sauber, die Schleimhäute klar. Nur die beiden frischen Nadeleinstiche, sonst keine. Alles in allem eine kerngesunde junge Dame.«

»Ist sie vergewaltigt worden?«

»Die ganze verdammte Geschichte war eine Vergewaltigung«, sagte Levi. »Sie haben ja die Genitalien gesehen. Wenn Sie mich fragen, ob wir Samen gefunden haben – sichtbare Spuren gab es nicht, aber der ganze Bereich war für eine vollständige Analyse zu zerfetzt. Unsere Proben waren negativ. Mal sehen, was wir sonst noch ... oh, ja, die Wunden sind von mehr als einem Instrument verursacht worden. Es waren mindestens zwei, vielleicht mehr.«

»Was für Instrumente?«

»Messer. Sehr scharf. Eins mit einer gekrümmten Klinge, das andere größer, mit feststehender Klinge. Das größere ist für die Kehle verwendet worden. Ein kräftiger Schnitt von links nach rechts, darum haben wir's wahrscheinlich mit einer rechtshändigen Person zu tun, was Ihnen nicht viel weiterhilft.«

»Irgendeine Ähnlichkeit mit den Morden des Grauen Mannes?«

»Nicht die geringste. Der Graue Mann hat eine sägeartig gezackte Klinge benutzt, ziemlich stumpf – wir haben damals ein Küchenmesser vermutet, erinnern Sie sich? Wer immer das hier getan hat, der hat etwas scharf Geschliffenes genommen.«

»Wie eine Rasierklinge?«

»Scharf wie eine Rasierklinge, aber bestimmt größer als Ihre normale Sicherheitsklinge.«

»Vielleicht eine feststehende Rasierklinge?«

Levi überlegte.

»Ich habe die Wunde untersucht«, sagte er, »und ich würde sagen, die große ist schwerer als Ihre normale feststehende Rasierklinge. Er hat kaum eine oder gar keine Sägebewegung gemacht – der erste Stich ging gleich sehr tief. Obwohl ich es für möglich halte, daß er eine dieser altmodischen Klingen benutzt hat, mit denen früher die Friseure die Leute rasiert haben.«

»Was ist mit der gebogenen Klinge?«

»Die ist kurz. Zuerst habe ich an ein gebogenes Skalpell gedacht, aber ich habe alle, die ich selbst besitze, an den Wunden probiert und keines paßt. Was nicht bedeuten muß, daß es nicht doch so ein Seziermesser geben könnte. Aber es könnte genauso gut etwas anderes sein: ein Schnitzmesser, ein Linoleumschneider, sogar ein Allesschneider – jeder Mensch kann ein Messer kaufen, es umformen und scharf schleifen. Ich habe Abdrücke von den Wunden genommen. Wenn Sie mir eine Waffe bringen, kann ich Ihnen sagen, ob die Klinge paßt.«

»Ich werde dran denken. Was ist mit dem Laken?«

»Wir sind mit der Untersuchung noch nicht ganz durch, aber es sieht aus wie ganz normale Haushaltsware. Darum bezweifle ich, ob es Ihnen etwas bringt, wenn Sie in dieser Richtung ermitteln. Dasselbe gilt für die Seife und das Shampoo, womit man sie gewaschen hat. Es ist Neka Sheva Green.«

»Wie erklären Sie sich, daß sie gewaschen wurde?«

»Da hat jemand versucht, alles materielle Beweismaterial verschwinden zu lassen. Und hat verdammt gute Arbeit geleistet – bis jetzt haben wir keine Gewebefasern außer denen des Lakens feststellen können, keine fremden Sekrete oder Rückstände, nur ein paar Körner Kieselsand, wie man ihn in Gärten findet. Es hat viel Mühe gemacht, sie derart sauber zu bekommen.«

»Ich dachte eigentlich mehr an psychologische Dinge«, sagte Daniel. »Eine symbolische Geste. Sich von einer Schuld reinwaschen.«

»Lady Macbeth?« sagte Levi und klang nicht sehr überzeugt. »Bei einem krankhaften Gemüt halte ich alles für möglich.«

»Für Sie ist es die Tat eines Wahnsinnigen?«

»Kein tobsüchtiger, ausgeflippter Irrer – dafür ist alles viel zu präzise geplant. Aber trotzdem krankhaft. Ein sadistischer Psychopath.«

»Können Sie etwas über die ethnische Herkunft des Mädchens sagen?«

»Östlich. Weiter würde ich nicht gehen. Ich habe auch geprüft, ob die Klitoris beschnitten ist. Aber das Gewebe war zu sehr zerstört, um das zu beurteilen. Wobei das auch nicht mehr als eindeutiges Kennzeichen gelten kann – viele Araber beschneiden heutzutage ihre Mädchen nicht mehr. Die einzigen, auf deren Gewohnheit Sie sich in der Beziehung verlassen können, sind die Beduinen, und dies Mädchen ist keine Beduinin.«

»Wie kommen Sie darauf?«

»Sie ist nicht tätowiert. Ihre Fußsohlen waren zu weich. Und wenn sie aus ihrem Stamm jemand umbringen, wird er in der Wüste begraben. Außerdem wäre ein Beduinenmädchen in diesem Alter schon verheiratet, und sie dürfte sich nicht so weit von ihrem Zelt entfernen, daß sie in Schwierigkeiten geraten könnte.« Levi schwieg einen Augenblick. »Spricht doch für primitive Kulturen, oder?«

Um ein Uhr ging Daniel nach unten in das gerichtsmedizinische Labor und bekam bestätigt, was Levi über den Sand gesagt hatte: nichts Besonderes. Steinfeld hatte gerade damit begonnen, Fotos von dem toten Mädchen zu entwickeln. Eines zeigte nur ihren Kopf, von den Wunden war nichts zu sehen. Ihr Gesicht wirkte sanft, friedlich, als wenn sie schliefe. Daniel ließ den Techniker zwei Dutzend Abzüge davon machen. Er steckte die Bilder in einen großen Umschlag, verließ das Präsidium und fuhr ins Stadtinnere.

In der Rehov King George stockte der Verkehr. Auf den Straßen und Bürgersteigen drängten sich Leute, die den Sabbat zum Einkauf nutzten. Das Gequassel von Straßenverkäufern und fliegenden Händlern vermischte sich unangenehm mit dem Dröhnen von Dieselmotoren, Reifenquietschen und dem ohrenbetäubenden Gehupe der Autos. An einer roten Ampel blieb er hinter einem City-Bus stecken und mußte die ekelhaften Auspuffgase einatmen, vermengt mit dem Gestank von heißem Fett aus einem Imbißstand von nebenan. *Melekh hafelafel.* »Felafel-König«. Am Ende der Häuserreihe gab es den »Juice King« und gleich um die Ecke den »Emperor of Hamburgers«. Eine Nation, die Könige und Herrscher liebte ...

Der Bus ruckte an, und er gab Gas, bog scharf links in die Einmündung der Rehov Ben Yehuda und stellte den Escort am Ende der Straße im Parkverbot ab. Auf das Armaturenbrett legte er eine polizeiliche Kennkarte. Dann schloß er den Wagen ab und ging in der Hoffnung, daß ihm nicht irgendein Trottel von Anfänger ein paar Schraubstockklemmen um die Reifen verpassen würde.

Der Eingang zum Restaurant »The Star« stand offen, aber

er war früh dran und ging darum an dem Restaurant vorbei und die abfallende Straße hinunter zum Geschäft seines Vaters. Früher war die Ben Yehuda in Jerusalem eine jener Hauptverkehrsstraßen gewesen, die am Autoverkehr erstickten. Aber vor einigen Jahren hatte man die Straße für den Verkehr gesperrt und auf der ganzen Länge bis zur großen Turmuhr am Zion Square in eine Fußgängerzone umgewandelt. Er bahnte sich seinen Weg durch einen Strom von Menschen – Verliebte, die händchenhaltend Schaufensterauslagen anschauten und ihren Träumen nachhingen. Kinder, die sich an die Hände ihrer Eltern klammerten, ihre weichen Gesichter mit Resten von Pizza und Eiscreme verschmiert. Soldaten auf Urlaub und Künstlertypen vom Institut Bezalel, die unter Sonnenschirmen an Cafétischen saßen, Eiskaffee tranken und Cremeschnitten aßen, die noch in Papier eingewickelt waren.

Er kam an einem Kebab-Stand vorbei, vor dessen Theke die Kunden begierig darauf warteten, daß der Verkäufer saftige Stücke gewürztes Lammfleisch von einem sich langsam drehenden Kegel säbelte. Nebenan klimperten langhaarige Straßenmusiker ohne große Leidenschaft amerikanische Folksongs herunter. Sie kauerten wie hohläugige Vogelscheuchen über ihren offenen Instrumentenkoffern, in denen kleine Münzen lagen. An einem ramponierten, fahrbaren Piano saß eine bleiche, hagere Frau mit glatten Haaren und hämmerte vor einem spöttisch grinsenden Publikum von Taxifahrern einen jämmerlichen Chopin in die Tasten. Ganz hinten in der Gruppe erkannte er Wiesel, einen Beamten von Latam. Er vermied auch nur den geringsten Blickkontakt mit dem V-Mann und ging weiter. Im Fenster seines Vaters hing das Schild *Geschlossen*, aber er lugte durch die Eingangstür und nahm im Hinterzimmer eine Bewegung wahr. Auf ein Klopfen an die Glasscheibe kam sein Vater nach vorn, und als er Daniel sah, hellte sich sein Gesicht auf, und er öffnete rasch.

»*Shalom, Abba.*«

»*Shalom*, mein Sohn! Komm rein, komm rein.«

Der Alte stellte sich auf die Zehenspitzen und umarmte ihn, küßte ihn auf beide Wangen. Dabei verlor er seine Baskenmütze, und Daniel fing sie für ihn auf. Sein Vater setzte sich die Mütze auf sein glänzendes, kahles Haupt und dankte ihm lachend. Arm in Arm betraten sie das Geschäft.

In der Luft hing der Geruch von Lötsilber. Auf der Werkbank lag eine kunstvoll gearbeitete Silberbrosche. Ein Silberdrahtfaden bildete eine Schlaufe um tränenförmige Süßwasserperlen, und den äußeren Rand jeder einzelnen Schlaufe umgab zierlicher Golddraht. Der Draht schien viel zu dünn zum Bearbeiten, aber unter den Händen seines Vaters wurden daraus Dinge voller Kraft und Schönheit. *Engelhaar*, hatte sein Onkel Moshe immer gesagt, als er noch ein Kind war. *Dein* Abba *webt wundersame Formen aus dem Haar von Engeln. Woher bekommt er das,* Dod *Moshe? Vom Himmel. Wie* Manna. *Aber es ist ein besonderes* Manna, *das Hakadosh Baruch Hu nur denen gewährt, die magische Hände haben.*

Eben diese Hände, nußbraun und hart wie Olivenholz, umfaßten jetzt sein Kinn. Küsse, und für einen Augenblick spürte er den rauhen Bart des alten Mannes. Ein Lächeln, und weiße Zähne blitzten durch den Backenbart wie aus Stahlwolle. Schwarze Augen funkelten spitzbübisch in einem Gesicht aus Lederhaut.

»Möchtest du etwas trinken, Daniel?«

»Nur etwas Wasser, bitte, *Abba*. Ich hole es schon.«

»Du bleibst sitzen.« Sein Vater hob den Finger. Dann verschwand er im hinteren Zimmer und kam mit einer Flasche Orangensaft und zwei Gläsern wieder. Er setzte sich auf einen Stuhl neben Daniel, füllte die beiden Gläser, sprach den Segen des Shekare, und dann tranken die beiden. Sein Vater nippte nur, Daniel leerte sein Glas in drei großen Zügen.

»Wie geht es Laura und den Kindern?«

»Ausgezeichnet, *Abba*. Und dir?«

»Könnte gar nicht besser sein. Hab' gerade einen schönen Auftrag von ein paar Touristen bekommen, die im ›King David‹ wohnen.« Er wies auf die Brosche. Daniel nahm sie in die Hand und fuhr mit dem Zeigefinger über die kunstvoll gearbeiteten Furchen und Verästelungen. So schön und einzigartig wie ein Fingerabdruck ...

»Ein wunderschönes Stück, *Abba*.«

Sein Vater tat das Kompliment mit einem Achselzucken ab.

»Wohlhabendes Ehepaar aus London. Sie haben im Hotel im Geschenkeshop etwas in dieser Art gesehen, mich gefragt, was ich dafür nehme, und sich auf der Stelle entschieden.«

Daniel legte seine Hand auf die knöcherne Schulter des alten Mannes und lächelte.

»Sie haben sich bestimmt nicht nur der Kosten wegen für dich entschieden, *Abba*.«

Sein Vater schaute verlegen zur Seite. Um abzulenken, füllte er Daniels Glas nach.

»Hast du gegessen? Ich habe *Pita*, *Hummus* und Tomatensalat im Kühlschrank –«

»Danke dir, aber ich habe eine Verabredung zum Essen im ›Star‹.«

»Dienstlich?«

»Was sonst. Sag mal, *Abba*, hat dir jemand in letzter Zeit ein paar billige Ohrringe angeboten?«

»Nein. Die langhaarigen Amerikaner versuchen das ab und zu, aber in letzter Zeit nicht. Wieso?«

»Es ist nicht so wichtig.«

Sie tranken und saßen sich gegenüber, ohne zu sprechen. Sein Vater brach das Schweigen als erster.

»Du steckst in einer häßlichen Geschichte.« Er flüsterte fast. »Schreckliche Brutalität.«

Daniel schaute ihn verwundert an.

»Woher weißt du das?«

»Das ist nicht schwer. Dir war immer anzusehen, wenn dich etwas bedrückte. Als du in den Laden kamst, warst du so niedergeschlagen. Düster. Wie unter einer schweren Last. So sahst du auch aus, als du aus dem Krieg zurückgekommen bist.«

Daniel hatte die Brosche in seine vernarbte Hand genommen, um einen Schluck zu trinken. Er spürte plötzlich, wie sich seine Finger um das feine Metall schlossen. Der dumpfe Druck von fühllosem Fleisch auf zartes Filigran. Brutal und zerstörerisch. Er erschrak, machte seine Hand auf und legte das Schmuckstück auf den Arbeitstisch zurück. Dann sah er auf die Uhr und stand auf.

»Ich muß gehen.«

Auch sein Vater erhob sich und nahm ihn bei den Händen.

»Es tut mir leid, wenn ich etwas Falsches gesagt habe, Daniel.«

»Nein, nein. Das ist schon okay.«

»Ganz gleich, worum es geht, du wirst der Sache schon auf den Grund kommen. Du bist der Beste.«

»Danke, *Abba*.«

Sie gingen zur Tür. Daniel öffnete sie, ließ Hitze und Straßenlärm ein.

»Wirst du morgen mit Mori Zadok beten?« wollte er wissen.

»Nein«, sagte sein Vater verlegen. »Ich habe ... eine Verabredung.«

»In der Rehov Smolenskin?«

»Ja, ja.«

Daniel konnte ein Grinsen nicht unterdrücken. »Schönen Gruß an Mrs. Moscowitz«, sagte er.

Der alte Mann zog leicht gereizt die Augenbrauen hoch.

»Sie ist eine nette Frau, *Abba*.«

»Sehr nett. Die netteste von der ganzen Welt. Bloß nicht für mich – das ist doch keine Sünde, oder?« Er rückte sich mit einer Hand die Baskenmütze zurecht. »Neuerdings steht sie auf dem Standpunkt, daß die Liebe durch den Magen geht – hat in der Hadassah einen Kurs in jemenitischer Kochkunst belegt. Jeden Sabbat gibt es Bohnensuppe und Kubaneh und

Kirschkompott. Dazu noch ihre ashkenasische Küche. Ich esse, bis ich platze, aus lauter Angst, ihre Gefühle nicht zu verletzen. Darum bin ich auch noch nicht dazu gekommen, ihr zu sagen, daß wir nun mal nicht füreinander bestimmt sind.« Er lächelte wehleidig und schaute Daniel an. »Kann die Polizei in solchen Fällen nichts machen?«

»Kaum, *Abba*.«

Sie mußten beide lachen, und dann war es auf einmal sehr still.

»*Shabbat Shalom, Abba*.«

»*Shabbat Shalom*. Es war gut, dich zu sehen.«

Sein Vater hielt ihn noch immer bei den Händen und drückte sie, den Abschied hinauszögernd. Dann, mit einem Mal, führte der alte Mann die verletzte Hand an seine Lippen, küßte ihn auf die Narben und ließ ihn los.

»Was du tust, ist auch eine Kunst«, sagte er. »Das darfst du nie vergessen.«

6 Auf dem Rückweg zum Restaurant »The Star« kam er wieder an dem Kebab-Stand vorbei, sah Metall aufblitzen und blieb stehen: es war ein Messer mit einer langen Klinge, das in den Händen des Mannes hinter der Ladentheke glänzte wie die Schuppen eines Silberaals. Er attackierte das Fleisch, während es langsam an dem Spieß rotierte. Dann schlitzte er das Lamm auf, bis es knisternd nachgab und eine Schicht nach der andern vom Kegel fiel. Ein alltäglicher Vorgang, den er schon tausendmal gesehen hatte, ohne etwas Besonderes daran zu finden.

Der Verkäufer war ein schlaksiger marokkanischer Jude mit schweißnassem Gesicht und einer Schürze voller Soßenflecken. Noch mit dem Sandwich für einen seiner Kunden beschäftigt, bemerkte er Daniels Blick und rief ihm zu, das Fleisch sei frisch und ob er ihm nicht ein saftiges Stück abschneiden solle. Nein, signalisierte ihm Daniel mit einem Kopfschütteln und machte sich wieder auf den Weg.

Die Eingangstür zum »Star« stand weit offen; sie führte in eine kleine, halbdunkle Diele mit einem Vorhang aus gelackten Holzperlen. Er schob die Perlenschnüre auseinander und trat ein.

Das Mittagsgeschäft war lebhaft; ein Ventilator kühlte den mit Zedernholz getäfelten vorderen Raum, dessen Tische mit Touristen und Stammkunden fast voll besetzt waren; ein Gewirr von Stimmen, unterbrochen von lautem Gelächter, wetteiferte mit französischer und italienischer Schlagermusik, die im Hintergrund vom Band lief.

An den Wänden des Restaurants hingen zahlreiche sternförmig arrangierte Bilder und Figurinen. Das Ölgemälde über der Bar stellte David Kohavi in jungen Jahren dar, mit Generalsuniform und grimmig düsterem Blick. Der Davidstern darunter war aus Jerusalemer Stein gehauen, in der Mitte stand das Wort *Hako-hav* – »The Star« – und eine Widmung der Männer aus Kohavis Bataillon – geschrieben in erhabenen Lettern aus Bronze, der schimmernden Bronze eingeschmolzener Patronenkugeln.

Emil, der Kellner, stand hinter der Bar und spülte Gläser ab. Er trug ein weit geschnittenes gestärktes Hemd mit schwarzer Fliege und ließ die Schultern hängen. Anscheinend hatte er nicht die allerbeste Laune. Als er Daniel erkannte, kam er nach vorn und begleitete ihn in den hinteren Teil des Restaurants zu einer Tür ohne Aufschrift. Er hatte den Türgriff schon in der Hand, als Kohavi selbst aus der Küche auftauchte. Trotz der Jahreszeit trug er einen dunklen Anzug mit Krawatte und wirkte wie eine weißhaarige Ausgabe des Mannes auf dem Bild. Er begrüßte Daniel lauthals, schüttelte ihm die Hand und gab Emil zu verstehen, daß er sich wieder hinter seine Bar begeben sollte.

»Ich habe einen Tisch für Sie reserviert. Fünf Personen, richtig?«

»Wenn alle kommen.«

Kohavi schob die Tür auf. »Einer ist schon da.«

Der hintere Bankettsaal war fast leer. Burgunderrot tapeziert, mit Kristalleuchtern und einer Holzbühne am anderen Ende bot er Platz für zwei Dutzend Tische, die bis auf einen unbesetzt waren. An einem runden, mit burgunderrotem Leinen bedeckten Tisch neben der Bühne saß ein unauffälliger Mann und las den »Ha'aretz«. Als er die Männer kommen hörte, sah er kurz von seiner Zeitung auf, um gleich darauf die Lektüre wieder aufzunehmen.

»Den Fisch kann ich heute empfehlen«, sagte Kohavi und blieb auf halbem Wege stehen. »Das Filetsteak und den Schaschlik auch. Wenn die andern kommen, schicke ich sie nach hinten.«

»Einer der Männer war noch nie hier«, sagte Daniel. »Elias Daoud.« Er gab ihm eine Beschreibung des Mannes.

»Daoud«, sagte Kohavi. »Ist das nicht der Araber, der maßgeblich an der Zerschlagung der Nummer-zwei-Bande beteiligt war?«

»Genau der.«

»Gute Arbeit. Ich werde dafür sorgen, daß er sich nicht verläuft.«

»Danke.«

Der Restaurantbesitzer entfernte sich. Daniel ging zu dem Zeitungsleser und setzte sich ihm gegenüber. Den Umschlag mit den Fotos stellte er aufrecht gegen eines seiner Stuhlbeine.

»*Shalom*, Nahum.«

Der Mann nahm die Zeitung herunter und nickte kurz. »Tag, Dani.«

Er war Mitte Fünfzig, glatzköpfig und hager, und wer immer ihm sein Gesicht verpaßt hatte, mußte viel Sinn für Anonymität besessen haben: die Nase leicht hakenförmig, aber nicht ausgeprägt, der Mund ein zaghafter Strich, die Augen ein neutrales braunes Zwillingspaar, ohne jeden Glanz; sie wirkten schläfrig. Ein Gesicht, das man vergessen konnte. Es gehörte zu einem Mann, der mit allem seinen Frieden gemacht hatte und die heitere Gelassenheit eines Menschen besaß, der jede Art von Ambition längst hinter sich gelassen hat. Er trug eine Lesebrille, eine billige Digitaluhr am unbehaarten Unterarm und ein blaßblaues Sporthemd mit einem matten Karomuster; und die vielen Kugelschreiber beulten die Hemdentasche aus. Eine marineblaue Windjacke lag akkurat zusammengelegt auf dem Stuhl neben ihm. Darüber hing ein Schulterhalfter mit einer Beretta vom Kaliber 9 mm.

»Die Mäuse in den Golanhöhen begehen massenweise Selbstmord«, sagte er, klopfte auf seine Zeitung und faltete sie zusammen. »Stürzen sich zu Hunderten von den Felsen, alle auf einmal. Eine instinktive Reaktion auf die Übervölkerung, meinen die Wissenschaftler.«

»Edelmütig«, sagte Daniel.

»Nicht ganz«, sagte der dünne Mann. »Ohne eine ausreichende Versorgung mit Mäusen werden die Eulen sterben, die Jagd auf sie machen.« Er schmunzelte. »Wenn sich die Eulen bei der UNO beschweren, wird man uns wegen Tierquälerei belangen.«

Die Tür zur Küche flog auf, Kellner Emil kam mit Salatplatten an den Tisch – *Hummus*, *Tehina*, zwei Sorten von Auberginen, Gewürzgurken, bittere griechische Oliven – und *Pita* zum Eintunken. Er setzte die Teller vor ihnen ab und verbeugte sich förmlich.

»Möchten Sie etwas trinken, *Pakad* Sharavi?«

»Mineralwasser, bitte.«

»Und für Sie, *Mefakeah* Shmeltzer?«

»Noch eine Cola, diesmal ohne Limo.«

Als er gegangen war, sagte Daniel: »Da wir gerade von der UNO sprechen – ich war heute morgen oben im Amelia-Katharina. Hat mit unserm neuen Fall zu tun.«

»Hab' schon davon gehört«, sagte Shmeltzer und drehte eine Olive zwischen den Fingern. »Blutiges Gemetzel auf dem Skopus.«

»Die Leute können wohl mal wieder den Mund nicht halten«, sagte Daniel.

Sein gereizter Ton ließ Shmeltzer aufhorchen.

»Das sind nur die üblichen Latrinenparolen von den Kollegen in Uniform. Sie hatten noch einen Wagen zusätzlich angefordert, um den Hügel absuchen zu lassen –, und die Leute wollten wissen, warum. Also, was soll groß sein?«

»Von wegen. Laufer will, daß die Sache unterm Teppich bleibt.«

»Ich bin für Friede, Freude, Eierkuchen«, sagte Shmeltzer. »Wenn Sie auch dafür sind, könnten wir doch eine Partei gründen.«

»Was genau haben Sie gehört, Nahum?«

»Mordtat eines Wahnsinnigen, vielleicht eine Hure, vielleicht ein zweiter Grauer Mann. Kann das hinkommen?«

Daniel schüttelte den Kopf. »Kaum.« Er berichtete, was er über den Fall in Erfahrung gebracht hatte. Seine Darstellung schien Shmeltzer zu beeindrucken.

»Verrückt«, sagte er leise. »Mit so etwas haben wir noch nie zu tun gehabt.«

Emil kam wieder an den Tisch und brachte die Getränke. Als er sah, daß sie das Essen noch nicht angerührt hatten, fragte er, ob irgend etwas nicht in Ordnung wäre.

»Es ist schon okay«, sagte Daniel. Er stand auf, ging quer durch den Raum zu einem Spülstein und wusch sich die Hände in einer Kupferschale. Als er zurückkam und sich wieder hingesetzt hatte, sprach er ein Tischgebet, brach ein Stück *Pita*, salzte es und aß davon. Ein zweites Stück tunkte er in den *Hummus*, steckte es in den Mund, und der scharfe Geschmack von Kümmel und Knoblauch wirkte wie ein angenehmer Schock auf seiner Zunge. Emil nickte und wandte sich zum Gehen.

»Hat sich im Krankenhaus etwas ergeben?« fragte Shmeltzer.

»Mal wieder typisch für die UNO. Lippenbekenntnisse und viel Feindseligkeit.«

»Was erwarten Sie? Diese Arschlöcher leben wie die Fürsten – mit steuerfreiem Mercedes, Villen und diplomatischer Immunität. Was zahlen sie ihren Bürohengsten jetzt – vierzig-, fünfzigtausend im Jahr?«

»Neunzig.«

»Shekel oder amerikanische Dollar?«

»Dollar«, sagte Daniel. »Steuerfrei.«

»Scheiße«, sagte Shmeltzer. »Das sind zehn Jahresgehälter für Sie und mich zusammen. Und das für Nichtstun.« Er tunkte *Pita* in den Auberginensalat und brachte es fertig, zu kauen und gleichzeitig die Stirn zu runzeln. »Ich erinnere mich an einen Typ, den ich mal wegen einer Einbruchssache vernommen habe. Nigerianer, sah aus wie Idi Amin. Safarianzug. Spazierstock mit Elfenbeinspitze und eine gravierte Visitenkarte mit einem Titel, aus dem man sich einen Zopf flechten könnte: geschäftsführender Distriktsdirektor der Grenzkommission Sinai; sollte zählen, wie viele Ägypter wir töten und umgekehrt. Unabhängig davon, daß wir in Camp David alles zurückgegeben haben und gar keine Grenze mehr existiert – dieser Typ hatte die Aufgabe, die Grenze zu verwalten, weil die Absprachen von Camp David von den Falken in der UNO nie anerkannt wurden. Für die gilt das immer noch als Kriegsgebiet.«

Er nippte an seiner Cola, zerdrückte eine Olive im Mund, nahm den Kern heraus und legte ihn auf den Teller. Dann machte er sich an die nächste und fragte: »Gibt's jemanden im Amelia, der wie ein Verdächtiger aussieht?«

»Es drängt sich nichts auf«, sagte Daniel. »Zwei von den Leuten waren besonders nervös. Ein Arzt namens Al Biyadi und seine Freundin – eine amerikanische Krankenschwester. Die wollte mir weismachen, daß wir ihn schikanieren würden. Sah aus wie ein typischer Fall von Scheichfieber.«

»Natürlich«, sagte Shmeltzer. »Ganz verrückt nach Ahmed, bis er ihr eine Bombe in den Koffer packt und sie in eine El-Al-Maschine setzt. Wo hat sie ihn kennengelernt?«

»In Amerika. Detroit, Michigan. Da gibt es viele Araber. Und viele Sympathien für die PLO.«

»Was sollen wir dem kleinen Casanova denn getan haben?«

»Weiß ich noch nicht«, sagte Daniel. »Vielleicht ein Problem mit seiner Einwanderung. Wir lassen die Daten von beiden überprüfen und von den andern Leuten im Krankenhaus auch.« Er trank einen Schluck Soda und spürte, wie die Bläschen unter seinem Gaumen perlten. »Glauben Sie, daß es ein politischer Fall ist?«

Shmeltzer zuckte die Achseln. »Warum nicht? Unsere lieben Vettern machen ständig neue Annäherungsversuche.«

»Levi hält es für wahrscheinlich, daß man sie narkotisiert hat«, sagte Daniel. »Betäubt mit Heroin.«

»Menschenfreundlicher Killer«, sagte Shmeltzer.

»Darum dachte ich an einen Arzt, aber ein Arzt könnte doch an alle möglichen Betäubungsmittel kommen – er müßte nicht unbedingt etwas Illegales nehmen.«

»Es sei denn, der Arzt war selbst ein Fixer. Vielleicht hat er gemeinsam mit dem Mädchen Heroin gedrückt. Und sie nahm eine Überdosis. Als er sah, was passiert war, ist er in Panik geraten und hat sie aufgeschlitzt.«

»Das glaube ich nicht«, sagte Daniel. »Levy meint, die Dosis sei nicht tödlich gewesen, und sie hat zwei Injektionen bekommen.« Er zögerte. »Die ganze Art und Weise, Nahum – die Sache mit dem Messer war Vorsatz.«

Die Tür ging auf, und Kohavi kam mit einem Mann herein.

Smeltzer musterte den Neuankömmling, dann warf er Daniel einen raschen Blick zu.

»Wenn man von den lieben Vettern spricht«, sagte er.

»Ein erstklassiger Mann«, sagte Daniel. »Wenn das Mädchen Araberin ist, wird er wertvoll sein.«

Kohavi hatte sich wieder in den vorderen Raum zurückgezogen, und der neue Mann ging allein auf ihren Tisch zu. Er war mittelgroß, dunkelhäutig und in den Zwanzigern, trug einen hellbraunen Anzug und ein weißes Hemd, aber keine Krawatte. Sein längliches, grobgeschnittenes Gesicht mit dem ingwerfarbenen Schnurrbartbüschel und einem breiten, ernsthaften Mund endete in einem kantigen Kinn. Die hellen, rotbraunen Haare trug er nach hinten gekämmt, und seine grünen, eng beieinanderliegenden Augen sahen offen geradeaus.

»Guten Tag, *Pakad*«, sagte er, als er an den Tisch kam.

»Guten Tag, Elias. Bitte setzen Sie sich. Das ist *Mefakeah* Nahum Shmeltzer aus dem Präsidium. Nahum, *Samal* Rishon Elias Daoud vom Revier in Kishle.«

»Elias.« Shmeltzer nickte.

»Angenehm, Sir.« Daoud sprach mit einer dünnen und jungenhaften Stimme. Sein Hebräisch war fließend, hatte aber einen Akzent – das rollende arabische ›r‹ und ein ›b‹ statt des ›p‹. Er setzte sich und legte die gefalteten Hände in den Schoß, artig, aber neugierig wie ein Schüler, der in eine neue Klasse kommt.

»Nennen Sie mich Nahum«, sagte Shmeltzer. »›Sir‹ ist ein Fettsack, der mit seinen Orden ins Bett geht.«

Daoud rang sich ein Lächeln ab.

»Wollen Sie etwas trinken, Elias?« fragte Daniel.

»Danke. Der Chef bringt mir einen Kaffee.«

»Etwas zu essen?«

»Danke.« Daoud nahm eine *Pita* und aß sie, wie sie war, kaute langsam, den Blick auf die Tischdecke gerichtet; er fühlte sich unbehaglich. Daniel fragte sich, wie viele jüdische Restaurants er schon besucht hatte und wie oft er darum in den Westteil der Stadt gekommen war.

»Wir sind alle sehr beeindruckt«, sagte er, »wie Sie den Fall mit der Nummer-zwei-Bande gelöst haben. Die Ganoven sind alle hinter Gittern, und die Drogen sind von der Straße.«

»Ich habe nur meinen Job getan«, sagte Daoud. »Mit Gottes Hilfe.«

Shmeltzer nahm eine Gurke und biß die Spitze ab. »Hoffen wir, daß er Ihnen auch weiterhin beisteht. Wir haben es mit einer bösen Geschichte zu tun. Ein geisteskranker Mörder.«

Daoud bekam neugierige große Augen.

»Wen hat er umgebracht?«

»Ein junges Mädchen«, sagte Daniel. »Verstümmelt und auf den Skopus geschafft, gegenüber vom Amelia-Katharina. Sie ist noch nicht identifiziert. Hier.«

Er nahm den Umschlag zur Hand, zog Fotos von dem toten Mädchen heraus und gab beiden Detektiven die Abzüge.

»Fällt Ihnen etwas dazu ein?«

Shmeltzer schüttelte den Kopf. »Hübsch«, sagte er, und seine Stimme klang gepreßt. Dann wandte er sich ab.

Daoud sah sich das Bild noch eine Zeitlang an, hielt es mit beiden Händen an den Rändern fest und konzentrierte sich verbissen.

»Ich kann sie nicht unterbringen«, sagte er schließlich. »Aber da ist etwas in ihrem Gesicht, was mir bekannt vorkommt.«

»Was?« fragte Daniel.

Daoud starrte wieder auf das Foto. »Ich weiß nicht warum, aber ich muß die ganze Zeit an eines von den Dörfern denken. Silwan vielleicht. Oder Abu Tor.«

»Bethlehem nicht?«

»Nein, Sir«, sagte Daoud. »Wenn sie aus Bethlehem wäre, würde ich sie kennen.«

»Was ist mit den anderen Dörfern?« fragte Shmeltzer. »Sur Bahir, Isawiya.«

»Vielleicht«, sagte Daoud. »Aus irgendeinem Grund muß ich an Abu Tor und Silwan denken.«

»Vielleicht haben Sie sie im Vorbeifahren gesehen«, sagte Daniel. »Flüchtig durchs Wagenfenster.«

Daoud dachte einen Moment nach. »Vielleicht.«

Er fühlt sich unwohl, dachte Daniel. Hat sich zu schnell geäußert, ohne wirklich etwas in der Hand zu haben.

»Sie sagen also, sie sei Araberin«, sagte Shmeltzer.

»Das war mein erster Eindruck«, sagte Daoud. Er zupfte an seinem Schnurrbart.

»Ich lasse alle Fälle von vermißten Jugendlichen recherchieren«, sagte Daniel. »Es sind sechzehnhundert. In der Zwischenzeit gehen wir Klinkenputzen. Ob wir nun dabei mit den Dörfern anfangen, spielt keine Rolle. Nehmen Sie sich erst mal Silwan vor, Elias. Zeigen Sie allen Leuten das Foto. Wenn es da nicht klappt, machen Sie in Abu Tor weiter.«

Daoud nickte und steckte das Foto in seine Jackentasche.

Da schallte es vom anderen Ende des Raumes:

»Alle Mann ans Gewehr!«

Ein auffällig wirkender Mann stolzierte auf den Tisch zu. Über einsachtzig groß und von der kraftstrotzenden Muskulatur eines Gewichthebers, trug er weiße Shorts, Strandsandalen aus Gummi und ein rotes, ärmelloses Netzhemd, das viel von seiner straffen, safrangelben Haut sehen ließ. Sein Haar war blauschwarz und glatt, in der Mitte gescheitelt und mit einem Fön gestylt. Sein asiatisches Gesicht war breit und flach wie das eines mongolischen Kriegers. Die Augen über den hohen sockelartigen Wangenknochen wirkten wie ein Paar Schlitze in Reispapier. Ein schwarzblauer Tagesbart lag wie ein Schatten auf seinem Gesicht. Er mochte ungefähr dreißig Jahre alt sein, mit einer Plus-Minus-Toleranz von fünf Jahren.

»*Shalom*, Dani. Hallo, Nahum.« Der Mann hatte eine tiefe, rauhe Stimme.

»Tag, Chinese.« Shmeltzer nickte. »Freier Tag heute?«

»Bis eben«, sagte der große Mann. Er musterte Daoud und setzte sich neben ihn.

»Yossi Lee«, sagte er und streckte seine Hand aus. »Sie müssen Daoud sein, oder? Der König von Kishle.«

Daoud nahm die Hand nur zögernd, als wolle er sich nicht auf den ironischen Unterton einlassen. Lee schüttelte ihm kräftig die Hand, lächelte und entblößte dabei seine langen weißen Zähne, die an ein Pferdegebiß erinnerten. Als er die Hand des Arabers losließ, gähnte er und streckte sich.

»Was gibt's denn in dieser Bude zu essen? Ich bin am Verhungern.«

»Besser diese Bude als irgendwo anders«, sagte Shmeltzer.
»Irgendwo anders wär's aber gratis«, sagte Lee. »Und gratis schmeckt's immer phantastisch.«

»Beim nächsten Mal, Chinese«, versprach Daniel. Er sah auf die Uhr. Es war zehn Minuten über die Zeit, und der neue Mann war noch nicht aufgetaucht.

Emil kam mit den Speisekarten.

»Ein Bier«, sagte der Chinese.

»Goldstar oder Maccabee?« fragte Emil.

»Goldstar.«

Der Kellner wollte gehen.

»Augenblick noch«, sagte Daniel. »Wir wollen jetzt bestellen.«

Shmeltzer und der Chinese nahmen gefüllten Kürbis als Vorspeise und eine doppelte gemischte Grillplatte. Daniel beobachtete, wie Daoud die Speisekarte studierte, die Preise überflog und zögerte. Bestimmt fragte er sich, wie weit er wohl mit dem Gehalt eines frischgebackenen Polizeisergeanten kommen würde. Daniel hatte Daoud, kurz nachdem die Nummer-zwei-Bande aufgeflogen war, in seiner Wohnung in Bethlehem besucht, ihm die Nachricht von seiner Beförderung überbracht und ihm getrocknete Früchte geschenkt. Seine Armut hatte ihm großen Eindruck gemacht, obwohl eigentlich bekannt war, daß die meisten Polizisten in ernsthaften finanziellen Problemen steckten. Die Zeitungen hatten gerade über eine Gruppe von Dienstanfängern berichtet, die Sozialhilfe beantragt hatten. Und bevor Daoud zur Polizei gegangen war, hatte er als Aushilfe in einem Souvenirladen gearbeitet; in einer dieser engen, muffigen Bruchbuden, wo man Kruzifixe aus Olivenholz und Strohattrappen der Weihnachtskrippe an christliche Touristen verkaufte. Was mochte er da verdient haben – vielleicht tausend im Jahr?

Jetzt, als er Daoud die Speisekarte studieren sah, erinnerte er sich wieder an jene Bilder der Armut: Daouds Zuhause –

drei winzige Zimmer in einem altersschwachen Gebäude, Matratzen auf der Erde, ein Kohleofen zum Heizen, an den weißgetünchten Wänden Poster des Gekreuzigten. Und überall Kinder – mindestens ein halbes Dutzend, krabbelnd, watschelnd, mehr oder minder bekleidet. Eine scheue junge Frau und eine gelähmte Schwiegermutter, die schweigend strickte. Küchengerüche und Babygeplärre.

Daniel ließ die Speisekarte sinken und sagte: »Ich nehme einen Pfefferminzsalat.«

»Pfefferminzsalat«, wiederholte der Kellner Emil. »Was darf es sonst noch sein, *Pakad*?«

»Das ist alles.«

Der Kellner zog die Augenbrauen hoch.

»Machen Sie Diät?« fragte der Chinese.

»Heute abend ist Sabbat«, sagte Daniel. »Da wird noch viel gegessen.«

Daoud gab dem Kellner die Speisekarte zurück.

»Ich nehme auch einen Pfefferminzsalat«, sagte er.

»Und außerdem?«

»Einen Kaffee.«

»Das ist alles«, sagte Daniel zu Emil, der im Weggehen brummte: »Salate, Salate.«

Daniel begann den Fall darzulegen, bevor das Essen kam, und sprach auch weiter, nachdem serviert war; seinen Salat ließ er stehen und redete, während die anderen aßen. Er übergab Lee ein Foto des toten Mädchens, legte noch eins auf den Platz vor dem leeren Stuhl und berichtete, was er bis jetzt in Erfahrung gebracht hatte.

Die Detektive machten sich Notizen, den Kugelschreiber in der einen, die Gabel in der andern Hand. Sie kauten und schluckten, aßen eher mechanisch. Ein schweigsames Publikum.

»Drei Möglichkeiten drängen sich auf«, sagte er. »Erstens: der Mörder ist ein Psychopath. Zweitens: wir haben es mit einem Mord aus Leidenschaft zu tun – wozu ich auch die Blutrache zähle. Drittens: ein Fall von Terrorismus. Hat jemand noch andere Vorschläge?«

»Mord im Bandenmilieu«, sagte Shmeltzer. »Sie war die Freundin eines Gangsters und ist in irgendeine dumme Geschichte reingeraten.«

»Die Banden erledigen so etwas mit Kugeln, und sie bringen auch keine Frauen um«, sagte der Chinese.

Er säbelte Schaschlikwürfel von einem Fleischspieß, betrachtete sie und aß.

»Bis jetzt haben sie keine Frauen umgebracht«, sagte Shmeltzer. »Aber es gibt immer ein erstes Mal.«

»Sie verstecken ihre Toten, Nahum«, sagte Lee. »Daß es nach außen hin bekannt wird, wäre so ziemlich das letzte, woran sie interessiert sind.« Und zu Daoud: »Die Opfer der Nummer-zwei-Bande habt ihr doch nie gefunden, oder?«

Daoud schüttelte den Kopf.

»Braut sich Ihres Wissens irgendwo ein Bandenkrieg zusammen?« fragte Daniel und sah Lee an.

Der Chinese nahm einen Schluck Bier und schüttelte den Kopf. »Die Haschischbanden stehen alle gut da – mit massiver Unterstützung aus dem Libanon –, jeder hat seinen Anteil am großen Kuchen. Zik und die Typen aus der Chain Street haben im Hehlereigeschäft einen Waffenstillstand geschlossen. Zik hat sich auch den Opiummarkt unter den Nagel gerissen, und die andern sind zur Zeit nicht groß genug, um ihm an den Kragen zu gehen.«

»Was ist mit den Melonenbanden?« fragte Shmeltzer.

»Die Ernte wird in diesem Sommer nicht viel hergeben, darum können wir mit allerhand Auseinandersetzungen rechnen, aber das ist noch eine Weile hin, und im Melonengeschäft hatten wir es bis jetzt noch nie mit einem Mordfall zu tun.«

»Alles zu seiner Zeit«, sagte der ältere Detektiv. »Die Zivilisation wird auch bei uns zuschlagen, und das nicht zu knapp.«

»Chinese, Sie nehmen sich die organisierten Banden vor«, sagte Daniel. »Und stellen Sie fest, ob es eine Zuhältergeschichte ist – vielleicht war sie ein Straßenmädchen, das ihren Zuhälter betrogen hat, und der wollte ein Exempel statuieren. Halten Sie den Ganoven ihr Foto unter die Nase, und fragen Sie, ob jemand sie kannte.«

»Mach ich«, sagte Lee.

»Irgendwelche anderen Hypothesen?« fragte Daniel. Als sich niemand meldete, sagte er: »Kommen wir noch mal auf die ersten drei zurück, nehmen wir zunächst die Sache mit dem Terrorismus. Auf den ersten Blick sieht es nicht nach einem politischen Fall aus – bei der Leiche wurde keine Botschaft gefunden, und es gab kein Bekennerschreiben. Aber das kann noch kommen. Wir wissen, daß man im Straßenverbrechen eine neue Strategie erprobt – der Kerl, der Shlomo Mendelsohn erstach, brüllte politische Parolen wie die Punker, die an den Teichen von Solomon auf Wanderer schossen. In beiden Fällen ging man halb spontan vor – man nutzte einen günstigen Augenblick –, dagegen sieht es hier eher nach vorsätzlicher Planung aus. Aber so ging auch die Tutunji-Bande und Talia Gidal vor. Darum sollten wir keine Möglichkeit ausschließen. Nahum, ich möchte, daß Sie sich mit Shin Bet in Verbindung setzen und herausfinden, ob sie in Übersee oder sonstwo etwas von einer Sexualmordstrategie gehört haben. Elias, ist Ihnen etwas in dieser Richtung zu Ohren gekommen?«

»Geredet wird immer«, sagte Daoud vorsichtig.

Shmeltzer verzog das Gesicht. »Was wird denn geredet?« fragte er.

»Sprüche. Nichts Konkretes.«

»Wirklich?« fragte der ältere Detektiv und putzte sich die Brille. »Neulich habe ich etwas sehr Konkretes gesehen. Graffiti am Hügel von Golgatha. Hackt dem zionistischen Monster den Kopf ab. Könnte sein, daß jemand die Anweisung befolgt hat.«

Daoud sagte kein Wort.

»Bei Licht betrachtet«, fuhr Shmeltzer fort, »ist es doch nichts Neues, wenn Araber Politik und Gewalttätigkeit miteinander vermengen.« Er stieß seine Gabel in ein Stück gegrillte Niere, steckte sie in den Mund und kaute nachdenklich. »Beim Massaker in Hebron haben sie allen Frauen die Brüste abgeschnitten. Die Männer hat man kastriert und ihnen die Eier in den Mund gestopft. Die Saudis verstümmeln immer noch ihre Diebe. Es ist einfach ein Teil der arabischen Kultur, oder?«

Daoud starrte vor sich hin und zog an seinem Schnurrbart, bis sich die Haut an den Lippen rötete.

Daniel und der Chinese sahen Shmeltzer an, der die Schultern hochzog und sagte: »Jerusalem ist nun mal so, Leute. Man muß alles in einem historischen Zusammenhang sehen.«

Damit wandte er sich wieder dem Essen zu, zerschnitt ein Lammkotelett und kaute mit übertriebener Begeisterung.

Die nachfolgende Stille war bedrückend und kalt. Daoud brach das Schweigen als erster und sprach fast im Flüsterton.

»Wenn dies ein politischer Mord sein soll, dann müßte das Mädchen eine Jüdin sein –«

»Oder sie stammt aus einer arabischen Familie, und man betrachtet sie als Kollaborateurin«, sagte Shmeltzer.

Daoud senkte den Blick und befaßte sich mit den Salatblättern auf seinem Teller.

»Wir werden alle Möglichkeiten in Betracht ziehen«, sagte Daniel. »Gehen wir weiter zu Punkt zwei. Mord aus Leidenschaft – eine unerwiderte Liebe, eine gescheiterte Verlobung, beschmutzte Ehre, Blutrache. Weiß jemand etwas von familiären Streitigkeiten, die fatal enden könnten?«

»In den letzten Monaten hat es unter marokkanischen Familien drüben in Katamon Tet Schlägereien gegeben«, sagte der Chinese. »Es ging darum, wo die Wäsche aufgehängt werden soll. In letzter Zeit sollen sich aber die Gemüter wieder abgekühlt haben. Ich werde das überprüfen.«

»Zwei Familien aus Surif, die durch eine Verlobung miteinander verbunden sind, liegen sich wegen einer Mitgift in den Haaren«, sagte Daoud. »Bis jetzt ist es bei Schimpftiraden geblieben, die aber heftiger geworden sind; das Faß könnte durchaus zum Überlaufen kommen und der Streit in Gewalttätigkeit ausarten. Aber ich kenne die Familienmitglieder beider Seiten, und das Mädchen gehört nicht dazu. Sonst fällt mir nur noch der Drusenscheich ein, den man im letzten Jahr ermordet hat.«

»Hakim al Atrash«, sagte Daniel.

»Ja. Man nimmt allgemein an, daß es dabei um einen Streit wegen Landbesitz ging und der Stamm der Janbulat dahintersteckte. Die Situation ist noch offen – die Rache muß erst noch vollzogen werden. Aber wenn sie jemanden umbringen, wird es wieder ein Mann sein und kein junges Mädchen.«

»Eine andere, entferntere Möglichkeit«, sagte Daniel, »wären die Beduinen. Sie sind schnell bei der Hand, ein entjungfertes Mädchen oder eine Ehebrecherin hinzurichten. Und ein Beduinenmädchen in diesem Alter könnte sehr wohl verheiratet oder verlobt gewesen sein. Aber der Pathologe ist sicher, daß unser Mädchen Schuhe trug, und er wies mit Recht auf einen anderen Gesichtspunkt hin: Beduinen begraben ihre Toten in der Wüste, weit ab von neugierigen Augen. Es gäbe für sie nicht den geringsten Grund, eine Leiche in die Stadt zu schaffen.«

Er nahm einen Schluck Soda, aß von seinem Salat, ohne etwas zu schmecken, trank noch einmal und sagte: »Mein Instinkt sagt mir, daß es hier nicht um einen Mord aus verletzter Ehre geht. Alle Opfer, die ich gesehen oder von denen ich gehört habe, sind mit einem einzigen Stich in die Kehle oder mit einer Kugel in den Kopf getötet worden. Schnell und sauber. Es gab keine Wunden am Körper und kein Gemetzel an den Genitalien. Niemals wurden die Leichen gewaschen. Ich habe gesehen, was man mit ihr gemacht hat – die Bilder zeigen das nicht. Das war ein rituelles Gemetzel. Eine kalkulierte Raserei.«

»Ein Sexualmord«, sagte der Chinese.

»Das ist unsere beste Arbeitshypothese.«

»Wenn es ein Sexualmord ist, betreten wir Neuland«, sagte Shmeltzer. »Wir müssen wieder in die Lehrbücher sehen. Wie blutige Anfänger.«

Daniel ärgerte sich über Shmeltzers Bemerkung, auch weil er nicht ganz unrecht hatte. In jeder amerikanischen Großstadt bekam ein Kriminalbeamter im ersten Dienstjahr in zwölf Monaten mehr zu sehen als er in seinem ganzen Berufsleben. Serienmorde, Ritualmorde, Kindesmorde, Gewalttaten in abgelegenen Straßen. Eine düstere, häßliche Welt, über die er zwar gelesen hatte, mit der er aber nie in Berührung gekommen war. Bis vor acht Monaten, als der Graue Mann auftauchte. Seitdem war es vorbei mit der Idylle. Vier Morde in zwei Monaten. Eine Welle von Verbrechen, begangen von einem einzigen Mann und in einer Stadt, die es in schlechten Jahren höchstens auf neun oder zehn Morde brachte, zumeist als blutige Folge familiärer Streitigkeiten. Vier Frauen mußten sterben, weil sie ihre Liebe käuflich angeboten hatten ...

»Kinder, die Zeiten ändern sich«, belehrte Shmeltzer den Chinesen und Daoud. »Und wir sind dafür nicht gerüstet. Wir haben Drogensüchtige, Psychopathen – durchgedrehte Ausländer in Gammelklamotten. So was hat es früher nicht gegeben. Jetzt sieht man sie überall in der Stadt. Auf dem Weg hierher bin ich so einem Meschuggenen begegnet, der über den Herzl-Berg latschte und vor sich hinmurmelte. Er hatte Schaum vor dem Mund und wäre beinahe überfahren worden. Man braucht nur durch den Independence Park zu gehen, da liegen sie unter den Bäumen wie Hundescheiße.«

»Das ist aber nicht der Typ, nach dem wir suchen, Nahum«, sagte Daniel. »Diese Leute können nichts organisieren, sie sind unfähig zu planen. Nach dem Psychogramm, das Dr. Ben David über den Grauen Mann erstellt hat, geht es um einen sozialen Außenseiter, der zurückgezogen lebt, aber nach außen hin normal erscheint.«

»Wunderbar«, sagte Shmeltzer. »Ein sehr gebildeter Mann, dieser Dr. Ben David. Wenn wir den nicht gehabt hätten ...«

Was mochte nur in ihn gefahren sein, fragte sich Daniel. Shmeltzer hatte immer die Rolle des Advocatus Diaboli gespielt, was Daniel nie gestört hatte – es zwang ihn zum Denken. Aber heute kam er ihm anders vor, weniger konstruktiv, als hätte er überhaupt kein Interesse mehr an der Arbeit. Vielleicht hatte Laufer doch recht gehabt: der Mann war ausgebrannt und hatte seine besten Zeiten hinter sich. Bei einem Fall wie diesem brauchte er einen zweiten, absolut verläßlichen Mann – den Detektiv, der Shmeltzer für ihn immer gewesen war. Und nicht den zynischen Neinsager, der ihm hier am Tisch gegenübersaß. Er betrachtete Shmeltzer, wie er seine Cola trank, das Gesicht halb verdeckt hinter dem Glas. Am liebsten hätte er ihn auf der Stelle auf das Thema angesprochen, aber dann überlegte er es sich anders.

»Nahum«, sagte er, »die Computerleute sollen die Liste mit den Sexualtätern, die wir im Fall des Grauen Mannes angelegt haben, auf den neuesten Stand bringen. Sie sollen neue Listen erstellen mit den Kategorien ›Neigung zu Gewalttätigkeit‹ und ›Besitz von Messern‹. Andere Gesichtspunkte sind ›Vorliebe für junge Mädchen‹ und ›Drogenmißbrauch‹. Mit den meisten Typen haben wir bestimmt schon geredet, aber wir sollten sie noch einmal in die Mangel nehmen. Bei der ersten Durchsicht wird Ihnen ein neuer Mitarbeiter namens Avi Cohen helfen, und für die weitere Auswertung kann ich Ihnen einen Assistenten zur Verfügung stellen, wenn es sein muß. Sobald wir eine brauchbare Liste erstellt haben, fangen wir an, die Leute zu verhören. Solange die Daten in Arbeit sind, können Sie den Campus auf dem Skopus überprüfen. Stellen Sie fest, ob jemand noch länger gearbeitet hat und ob vielleicht an den Schlössern zu den Eingangstoren manipuliert worden ist.

Vordringlichste Aufgabe ist die Identifizierung des Mädchens«, sagte er und nahm ihr Foto in die Hand. »Wir arbeiten in Schichten rund um die Uhr. Es könnte sich eine Verbindung über die Ohrringe ergeben – der Mörder hat sie vielleicht an sich genommen. Aber solange wir nicht wissen, wie sie aussehen, ist es witzlos, die Juwelierläden abzuklappern. Außerdem sagte Dr. Levi, sie seien nicht aus Gold; darum wird ein professioneller Juwelier sie kaum ankaufen wollen. Trotzdem, wenn Ihnen jemand über den Weg läuft, der Modeschmuck kauft, fragen Sie, ob man versucht hat, ihm ein Paar Ohrringe anzudrehen.«

Er wandte sich zu Daoud. »Elias, Sie übernehmen die Dörfer – folgen Sie erst mal Ihrem Instinkt und fangen Sie mit Abu Tor und Silwan an. Wenn da nichts zu holen ist, nehmen Sie sich auch die andern vor. Isawiya scheint mir besonders interessant zu sein, weil man von dort durch die Wüste und auf den Skopus gelangen kann, ohne die Stadt selbst zu betreten. Die Leute von der Grenzpatrouille sagen zwar, es sei alles ruhig gewesen, aber sie sind nicht unfehlbar. Wenn Sie in den Dörfern nichts in Erfahrung bringen, nehmen Sie sich die Altstadt vor bis zum Damaskustor und zur Sultan Suleiman, dann den Bereich um den arabischen Busbahnhof und den Hauptbahnhof. Gehen Sie auch in die Waisenhäuser. Sprechen Sie mit Busfahrern, Fahrkartenverkäufern, Trägern, mit allen, die vielleicht gesehen haben, wie ein junges Mädchen angekommen ist. Ich nehme mir heute nachmittag den Zentralbusbahnhof vor und werde dasselbe tun. Verstanden?«

»Ja, Sir.«

»Chinese«, fuhr Daniel fort, »Sie kümmern sich um die Gegend am südlichen Rand der kriminellen Szene – Sheikh Jarrah, die amerikanische Kolonie, Wadi el Joz, dann Musrara und immer am Rotlichtbezirk entlang. Ich nehme an, in den Melonen-Zelten werden Sie sich sowieso sehen lassen und da den organisierten Ganoven auf die Finger klopfen.«

»Heute abend, kurz nach Mitternacht«, sagte der Chinese. »Wenn da so richtig die Post abgeht.«

»Wenn Sie dort keine Anhaltspunkte finden, gehen Sie in den Rotlichtbezirk und reden Sie mit den Prostituierten. Stellen Sie fest, ob Kunden mit ausgefallenen Wünschen aufgetaucht sind. Rücken Sie keiner zu dicht auf die Pelle, aber geben Sie acht auf irgendwelche verrückten Vögel. Und wenn Sie schon dort sind, sagen Sie den Mädchen, sie sollen sich vorsehen – aber sprechen Sie nur sehr allgemein, nicht in Einzelheiten.«

»Wie allgemein?« fragte der Chinese.

»Sagen Sie ihnen, daß sie in Gefahr sind. Erwähnen Sie keine Einzelheiten und nichts über den Mord – das gilt im übrigen für uns alle. Laufer möchte diese Geschichte unter dem Teppich halten – wegen der Touristen. Also sprechen wir von einem vermißten Mädchen, mehr nicht. Dasselbe gilt für den Umgang mit unseren Kollegen von der Polizei. Deshalb haben wir uns heute auch nicht im Präsidium getroffen.«

Der Chinese nahm einen abgelegten Fleischspieß von seinem Teller und gestikulierte damit wie ein Lehrer mit einem Zeigestock. »Ich soll den Nutten also klarmachen, daß sie in Gefahr sind. Dann halte ich ihnen das Foto von dem vermißten Mädchen unter die Nase. Man muß nicht unbedingt der Oberrabbi sein, um sich daraus einen Reim zu machen.«

»Es ist unmöglich, die Geschichte für längere Zeit zu verheimlichen«, stimmte Daniel zu. »Der Boß hofft einfach, daß wir die Gerüchte noch eine Zeitlang eindämmen können, die Geschichte rasch aufklären und die Zeitungen mit einem Dreizeiler über den abgeschlossenen Fall abspeisen.«

»Die Hoffnung währet ewiglich«, murmelte Shmeltzer.

»Ich bin den ganzen Sabbat über den Piepser zu erreichen«, fuhr Daniel fort. »Sollte einer von Ihnen auf etwas Wichtiges stoßen, rufen Sie mich umgehend an. Morgen werde ich durch die unteren Katamonim von Tür zu Tür gehen – falls sie ein armes Mädchen ist und von jüdischer Herkunft, halte ich es für das beste, dort anzufangen. In der Datenabteilung habe ich veranlaßt, daß der Hintergrund von ein paar Leuten aus dem Amelia-Katharina recherchiert und der Mann von der Zivilgarde überprüft wird, der die Leiche gefunden hat. Es hängt von den Untersuchungsergebnissen ab, wohin ich anschließend gehe. Falls jemand auf eine gute Spur stößt, soll er mich sofort rufen. Wenn es etwas gibt, was wir gemeinsam besprechen müssen, treffen wir uns am Sonntagnachmittag bei mir in der Wohnung. Und jetzt werden wir zahlen und an die Arbeit gehen.«

Als die Rechnungen beglichen waren, bat er Daoud, noch am Tisch zu bleiben, und begleitete Lee und Shmeltzer nach draußen. Der Chinese stieg auf seine Vespa, die er vor dem Restaurant geparkt hatte. Mit seinen gewaltigen Oberschenkeln wirkte er auf dem Motorroller wie ein Kind auf einem Spielzeugfahrrad. Er ließ den Motor aufheulen, fuhr stotternd bis zur King George, bog links ab und war im Verkehrsgewühl verschwunden. Neben dem »Star« lag ein dreistöckiges Gebäude, in dessen Erdgeschoß eine Agentur der El Al und ein Kinderbekleidungsgeschäft untergebracht waren. In den oberen Etagen hatten Anwälte ihre Büros, die im Augenblick wegen der Mittagspause geschlossen waren; rechts neben der Schaufensterfront führte ein dunkler, getäfelter Torweg in einen Treppenflur.

Daniel nahm Shmeltzer am Ellbogen, führte ihn in den Hauseingang und sagte: »Was ist los mit Ihnen, Nahum?«

Shmeltzer machte ein unschuldiges Gesicht.

»Was soll denn los sein?«

»Ihre Einstellung gefällt mir nicht. Die kleine Rede über den Vorfall in Hebron, die Nebenbemerkungen.«

»Machen Sie sich keine Sorgen«, sagte Shmeltzer. »Ich tue meine Arbeit.«

»Das ist keine Antwort«, fuhr Daniel ihn an. »Wenn Sie Probleme haben, möchte ich das wissen.«

Shmeltzer lächelte gelassen.

»Was soll ich für Probleme haben? Ich bin nun mal ein Mann, der die Dinge beim Namen nennt.«

»Eine völlig sinnlose Lektion in Sachen arabische Kultur bedeutet also, die Dinge beim Namen zu nennen?«

Das Gesicht des Alten bebte vor Wut. Er preßte den Mund so fest zusammen, daß sich ein weißer Ring um seine Lippen bildete.

»Hören Sie, Dani, Sie wollen den Mann einsetzen, und das ist Ihr gutes Recht. Sie halten ihn für tüchtig; schön, vielleicht ist er das. Aber wenn ich ihm die Windeln wechseln muß, soll er zum Teufel gehen.« Die Brille war ihm von der schweißnassen Nase gerutscht, er rückte sie zurecht. »Eine Sache kotzt mich bei diesen Leuten am meisten an. Sie reden um die Dinge herum und machen schöne Worte, Sir vorne, Sir hinten, willkommen in meinem Zelt. Aber wenn man ihnen den Rücken zudreht, steckt da ganz schnell ein Messer drin. Ich nenne die Dinge beim Namen, wir alle nennen die Dinge beim Namen, und damit, zum Teufel, wird er sich abfinden müssen oder dahin gehen, wo er hergekommen ist und wieder Rosenkränze verkaufen.«

»Er bekommt keine Extrawurst gebraten«, sagte Daniel. »Entweder er macht seine Arbeit, oder er fliegt. Mir geht es nur um Ihre Einstellung, ich muß mich auf Sie verlassen können. Damit wir die Arbeit auch packen.«

»Habe ich schon jemals etwas vermasselt?«

»Nein. Und ich habe Sie ins Team geholt, weil ich Sie für den besten Mann halte.«

Für einen Augenblick schien Shmeltzer besänftigt. Dann trat ein seltsam grimmiges Funkeln in seine Augen, die gleich darauf einen neutralen Ausdruck annahmen.

»Ich werde Ihnen keinen Grund geben, Ihre Meinung zu ändern.«

»Das war es, was ich hören wollte.«

»Sie haben es gehört«, sagte Shmeltzer. »Wenn Sie einverstanden sind, möchte ich jetzt gern mit der Arbeit anfangen.« Er steckte die Hände in die Taschen und stand mit hängenden Schultern vor der Mauer. Ein Gummiball sprang in die Eingangshalle, ein Kind lief hinterher – ein Junge, sechs oder sieben Jahre alt –, griff sich den Ball, starrte die beiden Männer an und rannte wieder auf die Straße.

»Gehen Sie«, sagte Daniel. »*Shabbat shalom.*«

Shmeltzer zog seine Windjacke gerade, rückte seinen Pistolenhalfter zurecht und verließ den Torweg. Daniel folgte ihm ein paar Schritte und schaute seiner hageren Gestalt nach. Augenblicke später war er in den Strom von Menschen auf der Ben Yehuda eingetaucht.

Als Daniel wieder in den Bankettsaal kam, wischte der Kellner Emil den Tisch ab, wischte um Daoud herum, der mit seinem türkischen Mokka in der Hand dasaß und das Foto des toten Mädchens anstarrte. Daniel schob einen Stuhl neben ihn, setzte sich und wartete, bis sie allein waren.

»Ich habe nur ein Ziel«, sagte er. »Ich will das Monster finden, das sie ermordet hat, und dafür sorgen, daß nicht noch mehr Morde passieren. Für kleinliches Gezänk und schmutzige Wäsche habe ich keine Zeit.«

»Ich verstehe, *Pakad*.«

»Sie haben heute allerhand schlucken müssen. In nächster Zeit wird das vielleicht öfter vorkommen. Aber Sie sind ein Profi, und ich nehme an, daß Sie deshalb keine schlaflosen Nächte haben.«

Daoud lächelte dünn. »Ich habe einen guten Schlaf.«

»Fein. Sollte Sie jemand daran hindern, Ihre Arbeit zu tun, sagen Sie mir Bescheid. Von allen anderen Geschichten will ich nichts hören.«

»Ja, Sir.«

Sie verließen das Restaurant. Daoud ging zu einem alten grauen Citroën, der anscheinend nur noch von Stricken und Drahtseilen zusammengehalten wurde. Ein krummes blaues Schild mit der Aufschrift *Besetztes Territorium* baumelte an dem zerbeulten vorderen Kotflügel, gestempelt mit dem Buchstaben *bet* für Bethlehem; und am Innenrückspiegel hing ein eisernes Kruzifix. Trotz der Dienstmarke auf dem Armaturenbrett glich das Ganze einem wahren Bombenlager, weshalb Daniel sich auch nicht wunderte, als er Wiesel erkannte, einen Undercover-Agenten, der den Wagen von einem angrenzenden Café aus im Auge behielt. Als er Daniel bemerkte, ließ er sich die Rechnung kommen.

7 Am Freitagnachmittag um vier verließ Daniel den Zentralbahnhof. Erfahren hatte er nichts. Niemand hatte das Mädchen gesehen. Und niemand hatte das Mädchen auf dem Foto erkannt.

Draußen auf dem Bürgersteig gleich neben dem Eingang zum Bahnhof kauerte ein blinder Bettler, verdreckt und zahnlos, die trockenen, eingesunkenen Augenhöhlen der Sonne entgegengestreckt. Als Daniel an ihm vorbeiging, streckte er seine zittrige, krallenartige Hand aus und begann zu singen, ein rhythmisches, an Gebete erinnerndes Klagelied. *Gnädiger Herr, gnädiger Herr, die gute Tat der Nächstenliebe zählt mehr als eine gute Tat. Eine gute Tat. Die Nächstenliebe ist am meisten wert, wenn es Sabbat wird. Eine gute Tat, gnädiger Herr, gnädiger Herr, Amen, Amen ...*

Daniel griff in die Tasche, nahm eine Handvoll Münzen heraus und ließ sie, ohne nachzuzählen, in seine schmutzige Hand fallen. Der Bettler segnete ihn mit einer hohen, klagenden Stimme und schüttelte die Münzen in seiner knochigen Hand, siebte das Geld, als ob es Getreide wäre, untersuchte, schätzte, entschlüsselte seinen Wert. Als er die Summe errechnet hatte, verzerrte sich sein Mund zu einem breiten, das schwarze Zahnfleisch entblößenden Grinsen. Die Segenssprüche nahmen an Umfang und Lautstärke zu: *Daniel und seinen Kindern und Kindeskindern möge bis ins zehnte Glied (und für unerdenkliche Zeiten) die Gnade immerwährender Gesundheit und ewigen Reichtums zuteil werden ...*

Wie aus dem Nichts tauchten plötzlich sechs andere Gestalten auf. Bucklig, hinkend, die Zähne nur Stümpfe und die Gliedmaßen entstellt, schlurften und humpelten sie auf Daniel zu; jeder von ihnen sang die Litanei seiner persönlichen

Verzweiflung, bis alles zu einem tonlosen, düsteren Klagelied verschmolz. Ehe er den Escort erreichen konnte, waren sie bei ihm, schlossen ihn in einen Kreis, ihr Gesang wurde lauter, ihr Flehen dringlicher. Er leerte seine Taschen, gab jedem einzelnen ein paar Münzen und hielt sich dabei die Nase zu, um ihrem Gestank zu entgehen.

Endlich entkommen, stieg er in den Escort. Finsterstes Mittelalter, dachte er und startete, von ihren leiernden Segenssprüchen begleitet. Seit Jahren bot die Regierung den Bettlern Arbeit und soziale Betreuung, alles, um die Bahnhofsgegend zu sanieren. Aber sie waren die Nachkommen von ganzen Bettlergenerationen und betrachteten ihre Tätigkeit als qualifizierte Arbeit; man ging einem ehrenhaften Familiengewerbe nach. Wie es hieß, verdienten viele von ihnen eine Menge Geld – mehr als ein Polizistengehalt –, weshalb es vielleicht dumm von ihm war, sie beschenkt zu haben. Trotzdem, Segenssprüche konnte man nie genug bekommen.

Sein Zwischenstopp im Präsidium erbrachte nur dürftige Resultate: die Information über Schlesinger lag noch nicht vor. Hajab, der gestörte Wachmann, war weder vorbestraft noch je in einer Nervenklinik behandelt worden. Die anderen Leute im Amelia-Katharina waren unbeschriebene Blätter, nur über Dr. Al Biyadi gab es Erkenntnisse, auf vier Schreibmaschinenseiten zusammengefaßt. Sie trugen den Vermerk *Einsichtnahme nur dienstlich* und lagen auf seinem Schreibtisch in einem versiegelten Umschlag. Was er an Ermittlungsergebnissen enthielt, konnte keinen vom Stuhl reißen.

Wie er schon vermutet hatte, ging es dabei um Komplikationen bei seiner Einwanderung. Nach einem siebenjährigen Aufenthalt in Detroit hatte Al Biyadi die amerikanische Staatsbürgerschaft beantragt und auch erhalten. Als amerikanischer Staatsbürger hatte er an der Universität von Wayne an zwei Demonstrationen für die PLO teilgenommen, wodurch sein Name in den Computer des FBI geraten war. Das FBI hatte seine Daten an den Mossad weitergegeben, und als Al Biyadi seine Wiedereinreise nach Israel und eine Arbeitserlaubnis als Mediziner beantragte, hatte der Computer seinen Namen wieder ausgespuckt. Beide Ersuchen waren mit der Begründung abgelehnt worden, es seien noch weitere Ermittlungen erforderlich.

Was folgte, war der übliche Papierkrieg – die Konsulate tauschten förmlich formulierte Schreiben aus, die UNO protestierte, Al Biyadis Kongreßabgeordneter setzte sich ebenso für ihn ein wie Medizinprofessoren mit jüdischen Vornamen, die allesamt den Regierungsbehörden versicherten, daß Dr. Al Biyadi ein Mann von untadeligem Charakter sei. Dazu kamen Zeitungsartikel in der Lokalpresse, die Daniel überflog – Persönlichkeitsporträts, die den jungen Arzt als Idealisten hinstellten und als das Opfer einer Diskriminierung.

Am Ende, und das war das Ergebnis der Darstellung, wurde Al Biyadi als »relativ apolitisch« eingestuft; sein Engagement für PLO-Angelegenheiten beschränke sich auf die Teilnahme an Versammlungen, seine elementaren Interessen seien »teure Sportwagen und modische Kleidung, kostspielige Stereogeräte und elektronischer Schnickschnack, amouröse Beziehungen zu jungen amerikanischen Frauen, allesamt Krankenschwestern«. Nicht unbedingt der Typ des Revolutionärs. Nach vier Monaten hatte er schließlich alle erforderlichen Papiere erhalten.

Eigentlich nicht schlecht, dachte Daniel. Wer in Jerusalem einen Telefonanschluß beantragen wollte, mußte mitunter doppelt so lange warten.

Er heftete den Umschlag in die Akte, die er über den Mordfall angelegt hatte, verließ das Büro und versuchte, sich innerlich auf den Sabbat einzustellen.

Es war fünf Minuten nach fünf, und die Geschäfte machten zu. Er hatte sich angewöhnt, jeden Freitag Wein, Brot und Süßwaren zum Sabbat einzukaufen, und er hatte Laura nicht angerufen, um ihr zu sagen, daß er es heute nicht schaffen könnte. Also fuhr er mit hoher Geschwindigkeit die Rehov Sokolov hinunter, Richtung Liebermans Lebensmittelladen, blieb im Stau stecken und saß frustriert am Steuer, gab aber die Hoffnung nicht auf, daß der Laden noch geöffnet hatte. Die anderen Fahrer waren genauso frustriert und reagierten entsprechend: sie fluchten und hupten, bis sich der Stau aufgelöst hatte.

Als er am Bordstein hielt, schloß Lieberman eben den Laden ab, eine Einkaufstüte zwischen den Beinen. Der Händler erkannte ihn und zeigte vorwurfsvoll auf seine Uhr. Aber dann schmunzelte er, trug die Tüte zu Daniels Auto und reichte sie ihm durch die Beifahrertür, bevor er aussteigen konnte.

Daniel dankte ihm und stellte die Lebensmittel auf den Boden vor dem Beifahrersitz. Lieberman rieb sich seinen Schmerbauch und steckte den Kopf durch das Seitenfenster.

»Ich habe gerade Ihre Frau angerufen und ihr gesagt, Sie wären noch nicht vorbeigekommen. Eines Ihrer Kinder ist unterwegs hierher, um die Sachen abzuholen.«

»Welches denn?«

»Hat sie nicht gesagt.« Und lachend: »Ich könnte sie ja noch mal anrufen und fragen.«

»Nicht nötig, Mr. Lieberman. Vielen Dank, daß Sie alles für uns aufbewahrt haben.«

Der Lebensmittelhändler zwinkerte ihm kumpelhaft zu. »Viel zu tun?«

»Ja.«

»Heißer Fall, wie?«

»Ganz heiß.« Es war ein Ritual, daß sie schon seit langer Zeit pflegten. Daniel startete den Motor und schaute die Straße hinunter; vielleicht war eines seiner Kinder zu sehen.

»Wenn ich meine Augen aufhalten soll, sagen Sie mir Bescheid. Zwielichtige Typen, Saboteure, alles.«

»Danke für Ihr Angebot, Mr. Lieberman. Wenn sich was ergibt, lasse ich es Sie wissen.«

»Ich helfe immer gern«, sagte Lieberman und salutierte. »Wenn ich hinter meinem Tresen sitze, sehe ich so allerlei. Nichts Menschliches ist mir fremd, wenn Sie wissen, was ich meine.«

»Ich weiß, Mr. Lieberman. *Shabbat shalom.*«

»*Shabbat shalom.*«

Daniel steuerte den Escort zurück auf die Sokolov, fuhr aber nur Schrittempo. Einen Häuserblock weiter entdeckte er Shoshana; sie trug ein Sabbatkleid in Zartrosa, und alle paar Schritte machte sie einen Hüpfer. Wie immer sang sie vor sich hin.

Er wußte, auch ohne sie zu hören, was es für Lieder waren: eine seltsame Mischung aus Popsongs und Kinderreimen, wie man sie beim Seilhüpfen sang. Ein Gemisch, das Laura zufolge Aufschluß darüber gab, was es hieß, ein zwölf Jahre altes Mädchen zu sein – ein ungeordnetes Durcheinander von Bedürfnissen, ein Körper, der sich veränderte. Da sie selbst einmal ein Mädchen gewesen war, nahm er an, daß sie recht hatte. In seiner eigenen Erinnerung kam ihm die Zeit als Zwölfjähriger einfach vor: Schulstunden in der *Yeshiva*, Ballspiele auf der Straße hinter dem Studiensaal, Fußballergebnisse zwischen den Seiten des Talmud. Jungen erlebten dies Alter wohl anders ...

Er sah ihr eine Weile zu und lächelte. Sie ging ganz in ihrer Phantasiewelt auf. Schaute verträumt in den Himmel, ohne ihre Umgebung wahrzunehmen. Er hielt an und ließ den Motor weiterlaufen, und als er sacht auf die Hupe drückte, sah sie wie ertappt zu Boden. Dann schaute sie sich um, erkannte ihn, und ein Leuchten huschte über ihr Gesicht.

Schön ist sie, dachte er, wohl zum tausendsten Mal. Das ovale Gesicht und die goldblonden Locken, die sie von Laura hatte. Die dunkle Hautfarbe war von ihm. Auch ihre Gesichtszüge, so sagten jedenfalls die Leute. Er selbst konnte sich nur schwer mit dem Gedanken befreunden, daß etwas so Zartes von ihm stammen sollte. Ihren Augen war die Freude anzusehen – graugrün, riesengroß und mit einem Leuchten, das von innen kam. Etwas Ureigenes. Im Entbindungssaal hatte Laura unter Tränen gelacht: *Wir haben eine Promenadenmischung bekommen, Daniel. Eine wunderschöne kleine Promenadenmischung.* Auch Daniel waren die Tränen gekommen, worüber er sich damals über die Maßen gewundert hatte.

»*Abba! Abba!*« Auf ihren Stöckelbeinen rannte sie auf den Wagen zu, machte die Tür auf und stürmte herein. Sie warf sich ihm um den Hals, dann rieb sie an seinem Kinn und lachte. »Du mußt dich rasieren, *Abba*.«

»Wie geht's meiner Süßen?« Er drückte sie zärtlich und gab ihr einen Kuß auf die Wange.

»Toll, *Abba*. Ich hab *Eema* beim Kochen geholfen, Dayan gebadet und bin mit den Jungs in den Park gegangen.«

»Wunderbar. Ich bin stolz auf dich.«

»Die benehmen sich wie die wilden Tiere.«

»Dayan und die Jungs?«

»Nur die Jungs. Dayan war ein Gentleman.« Sie seufzte aus tiefstem Herzen und hob beide Hände.

Wie eine vielgeplagte kleine Mutter, dachte Daniel; er unterdrückte ein Lächeln, sie sollte nicht meinen, daß er sich über sie lustig mache.

Dabei war, was sie sagte, im Grunde gar nicht zum Lachen. Fünfeinhalb Jahre – und drei Fehlgeburten – lagen zwischen ihr und dem kleinen Mikey; auch Benny's Geburt im Jahr danach hatte sie zunächst wie eine Kränkung empfunden. Fünfeinhalb Jahre als Einzelkind, dann dieser zweifache Windstoß, der ihr kleines Leben erschütterte. Der Altersabstand war zu groß, als daß sie die Jungen noch als Spielgefährten hätte annehmen können. So betrachtete sie sich wie eine jüngere Mutter und forderte Respekt von den Kleinen, den sie sich freilich nie verschaffte.

»Wie die wilden Tiere«, sagte sie noch einmal.

Daniel nickte und stellte die Tüte mit den Lebensmitteln auf den Rücksitz.

»Sind das die Sachen von Lieberman?« fragte sie.

»Ja. Ich bin gerade noch rechtzeitig hingekommen. Danke, daß du sie abholen wolltest.«

»Kein Problem, *Abba*.« Sie kniete sich auf den Sitz, beugte sich nach hinten und inspizierte den Inhalt der Tüte. »Mmh. Schokolade.«

Sie setzte sich wieder nach vorn, legte den Sicherheitsgurt an, und Daniel fuhr los. Als sie einen Häuserblock weiter waren, fragte sie: »Können wir heute abend nach dem Essen Poker spielen?«

»Spielen, Shoshi?« Er runzelte die Stirn und mokierte sich. »Am Sabbat?«

»Nicht um Geld. Um Rosinen.«

»Und wenn du mir wieder alle meine Rosinen wegnimmst wie letzte Woche die Mandeln, dann habe ich den ganzen Sabbat nichts zu essen und werde verhungern.«

Shoshana kicherte, und dann mußte sie lachen.

»Dann darfst du mir welche abkaufen! Ich geb dir Rabatt!«

Er schnalzte vorwurfsvoll mit der Zunge. »Soso! Erst spielen, dann auch noch handeln, und das am Sabbat. Die Weisen haben schon recht damit gehabt: Eine Sünde kommt zur andern.«

»Ach, *Abba*!«

»Dein Opa Al bringt dir ein paar Kartenspiele bei«, fuhr er fort, »und dann muß ich hören, daß ich es mit einer kleinen Gangsterin zu tun habe.« Er griff ihr zärtlich unters Kinn.

»Gangsterin«, wiederholte er.

»Zehn Spiele, okay? Nach dem Essen.«

»Das muß ich erst mit *Eema* besprechen.«

»*Eema* hat gesagt, es ist okay. Zehn Spiele.«

»Fünf.«

»Zwölf!«

»Zehn. Aber nicht, daß du's mir zu schwer machst.«

Sie kuschelte sich an ihn, schlang ein dünnes Ärmchen um seinen Oberarm. »Mein liebster *Abba*. Du bist ein Superstar.«

Er wohnte im Südwesten der Altstadt im Bezirk Talbieh, auf der abgelegenen Seite des Hinnomtales. Eine ruhige Gegend – die schmalen, abschüssigen Straßen waren von Bäumen umsäumt –, und die soliden alten Häuser mit ihren zwei Stockwerken bestanden aus goldgelbem Meleke-Kalkstein, der mit Rost und Rosen überzogen und von magentaroten Bougainvilleabüschen umgeben war. In Miniaturgärtchen wuchsen Citrus-, Feigen- und Loquatbäume; Geißblattranken schmiegten sich an geschmückte Balkone. Die meisten Häuser hatte man in Mietwohnungen umgewandelt und einige der schönsten an ausländische Regierungen vermietet. Sie wurden als Konsulate genutzt und standen stumm hinter hohen, schmiedeeisernen Toren.

Daniel lebte mit seiner Familie am Südrand des Bezirks in einer Sechs-Zimmer-Wohnung in einem zehn Jahre alten Hochhaus. Das Gebäude war ein stilistisches Kuriosum – ein glatter, elfenbeinfarbener Turm ohne jedes architektonisches Detail. Fünfzehn Stockwerke überschauten die blühend überwachsenen Laubengänge des Liberty Bell Parks, einen großen Teil der Altstadt und den dahinterliegenden Olivenberg. Den Zonenvorschriften für Jerusalem entsprechend war das Gebäude mit Kalkstein verputzt; diese Kalkschicht aber war so farblos und so wenig von den Spuren des Alters gezeichnet, daß es wie eine helle Narbe im bernsteinfarbenen Fleisch des Hügels wirkte.

Zwischen dem Gebäude und dem Park erstreckte sich ein großes, leicht abschüssiges, unbebautes Feld. Hinter dem Gebäude lag ein mit Kies ausgelegter Parkplatz, der normalerweise zu drei Vierteln leer blieb. Bescheidene, aber gut gepflegte Rasenflächen mit ganzjährigen Pflanzen umgaben die Grenzen des von automatischen Sprinklern bewässerten Grundstücks. Neben dem Hochhauseingang stand eine Gruppe von Jacarandabäumen, von purpurroten Blüten wie mit Spitzenschleiern überzogen. Glastüren führten in eine marmorgetäfelte Eingangshalle. Im Innern, gleich rechts, befand sich eine kleine Synagoge; die drei Fahrstühle auf der linken Seite waren die meiste Zeit in Betrieb. Zu jeder der großen Sechszimmerwohnungen gehörte eine weitläufige Terrasse. Für Daniel bedeutete das einen Luxus, den er weder von Zuhause noch von seinen Kollegen her kannte, der aber, wie man ihm gesagt hatte, in Amerika als nichts Besonderes galt.

An die Wohnung war er nur durch die Gunst anderer gekommen, und von Zeit zu Zeit, besonders wenn er an seine eigene Herkunft dachte, kam er sich hier wie ein Eindringling vor. Wie ein rechtloser Siedler in einem Traum anderer Menschen.

Heute aber hatte er das Gefühl, heimzukommen.

Das Radio spielte mit voller Lautstärke, die Jungen rannten nackt durchs Wohnzimmer und spielten Fangen, Dayan immer hinterher. Als er Daniel sah, gab der kleine Spaniel die wilde Jagd auf und sprang auf ihn zu, wedelte mit dem Schwanz, hechelte und kläffte vor Freude. Daniel tätschelte ihn am Kopf, ließ sich die Hände ablecken und rief seinen Söhnen einen Gruß zu. Sie sahen hoch, brüllten einstimmig *Abba* und fielen über ihn her; mit ihren stämmigen kleinen Körpern waren sie schwer wie Mehlsäcke. Er küßte sie, rang mit ihnen, warf sie in die Luft und ließ sie wieder frei, damit sie weiterspielen konnten.

»Monster«, sagte Shoshi und ging in ihr Zimmer. Dayan trottete hinterher.

Daniel ging durchs Eßzimmer in die Küche, wo er die Einkäufe auf die Ablage stellte. Auf dem Herd simmerte und brodelte es in den Kochtöpfen; in der Backröhre garte ein Huhn. Aus dem Arbeitsraum daneben kam das summende, rumpelnde Geräusch der Waschmaschine. Es war heiß, überall dampfte es, und es roch nach Gewürzen.

Laura stand am Spülstein und drehte ihm den Rücken zu; durch das laufende Wasser und die Küchengeräusche hatte sie ihn nicht kommen gehört. Sie trug Jeans mit Farbflecken und ein dunkelgrünes T-Shirt. Ihr weiches blondes Haar hatte sie hochgesteckt; aber ein paar lockige Strähnen hatten sich gelöst und hingen ihr anmutig um den Hals. Er sagte leise *Shalom*, um sie nicht zu erschrecken, und als sie sich umdrehte, nahm er sie in die Arme.

»Hallo, Detektiv.« Sie lächelte. Dann trocknete sie sich die Hände an ihrer Hose ab, stellte sich auf die Zehenspitzen, nahm sein Gesicht in beide Hände und streckte sich nach einem Kuß. Was ganz unschuldig anfing, wurde leidenschaftlicher, und Daniel verlor sich für einen Augenblick. Dann zog sie sich zurück und sagte: »Ich habe Shoshi zu Lieberman geschickt. Hast du sie gesehen?«

»Ich hab's noch vor ihr geschafft.« Er zeigte auf die Tüte. »Hab' sie auf dem Rückweg aufgegabelt. Sie ist in ihrem Zimmer, mit dem Hund.«

»Hast du heute überhaupt schon was gegessen?«.

»Nur dienstlich.«

»Wegen derselben Sache, mit der man dich heute morgen aus dem Bett geholt hat?«

»Genau.«

»Möchtest du eine Kleinigkeit vor dem Essen?«

»Nein, danke. Ich warte auf den *Kiddush*.«

»Trink etwas«, sagte sie und ging zum Kühlschrank.

Er knöpfte sich das Hemd auf und setzte sich an den Küchentisch. Laura machte ihm einen Eiskaffee und brachte ihm das Glas. Sie goß sich selbst eine halbe Tasse ein und stellte sich neben ihn, nippte und legte ihm die Hand auf die Schulter. Er nahm einen großen Schluck, schloß die Augen und atmete aus. Genoß den süßen, kalten Kaffeegeschmack auf seinem Gaumen.

Sie zog ihre Hand weg. Er schlug die Augen auf und sah, wie sie zum Herd ging, den Regler neu einstellte, unter einen Topfdeckel sah und sich mit einem Papiertuch die Stirn abtupfte. Ohne Make-up sah sie wie ein junges Mädchen aus, die helle Haut von der Hitze gerötet und feucht, die blauen Augen offen und neugierig. Sie kam wieder zu ihm und stellte sich neben ihn, gab ihm einen Kuß auf die Stirn, nahm seine verletzte Hand und massierte ihm gedankenverloren die Fingerknöchel.

»Als Lieberman anrief und sagte, du wärst noch nicht bei ihm gewesen, war mir klar, daß du keinen besonders amüsanten Tag gehabt hast.«

Er nickte, trank seinen Kaffee aus und fragte: »Wieviel Zeit habe ich noch bis zum Sabbat?«

»Eine halbe Stunde.« Sie knöpfte ihm die Manschetten auf, zog ihm das Hemd aus und legte es über einen Stuhl. »Nimm eine Dusche und rasier dich. Die Jungen haben im Badezimmer U-Boot gespielt, aber ich habe es für dich aufgeräumt.«

Er stand auf, drückte ihr die Hand und ging, über Hürden aus Büchern und Spielzeug hinweg, ins Wohnzimmer zurück. Als er an den Glastüren vorbeikam, die auf den Balkon führten, bemerkte er den Sonnenuntergang: federleichte, den Himmel in Schichten teilende Streifen in Korallenrot und Blau – Farben, wie sie die Matrosen für ihre Tätowierungen benutzten. Er machte einen Umweg und ging hinaus auf den Balkon, stützte seine Hände auf das Geländer und richtete seinen Blick nach Osten.

Ein Araberjunge führte eine Ziegenherde über das offene Feld, welches das Hochhaus vom Liberty Bell Park trennte. Daniel sah die flinken Tiere über Unkraut und Felsgestein klettern, schaute weiter hinaus, über die Künstlerwohnungen in der Yemin Moshe hinweg bis auf die gegenüberliegende Seite des Hinnom, dahin, wo die Altstadt auf ihrer Hügelkette thronte – mit ihren Türmen, Festungen und Schutzwällen einem Bild aus dem Märchenbuch glich.

Sein Geburtsort.

Hinter ihm ging die Sonne allmählich unter, und das historische Gestein der Stadt innerhalb einer Stadt schien in die judäische Dämmerung zu entschwinden wie in einem Traum. Auf einmal leuchteten elektrische Lichter auf und illuminierten die Mauern, die Zinnen, die Friese und Spalten, verstärkten die Konturen von Kuppeln, Minaretten und Kirchtürmen – ein in Gold getauchtes Relief.

Wie auf ein Stichwort begannen die Dörfer der Umgebung wie Nester von Glühwürmchen zu funkeln; und in diesem Augenblick wurde ihm bewußt, daß es schon dämmerte und er noch längst nicht zum Sabbat fertig war. Ein paar Momente gönnte er sich noch; er schloß die Augen, nahm die Gerüche und Geräusche der Stadt in sich auf. Den Geruch von Benzin und Hühnersuppe. Das Gelächter und die Stimmen vom Spielplatz des Liberty Bell Park. Das dumpfe Dröhnen des Autoverkehrs von der Kreuzung an der King David. Und den Tannenduft in der weichen, warmen Luft, den eine leichte Brise aus der Wüste hereingeweht hatte.

Er atmete tief ein, fühlte sich heiter. Aber dann mußte er an das tote Mädchen denken, und die Anspannung des Tages überkam ihn von neuem. Als er die Augen öffnete, sah er nur Chaos. Die Lichter und Farben, die Schatten voller Geheimnisse, die Konturen verschwammen, alles geriet in Wallung wie eine brodelnde Flüssigkeit.

Er verließ den Balkon in einem Gefühl von Ohnmacht und Hilflosigkeit, ging rasch ins Badezimmer und zog sich aus.

Dann stellte er sich unter die Dusche, ließ sich den Nadelschauer voll ins Gesicht klatschen, drehte den Heißwasserhahn auf bis zur Schmerzgrenze, schäumte sich ein und rieb sich die Haut ab, bis es ihm wehtat.

Er fragte sich, wer sie wohl gewaschen und zu einem gräßlichen Fleischgerippe hatte ausbluten lassen. Was war das bloß für ein Ungeheuer, das erst mordete und dann sein Opfer säuberte und reinigte wie schmutziges Geschirr, das sich einfach so beiseite legen ließ. Als ob sich die Spuren eines derart schmutzigen Verbrechens jemals aus der Welt schaffen ließen. Wie mußte es nur in einem Menschen aussehen, der ein solches Gemetzel anrichten konnte?

Als er aus der Dusche trat, war er wieder frisch. Aber sauber fühlte er sich nicht.

8 Er ging mit allen drei Kindern in die Synagoge des Hauses und betete, so konzentriert es eben ging. Dann kehrte er zum häuslichen Frieden seiner Wohnung zurück, wo Laura, in nachtblauem Samtkleid und ein weißes Seidentuch um den Kopf, mit Dayan auf der Couch lag und in einem Kunstbuch blätterte. Der Wein war eingeschenkt, der Tisch mit weißem Leinen und Sabbatsilber gedeckt, und der Raum tanzte im flackernden Widerschein der Kerzen.

Sie gingen alle fünf an den Tisch und sangen *Shalom Aleichem*, um die Engel des Sabbat willkommen zu heißen. Dann nahm er Lauras Hand und sang, nach einer alten jemenitischen Weise, das Lied von der »Tapferen Frau«. Als sie sich geküßt hatten, segnete er die Kinder, legte jedem die Hand auf den Kopf und ließ seine Worte ein wenig länger nachklingen als sonst.

In einem anderen Teil der Stadt entfaltete sich ein Zeremoniell ganz anderer Art. Die Weihe der Klingen, wie der grinsende Mann es gern nannte. Er hatte Karten gespielt und dreimal masturbiert, was ihn zwar körperlich erleichtert hatte, aber den Güterzug, der durch die Tunnel in seinem Kopf dröhnte, hatte es nicht zum Halten gebracht.

Wie gemütlich, dachte er und grinste; das Dröhnen in seinem Kopf verlor sich. Alles sehr häuslich, doch nicht auf fremde Hilfe angewiesen. Leise Musik, ein Sandwich, ein Bier und auf dem Nachttisch seine Lieblingslektüre. Die spermagetränkten Papiertaschentücher mit dem angenehmen Geruch von Ammoniak lagen zerknüllt im Papierkorb. Und seine kleinen Schätze ruhten friedlich in ihrem behaglichen Samtbett.

Sanft und behutsam ließ er das Futteral aufklinken, öffnete den Deckel. Betrachtete jedes einzelne Stück. Liebevoll.

Seine Schätze.

Das kleinste Skalpell nahm er heraus, drehte es zwischen

den Fingern, und der schmeichelnd sanfte Griff, die kalte, süße Klingenspitze machten ihn schaudern. Er führte die Schnittkante an eins seiner Fingergelenke, berührte kaum die Haut und beobachtete, wie sich, ohne daß es ihm wehtat, ein kleiner Tropfen Blut bildete und in die Gelenkfalte sickerte, ehe er langsam an seinem Finger hinunterfloß. Er führte seine Zunge an die Wunde und sog sein Blut ein. Sperma raus, Blut rein. Praktisch. Unabhängig.

Er schaute in den Spiegel über dem Schreibtisch. Nahm die Ohrringe in die Hand und starrte sie an – billiger Ramsch, aber für ihn eine Kostbarkeit. Er fing an zu zittern und legte sie wieder hin, nahm das Skalpell und setzte sich die Klinge an die Kehle, im Millimeterabstand. Tat so als ob. Eine hübsche Pantomime. Wieder spürte er eine Erektion. Führte den Griff des Skalpells an seinen Schwanz, betastete seine Eier, spielte an den Härchen in seinem Arsch.

»Kleiner Tänzer«, sagte er laut und war überrascht, wie heiser seine Stimme war. Ein trockener Mund. Noch ein Bier würde ihm guttun. Später.

Er betrachtete noch einmal das Messer, küßte die stumpfe Seite der Klinge. Legte sie auf seinen Schenkel und begann wieder zu zittern.

Kleiner Tänzer. Wie er es liebte, den anmutigen Tanz im Ballsaal des Fleisches, das Eintauchen in schaumiges Scharlachrot. Tanzen und springen, graben und forschen.

Wirkliche Wissenschaft, Wissenschaft und Kunst in höchster Verschmelzung.

Schön war es gewesen, das Tanzfest letzte Nacht, so sauber, so ordentlich.

Eine hübsche Affäre. Wirklich hübsch.

9 Nahum Shmeltzer schlenderte unbemerkt durch die Lobby des Sheraton-Hotels »König Salomon«, bahnte sich den Weg durch eine lärmende Touristengruppe und stieg die Treppen hinunter, ließ das japanische Restaurant links liegen und betrat den amerikanischen Teil. Helle Eiche, dunkelgrüne Polster, Spiegel an getäfelten Wänden, Speisekarten aus Plastik, imitierte Antiquitäten in gläsernen Vitrinen. Nett. Die Dame liebte amerikanisches Essen.

Wie üblich war er zu früh dran und rechnete damit, auf sie warten zu müssen. Aber diesmal war sie schon vor ihm gekommen, saß in einer Nische mit gespiegelten Flächen und las die Speisekarte – die sie wahrscheinlich schon auswendig kannte. Mit spitzen Fingern hielt sie eine Kaffeetasse. Sie erkannte ihn und winkte. Lächelte charmant.

Nicht übel für eine Frau in ihrem Alter.

Er wußte, daß ihr Lächeln nicht ganz echt war, aber er schaute sie gern an. Das war sehr viel angenehmer als die zwei Stunden Aktenarbeit, die er hinter sich hatte, um das Programm mit den Sexualtätern in Gang zu bringen.

Eine Hosteß erbot sich, einen freien Platz für ihn zu finden. Er sei mit Madame verabredet, sagte er und steuerte auf ihren Tisch zu. Sie begrüßte ihn herzlich und ungezwungen, reichte ihm ihre feingliedrige Hand und meinte, es sei lange her, seit sie sich das letzte Mal gesehen hätten.

»Viel zu lange«, sagte Shmeltzer. »Muß vor drei oder vier Monaten gewesen sein.« Tatsächlich hatten sie zuletzt vor drei Monaten zusammengearbeitet. Und seit jener Nacht in Eilat waren zehn Monate vergangen.

»Stimmt. Setz dich doch, mein Lieber.«

Ein Ober kam an den Tisch. Ein blonder Mann mit dem Akzent eines Yankees. Er reichte ihm die Speisekarte, notierte seine Bestellung, heißer Tee mit Zitrone, und entfernte sich.

»Du siehst gut aus«, sagte Shmeltzer zu ihr und meinte das

auch, obwohl es wie eine Floskel klang. Sie hatte ihr Haar tief kastanienbraun getönt, aber ein paar Strähnen erlaubt, grau zu bleiben, was sehr apart wirkte. Sie trug ein handgearbeitetes Kostüm aus sandfarbenem Leinen, und die Topasbrosche an ihrem Revers paßte perfekt zu den braunen Pünktchen in ihren Augen. Ihr geschickt aufgetragenes Make-up milderte die Fältchen, ohne sie zu übertünchen.

Alles in allem eine Frau der Sonderklasse, gut gewachsen obendrein und genau der Typ, dem man in den Hauptstädten der Welt immer da begegnete, wo sich der Jet-set traf. Er hatte einiges über sie gehört: daß sie seit 1956 Witwe war, in Übersee für die Leute mit den schwarzen Krawatten und den Baretts gearbeitet hatte, zwischen London und Buenos Aires, dann für längere Zeit in New York. Daß sie an der amerikanischen Börse ein Vermögen verdient hatte. Daß sie an der Gefangennahme von Eichmann beteiligt war. Daß sie einmal ihre eigenen Kinder zur Tarnung benutzt hatte. Niemand wußte, was an diesen Geschichten stimmte und was Erfindung war. Nun arbeitete sie für Shin Bet und hielt sich meist in der Nähe ihrer Wohnung auf, obwohl Shmeltzer noch immer keine Ahnung hatte, wo sie wirklich zu Hause war. Einmal hatte er deshalb in den Akten herumgestöbert, zu gern hätte er dort weitergemacht, wo sie in Eilat stehengeblieben waren. Doch es gab keine Adresse und keine Telefonnummer. Niemand existierte unter diesem Namen, *Adoni*.

Sie lächelte und faltete die Hände vor sich zusammen. Shmeltzer stellte sich vor, mit was für Aufträgen sie zur Zeit zu tun hatte und welche Rollen sie abzog: als Gesellschaftsdame, auf Konsulatsempfängen Canapés knabbernd. Als Großmutter auf einer Parkbank, in ihren Enkelsohn vernarrt und ihn mit Süßigkeiten fütternd, die Neunmillimeter in ihrer Tasche, gleich neben den Windeln. Oder als reiche Touristen-Lady in einer Hotelsuite, direkt neben den Räumen eines gewissen Würdenträgers, der zu Besuch weilte, an der Zimmerwand ein Abhörgerät, elektronischer Schnickschnack, der blinkte und summte. Kein Aktenkram und keine Einsätze, die mit Dreckarbeit verbunden waren.

Sie kam nicht aus demselben Stall wie er. Eilat war purer Zufall gewesen, nach einem gemeinsamen Auftrag hatte sich die Spannung gelegt.

Er schaute sich im Restaurant um. Gegenüber saß eine Gruppe von amerikanischen Collegestudenten. Drei Mädchen, zwei Jungen. Wahrscheinlich von der Hebräischen Uni. Für einen Abend in der Stadt auf der Flucht vor der Studentenheimküche. Hamburger für neun Dollar und Coca-Cola.

Am anderen Ende saß ein junges Ehepaar mit zwei kleinen Kindern. Der Mann, bärtig und bebrillt, sah aus wie ein Professor; die Frau war klein und hatte rötliches Haar, ein wirklich attraktiver Typ. Ihre Kinder, zwei Jungen, der eine ungefähr sechs, der andere jünger, tranken Milch und boxten fröhlich miteinander. Er konnte ein paar Gesprächsfetzen auffangen. Sie sprachen Englisch mit amerikanischem Akzent. Alle trugen Shorts und grellfarbige Polohemden. Vielleicht waren sie wirklich die Menschen, für die man sie halten mochte, aber da konnte man nie sicher sein.

Im übrigen war das Lokal tot – die meisten Touristen waren religiös und speisten zum Sabbat im »King David« oder im »Plaza«, wo alles traditioneller aufgemacht war.

»Nicht viel Betrieb«, sagte er.

»Die Dinnerzeit ist vorbei«, sagte die Frau.

Der Ober brachte den Tee und fragte, ob sie gewählt hätten.

Sie bestellte ein Minuten-Steak und Rührerei mit Schnittlauch – »French Fries« sagte sie – und noch einen Kaffee. Ihm lag noch Kohavis Grillfleisch im Magen, und er entschied sich für Brötchen, Margarine und Sülze.

Beim Essen plauderten sie, und zum Dessert nahm sie einen Apfelkuchen. Als der Ober abgeräumt hatte, stellte sie ihre Handtasche auf den Tisch, nahm eine Puderdose heraus und klappte sie auf. Sie schaute in den Spiegel und strich sich Haarsträhnen glatt, die gar nicht existierten. Als sie sich frischmachte, konnte Shmeltzer das Tonband in ihrer offenen Handtasche sehen – ein japanisches Miniaturmodell, mit Stimmenverstärker und nicht größer als eine Zigarettenschachtel.

»Ich werde morgen einkaufen gehen, mein Lieber«, sagte sie und berührte seine Hand. Sofort waren die Erinnerungen wieder da, Erinnerungen an weiche weiße Haut unter schwarzer Seide. »Brauchst du irgend etwas?«

Er sagte ihr sehr deutlich, was er brauchte.

10

Als die Sonne zu sinken begann, bekreuzigte sich Elias Daoud und betete um ein Weiterkommen in seiner Arbeit.

Die Ortschaft Silwan, die zu den Randbezirken gehörte, wirkte mit ihren flachgedeckten, haferbreifarbenen Häusern wie eine dicht gewebte Honigwabe. Unmittelbar im Südosten der Altstadt gelegen und in den Berghang eingekerbt, war sie von den Stadtmauern nur durch das Kidrontal getrennt. Am Nordrand des Dorfes und am Fuße der Ostmauer entsprang die Gihonquelle, sie speiste den Teich von Siloam, der das alte Jerusalem mit Wasser versorgt hatte. Die Frauen wuschen dort noch immer ihre Wäsche, und auf dem Weg dorthin begegnete Daoud einer ganzen Gruppe – sie lachten und scherzten, tauchten nasse Kleidungsstücke in das stille grüne Wasser und erzählten sich Dinge, die keinem Mann jemals zu Ohren kommen würden.

Und da fiel es ihm wieder ein. Genau hier hatte er sie gesehen, bei den Ermittlungen gegen die Nummer-zwei-Bande. Er hatte damals die Identität eines ungewaschenen Punkers angenommen, der scharf auf Drogen war.

Auf dem Weg zu den Stadtmauern, wo er sich mit einem

Dealer treffen wollte, war er an den Teichen entlanggeschlendert und hatte sie gesehen, mitten in einer Gruppe von anderen, älteren Frauen. Sie hockte am Wasser, wusch ihre Wäsche und lachte. In ihrem hübschen Mund hatte ein Zahn gefehlt.

Oder war es doch eine andere gewesen? Spielte ihm sein Gedächtnis einen Streich? Sollte ihn der eigene Ehrgeiz in die Irre leiten?

Nein, er war sich sicher. Das Mädchen gehörte zu den Wäscherinnen. Sie war eine von hier.

Er stapfte weiter.

Über eine serpentinenartige, einspurige Straße gelangte man in den unteren Teil des Dorfes. Einige der höher gelegenen Häuser waren über enge, unbefestigte Wege und dreckige kleine Gassen zu erreichen, andere nur mit dem Esel oder zu Fuß. Er hielt es für das einfachste, seinen Citroën auf einem leeren Parkplatz abzustellen und den Rest der Strecke zu Fuß zu gehen.

In Abu Tor war es nicht anders gewesen; aber dort hatten die Juden begonnen, sich anzusiedeln, sie kauften die größten Häuser, renovierten sie und ließen sich nieder.

Er hatte sich auf die ärmeren Häuser konzentriert. War stundenlang über Geröll und Felsboden marschiert und geklettert und hatte sich seine Schuhe mit den dünnen Sohlen ramponiert. Sein hellbrauner Anzug, mit dem er heute bei dem Treffen eine gute Figur machen wollte, war lädiert und voller Flecken.

Man konnte nicht mit allen Leuten reden, darum mußte er gezielt vorgehen, sich die zentralen Treffpunkte vornehmen, in einem Dorf also eine Bruchbude von Café oder einen fahrbaren Stand, an dem Sodawasser verkauft wurde. Aber Freitag war der Sabbat der Muslims, und alles hatte geschlossen. Die Männer waren in der Moschee, oder sie hielten gerade ihr Nickerchen; in beiden Fällen konnte er die Leute nicht ansprechen und auf eine Kooperation hoffen. Und die Frauen würden ohne die Erlaubnis ihrer Ehemänner kein Wort mit ihm reden. So gab er sich damit zufrieden, Fußgänger anzuhalten, die ihm begegneten. Er zeigte ihnen das Foto des Mädchens und stellte seine Fragen.

Meist waren es Kinder oder junge Männer, die ihm begegneten; sie gingen zu zweit oder zu dritt, ohne ein bestimmtes Ziel, sie wollten irgend etwas erleben. Die Kinder kicherten und machten sich rasch aus dem Staub. Die jungen Männer reagierten mit Neugier und Mißtrauen, sie wollten ihm nicht glauben, daß er Polizist war, bis er ihnen seinen Ausweis zeigte. Und kaum hatten sie die Dienstmarke gesehen und seinen Namen gelesen, schlug ihr Mißtrauen in Feindseligkeit um.

Die Feindseligkeit selbst war durchaus zu ertragen – unter Moslems aufgewachsen, hatte man ihn in seiner Kindheit immer den Ungläubigen genannt. Daß er zur Polizei gegangen war, hatte ihm nur noch weitere Anschuldigungen eingebracht; besonders einige Leute, die er für Freunde gehalten hatte, warfen ihm Ungläubigkeit vor. Doch sein Glaube an Christus, den Erlöser, und sein Ehrgeiz waren nicht so leicht zu erschüttern gewesen, und heute war er fest davon überzeugt, daß ihm diese Dinge nichts mehr anhaben konnten.

Doch auf Feindseligkeit folgte Schweigen, und Schweigen bedeutete für einen Kriminalbeamten nichts anderes als Mißerfolg. Und eben den würde er nicht hinnehmen. Der Fall war wichtig, und er hatte sich entschlossen, sein Bestes zu geben, sich vor den Juden zu beweisen. Es war ein Glücksfall, unter Sharavi arbeiten zu dürfen. Dem Jemeniter sagte man nach, daß er gerecht urteilte und seine Entscheidungen von der Leistung abhängig machte und nicht von der Religionszugehörigkeit. Wenn ein Mann etwas zustande brachte, dann galt das auch etwas. Aber er mußte auch mit Hindernissen rechnen – Shmeltzer, der Alte, beobachtete ihn mit Argusaugen und wartete nur auf eine Gelegenheit, um ihm zu zeigen, daß er nichts taugt. Vor ihm wollte Daoud sich nicht die geringste Blöße geben.

Und dann die Feindseligkeit der Moslems.
Ein Drahtseilakt, wie üblich.
Als der Abend dämmerte, ging er mit geschwollenen Füßen weiter, schweißnaß, mißmutig und enttäuscht. Aber das Bild des Mädchens, wie sie Kleidungsstücke wusch, ging ihm so wenig aus dem Kopf, wie das Foto der Toten. Er wußte, daß er nicht aufgeben durfte.

Nach einer Stunde in Silwan schenkte man ihm ein Lächeln, zum ersten Mal an diesem Tag.

Er hatte gerade fünf fruchtlose Minuten mit einer Bande von Jugendlichen verbracht, die um einen manövrierunfähigen Traktor lungerten, und war über einen Feldweg – kaum breit genug, um zwei Leute durchzulassen – bis zur halben Höhe des Dorfes hinaufgestiegen. Alle Häuser am Wegesrand waren verschlossen, und bis auf das Klucken der Hühner und das Gemecker der Ziegen war alles still. Nur am Ende des Weges regte sich etwas; ein Mann saß da auf den Stufen eines Häuschens mit türkischen Fensterläden und wiegte sich schaukelnd hin und her.

Beim Näherkommen sah Daoud sich die Hütte an: klein wie eine Zelle, ein einziges Fenster rechts neben der Tür, zersplitterte Fensterläden, die man hätte streichen müssen, die Treppenstufen von einer rostigen Rohrleitung umrahmt, um die sich die zähen braunen Ranken eines toten Weinstocks schlangen. Der Mann war ein Junge, etwa siebzehn Jahre alt und schaukelnd in ein Buch vertieft, das in seinem Schoß lag. Bestimmt wieder so ein unzugänglicher Typ.

Doch dann bemerkte er, daß dieser Junge anders aussah. Er hockte zusammengekauert da, als wäre sein Rückgrat aus Knetgummi. Ein zu kleiner, kugelförmiger Kopf, das Haar auf Borstenlänge gestutzt, an Kinn und Backen schwarze Flecken aus pfirsichhaftem Flaum. Ein fliehendes Kinn. Feuchte und matte, einfältige Augen. Das Schaukeln war steif und unrhythmisch, wurde immer wieder von einer fahrigen, unkontrollierten Bewegung der Finger unterbrochen.

Der Junge las weiter, er reagierte nicht einmal auf die Anwesenheit des Fremden. Irritiert ging Daoud noch einen Schritt auf ihn zu, bis sein Schatten über das Buch fiel. Der Junge sah auf und lächelte. Es war ein so argloses und warmherziges Lächeln, daß auch Daoud unwillkürlich lächeln mußte.

»Guten Tag.« Daoud trommelte mit den Fingern auf den Umschlag mit dem Foto des ermordeten Mädchens.

Wieder ein Lächeln, aber keine Antwort. Er glaubte, der Junge hätte nicht gehört, und grüßte noch einmal.

Ein leerer Blick. Und wieder das Lächeln. Mit hängenden Lippen und einem offenen Mund voller Zahnlücken.

Daoud schaute auf das Buch, das in dem gespreizten Schoß des Jungen lag. Es war das arabische Alphabet. Eine Fibel für Erstkläßler. Er hielt sie linkisch mit seinen schmutzigen, flatternden Fingern. Von der selbstgeschneiderten Kleidung des Jungen ging ein starker Geruch aus, der Gestank eines Menschen, der nicht wußte, wie man sich anständig den Arsch abwischte.

Ein Schwachsinniger. Ganz klar.

»Bis später«, sagte Daoud, und der Junge starrte ihn weiter an, so unentwegt und intensiv, als müßte er sich das Gesicht des Kriminalbeamten für alle Zeiten einprägen. Aber als Daoud gehen wollte, wurde der Junge plötzlich unruhig. Er ließ die Fibel fallen und zog sich schwerfällig an der Wasserleitung hoch. Daoud erkannte jetzt, daß er ziemlich groß war und breite, hängende Schultern hatte. Vielleicht konnte er sogar gefährlich werden. Vorsichtshalber spannte Daoud die Muskeln an, aber der Junge zeigte keine Anzeichen von Aggression, nur Enttäuschung. Er riß die Augen weit auf und bewegte angestrengt die Lippen, ohne ein Wort hervorzubringen, bis endlich ein Krächzen zu hören war und seltsam entstellte Laute, die Daoud nur mit größter Mühe verstehen konnte.

»Tagsir. Schö-schönertag!«

Ein Schwachsinniger, der sprechen konnte. Dürftige Aussichten, aber vielleicht hatte der arme Kerl genug Verstand, um ihm wenigstens etwas weiterhelfen zu können.

»Gutes Buch?« fragte er und schaute auf die Schulfibel, die zu Boden gefallen war. Um den Gestank abzuwehren, hielt er sich die Hand vor die Nase und versuchte, Konversation zu machen.

Der Junge blieb stumm, starrte ihn verständnislos an.

»Lernst das Alphabet, mein Freund?«

Wieder die leeren Blicke.

»Willst du mal was sehen?« Daoud klopfte auf den Umschlag. »Ein Bild?«

Der Junge reckte den Hals, glotzte ihn an. Rollte mit den Augen. Schwachsinnig.

Genug davon, dachte Daoud und wandte sich zum Gehen.

Doch der Junge geriet ganz aus dem Häuschen, stieß gurgelnde Geräusche aus und begann wild zu gestikulieren. Er zeigte auf seine Augen, dann wieder auf Daouds Lippen, und plötzlich streckte er den Arm aus, um diese Lippen mit seinem schmierigen Finger zu berühren.

Daoud tat rasch einen Schritt zur Seite, um die Berührung zu vermeiden. Der Junge taumelte nach vorn, gestikulierte, schrie und schlug sich so heftig gegen die Ohren, daß es weh tun mußte.

Bestimmt will er etwas sagen, dachte Daoud. Er gab sich alle Mühe, ihn zu verstehen.

»Sedworte! Sedworte! Nichören, nichören!«

Der Junge wiederholte seinen seltsamen Singsang, und Daoud ließ sich die Wortfetzen immer wieder durch den Kopf gehen. Sedworte? Worte? Seh Dworte. Seh die Worte. Nicht hören –

»Du bist taub.«

Der Junge lächelte und strahlte über das ganze Gesicht. Er klatschte in die Hände und sprang ein paarmal in die Luft.

Wer war hier der wirkliche Idiot? Daoud machte sich Vorwürfe. Der arme Junge konnte von seinen Lippen lesen, aber er, der brillante Detektiv, hatte sich, weil er den Gestank abwehren wollte, beim Sprechen mit einer Hand die Nase zugehalten und dabei seine Lippen verdeckt.

»Sedworte, sedworte!«

»Okay.« Daoud lächelte. Er ging näher heran und achtete darauf, daß der Junge seine Lippen sehen konnte. Überdeutlich sagte er: »Wie heißt du, mein Freund?«

Vor Anstrengung traten die Sehnen an seinem Hals hervor, und dann kam mit kurzer Verzögerung ein gestammeltes »Ahmed.«

»Und dein Nachname, Ahmed?«

»Nsif.«

»Nasif?«

Grinsen und Nicken.

»Guten Tag, Herr Ahmed Nasif.«

»Tag.«

Das Sprechen strengte den Jungen derart an, daß sich sein ganzer Körper verspannte. Dabei zitterte er mit den Händen und hatte das sonderbare Zucken in den Fingern.

Er ist mehr als nur taub, dachte Daoud. Das ist etwas Spastisches. Und schwachsinnig, wie er sich gleich gedacht hatte. Sprich mit ihm wie mit einem Kind.

»Ich bin Sergeant Daoud. Ich bin Polizist.«

Wieder das Lächeln. Dann eine plumpe Pistolenpantomime. »Bumm, bumm.« Der Junge lachte, und Speichel tröpfelte ihm aus dem Mundwinkel.

»Ganz recht. Ahmed. Bumm, bumm. Möchtest du dir ein Bild ansehen?«

»Bumm, bumm!«

Daoud nahm das Foto aus dem Umschlag, hielt es ihm nahe genug vor die Augen, daß er es eben erkennen konnte, aber nicht so nahe, daß er mit seinen flattrigen Händen danach grapschte und es womöglich beschädigte.

»Ich bin auf der Suche nach diesem Mädchen, Ahmed. Kennst du sie?«

Ein beflissenes Nicken. Er wollte gefallen.

»Du kennst sie?«

»Bädchen, Bädchen!«

»Ja, ein Mädchen. Wohnt sie hier in Silwan, Ahmed?«

Der Junge sagte noch einmal »Bädchen« und dann noch ein Wort, das Daoud nicht identifizieren konnte.

»Sag das noch mal, Ahmed.«

Der Junge grapschte nach dem Foto. Daoud zog es zurück. Noch einmal grapschte er, als ob er das Foto schlagen wollte.

»Wie heißt sie, Ahmed?«

»Bädchen bös!«

»Sie ist ein böses Mädchen?«

»Bädchen bös!«

»Warum ist sie ein böses Mädchen, Ahmed?«

»Bädchen bös!«

»Was hat sie Böses getan?«

»Bädchen bös!«

»Weißt du, wie sie heißt, Ahmed?«

»Bädchen bös!«

»Gut, Ahmed. Sie ist ein böses Mädchen. Nun sag mir bitte, wie sie heißt.«

»Bädchen bös!«

»Wo wohnt sie, Ahmed?«

»Bädchen bös!«

Mit einem Seufzer steckte Daoud das Foto ein und wandte sich zum Gehen. Ahmed stieß einen schrillen Schrei aus und kam ihm nach, legte ihm seine tapernde Hand auf die Schulter.

Daoud reagierte rasch, drehte sich und stieß den Jungen von sich. Ahmed stolperte und landete im Dreck. Er schaute zu Daoud hoch, zog einen Schmollmund und brach in lautes Schluchzen aus. Daoud kam sich vor wie ein Kinderschänder.

»Komm, Ahmed. Beruhige dich.«

Die Haustür ging auf, und eine kleine Frau trat heraus. Sie

hatte einen Hängebusen und ein rundes, dunkles Gesicht, das aussah wie eine Walnuß, die aus ihrem Blätterschoß drängte.

»Was ist los?« fragte sie mit einer hohen, schneidenden Stimme.

»Mama, Mama, Mama!« jammerte der Junge.

Sie betrachtete die Frucht ihres Leibes, und dann schaute sie Daoud an. Trauer war in ihrem Blick und auch unterdrückte Wut. Man sah ihr an, daß sie dies schon viele Male durchgemacht hatte.

Der Junge streckte die Hände aus, rief »Mama«. Daoud wollte sich eigentlich bei ihr entschuldigen. Aber ihr gegenüber wäre es genau das Falsche gewesen, und das wußte er. Traditionsgebundene Frauen, die mit den Schlägen von Vätern und Ehemännern aufgewachsen waren, legten Freundlichkeit als Schwäche aus.

»Ich bin Polizeisergeant Daoud von der Außenstelle in Kishle«, sagte er förmlich. »Ich suche Personen, die dieses Mädchen kennen.« Er winkte mit dem Foto. »Ihr Sohn sagte, er kennt sie, und ich habe versucht herauszubekommen, was er weiß.«

Die Frau schnaubte verächtlich, kam auf ihn zu und warf einen Blick auf das Foto. Ihr Gesicht war ausdruckslos, als sie aufsah und sagte: »Die kennt er nicht.«

»Bädchen bös!« sagte Ahmed und schnalzte mit der Zunge.

»Er sagte, er kennt sie«, sagte Daoud. »Schien sich ganz sicher.«

»*Lessano taweel*«, zischte die Frau. »Er ist ein Schwätzer.« Dann fügte sie rasch hinzu: »Sein Geschwätz ist ein Dreck. Sehen Sie denn nicht, daß er ein Idiot ist?«

Sie kam die Stufen herunter, ging auf den Jungen zu, schlug ihm heftig auf den Kopf und packte ihn am Hemdkragen.

»Hoch mit dir!«

»Mama, Mama!«

Sie schlug und zerrte und schlug. Der Junge kam halbwegs auf die Beine, und die Frau zog ihn keuchend die Treppe hoch zur Tür.

»Bädchen bös!« schrie der Junge.

»Einen Moment«, sagte Daoud.

»Idiot«, sagte die Frau, zerrte den Jungen mit einem Ruck ins Haus und schlug die Tür zu.

Daoud blieb allein auf der Treppe zurück und überlegte sich, was er tun sollte. Er konnte anklopfen und die Sache weiter verfolgen. Aber was sollte dabei herauskommen? Bei dem Foto hatte die Frau keine Reaktion gezeigt, was bedeutete, daß ihr schwachsinniger Sohn sie wahrscheinlich auch nicht kannte. Ein Idiot und ein Schwätzer, wie sie selbst sagte, der nicht weiß, was er redet. Reine Zeitverschwendung.

Er atmete tief durch und merkte, daß es langsam dunkel wurde. Mit seiner Arbeit war er noch längst nicht fertig – das Dorf abzugrasen konnte noch Stunden dauern. Doch die Chance, mit Menschen in Kontakt zu kommen, verringerte sich mit jedem Grad, um den die Sonne sank. Es war besser, wenn er bis morgen wartete. Das war ein Arbeitstag, und da traf man die Leute auf der Straße. In der Zwischenzeit wollte er sich auf die belebteren Plätze konzentrieren: den Busbahnhof, die Eisenbahnstation. Schattenboxen bis in die frühen Morgenstunden.

Sein Entschluß stand fest. Er wollte Silwan fallenlassen, in Jerusalem arbeiten, bis ihm die Augen zufielen, und morgen wiederkommen. Gleich morgen früh.

11 Fäuste krachten ins Gesicht, explodierten wie Feuerwerkskörper.

Der Chinese saß im Zelt und sah sich den Film an. Wartete auf Charlie Khazak, der noch mit dem Lastwagenfahrer zu verhandeln hatte.

Bruce Lee auf einem großen TV-Bildschirm. Umzingelt von sieben maskierten Bösewichtern in schwarzen Pyjamas. Er mit nacktem Oberkörper, naß vor Schweiß und unbewaffnet gegen die Bösewichter mit ihren Messern und Knüppeln. Die Bösen gehen auf ihn los. Großaufnahme von Bruce. Er zieht eine Grimasse, stößt einen Schrei aus, dann ein Gewitter von blitzschnellen Tritten, und alle bösen Buben gehen zu Boden. Unwahrscheinlich.

Klatschen und Gejohle von den Leuten an den Tischen, von Zuhältern mit Pomade in den Haaren, die, den Arm um die nackten Schultern ihrer schweigsam ergebenen Freundinnen gelegt, auf den Fernseher starrten, der oben auf der Leiter stand wie eine Gottheit auf ihrem Piedestal. Sie rauchten Kette und tranken Mokka, aßen Schaschlik und Wassermelonen, bekamen den Mund nicht zu und spuckten die Kerne auf den dreckigen Fußboden. Rotzige kleine Ganoven mit ordinärem Lachen. Um diese Zeit hätten sie eigentlich alle schon im Bett sein müssen. Er erkannte mindestens drei oder vier, die er letztes Jahr mal zusammengeschlagen hatte. Vielleicht waren es auch mehr, an die er sich nicht mehr erinnern konnte. Es gab ein paar, die ihn anstarrten und ihn mit herausfordernden Blicken reizen wollten; aber als er dagegenhielt, gaben sie auf.

Die Nacht war heiß, und er hatte viel zuviel an – Jeans, Stiefel, T-Shirt und ein weites Baumwollsportsakko, unter dem er seinen Schulterhalfter verbarg. Er war müde und schlecht gelaunt; den ganzen Abend war er durch die arabischen Wohnviertel gelaufen, hatte das Bild des Mädchens herumgezeigt und nur verständnislose Blicke geerntet. Im ganzen Rotlichtbezirk arbeiteten nicht mehr als fünf Nutten, und alle waren sie fett und häßlich. Auf eine mußte er warten, bis sie einen Araber abgefertigt hatte, den sie auf dem Rücksitz ihres Autos blasen wollte, bevor er sie vernehmen konnte; die anderen hatte er sofort sprechen können, aber die waren halb schwachsinnig. Keine von ihnen kannte das Mädchen;

und keine schien sich etwas daraus zu machen, auch nicht aus seinen Warnungen, und das nach der Sache mit dem Grauen Mann. Nun war er hier, und wieder mußte er warten, diesmal auf so einen Scheißkerl wie Charlie Khazak.

Auf dem Bildschirm war Bruce in einen Garten gegangen, wo ihm ein fetter Glatzkopf mit der Figur eines japanischen Ringkämpfers gegenübertrat. Ein Verschwörer? Bruces Fußarbeit schien den Fettwanst nicht zu beeindrucken. Er grinste, und seine häßliche Visage kam in Großaufnahme. Bruce bezog Prügel. Doch ein trockener Schlag ins Genick und ein Hieb mit beiden Händen auf den Hinterkopf wendeten das Blatt. Wieder gab es Beifall und Gejohle. Jemand hatte ihm erzählt, daß der Mann an einem Gehirntumor oder so was gestorben wäre. Hatte zu viele Tritte an den Kopf gekriegt.

Der Chinese nahm einen Melonenwürfel von seinem Teller und ließ ihn im Mund zergehen. Dann schaute er sich im Zelt um, wurde unruhig und ging nach draußen. Charlie Khazak redete immer noch mit dem Fahrer. Sie standen neben dem Melonenlaster und feilschten ums Geschäft.

Der Chinese schaute sich um. Eine Menge von Menschen strömte durch das Damaskustor. Soldaten, die eben in einer Gruppe den Torbogen passierten, klopften sich gegenseitig auf den Rücken und sahen aus wie die Teenager, was sie im Grunde auch waren. Ein paar Araber in langen, weißen *Jallabiyahs* tauchten auf. Ein anderer Araber, ein älterer Mann, hatte einen Gebetsteppich bei sich. Ein einzelner Hassidim, hoch aufgeschossen und hager, trug einen breitkrempigen Hut aus Nerz. Wie eine Vogelscheuche in Schwarz; seine Schläfenlocken schwangen bei jedem Schritt. Woher kamen Burschen wie er am Sabbat um ein Uhr morgens – vögelten sie Freitagnacht nicht mit ihren Ehefrauen? Was trieb er für ein Spiel – rang er um diese Zeit noch mit dem Talmud? Oder ging es um eine andere Art von Ringkämpfen? Als die Sache mit dem Grauen Mann lief, hatte er bei seinen Einsätzen so seine Erfahrungen mit den rechtschaffenen Bürgern gemacht ...

Brüllendes Gelächter drang aus Charlies Zelt. Bestimmt hatte Bruce wieder einen Gegner aufs Kreuz gelegt.

Wie in Konkurrenz kam schallendes Gelächter aus dem Zelt nebenan, unterstützt von Rockmusik mit schweren Bässen.

Wie an jedem Freitag um Mitternacht wurde auf dem Sklavenmarkt gefeiert, man konnte die Uhr danach stellen. Für Yossi Lee aber war es keine Feier. Er stiefelte durch die Zelte und hielt den windigen Typen das Foto unter die Nase, um rein gar nichts zu erfahren.

Später, bei Tagesanbruch, werden die Zelte abgebaut sein, und die ganze Gegend nichts als ein schmutziger Platz. Dann stehen hier Scharen von Zehn-Dollar-Tagelöhnern und warten darauf, daß sie von kleinen Unternehmern aufgegabelt werden. Nur der Müll erinnert noch an die nächtliche Feier: stapelweise zerbrochene Fleischspieße aus Bambus, Melonenschalen und eine Unmenge von Kernen, die den Boden wie tote Wanzen sprenkeln.

Ein Jeep der Grenzpatrouille fuhr die Sultan Suleiman hinunter, hielt an und leuchtete mit blauen Scheinwerfern die Mauern ab, streifte das Damaskustor und fuhr weiter. Aus einem der Kaffeehäuser gleich hinter dem Tor drang Bauchtanzmusik. Ältere Araber bevorzugten das Lokal – ausschließlich Männer; die Frauen hatten zu Hause zu bleiben. Man spielte Karten und Backgammon in einem Nebel von Tabakqualm, der aus den Wasserpfeifen mit Rosenwasser drang. Dazu Musik von verkratzten Platten, Beckeninstrumente und klagende Violinen, die stundenlang ein und dasselbe Liebeslied spielten – aber wozu die ganze Romantik, wenn es keine Frauen gab? Vielleicht waren sie auch alle schwul – sie hatten eine Art, an ihren Wasserpfeifen zu saugen, daß man es glucksen hören konnte.

Charlie Khazak zahlte den Fahrer aus. Zwei Jungen tauchten hinter dem Lastwagen auf und begannen mit dem Abladen, schleppten fünf, sechs Melonen auf einmal nach hinten in das Zelt. In einer heißen Nacht wie heute konnten sie gar nicht so schnell liefern, wie die Dinger weggingen.

Der Chinese ging auf Charlie zu und sagte: »Los, komm.«

»Geduld.« Charlie grinste und wandte sich wieder dem Araber zu, der mit einem naßgeleckten Finger sein Geld zählte. Charlie grinste wieder, ein geierhaftes Grinsen in einem geierhaften Gesicht. Hager und düster. Pockennarbige, eingefallene Wangen, eine irakische Hakennase, die Augenbrauen ein einziger, schwarzer Strich. Ein kahler Schädel, Backenbart, an den Seiten lange, fransige Haare, die ihm bis über den Kragen hingen. Ein grell rotgrünes Hemd mit weiten Ärmeln, enge schwarze Hose, nadelspitze Lacklederschuhe. Ein Zuhälter, wie er im Buche stand. Sein Vater war Rabbiner in Bagdad gewesen; das hatte er nun von seiner Tugendhaftigkeit, sein Sohn war Ganove geworden.

»Ist nichts mehr mit Geduld«, sagte der Chinese und legte ihm die Hand auf die Schulter. Nichts als Haut und Knochen. Wenn er einmal richtig zudrückte, war der Kerl hinüber.

Er machte nur eine winzige Andeutung, und prompt verabschiedete sich Charlie von dem Araber.

Die beiden gingen in das Zelt zurück und vorbei an den Tischen mit den Zuhältern, die Charlie grüßten, als ob er eine Art Popstar wäre. Im hinteren Teil brutzelten Schaschlik und knauserige Portionen von Hamburgern auf Kohlegrills. Ein schläfriger Barmann führte hinter einer behelfsmäßigen Theke aus übereinandergestapelten Melonenkartons Bestellungen aus. Charlie schnappte sich eine Flasche Cola von dem Eiskübel und bot sie dem Chinesen an, der sie nahm und wieder in den Kübel fallen ließ. Charlie zuckte die Achseln, und der Chinese schob ihn in eine dunkle Ecke neben eine Pyramide von Melonen, wo sie vor den Blicken der anderen sicher waren.

»Guck dir das mal an«, sagte er und zog das Foto aus der Tasche. »Kennst du die?«

Charlie nahm das Foto, runzelte die Stirn, so daß sich der schwarze Augenbrauenstrich in der Mitte zusammenzog.

»Niedlich. Schläft sie oder ist sie tot?«

»Hast du die mal verkauft?«

»Ich?« Charlie tat zutiefst verletzt. »Ich bin Restaurantinhaber und kein Fleischhändler.«

Dröhnender Beifall von der Menge an den Tischen. Bruce Lee hatte soeben eine kleine Armee von Bösewichtern besiegt.

»Die Geheimnisse des Orients«, sagte Charlie und sah auf den Bildschirm. »Das wäre doch was für dich.«

»Spar dir deine Sprüche. Ich bin müde.«

Der Detektiv schlug einen Ton an, der Charlie das Grinsen vergehen ließ. Er reichte das Foto zurück und sagte: »Kenne ich nicht.«

»Hast du sie mal hier gesehen?«

Es war nur ein Hauch von einem Zögern, aber dem Chinesen war es nicht entgangen.

»Nein.«

Er ging auf Charlie zu, kam ihm so nahe, daß sie sich gegenseitig riechen konnten. »Wenn du mich leimen willst, dann kriege ich das raus, mein Freund. Und dann komme ich wieder und drücke dir eine Melone in den Arsch.«

Der Barmann wurde aufmerksam. Er fing an zu grinsen und freute sich, daß es seinem Boß mal gegeben wurde.

Charlie stemmte die Hände in die Hüften. Hob die Stimme, für den Barmann unüberhörbar, und sagte: »Mach, daß du rauskommst und scher dich zum Teufel, Lee. Ich hab zu tun.«

Der Chinese hob eine Melone von der Pyramide, klopfte gegen die Schale, als ob er die Frische testen wollte, dann ließ er sie über seine Hand rollen und zu Boden fallen. Die Melone schlug dumpf auf und explodierte, das rosafarbene Fruchtfleisch und der Saft platschten in den Dreck. Der Barmann sah wieder herüber, blieb aber an seinem Platz. Sonst schien keiner etwas bemerkt zu haben. Alle waren sie von Bruce gefesselt.

»Hoppla.« Der Chinese schmunzelte.

Charlie wollte protestieren, aber ehe er noch ein Wort sagen konnte, stellte der Chinese seinen rechten Stiefelabsatz auf den rechten Fuß des Zeltbesitzers, beugte sich vor und verlagerte sein Gewicht um eine Kleinigkeit. Charlie riß die Augen auf vor Schmerz.

»Was zum –«, sagte er, aber dann rang er sich ein Lächeln ab. Der Zuhälterboß riß sich zusammen, wollte vor seinen Fans nicht wie ein Waschlappen aussehen. Dabei hatten die nur Augen für Bruce.

»Sag mir, was du weißt.« Der Chinese grinste.

»Von meinem Fuß runter, du Gorilla.«

Der Chinese grinste noch immer. Drückte heftiger zu und plauderte dabei, als ob sie gute Kumpel wären und sich ganz harmlos über die letzten Sportergebnisse unterhielten.

»Nun hör mir mal gut zu, *Adon* Khazak«, sagte er, »ich habe keine Lust, mir anzuhören, in was für Sauereien du deine Finger steckst. Jedenfalls heute nicht.« Er drückte noch stärker. »Ich will nur was über dieses Mädchen wissen.«

Charlie rang nach Luft, und der Barmann kam näher, eine Flasche Goldstar in der Hand. »Charlie –«

»Mach, daß du wegkommst, du Idiot! Geh an deinen Job!«

Der Barmann fluchte leise und machte sich wieder an den Abwasch.

»Ich sag's doch«, zischte Charlie zwischen zusammengebissenen Zähnen. Schweiß rann ihm übers Gesicht, ein Tropfen blieb an seinem Nasenzinken hängen und fiel schließlich in den Dreck. »Ich kenne sie nicht. Jetzt geh von meinem Fuß runter, verdammt noch mal, bevor du mir noch was brichst.«

»Du hast sie hier gesehen.«

»Was denn? Das ist nur ein Gesicht, ein Nichts.«

»Wann und wo?« fragte der Chinese.

»Geh runter, und ich sag's dir.«

Achselzuckend nahm der Chinese seinen Fuß zurück. Charlie spuckte aus und hüpfte verstohlen von einem Bein aufs andere. Um seine Schmerzen nicht zu zeigen, holte er eine Packung Marlboro und Streichhölzer aus der Tasche, stopfte sich eine Zigarette zwischen die Lippen und zog, das brennende Streichholz gegen den Daumennagel haltend, eine wahre Show ab.

Er zog den Rauch ein und blies ihn durch die Nasenlöcher. Das Ganze noch einmal. Mimte den hartgesottenen Burschen.

»Bin schwer beeindruckt«, sagte der Chinese. »Also, was ist mit dem Mädchen?«

»War ein- oder zweimal hier, okay? Das ist alles.«

»An einem Freitag?«

»Das ist der einzige Tag, an dem wir hier sind, Lee.« Er trat mit dem Fuß gegen ein Stück Melone.

»War sie allein oder mit jemand zusammen?«

»Ich hab' sie mit einem Kerl gesehen.«

»Was für ein Kerl?«

»Ein Araber.«

»Name.«

»Woher zum Teufel soll ich das wissen? Sie sind ja nie reingekommen. Ich hab' sie hier nur rumhängen sehen. Ist schon lange her.«

»Wie lange?«

»Ein Monat, vielleicht auch zwei.«

»Woher weißt du, daß es ein Araber war?«

»Er sah so aus. Und er hat Arabisch gesprochen.« Er redete, als hätte er es mit einem Idioten zu tun.

»Wie sah dieser Araber aus?«

»Dünn, viele Haare, Schnurrbart. Billig gekleidet.«

»Wie groß?«

»Mittel.«

»Genauer.«

»Nicht groß, nicht klein. So mittel – vielleicht ein Meter sechzig.«

»Wie alt?«

»Achtzehn oder neunzehn.«

»Was ist dir noch an ihm aufgefallen?«

»Nichts. Er sah aus wie tausend andere.«
»Was meinst du mit ›viel Haare‹?«
»Was meinst du denn damit?«
»Charlie«, sagte der Chinese streng.
»Dicht, buschig. Okay?«
»Glatt oder gewellt?«
»Glatt, glaube ich. So wie du.« Er grinste. »Vielleicht war es dein Cousin, Lee.«
»Was für eine Frisur?«
»Wer kann sich an so was schon erinnern?«
»War sie auch Araberin?«
»Wer würde sich wohl sonst mit einem Araber abgeben, Lee?«
»Eine von deinen Cousinen.«
Charlie spuckte wieder aus. Dann inhalierte er tief und befahl dem Barmann, den Dreck wegzumachen.
»Ein Straßenmädchen?« fragte der Chinese.
»Woher soll ich das wissen?«
Der Chinese ließ die Finger an seiner Hand knacken.
»Weil du ein Fotzenhändler bist, Charlie. Darum.«
»Mit dem Scheiß hab' ich nichts mehr am Hut, Lee. Ich verkaufe Melonen, das ist alles. Vielleicht ist der Kerl ihr Lude gewesen. Ich hab' die beiden hier nur rumhängen gesehen. Ein- oder zweimal.«
»Hast du sie auch mit einem andern gesehen?«
»Nein. Nur die beiden haben hier rumgehangen – das war vor über einem Monat.«
»Aber du erinnerst dich an sie.«
Charlie grinste und klopfte sich auf die Brust.
»Ich bin Frauenkenner, weißt du. Und die sah gut aus. Großer, runder Arsch, hübsche Titten für ein Mädchen in dem Alter. Sie war nicht schlecht, sogar in den dämlichen Klamotten.«
»Sie war auch billig gekleidet?«
»Alle beide. Er war eine Null, ein Typ vom Land. Aber

wenn man sie ein bißchen rausputzen würde, das wär schon ein schönes Stück Arsch.«

Der Chinese hätte den Kerl erschlagen können, aber er hielt sich zurück. »Sag mir, was du sonst noch weißt«, meinte er.

»Das wär's.«

»Bist du ganz sicher?«

Charlie zuckte die Achseln und zog an seiner Zigarette.

»Kannst mir wieder auf den Fuß treten, Lee. Aber von jetzt ab kann ich dir nur noch Märchen erzählen.«

»Hast du diesen Araber mal ohne sie gesehen?«

»Ich bin nicht scharf auf Jungs. Du vielleicht?«

Der Chinese holte aus. Charlie wich zurück, kam ins Stolpern. Bevor er hinfiel, hielt der Chinese ihn fest, zog ihn am Kragen hoch wie eine Stoffpuppe.

»Tss, tss«, sagte er und gab dem Zeltbesitzer einen leichten Klaps ins Gesicht. »Ich wollte doch nur ein bißchen zärtlich sein.«

»Scher dich zum Teufel, Lee.«

»*Shabbat shalom.*«

Als er wieder auf seiner Vespa saß, ließ er sich durch den Kopf gehen, was er herausbekommen hatte. Die Tatsache, daß Charlie sich an sie erinnern konnte, hatte das Mädchen von der bloßen Abbildung zu einer realen Person werden lassen. Aber im Grunde genommen war er nicht viel klüger als vorher.

Sie war ein Flittchen, trieb sich mit einem arabischen Jungen herum, was bedeuten konnte, daß sie Araberin war. Vielleicht aber auch Christin – manche waren etwas moderner. Auf keinen Fall würde ein moslemischer Vater seine Tochter des Nachts allein und ohne Beschützer ausgehen lassen, und am allerwenigsten auf den Sklavenmarkt.

Es sei denn, sie war Waise oder eine Hure.

In den Waisenhäusern kannte sie keiner.

149

Vielleicht eine Hure. Oder eine ungewollte Tochter, die von ihrer Familie verkauft worden war – es war gegen das Gesetz, aber so manch eine arme Familie tat das heute noch. Die Mädchen waren Ballast, keiner wollte sie haben, und so verkaufte man sie gegen Bares an reiche Familien in Amman oder in eines der Ölländer. Das war der wirkliche Sklavenmarkt. Charlie hatte etwas von billiger Kleidung gesagt ...

Er trat den Motorroller an, ließ die Maschine herumwirbeln und fuhr um die Altstadt in Richtung Süden. Vorbei an dem Jeep der Grenzpatrouille – die Männer hatten am Jaffator angehalten und machten eine Zigarettenpause –, weg von den Mauern, die Keren Hayesod hoch, und dann durch den Rehavyabezirk. Seine Wohnung lag auf dem Herzlberg im Westen der Stadt.

Ein Hinweis, aber was für einer. Hübsches, armes arabisches Mädchen mit einem armen arabischen Freund. Das konnte keinen vom Stuhl reißen.

Es war zu spät, um jetzt noch irgendwo anzuklopfen – eine Vorgehensweise, die ohnehin nicht viel einbrachte. Den ganzen Tag lang hatte er nichts als verständnislose Blicke und Kopfschütteln geerntet. Manche behaupteten, sein Arabisch sei zu schlecht, und sie könnten ihn nicht verstehen – das war dummes Zeug; er sprach so gut wie fließend. Andere zogen einfach nur die Schultern hoch. Mein Name ist Ahmed, ich weiß von nichts. Ihm war vollkommen klar, daß er schon mit der richtigen Person gesprochen hatte. Aber man hatte ihn belogen.

Wenn sie eine Familie besaß, hätten ihre Leute schon nach ihr gefragt.

Wahrscheinlich eine Hure. Aber unter den Zuhältern oder den Straßenmädchen gab es niemanden, der sie kannte. Vielleicht eine Anfängerin. Mit einer kurzen Karriere.

Vielleicht war ihr langhaariger Freund der Mörder, oder vielleicht war er auch nur ein Typ, der es ein- oder zweimal mit ihr getrieben hatte und dann seiner Wege gegangen war.

Dünn, mittelgroß, mit Schnurrbart. Ebenso gut hätte man sagen können, ein Mann mit zwei Armen und zwei Beinen. Mit so etwas konnte Dani nichts anfangen.

Yossi Lee, der Stardetektiv. Zwölf Stunden war er jetzt auf den Beinen, und vorzuweisen hatte er so gut wie gar nichts. Hatte eine ölige Felafel hinuntergewürgt, die ihm noch unverdaut im Magen lag. Aliza wollte eigentlich noch auf ihn warten, aber er wußte, daß sie jetzt schlief, und neben ihr der kleine Rafi, in sein Kinderbett gekuschelt. Gestern hatte der Kleine »Apfel« gesagt, das war schon allerhand für seine sechzehn Monate. Muskeln hatte er auch schon, und eh man sich's versah, würde er ein Fußballer sein. Vielleicht konnte er morgen früh noch ein bißchen mit ihm toben, bevor es wieder auf die Piste ging. Aber den Spaziergang im Park konnte er an diesem Samstag vergessen. Scheiße.

Er spürte den Wind in seinem Gesicht, und das tat ihm gut. Er mochte die Stadt, wenn die Luft mild war wie jetzt und die Straßen leer. Dann gehörte ihm alles allein. König Yossi, der jüdische Dschingis-Khan.

Er wollte noch ein bißchen herumfahren. Sich Zeit nehmen, Luft schnappen und durchatmen.

12

Daniel wurde um drei Uhr morgens wach, aufgewühlt von nebelhafter Erinnerung an dunkle, blutige Traumfetzen. Metall, das durch Fleisch geht, seine Hand ist abgetrennt, schwebt durch den Raum, ist nicht mehr zu fassen. Er weint wie ein Kind, hilflos und mit Schlamm beschmiert ...

Daniel nahm eine andere Lage ein, umarmte das Kopfkissen, hüllte sich in die Bettdecke und versuchte, sich zu entspannen. Da er mit alledem eher das Gegenteil erreichte, drehte er sich wieder um, mit dem Gesicht zu Laura.

Zugedeckt bis ans Kinn, atmete sie flach durch kaum

geöffnete Lippen. Eine Haarsträhne fiel ihr übers Auge; die Spur einer Fingernagelspitze schaute unter der Decke hervor. Er berührte den Nagel, schob das Haar zur Seite. Sie rührte sich und gab einen kehligen, zufriedenen Laut von sich, rekelte sich, berührte mit der Fußsohle seinen Knöchel. Er rückte näher, küßte ihre Wangen, ihre Augen und die trockenen Lippen, die ein wenig nach Morgen schmeckten.

Sie lächelte im Schlaf, und er bewegte sich auf sie zu und küßte sie aufs Kinn. Sie öffnete die Augen, schaute verwirrt und schloß sie wieder. Streckte sich und drehte sich von ihm weg. Dann machte sie die Augen wieder auf, formte die Lippen zu einem unhörbaren »Oh« und legte die Arme um ihn.

Sie umarmten und küßten sich, schmiegten sich aneinander, schaukelten in einem Durcheinander von Laken. Sie legte ihr Bein auf seinen Oberschenkel. Sie liebten sich langsam, schlaftrunken, und erst der Höhepunkt ließ sie hellwach werden.

Nachher lagen sie noch eine Zeitlang beieinander. Dann sagte Laura: »Daniel ... ich hab Durst.« Ihre Stimme hatte etwas Verschmitztes.

»Ist gut«, sagte er und zog sich zurück.

Er stieg aus dem Bett, ging in die Küche und füllte ein Glas mit kaltem Mineralwasser. Als er wiederkam, saß sie aufrecht mit nacktem Oberkörper da, ihr Haar hatte sie hochgesteckt. Er reichte ihr das Glas, das sie in zwei langen Zügen leerte.

»Willst du noch mehr?« fragte er.

»Nein, das war gut.« Sie befeuchtete ihren Finger am Rand des Glases und fuhr sich damit über die Lippen.

»Bestimmt nicht?« Er lächelte. »Im Kühlschrank steht noch eine Zweiliterflasche.«

»Scherzkeks!« Sie wedelte mit ihrem feuchten Finger und bespritzte ihn leicht. »Was kann ich dafür, wenn ich Durst bekomme? Wenn mein Körper nun mal so arbeitet.«

»Dein Körper arbeitet schon ganz okay.« Er legte sich neben sie, den Arm um ihre Schulter. Sie setzte das Glas auf dem Nachttisch ab, schaute dabei auf die Uhr und seufzte tief.

»Oh je. Zwanzig nach drei.«
»Tut mir leid, daß ich dich geweckt habe.«

Sie steckte ihre Hand unter die Bettdecke, berührte ihn zärtlich und lachte. »Ende gut, alles gut. Bist du schon lange wach?«

»Ein paar Minuten.«

»Ist irgendwas?«

»Bin nur etwas unruhig«, sagte er und spürte wieder die innere Anspannung. »Ich steh jetzt auf und laß dich weiterschlafen.«

Er wollte weg, aber sie berührte ihn am Handgelenk und hielt ihn zurück.

»Nein. Bleib. Wir haben kaum geredet, seit du den Anruf hattest.«

Sie legte den Kopf auf seine Schulter und fuhr mit ihren Fingern in kleinen Kreisen über seine unbehaarte Brust. Sie saßen da und schwiegen, hörten auf die Geräusche der Nacht – das leise Pfeifen des Windes, das Summen der Uhr, und wie ihre Herzen im selben Takt klopften.

»Erzähl mir davon«, sagte sie.

»Wovon?«

»Worüber du nicht sprechen wolltest. Darum bist du doch schon um neun ins Bett gegangen.«

»Das willst du bestimmt nicht hören.«

»Doch, will ich.«

»Es ist entsetzlich, glaub mir.«

»Erzähl mir's trotzdem.«

Er schaute ihr ins Gesicht und sah ihren Augen an, daß sie es wirklich wollte. Er zog die Schultern hoch und begann von dem Mord zu sprechen, berichtete leidenschaftslos, schlug einen beinahe dienstlichen Ton an. Sparte so viel wie möglich aus, doch ohne sie wie ein Kleinkind zu behandeln. Sie hörte ihm kommentarlos zu und zuckte nur einmal zusammen. Aber am Ende hatte sie feuchte Augen.

»Mein Gott«, sagte sie. »Fünfzehn.«

Er wußte, was sie dachte: nicht viel älter als Shoshi. Daniel empfand wie sie, und eine stechende Angst durchfuhr ihn bis ins Mark. Er wehrte sich dagegen auf dieselbe Art und Weise, wie man ihn in seiner Ausbildung gelehrt hatte, mit Schmerzen umzugehen. Zwang sich zur Ablenkung, stellte sich angenehme Bilder vor. Felder mit wildem Mohn. Den lieblichen Duft von Orangenblüten.

»Heroin, Sexualmord, das ... paßt einfach nicht«, sagte Laura. »Wir haben doch hier mit diesen Dingen nie zu tun gehabt.«

»Okay. Aber jetzt ist das nun mal so«, sagte er ärgerlich. Und einen Moment später: »Entschuldige. Du hast ja recht. Wir sind damit überfordert.«

»So habe ich es nicht gemeint. Du wirst das schon lösen.«

»Bis dahin machen wir ab jetzt Dienst rund um die Uhr.«

»Es ist einfach ...« Sie suchte nach Worten. »Als ich noch klein war, hat man mir immer von solchen Sachen erzählt. Nicht, daß wir das schön fanden, aber ... Ach, ich weiß nicht. Hier kommt es mir vor wie Ketzerei, Daniel. So dämonisch.«

»Ich verstehe«, sagte Daniel, aber insgeheim dachte er: das ist genau die Denkweise, die ich vermeiden muß. Teufel und Dämonen, religiöser Symbolismus – es ist diese Stadt, die dich auf solche Gedanken bringt. Es ist ein Verbrechen, nicht mehr und nicht weniger. Begangen von einem menschlichen Wesen. Ein Mensch, krank und fehlbar ...

»Wann gehst du los?« fragte Laura.

»Um sieben. Ich muß nach unten zu den Katamonim. Wenn ich bis halb eins nicht zurück bin, fangt schon ohne mich an zu essen.«

»Die Katamonim? Hast du nicht gesagt, sie wäre Araberin?«

»Das meint Daoud. Aber wir müssen sie erst identifizieren.«

Sie machte ihr Haar wieder auf und ließ es über die Schultern fallen.

»Der Boß will die Geschichte unterm Teppich halten«, sagte er. »Das heißt: Besprechungen außerhalb des Präsidiums. Wenn wir irgendwelche Hinweise finden, werden wir uns hier treffen, am Sonntagabend. Aber du sollst nichts vorbereiten. Wenn wir kein Sodawasser mehr haben, besorge ich etwas.«

»Wann an dem Abend?«

»Zwischen fünf und sechs.«

»Soll ich dann Luanne und Gene abholen?«

Daniel klopfte sich an die Stirn. »Ach, je. Wie konnte ich das vergessen. Wann kommen sie an?«

»Sieben Uhr abends, wenn die Maschine pünktlich landet.«

»Perfekt arrangiert. Ich bin ein großartiger Gastgeber.«

»Das geht schon in Ordnung, Daniel. Wahrscheinlich werden sie am ersten Tag sowieso kaputt sein. Ich habe für Dienstag arrangiert, daß sie sich die Kirchen in der Altstadt und in Bethlehem ansehen, und ich werde für sie eine Tagestour nach Galiläa mit Schwerpunkt Nazareth buchen. Damit sind sie erst mal eine Weile beschäftigt.«

»Ich wollte etwas Persönliches mit ihnen machen, sie haben sich doch auch mit uns so viel abgegeben.«

»Dazu haben wir immer noch Zeit – sie sind doch vier Wochen hier. Und außerdem, wenn jemand imstande ist, das zu verstehen, dann sind sie das. Gene hat wahrscheinlich ständig mit diesen Dingen zu tun.«

»Ja«, sagte Daniel, »ganz bestimmt.«

Um vier schlief Laura wieder ein, und Daniel fiel in einen dumpfen Halbschlaf. Traumbilder tauchten in sein Bewußtsein und verschwanden wieder mit einer Willkürlichkeit, die ihm angst machte. Um sechs stand er auf, rieb sich im Badezimmer mit einem Schwamm ab und zog sich an; weißes Hemd, staubfarbene Hose, Straßenschuhe mit Gummisohlen. Er zwang sich zu einem Glas Orangensaft und einer Tasse Pulverkaffee mit Milch und Zucker. Mit seinem *Tallit* ging er nach draußen auf den Balkon, wandte sich in Richtung Altstadt und sprach sein Gebet. Um sieben war er aus der Tür, den Piepser am Gürtel und in der Hand den Umschlag mit den Fotos von dem toten Mädchen.

Wie an jedem Sabbat waren zwei Fahrstühle im Hause stillgelegt, der dritte, auf Automatik eingestellt, hielt auf jeder Etage, damit ihn auch Bewohner, die auf religiöse Vorschriften hielten, benutzen konnten, ohne einen Knopf drücken zu müssen – den Stromkreis zu schließen, bedeutete eine Verletzung des Sabbat. Aber religiöse Schicklichkeit war mitunter auch mit schmerzlichen Behinderungen verbunden, und als er sah, daß die Fahrstuhlkabine eben im Erdgeschoß hielt, nahm er die Treppen und lief die vier Etagen nach unten.

In der Eingangshalle lehnte ein Mann an den Briefkästen und rauchte. Jung, zwei- oder dreiundzwanzig, gutgebaut und sonnengebräunt, dunkles, welliges Haar, ein gepflegter Vollbart mit rötlichgelben Tupfern. Er trug ein weißes Polohemd mit einem Film-Etikett, Jeans in amerikanischem Design, nagelneue, blauweiße Turnschuhe von Nike, am linken Handgelenk eine teuer aussehende Uhr mit Goldarmband und um den Hals einen goldenen HAI-Talisman. Amerikaner, dachte Daniel. Irgend so ein Playboy, vielleicht ein Student mit viel Geld, aber keiner, der hierhergehört – alle im Hause waren religiös, niemand rauchte am Sabbat.

Als der junge Mann ihn sah, trat er seine Zigarette auf dem Marmorfußboden aus. Eine Rücksichtslosigkeit, dachte Daniel. Er war drauf und dran, auf ihn zuzugehen und ihn auf englisch zu fragen, was er hier zu suchen hätte, als der junge Mann ihm mit ausgestreckter Hand entgegenging und ihn in fließendem Hebräisch, offenbar seiner Muttersprache, anredete. »*Pakad* Sharavi? Ich bin Avi Cohen. Ich bin ihrem Team zugeteilt worden. Hab' die Nachricht erst spät gestern abend erhalten und dachte, ich sollte mal vorbeischauen und mich persönlich melden.«

Arroganter Bursche mit viel Geld, dachte Daniel. Es irritierte ihn, daß ihn sein Gefühl betrogen hatte. Leute wie er wohnten im Norden von Tel Aviv. Sohn eines Politikers und reiseerfahren. Was die ausländischen Accessoires erklärte. Er griff seine Hand und ließ sie rasch wieder los, wunderte sich, wie viel Antipathie er schon in so kurzer Zeit für den Neuen entwickelt hatte.

»Die Einsatzbesprechung war gestern«, sagte er.

»Ja, ich weiß«, sagte Cohen ganz selbstverständlich und ohne ein Wort der Entschuldigung. »Ich beziehe gerade eine neue Wohnung. Hab' leider noch kein Telefon. *Tat nitzav* Laufer hatte mir einen Boten geschickt, aber der muß sich wohl verlaufen haben.«

Er lächelte, ließ seinen jungenhaften Charme spielen, der bei der Asher-Davidoff-Blondine bestimmt Wunder gewirkt hatte.

Ein Neuling mit Verbindung zum stellvertretenden Polizeichef – und was suchte ein Typ mit so viel Geld ausgerechnet bei der Polizei?

Daniel ging auf die Eingangstür zu.

»Ich bin jetzt soweit«, sagte Cohen und lief ihm nach.

»Soweit wofür?«

»Meine Arbeit. *Tat nitzav* Laufer sagte mir, es wäre ein schwieriger Fall.«

»Ach, wirklich?«

»Sexualgemetzel, kein Motiv, kein Verdächtiger –«

»Haben Sie denn regelmäßig Besprechungen mit *Tat nitzav* Laufer?«

»Nein«, sagte Cohen nervös. »Er ... mein Vater –«

»Machen Sie sich nichts draus«, sagte Daniel, aber dann fiel ihm ein, daß der Junge erst kürzlich seinen Vater verloren hatte, und er schlug einen sanfteren Ton an.

»Das mit Ihrem Vater tut mir leid.«

»Haben Sie ihn gekannt?« fragte Cohen überrascht.

»Nur dem Namen nach.«

»Er war ein hartnäckiger Typ, ein Kerl wie aus Eisen.« Cohen sprach das mechanisch aus, ohne Emotion, wie einen Psalm, den er schon hundertmal aufgesagt hatte. Daniel empfand nur noch größere Antipathie gegen den Neuen. Er stieß die Tür auf, ließ sie zurückschwingen, so daß Cohen sie auffangen mußte, und trat nach draußen in die Sonne. Auf dem Parkplatz stand ein Wagen, den er hier noch nie gesehen hatte. Ein roter BMW 330i.

»Mein Auftrag, *Pakad*?«

»Sie haben den Auftrag, bei allen Treffen anwesend zu sein, und zwar exakt dann, wenn Sie einberufen werden.«

»Ich sagte doch, meine Wohnung –«

»Ich bin nicht an Entschuldigungen interessiert, sondern an Ergebnissen.«

Cohens Augenbrauen verformten sich. Unwille trübte seinen eisblauen Blick.

»Haben Sie das verstanden, *Samal* Cohen?«

»Ja, *Pakad*.« Er war korrekt, aber seine Stimme klang eine Spur zu arrogant. Daniel hörte darüber hinweg.

»Sie sind *Mefakeah* Nahum Shmeltzer unterstellt. Rufen Sie ihn morgen früh um acht Uhr an, und tun Sie, was er Ihnen sagt. In der Zwischenzeit möchte ich, daß Sie ein paar Akten durchsehen. Im Polizeipräsidium – die Computerleute werden sie Ihnen herausgeben.« Er griff in den Umschlag, nahm ein Foto in die Hand und gab es Cohen. »Gehen Sie jede einzelne Akte durch, und suchen Sie nach Personen, die ihr ähnlich sehen. Achten Sie nicht bloß auf genaue Übereinstimmungen – Sie müssen auch berücksichtigen, daß sie vielleicht ihre Frisur verändert hat oder auch etwas gealtert ist, seit die Akte angelegt wurde. Sollten Sie Ähnlichkeiten finden, legen Sie die Akte beiseite. Gehen Sie sehr exakt vor, und wenn Sie sich nicht sicher sind, fragen Sie. Alles klar?«

»Ja.« Cohen schaute auf das Foto. »Jung«, sagte er.

»Sehr gut beobachtet«, sagte Daniel. Er drehte sich um und ging.

Den drei Kilometer langen Weg brachte er rasch hinter sich, ohne viel auf seine Umgebung zu achten. Er hielt sich südwestlich, ging dann die Yehuda HaNasi in Richtung Westen und erreichte die Katamonim. Die Gegend hinter dem Katamon Acht machte einen heruntergekommenen Eindruck, auch wenn Sanierungsversuche ihre Spuren hinterlassen hatten: hier und dort ein frisch gestrichenes Gebäude, ein neu gepflanzter Baum. Die Regierung hatte Anstrengungen unternommen, bis die Wirtschaftsrezession sie wieder zunichte machte. Zum größten Teil aber war alles geblieben, wie er es in Erinnerung hatte: die Straßen ohne Bordstein, mit Schlaglöchern und Abfällen übersät; und das bißchen Gras, das überhaupt wuchs, war braun und vertrocknet. Auf den rostzerfressenen Balkons der verfallenden Zinderblock-Gebäude türmten sich Wäschestücke. Die bunkerähnliche Konstruktion ging zurück auf die Tage vor '67, als sich das südliche Jerusalem von jordanischen Gewehren bedroht sah. Plötzlich waren mörderische Schüsse aus dem Hinterhalt gefallen, und die Araber hatten sie damals einem »amoklaufenden« Soldaten zugeschrieben.

Amoklaufende Scharfschützen. Viele Menschen waren erschossen worden, und bittere Witze kursierten. Man hätte wohl in Amman die psychiatrischen Anstalten geöffnet, damit Hussein seine Armee auffüllen könnte.

Die Veränderung der Grenzen von '67 hatte auch den Charakter anderer Armen-Bezirke gewandelt – Yemin Moshe mit seinen gepflasterten Gäßchen und den Künstlerateliers war jetzt so aufgebläht, daß sich dort nur noch Ausländer Wohnungen leisten konnten. Sogar in Musrara sah es nicht mehr ganz so schlimm aus – nur die unteren Katamonim hatten sich nicht verändert. Sie waren das lebendige Monument eines heruntergekommenen, urbanen Viertels geblieben.

In seiner Anfangszeit war er hier Streife gefahren, und obwohl er selbst nicht gerade aus wohlhabendem Hause stammte, hatte ihn diese Erfahrung sehr bedrückt. In aller Eile waren hier Fertighäuser hochgezogen worden, um die Einwanderungswellen von nordafrikanischen Juden zu bewältigen – wie Eisenbahnwaggons aneinandergereiht und unterteilt in hundert Quadratmeter große, trostlose Zellen, die anscheinend irreparabel von Schimmel und Fäulnis befallen waren. Winzige Fenster, aus Sicherheitsgründen gebaut, heute aber überflüssig und bedrückend. Zerfurchte Straßen und kahle Flächen, die als Müllhalden dienten. Die Wohnungen im Sommer überhitzt, im Winter feuchtkalt und vollgestopft mit frustrierten Mietern. Die Familienväter arbeitslos und ohne Achtung vor sich selbst, ihre Frauen eine Zielscheibe für Beschimpfungen und Anpöbeleien, die Kinder verwahrlosten auf der Straße. Eine Brutstätte für Kriminalität – Verbrechen waren nur noch eine Frage der günstigen Gelegenheit.

Die Pooshtakim hatten ihn gehaßt. Jemeniter waren in ihren Augen eine Provokation. Sie waren ärmer als alle anderen, sahen anders aus und wurden darum als primitive Außenseiter angesehen. Freundlich lächelnde Narren, die noch lächeln würden, wenn man sie schlug. Aber ihr Lächeln reflektierte auch ein unbeirrbares Selbstvertrauen und jenen Optimismus, der die Jemeniten befähigt hatte, die soziale Stufenleiter relativ schnell zu erklimmen. Und der Umstand, daß ihre Kriminalitätsrate nur gering war, strafte die Ansicht Lügen, Armut könne Verbrechen entschuldigen.

Alles das führte auf direktem Wege dazu, Sündenböcke zu suchen. Er konnte gar nicht mehr zählen, wie oft man ihn einen Neger genannt, ihn einfach ignoriert und gezwungen hatte, kleine Ganoven, die ihn provozierten, hart anzufassen. Keine paradiesischen Bedingungen für einen Berufseinstieg. Er hatte es mit Fassung ertragen, allmählich den einen oder andern für sich gewonnen und seine Arbeit getan. Es war seine eigene Idee gewesen, erst einmal dort zu arbeiten. Aber als er dann versetzt werden konnte, war er doch erleichtert.

Nun war er wieder zurück, ausgerechnet an einem Sabbat, und machte sich auf eine Tour, die man bestenfalls als einen Schuß ins Blaue bezeichnen konnte.

Oberflächlich gesehen hatte es durchaus eine gewisse Logik, hierher zu gehen. Das Mädchen war arm und Orientalin, vielleicht ein Straßenmädchen. Dieser Typ gedieh zwar auch in anderer Umgebung, für den Anfang aber waren die Blocks acht und neun genau richtig.

Dabei gestand er sich ein, daß seine Aktion auch viel Symbolisches hatte – er wollte Vorbild sein, den andern zeigen, daß auch ein Pakad immer noch bereit war, auf die Straße zu gehen. Und den Verdacht gar nicht erst aufkommen lassen, ein religiöser Pakad könnte den Sabbat als Vorwand zum Faulenzen benutzen.

Dabei mißfiel es ihm zutiefst, daß er den Frieden des Sabbat störte, und die Trennung von seiner Familie und dem religiösem Ritual erfüllte ihn mit Unwillen. Es gab nur wenige Fälle, die ihm solches abverlangten, und dieser hier gehörte dazu. Dem toten Mädchen war nicht mehr zu helfen, doch wenn ein Wahnsinniger am Werk war, würde der sich nicht mit einem Opfer begnügen. Und wenn es darum ging, ein Menschenleben zu retten, durfte man sich über die Regeln des Sabbat hinwegsetzen.

Trotzdem tat er, was er konnte, um die Regeln so wenig wie möglich zu verletzen – er hatte seinen Piepser, aber kein Geld und keine Waffe bei sich, er ging zu Fuß, anstatt mit dem Auto zu fahren, und benutzte, um seine Beobachtungen zu notieren, lieber sein Gedächtnis als Schreibstift und Papier. Und in den Phasen des Leerlaufs, die einen so großen Teil im Arbeitsleben eines Detektivs ausmachen, tat er sein Bestes, um sich auf spirituelle Gedanken zu konzentrieren.

Ein älteres marokkanisches Ehepaar kam ihm entgegen, sie waren auf dem Weg zur Synagoge. Der Mann, der eine viel zu weite und mit Stickereien verzierte *Kipah* trug, murmelte Psalmen und ging seiner Frau ein paar Schritt voraus. In den

Blöcken acht und neun waren es nur noch die alten Leute, die auf religiöse Formen hielten.

»*Shabbat shalom*«, grüßte er sie und zeigte ihnen das Bild.

Der Mann entschuldigte sich, daß er seine Brille nicht bei sich hatte, und sagte, er könne nichts erkennen. Die Frau blickte auf das Foto, schüttelte den Kopf und sagte: »Nein. Was ist passiert? Wird sie vermißt?«

»In einem gewissen Sinne«, sagte Daniel, dankte ihnen und ging weiter.

Die Szene wiederholte sich unzählige Male. In der Rehov San Martin, an der südlichen Ecke des Blocks neun, traf er auf eine Gruppe von muskulösen, dunkelhäutigen Männern, die auf einem Gelände Fußball spielten. Er wartete, bis ein Tor gefallen war, und ging dann auf die Leute zu. Sie reichten das Foto von einem zum andern, machten obszöne Bemerkungen, gaben es ihm zurück und nahmen ihr Spiel wieder auf.

Bis elf Uhr machte er noch weiter, sein zweites Frühstück bestand aus Achselzucken, Ignoranz und dummen Witzen. Wieder kam er sich wie ein Anfänger vor. Schließlich fand er, es sei dumm von ihm gewesen, seine Zeit zu vergeuden und von seiner Familie wegzugehen, nur um ein Zeichen zu setzen. Übel gelaunt machte er sich auf den Rückweg.

Als er Block acht verließ, kam er an einem Kiosk vorbei, der vorhin, als er den Bezirk betrat, noch geschlossen hatte. Vor einer behelfsmäßig aufgebauten Theke standen die Kinder Schlange nach Eiscreme und Zuckerstangen. Der Verkaufshit, das sah er beim Näherkommen, schien ein blaues Eis zu sein, das besonders ekelhaft aussah.

Der Besitzer, ein untersetzter Türke in den Fünfzigern, trug eine schwarz umrandete Brille, hatte schlechte Zähne und einen Dreitagebart. Sein Hemd war schweißdurchtränkt, und er roch nach Süßwaren. Als er Daniel in seiner *Kipah* sah, runzelte er die Stirn.

»Kein Kredit am Sabbat. Ich verkaufe nur gegen bar.«

Daniel zeigte ihm seine Dienstmarke und zog das Foto aus dem Umschlag.

»Aha, Polizei. Da zwingt man heutzutage einen Gläubigen, am Sabbat zu arbeiten?«

»Haben Sie dieses Mädchen gesehen?«

Der Mann sah einmal hin und sagte beiläufig: »Die? Natürlich. Eine Araberin, hat mal als Dienstmädchen bei den Mönchen in der Altstadt gearbeitet.«

»Bei welchen Mönchen?«

»Bei denen am Neuen Tor.«

»Die vom Heiligen Erlöser?«

»Mmh.« Der Türke sah sich das Foto genauer an und setzte ein ernstes Gesicht auf. »Was ist mit ihr passiert? Hat man sie –«

»Wissen Sie, wie sie heißt?«

»Keine Ahnung. Ich kann mich überhaupt nur an sie erinnern, weil sie hübsch war.« Er blickte noch einmal auf das Foto. »Es hat sie einer drangekriegt, stimmt's?«

Daniel nahm ihm das Bild aus der Hand. »Ihr Name bitte, *Adoni*.«

»Sabhan, Eli, aber ich will mit der Geschichte nichts zu tun haben, okay?«

Zwei kleine Mädchen in T-Shirts und geblümten Hosen kamen an die Theke und verlangten blaues Eis am Stiel. Daniel trat einen Schritt zur Seite und ließ Sabhan seine Geschäfte abwickeln. Nachdem der Türke sein Geld eingesteckt hatte, ging er wieder auf ihn zu und fragte: »Was haben Sie im Kloster vom Heiligen Erlöser gemacht, *Adon* Sabhan?«

Der Türke wies mit einer Handbewegung auf seine Habseligkeiten und zog ein angewidertes Gesicht.

»Das ist nicht mein Beruf. Früher habe ich mal ein richtiges Geschäft gehabt, bis unsere beschissene Regierung mich ausgesteuert hat. Malerei und Stuckarbeiten. Ich hatte einen Vertrag, sollte den Mönchen ihr Krankenhaus streichen und war schon mit zwei Wänden fertig. Dann tauchten zwei Araber auf, die mich unterboten, und die sogenannten heiligen Brüder haben mich auf die Straße gesetzt. Diese verdammten Braunkittel – alles Antisemiten.«

»Was wissen Sie über das Mädchen?«

»Nichts. Ich hab' sie bloß gesehen. Wie sie den Fußboden geschrubbt hat.«

»Wie lange ist das her?«

»Moment – das war kurz bevor man mich ruiniert hat, ungefähr vor zwei Wochen.«

Erst vor zwei Wochen, dachte Daniel. Den armen Kerl hatte es böse erwischt. Er hatte allen Grund zum Ärger.

»Haben Sie sie mal mit jemand anderem gesehen, *Adoni* Sabhan?«

»Immer nur mit ihrem Mop und ihrem Eimer.« Sabhan wischte sich mit der Hand übers Gesicht, beugte sich vor und sagte verschwörerisch: »Zehn zu eins, das war einer von den Braunkitteln, der sie alle gemacht hat. Sie ist doch vergewaltigt worden, oder?«

»Wie kommen Sie darauf?«

»Ein Mann hat seine Bedürfnisse, wissen Sie? Das ist doch nicht normal, wie die leben – kein Sex, und die einzigen Frauen, die sie zu Gesicht bekommen, sind nur ein paar vertrocknete Nonnen. Das hält man doch im Kopf nicht aus, oder? Da kommt dann so ein junges Ding, natürlich kein BH, wackelt mit dem Hintern, hockt sich hin, schon läuft einer heiß, und es rummst, oder?«

»Haben Sie beobachtet, daß es zwischen ihr und den Mönchen Streit gegeben hat?«

Sabhan schüttelte den Kopf.

»Und zwischen ihr und anderen Leuten?«

»Nee, ich hatte mit dem Streichen zu tun«, sagte Sabhan, »hab' immer nur auf die Wand geguckt. Aber ich schwör's Ihnen. So hat es sich abgespielt.«

Daniel stellte ihm noch ein paar Fragen, konnte aber nichts weiter in Erfahrung bringen und sah sich den Gewerbeschein des Türken an. Als Wohnsitz war eine Adresse im Katamon zwei eingetragen. Er merkte sich die Daten und verließ den Kiosk. Sein Herz klopfte. Immer schneller gehend, lief er denselben Weg zurück, wandte sich aber auf der Ben Zakai erst östlich, dann nordöstlich und lief in Richtung Altstadt.

Es war an der Kreuzung David Remez und nur noch ein paar Schritte bis zu den Stadtmauern, als sein Piepser einen Summton abgab.

13

»Wie ist er denn so?« fragte Avi Cohen und sah Shmeltzer an.

»Wer?«

Die beiden saßen in einem grauen, fensterlosen Raum des Präsidiums vor Bergen von Aktenordnern und Computerausdrucken. Es war zum Frösteln kalt. Cohen trug Ärmelschoner. Auf seine diesbezügliche Frage hatte Shmeltzer nur die Schultern hochgezogen und gesagt: »Der Büroleiter nebenan, der sieht das gern.« Als wenn das irgend etwas erklären würde.

»Sharavi«, sagte Cohen und schlug eine Akte über eine vermißte Jugendliche auf. Er sah sich das Foto an und legte es auf den rasch wachsenden Stapel von Ausmusterungen. Sklavenarbeit – jede Putzfrau hätte das erledigen können.

»Wie meinen Sie das: wie ist er denn so?«

Shmeltzers Stimme klang leicht gereizt.

Mein Gott, dachte Cohen, sind das empfindliche Typen in dieser Abteilung.

»Als Boß«, stellte er klar.

»Warum wollen Sie das wissen?«

»Aus reiner Neugier. Vergessen Sie's.«

»So, aus reiner Neugier. Sind Sie immer so neugierig?«

»Manchmal.« Cohen lächelte. »Soll doch für Detektive ganz nützlich sein.«

Shmeltzer schüttelte den Kopf, senkte den Blick und fuhr

mit seinem Zeigefinger über eine Kolonne von Namen. Alles Sexualtäter, es waren Hunderte.

Sie arbeiteten jetzt schon zwei Stunden zusammen, sichteten und sortierten, und zwei Stunden lang hatte der Alte gearbeitet, ohne zu klagen. Hockte über der Aufstellung, legte Unter- und Querverzeichnisse an, suchte nach Decknamen oder Duplikaten. Für einen Mefakeah wahrlich keine Herausforderung, dachte Cohen, aber das schien ihn nicht zu stören. Vermutlich ein ausgebrannter Mann, der nur noch auf Nummer Sicher ging.

Seine eigene Arbeit war sogar noch mühsamer: über 2000 Akten von vermißten Jugendlichen durchsehen und sie mit den Fotos des zermetzelten Opfers vergleichen. Nur 1633 dieser Fälle seien noch offen, hatte der Computerbeamte ihm versichert. Nur. Aber irgend jemand hatte irrtümlich mehr als 400 schon gelöste Fälle in der Akte belassen.

Er erlaubte sich eine Bemerkung über die Unfähigkeit von Büromenschen, und Shmeltzer antwortete: »Nörgeln Sie nicht über die Leute. Man kann nie wissen, wo man den nächsten Hinweis findet. Sie könnte eine sein, die man mal gefunden hat, aber die dann wieder abgehauen ist – kann also nicht schaden, wenn Sie auch die abgeschlossenen Fälle durchgehen.« Großartig.

»Er ist ein guter Boß«, sagte Shmeltzer. »Oder haben Sie irgend etwas Gegenteiliges gehört?«

»Nein.« Cohen stieß auf das Foto eines Mädchens aus Romema, das dem toten Mädchen ähnlich sah. Nicht aufs Haar. Aber ähnlich genug, um es beiseite zu legen. »Also reine Neugier?«

»Richtig.«

»Wissen Sie«, sagte der Alte, »Sie werden allerlei zu hören bekommen – daß er es geschafft hätte, wegen Protektion oder weil er Jemenit ist. Alles Blödsinn, können Sie vergessen. Mit Protektion hat er vielleicht eine Starthilfe bekommen, aber« – er lächelte vielsagend – »gegen Beziehungen ist doch nichts zu sagen, mein Sohn, oder?«

Cohen wurde rot und ärgerte sich.

»Und was die Geschichte mit den Jemeniten betrifft – vielleicht hat man damals wirklich nach einem Farbigen gesucht, aber damit allein wäre es noch nicht getan gewesen, verstehen Sie?«

Cohen nickte, blätterte in Aktenseiten.

»Er ist da, wo er ist, weil er seinen Job macht, und den macht er gut. Was Sie, Herr Neugier, sich vielleicht mal in aller Ruhe durch den Kopf gehen lassen sollten.«

14

Daoud sah furchtbar aus. Daniel erkannte auf den ersten Blick, daß er die ganze Nacht nicht im Bett gewesen war. Sein hellbrauner Anzug war zerknittert und schmutzverklebt, sein weißes Hemd grau vor Schweiß. Die rötlichen Bartstoppeln ließen seinen dünnen Schnurrbart nur noch unscheinbarer wirken. Seine Haare waren verschmiert und nur mit den Fingern gekämmt, die Augen verquollen und blutunterlaufen. Nur der Anflug eines Lächelns, das er mühsam zu verbergen suchte – ein kaum merkliches Hochziehen der Lippen – deutete darauf hin, daß der Vormittag durchaus nicht erfolglos verlaufen war.

»Sie heißt Fatma Rashmawi«, sagte er. »Die Familie wohnt dort oben, in dem Haus mit dem Bogenfenster. Vater, zwei Frauen, drei Söhne, vier Töchter, zwei Schwiegertöchter und entsprechend viele Enkelkinder. Die Männer sind alle Maurer. Zwei Söhne sind um sieben zur Arbeit gegangen. Der Vater bleibt zu Hause – er hat einen Unfall gehabt.«

»Die Sache mit dem Teich«, sagte Daniel. »Sie hatten den richtigen Instinkt.«

»Ja«, sagte Daoud.

Sie standen am oberen Ende von Silwan, in einem Olivenhain versteckt. Das Haus, auf das Daoud zeigte, war mittelgroß und lag am Rande einer weißen, vertrockneten Baumgruppe, in einiger Entfernung von den übrigen Nachbarn. Ein schlichtes, beinahe spartanisches Haus, der Steinbogen über dem Vorderfenster war das einzige dekorative Detail.

»Wie sind Sie auf die gekommen?«

»Ein Schwachsinniger hat mir geholfen. Ein tauber Junge namens Nasif, er wohnt da drüben mit seiner verwitweten Mutter. Ich bin ihm gestern begegnet. Er schien das Foto zu erkennen, faselte immer von einem bösen Mädchen. Aber er kam mir zu dumm vor, um mir vorstellen zu können, daß sein Gefasel irgend etwas zu bedeuten hätte. Dann kam die Mutter dazu. Sie ließ sich bei dem Foto nichts anmerken und behauptete, der Junge würde nur Unsinn reden. Ich bin dann in die Altstadt gegangen und habe noch im Moslemviertel gearbeitet. Aber die Geschichte ging mir nicht mehr aus dem Kopf – ich wurde das Gefühl nicht los, daß ich das Mädchen schon einmal am Teich gesehen hatte. Also kam ich heute morgen wieder, bearbeitete sie noch eine Weile, und schließlich sagte sie es mir. Vorher hat sie mich noch angefleht, ich dürfe keinem verraten, daß sie geredet hat – die Rashmawis sind anscheinend ein Haufen von Hitzköpfen und sehr traditionsgebunden. Der Vater ist König, und die Kinder stehen unter seiner Knute, auch nach ihrer Heirat. Fatma war die Jüngste und wollte sich nichts gefallen lassen – sie interessierte sich für Popmusik und schielte nach den Jungen. Es gab immer wieder Krach, der Vater und ihre Brüder haben sie verprügelt, und vor ungefähr zwei Monaten ist sie ausgerissen oder wurde rausgeworfen, sagt jedenfalls Frau Nasif. Seitdem ist Fatma, ihren Aussagen nach, nicht mehr gesehen worden, und wo sie steckt, wüßte niemand, behauptet sie. Aber vielleicht lügt sie auch und will noch nicht mit der ganzen Wahrheit heraus. Sie hatte Angst – zwischen den Zeilen gab sie mir zu verstehen, die Rashmawis seien gewalttätig und in der Lage, dem Mädchen und jedem, der gegen ihre Regeln verstößt, etwas anzutun.«

Familienbande, dachte Daniel. Die übliche Geschichte?

Der Gedanke fiel ihm schwer. Er konnte sich nicht vorstellen, daß Fatma Rashmawi wegen familiärer Kabbeleien ein solches Ende gefunden hatte. Trotzdem, der Fall begann Gestalt anzunehmen. Es gab Namen und Orte, die Merkmale von Realität.

»Ich kann mir vorstellen, wo sie hingegangen ist«, sagte er und berichtete Daoud, was der Türke ihm über das Kloster vom Heiligen Erlöser erzählt hatte.

»Ja, das ergibt einen Sinn«, sagte Daoud, und seine grünen Augen funkelten trotz der geschwollenen Lider.

»Sie haben hervorragende Arbeit geleistet«, sagte Daniel. »Absolut erstklassig.«

»Bin nur routinemäßig vorgegangen«, versicherte Daoud, aber er richtete sich auf und hob stolz den Kopf.

Irgendwo krähte ein Hahn, und eine warme Brise bewegte die Blätter der Olivenbäume. Der Boden war weich von den herabgefallenen Früchten, und in der Luft hing der salzige Geruch modernder Oliven.

Daniel schaute zu dem Haus der Rashmawis.

»Wir werden zusammen hingehen und mit den Leuten sprechen«, sagte er. »Aber nicht sofort. Fahren Sie erst nach Kishle, und rufen Sie die anderen an. Shmeltzer müßte am French Hill sein, in der Datenabteilung. Sagen Sie ihm, was wir herausgefunden haben. Er soll alle Informationen über die Rashmawis und deren Angehörige überprüfen. Stellen Sie auch fest, ob eine Akte über Fatma existiert. Der Chinese ist wahrscheinlich über seinen Piepser zu erreichen – er soll zu mir kommen, hierher. Sie gehen jetzt nach Hause, waschen sich, essen etwas und sind um zwei Uhr wieder hier. Dann werden wir weitersehen.«

»Ja, Sir«, sagte Daoud. Er hatte alles notiert.

Die Haustür der Rashmawis öffnete sich, und eine schwangere junge Frau kam nach draußen. Sie trug einen zusammengerollten Teppich, und eine Schar von kleinen Kindern lief hinter ihr her. Die Frau rollte den Teppich aus, hielt ihn mit einer Hand hoch und klopfte ihn mit einem Stock aus. Die Kinder tanzten im Kreis um sie herum wie um einen Maibaum, kreischten vor Freude und machten Jagd nach den Staubwirbeln.

»Noch etwas, *Pakad*?« fragte Daoud.

»Sonst nichts, bis zwei. Gehen Sie nach Hause, und widmen Sie sich Ihrer Familie.«

Daniel wartete in dem Olivenhain auf den Chinesen, beobachtete das dörfliche Kommen und Gehen und ließ dabei das Haus der Rashmawis nicht aus den Augen. Um zwölf Uhr dreißig trat wieder eine Frau aus der Tür – nicht die Teppichklopferin – und kaufte Auberginen und Tomaten bei einem Händler, der es geschafft hatte, seinen Karren bis zu diesem hochgelegenen Punkt zu fahren. Um zwölf Uhr neununddreißig war sie wieder im Haus. Die Kleinen rannten raus und rein, hänselten sich und spielten Fangen. Sonst tat sich nichts.

Dieser Fall schien ihn in die eigene Vergangenheit zurückzuversetzen. Heute morgen in den Katamonim und jetzt in Silwan.

Er schaute über das Dorf und hätte gern gewußt, in welchem Haus sein Urgroßvater – der Mann, dessen Namen er trug – wohl aufgewachsen war. Seltsam, man hatte ihm so viel von den alten Zeiten erzählt, aber er hatte sich nie die Mühe gemacht, den Dingen nachzugehen.

Es waren Geschichten, die man gern bei Tisch erzählte und wie eine Liturgie heruntebetete. Wie die Juden von San'a zu Hunderten aus der Hauptstadt der Jemeniten geflohen waren, um sich vor der zunehmenden Verfolgung durch die Moslems zu retten. Wie sie die Berge überquert hatten und aufgebrochen waren, um das Heilige Land zu suchen. Daß der erste Daniel Sharavi dabeigewesen und als unterernährter Zehnjähriger mit seinen Eltern in Jerusalem im Sommer von 1881 angekommen war. Und daß man die Juden von San'a nicht gerade mit offenen Armen aufgenommen hatte.

Die anderen Bewohner des jüdischen Jerusalem – die Sephardim und Askenasim – hatten nicht gewußt, was sie mit diesen kleinen, dunkelhäutigen, kraushaarigen Menschen anfangen sollten, die da vor ihren Türschwellen standen, halbnackt und ohne einen Pfennig, aber freundlich. Sie sprachen Hebräisch mit einem seltsamen Akzent und behaupteten, Juden zu sein. Sturm und Pestilenz hatten sie getrotzt und barfuß die Berge erklettert, die Wüste von Arabien durchquert und sich von Samen und Honig ernährt.

Jerusalem erstreckte sich in jenen Tagen noch nicht über die Mauern der Altstadt hinaus – auf zwei Quadratkilometern waren zehntausend Menschen zusammengepfercht, ein Drittel davon Juden, fast alle waren sie arm und lebten von Gaben aus der Diaspora. Die sanitären Anlagen waren primitiv, die Zisternen verunreinigt, Abwässer flossen ungeklärt durch die Straßen, Cholera- und Typhusepidemien gehörten zum täglichen Leben. Ein Haufen von Zuwanderern, die auch noch Ansprüche stellten und sich in der schwergeprüften kleinen Gemeinde breitmachen wollten, war so ziemlich das Letzte, was sich die Bewohner des jüdischen Viertels gewünscht hatten.

Nach langem Kopfzerbrechen kam man auf die Idee, diese angeblichen Juden einer Prüfung zu unterziehen. Die Führer der Jemeniten wurden in die Synagoge beordert, wo sie von den Rabbis der Sepharim und Askenasim über alle Feinheiten der Heiligen Schrift examiniert wurden.

Urururgroßvater Sa'adia, so ging die Geschichte, war der erste, den man ins Verhör nahm. Er war Goldschmied und Lehrer, ein gebildeter und kultivierter Mann. Als man ihn aufrief, zitierte er aus dem Buch Genesis, buchstabengetreu, fließend und ohne zu stocken. Selbst Fragen nach den vieldeutigsten Traktaten des Talmud hatte er prompt beantwortet – Text und Kommentare fließend rezitiert und die Spitzfindigkeiten der Rechtsgelehrsamkeit kurz und bündig erläutert.

Die Rabbis entließen Sa'adia und riefen einen zweiten

Mann auf, der auf ähnliche Weise bestand. Genauso ging es mit dem nächsten und dem übernächsten. Ein Jemenit nach dem anderen, der das Gesetz Mose auswendig hersagen konnte. Als man sie nach einer Erklärung fragte, gestanden die kleinen, dunkelhäutigen Männer, daß es in San'a so gut wie keine Bücher gab, weshalb jedermann auf sein Gedächtnis angewiesen war. In vielen Fällen teilte man sich, um einen Tisch sitzend, ein einziges Buch, das der eine wie üblich vor sich hatte. Die anderen lernten, den Text auf dem Kopf oder von der linken und der rechten Seite her zu lesen. Freudestrahlend demonstrierten sie diese Talente, und die Rabbis schauten ihnen staunend zu. Das Thema Judentum wurde zu den Akten gelegt, und die Neuankömmlinge durften die Armut mit ihren Brüdern teilen.

In den Anfängen besiedelten sie ein Gelände direkt hinter der Stadtmauer, einen Flecken namens Silwan in der Nähe des Teiches Siloam. Sie arbeiteten als Maurer oder Tagelöhner und lebten in Zelten, während sie Häuser aus Stein bauten. Im Lauf der Zeit siedelten sie sich in der Altstadt an, nur einen Steinwurf weit vom Grabe König Davids, um der Klagemauer nahe zu sein – und zogen in das Jüdische Viertel, das die Araber Al Sion nannten.

Dort war es auch, im Innern der Stadtmauern, wo Daniels Großvater und sein Vater zur Welt gekommen waren und wo man ihn 1948 als schreienden Säugling unter dem Donner der Geschütze in Sicherheit gebracht hatte. Wildfremde Leute retteten ihm damals das Leben.

Hier komme ich also her, dachte er und ließ seinen Blick über das Dorf wandern. Aber er empfand keine Nostalgie, er sah nur den Ort, aus dem das tote Mädchen stammte.

15 Das könnte ungemütlich werden, dachte der Chinese und legte einen Schritt zu. Eigentlich war er darauf eingestellt gewesen, von seinen Informationen über das Mädchen zu berichten. Dafür, daß er nur eine Nacht unterwegs gewesen war, hatte er ziemlich gute Arbeit geleistet, fand er. Aber dann hatte der Araber angerufen und gemeldet, er habe sie identifiziert. Ein cleverer Bursche, dieser Daoud. Trotzdem, der Aspekt mit ihrem Freund war auch kein schlechter Beitrag.

Das Dorf war zum Leben erwacht. Fensterläden wurden aufgeschoben, Türen insgeheim einen Spalt weit geöffnet, und ein Flüstern und Getuschel begleitete die Detektive auf Schritt und Tritt. Neugierige, verstohlene Blicke hinter vergitterten Fenstern und Gesichter, die bei dem geringsten Blickkontakt mit den Fremden in die Schatten zurückhuschten.

»Für die Leute hier sieht das wohl ganz nach Razzia aus«, sagte der Chinese.

Weder Daniel noch Daoud gaben ihm eine Antwort. Beide hatten genug damit zu tun, sich auf den Weg zu konzentrieren und mit dem großen Kerl Schritt zu halten.

Sie erreichten das Haus der Rashmawis und gingen die Vordertreppe hoch. Das Bogenfenster stand offen, aber ein Vorhang mit leuchtendem Blütenmuster verwehrte den Einblick. Aus dem Innern war das Geleier von arabischer Musik zu hören, und es roch nach Kaffee, der mit Kräutern versetzt war.

Daniel klopfte an die Tür. Als niemand reagierte, klopfte er noch einmal, heftiger. Die Musik wurde leiser gestellt. Man hörte ein Gewirr von Stimmen. Dann schlurfende, lauter werdende Schritte, und die Tür öffnete sich. Im Eingang stand ein junger Mann – achtzehn oder neunzehn Jahre alt, schmächtig, mit einem runden Gesicht und vorzeitig gelichtetem Haaransatz. Eine schwere Schildpattbrille beherrschte sein sanftes Gesicht, das voller Aknenarben war. Er trug ein schlichtes, graues Hemd und gürtellose graue Hosen, die um eine Nummer zu groß waren, und schwarze Pantoffeln. Er warf einen Blick über die Schulter und trat auf die oberste Treppenstufe, machte die Tür hinter sich zu und starrte sie alle drei der Reihe nach an; seine dunklen Augen verschwammen hinter den dicken Brillengläsern.

»Ja?« Seine Stimme klang höflich und zaghaft.

»Guten Tag«, sagte Daniel auf arabisch. »Ich bin Chefinspektor Sharavi von der Kriminalpolizei. Das ist Unterinspektor Lee und das ist Polizeisergeant Daoud. Wie ist Ihr Name, bitte?«

»Rashmawi, Anwar.«

»In welcher Beziehung stehen Sie zu Muhamid Rashmawi?«

»Er ist mein Vater. Worum handelt es sich, Sir?« Sonderbar, aber ihm war nicht die geringste Überraschung anzumerken. Seine Stimme klang resigniert; er sprach wie einer, für den das Unglück zum Alltag gehörte.

»Wir möchten gern hereinkommen und mit Ihrem Vater sprechen.«

»Meinem Vater geht es nicht gut, Sir.«

Daniel nahm das Foto von Fatma aus der Tasche und zeigte es ihm. Der junge Mann starrte es an, und seine Lippen fingen an zu zittern, auch um seine Augen war ein Zucken. Er sah aus, als wollte er jeden Moment in Tränen ausbrechen. Dann wischte er sich übers Gesicht, bis ihm nichts mehr anzusehen war, hielt den Männern die Tür auf und sagte: »Kommen Sie herein.«

Sie traten in einen langen, schmalen Raum mit niedriger Decke und frisch getünchten Wänden. Es war überraschend kühl. Auf dem Steinboden lagen ausgefranste orientalische Teppiche übereinander und Matratzen, mit bestickten Überwürfen drapiert. Auch an der hinteren Wand hing ein Teppich, daneben eine Reihe von Kleiderhaken und ein gerahmtes Foto von Gamal Abdel Nasser. Die anderen Wände waren kahl.

Auf einem Aluminiumgestell unter dem Nasserporträt stand ein tragbarer Fernseher. Kaffeeduft kam aus einer kleinen Kochnische auf der linken Seite, wo ein Holzofen, eine Heizplatte und ein selbstgefertigtes Regal mit Töpfen und Kochgeschirr standen. Auf dem Herd stand eine zerbeulte blecherne Kasserolle, in der es über einem kleinen Feuer brutzelte. Das Abgasrohr des Herdes führte senkrecht nach oben und lief durch die Decke. Gegenüber auf der rechten Seite war eine wacklig aussehende Holztür, hinter der Frauenstimmen, Gelächter und das Geschrei von Kindern zu hören waren.

Auf einer Matratze in der Mitte des Raumes saß ein alter Mann, hager, sonnenverbrannt und faltig, wie altes Packpapier. Er trug keine Kopfbedeckung, sein Schädel war kahl und auffallend bleich, sein Schnurrbart ein weißgraues Rechteck zwischen Nase und Oberlippe. Er trug eine blaßgraue *Jallabiyah* mit matten dunkelgrauen Streifen. In seinem Schoß lag eine auseinandergefaltete *Kaffiyah* mit einer Haarrolle. Zu seiner Rechten stand ein kleiner geschnitzter Tisch mit einem gravierten Messingkrug und einer dazu passenden Mokkatasse, daneben eine Packung Zigaretten der Marke »Time« und ein Rosenkranz. In der linken Hand hielt er ein Transistorradio aus rotem Kunststoff. Einen Fuß hatte er untergeschlagen; das andere Bein, das er der Länge nach ausgestreckt hielt, war mit Bandagen umwickelt. Neben dem Knöchel stand ein ganzes Sortiment von Fläschchen mit Tropfen und Salben in Tuben. Hinter seiner Hausapotheke lag in Reichweite auf einem zweiten geschnitzten Tisch eine solide gebundene Ausgabe des Koran.

Eine Zigarette im Mundwinkel, starrte er vor sich hin, als ob er das Teppichmuster studierte. Als er die Kriminalbeamten eintreten hörte, sah er blinzelnd auf. Ohne Ausdruck. Daniel fiel sofort auf, daß er große Ähnlichkeit mit Fatma hatte – dieselben gleichmäßigen Gesichtszüge und eine ansprechende Lebhaftigkeit, die dem Bruder fehlte.

»Vater«, sagte Anwar, »diese Männer sind von der Polizei.«

Rashmawi warf seinem Sohn einen scharfen Blick zu, und der Junge half ihm eilfertig beim Aufstehen; schließlich stand der Alte aufrecht da, wenn auch auf etwas schwankenden Beinen. Er machte eine kleine Verbeugung und sagte mit leiser, krächzender Stimme: »*Marhaba*.« Willkommen. »*Ahlan Wa Sahlan*.« Ihr habt in unserem Haus ein tiefes Tal gefunden.

Das Ritual der Gastfreundlichkeit. Daniel blickte in das harte, verwitterte Gesicht, das mit den hohlen Wangen und den tiefen Augenhöhlen einer geschnitzten Maske glich. Er wußte nicht, ob er in dem Menschen hinter der Maske ein Opfer oder einen Verdächtigen vermuten sollte.

»*Ahlan Bek*«, antwortete er. Wenn Sie mein Haus besuchen, werde ich Sie ebenso willkommen heißen.

»Setzen, bitte«, sagte Rashmawi und erlaubte seinem Sohn, ihn noch einmal zu stützen.

Die drei Männer ließen sich im Halbkreis nieder. Der Alte gab einen barschen Befehl, und Anwar eilte durch den Raum, machte die Holztür auf und sagte etwas in das Nebenzimmer. Zwei junge Frauen kamen herausgelaufen, barfuß, mit dunklen Kleidern und bedecktem Haar. Mit abgewandtem Gesicht gingen sie an den Männern vorbei in die Kochnische, hantierten flink und wie stumme Ballettfiguren mit Behältern, Kannen und Geschirr. Im Handumdrehen standen Täßchen mit breiig süßem Mokka da, Tabletts mit einzelnen Schälchen voller Oliven, Mandeln, Sonnenblumenkerne und getrockneter Früchte.

Auf eine Handbewegung Rashmawis tanzten die Frauen von dannen und verschwanden in dem Zimmer auf der rechten Seite. Mit einer weiteren Handbewegung schickte er Anwar in dasselbe Zimmer. Prompt hob ein Stimmengewirr an, das wie das Summen von Insekten durch die dünne Holztür drang.

»Zigaretten?« fragte Rashmawi und hielt ihnen seine Packung hin. Der Chinese und Daoud bedienten sich und zündeten sich eine an.

»Und Sie, Sir?«

Daniel schüttelte den Kopf und sagte: »Ich danke Ihnen für Ihre Freundlichkeit, aber für mich ist heute Sabbat, und da darf ich nicht mit Feuer hantieren.«

Der alte Mann schaute ihn an, sah die *Kipah* auf seinem Kopf und nickte. Er bot ihm getrocknete Feigen aus einem Schälchen an und wartete, bis Daniel tüchtig drauflos kaute, dann erst richtete er sich wieder auf seiner Matratze ein.

»Was verschafft mir die Ehre Ihres Besuches?«

»Wir sind gekommen, um mit Ihnen über Ihre Tochter zu sprechen, Sir«, sagte David.

»Ich habe drei Töchter«, sagte der alte Mann wie beiläufig. »Dazu drei Söhne und viele dicke Enkelkinder.«

Eine Tochter weniger, als Daoud angegeben hatte.

»Ihre Tochter Fatma, Sir.«

Rashmawis Gesicht wurde leer, die lederartigen, wohlgeformten Gesichtszüge schienen von einer plötzlichen Lähmung befallen.

Daniel setzte seine Mokkatasse ab, nahm das Foto heraus und zeigte es Rashmawi, der es ignorierte.

»Sie wurde gestern aufgefunden«, sagte Daniel und beobachtete die Reaktion des alten Mannes.

Rashmawi legte seine Finger wie zu einem Zelt zusammen, führte seine Mokkatasse an den Mund und stellte sie wieder ab, ohne zu trinken.

»Ich habe drei Töchter«, sagte er. »Sahar, Hadiya und Salway. Alle haben sie Arbeit. Außerdem habe ich drei Söhne.«

Das sirrende Geräusch hinter der Tür war lauter geworden, hatte sich zu Gesprächsfetzen verfestigt – man hörte hysterisches, weibisches Geschnatter. Dazwischen eine zögerliche männliche Reaktion. Dann leises Klagen, das zunehmend schriller wurde.

»Wie lange vermissen Sie sie schon?« fragte Daniel.

Rashmawi zog tief an seiner Zigarette, nahm einen Schluck Kaffee und knackte mit seinen langen, knöchernen Fingern eine Mandel. Er nahm den Kern heraus, steckte ihn in den Mund und begann langsam zu kauen.

Das Klagegeräusch hinter der Tür schwoll zu einem Kreischen an.

»Ruhe!« donnerte der alte Mann, und das Wehklagen brach übergangslos ab. Es herrschte eine unnatürliche Stille, nur unterbrochen von einem einzigen, unterdrückten Schluchzer.

Daniel zeigte ihm noch einmal das Foto, ihre Blicke trafen sich, und für einen Moment glaubte er einen Anflug von Schmerz oder Angst in dem verwitterten Gesicht des Alten wahrzunehmen. Aber was immer es war, diese Empfindung verschwand augenblicklich, Rashmawi verschränkte seine Arme über der Brust und starrte an den Detektiven vorbei, schweigsam und unbeweglich wie ein Ölgötze.

»Sir«, sagte Daniel, »es schmerzt mich, daß ich es bin, der Ihnen das sagen muß, aber Fatma ist tot.«

Nichts. Der Rauch von drei unberührten Zigaretten stieg langsam nach oben und schlängelte sich zur Zimmerdecke.

»Sie ist ermordet worden, Sir. Man hat ihr Gewalt angetan.«

Ein langes Schweigen, kaum auszuhalten; jedes Knarren, jeder Atemzug ein Ereignis. Dann:

»Ich habe drei Töchter. Sahar, Hadiya und Salway. Alle haben sie Arbeit. Außerdem habe ich drei Söhne. Und viele Enkelkinder.«

Der Chinese fluchte leise und räusperte sich. »Es war ein sehr brutaler Mord. Sie hat zahlreiche Stichwunden.«

»Wir wollen herausfinden, wer das getan hat«, sagte Daniel.

»Wir wollen sie rächen«, fügte der Chinese hinzu.

Das hätte er nicht sagen dürfen, dachte Daniel. Rache blieb immer ein Privileg der Familie. Wenn sich ein Außenstehender da einmischen wollte, war das bestenfalls ein Zeichen von Ignoranz, schlimmstenfalls eine Beleidigung.

Er warf dem Chinesen einen Blick zu und schüttelte fast unmerklich den Kopf.

Der hünenhafte Kerl zog die Schultern hoch und sah sich ungeduldig im Raum um; er war voller innerer Unruhe und hätte am liebsten auf der Stelle etwas unternommen.

Rashmawi lächelte seltsam. Er hatte seine Hände auf die Knie gelegt und begann mit dem Oberkörper zu schaukeln, wie in Trance.

»Auch die kleinste Information kann für uns wichtig sein, Sir«, sagte Daniel. »Wenn Sie uns sagen können, wer Fatma so etwas angetan haben könnte. Warum ihr jemand etwas hätte antun wollen.«

»Jemand anders als Sie oder einer Ihrer Söhne ...«

»Vielleicht ist sie in schlechte Gesellschaft geraten«, sagte Daoud. »Und man hat sie zu etwas Schlechtem verleiten wollen.«

Auch das hätte er besser nicht gesagt; denn das Gesicht des alten Mannes zog sich vor Wut zusammen, und seine Hände fingen an zu zittern. Er hielt seine Knie noch fester umklammert, um den Eindruck von Schwäche zu vermeiden. Schloß die Augen und begann wieder zu schaukeln, war innerlich ganz woanders, unerreichbar für die Detektive.

»Mr. Rashmawi«, sagte Daniel mit mehr Entschiedenheit. »Ein junges Mädchen sollte nicht auf diese Weise enden.«

Rashmawi schlug die Augen auf, und Daniel beobachtete ihn. Seine Iris war von der Farbe des Kaffees in seiner Mokkatasse, über dem Weiß lag ein ungesunder grauer Schatten. Wenn Augen ein Spiegel der Seele waren, dann reflektierten diese Augen die lebensmüde Seele eines Mannes, der an Krankheit und Erschöpfung litt und den eine schmerzliche Erinnerung peinigte. Oder war es ein Gefühl von Schuld, das Daniel wahrzunehmen glaubte – eingemauert in ein Bollwerk von Schweigen?

Sprechende Augen. Aber man konnte die Arbeit an einem solchen Fall nicht auf der Basis von Spekulationen betreiben.

»Sagen Sie uns, was Sie wissen, Sir«, sagte Daniel und kämpfte gegen seine Ungeduld. »Was hatte sie an, als sie ging, und was hat sie für Schmuck getragen?«

Rashmawi ließ die Schultern hängen und auch seinen Kopf, der auf einmal viel zu schwer für seinen Hals zu sein schien. Er schlug die Hände vors Gesicht und begann wieder zu schaukeln. Dann erhob er sich und nahm eine trotzige Haltung an.

»Ich habe drei Töchter«, sagte er. »Drei.«

»So ein Saftarsch«, sagte der Chinese. »Hat sich noch nicht einmal das Foto richtig angesehen. Wir haben nur eine Chance, wenn wir mal ein Wort mit den Frauen reden.«

Sie standen neben der Abwasserrinne, ein paar Schritte von dem Haus entfernt. Die Frauen hatten wieder zu jammern angefangen, daß ihr Wehgeschrei auch aus der Entfernung noch zu hören war.

»Das könnten wir versuchen«, sagte Daniel, »aber es wäre eine Verletzung ihrer hierarchischen Familienstruktur.«

»Ihre Familienstruktur können sie sich in die Haare schmieren. Einer von den Leuten hat sie vielleicht aufgeschlitzt, Dani.«

»Das Entscheidende ist doch, Yossi, daß wir bei dieser Familienhierarchie nie und nimmer an Informationen kommen. Ohne die Erlaubnis des Vaters wird keiner von ihnen ein Wort mit uns reden.«

Der hünenhafte Kerl spuckte in den Dreck und schlug sich mit der Faust in die offene Hand.

»Dann buchten wir sie eben alle ein! Ein paar Stunden in einer Zelle, dann werden sie schon sehen, wo sie mit ihrer Familienhierarchie bleiben.«

»So würden Sie also vorgehen? Erst mal sollen wir die Hinterbliebenen einsperren?«

Der Chinese wollte noch etwas sagen, aber dann seufzte er und grinste verlegen.

»Okay, okay, ich rede Scheiße. Aber verrückt ist das trotzdem. Da wird die Tochter von dem Typ aufgeschlitzt, und er bleibt kalt wie Eis, tut so, als ob sie gar nicht existiert hätte.« Er sah Daoud an. »Ist das unter Arabern normal?«

Daoud zögerte.

»Oder wie verhält sich das?« Der Chinese ließ nicht locker.

»Bis zu einem gewissen Grad.«

»Was soll das heißen?«

»Für die Moslems bedeutet Jungfräulichkeit alles«, sagte Daoud. »Wenn der Vater glaubte, daß Fatma keine Jungfrau mehr war – auch wenn er sie nur verdächtigte –, ist es sehr gut möglich, daß er sie aus der Familie ausgestoßen hat. Sie sogar verbannt hat. Das wäre dann, als hätte sie niemals existiert.«

»Es wäre so ziemlich dasselbe, wenn man sie umbringt«, sagte der Chinese.

»Ich sehe das nicht als eine Familienaffäre an«, sagte Daniel. »Dieser alte Mann war voller Schmerz. Jetzt, wo ich weiß, wie sie leben, scheint mir nur noch wichtiger, was ich gestern angesprochen habe – die Rashmawis sind eine konservative und traditionsgebundene Familie. Wenn sie beschlossen hätten, daß ihre Tochter den Tod verdiente, wäre das in diesem Dorf abgemacht worden – einer ihrer Brüder hätte sie ohne viel Umstände getötet, halbwegs öffentlich, um allen Leuten zu zeigen, daß die Familienehre wieder hergestellt ist. Aber ihre Leiche wegzuschaffen, so daß Außenstehende sie finden können – das wäre undenkbar. Und sie zu verstümmeln, erst recht.«

»Sie gehen davon aus«, sagte der Chinese, »daß die traditionelle Kultur stärker wirkt als der Wahnsinn eines Mörders. Wenn das stimmte, hätte man uns als Detektive schon längst durch Anthropologen ersetzt.«

Im Haus der Rashmawis ging die Tür auf, und Anwar kam nach draußen; er putzte seine Brillengläser. Als er die Brille wieder aufsetzte, bemerkte er die Männer und zog sich ins Haus zurück.

»Ein seltsamer Vogel«, sagte der Chinese. »Bleibt zu Hause, wenn seine Brüder zur Arbeit gehen. Sein Vater will nichts von ihm wissen und schickt ihn zu den Frauen.«

»Das sehe ich auch so«, sagte Daniel. »Man würde doch erwarten, daß er sich zumindest im Hintergrund aufhalten dürfte – und sei es nur, um dem alten Mann zur Hand zu gehen. Aber zu den Frauen geschickt zu werden, das ist wie eine Bestrafung. Fällt Ihnen dazu was ein, Elias?«

Daoud schüttelte den Kopf.

»Eine Familie, in der Bestrafung eine große Rolle spielt«, überlegte Daniel laut.

»Er war gar nicht überrascht, als Sie ihm das Foto zeigten«, sagte der Chinese. »Er wußte, daß Fatma etwas zugestoßen war. Warum fragen wir ihn nicht nach den Ohrringen?«

»Das werden wir auch tun, aber vorher sollten wir ihn noch eine Zeitlang beobachten. Und unsere Ohren aufhalten. Gehen Sie beide unter die Dorfbewohner, und sehen Sie zu, daß Sie noch etwas über die Familie in Erfahrung bringen können. Vielleicht kriegen Sie heraus, ob Fatma einfach weggelaufen ist oder aus dem Haus gejagt wurde. Und wogegen sie sich auflehnte. Finden Sie heraus, was sie anhatte und ob jemand eine Beschreibung ihrer Ohrringe geben kann. Was ist mit dieser Frau Nasif, Elias? Glauben Sie, daß sie uns noch mehr sagen wird?«

»Vielleicht. Aber sie ist in einer schwierigen Situation – als Witwe ist sie sozial ungeschützt. Ich möchte gern versuchen, auch von anderen Leuten noch Informationen zu bekommen, ehe ich sie mir noch mal vornehme.«

»Gut, aber verlieren Sie sie nicht aus den Augen. Wenn es nötig sein sollte, können wir für sie auch eine Vernehmung ohne unerwünschtes Publikum arrangieren – bei einem Einkaufsbummel zum Beispiel.«

Aus dem Haus der Rashmawis drang lautes Geschrei. Daniel betrachtete das schlichte Wohnhaus, und erst jetzt fiel ihm auf, daß es fast vollkommen frei stand.

»Die Leute haben keine direkten Nachbarn«, sagte er. »Sie bleiben unter sich. Wenn die Menschen sich derartig isolieren, dann wird viel über sie geklatscht. Sehen Sie zu, ob wir da nicht irgendwen anzapfen können. Rufen Sie Shmeltzer an, und stellen Sie fest, ob ein Angehöriger der Familie bei uns aktenkundig ist. Behalten Sie alles im Auge, das betrifft auch die anderen zwei Brüder. Soweit wir wissen, sind die an ihrem Arbeitsplatz und müßten eigentlich vor Sonnenuntergang zurück sein. Gehen Sie auf sie zu, bevor sie ihr Haus betreten. Wenn Anwar nach draußen kommt, unterhalten Sie sich auch mit ihm. Seien Sie hartnäckig, aber bedrängen Sie ihn nicht – rücken Sie den Leuten nicht allzu dicht auf den Pelz. Solange wir keine anderen Informationen haben, betrachten wir sie alle als potentielle Helfer. Viel Glück, und wenn Sie mich brauchen sollten, erreichen Sie mich im Kloster vom Heiligen Erlöser.«

16 Daniel ging in Richtung Westen an der südlichen Peripherie der Altstadt entlang. Unterwegs begegneten ihm Gläubige dreier Religionen, Einheimische, Touristen, Wanderer und Penner, bis er schließlich den nordwestlichen Zipfel erreichte und durch das Neue Tor ins Christliche Viertel gelangte.

Das Klostergelände vom Heiligen Erlöser beherrschte mit seinen hohen Mauern und der Kirchturmspitze mit dem grünen Ziegeldach den Eingang des Viertels. Zweifache, mit christlichen Symbolen geschmückte Metalltüren kennzeichneten den Dienstboteneingang an der Bab el Jadid Road. Ein blutrotes Kruzifix füllte das Bogenfeld über der Tür aus, und unter dem Kreuz verkündeten kräftige schwarze Lettern: TERRA SANCTA. Den Kirchturm über den Türen krönte eine vierseitige weiße Spitze, die von kunstvoll gestalteten doppelten Balkonen aus Eisen umgeben war; marmorbelegte Uhren zierten alle vier Seiten. Die Klosterglocken läuteten eben das Stundenviertel ein, als Daniel das Gelände betrat.

Der Hof im Innern war still und wirkte bescheiden. In einer Nische an einer der Innenmauern stand eine Gipsfigur der betenden Madonna vor einem himmelblauen, mit goldenen Sternen gesprenkelten Hintergrund. Hier und da waren kleine Tafeln angebracht, die ebenfalls die Bezeichnung TERRA SANCTA trugen. Im übrigen hätte man das Gelände für einen Parkplatz halten können oder für die Rückseite eines Restaurants mit seinen Müllsäcken und Autostellplätzen, funktionellen Metalltreppen, kleinen Lieferwagen und dem Durcheinander von elektrischen Kabeln und Leitungen. Mit dem Museum in der St. Francis Street ließ es sich kaum vergleichen; aber Daniel wußte, daß auch hinter diesen schlichten Fassaden ein kostbarer Schatz aufbewahrt wurde: Marmorwände aus Travertin und, mit ihnen kontrastierend, Säulen aus Granit, Skulpturen, Wandgemälde, Goldaltäre und Kerzenleuchter, ein Vermögen an goldenen Reliquien. Die Christen stellten sich mit ihrer Religion gern zur Schau.

Drei junge Franziskanermönche, die das Klostergelände verlassen wollten, kamen ihm entgegen. Sie trugen braune Kutten mit weißen Gürteln, ihre blassen Gesichter unter den Mönchskapuzen wirkten in sich gekehrt. Er fragte sie auf hebräisch, wo Vater Bernardo zu finden sei. Als sie ihn nur irritiert ansahen, dachte er: wahrscheinlich sind das Neuankömmlinge, und wiederholte seine Frage auf englisch.

»Krankenzimmer«, sagte der größte von den dreien, ein junger Mann mit blauschwarzem Kinn, feurigen, dunklen Augen und einer diplomatisch zurückhaltenden Art. Seinem Akzent nach hätte er Spanier oder Portugiese sein können.

»Ist er krank?« fragte Daniel und war sich im selben Augenblick seines eigenen Akzentes bewußt. Was für ein babylonisches Sprachengewirr ...

»Nein«, sagte der Mönch. »Das nicht. Aber er ... er pflegt die Kranken.« Er zögerte, sagte etwas auf spanisch zu seinen

Gefährten und wandte sich wieder Daniel zu. »Ich bringe Sie zu ihm.«

Das Krankenzimmer war ein heller, sauberer Raum, in dem es nach frischer Farbe roch. Ein Dutzend schmaler Eisenbetten stand darin, zur Hälfte mit älteren, apathisch daliegenden Mönchen belegt. Große, holzgerahmte Fenster boten einen Blick über die Dächer der Altstadt: tönerne Kuppeln, Jahrhunderte alt, gekrönt von Fernseh-Antennen – den Symbolen einer neuen Religion. Die Fenster standen weit offen, und aus den unteren Gäßchen war das Gurren von Tauben zu hören.

Daniel blieb im Türeingang stehen und schaute zu, wie Vater Bernardo einen älteren Mönch versorgte. Nur der Kopf des Mannes war über der Bettdecke zu sehen, sein Schädel war kahl und voller blauer Adern, das Gesicht eingesunken und mit fast durchsichtiger Haut, der Leib so zusammengeschrumpft, daß man ihn kaum noch zwischen den Laken wahrnehmen konnte. Auf dem kleinen Regal neben dem Bett standen eine große, in Leder gebundene Bibel und ein Wasserglas mit einem Gebiß. An der Wand darüber hing ein glänzend poliertes Kruzifix mit dem leidenden Jesus.

Vater Bernardo stand gebeugt in der Mitte des Raumes, befeuchtete ein Handtuch mit Wasser und benetzte damit die Lippen des Kranken. Er sprach leise auf ihn ein und rückte ihm das Kopfkissen zurecht, so daß der alte Mann bequemer liegen konnte. Der Mönch schloß die Augen, und Bernardo blieb noch bei ihm, bis er eingeschlafen war; den Detektiv bemerkte er erst, als er sich umdrehte. Er lächelte und ging mit schwungvollen Schritten auf ihn zu, ohne daß seine Sandalen ein Geräusch machten. Das Kruzifix um seinen Hals pendelte im Gegenrhythmus.

»*Pakad* Sharavi«, sagte er auf hebräisch und lächelte wieder. »Lange nicht gesehen.«

Seit ihrer letzten Begegnung war Bernardo um die Hüften fülliger geworden; sonst aber hatte er sich nicht verändert. Das fleischige, rötliche Gesicht eines toskanischen Geschäftsmannes, neugierige graue Augen und große, rosige, muschelartige Ohren. Weiße Haarwölkchen bedeckten seinen kräftigen, breiten Schädel wie frischgefallener Schnee, der sich weiter unten in den Augenbrauen, dem Schnurrbart und einem wie von van Dyck gemalten Backenbart wiederholten.

»Zwei Jahre«, sagte Daniel. »Zwei Ostern.«

»Zwei Passahfeste«, sagte Bernardo schmunzelnd und führte ihn aus dem Krankenzimmer in einen stillen, dunklen Korridor. »Sie sind jetzt für Kapitalverbrechen zuständig – ich habe über Sie in der Zeitung gelesen. Wie ist es Ihnen ergangen?«

»Sehr gut. Und Ihnen, Vater?«

Der Priester betrachtete seinen Bauch und lächelte. »Ein bißchen zu gut, leider. Was führt Sie zu mir, an einem Sabbat?«

»Dies Mädchen«, sagte Daniel und zeigte ihm das Foto. »Man hat mir gesagt, sie habe hier gearbeitet.«

Bernardo nahm das Bild und sah es sich an.

»Das ist ja die kleine Fatma! Was ist mit ihr passiert?«

»Es tut mir leid, aber darüber kann ich nicht sprechen, Vater«, sagte Daniel. Der Priester verstand die Botschaft auch ohne Worte und griff mit seinen dicken Fingern nach dem Kruzifix.

»Das darf doch nicht wahr sein, Daniel.«

»Wann haben Sie Fatma zum letzten Mal gesehen, Vater?« fragte Daniel behutsam.

Er ließ das Kruzifix los und begann seine weißen Barthaare zu zwirbeln.

»Das ist noch gar nicht lange her – letzten Mittwoch, und zwar am Nachmittag. Donnerstagmorgen ist sie nicht zum Frühstück erschienen, und seitdem haben wir sie nicht mehr gesehen.«

Eineinhalb Tage später hatte man ihre Leiche gefunden.

»Wann haben Sie sie eingestellt?«

»Überhaupt nicht, Daniel. Eines Abends, vor ungefähr drei Wochen, hat Bruder Roselli sie gefunden. Gleich hinter dem

Eingang zum Neuen Tor in der Bab el Jadid Road saß sie in der Gosse. Es muß übrigens in den frühen Morgenstunden gewesen sein, denn er hatte die Mitternachtsmesse in der Kapelle zur Geißelung besucht und befand sich auf dem Heimweg. Sie war ungewaschen und hungrig, sah übel mitgenommen aus und weinte. Wir nahmen sie auf, gaben ihr zu essen und ließen sie in einem leeren Zimmer im Hospiz schlafen. Am nächsten Morgen war sie sehr früh auf, schon vor Sonnenaufgang – sie schrubbte die Fußböden und wollte sich nicht davon abbringen lassen, auf diese Weise ihren Unterhalt zu verdienen.«

Bernardo zögerte und wirkte etwas verlegen.

»Es ist bei uns nicht üblich, daß wir Kinder aufnehmen, Daniel. Aber sie schien ein so unglückliches Menschenkind zu sein, daß wir ihr erlaubt haben zu bleiben, vorübergehend. Wir gaben ihr zu essen, und sie konnte kleine Arbeiten verrichten, so daß sie sich nicht wie eine Bettlerin fühlen mußte. Wir wollten Kontakt mit ihrer Familie aufnehmen, aber wenn wir in dieser Hinsicht auch nur die kleinste Andeutung machten, geriet sie sofort in Panik – sie fing herzzerreißend an zu schluchzen und flehte uns an, es nicht zu tun. Zum Teil war das vielleicht nur jugendliche Theatralik, aber ich bin sicher, daß ihre Ängste auch einen realen Hintergrund hatten. Sie sah aus wie ein verwundetes Tier, und wir befürchteten, daß sie wieder weglaufen und an irgendeinem gottlosen Ort enden würde. Aber wir waren uns klar darüber, daß wir sie nicht ewig bei uns behalten konnten; Bruder Roselli und ich hatten darüber diskutiert, ob wir sie nicht im Kloster der Franziskanischen Schwestern hätten unterbringen können.« Der Priester schüttelte den Kopf. »Bevor wir dazu kamen, war sie verschwunden.«

»Hat sie Ihnen gesagt, warum sie Angst vor ihrer Familie hatte?«

»Sie hat mir nichts gesagt, aber ich hatte das Gefühl, daß man sie schmählich mißhandelt hat. Wenn sie mit jemandem darüber gesprochen haben könnte, dann mit Bruder Roselli. Erwähnt hat er allerdings nie etwas.«

»Alles in allem hat sie also zweieinhalb Wochen bei Ihnen gewohnt?«

»Ja.«

»Haben Sie sie irgendwann einmal mit einem anderen Menschen gesehen, Vater?«

»Nein, aber wie ich schon sagte, hatte ich nur wenig Kontakt mit ihr. Wir begegneten uns in der Eingangshalle und grüßten uns. Oder ich sagte ihr, sie solle mal eine Pause machen – sie war sehr tüchtig und hat den ganzen Tag lang geputzt und geschrubbt.«

»Was hat sie an dem Tag, bevor sie wegging, angehabt, Vater?«

Bernardo verschränkte die Finger über seinem Bauch und dachte nach.

»Irgendein Kleid. Mehr weiß ich wirklich nicht.«

»Hat sie Schmuck getragen?«

»Ein so armes Kind? Würde ich nicht sagen.«

»Ohrringe vielleicht?«

»Vielleicht – ich bin mir nicht sicher. Tut mir leid, Daniel. Ich bin in solchen Dingen kein guter Beobachter.«

»Können Sie mir noch etwas anderes sagen, Vater? Irgend etwas, was mir helfen könnte. Ich möchte verstehen, was mit ihr passiert ist.«

»Nichts weiter, Daniel. Sie hat hier Station gemacht und ist wieder fort.«

»Bruder Roselli – müßte ich den kennen?«

»Nein. Er ist neu und erst seit sechs Monaten bei uns.«

»Ich möchte ihn gern sprechen. Wissen Sie, wo ich ihn finden kann?«

»Oben auf dem Dach, er unterhält sich mit seinen Gurken.«

Sie stiegen eine Steintreppe hoch, und Daniel nahm immer zwei Stufen auf einmal; er fühlte sich fit und voller Energie, obwohl er den ganzen Tag noch nichts Richtiges gegessen hatte. Als er merkte, daß Bernardo außer Atem kam und keuchend stehenblieb, schlug er eine langsamere Gangart ein, bis der Priester wieder mithalten konnte.

Am Ende der Treppe gab es eine Tür, die auf ein flaches Dach im nordöstlichen Bereich des Klostergeländes führte. Darunter die Altstadt, ein Flickenteppich aus Häusern, Kirchen und westentaschengroßen Hinterhöfen. Dahinter erhob sich das Plateau Moriah, wo Abraham einst Isaak fesselte und wo man zwei jüdische Tempel errichtet und wieder zerstört hatte. Heute hieß der Ort Haram esh-Sharif und war vom Felsendom beherrscht.

Daniel schaute über die schimmernde Goldkuppel des Domes hinaus auf die Mauern im östlichen Teil der Stadt. Von hier oben sah alles sehr schlicht und zerbrechlich aus, und auf einmal stiegen grausame, flüchtige Bilder der Erinnerung vor ihm auf – er mußte wieder daran denken, wie er vor vielen Jahren an jenen Mauern entlang und durch das Dungtor marschiert war. Es war ein Todesmarsch gewesen, der sich endlos hinzog, zum Verrücktwerden – auch wenn er alles unter dem Schock seiner Verletzungen wie in einem Zustand von Betäubung erlebt hatte. Vor ihm und in seinem Rücken fielen die Männer im Feuer der Heckenschützen; lautlos riß es sie zu Boden, scharlachrotes Blut drang durch das Olivgrau ihrer im Gefecht verdreckten Uniformen. Heute waren es Touristen, die an den Festungswällen entlanggingen und unbeschwert den Ausblick genossen, den Frieden ...

Er ging mit Bernardo bis an den Rand des Daches, wo entlang der Ruine eine lange Reihe von Weinfässern stand, teils mit Pflanzenerde gefüllt. Einige waren leer; in anderen reckten sich die ersten Sprößlinge von Sommergemüse ans Sonnenlicht: Tomaten, Auberginen, Bohnen, Kürbisse. Ein Mönch hielt eine große Zinngießkanne in der Hand und wässerte eines der produktivsten Fässer mit einer großblättrigen Gurkenpflanze, die sich um einen Holzstiel schlängelte;

sie hatte schon gelbe Blüten und trug schwer an ihrem flaumbesetzten, fingerförmigen jungen Gemüse.

Bernardo rief ihm einen Gruß zu, und der Mönch wandte sich um. Ein Mann in den Vierzigern, sommersprossig und sonnengebräunt, ein fuchsartiges, angespanntes Gesicht, hellbraune Augen, rötliches, dünnes Haar und ein roter, kurz geschnittener Bart, der nicht sehr sorgfältig getrimmt war. Als er Bernardo sah, setzte er seine Gießkanne ab und nahm eine unterwürfige Haltung ein.

Daniels Anwesenheit schien er gar nicht zu registrieren. Bernardo stellte die beiden auf englisch vor, und Roselli sagte: »Guten Tag, Chefinspektor.« Er sprach mit amerikanischem Akzent. Was ungewöhnlich war – die meisten Franziskaner kamen aus Europa.

Bernardo berichtete ihm von seinem Gespräch mit Daniel, und Roselli hörte schweigend zu. Am Schluß sagte der Priester:

»Der Chefinspektor darf uns nicht sagen, was ihr zugestoßen ist, aber leider müssen wir wohl mit dem Schlimmsten rechnen, Joseph.«

Roselli sagte kein Wort, aber er senkte den Kopf noch etwas tiefer und wandte sich zur Seite. Daniel hörte, wie er einmal tief Luft holte, dann blieb er stumm.

»Mein Sohn«, sagte Bernardo und legte seine Hand auf Rosellis Schulter.

»Danke, Vater. Es geht schon.«

Die Franziskaner standen einen Augenblick schweigend da, und Daniels Blick fiel auf die hölzernen Schildchen: *Cornichon de Bourbon, Puella Hybridis, Aquadulce Claudia (weißsämig), reine Gewürzgurke ...*

Bernardo flüsterte Roselli ein paar lateinisch klingende Worte zu und klopfte ihm noch einmal auf die Schulter. Zu Daniel sagte er: »Sprechen Sie mit ihm unter vier Augen. Mich ruft die Pflicht. Wenn Sie noch etwas brauchen, Daniel – ich bin im Kollegium gleich über die Straße.«

Daniel dankte ihm, und Bernardo schlurfte davon.

Als sie allein waren, lächelte Daniel dem Mönch zu, aber Roselli schaute nur auf seine Hände und dann auf die Gießkanne.

»Gießen Sie ruhig weiter«, sagte Daniel. »Wir können uns durchaus dabei unterhalten.«

»Nein, nein, es ist schon in Ordnung. Was wollen Sie von mir wissen?«

»Erzählen Sie mir, wie Sie Fatma zum ersten Mal gesehen haben – von der Nacht, als Sie sie hierher gebracht haben.«

»Das war nicht dasselbe, Inspektor«, sagte Roselli leise, als hätte er sich etwas Verbotenes einzugestehen. Er sah überall hin, mied aber Daniels Blick.

»Ach?«

»Als ich sie zum ersten Mal sah, war das drei oder vier Tage, bevor wir sie bei uns aufgenommen haben. In der Via Dolorosa, bei der sechsten Station am Weg Christi zur Kreuzigung.«

»In der Nähe der Griechischen Kapelle?«

»Gleich dahinter.«

»Was hat sie da gemacht?«

»Nichts. Darum fiel sie mir auch auf. Die Touristen liefen mit ihren Reiseführern herum, aber sie stand etwas abseits, versuchte auch gar nicht zu betteln oder etwas zu verkaufen – stand einfach nur so da. Ich dachte mir, das ist ungewöhnlich für ein arabisches Mädchen in diesem Alter, so allein da draußen zu sein.« Roselli hielt sich die Hand vor den Mund. Eine Geste der Abwehr und ein Anflug von Schuldbewußtsein.

»Hat sie Männer angesprochen, Freier?«

Roselli machte einen gequälten Eindruck. »Das kann ich nicht sagen.«

»Erinnern Sie sich noch an andere Dinge?«

»Nein, es … ich war auf einem … meditativen Spaziergang, Inspektor. Vater Bernardo hat mich angewiesen, regelmäßig spazierenzugehen, um mich frei zu machen von äußeren Reizen. Um näher an mein ... spirituelles Inneres zu gelangen. Aber ich bin in meiner Konzentration abgelenkt worden, und da habe ich sie angesehen.«

Wieder so ein Schuldbekenntnis.

Roselli sprach nicht weiter. Er betrachtete seine Pflanzen und sagte dann: »Da sind ein paar welk geworden. Ich glaube, ich sollte sie doch noch gießen.« Er hob seine Kanne und ging die Reihe entlang, schaute prüfend und wässerte.

So sind die Katholiken, dachte Daniel und blieb an seiner Seite. Immer neigten sie dazu, ihre Seelen zu entblößen. Nach seiner Ansicht eine Folge von allzu großer Kopflastigkeit – der Glaube ist alles und Denken gleichbedeutend mit Handeln. Da wirft ein Mann einem hübschen Mädchen einen flüchtigen Blick zu, und schon ist das ebenso schlimm, als hätte er mit ihr geschlafen. Was dann zu unzähligen schlaflosen Nächten führte. Er schaute sich Rosellis Gesicht im Profil an; der Mann wirkte verkrampft und humorlos wie ein Prophet, der als Eremit in einer Höhle wohnte. Ein Prophet, der vielleicht davon überzeugt war, daß der Weltuntergang bevorstand. Und der sich mit seiner eigenen Fehlbarkeit herumquälte? Oder steckten hinter seiner selbstquälerischen Neigung schwerwiegendere Gründe als nur die sinnliche Begierde?

»Haben sie miteinander gesprochen, Bruder Roselli?«

»Nein.« Die Antwort kam eine Spur zu schnell. Roselli zwackte ein braunes Blatt von einem Tomatengewächs, drehte ein paar andere auf die Unterseite, suchte nach Parasiten. »Sie schien mich anzustarren – vielleicht habe ich sie auch angestarrt. Sie sah verwahrlost aus, und ich fragte mich, wie es wohl dazu gekommen war, daß ein junges Mädchen so tief sinken konnte. Das ist bei mir berufsbedingt, ich habe mich immer dafür interessiert, aus was für Gründen andere Menschen auf die schiefe Bahn geraten sind. Ich war nämlich einmal Sozialarbeiter.«

Bestimmt war er in seinem Beruf sehr eifrig.

»Und dann?«

Roselli sah verwirrt aus.

»Was haben Sie getan, nachdem Sie Blicke ausgetauscht hatten, Bruder Roselli?«

»Ich ging zurück ins Kloster.«

»Und wann sahen Sie sie wieder?«

»Drei oder vier Tage danach, wie gesagt. Ich war auf dem Heimweg von der letzten Messe, hörte ein Schluchzen aus der Bab el Jadid, ging nachsehen und sah sie weinend in der Gosse sitzen. Ich fragte sie, was denn los wäre – auf englisch. Ich spreche kein Arabisch. Aber sie hörte nicht auf zu weinen. Ich wußte nicht, ob sie mich verstanden hatte, und da habe ich es auf hebräisch versucht – mein Hebräisch ist nur gebrochen, aber es ist besser als mein Arabisch. Immer noch keine Antwort. Dann fiel mir auf, daß sie dünner aussah als beim ersten Mal, wo ich sie gesehen hatte – es war dunkel, aber selbst bei Mondlicht war der Unterschied deutlich zu sehen. Ich nahm an, daß sie tagelang nichts gegessen hatte. Als ich sie per Zeichensprache fragte, ob sie essen wolle, hörte sie auf zu weinen und nickte. Dann gab ich ihr wieder mit einer Geste zu verstehen, sie solle warten. Ich habe Vater Bernardo aufgeweckt, und er hat mir gesagt, ich solle sie hereinholen. Am nächsten Morgen war sie früh auf und arbeitete; und Vater Bernardo war damit einverstanden, daß sie so lange bleiben dürfte, bis wir für sie ein passenderes Quartier gefunden hätten.«

»Wie konnte es dazu kommen, daß sie sich in der Altstadt herumgetrieben hat?«

»Ich weiß es nicht«, sagte Roselli. Er hörte auf zu gießen, betrachtete den Dreck unter seinen Fingernägeln und setzte seine Gießkanne wieder an.

»Haben Sie sie danach gefragt?«

»Nein. Die Sprachbarriere.« Roselli wurde rot, hielt sich wieder die Hand vors Gesicht und musterte sein Gemüse.

Da mußte noch etwas anderes im Spiel sein, dachte Daniel. Das Mädchen hatte ihn angezogen, vielleicht sogar sexuell; und er schien nicht der Mann zu sein, der mit solchen Dingen umgehen konnte. Aber vielleicht war er auch in unseliger Weise damit umgegangen.

Daniel nickte ihm aufmunternd zu und sagte: »Vater Bernardo meinte, sie hätte Angst davor gehabt und nicht gewollt, daß man Kontakt mit ihrer Familie aufnimmt. Wissen Sie, warum?«

»Ich nahm an, daß sie da auf irgendeine Weise mißhandelt worden ist.«

»Aus welchem Grund?«

»Soziologisch gesehen war das zu verstehen – ein arabisches Mädchen, das derart von seiner Familie abgeschnitten ist. Und sie erinnerte mich an die Jugendlichen, die ich früher beraten habe: sie war sehr nervös und immer allzu sehr darauf bedacht, Sympathien zu wecken. Sie hatte Angst davor, spontan zu sein oder Grenzen zu überschreiten; als ob sie mit einer Bestrafung zu rechnen hätte, wenn sie das Falsche tat oder sagte. Sie haben alle denselben Blick, entmutigt und verletzt – vielleicht wissen Sie, wovon ich spreche.«

Daniel mußte an die Leiche des Mädchens denken. Ihr Gesicht hatte glatt und makellos ausgesehen, abgesehen von den Stichwunden an ihrem Körper.

»Was hatte sie für Verletzungen?« fragte er.

»Keine äußerlichen«, sagte Roselli. »Ich habe das in einem psychologischen Sinn gemeint. Sie hatte so eine Ängstlichkeit in den Augen, wie ein verwundetes Tier.«

Dasselbe hatte Bernardo auch gesagt – die beiden Franziskaner mußten über Fatma diskutiert haben.

»Wie lange waren Sie Sozialarbeiter?« fragte Daniel.

»Siebzehn Jahre.«

»In Amerika?«

Der Mönch nickte. »In Seattle, Washington.«

»Puget Sound«, sagte Daniel.

»Sie sind dort gewesen?« Roselli war verwundert.

Daniel lächelte und schüttelte den Kopf.

»Meine Frau ist Künstlerin. Im letzten Sommer hat sie, als

sie an einem Bild arbeitete, Photographien aus einem Kalender verwendet. Puget Sound – große Schiffe, das Wasser wie Silber. Ein schöner Ort.«

»Es gibt dort viel Widerwärtiges«, sagte Roselli, »wenn man es versteht, richtig hinzusehen.« Er streckte seinen Arm aus, schaute über den Rand des Daches und zeigte auf das Labyrinth der Gäßchen und Hinterhöfe. »Das alles«, sagte er, »ist voller Schönheit. Es ist die Seele der Zivilisation.«

»Das stimmt«, sagte Daniel, fand aber seine Sichtweise naiv; so verklärt konnte man die Dinge nur mit einem kindlichen Glauben wahrnehmen. Die Seele der Zivilisation, wie der Mönch es nannte, war drei Jahrtausende lang in Blut geweiht worden. Es hatte Wellen von Plünderungen und Massakern gegeben, und alle im Namen von etwas Heiligem.

Roselli sah nach oben, und Daniel folgte seinem Blick. Die Sonne ging langsam unter, und am tiefblauen Himmel begann es zu dämmern. Eine Wolke, die vorbeizog, warf platinfarbene Schatten auf den Felsendom. Die Klosterglocken fingen von neuem an zu läuten, und von einem nahegelegenen Minarett ertönte die Stimme eines Muezzim.

Daniel riß sich von den Eindrücken los und konzentrierte sich wieder auf seine Fragen.

»Haben Sie irgendeine Vorstellung, was aus Fatma in der Altstadt geworden ist?«

»Nein. Zuerst dachte ich, sie sei vielleicht zu den Kleinen Ordensschwestern des Charles Foucauld gezogen – die Frauen lindern die Not der Bedürftigen, und sie haben auch eine Kapelle in der Nähe der Stelle, an der ich Fatma zum ersten Mal sah. Ich war schon einmal dort und fragte nach ihr. Aber man hat sie nie gesehen.«

Sie waren an der letzten Tonne angekommen. Roselli setzte die Gießkanne ab und sah Daniel an.

»Ich bin gesegnet worden, Inspektor«, sagte er und betonte jedes Wort. Er wollte überzeugend wirken. »Man hat mir die Chance gegeben, ein neues Leben zu beginnen. Ich versuche, so viel zu denken und so wenig zu sprechen wie möglich. Es gibt wirklich nichts, was ich Ihnen noch sagen könnte.«

Doch selbst bei diesen so beschwörenden Worten schien er ermattet, der Last eines bedrückenden Gedankens kaum noch standhalten zu können. Daniel war nicht bereit, ihn eben jetzt gehen zu lassen.

»Können Sie sich etwas denken, das mir helfen würde, Bruder Roselli? Gibt es noch andere Dinge, die Fatma gesagt oder getan hat und die mir helfen könnten, sie besser zu verstehen?«

Der Mönch rieb die Hände aneinander. Sommersprossige Hände, mit Resten brauner Erde an den Knöcheln und gelben, rissigen Fingernägeln. Er betrachtete sein Gemüse, sah dann auf seine Füße und wieder auf das Gemüse.

»Es tut mir leid, nein.«

»Was für Kleidung hat sie getragen?«

»Sie besaß nur ein einziges Kleidungsstück. Ein einfaches Hemd.«

»Von welcher Farbe?«

»Weiß, glaube ich, und es war irgendwie gestreift.«

»Welche Farbe hatten die Streifen?«

»Ich erinnere mich nicht, Inspektor.«

»Hat sie Schmuck getragen?«

»Nicht daß ich wüßte.«

»Ohrringe?«

»Sie hat vielleicht Ohrringe getragen.«

»Können Sie die beschreiben?«

»Nein«, sagte der Mönch nachdrücklich. »So genau habe ich sie nicht angesehen. Ich bin nicht einmal sicher, ob sie überhaupt welche trug.«

»Es gibt verschiedene Sorten von Ohrringen«, sagte Daniel. »Reifen, Anhänger, Stifte.«

»Es könnten Reifen gewesen sein.«

»Wie groß? Welche Farbe?«

»Ich habe keine Ahnung.«

Daniel ging einen Schritt auf ihn zu. Die Mönchskutte roch nach Erde und Tomatenblättern.

»Gibt es noch irgend etwas, das Sie mir sagen können, Bruder Roselli?«

»Nichts.«

»Überhaupt nichts?« Daniel gab nicht nach; er spürte, daß der Mönch ihm nicht alles gesagt hatte. »Ich bin darauf angewiesen, das Mädchen zu verstehen.«

Rosellis Auge zuckte. Er holte tief Luft und fing an zu sprechen.

»Ich habe sie mit jungen Männern gesehen«, sagte er leise, als gäbe er damit ein Geheimnis preis.

»Mit wie vielen?«

»Mindestens zwei.«

»Mindestens?«

»Sie ging abends aus. Ich habe sie mit zwei Männern gesehen. Vielleicht gab es auch noch andere.«

»Erzählen Sie mir von den zweien, die Sie gesehen haben.«

»Mit dem einen hat sie sich immer da drüben getroffen.« Roselli zeigte nach Osten, auf das griechisch-orthodoxe Patriarchat mit dem Spalier von Wein- und Obstbäumen an den Mauern. »Dünn, mit langem, dunklem Haar und Schnurrbart.«

»Wie alt?«

»Älter als Fatma – vielleicht neunzehn oder zwanzig.«

»Ein Araber?«

»Das nehme ich an. Sie unterhielten sich miteinander, und Fatma sprach nur Arabisch.«

»Haben sie, außer zu reden, noch andere Dinge getan?«

Roselli wurde rot.

»Sie haben ... sich geküßt. Als es dunkel wurde, sind sie zusammen weggegangen.«

»Wohin?«

»Ins Zentrum der Altstadt.«

»Haben Sie gesehen wohin?«

Der Mönch schaute auf die Stadt, streckte seine Hände aus und kehrte in einer Geste der Hilflosigkeit die Handflächen nach oben.

»Das ist ein Labyrinth, Inspektor. Sie traten in die Schatten und waren verschwunden.«

»Wie oft waren Sie Zeuge bei solchen Treffen?«

Bei dem Wort Zeuge zuckte der Mönch zusammen; als würde ihm in diesem Augenblick bewußt, daß er den beiden nachspioniert hatte.

»Drei- oder viermal.«

»Um welche Tageszeit fanden die Treffen statt?«

»Ich war hier oben und wässerte die Pflanzen, es muß also kurz vor Sonnenuntergang gewesen sein.«

»Und als es dann dunkel wurde, sind sie schließlich zusammen weggegangen.«

»Ja.«

»In Richtung Osten.«

»Ja. So genau habe ich sie wirklich nicht beobachtet.«

»Was können Sie mir sonst noch über den Mann mit den langen Haaren sagen?«

»Fatma schien ihn zu mögen. Sie lächelte immer, wenn sie mit ihm zusammen war.«

»Wie war er gekleidet?«

»Er wirkte ärmlich.«

»Zerlumpt?«

»Nein, einfach ärmlich. Ich kann nicht genau sagen, wie ich zu dem Eindruck gekommen bin.«

»Gut«, sagte Daniel. »Was war mit dem anderen?«

»Den habe ich nur einmal gesehen, ein paar Tage, bevor sie verschwand. Mitten in der Nacht und unter denselben Umständen wie beim ersten Mal, als wir sie dann bei uns aufgenommen haben. Ich war auf dem Heimweg von der Spätmesse, hörte Stimmen – ein Schluchzen – von der Seite des Klosters, die auf die Bab el Jadid geht, schaute nach und sah, wie sie dasaß und mit diesem Kerl redete. Er stand da drüben, und ich konnte erkennen, daß er klein war – vielleicht einen Meter sechzig. Mit großer Brille.«

»Wie alt?«

»Das war in der Dunkelheit schwer zu sagen. Ich sah Lichtreflexe auf seinem Kopf, also muß er kahl gewesen sein. Aber ich glaube nicht, daß er alt war.«

»Wieso nicht?«

»Seine Stimme – die klang so jungenhaft. Und wie er so dastand – seine ganze Haltung wirkte wie die eines jungen Mannes.« Roselli zögerte. »Dies sind nur persönliche Eindrücke, Inspektor. Beschwören könnte ich das alles nicht.«

Eindrücke, die alles in allem einer perfekten Beschreibung von Anwar Rashmawi entsprachen.

»Haben sie, außer sich zu unterhalten, noch etwas anderes gemacht?« fragte Daniel.

»Nein. Wenn zwischen den beiden mal eine ... Romanze war, dann müßte das lange hergewesen sein. Er sprach erregt auf sie ein – seine Stimme klang verärgert. Er schien sie zu beschimpfen.«

»Wie hat Fatma auf seine Beschimpfung reagiert?«

»Sie weinte.«

»Hat sie überhaupt etwas gesagt?«

»Vielleicht ein paar Worte. Die meiste Zeit hat nur er gesprochen. Er schien sich für sie verantwortlich zu fühlen – aber das gehört wohl zu ihrer Kultur, nicht wahr?«

»Was passierte, nachdem er sie beschimpft hatte?«

»Er ging beleidigt weg, und sie blieb sitzen und weinte. Ich habe noch überlegt, ob ich auf sie zugehen sollte; aber ich konnte mich nicht dazu entschließen und ging zurück ins Kloster. Am nächsten Morgen war sie auf und arbeitete, also muß sie irgendwie hereingekommen sein. Ein paar Tage später war sie dann weg.«

»Nach diesem Treffen, in was für einer Stimmung war sie da?«

»Ich habe keine Ahnung.«

»Sah sie verängstigt aus? Besorgt? Traurig?«

Roselli wurde wieder rot, diesmal im ganzen Gesicht.

»So nahe habe ich sie niemals angesehen, Inspektor.«

»Was hatten Sie denn für einen Eindruck?«

»Ich hatte überhaupt keinen Eindruck, Inspektor. Ihre Stimmungen gingen mich nichts an.«

»Waren Sie einmal in ihrem Zimmer?«

»Nein. Nie.«

»Haben Sie irgend etwas gesehen, das darauf schließen ließ, daß sie Drogen nahm?«

»Natürlich nicht.«

»Sie sind sich da anscheinend sehr sicher.«

»Nein, ich bin mir ... sie war jung. Ein sehr einfaches kleines Mädchen.«

Eine reichlich schlichte Schlußfolgerung für einen ehemaligen Sozialarbeiter, dachte Daniel. Er fragte den Mönch: »An dem Tag, bevor sie verschwand, trug sie da das gestreifte weiße Hemd?«

»Ja«, sagte Roselli gereizt. »Ich sagte Ihnen doch, sie besaß nur das eine.«

»Und die Ohrringe.«

»Wenn sie Ohrringe hatte.«

»Wenn«, stimmte Daniel zu. »Haben Sie mir sonst noch etwas zu sagen?«

»Nichts«, sagte Roselli und verschränkte die Arme vor seiner Brust. Schweißtropfen rannen ihm übers Gesicht.

»Haben Sie vielen Dank, Bruder Roselli. Sie waren mir eine große Hilfe.«

»Wirklich?« fragte Roselli überrascht. Als wüßte er nicht genau, ob er nun gesündigt hatte oder auf dem Pfad der Tugend geblieben war.

Ein eigenartiger Mann, dachte Daniel, als er das Kloster verließ. Nervös und voller Probleme und – ja, unreif.

Als Vater Bernardo über Fatma sprach, hatte er gewirkt wie ein besorgter Vater. Aber Rosellis Reaktionen – seine Gefühle für das Mädchen – lagen auf einer ganz anderen Ebene. Als wenn er sich mit dem Mädchen auf die gleiche Stufe stellte.

Auf der Bab el Jadid Road blieb Daniel stehen; hier in der Nähe hatte Roselli Fatma zweimal gesehen. Er ließ sich noch einmal durch den Kopf gehen, wie der Mönch auf ihn gewirkt hatte – irgend etwas ging in diesem Mann vor. Wut? Schmerz? Eifersucht – das war es. Roselli hatte von Fatmas Verletzlichkeit gesprochen, aber verletzt schien er selbst zu sein. Ein verschmähter Liebhaber. Voller Eifersucht auf die jungen Männer, mit denen sie sich nachts traf.

Er wollte mehr über den rothaarigen Mönch erfahren.

Warum Joseph Roselli, Sozialarbeiter aus Seattle, Washington, zu einem Dachgärtner im braunen Kittel geworden war, dem es nicht gelang, sich auf seine religiösen Meditationen zu konzentrieren. Und der sich in seinen Phantasien nicht von einem fünfzehnjährigen Mädchen lösen konnte.

Er beschloß, einen der Männer auf den Mönch anzusetzen; Daoud sollte ihn aus einigem Abstand überwachen. Um den persönlichen Hintergrund des Mannes würde er sich selbst kümmern.

Aber es gab noch andere Dinge zu klären. Wer war Fatmas langhaariger Freund, und wohin ging sie mit ihm? Und was war mit Anwar, der von seiner Familie geächtet wurde und der wußte, wo seine Schwester untergekommen war. Und der sie beschimpft hatte, kurz bevor sie verschwand.

17 Wörter, dachte Avi Cohen. Eine Flut von Wörtern, die wie ein Strudel durch seinen Kopf wirbelten und ihn schwindelig machten. Die reinste Hölle. Seinen Samstagabend hätte er sich auch anders vorstellen können. Statt dessen: ein Rendezvous mit den verdammten Polizeiakten.

Fotos von vermißten Jugendlichen durchzusehen, war

zwar mühsam, aber noch zu ertragen – Fotos waren okay. Doch dann hatte Shmeltzer den Telefonanruf bekommen und erklärt, alles sei umsonst gewesen, es gäbe einen neuen Auftrag für ihn: Noch einmal dieselben zweitausend Akten durchsehen und nach einem Namen suchen – das war verdammt viel komplizierter, als es sich anhörte, weil die Computerleute die Verzeichnisse durcheinandergebracht hatten. Und eine alphabetische Reihenfolge gab es nicht. Die reinste Hölle. Aber der Alte schien von seiner Langsamkeit nichts mitzubekommen – er war viel zu sehr auf die eigene Arbeit fixiert.

Schließlich war er doch damit fertig, hatte keine Rashmawis gefunden und das Shmeltzer auch gesagt. Der hielt es nicht einmal für nötig, ihn anzusehen, und gab ihm gleich einen neuen Auftrag: Gehen Sie nach oben in die Datenabteilung, und suchen Sie nach demselben Namen in allen Verbrecherakten. In ausnahmslos allen. Rashmawi. Irgendein Rashmawi.

In der Datenabteilung war eine Frau zuständig – auch nur eine Angestellte, aber mit ihren drei Streifen ranghöher als er. Außerdem eine gnadenlose Bürokratin; sie ließ ihn erst einen Berg von Formularen ausfüllen, bevor sie die Computerlisten herausrückte. Was für ihn nicht nur Lesen, sondern auch noch Schreiben bedeutete. Noch mehr Wörter – willkürliche Ansammlungen von Linien und Kurven, ein Strudel von Gestalten, in dem er zu ertrinken drohte, wenn er sich nicht zur Konzentration zwang und zu den kleinen Tricks, die er sich im Laufe der Jahre angeeignet hatte, um mühsam zu entziffern, was den anderen einfach so zuflog. Wie ein zu groß geratener, zurückgebliebener Schüler saß er in einer Zimmerecke an einem Schultisch. Konzentrierte sich, bis ihm alles vor den Augen verschwamm und sein Kopf zu schmerzen anfing.

Um eben das zu vermeiden, war er zur Polizei gegangen.

Er begann mit Straftaten gegen das menschliche Leben, die interessanteste Kategorie und gleichzeitig eine der kleinsten.

Wenigstens dieser Kram war alphabetisch geordnet. Als ersten Schritt hatte er die Namen in jeder Untergruppe ausfindig zu machen, die mit dem Buchstaben *Resh* anfingen – was ihn verwirrte, weil das *Resh* und das *Dalet* für ihn große Ähnlichkeit hatten, und obwohl das *Dalet* am Anfang und das *Resh* am Ende des Alphabets standen, wollte das nicht in seinen blöden Kopf. Auch mit *Yod* – es sah aus wie ein *Resh* – konnte es schwierig werden, wenn man es isoliert von den anderen Buchstaben betrachtete und übersah, daß es viel kleiner war. Einige Male kam er durcheinander, verirrte sich und mußte noch einmal von vorne anfangen, mit der Fingerspitze die Kolonnen von Kleingedrucktem entlangfahren. Aber schließlich gelang es ihm, alles abzudecken: Mord, Mordversuch, Totschlag, Fahrlässige Tötung, Morddrohungen und andere Delikte. In 263 Akten gab es nicht einen Rashmawi.

Delikte gegen Leib und Leben, das war der absolute Horror – 10000 Akten über Gewalttaten, darunter mehrere hundert, die mit *Resh* begannen – als er das hinter sich hatte, schmerzte sein Kopf noch mehr, in seinen heißen Schläfen pulsierte es, und die Augen taten ihm weh.

Bei den Eigentumsdelikten war es noch schlimmer, ein wahrer Alptraum. Einbrüche schienen eine Art Nationalsport geworden zu sein, und all jene Häuser, in denen Doppelverdiener lebten, eine leichte Beute. Es gab über 100000 Akten, und nur einige wenige waren per Datenverarbeitung erfaßt. Unmöglich. Er legte das Material für später zurück. Shmeltzer hatte die Ausdrucke mit den Sexualdelikten, für ihn blieben noch die Akten »Sicherheit«, »öffentliche Ordnung«, »Sittlichkeitsvergehen«, »Betrug«, »Wirtschaftsverbrechen« und »Verwaltungsrechtliche Delikte«.

Er begann mit den Sicherheitsvergehen – die Rashmawis waren Araber. Von 932 Fällen hatte die Hälfte mit Verstößen gegen den Ausnahmezustand zu tun, womit die besetzten Gebiete gemeint waren. Nicht ein Rashmawi in den besetzten Gebieten. Nicht ein Rashmawi in der gesamten Kategorie.

Aber das Gerangel mit den Wörtern hatte ihn fertiggemacht. Als hätte man seinen Kopf mit einem gigantischen Hammer bearbeitet. Das hitzige Schmerzgefühl, das ihn immer krankgemacht und unter dem er in seiner ganzen Schulzeit gelitten hatte. Hirnfolter hatte er das insgeheim genannt. Für seinen Vater war es bloße Anstellerei. Trotz aller ärztlichen Gutachten. Purer Blödsinn. Wenn der Junge so gesund ist, daß er Fußball spielen kann, dann ist er auch gesund genug, um seine Hausaufgaben zu erledigen ...

Scheißkerl.

Er stand auf und fragte die Beamtin im Archiv, ob er einen Kaffee haben könnte. Sie saß hinter ihrem Schreibtisch und las in einer Publikation, die aussah wie der Jahresreport krimineller Delikte. Keine Antwort.

»Einen Kaffee«, sagte er noch einmal. »Muß ich dafür auch ein Formular ausfüllen?«

Sie schaute ihn an. Gar nicht so übel, das Mädchen. Eine kleine Brünette mit Zöpfen und einem niedlichen, etwas spitzen Gesicht. Aus Marokko oder aus dem Irak, eigentlich genau so sein Typ.

»Wie bitte?«

Er setzte sein Lächeln ein. »Haben Sie einen Kaffee?«

Sie schaute auf die Uhr. »Sie sind noch nicht fertig?«

»Nein.«

»Der Schnellste sind Sie wohl auch nicht.«

Miststück. Er mußte an sich halten.

»Kaffee. Haben Sie einen Kaffee?«

»Nein.« Sie widmete sich wieder ihrem Report. Las einfach weiter und ignorierte ihn. Mit einer Leidenschaft für Tabellen und Statistik, als hätte sie einen Liebesroman vor sich.

Fluchend machte er sich wieder an seine Listen. Sittlichkeitsdelikte: Sechzig Fälle von Zuhälterei. Nichts. Prostitution: Hundertdreißig Fälle. Nichts. Betreiben eines Bordells, Verführung Minderjähriger, Verbreitung pornographischer Schriften – nichts, nichts, nichts.

Die Unterkategorie »Gewerbliche Prostitution« war nicht sehr umfangreich: nur 18 Fälle im letzten Jahr. Davon zwei unter dem Buchstaben *Resh*:

Radnick, J. Bezirk Nord.

Rashmawi, A. Bezirk Süd.

Er kopierte die Aktennummer, konzentrierte sich auf jede einzelne Ziffer und prüfte alles zweifach, um ganz sicher zu sein. Dann stand er auf, ging wieder zum Schalter und räusperte sich, bis die Archivbeamtin von ihrem verdammten Jahresreport aufsah.

»Bitte?«

»Ich brauche die hier.« Er las ihr die Ziffern vor.

Sie fühlte sich gestört und runzelte die Stirn, bequemte sich aber doch um den Tisch, reichte ihm ein Antragsformular und sagte: »Füllen Sie das aus.«

»Schon wieder?«

Sie sagte kein Wort und bedachte ihn nur mit einem frechen Blick.

Er schnappte sich das Formular, ging ein paar Schritte zur Seite, zog einen Stift aus der Tasche und geriet wieder ins Schwitzen. Er brauchte einfach zu lange.

»Na«, sagte das Mädchen nach einer Weile. »Wo ist das Problem?«

»Ach, nichts«, knurrte er und schob ihr das Formular über den Tisch.

Sie studierte seine Eintragungen, starrte ihn an, als hätte sie es mit einem Idioten zu tun, der Teufel sollte sie holen, dann ging sie mit dem Formular ins Archiv und erschien nach ein paar Minuten mit der Akte RASHMAWI, A.

Er nahm sie ihr ab, setzte sich damit an den Schultisch. Auf dem Schildchen las er den Namen: Anwar Rashmawi. Er schlug die Akte auf und stieß auf den Bericht über seine Verhaftung: Der Täter war vor drei Jahren im Rotlichtbezirk bei Sheikh Jarrah erwischt worden, nachdem er mit einer Hure in eine lautstarke Rangelei geraten war. Ein Latam-Detektiv hatte sich mit einem Spezialauftrag in der Nähe aufgehalten – auf der Suche nach Terroristen – und aus einem Gebüsch den Krach gehört. Pech für Anwar Rashmawi.

Auf der zweiten Seite folgten Berichte von Sozialarbeitern und dann irgendwelche ärztliche Gutachten – davon hatte er in seinem Leben genug gesehen. Wörter, seitenweise Wörter. Er beschloß, zunächst die ganze Akte zu überfliegen und sie dann noch einmal Wort für Wort durchzugehen, so daß er Shmeltzer präzise berichten konnte.

Er blätterte weiter. Aha, das gefiel ihm schon besser. Ein Foto. Polaroid und in Farbe. Er lächelte. Aber dann sah er sich das Foto genauer an und das Lächeln erstarb ihm auf den Lippen.

Scheiße. Das darf doch nicht wahr sein. Was für ein armer Teufel.

18 Sonntagvormittag, neun Uhr, eine mörderische Hitze.

Im Lager Dheisheh stank es höllisch nach Kloake. Die Häuser (wenn man sie so nennen konnte) waren Hütten aus Schlammziegeln mit Dächern aus Teerpappe und eingestanzten Fenstern, die wie Einschußlöcher aussahen. Die Wege dazwischen nur Rinnen aus tiefem Morast.

Ein Dreckloch, dachte Shmeltzer, als er dem Chinesen nachging und Cohen, dem neuen Mitarbeiter. Sie hatten Scharen von Fliegen und Mücken zu verscheuchen, waren unterwegs in den hinteren Teil des Lagers, wo der kleine Pisser wohnen sollte.

Issa Abdelatif.

Laut Daouds Bericht waren die Dorfbewohner in Silwan nicht besonders gesprächig gewesen. Aber er hatte eine ältere Witwe in die Mangel genommen und schließlich erfahren, wie Fatmas langhaariger Freund hieß. Als die Rashmawis sich über ihn unterhielten, hatte sie seinen Namen aufgeschnappt. Ein Asozialer. Wo er herkam, konnte sie nicht sagen.

Doch sein Name tauchte plötzlich an anderer Stelle wieder auf, und zwar in der Akte »Eigentumsdelikte«, unter der Kategorie: »Eigentumsdelikte durch Angestellte oder Mitarbeiter«. Er hatte Cohen den Auftrag gegeben, den Vorgang herauszusuchen; und dann war der Junge so lange weggeblieben, daß Shmeltzer schon glaubte, er sei in der Toilette ertrunken oder einfach nach Hause gegangen. Auf der Suche nach ihm hätte er ihn auf der Treppe beinahe umgerannt. Er grinste breit über sein hübsches, jungenhaftes Gesicht, als wollte er sagen: Na, so was. Blöder Kerl.

Die Akte selbst enthielt nur Kleinkram. Abdelatif hatte im letzten Herbst auf einem Baugelände in Talpiyot als Grabenbauer gearbeitet, und wo immer er auftauchte, hatten sich Bauwerkzeuge in Luft aufgelöst. Der Bauunternehmer rief die Polizei, und bei den anschließenden Ermittlungen stellte sich heraus, daß der kleine Ganove Spitzhacken, Maurerkellen und Schaufeln gestohlen und an die Bewohner des Flüchtlingslagers verkauft hatte, in dem er mit seinem Schwager und seiner Schwester wohnte. Nach seiner Verhaftung führte er die Polizei zu einem Versteck im hinteren Teil des Lagers; er hatte dort eine kleine Grube ausgehoben, in der noch immer die meisten Werkzeuge verstaut lagen. Froh, daß er den Großteil seiner Sachen zurückbekam, hatte der Unternehmer die Unannehmlichkeiten eines förmlichen Verfahrens vermeiden wollen und die Geschichte nicht vor Gericht gebracht. Nach zwei Tagen im Russischen Gefängnis war der Ganove wieder auf freiem Fuß.

Ein kleiner Pisser mit einem Rattengesicht, dachte Shmeltzer und erinnerte sich an das Fahndungsfoto. Langes, strähniges Haar, fliehendes Kinn, ein jämmerlicher Schnurrbart und Augen wie ein Nagetier. Er war neunzehn Jahre alt, und geklaut hatte er sicherlich sein Leben lang. Mit achtundvierzig Stunden hinter Gittern war solchen Asozialen nicht beizukommen. Man müßte ihm schon etwas Härteres bieten – ihm in Ramle den Arsch versohlen –, und er würde es sich zweimal überlegen, bevor er wieder etwas anstellte. Dann müßten sie hier auch nicht durch die Eselscheiße waten und nach ihm suchen ...

Alle drei trugen sie Uzis, zusätzlich zu ihren Neunmillimetern. Wie bewaffnete Eindringlinge. Draußen vor dem Lagereingang war ein Armeelastwagen stationiert. Man mußte Präsenz demonstrieren und militärische Stärke; zeigen, wer der Herr im Hause war. Trotzdem schauten sie immer wieder sichernd nach links und rechts, während sie durch den Dreck stapften.

Er haßte diese Lager. Nicht unbedingt wegen der Armut und der Hoffnungslosigkeit, die hier herrschten. Sondern weil sie so absolut sinnlos waren.

Überhaupt dieser ganze Unsinn, den man über die Araber und ihren ausgeprägten Familiensinn verbreitete. Man brauchte sich doch nur anzusehen, wie sie mit ihresgleichen umgingen.

König Hussein, dieser Arsch. Seit neunzehn Jahren hielt er nun Judäa und Samaria besetzt, aber in Sachen Sozialfürsorge hatte er noch nicht einmal den kleinen Finger gerührt. War viel zu sehr damit beschäftigt, sich diesen abgewichsten Palast an der Hebron Road zu bauen und seiner ebenso abgewichsten amerikanischen Ehefrau Kinder zu machen – ach nein, vor ein paar Jahren war es ja noch eine Araberin gewesen.

Einmal im Jahr schickten die Flüchtlinge einen Brief an das Wohlfahrts- und Arbeitsministerium in Amman, und wenn sie Glück hatten, bekam jede Familie drei Monate später ein paar Dinar geschenkt oder neun Kilo Mehl zugeteilt. Schönen Dank auch, Königsarsch.

Aber die Wohltäter – die privaten Organisationen – waren an allen Ecken und Enden zu finden, das galt zumindest für ihre Büros. Alle mit komfortablen Klimaanlagen ausgestattet und in den gepflegteren Straßen von Bethlehem und Ostjerusalem gelegen. Die Saint Victor's Gesellschaft, die AFS, ein amerikanisches Komitee, die Lutheraner, AMIDEAST, UNIPAL, ANERA, und überall steckte das Geld von amerikanischen Ölkonzernen dahinter. Und dann die UNO mit dem großen weißen Schild, das sie vor dem Stacheldrahtzaun aufgestellt hatten, der das Lager umgab. *Unter der Verwaltung der Flüchtlingshilfeorganisation der Vereinten Nationen.* Unter der Verwaltung. Was immer das zu bedeuten hatte.

Ganz zu schweigen von den Saudis und den Kuwaitis. Und der verdammten PLO, die ganz groß im Geschäft war mit ihren Banken und Fabriken und ihren Farmen und Flughäfen in Afrika. In einem Report, den er erst neulich in der Hand gehabt hatte, wurden die Arschlöcher auf ein Nettovermögen von zehn Milliarden geschätzt. Abu Mussa erhielt jeden Monat hundert amerikanische Riesen, die er zu seinem privaten Vergnügen verjubeln konnte.

Dies ganze Geld, die Heerscharen von gottverdammten Wohltätern, und trotzdem mußten die Menschen in den Lagern unter erbärmlichen Umständen vegetieren. In was für Kanäle flossen diese gewaltigen Summen? Daß der Kerl von der UNO einen dicken Mercedes besaß, den er direkt vor dem Lagereingang parkte, beantwortete die Frage nur zum Teil – sie bekamen die Autos subventioniert, für eine Summe von 4000 amerikanischen Dollar – ein Mercedes allein aber klärte die Sache nicht.

Was sich hier abspielte, war eine Riesensauerei – und ein Kriminalfall, von dem er träumte; liebend gern hätte er in dieser Sache ermittelt.

Der UNO-Typ war ein Norweger, dem der Frust ins Gesicht geschrieben stand. Um seinen Hals hing eine offene *Kaffiyah*, und mit seiner Klemmunterlage und dem daran angeketteten Schreibstift spielte er die Rolle des großen Weißen Vaters, sah sich die sechzig, siebzig Leute sehr von oben herab an, die vor ihm Schlange standen und ihn um irgendwelche Vergünstigungen bitten wollten. Als die drei den Raum betraten, hatte er sie angesehen, als ob sie die Ganoven wären. Er spielte sich mächtig auf, obwohl er rein rechtlich gesehen nichts zu bestimmen hatte. Aber sie sollten keinen Wind machen, das hatte Dani ihnen eingeschärft. So faßten sie sich in Geduld und schauten dem miesen Kerl beim Ausfüllen seiner Formulare zu, bis er schließlich mit säuerlicher Miene Abdelatifs Adresse herausrückte. In der Zwischenzeit hatten die Leute in der Schlange auf die Almosen zu warten, die der Norweger ihnen möglicherweise gewähren würde. Ein typisches Schauspiel.

Als wenn es Sache der Juden wäre, ein von den Arabern geschaffenes Problem zu lösen – die Scheiße aufzuessen, auf die niemand Appetit hatte. Und diese verdammte Regierung ließ sich darauf ein, spielte ihr liberales Spiel – man setzte die Flüchtlinge auf die Listen der israelischen Sozialämter, versorgte sie mit Wohnungen, einer Schulausbildung und kostenloser medizinischer Versorgung. Seit 1967 war die Kindersterblichkeit unter Flüchtlingen rapide gesunken. Immer mehr kleine Pisser, mit denen man sich abzugeben hatte.

Die Leute in dem Lager waren, wenn man ihn fragte, Feiglinge und die Nachkommen von Feiglingen. Sie hatten sich 1948 von jenen hysterisch-propagandistischen Rundfunksendungen der Arabischen Legion in panische Ängste versetzen lassen und waren aus Jaffa, Lod, Haifa und Jerusalem weggelaufen. Er war damals erst achtzehn und noch nicht ganz trocken hinter den Ohren, konnte sich aber noch gut an die Schreihälse im Radio erinnern. Die Juden, so hieß es, fressen kleine Kinder bei lebendigem Leibe, schneiden ihren Frauen die Titten ab, schleifen den Männern die Knochen, ficken sie in die Augenhöhlen und trinken ihr Blut.

Der *Jihad* habe begonnen, hatten die Schreihälse getönt. Ein Heiliger Krieg und der letzte aller Kriege. Wir haben die Ungläubigen angegriffen, bald werden wir sie in die Flucht schlagen und ins Mittelmeer treiben. Verlaßt sofort eure Heimat; es wird nicht lange dauern, dann könnt ihr zurückkehren, an der Seite der siegreichen Streitkräfte der Vereinigten

Arabischen Armeen. Ihr werdet nicht nur euer Eigentum zurückbekommen, edle Brüder, ihr werdet auch die Ehre haben, alles zu konfiszieren, was sich die dreckigen Zionisten unter den Nagel gerissen haben.

Tausende vernahmen die Botschaft und glaubten jedes Wort; rannten sich gegenseitig über den Haufen, um sich zu retten. Schwärmten aus bis nach Syrien, in den Libanon und nach Gaza, strömten in solchen Massen nach Jordanien, daß die Allenby-Brücke unter dem Gewicht ihrer Leiber einzustürzen drohte. Und als sie dort ankamen, was taten da ihre arabischen Brüder, denen man einen so ausgeprägten Familiensinn nachsagt? Sie bauten ihnen Lager und sperrten sie ein. Alles nur vorübergehend, Ahmed. Setz dich in dein kleines Zelt und warte die Zeit ab. Das Schlaraffenland steht vor der Tür – es gibt tote Juden, und du kannst Jungfrauen ficken, so viel du willst.

Sie warten noch heute, dachte er und schaute einer runzeligen alten Frau zu, die im Dreck kauerte und Kichererbsen in einer Schale zerstampfte. Die Tür zu ihrer Behausung stand offen; drinnen lag ein alter Mann auf einer Matratze und saugte an einer Wasserpfeife. Armselige Menschen, Spielbälle der Politik.

Wer eine Ausbildung besaß, hatte Arbeit gefunden und sich in irgendeinem Land der Welt niedergelassen. Aber die Armen, die Kranken und die weniger Begabten waren in den Lagern geblieben. Lebten hier wie die Kaninchen im Stall – und so vermehrten sie sich auch. Vierhunderttausend solcher Menschen waren immer noch im Libanon, in Jordanien und Syrien eingepfercht, weitere dreihunderttausend hatte man 1967 Israel aufgehalst, allein zweihundertdreißigtausend lebten im Gazastreifen. Wenn er zu bestimmen hätte, würde er eine Mauer um den Streifen bauen, die Menschen dort ansiedeln und das Territorium Palästina nennen.

Dreihunderttausend arme Teufel. Der menschliche Bodensatz eines gewonnenen Krieges.

Der Norweger hatte ihnen eine Stelle genannt, zu der sie durch das halbe Lager laufen mußten, eine Behausung aus Schlammziegeln, die aussah, als könnte sie schmelzen. An einer Seite stapelten sich leere Ölkannen, und Eidechsen huschten auf der Jagd nach Insekten über das Metall.

Schwager Maksoud saß in einem verdreckten weißen Hemd und schmierigen schwarzen Hosen an einem Kartentisch vor dem Haus und spielte *Sheshbesh* mit einem Jungen, der zwölf Jahre alt sein mochte. Der erstgeborene Sohn. Er genoß das Privileg, bei seinem Alten sitzen zu dürfen und mit ihm zusammen das Leben zu verdösen.

Dabei war der Alte nicht unbedingt alt an Jahren. Aber ein schläfrig wirkender Typ mit käsebleichem Gesicht, vielleicht dreißig, mit einem rattenhaft wirkenden Schnurrbart, ganz ähnlich wie der von Abdelatif, dünnen Armen und einem Kugelbauch. Ein bewegliches, wurmartiges Narbengewebe lief ihm der Länge nach über den linken Unterarm. Schlimm sah das aus.

Er schüttelte den Knobelbecher, warf einen Blick auf ihre Uzis, ließ die Würfel rollen und sagte: »Er ist nicht da.«

»Wer ist nicht da?« fragte Shmeltzer.

»Das Schwein, der Schmarotzer.«

»Hat das Schwein auch einen Namen?«

»Abdelatif, Issa.«

Eine dickhäutige Eidechse rannte seitlich an der Behausung hoch, hielt an, ruckte mit dem Kopf und huschte außer Sichtweite.

»Wie kommen Sie darauf, daß wir nach ihm suchen?« fragte der Chinese.

»Nach wem denn sonst?« Maksoud setzte zwei Backgammonsteine. Der Junge nahm den Würfelbecher.

»Wir möchten gern einen Blick in Ihre Wohnung werfen«, sagte Shmeltzer.

»Ich habe keine Wohnung.«

Ohne Polemik ging es nicht.

»Dies Haus hier«, sagte Shmeltzer und schlug einen Ton an, der ihm zu verstehen gab, daß er sich auf keine Faxen einlassen würde.

Maksoud blickte zu ihm auf. Shmeltzer sah ihm scharf in die Augen und trat dann mit dem Fuß gegen die Seitenwand der Behausung. Maksoud hustete schleimig und brüllte: »Aisha!«

Eine dünne, kleine Frau machte die Tür auf, ein schmutziges Geschirrtuch in der Hand.

»Die sind von der Polizei. Wollen deinen versauten Bruder sehen.«

»Der ist nicht da«, sagte die Frau verängstigt.

»Sie wollen reinkommen und sich unser trautes Heim ansehen.«

Der Junge hatte zwei Sechsen gewürfelt. Er setzte drei Steine in sein Haus und nahm einen vom Brett.

»Ach«, sagte Maksoud und stand vom Tisch auf. »Leg das weg, Tawfik. Du kapierst einfach zu schnell.«

Der drohende Unterton in seiner Stimme war nicht zu überhören, und der Junge fügte sich. Er wirkte ängstlich, genau wie seine Mutter.

»Hau jetzt ab«, sagte Maksoud, und der Junge rannte weg. Dann schob er die Frau zur Seite und ging in seine Behausung. Die Detektive folgten ihm.

Genau, wie man sich das so vorstellte, dachte Shmeltzer. Zwei winzige Räume und eine Kochnische, heiß, schmutzig und voller Gestank. Auf der Erde lag ein Baby, von Fliegen übersät. Daneben ein Nachttopf, der dringend geleert werden mußte. Kein fließendes Wasser, keine Elektrizität. Die Wände verziert mit krabbelnden Wanzen. Unter Verwaltung der Vereinten Nationen.

Während die Frau sich mit dem Abwasch beschäftigte, ließ Maksoud sich schwerfällig auf einem ramponierten Stück Polster nieder, das aussah, als wenn es einmal zu einem Sofa gehört hätte. Sein bleiches Gesicht hatte eine gelbliche Färbung angenommen. Shmeltzer fragte sich, ob das an der Beleuchtung lag oder ob er Gelbsucht hatte. Der Ort schien ihm nicht ungefährlich, irgendwie ansteckend.

»Rauchen Sie eine«, sagte er zu dem Chinesen. Vielleicht würde Tabakgeruch den Gestank erträglicher machen. Der Riese zog seine Packung Marlboro aus der Tasche und bot Maksoud eine an, der zunächst zögerte, dann aber zugriff und sich von dem Detektiv Feuer geben ließ.

»Wann haben Sie ihn zum letzten Mal gesehen?« fragte Shmeltzer, während die beiden qualmten.

Maksoud zögerte. Der Chinese hatte offenbar wenig Lust zu warten, bis der Mann sich zu einer Antwort bequemte. Er stand auf, ging durch den Raum und sah sich um, berührte hier und da ein paar Sachen mit den Fingern, aber nur leicht, um nicht zudringlich zu wirken. Shmeltzer spürte, daß sich Cohen fehl am Platze fühlte und nicht wußte, was er tun sollte. Nahm seine Hand nicht von der Uzi. Hatte offensichtlich einen Riesenbammel.

Shmeltzer wiederholte seine Frage.

»Vor vier oder fünf Tagen«, sagte Maksoud. »*Insha' Allah*, hoffentlich bleibt das so bis in alle Ewigkeit.«

Die Frau nahm ihren ganzen Mut zusammen und traute sich hochzuschauen.

»Wo ist er?« fragte Shmeltzer sie.

»Sie weiß nichts«, sagte Maksoud. Ein Blick von ihm genügte, und sie ließ den Kopf wieder sinken. Als hätte er sie geschlagen.

»Gehört es zu seinen Gewohnheiten, zu verreisen?«

»Hat ein Schwein Gewohnheiten?«

»Was hat er mit Ihnen angestellt? Wieso hat er Sie angeschissen?«

Maksoud lachte kalt. »*Zaiyel mara*«, entfuhr es ihm. »Er ist wie eine Frau.« Das war für einen Araber die schlimmste Beleidigung, sie stempelte Abdelatif als hinterhältig ab, als einen, den man nicht zur Verantwortung ziehen konnte. »Fünfzehn Jahre sind das jetzt, daß ich ihn durchfüttere, und was habe ich davon? Nichts als Ärger.«

»Was für Ärger?«

»Das war schon von klein an so, als er noch ein Kind war – da hat er mit Streichhölzern gespielt und fast die ganze Wohnung in Brand gesetzt. Nicht, daß es ein großer Verlust gewesen wäre, oder? Eure Regierung hat mir ein Haus versprochen. Das ist jetzt fünf Jahre her, und ich hause immer noch in diesem Loch.«

»Und außer den Streichhölzern?«

»Ich hab' mit ihm darüber geredet, wollte ihm Vernunft einbläuen. Aber diese blöde kleine Sau hat damit weitergemacht. Einer von meinen Söhnen hat jetzt eine Brandwunde im Gesicht.«

»Was war sonst noch?« wiederholte Shmeltzer.

»Was war sonst noch? Als er ungefähr zehn war, hat er angefangen, Ratten und Katzen aufzuschneiden und sich angeguckt, wie sie starben. Hat sie hier reingebracht und sich das angeguckt. Und die da hat keinen Finger gerührt, um ihn daran zu hindern. Als ich das mitbekam, habe ich ihn nach Strich und Faden verprügelt, und er wollte mit dem Messer auf mich los.«

»Was haben Sie da gemacht?«

»Hab' es ihm abgenommen und ihn noch mal verprügelt. Aber das dumme Schwein hat ja nichts daraus gelernt!«

Die Frau unterdrückte ein Schluchzen. Der Chinese blieb stehen. Shmeltzer und Cohen drehten sich um, sahen, daß ihr Tränen übers Gesicht liefen.

Ihr Mann stand sofort auf und ging schreiend auf sie zu. »Du blödes Stück! Stimmt das etwa nicht? Stimmt es denn nicht, daß er ein Schwein ist und ein Abkömmling von Schweinen? Wenn ich bloß gewußt hätte, aus was für einem Stall ihr kommt und was du mir für eine Mitgift bringst, dann wäre ich doch gleich bei unserer Hochzeitsfeier abgehauen und bis nach Mekka gelaufen.«

Mit gesenktem Kopf wich die Frau seinem Blick aus und rieb Geschirr ab, das längst trocken war. Maksoud fluchte und ließ sich wieder auf dem Kissen nieder.

»Was für ein Messer benutzte er bei den Tieren?« fragte der Chinese.

»Alle möglichen. Was immer er fand oder klauen konnte – er ist nicht nur ein Ekel, ein Dieb ist er auch noch.« Maksoud ließ seinen Blick über die vergammelten Wände seiner Wohnung wandern. »Sie sehen ja, in was für einem Wohlstand wir leben und wieviel Geld wir übrig haben. Ich habe alles versucht, um an seine Zuteilung von der UNO zu kommen, wollte ihn zwingen, seinen Anteil zu zahlen; aber immer hat er es geschafft, sein Geld vor mir zu verstecken – und mir mein eigenes auch noch abzugaunern. Alles für seine widerlichen Glücksspiele.«

»Was waren das für Spiele?« fragte Shmeltzer.

»*Sheshbesh*, Poker, Knobeln.«

»Wo hat er gespielt?«

»Überall, wo die Leute spielen.«

»Ist er dafür nach Jerusalem gegangen?«

»Nach Jerusalem, nach Hebron. In die miesesten Kneipen.«

»Hat er jemals Geld gewonnen?«

Die Frage brachte Maksoud in Rage. Er ballte die Hand zur Faust und reckte seinen dünnen Arm.

»Immer hat er nur verloren! Dieser Schmarotzer! Wenn Sie ihn zu fassen kriegen, dann bringen Sie ihn bloß in den Knast – jeder weiß, wie Palästinenser dort behandelt werden.«

»Wo können wir ihn finden?« fragte Shmeltzer.

Maksoud zog theatralisch die Schultern hoch. »Was wollen Sie denn überhaupt von ihm?«

»Was glauben Sie wohl?«

»Kann alles mögliche sein – der ist doch schon als Ganove auf die Welt gekommen.«

»Haben Sie ihn mal mit einer Freundin gesehen?«

»Eine Freundin hat der nie gehabt, immer nur Nutten. Dreimal hat er uns hier zu Hause Läuse angedreht. Wir mußten uns alle mit so einem flüssigen Zeug waschen, das hat uns der Arzt gegeben.«

Shmeltzer zeigte ihm das Foto von Fatma Rashmawi.
»Schon mal gesehen?«
Keine Reaktion. »Nee.«
»Nahm er Drogen?«
»Von so was verstehe ich nichts.«
Wer dumme Fragen stellt ...
»Wohin könnte er gefahren sein?«
Maksoud zog wieder die Schultern hoch. »Vielleicht in den Libanon, vielleicht nach Amman, vielleicht nach Damaskus.«
»Hat er da noch Verwandte?«
»Nein.«
»Irgendwo sonst?«
»Nein.« Maksoud warf seiner Frau einen haßerfüllten Blick zu. »Er ist der letzte Abkömmling einer Familie von Mißgeburten. Die Eltern sind in Amman gestorben; es gab da noch einen Bruder, der lebte oben in Beirut, aber den habt ihr Juden abgeknallt, das war letztes Jahr.«

Die Frau schlug die Hände vors Gesicht und versuchte, sich im hintersten Teil der Kochnische zu verbergen.

»War Issa schon einmal im Libanon?« fragte Shmeltzer – wieder so eine dumme Frage; aber warum sollte er sie nicht stellen, nachdem sie den ganzen langen Weg bis hierher durch den Dreck gelatscht waren? Seine Bekannte aus dem »Sheraton« hatte bis jetzt zwar keine Erkenntnisse aus der politischen Szene geliefert, doch hatte sie auch nur kurzfristig recherchieren können und mußte noch andere Quellen prüfen.

»Was soll er denn da? Der klaut doch nur, das ist kein Kämpfer.«

Shmeltzer lächelte, ging einen Schritt auf ihn zu und sah sich Maksouds linken Unterarm an.

»Diese Narbe hat er auch für Sie geklaut?«

Der Schwager deckte hastig seinen Unterarm zu.

»Ein Arbeitsunfall«, sagte er aggressiv. Doch die Angst in seinen Augen war nicht zu übersehen.

»Ein Messerstecher«, sagte der Chinese, als sie auf dem Rückweg nach Jerusalem waren.

Das Zivilfahrzeug hatte eine Klimaanlage, die so gut wie gar nicht funktionierte. Sie fuhren mit offenen Fenstern, überholten einen Schützenpanzer und einen Araber auf einem Esel. Riesengroße, knorrige Feigenbäume säumten die Straße, und schwarzgekleidete Frauen pflückten die Früchte. Der Erdboden hatte die Farbe von frisch gebackenem Brot.

»Paßt uns doch genau in den Kram, oder?« sagte Shmeltzer.

»Gefällt Ihnen wohl nicht?«

»Ich wäre hell begeistert, wenn da was dran ist. Aber zuerst müssen wir den Arsch mal auftreiben.«

»Wie kommt es eigentlich«, fragte Cohen, »daß der Schwager so offen mit uns geredet hat?« Er saß am Steuer und fuhr ziemlich schnell, was offenbar sein Selbstgefühl stärkte.

»Warum sollte er nicht?« sagte Shmeltzer.

»Immerhin sind wir der Feind.«

»Überlegen Sie mal, Kleiner«, sagte der Alte. »Was hat er uns wirklich gesagt?«

Cohen beschleunigte am Ende einer Kurve, und als er sich konzentrierte, um sich den genauen Wortlaut des Verhörs noch einmal durch den Kopf gehen zu lassen, spürte er, wie ihm die Schweißtropfen den Rücken hinunterliefen.

»Nicht viel«, sagte er.

»Genau«, sagte Shmeltzer. »Er hat gemeckert wie eine Ziege, bis wir die Sache auf den Punkt gebracht haben – nämlich, wo der Pisser sich versteckt hat. Von dem Moment an war er zu.« Das Funkgerät gab pfeifende Töne von sich, eine atmosphärische Störung. Er beugte sich vor und schaltete den

Apparat ab. »Im Endeffekt hat sich der Arsch nur einen Haufen Scheiße von der Seele geredet, aber gesagt hat er uns nichts. Wenn wir wieder im Präsidium sind, werde ich ihm eine Rechnung ausstellen – für eine psychotherapeutische Sitzung.«

Die anderen Detektive lachten, und Cohen fühlte sich zum ersten Mal wie einer von ihnen. Der Chinese saß auf dem Rücksitz, streckte seine langen Beine aus und zündete sich eine Marlboro an. Er nahm einen tiefen Zug, hielt seine Hand aus dem Fenster und ließ den Fahrtwind die Zigarettenasche wegblasen.

»Was ist mit den Brüdern Rashmawi?« fragte Shmeltzer.

»Unser Kranker ist die ganze Nacht nicht aus dem Haus gegangen«, sagte der Chinese. »Die beiden Älteren sind knallharte Typen. Daoud und ich nahmen sie uns vor, bevor sie das Haus betreten konnten. Sie zeigten keine Reaktion. Harte Burschen, genau wie ihr Vater. Wissen von nichts – sie haben nicht mal mit der Wimper gezuckt, als wir ihnen sagten, daß Fatma tot ist.«

»Eiskalt«, sagte Avi Cohen.

»Wie ist das denn so«, fragte Shmeltzer. »Wie läßt sich's denn mit den Arabern arbeiten?«

Der Chinese zog an seiner Zigarette und überlegte.

»Mit Daoud? Genau wie mit anderen Leuten auch, finde ich. Wieso?«

»War nur eine Frage.«

»Sie sollten tolerant sein, Nahum«, sagte der Chinese und lächelte. »Offen für neue Erfahrungen.«

»Neue Erfahrungen, ist doch Blödsinn«, meinte Shmeltzer. »Die alten sind schlimm genug.«

19 Als Daniel am Sonntagnachmittag um sechs Uhr nach Hause kam, war die Wohnung leer.

Vierundzwanzig Stunden vorher hatte er das Kloster vom Heiligen Erlöser verlassen und war zu Fuß in die Altstadt gegangen. Die Via Dolorosa hinunter durch das christliche Viertel mit seiner Vielzahl von Kirchen und Gedenkstätten, die an den Leidensweg Christi erinnerten. Über die El Wad Road erreichte er den überdachten Basar zwischen der David Street und der Street of the Chain. Er hatte mit arabischen Souvenirhändlern gesprochen, die den amerikanischen Touristen T-Shirts »Made-in-Taiwan« andrehten (*Ich liebe Israel*, wobei ein kleines rotes Herz das Wort *Liebe* ersetzte; und *Küß mich, ich bin ein jüdischer Prinz,* darunter die Karikatur eines Frosches mit einer Krone). Er betrat die Verkaufsbuden von Gewürzhändlern, Herrschern über Kisten von Kreuzkümmel, Schaumkraut, Muskat und Minze. Redete mit Barbieren, die ihre feststehenden Rasiermesser mit großer Geschicklichkeit handhabten. Mit Schlachtern, die sich mit Äxten ihren Weg durch die Rümpfe geschlachteter Schafe und Ziegen bahnten; weichliche Innereien hingen an metallenen Stachelhaken, die an blutrot gekachelten Wänden montiert waren. Schmieden, Lebensmittelhändlern, Gepäckträgern und Bettlern zeigte er Fatmas Foto; er traf auf arabische Beamte in Uniform, die im moslemischen Viertel ihre Streifengänge absolvierten, und auf die Männer von der Grenzpatrouille, die hier die Westmauer kontrollierten. Versuchte, ohne Erfolg, Menschen zu finden, die das Mädchen gesehen hatten oder wenigstens ihren Freund.

An der *Kotel* hatte er dann eine kurze Pause gemacht und gebetet; anschließend traf er sich mit den anderen Detektiven in einer Parkplatzecke in der Nähe des Jüdischen Viertels zur Besprechung. Was zunächst nur als kurze Zusammenkunft geplant war, hatte sich ausgedehnt, als Daoud berichten konnte, daß Mrs. Nasif Abdelatifs Identität preisgegeben hatte. Und Shmeltzer meldete, daß man den Freund und auch Anwar Rashmawi verhaftet hatte. Zu fünft hatten sie Vermutungen ausgetauscht, Möglichkeiten diskutiert. Der Fall schien sich zu fügen und nahm Gestalt an, auch wenn Daniel schleierhaft blieb, was am Ende dabei herauskommen sollte.

Als er gestern nach Hause kam, war es kurz vor Mitternacht, und alles schlief. Er selbst schlief nur unruhig und stand um fünf Uhr dreißig auf, nervös und voller Energie. Man hatte Abdelatifs Familie im Lager Dheisheh ausfindig gemacht, und er wollte ein Militärfahrzeug anfordern, um sicher zu sein, daß alles glattging.

Mit Laura hatte er ein paar schlaftrunkene Abschiedsworte gewechselt, den Kindern Küßchen auf die Stirn gegeben und sich dabei das Hemd zugeknöpft. Die Jungen hatten sich von ihm weggerollt, auf die andere Seite, aber Shoshi streckte im Schlaf ihre Ärmchen nach ihm aus und hielt ihn so fest umschlungen, daß er ihr jeden Finger einzeln von seinem Hals hatte lösen müssen.

Es war ihm schwergefallen, sich so zu verabschieden. Er hatte Schuldgefühle und ein schlechtes Gewissen. Seit ihn dieser Fall beschäftigte, hatte er kaum Zeit für seine Frau und seine Kinder, und das kurz nach der Geschichte mit dem Grauen Mann. Dabei war sein Schuldgefühl im Grunde ganz töricht. Es waren erst zwei Tage vergangen, aber das Nonstop-Tempo ließ alles viel länger erscheinen, und daß er den Sabbat nicht hatte wahrnehmen können, ging nun einmal ganz gegen seine Gewohnheiten.

Als er aus der Tür trat, stand ihm in Erinnerung an die eigene Kindheit das Bild seines Vaters wieder vor Augen – immer war er für ihn dagewesen, hatte immer ein Lächeln oder ein Wort des Trostes für ihn gehabt, wußte immer genau das Richtige zur rechten Zeit zu sagen. Würden Shoshi und Benny und Mikey wohl dasselbe empfinden, wenn sie in zwanzig Jahren an ihn dachten?

Diese Gefühle waren wieder da, als er am Sonntagabend

nach Hause kam, müde und erschöpft von seiner Arbeit, die so wenig Erfolg gebracht hatte. Er hatte Laura noch sehen wollen, ehe sie Luanne und Gene abholen ging. Aber außer Dayans Begrüßungsgejaule war alles still in der Wohnung.

Er tätschelte den Hund und fand einen Zettel auf dem Wohnzimmertisch: »Liebster, bin zum Ben Gurion. Essen im Kühlschrank, die Kinder sind bei Freunden.« Wenn er gewußt hätte, welche Freunde gemeint waren, wäre er noch vorbeigegangen. Aber es gab derart viele, daß es nicht lohnte, Mutmaßungen darüber anzustellen.

Er blieb gerade lange genug, um noch rasch eine Kleinigkeit zu essen – *Pita* und *Hummus*, Huhn, das noch vom Sabbat übriggeblieben war und das er gestern aus Zeitmangel nicht heiß hatte essen können, eine Handvoll schwarze Weintrauben und zwei Tassen Pulverkaffee, um alles herunterzuspülen. Dayan leistete ihm Gesellschaft und bettelte um ein paar Brocken. Jedesmal, wenn er bellte, zitterte der schwarze Fleck um das linke Auge des kleinen Spaniel vor Aufregung.

»Na gut«, sagte Daniel. »Aber nur dies eine Stück.«

Er aß rasch zu Ende, wischte sich das Gesicht ab, sprach sein Tischgebet, wechselte das Hemd und war um sechs Uhr fünfundzwanzig aus der Tür, saß hinter dem Steuer des Escort und raste zurück nach Silwan.

Sonntagabend. Der christliche Feiertag war zu Ende, und alle Kirchenglocken läuteten. Er stellte den Wagen am Rand des Dorfes ab und ging den Rest der Strecke zu Fuß. Um sieben war er wieder im Olivenhain bei Daoud und dem Chinesen. Sie standen Wache.

»Warum gehen wir nicht einfach rein und reden Fraktur mit den Leuten?« meinte der Chinese. »Sagen ihnen, daß wir von der Sache mit Abdelatif wissen, und fragen sie, ob sie ihn aufgenommen haben?« Er hob eine Olive auf, die von einem Baum gefallen war, rollte sie zwischen den Fingern und warf sie wieder weg. Zehn Uhr dreiundvierzig. Nichts war passiert, und er konnte noch nicht einmal rauchen, weil man die

Zigarettenglut hätte sehen können. Es war eine jener Nächte, in der er am liebsten den Beruf gewechselt hätte.

»Kaum anzunehmen, daß sie uns etwas sagen«, meinte Daniel.

»Und wenn schon. Das hier bringt uns doch auch nichts ein. Wenn wir auf sie zugehen, haben wir wenigstens das Überraschungsmoment für uns.«

»Das können wir immer noch tun«, sagte Daniel. »Warten wir lieber noch.«

»Worauf?«

»Vielleicht auf gar nichts.«

»Nach allem, was wir wissen«, beharrte der Chinese, »ist der Kerl nach Amman oder Damaskus geflohen und freut sich seines Lebens.«

»Das ist dann ein Job für andere Leute. Wir haben hier unsere Arbeit zu tun.«

Um elf Uhr zehn trat ein Mann aus dem Haus der Rashmawis, schaute in beide Richtungen und ging stumm den Fußweg hinunter. Ein kleiner, dunkler Schatten, kaum wahrnehmbar gegen den kohlschwarzen Himmel. Er wandte sich nach Osten, wo sich das Felsufer am tiefsten senkte, und die Detektive hatten Mühe, ihn im Blick zu behalten.

Zielstrebig kletterte er den Damm hinunter und ging dann hügelabwärts, immer noch im Zentrum ihres Gesichtskreises. Für eine Weile, die ihnen fast endlos vorkam, verschwand er in der Dunkelheit und tauchte dann kurz wieder auf, als seine Konturen im Mondlicht aufleuchteten. Wie ein Schwimmer, der in einer mitternächtlichen Lagune taucht und von Zeit zu Zeit an die Oberfläche kommt, dachte Daniel und stellte sein Fernglas scharf.

Der Mann kam jetzt näher. Durch das Fernglas wirkte er unnatürlich groß, blieb aber unidentifizierbar. Eine dunkle, verschwommene Gestalt, die sich seitlich aus dem Gesichtsfeld schlich.

Daniel fühlte sich an 1967 erinnert. Wie er am Ammunition Hill auf dem Bauch lag, mit angehaltenem Atem und einer solchen Angst, daß er das Gewicht seines eigenen Körpers nicht mehr spürte; er fühlte sich hohl und schwach und hatte überall brennende Schmerzen.

Schauplatz des Schlächters, hatten sie die Hügel um Jerusalem genannt. Ein Gelände, in dem sich Schreckliches ereignet hatte. Hier waren Soldaten gemetzelt und den Geiern zum Fraß überlassen worden.

Er ließ das Fernglas sinken und verfolgte die Gestalt, die auf einmal viel größer geworden war, mit bloßen Augen. Der scharfe Flüsterton des Chinesen riß ihn aus seinen Erinnerungen:

»Scheiße! Der kommt direkt auf uns zu!«

Er hatte recht. Die Gestalt hielt schnurgerade auf das Gehölz zu.

Alle drei schnellten hoch und zogen sich eilig in den hinteren Teil des Dickichts zurück, versteckten sich hinter den knorrigen Stämmen tausendjähriger Bäume.

Augenblicke später erschien die Gestalt in dem Hain und verwandelte sich in einen wirklichen Menschen. Der Mann arbeitete sich durch das dichte Laubwerk und trat auf eine Lichtung, die durch einen umgestürzten, langsam verrottenden Baum entstanden war. Kaltes, bleiches Licht drang durch die Baumwipfel und verwandelte die Lichtung in eine Theaterbühne.

Der Mann atmete schwer, und sein Gesicht war wie eine Maske aus Schmerz und Verwirrtheit. Er setzte sich auf den umgestürzten Baumstamm, schlug die Hände vors Gesicht und fing an zu weinen.

Zwischen den Schluchzern schluckte er schwer und rang nach Atem, stieß mit erstickter Stimme Worte aus, halb geflüstert und halb geschrien.

»Oh, Schwester, Schwester, Schwester ... Ich habe meine Pflicht getan ... aber ich kann dich nicht mehr lebendig machen ... oh, Schwester, Schwester ...«

So saß der Mann lange Zeit da, weinend und seine Worte wiederholend. Dann stand er auf, fluchte und zog etwas aus seiner Tasche. Ein Messer mit langer, scharfer Klinge und einem groben Holzgriff.

Er kniete sich auf die Erde, hob die Waffe hoch über den Kopf und erstarrte in dieser Pose wie bei einem Ritual. Mit einem gellenden Schrei stieß er dann die Klinge in die Erde, immer und immer wieder. Tränen rannen ihm übers Gesicht, und er schluchzte »Schwester, Schwester, Schwester«.

Schließlich beruhigte er sich. Er zog das Messer aus der Erde, hielt es zwischen beiden Händen und starrte auf die Klinge, mit Tränen in den Augen. Dann wischte er es am Hosenbein ab und legte es auf den Boden. Er selbst rollte sich daneben, krümmte sich wie ein Fötus im Mutterleib und wimmerte.

Im selben Augenblick traten die Detektive aus dem Schatten und gingen mit gezogenen Revolvern auf ihn zu.

20 Daniel führte das Verhör ohne großen Aufwand. Er saß allein mit dem Verdächtigen in einem kahlen, neonbeleuchteten Raum im Erdgeschoß des Präsidiums. Es war ein Raum ohne jede Besonderheit; normalerweise wurden hier Akten abgelegt. Auf dem Tisch surrte ein Tonband; sonst war nur das Laufgeräusch einer Wanduhr zu hören.

Der Verdächtige, von Weinkrämpfen geschüttelt, saß ihm gegenüber. Daniel nahm ein Taschentuch aus einem Karton, wartete, bis sich der Mann etwas beruhigt hatte, und sagte dann: »Hier, Anwar.«

Der Bruder wischte sich das Gesicht ab, setzte die Brille wieder auf und starrte auf den Fußboden.

»Sie sprachen davon, wie Fatma den Issa Abdelatif getroffen hat«, sagte Daniel. »Bitte machen Sie weiter.«

»Ich ...« Anwar brachte nur ein würgendes Geräusch hervor und faßte sich mit der Hand an die Kehle.

Daniel ließ ihm Zeit.

»Sind Sie in Ordnung?«

Anwar schluckte, dann nickte er.

»Möchten Sie etwas Wasser?«

Er schüttelte den Kopf.

»Dann machen Sie bitte weiter.«

Anwar wischte sich den Mund ab und wich Daniels Blick aus.

»Machen Sie weiter, Anwar. Es ist wichtig, daß Sie mir alles erzählen.«

»Es war auf einer Baustelle«, sagte der Bruder mit kaum hörbarer Stimme. Daniel korrigierte die Aussteuerung an dem Tonband. »Nabil und Qasem haben dort gearbeitet. Sie sollte ihnen was zu essen bringen. Er hat auch dort gearbeitet und ihr schöne Augen gemacht.«

»Wie hat er das angestellt?«

Anwar verzog vor Wut das Gesicht, daß sich die Pockennarben auf seinen Backen zu senkrechten kleinen Schlitzen zusammenzogen.

»Mit verlogenen Worten und verlogenem Lächeln! Sie war ein einfaches Mädchen und hatte zu jedem Vertrauen – als wir noch Kinder waren, konnte ich mir Geschichten ausdenken, wie ich wollte. Sie hat mir immer alles geglaubt.«

Wieder fing er an zu weinen.

»Schon recht, Anwar. Es wird Ihnen guttun, wenn Sie sich aussprechen. Wo befand sich dieses Baugelände?«

»In Romema.«

»Wo in Romema?«

»Hinter dem Zoo ... glaube ich. Ich bin dort nie gewesen.«

»Wie können Sie dann wissen, daß Fatma den Abdelatif getroffen hat?«

»Nabil und Qasem haben gesehen, wie er mit ihr sprach, sie haben ihn gewarnt und Vater davon berichtet.«

»Was hat Ihr Vater gemacht?«

Anwar umklammerte sich mit beiden Armen und schaukelte in dem Stuhl.

»Was hat er gemacht, Anwar?«

»Er hat sie verprügelt, aber sie hat nicht damit aufgehört!«

»Woher wissen Sie das?«

Anwar biß sich auf die Lippen und kaute darauf herum. So heftig, daß die Haut aufplatzte.

»Hier«, sagte Daniel und reichte ihm noch ein Taschentuch.

Anwar kaute weiter, betupfte die Lippe, betrachtete die Blutflecken auf dem Gewebe und lächelte seltsam.

»Woher wissen Sie, daß sich Fatma weiter mit Issa Abdelatif getroffen hat?«

»Ich habe sie gesehen.«

»Wo haben Sie sie gesehen?«

»Fatma blieb auf ihren Botengängen zu lange weg. Vater wurde mißtrauisch und schickte mich ... sie zu beobachten. Da habe ich sie gesehen.«

»Wo?«

»An verschiedenen Stellen. In der Nähe der Stadtmauer von Al Quds.« So nannten die Araber die Altstadt. »In den Wadis, in der Nähe des Garten Gethsemane, überall wo sie sich verstecken konnten.« Anwars Stimme überschlug sich vor Erregung: »Er hat sie heimlich in Verstecke gebracht und geschändet!«

»Haben Sie das Ihrem Vater berichtet?«

»Das mußte ich! Es war doch meine Pflicht. Aber ...«

»Aber was?«

Schweigen.

»Sagen Sie's mir, Anwar.«

Schweigen.

»Aber was, Anwar?«

»Nichts.«

»Was glaubten Sie, würde Ihr Vater mit ihr machen, wenn er davon erfuhr?«

Der Bruder stöhnte, breitete die Hände aus und beugte sich vor. Seine Augen wirkten hinter den dicken Brillengläsern aufgequollen wie bei einem Fisch. Er stank bestialisch und sah verzweifelt aus, wie einer, der in die Falle gegangen war. Daniel widerstand dem Impuls, von ihm abzurücken, rückte statt dessen noch ein Stück näher.

»Was hätte er getan, Anwar?«

»Er hätte sie umgebracht! Ich wußte, daß er sie umgebracht hätte. Deshalb habe ich sie auch gewarnt, bevor ich ihm die Sache erzählt habe!«

»Und da ist sie weggelaufen.«

»Ja.«

»Sie haben versucht, Ihre Schwester zu retten, Anwar.«

»Ja!«

»Wo ist sie hingegangen?«

»Zu Christen in Al Quds. Sie ist bei den Braunkitteln untergekommen.«

»Im Kloster vom Heiligen Erlöser?«

»Ja.«

»Woher wissen Sie, daß sie dorthin ging?«

»Zwei Wochen nach ihrem Verschwinden habe ich einen Spaziergang gemacht. Zu dem Olivenhain, wo Sie mich gefunden haben. Da sind wir immer als Kinder hingegangen, Fatma und ich, haben uns mit Oliven beworfen und Versteck gespielt. Ich gehe immer noch hin. Um nachzudenken. Sie wußte das und hat dort auf mich gewartet – sie war gekommen, um mich zu sehen.«

»Warum?«

»Sie fühlte sich einsam und weinte, weil sie ihre Familie so sehr vermißte. Sie wollte, daß ich mit Vater spreche. Ich sollte ihn überreden, sie wieder anzunehmen. Ich fragte sie, wo ich sie erreichen könnte, und sie sagte mir, die Braunkittel hätten sie aufgenommen. Ich sagte ihr, das seien Ungläubige und sie würden versuchen, sie zu bekehren; aber sie meinte, sie wären freundlich, und sie wüßte nicht, wohin sie sonst gehen sollte.«

»Was hat sie getragen, Anwar?«
»Getragen?«
»Was hat sie angehabt?«
»Ein Kleid ... ich weiß nicht.«
»Was für eine Farbe?«
»Weiß, glaube ich.«
»Einfarbig weiß?«
»Ich glaube ja. Was spielt das für eine Rolle?«
»Und was für Ohrringe hat sie getragen?«
»Die einzigen, die sie hatte.«
»Was sind das für welche?«
»Kleine Goldringe – sie hat sie bei der Geburt angesteckt bekommen.«

Anwar fing wieder an zu weinen.

»Aus massivem Gold?« fragte Daniel.

»Ja ... nein ... ich weiß nicht. Sie haben golden ausgesehen. Was spielt das für eine Rolle!«

»Tut mir leid«, sagte Daniel. »Aber ich muß Ihnen diese Fragen stellen.«

Anwar sackte in seinem Stuhl zusammen, kraftlos und niedergeschlagen.

»Haben Sie mit Ihrem Vater darüber gesprochen, daß er sie wieder aufnehmen sollte?« fragte Daniel.

Anwar schüttelte heftig den Kopf, seine Lippen bebten. Selbst hier war die Furcht vor dem Vater noch wirksam.

»Nein, nein! Ich konnte nicht! Dazu war es zu früh, ich wußte doch, was er gesagt hätte! Ein paar Tage später bin ich in das Kloster gegangen, um mit ihr zu sprechen, um ihr zu sagen, sie solle warten. Ich fragte sie, ob sie sich immer noch mit dem gemeinen Schuft abgeben würde, und sie sagte, ja, und sie würden sich sogar lieben! Ich befahl ihr, sie sollte sich nie wieder mit ihm treffen, aber davon wollte sie nichts hören. Sagte, ich wäre gemein, überhaupt wären alle Männer gemein. Alle Männer außer ihm. Wir ... stritten uns, und ich bin weggegangen. Es war das letzte Mal, daß ich sie gesehen habe.«

Anwar schlug die Hände vors Gesicht.

»Das allerletzte Mal?«

»Nein.« Seine Stimme klang gedämpft. »Einmal noch.«

»Haben Sie Abdelatif auch noch einmal gesehen?«

Anwar sah auf und lächelte – ein Lächeln, das aus ganzer Seele zu kommen schien und sein gequältes Gesicht aufleuchten ließ. Er drückte die Schultern zurück, setzte sich aufrecht und rezitierte mit klarer, lauter Stimme: »Der, der die Taten des Missetäters nicht rächt, sollte eher sterben, als würdelos seiner Wege zu gehen!«

Das Zitat hatte ihn anscheinend mit neuem Leben erfüllt. Er ballte eine Hand zur Faust und rezitierte noch mehrere arabische Sprichworte, die sich alle auf die Ehre von Rache und Vergeltung bezogen. Dann nahm er die Brille ab und starrte mit einem kurzsichtigen Lächeln ins Leere.

»Die Pflicht ... die Ehre lag bei mir«, sagte er. »Wir stammten von der derselben Mutter.«

Was für ein trauriger Fall, dachte Daniel und sah zu, wie Anwar sich in Positur setzte. Er hatte das Verhaftungsprotokoll gelesen und die Berichte der Ärzte von der Hadassah durchgesehen, die Anwar gleich nach der überfallartigen Festnahme untersucht hatten, ebenso die Empfehlungen der Psychiater. Die Polaroidfotos sahen aus wie Abbildungen aus einem medizinischen Lehrbuch. Eine kunstvoll formulierte Diagnose – kongenitaler Mikropenis mit unbehandelter Epispadie –, womit man dem Elend des unglücklichen Burschen nur einen Namen gegeben hatte. Er war mit einem männlichen Organ geboren, das aus einem winzigen, deformierten Stummel bestand. Seine Harnröhre, nicht mehr als ein dünnes Bändchen von Schleimhäuten, verlief außen und an der Oberfläche einer nutzlosen Verwachsung, die eigentlich ein Schaft hätte sein sollen. Hinzu kamen Anomalien der Harnblase; dem Jungen fiel es schwer, sein Wasser zu halten. Als man ihn entkleidete, bevor man ihn in eine Zelle steckte, hatte er schichtweise Stoff zwischen den Beinen getragen, eine primitive, selbstgefertigte Windel. Eine grausame Laune der Natur? Daniel hatte lange darüber nachgedacht, es aber schließlich aufgegeben, weil er wußte, daß es zu nichts führte.

Plastische Chirurgie hätte, den Ärzten in der Hadassah zufolge, ein wenig Abhilfe schaffen können. In Europa und in den Vereinigten Staaten gab es Spezialisten, die so etwas machten: mit mehrfachen chirurgischen Eingriffen über einen Zeitraum von einigen Jahren hätte sich ein in etwa normales Genital formen lassen. Auch wenn im Endergebnis von normaler Männlichkeit noch nicht die Rede sein konnte. Dies war jedenfalls einer der schlimmsten Fälle, die sie jemals zu sehen bekommen hatten.

Die Hure hatte das auch gedacht.

Nach Jahren voller Konflikte und dumpfer Grübelei, beherrscht von nebelhaften Trieben, die er selbst nicht verstehen konnte, hatte sich Anwar eines späten Abends auf den Weg in den Rotlichtbezirk gemacht.

In eine Gegend in der Nähe der Sheikh Jarrah, wo die Nutten herumlungerten, wie seine Brüder ihm gesagt hatten. Er hatte auch eine gefunden, an einen zerbeulten Fiat gelehnt, alt und abgetakelt und vulgär, mit grellblondem Haar. Aber ihre Stimme klang vertrauenerweckend, und sie war freundlich auf ihn zugegangen.

Man war sich schnell einig geworden. Ohne zu merken, wie sehr sie ihn dabei übervorteilte, war er auf den Rücksitz ihres Fiat geklettert. Als die Hure seine große Ängstlichkeit und Unerfahrenheit erkannte, hatte sie ihn umgarnt und angelächelt. Ihm vorgelogen, was für ein raffinierter Liebhaber er doch sei; sie hatte ihn gestreichelt und ihm den Schweiß von der Stirn gewischt. Aber als sie ihm die Hose aufknöpfte und nach ihm greifen wollte, war es mit ihrem Lächeln vorbei. Und als sie ihn dann herauszog, brach sie vor Schreck und Widerwillen in ein wildes Gelächter aus.

Und Anwar, gedemütigt und fast verrückt vor Wut, war

der Nutte an die Kehle gegangen, wollte ihr Gelächter zum Ersticken bringen. Sie hatte sich gewehrt, war größer und kräftiger als er, hatte ihn mit den Fäusten bearbeitet und wollte ihm ein Auge ausquetschen. Sie schrie um Hilfe, so laut sie konnte.

Ein Undercover-Agent hatte alles gehört und nahm den armen Anwar fest. Die Hure hatte ihre Aussage gemacht und anschließend die Stadt verlassen. Die Polizei war nicht imstande gewesen, sie ausfindig zu machen. Natürlich hatte man sich dabei nicht allzu große Mühe gegeben. Von der Prostitution machte man nicht viel Aufhebens; der Akt selbst war legal, strafbar war nur das Ansprechen von Freiern. Wenn die Huren und ihre Kunden kein Aufsehen erregten, verfuhr man nach der Devise »leben und leben lassen«. Selbst in Tel Aviv, wo drei oder vier Dutzend Mädchen nachts an den Stränden arbeiteten und einigen Lärm verursachten, kam es selten zu Festnahmen, und auch nur dann, wenn die Dinge wirklich ausuferten.

Kein Kläger, keine Vorstrafen, kein Gerichtsverfahren. Anwar durfte das Gefängnis als freier Mann verlassen. Allerdings mit der Empfehlung, seine Familie auch weiterhin ärztlich beraten und psychiatrisch behandeln zu lassen. Was die Familie mit ebensolcher Wahrscheinlichkeit annehmen würde wie ihre Bekehrung zum Judentum.

Was für ein trauriges Schicksal, dachte Daniel und schaute ihn an. Dinge, die für andere Männer eine Selbstverständlichkeit bedeuteten, waren ihm versagt, weil es ihm an ein paar Zentimetern Zellgewebe fehlte. Familie und Gesellschaft schätzten ihn geringer als einen Mann – das galt für jede Gesellschaft.

Man schickte ihn zu den Frauen.

»Möchten Sie jetzt etwas essen oder trinken?« fragte Daniel. »Kaffee oder Saft? Eine Pastete?«

»Nein, nichts«, sagte Anwar und plusterte sich auf. »Ich fühle mich ausgezeichnet.«

»Dann erzählen Sie mir, wie Sie Fatmas Ehre gerächt haben.«

»Es war nach einem ihrer ... Treffen, da bin ich ihm nachgegangen. Bis zum Busbahnhof.«

»Der Bahnhof in Ostjerusalem?«

»Ja.« Er schien irritiert. Als ob es außer dem Bahnhof in Ostjerusalem auch noch andere gäbe. Der große Zentralbahnhof im Westteil der Stadt – der jüdische Bahnhof – existierte nicht für ihn. Ein einziger Kilometer in Jerusalem konnte ein ganzes Universum sein.

»An welchem Tag war das?«

»Donnerstag.«

»Um welche Zeit?«

»Frühmorgens.«

»Sie haben die beiden beobachtet?«

»Ich habe Fatma beschützt.«

»Wo haben sie sich getroffen?«

»Irgendwo hinter den Mauern. Sie kamen aus dem Neuen Tor.«

»Wohin sind sie gegangen?«

»Ich weiß es nicht. Das war wirklich das letzte Mal.«

Anwar sah Daniels skeptischen Blick und hob beschwörend die Hände.

»Er war es doch, für den ich mich interessierte! Ohne ihn wäre sie zurückgekommen und hätte gehorcht!«

»Sie sind ihm also bis zum Bahnhof gefolgt.«

»Ja. Er kaufte eine Fahrkarte für den Bus nach Hebron. Bis zur Abfahrt war noch etwas Zeit. Ich ging auf ihn zu und sagte ihm, daß ich Fatmas Bruder sei und Geld hätte. Und daß ich bereit wäre, ihn zu bezahlen, wenn er sich nicht mehr mit ihr treffen würde. Er fragte, wieviel, und ich sagte, hundert amerikanische Dollar. Er verlangte zweihundert. Wir feilschten und einigten uns auf einhundertsechzig. Dann verabredeten wir uns für den nächsten Tag vor Sonnenaufgang in dem Olivenhain.«

»War er nicht mißtrauisch?«

»Sehr. Am Anfang meinte er, ich wolle ihn austricksen.« Anwars Gesicht glänzte vor Stolz. Seine Brille rutschte ihm von der Nase, und er rückte sie zurecht. »Aber ich habe ihn trotzdem reingelegt. Als er meinte, ich wollte ihn nur austricksen, habe ich okay gesagt, die Schultern hochgezogen und mich umgedreht. Er kam mir sogar nach, weil er so ein habgieriges Schwein war – seine Habgier war stärker als sein Mißtrauen. So kam unser Treffen zustande.«

»Wann?«

»Freitagmorgen, um sechs Uhr dreißig.«

Kurz nachdem man Fatmas Leiche entdeckt hatte.

»Was geschah bei dem Treffen?«

»Er kam mit dem Messer, um mich zu berauben.«

»Das Messer, mit dem wir Sie heute abend gefunden haben?«

»Ja. Ich war als erster da und wartete auf ihn. Als er mich sah, zog er sofort das Messer.«

»Haben Sie gesehen, aus welcher Richtung er kam?«

»Nein.«

»Wie sah er aus?«

»Wie ein Dieb.«

»Seine Kleidung war sauber?«

»So sauber, wie sie nur sein konnte.«

»Weiter.«

»Er hatte das Messer, war bereit, mir etwas anzutun, aber ich war auch bewaffnet. Mit einem Hammer. Den hatte ich hinter dem umgestürzten Baumstamm versteckt. Ich zog zehn Dollar heraus. Er riß sie mir aus der Hand und verlangte den Rest. Ich sagte, der Rest käme in Raten. Fünf Dollar die Woche für jede Woche, die er sich nicht mit ihr traf. Er fing an zu rechnen. Er war schwer von Begriff und brauchte eine ganze Weile. ›Das sind dreißig Wochen‹, sagte er. ›Genau‹, antwortete ich. ›Nur so kann man mit einem Dieb umgehen.‹ Daraufhin drehte er durch. Er kam mit dem Messer auf mich zu und sagte, ich wäre tot, genau wie Fatma. Daß sie ihm nichts bedeute, sie sei ein Dreck, der auf den Müll gehört. Alle Rashmawis wären Dreck.«

»Das hat er gesagt? Sie sei tot? Ein Dreck, der auf den Müll gehört?«

»Ja.« Anwar fing wieder an zu weinen.

»Hat er sonst noch etwas gesagt?«

»Nein. Aber er hatte einen so eigenartigen Ton in der Stimme. Ich wußte, er würde sie ... verletzen. Ich war in der Absicht hergekommen, ihn umzubringen. Und nun wußte ich, es war soweit. Er kam näher, hielt das Messer in seiner offenen Hand und machte so große Augen wie ein Wiesel. Ich fing an zu lachen, tat, als wenn ich mich über ihn lustig machte, und sagte, ich hätte nur einen Witz gemacht, und der Rest des Geldes sei dort hinter dem Baumstumpf. ›Her damit!‹ befahl er, als ob er es mit einem Sklaven zu tun hätte. Ich sagte ihm, das Geld sei unter dem Stamm vergraben, und den zur Seite zu rollen, wäre ein Job für zwei Männer.«

»Das war sehr riskant für Sie«, sagte Daniel. »Er hätte Sie umbringen können und wäre später wegen des Geldes noch einmal zurückgekommen.«

»Ja, es war riskant«, sagte Anwar und fühlte sich offensichtlich wohl in seiner Rolle. »Aber er war geldgierig. Er wollte alles von mir haben, und zwar sofort. ›Schieben!‹ befahl er mir. Dann kniete er sich neben mich, hielt das Messer in einer Hand und wollte mit der anderen den Stamm zur Seite rollen. Ich tat so, als wollte ich ihm helfen, packte ihn aber und riß ihm die Fußknöchel weg. Er fiel hin, und bevor er wieder hochkommen konnte, habe ich mir den Hammer geschnappt und zugeschlagen. Ein paarmal.«

Seine Augen hinter den dicken Brillengläsern bekamen einen verträumten Ausdruck.

»Seine Schädeldecke brach leicht. Es klang, als ob eine Melone auf einen Stein fällt und zerbricht. Dann nahm ich sein

Messer und stach auf ihn ein. Hab' es behalten, zum Andenken.«

»Wohin haben Sie gestochen?« fragte Daniel, der alle Einzelheiten über den Mord auf dem Tonband festhalten wollte. Anwars Aussage sollte nach Möglichkeit mit dem Untersuchungsergebnis übereinstimmen. Die Leiche war inzwischen ausgegraben und nach Abu Kabir geschafft worden. Levi würde sich wahrscheinlich morgen telefonisch melden.

»In die Kehle.«

»Wohin sonst?«

»In die ... männlichen Organe.«

Das stimmte in zwei von drei Stellen mit dem Mord an Fatma überein.

»Haben Sie auch in seinen Bauch gestochen?«

»Nein«, sagte er erstaunt. Als käme ihm die Frage absurd vor.

»Warum in die Kehle und in die Genitalien?«

»Um ihn zum Schweigen zu bringen, natürlich. Und um weiteres Unheil zu vermeiden.«

»Ich verstehe. Was geschah dann?«

»Ich ließ ihn da liegen, ging nach Hause und holte mir einen Spaten. Ich habe ihn begraben und dann mit dem Spaten als Hebel den Baumstamm über sein Grab gerollt. Genau an der Stelle, die ich ihnen gezeigt habe.«

Abdelatifs sterbliche Überreste waren aus einem tiefen Loch zu Tage befördert worden. Anwar hatte sicher stundenlang gebraucht, um es auszuheben. Der Baumstamm verdeckte die Vertiefung. Im Nachhinein kam es Daniel nicht mehr ganz so töricht vor, daß sie in nur wenigen Metern Entfernung die halbe Nacht verbracht hatten. Um das Haus zu überwachen und einem toten Mann Gesellschaft zu leisten.

»Das einzige Geld, das Sie ihm zahlten, waren also die zehn Dollar«, sagte Daniel.

»Ja, und die habe ich ihm wieder abgenommen.«

»Aus seiner Tasche?«

»Nein. Er hielt den Schein noch zusammengeknüllt in seiner habgierigen Hand.«

»Was war es für ein Nennwert?« fragte Daniel.

»Eine einzelne amerikanische Zehn-Dollarnote. Ich habe sie mit ihm zusammen begraben.«

Tatsächlich hatte man den Schein bei der Leiche gefunden.

»Ist das alles?« fragte Anwar.

»Etwas noch. Hat Abdelatif Drogen genommen?«

»Das würde mich nicht wundern. Er war ein Dreckskerl.«

»Aber genau wissen Sie es nicht.«

»Ich habe ihn nicht gekannt«, sagte Anwar. »Ich habe ihn bloß umgebracht.«

Er wischte sich die Tränen aus dem Gesicht und lächelte.

»Was ist?« fragte Daniel.

»Ich bin froh«, sagte Anwar. »Ich bin so froh.«

21

Wie eine Suite im »King David«, dachte Daniel, als er Laufers Büro betrat. Holzgetäfelte Wände, golddurchwirkte Teppiche, gedämpftes Licht und ein schöner Ausblick auf die Wüste. Als es Gavrielis Büro gewesen war, hatte die Ausstattung noch wärmer gewirkt – mit Regalen, die vor Büchern überquollen, Fotos von Gideon, dem Prächtigen, und seiner ebenso prächtigen Ehefrau.

In einer Ecke stand eine Glasvitrine mit kulturhistorischen Relikten. Münzen, Urnen und Talismane wie aus der Sammlung, die er in Baldwins Büro im Amelia-Katharina gesehen hatte. Bürokraten konnten sich offenbar für solche Sachen begeistern. Wollten sie mit Verweisen auf die versunkenen Größen der Vergangenheit eigene Nutzlosigkeit vergessen machen? Über der Glasvitrine hing eine gerahmte Landkarte von Palästina, offensichtlich einem alten Atlas entnommen. Die Wände zierten signierte und mit Widmungen versehene Fotografien aller Premierminister, von Ben Gurion bis heute –

ein überdeutlicher Hinweis auf Freunde in hohen Positionen. Aber die Widmungen auf den Fotos waren unverbindlich, nie wurde Laufer namentlich erwähnt, und Daniel fragte sich, ob die Bilder tatsächlich dem stellvertretenden Polizeichef gehörten oder aus irgendeinem Archiv stammten.

Avigdor Laufer trug heute seine Dienstuniform. Er saß hinter einem großen Schreibtisch aus dänischem Teakholz und trank Sodawasser. Zu seiner Rechten stand ein Tablett aus Olivenholz mit einer Sipholux-Flasche und zwei leeren Gläsern.

»Nehmen Sie Platz«, sagte er und schob, als Daniel sich hingesetzt hatte, ein Papier über den Tisch. »In ein paar Stunden werden wir das an die Presse geben.«

Die Erklärung bestand aus zwei Abschnitten, trug den Datumsstempel vom Tage und den Titel *Polizei löst den Fall Skopus und anschließende Vergeltungstat.*

Der stellvertretende Polizeichef Avigdor Laufer teilte heute mit, daß die Abteilung Kapitalverbrechen, Bezirk Süd, den Mord an einem jungen Mädchen aufgeklärt hat, dessen Leiche mit tödlichen Stichverletzungen vor vier Tagen auf dem Berg Skopus aufgefunden wurde. Die polizeilichen Ermittlungen ergaben, daß die fünfzehnjährige Fatma Rashmawi aus Silwan von Issa Qader Abdelatif al Azzeh getötet wurde. Der neunzehnjährige Täter wohnte im Flüchtlingslager Dheisheh und war der Polizei wegen zahlreicher Fälle von Diebstahl und Vergehen gegen die öffentliche Ordnung bekannt. Abdelatifs Leiche wurde in einem Gehölz bei Silwan aufgefunden, wo sie von einem Bruder des Opfers, dem zwanzigjährigen Anwar Rashmawi, verscharrt worden war. Der ebenfalls vorbestrafte Rashmawi hat den Mord an Abdelatif gestanden. Als Motiv bezeichnete der Täter die Wiederherstellung der Ehre seiner Schwester. Er befindet sich gegenwärtig in Haft.

Mit den Ermittlungen war eine Gruppe von Kriminalbeamten der Abteilung Kapitalverbrechen unter der Leitung von Chefinspektor Sharavi betraut. Die Abteilung untersteht dem Stellvertretenden Polizeichef Laufer.

Öffentlichkeitswerbung, dachte Daniel. Namen und Papier. Welten entfernt von den Straßen und Einsätzen. Und vom Schauplatz des Schlächters.

Er gab ihm den Text zurück. »Nun?« fragte Laufer.

»Hält sich an die Tatsachen?«

Laufer nahm einen Schluck Soda und betrachtete die Flasche. Die Frage, ob er Daniel etwas anbieten sollte, schien ihm schwere innere Kämpfe zu bereiten. Schließlich rang er sich zu einem Entschluß durch und meinte: »Hält sich an die Tatsachen.«

Er lehnte sich in seinen Sessel zurück, starrte Daniel an und wartete. »Ein gutes Statement. Die Presseleute werden glücklich damit sein.«

»Sind Sie glücklich damit, Sharavi?«

»Ich habe immer noch Vorbehalte, was den Fall betrifft.«

»Das Messer?«

»Zum einen.« Abdelatifs Waffe hatte eine breite und stumpfe Klinge. Nicht die geringste Ähnlichkeit mit den Abdrücken von den Wunden an Fatmas Leiche.

»Er war ein Messerstecher«, sagte Laufer. »Der hatte mehr als eine Waffe.«

»Nach Ansicht des Pathologen sind bei Fatma zumindest zwei Messer benutzt worden. Demnach müßte er drei besessen haben. Andere sind zwar nicht aufgetaucht, aber das ist ein Widerspruch, mit dem ich leben kann – er hat die Mordwaffen versteckt oder weiterverkauft. Was mir wirklich Sorgen macht, ist unsere Ausgangsbasis: Wir verlassen uns vollkommen auf die Darstellung des Bruders. Abgesehen von seiner Aussage haben wir keine wirklichen Beweise. Wir können Abdelatif in der Umgebung des Skopus nicht unterbringen und haben keine Erklärung dafür, wie er da hoch gekommen ist und warum er sie dorthin geschafft hat. Zwischen Fatmas Verschwinden aus dem Kloster und dem Auffinden ihrer Leiche liegen mindestens zwanzig Stunden. Wir haben keine Ahnung, was sie in dieser Zeit gemacht haben.«

»Aufgeschlitzt hat er sie. Das haben sie gemacht.«

»Aber wo? Der Bruder sagte, er hätte eine Fahrkarte für den Bus nach Hebron gekauft. Das Mädchen ist allein weggegangen. Aber wohin? Außerdem haben wir kein Motiv, weshalb er sie überhaupt getötet hat. Anwar sagte, sie hätten sich nach einem Rendezvous getrennt, ohne jedes Anzeichen von Streit. Und dann haben wir es noch mit den physischen Umständen des Mordes zu tun – die Leiche wurde gewaschen und präpariert, das Haar frisiert, und sie war mit Heroin betäubt. Wir haben keine einzige Gewebefaser gefunden, keine Fußspur, keinen Fingerabdruck. Das läßt auf Planung schließen und Intelligenz – kalte, berechnende Intelligenz –, und nichts, was wir über Abdelatif in Erfahrung gebracht haben, deutet darauf hin, daß er ein derart heller Bursche war.«

Der stellvertretende Polizeichef lehnte sich in seinen Sessel zurück. Faltete die Hände hinter seinem Kopf und sprach betont beiläufig.

»Der langen Rede kurzer Sinn, Sharavi: Sie wollen für jedes einzelne Detail eine Erklärung. Das ist keine realistische Einstellung.«

Laufer wartete auf seine Reaktion. Daniel schwieg.

»Sie übertreiben«, sagte der stellvertretende Polizeichef. »Für die meisten Ihrer Einwände gibt es plausible Erklärungen. Gehen wir von der Tatsache aus, daß Abdelatif ein Dieb war und ein asozialer Psychopath – er hat Tiere gequält, seinem Cousin Verbrennungen zugefügt und auf seinen Onkel eingestochen. Ist es von da noch ein so großer Schritt bis zum Mord? Wer weiß schon, warum er mordete und warum er die Leiche auf eine bestimmte Art und Weise beiseite schaffte? Die Psychoklempner, die sich mit krankhaften Typen befassen, können das so wenig erklären wie Sie und ich. Nach unseren Erkenntnissen war er tatsächlich intelligent. Geradezu genial, wenn es um Mord ging. Vielleicht hat er andere Mädchen aufgeschlitzt und die Leichen gewaschen und ist nie erwischt worden – die Leute in den Flüchtlingslagern rufen uns ja nicht. Vielleicht besaß er zehn Messer und war ein regelrechter Waffennarr. Er hat Werkzeuge gestohlen – warum nicht auch Messer? Und was den Tatort betrifft, das kann überall gewesen sein. Vielleicht traf sie ihn am Bahnhof, und er hat sie mit zu sich nach Hause genommen und sie im Lager tranchiert.«

»Der Fahrer aus dem Bus nach Hebron ist einigermaßen sicher, daß Abdelatif mitfuhr, Fatma jedoch nicht.«

Laufer schüttelte verächtlich den Kopf. »Diese Unmenge von Menschen, die sie da hineinstopfen, all diese Küken, wie zum Teufel will er da etwas bemerkt haben? Auf jeden Fall hat Rashmawi der Welt einen Gefallen getan, wenn er ihn erledigt hat. Ein Verrückter weniger, über den wir uns Gedanken machen müssen.«

»Rashmawi könnte ebensogut unser Täter sein«, sagte Daniel. »Wir wissen, daß er psychisch gestört ist. Was wäre, wenn er sie beide umgebracht hat, aus Eifersucht oder um bei seinem Vater Eindruck zu schinden – und sich danach die Geschichte mit Abdelatif ausdachte, um dem Ganzen einen ehrenwerten Anstrich zu geben.«

»Was wäre wenn. Haben Sie den geringsten Beweis dafür?«

»Das sollte nur ein Beispiel sein –«

»Als seine Schwester ermordet wurde, war Rashmawi zu Hause. Seine Familie verbürgt sich für ihn.«

»Das war zu erwarten«, sagte Daniel. Anwars Geständnis hatte ihn, die Mißgeburt, zum Helden der Familie gemacht. Der gesamte Clan der Rashmawis war vor dem Tor zum Russischen Gefängnis zu einer Solidaritätskundgebung aufmarschiert. Der Vater hatte sich an die Brust geklopft und wollte sein Leben für das seines »tapferen und gesegneten Sohnes« austauschen.

»Das war zu erwarten, aber das kann auch die Wahrheit sein, Sharavi. Und selbst wenn das Alibi falsch war, könnten Sie doch die Leute im Leben nicht zu einer anderen Ansicht bringen, oder? Worauf also würden wir uns da einlassen? Wir müßten uns mit einer Horde von Arabern abgeben und hätten außerdem die Presse am Hals. Im übrigen wird Rashmawi ja nicht als freier Mann herumlaufen. Man wird ihn in Ramle einsperren, und damit ist er aus dem Verkehr gezogen.« Laufer rieb sich die Hände. »Zwei Fliegen mit einer Klappe.«

»Nicht für lange«, sagte Daniel. »Die Anklage wird sich vielleicht auf Notwehr beschränken. Aus psychologischen und kulturellen Gründen. Und in ein paar Jahren könnte er wieder als freier Mann herumlaufen.«

»Könnte, könnte«, sagte Laufer. »Das ist ein Problem für den Staatsanwalt. In der Zwischenzeit werden wir auf der Basis der vorhandenen Fakten weiterarbeiten.«

Er ordnete wichtigtuerisch seine Papiere, sprühte Sodawasser aus der Siphonflasche in ein Glas und bot Daniel einen Drink an.

»Nein, danke.«

Laufer reagierte auf die Ablehnung, als hätte man ihn geohrfeigt.

»Sharavi«, sagte er gepreßt. »Wir haben einen kapitalen Mord aufgeklärt, und das in wenigen Tagen. Und Sie sitzen da und machen ein Gesicht, als ob jemand gestorben wäre.«

Daniel starrte ihn an, suchte nach einer absichtsvoll versteckten Ironie. Aber Laufer hatte nicht das geringste Gespür für die Geschmacklosigkeit seiner Bemerkung. Anzumerken war ihm nur seine persönliche Verdrossenheit. Der Mißmut eines zwanghaften Mannes, der aus dem Tritt gekommen ist. »Hören Sie auf, nach Problemen zu suchen, die gar nicht existieren.«

»Wie Sie wünschen, *Tat nitzav*.«

»Ich weiß«, sagte Laufer, »daß Ihr Volk zu Fuß aus Arabien durch die Wüste hierher marschiert ist. Aber heute haben wir Flugzeuge. Kein Grund, sich das Leben unnötig schwer zu machen. Sie brauchen sich den Arsch nicht mit dem Fuß abzuwischen, wenn es auch mit der Hand geht.«

Er nahm die Presseerklärung, setzte seine Initialen darunter und gab Daniel zu verstehen, daß er ihn nicht mehr brauche. Bis an die Tür ließ er ihn gehen und sagte dann: »Noch etwas. Ich habe den Bericht von Rashmawis Verhaftung gelesen – die Sache von damals, als er die Prostituierte fast erwürgte. Der Fall hat sich doch einige Zeit vor dem Grauen Mann abgespielt, oder?«

Daniel wußte, was jetzt kam.

»Über zwei Jahre vorher.«

»Bei Ermittlungen in einem Kapitalverbrechen ist das überhaupt kein großer Zeitraum. Ist Rashmawi denn einmal wegen der Morde im Fall Grauer Mann vernommen worden?«

»Ich habe ihn gestern deswegen vernommen. Er bestritt, irgend etwas damit zu tun zu haben, und sagte, abgesehen von dem Vorfall mit der Prostituierten sei er abends nie aus dem Haus gegangen. Seine Familie verbürge sich dafür – ein unerschütterliches Alibi, wie Sie ja selbst schon bemerkt haben.«

»Aber ursprünglich, während der akuten Ermittlungsphase, wurde er nicht vernommen?«

»Nein.«

»Warum nicht, wenn ich fragen darf?«

Dieselbe Frage hatte er sich auch gestellt.

»Wir konzentrierten uns damals auf vorbestrafte Sexualtäter. Sein Verfahren wurde eingestellt, bevor es vor Gericht kam.«

»Da fragt man sich«, sagte Laufer, »wer sonst noch alles durch die Maschen geschlüpft ist.«

Daniel gab keine Antwort. In dieser Situation, das wußte er, konnte er sagen, was er wollte; jedes Wort würde nach Heuchelei oder einer Rechtfertigung klingen.

»Jetzt, wo der Fall Skopus aufgeklärt ist«, fuhr der stellvertretende Polizeichef fort, »haben wir die Zeit, um gewisse Dinge noch einmal zu recherchieren – gehen Sie die Akten durch, und prüfen Sie alles, was vielleicht sonst noch übersehen wurde.«

»Ich habe schon damit angefangen, *Tat nitzav*.«

»Dann wünsche ich Ihnen noch einen guten Tag, Sharavi. Und meinen Glückwunsch zur Aufklärung des Falles.«

22

Es war Mittwochabend, der Fall Skopus seit ein paar Stunden abgeschlossen. Der Chinese feierte, er hatte seine Frau und seinen Sohn zum Essen eingeladen. Über Platten mit Bergen von Gerichten – gebratenes Rind und Brokkoli, Kalbfleisch süß-sauer, Hühnchen in Zitrone und knusprige Ente – lächelten er und Aliza sich an, hielten Händchen, nippten am Zitronensaft und genossen die seltene Gelegenheit, einmal allein zu sein.

»Gut, daß jetzt alles vorbei ist«, sagte sie und drückte freudig erregt seinen Oberschenkel. »Jetzt bist du wieder öfter zu Hause. Und kannst mir bei der Hausarbeit helfen.«

»Ich glaube, das Telefon klingelt. Muß das Büro sein.«

»Mach dir nichts draus. Reich mir mal den Reis.«

Am anderen Ende des Raumes nuckelte der kleine Rafi zufrieden an einem Fläschchen Apfelsaft. Wie in einer Wiege lag er im Arm seiner Großmutter, die ihm das »Shanghai« in einer Besichtigungstour erster Klasse zeigte. Sie trug ihn von Tisch zu Tisch und stellte ihn den einzelnen Gästen vor, wobei sie allen erklärte, er sei ihr »*Tzankhan katan*«, ihr kleiner Fallschirmjäger. Im hinteren Teil des Restaurants, neben der Küchentür, saß ihr Ehemann, eine schwarzseidene *Yarmulke* auf dem kahlen, elfenbeinfarbenen Schädel und in ein schweigsames Schachspiel mit dem *Mashgiah* vertieft – einem Rabbi, den man im Auftrag des Oberrabbinats hierher geschickt hatte. Er sollte kontrollieren, ob alle Speisen koscher waren.

Dieser *Mashgiah* war noch neu, ein junger Mann namens Stolinsky mit einem dunklen Bart und einer unbeschwerten Einstellung zum Leben. In den drei Wochen, seit er für das

»Shanghai« zuständig war und man ihn mit würzigen Kalbfleischpfannkuchen in delikater Sauce bewirtete, hatte er volle fünf Pfund zugenommen; und es war ihm in der ganzen Zeit nicht ein einziges Mal gelungen, Huang Haim Lee den König wegzunehmen.

Das Restaurant war von Papierlampions erleuchtet und von Knoblauch- und Ingwerduft durchzogen. An den rot lackierten Wänden hingen chinesische Aquarelle und Kalender. Ein rundlicher, glotzäugiger Goldfisch schwamm träge in einer Schale neben der Nische des Kassierers. In der Registratur, normalerweise das Aufgabengebiet von Mrs. Lee, saß heute abend Cynthia, eine amerikanische Studentin, die sich hier etwas nebenher verdiente.

Der Kellner, ein kleiner, hyperaktiver Vietnamese, war mit den sogenannten Boat People ins Land gekommen, die man vor einigen Jahren in Israel aufgenommen hatte. Unentwegt eilte er zwischen Küche und Restaurant hin und her, tänzelte mit riesigen Essenstabletts von Tisch zu Tisch, schnatterte eine Art Pidgin-Hebräisch und lachte ständig über Witze, die offenbar nur er allein verstand. Am großen Tisch in der Mitte saß eine Gruppe holländischer Nonnen mit fröhlichen, pausbäckigen Gesichtern, die kräftig aßen und mit Nguyen über ihre Probleme mit den Eßstäbchen lachten. Die übrigen Gäste waren Israelis, die mit ernstem Bedacht speisten, ihre Teller leerten und schon das Nächste bestellten.

Aliza genoß den quirligen Trubel, das vielsprachige Stimmengewirr; sie lächelte und streichelte Yossis Arm. Er griff nach ihrer Hand und nahm sie in die seine, ließ sie einen Hauch von jener Kraft spüren, die in seinen gewaltigen Pranken steckte.

Sie hatte einige Zeit gebraucht, um sich daran zu gewöhnen. Groß geworden war sie auf einer Farm, im *Kibbuz* Yavneh; ein großbusiges Mädchen, kräftig und mit roten Haaren. Ihre ersten Liebhaber waren robuste, Traktor fahrende junge Männer – männliche Spiegelbilder ihrer selbst. Für große

Männer hatte sie immer eine Schwäche gehabt, für jene muskulösen, stämmigen Kerle, an die man sich anlehnen konnte; aber sie hätte sich im Leben nicht vorstellen können, einmal mit einem Mann verheiratet zu sein, der wie ein überlebensgroßer mongolischer Krieger aussah. Und dann diese Familie: ihre Schwiegermutter die reinste jiddische Mame, die Haare unter einem dreieckigen Kopftuch, und Hebräisch sprach sie immer noch mit russischem Akzent; *Abba* Haim – ein alter Buddha und gelb wie Pergament; Yossis älterer Bruder, David, immer verbindlich, immer im Anzug, immer in Geschäften unterwegs.

Yossi hatte sie in der Armee kennengelernt. Sie war in der Requisitionsabteilung beschäftigt und zu seiner Fallschirmjägereinheit abkommandiert worden. Eines Tages war er wütend wie ein wilder Stier in ihr Büro gestürmt; er sah ungeheuer komisch aus, weil man ihm eine Uniform verpaßt hatte, die ihm drei Nummern zu klein war. Er brüllte sie an, sie brüllte zurück, und so war es passiert. Chemische Anziehung. Nun war der kleine Rafi da, hatte strohblondes Haar, Mandelaugen und die Schultern eines Gewichthebers. Wer hätte das gedacht?

Als sie Yossi näher kennenlernte, war ihr klar geworden, daß sie beide aus demselben Stall kamen. Beide waren sie Kämpfer. Siegernaturen.

Ihre Eltern waren als blutjunges Liebespaar 1941 aus München geflohen, hatten sich monatelang in den bayrischen Wäldern versteckt und von Blättern und Beeren ernährt. Ihr Vater stahl ein Gewehr und erschoß damit einen deutschen Wachtposten; so kamen sie über die Grenze. Zu Fuß schlugen sie sich gemeinsam durch und schafften es quer durch Ungarn und Jugoslawien bis nach Griechenland, wo sie ein Schiff erwischten, das sie zu mitternächtlicher Stunde nach Zypern bringen sollte. Mit ihren letzten Ersparnissen bezahlten sie einen zypriotischen Schmuggler, der sie neun Kilometer vor der Küste Palästinas mit vorgehaltener Pistole von Bord zwang.

Den Rest der Strecke schwammen sie mit leeren Mägen, krochen fast halbtot und auf allen vieren bei Jaffa an Land. Es gelang ihnen, den halsabschneiderischen Arabern zu entkommen und sich bis nach Yavneh durchzuschlagen, wo sie schließlich auf ihre Gefährten stießen.

Auch Yossis Mutter hatte sich zu Fuß vor den Nazis gerettet. Sie hatte sich 1940 von Rußland aus auf den weiten Weg gemacht und sich bis zum visumfreien Hafen von Shanghai durchschlagen können, wo sie, zusammen mit Tausenden von anderen Juden, ein relativ friedliches Leben führte. Dann brach der Krieg im Pazifik aus, und die Japaner internierten sie alle in den verkommenen Lagern von Hongkew.

Dort hielt man auch einen großen und kräftigen Theologiestudenten namens Huang Lee gefangen, den man als Intellektuellen der Kollaboration mit den Alliierten verdächtigte. In regelmäßigen Abständen holte man ihn aus der Menge, um ihn öffentlich auszupeitschen.

Zwei Wochen vor Hiroshima wurde Huang Lee von den Japanern zum Tode verurteilt. Die Juden nahmen ihn auf und retteten ihn vor der Hinrichtung, reichten ihn im Schutz der Dunkelheit von einer Familie zur anderen. Die letzte Familie, bei der er unterkam, hatte außer ihm auch ein Waisenkind aus Odessa aufgenommen, ein schwarzhaariges Mädchen namens Sonia. Chemische Anziehung.

1947 kamen Sonia und Huang nach Palästina. Er konvertierte zum Judentum und nannte sich Haim – »Leben« –, denn er betrachtete sich als Neugeborenen, und die beiden heirateten. 1948 kämpften sie beide mit der Palmah in Galiläa, und 1949 ließen sie sich in Nordjerusalem nieder, so daß Huang Haim im Yeshiva-Zentrum bei Rabbi Kook studieren konnte. Als die Kinder kamen – David 1951, Yosef vier Jahre später –, nahm Huang eine Stelle bei der Post an.

Zwölf Jahre lang stempelte er Päckchen und Pakete und wunderte sich die ganze Zeit, mit welcher Hingabe sich seine Kollegen über die Mahlzeiten hermachten, die er zum Mittagessen mitbrachte – es waren Gerichte aus seiner Kindheit, und er hatte Sonia beigebracht, wie man sie kochte. Als sie genug Geld gespart hatten, eröffneten die Lees auf dem Boulevard Herzl hinter einer Sonol-Tankstelle den »Shanghai Palace«. Es war 1967, die Zeit allgemeiner Hochstimmung; man wollte den Krieg vergessen und sich wieder ins Vergnügen stürzen; und die Geschäfte florierten.

Sie florierten noch immer, und so war Huang Haim Lee in der Lage, andere Leute einzustellen, die jetzt in seinem Restaurant bedienten; er selbst war nun frei und konnte seine Tage mit dem Studium des Talmud verbringen und Schach spielen. Ein zufriedener Mensch, dessen einziger Kummer war, daß er seine Liebe zur Religion nicht an seine Söhne hatte weitergeben können. Beide waren sie gute Jungen: David, analytisch begabt und ein Planer, war der perfekte Bankier. Yossi dagegen war ganz und gar körperlich veranlagt, dabei mutig und warmherzig. Doch keiner von beiden wollte die *Kipah* tragen, keiner hielt sich an den Sabbat oder konnte den rabbinischen Traktaten etwas abgewinnen, die er so unwiderstehlich fand – die Finessen des logischen Folgerns und der Bibelauslegung, die ihn in seinem Denken so sehr beschäftigten.

Trotzdem hatte er eigentlich keinen Grund zu klagen und wußte das auch. Sein ganzes Leben war eine Verkettung von glücklichen Umständen gewesen. Wie viele Schicksalsschläge hatte er doch überstanden, und wie oft war ihm Hilfe in der Not zuteil geworden. Erst letzte Woche hatte er einen neuen Granatapfelbaum gesetzt, Erde über die nackten Wurzeln geschaufelt und damit seinen biblischen Garten ergänzt. Was für ein Privileg, in Jerusalem Obstbäume pflanzen zu dürfen.

Aliza sah ihn lächeln; er hatte ein schönes, chinesisches Lächeln, das ganz von innen kam. Sie wandte sich ihrem Mann zu und küßte seine Hand. Yossi sah sie an, überrascht von der plötzlichen Gefühlsbekundung. Dann lächelte auch er und sah dabei aus wie der alte Mann.

Gegenüber, am anderen Ende des Raumes setzte Huang Haim seinen Läufer. »Schachmatt«, sagte er zu Rabbi Stolinsky und erhob sich, um das Baby auf den Arm zu nehmen.

Weil Elias Daouds Frau von Jahr zu Jahr dicker wurde, kam es ihm inzwischen vor, als teile er das Bett mit einem Gebirge von Kissen. Er mochte das, fand es tröstlich, mitten in der Nacht den Arm auszustrecken und so viel Weichheit zu berühren, ihre Schenkel zu teilen, die so nachgiebig waren wie Eierschnee, und in so viel süßer Sanftheit zu versinken. Nicht, daß er Mona solche Gefühlsregungen jemals gezeigt hätte. Mit Frauen kam man am besten aus, wenn man sie in einer gewissen Spannung hielt; sie sollte sich seiner Liebe nie allzu sicher sein. Darum zog er sie ständig wegen ihres großen Appetits auf und sagte ihr streng, sie äße sein Gehalt schneller auf, als er es verdienen könnte. Und wenn sie sich dann unter Tränen entschuldigte, besänftigte er sie gern mit einem Augenzwinkern und einem Stück Sesamkonfekt, das er auf dem Heimweg für sie besorgt hatte.
 Wie schön es doch war, frei zu haben, und wie schön, im Bett zu liegen. Er hatte seine Sache gut gemacht und den Juden fabelhafte Arbeit geliefert.
 Mona seufzte im Schlaf und schob sich einen Arm übers Gesicht. Daoud richtete sich auf, stützte sich auf die Ellbogen und sah zu, wie sich ihr Arm mit den kleinen Grübchen bei jedem Atemzug hob und senkte. Lächelnd fing er an, sie am Fuß zu kitzeln. Das war ihr kleines Spiel. So weckte er sie sanft, bevor er auf das Gebirge kletterte.

Es war genau die Art von Mädchen, die sein Vater gehaßt hätte, das wußte Avi. Eben das machte sie für ihn nur noch attraktiver. Eine Marokkanerin, aber was für eine: ein pures Stück Natur aus der Südstadt. Eine von denen aus der Arbeiterschicht, die für ihr Leben gern tanzten. Und jung – kaum älter als siebzehn.

Sie war ihm sofort aufgefallen, als sie sich mit zwei anderen Tussies unterhielt, die total daneben lagen. Aber sie selbst war ganz und gar nicht daneben – ein wirklich cooler Typ; die wußte locker, was angesagt war. Auch wenn sie viel zu viel Make-up drauf hatte. Ihr langes Haar, übertrieben schwarz gefärbtes Haar, war zu phantastischen, federähnlichen Fransen geschnitten – was er verständlich fand, als sie ihm eröffnete, daß sie ihren Lebensunterhalt als Friseuse verdiente; da war es nur logisch, wenn sie eine Art Reklamenummer für sich abzog. Unter den Ponysträhnen ein hübsches Gesicht – glänzende kirschrote Lippen, riesige schwarze Augen, ein etwas spitzes Kinn. Groß, schlank und – eine Seltenheit bei einem dunklen Mädchen – unbehaarte Arme. Schmale Handgelenke und schmale Knöchel, ein Kettchen am Fußgelenk. Und, das Beste von allem, große, weiche Brüste. Zu groß für den schlanken Rest, wahrhaftig, sie spielten ihn glatt an die Wand. Und das Ganze in einem hautengen schwarzen Vinyl-Anzug im Wet-Look verpackt.

Dieser Anzug war es auch, der ihm zu seiner Eröffnung verhalf.

»Na, da hast du dir wohl dein Glas drübergegossen?« Er setzte sein Belmondo-Lächeln ein, behielt dabei seine Zigarette zwischen den Lippen, legte die Hände auf die Hüften, baute sich und seinen imposanten Körper unter dem roten Fila-Hemd unübersehbar vor ihr auf.

Ein Kichern, ein Augenaufschlag, und er wußte, daß sie mit ihm tanzen würde.

Er konnte ihre großen Brüste spüren, als sie langsam nach einem romantischen Liebeslied von Enrico Macias tanzten; nachdem sie in der Diskothek stundenlang harte Rockmusik gespielt hatten, war man inzwischen auf sentimentalere Sachen umgestiegen. Ihre wunderbaren weichen Hügel preßten sich gegen seine Brust. Da waren zwei sanfte Druckpunkte von ihr und ein harter Druck von ihm, der von seiner Leistengegend ausging. Sie konnte ihn spüren, und wenn sie den

Druck auch nicht erwiderte, zog sie sich nicht zurück. Ein gutes Zeichen.

Sie fuhr ihm mit der Hand über die Schulter, und er ließ seinen Fingern freien Lauf, erforschte ihren Körper und streichelte sie im Takt der Musik bis zu der Stelle, wo ihr Rücken zu Ende war. Seine Fingerspitzen wagten sich noch tiefer, und er berührte die Spalte zwischen ihrem Po.

»Na, na«, sagte sie, ohne ihn freilich zu bremsen.

Seine Hand rutschte noch tiefer und bewegte sich wie von allein. Schob sich auf eine Poseite, die sich angenehm fest anfühlte und ganz in seine Hand paßte. Er drückte sie leicht, kehrte im Takt der Musik zum unteren Teil ihres Rückens zurück, flüsterte ihr ins Ohr und küßte sie auf den Hals.

Sie hob ihr Gesicht, den Mund halb geöffnet wie zu einem Lächeln. Er streifte mit den Lippen ihren Mund, und dann drang er mit seiner Zunge in sie ein. Ihr Kuß schmeckte, als hätte sie ein stark gewürztes Gericht gegessen, dessen Schärfe noch an ihrer Zunge haftete. Sein eigener Atem, das wußte er, roch ähnlich scharf nach Alkohol. Er hatte drei Gintonic getrunken, mehr als er sich normalerweise genehmigte. Aber die Arbeit an dem Mordfall hatte ihn nervös gemacht – dieses Aktenlesen, das ihm so sinnlos vorgekommen war und wobei er eine miserable Figur gemacht hatte –, jetzt, wo alles vorbei war, brauchte er eine Entspannung. Seit dem Theater mit Asher Davidoffs Blondine war dies seine erste Nacht in Tel Aviv. Und sie würde nicht seine letzte sein.

Die Sache mit dem Job war am Ende eigentlich gar nicht so schlecht gelaufen. Sharavi hatte ihn gebeten, den Abschlußbericht zu schreiben, er sollte für ihn so eine Art Sekretärsarsch spielen. Bei dem Gedanken an diese Sintflut von Wörtern waren ihm die Knie schwach geworden, und zu seiner eigenen Überraschung hatte er sich getraut, den Mund aufzumachen.

»Ich kann das nicht, *Pakad*.«

»Was können Sie nicht?«

»Alles hier. Ich werde meinen Dienst bei der Polizei quittieren.«

Er war damit herausgeplatzt; einfach so, obwohl er sich noch gar nicht endgültig entschieden hatte.

Der kleine Jemenit hatte genickt, als ob er damit gerechnet hätte. Hatte ihn mit seinen goldbraunen Augen angesehen und gesagt: »Wegen Ihrer Dyslexie?«

Avi nickte sprachlos vor Erstaunen, während Sharavi weitersprach:

»*Mefakeah* Shmeltzer sagte mir, daß Sie ungewöhnlich viel Zeit zum Lesen brauchen. Daß Sie immer wieder Ihre Zeile verlieren und dann noch mal von vorn anfangen müssen. Ich habe in Ihrer Schule angerufen und von dort die Information bekommen.«

»Es tut mir leid«, hatte Avi gesagt und war sich im selben Augenblick, als ihm der Satz über die Lippen kam, furchtbar dämlich vorgekommen. Wie lange hatte er doch dafür trainiert, sich vor niemandem mehr entschuldigen zu müssen.

»Warum?« fragte Sharavi. »Weil Sie eine Schwäche haben?«

»Ich bin für die Polizeiarbeit einfach nicht geeignet.«

Sharavi hob die linke Hand und zeigte ihm seine Narben; das Hautgewebe sah böse aus.

»Ich zum Beispiel kann mich mit keinem Ganoven mehr auf Boxkämpfe einlassen, Cohen, darum konzentriere ich mich darauf, meinen Kopf zu benutzen.«

»Das ist doch was anderes.«

Sharavi zog die Schultern hoch. »Ich will gar nicht versuchen, Ihnen etwas einzureden. Es ist Ihr Leben. Aber vielleicht können Sie sich einmal überlegen, ob Sie sich mit Ihrer Entscheidung nicht noch etwas Zeit lassen sollten. Jetzt, wo ich über Sie Bescheid weiß, könnte ich Ihnen die Papierarbeit ersparen. Konzentrieren Sie sich einfach auf Ihre Stärken.« Er lächelte. »Wenn Sie welche haben.«

Der Jemenit hatte ihn zu einer Tasse Kaffee eingeladen,

sich nach seinem Problem erkundigt und ihn so zum Sprechen gebracht, wie es noch keinem gelungen war. Ein meisterhafter Fragesteller und Zuhörer, wie ihm erst später klar wurde. Er verstand es, einem ein gutes Gefühl zu geben, wenn man sich öffnete.

»Ich weiß nur ganz wenig über Dyslexie«, hatte er gesagt und dabei seine verletzte Hand betrachtet. »In der Zeit nach '67 habe ich zwei Monate in einem Rehabilitationszentrum verbracht – Beit Levinstein in der Nähe von Ra'nana –, ich hatte daran zu arbeiten, meine Hand wieder halbwegs funktionsfähig zu machen. Da sind mir Kinder mit Lernproblemen begegnet, auch ein paar Erwachsene. Ich sah, wie sie kämpften, um sich besondere Lesemethoden anzueignen. Ein sehr schwieriger Lernprozeß, wie mir schien.«

»So schlimm ist es auch wieder nicht«, antwortete Avi. Er mochte kein Mitleid. »Es gibt so vieles, das schlimmer ist.«

»Stimmt«, sagte Sharavi. »Bleiben Sie bei der Abteilung Kapitalverbrechen, und Sie werden eine Menge davon zu sehen bekommen.«

Das Mädchen und er hatten getanzt und sich geküßt, stundenlang, wie er meinte, aber es konnten nur Minuten gewesen sein, denn der Song von Macias war eben erst zu Ende.

»Anat«, sagte er, als er sie von der Tanzfläche in eine schummerige Ecke der Diskothek führte, weg von der Menge und weg von ihren seltsamen Freundinnen.

»Ja?«

»Wollen wir ein bißchen spazierenfahren?« Er nahm sie bei der Hand.

»Ich weiß nicht«, sagte sie, aber nur aus Ziererei; es lag auf der Hand, daß sie es nicht so meinte. »Ich muß morgen arbeiten.«

»Wo wohnst du?«

»Bat Yam.«

Im tiefsten Süden der Stadt. Wie er vermutet hatte.

»Dann bring ich dich jetzt nach Hause.« Sie stand mit dem

Rücken gegen die Wand, und Avi legte ihr seinen Arm um die Hüften, beugte sich vor und küßte sie noch einmal, aber nur flüchtig. Er spürte, wie ihr Körper in seinem Arm weicher wurde.

»Mmh«, sagte sie.

»Möchtest du noch einen Drink?« Sein Lächeln war unwiderstehlich.

»Eigentlich hab' ich keinen Durst mehr.«

»Wollen wir dann fahren?«

»Uh ... okay. Ich sag' bloß noch meinen Freundinnen Bescheid.«

Als sie später den roten BMW sah, konnte sie es kaum erwarten, in den Wagen zu steigen.

Er schaltete die Alarmanlage aus, hielt ihr die Tür auf und sagte: »Der Sicherheitsgurt.« Er half ihr beim Einklinken. Dabei berührte er ihre Brüste, fühlte sie zum ersten Mal richtig, die Spitzen hart wie Radiergummi. Noch einmal küßte er sie und hörte dann abrupt auf.

Er ging um den Wagen herum zur Fahrerseite, stieg ein und startete den Motor. Gab Gas, ließ die Maschine aufjubeln, steckte eine Kassette von Elvis Costello in den Recorder und fuhr los. Sie verließen den Dizongoff Circle. Er nahm die Frischmann in Richtung Westen bis zur Hayarkon Street und hielt sich auf der Hayarkon nördlich, immer parallel zum Strand. Über die Ibn Gvirol hätte er sein angesteuertes Ziel auf direktem Weg erreichen können, aber die Küstenstrecke – man hörte das Rauschen des Meeres, roch die salzige Luft – war romantischer.

Vor Jahren gehörte die Hayarkon noch zu Tel Avivs Rotlichtbezirk; damals leuchteten hier grellrote Glühbirnen über den Türen von heruntergekommenen Hafenkneipen. Fette rumänische und marokkanische Mädchen in Hot Pants und Netzstrümpfen hingen in den Kneipentüren herum und sahen im Licht der Glühbirnen aus wie Zirkusclowns, die sich einen Sonnenbrand geholt hatten. Sie winkten mit gekrümmten Fingern und flöteten ihr »*bohena yeled*!«, »Komm doch, Schätzchen!« In seiner Schulzeit war er öfter mal hingegangen, zusammen mit seinen Freunden aus der Nordstadt; er hatte damals viel gegammelt und ab und zu auch ein paar Joints geraucht. Mittlerweile hatte sich die Hayarkon sehr rasch respektabel entwickelt; es gab große Hotels mit Cocktailbars und Nachtclubs, außerdem Cafés und Salons für Leute, die dort keinen Platz mehr fanden. Die Nutten waren woanders hingezogen, sie arbeiteten jetzt ein Stück weiter nördlich, in den Dünen von Tel Baruch.

Avi schaltete in den vierten Gang und steuerte mit hoher Geschwindigkeit eben jene Dünen an. Anat fuhr voll auf die Musik von Costello ab, sie schnipste mit den Fingern, und bei »Girl Talk« sang sie mit; ihre Hand hielt sie ganz beiläufig auf seinem Knie, und daß Bat Yam in der entgegengesetzten Richtung lag, schien sie offenbar nicht weiter zu stören.

Er fuhr den Badestrand entlang und erreichte den Hafeneingang, wo die Hayarkon endete. Raste über die Ta'Arukha-Brücke, überquerte den Fluß Yarkon und fuhr weiter, bis er auf ein Baugelände an der Südseite der Dünen gelangte; von hier hatten sie einen Blick auf die Autos, die dort im Sand parkten.

Im Schatten eines Hebekrans hielt er an, stellte den Motor ab und schaltete die Scheinwerfer aus. Von den Dünen drang Musik herüber – Schlagzeug und Gitarren; die Huren feierten, tanzten im Sand und machten Stimmung für ihre potentiellen Kunden. Avi stellte sich mit zunehmender Erregung vor, was sich dort unten abspielte, in jedem einzelnen Auto, das im Sand parkte.

Er schaute Anat an und griff nach ihrer Hand, mit der anderen öffnete er den Reißverschluß an ihrem Anzug, ließ die Hand hineingleiten und fühlte ihre atemberaubenden Titten.

»Was?« fragte sie. Das hörte sich dumm an, aber er wußte aus eigener Erfahrung, wie schnell einem das falsche Wort im falschen Augenblick herausrutschen konnte.

»Bitte«, sagte sie. Ließ aber offen, ob sie meinte: ›Bitte, mach weiter‹ oder ›Bitte, hör auf‹.

Die Weichen waren gestellt, er brauchte nur noch zu starten und abzufahren.

»Ich will dich«, sagte er und gab ihr einen Kuß auf jeden einzelnen Finger. »Ich muß dich haben.« In seiner Stimme lag jener Hauch von Sinnlichkeit, von dem er wußte, daß alle Frauen ihn liebten.

»Oh«, seufzte sie, als er anfing, die Innenseite ihrer Hand mit seinen Lippen zu berühren und sie mit der Zunge zu streicheln; eine Raffinesse, die ihm so leicht keiner nachmachte. Und die sein Selbstgefühl hob. Dann war auf einmal eine Anspannung in ihrem wunderschönen kleinen Körper: »Ich weiß nicht …«

»Anat, Anat.« Er zog ihr den Anzug von den Schultern, in ihrer plötzlichen Nacktheit fühlte sie sich schutzlos und anlehnungsbedürftig und klammerte sich an ihn. »Wie schön du aussiehst«, sagte er und betrachtete ihre bloßen Brüste, milchweiß im Licht der Nacht. In diesem Augenblick brauchte er nicht einmal zu lügen.

Er küßte sie auf die kleinen gekrispelten Brustwarzen, lutschte an ihrer Zunge und streichelte ihre Schamlippen unter dem glühenden schwarzen Stoff. Dann nahm er ihre Hand und ließ sie seine Erektion spüren.

Sie zeigte keine Scheu mehr, endlich konnte er sich gehenlassen. Als sie anfing, sich zu drehen und zu winden, lächelte er in sich hinein. Mission erfüllt.

Nahum Shmeltzer hörte Mozart von einer verkratzten Schallplatte und aß dazu Erbsen aus der Dose. Auf seiner Sessellehne stand ein Teller mit gelben, an den Rändern hart gewordenen Käsescheiben und ein Becher mit Joghurt ohne Geschmack. Der Pulverkaffee war viel zu schwach geraten, aber das kümmerte ihn nicht. Er wollte etwas Heißes trinken – wie das schmeckte, war ihm völlig egal.

Seine Wohnung bestand aus einem einzigen Zimmer und lag im Erdgeschoß eines Mietshauses in Romema. Ein schäbiges Gebäude, das noch aus der Mandatszeit stammte und seitdem keine Renovierung mehr erlebt hatte. Die Hauseigentümer waren reiche Amerikaner, die in Chicago lebten und in den letzten zehn Jahren nicht mehr in Jerusalem gewesen waren. Er überwies seine Miete jeden Monat an eine Agentur in der Ben Yehuda und erwartete als Gegenleistung nicht mehr als das Nötigste.

Vor langer Zeit hatte er einmal eine Farm besessen. Fünf Morgen in einem beschaulichen kleinen Dorf in der Nähe von Lod. Mit Pfirsichen, Aprikosen, Wein und einem Stück Land für den Gemüseanbau. Ein müder, alter Ackergaul, auf dem Arik reiten konnte, und ein Gewächshaus mit Blumen für Leah. Ein Gehege mit Hühnern, das genug abwarf, um den ganzen Ort mit Eiern zu versorgen. Jeden Morgen tadellose Omelettes und taufrische Gurken und Tomaten. Früher, als es ihm noch etwas bedeutet hatte, schmackhaft zu essen.

Die Straße nach Jerusalem befand sich damals in einem lausigen Zustand, nicht zu vergleichen mit der Autobahn von heute. Aber die tägliche Fahrt zum russischen Territorium hatte ihm nichts ausgemacht. Auch nicht das doppelte Arbeitspensum – den ganzen Tag im Dienst und anschließend, zu Hause, noch die Schinderei für die Farm. Die Arbeit selbst war ihm Lohn genug und das gute Gefühl, das sich jeden Abend einstellte, wenn er ins Bett sank – alles tut dir weh, und du bist zum Umfallen müde, aber du weißt, du hast dein Bestes gegeben. Du bist etwas wert.

Arbeit macht frei hatten die Nazis über die Tore ihrer Vernichtungslager geschrieben. Diese Schweinehunde hatten damit natürlich etwas anderes gemeint, aber eine gewisse Wahrheit besaß der Spruch durchaus. Das hatte er jedenfalls damals geglaubt.

Heutzutage kam ihm alles so beschissen vor, es gab keine Maßstäbe mehr – keine klaren Abgrenzungen zwischen gesund und ungesund, wertvoll und wertlos ... Ach, nun hatte es ihn wieder erwischt, obwohl er sich eigentlich nicht mehr in diese Phantasien fallen lassen wollte. Das verdammte Philosophieren. Es mußte mit seinen Verdauungsstörungen zu tun haben.

Die Schallplatte war zu Ende.

Er zog sich aus dem Sessel und stellte den Plattenspieler ab, dann ging er die zwei Schritte in seine Kochnische und warf die Essensreste in einen geborstenen Plastikmülleimer. Aus dem Küchenregal nahm er eine Flasche hochprozentigen Slivovitz und ging damit nach nebenan.

Er nippte zögernd an der Flasche, ließ die Flüssigkeit durch seine Kehle rinnen, spürte das Brennen des Alkohols bis in seinen Magen. Ließ sich innerlich ausbrennen. Er stellte sich die Zerstörung an seinem Zellgewebe vor und genoß intensiv das Schmerzgefühl.

Als er allmählich betrunken wurde, mußte er an das entsetzlich zerstochene Mädchen denken. Und an ihren Bruder, diesen verrückten Eunuchen. An den Ganoven, dessen Leiche sie in dem Olivenhain ausgegraben hatten. Der Fall stank zum Himmel. Er wußte das, und Dani wußte es auch, da gab es keinen Zweifel. Die Sache war einfach zu glatt abgelaufen, viel zu sauber.

Dieser verrückte, schwanzlose Eunuch. Traurig. Aber so was ging den Leuten doch am Arsch vorbei – wen kümmerte es schon, wenn sich diese arabischen Wichser wegen irgendeines pseudokulturellen Blödsinns gegenseitig massakrierten. Lumpenproletariat. Wie viele Länder besaßen sie heute – zwanzig, fünfundzwanzig? –, und da jammerten sie noch wie die kleinen Kinder, wenn sie sich die Windel vollgeschissen hatten, nur weil sie die paar Quadratkilometer nicht haben konnten, die nun mal den Juden gehörten. Dieser ganze Schwachsinn mit den Palästinensern. Es hatte eine Zeit gegeben, er war damals noch ein Kind, da galten auch die Juden als Palästinenser. Er war doch selbst so ein Palästinenserarsch gewesen. Und heutzutage war der bloße Begriff zur politischen Parole verkommen.

Wenn die Regierung nur schlau genug wäre, würde sie sämtliche arabischen Jungfrauen von Spitzeln ficken lassen und anschließend ihren Familien einreden, Ahmed von nebenan sei schuld. Man würde sie alle mit großen Messern versorgen, und es käme zu einer Welle von Blutrachemorden. Man sollte ihnen die Chance geben, sich selbst auszurotten – wie lange würde so was dauern? Vielleicht einen Monat? Aber dann könnten wir *Zhids* endlich in Frieden leben.

Er mußte lachen. Wenn es keine Araber mehr gab, wie lange würde es dann wohl dauern, bis die Juden sich gegenseitig aufgefressen hatten? Wie ging doch noch der Witz – jeder Jude braucht zwei Synagogen. Eine, die er besuchen kann, und eine, die er ablehnt. Im Selbsthaß sind wir Könige, wir haben die Selbstzerstörung auf unsere Fahnen geschrieben; da brauchte man nur die Thora zu lesen – Brüder fielen übereinander her, vergewaltigten ihre Schwestern, kastrierten ihre eigenen Väter. Und die Morde, massenhaft Morde; gräßliche Geschichten. Kain und Abel; Esau, der auf Jakob losging; Josephs Brüder; Absalom. Dann die Sexualverbrechen – Amnon vergewaltigte Tamar; die Konkubine von Gilead wurde durch die Jungen von Ephraim bandenweise zu Tode vergewaltigt und anschließend von ihrem Herrn und Gebieter in zwölf Teile zerschnitten, die er an all die anderen Stämme schickte. Die übrigen nahmen Rache an Ephraim; alle Männer wurden abgeschlachtet, die Frauen gefangengenommen, für die üblichen Zwecke, versteht sich, und ihre Kinder machte man zu Sklaven.

Das war Religion.

Und das war im Grunde auch die Geschichte der Menschheit. Mord, Gemetzel, Blutgier; einer machte den anderen fertig; es ging zu wie in einem Affenkäfig. Eine Generation folgte auf die andere. Nur daß die Affen verkleidet waren und in menschlicher Kleidung steckten. Sie kreischten, schnatterten und kraulten sich die Eier. Und wenn sie Lust hatten, fielen sie wieder übereinander her, um sich gegenseitig den Hals abzuschneiden.

Eigentlich, so fand er, war ein Historikerarsch an ihm verlorengegangen.

Er setzte die Flasche an die Lippen und nahm einen großen, scharfen Schluck.

Humanität und menschliche Werte, alles kalter Kaffee und so überflüssig wie ein Loch im Kopf. Wenn es wirklich einen Gott gab, dann mußte es ein Komiker sein. Saß da oben und schaute feixend zu, wie die Affenmenschen jammerten, sich gegenseitig in den Arsch bissen und in ihrer eigenen Kacke herumsprangen.

Das Leben war eine einzige Scheiße; nichts als Frust; ein Tag wie der andere.

So war das nun mal. So und nicht anders.

Er rülpste laut; der Alkohol tat seine Wirkung. Er spürte ein schmerzhaftes, säuerliches Brennen in seiner Speiseröhre.

Wieder mußte er rülpsen, und wieder kam dieses Brennen. Ihm wurde übel und er fühlte sich matt. Der Schmerz wurde heftiger – okay, er hatte es nicht anders verdient; ein so dämlicher und naiver alter Esel wie er.

Dabei war er sehr wohl in der Lage, die Dinge des Lebens zu verstehen; aber es gelang ihm nicht, sie zu akzeptieren. Er schaffte es einfach nicht, die Fotos wegzuwerfen. Diese beschissenen gerahmten Schnappschüsse, die da auf dem kleinen Tisch neben seinem Klappbett standen. Jeden Morgen, wenn er aufwachte, fiel sein erster Blick auf diese Bilder.

Schöner hätte der Tag gar nicht anfangen können.

Bilder. Arik in Uniform und an sein Gewehr gelehnt. *Für Abba und Eema, in Liebe.* Besonders originell war der Junge nie gewesen. Aber ein anständiger Kerl.

Leah am Toten Meer, in ihrem Badeanzug mit dem Blümchenmuster und dazu passender Badekappe, bis zu den Knien mit schwarzem Schlamm beschmiert. Ihr molliger

Bauch, die rundlichen Hüften – wenn er das Bild ansah, konnte er ihre Haut unter den Fingerspitzen spüren.

Morgen früh würde er die Bilder wegwerfen. Im Augenblick war er einfach zu müde.

Ach, Scheiße. Er war ein Feigling. Versuchte an etwas festzuhalten, das nicht mehr existierte.

Im Jahr davor gab es sie noch; und ein Jahr später – aus und vorbei, als wären sie überhaupt nicht auf der Welt gewesen. Phantasiebilder.

1974 war ein gutes Jahr, um zu sterben.

Elf Jahre war das jetzt her, und er konnte es immer noch nicht begreifen.

Im Gegenteil, bei der Arbeit an dem Fall mit dem Grauen Mann war ihm alles noch viel mehr unter die Haut gegangen; und jetzt noch das, diese entsetzliche Grausamkeit. Was für ein Wahnsinn.

Die Affenmenschen.

Bist doch ein anständiger Kerl.

Ein Esel bist du.

Er trank weiter, ignorierte das Schmerzgefühl. Trank und wartete auf das schwarze Loch, in das er sich fallen lassen konnte. Wenigstens darauf war Verlaß.

Der Junge war in einem Feldlager auf dem Sinai stationiert gewesen, hatte in seinem Zelt gesessen und ein Buch gelesen – sogar Hegel, nach Aussage des Militärkuriers. Als ob das eine Bedeutung gehabt hätte. Abgeknallt hatte ihn ein gesichtsloser ägyptischer Scharfschütze. Ein Jahr später hatte eine kanadische Bande von Arschlöchern an derselben Stelle ein Luxushotel gebaut. Und wieder ein paar Jahre später war alles zurück an Ägypten gegangen. Verkauft für eine Unterschrift von Sadat. Für den Namen eines abgewichsten Nazi-Kollaborateurs.

Schönen Dank auch.

Leah erholte sich nicht mehr davon. Es hatte an ihr gefressen wie eine Krebsgeschwulst. Die ganze Zeit hatte sie immerzu darüber sprechen wollen. Ewig ihre Fragen, warum gerade wir, womit haben wir das verdient, Nahum? Als hätte er ihr eine Erklärung geben können. Als könnte es überhaupt eine Erklärung geben.

Er hatte nun einmal für solche Dinge keine Geduld. Hatte sich von ihr zurückgezogen, weil er ihren Anblick nicht mehr ertragen konnte, ihr Jammern und Klagen. War ihr ausgewichen, hatte sich in ein doppeltes Arbeitspensum gestürzt, tagsüber Ganoven gejagt und in seiner Freizeit Pfirsiche angebaut. Eines Tages war er nach Hause gekommen, wollte eigentlich wieder einen Bogen um sie machen und hatte sie dann in der Küche gefunden. Sie lag auf der Erde. Kalt wie Stein, wachsgrau. Der Arzt hätte sich seinen Auftritt sparen können. So ein Arsch, wollte ihm noch lang und breit erzählen, was mit ihr passiert war.

Zerebrale Arterienerweiterung. Wahrscheinlich angeboren. Konnte keiner ahnen, so was. Tja, traurig, traurig.

Schönen Dank auch.

Schönen Fick auch.

23

Gene und Luanne wollten das unverfälschte Jerusalem kennenlernen, und so führten Daniel und Laura sie in den »Fliegenden Teppich«, ein jemenitisches Restaurant in der Rehov Hillel, das von der Familie Caspi betrieben wurde. Man aß bei gedämpfter Beleuchtung in einem schmalen, niedrigen Raum. Die Wände bestanden aus versetzt angeordneten weißen Stuckpaneelen, dekoriert mit jemenitischen Körbchen und vergrößerten Fotografien von der Luftbrücke im Jahr 1948. Danach war das Restaurant auch benannt. In großer Zahl waren damals jemenitische Juden mit Turbanen und wallenden Gewändern in überfüllten Propellerflugzeugen gelandet. Es war die zweite große Einwanderungswelle aus San'a. Die, von der jeder wußte. Wenn man Jemeniter war, glaubten die Leute immer, man sei über die Luftbrücke ins Land gekommen, und sie staunten jedesmal, wenn sich herausstellte, daß Daniels Familie schon seit über hundert Jahren in Jerusalem lebte. Was in den meisten Fällen bedeutete, daß sie schon länger im Lande waren als sie selbst.

»Ihr habt recht gehabt«, sagte Luanne. »Es ist sehr scharf, beinah wie mongolisches Essen. Mir schmeckt das. Dir auch, Liebling?«

Gene nickte und löffelte unbeirrt die Suppe in sich hinein, er hockte nach vorn über den Tisch gebeugt und hielt das Utensil mit seinen großen schwarzen Fingern so fest, als könne es ihm jeden Augenblick entgleiten.

Zu viert saßen sie an einem Ecktisch unter schattigen Hängepflanzen und taten sich gütlich an *Marak Basar* und *Marak Sha'uit* – Fleischsuppe mit Chillies und eine Bohnensuppe –, die in dampfenden Schalen serviert wurden.

»Bei mir hat es eine ganze Zeit gedauert, bis ich mich daran gewöhnen konnte«, sagte Laura. »Früher waren wir oft bei Daniels Vater, der diese wunderbaren Gerichte für uns gekocht hat. Als ich das erste Mal probierte, dachte ich, die Flammen würden mir aus dem Mund schlagen.«

»Sie mußte bei mir durch eine harte Schule«, sagte Daniel. »Und jetzt würzt sie stärker als ich selbst.«

»Meine Geschmacksnerven sind kaputt, Liebling. Einfach schmerzunempfindlich.« Sie legte ihren Arm um ihn und berührte seinen weichen braunen Hals. Er schaute sie an – sie trug ihr blondes Haar offen und glatt gekämmt, hatte ganz wenig Make-up aufgelegt, dazu ein schmiegsames graues Strickkleid und sehr zarte Ohrringe. Er legte seine Hand auf ihr Knie, spürte wieder die Empfindung für sie, dasselbe Gefühl wie damals bei ihrer ersten Begegnung. Bei jenem »Zong«, wie sie es nannte. Und das hatte mit amerikanischen Comics und magischen Kräften zu tun ...

Die Kellnerin, eine der sechs Caspi-Töchter – Daniel gelang es nicht, sie auseinanderzuhalten –, brachte eine Flasche Yarden Sauvignon und goß den Wein in langstielige Gläser.

»Auf euer Wohl«, sagte Daniel und hob sein Glas. »Auf daß euer erster Besuch nicht der letzte bleibt.«

»Dem schließen wir uns an«, sagte Luanne.

Sie tranken schweigend.

»Galiläa hat dir also gefallen«, sagte Laura.

»Nichts geht über Jerusalem«, sagte Luanne. »Die Vitalität – das Spirituelle, das überall gegenwärtig ist, von jedem Stein geht Geschichte aus. Aber Galiläa ist genauso phantastisch.«

Sie war eine gutaussehende Frau, groß – fast so groß wie Gene –, mit breiten Schultern, angegrautem, sorgfältig onduliertem Haar und ausgeprägt afrikanischen Zügen. Sie trug ein einfaches Kleid aus grauweißer Seide mit rundem Ausschnitt und diagonalen, marineblauen Streifen, dazu eine Perlenkette und Perlenohrclips. Das Kleid und der Schmuck kontrastierten mit ihrer Haut.

»Daß so etwas möglich ist. Ich kann alles mit eigenen Augen sehen, wovon ich in der Heiligen Schrift gelesen habe«, sagte sie. »Die Kirche von ›Mariä Verkündigung‹, und da, wo Jesus Christus einmal gegangen ist, kann ich heute gehen – das ist unglaublich.«

»Hat euch der Reiseführer auch die Kirche des heiligen Joseph gezeigt?« fragte Laura.

»Oh, ja. Und die Höhle darunter – es war, als wenn ich Josephs Werkstatt mit eigenen Augen hätte sehen können, und ihn selbst bei der Tischlerarbeit. Maria eine Treppe höher, vielleicht in der Küche, in Gedanken bei ihrem Baby und wann sie es bekommen sollte. Wenn ich wieder zu Hause bin und meiner Klasse davon erzähle, wird das mal richtiges Leben in unsere Schulstunden bringen.« Sie schaute Gene an. »Ist es nicht phantastisch, Liebling, das alles zu sehen?«

»Phantastisch«, sagte Gene nuschelnd und mit vollem Mund, seine schweren Kiefern arbeiteten, und der große graue Schnurrbart rotierte, wie von einem Motor getrieben. Er brach ein Stück *Pita* und steckte es in den Mund. Leerte sein Weinglas und murmelte »Dankeschön«, als ihm Daniel nachschenkte.

»Ich führe ein Reisetagebuch«, sagte Luanne. »Über alle heiligen Stätten, die wir besuchen. Es ist für ein Projekt, das ich den Kindern versprochen habe – eine Reiseroute durch das Heilige Land, wir wollen es im Klassenzimmer aufhängen.«

Sie griff in ihre Handtasche und holte ein kleines Notizbuch heraus, wie auch Gene es benutzte. Daniel erkannte es an dem Aufdruck »Polizeibehörde Los Angeles«.

»Bis jetzt«, sagte sie, »habe ich eine Aufstellung von achtzehn Kirchen – es sind auch ein paar dabei, die wir nicht betreten haben, aber immerhin sind wir daran vorbeigekommen. Darum halte ich es für legitim, sie dazuzurechnen. Und dann die anderen Gedächtnisstätten: Heute morgen waren wir in Tiberias an dem Bach, der Marias Ziehbrunnen speiste, und gestern haben wir den Garten Gethsemane besichtigt und den Hügel Golgatha – der wirkt ja tatsächlich wie ein Totenschädel, nicht? – auch wenn Gene das nicht so sehen konnte.« Sie schaute ihren Mann an. »Ich habe es wirklich erkennen können, Gene.«

»Das hängt vom Auge des Betrachters ab«, sagte Gene. »Ißt du deine Suppe ganz auf?«

»Nimm nur, Schatz. Nach der vielen Lauferei brauchst du was in den Magen.«

»Danke.«

Die Kellnerin brachte eine Platte mit exquisiten Vorspeisen: gefüllte Paprikaschoten und Kürbis, Ochsenschwanz, Kirshe, mariniertes Gemüse, gegrillte Nierchen in Scheiben und klein geschnittene Hühnchenherzen.

»Was ist das denn?« fragte Gene und probierte den Kirshe.

»Ein traditionelles jemenitisches Gericht. Es heißt *Kirshe*«, sagte Laura. »Das Fleisch sind kleingehackte Kuheingeweide. Es wird gekocht und dann mit Zwiebeln, Tomaten, Knoblauch und Gewürzen angebraten.«

»Schweinereien«, sagte Gene. Er sah seine Frau an. »Entschuldige, Innereien natürlich.« Er tat sich noch einmal auf und nickte anerkennend. Dann nahm er die Speisekarte, setzte seine Brille mit den Halbgläsern auf und überflog das Angebot.

»Ihr habt sehr viele Gerichte mit Fleisch aus inneren Organen«, sagte er. »Das Essen armer Leute.«

»Also, Gene«, sagte Luanne.

»Ich weiß gar nicht, was du hast«, sagte er arglos. »Es ist doch so. Die armen Leute essen Innereien, weil sie auf die Art am besten an Proteine kommen. Reiche Leute werfen so was weg. Die essen Lendensteaks voller Cholesterin und holen sich davon ihre Arterienverkalkung. Und nun sagt mir mal, wer von beiden klüger ist?«

»Leber gehört auch zu den Innereien und steckt doch voller Cholesterin«, sagte Luanne. »Darum hat sie dir der Arzt doch auch verboten.«

»Leber zählt nicht. Ich spreche von Herz, Lunge und Drüsen –«

»Gut, Schatz.«

»Schaut euch diese Leute an«, sagte Gene und zeigte auf die Bilder an der Wand. »Wie schlank die sind. Alle haben sie eine phantastische Figur, sogar die alten Leute. Weil sie immer nur Innereien gegessen haben.« Er spießte ein paar Hühnchenherzen auf seine Gabel und schob sie sich in den Mund.

»Das stimmt«, sagte Laura. »In den Anfängen hatten die Jemeniten weniger Herzkrankheiten als andere Leute. Dann fingen sie damit an, sich anzupassen und wie die Europäer zu essen, und prompt stellten sich dieselben gesundheitlichen Probleme ein wie bei allen andern.«

»Siehst du«, sagte Gene und schaute wieder auf die Speisekarte. »Was ist denn das für ein teures Zeug – *Geed*?«

Daniel und Laura sahen sich an, und Laura platzte los vor Lachen.

»*Geed* ist eine alte hebräische Bezeichnung für Penis«, erklärte Daniel und gab sich alle Mühe, ernst zu bleiben.

»Es wird zubereitet wie *Kirshe* – in Scheiben geschnitten und mit Gemüse und Zwiebeln gebraten.«

»Aua«, sagte Gene.

»Die älteren Leute bestellen es mitunter noch«, sagte Laura, »aber es wird nicht mehr so häufig wie früher gegessen. Sie setzen es auf die Speisekarte, aber ich bezweifle, daß sie es auch haben.«

»Penisknappheit, was?« sagte Gene.

»Aber Liebling!«

Der dunkelhäutige Mann grinste.

»Du solltest dir das Rezept besorgen, Lu. Wenn wir wieder zu Hause sind, kannst du es Reverend Chambers vorsetzen.«

»Also, Gene«, sagte Luanne, mußte aber auch ein Kichern unterdrücken.

»Stell dir das mal bildlich vor, Lu. Wir sitzen alle beim Heiligen Abendmahl. Deine Bridgetanten mit ihren enggeschnürten Miedern schwatzen fröhlich durcheinander und ziehen wie üblich über andere Leute her. Und dann ergreife ich feierlich das Wort und sage: ›So, meine Damen, nun hören Sie mit Ihrem Getratsche auf und essen brav Ihren Penis!‹ Was für Tiere nehmen sie eigentlich?«

»Schafsbock oder Stier«, sagte Daniel.

»Für das heilige Abendmahl brauchen wir natürlich Stier, das ist klar.«

»Ich glaube«, sagte Luanne, »ich muß mir unbedingt die Nase pudern.«

»Ich gehe mit«, sagte Laura.

»Ist dir das mal aufgefallen?« sagte Gene, als die beiden Frauen gegangen waren. »Bring zwei weibliche Personen zusammen, und sie haben das instinktive Bedürfnis, gleichzeitig zur Toilette zu gehen. Wenn das zwei Männer täten, würden die Leute ins Grübeln kommen und sich fragen, ob mit den beiden irgend etwas nicht stimmt.«

Daniel lachte. »Vielleicht sind's die Hormone«, sagte er.

»Muß wohl, Danny Boy.«

»Wie gefällt dir euer Urlaub?«

Gene verdrehte die Augen und nahm einen Krümel von seinem Schnurrbart. Er beugte sich vor und legte seine Hände wie zum Gebet zusammen.

»Rette mich, Danny Boy. Ich liebe diese Frau heiß und innig, aber sie leidet an einem religiösen Fimmel – das war schon immer so. Zu Hause macht mir das ja nichts aus, weil sie damit aus Gloria und Andrea anständige Menschen gemacht hat – was die beiden heute sind, haben sie allein ihr zu verdanken. Aber ich mußte sehr bald feststellen, daß Israel ein großer religiöser Gemischtwarenladen ist – wohin man auch kommt, überall steht irgendeine Kirche oder ein Reliquienschrein, oder man veranstaltet einen Rummel nach der Art: ›Hier hat Jesus geschlafen‹. Und Lu will nichts davon auslassen. Ich bin dagegen nur ein weltlicher Mensch, und nach einer gewissen Zeit sehe ich alles doppelt.«

»Israel besteht nicht nur aus Schreinen und Reliquien«, sagte Daniel. »Wir haben dieselben Probleme wie andere Länder auch.«

»Du mußt mir unbedingt davon erzählen. Ich brauche dringend einen Realitätsschub.«

»Was willst du hören?«

»Alles über deinen Job, Mann, was denkst du denn? Was hast du denn zur Zeit in Arbeit?«

»Wir haben gerade einen Mordfall abgeschlossen ...«

»Den hier?« fragte Gene. Er griff in seine Tasche, holte einen Zeitungsabschnitt heraus und gab ihn Daniel.

Ein Artikel aus der gestrigen Ausgabe der »Jerusalem Post«. Laufers Presseerklärung war wortwörtlich abgedruckt – wie in den hebräischen Zeitungen –, aber mit einem Zusatz, der ins Auge fiel:

»... *unter der Führung von Chefinspektor Daniel Sharavi. Sharavi war im Herbst letzten Jahres auch mit den polizeilichen Ermitt-*

lungen im Mordfall des Gefängniswärters Elazar Lippmann in Ramle betraut. Die Untersuchung führte seinerzeit zur Suspendierung von mehreren älteren Gefängnisbeamten, die wegen Korruption angeklagt wurden und ...«

Er legte den Artikel zur Seite.

»Du bist ein Star, Danny Boy«, sagte Gene. »Eine solche Presse habe ich nur ein einziges Mal bekommen. Und das war, als man auf mich geschossen hat.«

»Wenn ich könnte, würde ich dir die Publicity schenken, Gene. In hübsches Papier gewickelt und mit bunten Bändern geschmückt.«

»Wo ist dein Problem? Hast du Ärger mit deinem Boß?«

»Woher weißt du das?«

Genes Lächeln wirkte so klar und sauber wie ausgeschnittenes Papier. Pures Weiß, das sich von seiner dunkelbraunen Hautfarbe absetzte wie das Fruchtfleisch von einer Kokosnuß.

»Als Detektiv bin ich nun mal Spitze, das weißt du doch.« Er nahm den Artikel noch einmal zur Hand und setzte seine Brille mit den Halbgläsern wieder auf. »Du angelst dir die dicken Komplimente, und der andere Typ – Laufer – wird nur so beiläufig am Schluß erwähnt. Es spielt keine Rolle, ob der Mann vielleicht nur ein Mickey-Mouse-Bleistiftwichser ist oder ob er es verdient hat, daß sein Name an erster Stelle erscheint. Leute in leitenden Positionen haben es nun mal nicht gern, wenn sie übergangen werden. Liege ich da richtig?«

»Du bist wirklich Spitze«, sagte Daniel, und ihm war danach, Gene von der *Protekzia* durch Gavrieli zu erzählen, wie er sie wieder verlor und daß er jetzt mit Laufer auskommen mußte. Aber er überlegte es sich anders und kam statt dessen auf den Fall Rashmawi zu sprechen. Erzählte von den Widersprüchen und den Dingen, die ihm schwer im Magen lagen.

Gene hörte zu und nickte. Endlich fing er an, seinen Urlaub zu genießen.

Sie brachen die Diskussion ab, als die Frauen zurückkamen. Man sprach über andere Themen, über Kinder und Schulausbildung. Dann wurde das Hauptgericht serviert – eine riesengroße gemischte Grillplatte –, und die Konversation erstarb.

Daniel staunte, was Gene so alles konsumierte – Lammkoteletts, Wurst, Schaschlik, Kebab, gegrilltes Huhn und was an Safranreis und Salaten nachgereicht wurde. Das alles spülte er mit Bier und Wasser hinunter. Es war nicht so, daß er sein Essen gierig in sich hineinschlang – im Gegenteil, er aß langsam und mit der wählerischen Delikatesse eines Kenners. Ließ sich nicht ablenken, konzentrierte sich ganz auf die Speisen.

Das erste Mal hatte er Gene in einem mexikanischen Restaurant in der Nähe des Parker Center essen sehen. Koschere Gerichte gab es dort nicht – also trank er selbst nur Limonade, aß Salat und schaute zu, wie sich der schwarze Detektiv über ein Sortiment schmackhafter Gerichte hermachte. Die Bezeichnungen waren ihm vertraut, seit Tio Tuvia nach Jerusalem gekommen war: Burritos und Tostados, Enchiladas und Paprikarellenos, Bohnen, Pfannkuchen, würziges Fleisch – bis auf den Käse unterschieden sie sich gar nicht so sehr von jemenitischen Speisen.

Wenn der Mann immer so viel aß, würde er bald zweihundert Kilo wiegen – das war danach sein erster Gedanke. Im Lauf des Sommers mußte er einsehen, daß Gene tatsächlich immer so viel aß. Um sportliche Betätigungen machte er einen großen Bogen, brachte es aber trotzdem fertig, eine normale Figur zu behalten. Er war ungefähr einen Meter neunzig groß, wog vielleicht neunzig Kilo und hatte nur einen leichten Bauchansatz. Nicht schlecht für einen Mann, der auf die Fünfzig zuging.

Kennengelernt hatten sie sich bei einer Einführungsveranstaltung im Parker Center, einer größeren und glänzenderen Version des Polizeipräsidiums am French Hill, wo ein FBI-Agent über Anschläge, Terror und Gegenterror sprach, über logistische Sicherheitsmaßnahmen bei einer großen Menschenmenge.

Der Job bei den Olympischen Spielen war ein wirkliches Bonbon gewesen, das letzte, was Gavrieli ihm noch vor dem Fall Lippmann verschafft hatte. Die Gelegenheit, auf Spesen nach Los Angeles zu fahren, gab Laura die Möglichkeit, ihre Eltern zu sehen und alte Freunde zu besuchen. Seit den Erzählungen von Grandpa Al und Grandma Estelle redeten die Kinder ohnehin nur noch von Disneyland.

Der Auftrag selbst war nicht gerade aufregend – er und elf andere Beamte hatten die israelischen Athleten auf Schritt und Tritt zu bewachen. Zehn-Stunden-Einsätze bei rotierenden Schichten. Es kursierten ein paar vage Gerüchte, die man natürlich ernst zu nehmen hatte. Postsendungen mit wüsten Beschimpfungen, von der Palästinensischen Solidaritätsarmee unterzeichnet. Als Absender identifizierte man, einen Tag bevor die Spiele begannen, den Insassen einer staatlichen Nervenklinik in Camarillo.

Die meiste Zeit ging es darum, die Augen offen zu halten, Stunden um Stunden, äußerlich untätig, den Blick fixiert auf Dinge, die nicht stimmten: Regenmäntel bei Hitze, auffällige Konturen unter einem Kleidungsstück, eine verstohlene Bewegung, der Ausdruck von Haß in einem nervösen Gesicht, das vielleicht jung und vielleicht dunkelhäutig war. Man konnte niemals sicher sein. Dieser Blick gehörte bald zu Daniel wie eine zweite Natur: eine instinktive Vorahnung, eine Sturmwarnung, dann die Festnahme unter Anwendung von Gewalt; jedesmal drehte es ihm den Magen um.

Es war eine lautlose Arbeit im stillen, kein München in Los Angeles. Von der Anspannung bekam er nach jeder Schicht Kopfschmerzen.

Bei dem Einführungsvortrag hatte er in einer der vorderen Reihen gesessen und nach kurzer Zeit gespürt, daß ihn jemand beobachtete. Ein paar Blicke nach hinten genügten, um zu lokalisieren, wer das war: ein dunkelhäutiger Mann in einem leichten Sommeranzug, an dessen Revers ein Namensschild mit der Bezeichnung »Supervisor« steckte. Ein Mann von der Ortspolizei, ganz eindeutig.

Kräftig gebaut und schon etwas älter – Ende Vierzig bis Anfang Fünfzig, schätzte Daniel. Er war kahlköpfig und hatte graue Schläfen, seine Glatze erinnerte ein wenig an Schokoladenkonfekt in Silberfolie. Unter einer breiten, flachen Nase trug er einen buschigen grauen Schnurrbart.

Er fragte sich, weshalb der Mann ihn so anstarrte, versuchte ein Lächeln und erhielt ein kurzes Kopfnicken zur Antwort.

Später, nach dem Vortrag, als die andern gegangen waren, blieb der Mann zurück, kaute ein paar Sekunden an seinem Bleistift, steckte ihn dann in die Tasche und kam auf ihn zu. Als er nahe genug war, las Daniel sein Schildchen. Lt. Eugene Brooker, Polizeibehörde Los Angeles.

Brooker setzte sich eine Brille mit Halbgläsern auf und schaute sich Daniels Schild an.

»Israel, ach. Die ganze Zeit habe ich mich gefragt, was Sie wohl für einer sind.«

»Wie bitte?«

»Wir haben hier die verschiedensten Leute in der Stadt. Es ist gar nicht so einfach zu sortieren, wer da wer ist. Als ich Sie sah, habe ich Sie zuerst für jemanden von den Westindischen Inseln gehalten. Dann fiel mir Ihr Käppchen auf, und ich überlegte mir, ob es eine *Yarmulke* ist oder eine Art Kostümierung.«

»Es ist eine *Yarmulke*.«

»Mmh, das sehe ich. Wo kommen Sie her?«

»Aus Israel.« War der Mann schwer von Begriff?

»Vor Israel, meine ich.«

»Ich bin in Israel geboren. Meine Vorfahren stammen aus dem Jemen. Das ist ein arabisches Land.«

»Sind Sie mit den Äthiopiern verwandt?«

»Nicht, daß ich wüßte.«

»Meine Frau hat sich immer für Israel und die Juden interessiert«, sagte Brooker. »Meint, ihr seid das auserwählte Volk. Sie liest eine Menge Bücher über das Thema. In Äthiopien soll es sogar schwarze Juden geben. Die genauso hungern wie alle andern.«

»Es gibt zwanzigtausend äthiopische Juden«, sagte Daniel. »Ein paar sind nach Israel eingewandert. Die anderen würden wir auch gern herausholen. Sie haben eine dunklere Hautfarbe als ich – eher so wie Sie.«

Brooker lächelte. »Ein Schwede sind Sie ja auch nicht gerade«, sagte er. »Ihr habt ja auch die Schwarzen Hebräer drüben in Israel. Eingewandert aus Amerika.«

Das war ein heikles Thema. Daniel wollte nicht um den heißen Brei herumreden.

»Die Schwarzen Hebräer sind eine kriminelle Sekte«, sagte er. »Sie stehlen Kreditkarten und mißbrauchen ihre eigenen Kinder.«

Brooker nickte. »Ich weiß das. Eine Bande von den Leuten habe ich vor ein paar Jahren hochgenommen. Möchtegern-Künstler, Betrüger und Schlimmeres – was man unter amerikanischen Gesetzesvollstreckern als Windeier bezeichnet. Wir meinen das eher technisch.«

»Gefällt mir«, sagte Daniel. »Den Ausdruck muß ich mir merken.«

»Tun Sie das«, sagte Brooker. »Kommt Ihnen bestimmt noch gelegen.« Er zögerte. »Jedenfalls weiß ich jetzt alles über Sie.«

Er sprach nicht weiter und schien etwas verlegen, als wüßte er nicht recht, in welche Richtung er die Unterhaltung bringen sollte. Oder wie er sie beenden sollte. »Wie fanden Sie den Vortrag?«

»Gut«, sagte Daniel, weil er taktvoll sein wollte. Tatsächlich war ihm der Vortrag reichlich simpel vorgekommen. Der Redner hatte die Polizeibeamten wie Schulkinder behandelt.

»In meinen Augen war es Mickey Mouse«, sagte Brooker.

Daniel war irritiert.

»Die Mickey Mouse aus Disneyland?«

»Mmh«, sagte Brooker. »Der Ausdruck besagt so viel wie ›viel zu einfach‹ oder ›reine Zeitverschwendung‹.« Er sah auf einmal selbst etwas ratlos aus. »Ich weiß nicht, wie es zu der Bedeutung gekommen ist, aber es ist so.«

»Eine Maus ist eben nur ein kleines Tier«, schlug Daniel vor. »Unbedeutend.«

»Könnte sein.«

»In meinen Augen war der Vortrag auch Mickey Mouse, Lieutenant Brooker. Sehr simpel.«

»Gene.«

»Daniel.«

Sie schüttelten sich die Hände. Genes Hand war groß und fleischig, hatte aber einen festen, muskulösen Kern. Er fuhr sich über den Schnurrbart und sagte: »Jedenfalls herzlich willkommen in L.A., und ich freue mich, dich kennenzulernen.«

»Ganz meinerseits, Gene.«

»Ich möchte dich noch etwas anderes fragen«, sagte der Schwarze. »Diese Äthiopier, was passiert eigentlich mit denen?«

»Wenn sie im Lande bleiben, werden sie verhungern wie alle andern auch. Wenn man ihnen erlaubt auszureisen, wird Israel sie aufnehmen.«

»Einfach so?«

»Natürlich. Es sind unsere Brüder.«

Gene dachte darüber nach. Betastete seinen Schnurrbart und sah auf die Uhr.

»Das ist interessant«, sagte er. »Wir haben noch Zeit – wollen wir nicht was essen gehen?«

Sie fuhren mit Genes Plymouth, der keine Polizeikennzeichnung trug, in das mexikanische Lokal, unterhielten sich über ihre Arbeit, über Ähnlichkeiten und Unterschiede zwischen den kriminellen Szenen, die eine halbe Welt auseinanderlagen.

Daniel hatte sich Amerika immer als ein Land vorgestellt, wo effektiv gearbeitet wurde, wo Initiative und Willenskraft die Bürokratie überwinden konnte. Aber als er Gene klagen hörte – über Papierkriege, sinnlose Anweisungen, die ein Boß ausheckte, die verfahrensrechtlichen Verrenkungen, die man als amerikanischer Polizist auszuführen hatte, um die Gerichte zu befriedigen –, da änderte er seine Meinung, und er staunte, daß es offenbar überall auf der Welt dieselben Probleme gab. Das tägliche Brot des Polizeibeamten.

Er nickte verständnisvoll, dann sagte er: »In Israel gibt es noch ein anderes Problem. Wir sind ein Volk von Einwanderern; die Menschen kommen aus Polizeistaaten, in denen sie verfolgt wurden. Aus diesem Grund reagieren alle Israelis hochsensibel auf jede Art von Autorität. Es gibt einen Witz darüber, der bei uns kursiert: die eine Hälfte der Bevölkerung glaubt nicht, daß es so etwas wie einen jüdischen Kriminellen gibt, und die andere Hälfte glaubt nicht, daß es so etwas wie einen jüdischen Polizeibeamten gibt. Wir hängen genau dazwischen.«

»Das Gefühl kenne ich«, sagte Gene. Er wischte sich den Mund ab, nahm einen Schluck Bier. »Warst du schon mal in Amerika?«

»Noch nie.«

»Dein Englisch ist verdammt gut.«

»Wir haben Englisch in der Schule, und meine Frau ist Amerikanerin – sie ist hier in Los Angeles aufgewachsen.«

»Ach, wirklich? Wo denn?«

»Beverlywood.«

»Angenehme Gegend.«

»Ihre Eltern leben heute noch dort. Wir wohnen bei ihnen.«

»Versteht ihr euch gut miteinander?«

Er führte ein regelrechtes Verhör, offenbar ein Detektiv mit Leib und Seele.

»Es sind sehr nette Leute«, sagte Daniel.

»Meine Schwiegereltern sind das auch.« Gene schmunzelte. »Solange sie in Georgia bleiben. Wie lange seid ihr schon verheiratet?«

»Sechzehn Jahre.«

Gene war überrascht. »Dafür siehst du viel zu jung aus. Wie ist das gekommen, war es eine Hochschulromanze?«

»Ich war zwanzig, meine Frau neunzehn.«

Gene rechnete. »Du siehst viel jünger aus. Bei mir war das so ähnlich – ich wurde mit einundzwanzig aus der Armee entlassen und habe die erste Frau geheiratet, die mir über den Weg lief. Es hielt ganze sieben Monate – hat mir gut getan und mir für alle Zukunft meinen Leichtsinn ausgetrieben. In den Jahren danach habe ich mir Zeit gelassen und viel rumgespielt und ausprobiert. Auch dann noch, als ich Luanne kennengelernt hatte. Wir waren lange verlobt und haben erst mal unsere gegenseitigen Macken getestet. Muß wohl das Richtige gewesen sein, denn jetzt sind wir schon seit fünfundzwanzig Jahren zusammen.«

Bis zu diesem Augenblick war ihm der dunkelhäutige Detektiv wie ein Rauhbein vorgekommen, mit zynischem Humor und jenem Lebensüberdruß, den Daniel bei so vielen älteren Polizeibeamten erlebt hatte. Aber als er von seiner Frau sprach, ging ein breites Lächeln über sein Gesicht, und Daniel dachte: Er muß sie sehr lieben. Und dies Gefühl sprach ihn an, es war ihm verwandt; und auf einmal fand er den Mann wesentlich sympathischer als am Anfang.

Mit demselben Lächeln zog Gene eine etwas ramponierte Brieftasche heraus, die mit Kreditkartenhüllen und ausgefransten Zetteln vollgepropft war. Er klappte sie auf, nahm ein paar Schnappschüsse von seinen Töchtern heraus und zeigte sie Daniel. »Das ist Gloria – sie ist Lehrerin, genau wie ihre Mutter. Andrea geht aufs College und studiert Buchhaltung. Ich habe ihr gesagt, sie sollte es doch gleich richtig machen, Anwältin werden und viel mehr Geld verdienen, aber sie hat nun mal ihren eigenen Kopf.«

»Das ist gut so«, sagte Daniel und legte die eigenen Familienfotos auf den Tisch. »Ein Mensch muß seinen eigenen Kopf haben.«

»Mmh, da ist was dran, aber nur, wenn der Kopf an der richtigen Stelle sitzt.« Gene betrachtete die Fotos von den Sharavi-Kindern. »Sehr niedlich – das sind ja stämmige kleine Burschen. Aha, und was für eine Schönheit – sieht dir sehr ähnlich, bis auf die Haare.«

»Meine Frau ist blond.«

Gene gab ihm die Fotos zurück. »Sehr sympathisch. Du hast eine sympathische Familie.« Er lächelte noch, aber dann wurde er ernst. »Kindererziehung ist keine Kleinigkeit, Daniel. Als meine Kinder noch klein waren, habe ich aufgepaßt wie ein Luchs, um sie vor allen Gefahren zu schützen. Wahrscheinlich habe ich damit die ganze Familie verrückt gemacht. Aber die Verlockungen sind groß. Da sehen sie irgendwelches Zeug im Fernsehen und wollen es auf der Stelle kaufen. Sie wollen alles und am liebsten sofort, womit sie auf dem besten Weg zum Rauschgift sind – das gibt es bei euch doch sicher auch, wo ihr die Anbaugebiete in der Nähe habt?«

»Nicht so ausgeprägt wie in Amerika, aber stärker als früher. Es ist ein Problem.«

»Ich kenne nur zwei Lösungen«, sagte Gene. »Entweder man legalisiert alles, schert sich nicht um die Moral, und für Dealer gibt es keinen Markt mehr. Oder man läßt alle Dealer und Fixer erschießen.« Er simulierte einen Revolver mit den Fingern. »Peng, du bist tot, alle seid ihr tot. Andere Lösungen haben einfach keine Chance.«

Daniel lächelte unverbindlich. Er wußte nicht, was er sagen sollte.

»Du glaubst, ich mache Witze?« sagte Gene und verlangte die Rechnung. »O nein. Vierundzwanzig Jahre bin ich jetzt bei der Truppe. Ich habe einfach zu viele abgewichste Junkies gesehen und Verbrechen wegen Rauschgift, um noch an einen anderen Weg zu glauben.«

»In Israel gibt es keine Todesstrafe.«

»Ihr habt doch diesen Deutschen aufgehängt – den Eichmann.«

»Für Nazis besteht eine Ausnahmeregelung.«

»Dann müßt ihr umdenken. Mit der Drogenscheiße ist das genau wie mit den Nazis – es wird euch umbringen.« Gene senkte die Stimme und flüsterte fast. »Was hier passiert ist, dürft ihr bei euch nicht zulassen – meine Frau würde nicht darüber hinwegkommen. Sie ist gläubige Baptistin und unterrichtet in einer Baptistenschule. Seit Jahren redet sie davon, daß sie das Heilige Land sehen will. Für sie ist das wie der Garten Eden. Wäre schrecklich für sie, wenn sie damit konfrontiert würde, daß es anders ist.«

Luanne war wieder beim Thema Kirchen. Die Heilige Grabstätte hatte es ihr besonders angetan. Daniel kannte die Geschichte des Ortes. Die verschiedenen christlichen Gruppierungen hatten sich hier ständig verbissene Auseinandersetzungen um die Hoheitsrechte geliefert – die Griechen bekämpften die Armenier, welche die Römisch-Katholischen bekämpften, die wiederum die Syrer bekämpften. Kopten und Äthiopier hatte man in winzige Kapellen auf dem Dach verbannt.

Und dann die Orgien in der Zeit des Osmanischen Reiches – christliche Pilger hatten gruppenweise in der Hauptkapelle kopuliert, weil sie glaubten, daß Kinder, die in der Nähe von Christus' Grabstätte gezeugt wurden, für Großes ausersehen wären.

Ihn schockierte das überhaupt nicht. Es zeigte doch nur, das Christen Menschen waren wie andere auch. Aber er wußte, daß Luanne sicher entsetzt wäre, wenn sie davon erfuhr.

Sie war eine eindrucksvolle Frau, so arglos und ernsthaft in ihrem Glauben. Sie gehörte zu jenen Menschen, die eine feste Richtung für sich gefunden hatten und in deren Gegenwart sich andere geborgen fühlten. Laura und er hörten ihr aufmerksam zu, wenn sie von ihren Empfindungen sprach und über Dinge, die sie in der Gegenwart des Heiligen Geistes erlebte. Wieviel ihr das hier schon gegeben hatte, die drei Tage in dem Heiligen Land. Daniel konnte ihren Glauben nicht teilen, aber ihre Ernsthaftigkeit machte ihm großen Eindruck.

Er nahm sich vor, eine besondere Tour für sie zu organisieren und so viele jüdische und christliche Stätten mit ihr aufzusuchen, wie es die Zeit erlaubte. Er wollte ihr Bethlehem zeigen, aus seiner Sicht, auch das Griechische Patriarchat und die Äthiopische Kapelle. Schließlich ein Blick in die Bibliothek des Erlöser-Klosters – morgen früh würde er Vater Bernardo anrufen.

Die Kellnerin – diesmal war es Galia, er war sich fast sicher – servierte türkischen Kaffee, Melone und einen Teller mit Gebäck: Sahnebonbons, Cremeschnitten aus Blätterteig und in Rum getränkte Savarins. Sie nippten an ihren Kaffeetassen, und Gene machte sich über eine Cremeschnitte her.

Anschließend schlenderten sie, träge von Essen und Wein, die Keren Hayesod hinunter. Sie gingen Hand in Hand, als hätten sie sich zu einem Rendezvous zu viert verabredet, genossen die kühle Abendluft und die Stille des Boulevards.

»Mmh«, sagte Luanne, »das duftet wie auf dem Lande.«

»Die Pinien von Jerusalem«, sagte Laura. »Ihre Wurzeln brauchen nur einen Meter Tiefe. Darunter ist alles festes Gestein.«

»Ein starkes Fundament«, sagte Luanne. »So muß es sein.«

Der nächste Tag war ein Freitag, und Daniel blieb zu Hause. Die Kinder durften die Schule schwänzen, und er verbrachte den Vormittag mit ihnen zusammen im Liberty Bell Park. Mit den Jungen spielte er Fußball, und er schaute Shoshi zu, wie sie auf der Rollschuhbahn ihre Runden drehte. Er kaufte ihnen blaues Eis und aß selbst einen Riegel Schokolade.

Kurz nach zwölf kam ein Araber auf einem Kamel über

den Parkplatz geritten, der an das Gelände grenzte. Vor dem Südtor brachte er das Tier zum Stehen, stieg ab und läutete mit einer Messingglocke, die er um den Hals hängen hatte. Die Kinder wollten reiten und stellten sich in eine Schlange, und Daniel spendierte seinen Jungen zwei Touren.

»Und was ist mit dir?« fragte er Shoshi, als sie ihre Rollschuhe losband.

Sie richtete sich auf, stemmte ihre Fäuste in die Hüften und gab ihm zu verstehen, daß sie seine Frage für albern hielt.

»Ich bin doch kein Baby mehr, *Abba*! Und außerdem stinkt das.«

»Du fährst lieber Auto, nicht?«

»Lieber lasse ich mich von meinem Mann fahren.«

»Von deinem Mann? Hast du jemanden in Aussicht?«

»Noch nicht«, sagte sie und schmiegte sich an ihn und legte ihren Arm um seine Hüften. »Aber wenn er mir begegnet, werde ich ihn erkennen.«

Als die Reittouren zu Ende waren, half der Araber Benny vom Kamel und reichte Daniel das strampelnde und kichernde Kind. Daniel sagte: »Kartoffelsack« und warf sich den Kleinen über die Schulter.

»Ich auch! Ich auch!« verlangte Mikey und zog Daniel an der Hose, bis der sich erweichen ließ und ihn auf die andere Schulter hievte. Nun trug er sie beide, auch wenn ihm sein Rücken weh tat. So machte er sich auf den Heimweg, ging am Train-Theater vorbei und über das Feld, das den Park von ihrem Wohnhaus trennte.

Ein Mann kam von weitem auf sie zu, und als er nahe genug heran war, konnte Daniel ihn erkennen. Es war Nahum Shmeltzer, der seinen Gruß mit einer knappen Handbewegung beantwortete. Erst jetzt sah Daniel den Blick in seinem Gesicht. Er setzte die Jungen ab und sagte den Kindern, sie sollten schon vorlaufen.

»Stop uns die Zeit ab, *Abba*!«

»Okay.« Er sah auf seine Uhr. »Auf die Plätze, fertig, los!«

Als die Kinder losgelaufen waren, sagte er: »Was ist los, Nahum?«

Shmeltzer rückte sich die Brille zurecht. »Wir haben eine zweite Leiche, im Wald von Ein Qerem. Haargenau wie die kleine Rashmawi, es könnte eine Fotokopie sein.«

24

Als Kind hatte der Grinsende Mann immer einen schlechten Schlaf gehabt. Tagsüber war er kribbelig gewesen und hatte Angst vor der Dunkelheit. Im ersten Schlaf lag er steif wie ein Brett, und beim leisesten nächtlichen Geräusch schreckte er sofort hoch. Er war die Art von Kind, das ein Glas warme Milch und eine Gutenacht-Geschichte, Beständigkeit und Harmonie gebraucht hätte. Statt dessen wurde er regelmäßig durch aggressive Stimmen aus dem Schlaf gerissen: durch dieses böse, nie endende Geschrei, mit dem sich seine Eltern gegenseitig in der Luft zerrissen.

Es war immer dasselbe, und immer furchtbar. Er wurde wach und saß aufrecht in seinem kalten und von Pipi feuchten Bett, seine Zehen waren so fest ineinander verkrallt, daß es ihm weh tat. So wartete er, den Geschmack von verbranntem Gummi auf der Zunge, bis sie wieder mit ihren Gemeinheiten übereinander herfielen.

Am Anfang geschah das noch in der oberen Etage – mal war das eine, mal das andere Schlafzimmer ihr Schlachtfeld. Wenn es anfing, kletterte er aus dem Bett und verließ auf Zehenspitzen das Kinderzimmer, schlich stolpernd am Treppenabsatz vorbei zum großen Steinway-Flügel und verkroch sich unter dem gewaltigen Instrument. Er lutschte an seinem Daumen und berührte mit den Fingerspitzen das kalte Metall der Pedale, und das Untergestell des Klaviers zeichnete sich undeutlich über ihm ab wie ein düsteres Himmelszelt.

So saß er da und lauschte.

In der Regel aber stritten sie unten miteinander, in der mit

Nußbaum getäfelten Bibliothek, die in den Garten führte. Doktors Zimmer. Als er fünf Jahre alt war, stritten sie nur noch dort.

Alle Leute nannten seinen Vater Doktor, nur seine Frau nicht, und in den ersten Jahren seines Lebens meinte er, das sei der Name seines Vaters. Darum nannte auch er ihn Doktor, und als alles lachte, glaubte er, er hätte etwas ganz Tolles vollbracht, und tat es immer wieder. Als er später verstand, daß es nur eine kindliche Marotte von ihm war und daß andere Jungen ihre Väter Papa nannten – sogar Jungen, deren Väter auch einen Doktortitel trugen –, war es zu spät, um sich noch umzustellen.

Es kam oft vor, daß Doktor den ganzen Tag lang bis in den späten Abend operierte und im Krankenhaus übernachtete. Wenn er doch einmal nach Hause kam, war es schon sehr spät, den Jungen hatte man längst ins Bett geschickt. Und da er eine gute Stunde, ehe der Junge aufwachte, wieder aus dem Haus ging, sahen sich Vater und Sohn nur selten. Als Folge davon, so glaubte der Grinsende Mann, konnte er sich als Erwachsener nur unter Schwierigkeiten an das Gesicht des Doktors erinnern. Und das Bild, das er dann zustande brachte, war so bruchstückhaft und verzerrt wie das einer geborstenen Totenmaske. Er war auch fest davon überzeugt, daß dieses Problem wie Krebs in seinem Innern wucherte. Es gab kein Gesicht, das er sich deutlich vorstellen konnte. Wenn es ihm aber doch gelang, war es auf der Stelle wieder verschwunden.

Es war, als hätte er ein kaputtes Sieb im Kopf – und so lebte er mit einem Gefühl von Schwäche, Einsamkeit und Hilflosigkeit. Wenn er anfing, darüber nachzudenken, hielt er sich für absolut wertlos. Aber das waren Gedanken, die er sich nur in unbeherrschten Momenten gestattete.

Für ihn gab es nur ein Bild, das haften blieb – wahre Wissenschaft gab Kraft – und nur, wenn er dafür arbeitete.

Am Anfang dachte er, Doktor wäre wegen der vielen Arbeit so oft außer Haus. Erst später begriff er, daß er nur jede

Gelegenheit nutzte, um einen Bogen um das große, rosafarbene Haus zu machen und um alles, was ihn darin erwartete. Aber diese Einsicht nutzte ihm nicht viel.

Wenn er am Abend nach Hause kam, stellte Doktor für gewöhnlich seine schwarze Tasche in der Eingangshalle ab und ging auf direktem Weg in die Küche, wo er sich ein Glas Milch und ein fades Sandwich zurechtmachte. Damit zog er sich dann in die schwarz getäfelte Bibliothek zurück. Wenn er keinen Appetit hatte, verschwand er gleich in die Bibliothek, ließ sich in seinen großen Ledersessel sinken, machte sich die Krawatte auf und nippte an einem Brandy. Unter dem Licht einer Lampe, über deren getöntem Glas eine unheimlich wirkende Wasserjungfer schwebte, vertiefte er sich in seine medizinischen Zeitschriften. Schließlich zog er sich halb aus und ging mit schwerem Schritt die Treppen hoch, um noch ein paar Stunden zu schlafen.

Auch Doktor hatte einen unruhigen Schlaf, auch wenn ihm das selbst nicht bewußt war. Aber der Junge wußte das, denn die Tür zu Doktors Schlafzimmer blieb immer offen, und seine Schlafgeräusche drangen bis über den Treppenabsatz. Wenn er hörte, wie er sich laut stöhnend hin- und herwälzte, bekam er jedesmal schreckliche Angst und fürchtete, sein Inneres könnte sich in seine Bestandteile auflösen und zu Staub werden.

Ihr Schlafzimmer – das Boudoir, wie sie es nannte – war niemals offen. Den ganzen Tag über schloß sie sich dort ein. Nur wenn es nach Streit roch, kam sie heraus. Wie eine Spinne, die sich allnächtlich auf die Lauer legte.

Obwohl sich der Junge an den Fingern einer Hand abzählen konnte, wie oft er ihr Zimmer hatte betreten dürfen, erinnerte er sich genau daran: der Raum war kalt. Ein Eispalast – das war das Bild, das nach all den Jahren in ihm haften geblieben war.

Weiß und trostlos wie ein Gletscher. Mit einem Fußboden aus tückisch glattem Marmor, weißen Porzellanschalen voller

Kristallfläschchen mit rhombischen Formen, die so scharfe Facetten besaßen, daß man sich daran hätte schneiden können; konisch geformte Spiegel, die nur verzerrte Bilder reflektierten; durchsichtige Vorhänge aus weißer Spitze, starr und tot und so ekelhaft wie die abgestoßenen Häute einer wurmartigen Albinoschlange.

Und dann der Satin. Schimmernde Gebilde aus Satin, glänzend kalter Stoff, der sich anfühlte wie Rotz.

Auf einem Podest im Zentrum des Gletschers stand ein riesiges weißes Himmelbett, am Kopfende mit Quasten aus Satin verziert und der Rest begraben unter gallertartigen Schichten von Satin – Laken und Tagesdecken und Vorhänge und freischwebende Fenstervolants; sogar die Schranktüren waren mit dem ekelhaften Stoff bezogen. Seine Mutter war immer nackt, von der Taille aufwärts lag sie unbekleidet unter einer Woge von Satin, neben sich ein satinbezogenes Tablett und in der Hand ein Cocktailglas mit einer öligen, farblosen Flüssigkeit, von der sie nippte.

Ihr langes, offenes Haar war blond wie das der Harlow, ihr Gesicht so geisterhaft schön wie das einer einbalsamierten Prinzessin. Ihre Schultern waren weiß wie Wachs, mit kleinen Höckern an den Schlüsselbeinknochen. Ihre rot geschminkten Brustwarzen wirkten wie geliertes Konfekt.

Und immer war da die Katze, die abscheuliche Angorakatze. Fett und rückgratlos wie eine Baumwollkugel, die sich an ihre Brust schmiegte und den Jungen aus wässrigen kleinen Schweinsaugen verächtlich anglotzte, Eigentumsrechte an dem Frauenfleisch geltend machte und ihn zum Eindringling abstempelte.

Komm, mein kleiner Schneeball. Komm zu Mama, Süßes.

Dann der Gestank. Der intensiver wurde, je näher er dem Bett kam. Ein Mundgeruch wie von Kot. Der ölige Alkohol mit dem Aroma von Wacholder. Französisches Parfüm, Bal à Versailles, so widerlich, daß er noch einen Brechreiz bekam, wenn er sich nur daran erinnerte.

Sie schlief den ganzen Tag, und des Nachts verließ sie ihren Gletscher, um mit Doktor zu kämpfen. Stieß die Tür zu ihrem Zimmer auf und schwebte in einer Woge von Satin die Treppen hinunter.

Und dann fingen sie an. So wachte er auf, durchgerüttelt von dem immergleichen bitterbösen Mechanismus – diesem grausamen Gebrüll, das nicht enden wollte. Als ob man ihn bei voll aufgedrehtem Wasserstrahl unter eine Dusche gesperrt hätte. So stand er auf, immer noch wackelig auf den Beinen, ging wie unter Hypnose aus seinem Zimmer und hinaus auf den Treppenabsatz, nahm jede Stufe einzeln, spürte dabei die Wärme ihrer bloßen Füße, die noch in dem Teppich haftete. Dreizehn Stufen. Er zählte immer mit, und immer blieb er bei Nummer sechs stehen, setzte sich hin und lauschte. Wagte es nicht, sich zu rühren, wenn das Gewehrfeuer losging, in seinem Kopf in Sätze, Silben und Worte zerfiel.

Worte.

Immer die gleichen Worte. Hammerschläge, unter denen er sich ducken mußte.

»Guten Abend, Christina.«

»Ach, du sagst mir also guten Abend. Wo bist du gewesen?«

»Fang nicht wieder an, Christina. Ich bin müde.«

»Du bist müde? Ich bin müde. Bin es müde, so von dir behandelt zu werden. Wo du bis zehn nach eins gewesen bist!«

»Gute Nacht, Christina.«

»Antworte mir, du Scheißkerl! Wo bist du gewesen?«

»Ich brauche dir deine Fragen nicht zu beantworten.«

»Du hast mir meine Fragen zu beantworten, verdammt noch mal!«

»Du hast ein Recht auf deine eigene Meinung, Christina.«

»Untersteh dich, mich so anzugrinsen! Wo bist du gewesen?«

»Schrei nicht so, Christina!«

»Antworte mir, verdammt noch mal.«

»Was geht dich das an?«

»Das geht mich was an, weil das hier mein Haus ist und nicht irgendein verrottetes Motel, in dem du dich anmelden und abmelden kannst!«

»Dein Haus? Sehr amüsant. Hast du in letzter Zeit die Hypotheken bezahlt?«

»Die wirklichen Rechnungen muß ich doch zahlen, du Scheißkerl, und zwar mit meiner Seele – alles habe ich aufgegeben und bin deine Nutte geworden!«

»Ach, tatsächlich?«

»Ja, tatsächlich, verdammt noch mal.«

»Und was ist das genau, was du da angeblich aufgegeben hast?«

»Meine Karriere. Meine gottverfluchte Seele.«

»Deine Seele. Ich verstehe.«

»Untersteh dich, mich so anzugrinsen, du Scheißkerl!«

»Okay, okay, niemand grinst dich an. Mach einfach, daß du rauskommst, und kein Mensch wird dich angrinsen.«

»Ich habe für alles bezahlt, verdammt noch mal – mit Blut und Schweiß und Tränen.«

»Das reicht, Christina. Ich bin müde.«

»Du bist müde? Wovon denn? Weil du mit deinen zuckersüßen Nuttenpuppen rumgemacht hast –«

»Ich bin müde, weil ich den ganzen Tag lang Brustkörbe aufgeknackt habe.«

»Brustkörbe aufgeknackt. Supermann. Ein dreckiger Scheißer bist du. Du Nuttenficker.«

»Du bist doch die Nutte, erinnerst du dich nicht? Hast du selbst eben zugegeben.«

»Halt die Klappe.«

»Schön. Und jetzt geh in dein Zimmer und laß mich allein.«

»Du hast mir nichts zu sagen, du Arsch! Du bist nicht mein Boß. Ich bin mein eigener Boß!«

»Du bist betrunken, so einfach ist das.«

»Du zwingst mich ja zum Trinken.«

»Ach so ist das, also ich bin für deine Schwächen verantwortlich.«

»Hör auf mich auszulachen, sag' ich dir –«

»Du trinkst, Christina, weil du schwach bist. Weil du mit dem Leben nicht zurechtkommst. Du bist ein Feigling.«

»Du Arschloch, du verfluchtes Arschloch! Was säufst du denn da, Coca-Cola?«

»Ich kann mit Alkohol umgehen.«

»Ich kann mit Alkohol umgehen.«

»Mach mich nicht nach, Christina.«

»Mach mich nicht nach, Christina.«

»Schön. Nun sieh endlich zu, daß du rauskommst. Trink dir eine Zirrhose an und laß mich allein.«

»Trink dir eine Zirrhose an. Du und dein bescheuerter Jargon. Glaubst, du wärst ein toller Bursche. Dabei halten die Leute dich für ein aufgeblasenes Arschloch – als ich noch bei Four West gearbeitet habe, sagten das alle.«

»Was dich aber nicht davon abgehalten hat, mir die Eier zu lutschen, oder?«

»Mir ist fast schlecht geworden dabei. Ich habe es nur wegen deinem Geld getan.«

»Schön. Mein Geld hast du ja nun. Jetzt sieh endlich zu, daß du rauskommst.«

»Ich bleibe, wo es mir paßt, zum Teufel noch mal.«

»Du stehst vollkommen neben dir, Christina. Redest wirres Zeug. Mach doch morgen einen Termin bei Emil Diefenbach. Der soll mal deine Hirnfunktionen untersuchen.«

»Und du bist ein dreckiger Schlappschwanz.«

»Mir kommen gleich die Tränen.«

»Hör auf zu grinsen, du Schlappschwanz!«

»Mir kommen gleich die Tränen.«

»Vielleicht bin ich wirklich zu bemitleiden, vielleicht stimmt das ja! Aber zumindest bin ich ein Mensch, anders als du und nicht so eine Fickmaschine, die mit der ganzen Welt klarkommt. Du bist perfekt – Mister Per... Doktor Perfekt! Kommt mit der ganzen Welt klar, nur einen Ständer bringt er nicht mehr zuwege! Doktor Perfekt mit einem Schlappschwanz!«

»Mir kommen gleich die Tränen, du Schnapsdrossel.«
»Was hast du denn da, ausgekotzte Coca-Cola?«
»Geh weg, Christina, ich bin –«
»Schmeckt ganz bestimmt nicht wie ausgekotzte Coca –«
»Geh weg –«
»– Cola!«
»Oh, Scheiße, jetzt hast du mir alles übergegossen.«
»Armes Baby, armer Schlappschwanz! Geschieht dir recht! Du Flegel! Du Nuttenficker!«
»Geh mir aus dem Weg, du verdammte Hure! Geh mir aus dem Weg, verflucht noch mal! Ich muß das sauber machen.«
»Wirf es einfach weg, Doktor Schlappschwanz. In dem blöden italienischen Anzug siehst du sowieso aus wie ein Ölscheich.«
»Mach Platz, Christina!«
»Hurenbock.«
»Du sollst Platz machen!«
»Leck mich doch!«
»Ich warne dich!«
»Ich warne dich – Auh! – oh, du hast mich gestoßen, du hast mir weh getan, du widerlicher Scheißkerl! Oh! Auh, mein Fuß –«
»Schau dich doch mal selbst an. Du sabberst. Kannst einem wirklich leid tun.«
»Du hast mich gestoßen, du gottverdammter Schwanzlutscher!«
»Besoffene Kuh!«
»Dämliches Stück Scheiße!«
»Verdammte Säuferin!«
»Gottverdammter Judenarsch!«

»Aha! Endlich ist es raus!«

»Da hast du verdammt recht, endlich ist es raus, du dreckiger, hakennasiger Schlappschwanz von Jude!«

»Mach nur weiter! Zeig dein wahres Gesicht, du Nutte!«

»Scheißkerl von Jude!«

»Widerwärtige weiße Fotze!«

»Judensau, Judensau, Judensau! Ätzender Scheißkerl!«

25

Das zweite Opfer war rasch identifiziert.

Als Daniel das Laken aufhob, war sein erster Gedanke: das ist Fatmas ältere Schwester. So groß war die Ähnlichkeit, sogar die Ohrringe fehlten.

Sie hatten noch einmal damit begonnen, die Akten von vermißten Jugendlichen durchzusehen, woraus sich aber nichts ergab. Doch war die interne Nachrichtensperre aufgehoben, die Geschichte sofort in den Zeitungen erschienen, und die Veröffentlichung ihres Fotos führte schon am Sonntag, achtundvierzig Stunden nach Auffinden der Leiche, zum Erfolg. Auf dem Russischen Territorium gab es einen Detektiv, den man erst kürzlich aus Haifa hierher versetzt hatte; und der erinnerte sich, daß er sie vor ein paar Monaten festgenommen hatte, als sie in der Hafengegend Männer anmachte. Nach einem Telefonanruf im Bezirk Nord wurde ihre Akte von einem Polizeikurier ins Präsidium gebracht. Aber damals hatte man nur eine Verwarnung ausgesprochen und sie wieder laufenlassen; viel mehr war aus der Akte nicht zu ersehen.

Juliet Haddad (»Man nennt mich Petite Julie«), in Tripolis geboren und professionelle Prostituierte. Siebenundzwanzig Jahre alt, dunkelhäutig und hübsch. Mit ihrem Babygesicht hätte man sie für zehn Jahre jünger halten können.

Unterhalb ihres zerfetzten Halses war es dann mit der Illusion von Jugend vorbei – was von ihrem Körper übriggeblieben war, sah schlaff und fleckig aus, die massigen Oberschenkel waren mit Narben übersät, die von brennend ausgedrückten Zigaretten stammen mußten. Die Gebärmutter fehlte, nach Dr. Levis Bericht war sie wie eine blutige Kostbarkeit herausgetrennt und entfernt worden. Gewebeanalysen der anderen Organe ergaben Hinweise auf Gonorrhoe und erfolgreich behandelte Syphilis im ersten Stadium. Wie Fatma war auch sie mit Heroin betäubt worden, aber eine Jungfernreise war es für sie mit Sicherheit nicht gewesen. Schwärzlich vernarbte, fibröse Spuren umgaben die beiden frischen Einstiche. Außerdem hatte sie Einstichnarben in ihrer Kniekehle.

»Man hat sie genauso sorgfältig gewaschen wie die andere«, sagte Dr. Levi, als er mit Daniel sprach. »Aber physiologisch gesehen ist sie alles andere als makellos – wir haben es mit einer schwer geschädigten jungen Frau zu tun, die vielleicht seit Jahren mißhandelt wurde. Ihre gesamte Schädeldecke ist mit haarfeinen Frakturen überzogen – wie die Fäden eines Spinnennetzes. Es gibt Hinweise auf leichtere Beschädigungen an der Dura des Hinterkopfs und an den vorderen Hirnlappen.«

»Könnte das ihre Intelligenz beeinträchtigt haben?«

»Schwer zu sagen. Die Großhirnrinde ist zu komplex, um das rückwirkend zu beurteilen. Der Verlust einer Funktion in einem Hirnbereich kann durchaus von einem anderen kompensiert werden.«

»Und was vermutet der Fachmann?«

»Der vermutet gar nichts, es sei denn, Sie nageln mich nicht darauf fest.«

»Unter uns.«

»Also unter uns. Sie könnte wohl Schwierigkeiten mit ihrem Sehvermögen gehabt haben – Verzerrungen, Verschwommenheiten. Außerdem könnte das ihre emotionalen Reaktionen getrübt haben, wie man das bei Patienten beobachtet hat, mit denen die Russen Psychochirurgie betreiben. Trotzdem ist es nicht auszuschließen, daß sie womöglich über perfekte Funktionen verfügte – man kann das nicht eindeutig beurteilen. Ich habe vollkommen narkotisierte Gehirne gesehen – man hätte jede Wette eingehen können, daß deren Besitzer nur noch als Gemüse vegetierten. Dann unterhält man sich mit der Familie, und es stellt sich heraus, daß so ein Bursche zeit seines Lebens Schach gespielt und komplexe mathematische Probleme gelöst hat. Wieder andere Hirne sehen bildhübsch aus, obwohl ihre Besitzer Idioten waren. Wenn Sie wissen wollen, ob sie intelligent war, müssen Sie jemanden finden, der sie zu Lebzeiten kannte.«

»Haben Sie eine Theorie über den Uterus?«

»Was sagen die Psychiater?«

»Ich habe bis jetzt noch mit keinem gesprochen.«

»Also«, sagte Levi, »Vermutungen kann ich genauso anstellen, so gut wie sie. Frauenhaß, Zerstörung der Weiblichkeit – das Weibliche von der Wurzel her ausmerzen.«

»Warum hat er in diesem Fall den Uterus entnommen und nicht bei Fatma?«

»Geisteskranke ändern ihr Verhalten, Dani, genau wie andere Menschen auch. Außerdem ist Fatmas Uterus praktisch tranchiert gewesen, also hat er in einem gewissen Sinne auch ihre Weiblichkeit zerstört. Vielleicht hat er den hier entfernt, um sich noch weiter damit zu beschäftigen oder wer weiß was damit anzustellen. Vielleicht hat er die Absicht, eine Sammlung davon anzulegen – hat Jack the Ripper nicht auch mit Metzeleien angefangen und erst später menschliche Organe herausgeschnitten? Eine Niere war das doch, wenn ich mich recht entsinne. Hat einen Fleischklumpen zur Polizei geschickt und behauptet, den Rest gegessen zu haben.«

»Ja«, sagte Daniel und dachte: Gemetzel, Kannibalismus. Bis zum Fall des Grauen Mannes waren solche Horrorgeschichten reine Theorie für ihn gewesen, Exempel aus dem Lehrbuch über Mord und Totschlag. Er hätte nie für möglich gehalten, daß er sich je mit solchen Dingen befassen müßte.

Levi schien seine Gedanken gelesen zu haben.

»Sie kommen nicht darum herum, Dani«, sagte der Pathologe. »Sie haben es hier mit einem zweiten Jack the Ripper zu tun. Klemmen Sie sich dahinter, und arbeiten Sie die Fälle von geisteskranken Mördern durch. Wer die Geschichte nicht wahrhaben will, ist dazu verdammt, sie noch einmal zu erleben.«

Aus den Aufzeichnungen des Bezirks Nord ging hervor, daß Juliet behauptet hatte, Christin zu sein, politischer Flüchtling aus Ost-Beirut, bei der Invasion verwundet und auf der Flucht vor den Schiiten und der PLO. Auf die Frage, wie sie ins Land gelangt sei, hatte sie erzählt, sie wäre als Tramperin von einer israelischen Panzereinheit mitgenommen worden – eine Geschichte, die ziemlich weit hergeholt schien. Aber sie hatte den Vernehmungsbeamten eine frische Kopfverletzung gezeigt und, um die Sache zu belegen, ein Kupat-Holim-Meldeformular aus dem Krankenhaus Rambam vorgewiesen. Außerdem hatte sie eine Adresse in Haifa angegeben und einen vorläufigen Personalausweis bei sich gehabt. Und die Polizei, die sich mit ernsthafteren Angelegenheiten herumzuschlagen hatte als mit dem Schicksal einer kleinen Stricherin, nahm ihr die Geschichte ab und ließ sie mit einer Verwarnung laufen.

Eine unglückliche Entscheidung, denn schon bei einer oberflächlichen Nachprüfung erwies sich ihre Geschichte als Schwindel. Die Einwanderungsbehörde besaß keinerlei Unterlagen über sie, hinter der Adresse in Haifa verbarg sich ein verlassenes Gebäude, und bei einem Kontrollbesuch von Shmeltzer und Avi Cohen im Krankenhaus Rambam stellte sich heraus, daß man sie dort in der Notdienstabteilung behandelt hatte – auf Epilepsie, nicht wegen einer Verletzung.

Der Arzt, der sie untersucht hatte, arbeitete nicht mehr dort, er war mit einem Forschungsstipendium in die USA gegangen. Aber er hatte über die Patientin ein gut lesbares, handschriftliches Entlassungspapier formuliert, und Shmeltzer las den Text laut vor:

Nach erfolgreicher Behandlung mit Phenobarbital und Dilantin Nachlassen von offenkundiger Anfallstätigkeit. Patientin behauptet, ihre Anfälle seien erstmalig aufgetreten, und beharrte darauf, entgegen meiner ausdrücklichen Skepsis. Ich schrieb ein Rezept aus, um eine einmonatige medikamentöse Behandlung sicherzustellen. Die Medikamente wurden ihr in der Krankenhausapotheke ausgehändigt. Ich übergab ihr in arabischer Sprache abgefaßte Broschüren über Epilepsie und empfahl sie zur weiteren Beobachtung mit umfassenden neurologischen und röntgenologischen Untersuchungen. Am nächsten Morgen war ihr Bett leer, und sie war nirgends zu finden. Die Patientin hat sich nicht wieder mit dieser Institution in Verbindung gesetzt. Diagnose: Epilepsie mit heftigen Krampfanfällen. Status: Hat die Klinik gegen ärztlichen Rat verlassen.

»Im Klartext«, sagte Shmeltzer, »sie war eine kleine Lügnerin und hat sich kostenlose Medikamente erschwindelt.«

Avi Cohen nickte und sah zu, wie der Ältere die Akte der Patientin durchblätterte.

»Also, sehen Sie sich das mal an, Kleiner. Unter der Rubrik ›Nächste Angehörige oder an der Einweisung beteiligte Personen‹ haben wir einen kleinen Dienststempel der Armee.«

Cohen beugte sich über das Papier und tat, als könnte er den Zusammenhang verstehen.

»Yalom, Zvi«, las Shmeltzer. »Hauptmann Zvi Yalom, Panzerkorps – ein gottverdammter Hauptmann der Armee hat sie in die Klinik gebracht. Also hat sie mit einer Panzereinheit rumgemacht.« Er schüttelte den Kopf. »Da hat man der kleinen Nutte doch tatsächlich ein offizielles militärisches Geleit gegeben.«

Wenn man Yalom Glauben schenkte, hatte er einzig und allein aus Mitleid gehandelt.

»Hören Sie, Sie waren doch auch da – Sie wissen, wie es gewesen ist: die offene Grenze und der ganze Kram. Wir haben sie zu Hunderten verpflegt und medizinisch versorgt.«

»Das waren politische Flüchtlinge«, sagte Avi Cohen. »Christen. Und die sind alle wieder zurückgegangen.«

»Christin war sie auch.«

»Sie haben sie wohl ziemlich gut gekannt, oder?«

Yalom zog die Schultern hoch und trank einen Schluck Orangensaft. Ein attraktiver Mann, der auf die Dreißig zuging und irgendwie ordinär wirkte. Er war blond, hatte eine rötliche Gesichtsfarbe, breite Schultern und makellos gepflegte Hände. Im bürgerlichen Leben arbeitete er als Diamantschleifer an der Börse in Tel Aviv. Über die Unterlagen der Armee hatte sich seine Wohnanschrift in Netanya rasch ausfindig machen lassen, und Avi hatte sich mit ihm in einem Café getroffen, das in einer Seitenstraße in Strandnähe lag.

Es war ein schöner Montagvormittag. Der Himmel blau wie der Saphir an Yaloms Ring, der Sand feinkörnig wie Zucker. Aber Netanya hatte sich verändert, fand Avi. Vieles war anders geworden seit jenen Tagen, als er noch mit seiner Familie die Sommer dort verbrachte – sie hatten eine Suite im »Four Seasons«, ließen sich per Telefon vom Zimmerservice Hamburger und Cola mit Maraschinokirschen bringen, und alle blieben sie immer zu lange in der Sonne und holten sich einen höllischen Sonnenbrand. Dann die Spaziergänge nach dem Mittagessen mit seinem Vater, der ihm die Gangster zeigte, die an Cafétischen saßen. Darunter auch welche, mit denen er ein Kopfnicken austauschte.

Heute erschienen die Gebäude ärmlicher, in den Straßen wimmelte es von Menschen, Autoverkehr und Abgase beherrschten alles – Tel Aviv in Miniaturausgabe. Nur einen Häuserblock weiter sah er Schwarze vor einem baufällig wirkenden Wohnhaus sitzen. Äthiopier – von der Regierung hier zu Hunderten angesiedelt. Die Männer trugen *Kipots*; auch die Frauen bedeckten ihr Haar. Religiöse Menschen, aber Menschen mit schwarzen Gesichtern.

»Werden Sie mich in Schwierigkeiten bringen?« fragte Yalom.

Avi lächelte unverbindlich. Er gefiel sich in seiner Rolle und genoß das Gefühl von Autorität. Sharavi hatte Wort gehalten, hatte ihn vom Aktenstudium befreit und ihm einen ernsthaften Auftrag erteilt.

Ein Veteran aus dem Libanon. Mit dem müßten Sie zurechtkommen.

Danke Ihnen, *Pakad*.

Danken Sie mir mit guter Arbeit.

»Mit der Geschichte können Sie mich wirklich nageln, Avi«, sagte Yalom.

Reichlich vertraulich, dachte Avi, mich einfach beim Vornamen zu nennen. Aber unter den Armeeoffizieren gab es Leute, die ein soziales Problem entwickelt hatten und Polizeibeamte als Soldaten zweiter Klasse betrachteten.

»Wo wir vom Nageln reden«, sagte er, »haben Sie sie auf diese Art kennengelernt?«

Yalom verdrehte wütend die Augen. Aber er bewahrte ein Lächeln um die Lippen und trommelte mit seinen manikürten Fingernägeln auf die Tischplatte. »Wohl noch unschuldig, Kleiner?«

»Wie wär's«, sagte Avi und erhob sich, »wenn wir diese Unterhaltung im Polizeipräsidium fortsetzten?«

»Moment«, sagte Yalom. »Es tut mir leid. Ich bin einfach nur nervös. Das Tonband irritiert mich.«

Avi setzte sich wieder hin. Schob den Recorder näher zu Yalom.

»Sie haben allen Grund, nervös zu sein.«

Yalom nickte, griff in seine Hemdtasche und hielt Avi eine Packung Rothmans hin.

»Nein, danke, aber bedienen Sie sich.«

Der Diamantschleifer steckte sich eine Zigarette an und drehte den Kopf zur Seite, so daß der Rauch in Richtung Strand wehte, sich in einer kleinen Seebrise verfing und sich auflöste. Avi schaute über seine Schulter, sah die Mädchen in Bikinis, die mit Handtüchern und Strandtaschen unterwegs waren. Betrachtete die kleinen Grübchen unten an ihren Rücken, knapp über den kleinen Höschen, und für einen Moment wünschte er sich, mit ihnen zusammenzusein.

»Sie hatte große Angst«, sagte Yalom. »Das Lokal, in dem sie arbeitete, lag im christlichen Teil von Beirut, ein Privatclub, nur für Mitglieder. Sie fürchtete, die Schiiten würden kommen und sie sich vornehmen, nachdem wir abgezogen waren.«

»Was waren das für Mitglieder?« fragte Avi und mußte daran denken, daß Sharavi ihm von Schädelfrakturen und Verbrennungen durch Zigaretten berichtet hatte.

»Ausländer, Diplomaten, Geschäftsleute, Professoren von der amerikanischen Universität. Für die Einheimischen war das Lokal zu teuer, darum wollte sie auch da raus – Fundamentalisten hatten damit gedroht, das Gebäude in die Luft zu jagen. Auf einem Plakat hatten sie das Lokal als ein Gefäß für den Samen der Ungläubigen bezeichnet, oder so ähnlich.«

»Haben Sie das Plakat mit eigenen Augen gesehen?«

»Nein«, sagte Yalom hastig. »Ich war nie dort. Das habe ich alles von ihr.«

»Wo haben Sie sie denn kennengelernt?«

»Auf dem Rückzug, wir fuhren aus der Stadt. Sie stand mitten auf der Straße, bei den Absperrungen zwischen Ost und West. Winkte mit beiden Händen und weinte. Sie wich keinen Schritt zur Seite, und ich konnte sie nicht einfach überfahren. Also stieg ich aus, sah mich nach Heckenschützen um und sprach mit ihr. Sie tat mir leid, und ich habe sie mitgenommen. Sie sollte bis Bin Jbeil mitfahren, aber dann kam das mit ihren epileptischen Anfällen, und ich entschloß mich, sie die ganze Strecke mitzunehmen.«

»Zuvorkommend von Ihnen.«

Yalom verzog das Gesicht. »Na schön, im nachhinein war das dumm von mir. Aber sie tat mir nun mal leid – ist ja schließlich kein Verbrechen.«

Avi nippte an seinem Bier.

»Mit wieviel Leuten habt ihr sie gebumst?« fragte er.

Yalom schwieg. Seine Hand, mit der er die Zigarette hielt, fing an zu zittern. Unangenehm für jemand in seinem Beruf, dachte Avi, nippte wieder an seinem Glas und wartete.

Yalom schaute auf die angrenzenden Tische, rückte näher heran und senkte seine Stimme.

»Woher zum Teufel sollte ich denn wissen, daß man sie in Stücke schneiden würde?« sagte er. Avi sah, daß er Tränen in den Augen hatte, die Pose des harten Burschen war weg. »Ich habe erst vor ein paar Monaten geheiratet, Samal Cohen. Wenn ich mir Sorgen mache, dann ist das eher wegen meiner Frau und nicht wegen der Armee.«

»Dann erzählen Sie mir einfach, wie es wirklich war, und ich sehe zu, daß Ihr Name nicht in die Zeitung kommt.«

»Okay, okay. Was ich Ihnen gesagt habe, ist die Wahrheit – ich habe sie wirklich aus Mitleid aufgenommen. Ich wollte doch nur menschlich sein. Und was habe ich jetzt davon? Wenn wir zulassen, daß die Araber sich gegenseitig massakrieren, können wir einpacken, und wenn wir mal menschlich sein wollen, ist es dieselbe Scheiße. Wie man es auch macht, ist es falsch.«

»Sie haben sie also aus Mitleid aufgenommen«, sagte Avi, um ihm noch einmal das Stichwort zu geben. »Aber ...«

»Aber ein paar von uns haben sie nun mal gefickt, okay? Sie hat sich umsonst angeboten, sie sah nicht übel aus, und wir hatten zwei Monate lang die reinste Hölle durchgemacht – die Heckenschützen, zwei meiner besten Fahrer sind über Minen hochgegangen ... Herrgott noch mal, sie wissen doch selbst, wie es war.«

Avi dachte an seinen eigenen Einsatz im Libanon. An die Nahkämpfe in den Straßen von Beirut, auf den Spuren der PLO. Immer ging es auf Leben und Tod, wenn man die Frauen und Kinder nicht erschießen wollte – die von diesen Arschlöchern ständig als menschliche Schutzschilde benutzt wurden. Dann, einen Monat lang, Wachdienst im Gefängnis von Ansar. Er war sich vorgekommen wie auf einem anderen

Stern, als er vor den finstern Horden der PLO-Gefangenen Wache stehen mußte, alle in jenen blauen Jogging-Anzügen, die von der Armee an sie ausgegeben wurden. Unfähig, die brutalen Schlägertypen davon abzuhalten, die Schwächeren zu tyrannisieren. Unfähig zu verhindern, daß sie sich in Handarbeit Spieße und Dolche anfertigten. Er hielt seine Uzi im Arm wie ein Liebhaber und mußte zusehen, wie die Schläger wie um eine Herde Schafe um die übrigen Gefangenen schlichen und sich die femininen Typen herausgriffen. Man simulierte Hochzeiten, und die zarter gebauten Jungen hatten die Rolle der Bräute zu spielen. Sie wurden in Mädchenkleidung gesteckt, und man bemalte ihnen ihre Gesichter. Wenn sie weinten, zupfte man ihnen die Augenbrauen aus und verprügelte sie.

Dann die gruppenweisen Vergewaltigungen, wenn abends die Lichter ausgingen. Avi und die anderen Soldaten versuchten sich die Ohren zuzuhalten, um die furchtbaren Schreie nicht hören zu müssen, die das Gegrunze und Gekeuche übertönten. »Bräute«, die überlebten, wurden am nächsten Morgen mit Schocks und zerrissenem Anus behandelt.

»Ich weiß«, sagte Avi, und das meinte er wirklich.

»Drei versaute Jahre«, sagte Yalom, »und wofür? Wir haben die PLO durch die Schiiten ersetzt, und jetzt beschießen die uns mit Katyuschas. Wollen Sie uns Vorwürfe machen, weil wir die Geschichte einfach locker genommen haben? Keiner von uns wußte, ob wir da lebend rauskommen, also haben wir sie gebumst, haben ein paar Nummern mit ihr gehabt – für den Augenblick war es eine Erleichterung. Beim nächsten Mal würde ich es genauso machen.« Er zögerte. »Vielleicht auch nicht. Ich weiß es nicht.«

»Was hat sie sonst noch von ihren Kunden erzählt?« fragte Avi und hielt sich an das Konzept, zu dem Sharavi ihm geraten hatte.

»Die standen auf die harte Tour«, sagte Yalom. »Das Bordell war auf den Typ von Freiern spezialisiert. Professoren, gebildete Leute, man wundert sich, von was für Sachen die sich anmachen lassen. Ich habe sie gefragt, wie sie das alles aushalten konnte. Sie meinte, es wäre okay für sie. Schmerz machte ihr nichts aus.«

»Als wenn sie Spaß dran gehabt hätte?«

Yalom schüttelte seinen Kopf. »Als wenn es ihr egal gewesen wäre. Ich weiß, es klingt seltsam, aber sie war sonderbar – irgendwie teilnahmslos und dösig.«

»Wie eine Schwachsinnige?«

»Einfach teilnahmslos wie eine Frau, die im Leben so viel herumgestoßen wurde, daß ihr alles egal ist.«

»Als sie mitgenommen werden wollte, war ihr das nicht egal.«

Man sah es Yalom an, wie unbehaglich ihm zumute war. »Also, sie hat mir was vorgemacht. Ich bin ein Idiot, okay?«

»Die Einstiche an ihren Armen haben Sie gesehen, ist das richtig?«

Yalom seufzte. »Ja.«

»Hat sie was von Freunden gesagt oder von Leuten, die ihr Geld gaben?«

»Nein.«

»Hat sie von anderen Leuten aus ihrer Vergangenheit gesprochen, vielleicht von den Professoren?«

»Nein. Wir waren hinten im Panzerspähwagen und fuhren bei Dunkelheit in Richtung Süden. Da wurde nicht viel geredet.«

»Auch nicht über die epileptischen Anfälle?«

»Nein, das kam ganz überraschend. Sie wurde auf einmal ganz starr und fing an zu schaukeln, ihre Zähne klapperten, und sie bekam Schaum vor den Mund – ich dachte, sie würde sterben. Haben Sie so was schon mal erlebt?«

Avi erinnerte sich an die epileptischen Kinder in der Sonderschule. Zurückgebliebene und Spastiker, die Schüttelkrämpfe bekamen und dummes Zeug faselten. Unter diesen Menschen war er sich vorgekommen wie ein Geisteskranker und hatte hysterisch geweint, bis ihn seine Mutter von der Schule nahm.

»Niemals«, sagte er. »Was hat sie gemacht, als sie den Anfall bekam?«

»Geschlafen hat sie.«

»Da haben Sie Schwein gehabt.«

Yalom sah den Detektiv sichtlich irritiert an.

»Schwein gehabt«, sagte Avi und lächelte. »Daß sie in dem Augenblick nicht über Sie hergefallen ist. Wär doch verrückt gewesen, wenn Sie sich auf die Art noch eine Kriegsverletzung eingehandelt hätten.«

26 Wo Juliet sich in den vier Monaten nach ihrer Entlassung aufgehalten hatte, war nicht festzustellen. Kein Zuhälter, keine Hure und kein Dealer wollten von ihr gehört haben; und sie war auch bei keiner Außenstelle registriert. An die Fürsorge hatte sie sich nicht gewendet und auch keine anderen sozialen Einrichtungen aufgesucht. Einer legalen Arbeit, mit der sie von der Steuer erfaßt worden wäre, war sie nicht nachgegangen.

Wie vom Erdboden verschluckt, dachte Daniel. Ein Tier, das in Höhlen lebte und, wenn es an die Oberfläche kam, von Raubtieren zerrissen wurde.

Vielleicht war sie ihrem Job ganz unabhängig nachgegangen; es war denkbar, daß sie ihre Nummern in Seitenstraßen oder einsamen Gegenden abgezogen oder eine nicht registrierte Nebenarbeit angenommen hatte – als Putzfrau oder als Erntehelferin. Es war wenig wahrscheinlich, darüber etwas in Erfahrung zu bringen. Ein Arbeitgeber würde nicht gerade mit Begeisterung zugeben, sie illegal eingestellt zu haben; und Männer, die ihre Liebesgunst käuflich erworben hatten, würden sich darüber ausschweigen.

Wenn sie überhaupt etwas in der Hand hatten, dann war es

die Sache mit ihrer Epilepsie, und die ließ sich nur mit viel Lauferei bearbeiten: Es galt, sämtliche Ärzte, Krankenhäuser, Kupat-Holim-Kliniken und Apotheker abzuklappern. Die Medikamente, die sie in Rambam bekommen hatte, mußten seit geraumer Zeit verbraucht sein; also mußte sie sich irgendwo Ersatzpackungen besorgt haben.

Sie begannen, und zwar alle ohne Ausnahme, mit einer Überprüfung der Neurologen und neurologischen Kliniken. Als das erfolglos blieb, konzentrierten sie sich auf praktische Ärzte und Notfallambulanzen. Sie zeigten vielbeschäftigten Leuten in weißen Kitteln Juliets Foto, suchten in Patientenkarteien und medizinischen Verzeichnissen nach ihrem Namen. Es war Arbeit, die das Auge ermüdete, trocken und langweilig. Da Avi Cohen dafür wahrlich nicht der geeignete Mann war, setzte Daniel ihn am Telefon ein, ließ ihn Anrufe von irgendwelchen Wirrköpfen katalogisieren, falschen Spuren nachgehen und Geständnisse von Neurotikern aufnehmen, die sich aufgrund der Zeitungsartikel meldeten.

Bis zum Ende der Woche hatten sie nichts in Erfahrung bringen können, und Daniel war sich der Fragwürdigkeit ihrer Bemühungen auch bewußt. Wenn Juliet clever genug war, sich binnen weniger Tage gefälschte Papiere zu besorgen, um die Grenze zu passieren, dann konnte es auch sein, daß sie mehrere besaß, mit falschen Namen und Geburtsdaten. Mit ihrem Babygesicht konnte sie sich jederzeit für siebzehn oder auch für dreißig ausgeben. Wie sollte man einer solchen Person auf die Spur kommen?

Selbst wenn es ihnen gelang, sie mit einem Arzt oder Apotheker in Verbindung zu bringen, was hätten sie davon? Hier ging es nicht um ein Verbrechen aus Leidenschaft, das Schicksal des Opfers und das des Mörders waren nicht miteinander verflochten. Man hatte sie ermordet, weil sie rein zufällig einem Ungeheuer begegnet war. Ein paar einschmeichelnde Worte und vielleicht etwas Geld. Dann eine Verabredung bei Dunkelheit an einem abgelegenen Ort, mit der Erwartung von schnellem Sex; zur Entspannung ein Schuß Rauschgift. Finsternis. Chirurgie.

Man konnte nur hoffen, daß weder sie noch Fatma ahnten, was da auf sie zukam.

Chirurgie. Er hatte es sich zu eigen gemacht, in medizinischen Begriffen über den Fall zu denken, wegen der Betäubung, dem Waschvorgang, der Entfernung des Uterus; auch wenn Levi ihm versichert hatte, daß es keiner besonderen medizinischen Kenntnisse bedurfte, um die Extraktion vorzunehmen.

Eine Kleinigkeit, Dani. Jeder Metzger oder Schächter, jede Krankenschwester und jeder Sanitäter hätten das ohne besondere Ausbildung tun können. Sie selbst könnten es, wenn ich Ihnen ein anatomisches Lehrbuch geben würde. Jeder könnte das. Wenn so etwas passiert, denken die Leute immer gleich an einen Arzt. Das ist Unsinn.

Der Pathologe hatte sich zurückhaltend geäußert, er wollte seinen Berufsstand nicht in Mißkredit bringen; aber Daniel hatte keinen Grund, an seinen Worten zu zweifeln. Jeder konnte es getan haben.

Aber sie waren nun mal hier und sprachen mit Ärzten.

In Krankenhäusern.

Gleich nach dem Mord an Fatma hatte er an das Amelia-Katharina gedacht – die Leiche war in der Nähe des Krankenhauses gefunden worden; sie in einem derart großen und fast unbewohnten Gebäude zu verstecken, wäre ein leichtes gewesen; und zwischen Schlesingers Streifengängen war genug Zeit, um die Leiche unbemerkt auf den Skopus zu schaffen. Aber abgesehen von den Gerüchten über Dr. Walid Daroushas angebliche Homosexualität hatten die Leute aus dem Amelia-Katharina alle Überprüfungen ohne jeden Makel bestanden. Und da sich die Spur in Silwan ergeben hatte, war er schließlich von dem UNO-Krankenhaus abgekommen.

Ob in den UNO-Kliniken auch Epilepsie-Patienten behandelt wurden? Er war sich fast sicher, daß sie damit zu tun hatten – die Krankheit kam nicht selten vor. Aber Unterlagen der UNO waren für ihn und seine Mitarbeiter unzugänglich. Es sei denn, er wollte es zum Krach kommen lassen und mit Leuten wie Sorrel Baldwin Streit anfangen. Die UNO-Bürokratie war ein Thema für sich.

Baldwins Geschichte war nicht ganz uninteressant. Ehe er nach Jerusalem gekommen war, hatte der Amerikaner in Beirut gelebt, dem ehemaligen Wohnort von Juliet. An der amerikanischen Universität hatte er ein Examen in Soziologie abgelegt; Daniel erinnerte sich an das Diplom. Nach den Angaben des Hauptmanns der Panzereinheit, der von Cohen vernommen worden war, hatte man sich in Juliets Bordell auf die Befriedigung der Bedürfnisse von Ausländern spezialisiert. Von Personen, die an der amerikanischen Universität beschäftigt waren – das hatte Yalom ausdrücklich erwähnt. Ein Zufall? Möglicherweise. Die Universität war eine Ausbildungsstätte für Arabisten; viele ihrer Absolventen nahmen später eine Arbeit bei der UNO an. Trotzdem wäre es nicht uninteressant, sich einmal gründlich mit Baldwin zu unterhalten. Aber das ließ sich nicht anders als nur über die Chefetage realisieren.

Ich will Beweise, würde Laufer brüllen. Was für Beweise können Sie mir anbieten, wenn ich mir für Sie schon die Hände schmutzig machen soll, Sharavi? Für Sie soll ich mich mit ihrer diplomatischen Immunität herumschlagen? Halten Sie sich besser an die Tatsachen und bleiben Sie beim Thema, Sharavi.

Seit man Juliets Leiche aufgefunden hatte, war der stellvertretende Polizeichef in miserabler Stimmung. Durch seine eigene Pressemitteilung saß er in der Patsche, und seitdem war es vorbei mit seinem fröhlichen Optimismus. Nun warf er nur noch mit wüsten Aktennotizen um sich und wollte hören, was sie für Fortschritte machten. Oder eher nicht machten.

Beweise. Daniel war sich klar darüber, daß er nichts in der Hand hatte. Es gab keine Hinweise auf eine Verbindung zwischen Juliet und Baldwin oder sonst jemandem im Amelia-Katharina. Ihre Leiche war im Südwesten Jerusalems aufgefunden worden, in einem Pinienwäldchen bei Ein Qerem. Das war am anderen Ende der Stadt und so weit vom Berg Skopus entfernt, wie man nur denken konnte.

Das Wäldchen gehörte zum Jüdischen Nationalfonds, der sich aus öffentlichen Spenden finanzierte, die von Schulkindern mit ihren blauen Büchsen bei Sammlungen erbracht wurden. Der Leichnam war in weiße Laken gewickelt, genau wie der von Fatma. Entdeckt hatten ihn Wanderer, die schon sehr früh am Morgen unterwegs waren; Schuljungen, die zu Tode erschrocken wegrannten. Die russischen Nonnen, die im nahegelegenen Kloster von Ein Qerem lebten, hatten nichts gehört und nichts gesehen.

Dann war da noch die Sache mit Bruder Joseph Roselli. Wenige Stunden nach Entdeckung der zweiten Leiche war Daniel beim Erlöser-Kloster vorbeigegangen, hatte den Mönch auf seinem Dach angetroffen und ihm das Foto von Juliet gezeigt. »Das könnte ja Fatmas Schwester sein!« hatte Roselli ausgerufen. Auf einmal schien sein Gesicht in sich zusammenzufallen, es dauerte ein paar Augenblicke, bis er sich wieder gefaßt hatte und eine schmallippige Maske aufsetzte. Von diesem Moment an hatte er sich nur noch kühl und abweisend verhalten; man merkte ihm an, daß er ein Wutgefühl unterdrückte. Eine vollkommen neue Seite an dem Mann. Daniel fand, daß man ihm seinen Unwillen nicht zum Vorwurf machen konnte. Ein Gottesmann war es nicht gewöhnt, wegen eines Mordes verdächtigt zu werden. Aber die plötzliche Verhaltensänderung war schon seltsam.

Daniel wurde das Gefühl nicht los, daß Roselli ein Geheimnis mit sich herumtrug und schwere innere Kämpfe durchmachte ... er ließ ihn nachts auch wieder von Daoud beschatten, aber bis jetzt hatte sich dabei nichts ergeben.

Zwei Mädchenleichen und von einem Täter keine Spur.

Er dachte eine Weile über Fatma und Juliet nach. Versuchte

eine Verbindung zwischen der Ausreißerin von Silwan und der Hure aus Beirut herzustellen. Ärgerte sich über sich selbst, weil er doch nur Spekulationen nachhing. Er entwickelte allmählich eine Obsession für die Opfer, anstatt sich auf die Motivation des Killers zu konzentrieren. Doch die Opfer hatten Namen und eine Identität, der Killer dagegen war nur ein Mysterium.

Zwischen den beiden Morden lagen sieben Tage. Seit man Juliet gefunden hatte, war eine Woche vergangen.

Was mochte wohl jetzt in diesem Augenblick geschehen? Wurde wieder irgendwo eine hilflose Frau in einen Schlaf versetzt, aus dem es kein Erwachen gab?

Und wenn das so war, was konnte er tun?

Er hörte nicht auf zu grübeln und verfluchte seine Hilflosigkeit, bis er eine große Wut im Bauch spürte und meinte, der Kopf würde ihm zerspringen.

Beim Sabbatmahl nickte er Laura und den Kindern zu und lächelte abwesend, hörte, was sie sagten, ohne es wirklich aufzunehmen. Anschließend ging er in die Waschküche, aus der Laura ein Maleratelier gemacht hatte, mit einem Stapel von Büchern und Monographien unterm Arm, die er aus der Bibliothek des Polizeipräsidiums entliehen hatte. Der Raum war hell – er hatte noch vor dem Sabbat Licht angemacht und Lauras aufgespannte Leinwände säuberlich auf dem Fußboden übereinandergestapelt. Er setzte sich zwischen aufgerollten Leinwandstoff und Dosen mit Siegellack, Marmeladengläser voller Pinsel und Paletten mit Farbkrusten und fing an zu lesen.

Es waren Fallgeschichten von Serienmördern: Landru; Hermann Mudgett; Albert Fish, der kleine Kinder ermordete und aufaß; Peter Kürten, eine ekelerregende menschliche Kreatur, man hatte ihn, und dies nicht zu Unrecht, das Monster von Düsseldorf genannt. Wenn man einem der Autoren glauben wollte, dann brachten die Deutschen eine unverhältnismäßig große Anzahl von Sexualmördern hervor – angeblich lag das an einem unterentwickelten kollektiven Unbewußten.

Und, natürlich, Jack the Ripper. Was er da in einem Buch über den Fall Ripper las, gab ihm besonders zu denken. Einige Autoren waren davon überzeugt, daß die Geißel von Whitechapel Jude gewesen sei – und zwar ein Schächter, dessen Erfahrung als ritueller Schlächter ihn zum Experten in Sachen Anatomie gemacht hätte. Dr. Levis Worte fielen ihm wieder ein, und er mußte an die Schächter denken, die er kannte; Mori Gerafi, ein freundlicher kleiner Jemenit, der viel zu sanft für diese Tätigkeit wirkte. Rabbi Landau, der draußen auf dem Mehane-Yehuda-Markt arbeitete. Gebildete Männer, fromm und gelehrt. Der Gedanke, sie könnten Frauen zerstückeln, war einfach absurd.

Er legte das Buch über den Fall Jack the Ripper beiseite und arbeitete sich mühsam weiter durch die Literatur.

Krafft-Ebings »Psychopathia Sexualis« – mit Fallbeispielen von Menschen, die auf gräßliche Weise ihr sexuelles Vergnügen suchten. Berichte von Interpol und FBI – ungeachtet der Theorie über Deutschland schien es in Amerika mehr Serienmorde als in jedem anderen Land der Welt zu geben. Einer Einschätzung zufolge gab es dreißig oder vierzig Killer, die zu jeder Zeit ihrer schmutzigen Arbeit nachgingen; nicht weniger als fünfhundert Serienmorde waren bis heute nicht aufgeklärt. Das FBI hatte damit begonnen, Computer zu programmieren, um sämtliche Fälle zu katalogisieren.

Dreißig vagabundierende Monster. Was für eine Grausamkeit und was für eine Bösartigkeit.

Mengeles im Miniaturformat. Warum ließ Gott sie gewähren?

Um zwei Uhr morgens machte er Schluß; sein Mund war trocken, und die Augen wollten ihm zufallen. Lauras Arbeitslampe war das einzige Licht in der stillen, dunklen Wohnung.

Was geschah jetzt in diesem Augenblick? Wieder ein Ritual, eine Greueltat – ein regloser Körper, zum Sezieren präpariert?

Er ging zu Bett und ahnte, daß er schwere Träume haben würde.

Als er aufwachte, hatte es angefangen zu dämmern, und er machte sich auf schlimme Nachrichten gefaßt. Es traf aber nichts ein, und so mogelte er sich schlecht und recht durch den Sabbat.

Am Sonntagmorgen um neun nahm er seine Aktentasche mit den Fallunterlagen und verließ die Wohnung, um Dr. Ben David aufzusuchen. Der Psychologe führte seine Praxis eigentlich in der Hebräischen Universität, aber er unterhielt noch eine Suite für private Konsultationen in den vorderen Räumen seiner Wohnung an der Rehov Ramban.

Daniel war etwas zu früh gekommen und mußte das klaustrophobische Wartezimmer mit einer müde wirkenden Frau teilen, die jeden Blickkontakt mit ihm vermied und ihr Gesicht hinter der internationalen Ausgabe der »Time« verbarg. Um zehn Minuten vor zehn kam Ben David aus seinem Behandlungszimmer, begleitet von einem hageren Jungen mit großen Augen. Der Junge warf Daniel einen Blick zu und lächelte scheu. Der Detektiv gab das Lächeln zurück und fragte sich, was ein Kind in diesem Alter wohl in solche Schwierigkeiten bringen mochte, daß es eine psychologische Behandlung nötig hatte. Die Frau steckte ihre »Time« in die Handtasche und erhob sich.

»Also gut«, sagte Ben David jovial auf englisch. »Ronny und ich sehen uns dann nächste Woche um dieselbe Zeit.«

»Danke, Doktor.« Sie nahm ihren Sohn bei der Hand, und die beiden gingen rasch aus dem Zimmer.

»Daniel«, sagte Ben David, griff mit beiden Händen nach seiner Hand und schüttelte sie kräftig. Er war ein junger Mann von Anfang Dreißig, mittelgroß und kräftig gebaut, hatte buschiges, schwarzes Haar und einen dunklen Vollbart. Seine hellblauen Augen waren ständig in Bewegung, und überhaupt besaß er ein eher unruhiges Naturell, worüber sich

Daniel bei ihrer ersten Begegnung sehr gewundert hatte. Psychotherapeuten hatte er für durchweg stille und zurückhaltende Menschen gehalten. Die immer nur zuhörten und nickten, abwarteten, bis sich ihr Gegenüber äußerte, um erst anschließend ihre Interpretationen abzugeben. Der Mann, den er damals im Rehabilitationszentrum konsultierte, hatte absolut diesem Stereotyp entsprochen.

»Hallo, Eli. Vielen Dank, daß Sie sich Zeit für mich nehmen.«

»Kommen Sie rein.«

Ben David führte ihn in das Behandlungszimmer, einen sehr kleinen, unaufgeräumten Büroraum mit Bücherregalen und einem kleinen Tisch, drei robusten Stühlen und einem niedrigen kreisrunden Gestell, auf dem ein Puppenhaus nach Art eines Schweizer Chalets stand, dazu Puppenmöbel und ein halbes Dutzend menschliche Figurinen im Miniaturformat. Dahinter ein Rolltischchen, mit Stapeln von Papieren und Kinderspielzeug. Neben den Papierstapeln stand eine Kaffeekanne aus Aluminium, Tassen und ein Schälchen mit Zucker. Eine Couch gab es nicht und auch keine Tintenflecken. An der Wand hing ein einzelner Druck von Renoir. Im ganzen Zimmer roch es angenehm nach Modellierknete.

Daniel setzte sich auf einen der Stühle. Der Psychologe ging an das Rolltischchen.

»Kaffee?«

»Bitte.«

Ben David goß zwei Tassen ein, reichte Daniel eine und setzte sich ihm gegenüber. Er trug ein verwaschenes, burgunderfarbenes Polohemd, das seinen runden Bauch sehen ließ, ausgebeulte dunkelgrüne Kordsamthosen und abgetragene Mokassins ohne Socken. Sein Haar war zerzaust, und sein Bart hätte gestutzt werden müssen. Lässig, fast nachlässig sah er aus, wie ein graduierter Student in den Semesterferien. Überhaupt nicht wie ein Arzt, aber das gehörte wohl zu den Privilegien seiner gesellschaftlichen Stellung. Ben David war ein akademisches Wunderkind gewesen. Mit Siebenundzwanzig hatte er es zum Leiter des psychologischen Dienstes in der Armee gebracht, und zwei Jahre später war er ordentlicher Professor geworden. Daniel nahm an, daß er sich kleiden konnte, wie es ihm Spaß machte.

»Also, mein Lieber.« Der Psychologe lächelte flüchtig, dann schob er sich in den Stuhl und bewegte seine Schultern mit einer Abruptheit, die an einen Tic erinnerte. »Ich weiß nicht, ob ich Ihnen noch Dinge sagen könnte, die wir nicht schon beim Fall des Grauen Mannes besprochen hätten.«

»Ich bin mir da selbst nicht sicher.« Daniel nahm die Gerichtsberichte und Verbrechensprotokolle aus seiner Aktentasche und reichte sie ihm über den Tisch. Dann trank er seinen Kaffee und ließ dem Psychologen Zeit zum Lesen.

»Okay«, sagte Ben David und sah die Papiere durch. Nach einiger Zeit schaute er auf. »Worüber wollen Sie etwas wissen?«

»Wie beurteilen Sie den Umstand, daß die Leichen gewaschen wurden? Was hat das zu bedeuten?«

Ben David lehnte sich in seinem Stuhl zurück, schlug die Beine übereinander und fuhr sich mit den Fingern durch das Haar.

»Lassen Sie mich erst einmal denselben Vorbehalt aussprechen wie damals. Alles, was ich Ihnen sage, ist reine Spekulation. Ich kann mich durchweg irren. Verstehen Sie?«

»Ich verstehe.«

»Unter dieser Voraussetzung möchte ich dem Pathologen zustimmen – der Killer hat alles getan, um keine materiellen Beweise zu hinterlassen. Was außerdem noch in Betracht zu ziehen ist, wäre das Spiel mit der Macht – wobei das eine das andere nicht ausschließt. Der Mörder setzt sich an Gottes Stelle, indem er die Leiche präpariert und manipuliert. Waren die Leichen in besonderer Weise plaziert? In eine Pose gebracht?«

Daniel dachte darüber nach.

»Sie sahen aus, als hätte man sie mit Absicht ordentlich hingelegt«, sagte er. »Sogar mit Sorgfalt.«

»Als Sie die erste Leiche gesehen haben, woran haben Sie da spontan gedacht?«

»An eine Puppe. Eine kaputte Puppe.«

Ben David nickte zustimmend. »Ja, das finde ich gut. Die Opfer können sehr wohl als Puppen benutzt worden sein.«

Er drehte sich um und zeigte auf das Miniaturschlößchen. »Kinder engagieren sich im Puppenspiel, um ihre Konflikte und Phantasien zu bewältigen. Künstler, Schriftsteller und Komponisten werden durch ähnliche Motivationen zum Schaffen gedrängt. Es ist das kreative Bedürfnis – man möchte gottgleich sein. Sexualmörder befriedigen dies Bedürfnis, indem sie Leben zerstören. Der Graue Mann hat seine Opfer einfach fortgeworfen. Aber dieser Mörder ist kreativer.«

Daniel fand Ben Davids Gedankengänge blasphemisch. Er schwieg.

»Es ist schwierig, zu Forschungsergebnissen über Sexualmörder zu kommen, weil wir uns nur auf die Angaben von Leuten verlassen können, die einmal erwischt wurden – was wissenschaftlich etwas fragwürdig ist. Und lügen tun sie alle. Darum sind Erkenntnisse aus Interviews mit ihnen nur mit Vorbehalt zu genießen. Die Amerikaner haben trotzdem ganz gute Forschungsarbeit geleistet und sind auf einige Strukturen gestoßen, die sich als haltbar erweisen – zum Beispiel Dinge, die ich Ihnen über die Person des Grauen Mannes gesagt habe. Bei dem Mann, mit dem Sie es zu tun haben, handelt es sich um eine ungewöhnlich unreife psychopathische Persönlichkeit. Er ist aufgewachsen mit einem chronischen Gefühl von Macht- und Hilflosigkeit, was sein ganzes Leben beherrscht haben muß – eine kreative Blockade, wenn Sie so wollen. Er muß schon in seiner frühen Kindheit Machtphantasien entwickelt und sein Leben darauf eingestellt haben. Seine Familie war äußerlich intakt. Sein Familienleben dagegen muß eine mittlere Katastrophe gewesen sein, auch wenn es nach außen auf den oberflächlichen Betrachter unauffällig gewirkt haben mag. Normaler Sex ist nicht seine Sache. Er braucht Gewalt und Dominanz, um sich zu erregen – das Opfer muß hilflos sein. Am Anfang haben Gewaltphantasien genügt, um ihn zur Befriedigung zu bringen. Als Kind könnte er Tiere gequält haben, und vielleicht hat er auch Sex mit Tieren gehabt. Als Jugendlicher ging er dann zu Menschen über und vergewaltigte sie. Und als das sein Bedürfnis nach Macht nicht mehr befriedigte, hat er angefangen zu töten. Mord als Ersatz für Geschlechtsverkehr: am Anfang macht man sich das Opfer gefügig, um es anschließend zu zerstechen und zu zerhacken – das ist die ins Maßlose übertriebene sexuelle Metapher, das wortwörtliche Durchdringen und Eindringen in den Körper des anderen. Als Opfer sucht er sich Frauen, aber er könnte latent homosexuell sein.«

Daniel mußte an die Gerüchte denken, die über Dr. Darousha kursierten, und fragte: »Gilt das auch für Männer, die keinen Hehl aus ihrer Homosexualität machen?«

»Nein«, sagte Ben David. »Das Schlüsselwort heißt ›latent‹. Er kämpft gegen diese Impulse an und will sie verdrängen, könnte sich sogar ausgesprochen männlich geben und sich in der Rolle des Streiters für Recht und Ordnung gefallen. Natürlich gibt es auch homosexuell veranlagte Sexualtäter, aber die bringen normalerweise nur Männer um.« Ben David ließ sich einen Augenblick Zeit, um nachzudenken. »Es gibt Erkenntnisse über einige wenige pansexuelle Mörder – Kürten, das Monster von Düsseldorf, hat es mit Männern, Frauen und Kindern getrieben. Aber solange Sie hier keine männlichen Opfer zutage fördern, würde ich mich auf latente Homosexuelle konzentrieren.«

»Wie kann man einem latent Homosexuellen auf die Spur kommen?«

»Überhaupt nicht.«

Daniel wartete, ob Ben David noch etwas hinzuzufügen hatte, und fragte dann: »Was sagen Sie zu der Sache mit den

Ohrringen? Der Graue Mann hat nie etwas an sich genommen.«

»Der Graue Mann war barbarisch und hatte panische Angst – er schlug zu und rannte davon. Die Ohrringe sind eine Art Trophäe, genau wie der Uterus, den man Ihrem zweiten Opfer entnommen hat. Andere Killer nehmen Unterwäsche oder Kleidungsstücke an sich. Ihre Leichen waren nackt, als man sie gefunden hat, Ihr Killer könnte also auch Kleidungsstücke an sich genommen haben. Die Trophäen funktionieren vorübergehend als ein Ersatz fürs Töten. Es sind symbolische Zeichen der Erinnerung, ähnlich den Köpfen, die von den Menschenjägern aufbewahrt werden. Sexualtäter benutzen ihre Trophäen zur Masturbation; es regt ihre Machtgelüste wieder an.«

Ben David warf noch einmal einen Blick in die Berichte und überflog einige Seiten. »Der radikalste Ausdruck sexueller Machtausübung ist die Nekrophilie. Aber von Vergewaltigung ist hier nichts erwähnt. Hat Ihr Killer post mortem Geschlechtsverkehr mit den Opfern gehabt?«

»Der Pathologe hat keine Samenspuren gefunden«, sagte Daniel. »Eventuell wurden sie abgewaschen.«

»Vielleicht ein Indiz für Impotenz«, sagte der Psychologe. »Er könnte auch neben der Leiche masturbiert haben. Das macht einen Serumtest unmöglich – womit er wiederum materielle Beweismittel aus der Welt geschafft hat. Dumm ist Ihr Mörder nicht. Auf jeden Fall cleverer als der Graue Mann.«

Der Graue Mann, den Ben David für dumm und barbarisch hielt, hat sich immerhin bis heute nicht erwischen lassen, dachte Daniel.

Ben David hob seine Tasse und trank sie in einem Zug aus, dann wischte er sich mit dem Handrücken den Bart ab, ehe er zu einer weit ausholenden Erklärung ansetzte. »Der Wille zu dominieren bedingt die Unterwerfung. Es gibt Killer, die ihre Opfer fesseln. Ihr Mann hat statt dessen Heroin benutzt, aber das läuft auf dasselbe hinaus. Die totale Kontrolle.«

»Hat die Verwendung von Drogen in ihren Augen eine besondere Bedeutung?«

Der Psychologe stand auf, ging an das Rolltischchen und goß sich noch einen Kaffee ein. »Ich weiß es nicht«, sagte er, als er sich wieder hingesetzt hatte. »Vielleicht hat er einmal bei sexuellen Erlebnissen im Zusammenhang mit Drogen einen großen Rausch erlebt. Vieles, was die Leute in Erregung bringt, ist nur das Ergebnis von ganz zufällig miteinander verknüpften Empfindungen – die Kopplung von sexueller Erregung mit einem zufälligen, aber signifikanten Ereignis.«

Daniel brauchte einen Moment, um den Gedanken zu verstehen. »Ein Zufall?«

»Ein Zufall im Pawlowschen Sinne – in diesem Fall die wiederholte Kopplung von Sex und Gewalt. Mit dieser Art von Zufällen lassen sich sexuell abweichende Verhaltensweisen erklären – in England zum Beispiel wurden Generationen von Sadomasochisten produziert, weil man die Schüler in den Grundschulen mit dem Rohrstock züchtigte. Wenn sie einen erregten Jugendlichen oft genug schlagen, schaffen sie eine mentale Verbindung zwischen Schmerz und Erregung. Dasselbe trifft wahrscheinlich auf sexuelle Psychopathen zu – die meisten behaupten, sie seien im Kindesalter mißbraucht worden. Andererseits aber würden sie alles behaupten, was ihnen nützlich erscheint.«

»Könnte der Umstand, daß die Opfer betäubt wurden, auf einen Täter mit medizinischer Erfahrung hinweisen?« fragte Daniel. »Gleichzeitig hat er ja sorgfältig darauf geachtet, keine materiellen Beweise zu hinterlassen.«

»Gibt es einen Arzt unter den Verdächtigen?«

»Nein.«

»Meinte der Pathologe, daß man für die Verstümmelung außergewöhnliche medizinische Fähigkeiten gebraucht hätte?«

»Nein.«

»Dann würde ich nicht allzu viel auf diese Hypothese geben. Warum sollte ein Arzt ein so barbarisches Mittel wie Heroin verwenden, wenn er Zugang zu präziser dosierbaren Betäubungsmitteln hat? Tatsächlich ist es natürlich ein Indiz dafür, daß es sich bei dem Täter um jemanden mit Drogenerfahrung handeln muß. Leider gehört er damit in diesem Lande keinem besonders exklusiven Club an. Haben Sie noch etwas?«

»Als wir über den Grauen Mann sprachen, sagten Sie, er sei ein asozialer Einzelgänger, der vermutlich sehr zurückgezogen lebt. Meinen Sie das in diesem Fall auch?«

»Im tiefsten Innern sind alle Psychopathen asozial. Sie sind unfähig, Intimität zu erleben, sie betrachten Menschen als Objekte und besitzen kein Einfühlungsvermögen oder gar Mitgefühl. Der Graue Mann war in meinen Augen von spontanen Impulsen bestimmt und subaltern. Das hat mich zu der Vermutung veranlaßt, den Mann für sozial unangepaßt zu halten. Aber bei diesem hier sind die Dinge nicht so klar zu umreißen. Der Mann ist kalt und berechnend, gibt sich große Mühe, die Leiche zu waschen, zu präparieren und zu reinigen – er ist ein Theaterregisseur. Arrogant und intelligent; aber diese Typen geben sich oft gesellig und zuweilen charmant. Manche haben sogar unverhüllte Romanzen mit Frauen; schaut man sich dann aber die Beziehung näher an, wirkt sie eher unecht oder rein platonisch. Der raffiniertere Sexualmörder scheut nicht unbedingt das Licht der Öffentlichkeit. Im Gegenteil, er ist sogar in der Lage, die Öffentlichkeit zu suchen. Unter Umständen kann Politik eine Anziehungskraft auf ihn ausüben, denn da geht es auch um ein Spiel mit der Macht: Es gab mal einen Engländer – einen homosexuellen Mörder – namens Dennis Nilsen. War aktiver Gewerkschaftsfunktionär, überall beliebt und sozial sehr engagiert, wenn er nicht gerade kleine Jungs erwürgte. Der Amerikaner Ted Bundy war Jurastudent, ebenfalls politisch aktiv, gutaussehend, verbindliche Umgangsformen. Ein anderer Amerikaner, Gacy, spielte bei Kinderveranstaltungen den Clown, sammelte Spenden für die Demokraten und ließ sich mit Präsident Carters Frau fotografieren. Alle standen sie in der Öffentlichkeit.«

Ben David beugte sich vor.

»Innerlich sieht es in Ihrem Mann wie in einer Kloake aus, Dani. Lernen Sie ihn auf einer persönlichen Ebene kennen, dann wird sich auch seine psychopathische Veranlagung zeigen – in Lügen, unwahren Behauptungen, Widersprüchlichkeiten in seiner Biographie, mangelnder Selbstbeherrschung und einem Gewissen, das nur situationsbedingt funktioniert. Er glaubt zwar an die Notwendigkeit von Regeln, aber nicht, daß sie auch für ihn gelten. Dabei kann er nach außen hin durchaus normal wirken. Mehr noch – meist kann er andere Menschen überzeugend manipulieren.«

Daniel mußte an Fatmas Arglosigkeit denken und an Juliets möglichen Hirnschaden. Leichte Beute für eine derartige Person.

»Könnte auch religiöser Fanatismus eine Rolle spielen?« fragte er.

Ben David lächelte. »Der Mörder als Rächer, der die Welt von der Prostitution befreit? Das gibt's nur in Hollywood. Es gibt zwar Typen, die behaupten, sie handelten aus einer höheren moralischen Motivation; aber das ist dummes Zeug, reiner Selbstschutz. Wenn man es ihnen nicht abnimmt, lassen sie es auch rasch wieder fallen. Im Grunde töten sie, um einen Orgasmus zu haben.« Er warf noch einmal einen Blick in die Berichte.

»Beide Opfer waren Araber«, sagte er. »Das sollten Sie unbedingt in Betracht ziehen, denn darin steckt eine politische Komponente.«

»Mossad oder Shin Bet haben zur Zeit keine neuen Erkenntnisse aus der Terroristenszene –«

»Das habe ich nicht gemeint«, unterbrach ihn der Psychologe ungeduldig. »Beschränken Sie Ihre Überlegungen nicht auf irgendwelche organisierten politischen Zellen. Wie gesagt, politische Themen üben auf Psychopathen eine große

Anziehungskraft aus, weil Politik mit Macht zu tun hat. Ich rate Ihnen eins – stellen Sie sich den Killer als einen psychopathisch veranlagten Einzelgänger vor, dessen Gewaltphantasien von politischen Elementen durchsetzt sind.«

Ben David schoß plötzlich in seinem Stuhl hoch, ging an die Bücherregale, fuhr mit seinen Fingern über einige Buchrücken und nahm ein paar Bände heraus.

»Hier«, sagte er und legte Daniel die Bücher in den Schoß.

Die ersten drei waren amerikanische Paperbacks. Billige, ramponierte Ausgaben, das Papier vergilbt und brüchig. Daniel betrachtete die Illustrationen auf den Buchdeckeln: grelle Cartoons mit unwahrscheinlich üppigen Frauen, alle nackt, gefesselt und geknebelt, gequält von hypermuskulösen und Peitsche schwingenden Männern in Lederkleidung, die so glänzte, daß sie naß wirkte. Die Kostüme waren mit Hakenkreuzen und Eisernen Kreuzen und dem Totenkopf-Symbol der SS verziert. In einer Zeichnung liefen einer Frau Fäden von Blut über die fleischigen Oberschenkel, in einer anderen zielte ein geifernder Dobermann mit seinen rasiermesserscharfen Zähnen zwischen die Beine des Opfers.

Mit schreckgeweiteten Augen krümmten sich die Frauen in ihren Fesseln. Ihre Peiniger grinsten und griffen sich an ihre Geschlechtsteile, die zu grotesker Größe angeschwollen waren.

Die Titel: »Judenhure, blas mir einen«, »Die Nazi-Herren der Liebe«, »Gestapo-Fick«.

Daniel schlug einen Band auf, las ein paar Zeilen expliziter sadomasochistischer Pornographie und legte die Bücher angewidert beiseite.

»Ekelhaft.«

»Die habe ich erstanden, als ich noch an der Universität in Harvard war«, sagte Ben David. »In einem Antiquariat in der Nähe des Campus. Es gibt einen kleinen, aber stabilen Markt für diese Art von Literatur.«

Daniel schlug das vierte Buch auf, eins mit festem Einband

und dem Titel »Das darf nie wieder geschehen: Ein Schwarzbuch des faschistischen Horrors«. Er blätterte ein paar Seiten durch und stieß auf grobkörnige Pornographien. Berge von menschlichen Skeletten, Leichen mit leeren Augen, teilweise von Kalk zerfressen, lagen knietief in einem Graben aus Schlamm. Abgetrennte Arme und Beine, unwirklich wie Wachs. Der gemeine Blick eines deutschen Soldaten, als er einer nackten Frau in den Rücken schießt.

»Schauen Sie sich das Kapitel über ›Mord aus Profitsucht‹ an«, sagte der Psychologe. »Die medizinischen Experimente.«

Daniel fand den Abschnitt und überflog ihn flüchtig. Dann klappte er das Buch zu, seine Wut war eher noch größer geworden. »Was hat das zu bedeuten?«

»Es hat zu bedeuten, daß sich Rassismus und Psychopathie ausgezeichnet miteinander vertragen können. Mengele und alle anderen Lagerärzte waren Psychopathen. Hannah Arendt meinte zwar, es seien normale, sogar banale Persönlichkeiten gewesen, aber die psychologischen Gutachten sprechen eine andere Sprache. Sie waren von der Nazi-Ideologie fasziniert, weil sie ihren psychopathischen Anlagen entsprach. Hitler bestärkte sie und hat sie mit Macht und gesellschaftlicher Stellung und technischen Mitteln ausgestattet – sie waren Serienmörder in Staatsdiensten. Über eines sollten Sie sich im klaren sein, Dani. Wenn es weiterhin arabische Mädchen sind, die abgeschlachtet werden, dann sollten Sie sich mit dem Gedanken befreunden, daß Ihr Psychopath etwas gegen Araber hat.«

»Ein Jude als rassistisch motivierter Mörder?« Daniel mußte an das Buch über Jack the Ripper denken. Und die Theorie über den Schlächter.

»Es könnte auch ein Araber mit Tendenz zum Selbsthaß sein«, sagte Ben David. »Serienmörder neigen häufig dazu, sich gegen die eigene Art zu wenden. Aber schließen Sie nicht aus, daß es sich bei dem Killer um ein Mitglied unseres Volksstammes handelt, der herumläuft und Araber abschlachtet –

nur weil der Gedanke etwas Unappetitliches hat. Wir sind nicht alle Lämmer. Das sechste Gebot hat seine Berechtigung.«

Daniel schwieg. Ben David deutete seine Haltung als Abwehr und hob die Hände.

»Mir gefällt das auch nicht, mein Freund. Aber Sie wollten meine Spekulationen, und das sind sie nun mal.«

»Gestern abend habe ich noch ein paar Bücher zu dem Thema gelesen«, sagte Daniel nachdenklich, »und dabei fiel mir auf, daß ich in Nazi-Begriffen über psychopathische Mörder denke. Zum Beispiel: Mengeles in Miniaturformat.«

»Sehen Sie« – der Psychologe lächelte –, »Sie brauchen mich gar nicht. Ihr Unbewußtes führt Sie schon in die richtige Richtung.«

Er reichte Daniel die Berichte zurück, der sie in seine Aktentasche steckte und einen anderen Hefter herausnahm. Es war das Gutachten über Schlesinger, das gestern endlich aus der Leitstelle der Zivilgarde eingetroffen war. Er gab es Ben David und sagte: »Was halten Sie von dem hier?«

Ben David überflog die Papiere. »Sagt mir gar nichts«, meinte er. »Ein alter Mann mit Magenbeschwerden – und Kupat Holim behauptet, es hätte was mit seinem Kopf zu tun. Der klassische Trick, die psychosomatische Diagnose.«

»Er war der Hagah-Mann, der in der Nacht, als man das erste Opfer fand, am Skopus auf Patrouille war«, sagte Daniel. »Wäre eine erstklassige Chance für ihn gewesen. Ein alter Palmahi-Kämpfer, haßt die Araber – womit er ein Motiv hätte. Fährt gern nachts durch die Stadt, und Probleme hat er auch.«

Ben David schüttelte den Kopf.

»Von psychologischen Problemen steht hier nichts. Er hat Magenschmerzen und ein ständiges, stechendes Hungergefühl, dessen Ursachen die Ärzte nicht identifizieren können. Weil sie versagt haben, verstecken sie sich hinter der Psychologie und geben dem Patienten die Schuld.« Er gab Daniel die Akte zurück. »Ich will nicht behaupten, daß dieser Schlesinger nicht Ihr Mann sein könnte. Wenn Sie Beweise haben, nehmen Sie ihn sich zur Brust. Aber was in dem Gutachten steht, ist ohne Bedeutung.« Ben David sah auf seine Uhr. »Ist sonst noch etwas?«

»Nein, im Augenblick nicht«, sagte Daniel. »Vielen Dank.«

Die beiden erhoben sich, und Ben David führte ihn nach nebenan ins Wartezimmer. Auf dem Sofa saß ein junges Paar; beide hielten sie die Arme verschränkt und schauten auf ihre Schuhe. Als die Tür aufging, blickten sie kurz auf und starrten dann wieder auf den Teppich. Daniel sah, wie verschämt und verängstigt sie waren, und wunderte sich, daß Ben David keinen separaten Ausgang für seine Patienten eingerichtet hatte.

»Einen Moment noch«, sagte der Psychologe zu dem Paar. Er begleitete Daniel zur Haustür und hinaus bis an den Bürgersteig. Der Morgen lag in hellem Sonnenlicht, und von der Keren Hayesod drang das Geräusch von Autos und menschlichen Stimmen in die ruhige, schattige Straße unter den Bäumen. Ben David atmete tief ein und streckte sich.

»Psychopathen entwickeln manchmal eine Arroganz, die in Selbstzerstörung umschlagen kann«, sagte er. »Vielleicht wird er leichtsinnig, macht einen Fehler und sagt Ihnen, wer er ist.«

»Der Graue Mann hat das niemals getan.«

Ben David betastete seinen Bart. »Vielleicht haben Sie ja diesmal mehr Glück.«

»Und wenn nicht?«

Ben David legte ihm die Hand auf die Schulter. Seine Augen wurden sanft, als er nach einer Antwort suchte. Zum ersten Mal sah Daniel ihn in einem anderen Licht – väterlich, als einen Therapeuten.

Dann zog er auf einmal seine Hand zurück und sagte:

»Wenn Sie kein Glück haben, wird noch mehr Blut fließen.«

27

Den ganzen Tag lang vernahm er Sexualtäter und verlogene Bekennertypen – zum größten Teil menschliche Wracks und offensichtlich zu verwahrlost, um Schwierigeres zu planen als einen Fuß vor den anderen zu setzen. Mit vielen von ihnen hatte er früher schon gesprochen. In seinen Augen waren sie alle nur krankhafte Lügner, die er einem strengen Verhör unterzog. Was bei einigen zu Tränenausbrüchen führte, bei anderen zu einer fast katatonischen Erschöpfung.

Als er um sieben nach Hause kam, waren auch Gene und Luanne da, und der Tisch war für Gäste gedeckt. Er konnte sich nicht daran erinnern, daß Laura etwas von Besuch erwähnt hätte. Aber in letzter Zeit hatte er seiner Familie nicht viel Aufmerksamkeit geschenkt; und es war möglich, daß er eine ihrer Bemerkungen überhört hatte.

Als die Jungen zusammen mit Dayan über ihn herfielen, ließ er sich zu einem halbherzigen Ringkampf überreden. Dabei war ihm nicht entgangen, daß Shoshi nicht auf ihn zukam, um ihn zu begrüßen.

Der Grund stellte sich bald heraus. Sie spielte mit Gene in einer Ecke des Wohnzimmers Poker, als Spielmarken benutzten sie Rosinen. Die unterschiedlich großen Häufchen ließen deutlich erkennen, wer hier der Gewinner war.

»Ein Flush«, rief sie und klatschte in die Hände.

»Oh je«, sagte Gene und warf seine Karten hin.

»Tag, alle miteinander«, sagte Daniel.

»Tag, *Abba*.« Mit ihren Gedanken war sie ganz woanders.

»Grüß dich, Dani. Du bist dran und gibst, Süße.«

Die Jungen hatten sich in den hinteren Teil der Wohnung verzogen und den Hund mitgenommen. Für einen Augenblick stand Daniel allein da. Er stellte seine Aktentasche ab und ging in die Küche.

Am Tisch saßen Laura und Luanne, beide in leichten Baumwollkleidern, und steckten ihre Köpfe in einen großen weißen Fotoband – es war das Hochzeitsalbum von Laura und ihm.

»Ihr wart ja noch jung«, sagte Luanne. »Oh, hallo, Daniel.«

»Hallo, Luanne.« Und für Laura hatte er ein Lächeln.

Sie lächelte zurück, stand aber nur zögernd auf, daß er sich fast wie ein Eindringling vorkam.

»Ich habe eben im Büro angerufen«, sagte sie und gab ihm einen flüchtigen Kuß auf die Wange. »Das Essen wird kalt.«

»Tut mir leid.«

»Kein Problem.« Sie drückte rasch seine Hand, ließ wieder los und ging an den Backofen, um den Braten zu inspizieren.

»Ihr wart ja vielleicht ein Pärchen«, sagte Luanne. »Du meine Güte, sieh dir mal die ganzen Münzen an. Das ist einfach phantastisch.«

Daniel warf einen Blick auf das Bild, das ihre Aufmerksamkeit so fesselte. Es war das Hochzeitsfoto: ein Porträt von Laura und ihm, wie sie neben der albernen großen Hochzeitstorte Händchen hielten – eine Idee seiner Schwiegermutter.

Er trug einen weißen Smoking mit einem absolut dämlichen Rüschenhemd, pflaumenblauer Schärpe und Schleife – das sei jetzt große Mode, hatte der Frackverleiher behauptet. Daniel lächelte zwar, aber so verstört wie ein Kind, das man für eine Tanzparty zurechtgemacht hatte.

Laura sah großartig aus, nichts an ihr wirkte unnatürlich. Das jemenitische Hochzeitskleid stand ihr so gut wie der Kopfputz; beides war seit Generationen in Händen der Familie Zadok, gehörte aber eigentlich der jemenitischen Gemeinde von Jerusalem. Ein Schatz, viele Jahrhunderte alt, und jede Braut konnte auf Wunsch die Tracht ausleihen. Es war eine Tradition, die bis auf San'a zurückging und soziale Gleichheit zelebrierte. Die Töchter der Wohlhabenden und der Bettler begingen gleichermaßen prächtig gekleidet ihre *Huppah*; jede Braut durfte sich an diesem besonderen Tag wie eine Königin fühlen.

Das Kleid, der Kopfputz und der dazugehörige Schmuck

waren schwer wie ein Kettenpanzer: Überkleid und Pantalons aus sprödem Goldbrokat; drei Ringe an jedem Finger und an jedem Handgelenk ein Trio von Armreifen; um den Hals verschiedenartige Ketten aus silbernen und goldenen Münzen; Filigrankugeln, funkelnd wie Silberbonbons, Bernsteinkugeln, Perlen und Edelsteine. Der Kopfschmuck hoch und kegelförmig, belegt mit wechselnden Schichten von schwarzen und weißen Perlenreihen und, an der Spitze, mit einem Gewinde aus weißen und scharlachroten Nelken; der Perlenschmuck um das Kinn hing wie ein schimmernder Bart bis zum Schlüsselbein herab; ein Saum von winzigen türkisfarbenen Anhängern verbarg die obere Hälfte der Stirn, so daß nur der mittlere Teil von Lauras Gesicht zu sehen war. Wie in einem Rahmen, der ihre schönen jungen Züge und die großen, hellen Augen betonte.

Bei der Zeremonie am Abend zuvor hatte sie ihre Handflächen und Fußsohlen mit rotem Henna bestrichen, und heute nun dies. Sie war kaum noch in der Lage zu gehen; die geringste Bewegung mit dem Handgelenk löste funkelnde Reflexe aus, die Edelsteine blitzten, und Metall klimperte gegen Metall. Die alten Frauen führten sie, hielten sie aufrecht und murmelten unverständliche Worte. Andere kratzten und schabten komplizierte Rhythmen auf Fingerinstrumenten und erzeugten auf antiken, mit Ziegenhaut bespannten Trommeln eine Art Melodie. Ausgelassen sangen sie ihre Frauenlieder und genossen die hintergründige Erotik der arabischen Texte. Im Mittelpunkt immer die verrückte Estelle, eine kleine Frau, kaum größer als ihre Tochter. Sie tanzte leichtfüßig, lachte und hielt alle in Stimmung.

Die Männer saßen in einem separaten Raum. Sie aßen, tranken Chivas Regal und Arrak und Kirschbrandy und türkischen Kaffee mit Schnaps vermengt; sie hakten sich unter und tanzten paarweise zu den Männerliedern, die Mori Zadok auf hebräisch und aramäisch intonierte. Heldengesänge über die Großen der Geschichte. Den Rambam. Sa'adia Gaon. Mori

Salim Shabazi. Andere aus der älteren Generation taten es ihm nach, sprachen abwechselnd Segensformeln und *Divrei Torah* zum Lob der Freuden des Ehestandes.

Daniel saß in der Mitte des Tisches und leerte alle Gläser, die man vor ihn hinstellte, behielt aber nach Art der Jemeniten einen klaren Kopf. An der einen Seite neben ihm saß sein Vater, der mit seiner hohen, klaren Tenorstimme sang, an der anderen sein neuer Schwiegervater, der stumm blieb.

Al Birnbaum hatte schwer geladen. Der Alkohol trieb ihm zusehends die Röte ins Gesicht. Er klatschte in die Hände, wollte einer von ihnen sein, sah aber doch nur verstört aus, wie ein Zugereister, den es unter die Exoten verschlagen hat. Daniel empfand Mitleid für ihn, aber er wußte nicht, was er ihm hätte sagen sollen.

Später, nach der Zeremonie des *Yihud*, hatte Al ihn in eine Ecke des Raumes gezogen und ihn umarmt, dann hatte er ihm Geldscheine zugesteckt und ihm einen feuchten Kuß auf die Wange verpaßt.

»Es ist wunderbar, mein Sohn, einfach wunderbar«, platzte er heraus. Sein Atem ging heiß und war schwer von Arrak. Die Musiker spielten »Qetsad Merakdim«; die Gäste tanzten und umschwirrten die Braut. Als Al bedenklich zu schwanken anfing, legte Daniel ihm die Hand auf die Schulter.

»Ich danke Ihnen, Mr. Birnbaum.«

»Sie werden gut zu ihr sein – ich weiß das. Sie sind ein guter Junge. Wenn Sie irgend etwas brauchen – ein Wort genügt.«

»Ich danke Ihnen. Ich freue mich sehr.«

»Aber bitte, mein Sohn. Ihr beiden zusammen werdet ein wunderbares Leben haben. Wunderbar.« Er weinte ein paar Tränen, die er hastig abwischte und unter einem Hustenanfall tarnte.

Später gab es dann natürlich die Telefonanrufe. Ferngespräche über zwei Kontinente mit knisternden atmosphärischen Störungen. Es waren nur dürftig kaschierte Signale elterlicher Einsamkeit, die immer dann einzutreffen schienen, wenn sie zusammen im Bett waren. Dann die ziemlich direkten Bemerkungen über das wunderbare Leben in Kalifornien; ob das mit ihrer Zwei-Zimmer-Wohnung auch gutginge; ob die Heizung endlich repariert sei, und ob es immer noch nach Insektenvertilgungsmittel rieche. Er hätte da einen Freund, einen Rechtsanwalt, der vielleicht jemanden mit Ermittlungstalenten gebrauchen könnte; ein anderer Freund besäße eine Versicherungsagentur und könnte ihn in eine lukrative Stellung bugsieren. Und wenn er der Polizeiarbeit überdrüssig wäre, gäbe es immer noch Platz im Druckgewerbe ...

Am Ende akzeptierten die Birnbaums, daß ihr einziges Kind aus dem Haus war. Sie erwarben die Wohnung in Talbieh mit all diesen Schlafzimmern und der Küche voller Elektrogeräte angeblich für sich selbst. (»So praktisch für unsere Sommerbesuche, Liebling – könnt ihr Kinder nicht in der übrigen Zeit das Haus hüten?«)

Die Besuche fanden einmal im Jahr statt, man hätte den Kalender danach stellen können, und immer in den ersten beiden Wochen im August. Die Birnbaums reisten mit einem halben Dutzend Koffern, wovon die Hälfte Geschenke für die Kinder enthielten; sie weigerten sich, im ehelichen Schlafzimmer zu übernachten und schliefen statt dessen in den Betten der Jungen. Mikey und Beny zogen bei Shoshi ein.

Dreizehn Sommer, sechzehn Besuche – jeweils ein Extrabesuch bei der Geburt eines Kindes.

In der übrigen Zeit hüteten also die Sharavis ihre Wohnung. Soviel Luxus konnte ein Polizeibeamter normalerweise nicht erwarten ...

»Du hast wie eine Prinzessin ausgesehen, Laura«, sagte Luanne.

Sie blätterte die Seite um und studierte Bilder von tanzenden Jemeniten.

»Ich habe so sehr geschwitzt, daß ich zwei Pfund abgenommen habe«, lachte Laura und stieß mit der Gabel in den Braten. Dann wurde sie auf einmal ernst, und Daniel hatte den Eindruck, daß sie mit den Tränen kämpfte.

»Es war ein wunderschönes Kleid«, sagte sie. »Ein wunderschöner Tag.«

Daniel ging zu ihr und legte ihr den Arm um die Hüfte. Er genoß die Empfindung ihres Körpers, ihre sinnliche Empfänglichkeit, das Feuer unter ihrer Haut, wenn er sie berührte. Sie machte eine Handbewegung, und er spürte ihre vibrierende, vitale Energie.

Er gab ihr einen Kuß auf die Wange.

Sie zwinkerte ihm zu, bugsierte den Braten auf ein Tablett und reichte es ihm.

»Hilf mir beim Auftragen, *Pakad*.«

Luanne und Gene erzählten beim Essen von ihrer Fahrt nach Eilat. Wie sie mit Schnorchel und Taucherbrille im kristallklaren Wasser des Roten Meeres geschwommen waren, von den Korallenwäldern in der Tiefe, den Schwärmen von Fischen in allen Farben des Regenbogens, die gemächlich auf das Ufer zuschwammen. Die länglich grauen Umrisse, da ließ Gene keine Zweifel gelten, waren Haie gewesen.

»Was mir am meisten auffiel«, sagte Luanne, »waren die Garnelen. Alle Leute verkauften welche oder kochten welche oder aßen welche. Ich hatte nicht das Gefühl, in einem jüdischen Land zu sein.«

»Erstklassige Garnelen«, sagte Gene. »Schön groß und tiefgefroren.«

Nach dem Dessert machten sich alle an das schmutzige Geschirr. Mikey und Benny lachten schallend, als sie stapelweise Teller balancierten. Shoshi ermahnte sie zur Vorsicht.

Dann verzogen sich die Kinder in Shoshis Zimmer und sahen sich den »Krieg der Sterne« auf Video an – Fernseher, Videorecorder und Cassette waren Geschenke aus Los Angeles –, und die Frauen befaßten sich wieder mit dem Hochzeitsalbum. Gene und Daniel traten nach draußen auf den Balkon. Gene nahm eine Zigarre heraus und rollte sie zwischen den Fingern.

»Ich wußte gar nicht, daß du rauchst«, sagte Daniel.

»Kommt auch selten vor, aber nach einem wirklich guten Essen gönne ich mir manchmal eine. Das sind kubanische – aus dem Duty-Free-Shop in Zürich.« Gene griff in die Tasche und nahm noch eine heraus. »Möchtest du?«

Daniel zögerte. »Okay. Danke.«

Sie setzten sich, legten ihre Füße auf das Geländer und reichten sich Feuer. An das leicht bittere Aroma mußte Daniel sich erst gewöhnen, aber nach ein paar Zügen wurde er gelassener und genoß den Geschmack der Zigarre.

»Wo wir gerade von Haien sprachen«, sagte Gene, »was macht denn dein Fall?«

»Sieht gar nicht gut aus.« Daniel erzählte ihm von Juliet, den endlosen Vernehmungen der Ärzte und Krankenschwestern, und wie er sich dutzendweise vorbestrafte Sexualtäter zur Brust genommen hatte. Bis jetzt ohne jeden Erfolg.

»Mann, von dem Lied kenne ich alle Strophen«, sagte Gene verständnisvoll, aber durchaus erfreut, wieder auf vertrautem Gebiet zu sein. »Sieht aus, als wenn du ganz schlechte Karten hättest.«

»Heute morgen habe ich mich mit einem Psychologen unterhalten. Er sollte versuchen, ein Persönlichkeitsprofil des Täters zu skizzieren.«

»Was hat er dir gesagt?« fragte Gene. Er hatte sich zurückgelehnt und die Hände hinter dem Kopf verschränkt. Schaute in den schwarzen Himmel von Jerusalem und blies Zigarrenrauchringe in den Mond.

Daniel berichtete ihm in einer Kurzfassung, was er von Ben David erfahren hatte.

»In einem Punkt hat er recht«, sagte Gene. »Den ganzen psychologischen Kram kannst du vergessen. Ich hatte in meinem Leben mit wer weiß wie vielen Mordfällen zu tun und körbeweise Persönlichkeitsprofile von Tätern auf den Tisch bekommen, und kein einziges Mal konnte ich damit einen Fall lösen. Auch nicht die verrückten Serienmorde.«

»Wie löst du denn deine Fälle?« Auf den ersten Blick war das eine dumme Frage, ziemlich stümperhaft. Aber mit Gene fühlte er sich vertraut, mit ihm konnte er offen sprechen. Viel offener als mit seiner eigenen Familie. Irgendwie gab ihm das zu denken.

Gene setzte sich aufrecht und rückte mit seinem Stuhl näher an Daniel heran.

»Von meinem Standpunkt aus machst du alles richtig. Tatsache ist aber doch, daß wir viele Fälle ohnehin nicht lösen. Die Täter hören einfach auf zu morden, oder sie sterben selbst, und damit hat es sich. Wenn wir sie aber doch erwischen, liegt das in neun von zehn Fällen daran, daß sie irgendeinen Blödsinn machen. Sie stellen ihr Auto direkt am Tatort ab, bekommen einen Strafzettel wegen Falschparkens, und damit landen sie bei uns im Computer. Man geht die gespeicherten Daten durch, genau wie du das machst. Eine verärgerte Freundin oder die Ehefrau verpfeift sie. Oder der Killer fängt selbst an Faxen zu machen und gibt sich zu erkennen. Was darauf hinausläuft, daß er sich freiwillig stellt. Und wir selbst sind die ganze Zeit nur Schritt für Schritt den Routineweg gegangen.«

Gene zog an seiner Zigarre und blies einen Schwall von Rauch in die Luft. »So ein Fall schlägt einem verdammt auf den Magen, Danny Boy. Obendrein haben wir's dann noch mit der Presse zu tun, die von jetzt auf gleich Resultate sehen will.«

Lauf dir immer nur die Hacken ab und warte, bis der Killer etwas falsch macht. Dasselbe hatte ihm auch Ben David gesagt.

Er hätte gut darauf verzichten können, an ein und demselben Tag zweimal dasselbe zu hören.

Daniel ging zu Bett, umarmte Laura und gab ihr einen Kuß.
»Oh, dein Atem – hast du geraucht?«
»Eine Zigarre. Aber ich hab mir die Zähne geputzt. Soll ich sie mir noch mal putzen?«
»Nein, laß nur. Aber küssen werde ich dich nicht.«
Einen Augenblick später aber schlang sie schon ihre Beine um ihn, streichelte ihn mit den Fingern einer Hand sanft zwischen den Beinen, spielte mit der anderen in seinem Haar, öffnete den Mund und gab sich frei.

Mitten in der Nacht wurde er wach, und in seinem Kopf hämmerte es wie in einem Dieselmotor. Er dachte an Todeslager und Injektionen und Messer mit langen Klingen. Ein einziger Schnitt genügte, und der Hals war vom Rumpf getrennt. Blutströme ergossen sich in den Rinnstein, flossen in die Kanalisation. Eine Stadt in Blut getränkt, goldfarbene Häusermauern verwandelten sich in karmesinrote Steinflächen. Kopflose Puppen schrieen verzweifelt um Hilfe. Er selbst schwebte in einem leeren Raum, wie ein Vogel in einem Bild von Chagall. Eine Rettung gab es nicht.

28

Wenn der Krieg zwischen den Erwachsenen einmal anders ausging als sonst, war das für ihn ein unglaubliches Erlebnis.

Normalerweise brüllten sie sich bis zur körperlichen Erschöpfung an, wobei die Wirkung des Alkohols und ihre zunehmende Müdigkeit den Streit in einem Gemurmel von letzten und allerletzten Worten versiegen ließ.

Normalerweise hielt sie länger aus als der Doktor, und immer war sie es, die den letzten Fluch ausstieß und dann betrunken die Treppe nach oben wankte; der Junge ahnte ihren Abgang im voraus und flüchtete vor ihr in sein sicheres Bett, versteckte sich unter den Decken, hörte noch, wie ihre Schritte leiser wurden und ihr schmutziges Gerede verebbte, bis Ruhe war.

Doktor blieb normalerweise noch eine Weile in der Bibliothek, ging mit schweren Schritten auf und ab, trank weiter und las. Manchmal überkam ihn dabei der Schlaf und er legte sich auf das Ledersofa, ohne sich auszuziehen. Wenn er nach oben ging, schwankte auch er. Die Tür ließ er in einer letzten generösen Geste offen, so daß der Junge seine Alpträume hören konnte.

Das eine Mal, als alles anders verlief, war er gerade sechs Jahre alt.

Er erinnerte sich mit Gewißheit, denn drei Tage vorher hatte er seinen sechsten Geburtstag gefeiert; ein Nicht-Ereignis, gekennzeichnet durch bunt eingewickelte Geschenke aus dem teuersten Spielzeugladen der Stadt und eine Torten-Anschneide-Zeremonie, an der seine Eltern nur widerwillig teilnahmen. Dann ein Kinobesuch mit einem Horrorfilm; eines der Dienstmädchen begleitete ihn, die mit dem Pferdegesicht, die keine Kinder leiden konnte und ihn ganz besonders haßte.

In der Pause ging er auf die Toilette und pinkelte in voller Länge über die Wand; dann kaufte er sich so viel Popcorn und Süßigkeiten, daß er zwanzig Minuten später wieder zur Toilette mußte und sich in die Pfütze aus seinem Pipi erbrach.

Er war sich also sicher, sechs Jahre alt gewesen zu sein.

In dieser Nacht, als alles anders endete, trug er einen blaßblauen Pyjama mit einem Affen- und Papageienmuster, saß zusammengekauert auf der sechsten Treppenstufe und streichelte das glänzende Holz des Geländers. Hörte ihre üblichen Gemeinheiten; glücklich, weil das etwas ihm Vertrautes war.

Dann die Überraschung: ihr Streit endete abrupt. Auf einmal war alles still.

Es kam so plötzlich, daß der Junge einen Augenblick lang glaubte, sie hätten sich jetzt wirklich umgebracht.

Dann hörte er Geräusche, schweres Atmen, ein Stöhnen – war jemand verletzt?

Wieder das Stöhnen, wieder das Atmen. Angst überkam ihn und krallte sich wie mit eiskalten Fingern in seine Brust.

War es das? War dies das Ende?

Vorsichtig wie eines der Maschinenmonster aus dem Horrorfilm schlich er sich über die restlichen sieben Treppenstufen nach unten. Die schwere Doppeltür zur Bibliothek stand einen Spalt weit offen. Gelbliches Licht drang durch die dreieckige Öffnung. Ein häßliches Gelb, wie seine Pipi-Pfütze.

Wieder hörte er ein Stöhnen, spürte einen süßlich bitteren Geschmack in seinem Mund und glaubte, brechen zu müssen. Er hielt die Luft an, drückte seine Hand auf seinen kleinen Bauch und preßte hart nach innen, um das Gefühl zu verjagen. Geh weg, sagte er, geh weg.

»Oh!«

Die Stimme seiner Mutter, aber sie klang so anders. Voller Angst. Das Keuchen ging weiter, es kam nicht von ihm, es war ein Schnaufen, das nicht mehr aufhörte, wie bei einer Spielzeugeisenbahn: Doktors Stimme.

»Oh!«

Was ging dort vor?

»Oh, Charles!«

Er nahm seinen ganzen Mut zusammen und ging auf Zehenspitzen an die Tür. Er spähte durch den gelben Spalt, und da sah er sie.

Doktor saß auf der Couch, noch in seinem weißen Hemd mit Krawatte, aber seine Hosen und Unterhosen hingen ihm um die Knöchel. Seine Beine sahen unförmig aus, dicht behaart und massiv wie die eines Gorillas.

Sie war nackt, die Haut weiß wie ihr Nachthemd, sie saß mit dem Rücken zur Tür, ihr weißblondes Haar war offen und glänzte.

Ihr Kopf lag auf Doktors Schulter, ihr Kinn preßte sich wie zum Biß eines Vampirs an seinen Hals.

Sie saß auf Doktor, die Hände in seinem Haar. Sie zerrte daran und versuchte, ihm Haarsträhnen auszureißen.

Oh, nein, ihr Hintern ...

Wie zwei riesengroße Eier hing der nach unten, und es war noch etwas dazwischen. Etwas, das hineinstieß. Eine Stange mit schwarzen Haarbüscheln, wie rosa Eis am Stiel. Nein, eine Stange, eine feuchte, rosafarbene Stange – das Ding seines Vaters!

Oh, nein. Wieder spürte er den Brechreiz und würgte, schluckte den ekelhaften Geschmack hinunter, den er bis in seinen Bauch brennen fühlte.

Das Ding war eine Waffe. Ein Kartoffelstampfer.

Man konnte es als Waffe benutzen!

Er starrte wie hypnotisiert, unfähig zu atmen, und kaute auf seinen Fingern.

Er war in ihr drin! In ihr und wieder raus. Oh, nein, er stach sie ja, tat ihr weh – darum weinte und stöhnte sie so. Weil Doktor sie mit seinem Ding stach!

Er konnte sehen, wie sich Doktors Gesicht auf ihrer Schulter hin und her bewegte, als hätte es jemand abgeschnitten, und trotzdem war es lebendig und schwitzte. Der Kopf einer lebendigen Leiche, die gemein grinste. Verformt, rosa und feucht, genau wie sein Ding.

Doktor zwang sie – hielt sie mit seinen großen, behaarten Händen am Hintern fest, drückte sie, vergrub seine Finger in der weichen, weißen Haut. Er drückte, bis sie schrie, es machte ihm nichts aus, daß sie ihn in den Hals biß und an seinen Haaren riß – wie ein Monster, das keinen Schmerz spürt, zwang er sie, zwang sein Ding in sie hinein, es tat ihr weh, und sie schrie!

»Oh ... oh, Charles ...«

Rosa und weiß, das Rosa drang in Weiß. Er mußte an ein Glas Milch denken und an Blutstropfen; wenn das Blut auf die Milch traf, gab es einen Wirbel, und alles färbte sich rosa.

»Oh, Gott!« rief sie mit lauter Stimme. Jetzt fing sie an zu beten – sie mußte wirklich große Schmerzen haben. Ihre Bewegungen wurden schneller; sie schnellte hoch, versuchte in die Luft zu springen, wollte weg von ihm und seinem Kartoffelstampfer, aber er hielt sie fest – er zwang sie!

»Oh, Gott!«

Sie betete und flehte um Hilfe. Ob er ihr zu Hilfe kommen sollte? Seine Füße klebten fest am Boden. Seine Brust war wie zusammengeschnürt, und alles tat ihm weh. Was konnte er tun …?

»Ja«, sagte Doktor, er grinste und biß die Zähne zusammen und grinste wieder wie ein schwitzendes Monster. »Oh, ja. Ja.«

»Oh, Gott! Fester, du Scheißkerl! Fester!«

Was war das?

»Mach's mir, du Scheißkerl!«

Sie sprang und hüpfte.

Sprang und hüpfte und stöhnte.

Und irgendwie lächelte sie dabei.

»Fester, zum Teufel!«

Sie sagte Doktor, er solle sie stechen. Sie sagte ihm, er solle ihr weh tun!

Sie mochte es, wenn er ihr weh tat!

Doktor knurrte wie ein Monster und grinste wie ein Monster. Und zwischen seinem Keuchen und Fauchen stieß er noch Worte hervor: »Hier, guck's dir an, nimm ihn.«

»Oh, ich … hasse dich.«

»Du liebst es doch.«

»Ich hasse dich.«

»Soll ich aufhören, du Nutte?«

»Nein, oh, nein.«

»Sag's mir!« Er knurrte wieder.

»Nein – hör nicht auf, verdammt …«

»Sag's mir!« Er grinste.

»Ich liebe es.«

»Schon besser. Sag's noch einmal.«

»Ich liebe es, liebe es!«

»Hier, sieh zu, wie ich dich ficke. Nimm ihn.«

»Oh. Oh, oh, Jude ... du Scheißkerl ... oh, oh.«

»Nimm ihn.«

»... verfluchter ... Juden ... schwanz. Oh!«

Plötzlich bäumte Doktor sich auf, hob seinen behaarten Hintern von der Couch und schob sie mit sich hoch. Stieß schneller und heftiger und rief »Mein Gott!«

Sie schlug hin und her wie eine Stoffpuppe und rief: »Ich hasse dich!« Dann gab sie seltsame Laute von sich; es klang, als ob sie erstickte. Ihre Finger lösten sich aus Doktors Haar und wanden sich wie die weißen Würmer, die der Junge manchmal im Garten unter feuchten Steinbrocken fand.

»Oh.«

»Nutte.«

Dann, auf einmal, bewegte sie sich nicht mehr, und Doktor klatschte ihr auf den Hintern und lachte und grinste, und der Junge war keuchend und stolpernd nach oben gerannt; sein Herz klopfte, als wenn es ihm aus der Brust springen wollte.

Er erbrach sich auf den Fußboden, kroch ins Bett und machte es naß.

Er verbrachte eine Ewigkeit unter den Decken, biß sich zitternd auf die Lippen, zerkratzte sich die Arme und das Gesicht, bis er blutete. Schmeckte sein Blut. Drückte sein Ding, bis es hart war.

Tat sich selbst weh, wollte wissen, ob es Spaß machte.

Es machte irgendwie Spaß.

Erst später, als er hörte, wie sie schluchzend die Treppen heraufkam, dämmerte es ihm, daß sie noch am Leben war.

29 Shmeltzer war überrascht, als ihm die Frau die Tür aufmachte. Er hatte einen älteren Menschen erwartet, so alt wie der Hagah-Mann, vielleicht ein wenig jünger. Aber diese Frau war wesentlich jünger, Anfang Fünfzig und sogar jünger als er selbst. Sie hatte ein rundes, mädchenhaftes Gesicht, mollig und hübsch, aber in ihren grauen Augen lag eine Spur von Bitterkeit. Das wenige Make-up stand ihr gut, und sie hatte ihr dickes, dunkles Haar, in dem sich die ersten grauen Strähnen zeigten, zu einem Knoten gebunden. Ihr gewaltiger Busen beherrschte alles, was zwischen Hals und Taille war. Um Taille und Hüften hatte sie rundliche Polster, und ihre Knöchel wirkten zierlich für eine Frau von ihrem Gewicht. Genau wie damals bei Leah. Bestimmt machte auch sie sich Sorgen um ihre Figur.

»Ja?« sagte sie, und ihre Stimme klang mißtrauisch und unfreundlich.

Ihm wurde klar, daß er sich reichlich dämlich anstellte, nicht eben wie ein begnadeter Detektiv. Sie hatte ihm zwar die Tür geöffnet, aber das mußte ja nicht bedeuten, daß sie auch seine Ehefrau war. Sie konnte eine Verwandte sein oder ein Gast.

Doch als er sich vorstellte, seine Dienstmarke zeigte und nach Schlesinger fragte, sagte sie: »Er ist nicht da. Ich bin Eva – Mrs. Schlesinger. Was wollen Sie?«

»Wann erwarten Sie ihn zurück?«

Die Frau starrte ihn an und biß sich auf die Lippe. Sie hatte kleine, weiche Hände, die sie aneinander rieb.

»Überhaupt nicht«, sagte sie.

»Wie meinen Sie das?«

Sie wollte etwas sagen, hielt sich aber die Hand vor den Mund, drehte sich auf dem Absatz um und ging zurück in die Wohnung. Aber sie hatte die Tür aufgelassen, und Shmeltzer ging ihr nach.

Die Wohnung war schlicht, hell und tadellos gepflegt. Mit

schmucklosen dänischen Möbeln, die sie vielleicht als Ensemble bei Hamashbir gekauft hatten. Auf dem Kaffeetisch standen Schälchen mit Nüssen, Konfekt und getrockneten Früchten. Tiere aus Kristallglas und Porzellanminiaturen, wie Frauen es liebten – dem Hagah-Mann waren die Nippes-Figuren in seiner Wohnung wahrscheinlich gleichgültig. Ein Bücherschrank aus Teakholz, vollgestellt mit historischen und philosophischen Werken. An den Wänden Drucke von Landschaften, aber keine Fotos von Kindern oder Enkelkindern.

Eine zweite Ehe, dachte er; der alte Junge war scharf auf eine junge Frau, hatte sich vielleicht von der ersten scheiden lassen, war vielleicht auch Witwer. Dann fiel ihm wieder ein, daß Schlesinger in Dachau gewesen war, und der Altersabstand erschien in einem anderen Licht: seine erste Frau wird von den Deutschen ermordet worden sein, möglicherweise sind auch ein paar Kinder umgekommen. Kommt nach Palästina, fängt noch einmal von vorne an, erkämpft eine neue Existenz – eine Lebensgeschichte, die ihm vertraut war; viele von seinen Nachbarn hatten dasselbe durchgemacht.

Ob die beiden kinderlos waren? Vielleicht sah sie deshalb so unglücklich aus.

Sie war in die Küche gegangen und trocknete Geschirr ab. Er folgte ihr.

»Was meinten Sie vorhin mit ›überhaupt nicht‹?«

Sie drehte sich um und schaute ihm ins Gesicht. Atmete tief ein, und ihr gewaltiger Busen hob sich eindrucksvoll. Als sie Shmeltzers Blick bemerkte, bedeckte sie die Brust mit einem Geschirrtuch.

Was ist das für eine Vernehmung, dachte Shmeltzer. Er stellte sich an wie ein Anfänger.

»Mein Mann liegt im Krankenhaus. Ich komme gerade von dort. Er hat im ganzen Körper Krebs – im Magen und in der Leber und in der Bauchspeicheldrüse. Die Ärzte sagen, daß er bald sterben muß. Sie geben ihm nur noch ein paar Wochen.«

»Es tut mir leid.« Was für eine geistlose Bemerkung. Er

haßte es, wenn andere Leute so mit ihm sprachen. »Wie lange ist er schon krank?«

»Seit einer Woche«, fuhr sie ihn an. »Reicht das für sein Alibi?«

»*Gveret* Schlesinger ...«

»Er sagte mir, daß die Polizei ihn verdächtigt – ein Jemenit beschuldigte ihn des Mordes. Und ein paar Tage später hatte er Krebs!«

»Kein Mensch hat ihn wegen irgend etwas beschuldigt, *Gveret*. Er ist für uns ein unentbehrlicher Zeuge, das ist alles.«

Eva Schlesinger schaute ihn an und ließ das Geschirr aus der Hand fallen. Sie sah zu, wie es in Stücke sprang, dann brach sie in Tränen aus, kniete sich hin und fing an, die Scherben aufzusammeln.

»Vorsichtig«, sagte Shmeltzer und hockte sich neben sie. »Das ist scharf – Sie werden sich in die Finger schneiden.«

»Hoffentlich!« sagte sie und begann, in den Scherben herumzugrapschen, hastig und mechanisch, als sortierte sie zerschnittenes Gemüse. Shmeltzer sah winzige Punkte von Blut an ihren Fingern, zog ihr die Hände weg und brachte sie auf die Beine. Er lotste sie zum Spülstein, drehte den Hahn auf und hielt die verletzten Finger unter den Wasserstrahl. Ein paar Sekunden später hörte das Bluten schon auf; nur ein paar rote Bläschen blieben noch zurück. Kleine Schrammen, nichts Ernstes.

»Hier«, sagte er und riß ein Papiertuch von einer Rolle, die an der Wand montiert war. »Drücken Sie Ihre Finger in das Papier.«

Sie nickte und tat, was er sagte, dann fing sie wieder an zu weinen. Er führte sie ins Wohnzimmer und schob sie auf die Couch.

»Etwas zu trinken?« sagte er.

»Nein, danke, mir geht es bestens«, flüsterte sie zwischen ihren Schluchzern. Dann merkte sie, was sie gesagt hatte, und fing an zu lachen. Schrill und hysterisch.

Shmeltzer wußte nicht recht, was er tun sollte, und ließ sie eine Weile gewähren. Sah zu, wie sie abwechselnd weinte und lachte, bis sie endlich still wurde und die Hände vors Gesicht schlug. »Yaakov, Yaakov«, flüsterte sie.

Shmeltzer wartete und schaute auf das Papiertaschentuch mit den Blutflecken, das sie um ihre Finger gewickelt hatte. Das Wohnzimmerfenster gab einen Blick auf die Wüste frei. Es war ein schöner Ausblick, man konnte die Felsgipfel erkennen und auch die winzig kleinen Höhlen. Aber architektonisch ergab der Wohnkomplex am French Hill keinen Sinn – wie konnte man nur Hochhäuser auf einen Hügel bauen. Irgendwelche Idioten von Stadtplanern mußten unbedingt die Silhouette kaputtmachen ...

»Jahrelang hat er unter Schmerzen gelitten«, sagte Eva Schlesinger. Für Shmeltzer klang das wie ein persönlicher Vorwurf, als wolle sie ihm die Schuld an seinen Schmerzen geben. »Immer hatte er Hunger – er aß wie ein wildes Tier, wie eine menschliche Müllbeseitigungsanlage, aber satt wurde er nie. Können Sie sich vorstellen, was das für ein Gefühl war? Und dann haben die ihm gesagt, es hätte was mit seinem Kopf zu tun.«

»Ärzte«, bedauerte Shmeltzer. »Die meisten sind doch nur Schwachköpfe. Was macht Ihre Hand?«

Sie ignorierte die Frage, stützte sich mit ihrer unverletzten Hand auf den Kaffeetisch, und dann schoß es nur so aus ihr heraus, als wenn sie Salven aus einem Maschinengewehr abfeuerte: »Er hat versucht, es ihnen zu erklären, diesen Idioten, aber sie wollten ja nicht hören. Statt dessen haben sie ihm gesagt, er wäre verrückt und er sollte einen Psychiater aufsuchen – Psychoklempner, die sind doch selbst alle verrückt, oder? Was sollten die denn mit ihm anstellen? Die Schmerzen kamen doch aus dem Magen und nicht aus seinem Kopf. Solche Schmerzen auszuhalten, das ist nicht normal. Das kann doch nicht der Sinn sein, oder?«

»Ganz und gar nicht –«

»Mit diesen Leuten ist es immer dasselbe. Erst lassen sie einen stundenlang warten, dann klopfen sie einem an den Kopf und sagen, das ist Ihre eigene Schuld – als wenn er sich die Schmerzen gewünscht hätte!« Sie brach ab und zeigte mit dem Finger auf Shmeltzer. »Er war kein Mörder!«

Shmeltzer sah, wie ihre Augen glühten. Und ihr Busen bebte, als führte er ein Eigenleben.

»Aber natürlich war er kein –«

»Halten Sie mir keine Sonntagsreden, Inspektor! Die Polizei hat ihn für einen Mörder gehalten – sie wollten ihm die Sache mit dem arabischen Mädchen in die Schuhe schieben. Damit haben sie ihn umgebracht, das hat bei ihm den Krebs zum Ausbruch gebracht. Gleich nachdem dieser Jemenit ihn beschuldigt hatte, fing das mit den Schmerzen an! Wie finden Sie das? Nichts konnte ihm mehr helfen – sogar das Essen machte alles nur noch schlimmer! Er hat sich geweigert, noch mal zum Arzt zu gehen. Hat die Zähne zusammengebissen und stumm gelitten – der Mann ist aus Eisen, ein wirklicher Kerl. Was der in seinem Leben durchgemacht hat, das geht Sie nichts an – aber er konnte zehn mal mehr Schmerzen aushalten als andere Männer. Aber dies war noch schlimmer. In der Nacht ist er aus dem Bett gekrochen – er hatte eine eiserne Konstitution, konnte mit allem fertig werden, und diese Schmerzen haben ihn in die Knie gezwungen! Er ist in der Wohnung herumgekrochen und hat nur noch gestöhnt. Ich bin wach geworden, aufgestanden und habe ihn gefunden, wie er da herumkroch. Wie ein Tier. Als ich zu ihm wollte, hat er mich angeschrien, mir gesagt, ich sollte ihn in Ruhe lassen – was sollte ich denn machen?«

Sie trommelte mit ihrer Faust auf den Tisch, legte ihre Hände an die Schläfen und schaukelte.

Shmeltzer überlegte, was er sagen sollte. Es fiel ihm nichts ein.

»Solche Schmerzen, das hat er nicht verdient, nach allem, was er durchgemacht hat. Dann habe ich das Blut gesehen, es kam aus allen Löchern – er urinierte Blut und hustete Blut und spuckte Blut. Das Leben floß aus ihm heraus.« Sie wickelte das Papierhandtuch auf, betrachtete es und legte es auf den Kaffeetisch. »So was tut man den Menschen an – so was tut man Juden an. Man führt ein gutes Leben, arbeitet hart; dann fällt man in Stücke – alles kommt aus einem heraus. Wir haben keine Kinder. Ich bin froh, daß sie das nicht mit ansehen müssen.«

»Sie haben recht«, sagte Shmeltzer. »Sie haben hundertprozentig recht.«

Sie starrte ihn an. Sah, daß er es ernst meinte, und fing noch einmal an zu weinen, zog an ihren Haaren. Dann sah sie ihn wieder an und drohte ihm mit der Faust.

»Was zum Teufel wissen Sie davon! Was rede ich denn überhaupt mit Ihnen!«

»*Gveret* –«

Sie schüttelte abweisend den Kopf, stand von dem Sofa auf und tat einen Schritt nach vorn, stieß mit einem Fuß gegen das Bein ihres Kaffeetisches und begann zu taumeln.

Shmeltzer war rasch bei ihr und fing sie auf, bevor sie stürzte. Er legte ihr stützend seine Arme unter die Achseln, worauf sie auf ihn einzuschlagen begann, ihn beschimpfte und anspuckte. Dann wurde sie auf einmal schlaff und kraftlos und ließ die Arme hängen. Er spürte, wie sie sich an ihn preßte, ihr fülliger, weicher Körper wirkte unglaublich leicht, fast wie ein Luftkissen. Sie vergrub ihr Gesicht in seinem Hemd und verfluchte ihren Gott.

So standen sie eine Weile da, und die Frau, die nun bald Witwe wurde, weinte bitterlich. Shmeltzer hielt sie fest in seinem Arm. Er war sprachlos.

30 Reichlich albern, was da für Sprüche an den Wänden in »Fink's Bar« hingen, fand Wilbur. So was bekam man drüben in den Staaten in Provinzkaschemmen zu sehen. Wenn man sich dazu ausreichend Wild Turkey gönnte, konnte man diese Stadt glatt vergessen. Für den Moment jedenfalls.

Er blätterte in der »Jerusalem Post«, las sich den Artikel noch einmal durch und nippte an seinem Bourbon. Diese Exklusivmeldung hatte es in sich.

Er hatte gerade Urlaub gemacht – zehn echt amüsante Tage in Athen –, als die Story über die Morde erschien. Die »Trib« hatte es in ihrer internationalen Ausgabe noch nicht gebracht – aber auf dem Rückflug nach Ben Gurion bekam er in der Maschine eine »Post« in die Hand und fand da die Meldung auf der zweiten Seite.

Wie fast alle anderen Auslandskorrespondenten auch sprach er weder Hebräisch noch Arabisch und war, um an Informationen zu kommen, von inländischen Journalisten abhängig – für die jüdische Seite in der »Post« und für die arabische in der englischen Ausgabe der »Al Fajr«. Beide waren sie in hohem Maße parteilich; aber er fand das okay, es gab seinen Artikeln erst die richtige Würze. Ohnehin hatte man sonst nur die Alternative, den Regierungssprechern zu lauschen, und die Sprachrohre der Israelis bewegten sich übervorsichtig; ständig litt man unter Verfolgungswahn und kultivierte die Rolle des Opfers. Immer waren sie in Sorge, daß man sie irgendwelcher Schlechtigkeiten überführen könnte; und wenn sie mit einer Sache nichts zu tun haben wollten, riefen sie aus Sicherheitsgründen nach der Zensur.

Sein Urlaub war nicht übel gewesen. Er hatte eine italienische Fotojournalistin namens Gina kennengelernt. Sie war schlank, wasserstoffblond und freischaffend und hatte großen Appetit auf gegrillte Kalamari und Kokain. Sie hatten sich am Strand gesehen, bedeutungsvolle Blicke und später ihre Biographien getauscht. Und dann zogen sie sich aus einem Fläschchen, das sie in ihrem Strandbeutel trug, gemeinsam eine weiße Prise in die Nase. Sie hatte ein Zimmer in seinem Hotel und zog dort aus, um bei ihm einzuziehen; eineinhalb Wochen lang lebte sie von seinem Spesenkonto, wobei sie sich die Zeit mit hübschen Spielchen vertrieben. Eines Morgens hatte sie ihn mit Frühstück und einem Blasejob geweckt, und als er den Mund voll mit trockenem Toast hatte, schwebte sie mit einem Ciao aus der Tür, zurück nach Rom. Ein wildes Mädchen, nicht besonders hübsch, aber aufregend. Er hoffte nur, daß sie ihm nicht irgendeine anhängliche Dosis verpaßt hatte.

Er nahm noch einen Schluck von seinem Turkey und signalisierte, man solle ihm das Glas wieder füllen. Zwei Morde – das konnte der Beginn einer Serie sein. Die Geschichte hätte ebensogut in den Staaten laufen können; es war die Art von Stoff, auf den die Rundfunksender abfuhren. Bestimmt hatten die Leute von der »Times« aus New York und Los Angeles schon ihre Finger dran, auch wenn sie normalerweise mit Kriminalstories nichts am Hut haben wollten. Die sahnten lieber bei politischen Themen ab, und daran gab es hier keinen Mangel. Es könnte also immer noch etwas für ihn abfallen.

Daß er nicht im Land gewesen war, als die Geschichte passierte, ärgerte ihn, weil es seiner Detektivmentalität gegen den Strich ging. Aber nach sechs Monaten Israel hatte er die paar Tage Urlaub gebraucht. Das Land stand übermäßig unter Druck, und das Tempo konnte einen verrückt machen.

An Stoff mangelte es nie, auch wenn es meist nur heiße Luft war. Grabowsky hatte das geliebt – er war der geborene Journalistenjunkie, feuerte mit Artikeln aus der Rechten und der Linken, brach alle Produktivitätsrekorde, bis er sich einmal zu weit in die Bekaa-Ebene vorgewagt und man ihm einen Arm abgeschossen hatte. An dem Tag, als feststand, daß er zum Krüppel geworden war, hatten die Rundfunkleute Wilbur aus Rio abberufen und hierhergeschickt. Das hieß, von einem paradiesischen Posten Abschied zu nehmen. Es war zuweilen ein bißchen langweilig gewesen – was ließ sich schon über Favelitos schreiben, über Generäle und den Samba, und der Mardi Gras spielte sich nur einmal im Jahr ab –, aber Mann, oh Mann, was war das für ein Leben, der weiße Sand und die Frauen, wie sie *topless* über die Ipanema tänzelten, mit winzigen Tangas über den bonbonfarbenen Ärschen.

Nach seinen drei fetten Jahren unter der brasilianischen Sonne fand er Manhattan ekelhaft, unangenehm laut, eine Höllenmaschine, die Kopfschmerz erzeugte. Willkommen in der Heimat, Mark. In der Heimat. Das Schulterklopfen und die Sprüche von den Kollegen im New Yorker Büro, Lorbeerkränze für den alten Grabowsky, ein Glas auf den einarmigen Hemingway (wie konnte der, fragte sich Wilbur, mit dieser Prothese Schreibmaschine schreiben?), und laß im Heiligen Land die Lichter nicht ausgehen, Mark. Hahaha.

Sein Stil war das nicht. Alle seine Ambitionen, einmal die Aufmacher für die Titelseite zu liefern, hatte er schon vor langer Zeit begraben; heute wollte er sich die Dinge nur noch leichtmachen, sein Leben genießen. Nicht der richtige Mann für das Büro in Israel.

Dies mörderische Tempo.

Eine Story, die man überall sonst eine ganze Woche lang hätte ausweiden können – hier war sie an einem Tag verbraucht, verdrängt von etwas Neuem, noch ehe die Druckerschwärze getrocknet war. Eine verrückte Koalitionsregierung, es mußten mindestens zwanzig politische Parteien sein – nicht, daß er sie alle gekannt hätte –, ständig führten sie ihre Scharmützel und beharkten sich mit ihren Krallen, um kleine Krümel vom großen Kuchen der Macht abzubekommen. Moderate Töne waren nicht ihre Sache; man kam sich wie unter Marktschreiern in Brooklyn vor; ihre Anschuldigungen und Gegenbeschuldigungen wegen allfälliger Korruption schienen kein Ende zu finden – und alles war praktisch nichts als heiße Luft. Parlamentarische Sitzungen in der Knesset entwickelten sich ständig zu Redeschlachten; erst letzte Woche war es wieder zu Handgreiflichkeiten gekommen.

Die Araber waren um keinen Deut besser; sie jammerten ununterbrochen und redeten auf ihn ein, wollten immer nur ihre Namen abgedruckt sehen. Die Leute beklagten hingebungsvoll ihre politische Unterdrückung, dabei fuhren sie im Mercedes herum und lebten von den fürstlichen Almosen der UNO.

Jeder verfolgte seine eigennützigen Zwecke; in den sechs Monaten, die er am Ort war, war nicht eine einzige Woche vergangen, in der keine größere politische Demonstration stattgefunden hätte. Normalerweise gab es zwei oder drei. Und dann dauernd die Streiks – die Ärzte, die Krankenschwestern, die Postangestellten. Letzten Monat hatten die Taxifahrer entschieden, daß sie mehr Geld vom Ministerium für Transport und Verkehr fordern wollten. Sie blockierten daraufhin mit ihren Fahrzeugen die Hauptverkehrsstraßen von Jerusalem und Tel Aviv und steckten mitten auf der King George Street eine alte Rostlaube in Brand; die schmorenden Reifen hatten bis zum Himmel gestunken. Wilbur war gezwungen gewesen, seinen Wagen zu Hause stehen zu lassen und überall zu Fuß hinzugehen. Dabei entzündeten sich seine Hühneraugen, und seine Vorurteile gegen dieses Land, gegen die allgemeine Widerspenstigkeit – das spezifisch Jüdische daran – verstärkten sich.

Er trank sein Glas aus, stellte es auf die Theke und schaute sich um. Von den sechs Tischen waren fünf leer. In einer Ecke saßen zwei Männer: Margalit von der »Davar«, Aronoff vom »Yediot Aharonot« – beide hatte er nie näher kennengelernt. Falls sie ihn beim Hereinkommen bemerkt hatten, ließen sie es sich nicht anmerken. Sie aßen Erdnüsse, tranken alkoholfreies Bier und sprachen mit gedämpften Stimmen.

Alkoholfreies Bier. Auch so ein Problem. Nachrichtenleute, die das Saufen nicht ernst nahmen. Niemand tat das in diesem Land. Es gab kein Trinkalter – ein Kind von zehn Jahren konnte in jeden Laden hüpfen und hundertprozentigen Alkohol kaufen, und kein Mensch würde es daran hindern. Nach seiner Ansicht war das eine Spielart von Snobismus. Man betrachtete Nüchternheit als eine Art religiöse Tugend und die Sauferei als nichtjüdische Schwäche.

Er bestellte sich noch einen Turkey. Hinter der Bar stand der Neffe des Besitzers, ein ruhiger Bursche, kein unangenehmer Typ. Wenn es zwischendurch nichts zu tun gab, studierte er ein Mathelehrbuch. Er nickte, als Wilbur bestellte, kam mit der Flasche, goß ihm kommentarlos ein Glas ein und fragte, ob Wilbur etwas essen wollte.

»Was haben Sie denn?«

»Garnelen- und Hummercocktail.«

Wilbur war etwas irritiert, fühlte sich von oben herab behandelt.

»Gibt es auch Suppe?« Er lächelte. »Hühnersuppe. Mit Fleischbällchen.«

Der Junge blieb gelassen. »Haben wir auch, Mr. Wilbur.«

»Bringen Sie mir einen Garnelencocktail.«

Als der Junge in der Küche verschwand, warf Wilbur einen Blick über die Bar. Ein Vexierbild, dessen Text, richtig gelesen, lautete: *Zu viel Sex ist nicht gut für deine Augen*, und ein Plakat, auf dem es hieß: *Sag dem Orgasmus daß ich komme, besser 'n Longdrink als 'n Quickfick.*

Die Tür zur Straße ging auf, ein Schwall von heißer Luft drang ein, und Rappaport von der »Post« betrat das Lokal. Fabelhaft. Rappaport hatte nämlich den Artikel über die Mordfälle geschrieben; er war Amerikaner, Princeton-Absolvent und ein ehemaliger Hippie-Typ, der bei der »Baltimore Sun« volontiert hatte. Jung, jüdisch, und ein Schnellredner; aber von Zeit zu Zeit trank er auch gern mal einen.

Wilbur zeigte auf den leeren Stuhl zu seiner Linken, und Rappaport nahm Platz. »Steve, alter Junge.«

»Hallo, Mark.«

Der Journalist von der »Post« trug ein kurzärmeliges Safari-Hemd mit übergroßen Taschen, leichte Shorts aus grober Baumwolle und Sandalen ohne Socken.

»Sehr sportlich«, sagte Wilbur anerkennend.

»Man darf sich von der Hitze nicht kleinkriegen lassen, Mark.« Rappaport nahm eine Pfeife, einen Tabaksbeutel und ein Päckchen Streichhölzer aus einer seiner Hemdtaschen und breitete alles auf der Theke aus.

Wilbur fiel auf, daß auch die beiden anderen israelitischen Journalisten leger gekleidet waren. Sie trugen lange Hosen, aber leichte Sporthemden. Auf einmal kam er sich in seinem krepppartigen, leichten Leinenanzug mit Button-down-Hemd und Ripskrawatte, was heute morgen beim Anziehen noch elegant ausgesehen hatte, reichlich übertrieben gekleidet vor.

»So sieht's aus.« Er zog sich die Krawatte auf und wies auf die zusammengefaltete Ausgabe der »Post«. »Ich habe gerade deinen Artikel gelesen. Schönes Stück Arbeit, Steve.«

»Routine«, sagte Rappaport. »Den ersten Mord hat die Polizei vertuscht und uns mit einem falschen Ermittlungsergebnis geködert, das wir zuerst auch geschluckt haben. Aber es gab Gerüchte, daß es allzu glatt und sauber über die Bühne gegangen sei. Darum behielten wir unsere Antennen ausgefahren und ließen uns beim zweiten Mal nichts mehr vormachen.«

Wilbur lachte in sich hinein. »Immer dieselbe Scheiße, wie gehabt.« Er nahm die Zeitung in die Hand und fächelte sich mit dem Papier Luft zu. »Klingt nach einer bösen Geschichte.«

»Sehr böse. Ein Gemetzel.«

Wilbur machte große Ohren. Registrierte alles für den eigenen Gebrauch.

»Gibt es Spuren?«

»Nichts«, sagte Rappaport. Er hatte langes Haar, und sein mächtiger Schnurrbart, den er sich von den Lippen strich, erinnerte an eine Fahrradlenkstange. »Die Polizei hier hat keine Erfahrung mit solchen Fällen – dafür fehlt ihnen einfach die Kompetenz.«

»Ist also die Stunde der Amateure angesagt?«

Der Barmann brachte Wilburs Garnelencocktail.

»Ich bekomme auch so was«, sagte Rappaport. »Und ein Bier.«

»Das geht auf meine Rechnung«, sagte Wilbur zu dem Barmann.

»Danke dir, Mark«, sagte Rappaport.

Wilbur ging mit einem Achselzucken darüber hinweg. »Muß mein Spesenkonto in Gang halten, sonst fangen die Leute in der Zentrale noch an, sich Gedanken zu machen.«

»Von meinem Spesenkonto will ich lieber gar nicht reden.« Rappaport runzelte die Stirn. »Oder besser von meinem nicht vorhandenen Spesenkonto.«

»Die Polizisten stolpern also über die eigenen Beine?« fragte Wilbur und versuchte, wieder zum Thema zu kommen. Er war anscheinend etwas zu direkt vorgegangen, und Rappaport schien den Braten zu riechen. Er nahm seine Pfeife in die Hand und drehte und wendete sie, dann stopfte er sie, steckte sie an und betrachtete Wilbur durch eine Wolke von aufsteigendem Qualm.

»Dieselbe Geschichte wie zu Hause«, sagte Wilbur, um einen Rückzieher zu machen und dem Gespräch einen beiläufigen Ton zu geben. »Führen sich auf wie die blutigen Anfänger und nebeln die Presse ein.«

»Nein«, sagte Rappaport. »Das ist hier nicht die Situation. In der Abteilung Kapitalverbrechen arbeiten durchaus Leute mit Kompetenz, das gilt, solange sie es mit ihrer Spezialität zu tun haben – mit politischen Anschlägen. Terroristenbomben in Mülleimern et cetera. Das Problem bei dieser Geschichte ist ihre mangelnde Erfahrung. Sexualmörder sind in Israel praktisch unbekannt – ich habe in den Archiven gewühlt –, in den letzten dreißig Jahren hat es hier höchstens ein halbes Dutzend Sexualmörder gegeben. Und darunter war nur ein einziger Serienmörder – der Kerl, der hier letztes Jahr Nutten zerstückelt hat. Sie haben ihn nie erwischt.« Er schüttelte den

Kopf und zog an seiner Pfeife. »In Baltimore habe ich allein in sechs Monaten mehr gesehen.«

»Erst im letzten Jahr«, sagte Wilbur. »Könnte es nicht derselbe Kerl sein?«

»Zweifelhaft. Der Modus operandi ist völlig anders.«

Modus operandi. Der Junge las anscheinend zu viele Kriminalromane.

»Zwei nacheinander«, sagte Wilbur. »Vielleicht ändern sich die Zeiten.«

»Vielleicht«, sagte Rappaport. Er sah bekümmert aus. Der ums Gemeinwohl besorgte Staatsbürger. Unprofessionell, dachte Wilbur. Wer effektiv sein wollte, mußte kühl bleiben.

»Wo bist du sonst noch drangewesen, Steve?« fragte er und bemühte sich dabei, nicht allzu neugierig zu wirken.

»Am Sonntag hat's auf der Ramat Gan geknallt, das ist die neue Promenade – sonst ist nichts Aufregendes passiert.«

»Bis zum nächsten Pseudo-Skandal, was?«

Ehe Rappaport antworten konnte, kamen seine Garnelen und das Bier. Wilbur klatschte seine American Express Card auf die Theke und bestellte noch einen Turkey.

»Nochmals vielen Dank«, sagte Rappaport. Er klopfte seine Pfeife aus und legte sie in einen Aschenbecher. »Ich weiß nicht. Vielleicht ändern wir uns ja auch. Vielleicht ist es ein Zeichen von Reife. Einer der Staatsgründer, Jabotinsky, hat gesagt, wir wären erst ein richtiger Staat, wenn wir einheimische Kriminelle und einheimische Prostituierte in Israel hätten.«

Wir. Der Mann war überengagiert, dachte Wilbur. Und von der typischen Arroganz. Das Auserwählte Volk in seinem Glauben, alles neu zu erfinden, alles in eine Tugend verwandeln zu können. Er hatte vier Jahre lang für die »New York Post« mitten in Manhattan verbracht, und über israelitische Kriminelle hätte er dem Jungen einiges erzählen können.

Er lächelte und sagte: »Willkommen in der Realität, Steve.«
»Okay.«

Sie hoben die Gläser und aßen Garnelen, redeten über Frauen und Bosse und Gehälter; und schließlich kamen sie wieder auf die Mordfälle zu sprechen. Wilbur überredete Rappaport zu einem neuen Garnelencocktail und ließ sich auf den aktuellen Stand der Dinge bringen. Nach drei Gläsern Bier fing der Journalist von der »Post« an, Erinnerungen an seine Studentenzeit in Jerusalem auszukramen; wie sicher doch damals die Zeiten gewesen seien, kein Mensch habe seine Wohnungstür abschließen müssen. Paradiesische Zustände, wenn man ihm Glauben schenkte; aber Wilbur wußte, es war nur eine schönfärberische Illusion – wie alle Nostalgie. Er spielte den faszinierten Zuhörer und hatte, als Rappaport sich verabschiedete, sämtliche Informationen in seinem Kopf gespeichert. Er konnte anfangen zu schreiben.

31 Zehn Tage waren seit der Auffindung von Juliets Leiche vergangen, und nichts war passiert; es gab weder gute noch schlechte Nachrichten.

Sie hatten die Liste mit den Sexualtätern auf sechzehn Namen reduziert. Zehn Juden, vier Araber, ein Druse, ein Armenier; allesamt festgenommen nach dem Fall Grauer Mann. Keiner konnte ein Alibi vorweisen; alle hatten sie eine Vorgeschichte, waren wegen Gewalttätigkeit mit dem Gesetz in Konflikt gekommen, oder sie besaßen, nach den Gutachten der Gefängnispsychiater, das Potential dafür. Sieben Männer saßen wegen versuchter, drei wegen vollendeter Vergewaltigung. Vier hatten Frauen brutal zusammengeschlagen, nachdem sie ihnen Sex verweigerten; und zwei waren notorische Spanner mit zahlreichen Verurteilungen wegen Einbruchdiebstahls und einer Vorliebe für das Tragen von Messern – nach Einschätzung der Ärzte eine potentiell explosive Kombination.

Von den sechzehn Männern lebten fünf in Jerusalem; weitere sechs wohnten in Ortschaften, die nicht weiter als eine Autostunde von der Hauptstadt entfernt lagen. Der Druse kam aus einem Dorf im Norden, einem abgelegenen Nest namens Daliyat el Carmel, oben auf den grünen, mit Mohnblumen bestandenen Hügeln über Haifa. Er war arbeitslos, verfügte über einen Wagen und hatte einen Hang zu einsamen Autofahrten. Ähnliches galt für zwei von den Arabern und einen der Juden. Die beiden übrigen Juden, Gribetz und Brickner, waren miteinander befreundet; sie hatten sich an der mehrfachen Vergewaltigung eines fünfzehnjährigen Mädchens beteiligt – Gribetz' Cousine – und wohnten ebenfalls oben im Norden, in Nahariya. Ehe sie im Gefängnis landeten, hatten sie gemeinsam ein Geschäft betrieben, einen Kurierdienst; sie waren darauf spezialisiert, Sendungen in Ashdod beim Zoll abzuholen und sie den Empfängern ins Haus zu liefern. Nach ihrer Entlassung hatten sie ihre Zusammenarbeit wieder aufgenommen und kutschierten mit einem alten Lieferwagen vom Typ Peugeot über die Fernstraßen. Machten Geschäfte. Oder, fragte sich Daniel, waren sie noch auf etwas anderes aus?

Er verhörte die beiden und den Drusen, versuchte herauszufinden, ob es eine Verbindung gab zwischen Juliet Haddads Ankunft in Haifa und ihren Wohnungen im Bereich der nördlichen Grenze.

Gribetz und Brickner waren zwielichtige Typen um Mitte Zwanzig, die beide kaum lesen und schreiben konnten, muskelbepackte, ungewaschene Flegel, die nach Schweiß rochen. Das Verhör nahmen sie nicht ernst, knufften sich ständig zum Spaß und amüsierten sich über unausgesprochene Witze. Die knallharten Macker, die sie Daniel vorspielten, nahm er ihnen nicht ab, sie kamen ihm eher wie Liebhaber vor – vielleicht waren sie latent homosexuell? Über ihr Verbrechen zu diskutieren, fanden sie langweilig und taten ihre Verurteilung, die in ihren Augen auf einem Irrtum beruhte, mit einem Achselzucken ab.

»Die war doch immer schon locker gewesen«, sagte Gribetz. »Das wußte die ganze Familie.«

»Was meinen Sie mit ›immer schon‹?« fragte Daniel.

Gribetz schien die Frage nicht recht zu verstehen und machte ein dämliches Gesicht.

»Immer schon – wie du das meinst«, schaltete Brickner sich ein.

Daniel ließ Gribetz nicht aus den Augen. »Sie war fünfzehn, als sie von Ihnen vergewaltigt wurde. Wie lange war sie schon ... locker gewesen?«

»Immer«, sagte Gribetz. »Die ganzen Jahre. Das wußte die ganze Familie. Sie ist so auf die Welt gekommen.«

»In der Familie wurde gerne gefeiert«, sagte Brickner. »Hinterher sind immer alle mit Batya losgefahren, und die Jungs haben sie alle gehabt.«

»Sie waren auch dabei?«

»Nein, nein, aber das war allgemein bekannt – es war eine Sache, die war allgemein bekannt.«

»Wir haben ja nur dasselbe gemacht wie immer«, sagte Gribetz. »Eine Spritztour mit dem Lieferwagen, und dann haben wir sie gehabt. Aber diesmal wollte sie Geld, und wir haben ihr gesagt, sie soll abkacken. Da fing sie an zu spinnen und hat die Bullen gerufen, hat uns echt zur Sau gemacht.«

»Sie hat uns wirklich ruiniert«, bekräftigte Brickner. »Unsere ganzen Ersparnisse sind flöten gegangen, wir mußten wieder bei Null anfangen.«

»Da wir gerade von Ihren Ersparnissen sprechen«, fragte ihn Daniel, »führen Sie eigentlich Buch über Ihre Lieferungen?«

»Für jeden Tag. Dann werfen wir es weg.«

»Und wieso?«

»Wieso nicht? Ist doch unser eigener Mist. Und was soll's, haben wir nicht schon genug Papierkram von den Behörden am Hals?«

Daniel sah sich das Verhaftungsprotokoll über ihren Fall

an, es war in der Abteilung Nord aufgesetzt worden. Das Mädchen hatte einen Unterkieferbruch erlitten und zwölf Zähne verloren; darüber hinaus eine Augenhöhlenfraktur, einen Milzriß und Fleischwunden im Genitalbereich, die genäht werden mußten.

»Sie haben sie beinahe umgebracht«, sagte er.

»Sie wollte uns unser Geld wegnehmen«, protestierte Brickner. »Es war doch nur eine Nutte.«

»Also, Nutten zusammenschlagen, das ist in Ordnung, sagen Sie.«

»Nein, nein, ach – Sie wissen schon, was ich meine.«

»Nein. Das müssen Sie mir erklären.«

Brickner kratzte sich am Kopf und holte tief Luft. »Krieg' ich eine Zigarette?«

»Nachher. Erst erklären Sie mir mal Ihre Philosophie über Nutten.«

»Hillel und ich, wir brauchen keine Nutten«, sagte Gribetz. »Pussies können wir jede Menge haben, wenn wir bloß wollen.«

»Nutten«, sagte Brickner. »So was haben wir doch nicht nötig.«

»Darum haben Sie das Mädchen auch vergewaltigt?«

»Das war was ganz anderes«, sagte Brickner. »Ihre ganze Familie wußte doch, was mit ihr los ist.«

Auch nach einer weiteren Stunde hatten sie ihm nichts in die Hand gegeben, womit sie sich von einem Tatverdacht hätten befreien können; aber es fand sich auch nichts, was sie mit dem Fall in Verbindung gebracht hätte. In den Mordnächten, so behaupteten sie, hätten sie zu Hause im Bett gelegen und geschlafen; doch da sie beide allein wohnten, ließen sich ihre Angaben nicht überprüfen. Um sich noch an die Zeit vor dem Mord an Fatma erinnern zu können, reichte ihr Gedächtnis nicht aus; aber sie wußten doch, daß sie an dem Tag, bevor Juliets Leiche aufgefunden wurde, in Bet Shemesh Paketsendungen ausgeliefert hatten. Eine Überprüfung aller Eintragungen beim Zoll in Ashdod bestätigte die Auslieferung von Sendungen am frühen Morgen. Shmeltzer war noch damit beschäftigt, die Frachtpapiere von der Woche zu kontrollieren, in der man Fatma ermordet hatte.

Zeitlich wäre es für sie durchaus möglich gewesen, Juliet in die Hand zu bekommen, das wußte Daniel. Bet Shemesh lag am Stadtrand von Jerusalem, was ihnen reichlich Gelegenheit geboten hätte, die Frachtsendungen abzuliefern und sich dann herumzutreiben. Aber wo hätten sie das Mädchen ermorden und aufschlitzen können? Sie hatten weder eine Wohnung noch Bekannte in Jerusalem, und in ihrem Lieferwagen waren nach Aussage der Laborleute keine Blutspuren zu finden. Sie bestritten, Juliet jemals zu Gesicht bekommen zu haben oder überhaupt in der Stadt gewesen zu sein; und es gab keinen Zeugen, der sie dort gesehen hatte. Auf die Frage, was sie mit dem freien Nachmittag gemacht hätten, gaben sie an, sie wären zurück in Richtung Norden gefahren und hätten den Rest des Tages an einem abgelegenen Strandstück gleich hinter Haifa verbracht.

»Hat Sie da jemand gesehen?« fragte Daniel.

»Da geht sonst keiner hin«, sagte Brickner. »Die Schiffe lassen an der Stelle ihre Scheiße auslaufen – es stinkt. Am ganzen Strand liegt Teer, und wenn man nicht verdammt aufpaßt, bleibt man drin kleben.«

»Aber ihr beiden geht dahin.«

Brickner grinste. »Wir amüsieren uns da. Weit und breit kein Mensch zu sehen – man kann in den Sand pissen und mal so richtig die Sau rauslassen, wenn man Bock drauf hat.«

Gribetz lachte.

»Ich möchte, daß ihr beide einen Test am Lügendetektor macht.«

»Tut das auch nicht weh?« fragte Brickner und imitierte reichlich dümmlich eine Kinderstimme.

»Sie haben das doch schon mal gemacht. Das Papier liegt in Ihrer Akte.«

»Ach ja, die ganzen Drähte. Damit haben wir uns reingerissen. Mach' ich nicht.«

»Mach' ich auch nicht«, sagte Gribetz. »Mach' ich nicht.«

»Es hat Sie belastet, weil Sie tatsächlich schuldig waren. Wenn Sie aber unschuldig sind, können Sie sich damit von jedem Verdacht befreien. Sonst wird man Sie wie Verdachtspersonen behandeln.«

»Verdacht hin, Verdacht futsch«, sagte Brickner und breitete seine Arme aus.

»Verdacht hin, Verdacht futsch«, äffte Gribetz ihn nach.

Daniel sah ein, daß es zwecklos war, rief nach einem uniformierten Beamten und ließ die beiden in ihre Zelle zurückbringen.

Ein schmieriges Pärchen, aber er neigte dazu, sie für glaubwürdig zu halten. Beide waren sie leicht schwachsinnig, unberechenbare Psychopathen mit niedriger Hemmschwelle; einer spielte mit der Neurose des anderen und umgekehrt. Natürlich war ihnen zuzutrauen, daß sie in einer vergleichbaren Situation noch einmal eine Frau so übel zurichten würden; aber die Mörder von Fatma und Juliet – die stellte er sich anders vor. Die Kühle und die Kalkulation, mit der man die beiden Verbrechen ausgeführt hatte, das war nicht ihr Stil. Trotzdem, es hatten sich schon raffiniertere Männer von Psychopathen aufs Kreuz legen lassen; und außerdem gab es immer noch Frachtunterlagen beim Zoll in Ashgod, die durchgesehen werden mußten. Vielleicht ließ sich da noch etwas finden, was ihrem Gedächtnis in bezug auf Fatma auf die Sprünge helfen konnte. Ehe er Anweisung gab, die beiden zu entlassen, trat er auf die bürokratische Bremse und stoppte die Bearbeitung der erforderlichen Schreibarbeiten; sie sollten sich so lange wie möglich ihre Hacken abkühlen. Avi Cohen gab er den Auftrag, nach Nahariya zu fahren und mehr über sie herauszufinden; und wenn sie nach Hause kamen, sollten sie scharf überwacht werden.

Der Druse, Assad Mallah, war ebenfalls keine Geistesgröße. Einer von den Spannern, war er ein schwer gehemmter, stotternder Mann und eben dreißig Jahre alt geworden. Er hatte wäßrige blaue Augen und besaß die typisch bleiche Haut eines Mannes, der in seinem Leben schon viel Zeit im Gefängnis verbracht hatte. Wegen neurologischer Abnormitäten war er vom Wehrdienst freigestellt worden. Als Jugendlicher hatte er in Haifa Wohnungseinbrüche verübt, dabei die Kühlschränke der Opfer ausgeplündert und sich den Bauch bis obenhin vollgeschlagen; wie zum Dank und als persönliche Visitenkarte hinterließ er, bevor er sich aus dem Staub machte, regelmäßig einen Haufen Exkremente auf dem Küchenfußboden.

Seines jugendlichen Alters wegen hatte man ihm eine therapeutische Behandlung verordnet, die aber nie zustande gekommen war, weil es zu jener Zeit keine drusischen Fachkräfte gab; man hätte ihn nach Daliyat el Carmel bringen müssen, aber von den Sozialarbeitern war niemand auf einen derartigen Gedanken gekommen. Statt dessen hatte er eine Behandlung anderer Art genossen – väterliche Prügel, streng und regelmäßig verabreicht, die anscheinend auch ihren Zweck erfüllten, denn seither war er nicht mehr aufgefallen. Bis man ihn, zehn Jahre später, eines Nachts dabei erwischte, wie er geräuschvoll vor der Mauer eines Wohnhauses in der Nähe des Technikums masturbierte. Mit einer Hand hielt er sich am offenen Fensterflügel eines Schlafzimmers fest, mit der anderen rüttelte er an seinem Genital und schrie vor Ekstase.

Die Mieter der Wohnung, ein junges Ehepaar, graduierte Physikstudenten, hatten an jenem Abend vergessen, die Vorhänge zuzuziehen. Als sie von dem Lärm wach wurden, war der Ehemann nach draußen gerannt, hatte Mallah entdeckt, ihn bewußtlos geschlagen und die Polizei gerufen. Bei seiner Vernehmung durch Beamte aus dem Bezirk Nord gestand der Druse sofort zahlreiche Spannergeschichten und ein paar Dutzend Einbrüche, was die örtliche Liste der unaufgeklärten Straftaten erheblich schrumpfen ließ.

Außerdem trug der Mann ein Messer. Bei seiner Festnahme hatte er ein Federmesser in seiner Tasche und behauptete, er brauche es zum Obstschneiden oder -schälen. Vor Gericht hatte man ihm damals nichts nachweisen können, was seine Behauptung widerlegt hätte; Beamte aus dem Bereich Nord hatten die Waffe konfisziert, und seitdem war sie verschwunden. Bei seiner Gerichtsverhandlung hatte er Pech, denn er geriet ausgerechnet an den einzigen drusischen Richter im Magistrat von Haifa, der ihn auch prompt zur Höchststrafe verdonnerte. In Ramle verhielt er sich unauffällig, bekam tadellose Beurteilungen von den Psychiatern und den Gefängnisverwaltern und wurde wegen guter Führung vorzeitig entlassen. Und zwar einen Monat vor dem Mord an Fatma.

Als er sich jetzt einer neuerlichen Vernehmung unterziehen mußte, hatte man wieder ein Federmesser bei ihm gefunden. Stumpf und mit einer kleinen Klinge, ohne die geringste Ähnlichkeit mit jenen Gipsabdrücken, die Levi von den Wunden abgenommen hatte. Außerdem war er, wie Daniel bemerkte, Linkshänder, wodurch er dem Pathologen zufolge als Täter kaum in Betracht kam. Daniel befaßte sich zwei Stunden mit ihm, das Verhör verlief leider zähflüssig; er ordnete einen Lügendetektortest an und führte ein Telefongespräch mit dem Bereich Nord, um eine lockere Überwachung des Mannes zu erwirken; an seinem Wohnort sollte man ihn nicht behelligen, nur sein Wagen und dessen polizeiliches Kennzeichen seien im Auge zu behalten; und wenn er in die Stadt ging, sollte man ihm genau über seinen Aufenthalt berichten.

Gleichzeitig vernahmen Daoud und der Chinese weitere Verdächtige; dabei löste einer den anderen ab, und jeder spielte sein gesamtes Repertoire an detektivischen Tricks durch. Sie hatten sich darauf geeinigt, im Wechsel die Rolle des Sanften und des Rabiaten zu mimen, wobei sich der Chinese mit den Juden befaßte und Daoud sich auf die Araber konzentrierte. Dadurch fühlten sich die Verdächtigen überrumpelt und fragten sich, wer denn wer sei und was überhaupt Sache war. Und es schränkte ihre Möglichkeiten ein, den Kriminalbeamten Brutalität aus rassistischen Gründen vorzuwerfen. Obwohl das immer geschah, ganz gleich, wie man vorging. Eine Art Nationalsport.

Zwei Tage später konnte man zehn von den sechzehn Verdachtspersonen fallen lassen, denn ihre Tatbeteiligung erschien allzu unwahrscheinlich. Alle waren sie zu einem Test am Lügendetektor bereit gewesen; und alle hatten bestanden. Da auch von den sechs potentiellen Tätern drei den Test bestanden, blieben nur noch drei – die beiden aus Nahariya und ein Araber aus Gaza. Daoud bekam den Auftrag, den Mann zu überwachen.

Am späten Nachmittag kam Shmeltzer in Daniels Büro. Er war beim Zoll in Ashdod gewesen und hatte dort Frachtbriefe fotokopiert. In den Tagen vor dem Mord an Fatma hatten Brickner und Gribetz eine ungewöhnlich große Menge an Frachtsendungen übernommen – Teile aus einer überfälligen Lieferung, die wegen eines Streiks der Schauerleute drei Wochen lang im Hafen blockiert lag. Die Sendungen waren für den nördlichen Bereich des Landes bestimmt – für Afula, Hadera und Ortschaften im Tal von Bet She'an, alle gut siebzig Kilometer oberhalb von Jerusalem, aber durchaus erreichbar, wenn sie sich rechtzeitig auf den Weg gemacht hatten.

Daniel, Shmeltzer und der Chinese riefen jeden einzelnen Adressaten der Frachtpapiere an und bekamen bestätigt, daß die beiden Kumpane zwei Tage lang ununterbrochen zu tun gehabt hatten. Über Nacht waren sie sogar in Hadera geblieben und hatten ihren Lieferwagen in einem Hain unter Dattelpalmen abgestellt, die einem von den Frachtadressaten gehörten; und als der gute Mann am nächsten Morgen seine Bäume inspizieren kam, hatten sie noch geschlafen. Er konnte sich noch gut an sie erinnern, sagte er zu Daniel, weil sie sich, als er sie weckte, auf die Ladefläche ihres Lieferwagens gestellt, auf den Boden uriniert und anschließend ein Frühstück von ihm verlangt hätten.

»Hatten sie da noch Frachtstücke auf dem Wagen?«

»Oh, ja. Massenweise. Sie haben sich einfach oben draufgestellt – das war denen scheißegal.«

Idioten, dachte Daniel. Da hätten sie für den gesamten Zeitraum diverse Alibis für sich geltend machen können; aber entweder waren sie dafür zu dumm oder zu bockbeinig. Vielleicht fühlten sie sich auch geschmeichelt, wenn man sie für potentielle Mörder hielt.

Die beiden waren unberechenbar, und grundsätzlich sollte man sie schon im Auge behalten. Doch im Augenblick gab es Dringlicheres zu tun.

Aljuni, der Araber aus Gaza, war ihre letzte Chance – obwohl auch er im Grunde kaum in Frage kam. Immerhin war er ein Killer, der die Messer liebte und die Frauen haßte. Seine erste Frau hatte er in einem Wutanfall zerstückelt, als sie ihm eine Suppe vorsetzte, die ihm nicht schmeckte. Eine zweite hatte er zum Krüppel geschlagen, und jetzt, drei Monate nach seiner Entlassung aus dem Gefängnis, war er mit einer dritten verlobt, einem sechzehnjährigen Mädchen. Was mochte in den Frauen vorgehen, die sich mit solchen Typen einließen? Eine geheime Sehnsucht nach dem Tod? Empfanden sie das Alleinsein schlimmer als den Tod?

Müßige Fragen. Was Daoud über Aljuni zu berichten hatte, war gleich Null: Der Mann ging seinen täglichen Gewohnheiten nach und verbrachte jeden Abend zu Hause. Als Täter kam er ganz gewiß nicht in Betracht. Damit hatte sich die gesamte Vernehmungsaktion als ein Schlag ins Wasser erwiesen.

Er sah auf die Uhr. Es war acht Uhr abends, und er hatte noch nicht zu Hause angerufen. Er nahm den Hörer ab, wählte, bekam aber keine Antwort. Verwundert rief er die Vermittlung an, wo Anrufer von außerhalb Nachrichten hinterlassen konnten, und fragte, ob *Gveret* Sharavi versucht hätte, ihn zu erreichen.

»Moment mal – ja. Ich habe hier einen Anruf von ihr um vier Uhr dreiundvierzig, *Pakad*. Sie möchte wissen, ob Sie mit ihr, den Kindern und ... sieht aus wie die Boonkers –«

»Brookers.«

»Wie auch immer. Sie wollte wissen, ob Sie mit ihnen um sieben Uhr dreißig essen gehen.«

»Hat sie gesagt, wo?«

»Nein«, sagte die Telefonistin mit vorwurfsvoller Stimme. »Sie hat wohl damit gerechnet, daß Sie früher zurückrufen.«

Er legte auf, nahm einen Schluck kalten Kaffee aus der Tasse auf seinem Schreibtisch und legte seinen Kopf auf die Arme. Als es klopfte, fuhr er hoch. In der Tür stand Shmeltzer, sichtlich verärgert und einen Stoß von Papieren in der Hand.

»Schauen Sie sich das an, Dani. Ich war auf der Fahrt nach Hause, und da habe ich einen Kerl erwischt, der das hier überall an die Wände klebte. Ich dachte, das würde Sie vielleicht interessieren.«

Die Papiere waren Flugblätter mit Porträtfotos eines Hassidim. Ein Mann in den Vierzigern, mit Vollbart und auffälligen Schläfenlocken. Er wirkte feist, hatte flache Gesichtszüge und engstehende Augen hinter schwarz gerahmten Brillengläsern. Er trug ein dunkles Jackett, ein weißes, bis oben zugeknöpftes Hemd und auf dem Kopf eine große, viereckige *Kipah*. Um seinen Hals hing ein kleines Schild mit den Buchstaben NYPD, danach folgten mehrere Ziffern.

Ein Verbrecherfoto.

Vor diesem Mann wird gewarnt! stand unter dem Foto zu lesen, auf Hebräisch, Englisch und Jiddisch. *Sender Malkovsky ist ein Verbrecher und Kinderschänder!!!!!! Gebt acht auf eure Kinder!!!!!!* Darunter hatte man Artikel aus New Yorker Zeitungen kopiert, aber so stark verkleinert, daß die Texte kaum noch lesbar waren. Daniel kniff die Augen zusammen und hatte Mühe, die Worte zu entziffern.

Malkovsky stammte aus Williamsburg, einem Bezirk in Brooklyn. Er war Vater von sechs Kindern, Religionslehrer und Tutor. Einer seiner Schüler hatte ihn wegen sexueller Nötigung angezeigt, und als man Ermittlungen gegen ihn anstellte, hatten sich noch ein paar Dutzend andere Kinder wegen ähnlicher Vorfälle gemeldet. Malkovsky wurde von der New Yorker Polizei verhaftet, zur Anklage vernommen und gegen Zahlung einer Kaution auf freien Fuß gesetzt. Zur Gerichtsverhandlung war er dann nicht mehr erschienen. Der Autor eines Artikels in der »New York Post« äußerte die Vermutung, Malkovsky habe sich nach Israel abgesetzt, möglicherweise unter gütiger Mithilfe von »prominenten hassidischen Rabbis«.

Daniel legte das Flugblatt auf den Tisch.

»Und jetzt wohnt er hier, dieser Kerl«, sagte Shmeltzer. »In einem Luxusappartement oben in Qiryat Wolfson. Der Mann, den ich beim Ankleben dieser Flugblätter erwischte, trägt auch einen Vollbart, er heißt Rabinovitch und kommt ebenfalls aus Brooklyn; von daher kannte er den Fall Malkovsky, meinte aber, der Mann säße längst im Gefängnis. Er zieht also nach Israel, kauft sich eine Wohnung im Wolfson-Komplex und sieht eines schönen Tages Malkovsky aus einem Appartement in seiner Nachbarschaft kommen; gleich nebenan, nur hundert Meter weiter. Der Mann versteht die Welt nicht mehr – immerhin ist er selbst Vater von sieben Kindern. Marschiert also geradenwegs zu Malkovskys Rabbi und erzählt ihm, was er da für ein Vögelchen unter seinen Fittichen hätte. Der Rabbi nickt gelassen und sagt, Malkovsky habe Reue gezeigt und eine zweite Chance verdient. Rabinovitch dreht endgültig durch und rennt zum Drucker.«

»Ein Tutor«, sagt Daniel. »Läßt die Kaution sausen und bezieht eine Luxuswohnung in einem der besten Wohnviertel der Stadt. Wie kommt der Mann an so viel Geld?«

»Genau das wollte Rabinovitch auch wissen. Er glaubt, daß Malkovskys hassidische Glaubensbrüder ihm das Geld auf Anweisung des Rabbis gestiftet haben. Das mag zwar auf Konkurrenzneid beruhen – Rabinovitch gehört zu einer anderen Sekte, und wir wissen ja, wie gern sie sich gegenseitig die Augen auskratzen –, aber was er da vermutet, hat eine gewisse Logik.«

»Warum hat sich denn Rabinovitch nicht mit uns in Verbindung gesetzt?«

»Das habe ich ihn auch gefragt. Aber da hat er mich angesehen, als ob ich nicht ganz dicht wäre. Wie er die Sache sieht, hat die Polizei ihre Finger im Spiel – wie wäre es sonst zu erklären, daß Malkovsky einreisen konnte und hier im Land als freier Mann herumläuft?«

»Nein, anders ist es wohl kaum zu erklären.«

»Die Sache stinkt, Dani. Ich kann mich auch nicht an irgendwelche Meldungen von Interpol erinnern oder an ein Auslieferungsersuchen. Oder irre ich mich da?«

»Nein.« Daniel zog eine Schublade in seinem Schreibtisch auf, nahm die Bulletins von Interpol und vom FBI zur Hand und blätterte sie durch. »Kein Malkovsky.«

»Auch kein Hinweis von der Einwanderungsbehörde«, sagte Shmeltzer. »Nichts aus der Chefetage und kein Wort vom Zoll. Dieser Rabbi scheint sich einer massiven Protektion zu erfreuen.«

»Welcher Rabbi ist es?«

»Der Prostnitzer.«

»Ein Neuer«, sagte Daniel. »Kommt aus Brooklyn. Hat eine kleine Gruppe, die sich von den Satmars losgesagt hat – letztes Jahr wurden ganze Flugzeugladungen von den Leuten hier eingeflogen.«

»Alles Kandidaten für den Wolfson, oder? Die *Mea She'arim* ist doch wohl nicht genug für diese komischen Heiligen?«

»Die meisten von ihnen wohnen außerhalb, in der Ramot. Die Geschichte mit dem Wolfson ist möglicherweise speziell auf Malkovsky zugeschnitten – um ihn zu tarnen. Wie lange ist er schon im Land?«

»Immerhin seit drei Monaten – da hätte er schon allerhand anstellen können. Er treibt's zwar mit kleinen Kindern, aber wer weiß schon, was so ein Perverser sonst noch alles drauf hat? Vielleicht ist er ja auf einen anderen Geschmack gekommen. Eins steht jedenfalls fest, Dani, da wird ein Süppchen auf unsere Kosten gekocht, und wir stehen da wie die Idioten.«

Daniel schlug mit der Faust auf den Tisch, daß es knallte. Shmeltzer, der solche Gefühlsausbrüche bei ihm nicht kannte, trat einen Schritt zurück. Aber insgeheim mußte er schmunzeln. Auch Daniel Sharavi war nur ein Mensch.

32 Qiryat Wolfson, das war Wohnen im amerikanischen Stil und Luxus vom Feinsten. Eine Penthouse-Wohnung in dem Komplex hatte erst kürzlich für über eine Million Dollar den Besitzer gewechselt. Spröde Türme aus Kalkstein und elegant geschnittene Appartements, eine labyrinthische Landschaft aus Fußwegen und unterirdischen Autogaragen, die Hauseingänge mit Teppichen ausgelegt, die Fahrstühle superschnelle, lautlose Lifts. Das alles lag am oberen Rand eines steilen Felshanges im Westteil der Altstadt und in unmittelbarer Nähe des geographischen Zentrums Jerusalems. Der Blick von oben bot ein imponierendes Panorama – die Knesset, das Israel-Museum, die Regierungsgebäude, eingebettet in großzügige Grüngürtel. In Richtung Südwesten erstreckte sich eine noch weitläufigere Grünzone – der Wald von Ein Qerem, in dem man Juliets Leiche gefunden hatte.

Bei Dunkelheit ragten die Bauten des Wolfson-Komplexes wie eine Gruppe von Stalagmiten in den Himmel; das Dröhnen des Verkehrs in der Rehov Herzl war von hier oben nur zu ahnen. Daniel steuerte einen der unterirdischen Parkplätze an und stellte den Escort neben der Einfahrt ab. Es gab sogar Einstellplätze, in denen amerikanische Limousinen parkten; überdimensionale Buicks, Chevrolets, Chryslers und ein alter weißer Cadillac vom Typ »Coupe de Ville«, der auf Reifen mit Unterdruck durchsackte. Dinosaurier, anachronistisch und viel zu groß für die Straßen und Gassen von Jerusalem. Was mochte die Besitzer bewogen haben, derartige Karossen in dieses Land zu schaffen?

Er brauchte eine Weile, um sich zurechtzufinden, und es war schon kurz nach neun, als er Malkovskys Wohnung erreichte – ein Appartement in der ersten Etage an der Westseite des Komplexes, der hier rings um einen kleinen bepflasterten Hof gebaut war. Die Wohnungstür war nicht näher gekennzeichnet und mit drei Schlössern bewehrt. Daniel klopfte an, hörte schwere Schritte, dann das gleitende Geräusch von Metallriegeln im Türschloß, und einen Augenblick später stand er dem Mann, der auf dem Flugblatt abgebildet war, Auge in Auge gegenüber.

»Ja?« sagte Malkovsky. Er war ein Riese, mächtig wie ein Bär, dem der Bart wie ein struppiger Latz vor der Brust hing, ein dichtes, rötlich-braunes Fell, das ihm fast bis zum Bauch reichte, die Backenknochen bedeckte und mit den unteren Rändern seiner Brille verwachsen schien.

Seine Nase, platt wie eine *Pita* und mit offenen Poren übersät, beherrschte das massige Gesicht mit der niedrigen Stirn unter dem dichten, krausen Haar. Er trug dasselbe viereckige Käppchen wie auf dem Foto, hatte es aber nach hinten auf den Scheitel geschoben.

Von Haaren verschlungen, dachte Daniel. Wie Esau. So groß und breit, daß er fast den Türrahmen ausfüllte. Daniel blickte an ihm vorbei, spähte durch den winzigen Spalt, der noch verblieben war, in ein Wohnzimmer, wo es nach Hühnersuppe roch; auf dem Fußboden Kinderspielzeug, Zeitungen und ein leeres Babyfläschchen. Eine flüchtige Bewegung – Kinder huschten vorbei, sie spielten Fangen, lachten und riefen etwas auf Jiddisch. Ein Baby, das nicht zu sehen war, fing an zu plärren. Eine Frau mit einem Kopftuch schritt hastig durch sein Blickfeld und verschwand. Einen Augenblick später hörte das Baby auf zu weinen.

»Polizei«, sagte Daniel auf englisch, holte seine Dienstmarke heraus und hielt sie Malkovsky vor die Brillengläser.

Malkovsky ignorierte die Geste, schien unbeeindruckt. Er verzog sein wulstiges Gesicht, zeigte einen Anflug von Verärgerung. Dann räusperte er sich und richtete sich zu voller Größe auf.

»Ein Frommer?« sagte er, als er Daniels *Kipah* bemerkte.

»Darf ich reinkommen?«

Malkovsky wischte sich über die Stirn. Er schwitzte – vor Anstrengung, nicht etwa aus Angst –, seine Brillengläser waren beschlagen, die Achselhöhlen seines zeltartigen Unterhemdes mit V-Ausschnitt hatten braune Schweißflecken. Unter dem Unterhemd trug er einen schwarz gestreiften, wollenen *Tallit Katan*, ein mit Fransen besetztes Kleidungsstück, wie es das religiöse Ritual für den täglichen Gebrauch vorschrieb; ein rechteckiger Umhang mit einem Ausschnitt für den Kopf, die Fransen waren zu beiden Seiten mit Schleifen in Perforationen festgemacht. Seine Hose war schwarz und ausgebeult. Er trug schwarze Halbschuhe mit stromlinienförmigen Spitzen.

»Was wollen Sie?« fragte er auf hebräisch.

»Mit Ihnen reden.«

»Was ist denn los, Sender?« rief eine Frauenstimme.

»Gornischt.« Malkovsky trat in den Hausflur und machte die Tür hinter sich zu. Als er sich in Bewegung setzte, ging ein Beben durch seinen gewaltigen Leib. Daniel mußte an das Eisbein in Gelee denken, das bei Pfefferberg in der Glasvitrine lag.

»Es ist alles arrangiert«, sagte er. »Ich brauche sie nicht.«

»Alles?«

»Alles. Ganz ausgezeichnet. Sagen Sie Ihrem Boß, mir geht es ausgezeichnet.«

Als Daniel keine Anstalten machte zu gehen, benagte Malkovsky seinen Schnurrbart und fragte: »Nu, wo ist das Problem? Noch mehr Papiere?«

»Ich habe keine Papiere für Sie.«

»Was haben Sie dann?«

»Ich führe polizeiliche Ermittlungen durch. Ich bin auf Ihre kriminelle Vergangenheit gestoßen, und darum halte ich es für das beste, wenn wir ein Gespräch miteinander führen.«

Malkovsky lief rot an und zog aufgeregt die Luft ein, Wut stand ihm in den Augen. Er wollte etwas sagen, brach aber ab und wischte sich wieder die Schweißtropfen von der Stirn. Ballte seine Hände zu Fäusten und bearbeitete damit seine kugeligen Oberschenkel.

»Hauen Sie ab, Sie Polizist«, sagte er. »Meine Papiere sind in Ordnung. Es ist alles arrangiert!«

»Von was für einem Arrangement sprechen Sie, Mr. ... oder soll ich Rabbi Malkovsky sagen?«

Malkovsky verschränkte die Arme vor seiner Brust. Er lief rot an unter seinem Bart, sein ganzes Gesicht wurde puterrot, und sein Atem ging schwer.

»Ich brauche nicht mit Ihnen zu reden.«

»Das ist Ihr gutes Recht«, sagte Daniel, »aber dann bin ich in einer Stunde mit meinen eigenen Papieren wieder hier, zusammen mit einer Eskorte von Polizeibeamten, die mir helfen werden, Sie ins Präsidium zu bringen. Bei Ihren Nachbarn wird das bestimmt auf großes Interesse stoßen.«

Malkovsky starrte auf ihn herab, er ballte seine Hände zu gewaltigen Fäusten und öffnete sie wieder.

»Warum belästigen Sie mich!« fuhr er ihn an, aber sein Widerstand begann zu erlahmen; seine Empörung wich, und die nackte Angst stand ihm im Gesicht.

»Wie ich schon sagte, Rabbi —«

»Ich bin kein Rabbi!«

»— aufgrund Ihrer kriminellen Vergangenheit halte ich es für notwendig, ein Gespräch mit Ihnen zu führen. Es geht da um verschiedene Verbrechen. Sie wurden alle begangen, nachdem Sie in Israel eingewandert sind.«

»Das ist dummes Gerede. Ich habe keine kriminelle Vergangenheit. Ich weiß überhaupt nicht, wovon Sie sprechen.«

Malkovsky spreizte die Hände, drehte sie mit den Innenseiten nach unten und legte sie übereinander. Eine Geste der Endgültigkeit. »G'nuk. Genug.«

»Nein, nicht g'nuk, erst haben wir miteinander zu reden.«

»Es gibt nichts zu bereden. Ich habe hier meinen ständigen Wohnsitz. Meine Papiere sind in Ordnung.«

»Wo wir gerade von Papieren sprechen«, sagte Daniel, nahm ein Flugblatt aus seiner Tasche, faltete es auf und gab es Malkovsky.

Der Hüne starrte auf das Blatt und formte die Lippen zu einem unhörbaren O. Er zerknüllte das Papier mit der einen Hand; die andere hielt er sich vor das Gesicht. »Lügen.«

Er machte seine Faust auf und ließ die Papierkugel zu Boden fallen.

»Davon gibt es noch mehr, Mr. Malkovsky, es sind Hunderte über die ganze Stadt verteilt, sie kleben an Mauern und Kioskwänden. Es ist alles nur eine Frage der Zeit.«

»Lügen«, sagte Malkovsky. »Sündhaftes Geschwätz.« Er wandte sich ab, drehte das Gesicht halb zur Wand und zerrte heftig an seinen Barthaaren, rupfte wild an den langen, drahtigen Strähnen.

Daniel nahm Malkovsky beim Arm, fühlte das wabbelige Fleisch unter seinen Fingern. Was für ein schmieriger Kerl, dachte er. Ein Monster.

»Wir müssen miteinander reden«, sagte er.

Malkovsky schwieg und rupfte wieder an seinem Barthaar. Aber sein Widerstand war erlahmt. Er ließ sich von Daniel in einen ruhigen Winkel des Hofes führen, wo Pfefferbäume in Terrakottatöpfen wuchsen. Die Außenbeleuchtung war trübe, fahles, gelbliches Neonlicht fiel auf das großporige Gesicht des hünenhaften Mannes.

»Erzählen Sie mir alles«, sagte Daniel.

Malkovsky starrte ihn an.

»Erzählen Sie«, wiederholte Daniel.

»Ich war ein kranker Mann«, sagte Malkovsky mit mechanischer Stimme. »Ich litt an einer schlimmen Krankheit, auf meinen Schultern lag eine schwere Bürde, das *Yetzer Horah* hat es mir so bestimmt.«

Ein Heuchler voller Selbstmitleid, dachte Daniel. Sprach von der Kraft des Bösen, als existierte sie unabhängig von der Freiheit seines Willens. Beim Anblick dieses Mannes mit seinem Bart, der *Peyot* und der religiösen Kleidung überkam ihn ein Gefühl der Antipathie, gegen das er sich kaum wehren konnte.

»Sie selbst haben diese Bürde auf andere Schultern gelegt«, sagte er kühl. »Auf schmale, kleine Schultern.«

Malkovsky fing an zu zittern, dann nahm er seine Brille ab, als ob ihm der ungetrübte Blick auf die Wirklichkeit Schmerzen bereitete. Ohne den Schutz der Gläser sahen seine Augen wie kleine Schlitze aus, mit unstetem, ausweichendem Blick.

»Ich habe hart gearbeitet, um zu bereuen«, sagte er. »Habe wahrhaftig *Tshuva* geleistet – beim letzten *Yom Kippur* hat mein Rabbi meine Bemühungen gelobt. Sie sind ein frommer Mensch, Sie wissen, was die *Tshuva* bedeutet.«

»Zur *Tshuva* gehört notwendigerweise auch die *Vidduy*«, sagte Daniel. »Das volle Bekenntnis der eigenen Sünden. Aber was ich von Ihnen gehört habe, ist nur Selbstmitleid.«

Malkovsky war aufgebracht. »Ich habe eine echte *Vidduy* abgelegt. Mein Rabbi sagt, ich mache gute Fortschritte. Und jetzt hören Sie auf – lassen Sie mich zufrieden!«

»Selbst wenn ich es täte, würden andere Sie nicht zufrieden lassen.« Als Bestätigung zog Daniel ein zweites Flugblatt aus der Tasche und legte es in Malkovskys breiten Schoß.

Malkovsky schlug sich mit der Faust gegen die Brust und begann, in fistelndem Flüsterton das Bekenntnis des *Yom Kippur* zu sprechen. Er stand da, zerrte an seinem Bart und stieß eine Litanei von Missetaten hervor.

»Wir haben gesündigt, wir haben niederträchtig gehandelt, wir haben gestohlen, wir haben verleumderische Reden geführt, wir haben Schandtaten begangen ...«

Als er das letzte Vergehen zitierte, steckte er sich einen Finger in den Mund, biß darauf herum und hielt die Augen geschlossen. Seine *Kipah* war verrutscht, er atmete hastig und geräuschvoll.

»Haben Sie es auch mit den eigenen Kindern getrieben«, fragte Daniel, »oder waren es nur die von anderen Leuten?«

Malkovsky ignorierte ihn und murmelte unablässig seine Gebete. Daniel faßte sich noch einen Augenblick in Geduld und wiederholte schließlich seine Frage. Der Kerl sollte wissen, daß er sich mit Lippenbekenntnissen nicht abspeisen ließ.

Sie schwiegen beide. Und dann fing Malkovsky an zu reden.

33 Das beste Zimmer im ganzen Haus war die Bibliothek.

Das Wohnzimmer langweilte ihn – diese ganzen Sofas, Gemälde und Möbel und die Sachen unter den Glasglocken, die er nicht anfassen durfte. Als er noch ein kleiner Junge war, hatten ihm die Hausmädchen verboten, das Zimmer zu betreten, und jetzt, mit neun Jahren, hatte er selbst die Lust daran verloren.

Die Küche war okay, wenn man was zu essen haben wollte und so, aber sonst war sie langweilig. Die Gästeschlafzimmer im Kinderflügel waren stets abgeschlossen, und sein eigenes Schlafzimmer roch nach Pipi und Erbrochenem. Die Hausmädchen sagten, er bilde sich das nur ein. Aber die wollten nur nicht richtig saubermachen.

Ein paarmal war er in Doktors Zimmer gewesen, hatte in den Schubladen gekramt und alles, was er fand, an sich gedrückt – die weiche Unterwäsche mit den Streifen und die blauen Pyjamas mit dem weißen Besatz an den Rändern und Doktors Initialen auf der Brusttasche. Der Rest bestand aus Socken und Pullovern, und im Wandschrank hingen die Anzüge und die langen Hosen – alles langweilig. Das einzig Interessante, was er aufgestöbert hatte, war ein dicker schwarzer Füllfederhalter mit Goldspitze, der seltsamerweise zwischen zwei Pullovern lag, wie in einem Versteck. Er klaute ihn, nahm ihn mit in sein Zimmer und versuchte damit zu schreiben; und als es nicht klappte, schlug er so lange mit einem Hammer darauf ein, bis er ihn zu schwarzem Staub pulverisiert hatte. Er probierte, wie das Zeug schmeckte. Es war widerlich, und er spuckte es aus, wischte sich die Zunge ab, um den Grus loszuwerden; Spuren von gräulichem Gesabber tröpfelten ihm übers Kinn.

Der Eispalast war immer abgeschlossen. Logisch. Sie ließ ihn nur herein, wenn sie schwer betrunken war und ihn brauchte. Er mußte ihr dann Aspirin aus dem Badezimmer holen. Oder auch, wenn Sarah zu Besuch kam, was nur zwei- oder dreimal im Jahr geschah, sie aber jedesmal völlig aus der Fassung brachte.

An Sarah-Tagen rief sie immer mit hoher, kieksender Stimme nach ihm, schaurig klang das – »Liebling! Komm zu mi-ir! Lieb-ling!« Sie sagte ihm, er solle zu Bett gehen, zog ihn unter die rutschigen Satinlaken und legte ihm ihren weichen nackten Arm um die Schulter. Er spürte, wie sie ihn überall betatschte, ihre Hand war weich und feucht und klebrig; und aus dem Mund roch sie nach Gin, ihr Atem war heiß und süßlich, aber widerlich süß, als ob sie Bonbons erbrochen hätte.

An Sarah-Tagen konnte sie richtig widerlich werden. Sie beugte sich über ihn, so daß sich ihre Titten gegen seine Brust drückten, ihr Busen war oben ganz weiß und ihre Haut bebte. Manchmal beugte sie sich richtig weit hinunter, so daß er ihr in die Bluse schauen konnte; ihre Nippel sahen aus wie große, rosarote Gummibonbons. Sie tätschelte ihm die Wange und sagte: »Komm, mein Baby, erzähl deiner Mama, was dir das böse kleine Flittchen angetan hat. Behandelt sie dich von oben herab? Spielt sie sich vor dir als große Dame auf? Tut sie das?« Und wenn sie ihn dann von oben bis unten abschleckte, fixierte ihn der Kater mit starrem Blick, ganz böse vor Eifersucht; heimlich versetzte er ihm einen Krallenhieb und zog seine Pfote blitzschnell zurück, so daß man ihn nie erwischen konnte.

Er verstand nicht, was sie meinte – von oben herab behandeln, sich wie eine große Dame aufspielen. Und so zog er nur die Schultern hoch und wich ihrem Blick aus, was sie aber erst so richtig in Fahrt brachte. Sie wedelte mit ihrem leeren Glas durch die Gegend und redete unablässig mit ihrer kieksenden Stimme auf ihn ein.

»Diese kleine Rotznase hält sich nämlich für was Besseres. Du und ich, wir sind ihr nicht gut genug, sie hält sich für so verdammt raffiniert – das tun sie ja alle. Vor lauter Raffinesse können sie kaum noch geradeaus laufen; das Auserwählte Volk, jaja. Auserwählt, um die Welt ins Unglück zu stürzen, ist es nicht so? Ist es nicht so?«

Achselzucken.

»Der Kater hat dir wohl die Zunge abgebissen, was? Oder hat das kleine Flittchen dich vielleicht hypnotisiert – diese auserwählten Menschen können nämlich hexen. Ha. Lange Nasen haben sie, dafür sind sie auserwählt, wenn du mich fragst. Findest du nicht auch, daß sie eine lange Nase hat? Abscheulich ist sie, und häßlich sieht sie aus, findest du nicht auch? Oder etwa nicht?«

Er fand Sarah eigentlich ganz okay. Sie war sieben Jahre älter, also jetzt sechzehn, fast schon erwachsen und soweit auch ganz hübsch. Sie hatte volles, dunkles Haar, weiche braune Augen und einen hübschen, großen Mund. Und ihre Nase fand er auch okay, aber das sagte er nicht, er zog nur die Schultern hoch.

»Ein abscheuliches kleines Flittchen.«

Obwohl sie im Zimmer nebenan wohnte, sahen sie sich nur selten. Sarah ging schwimmen, sie las oder telefonierte mit ihrer Mutter im Hotel; oder sie ging abends mit Doktor aus. Aber wenn sie sich im Korridor begegneten, hatte sie immer ein Lächeln für ihn und sagte Hallo. Einmal brachte sie ihm sogar aus der Stadt, in der sie wohnte, eine Dose mit kandierten Früchten mit; sie aßen sie zusammen auf, und sie war ihm nicht einmal böse gewesen, daß er die ganzen Kirschen allein genascht hatte.

»Findest du sie nicht auch ganz furchtbar? Ist sie nicht ein gräßliches kleines, hakennasiges Nichts? Antworte mir, zum Teufel!«

Er spürte ihren Griff, sie drückte richtig zu mit ihren feuchtkalten Fingern und hätte ihm fast den Arm verdreht.

Er mußte sich auf die Lippen beißen, um nicht loszuweinen.

»Oder findest du das nicht!«

»Doch, Mama.«

»Sie ist wirklich ein kleines Flittchen, weißt du. Wenn du älter wärst, würdest du das verstehen. Zehn Jahre geht das jetzt, und sie grüßt mich immer noch nicht, diese eingebildete kleine Jüdin – dies Judenferkel! Was für ein witziges Wort, nicht wahr, mein Liebling?«

»Ja, Mama.«

Sie seufzte mit heißem, gingeträktem Atem und umarmte ihn wieder mit ihren feuchten Händen. Ihre Finger gruben sich in seine Haut, als wollte sie ihm weh tun; aber dann löste sie den Griff und begann, ihn zu massieren. Den Arm hinunter bis zum Handgelenk und weiter zu den Beinen.

»Wir haben doch nur uns, mein Liebling. Ich bin ja so froh, daß wir beide uns vertrauen.«

Sarah wurde immer von ihrer Mutter gebracht. Sie ließen sich dann von einem Taxi bis vor den Hauseingang fahren, und Sarah stieg immer als erste aus, vor ihrer Mutter. Ihre Mutter gab ihr stets einen Abschiedskuß und brachte sie zur Haustür, kam aber nie mit ins Haus. Sie war eine kleine, dunkelhaarige Frau namens Lillian und eigentlich ganz hübsch – Sarah hatte große Ähnlichkeit mit ihr. Sie trug schicke Sachen, wunderschöne Kleider, Schuhe mit tollen hohen Absätzen, lange Mäntel mit Pelzkragen, manchmal einen Hut mit Schleier –, und sie lächelte gern. Einmal entdeckte sie ihn, als er hinterm Wohnzimmerfenster stand und sie anschaute. Da lächelte sie ihm zu und winkte, ehe sie ins Taxi stieg und abfuhr. Er fand, daß sie ein hübsches Lächeln hatte.

Wenn Doktor zu Hause war, ging er vor die Tür, um ein paar Worte mit Lillian zu sprechen, ihr die Hand zu schütteln und Sarah die Koffer abzunehmen. Sie schienen sich zu mögen und redeten ganz freundlich miteinander, wie Menschen, die sich viel zu erzählen haben. Er konnte nicht verstehen, warum sie sich hatten scheiden lassen, wo sie doch so gut miteinander zurechtkamen. Er hätte auch gern gewußt, ob seine eigene Mutter und Doktor jemals so freundlich miteinander umgegangen waren. Solange er sich erinnern konnte, hatten sie immer nur im Streit gelegen und nachts ihre Kriege geführt.

Doktor und Sarah gingen bei jedem ihrer Besuche zweimal zusammen aus. Einmal ins Restaurant und einmal zum Eisessen. Er wußte das, weil er jedesmal hörte, wie sie darüber redeten und gemeinsam überlegten, was sie essen wollten. Lammkeule. Rippchen. Alaska überbacken. Reispudding. Auch seine Mutter hörte das, rief ihn dann zu sich und flüsterte ihm ins Ohr: »Das sind ja solche Schweinigel, haben kein Benehmen, absolut ekelhaft. Gehen in schöne Lokale, essen wie die Ferkel und machen sich zum Gespött der Leute. Ich mag da nicht mehr mitgehen – es ist ekelhaft. Du müßtest mal sehen, wie sein Hemd aussieht, wenn er gegessen hat. Sie ißt Schokoladeneis und kleckert sich damit voll. Ihre Sachen sehen dann aus wie benutztes Toilettenpapier!«

Das gab ihm zu denken – Flecken von Schokoladeneis, die aussahen wie Scheiße; er hätte zu gern gewußt, wie menschliche Scheiße schmecken würde. Einmal hatte er ein winziges Stückchen Katzenscheiße aus dem Abfalleimer genommen und sich auf seine Zunge gelegt und sie dann ganz schnell wieder ausgespuckt, weil es so furchtbar war. Der Geschmack hatte ihm Magenschmerzen bereitet, und er hätte drei Tage lang brechen können. Am liebsten auf das Bett seiner Mutter – das wäre gut, große Brocken von Kotze über den ganzen weißen Satin. Über Doktor auch und über Sarah und die Hausmädchen. Durchs ganze Haus würde er rennen – nein, fliegen! Im Sturzflug über alle mit Bomben aus Scheiße und Kotze herfallen. Pow!

Power!

Einmal hatte er Sarah in der Umkleidekabine am Swimmingpool beobachtet. Ein Fenster stand offen, und er hatte hineingeschaut. Sie streifte sich gerade ihren Badeanzug ab und betrachtete ihre Figur im Spiegel, bevor sie sich anzog.

Sie hatte kleine Titten, und ihre Nippel sahen aus wie Schokolade.

Sie war am ganzen Körper braungebrannt, bis auf einen weißen Streifen um die Titten und einen weißen Streifen um den Po, und an der Pussy hatte sie schwarzes Haar.

Sie berührte ihre Pussy mit den Fingerspitzen und lächelte sich im Spiegel an. Dann schüttelte sie abwehrend den Kopf und hob ein Bein, um sich ihr Höschen anzuziehen.

Er sah eine rosarote, gewundene Linie aus der Mitte ihres Schamhaars hervorschauen und mußte an die Wunden denken, die in Doktors Büchern abgebildet waren.

Ihr kleiner Po sah aus wie zwei Eier, von der braunen Sorte. Wenn er sie aufschlagen würde, dachte er, müßte gelbliches Zeug herausfließen.

Auf dem Kopf hatte sie dunkles Haar, aber es war nicht ganz so dunkel wie das Haar ihrer Pussy. Sie stand da in ihrem Höschen und bürstete sich die Haare, bis sie glänzten. Ihre Arme hielt sie dabei hoch, so daß ihre Titten flach wurden und beinahe verschwanden und nur noch die Schokoladennippel hervorstanden. Sie summte eine Melodie vor sich hin.

Er bekam Lust, ein Stück von ihr abzubeißen und hätte zu gern gewußt, wie sie schmeckte.

Bei dem Gedanken wurde sein Schwanz ganz steif und tat so weh, daß er Angst bekam, er könne zerspringen und von ihm abfallen, und sein Blut würde aus dem Loch fließen und er würde sterben.

Es dauerte ziemlich lange, bis der Schmerz verging.

Er haßte Sarah dafür, ein bißchen jedenfalls; aber im Grunde fand er sie immer noch okay. Er hätte sich gern in ihr Zimmer geschlichen und heimlich in ihren Schubladen gewühlt, aber sie schloß immer die Tür ab. Als sie wieder nach Hause gefahren war, ging er dann doch hinein, ehe die Hausmädchen dazu kamen, den Raum abzuschließen. Er machte alle ihre Schubladen auf. Sie hatte nichts zurückgelassen, bis auf eine leere Schachtel Nylonstrümpfe und einen Hauch von Parfum.

Das machte ihn richtig wütend.

Irgendwie vermißte er sie.

Er hätte Lust gehabt, sie zu zerschneiden und aufzuessen, und er stellte sich vor, daß sie genauso schmeckte wie kandierte Früchte.

Das Haus war so groß, daß man immer das Gefühl hatte, es sei leer. Was er okay fand – es waren sowieso nur die Hausmädchen da, und die fand er blöd; sie sprachen mit Akzent und summten sonderbare Melodien. Ihn haßten sie –, das spürte er an ihren Blicken und wie sie immer miteinander tuschelten, wenn er an ihnen vorbeiging. Er hätte gern gewußt, was sie für Pussies hatten. Und wie ihre Titten aussahen. Dachte sich, daß sie vielleicht säuerlich schmeckten, so ähnlich wie Gemüse. Bei diesen Gedanken mußte er sie fortwährend anstarren. Als sie es bemerkten, wurden sie wütend, flüsterten miteinander und zogen sich vor ihm zurück, redeten in ihrer fremden Sprache, die er nicht verstand.

Das Schöne an der Bibliothek war, daß die Doppeltüren nie offenstanden; wenn die Hausmädchen einmal saubergemacht hatten, konnte man hinein und den Schlüssel im Schloß umdrehen. Niemand würde ihn dort vermuten.

Er mochte die großen, weichen Ledersessel. Und die Bücher. Doktors Bücher, die mit den vielen schaurig schönen Bildern. Er hatte seine Lieblingsbilder, die sah er sich immer zuerst an. Der Niggerbursche mit Elephantiasis (was für ein langes Wort; er brauchte eine Weile, bis er es kapiert hatte). Der Mann hatte große Eier – riesengroß! – alle beide so groß wie eine Wassermelone. Er wollte es erst gar nicht glauben, als er das Foto zum ersten Mal sah. Der Bursche saß auf einem Stuhl, hielt seine Hände im Schoß, und die Eier hingen ihm bis auf die Erde! Er sah ziemlich bekümmert aus. Warum kam nicht jemand, der sie ihm einfach abhackte, damit er wieder gehen konnte? Konnte ihm denn keiner helfen, damit er nicht mehr so bekümmert dreinzuschauen brauchte?

Was ihm auch gefiel, waren die geistig zurückgebliebenen Leute, die gar keine Stirn hatten und Zungen so groß wie Salamiwürste, sie ließen sie einfach aus dem Mund heraushängen. Eine nackte Frau, auch geistig zurückgeblieben, sah ganz sonderbar aus; sie hatte ein vollkommen plattes Gesicht und stand neben einem Zollstock; sie war nur vierundneunzig Zentimeter groß und hatte keine Haare an ihrer Pussy, obwohl sie schon alt war. Fotos von nackten Zwergen und Riesenmenschen, alle neben einem Zentimetermaß. Leute, denen Finger, Arme oder Beine fehlten. Ein Mann hatte keine Arme und keine Beine – das sah vielleicht blöd aus, er mußte laut lachen.

Dann gab es noch eine Menge von anderen nackten Menschen mit Wunden und bösen Stellen und verbogenen Gliedern und seltsamen Höckern. Arschlöcher und Lippen, die in der Mitte gespalten waren. Und nackte, dicke Menschen. Wirklich fettleibige Leute; so fett, daß es aussah, als würden sie Kleider aus Speck mit Furchen und Falten tragen. Eine Frau hatte einen Bauch, der ihr bis über die Knie hing und ihre ganze Pussy bedeckte. Das Fettgewebe hing ihr von den Ellbogen herunter. Irgendein Chirurg, jemand wie Doktor, hätte doch kommen und ihnen das ganze Fett vom Leib schneiden können; vielleicht hätte man Kerzen oder irgend so was draus machen oder es den mageren Leuten geben können, um sie zu wärmen. Den fetten Menschen hätte man den Leib abschälen und säubern können, damit sie wieder normal aussahen. Mit den Leuten in den Büchern ging das vielleicht nicht, weil es zu viel Geld kostete. Sie mußten bis ans Ende ihres Lebens mit ihren Fettgebirgen herumlaufen.

Einmal, nachdem er die Bilder mit den fetten Leuten betrachtet hatte, verließ er die Bibliothek, ging in sein Zimmer und formte speckige fette Leute aus Modellierknete. Dann bohrte er ihnen mit einem Bleistift und einer Nagelfeile Löcher und Schlitze in die Leiber, hackte ihnen Köpfe, Arme und Beine ab und schälte sie, bis sie nur mehr kleine Klumpen und Schnipsel waren. Er griff sich die Klumpen und quetschte sie mit beiden Händen, bis ihm die Knete als Matsch durch die Finger drang. Dann warf er sie in die Toilette, spülte ab und stellte sich vor, die fetten Leute würden ertrinken. Würden schreien: O nein! O Gott! Als er zuschaute, wie sie durch den Strudel der Spülung wirbelten und schließlich versanken, fühlte er sich großartig wie ein Herrscher über Leben und Tod. Sein Schwanz wurde wieder hart und tat ihm weh.

Im obersten Fach des mit Schnitzereien versehenen Bücherregals stand dieses große, grüne Buch, ein wirklich schweres Stück; er mußte sich auf einen Stuhl stellen, um es in die Hand zu nehmen, und verdammt aufpassen, daß es ihm nicht auf Doktors lederbezogenen Schreibtisch fiel und den Totenkopf kaputtmachte, den Doktor als Briefbeschwerer benutzte. Es war der Schädel eines Affen, etwas zu klein für den eines Menschen; aber er stellte sich gern vor, daß er von einem Menschen stammte. Zum Beispiel von einem der Zwerge auf den Fotos. Vielleicht hatte er die Familie des Jungen angreifen wollen, und der Junge hatte ihn getötet und sie alle gerettet, er war der große Held. Dann hatte er ihm die Haut abgezogen, um an den Schädel zu kommen.

Das grüne Buch war alt – es trug das Datum von 1908 –, und es hatte einen langen Titel: »Medizinischer Fach-Atlas für klinische Chirurgie« von Professor Bockenheimer oder einem Mann mit einem ähnlich seltsamen Namen; es stammte aus einem Ort namens Berlin. Er hatte in seiner Schülerenzyklopädie nachgeschaut und herausgefunden, daß es eine Stadt in Deutschland war.

Jemand hatte etwas auf die Innenseite des Buchdeckels geschrieben. Mit dieser seltsamen, dünnen Handschrift, die aussah wie tote Wanzen mit Spinnenbeinen; er hatte lange gebraucht, um die Worte zu entziffern.

Für Charles, meinen gelehrten Kollegen.
In tiefer Dankbarkeit für die herzliche Gastfreundschaft
und all die anregenden Gespräche in Ihrem Hause.
 Mit besten Wünschen.
 Dieter Schwann

Das Schöne an dem grünen Buch war, daß die Bilder wirklich echt wirkten, so als hätte man, was sie darstellten, mit Händen greifen können; wie wenn man durch ein Stereoskop schaute. In dem Buch hieß es, es handelte sich um Fotos von behandelten Patienten. Hergestellt hatte die Fotos ein Mann namens F. Kalbow aus dem – und jetzt kam ein wirklich schweres Wort – Institut für plastische Chirurgie in Berlin.

Auf einem der Fotos war einer mit einem Loch im Gesicht abgebildet, einem sogenannten Sarkom. Wo eine Nase und ein Mund sein sollten, hatte der Mann ein Loch. Sein Gesicht bestand nur aus seinen Augen und eben diesem Loch, das im Innern ganz rosa und gelblich aussah. Ein anderes Foto zeigte einen zerquetschten Penis, von gräulichem, faltigem Zeug umgeben und einer Wunde am oberen Ende. Sah aus wie ein großer Regenwurm mit einem roten Kopf. Was er immer wieder gern ansah, war dies große Foto von einem Arschloch mit rosaroten, blütenartigen Gebilden. Ein Arschloch mit Blumenblüten.

Lauter schmutziges Zeug. Am liebsten hätte er ein Messer genommen und so lange geschnitten und geschält, bis alles wieder sauber und ordentlich war.

Dann war er der Held, der sie alle rettete.

Da waren noch ein paar Dinge, die ihm ganz besonders gut gefielen – die Messer und die chirurgischen Instrumente in der großen schwarzen Ledertasche, die neben dem Affenschädel lag.

Die Tasche war innen mit rotem Samt ausgeschlagen. In goldenen Lettern stand da: Jetter und Scheerer: Tuttlingen und Berlin. Da war er wieder, dieser Ortsname – Berlin. Vielleicht war das eine Stadt, in der nur Ärzte wohnten. Eine Stadt mit lauter Arztsachen.

Die Messer und Instrumente waren an ledernen Bändern befestigt. Es waren ziemlich viele; wenn man den Koffer aufhob, gab es so ein klirrendes Geräusch. Die Klingen bestanden aus silbrigem Metall, die Griffe aus einem glatten, weiß schimmernden Material, wie das Innere einer Seemuschel.

Er knüpfte die Bänder gern auf und nahm die Messer heraus, eins nach dem andern. Dann gruppierte er sie wie Eiscremestiele und schnitt Buchstaben und kleine Zeichnungen in die Tischplatte. Seine Initialen, mit dem Messer geschrieben.

Sie waren unheimlich scharf. Durch einen Zufall fand er das heraus, als er mit der Spitze einer Klinge an seinen Finger gekommen war und seine Haut sich plötzlich, wie durch einen Zauber, geöffnet hatte. Es war ein tiefer Schnitt, und er bekam Angst; aber als er die verschiedenen Hautschichten in seinem Inneren betrachtete, fühlte er sich wieder gut. Es tat nicht einmal weh, jedenfalls am Anfang nicht; aber dann fing die Stelle an zu bluten – sehr sogar –, und er spürte einen scharfen, pulsierenden Schmerz. Er griff nach einem Taschentuch, wickelte es sich um den Finger und drückte; schaute zu, wie sich das weiße Taschentuch allmählich rot färbte. Eine ganze Weile saß er da, bis kein Blut mehr herauskam. Er wickelte den Finger wieder auf und berührte das Taschentuch mit seiner Zunge; es schmeckte nach Salz und Papier. Er knüllte es zusammen und steckte es in seine Tasche.

Danach brachte er sich von Zeit zu Zeit kleine Schnittwunden bei. Mit Absicht – denn er war der Boß, und die Messer hatten ihm zu gehorchen. Es waren winzige Schnitte, die nicht lange bluteten; kleine Kerben, die er sich in die Fingernagelränder ritzte. In der Tasche war an der Seite auch ein Klemminstrument, das er dazu benutzte, sich den Finger abzuklemmen, bis er dunkelrot anlief und heiß wurde und heftig pochte und er es nicht mehr aushalten konnte. Mit Taschentüchern tupfte er das Blut ab, dann sammelte er die blutigen Papierfetzen ein und versteckte sie in einem Spielzeugkasten in seinem Wandschrank.

Manchmal ging er, wenn er mit den Messern zu Ende gespielt hatte, in sein Zimmer und schloß die Tür hinter sich ab. Auf seinem eigenen Schreibtisch breitete er Nagelfeilen, Scheren, Sicherheitsnadeln und Bleistifte aus. Dann klatschte er Knetgummimenschen zusammen und führte Operationen an ihnen aus; für Blut nahm er roten Knetgummi, verpaßte ihnen sarkomartige Löcher und Arschlöcher mit Blumenblüten, amputierte ihnen Arme und Beine.

Manchmal stellte er sich vor, wie die Knetgummimenschen schreien würden. Laut winseln und schreien. »Oh, nein!« und »Oh, mein Gott!« Aber damit war es ein für allemal aus und vorbei, wenn er ihnen die Köpfe abhackte.

Das habt ihr nun von eurem Geschrei!

Wochenlang hatte er schon mit den Messern gespielt, als er das Buch fand, das Buch über Messer.

Bilder von Menschen waren nicht darin, nur Zeichnungen von Messern und Instrumenten. Ein Katalog. Er blätterte so lange darin, bis er auf Zeichnungen stieß, die mit den Messern in dem schwarzen Lederkoffer identisch waren. Er verbrachte viel Zeit damit, alle Instrumente zu identifizieren, ihre Bezeichnungen zu lernen und sich alle Namen einzuprägen.

Die sieben Messer mit den kurzen Klingen nannte man Skalpelle.

Das klappbare Instrument ganz oben mit der kleinen spitzen Klinge war eine Lanzette.

Die mit den langen Klingen nannte man Bistouris.

Die dünnen runden Dinger waren Operationsnadeln.

Das scharfe Instrument nannte man Sonde und Löffel.

Was so ähnlich aussah wie eine Gabel mit zwei Spitzen, war ein Sondentastkopf.

Das hohle Röhrchen war eine Kanüle; das dazu passende spitze Ding war ein Trokar.

Das dicke Instrument mit der schweren Klinge war ein Knochenschaber.

Was da abseits an der Seite lag und zum Drücken war, nannte man Hasenschartenklammer.

Sein Lieblingsmesser lag ganz unten in dem Koffer. Damit kam er sich tatsächlich wie der Boß vor, auch wenn es immer noch etwas Beängstigendes hatte; es lag so groß und schwer in seiner Hand und fühlte sich so gefährlich an.

Das Amputationsmesser. Beide Hände brauchte er, um es ruhig zu halten. Er beschrieb einen Bogen damit und führte es in seiner Phantasie an einen weichen, weißen Hals.

Ein Schnitt, ein Ruck.

O Gott!

Das hast du nun davon.

Es gab noch andere schöne Sachen in der Bibliothek. Zum Beispiel ein großes Mikroskop aus Messing und ein Holzkästchen mit präparierten Lichtbildern – Fliegenbeine, die wie behaarte Bäume aussahen, rote Blutkörperchen, flach und rund wie fliegende Untertassen, Menschenhaar, Bakterien. Und in einer Schreibtischschublade lag ein Kästchen mit Injektionsnadeln. Er nahm eine heraus, wickelte sie aus und stieß damit in die Rückenlehne eines Ledersessels, tat es von unten und dicht an der Wand, wo es so leicht niemand bemerken würde. Der Sessel, stellte er sich vor, war ein Tier, dem er Spritzen gab und die Nadel in den Leib stieß, immer wieder; und er konnte das Tier schreien hören, das Tier schrie, bis es sich in einen Menschen verwandelte – in eine Person, nackt und häßlich wie ein Mädchen –, und auch die fing an zu schreien, aber ihre Schreie waren richtige Worte.

Oh, nein! O Gott!

»Da hast du's!« Zack. »Das wird dir eine Lehre sein!« Knirsch.

Er klaute die Nadel, nahm sie mit in sein Zimmer und legte sie zu seinen blutigen Papiertaschentüchern.

Ein schönes Zimmer war das. Mit vielen schönen Sachen. Aber die Messer gefielen ihm am besten.

34 Die Verhöre nahmen kein Ende, und alle führten sie in Sackgassen; fünf Kriminalbeamte arbeiteten auf Hochtouren.

Da sich keine neuen Spuren ergaben, beschloß Daniel, den alten noch einmal nachzugehen. Er fuhr in das Gefängnis auf dem Russischen Territorium und verhörte Anwar Rashmawi, konzentrierte sich auf das letzte Gespräch des Bruders mit Issa Abdelatif. Versuchte festzustellen, ob der Freund des Mädchens angedeutet hatte, wo er und Fatma sich, nachdem sie das Kloster vom Heiligen Erlöser verließ, bis zum Tage ihrer Ermordung aufgehalten hatten. Ob Abdelatifs Bemerkung, Fatma sei ein totes Mädchen, nicht mehr bedeutete, als Anwar zu erkennen gegeben hatte.

Der Wachtposten brachte Anwar herein, er trug einen Gefängnispyjama, der ihm drei Nummern zu groß war. Daniel sah es ihm sofort an, daß er sich verändert hatte; er wirkte feindselig und gar nicht mehr wie der unglückselige Ausgestoßene. Großspurig und mit finsterer Miene betrat er das Verhörzimmer, ignorierte Daniels Gruß und überhörte auch die Anweisung des Wachmannes, er solle sich hinsetzen. Schließlich drückte ihn der Mann auf einen Stuhl und sagte: »Da bleibst du.« Dann fragte er Daniel, ob er noch irgend etwas brauchte.

»Nichts mehr. Sie können jetzt gehen.«

Als sie allein waren, schlug Anwar die Beine übereinander, lehnte sich in seinen Stuhl zurück und starrte die Decke an. Auf Daniels Fragen ging er entweder gar nicht ein, oder er zog sie mit billigen Witzen ins Lächerliche.

Dieser Anwar hatte in der Tat nichts mehr mit dem Wackelpudding zu tun, der ihm noch vor zwei Wochen gegenübergesessen und ein Geständnis abgelegt hatte. Es stärkte ihn offensichtlich, daß er sich inzwischen als Held der Familie fühlen durfte. Die Gefängnisbeamten berichteten, daß er regelmäßig Besuch von seinem Vater bekam; die beiden spielten zusammen *Sheshbesh*, hörten Musik von »Radio Amman« und teilten ihre Zigaretten wie die dicksten Kumpel. Wenn der alte Mann aus der Zelle kam, hatte er jedesmal ein stolzes Lächeln auf den Lippen.

Zwanzig Minuten verstrichen, ohne das geringste Ergebnis. Die Luft in dem feuchten und heißen Raum war zum Schneiden. Daniel fühlte seine Kleidung auf der Haut kleben und ein Gefühl von Enge in der Brust.

»Gehen wir die Sache noch mal durch«, sagte er. »Was hat er genau gesagt?«

»Was hat wer genau gesagt?«

»Abdelatif.«

»Schlangen reden nicht.«

Klang wie eine Schallplatte mit einem Sprung.

Daniel schlug seinen Notizblock auf.

»Als Sie Ihr Geständnis ablegten, sagten Sie, er hätte eine Menge geredet. Ich habe es hier in meinen Aufzeichnungen stehen: ›... er kam mit dem Messer auf mich zu und sagte, ich wäre ein toter Mann, genau wie Fatma. Sie würde ihm überhaupt nichts bedeuten, sie sei wie Müll, den man irgendwo ablegt.‹ Daran erinnern Sie sich doch, oder?«

»Ich erinnere mich an gar nichts.«

»Was hat er sonst noch über Fatmas Tod gesagt?«

»Ich will einen Anwalt haben.«

»Sie brauchen keinen. Ihre Tat steht hier nicht zur Diskussion, wir reden nur über den Mord an Fatma.«

Anwar grinste. »Tricks sind das. Schwindel.«

Daniel erhob sich, ging auf ihn zu und starrte auf ihn herab.

»Sie haben Ihre Schwester geliebt. Sie haben für sie getötet. Also gehe ich davon aus, daß Sie auch wissen wollen, wer sie ermordet hat.«

»Der Mann, der sie ermordet hat, ist tot.«

Daniel ging in die Knie und kam ganz nah an Anwars Gesicht. »So ist es nicht. Der Mann, der sie ermordet hat, hat wieder einen Mord begangen – er läuft immer noch frei herum und lacht sich über uns alle ins Fäustchen.«

Anwar schloß seine Augen und schüttelte den Kopf. »Das sind Lügen.«

»Es ist die Wahrheit, Anwar.« Daniel nahm die letzte Ausgabe der »Al Fajr«, wedelte damit vor Anwars Gesicht herum, bis er die Augen aufschlug, und dann sagte er: »Lesen Sie selbst.«

Anwar wandte sich ab.

»Lesen Sie, Anwar.«

»Alles Lügen. Lügen der Regierung.«

»Die ›Al Fajr‹ ist ein Sprachrohr der PLO – das weiß jedes Kind, Anwar. Warum sollte die PLO Lügen der Regierung abdrucken?«

»Das sind Lügen der Regierung.«

»Abdelatif hat sie nicht ermordet, Anwar – zumindest hat er es nicht selbst getan. Da draußen läuft noch jemand anderes herum. Der lacht über uns und heckt neue Pläne aus.«

»Ich weiß schon, was Sie vorhaben«, sagte Anwar blasiert. »Sie wollen mich nur reinlegen.«

»Ich will herausfinden, wer Fatma ermordet hat.«

»Der Mann, der sie ermordet hat, ist tot.«

Daniel richtete sich auf, trat einen Schritt zurück und betrachtete den Bruder. Diese Starrköpfigkeit, diese Beschränktheit verstärkten das Druckgefühl in Daniels Brust. Er starrte Anwar an, der vor ihm ausspuckte und mit seiner abgescheuerten Schuhspitze in seinem Speichel spielte.

Daniel wartete. Das bedrohliche Gefühl in seiner Brust wurde heiß wie eine glühende Fessel, die brennend gegen seine Lungen drückte und einen stechenden Schmerz verursachte.

»Idiot«, hörte er sich sagen. Dann verlor er die Beherrschung, und es brach nur so aus ihm heraus. »Ich will den Mann finden, der sie abgeschlachtet hat wie eine Ziege. Den Kerl, der sie aufgeschlitzt und ihr die Innereien als Trophäe herausgenommen hat. Abgeschlachtet hat er sie wie eine Ziege, die man im Souq aufhängt, Anwar.«

Anwar hielt sich die Ohren zu und schrie. »Lügen!«

»Er hat es noch einmal getan, Anwar«, sagte Daniel und wurde lauter. »Er wird nicht mehr damit aufhören und immer wieder junge Mädchen abschlachten.«

»Lügen!« schrie Anwar. »Dreckiger Schwindel!«

»Abschlachten, verstehen Sie!«

»Ein verlogener Jude sind Sie!«

»Ihre Blutrache war nichts wert!« Daniel schrie jetzt auch. »Eine Schande für Ihre ganze Familie!«

»Lügen sind das! Judenschwindel!«

»Nichts wert gewesen, hören Sie, Anwar? Eine Schande, Sie sollten sich was schämen!«

»Sie dreckiger, verlogener Jude!« Anwar klapperte mit den Zähnen, seine Hände waren leichenblaß, und er hielt sich die Ohren zu.

»Null und nichtig. Eine Schande. Ein Witz.« Daniel schien

sich überhaupt nicht mehr zu beruhigen. »Sie machen sich zum Gespött der Leute. Ihre Blutrache ist keinen Pfifferling wert«, sagte er noch einmal und fixierte Anwar, bis der Mann seinem Blick nicht mehr ausweichen konnte. »Genau wie Ihre Männlichkeit.«

Anwar schien zu Tode getroffen; er stieß einen jähen Schrei aus, der tief aus seinem Innern kam, dann sprang er von seinem Stuhl, stürzte sich auf Daniel und ging ihm an die Kehle. Daniel holte mit seiner gesunden Hand aus und schlug ihm mit dem Handrücken hart ins Gesicht; sein Ehering knallte gegen Anwars Brille, die zu Boden flog. Noch einmal schlug er ihm ins Gesicht, härter als zuvor. Anwars Wange riß tief ein, und Daniel spürte selbst den Schock des Schmerzes, als das Ringmetall auf den Wangenknochen traf, dann die plötzliche Schwäche des Mannes, der taumelte und auf den Rücken fiel.

Anwar lag der Länge nach auf dem Steinboden, hielt sich die Brust und rang nach Luft. Ein dicker, blutroter Kratzer lief ihm seitlich über das pockennarbige Gesicht. Ein schlimmer diagonaler Striemen wie von einem Peitschenhieb.

Die Tür flog auf, und der Wachmann kam knüppelschwingend hereingestürzt.

»Alles okay?« fragte er und blickte erst zu Anwar, der immer noch schwer keuchte, dann zu Daniel, der über ihm stand und sich die Handknöchel rieb.

»Schon gut«, sagte Daniel und atmete selbst tief durch. »Alles okay.«

»Verlogenes Judenschwein! Faschistennazi!«

»Aufstehen, los«, sagte der Wachmann. »Die Hände an die Wand. Bewegung.«

Anwar rührte sich nicht von der Stelle. Der Wachmann riß ihn mit einem Ruck auf die Beine und schlug ihm die Hände hinter den Rücken.

»Er wollte mich angreifen«, sagte Daniel. »Die Wahrheit war zuviel für ihn.«

»Verlogenes Zionistenschwein.« Anwar machte eine obszöne Geste. »*Qus Amak*!« Verzieh dich in die Fotze deiner Mutter.

»Du hältst jetzt deine Schnauze, du«, sagte der Wachmann. »Ich will kein Wort mehr von dir hören. Sind Sie in Ordnung, Pakad?«

»Mir geht's wunderbar.« Daniel sammelte seine Papiere auf.

»Sind Sie mit ihm fertig?« Der Wachmann hielt Anwar am Hemdkragen.

»Ja. Restlos fertig.«

Wie hatte ihm das passieren können? Die Frage ging ihm in den ersten Minuten auf der Rückfahrt ins Präsidium nicht aus dem Kopf. Er hatte einfach die Beherrschung verloren.

Aber allzu lange hielt er sich nicht mit selbstquälerischen Überlegungen auf, konzentrierte sich statt dessen auf die Arbeit. Dachte wieder über die beiden toten Mädchen nach.

Keine der beiden Leichen hatte Spuren von Fesseln gezeigt – die Betäubung durch das Heroin hatte ausgereicht, um sie gefügig zu machen. Ein Kampf hatte nicht stattgefunden, es gab keine Spur von Verletzungen, wie sie in Notwehr entstehen. Was darauf schließen ließ, daß sie sich die Spritzen freiwillig injizieren ließen. Im Fall von Juliet konnte er das verstehen: Sie hatte Erfahrung mit Drogen, die Kombination von Rauschgift und käuflichem Sex war für sie nichts Neues. Aber Fatma war so clean gewesen wie die Unschuld vom Lande, ein vollkommen unerfahrenes Mädchen. Vielleicht hatte Abdelatif den einen oder anderen Joint mit ihr geraucht oder bei Gelegenheit mal Kokain mit ihr geschnupft; aber eine Spritze, intravenös verabreicht – das war etwas anderes.

Dazu gehörte großes Vertrauen in den, der die Spritze gab, dazu gehörte die totale Unterwerfung. Auch wenn Anwar inzwischen völlig überdreht war, glaubte Daniel nicht, daß er bei seinem Geständnis die Wahrheit gesagt hatte. Daß Abdelatif tatsächlich geäußert hatte, Fatma sei tot. Sollte er das wörtlich gemeint haben, konnte er bei dem Gemetzel nur ein Mittäter gewesen sein. Aber vielleicht war seine Bemerkung eher symbolisch – und er hatte sein Schäfchen an einen Fremden verkuppelt. In den Augen des Moslems galt ein promiskuitives Mädchen als so gut wie tot. In jedem Fall war Fatma mit dem Geschäft einverstanden gewesen, was viel bedeutete, auch für eine Ausreißerin. War ihre Unterwerfung vielleicht ein letzter Akt von kultureller Ironie – und signalisierte tief verwurzelte Gefühle von weiblicher Minderwertigkeit? Weshalb sie sich sogar einem Dreckskerl wie Abdelatif unterwarf und ihm gehorchte: nur, weil es ein Mann war. Oder zeigte sie sich empfänglich für bestimmte Charakterzüge des Mörders? Besaß er Autorität? War er ein Mann, dem man Vertrauen entgegenbrachte?

Das war zumindest in Betracht zu ziehen.

Aber da gab es noch Juliet, die Professionelle. Mit kulturellen Umständen ließ sich ihre Bereitschaft zur Unterwerfung nicht erklären.

Zu der Zeit, als er noch in Uniform arbeitete und in den Katamonim seine Streifen schob, hatte Daniel mit einer Menge von Prostituierten zu tun gehabt und instinktiv eine Art Mitleid für die Frauen empfunden. Einerseits machte ihm ihre passive Lebenshaltung Eindruck; es waren zumeist Frauen ohne jede Ausbildung, die sich selbst nicht achteten und voller Minderwertigkeitsgefühle steckten. Aber die verbargen sie hinter ordinären, zynischen Redeweisen; sie gaben sich vulgär und taten, als wenn sie es wären, die Jagd auf Männer machten und ihre Freier als Beutestücke betrachteten. Körperliche Hingabe war für sie eine Ware, die ihren Preis hatte. Undenkbar aber, sich ohne Bezahlung zu unterwerfen.

Juliet wäre bereit gewesen, sich für Geld dem Willen eines anderen zu unterwerfen; wahrscheinlich sogar für wenig Geld. Sie war es gewohnt, von Perversen als Spielzeug benutzt zu werden; und Heroin zu fixen, war für sie nichts Neues – sie nahm es sicher gern.

Also eine Person mit Autorität und etwas Geld: geniale Erkenntnisse waren das nicht.

Er legte seinen Kopf auf den Schreibtisch, schloß die Augen und versuchte, sich ein Szenarium optisch vorzustellen, seine Gedanken in Bilder zu verwandeln.

Eine männliche Person, die Vertrauen erweckte. Geld und Drogen.

Eher eine Verführung als eine Vergewaltigung. Komplimente im Flüsterton, Süßholz – der Charme, von dem Ben David gesprochen hatte –, erst die sanfte Tour, dann der Stich mit der Injektionsnadel, die Apathie und schließlich der ewige Schlaf.

Also doch ein Feigling, auch wenn der Psychologe die Person des Killers anders einschätzte; ein Feigling wie der Graue Mann. Noch feiger als der Graue Mann, denn er traute sich nicht einmal, seinen Opfern in die Augen zu sehen und seine Absichten offenzulegen. Sein wahres Gesicht verbarg er, bis die Frauen das Bewußtsein verloren. Dann erst attackierte er, in einem Zustand von rigider Selbstkontrolle: sauber und präzis, wie ein Chirurg. Aber das Blut versetzte ihn in Erregung, er geriet in einen Rausch, schnitt und stach tiefer, hackte und verlor sich schließlich in der Ekstase. Daniel mußte an die barbarischen Verwüstungen in Fatmas Genitalbereich denken – das war wohl die orgasmische Phase, die Explosion. Dann das Abkühlen, die allmähliche Beruhigung. Eine Trophäe entnehmen, den Leib waschen und shampoonieren. Die Arbeit eines Leichenbestatters. Unbeteiligt, distanziert.

Ein Feigling. Ganz eindeutig ein Feigling.

Daniel fühlte sich schmutzig, als er versuchte, sich in den Killer hineinzuversetzen. Psychologische Mutmaßungen waren auch nicht unbedingt seine Sache.

Wenn man an Fatmas Stelle wäre – wem würde man so viel Vertrauen schenken, um sich eine Spritze geben zu lassen?

Einem Arzt.

Und an Juliets Stelle – an wen würde man sich wenden, wenn man Medikamente gegen Epilepsie brauchte?

An einen Arzt.

In diesem Land wimmelte es von Ärzten. »Wir haben eine der höchsten Quoten, was das Verhältnis von Ärzten pro Einwohner betrifft«, hatte Shmeltzer ihm gesagt. »Mehr als zehntausend, und alle sind sie arrogante Arschlöcher.«

Ach ja, diese Ärzte; aber man durfte nicht vergessen, daß die meisten von ihnen im öffentlichen Dienst arbeiteten und schlecht bezahlt wurden – jeder Busfahrer bei einer Privatfirma konnte nach ein paar Jahren mehr Geld verdienen.

Und dann diese Heerscharen von jüdischen und arabischen Müttern, die ihre Söhne in die Karriere trieben.

Keiner der Ärzte, mit denen sie gesprochen hatten, wollte die Mädchen gekannt haben. Was sollte er tun, sich jeden Absolventen der Medizin einzeln vorknöpfen und zum Verhör bitten?

Und auf was für einer Basis, Sharavi? Wegen eines intuitiven Gefühls?

Was taugte seine Intuition überhaupt noch? Seit einiger Zeit schon war er nicht mehr er selbst – er konnte sich kaum mehr auf seinen eigenen Instinkt verlassen.

Jeden Morgen, wenn es anfing zu dämmern, wurde er wach und schlich sich in aller Frühe wie ein Einbrecher aus der Wohnung. Grübelte den lieben langen Tag über seine Mißerfolge nach. Kam erst nach Hause, wenn es dunkel war, wollte niemanden mehr sehen, flüchtete sich in das Studio und vergrub sich in Diagrammen und Tabellen und Verbrechensstatistiken, die ihm auch nicht weiterhalfen. Telefonierte tagsüber nicht mehr mit Laura. Er aß nur noch im Stehen, und sein flüchtiges Tischgebet kam einer Beleidigung Gottes gleich.

Mit seinem Vater hatte er kein Wort mehr gesprochen, seit Fatmas Leiche aufgetaucht war – das war vor neunzehn Tagen. Und als Gastgeber für Gene und Luanne hatte er eine lausige Rolle gespielt.

Die zwei ungelösten Morde – sein Versagen, seine Erfolglosigkeit so kurz nach dem Fall mit dem Grauen Mann –, das alles veränderte ihn. Er spürte deutlich, wie ihm ein Stück Menschlichkeit abhanden gekommen war und wie sehr er sich von aggressiven Empfindungen beherrschen ließ. Daß er Anwar geschlagen hatte, kam ihm ganz normal vor.

Seit der Zeit nach seiner Verwundung – die Operationen an seiner Hand zogen sich wochenlang hin, dazu die verlorene Zeit im Rehabilitationszentrum – hatte er sich nicht mehr so niedergeschlagen gefühlt.

Er rief sich energisch zur Ordnung, verfluchte sich in seinem Selbstmitleid.

Wie konnte er sich derart gehen lassen, nur weil ihn seine Arbeit in den letzten Wochen so frustrierte. Reine Zeitverschwendung, und alles wegen der verstümmelten Leichen von zwei jungen Frauen. Der Himmel wußte, wie viele es noch treffen würde.

Seine Arbeit und er – das war nicht dasselbe. Das hatte ihm Lipschitz gesagt, der Eierkopf in der Rehabilitation; er hatte damit seine Depressionen aufbrechen und ihn von seinen quälenden Alpträumen befreien wollen; ständig sah er im Schlaf, wie die Leiber seiner Kameraden explodierten und sich in rosaroten Nebel auflösten. Dann, ein paar Wochen später, das unauslöschliche Bedürfnis, jenes nutzlose Stück Fleisch, das an seinem linken Handgelenk hing und so qualvoll schmerzte, einfach abzuhacken. Sich fürs Überleben zu bestrafen.

Um Lipschitz hatte er lange Zeit einen Bogen gemacht und nicht mit ihm reden wollen, bis er sich dann bei einer Sitzung geradezu ausschüttete. Er hatte Mitleid von ihm erwartet und war auf Abwehr eingestellt. Aber Lipschitz hatte, auf seine irritierende Art, nur mit dem Kopf genickt. Genickt und gelächelt.

»Sie sind ein Perfektionist, Hauptmann Sharavi. Aber nun müssen Sie lernen, mit der Unvollkommenheit zu leben. Warum runzeln Sie die Stirn? Woran denken Sie?«

»An meine Hand.«

»Was ist damit?«

»Sie ist nutzlos.«

»Den ärztlichen Berichten zufolge wäre sie nicht mehr ganz so nutzlos, wenn Sie die Regeln der Behandlung besser befolgt hätten.«

»Ich habe viel geübt und kann immer noch nichts damit anfangen.«

»Und daraus schließen Sie, daß Sie ein Versager sind.«

»Ja, ist es denn nicht so?«

»Ihre Hand ist nur ein Teil von Ihnen.«

»Das bin ich selbst.«

»Sie setzen Ihre linke Hand mit Ihrer Person gleich.«

Schweigen.

»Hmm.«

»Ist es denn in der Armee nicht so? Unsere Körper sind unsere Werkzeuge. Ohne sie taugen wir nichts.«

»Ich bin Arzt, kein General.«

»Sie sind Major.«

»Richtig, Hauptmann. Ja, ich bin Major. Aber in erster Linie bin ich Arzt. Wenn Sie sich Sorgen machen wegen meiner Schweigepflicht.«

»Das ist für mich kein Thema.«

»Ich verstehe ... Aber warum runzeln Sie die ganze Zeit die Stirn? Was empfinden Sie jetzt in diesem Augenblick?«

»Überhaupt nichts.«

»Sprechen Sie. Lassen Sie alles raus, in Ihrem eigenen Interesse ... Kommen Sie, Hauptmann.«

»Sie können mir nicht ...«

»Ich kann nicht *was*?«

»Sie können mir nicht helfen.«

»Und wieso nicht?«

»Ich brauche Ratschläge und kein freundliches Lächeln.«
»Befehle von Ihren Vorgesetzten?«
»Jetzt machen Sie sich über mich lustig.«
»Überhaupt nicht, Hauptmann. Überhaupt nicht. Normalerweise betrachte ich es nicht als meine Aufgabe, Ratschläge zu erteilen, aber in Ihrem Fall kann ich vielleicht eine Ausnahme machen.«

Das Rascheln von Papieren.

»Sie sind ein glänzender Soldat und ein glänzender Offizier für Ihr Alter. Ihrem psychologischen Gutachten zufolge besitzen Sie eine hohe Intelligenz, Idealismus und Mut, aber sie haben ein starkes Bedürfnis nach autoritären Strukturen – Strukturen, die von der Außenwelt gesetzt werden. Darum rate ich Ihnen, beim Militär zu bleiben oder eine Beschäftigung in einem militärähnlichen Bereich anzunehmen.«

»Ich wollte immer Anwalt werden.«
»Hmm.«
»Sie glauben, das würde ich nicht schaffen?«
»Was Sie tun, liegt bei Ihnen, Hauptmann. Ich bin kein Hellseher.«
»Der Ratschlag, Doktor. Ich warte auf Ihren Rat.«
»O ja. Der Ratschlag. Nichts Tiefgründiges, Hauptmann Sharavi, nur dies: Ganz gleich, auf welchem Gebiet Sie tätig werden, Mißerfolge sind unvermeidlich. Je höher Sie aufsteigen, um so härter wird Sie der Mißerfolg treffen. Versuchen Sie sich vor Augen zu halten, daß Ihre Person und Ihre Arbeit zwei verschiedene Dinge sind. Sie sind eine Person, die einen Job ausführt, nicht mehr und nicht weniger.«

»Das ist alles?«
»Das ist alles. Nach meinen Unterlagen ist das heute unsere letzte Sitzung. Es sei denn, natürlich, Sie haben noch das Bedürfnis nach weiteren Gesprächen mit mir.«
»Mir geht es sehr gut, Doktor. Auf Wiedersehen.«

Damals hatte er diesen Psychologen gehaßt; Jahre später allerdings empfand er seine Aussage als prophetisch.

Die Arbeit war die Arbeit. Seine Person war seine Person. Leichter gesagt als getan.

Er nahm sich vor, wieder mehr Mensch zu sein, liebevoller mit seinen Nächsten umzugehen und trotzdem seinen Job auszufüllen.

Sein Job. Die einfachen Dinge lösten sich von allein. Den anderen rückte man mit Mutmaßungen zuleibe, die man als Professionalität ausgab.

Ärzte. Immer wieder mußte er an Ärzte denken, dabei gab es auch andere Autoritätspersonen; Menschen, die Folgsamkeit verlangten und Gefügigkeit.

Professoren, Wissenschaftler, Lehrer wie Sender Malkovsky – der Mann sah wirklich wie ein Rabbi aus. Ein Gottesmann.

Gottesmänner. Davon gab es viele Tausend. Rabbis und Scheiche, Imame und Mullahs, Monseigneurs und Mönche – in der Stadt wimmelte es von Menschen, die das Privileg für sich in Anspruch nahmen, über die letzten Dinge urteilen zu können.

Kirchtürme und Minarette. Ein Mädchen wie Fatma hatte in ihren Schatten Zuflucht gesucht.

Sie war ein gutes Moslemmädchen gewesen, wußte sehr wohl, welche Art von Mitgefühl sie von einem Mullah erwarten konnte, und war geradenwegs zu den Christen gelaufen, geradenwegs zu Joseph Roselli. War es zu weit hergeholt, wenn er sich vorstellte, daß sich die Christin Juliet genauso verhalten hatte?

Aber auch aus Daouds Beschattung hatten sich keine neuen Erkenntnisse über den Mönch aus Amerika ergeben. Roselli machte abendliche Spaziergänge; jedesmal kehrte er nach ein paar Minuten um und ging zurück in das Kloster vom Heiligen Erlöser. Seltsam, aber nicht mörderisch. Und Telefonanrufe in Seattle hatten nichts Bedenklicheres zutage gefördert als ein paar Festnahmen wegen Erregung öffentlichen Ärgernisses – bei Demonstrationen gegen den Vietnamkrieg in Rosellis Zeit als Sozialarbeiter.

Ben David hatte die Frage nach einem Mord aus politischen Motiven aufgeworfen; aber wenn es eine solche Verbindung gab, konnte Daniel sie nicht erkennen.

Solange es hell war, blieb Roselli innerhalb der Klostermauern, und Daniel beschattete ihn, abwechselnd mit dem Chinesen und ein paar Streifenbeamten. Was den arabischen Kriminalbeamten für andere Aufträge freimachte, von denen der letzte beinahe in einem Desaster geendet hätte.

Daoud war über den Gazamarkt geschlendert und hatte sich nach Aljuni erkundigt, einem Messerstecher mit einer Vorliebe für Frauen. Ein Freund des Verdächtigen hatte ihn erkannt, mit dem Finger auf ihn gezeigt und immerzu »Polizei! Verräter!« geschrien, so daß es alle hören konnten. Trotz seines unrasierten Gesichts, der *Kaffiyah* und des schmutzigen Umhangs hatte der Ganove ihn als »diesen grünäugigen Teufel« erkannt, der ihn vor einem Jahr wegen eines Rauschgiftdelikts in den Knast gebracht hatte. In Gaza wimmelte es von Gewaltverbrechern; und Daniel mußte um das Leben seines Mannes fürchten. Als Verdächtiger kam Aljuni sowieso kaum in Betracht, und Daoud zufolge ging er nie aus dem Haus, brüllte nur mit seiner Frau herum und erlaubte sich keine nächtlichen Eskapaden. Daniel organisierte eine lockere Überwachung Aljunis durch eine Armeeinheit; man solle ihm melden, wenn er den Ort verließ. Daoud sagte kein Wort, als man ihn von dem Auftrag entband; aber was er dachte, stand ihm ins Gesicht geschrieben. Daniel versicherte ihm, daß er die Sache nicht vermasselt hätte und daß so etwas jedem passieren konnte; er sollte statt dessen die Dorfbewohner noch einmal vernehmen, nunmehr im Hinblick auf beide Verbrechen, und seine Kräfte für Roselli aufsparen.

Wenn das Daoud nicht mit seinem christlichen Gewissen vereinbaren konnte, einen Geistlichen zu beschatten – an seinem Gesicht war ihm das nicht abzulesen.

Malkovsky, auch so ein Ausbund an religiöser Tugend,

stand unter der Bewachung von Avi Cohen. Cohen war wie geschaffen für den Auftrag: mit seinem BMW, den schicken Klamotten und seinem Tel Aviver Charme paßte er sehr gut in den Wolfson-Komplex; er konnte in Tenniskleidung und mit einem Tennisschläger herumlaufen, und kein Mensch kam dabei auf dumme Gedanken.

Er hatte sich inzwischen als ganz brauchbar erwiesen, hatte bei Yalom und bei Brickner und Gribetz gute Arbeit geleistet – war dem schmierigen Pärchen auf den Fersen geblieben, ohne sich entdecken zu lassen, hatte detaillierte Berichte auf Band abgeliefert und tat nun dasselbe im Fall Malkovsky.

Aber trotz aller Einzelheiten waren die Bänder doch eher langweilig. Am Tag nach seiner Begegnung mit Daniel war der Kinderschänder stundenlang mit vier seiner Kinder durch die Gegend gelatscht, hatte Flugblätter von den Wänden gerissen und die Fetzen in Papiersäcke gestopft, wobei er peinlich darauf achtete, daß nichts daneben fiel.

Cohen zufolge ging er grob mit seinen Kindern um, schrie sie an und kommandierte sie herum wie ein Sklaventreiber, aber sexuell mißhandelte er sie nicht.

Nachdem die Sache mit den Flugblättern für ihn abgehakt war, verbrachte er seine Tage nach dem immer gleichen Muster: Jeden Morgen ging er sehr früh zur *Shaharit Minyan* an der *Yeshiva* des Rabbis Prosnitzer gleich hinter der *Mea She'arim*; er fuhr einen kleinen Subaru, hinter dessen Steuer er mit seiner Leibesfülle nur mühsam Platz fand; bis mittags verließ er dann das Gelände der *Yeshiva* nicht mehr. Mehrfach hatte Avi ihn mit dem Rabbi spazierengehen sehen; einmal mit verdrossenem Gesicht, als der alte Mann ihm mit dem Finger drohte und ihn heftig ausschalt, weil er eine religiöse Vorschrift nicht strikt genug befolgt habe. Mittags fuhr er zum Essen nach Hause, tauchte anschließend mit Speiseflecken auf seinem Hemd wieder auf, um händeringend hin- und herzulaufen.

»Nervös, als hätte er Hummeln in der Hose«, sprach Avi aufs Tonband. »Als hätte er gegen seine Impulse anzukämpfen.«

Minutenlang ging er auf und ab, dann stieg er wieder in seinen Subaru; und den Rest des Tages hockte er vor einem Lesepult. Nach Einbruch der Dunkelheit, gleich nach der *Ma'ariv Minyan*, fuhr er nach Hause, hielt aber nirgends an, wo er hätte Unheil anrichten können.

Vergrub sich in seine Studien oder tat wenigstens so, dachte Daniel.

Er bat einen Beamten, der für die sexuelle Mißhandlung von Jugendlichen zuständig war, um eine Überprüfung von Malkovskys Familie; möglicherweise mißbrauchte er ja seine eigenen Kinder. Als er sich über die offiziellen Kanäle erkundigte, wer diesen Mann protegierte, begegnete man ihm überall mit eisigem Schweigen.

Es war an der Zeit, Laufer anzurufen. Zum zehnten Mal.

Diese Gottesmänner.

Um sechs Uhr dreißig kam er nach Hause und freute sich auf ein Essen mit seiner Familie, mußte aber feststellen, daß er zu spät dran war; sie hatten alle schon gegessen – *Falafel* und Hamburger nach amerikanischer Art, wie es sie an einem Imbißstand an der King George zu kaufen gab.

Dayan begrüßte ihn mit Gebell, und die Jungen stürzten auf ihn los. Er gab jedem einen Kuß auf die weichen Backen und versprach ihnen ein Spiel. Aber anstatt darauf zu bestehen, rannten sie weg und knufften sich gegenseitig. Shoshi saß am Wohnzimmertisch über ihren Schularbeiten. Sie lächelte ihn an, umarmte und küßte ihn, dann machte sie sich wieder an die Arbeit, eine ganze Seite mit algebraischen Gleichungen – die Hälfte hatte sie schon geschafft.

»Wie kommst du zurecht?« fragte Daniel. Mathe war ihr schlimmstes Fach. Normalerweise mußte er ihr dabei helfen.

»Gut, *Abba*.« Sie kaute an ihrem Bleistift und verzog das Gesicht, überlegte einen Augenblick und schrieb dann das Ergebnis hin. Es war korrekt.

»Sehr gut, Shosh. Wo ist *Eema*?«

»Die malt.« In Gedanken war sie wieder bei ihren algebraischen Gleichungen.

»Viel Spaß noch.«

»Ha, ha.«

Die Tür zum Studio war verschlossen. Durch die Ritzen drang der Geruch von Terpentin. Er klopfte an und trat ein. Laura saß in ihrem blauen Kittel unter einer hellen Künstlerlampe und arbeitete an einer neuen Leinwand. Ein Panorama von Bethlehem in Umbra, Ocker und Beige, von einer tiefstehenden Wintersonne in weiches Licht getaucht; im Hintergrund eine lavendelfarbene Hügellandschaft.

»Schön.«

»Oh, hallo, Daniel.« Sie blieb auf ihrem Stuhl sitzen und lehnte sich zur Seite, hielt ihm die Wange zum Begrüßungskuß hin. An der Staffelei hatte sie ein halbes Dutzend Schnappschüsse angepinnt, Motive von Bethlehem. Die Fotos hatte er im letzten Jahr bei einer Exkursion gemacht, die vom Naturschutzbund organisiert war.

»Ihr habt schon gegessen«, sagte er.

»Ja.« Sie nahm den Pinsel und versah den Turm der Antonio-Belloni-Kirche mit einer Schattenlinie. »Ich wußte nicht, ob du nach Hause kommst.«

Er schaute auf die Uhr. »Sechs Uhr sechsunddreißig. Ich dachte, es wäre noch früh genug.«

Sie legte den Pinsel ab, trocknete sich die Hände an einem Lappen und wandte sich zu ihm. »Das konnte ich doch nicht wissen, Daniel«, sagte sie, und ihre Stimme klang seltsam kontrolliert. »Es tut mir leid. Da liegt noch ein Hamburger im Kühlschrank. Soll ich ihn dir warm machen?«

»Muß nicht sein. Ich mach' das schon.«

»Danke. Ich bin hier gerade so mittendrin – möchte gern

noch ein paar Häuser zu Ende bringen, dann mache ich auch Schluß.«

»Schön«, sagte er noch einmal.

»Es soll für Gene und Luanne sein. Ein Abschiedsgeschenk.«

»Wie geht es ihnen?«

»Sehr gut.« Sie tupfte Farbe ab, mischte und wischte den Rest vom Pinsel. »Sie sind nach Haifa hochgefahren und machen eine Tour an der Nordküste entlang. Nahariya, Acre, Rosh Hanikra.«

»Wann wollen sie wieder hier sein?«

»In ein paar Tagen wahrscheinlich – so genau weiß ich es auch nicht.«

»Macht's ihnen denn Spaß?«

»Es scheint so.« Sie stieg von ihrem Stuhl. Daniel hatte gedacht, daß sie ihm einen Kuß geben wollte. Aber statt dessen trat sie ein paar Schritte von der Leinwand zurück und schätzte die Perspektive ab. Dann setzte sie sich wieder auf ihren Hocker und fing an, ockerfarbene Rechtecke zu skizzieren.

Einen Moment blieb er noch stehen und wartete, dann ging er, um sich sein Essen zu machen. Als er fertig war und die Küche aufgeräumt hatte, fand er die Jungen vor dem Fernseher sitzen, ganz versunken in das Video vom »Krieg der Sterne«. Die Faszination war den beiden am Gesicht abzulesen, und als er sie fragte, ob sie einen Ringkampf mit ihm machen wollten, lehnten sie höflich ab.

35 Auf Laufers Schreibtisch lag ein Stoß Zeitungsartikel, die er wie übergroße Spielkarten in die Hand nahm und zu einem Fächer zusammensteckte.

»Es gibt Abfall zu sichten«, sagte er. »Lesen Sie.«

Daniel griff sich ein Papier heraus, legte es aber gleich wieder beiseite, als er sah, daß er den Artikel schon kannte. Den »Ha'aretz« hatte er selbst abonniert, er schätzte die unabhängige Einstellung des Blattes und dessen nüchternen journalistischen Stil – was sich auch in der Berichterstattung über die beiden Mordfälle widerspiegelte: Sachlich, prägnant, nichts für sensationslüsterne Leser.

Mit den parteigebundenen Zeitungen war das eine andere Geschichte. Das Regierungsblatt nahm von den Verbrechen nur geringfügige Notiz und hatte den Bericht auf einer der hinteren Seiten plaziert; man spielte das Thema herunter, als ließen sich die Ereignisse aus der Welt schaffen, wenn man sie verbarg.

Das Oppositionsblatt übernahm lautstark die Rolle des Gegenspielers; man benutzte Daniels Namen, um noch einmal den Fall Lippmann aufzurollen und den Skandal in allen Einzelheiten aufzuwärmen; hochgespielt wurde, daß der damals in Mißkredit geratene Gefängnisdirektor vor seiner Ermordung ein Günstling der Regierungspartei gewesen war. Zwischen den Zeilen, aber doch auf recht plumpe Weise, ließ man durchblicken, daß jedes neuerliche Anwachsen von Kriminalität als ein Versagen der Regierung zu bewerten sei; man habe versäumt, die Gehälter der Polizeibeamten angemessen zu erhöhen, als Folge davon seien allgemeine Korruption und Unfähigkeit im Dienst zu beklagen; ein schlecht geführtes Gesundheitsministerium habe vor dem Problem versagt, gemeingefährliche psychopathische Patienten angemessen zu versorgen; die Wirtschafts- und Sozialpolitik der Regierungspartei habe ein gesellschaftliches Klima von Frustration erzeugt; in der breiten Masse der Bevölkerung sei »eine tief verwurzelte Entfremdung zu beobachten. Sie geht einher mit gefährlichen aggressiven Impulsen, die zu offener Gewaltanwendung und blutigen Auseinandersetzungen führen können.«

Der übliche parteipolitische Blödsinn. Daniel fragte sich, ob es tatsächlich Leser gab, die solche Dinge ernst nahmen.

Der »Haolam Hazeh« und die übrigen Boulevardblätter überschlugen sich geradezu vor lüsterner Sensationsgier: warteten mit Horrorschlagzeilen auf und berichteten über perverse sexuelle Spiele in der gesellschaftlichen Oberschicht. Breiteten Kriminalfälle in allen Einzelheiten aus, vor Blut nur so triefend und mit Fotos von nackten Frauen garniert. Daniel legte die Artikel zur Seite.

»Warum wärmt man ausgerechnet jetzt die Dinge noch mal auf? Seit dem Mord an Juliet sind immerhin schon zwei Wochen vergangen.«

»Lesen Sie erst mal zu Ende, Sie sind ja noch nicht durch«, sagte Laufer und trommelte mit seinen Fingern auf die Tischplatte. Erwartungsvoll schob er Daniel einen dicken Stapel von Zeitungsausschnitten über den Tisch.

Es waren ausnahmslos Artikel in arabischer Sprache aus der »Al Fajr«, dem »Al Sha'ab« und anderen Lokalzeitungen: sie lagen oben auf dem Stapel, darunter das Material aus dem Ausland.

Arabisch, dachte Daniel, war eine bilderreiche, poetische Sprache, die zu Übertreibungen neigte; und heute morgen waren die arabischen Journalisten, was die Übertreibungen anging, in Hochform gewesen: Fatma und Juliet waren auf wundersame Weise wieder in den Stand der Jungfräulichkeit zurückversetzt und zu politischen Märtyrern hochstilisiert worden, beide Mädchen Opfer einer rassistischen Verschwörung – entführt, geschändet und hingerichtet von einem zionistischen Geheimbund, der in düsteren Gassen sein nächtliches Unwesen trieb.

In den Lokalblättern rief man zu »entschlossenem Handeln« auf und zu »einer Fortsetzung des Kampfes, denn unsere Schwestern dürfen nicht umsonst gestorben sein«. Es fehlte nicht viel, und sie hätten Rache und Vergeltung geschworen – das offen auszusprechen, hätte allerdings die Sicherheitsbehörden mit ihrer Pressezensur auf den Plan gerufen.

Aber in der arabischen Auslandspresse überschlug man sich geradezu: die in Amman, Damaskus, Riad und den Golfstaaten offiziell abgesegneten Leitartikel strotzten nur so von Haß und Rachedurst; vulgäre politische Karikaturen gaben die üblichen antijüdischen Archetypen wieder – bluttriefende Davidsterne; hakennasige, geifernde Männer mit *Kipots* und langen Haarlöckchen; verschleierten rehäugigen Schönheiten in Gewändern aus PLO-Fahnen wurden Messer mit überlangen Klingen an die Kehle gedrückt. Und der *Kipot* war immer mit Hakenkreuzen verziert – die Araber liebten es, die eigenen Vettern mit Nazi-Symbolen zu verhöhnen. In einer syrischen Zeitung ging man so weit, die Mörder mit einem okkulten, jüdischen Menschenopferritual in Verbindung zu bringen – einer Art Erntedankfest, das sich der Schreiber aus den Fingern gesogen hatte.

Einfach ekelhaft, dachte Daniel und fühlte sich an die Ausstellung über die Nazizeitschrift »Der Stürmer« erinnert, die er in der Holocaust-Gedenkstätte gesehen hatte, und auch an das »Schwarzbuch«, das Ben David ihm gezeigt hatte. Solche Dinge ließen sich wohl nie aus der Welt schaffen.

»Der übliche Schwachsinn«, sagte er zu Laufer.

»Der allerletzte Dreck. Und das hier ist die Geschichte, die alles ins Rollen brachte.«

Er gab Daniel einen Text in englischer Sprache, abgedruckt in der heutigen internationalen Ausgabe des »Herald Tribune«.

Es war der zweispaltige Artikel eines Auslandskorrespondenten, ohne Angabe eines Verfassers und unter dem Titel »Gibt es einen neuen Jack the Ripper, der sein Unwesen in den Straßen von Jerusalem treibt?« Untertitel: »Grauenhafte Serienmorde geben israelischen Polizeibehörden Rätsel auf. Politische Motive vermutet.«

Der anonyme Journalist hatte dem Killer einen Namen gegeben – eine in Amerika übliche Praxis. Daniel hatte Gene schon des öfteren darüber klagen hören (»Gibt dem Gangster genau die öffentliche Anerkennung, auf die er so scharf ist, Danny Boy, und macht ihn zu einem Riesentyp, der alle Welt in Angst und Schrecken versetzt. Wir stehen wie die allergrößten Trottel da, und das wird von Tag zu Tag schlimmer, solange wir ihn frei herumlaufen lassen.«). Die sachlichen Informationen über die Morde waren eher dürftig, aber suggestiv und reißerisch formuliert; es folgte ein Rückblick auf den Fall Grauer Mann, gespickt mit einer Fülle von Zitaten nach dem Muster: »Wie aus gut unterrichteter Quelle verlautet«. Der Verfasser wollte suggerieren, daß beide Serienkiller wahrscheinlich auf freiem Fuß bleiben würden, denn die israelischen Polizeibeamten seien unfähig, in Mordfällen zu ermitteln; außerdem wären sie unterbezahlt und besäßen nur einen »niedrigen Status in einer Gesellschaft, in der man intellektuelle und militärische Begabungen würdigt, den öffentlichen Dienst aber nur gering achtet«. Illustriert wurde das mit der neuerlich aufgewärmten, sechs Monate alten Geschichte von den jungen Rekruten, die auf Sozialhilfe angewiesen waren und deren Frauen damals vor der Knesset Streikposten bezogen hatten.

Der Autor des Artikels in der »Herald Tribune« erging sich dann in soziologischen Stammtischweisheiten. Die Morde, so spekulierte er, könnten symptomatisch sein für »eine tiefgreifende Misere innerhalb der israelischen Gesellschaft, gleichbedeutend mit einem kollektiven Verlust an Unschuld, der auch das Ende der traditionellen, idealistisch-zionistischen Ordnung markiert«. Den Äußerungen von politischen Extremisten und seriösen Wissenschaftlern maß er gleich viel Gewicht bei; und am Ende entstand ein seltsames Gebräu aus statistischen Angaben, puren Spekulationen und den bis zum Erbrechen wiederholten Anschuldigungen der arabischen Presse. Das alles war in einer mißmutigen, pseudo-intellektuellen Tonart gehalten, die dem Ganzen einen Anflug von Vernunft verleihen sollte.

Im letzten Absatz erging sich der Schreiber in einem geradezu genüßlichen Pessimismus: »Immer hat der Tourismus eine wesentliche Rolle für die gefährdete israelische Wirtschaft gespielt, und angesichts der gegenwärtigen ökonomischen Schwierigkeiten sind von israelischer Seite besondere Anstrengungen unternommen worden, um das internationale Image aufzupolieren und die realen Risiken für alle zu bagatellisieren, die in diesem Land leben und reisen wollen. Aber angesichts der letzten Greueltaten des Grauen Mannes und des Schlächters, angesichts der Prognosen von Experten über die wachsende Gewalt gegen Araber und auch gegen Juden und der offenkundigen Unfähigkeit der israelischen Polizei, eben dieser Gewalt entgegenzutreten, scheinen solche Anstrengungen zum Scheitern verurteilt zu sein.«

Daniel legte den Artikel zur Seite. »Wer hat das geschrieben?« fragte er.

»Ein Typ namens Wilbur, nennt sich Auslandskorrespondent. Nachfolger von Grabowsky – dem Mann, der in der Bekaa-Ebene die militärischen Absperrungen ignorierte und sich dann prompt einen Arm abschießen ließ. Unser Spezi ist vor sechs Monaten eingereist; seitdem hockt er die meiste Zeit im ›Fink‹ und säuft sich dumm und dämlich.«

Daniel erinnerte sich an eine Pressekonferenz, die vor ein paar Monaten stattgefunden hatte. Da war ihm unter den Journalisten ein neues Gesicht aufgefallen.

»Dunkel, etwas aufgedunsen, graue Haare, blutunterlaufene Augen?«

»Das ist er, ein gottverdammter *Shikur* – hat uns gerade noch gefehlt.« Laufer schob einen Stapel Papiere zur Seite und schaffte sich Platz auf seinem Schreibtisch. »Seine letzte größere Story war ein Feature über die Feigenernte – arabische Arbeiter, die bis zum Umfallen ackern, und das als Leibeigene auf ihrer eigenen Scholle.«

»Ist er für die PLO?«

»Soweit wir das beurteilen können, ist er auf keine politische Position festgelegt, weder in der einen noch in der anderen

Richtung. Er besitzt ein Talent, andere Leute für sich arbeiten zu lassen – besorgt sich sein Material aus zweiter Hand und poliert es auf, damit es nach was aussieht. Immer nach dem Motto: ›wie von gewöhnlich gut unterrichteter Seite verlautet‹. Das ist seine Lieblingsfloskel.« Der stellvertretende Polizeichef setzte sich wieder auf seinen Stuhl und starrte Daniel an.

»Diesmal hat er buchstäblich in ein Wespennest gestochen – bläst eine zwei Wochen alte Story auf und bringt all die anderen Schreiberlinge dazu, ihn noch auszustechen. Wenn ich könnte, wie ich wollte, würde ich ihm meine Stiefelspitze in den Arsch rammen, aber wir müssen nun mal mit ihm leben – die Pressefreiheit und so weiter. Wir haben eben eine Demokratie in Reinkultur, nicht wahr? Müssen den Nichtjuden auf der ganzen Welt ständig demonstrieren, daß wir nichts als Musterknaben sind.«

Laufer nahm den Zeitungsausschnitt aus dem »Herald Tribune«, warf noch einmal einen Blick darauf und riß dann das Papier in der Mitte durch, riß auch die beiden Hälften noch einmal in zwei Teile. »Jetzt, wo er gesehen hat, was ihm dieser Quark mit dem Schlächter einbringt, wird er die Geschichte so lange ausmelken, wie der Fall ungelöst bleibt. Und auf eins können Sie Gift nehmen: seine Kollegen werden sich den Arsch aufreißen, um dem noch eins draufzusetzen. Das sind alles nur Schleimscheißer.« Über sein Gesicht huschte ein mattes Lächeln, und seine Backen zuckten. »Der Schlächter. Nun hat Ihr Killer endlich einen Namen.«

Ihr Killer. Einen Ton hatte er an sich – wie ein Ehepartner, der den anderen tadelt, weil ihr gemeinsames Kind die Hausaufgaben nicht gemacht hat.

»Ich sehe nicht ein, weshalb wir uns auch noch mit der Presse auseinandersetzen sollen«, sagte Daniel.

»Das Entscheidende ist«, fuhr Laufer fort, »daß Ihr Team keine greifbaren Ergebnisse vorzuweisen hat. Statt dessen halten Sie den Leuten eine Riesentitte hin, an der sie nach Belieben nuckeln können.«

Daniel schwieg.

Laufer wurde ziemlich heftig: »In den letzten sechs Tagen habe ich Ihnen vier Aktennotizen mit der Bitte um eine Stellungnahme zukommen lassen. Sie haben mir keine einzige beantwortet.«

»Es gab nichts zu berichten.«

»Es ist mir vollkommen gleichgültig, ob es etwas zu berichten gab. Wenn ich von Ihnen eine Stellungnahme wünsche, erwarte ich auch eine Antwort.«

»Ich werde in Zukunft gewissenhafter sein«, sagte Daniel, »und Ihre Anfragen umgehend beantworten.«

Der stellvertretende Polizeichef erhob sich, stützte sich mit den Fingerknöcheln auf der Schreibtischplatte ab; sein schwerer Oberleib wankte, er wirkte wie ein Gorilla.

»Ihre Sonntagsreden können Sie sich sparen«, sagte er. »Und Ihr überheblicher Ton mißfällt mir ganz entschieden.« Er klopfte mit seiner wulstigen Hand auf den Tisch. »Jetzt mal Fraktur – was haben Sie konkret in der Hand?«

»Wie gesagt, es gibt nichts Neues.«

»Und welcher Strategie sind Sie gefolgt, um zu einem derart gloriosen Ergebnis zu kommen?«

Daniel gab ihm einen Bericht über seine Vorgehensweise – die Vernehmungen der Sexualtäter, sämtliche Observationen und Datenüberprüfungen; die Gipsabdrücke, die von den Wunden abgenommen worden waren und die sich als übereinstimmend erwiesen hatten, was bestätigte, daß beide Frauen mit denselben Messern verstümmelt worden waren. Dabei war er sich die ganze Zeit darüber klar, daß jede Erwähnung von Ähnlichkeiten zwischen den Morden an Fatma und Juliet so viel wie eine saftige Ohrfeige in das labbrige Gesicht des stellvertretenden Polizeichefs bedeutete; mußte es ihn doch daran erinnern, daß sich seine voreilige Presseerklärung als ein Eigentor erwiesen hatte, über das sich inzwischen die gesamte Abteilung lustig machte.

Aber Laufer schien sich an dem Schlamassel weiden zu

wollen; er drängte Daniel zu immer neuen Wiederholungen und brachte ihn dazu, sich bis in die kleinsten gerichtsmedizinischen Details zu ergehen, die für die beiden Fälle ohne jede Bedeutung waren. Als er es endlich genug sein ließ, nahm Daniel eine Kopie des Flugblattes aus seinem Aktenkoffer und reichte es Laufer über den Tisch.

Der stellvertretende Polizeichef warf einen flüchtigen Blick auf das Papier, dann knüllte er es zusammen und warf es in den Papierkorb.

»Was soll ich damit?«

»Man hat mich über seine Anwesenheit nicht in Kenntnis gesetzt.«

»Das hat schon seine Richtigkeit.«

»Wir stellen Ermittlungen in zwei Mordfällen an, es sind Sexualmorde, und da taucht ein Sexualverbrecher in der Stadt auf und –«

»Der Mann hat Kinder belästigt, Sharavi, er ist kein Mörder.«

»Manchmal«, sagte Daniel, »kommt so was bei ein- und demselben Täter vor.«

Laufer zog eine Augenbraue hoch. »Worauf stützen Sie eine derartige Annahme?«

So ein ignoranter Bürokratenhammel, dachte Daniel. Und dabei hatte dieser Mann seine Position einzig und allein ihm zu verdanken. Er mußte sich alle Mühe geben, um nicht die Beherrschung zu verlieren.

»Auf amerikanische Verbrechensstatistiken, Berichte des FBI ... Einige Serienmörder, das hat man festgestellt, haben auch Kinder belästigt. Manchmal gibt es Phasen, in denen sie nur morden oder nur Kinder belästigen; und manchmal begehen sie ihre Verbrechen auch fast gleichzeitig. Ich kann Ihnen die Quellen gern zeigen, wenn Sie möchten.«

Laufer kaute auf seiner Lippe und bearbeitete das gummiartige Fleisch mit seinen Zähnen. Dann räusperte er sich und versuchte wieder Haltung anzunehmen.

»Sie wollen also behaupten, daß die meisten Serienmörder auch Kinder belästigen?«

»Nein, aber das kommt vor.«

»Bei wieviel Prozent?«

»Darüber finden sich im Quellenmaterial keine Angaben.«

»Wenn Sie sich schon auf Statistiken berufen, sollten Sie auch präzise Belege parat haben.«

Daniel schwieg. Laufer schmunzelte herablassend und ließ ihn seine ganze Selbstgefälligkeit spüren.

»Es kommt im Leben nun mal vor, lieber Sharavi, daß Mörder auch Diebstähle begehen. Es kommt auch vor, daß sie besonders rücksichtslose Autofahrer sind. Die Sache mit der Pädophilie mag meinetwegen eine durch Zufall bedingte Korrelation sein – was aber Malkovsky noch lange nicht zur Verdachtsperson macht.«

»Was hat dieser Mann an sich«, fragte Daniel, »daß man ihn derart protegiert?«

»Mit Protektion hat das nichts zu tun«, fuhr Laufer ihn an. »Er ist nie wegen einer Straftat verurteilt worden.«

»Er hat sich kurz vor seiner Gerichtsverhandlung ins Ausland abgesetzt.«

»Der Mann ist Jude, Sharavi. Sie haben ihn doch gesehen – er trägt seinen Bart so lang wie Moses. Und er fällt unter die Einwanderungsgesetze.«

»Für Meyer Lansky galt das auch, aber den haben wir nach Amerika zurückgeschickt.«

»Malkovsky ist nicht Lansky, das können Sie mir glauben. Außerdem liegt uns von den Amerikanern kein Auslieferungsgesuch vor.«

»Bis jetzt nicht«, sagte Daniel. »Aber was passiert, wenn wir noch eins bekommen?«

Laufer ging darüber hinweg. »In der Zwischenzeit ist er bestens bei uns aufgehoben. Sein Rabbi verbürgt sich für ihn.«

»Ich wußte gar nicht«, sagte Daniel, »daß wir auch Rabbis als Bewährungshelfer einsetzen.«

»Jetzt reicht's mir aber! Es handelt sich hier um eine Entscheidung, die in einem spezifischen Kontext getroffen worden ist. Mit dieser Entscheidung haben Sie sich nicht zu befassen.«

»Der Mann ist ernsthaft gestört«, sagte Daniel. »Er hat mir gestanden, daß er erotische Gefühle für seine eigenen Töchter empfindet. Er behauptet zwar, er würde sie nicht belästigen; aber ich glaube, er sagt nicht die Wahrheit.«

»Das glauben Sie wirklich? Sie haben ihn drangsaliert, nicht wahr?«

»Ich habe ein Gespräch mit ihm geführt.«

»Wann und wo?«

»Gestern, in seiner Wohnung.«

»Was haben Sie außerdem gemacht?«

»Ich lasse ihn überwachen.«

»Von wem?«

»Cohen.«

»Der neue Mann – wie macht er sich denn?«

»Prima.«

»Hab' Ihnen ja gesagt, der Junge ist in Ordnung. Aber egal, rufen Sie ihn zurück, und geben Sie ihm einen anderen Auftrag.«

»*Tat nitzav* –«

»Rufen Sie ihn zurück, Sharavi. Die Sache mit Malkovsky ist für Sie erledigt. Konzentrieren Sie sich auf Ihren eigenen Fall, vielleicht können Sie ihn dann sogar lösen.«

Daniel spürte ein ätzendes Gefühl in der Magengegend, und die Muskeln an seinem Unterkiefer waren so verspannt, daß er sich zur Gelassenheit zwingen mußte, um überhaupt weitersprechen zu können.

»Wenn Sie meine Arbeit mißbilligen, sollten Sie sich nicht scheuen, mich von dem Fall zu entbinden.«

Laufer warf ihm einen scharfen Blick zu, dann klatschte er in die Hände.

»Sie haben eine theatralische Begabung, Sharavi. Ich bin beeindruckt.«

Er zog eine englische Oval aus seiner Hemdtasche. Zündete sie an, inhalierte den Rauch und ließ die Asche auf die Zeitungsausschnitte fallen. Ein kleines Stückchen Glut rollte über die Papiere und auf die Schreibtischplatte. Er drückte es mit der Hand aus, untersuchte den grauen Schmutzfleck an seiner Fingerspitze und sagte: »Ich behalte mir vor, Sie von dem Fall zu entbinden, wenn ich das für richtig halte. Ob und wann ich das tue, ist einzig und allein meine Entscheidung. In der Zwischenzeit tun Sie gut daran, sich auf Ihre eigentliche Arbeit zu konzentrieren und ihre Nase nicht in administrative Angelegenheiten zu stecken. Sagen Sie mal – wie viele Mitarbeiterbesprechungen haben Sie denn bis jetzt überhaupt angesetzt?«

»Mitarbeiterbesprechungen?«

»Das Team trifft sich zur Besprechung, und man tauscht Informationen aus.«

»Ich bin täglich mit jedem einzelnen Mitarbeiter in Kontakt.«

»Wie oft haben Sie sich mit allen Leuten getroffen?«

»Zweimal.«

»Das reicht bei weitem nicht aus. Bei Fällen, wie wir sie hier vor uns haben, ist die Kommunikation von außerordentlich hoher Bedeutung. Erkenntnisse sammeln und vergleichen, sich miteinander abstimmen, einzelne Bruchstücke in einen größeren Zusammenhang bringen. Vielleicht haben Sie etwas übersehen – kann ja sein, daß es einen zweiten Anwar Rashmawi gibt.«

Laufer spielte mit seiner Zigarettenasche und ließ seine Worte wirken.

»Sie müssen mehr Informationen austauschen«, sagte er. »In vertikaler und in horizontaler Richtung. Und Sie sollten weiträumiger denken. Gehen Sie neue Wege bei Ihren Ermittlungen.«

Daniel atmete tief ein. »Zum Beispiel?« fragte er leise.

»Zum Beispiel sollten Sie sich vor Augen halten, daß es

arabische Mädchen sind, die man wie Kebabfleisch zersäbelt. Die arabische Presse liegt mit ihren Mutmaßungen vielleicht gar nicht so falsch. Haben Sie schon daran gedacht, mit Moshe Kagan und seiner Bande zu reden?«

»Ich soll also Rabbi Kagan als verdächtige Person betrachten?«

»Rabbi Kagan hält sich für einen zweiten Kahane. Für ihn sind Araber Menschen zweiter Klasse – schmutzig wie die Tiere. Er geht zu ihnen auf die Dörfer und sagt den Leuten ins Gesicht, daß er sie für Schweine hält. Er und sein Gvura-Schlägertrupp, das sind wirklich widerliche Zeitgenossen – eine Bande von Neurotikern und Verrückten. Im Grunde suchen sie nur nach einer Rechtfertigung, um anderen Leuten die Schädel einzuschlagen. Ist es so unlogisch anzunehmen, daß einer von ihnen sich eingeredet hat, unreine Tiere abzuschlachten sei eine *Mitzva*?«

»Nein«, sagte Daniel, »unlogisch ist das ganz und gar nicht. Aber wir haben sie erst letztes Jahr überprüft, nach Kagans Wahl zum Abgeordneten. Hinweise auf gewalttätige Absichten haben sich nicht ergeben, abgesehen von ihren radikalen Redensarten und ein paar Plänkeleien mit den Kommunisten.«

Aber als er das sagte, mußte er wieder an Ben Davids Bemerkung denken: Rassistische Politik und Psychopathen vertragen sich zuweilen nicht schlecht miteinander ... Wir sind nicht alle Engel. Das sechste Gebot hat schon seinen Sinn ...

»Die Zeiten ändern sich«, sagte Laufer. »Die Verrückten werden immer verrückter.«

»Wir dürfen nicht übersehen, daß er Mitglied der Knesse ist –«

»Mit einem lausigen Sitz«, sagte Laufer. »Eine einzige Entgleisung – und er fliegt bei den nächsten Wahlen achtkantig raus. Und in ein paar Jahren wird er wieder da sein, wo er hergekommen ist, und sich mit den Schwarzen in Brooklyn herumschlagen.«

Brooklyn, dachte Daniel. Wo wird Malkovsky in den nächsten Jahren wohl sein? Er sagte kein Wort; aber was er dachte, war ihm anzusehen und verlangte von Laufer keine besondere Hellsichtigkeit.

»Da Sie sich offenbar gern mit Rabbis unterhalten, sprechen Sie mal mit dem Herrn. Ihre *Kipah* wird Ihnen bei der ersten Kontaktaufnahme behilflich sein. Ich habe auch gehört, daß er Jemeniten gewogen ist. Er versucht sie sogar anzuwerben, um zu beweisen, daß er kein Rassist ist. Gehen Sie zu ihm, rücken Sie ihm mal anständig auf den Pelz und bestellen Sie ihm schöne Grüße vom ganzen Präsidium – seine letzte Demonstration hat uns zweihunderttausend amerikanische Dollar gekostet, für Überstunden, Absperrgitter und neue Windschutzscheiben. Bestellen Sie ihm schöne Grüße und fragen Sie ihn, ob sich sein Schlägertrupp inzwischen zu einer Bande von Schlächtern entwickelt hat.«

Womit sich Laufer wieder mit den Papieren auf seinem Schreibtisch befaßte. Er rauchte und stempelte Schriftstücke ab, die er anschließend unterzeichnete. Daniel blieb noch einen Augenblick stehen; denn er wußte, daß Laufer es höchst ungern sah, wenn man sein Büro ohne förmliche Entlassung verließ.

»Ist sonst noch etwas, *Tat nitzav*?«

Laufer blickte auf und machte ein erstauntes Gesicht. »Sonst nichts. Tun Sie was. Machen Sie sich an die Arbeit.«

Er ging zurück in sein Büro, nahm über Funk Kontakt mit Avi Cohen im Wolfson auf, rief ihn ins Präsidium zurück und teilte ihm, als er zwanzig Minuten später eintraf, Laufers Entscheidung mit.

»So ein Bürokratenstiesel.« Der junge *Samal* war ganz außer sich. »Ausgerechnet jetzt, wo ich diesen perversen Typ vom Gefühl her in den Griff bekomme – er wird von Tag zu Tag nervöser, schaut sich ständig um, als ob er sich verfolgt fühlte. Kratzt sich am Kopf, faßt sich zwischen die Beine und geht im Hof auf und ab. Heute morgen ist er an einer Schule vorbeigefahren, hat am Eingang angehalten und eine Zeitlang die Kinder beobachtet. Er hat was vor, ich weiß das, *Pakad*.«

»Welche Schule war das?«

»Die jüdische Grundschule – die *Dugma*, in der Rehov Ben Zvi.«

Es war die Schule von Mikey und Benny. Daniel stellte sich vor, wie Malkovsky mit seiner gewaltigen Leibesfülle vor dem Zaun stand und sich am Eingangsgitter gegen die Ketten drückte.

»Seine eigenen Kinder gehen nicht auf die Schule?«

»Nein, sie sind in der Prostnitzer Heder, nicht weit von der *Mea She'arim*. Dort hatte er sie schon abgeliefert und war auf dem Nachhauseweg, als er bei der *Dugma* anhielt.«

»Hat er, außer die Kinder anzuschauen, sonst noch was gemacht?«

Avi schüttelte seinen Kopf. »Er hat die Kinder nur beobachtet. Aber ich sage Ihnen, er wird von Tag zu Tag nervöser – schreit häufig seine Frau an und erscheint morgens immer später in der *Yeshiva*. Und er ist immer allein. Mit dem Rabbi habe ich ihn nicht mehr zusammengesehen. Gestern fuhr er schon sehr früh nach Hause und brachte den ganzen Tag in seiner Wohnung zu – keine *Minyan* am Abend, nichts. Vielleicht hatte er auch nur eine Erkältung oder sonstwas, aber verlassen würde ich mich nicht darauf. Nach allem, was wir wissen, wäre er imstande, über seine eigenen Töchter herzufallen.« Avi schüttelte angewidert den Kopf. »Er ist wieder kurz davor, etwas anzustellen. Ich hab' das im Gefühl. Es ist der denkbar ungünstigste Augenblick, die Überwachung abzublasen.«

Sein hübsches Gesicht glänzte vor Aufregung. Es war das Jagdfieber, wie es jeden Detektiv von Zeit zu Zeit packte. Der Junge macht sich, dachte Daniel.

»Zum Teufel«, sagte Avi, »läßt sich das nicht auf irgendeine Art und Weise umgehen?«

»Nein. Die Anweisung war klar und deutlich.«

»Wie kommt es, daß man ihn derart protegiert?«

»Ich weiß es nicht.« Daniel hing seinen Phantasiebildern nach. Der Mann mit der bärenhaften Silhouette brach sich einen Weg durch die Ketten am Eingangsgitter; das Metall gab nach und zerbarst unter dem massiven Gewicht seines Körpers. Im Hintergrund liefen winzige Gestalten, die arglos spielten und durcheinanderriefen; nicht ahnend, daß sich ein gefährliches Monster auf sie zubewegte. Als die kindlichen Gestalten Konturen annahmen, Gesichter mit runden, weichen Pausbacken, schwarzen Locken, dunkler Haut und Lauras Zügen, vertrieb er die Phantasiebilder aus seinem Kopf. Merkte jetzt, daß er seine Hand zu einer so festen Faust geballt hatte, daß es weh tat.

»Ihr neuer Auftrag«, sagte er zu Avi, »besteht darin, sich an den Chinesen zu halten und zu tun, was er Ihnen sagt.« Der hünenhafte Kriminalbeamte machte in der Altstadt seine Runden, durchkämmte die *Souqs*, die Imbißbuden und Kaffeehäuser, ließ keinen einzigen Meter in den düsteren, kopfsteingepflasterten Straßen aus. Redete mit Zuhältern und Ganoven, mit Leuten, die bereit waren, den Mund aufzumachen, immer auf der Suche nach Zeugen, die Fatma oder Juliet gesehen haben könnten.

»Wozu braucht er mich denn?«

»Er wird Ihnen seine Instruktionen an Ort und Stelle erteilen«, sagte Daniel. Eine bürokratische Auskunft – das wußte er so gut wie Cohen.

Avi zog einen Schmollmund, zuckte aber gleich darauf die Achseln und grinste breit, wobei er mit einem verschmitzten Blick aus seinen blauen Augen die weißen, ebenmäßigen Zähne aufblitzen ließ.

»Klingt ganz nach einem leichten Job, *Pakad*.«

»Darauf würde ich mich nicht verlassen. Yossi ist ein Kraftpaket.«

»Oh, ja, ich weiß, er ist ein echter Stehertyp. Aber ich bin auch nicht von Pappe. Da halte ich noch locker mit.«

»Wie schön für Sie«, sagte Daniel und wunderte sich über den plötzlichen Wechsel der Tonart; da war sie wieder, die Arroganz des Sohnes aus reichem Hause. Cohen mochte durchaus über einen guten Instinkt verfügen, aber man mußte ihn noch in konstruktive Bahnen lenken. »Viel Spaß.«

Anstatt sich zu verabschieden, kam Avi noch einen Schritt auf ihn zu.

»Was ich sagen wollte – ausgelastet wäre ich dabei nicht.«

»Wollen Sie sich über den Auftrag beklagen?«

»Nein, Dani«, sagte Avi grinsend und in einem unangemessen vertraulichen Ton. Bis jetzt hatte er Daniel immer mit »*Pakad*« angesprochen. »Das ist ein toller Auftrag, ein echtes Bonbon. Aber was ich noch sagen wollte, Dani – ich habe allerhand überschüssige Energie. Für ein paar Überstunden.« Er streckte erwartungsvoll seine Hände aus.

»Nein«, sagte Daniel. »Das können Sie vergessen. Die Anweisung kam von ganz oben.«

»Die Sache ist die«, sagte Avi und grinste breit. »Es geht da nicht nur um Arbeit. Ich habe im Wolfson ein Mädchen kennengelernt; mit viel Geld, ziemlich attraktiv, ihre Eltern leben in Südafrika. Sie studiert an der Hebräischen Uni und lebt nun allein in dieser tollen Wohnung. Eine ganz heiße Sache. Wer weiß, vielleicht sogar die große Liebe.«

»*Mazel tov*«, sagte Daniel. »Laden Sie mich unbedingt zur Hochzeit ein.«

»Die große Liebe«, sagte Avi noch einmal. »Kann doch kein Verbrechen sein, wenn ich meinen kleinen Engel besuche, oder? Tennis spielen und ein bißchen im Pool schwimmen? Die Liebe ist doch kein Verbrechen, oder?«

»Nein.« Daniel schmunzelte. »Ein Verbrechen ist das nicht unbedingt.«

Cohen schaute auf die Uhr. »Also, mit Erlaubnis des *Pakads* muß ich mich jetzt auf die Socken machen. In ein paar Minuten habe ich mit ihr eine Verabredung. Schokoladenplätzchen und Eistee, bei ihr auf dem Balkon.« Er lächelte wieder und ließ noch einmal seine Zähne aufblitzen. »Von dem Balkon hat man einen phantastischen Ausblick.«

»Kann ich mir gut vorstellen.«

»Also, Tee zu trinken, bei ihr auf dem Balkon, das ist doch wirklich kein Verbrechen, oder?«

»Machen Sie schon, daß Sie rauskommen«, sagte Daniel. »Rufen Sie Yossi an, wenn Sie Ihre Schokoladenplätzchen gegessen haben.«

Avi rieb sich die Hände, salutierte und verschwand.

Sobald er die Tür hinter sich zugemacht hatte, nahm Daniel über Funk Kontakt mit dem Chinesen auf. Die Verbindung war miserabel, und sie brüllten sich durch einen Hagel von atmosphärischen Störungen an, bis Daniel ihm durchgab, er solle ans nächste Telefon gehen. Ein paar Minuten später rief Yossi zurück; im Hintergrund war das Klappern von Tabletts zu hören, und durch ein Stimmengewirr drang das Geleier von arabischer Musik.

»Wo stecken Sie, Yossi?«

»Im ›Tausend-und-eine-Nacht‹, das Café direkt hinterm Damaskustor. Hab' hier jede Menge neugierige Blicke im Nacken. Was ist los?«

»Wie sieht's aus bei Ihnen?«

»Beschissen – keiner will mehr den Mund aufmachen. Alle haben sie das große Muffensausen. Die Leute glauben jedes Wort, das in der Zeitung steht, Dani – den ganzen Schwachsinn von dieser zionistischen Verschwörung. Ich habe sogar Gerüchte gehört, daß ein Generalstreik ausgerufen werden soll, aus Protest gegen die Morde. Mann, Sie müßten mal sehen, wie die mich hier jetzt anstarren. Ich spreche vom Apparat des Inhabers – den habe ich so lange weggeschickt, er soll Kaffee servieren. Jedenfalls habe ich mit den Leuten von der Grenzpatrouille geredet – die halten die Augen offen. Sie sollten vielleicht mit Latam Kontakt aufnehmen, die könnten wirklich noch ein paar Undercover-Leute einsetzen, um wenigstens guten Willen zu zeigen.«

»Keine schlechte Idee. Ich habe Sie angerufen, um Ihnen zu sagen, daß Cohen in ein paar Stunden bei Ihnen auftauchen wird. Er ist Ihnen ab sofort unterstellt. Geben Sie ihm was zu tun.«

»Was ist mit dem Kinderschänder passiert?«

»Ist von jetzt an nicht mehr unser Job, Anweisung von Laufer.«

»Wieso denn das, zum Teufel?«

»Protektion. Ich weiß, was Sie auf der Zunge haben. Behalten Sie's lieber für sich. Cohen meint, er wäre drauf und dran, mal wieder die Sau rauszulassen – hat ihn dabei erwischt, wie er Schulkinder belauert hat.«

»Na, großartig«, sagte der Chinese.

»Es ist übrigens dieselbe Schule, auf die auch meine Kinder gehen. Ich werde die Sache im Auge behalten; vielleicht schaue ich selbst mal rein, spreche mit dem Lehrer und bringe dabei meinen Kindern was zu essen. Hab' mich in letzter Zeit sowieso nicht genug um die Kleinen gekümmert.«

»Sehe ich ein. Ein guter Vater muß man schon sein. Wenn mein kleiner Goliath in die Schule kommt, werde ich mich auch für ihn stark machen. Aber um auf Cohen zurückzukommen – was soll ich mit ihm anstellen?«

»Bei Vernehmungen macht er inzwischen eine ganz gute Figur. Machen Sie ihm klar, wo es langgeht. Wenn Sie meinen, daß er soweit ist, setzen Sie ihn auf Ihre Ganoven an.« Daniel zögerte. »Wenn Sie ihn für Botengänge einsetzen wollen, ist das natürlich auch okay.«

Nach einer längeren Pause fing der Chinese an zu lachen. »So richtig lange Botengänge? Mitten durch die Stadt?«

»Richtig lange Botengänge werden ihm gut tun. Er strotzt nur so vor Tatendrang.«

Sie mußten beide lachen.

»Aber wenn sein Tatendrang nachläßt«, sagte der Chinese, »wäre es doch sicher nicht in Ihrem Sinne, wenn ich mir ein goldiges Kerlchen wie ihn ein bißchen zur Brust nehme und

415

von ihm verlange, daß er eine volle Schicht durcharbeitet, wenn der zarte Kleine nicht mehr piepsen kann.«

»Ausgeschlossen«, sagte Daniel. »Im letzten Memo über den Umgang mit Kollegen hieß es ausdrücklich, wir sollen jeden Beamten mit dem nötigen Respekt behandeln. Mit den Leuten umgehen, als wenn sie menschliche Wesen wären.«

»Als wenn ...«, lachte der Chinese. »Also wenn er niest oder sich die Nase schneuzt, muß ich aufpassen, daß er sich nicht überanstrengt. Ihn vielleicht sogar in sein Heiabettchen schicken. Wir wollen doch nicht, daß sich der kleine Avi einen Schnupfen holt und Fieber bekommt.«

»Um Himmels willen.«

»Um Himmels willen«, lachte der Chinese. »Um Himmels willen.«

36 Die Sache mit dem Kater hatte ihn einen großen Schritt weitergebracht, weiter zur wahren Wissenschaft.

Er war zwölf, als es geschah, hatte den Kopf voll mit sexuellen Phantasien, und seit zwei Jahren wichste er, was das Zeug hielt; in seinem Gesicht sprossen die ersten Barthaare, aber Pickel wie die anderen Jungen bekam er nicht – er hatte eine gute Haut, rein und sauber.

Als er zwölf wurde, war auch das Geräusch in seinem Kopf: manchmal nur ein leichtes Brummen, manchmal ein Dröhnen wie von hochtourigen Rennwagen. Ein bösartiges Geräusch, von dem er nicht wußte, wie es in seinen Kopf gekommen war.

Wenn er wichste, ging das Geräusch weg, besonders, wenn er in seinen sexuellen Phantasien schöne Bilder sah: Blut; seine Experimente mit Wanzen; sie, wie sie breitbeinig auf Doktors Schoß saß; sie beide, wie sie sich anschrieen, sich schier umbrachten, aber es miteinander trieben.

Er stellte sich vor, wie er selbst es einem Mädchen auf seinem Schoß besorgen würde – wie er ihren Eierarsch mit seinen beiden Händen drückte, bis er ihr weh tat, und wie er sie dann fertigmachte, restlos fertig. Er dachte nicht etwa an ein besonderes Mädchen; nein, viele Mädchen mußten es sein. Er erfand sie aus den einzelnen Körperteilen von verschiedenen Mädchen – stellte in seinem Kopf zu einem Bild zusammen, was er in Zeitschriften, in Filmen und auf der Straße an Mädchen gesehen hatte. Mädchen jeder Art, aber am besten gefielen ihm die Kleinen und Dunkelhaarigen, so wie Sarah. Mit großen Titten und einem hübschen Mund, damit sie richtig gut schreien konnten.

Sarah hatte große Titten bekommen.

Sie ging jetzt aufs College, und in den letzten Semesterferien war sie zu Besuch gekommen; aber zusammen mit einem Freund namens Robert, ein ziemlich lahmer Typ, der auch studierte und Rechtsanwalt werden wollte und sich gern reden hörte. Sie schliefen in getrennten Zimmern. Er wußte auch warum, hatte gehört, wie seine Mutter auf Doktor eingeschrieen hatte. Sie würde es nicht dulden, wenn diese hakennasige kleine Schlampe in ihrem Haus herumhurte. Aber manchmal stand Sarah auf, nachts oder früh am Morgen, und ging zu Robert ins Zimmer.

Da gab es für ihn wieder etwas zu belauschen.

Wenn Sarah zu Besuch war, ging Doktor jeden Abend mit ihr aus. In der Bibliothek herrschte so lange Waffenstillstand im Krieg zwischen den Erwachsenen. Wenn sie wieder weggefahren war, trieben sie es zwar noch ärger – aber nicht mehr so oft wie früher. Seit Doktor nur noch selten zu Hause war, hatten ihre Auseinandersetzungen etwas Besonderes.

Mit Zwölf hatte er allerhand gelernt, auch wenn sich an seinen Schulnoten nichts änderte. Er verstand schon viel mehr von den Dingen des Lebens; und manches, was ihn als Kind noch verwirrt hatte, konnte er sich jetzt erklären: Was seine Mutter und Doktor taten, wenn sie am Ende ihrer Streitigkeiten auf seinen Schoß kletterte und sich von ihm zwischen die Beine stechen ließ, auf ihm herumhüpfte und schrie und ihn als jüdischen Dreckskerl beschimpfte.

Er kapierte, was sie da taten.

Aber warum sie es taten, kapierte er nicht.

Wenn er sie bei ihren Kämpfen in der Bibliothek beobachtete, bekam er jedesmal einen riesengroßen Steifen. In seinem Bademantel hatte er immer Taschentücher.

Lahmärsche waren sie, alle beide. Er haßte sie und wünschte, sie sollten einmal tot umfallen, wenn sie mittendrin waren, und ihm dann das Haus hinterlassen und das ganze Geld. Damit wollte er sich viele schöne Sachen kaufen, die Hausmädchen rausschmeißen und hübsche Mädchen einstellen, alle dunkelhaarig; und die sollten seine Sklavinnen sein.

Sie war jetzt ständig betrunken; von morgens bis abends. Stolperte schon über ihre eigenen Beine, wenn sie aus dem Bett kam. In ihrem Zimmer stank es nach Gin und nach üblem Mundgeruch. Und sie war am ganzen Körper aufgedunsen und fett geworden und hatte dunkle Ringe unter den Augen; ihr Haar sah aus wie trockenes Stroh. Sie war eine echte Schlampe geworden.

Doktor kümmerte sich einen Dreck darum. Machte ihr auch nicht mal mehr was vor. Ab und zu liefen sie sich morgens über den Weg – wenn er am Bordstein stand und auf den Schulbus wartete. Doktor fuhr dann mit seinem großen, leisen Wagen vor, kam nach Hause, weil er sich wohl noch mal umziehen wollte. Er wirkte immer ganz verlegen, wenn er aus dem Auto stieg, und wenn er ihm Hallo sagte, starrte er auf einen Busch, einen Baum oder sonstwohin und ging dann an ihm vorbei. Immerhin hatte er es aufgegeben, ihn mit diesen dämlichen Fragen zu nerven – wie es in der Schule wäre und ob er endlich Freunde hätte.

Sie hatte für ihn aufgehört zu existieren, und wenn sie jetzt hinter ihm herrief, gab er ihr keine Antwort; ließ sie einfach so lange rufen, bis sie irgendwann von selbst damit aufhörte. Er war jetzt zwölf, hatte schon überall Haare und brauchte sich ihren Blödsinn nicht mehr anzuhören; war es auch leid, sich von ihr mit ihren Hängetitten und diesem Mundgeruch, der nach Scheiße stank, drangsalieren zu lassen. Sie war ohnehin viel zu kaputt, um sich vor ihm Respekt zu verschaffen; hatte ja die größte Mühe, überhaupt noch die Augen aufzuhalten. Er konnte tun und lassen, was er wollte, und hatte wahrscheinlich mehr Freiheiten als jedes andere Kind auf der Welt. Mehr Freiheiten als jeder andere.

Wenn da nicht dieser Kater gewesen wäre.

Normalerweise blieb er oben in ihrem Eispalast und fraß, was die Hausmädchen gekocht hatten, wurde gestreichelt und schlabberte mit seiner kleinen Zunge in ihrem Ginglas. Wurde betrunken, legte sich auf das große Satinbett und fiel in Tiefschlaf.

»Schneeball. Kommkomm, mein Süßer.«

Wenn sie sich überhaupt noch um etwas kümmerte, dann war es der Kater. Er wurde von ihr gewaschen und shampooniert; und anschließend kämmte sie ihm mit diesem kleinen Metallkamm die Flöhe aus dem Fell, die sie dann zwischen den Fingern zerquetschte und in ein Glas mit Bleichlauge fallen ließ. Einmal hatte sie ihn darum gebeten, das Glas für sie auszugießen. Er war damit im Badezimmer gestolpert und hatte alles verschüttet. Die toten Flöhe ließ er auf den Fußbodenfliesen liegen, wie kleine schwarze Sommersprossen sahen sie aus – er hätte die toten Biester zu gern auf ihrem Gesicht gesehen.

Nach solchen Pflegesitzungen bekam der Kater noch eine Spezialbehandlung verabreicht: Kekse, die aus einem teuren Delikatessengeschäft stammten und von einem Katzenkoch fabriziert wurden. Die mit dem Fischgeschmack sahen aus wie Fische; die mit dem Fleischgeschmack wie kleine Kühe; und die mit dem Huhngeschmack wie Hühnerköpfe. Sie brach kleine Keksstückchen ab, und während sie ihm mit einem Föhn das Fell trocknete und ihn mit Öl einrieb, neckte sie ihn damit und band ihm kleine rosarote Bändchen um seinen dämlichen Kopf.

Ein Kater, dem man die Eier abgeschnitten hatte. Jetzt mußte er rosarote Bändchen tragen.

Ein fetter und bösartiger Kater, der sich von vorne bis hinten bedienen ließ. Den ganzen Tag lag er auf dem Bett, war zu betrunken, um zu laufen, außerdem pinkelte er in alle Ecken.

Aber eines Nachts lief er doch.

Es war eine besondere Nacht: In der Bibliothek gingen sie wieder aufeinander los.

Er saß auf der Treppe und lauschte, war sich nicht sicher, ob sie es anschließend tun würden, nicht sicher, ob er mit der realen Szene vor seinen Augen oder mit Phantasiebildern wichsen würde; aber vorbereitet war er, hatte seinen Bademantel an und die Taschentücher bei sich.

Sie gingen tatsächlich aufeinander los.

»Du Schwanzlutscher, du Judensau!«

»Halt die Schnauze, du blöde Fotze!«

»Du Langweiler!«

Sie schrieen einander weiter unentwegt an, dann hörte er, wie irgend etwas kaputtging.

»Zum Teufel noch mal, Christina, der Aschenbecher war von Dunhills!«

»Scheiß ich doch drauf, Charles!«

Doktor sagte etwas, murmelte aber nur. Er mußte näher rutschen, um es zu verstehen.

Sie schrie zurück.

»Du Langweiler!«

Das Geschrei wollte kein Ende nehmen. Brach dann plötzlich ab. Ob es nun losging? Zu hören war nichts.

Dann heftige Atemgeräusche. Alles klar!

Zum ersten Mal seit langer Zeit. Er spürte, wie er einen Steifen bekam, ging auf Zehenspitzen die Treppe hinunter, wollte so nahe wie möglich heran. Trat auf etwas Weiches und Rutschiges, das einen Laut von sich gab; sein Herz fing an zu jagen, die ganze Brust tat ihm weh – es klang wie ein Würgen, kam aber nicht aus der Bibliothek. Es kam von hier, direkt neben ihm!

Er stand auf. Das weiche Ding wand sich immer noch unter seinem Fuß, wälzte sich auf dem Teppich. Dann ein scharfer Schmerz an seinem Knöchel – etwas hatte ihn gekratzt!

Er fuhr zurück und suchte den Boden ab, machte vor lauter Angst seinen Pyjama naß.

Der Kater fauchte ihn an und zeigte die Krallen. Seine Augen leuchteten in der Dunkelheit. Er versuchte, ihm einen Tritt zu versetzen. Der Kater schrie noch einmal auf, hüpfte die Treppenstufen hoch und gab kleine winselnde Laute von sich.

»Was war das denn, zum Teufel!«

»Nichts, Christina, vergiß es.«

»Das ist doch – hat sich angehört wie Schneeball – um Gottes willen!«

»Da war doch nichts. Das bildest du dir ein!«

»Er hat sich weh getan! Schneeball, mein Liebling!«

»Oh, nein, das wirst du bleibenlassen. Du –«

»Laß mich los!«

»– kannst hier doch nicht mit mir anfangen und dann mittendrin –«

»Laß mich los, du Scheißkerl. Ich muß ihn suchen!«

»Das darf doch nicht wahr sein. Wenn du einmal im Jahr mit mir – Au, verdammt!«

(Ein grunzender Laut. Das Geräusch von Schritten.)

»Na, wunderbar, dann bleib bloß, wo du bist, zum Teufel, du blöde Fotze!«

Die Schritte wurden lauter.

»Schneeball!«

Sie kam direkt auf ihn zu. Er mußte hier weg, aber sein kleiner Körper war wie erstarrt. Oh, Scheiße, nun hatten sie ihn erwischt. Jetzt war er dran. Alles vorbei. Das war sein Ende!

»Schneeball! Kommkomm, mein Süßer!«

Ihre blöden Füße, warum rührt ihr euch denn nicht! Fangt doch endlich an zu laufen. Mein Gott, jetzt geht es wieder ... rennen ... nicht atmen um Himmels willen ...

»Wo steckst du denn, Liebling?«

Sie war nicht mehr in der Bibliothek und kam jetzt die Treppe hoch, wankte vor Trunkenheit. Rief nach dem Kater, darum hörte sie ihn vielleicht nicht, wie er drei Meter vor ihr herrannte, mit angehaltenem Atem, bittebittelieberGott, sie soll mich nicht hören ...

»Hier, Liebes, hier, Pussy. Kommkomm! Kommkomm zu Mama.«

Er schaffte es bis in sein Zimmer, als sie gerade oben an der Treppe ankam, warf sich auf sein Bett und zog sich die Decke über den Kopf.

»Schneeball, Süßer, wo bist du denn? Versteck dich doch nicht, Zuckerpussy. Mama hat einen Keks für dich!«

Sie war in ihrem Zimmer, kam jetzt heraus, halb rufend, halb singend: »Pu-uss!«

Er hatte sich eingewickelt wie eine Mumie, hielt sich an der Matratze fest, weil er am ganzen Leibe zitterte.

»Puss? Süßilein?«

Er hatte seine Tür vergessen, sein Zimmer stand offen! Sie kam direkt auf ihn zu!

»Schneeball!«

Jetzt stand sie in der Tür. Er konnte sie riechen, ihr Bal à Versailles und den Gin. Auf einmal bekam er einen Schluckauf, den er krampfhaft zu unterdrücken versuchte; sein Herz fing an zu rasen. Er hörte, wie es klopfte und jagte, es pochte ihm bis zum Hals, und bestimmt konnte sie es auch hören.

»Na, wo ist denn mein kleiner Schlingel?«

Hat sich versteckt, tut mir leid, will's auch nicht wieder tun, großes Ehrenwort.

»Kommkomm, du kleiner Schlingel!«

In ihrer Stimme lag kein Ärger. Nein! Oh, mein Gott!

»Du böser kleiner Schlin-gel!«

Das war seine Rettung. Sie meinte ihn gar nicht!

»Pu-uss!«

Sein Herz jagte und jagte, als ob es ihm ins Gehirn dringen und in seinem Schädel Blut verspritzen wollte und er daran ersticken und sterben müßte.

Sie blieb in der Tür stehen und rief mit ihrer betrunkenen, zittrigen, primadonnenhaften Stimme: »Küßchen, Küßchen, Schneeball. Wenn du dir weh getan hast, komm zu Mama. Dann wird alles wieder gut!«

Das Dröhnen ging nicht mehr aus seinem Kopf, so laut war es noch nie gewesen. Er biß sich auf die Unterlippe, damit der Lärm nicht nach draußen drang.

»Kommkomm! Mama hat einen Keks für dich – deinen Lieblingskeks – Thunfisch!«

Ihre Stimme klang entfernt, wurde zunehmend leiser. Die Gefahr war gebannt. Einen Augenblick später hörte er sie rufen: »Schneeball! Mein Liebling!« Dann gab es ekelhafte, labbrig feuchte Geräusche; offenbar hatte sie das verfluchte Vieh gefunden und küßte es ab.

Viel hatte nicht gefehlt, und er wäre drangewesen.

Das sollte ihm nicht noch mal passieren.

Er wartete achtzehn lange Tage. Bis dahin hatte er alles geplant, alles bis ins Letzte durchdacht.

Achtzehn Tage, denn so lange hatte es gedauert, bis sie endlich einmal vergaß, die Tür zu ihrem Zimmer abzuschließen.

Es war an einem Nachmittag, er war aus der Schule gekommen, hatte eine Kleinigkeit gegessen und war nach oben in sein Zimmer gegangen. Die Hausmädchen hielten sich im Erdgeschoß auf, schwatzten miteinander und erzählten sich Geschichten in ihrer fremden Sprache und taten, als würden sie arbeiten.

Er tat auch so und saß an seinem Tisch, als machte er seine Schularbeiten. Die Tür stand weit offen, damit er die entscheidenden Signale nicht überhörte: ihr Erbrechen, das Geräusch der Toilettenspülung – ein Zeichen, daß sie ihr Nachmittagsgebäck von sich gab.

Sie machte das jetzt häufiger, erbrach sich regelmäßig. Es half ihr nicht – sie wurde immer fetter und aufgedunsener. Anschließend trank sie noch mehr Gin und fiel in einen Tiefschlaf, aus dem sie nichts auf dieser Welt mehr wecken konnte.

Er wartete mit viel Geduld. Genoß sogar das Warten, weil es die Dinge in die Länge zog und ihm Zeit zum Nachdenken gab; er konnte sich bis in alle Einzelheiten vorstellen, was passieren sollte. Alles hatte er bis ins letzte geplant: er war sich vollkommen darüber klar, daß man die Schuld bei ihm suchen würde.

Als er sicher war, daß sie eingeschlafen war, ging er auf Zehenspitzen zur Tür. Er sah den Korridor entlang, links, rechts, und blickte dann über das Treppengeländer nach unten. Wegen der Hausmädchen brauchte er sich keine Sorgen zu machen – er hörte den Staubsauger laufen und wie sie miteinander schwatzten.

Keine Gefahr.

Er machte ihre Tür auf.

Sie lag auf dem Himmelbett und streckte alle viere von sich. Ihr Mund stand weit auf, und sie gab ein sonderbares Pfeifen von sich. Der Kater lag zusammengerollt neben ihr auf dem Kopfkissen – Lahmärsche waren sie, alle beide. Als er hereinkam, machte das Vieh die Augen auf und bedachte ihn mit einem bösen Blick; gerade so, als ob ihm das Zimmer allein gehörte und er ein Einbrecher wäre.

Er räusperte sich, um die Situation zu testen. Falls sie aufgewacht wäre, hätte er sie gefragt, wie sie sich fühlte und ob sie irgend etwas brauchte. So testete er auch die Lage, wenn er sich in die Bibliothek schleichen und sich einschließen wollte. Wenn er mit den Messern spielte, in dem großen grünen Buch von Schwann und den anderen lesen und die Sachen im Schrank durchsehen wollte.

Keine Reaktion. Sie war wie weggetreten.

Er räusperte sich noch einmal.

Total weggetreten.

Er griff in seine Tasche, nahm den Keks mit dem Thunfischgeschmack heraus und hielt ihn dem Kater hin.

Seine blauen Augen zogen sich einen Moment lang zusammen.

»Na, willst du, du kleiner Scheißer?«

Der Kater machte ein paar zögernde Schritte, um sich gleich wieder in dem Satinbett versinken zu lassen.

Faul und fett, genau wie sie. Er bekam alles, was er brauchte; es hätte ihn nicht einmal gewundert, wenn sie sogar mit ihm wichste – aber nein, das ginge ja nicht, er hatte ja keine Eier. Wahrscheinlich bekam er nicht einmal mehr einen Ständer.

Er wedelte mit dem Thunfischkeks.

Der Kater starrte den Keks an, dann ihn, dann wieder das fischförmige Gebäck; seine wäßrigen Augen sahen ganz gierig aus. Er leckte sich die Lippen und dehnte und spannte sich, als wenn er zu einem Sprung ansetzen wollte.

»Kommkomm, mein Süßer. Thuuunfisch!«

Der Kater reagierte nicht. Ahnte wohl, daß irgend etwas nicht stimmte.

Er führte den Keks an seine Lippen und lächelte ihn an.

»Lecker, lecker. Guck mal. Ich hab hier was, was du nicht hast.«

Der Kater machte ein paar Schritte und erstarrte.

Er steckte sich den Thunfischkeks wieder in die Tasche. Der Kater stellte die Ohren aufrecht.

»Komm, komm. Pu-uss ...«

Der Kater rührte sich nicht von der Stelle; er roch den Keks, wußte aber nicht, was er machen sollte. So ein blödes Stück.

Er tat einen Schritt zurück, als koste ihn die Sache nur ein müdes Arschgrinsen. Der Kater ließ ihn nicht aus den Augen.

Heraus mit dem Keks. Noch mal mit der Zunge dran lecken und wieder breit grinsen. Als hätte er so etwas Schönes in seinem ganzen Leben noch nie zu essen bekommen.

Der Kater machte ein paar vorsichtige Schritte, brachte das Bett zum Schaukeln.

»Mit der Zunge lecken. Mmh, mmh.«

Er wedelte mit dem Thunfischkeks, steckte ihn sich zwischen die Zähne und ging in Richtung Tür.

Der Kater sprang vom Bett und landete fast lautlos auf dem weißen Teppich. Ihren feisten Bauch hatte er als Sprungbrett benutzt. Sie war so weggetreten, daß sie es nicht einmal spürte.

Er ging weiter in Richtung Tür und tat ganz selbstverständlich.

»Kommkomm, mein Süßer.«

Ein Stück Keks brach ab und fiel ihm auf die Zunge – schmeckte tatsächlich nicht übel.

»Vielleicht esse ich ihn selbst, du pelziges Stück Scheiße.«

Er ging rückwärts aus dem Zimmer, grinste und leckte an dem Thunfischkeks, und der Kater folgte ihm langsam in einiger Entfernung.

Sie waren jetzt am Treppenabsatz. Er schloß die Tür zum Eispalast.

Der Kater maunzte, als ob sie die dicksten Freunde wären.

»Mach erst bittebitte, du Blödkopf.«

Er ging weiter rückwärts und knabberte dabei an dem Thunfischkeks. Wirklich nicht übel. Schmeckte ein bißchen wie Bratfisch.

Der Kater folgte ihm.

»Hier, Mieze, du saublödes Stück.«

Er folgte ihm auf Schritt und Tritt.

Mit einem Blick nach unten vergewisserte er sich, was die Hausmädchen machten.

Schwatzten noch immer und ließen den Staubsauger laufen. Die Luft war rein.

In sein Zimmer. Den Keks ablecken und noch mal damit wedeln.

Der Kater war drin.

Tür zumachen, abschließen. Und dann packte er das pelzige Untier am Hals und warf es mit voller Wucht gegen die Wand.

Rums. Der Kater schrie auf, glitt die Wand hinunter und landete auf seinem Bett, lebte noch, aber es war etwas gebrochen. Er lag einfach nur da und sah komisch aus.

Er schloß die unterste Schublade an seinem Tisch auf und nahm die hypodermatische Nadel heraus, die er schon präpariert hatte. Lidokain aus einem dieser kleinen Fläschchen mit den Gummideckeln, die Doktor in seinem Bibliotheksschrank aufbewahrte, zusammen mit den Kästchen voller Nadeln, den Handschuhpackungen, Bandagen und seiner leeren Arzttasche Marke Gladstone, die so ein phantastisches Geräusch machte, wenn man sie öffnete und schloß. Schon mehrmals hatte er die Tasche mit den Arztsachen gepackt und nach oben in sein Zimmer getragen.

Er grinste breit: »Tag, ich bin Dr. Schrecklich. Was haben wir denn für ein Problem?«

Er hatte Lidokain bei Wanzen und Würmern und der Maus verwendet, die er halbtot in der Falle im Keller gefunden hatte. Meist hatte es die Tiere auf der Stelle getötet, darum nahm er an, daß die Konzentration zu stark war. Aber mit Wanzen machte es sowieso keinen Spaß – sie waren einfach viel zu klein; ein Nadelstich genügte, und sie waren erledigt. Und die Maus war ganz zerquetscht gewesen, schon so gut wie tot, als er sie gefunden hatte.

Aber ein Kater, das war schon was – ein großer Schritt nach vorn. Wahre Wissenschaft.

In der Schule ließ er Biologie sausen, weil es mit wahrer Wissenschaft nichts zu tun hatte – der Lehrer war ein Lahmarsch und machte nur viele Worte; von wahrer Wissenschaft verstand er nichts.

Der Kater wollte vom Bett kriechen, stockte und blieb einfach liegen.

Das war real. Er war wirklich wissenschaftlich vorgegangen und hatte sich, um alles zu planen, viel Zeit genommen. In der Bibliothek gab es ein Buch über Kinderheilkunde, das er stundenlang studiert hatte, bis er auf eine Tabelle mit Angaben über Dosierungen für Neugeborene gestoßen war. Die benutzte er, um das Lidokain zu verdünnen, fügte sogar noch mehr Wasser hinzu, mixte alles in einem Saftglas und hoffte nur, daß er das Lidokain nicht ruiniert hatte.

Um das herauszufinden, gab es nur einen Weg.

Der Kater wollte wieder von seinem Bett. Er hatte ganz trübe Augen und zog die Hinterpfoten nach.

»Verdammter Blödkopf, stell dich nicht so an!«

Er packte ihn am Genick, stach ihm die Nadel in die Brust und verpaßte ihm einen Schuß Lidokain. Tat das noch mehrmals, so wie er es in dem Buch über örtliche Betäubung gelesen hatte.

Der Kater gab piepsende Laute von sich, kämpfte eine Weile, fing an zu zittern und wurde ganz steif.

Er legte ihn auf seinen Tisch, mit dem Bauch nach oben auf die Schichten von Zeitungspapier, die er vorher ausgebreitet hatte.

Er rührte sich nicht mehr – Scheiße! Das war nicht fair!

Nein, Augenblick mal ... Jaah, da war doch noch was, die Brust hob und senkte sich. Der Scheißer atmete, ganz schwach nur, man konnte es kaum sehen, aber er atmete!

Also los!

Er zog die untere Schublade noch einmal auf, nahm die beiden Messer heraus, die er eigens dafür in der Tasche in der Bibliothek ausgesucht hatte: das größte Skalpell und ein gebogenes Bistourie. Er hielt sie in seinen Händen und sah zu, wie der Kater atmete. Er wußte, dies war die wahre Wissenschaft, hier ging es nicht um irgendwelche Wanzen oder halbtote Mäuse.

»Tag, ich bin Dr. Schrecklich.«

Was haben wir denn für ein Problem, Mr. Kater? Mr. Schneeball? Mr. Blödkopf? Beinahe hättest du mir doch tatsächlich das Leben ruiniert.«

Der Kater lag da und rührte sich nicht.

»Scheint wohl ein größeres Problem zu sein.«

Auf einmal sah er alles wie durch einen roten Film. Das Dröhnen in seinem Kopf wurde lauter. Er holte tief Luft. Atmete ein paarmal durch, bis er wieder einen klaren Blick bekam.

»Hallo, Mr. Kater. Kleiner operativer Eingriff gefällig?«

37

Freitag. Daoud hatte seine Nächte mit der Überwachung von Roselli zugebracht, was sich als absolut unproduktiv erwies. Ebensogut hätte er Blumen in Beton pflanzen können.

In der vergangenen Woche hatte der Mönch die Klostermauern vom Heiligen Erlöser nicht verlassen, nur am Mittwoch, kurz nach Mitternacht einen kleinen Spaziergang gemacht. Wenn man das überhaupt so nennen konnte. Denn schon nach fünfzig Schritten machte er auf dem Absatz kehrt – so abrupt, als habe ihn eine plötzliche Angst befallen, sich zu weit hinausgewagt zu haben – und begab sich gleich darauf wieder in den Schutz der Klostermauern. Daoud hatte eben erst mit seiner Beschattung begonnen und war ihm gefolgt, in vielleicht zehn Meter Abstand und als Franziskanermönch verkleidet, die Kapuze tief ins Gesicht gezogen. Als Roselli die Richtung wechselte, war Daoud weiter geradeaus gegangen und hatte, als sie sich begegneten, seinen Kopf unter der braunen Kapuze seiner Kutte verborgen und vor sich hingestarrt, wie in Kontemplation versunken.

Er ließ Roselli noch zwanzig Schritte laufen, bis er fast die Biegung an der Casa Nova Road erreicht hatte, dann erst wagte Daoud eine halbe Drehung und einen Blick zurück. Er konnte noch beobachten, wie der Mönch in die Kurve einbog, dann war er aus seinem Blickfeld verschwunden. Daoud eilte auf seinen leisen Kreppsohlen in Richtung Kloster und erreichte die Biegung eben noch rechtzeitig, um sein Opfer hinter den großen Türen verschwinden zu sehen. Er blieb stehen, lauschte und hörte das Geräusch von Schritten, die sich entfernten. Eine Stunde wartete er noch in der Dunkelheit, ehe er sich zufriedengab; überzeugt davon, daß Roselli in dieser Nacht das Kloster nicht mehr verlassen würde.

Er setzte die Überwachung noch bis zum Morgengrauen fort und schlenderte in der St. Francis Road auf und ab, wanderte die Aqabat el Khanqa hinunter bis zur Via Dolorosa. Unterwegs las er in der arabischen Bibel, die er als Requisit mitgenommen hatte, behielt aber immer den Turm des Klosters im Auge. So machte er weiter, bis die Stadt unter einem goldfarbenen Sonnenlicht zum Leben erwachte, schaute noch zu, wie die ersten Frühaufsteher aus den Schatten tauchten; dann klemmte er sich die Bibel unter den Arm und entfernte sich langsam, zögernd und betulich wie ein alter Mann. Er mischte sich unter die Gruppen von Arbeitern und Andächtigen, und dann ließ er sich tragen von dem wachsenden Strom der Menschen, die sich am Neuen Tor aus der Altstadt drängten.

In seinen Ohren war das Dröhnen von Automotoren, das Geblöke von Rindvieh und die heiseren Kommandos der Treiber. Obst- und Gemüsehändler luden ihre morgendliche Fracht aus; eine Herde von Schafen wurde auf den Markt zu den Stadtmauern getrieben. Die herbe Süße der bäuerlichen Produkte in der Nase, bahnte er sich seinen Weg an spiralförmigen, frischen Kothaufen vorbei und ging, immer noch in der Mönchskutte, die zwei Kilometer bis zu seinem Auto.

Sein Auftrag, die nächtlichen Überwachungen, war ein bißchen langweilig; aber er mochte das Alleinsein und die kühle Einsamkeit der leeren, dunklen Straßen. Er fand ein seltsames Vergnügen daran, das herbe, schwere Gewand um seine Schultern zu spüren und die mächtige, in Leder gebundene Bibel zu tragen, die er von zu Hause mitgebracht hatte. Auf der Heimfahrt nach Bethlehem gingen ihm eigenartige Gedanken durch den Kopf; er grübelte darüber nach, wie es wohl wäre, wenn er sein Leben Jesus Christus geweiht hätte.

Shmeltzer setzte seine Routinearbeiten fort, überprüfte ein zweites Mal die Ärzte, fand sie alle arrogant und zunehmend stinkig; ein Haufen von Schwachköpfen, die sich aber wie Halbgötter vorkamen. Am Freitagvormittag hatte er mit seiner Freundin von der Shin Bet im »Sheraton« gefrühstückt und ihr zugesehen, wie sie Eierpfannkuchen aus Buchweizen mit Puderzucker und Ahornsirup verspeiste. Über das Tonbandgerät in ihrer Handtasche schlug er vor, mit dem Mossad Kontakt aufzunehmen und Juliet Haddads Bordell in Beirut zu überprüfen. Der Nachmittag brachte wieder Aktenarbeit, Checken und Gegenchecken von Daten, mühsame, detaillierte Kleinarbeit, die er so liebte.

Den Freitagabend verbrachte er, wie die letzten fünf Abende auch, mit Eva Schlesinger; in einem Flur des Hadassah-Krankenhauses, Abteilung Onkologie, wartete er auf sie und nahm sie beim Arm, als sie auf unsicheren Beinen aus dem Zimmer kam, in dem ihr Mann lag, ohne Bewußtsein, an Monitore angeschlossen und über Schläuche ernährt.

Shmeltzer stand gegen ein Wasserbecken gelehnt und schaute zu, wie die Leute in beiden Richtungen die Krankenhausflure entlangeilten, ohne Notiz von ihm zu nehmen. Schwestern, Spezialisten. Und natürlich Ärzte – er kam nicht los von ihnen. Dabei waren sie in seinen Augen nicht einmal so viel wert wie das Schwarze unterm Fingernagel. Er konnte nicht vergessen, wie sie sich damals bei Leahs krankhafter Arterienerweiterung aufgeführt hatten, ihr blödsinniges Achselzucken und das geheuchelte Mitgefühl.

Einmal hatte er einen verstohlenen Blick in Schlesingers Zimmer geworfen und gestaunt, wie rasch der alte Mann in dieser kurzen Zeit verfallen war. Sein ganzer Körper hing an Schläuchen und Nadeln, wie an den Tentakeln eines Meeresungeheuers – einer riesenhaften Qualle –, sie hielten fest, was von seinem Körper noch übrig war. Technische Geräte, Maschinen und Meßinstrumente gaben rhythmische Signaltöne von sich, als wenn sie etwas zu bedeuten hätten. All diese Technologie stand für lebenserhaltende Maßnahmen – das behaupteten die Leute in den weißen Kitteln –, aber Shmeltzer kam es vor, als saugten sie dem alten Palmahi-Kämpfer die letzten Reste von Leben aus.

Ein paarmal waren sie im Anschluß an die Krankenhausbesuche noch in ein Café gegangen, hatten einen Tee getrunken und ein Stündchen geplaudert, um sich von dieser gräßlichen Klinikatmosphäre freizumachen und von den wirklichen Problemen abzulenken. Aber heute abend sagte Eva zu ihm, er solle sie gleich nach Hause bringen. Auf der Fahrt zu ihrer Wohnung am French Hill gab sie sich schweigsam, drückte sich an die Beifahrertür, ging auf Abstand, so weit das im Auto möglich war. Als sie vor ihrer Wohnungstür standen, steckte sie den Schlüssel ins Schloß und warf ihm einen wütenden Blick zu – nein, schlimmer noch: ihr Blick war voller Haß.

Die falsche Zeit, der falsche Ort, dachte er und machte sich auf das Schlimmste gefaßt. Kam sich wie ein Idiot vor, der sich auf eine Situation eingelassen hatte, für die es keine Lösung gab; ein Idiot, daß er sich überhaupt auf so etwas eingelassen hatte. Aber anstatt ihren Schmerz herauszuschreien, sah Eva ihn nur an, holte tief Luft, nahm ihn bei der Hand und zog ihn in die Wohnung. Einen Augenblick später lagen sie nebeneinander in ihrem Bett – um die Dinge beim Namen zu nennen, Alter: in ihrem Ehebett, das ihr und dem alten Mann gehörte. Schlesinger würde niemals mehr darin schlafen, aber trotzdem kam Shmeltzer sich wie ein Ehebrecher vor.

Eine Zeitlang lagen sie so auf der Bettdecke, nackt und in Schweiß gebadet, hielten sich bei den Händen und starrten an die Zimmerdecke. Beide sagten sie kein Wort, es hatte ihnen die Sprache verschlagen; ein ungleiches Paar, so verschieden, wie man es sich nur vorstellen konnte. Er ein skelettartiger Vogel; sie mit einem Leib voller Rundungen und wunderbaren Polstern, ihre schweren Brüste flach, die Oberschenkel so weich und weiß wie Kuchenteig.

Sie fing an zu weinen. Shmeltzer, ganz starr vor Hemmungen, spürte, wie ihm die Worte, die trösten sollten, im Hals steckenblieben wie ein Kloß. Er nahm ihre Hand und berührte ihre Fingergrübchen mit seinen Lippen. Dann, plötzlich, fielen sie ineinander, ihre Körper zogen sich an wie Magneten von gegensätzlicher Polarität. Ineinander verklammert, hielten sie sich fest: Shmeltzer wiegte sie in seinen Armen, lauschte ihrem Schluchzen, trocknete ihr die feuchten Wangen, fühlte sich auf einmal – und das wirklich verrückt – groß und stark und jung. Als wäre die Zeit ein gewaltiges Mosaik, in das ein gnädiger Gott ein großes, fehlendes Stück zurückversetzt hatte.

Der Chinese verbrachte einmal mehr die Freitagnacht in der Gegend am Damaskustor und gab sich mit den Ganoven der Szene ab, trieb seine Faxen mit den Leuten, um ihnen im nächsten Moment auf die Füße zu treten. Alle, ob Araber oder Juden, versprachen ihm das Blaue vom Himmel; sollten sie auch nur die kleinste Kleinigkeit zu sehen oder zu hören bekommen, würden sie natürlich sofort und bla, bla, bla.

Um ein Uhr morgens machte ihn eine Reihe von Leuten hinter vorgehaltener Hand auf einen heruntergekommenen Kerl namens Gadallah Ibn Hamdeh aufmerksam, bekannt als der Bucklige, ein mickriger kleiner Dieb und Betrüger, der nebenbei in der Jericho Road noch Mädchen für sich anschaffen ließ. Der Chinese kannte ihn zwar vom Sehen, hatte aber noch nie persönlich mit ihm zu tun gehabt und wußte nicht, was der Kerl für Gewohnheiten hatte und wo er sich normalerweise herumtrieb. Er brauchte eine ganze Stunde, bis er ihn aufgegabelt hatte, fand ihn schließlich mitten in der Altstadt am Platz des Omar Ibn el Khatab, gleich hinter dem Jaffator. Er stand oben auf der Treppe, die hinter der Fassade des Hotel »Petra« zur David Street hinunterführte, und sprach mit einem Pärchen von Rucksacktouristen.

Der Chinese hielt sich noch einen Augenblick im Hintergrund und beobachtete, wie die drei in der Dunkelheit miteinander tuschelten, möglicherweise ging es um einen Rauschgiftdeal. Ibn Hamdeh verbeugte sich mehrmals und biederte sich an, gestikulierte wild mit seinen Armen, als wolle er ein Bild in die Luft malen, und faßte sich immerzu an seinen Buckel. Die Rucksacktouristen verfolgten jede seiner Bewegungen und lächelten ihm zu wie vertrauensselige Idioten. Ein einzelner Straßenfeger verrichtete noch seine Arbeit, bog aber bald in die Armenian Patriarchate Road ab. Die drei waren allein auf dem Platz; der Aftimos-Markt und alle übrigen Geschäfte in der David Street waren dunkel, die Fensterläden heruntergelassen.

Für einen Drogenhandel benahmen sie sich zu auffällig, befand der Chinese. Es mußte um irgendein ein anderes krummes Ding gehen.

Die Rucksacktouristen mochten um die Neunzehn oder Zwanzig sein, ein junger Mann und ein Mädchen, große, kräftige Typen in Shorts, ärmellosen Jeansjacken und Wanderstiefeln; ihre Rucksäcke waren aus Nylon und steckten in Aluminiumrahmen. Skandinavier, vermutete er, ihre Gesichter wirkten nicht jüdisch, und beide hatten sie blondes, strähniges Haar. Sie waren einen ganzen Kopf größer als der kleine Bucklige, der unaufhörlich in seinem gebrochenen Englisch auf sie einredete und ihnen offenbar mit seiner hohen, abgehackten Stimme phantastische Geschichten erzählte.

Als der junge Mann sein Portemonnaie aus der Tasche zog, trat der Chinese auf sie zu, grüßte die beiden mit einem Kopfnicken und fragte den Buckligen auf arabisch, was er hier für ein Spielchen trieb. Der mickrige Kerl schrumpfte zusehends in sich zusammen und wich zurück, weg von dem Geld und weg von dem Detektiv. Der aber griff blitzschnell zu und erwischte ihn am Ellbogen.

Der junge Mann nahm eine aggressive Haltung ein, als wolle er den Buckligen beschützen. An seinem Kinn sproß rötlicher Flaum, und die schmalen Lippen hielt er ständig gespitzt.

»Mann, das ist ein Freund von mir.«

»Das ist ein Ganove«, sagte der Chinese auf englisch und zeigte ihm, als der Junge von seiner feindseligen Haltung nicht abging, seine Dienstmarke. Die beiden Rucksacktouristen starrten zuerst auf die Plakette, dann starrten sie sich gegenseitig an.

»Sag's ihnen«, befahl der Chinese dem Buckligen, der Grimassen zog, als litte er Höllenqualen; er führte ein kleines Tänzchen auf, nannte die Skandinavier immerzu »meine Freunde, meine Freunde«, spielte die Rolle des Opfers und zog alle Register seiner Schauspielkunst.

»Mann, ey«, sagte der Rucksacktourist. »Wir haben ein Zimmer zum Übernachten gesucht. Und der Kumpel hier wollte uns bloß helfen.«

»Der Kumpel hier ist ein Gauner. Sag's ihnen selbst, Buckel.«

Ibn Hamdeh zögerte. Als der Chinese ihn fester an seinem Arm drückte, warf sich der kleine Langfinger in die Brust: »Ich bin ein Gauner. Ja.« Er lachte und zeigte seinen zahnlosen Oberkiefer, die unteren Schneidezähne waren mit Stahl überkront. »Ich bin ein prima Kerl, aber ein Gauner, haha.«

»Was für eine Geschichte hat er Ihnen erzählt?« fragte der Chinese den Rucksacktouristen. »Daß seine Schwester ein nettes Zimmer frei hat, bequemes Bett, fließend Wasser und Frühstück im Preis inbegriffen – Sie zahlen ihm eine Gebühr für die Vermittlung, und er bringt Sie hin?«

Das Mädchen nickte.

»Er hat gar keine Schwester. Und wenn, dann wäre sie eine Taschendiebin. Wieviel wollte er Ihnen abnehmen?«

Die Skandinavier blickten verlegen zur Seite.

»Fünf amerikanische Dollar«, sagte das Mädchen.

»Zusammen oder für jeden?«

»Für jeden.«

Der Chinese schüttelte den Kopf und gab Ibn Hamdeh einen Tritt in den Hintern. »Wieviel Geld können Sie für ein Zimmer ausgeben?« fragte er die beiden.

»Nicht viel«, sagte der Junge mit einem Blick auf die Geldscheine in seinen Händen. Er steckte sie wieder in die Tasche.

»Versuchen Sie's beim CVJM. Es gibt einen im Ostteil und einen im Westteil von Jerusalem.«

»Welcher ist denn billiger?« fragte das Mädchen.

»Ich glaube, sie verlangen denselben Preis. Der im Ostteil ist kleiner, aber etwas näher.« Er beschrieb ihnen den Weg.

»Schönen Dank auch, Mann«, sagte der Junge, und damit trotteten sie von dannen. Einfältige große Kinder.

»So«, sagte er und griff sich Ibn Hamdeh, zerrte ihn die David Street hoch und drückte ihn gegen das Gitter eines Souvenirladens. Mit einem Ruck wirbelte er den kleinen Ganoven um die eigene Achse, filzte ihn nach Waffen und fand ein billiges Messer mit einem imitierten Perlengriff, das er unter seinem Stiefelabsatz pulverisierte. Dann drehte er Ibn Hamdeh noch einmal um, daß sie sich von Angesicht zu Angesicht gegenüberstanden, und sah auf ihn herab, auf sein dreckverschmiertes Haar, sein fischartiges Gesicht und das blumengemusterte Hemd über seinem Buckel, das nach abgestandenem Schweiß roch.

»Na, *Gadallah*, weißt du, wer ich bin?«

»Ja, Sir. Das ... Polizei.«

»Mach schon, sag nur, was du sagen wolltest.« Der Chinese grinste.

Der Bucklige zitterte am ganzen Körper.

»Das Schlitzauge, stimmt's?« sagte der Chinese. Er packte

Ibn Hamdeh am Hosengürtel und hob ihn ein paar Zentimeter in die Luft – der mickrige Kerl war leichter als seine betongefüllten Sporthanteln. »Was du über mich gehört hast, stimmt. Und zwar alles.«

»Ganz sicher, Sir.«

Der Chinese ließ ihn noch eine Zeitlang schweben und erzählte ihm beim Absetzen, was man ihm auf der Straße gesteckt hatte. Auf Widerstand gefaßt, hätte er ihn auch weiter unter Druck gesetzt. Doch schien das Verhör den Buckligen eher aufzumuntern, als seinen Widerstand zu provozieren, und so rückte er sofort mit der Sprache heraus. Titulierte ihn immer wieder mit seinem »Sir« und redete mit seiner abgehackten Stimme auf ihn ein. Letzten Donnerstag hätte abends ein Mann eines seiner Mädchen in panische Ängste versetzt; in der Jericho Road sei das gewesen, kurz vor der Abbiegung in Richtung Osten, direkt oberhalb von Silwan. Ein Amerikaner mit irren Augen, wie aus dem Nichts sei er aufgetaucht, und zu Fuß – das Mädchen hatte keinen Wagen gesehen und angenommen, daß er sich vorher irgendwo abseits der Straße versteckt gehalten hatte.

Vor acht Tagen, dachte der Chinese. Genau eine Woche nach dem Mord an Juliet.

»Warum bekomme ich das erst heute zu hören, du Arschloch?«

Der Bucklige zuckte die Achseln, machte servile Gesten und ein paar tänzelnde Schritte. »Sir, Sir, ich wußte doch nicht –«

»Nimm's nicht tragisch. Sag mir lieber genau, was Sache war.«

»Der Amerikaner wollte Sex und hielt ihr ein Bündel amerikanischer Dollar unter die Nase. Aber sie bekam es mit der Angst, wegen seiner irren Augen, und lehnte ab.«

»Ist sie besonders pingelig bei der Auswahl ihrer Freier?«

»Die Mädchen sind auf der Straße im Moment alle in Panik, Sir. Der Schlächter geht um.« Ibn Hamdeh machte ein ernstes Gesicht und betrachtete den Chinesen, wie der fand, mit vorwurfsvollen Augen, so als wollte er sagen: Polizist, du hast deinen Job nicht gemacht. Als der Chinese ihn mit einem scharfen Blick zurechtwies, nahm der Bucklige wieder seine servile Haltung ein.

»Woher wollte sie wissen, daß er Amerikaner war?«

»Weiß ich nicht«, sagte der Bucklige. »Hat sie mir so gesagt.«

Der Chinese packte ihn am Arm. »Komm, Freundchen. Das war doch noch nicht alles.«

»Ich schwör's beim Propheten! Der war Amerikaner, hat sie gesagt.« Der Bucklige blinzelte und fing an zu grinsen. »Vielleicht hat er die amerikanische Flagge geschwenkt –«

»Schnauze. Was für Sex hat er verlangt?«

»Nur Sex, mehr hat sie mir nicht gesagt.«

»Hat die auch schräge Sachen im Angebot?«

»Nein, nein, sie ist ein anständiges Mädchen.«

»Sicher noch Jungfrau. Sie ließ ihn also abfahren. Und was hat er dann gemacht?«

»Nichts, Sir.«

»Er hat nicht versucht, sie mit Gewalt abzuziehen?«

»Nein.«

»Und überreden wollte er sie auch nicht?«

»Er hat nur gegrinst und sich dann verzogen.«

»In welche Richtung ist er gegangen?«

»Hat sie nicht gesagt.«

»Hat sie die Augen zugemacht?«

»Jedenfalls hat sie mir nichts gesagt.«

»Bist du dir ganz sicher?«

»Ja, Sir. Wenn ich es wüßte, ich würde es Ihnen bestimmt sagen.«

»Was war mit seinen Augen los?«

Der Bucklige machte wieder seine fahrigen Gesten, malte Gemälde in die Luft und fuhr sich über seinen mißgebildeten Rücken. »Sie sagte, er hätte so engstehende Augen gehabt, ganz eigenartig. Wie ein Verrückter. Und so ein komisches Grinsen, ganz breit gegrinst hat er. Gegrinst wie ein Killer.«

»Wieso hat er gegrinst wie ein Killer?«

Der Bucklige machte ruckartige Bewegungen mit seinem Kopf, wie ein Truthahn, der Körner aufpickt. »Er hat nicht gegrinst wie einer, der gut drauf ist; er hat gegrinst wie ein Verrückter.«

»Das hat sie dir gesagt.«

»Ja.«

»Aber sie hat dir nicht gesagt, in welche Richtung er abgedampft ist?«

»Nein, Sir, ich –«

»Hör endlich auf zu jammern.« Der Chinese quetschte ihn noch weiter aus bis auf den letzten Tropfen: Beschreibung der Figur, Nationalität und Kleidung; wollte noch einmal wissen, was an den Augen so irre war und was an dem Grinsen nicht stimmte. Konkrete Informationen waren nicht aus ihm herauszubekommen, was aber kaum verwunderlich war. Der Zuhälter hatte den Mann ja nicht selbst gesehen; alles was er wußte, hatte er nur von dem Mädchen gehört, aus zweiter Hand.

»Wenn ich Ihnen mehr sagen könnte, würde ich das bestimmt tun, Sir.«

»Weil du so ein ehrlicher und aufrechter Bürger bist.«

»Ganz bestimmt, Sir. Es ist mein sehnlichster Wunsch, mit Ihnen zu kooperieren. Wenn ich was hören sollte, gebe ich Ihnen sofort Bescheid, und dann können Sie mich jederzeit sprechen. Ehrlich.«

Der Chinese betrachtete den mickrigen kleinen Kerl von oben bis unten und dachte: Eigentlich sieht dieser Winzling selbst schon ziemlich irre aus, wie er mit seinen Armen rudert und sich an seinem Buckel rubbelt, als ob er masturbierte.

»Ich werde persönlich mit dem Mädchen sprechen, *Gadallah*. Wo steckt sie?«

Ibn Hamdeh hob theatralisch die Schultern. »Hat die Fliege gemacht, Sir. Vielleicht nach Amman.«

»Wie ist ihr Name?«

»Rote Amira.«

»Ihr voller Name.«

»Amira Nasser, sie hat rote Lippen und rote Haare.«

Also besaß sie keine äußerliche Ähnlichkeit mit den ersten beiden Opfern. Der Chinese spürte, wie sich sein anfänglicher Enthusiasmus legte. »Wann hast du sie zum letzten Mal gesehen?«

»In der Nacht, als sie dem Kerl mit den engstehenden Augen begegnete. Sie hat gleich ihre Klamotten gepackt und weg war sie.«

»Mittwochnacht.«

»Ja, Sir.«

»Und du hast sie einfach laufenlassen?«

»Ich bin ein Freund und kein Sklaventreiber.«

»Ein echter Kumpel.«

»Ja, Sir.«

»Wo wohnt ihre Familie?«

»Das weiß ich nicht, Sir.«

»Du hast was von Amman gesagt. Wieso dort?«

»Amman ist eine schöne Stadt.«

Der Chinese runzelte skeptisch die Stirn und hielt ihm dann seine Faust unter die Nase. Ibn Hamdeh grinste und ließ seinen rostfreien Zahnersatz sehen.

»Das schwöre ich, Sir, bei Allah! Zwei Monate lang hat sie für mich gearbeitet, sie ist produktiv gewesen, und ich habe nie Ärger mit ihr gehabt. Mehr weiß ich nicht.«

Zwei Monate – das war nur ein kurzes Gastspiel. Paßte aber zu den Geschichten, die man ihm über Ibn Hamdeh erzählt hatte. Der Bucklige war nur eine ganz kleine Nummer, der den Profis unter den Fleischverkäufern nicht das Wasser reichen konnte. Wenn ihm eine Nutte über den Weg lief, die noch neu im Geschäft war, versprach er ihr Protektion und

Unterkunft und verlangte dafür seinen Anteil an ihrem Verdienst; aber er konnte die Mädchen nie sehr lange an sich binden. Wenn sie einmal dahintergekommen waren, wie wenig von ihm zu erwarten war, ließen sie ihn stehen und hielten sich an robustere Kuppler. Der Chinese setzte ihn noch eine Weile unter Druck, zeigte ihm die Fotos der beiden Opfer, bekam aber nur negative Auskünfte. Er notierte sich eine allgemeine äußere Beschreibung von Amira Nasser und fragte sich dabei, ob er sie bald zu Gesicht bekommen würde, zermetzelt, shampooniert und in weiße Laken gewickelt.

»Darf ich jetzt gehen, Sir?«

»Nein. Wie ist deine Adresse?« Ibn Hamdeh nannte ihm die Hausnummer eines miesen Lochs in einer finstern Gasse hinter der Aqabat el Mawlawiyeh, die der Chinese notierte. Dann nahm er über sein Funkgerät Kontakt mit dem Präsidium auf, um seine Angaben überprüfen zu lassen; ließ mit den Daten des Buckligen gleichzeitig auch die von Amira kontrollieren. Ibn Hamdeh wartete nervös, bis die Rückmeldung einging, trat von einem Bein aufs andere und fummelte an seinem mißgebildeten Rücken. Schließlich spuckte das Funkgerät eine Antwort aus. Die Adresse war korrekt. Ibn Hamdeh hatte sich vor Jahresfrist bei einem Taschendiebstahl erwischen lassen und war auf Bewährung entlassen worden; wegen Gewalttätigkeit war er bisher nicht aufgefallen. Über eine Amira Nasser lag nichts vor.

Der Chinese gab Ibn Hamdeh seine Dienstkarte, sagte ihm, er solle ihn anrufen, wenn er noch irgend etwas von dem Mann mit den engstehenden Augen hören sollte. Dann zeigte er in Richtung Jaffator und befahl ihm abzuhauen.

»Danke, Sir. Wir dürfen diese Scheußlichkeiten in unserer Stadt nicht länger zulassen. Sonst ist das Leben nicht mehr lebenswert.« Vor dem Tor blieb der Bucklige einen Augenblick stehen, bog dann in die Christian Quarter Street ein und tauchte in die Dunkelheit.

Engstehende Augen, dachte der Chinese und hielt sich auf

der David Street in östlicher Richtung, machte schließlich einen Bogen nach Norden und nahm die *Souq* Khan e-Zeit in Richtung Damaskustor. Ein irres Grinsen. Eine rothaarige Hure. Vielleicht wieder nur eine Sackgasse.

Der *Souq* war vor Ladenschluß noch gesprenkelt worden, und das Kopfsteinpflaster schimmerte feucht im Mondlicht. Die Marktstraße lag verlassen, und auf dem Weg zum Damaskustor begegneten ihm nur die Grenzpatrouille und ein paar Soldaten, die einigen Lärm veranstalteten und ihre Taschenlampen aufblitzen ließen. Er ging an den Eingängen der Kaffeehäuser vorbei, kümmerte sich nicht um den Trubel in den Lokalen, wedelte sich Zigarettenqualm aus dem Gesicht und wanderte weiter, dankbar für die kühle Nachtluft.

Der Himmel war sternenklar, ein monumentales Gewölbe und so schwarz wie die Farbe der Trauer. Er dehnte sich am ganzen Körper und spürte seine Muskeln, ließ seine Handknöchel knacken und machte sich an seine Runden durch die Zelte des Sklavenmarktes. An einem Stand kaufte er sich Sodawasser, trank und schaute zu, wie sich ein europäisch wirkendes Mädchen unbeholfen an einem Bauchtanz versuchte. Engstehende Augen, ein irres Grinsen. Wahrscheinlich war der Bucklige ein gewohnheitsmäßiger Lügner; gut möglich, daß er ihm ein Märchen aufgetischt hatte – und seine Bereitschaft zur Kooperation war nur ein Schwindel, weil er Angst hatte, wegen Betruges in den Knast zu wandern. Aber vielleicht auch nicht. Vielleicht hatte er tatsächlich reden wollen.

Immerhin, der Zeitrahmen hatte seine Logik: zwischen den Morden lag genau eine Woche, am Donnerstagabend schlug der Killer zu, am Freitagmorgen legte er die Leiche ab. Wenn die Rote Amira als Nummer drei vorgesehen war, dann ließ sich durch ihre Flucht erklären, weshalb seit dem Mord an Juliet so viel Zeit vergangen war. Vielleicht hatte der Mann Verpflichtungen, von denen er sich nur am Donnerstag und Freitag lösen konnte.

Auf der anderen Seite paßte die Sache mit den roten Haaren ganz und gar nicht ins Bild. Vielleicht war die ganze Geschichte doch nur ein Schuß in den Ofen.

Er nahm einen großen Schluck Soda und überlegte, wie er vorgehen konnte: diese Rote Amira überprüfen – aber dafür war es im Augenblick schon zu spät. Die Gegend kontrollieren, wo ihr der Amerikaner ein unsittliches Angebot gemacht hatte; vielleicht gab es da tatsächlich eine Stelle, wo sich ein Mann verbergen konnte; und Platz genug, um einen Wagen zu verstecken. Auch eine Sache, für die man Tageslicht brauchte.

Wenn er irgend etwas Interessantes herausfand, würde er Dani morgen abend anrufen. Was er bis jetzt in der Hand hatte, reichte nicht aus, ihm den Sabbat zu verderben.

Die Bauchtänzerin ließ ihr Becken rotieren, ging in die Knie und brachte ihren Unterleib in die Horizontale. Die Zuhälterhorde johlte und klatschte Beifall. Reichlich fade, die Nummer, fand der Chinese; war bestimmt ein Mädchen aus Europa, wahrscheinlich eine Studentin, die sich ein bißchen Kohle nebenbei verdiente. Da kam nichts rüber, was der Sache erst die richtige Würze gegeben hätte; sie war auch viel zu mager – wenn sie sich im Rhythmus wiegte, konnte man ihre Rippen zählen. Er verließ das Zelt.

Draußen stand Charlie Khazak vor seinem Vergnügungspalast und zog an einer Zigarette. Er hatte ein grellgrünes Hemd an, das im Halbdunkel fluoreszierte. Ihr gemeinsames kleines Tänzchen mit Yossis Stiefelabsatz auf dem Fuß hatte der Scheißer noch nicht vergessen. Als er sah, wer ihn da im Blick hatte, warf er seine Kippe weg und verschwand rückwärts in seinem Zelt, war weg, ehe der Chinese ihn erwischen konnte. Vierzig Minuten später tauchte er wieder auf, und im selben Augenblick trat der Chinese aus dem Schatten und baute sich vor ihm auf. Puhlte mit einem Schaschlikspieß zwischen seinen Zähnen und gähnte wie eine riesige, gelbe Katze.

»*Shabbat shalom*, Charlie.«

»*Shabbat shalom*. Ich habe schon überall nach dir gefragt, wollte dir meine Hilfe anbieten.«

»Na, so was«, sagte der Chinese. »Mir kommen gleich die Tränen.«

»Ich meine es ernst, Lee. Diese Scheiße mit den ermordeten Mädchen ist schlecht für uns alle. Macht die ganze Stimmung kaputt, und die Leute bleiben lieber zu Hause.«

»Traurig, traurig.« Der Chinese zerbiß den Schaschlikspieß und begann auf dem Holz zu kauen, schluckte kleine Bissen.

Charlie starrte ihn an. »Willst du was essen? Geht aufs Haus.«

»Nee, hab' schon. Auch aufs Haus.« Der Chinese lächelte, zog noch acht Spieße aus seiner Tasche und ließ sie in den Dreck fallen. Er streckte sich und gähnte noch einmal, ließ die Knöchel an seinen gewaltigen Fingern knacken.

Das war keine Katze, befand Charlie. Ein verfluchter, schlitzäugiger Tiger, den man in einen Käfig sperren sollte.

»Also, die Geschäfte gehen schlecht«, sagte der Chinese. »Traurig, so was. Wird ja wohl hoffentlich nicht so weit kommen, daß du dich nach einer ehrlichen Arbeit umsehen mußt.« Die anderen Zuhälter und Dealer sangen dieselben Klagelieder. Seit die Zeitungen die Story mit dem Schlächter in die Welt gesetzt hatten, waren die Geschäfte im Rotlichtbezirk um fünfzig Prozent zurückgegangen; schlimmer noch stand es um die vielen kleinen Lasterhöhlen im Moslemviertel – Sündenpfuhle in den tiefsten Tiefen der Altstadt, mitten in einem verwinkelten Labyrinth aus rabenschwarzen Straßen und Gäßchen ohne Namen, die nirgendwohin führten. Wer sich dorthin begab, mußte es wirklich nötig haben. Hier genügte das geringste Gerücht, um Panik zu stiften; die Lokale machten sofort dicht. Und die Nutten wehrten sich allesamt mit Händen und Füßen, wollten sich um keinen Preis mehr auf fremde Freier einlassen; auch die Mädchen im Grenzbezirk ließen sich nicht mehr auf der Straße blicken und schlüpften statt dessen vorübergehend in die weniger riskante Rolle des Heimchens am Herd. Die Zuhälter hatten alle Hände voll zu tun, um sie überhaupt noch bei der Stange zu halten, trotzdem sprang weniger für sie dabei heraus.

»Die Geschäfte gehen lausig«, sagte Charlie und zündete sich eine Zigarette an. »Vielleicht sollte ich nach Amerika gehen – ich hab da einen Vetter in New York, der fährt einen Rolls-Royce.«

»Mach das. Ich zahl dir dein Ticket.«

Der Fernseher mit dem großen Bildschirm war auf volle Lautstärke gedreht; durch die Zeltlaken drang das Geräusch von quietschenden Reifen.

»Was läuft heute abend?«

»›French Connection‹.«

»Ein uralter Schinken«, sagte der Chinese. »Muß doch schon ... wie lange ist das her? Fünfzehn, zwanzig Jahre bestimmt.«

»Ist ein Klassiker, Lee. Die Autojagden machen die Leute immer noch an.«

»Wie kommt es dann, daß du so wenig Publikum hast? Dein Barmann hat mir gesagt, du hättest eigentlich was Neueres auf dem Programm gehabt. ›Freitag, der dreizehnte‹. Mit viel Blut und Messerstechereien vom Feinsten.«

»Falsche Zeit, falscher Ort«, sagte Charlie und sah nicht besonders glücklich aus.

»Ein plötzlicher Anfall von gutem Geschmack?« Der Chinese schmunzelte. »Sei heiter. Es geht alles vorüber. Sag mal, Rabbi Khazak, was weißt du über eine Nutte namens Amira Nasser?«

»Ist das die letzte Leiche?«

»Ich hab' dich was gefragt.«

»Brünett, ganz hübsch, große Titten.«

»Ich dachte, es wäre eine Rothaarige.«

Charlie überlegte einen Moment. »Vielleicht. Jaah, ich hab' sie mal als Rothaarige gesehen – aber das ist nur eine Perücke. Von Natur ist sie dunkel.«

»Geht sie normalerweise dunkel oder rothaarig?«

»Mal so, mal so. Sie ist auch schon mal als Blondine gegangen.«

»Wann hast du sie zum letzten Mal gesehen?«

»Vor drei Wochen vielleicht.«

»Für wen arbeitet sie?«

»So ziemlich für jeden – sie ist eine Idiotin.«

Er meinte es wörtlich, und der Chinese begriff sofort. »Schwachsinnig?«

»So gut wie. Merkt man nicht auf den ersten Blick – sie sieht ganz okay aus, sehr niedlich. Aber sobald sie den Mund aufmacht, kapiert jeder sofort, daß sie nur Stroh im Kopf hat.«

»Erzählt sie ab und zu mal Horrorgeschichten?«

»So gut kenne ich sie auch wieder nicht, Lee. Hat sie was mit dem Schlächter gehabt?«

Mit dem Schlächter. Diese Arschlöcher von der Presse.

»Der Bucklige hat mir erzählt, sie hätte für ihn gearbeitet.«

»Der Bucklige erzählt viel Scheiße.«

»Wär das denn denkbar?«

»Logisch. Ich sag' doch, sie ist eine Idiotin.«

»Wo kommt sie her?«

»Woher soll ich das wissen?«

Der Chinese legte Charlie eine Hand auf die Schulter. »Wo kommt sie her, Charlie?«

»Na mach schon, schlag doch zu, Lee«, sagte Charlie müde. »Warum zum Teufel sollte ich wohl die Schnauze halten? Wenn einer Interesse daran hat, daß dies Ding aufgeklärt wird, dann bin ich das. Da hab' ich sogar mehr Interesse dran als du.«

Der Chinese packte Charlie am Hemd, rieb das synthetische Gewebe zwischen Daumen und Zeigefinger und hätte sich nicht einmal gewundert, wenn es Funken gegeben hätte. Seine Stimme klang gepreßt.

»Glaube ich dir nicht, du Arsch.«

»Ich wollte ja nicht sagen –«, stotterte Charlie, aber der hünenhafte Kerl ließ ihn einfach stehen. Drehte sich um und ging mit langen, federnden Schritten in Richtung Damaskustor. Ein Jäger auf der Jagd nach Beute.

»Was findest du denn so interessant da draußen?« rief das Mädchen aus ihrem Bett.

»Die Aussicht«, sagte Avi. »Wir haben einen so wunderbaren Mond heute abend.« Gab ihr aber mit keinem Wort zu verstehen, daß er den Anblick mit ihr gemeinsam genießen wollte.

Er trug einen hautengen roten Slip und sonst nichts, so stand er auf dem Balkon und reckte sich. Er hatte eine verdammt gute Figur und wußte das auch.

»Komm doch wieder rein, Avraham«, sagte das Mädchen und gab sich alle Mühe, ihre Stimme verführerisch klingen zu lassen. Sie setzte sich aufrecht und ließ die Bettdecke auf ihre Hüften rutschen. Legte die Hände unter ihre beiden wohlgeformten Brüste und sagte: »Meine süßen Kleinen sehnen sich nach dir.«

Avi reagierte nicht; er schaute noch einmal über den Hof und auf das Appartement im Erdgeschoß. Malkovsky war vor drei Stunden nach Hause gekommen. Unwahrscheinlich, daß er jetzt noch einmal aus der Wohnung gehen würde. Aber irgend etwas hielt ihn hier draußen auf dem Balkon fest, eine magische, fixe Idee, wie er sie noch aus Kindheitstagen kannte: Wenn er nicht mehr hinsah und sich zurückzog, würde es im selben Augenblick ganz sicher eine gewaltige Explosion geben.

»Av-ra-ham!«

So ein verwöhntes kleines Luder. Was sollte die Drängelei? Immerhin hatte er's ihr schon zweimal gemacht.

Die Tür zu dem Appartement blieb geschlossen. Die Malkovskys hatten bis acht Uhr zu Abend gegessen und dann im Chor ohne instrumentale Begleitung Sabbatlieder gesungen. Der dicke Sender war um acht Uhr dreißig nach draußen gekommen und hatte sich den Gürtel an seiner Hose geöffnet. Für einen Augenblick dachte Avi, er bekäme etwas zu sehen, aber das fette Schwein hatte sich nur mal wieder überfressen, mußte Luft schnappen und brauchte ein paar Extrazentimeter für seinen Bauch. Jetzt war es elf – und wahrscheinlich lag er im Bett, vielleicht mißhandelte er seine Frau, vielleicht passierte aber auch Schlimmeres. Immerhin war er heute nacht zu Hause.

Trotzdem, auf dem Balkon war es angenehm.

»Avi, wenn du jetzt nicht bald kommst, schlafe ich gleich ein!«

Einen Moment ließ er sie noch warten; wollte sie spüren lassen, daß sie ihn nicht herumkommandieren konnte. Warf noch einen letzten Blick auf das Appartement und ging schließlich in die Wohnung.

»Okay, Liebling«, sagte er und stellte sich neben ihr Bett. Legte seine Hände auf seine Hüften und ließ sich anschauen. »Ich bin soweit okay.«

Sie zog einen Flunsch, verschränkte die Arme unter ihrem Busen, und ihre Brustspitzen schwollen vielversprechend. »Also, ich weiß nicht, ob ich auch schon okay bin.«

Avi zog sich seinen Slip herunter, zeigte sich ihr in voller Größe und berührte ihre Haut unter der Bettdecke. »Ich glaube schon, Kleines.«

»Oh, ja, Avi.«

38

Am Freitagmorgen um zehn Uhr dreißig rief Daniel in Beit Gvura an. Die Ortschaft lag zwar ganz in der Nähe – auf halbem Wege zwischen Jerusalem und Hebron –, aber die Telefonverbindung war miserabel. Ein chronisches Übel – Kagan hatte dagegen sogar auf Parlamentsebene protestiert und behauptet, das sei Bestandteil einer regierungsamtlichen Verschwörung, die sich gegen seine Person richtete. Daniel mußte neunmal wählen, ehe er eine Verbindung bekam.

Einer von Moshe Kagans Lakaien nahm den Hörer ab und meldete sich mit den Worten: »*Gvura*. Schwachheit bedeutet den Tod.« Sein Hebräisch hatte einen amerikanischen Akzent.

Daniel stellte sich vor, und der Mann sagte: »Was wünschen Sie?«

»Ich möchte mit Rabbi Kagan sprechen.«

»Er ist nicht im Hause.«

»Wo ist er?«

»Außer Haus. Mein Name ist Bob Arnon – ich bin sein Assistent. Was wünschen Sie?«

»Ich möchte mit Rabbi Kagan sprechen. Wo ist er, Adon Arnon?«

»In Hadera. Er stattet der Familie Mendelsohn einen Besuch ab – falls Ihnen der Name etwas sagt.«

Das war plumper Sarkasmus. Shlomo Mendelsohn war im Alter von neunzehn Jahren erstochen worden. Nach allem, was man gehört hatte, ein sympathischer und sensibler Junge, der seine Dienstzeit beim Militär mit einem dreijährigen Studium an der Yeshiva in Hebron verbunden hatte. Eines Nachmittags – Daniel erinnerte sich, daß es ein Freitag gewesen war, die Schüler der Yeshiva bekamen am *Erev Shabbat* früher frei – hatte er an einer Marktbude im *Souq* von Hebron Tomaten einkaufen wollen, als sich mitten aus dem Einkaufsgedränge ein Araber mit einem Messer auf ihn stürzte, politische Parolen brüllte und ihn mit drei Stichen in den Rücken niederstreckte. Der Junge fiel in die Gemüsekisten, die sich hellrot färbten, und verblutete, ohne daß auch nur einer der umstehenden Araber eine Hand für ihn gerührt hätte.

Armeesoldaten und Polizeibeamte waren sehr rasch am Tatort. Verdächtige wurden dutzendweise zusammengetrommelt, vernommen und wieder entlassen, doch der Mörder befand sich bis heute auf freiem Fuß. Eine terroristische Splittergruppe in Beirut hatte die Verantwortung für den Anschlag übernommen, aber im Präsidium verdächtigte man eher eine Bande von Ganoven, die vom Bezirk Surif aus operierte. Nach letzten Erkenntnissen hatten sie sich über die Grenze nach Jordanien abgesetzt.

Moshe Kagan kandidierte zu dieser Zeit für die Knesset und steckte mitten im Wahlkampf; der Fall kam für ihn wie gerufen. Er machte die Sache zu seiner eigenen, stellte sich hinter die Familie und wurde ihr Vertrauter. Shlomos Vater gab öffentliche Erklärungen ab, in denen er Kagan als wahrhaften Retter Israels bezeichnete. Als die dreißig Tage Trauerzeit vorüber waren, marschierte Kagan, Arm in Arm mit Mr. Mendelsohn, an der Spitze eines Demonstrationszuges von aufgebrachten Gesinnungsgenossen durch den arabischen Bezirk von Hebron. Sie trugen Plakate mit Bildern, die den ermordeten Jungen mit seinem Engelsgesicht zur Schau stellten, und Transparente, die vor politischen Parolen nur so strotzten. Rufe nach einem starken Mann wurden laut, der eine Politik mit der eisernen Faust betreiben sollte, denn es sei nun an der Zeit, mit den »tollwütigen Hunden von Arabern« fertig zu werden. Fensterscheiben gingen zu Bruch, blutige Fäuste flogen, die Armee mußte eingreifen, um für Ruhe und Ordnung zu sorgen. Die Zeitungen brachten Fotos von jüdischen Soldaten, die gegen jüdische Protestierer vorgingen; und nach den Wahlen hatte Kagan genügend Stimmen beisammen, um sich immerhin einen Sitz in der Knesset zu ergattern. Seine Kritiker sagten, der Fall Shlomo Mendelsohn sei für ihn der Goldesel gewesen.

»Wann erwarten Sie ihn zurück?« fragte Daniel.

»Kann ich nicht sagen.«

»Vor dem Sabbat?«

»Wo denken Sie hin? Der Sabbat ist ihm heilig«, sagte Arnon verächtlich.

»Verbinden Sie mich mit seinem Haus. Ich möchte mit seiner Frau sprechen.«

»Weiß ich nicht.«

»Was wissen Sie nicht?«

»Ob es richtig ist, wenn ich sie störe. Sie kocht gerade und trifft ihre Vorbereitungen.«

»Mr. Arnon, ich werde in jedem Fall ein Gespräch mit ihr führen, selbst wenn ich sie deshalb persönlich aufsuchen muß. Auch mir ist der Sabbat heilig – die Fahrt zu Ihnen stört auch meine Vorbereitung auf den Sabbat.«

Arnon schnaubte verächtlich, aber dann sagte er: »Bleiben Sie dran. Ich verbinde. Wenn *Ihre* Regierung uns die Leitung nicht wieder gekappt hat.«

Daniel wartete; es vergingen Minuten, und er glaubte schon, man habe ihn abgehängt, als Kagans Frau sich doch noch meldete. Er hatte sie gelegentlich bei politischen Kundgebungen gesehen – sie war eine große und attraktive Frau, größer als ihr Mann, mit schwarzen, weit auseinanderstehenden Augen und einem blassen Teint ohne jedes Make-up. Aber gesprochen hatte er nie mit ihr und war überrascht, ihre sanfte und mädchenhafte Stimme zu hören, der auch nicht die Spur von Feindseligkeit anzumerken war.

»Es tut mir leid, Inspektor«, sagte sie, »aber mein Mann ist im Augenblick nicht in der Stadt, ich erwarte ihn erst kurz vor dem Sabbat zurück.«

»Ich hätte ihn gern einmal gesprochen, nach dem Sabbat, so bald wie möglich.«

»Am Samstagabend halten wir ein *Melaveh Malkah*, einer jungen Braut und ihrem Bräutigam zu Ehren. Würde es Ihnen am Sonntagvormittag passen?«

»Sonntag wäre schön. Sagen wir, um neun Uhr. In Ihrem Hause.«

»Vielen Dank, Inspektor. Ich notiere den Termin für meinen Mann.«

»Ich danke Ihnen, *Rebbetzin* Kagan. *Shabbat shalom*.«

»*Shabbat shalom*.«

Was für eine kultivierte Frau, dachte er, als er den Hörer auflegte. Er ordnete seine Papiere und sah auf die Uhr. Zehn

Uhr dreißig. Seit fünf Uhr fünfundvierzig war er im Büro, hatte Papiere gelesen, Akten ein zweites Mal durchgesehen, unbrauchbare Daten abgelegt – er wollte Laufers Vorwurf nicht auf sich sitzen lassen, möglicherweise etwas übersehen zu haben. Und er wartete auf die Entdeckung einer weiteren Leiche.

Aber sein Telefon blieb stumm; er fand die Stille beunruhigend.

Zwei Wochen waren vergangen – zwei Freitagvormittage – seit der Sache mit Juliet. Nichts geschah. Der Täter hielt sich an keinen zeitlichen Rhythmus, mit dem man hätte rechnen können.

Er war enttäuscht, kein Zweifel. Ein weiterer Mord hätte vielleicht Hinweise erbracht, die eine oder andere Nachlässigkeit, die eine handfeste Spur ergab und schließlich zu dem Killer führte.

War das die Bitte um eine neue Leiche, Sharavi?

Er empfand auf einmal Ekel vor sich selbst und verließ das Büro; nahm sich vor, für den heutigen Tag und bis zum Ende des Sabbat alles zu vergessen, was mit seiner Arbeit zu tun hatte. Wollte mit sich und seinem Innern ins reine kommen, um für seine Gebete einen klaren Kopf zu haben.

Er besuchte seinen Vater in dessen Geschäft, blieb länger bei ihm als gewöhnlich, aß Pita, trank Orangensaft und bewunderte ein paar neu entstandene Schmuckstücke. Als er seinen Vater für Samstag zum Essen einladen wollte, bekam er die übliche Antwort:

»Liebend gern, mein Sohn, aber leider habe ich schon eine andere Verpflichtung.«

Dann hob er die Schultern und verzog das Gesicht – sein Vater war immer noch verlegen, selbst nach dieser langen Zeit. Daniel mußte insgeheim schmunzeln und dachte an die mollige, lebenslustige Mrs. Moscowitz, die Yehesqel Sharavi mit ihren Suppen und Gebäck und goldgelben Brathähnchen verfolgte. So ging das mit den beiden nun seit über einem

Jahr; sein Vater klagte ständig, machte aber keine Anstalten, die Flucht anzutreten. Der Mann war schon so lange Witwer, vielleicht fühlte er sich machtlos in der Gegenwart einer starken Frau. Oder, dachte Daniel, vielleicht unterschätzte er auch die Bedeutung dieser Beziehung.

Stiefsohn mit Siebenunddreißig. Das wäre natürlich ein Ding.

»Dann sehen wir uns nach dem Essen, *Abba*. Wir haben Gäste aus Amerika, interessante Leute. Laura und die Kinder möchten dich auch gern mal wiedersehen.«

»Und ich sie ja auch. Wie gefällt dir die Brosche, die ich Shoshana geschenkt habe?«

»Es tut mir leid, *Abba*. Aber ich hab' sie noch nicht gesehen.«

Sein Vater zeigte nicht die Spur von Überraschung.

»Ein Schmetterling«, sagte er. »Aus Silber, mit Malachitaugen. Die Idee ist mir vorgestern nacht in einem Traum gekommen – es war Frühling in Galiläa, der Himmel voller silberfarbener Schmetterlinge, die sich in einem Zypressen-Wäldchen niederließen. Ein so kräftiges Bild, ich habe gestern bei Sonnenaufgang mit der Arbeit angefangen und war am Nachmittag fertig. Kurz danach kam Laura dann mit den Kindern vorbei.«

»Sie sind gestern hier gewesen?«

»Ja, nach der Schule. Laura sagte, sie hätten ein paar Einkäufe bei Hamashbir gemacht und sich noch entschlossen, bei mir vorbeizuschauen. Muß eine Fügung des Schicksals gewesen sein« – der alte Mann lächelte – »ich hatte nämlich gerade selbst eingekauft und eine ganz neue Schokoladensorte erstanden; kommt aus der Schweiz, mit einer Füllung aus Himbeergelee. Michael und Benjamin sind wie die kleinen Löwen darüber hergefallen. Ich habe auch Shoshana davon angeboten; aber sie meinte, Süßigkeiten, das sei was für kleine Kinder, sie wäre schon zu alt dafür. Und so kam es, daß ich ihr den Schmetterling geschenkt habe. Das Grün der Malachiten paßt wirklich gut zu ihren wunderbaren Augen. Sie ist so ein hübsches kleines Mädchen.«

»Als ich nach Hause kam, hat sie schon geschlafen«, sagte Daniel und dachte: So weit weg bin ich nun von meiner Familie. »Aber bestimmt wird sie mir die Brosche heute abend zeigen.«

Seinem Vater war Daniels Verlegenheit nicht entgangen, er ging auf ihn zu, streichelte seine Wange und küßte ihn. Als Daniel seine rauhen Barthaare spürte, kamen plötzlich Empfindungen aus den Tagen seiner Kindheit in ihm hoch; und für einen Augenblick fühlte er sich wieder wie der kleine Junge von damals – schwach, aber wohlbehütet.

»Die Arbeit frißt mich einfach auf«, sagte er.

Sein Vater ließ die Hand auf seiner Schulter liegen, sein Griff war behutsam und federleicht. Yehesqel Sharavi schwieg.

»Ich habe das Gefühl«, sagte Daniel, »als würde ich in etwas hineingezogen ... etwas Schmutziges. Und die Kräfte, die da wirken, sind stärker als ich.«

»Du bist der Beste, den es gibt, Daniel. Es gibt keinen Menschen, der mehr tun könnte als du.«

»Ich weiß nicht, *Abba*. Ich weiß es wirklich nicht.«

Sie saßen eine Weile schweigend nebeneinander.

»Wir können nur eines tun«, sagte sein Vater schließlich. »Arbeiten und beten. Alles übrige liegt in Gottes Hand.«

Aus dem Mund eines anderen hätten seine Worte wie ein Klischee geklungen – phrasenhaft und dazu angetan, jedes weitere Gespräch abzutöten. Aber Daniel verstand wohl, was sein Vater sagen wollte, und wußte, daß er es auch meinte. In seinem tiefsten Innern beneidete er den alten Mann um seinen Glauben und fragte sich manchmal, ob er selbst jemals so weit gelangen würde, daß ihm seine Zuversicht und sein Vertrauen in den Allmächtigen alle Zweifel an dieser Welt überwinden halfen. Konnte er auch für sich eine solche Gelassenheit im Glauben erhoffen, vor der sich jeder

Alptraum verflüchtigte und der seinem Herzen immer neue Kraft gab?

Niemals, davon war er überzeugt. Für Gelassenheit war in seinem Leben kein Platz. Dafür hatte er einfach zu viel gesehen.

»Amen, der Herr sei gepriesen«, sagte er und nickte zustimmend. Spielte die Rolle des pflichtbewußten Sohnes, dessen Glauben keinerlei Zweifel trübte. Aber sein Vater besaß ein untrügliches Gespür für Wahrhaftigkeit und nahm ihm seine Worte nicht ab. Bedachte Daniel mit einem seltsamen Blick, bevor er sich erhob. Dann ging er mehrmals um seinen Tisch mit den Schmuckstücken, richtete ein paar Gegenstände, betastete Stoffteile aus Samt und rückte seine Auslagen zurecht. Traurig sah er aus, fand Daniel.

»Du hast mir sehr geholfen, *Abba*. Wie immer.«

Sein Vater schüttelte den Kopf. »Ich kann nur Metalldrähte biegen, Daniel. Von anderen Dingen verstehe ich nicht viel.«

»Das ist nicht wahr, *Abba* –«

»Sohn«, sagte sein Vater mit fester Stimme. Er drehte sich um und sah ihm ins Gesicht, und Daniel fühlte sich wieder wie der kleine Junge von damals. »Geh jetzt nach Hause. Es wird bald Sabbat. Zeit, auszuruhen und neue Kräfte zu sammeln. Jeder ruht, auch unser Gott.«

»Ja, *Abba*«, sagte Daniel, und trotzdem kam ihm der Gedanke: Kann denn das Böse Respekt vor Gottes Kalender haben? Ruht das Böse überhaupt?

Als er um elf Uhr dreißig nach Hause kam und Lauras Gesicht sah, wurde ihm eines klar: wenn sie die Dinge jetzt nicht angingen, würden sie schlimmen Streit bekommen. Er blieb bei ihr in der Küche, lächelte ihr zu und wich nicht von ihrer Seite; tat, als bemerkte er nicht, daß sie ihn ignorierte und, wie es schien, nur mit ihren Kochtöpfen und Fleischthermometern beschäftigt war. Nach einer Weile gab sie sich freundlicher, ließ sich von ihm den Hals streicheln und mußte sogar lachen, als sie sich in der kleinen heißen Küche versehentlich gegen das Schienbein traten und sich beinahe umgerannt hätten.

Sie trocknete sich mit einem Handtuch die Hände ab, machte für sie beide einen Eiskaffee zurecht und gab ihm dann mit kalten Lippen und kühler Zunge einen innigen Kuß. Aber als er mehr wollte, zog sie sich zurück und bat ihn, sich einen Stuhl zu nehmen.

»Hör zu«, sagte sie und setzte sich ihm gegenüber. »Ich verstehe ja, was du möchtest. Ich freue mich auch darüber. Aber wir müssen miteinander reden.«

»Wir sind doch gerade dabei, dachte ich.«

»Du weißt schon, was ich meine, Daniel.«

»Ich war in letzter Zeit einfach überarbeitet. Das wird so bald nicht wieder vorkommen.«

»Es ist noch etwas anderes. Du hast die letzten Wochen in einer anderen Welt gelebt. Ich habe das Gefühl, als hättest du mich – und uns alle – aus deinem Leben ausgeschlossen.«

»Das tut mir leid.«

Laura schüttelte den Kopf. »Ich will dir keine Entschuldigungen abnötigen. Darum geht es nicht, wir müssen miteinander sprechen. Hier sitzen und uns gegenseitig sagen, was wir denken. Und was wir fühlen.« Sie legte ihre Hand auf die seine, wie weißes Leinen über Mahagoni. »Ich kann nur ahnen, was du durchmachst. Ich möchte es *wissen*.«

»Es geht um etwas sehr Häßliches, wovon du sicher nichts hören willst.«

»Doch! Darum geht es ja gerade! Wie können wir einander vertrauen, wenn wir nur an der Oberfläche bleiben?«

»Dann laß mich Anteil nehmen an deinen Interessen«, sagte Daniel. »Was macht dein Bild mit dem Bethlehem-Motiv?«

»Verdammt noch mal, Daniel!« Sie nahm ihre Hand weg. »Warum kapselst du dich so ab?«

»Zum Anteilnehmen gehören immer zwei«, sagte er ruhig. »Und du kannst mich an vielen schönen Dingen teilnehmen lassen, an deiner Malerei, der Gestaltung der Wohnung, den Kindern. Ich habe nichts Gleichwertiges anzubieten.«

»Deine Arbeit –«

»Meine Arbeit, das ist menschliche Grausamkeit und mörderisches Blutvergießen.«

»Ich habe mich in einen Polizisten verliebt. Ich habe einen Polizisten *geheiratet*. Bist du nie auf den Gedanken gekommen, daß ich schätze, was du tust? Du bist ein Wächter, ein Beschützer unseres jüdischen Staates, du hältst deine Hand über all die Künstler und die Mütter und die Kinder. Ich kann daran nichts Häßliches finden.«

»Ein toller Beschützer.« Er wich ihrem Blick aus und nippte an seinem Kaffee.

»Laß es gut sein, Daniel. Hör auf damit, du kannst dich nicht ständig für alle Widerwärtigkeiten dieser Welt verantwortlich fühlen.«

Er wäre jetzt gern auf sie zugegangen und suchte nach dem richtigen Weg, die Dinge zu formulieren. Aber die Worte wirbelten durch seinen Kopf wie Wäschestücke in einer Schleudertrommel, willkürlich und nicht zu greifen; was ihm auch einfiel, es ergab keinen Sinn.

Er mußte eine ganze Weile so dagesessen haben, denn Laura war von Natur aus geduldig; und als sie schließlich aufstand, sah sie niedergeschlagen aus. Es war derselbe Blick, den er vorhin bei seinem Vater gesehen hatte.

Du bist wirklich der reinste Freudenbringer, Pakad *Sharavi.*

»Wenn du es im Augenblick nicht schaffst, gut. Ich kann das akzeptieren, Daniel. Aber einmal wirst du es müssen.«

»Ich werde es schon schaffen«, sagte Daniel und faßte sie am Handgelenk. »Ich will ja.«

»Dann tu es auch. Einen anderen Weg gibt es nicht.«

Er atmete tief durch, gab sich einen Ruck und fing an zu sprechen.

Um zwölf Uhr fünfzehn, er fühlte sich frei und unbeschwert wie lange nicht mehr, fuhr er zu Lieberman, um die Lebensmittel abzuholen; und weil er um jeden Preis eine kriminalistische Diskussion mit dem geschwätzigen Ladenbesitzer vermeiden wollte, hatte er einen verbalen Eiertanz durchzustehen. Sein nächster Stopp galt einem Blumenhändler in der Rehov Gershon Agron, wo er sich ein Gebinde aus Gänseblümchen und Farnkraut arrangieren ließ; dazu steckte er eine Karte und schrieb darauf *Ich liebe dich.*

Anschließend kämpfte er sich durch das Verkehrsgewühl und erreichte die Dugma-Schule um zwölf Uhr achtundzwanzig, gerade noch rechtzeitig, um die Jungen abzuholen. Er parkte den Wagen an der Bordsteinkante und hielt Ausschau, ob er in der Gruppe der Eltern, die auf ihre Kinder warteten, die massige Gestalt Sender Malkovskys entdecken konnte.

Doch der Kindesverführer war nirgends zu sehen, was ihn kaum überraschte – ganz so augenfällig würde er gewiß nicht vorgehen. Ihn hier zu suchen, das hatte schon einen irrationalen Anflug von Verzweiflung und war so zwanghaft wie der Blick unters Bett aus Angst vor Gespenstern.

Zwei lange Minuten vergingen, die Daniel mit Spekulationen über Malkovskys nächste Schritte verbrachte. Ob Avi ihn wohl in diesem Moment im Auge hatte, oder ob er zurück in der Altstadt war und zusammen mit dem Chinesen Straßenarbeit machte? Dann wurde ihm bewußt, daß sich seine Gedanken schon wieder um die Arbeit drehten, und er zwang sich zur Ablenkung. Dachte konzentriert an Schmetterlinge.

Mikey und Benny kamen durch den Eingang gerannt, sahen ihn und stimmten sofort ein Gebrüll an. Stürzten sich wie die wildgewordenen Derwische ins Auto, beschimpften sich und trieben ihre kindlichen Scherze, während er zu Shoshis Schule fuhr. Als er dort eintraf, kam sie gerade nach draußen, zusammen mit einer Gruppe von anderen Mädchen, die lachend, hüpfend und wie Vögelchen zwitschernd ihre überdimensionalen, jetzt in Mode gekommenen Plastiktaschen schwenkten.

Sie war mit Abstand die Hübscheste, fand er. Keines von den anderen Mädchen konnte es auch nur annähernd mit ihr aufnehmen.

Sie war so in ihre Unterhaltung vertieft, daß sie an seinem Auto vorbeiging, ohne es zu bemerken. Er hupte, und als sie aufschaute, war ihr die Enttäuschung gleich anzusehen. Normalerweise ging sie zu Fuß nach Hause; er hatte sie abholen wollen, um ihr eine nette Überraschung zu bereiten. Aber sie war offenbar richtig verlegen und fühlte sich behandelt wie ein kleines Mädchen. Sagte noch etwas zu ihren Freundinnen und kam dann auf das Auto zugelaufen. An ihrer Bluse entdeckte er die Schmetterlingsbrosche.

»Hallo, *Abba*. Ist was Besonderes?«

»Muß denn was Besonderes sein?«

»Du sagst doch immer, es täte mir gut, wenn ich zu Fuß ginge.«

»Ich bin heute früher nach Hause gekommen und dachte, wir könnten was zusammen unternehmen.«

»Was machen wir denn?« fragte Mikey.

»In den Zoo«, sagte Benny. »Laßt uns doch in den Zoo gehen.«

»Gehen wir in den Zoo, *Abba*?« fragte Mikey. »Okay, okay!«

Shoshi starrte sie an. »Wollt ihr beiden vielleicht mal eure Klappe halten? Der Zoo ist öde, und außerdem ist *Erev Shabbat*, und da machen sie früher zu.«

»Der Zoo ist super«, sagte Mikey. »Du bist öde.«

»Seid jetzt still, alle miteinander«, sagte Daniel. »*Eema* braucht uns in ungefähr einer Stunde, wir müssen ihr ein wenig zur Hand gehen. In der Zwischenzeit könnten wir vielleicht unten im Park ein bißchen Ball spielen oder so.«

Shoshis Freundinnen machten sich auf den Nachhauseweg. Sie sah sie gehen, drehte sich um und rief: »Augenblick noch!«; aber die Mädchen reagierten nicht. Sie schaute Daniel an und sagte: »*Abba*, ich hatte gerade was ganz Wichtiges zu besprechen. Kann ich jetzt gehen?«

»Natürlich. Viel Spaß noch.«

»Du bist auch nicht böse?«

»Überhaupt nicht. Sei um zwei Uhr zu Hause.«

»Danke.« Sie warf ihm einen Luftkuß zu und rannte los, um ihre Freundinnen einzuholen. Ihre große Tasche schlenkerte um ihre schmalen Hüften.

»Gehen wir jetzt in den Zoo?« fragte Benny, als Daniel einen Gang einlegte.

»Wozu brauche ich einen Zoo? Ich hab' doch mein Auto voll mit wilden Tieren.«

»Rrrr«, machte Mikey, er verzog sein kleines Gesicht und versuchte, knurrend mit den Zähnen zu fletschen. »Rrrr.«

»Rrrr, ich auch«, sagte Benny, machte Hände und Finger krumm und bearbeitete die Luft mit wilden, gefährlichen Prankenhieben.

Daniel beobachtete die beiden im Rückspiegel. Kleine Löwen, hatte sein Vater sie genannt. Eigentlich sahen sie eher aus wie possierliche Kätzchen.

»*Rrrr!*«

»Ganz schön grimmig, Jungs. Das wollen wir doch gleich noch mal hören.«

39 Es war Sabbat, und so fühlte er sich auch. Als Daniel an diesem Samstagmorgen aufwachte, kam es ihm vor, als hinge ein rosafarbenes Glimmern wie von Frühling in der Luft.

Zum *Shaharit* ging er in die Synagoge, und nach dem Gottesdienst blieb er in seinem *Tallit* noch eine Weile sitzen; er hörte einen Rabbi an, der heute zu Gast war und ein Textstück aus der Torah erläuterte, das für diese Woche vorgesehen war. Als er gegen Mittag nach Hause kam, traf er Gene und Luanne, als sie gerade aus dem Fahrstuhl traten. Sie hatten Blumen besorgt, ein Dutzend roter Rosen aus dem Laden am

Hotel »Laromme«. Laura stellte den Strauß ins Wasser, neben die Vase mit seinem Gebinde aus Gänseblümchen. Daniel bereitete eine *Kiddush* über einer Flasche Hagefen Riesling, und alle halfen mit, die Speisen aufzutragen.

Eine ganze Stunde brachten sie bei Tisch zu und wuschen, träge vom vielen Essen, gemeinsam das Geschirr ab. Dann setzten sie sich wieder zusammen, um noch ein Dessert zu nehmen und bei Kaffee und Arrak zu plaudern. Shoshi zog Gene zu einer Runde Rosinenpoker beiseite, und nachdem sie vier von sieben Spielen gewonnen hatte, war der dunkelhäutige Mann auf der Couch eingedöst.

»Oh, Gene«, sagte Luanne und setzte ihren Bericht von der Negev-Tour fort.

Um zwei Uhr dreißig kam Daniels Vater zu Besuch; er trug sein schweres, schwarzes Sabbatgewand, dazu ein schneeweißes Hemd und eine große schwarze, mit Goldfäden durchwirkte *Kipah*. Die Kinder sprangen an ihm hoch, riefen »*Sabah! Sabah*!« und überschütteten ihn mit Küssen, die sie ihm auf die bärtigen Wangen drückten. Der alte Mann schob ihnen harte Kandisstücke in die zarten Hände. Die Jungen rannten nach nebenan, um ihre kleinen Kostbarkeiten auszuwickeln. Shoshi dagegen steckte sich ihr Geschenk in die Tasche.

»*Abba* Yehesqel«, sagte Laura und nahm ihren Schwiegervater in den Arm.

»Leora«, sagte er, nannte sie bei ihrem hebräischen Namen. »Was für eine schöne Frau du doch bist!«

Daniel stellte seinem Vater Luanne vor, führte ihn dann zu seinem Platz am Kopfende des Tisches und brachte ihm die Flasche und ein Glas. Als er sich hingesetzt hatte, kam Shoshi zu ihm auf den Schoß geklettert.

»Ich freue mich, Sie kennenzulernen, Mr. Sharavi«, sagte Luanne. »Diese Schmetterlingsbrosche ist ein ganz wundervolles Schmuckstück.«

»*Sabah* hat auch die Ohrringe für *Eema* gemacht«, sagte Shoshi und streckte ihre kleinen Finger aus. Laura schob ihr

Haar zur Seite, um ihren Ohrschmuck freizulegen, ein filigranartig gearbeitetes Miniaturkästchen, an dessen Unterseite winzig kleine Lilien aus Gold befestigt waren.

»Wundervoll.«

»Mein *Sabah* ist der Beste.«

Yehesqel lächelte, zuckte die Achseln und trank einen Schluck Arrak. Laura ging hinaus und kam mit einem Kästchen voller Schmuck wieder, den sie auf der Tischdecke ausbreitete.

»Alles Kreationen meines Schwiegervaters.«

»So zierlich und zart«, sagte Luanne und sah sich die Arbeiten aus der Nähe an. Einen Filigranarmreif, der mit Türkis durchwirkt war, nahm sie in die Hand und hielt ihn gegen das Licht.

»Als Kind habe ich gelernt, wie man mit Metallfäden umgeht«, sagte der alte Mann in einem stark akzentgefärbten Englisch. »Was der Mensch als Kind lernt, vergißt er in seinem ganzen Leben nicht.«

»Mein Vater stellt sein Licht gern unter den Scheffel«, sagte Daniel. »Er ist ein meisterhafter Künstler.«

»Bezalel war ein Künstler«, sagte sein Vater. »Er meißelte die Gefäße in den biblischen Tempeln, und Gott hat ihm dabei die Hand geführt. Ich bin nur ein einfacher Handwerker. Ich lerne aus meinen Fehlern.« Und zu Luanne gewandt fuhr er fort: »Wir Juden haben die Handwerke erlernt, weil man uns dazu gezwungen hat. Im Jemen mußten wir unter der Herrschaft der Moslems leben, und weil die Moslems das Handwerk haßten, haben sie es den Juden überlassen.«

»Eigenartig«, sagte Luanne.

»Das gehörte einfach zu ihrem Glauben. Sie nannten uns ›Usta‹ – das heißt Meister – aber in der sozialen Rangordnung standen wir unter ihnen, sehr weit unten. Siebzig Handwerksberufe hat es damals für uns gegeben, zum Beispiel Weben, Gerben, Töpfern, Flechten, Waffenschmieden. Die Handwerksarbeit ist für Juden gut geeignet, denn dabei läßt sich noch die Torah lernen. Ein Mann formt einen Topf aus Ton und stellt ihn zum Brennen in den Ofen; in der Wartezeit kann er sich ein Buch vornehmen, um darin zu studieren. Der Moslem zeigt für so etwas Verständnis – denn auch er liebt seinen Koran.«

»Ich habe gehört«, sagte Luanne, »daß die Juden durchaus geachtet wurden, wenn sie in islamischen Ländern lebten.«

Yehesqel lächelte. Und seine Stimme verfiel, je länger er sprach, in eine Art rhythmischen Singsang.

»In den Anfängen glaubte Mohammed noch, daß sich alle Juden mit der Zeit zum Islam bekennen würden. Darum begegnete er uns mit viel Freundlichkeit, und selbst Moses galt im Islam als großer Prophet. In den Koran wurden damals sogar Teile aus der Torah übernommen – das ›Israilyat‹. Es ist heute noch gültig. Aber als wir sagten: nein, wir wollen Juden bleiben, geriet Mohammed in Zorn und verkündete von da an, die Juden seien *cofrim* ... wie sagt man das auf Englisch, Daniel?«

»Ungläubige.«

»Ungläubige. Auch die Christen galten als ungläubig. Es kam vor, daß Ungläubige getötet wurden; und manchmal stieß man sie einfach nur aus. Im Jemen gab man uns Obdach und Schutz, wie Kindern. Wir lebten in den Bergen und wohnten dort in kleinen Dörfern. Selbst San'a, unsere Hauptstadt, war nichts weiter als ein großes Dorf. Es herrschte große Armut. Auch unter den Arabern gab es viele arme Leute, aber uns traf es am schlimmsten, weil wir weder Land besitzen noch Handel treiben durften. Uns blieb nur das Handwerk, denn als Handwerker wurden wir Juden geduldet. In jedem Dorf hielt man von Zeit zu Zeit eine *Tekes* ...«

»Ein Ritual«, sagte Daniel.

»Der stärkste Imam aus dem Dorf tötete dann eine Ziege, sprach ein moslemisches Gebet und versicherte Allah, daß alle Juden ihm gehörten. Wir hatten hohe Steuern an den Imam zu zahlen – die *Geziyah* – und durften ein Handwerk verrichten, das ihm nützlich war. Wenn unser Imam einen Krieg verlor, fielen wir als Beute an den Sieger.«

Yehesqel sprach einen Segen und steckte sich ein Stück Honigkuchen in den Mund, das er mit einem Schluck Arrak hinunterspülte.

»Achtung hat man uns also nicht bezeugt, Mrs. Brooker, aber es war besser als der Tod. So lebten wir einige hundert Jahre unter der Herrschaft der Sunniten. Die Sunniten wurden dann von den Zaydi Shila unterworfen, die den Islam stärken wollten. Sie nahmen den jüdischen Familien alle Neugeborenen männlichen Geschlechts und gaben sie zu moslemischen Eltern. Es waren schwere Zeiten, schlimm war auch die Zeit der Sklaverei in Ägypten. Wir haben versucht, unsere Söhne vor ihnen zu verstecken – wer dabei entdeckt wurde, den bestrafte man mit dem Tod. Im Jahr 1646 erließ der Richter Muhammid al Sahuli die *Gezerah ha Meqamsim* – eine gesetzliche Scheuer-Vorschrift. Damit wurde den Juden im Jemen von Amts wegen die ehrenvolle Aufgabe erteilt, alle *Batei Shimush* zu scheuern – das waren die Toiletten. Im Jahr 1679 hat uns al-Mahdi, der Imam des Jemen, aus San'a vertrieben. Wir begaben uns auf die Wanderschaft und mußten die Wüste durchqueren, bis wir an einen unwirtlichen Ort namens Mauza gelangten, der umgeben war von einer weitläufigen *Bitza* ...«

»Sumpflandschaft.«

»Einer Sumpflandschaft, in der Krankheiten und Seuchen grassierten. Viele von uns hatten die Strapazen der langen Wanderschaft durch die Wüste nicht überlebt, und noch mehr Menschen starben, als wir Mauza erreicht hatten.«

»Sie sprechen immer von ›wir‹ und ›uns‹«, sagte Luanne. »Als ob Sie damals selbst dabeigewesen wären. Es ist für Sie wie ein Stück eigenes Leben.«

Yehesqel lächelte. »Ich bin tatsächlich dabeigewesen, Mrs. Brooker. Die Rabbis lehren uns, daß alle unsere Seelen zur selben Zeit erschaffen wurden. Die Seele des Menschen lebt in

der Ewigkeit, wo es kein Gestern und kein Heute gibt. Das bedeutet, daß meine Seele in Ägypten war, am Berge Sinai, in San'a und in Auschwitz. Im *Eretz Yisrael* hat sie nun endlich ihren Frieden gefunden, hier dürfen wir Juden in Freiheit und Wahrhaftigkeit leben. Wenn Gott uns gnädig ist, werden unsere Seelen in Frieden leben dürfen bis zum Tage des *Messiah*.«
Er brach sich wieder ein Stück Kuchen ab und führte es langsam an seine Lippen.

»*Sabah*«, sagte Shoshi, »erzähl von Mori Yikhya.«

Er behielt den Kuchen in seiner Hand. »Oh ja, Mori Yikhya.«

»Laß *Sabah* doch in Ruhe essen«, sagte Laura.

»Schon gut«, sagte der alte Mann. Er legte den Kuchen zurück und faßte Shoshi zärtlich unters Kinn. »Wer war denn Mori Yikhya, *Motek*?«

»Ein großer *Khakham* von San'a.«

»Und was noch?«

»Ein großer *Tzadik*.«

»Sehr gut, mein Kind.«

»*Khakham*, das heißt so viel wie weiser Mann«, sagte Daniel zur Erklärung. »Und *Tzadik* ist ein Gerechter.«

»Wie hieß Mori Yikhya mit seinem vollen Namen, Shoshana?«

»Mori Yikhya Al Abyad. Bitte, *Sabah*, erzähl von den verschwundenen Torahs und der wundersamen Quelle. Bitte.«

Yehesqel nickte und verfiel wieder in seinen Singsang. »Mori Yikhya Al Abyad, der große *Tzadik*, war einer von den vielen, die auf dem Marsch nach Mauza gestorben sind. Er hatte in San'a gewohnt und als *Sofer* gearbeitet – er schrieb *Mezuzot* und ›Tefillim‹ und ›Sifrei Torah‹. Im *Halakhah* – dem jüdischen Gesetz – steht geschrieben, daß ein *Sofer*, wenn er an einer Torah schreibt, reinen Herzens zu sein habe; in ihm darf keine Sünde sein. Das ist besonders dann von größter Wichtigkeit, wenn der *Sofer* den Namen Gottes niederschreibt. Viele *Sofrim* gehen deshalb zur *Mikvah* – in ein besonderes

Bad –, bevor sie Gottes Namen niederschreiben. Mori Yikhya tat es auf eine andere Weise. Was hat er gemacht, Shoshana?«

»Er ist in einen großen Backofen gesprungen!«

»Genau! Bevor er den Namen Gottes auf Papier schrieb, stürzte er sich in das Feuer eines großen Backofens und wurde geläutert. Die *Tzidut* – seine Rechtschaffenheit – schützte ihn vor der Glut, und seine Torahs galten als ganz besondere Schriftstücke. Was war an denen so besonders, Shoshana?«

»Wenn ein böser Mensch sie lesen will, lösen sich die Wörter auf.«

»Sehr gut. Hervorragend. Wenn ein Mann, der nicht frei von Sünde ist, in den Schriftstücken lesen will, dann wird Mori Yikhya's Torah vergilben und die Buchstaben verblassen.«

»Es existieren noch Schriftrollen, hier in Jerusalem«, sagte Daniel zu Luanne gewandt, »die Mori Yikhya zugeschrieben werden. Aber kein Mensch hat den Mut, sie zu benutzen.« Er schmunzelte. »Sie würden wohl auch nicht lange halten.«

»Die wundersame Quelle, *Sabah*«, sagte Shoshi. Sie wickelte das krause Barthaar ihres Großvaters um ihre zierlichen Finger. »Bitte, bitte.«

Yehesqel berührte sie zärtlich am Kinn und nahm noch einen Schluck Arrak, ehe er fortfuhr. »Als Mori Yikhya sterben mußte, war das eine schreckliche Geschichte. Er legte sich in den Sand nieder und atmete nicht mehr, es war mitten in der Wüste, kein Wasser weit und breit – wir waren alle dem Tode nah. In der ›Halakhah‹ heißt es aber, daß eine Leiche gewaschen werden muß, bevor sie begraben wird. Aber wir hatten ja kein Wasser. Die Juden waren traurig und bekümmert – keiner wußte einen Rat. Wir beteten und sprachen das ›Tefillim‹, denn wir wußten, daß uns nicht viel Zeit blieb – der ›Halakhah‹ schreibt auch vor, daß eine Leiche unverzüglich begraben werden muß. Und auf einmal geschah etwas sehr Seltsames.«

Er wies auf Shoshi.

»Die wundersame Quelle fing an zu sprudeln!«

»Ja. Ein großes Wunder geschah zu Ehren von Mori Yikhya Al Abyad, denn aus dem Wüstensand entsprang eine Quelle. Wir wuschen seine Leiche, erwiesen ihm die letzte Ehre und begruben ihn. Dann füllten wir unsere Wasserflaschen und hatten zu trinken. So rettete Mori Yikhya noch in seinem Tod vielen Menschen das Leben. Die Quelle versiegte, als seine Seele gen Himmel fuhr.«

»Eine erstaunliche Geschichte«, sagte Luanne.

»Die Jemeniten sind fabelhafte Geschichtenerzähler«, sagte Laura. Und lachend fügte sie hinzu: »Das ist auch der Grund, weshalb ich Daniel geheiratet habe.«

»Was hat *Abba* dir denn für Geschichten erzählt, *Eema*?« wollte Shoshi wissen.

»Daß ich Millionär bin«, sagte Daniel. »Und daß ich Rockefeller heiße und hundert Schimmel besitze und Kohlköpfe zu Gold verwandeln kann.«

»Ach, *Abba*!«

»Wir haben Bücher mit wunderschönen Gedichten«, sagte Laura. »›Diwane‹ nennt man sie, und eigentlich werden sie gesungen – mein Schwiegervater kennt sie alle auswendig. Ob du uns wohl ein paar Lieder vortragen würdest, *Abba* Yehesqel?«

Der alte Mann betastete seinen Adamsapfel. »Trocken wie die Wüste.«

»Hier sprudelt deine wundersame Quelle«, sagte Daniel und füllte sein Glas mit Arrak. Sein Vater leerte es in einem Zug, nahm sich noch ein halbes Glas und mochte sich, als sie ihn mit Komplimenten überhäuften, nicht länger zieren. Er richtete sich auf, rückte seine Kappe zurecht und räusperte sich.

»Ich singe«, sagte er, »ein Stück aus dem ›Diwan‹ des Mori Salim Shabazi, dem größten *Tzadik*, den es unter Jemeniten je gegeben hat. Als erstes trage ich seinen *Peullot* vor.«

Er begann leise, begleitete sich mit wiegenden Gesten, aber

sein Gesang wurde zunehmend kraftvoller, und er rezitierte mit klarer, hoher Tenorstimme, während Daniel für Luanne im Flüsterton aus dem Hebräischen übersetzte. Sein Vater beherrschte die Kompositionen im Original, wie sie einmal vor mehr als vierhundert Jahren entstanden waren; und so besang er den *Peullot*, die Geschichte von dem Großen Lehrmeister Shabazi und seinen wundersamen Taten. Ihm allein war es zu verdanken, daß eine schwere Heimsuchung über den Imam von San'a gekommen war und er darum die Juden aus ihrem Exil in Mauza hatte führen können. Mori Shabazis Grabstätte in Ta'izz war ein Heiligtum geworden, sogar für die Moslems. So groß war seine Demut und seine Gottesfurcht gewesen, daß die Tünche von seinem Grabstein blätterte, wenn Andächtige ihn mit Blumen schmückten; das Monument zerbröckelte mit der Zeit immer mehr, bis es sich am Ende ganz und gar in Luft aufgelöst hatte.

Gene machte die Augen auf, rappelte sich hoch und hörte zu. Sogar die Jungen unterbrachen ihr Spiel und lauschten andächtig.

Der alte Mann sang eine volle halbe Stunde, sang Lieder von der Sehnsucht nach Zion und vom ewigen Trachten der Juden nach geistiger und leiblicher Erlösung. Dann legte er eine Pause ein und gönnte seiner strapazierten Kehle einen großen Schluck Arrak. Er schaute Daniel an.

»Komm an meine Seite, Sohn. Laß uns von unserem Vorfahren singen, von Mori Shalom Sharavi, dem Weber. Es ist ein ›Diwan‹, den du kennst.«

Daniel stand auf und ergriff die Hand seines Vaters.

Als es vier war, verabschiedete sich der alte Mann und ging; er wollte seine nachmittägliche Torahstunde nicht versäumen. Laura holte ein Buch aus dem Schrank.

»Hier habe ich eine neuere Übersetzung von jemenitischen Frauenliedern, herausgegeben vom Frauenzentrum in Tel Aviv. Mein Schwiegervater würde sie niemals singen – wahrscheinlich hat er sie auch noch nie gesehen. Im Jemen bestand eine strikte Trennung der Geschlechter. Die Frauen konnten weder lesen noch schreiben, sie durften auch kein Hebräisch oder Aramäisch lernen – das waren die Sprachen der Gebildeten. Aber sie haben es den Männern heimgezahlt, indem sie Lieder in arabischer Sprache ersannen – im Grunde ein verkappter Feminismus. Lieder über Liebe, Sex und die Torheit der Männer, die sich nur von sinnlicher Begierde und ihren Aggressionen beherrschen lassen.«

»So ist es«, sagte Luanne.

»Jetzt wird's gefährlich«, sagte Gene zu Daniel. Er stand von der Couch auf und rückte sich den Hosengürtel zurecht.

»Mein Lieblingsstück ist dies hier«, sagte Laura und blätterte. »›Die mannhafte Maid‹. Das ist die Geschichte eines Mädchens, das sich als Mann verkleidet und ein mächtiger Sultan wird. Es gibt da diese großartige Szene, wo sie den einundvierzig Räubern ein Schlafpulver einflößt; anschließend zieht sie die Männer nackt aus und steckt jedem ein Radieschen in seinen –«

»Das«, sagte Gene, »ist für mich das Signal zum Abgang.«

»Für mich auch«, sagte Daniel.

Sie nahmen die Kinder und Dayan, und dann machten sie sich unter dem Gelächter der Frauen auf den Weg zum Liberty Bell Park.

Als Daniel aus der Haustür trat, schlug ihm gleißend helles Sonnenlicht entgegen. Die Hitze drückte auf sein Gesicht, und er spürte geradezu, wie sich seine Pupillen weiteten. Beim Gehen kam ihm alles fast unnatürlich lebhaft vor – Grashalme und Blumen so leuchtend wie eben erst gemalt, die Luft so duftend wie sonnengetrocknete Wäsche. Er warf einen Blick auf Gene, dessen dunkelhäutiges Gesicht keine Regung erkennen ließ. Daniel wurde klar, daß es die eigenen Sinne waren, die ihm derart übersteigerte Empfindungen vorgaukelten. Er reagierte mit der Übersensibilität eines Blinden, der auf wunderbare Weise sein Sehvermögen wiedergewonnen hat.

»Ein phantastischer Mann, dein Vater«, sagte Gene, als sie ein Feld durchquerten, das den Park an der Nordseite begrenzte. »Wie alt ist er eigentlich?«

»Einundsiebzig.«

»Er bewegt sich wie ein junger Mann. Wunderbar.«

»Das stimmt. Und er besitzt viel Herz. Meine Mutter starb bei meiner Geburt – er war für mich Vater und Mutter zugleich.«

»Brüder oder Schwestern hast du nicht?«

»Nein. Auch Laura nicht. Unsere Kinder haben weder Onkel noch Tanten.«

Gene schaute zu den beiden Jungen, die mit Shoshana ein paar Schritte vor ihnen durch das hohe Gras liefen.

»Trotzdem hast du, glaub' ich, viel Familie.«

»Ach ja.« Daniel wurde etwas verlegen. »Weißt du, Gene, ich möchte mich bei dir dafür entschuldigen, daß ich so ein armseliger Gastgeber bin.«

Gene ging mit einer Handbewegung darüber hinweg. »Da gibt es gar nichts zu entschuldigen. An deiner Stelle hätte ich mich auch nicht anders verhalten.«

Sie kamen in den Park und begegneten anderen Sabbatspaziergängern. Sie schlenderten durch Laubengänge aus rosa und weißem Oleander, vorbei an Rosenbeeten, besandeten Spielflächen und einer Replik der Freiheitsglocke, einem Geschenk der jüdischen Bürger von Philadelphia. Zwei Spaziergänger, zwei Männer unter vielen anderen.

»Was ist denn das, ein Vatertag?« sagte Gene. »So viele Männer mit Kindern hab' ich noch nie auf einem Haufen gesehen.«

Daniel war etwas erstaunt. Sabbat im Park, das war für ihn immer eine Selbstverständlichkeit gewesen. Ein Nachmittag am Wochenende, an dem die Mütter ausruhen konnten und die Väter in ihre Rolle schlüpften.

»Ist das in Amerika nicht so?«

»Man macht auch mal einen Ausflug mit den Kindern, aber das ist überhaupt nicht mit dem hier zu vergleichen.«

»Wir haben in Israel eine Sechs-Tage-Woche. Am Samstag widmet man sich dann den Kindern.« Als sie weitergingen, sah Daniel sich um, versuchte die Dinge mit Genes Augen zu betrachten.

Er hatte recht. Da waren die Teenager, die Pärchen, ganze Sippschaften von Familien; auch Araber, die aus dem Ostteil von Jerusalem gekommen waren. Drei Generationen saßen friedlich beieinander und hielten Picknick auf der Wiese.

Am weitaus stärksten aber waren die Väter vertreten, Familienväter jeglicher Couleur. Große, kräftige Kerle und blasse, intellektuell wirkende Typen. Männer mit grauen Bärten und milchgesichtige Jünglinge, die man kaum für zeugungsfähig halten mochte. Väter im schwarzen Anzug mit Hut, *Peyot* und langem Bart; und andere, die noch nie eine *Kipah* getragen hatten. Lastwagenfahrer und Rechtsanwälte, Gemüsehändler und Soldaten, die sich rauchend und Erdnüsse knabbernd um die lieben Kleinen an ihrem Rockzipfel kümmerten.

Ein Mann hatte es sich unter einer Eiche gemütlich gemacht. Er lag auf dem Rücken und schlief, während seine Kinder – vier Mädchen – kleine Häuschen aus Eisstielen bauten. Ein Zweijähriger rannte blindlings Daniel und Gene vor die Füße, dicke Tränen liefen ihm über das schmuddelige Gesicht; dann stolperte er mit ausgebreiteten Ärmchen einem blonden Mann in Shorts und T-Shirt entgegen, rief »Papa! Papa!«, bis der Mann das Kind hochhob und seinen Kummer mit vielen Küßchen und Trostworten linderte.

Gene und Daniel blieben stehen und ließen sich auf einer Parkbank nieder. Daniel band Dayans Hundeleine an einer hinteren Holzrippe fest und sagte: »Sitz.« Aber als der Spaniel ihn ignorierte, ließ er ihn gewähren, hielt nach Mikey und Benny Ausschau und entdeckte die beiden auf dem gegenüberliegenden Gelände, wo sie auf ein Eisengerüst von der Form eines Raumschiffes kletterten. Shoshi hatte eine Freundin getroffen, mit der sie einen Spaziergang um die Rollschuhbahn machte. Die beiden Mädchen hielten ihre Köpfe gesenkt und waren offenbar in ein ernstes Gespräch vertieft.

Die Jungen hatten das Raumschiff bis zur höchsten Stelle erklommen und eben auch den mühsamen Abstieg geschafft, nun rannten sie in Richtung auf das Eisenbahn-Theater und verschwanden hinter den Güterwaggons.

»Du kannst sie einfach so frei laufen lassen?« sagte Gene.

»Klar. Wieso denn nicht?«

»In L.A. könntest du das nicht – bei den vielen schrägen Vögeln, die sich da in den Parks herumtreiben.«

»In den Parks ist es bei uns sicher«, sagte Daniel und verdrängte den Gedanken an den lüsternen Sender Malkovsky.

Gene schien etwas sagen zu wollen. Etwas, das mit dem Fall zu tun hatte, wie Daniel vermutete. Aber der Amerikaner verkniff sich seinen Kommentar, biß sich auf die Lippen, sagte nur: »Mmh, da habt ihr's ja gut«, und streckte die Beine aus.

So saßen sie da, von Geschrei und Gelächter umgeben, sie selbst mit vollen Mägen und leeren Köpfen, eingelullt in Schläfrigkeit.

Gene ließ seine Arme baumeln. »Sehr schön«, sagte er, und die Augen fielen ihm zu. Bald hob und senkte sich seine Brust, sein Mund blieb halb offen, und er gab einen leisen, rhythmischen Pfeifton von sich. Der Arme, dachte Daniel, Luanne hatte ihn kreuz und quer durchs ganze Land geschleift. (»Dreiundsechzig Kirchen, Danny Boy – sie führt sogar Buch darüber.«)

Als er neben dem schlafenden Gene saß, spürte er, wie auch ihn die Müdigkeit überkam, und kämpfte gar nicht erst dagegen an. Es war wirklich an der Zeit, einmal abzuschalten. Ausruhen, um neue Kräfte zu schöpfen, wie sein Vater gesagt hatte. Die Dinge einmal nicht mehr mit den Augen des Polizisten sehen – voller Mißtrauen gegen alles und jeden, der Blick geeicht auf die winzigen Unstimmigkeiten, die anderen Leuten gar nicht auffallen würden.

Kein Beschützer sein, kein Detektiv. Nur ein Vater wie alle

anderen. Ein Mann, der den Nachmittag mit seinen Kindern im Liberty Bell Park verbrachte.

Die Augenlider wurden ihm schwer, und er ließ sich in die Parkbank sinken. *Shabbat shalom*. Der wahre Frieden des Sabbat. Er überließ sich seiner Müdigkeit und ahnte nicht im geringsten, daß man ihn die ganze Zeit intensiv beobachtete. Ihn auf Schritt und Tritt beobachtete, seit er den Park betreten hatte.

Ein großer Nigger und ein kleiner Nigger, der Kleine war ein Judenarsch. Und dann noch eine Mißgeburt von Köter, mit dem man sich vielleicht ein paar Minuten hätte amüsieren können.

Phantastisch, einfach phantastisch.

Pat und Patachon, aber in schwarzer Ausführung.

Juden-Nigger – allein schon der Gedanke war ein Witz. Die menschliche Evolution war auf ihrem absoluten Nullpunkt angelangt. Blieb nur mehr die Fortpflanzung von Dummheit und Schwäche.

Dumm war dieser kleine Scheißer wirklich, das zeigte sich schon daran, daß er seinen Namen ins öffentliche Telefonbuch hatte eintragen lassen. Alle taten sie das in diesem verrotteten Land – jeder konnte mühelos die Wohnung des Bürgermeisters ausfindig machen, sich vor seine Haustür stellen und ihm das Gesicht wegblasen, wenn er aus dem Haus trat.

Komm, schlag zu. Ich möchte gern dein Opfer sein, und Jude bin ich auch.

Es erinnerte ihn an jene Erfindung, über die er als Kind nachgedacht hatte. Auschwitz auf Rädern, die Tötungsmaschine im kleinen grünen Kasten. Zur raschen Entledigung von unerwünschten kleinen Hausgenossen. Und anderen Untermenschkreaturen. Man mußte alles gründlich säubern. Ausradieren.

Schau sich das mal einer an. Rufus und der Judennigger flezten sich auf der Parkbank wie die Penner, ein paar abgeschlaffte Bierleichen.

Was käme wohl dabei heraus, wenn man einen Nigger mit einem Judenarsch kreuzte – ein Hauswart, der zum Hausbesitzer avancierte? Rumpelstilzchen, das sich selbst in Stücke riß?

Eine einzige große, plattgequetschte Hakennase.

Zum Teufel mit der Beschneidung – man müßte es mit einer Motorsäge machen.

Es fehlte nicht viel, und der Mann wäre in schallendes Gelächter ausgebrochen, doch er konnte sich beherrschen. Sich entspannt geben, als er, halb hinter einer Zeitung versteckt, mitten unter all den anderen Leuten auf dem Rasen saß. Er trug eine Perücke und einen Schnurrbart, was ihn zu einer anderen Person machte. Ließ seinen Blick durch den Park schweifen, schaute in die Runde mit kalten Augen, die er hinter einer Sonnenbrille verbarg. Mit einer Hand hielt er seine Zeitung, die andere hatte er in der Hosentasche und streichelte sich zwischen den Beinen.

Diese Unmenge von Menschen mit ihren Kindern, dies Familienpack, die Juden und die Mulattentypen. Was hätte er darum gegeben, wenn er mit einer riesengroßen Motorsäge über sie alle hätte hinwegrollen können. Oder vielleicht mit einem gigantischen Rasenmäher oder einem Mähdrescher, mit einer erbarmungslosen Maschine, benzingetrieben sollte sie sein ... Nein, atombetrieben, mit riesigen Klingen, so scharf wie seine kleinen Schönheiten, aber gewaltig. Groß wie die Rotorblätter eines Hubschraubers.

Und einen gewaltigen Lärm sollte es geben, ein Heulen wie von einer Sirene bei einem Luftangriff. Angst und Schrecken wollte er verbreiten und einen Lärm, der die Schmerzgrenze überschritt, den Leuten müßte das Trommelfell platzen, das Blut sollte ihnen in den Adern gefrieren.

Mit einer atombetriebenen Mähmaschine wollte er kommen und sie durch das menschliche Unkraut rollen lassen, wollte ihre Todesschreie hören, wenn er sich seinen Weg durch die Menge bahnte.

Alles zurück in den Zustand der Ursuppe.

Was für ein verrücktes Spiel, ein Fest der zappelnden Leiber. Eines Tages vielleicht.

Noch war es nicht soweit. Es gab jetzt andere Dinge zu tun.
Vorwaschgänge.
Das Projekt Untermensch.

Eine hatte sich ihm verweigert, das war ein Rückschlag gewesen, sie hatte ihm den wöchentlichen Rhythmus versaut und ihn zutiefst verärgert.

Dumme Mulattenhure, sein Geld war ihr nicht gut genug gewesen.

Tagelang hatte er sie beobachtet, weil ihr Gesicht ihn interessierte, sie war die perfekte Entsprechung seiner Phantasie-Bilder. Selbst als sie diese alberne rote Perücke aufsetzte, fand er sie immer noch okay. Die hätte er ihr ohnehin abgenommen.

Alles hätte er ihr genommen, ausgenommen hätte er sie.

Und dann haut sie einfach ab. Fick dich selber.

Nicht zu fassen.

Aber so war das nun mal, wenn er improvisierte und sich nicht an seinen eigenen Plan hielt.

Die Dinge einfach auf sich zukommen lassen – das konnte ja nicht gutgehen.

Es kam alles auf die Organisation an. Sich an die Regeln halten. Korrekt und sauber arbeiten.

Er war an jenem Abend nach Hause gegangen und hatte sich, weil er versagt hatte, einer strengen Selbstbestrafung unterzogen.

Das kleinste Klappmesser – eine seiner tanzenden Schönheiten – hatte er genommen und sich eine ganze Serie von Bestrafungsschnitten in die straffe weiße Haut an den Innenseiten seiner Schenkel beigebracht. Dicht an seinen Hoden – nur nicht ausrutschen, ha, ha, er wollte sich doch sein Hormonleben nicht durcheinanderbringen.

Schnitt, Schnitt, Tanzen im Stechschritt. Kreisrunde Ritze.

Einen auf jedem Oberschenkel. Blutstropfen sickerten durch, auf seiner Zunge schmeckten sie bitter und metallisch, wie vergiftet durch sein Versagen.

Da, da hast du's, du schmutziger Junge.

Dumme Mulattennutte.

Ein Rückschlag, aber keine Tragödie. Solche Patzer ließen sich bestimmt ausbügeln, wenn er nur sein Ziel nicht aus den Augen verlor.

Projekt Untermensch. Ein lautes Kinderlachen, ganz in seiner Nähe. Minderwertige Kreaturen, die nur Schleim produzierten – wieder spürte er den Schmerz in seinem Kopf, ein schreckliches Dröhnen im ganzen Schädel. Er verbarg sein Gesicht hinter der Zeitung und konzentrierte sich mit aller Kraft, versuchte, das lärmende Geräusch aus seinem Hirn zu vertreiben. Dachte an seine geliebten kleinen Schönheiten. Wie sie jetzt wohl schliefen, in ihrem Bett aus reinem Samt. So makellos in ihrem Glanz. Die technisch perfekte Verlängerung seines Willens.

Planung war das Entscheidende. Das Ziel erreichen, Schritt für Schritt.

Im Stechschritt.

Tanzen im Stechschritt.

40

Moshe Kagan schien eher amüsiert als gekränkt. Er saß mit Daniel im Wohnzimmer seines Hauses, das auf erhöhtem Fundament stand und wie die anderen Gebäude der Gvura-Siedlung aus einem schlichten Vier-Zimmer-Würfel in Billigbauweise bestand.

In einer Zimmerecke standen Kisten mit Kleidungsstücken. An der Wand hinter Kagan hing ein gerahmtes Poster mit ovalen Miniaturporträts von den großen Weisen. Daneben ein Aquarell von der Westmauer, wie sie bis 1967 bestanden hatte – damals war da noch nicht der sonnenbeschienene weitläufige Platz; eine rückwärtige Mauer verengte den Gebetsraum, auf den eine Reihe arabischer Bruchbuden ihre Schatten warfen. Daniel erinnerte sich, ihn so gesehen zu haben, damals, als er sich seinen Weg durch das Trommelfeuer der Heckenschützen und Berge von Leichen gebahnt hatte. Die Reste des Tempels lagen in Schutt und Asche, ein würdeloser Anblick. Hinter der Mauer stapelten sich Müll und Unrat; die Jordanier taten damals alles, um die letzten Überbleibsel von drei Jahrtausenden jüdischer Geschichte in Jerusalem vergessen zu machen.

Unter dem Aquarell hing das handbedruckte Banner der Gvura-Partei mit der geballten blauen Faust und dem Schriftzug: Vergessen heißt sterben. Links davon stand ein Bücherschrank mit Glastüren, darin die zwanzig Bände des Talmud, einen Pentateuch des Mikra'ot Gedolot, die fünf Bücher Moses mit vollständigem rabbinischem Kommentar, die Megillot, wissenschaftlich-kabbalistische Abhandlungen und der jüdische Gesetzeskodex. Eine Uzi und ein Sturmgewehr standen gegen den Schrank gelehnt.

Eine wütend rote Sonne beherrschte den Himmel, und die Fahrt mit dem Auto über die Hebron Road war eine heiße und einsame Angelegenheit gewesen. Sieben Kilometer vor Hebron bog er ab und nahm die ungepflasterte Abzweigung nach Beit Gvura, eine staubige und kurvenreiche Gefällstrecke, die reinste Hölle für die Reifen des Escort. Bei seiner Ankunft mußte Daniel einen bewachten Kontrollpunkt passieren und wie bei einem Spießrutenlauf die feindseligen Blicke muskelbepackter Gvura-Leute über sich ergehen lassen, bevor man ihn bis zu Kagans Haustür eskortierte.

Seine Männer produzierten sich als finstere Muskelprotze mit schweren Feuerwaffen, doch ihr Führer war von anderer Art: Mitte Fünfzig, von kleiner, fast fragiler Statur und sehr freundlich; er hatte matte blaue Augen, einen Bart von der Farbe schottischen Whiskys, hohle Wangen, schütteres Haar, und seine große schwarze *Kipah* aus Samt bedeckte seinen

Kopf fast vollständig. Er trug einfache und gepflegte Kleidung – weißes Hemd, schwarze Hosen, schwarze Halbschuhe –, Hose und Hemd wirkten um ein paar Nummern zu weit, als hätte er in letzter Zeit stark abgenommen. Aber Daniel hatte ihn nie fülliger gesehen, weder auf Fotos noch bei seinen Auftritten bei politischen Veranstaltungen.

Kagan nahm einen grünen Apfel aus der Obstschale, die auf dem Kaffeetischchen zwischen ihm und Daniel stand, und rieb ihn zwischen den Handflächen ab. Er reichte auch Daniel die Schale und sprach, als dieser höflich ablehnte, das Segenswort über Früchte und biß in den Apfel. Beim Kauen hob und senkte sich die knotige Haut über den Wangenknochen. Die Hemdsärmel, bis zum Ellbogen hochgekrempelt, ließen hagere Arme erkennen, an der Oberseite von der Sonne gebräunt, an der Unterseite weiß wie ein Fischleib. Daniel fiel auf, daß sich auf seiner Haut noch die Spuren der Gebetsriemen seines morgendlichen *Phylakterions* abzeichneten.

»Eine furchtbare Geschichte«, sagte er in perfektem Hebräisch. »Arabermädchen werden einfach hingemetzelt.«

»Ich bin Ihnen dankbar, Rabbi, daß Sie die Zeit gefunden haben, mit mir darüber zu sprechen.«

Kagan, der bis jetzt eher amüsiert gewirkt hatte, verzog sein Gesicht zu einem Lächeln. Bevor er weitersprach, aß er seinen Apfel bis zur Hälfte auf.

»Furchtbar«, sagte er noch einmal. »Es ist immer eine Tragödie, wenn Menschenleben zu beklagen sind. Denn wir alle sind Geschöpfe nach dem Ebenbild Gottes.«

Daniel hatte irgendwie das Gefühl, daß der Rabbi sich über ihn lustig machen wollte. »Ich habe gehört, daß Sie Araber als Untermenschen bezeichnen.«

Kagan ging mit einer Handbewegung über die Bemerkung hinweg. »Reine Rhetorik. Man muß den Leuten, wie man in Amerika zu sagen pflegt, mit dem Hintern ins Gesicht springen, wenn man ihre Aufmerksamkeit wecken will.«

»Ich verstehe.«

»Wenn sie sich natürlich aufführen wie die Tiere und von sich aus das Verhalten von Untermenschen an den Tag legen, dann sehe ich keinen Grund, weshalb ich die Dinge nicht beim Namen nennen sollte.«

Kagan hatte sich bis zum Kerngehäuse des Apfels vorgearbeitet, steckte sich auch das in den Mund und kaute. Als nur noch der Stiel übriggeblieben war, nahm er ihn aus dem Mund und drehte ihn zwischen den Fingerspitzen.

»Sharavi«, sagte er. »Ein alter jemenitischer Name. Sind Sie ein Nachkomme des Mori Shalom Sharavi?«

»Ja.«

»Sie scheinen sich Ihrer Sache sehr sicher zu sein. Aber ich glaube Ihnen. Die Jemeniten haben die besten *Yikhus*, die reinste und geradlinigste Abstammung von uns allen. Die *Nusakh* ihrer Gebete kommt dem Original am nächsten, auch ihre Art der Religionsausübung bis zu der Zeit, wo man uns Juden ins babylonische Exil vertrieben hat. Was für eine *Minyan* besuchen Sie?«

»Manchmal verrichte ich meine Gebete an der *Kotel*. Und sonst besuche ich eine *Minyan* in meinem Wohnhaus.«

»Ihr Wohnhaus – ach ja, der Zahnstocher in Talbieh. Nun machen Sie nicht so ein überraschtes Gesicht, Inspektor. Als Sie Bob Arnon am Telefon sagten, Sie seien ein religiöser Mann, habe ich Sie überprüfen lassen. Mußte mir Gewißheit verschaffen, ob sich die Regierung da nicht wieder eine neue Masche ausgedacht hat. Soweit das meine Gewährsleute sagen können, sind Sie die Person, für die Sie sich ausgeben – Sie tragen Ihre *Kipah* nicht zum Vorzeigen.«

»Ich danke Ihnen für die Bestätigung«, sagte Daniel.

»Das ist kein Grund zur Aufregung«, sagte Kagan jovial. »Beschweren Sie sich bei Ihrer Regierung. Erst vor vier Monaten hat man versucht, einen Spitzel bei mir einzuschleusen – vermutlich wissen Sie gar nichts von der Geschichte, oder? Der Mann war übrigens ein Jemenit – wie das Leben doch manchmal spielt, nicht wahr? Auch er trug eine *Kipah*, wußte immer das rechte Wort zur rechten Zeit; ein Segenswort hier, ein Segenswort da – der Mann hat geheuchelt und mit seinen Reden Gott gelästert. Das ist eine grobe Verletzung unserer religiösen Gefühle. Was nicht heißen soll, daß unsere Regierung jemals religiöse Gefühle respektiert hätte.«

Kagan nahm sich einen zweiten Apfel aus der Schale, warf ihn in die Luft und fing ihn auf. »Egal. Wir kamen ihm auf die Schliche und schickten ihn wieder nach Hause, zurück zu seinen Herrn und Gebietern, freilich ein wenig ramponiert.« Er schüttelte den Kopf. »Wir haben es wahrlich weit gebracht in diesem Land. Juden spionieren Juden aus – ist es wirklich das, wofür einmal Tausende gekämpft und ihr Leben gelassen haben? Wenn die alten Damen von der Regierungspartei nur etwas Rückgrat besäßen und mit ebensoviel Aufwand Terroristen bekämpften, wie sie ehrbare Juden schikanieren, dann hätten wir das wahre *Eretz Yisrael*, wie es der Allmächtige für uns vorgesehen hat – das einzige Land in dieser Welt, wo Juden in Frieden leben und wandeln können, mit aufrechtem Gang und erhobenen Hauptes. Ohne Furcht vor einem Messer im Rücken und ohne Angst vor Pogromen.«

Kagan machte eine Pause, und als er tief durchatmete, hörte Daniel ein leises, pfeifendes Geräusch – der Mann litt anscheinend unter asthmatischen Beschwerden. »Wie dem auch sei, Inspektor Sharavi, die *Minyan* in Ihrem Wohnhaus ist den Aschkenasim vorbehalten, das ist nicht gut für jemanden wie Sie. Sie sollten Ihr nobles jemenitisches Erbe pflegen und nicht versuchen, sich den Europäern anzupassen.«

Daniel zog seinen Notizblock aus der Tasche. »Was ich brauche, ist eine vollständige Liste von sämtlichen Mitgliedern –«

»Die haben Sie längst, da bin ich mir ganz sicher. Mindestens in vierfacher Ausfertigung.«

»Ich brauche eine Liste, die auf dem letzten Stand ist, mit allen Angaben über die berufliche Tätigkeit der einzelnen Mitglieder außerhalb der Siedlung und ihren internen Verantwortungsbereichen. Von den Leuten mit Reisetätigkeit brauche ich die Fahrtenbücher.«

»Fahrtenbücher.« Kagan lachte. »Das kann doch nicht Ihr Ernst sein.«

»Es handelt sich hier um eine sehr ernste Angelegenheit, Rabbi. Ich werde heute mit meinen Vernehmungen beginnen. Am Nachmittag treffen weitere Beamte ein. Wir bleiben so lange hier, bis wir mit jeder einzelnen Person gesprochen haben.«

»Sicher auch mit jedem einzelnen Kind«, sagte Kagan, und der Sarkasmus in seinen Worten war nicht zu überhören.

»Mit jedem Erwachsenen.«

»Aber warum denn die Kleinen ausschließen, Inspektor? Sobald sie aus dem Säuglingsalter sind, bringen wir ihnen bei, wie man Araber abschlachtet.« Kagan breitete theatralisch die Arme aus und nahm dann sein Gesicht in beide Hände. »Phantastisch. Der säkulare Zionismus feiert Triumphe.« Er legte den Apfel auf den Tisch und suchte Daniels Blick. »Wo haben Sie gekämpft? Im Yom-Kippur-Krieg oder im Libanon?«

»Das haben Ihnen Ihre Gewährsleute wohl nicht sagen können?«

»Das hätte sich leicht feststellen lassen, aber es war nicht relevant.«

»Ich war '67 dabei. Beim Kampf um Jerusalem.«

»Sie gehörten also zu den Privilegierten.«

»Und wo sind Sie '67 gewesen, Rabbi?«

»Auf Streifendienst in den Straßen von Crown Heights in Brooklyn. Habe mich mit dem schwarzen Mob herumgeschlagen, um zu verhindern, daß sie über alte jüdische Mütterchen herfallen und ihnen ihre Schecks vom Sozialamt stehlen. Sicher nicht so glorreich wie der Kampf um die Befreiung Jerusalems, aber philosophisch gesehen von gleicher Bedeutung. Jedenfalls zur damaligen Zeit, als die Juden in Israel noch nicht so verweichlicht und verdummt waren wie die Juden in Amerika.«

Daniel konzentrierte sich auf seine Notizen. »Unter Ihren Mitgliedern gibt es ein paar Leute mit Vorstrafen. Sind in letzter Zeit noch weitere Personen mit krimineller Vergangenheit in die Siedlung aufgenommen worden?«

Kagan lächelte. »Ich bin selbst vorbestraft.«

»Wegen Verstoßes gegen die öffentliche Ordnung und gegen das Versammlungsgesetz. Ich bin mehr an Personen interessiert, die wegen Gewalttätigkeit mit dem Gesetz in Konflikt gekommen sind.«

Dies schien Kagan zu beleidigen. Er runzelte die Stirn, langte nach dem zweiten Apfel und biß so heftig hinein, daß ihm der Saft zu beiden Seiten über den Bart tröpfelte. Mit einer Papierserviette wischte er sich den Mund ab und reichte Daniel noch einmal die Schale mit dem Obst.

»Sie mögen immer noch nicht zugreifen, Inspektor?«

»Nein, vielen Dank.«

»Ein Israeli mit höflichen Umgangsformen? Das macht mich aber mißtrauisch.«

»Bitte, beantworten Sie mir meine Frage, Rabbi. Haben Sie in letzter Zeit Personen in ihre Siedlung aufgenommen, die wegen Gewalttaten vorbestraft sind?«

»Sagen Sie, Inspektor, haben Sie '67 Ihr Leben dafür eingesetzt, daß die Juden nun aus ihrem Land ein Eldorado für Nestbeschmutzer machen?«

»Rabbi«, sagte Daniel, »wir werden unsere Ermittlungen bis zum Ende führen, ob Sie das nun gutheißen oder nicht. Wenn Sie mit uns kooperieren, geht alles viel schneller.«

»Kooperieren«, sagte Kagan und betonte jede einzelne Silbe, als habe er das Wort noch nie gehört. »Wie lange sind Sie schon an diesen sogenannten Ermittlungen beteiligt?«

»Von Anfang an.«

»Von Anfang an«, sprach Kagan ihm nach. »Dann mußten Sie im Laufe Ihrer sogenannten Ermittlungen bestimmt die eine oder andere Araberfamilie aufsuchen. Und bestimmt hat man Ihnen in diesen Familien auch etwas angeboten – die vielgepriesene Kultur der arabischen Gastfreundschaft, richtig?«

»Rabbi Kagan –«

»Haben Sie bitte noch einen Augenblick Geduld, Inspektor.« Kagan sprach leise, aber mit eindringlicher Stimme. »Bei den Arabern hat man Sie bewirtet – sie bekamen Schälchen gereicht mit kleinen Aufmerksamkeiten wie Nüssen, Früchten und Samenkeimlingen. Bevor Sie das serviert bekamen, haben sie vielleicht alles in Eselsfleisch gerieben. Oder sogar hineingespuckt. Aber Sie haben bestimmt ein freundliches Lächeln aufgesetzt. Haben ›Danke, Sahib‹ gesagt und alles aufgegessen, nicht wahr? In Ihrer Ausbildung hat man Sie gelehrt, die Araber und ihre Kultur zu respektieren – Gott behüte, daß ja keinem dieser Leute etwas zuleide geschieht, richtig? Aber nun sind Sie hier, in meinem Hause. Ich biete Ihnen Obst an, und mich weisen Sie ab. Ob Sie mich damit kränken, ist Ihnen gleichgültig. Einen Juden zu beleidigen, was zählt das schon?«

Kagan musterte Daniel und wartete auf eine Antwort. Kostete genüßlich die Wirkung seiner Worte aus, bevor er weitersprach. »Was für eine hübsche kleine säkulare zionistische Demokratie wir doch haben, nicht wahr, Daniel Sharavi, Nachkomme des Mori Shalom Sharavi? Wir machen einen Kniefall nach dem andern, katzbuckeln vor Leuten, die uns verachten, aber unsere eigenen Brüder demütigen wir. War es das, wofür wir '67 kämpften, Inspektor? Haben Sie damals Araber erschossen und erstochen, um sie zu befreien – und das Privileg zu genießen, den Leuten eine kostenlose medizinische Versorgung und Schecks vom Sozialamt zu bieten, damit Sie kleine Hätschelkinder im Burnus haben? Die sich vermehren wie die Karnickel und uns am Ende ins Mittelmeer treiben mit ihrer hemmungslosen Paarungslust? Oder war es der blanke Materialismus, für den Sie im Schützengraben lagen? Vielleicht wollten Sie ja Ihren Kindern auch Videorecorder und den ›Playboy‹ auf den Gabentisch legen. Haschisch und die Abtreibung, alle diese wunderbaren Liebesgaben, mit denen uns die Ungläubigen so leidenschaftlich gern beglücken.«

»Rabbi«, sagte Daniel. »Es geht hier nicht um Politik, es geht um Mord.«

»Ach was«, sagte Kagan verächtlich. »Sie wollen die Realität nicht sehen. Man hat Sie indoktriniert und Ihnen das edle Rückgrat des Jemeniters aus dem Leib gerissen.«

Er stand auf, verschränkte seine Hände hinter dem Rücken und ging in seinem Zimmer auf und ab.

»Ich bin Abgeordneter der Knesset. Ich habe es nicht nötig, mich mit solchem Unsinn zu befassen.«

»Vor Recht und Gesetz ist niemand immun«, sagte Daniel. »Wenn ich im Laufe meiner Ermittlungen auf die Person des Premierministers stoßen würde, säße ich jetzt bei ihm in seinem Hause und würde ihm meine Fragen stellen. Auch nach seinen Reiseunterlagen, wenn es sein müßte.«

Kagan blieb stehen, drehte sich um und sah auf Daniel herab.

»Normalerweise würde ich einen solchen kleinen Vortrag als dummes Zeug abtun, aber Sie sind doch der Mann, der damals den Sumpf um die Person Lippmann trockengelegt hat, nicht wahr?«

»Ja.«

»Wieso sind Sie bei Ihren Ermittlungen auf mich gestoßen?«

»Das sage ich Ihnen nicht. Aber ich bin sicher, daß Sie die Logik darin sehen.«

»Ich sehe nur, daß hier wieder einmal politische Sündenböcke gesucht werden. Da werden ein paar Araber ermordet – und prompt will man die Sache jüdischen Bürgern in die Schuhe schieben, die Zivilcourage besitzen und sich nicht scheuen, gewisse Dinge beim Namen zu nennen.«

Daniel ließ seinen Aktenkoffer aufschnappen. Er wußte, daß Kagan damit nicht ganz Unrecht hatte, und kam sich wie ein Heuchler vor. Aus seiner Tasche zog er die Tatortfotos von

Fatma und Juliet, stand auf und reichte sie Kagan. Der Gvuraführer nahm die Bilder in die Hand, betrachtete sie und gab sie Daniel zurück, ohne die geringste Regung zu zeigen.

»Ja und?« sagte er betont beiläufig.

»Das ist es, wogegen ich kämpfe, Rabbi.«

»Das ist das Werk eines Arabers – wie in Hebron 1929. Bei der Gvura wäre niemand dazu imstande.«

»Lassen Sie mich das zweifelsfrei nachweisen, und ich werde Sie nicht länger belästigen.«

Kagan wippte mit den Absätzen und betastete seinen Bart. Er trat an seinen Nußbaumschrank und griff nach einer Ausgabe des Talmud.

»Gut, gut«, sagte er. »Wie auch nicht? Über kurz oder lang fällt die ganze Geschichte ohnehin auf die Regierung zurück. Die Leute sind ja nicht dumm – sie werden mich in der Öffentlichkeit zum Märtyrer machen.«

Er schlug das Buch auf, befeuchtete seinen Finger und begann zu blättern. »Ich möchte, daß Sie jetzt gehen, Inspektor. Ich muß meine Torah studieren und kann mich nicht länger mit Ihrer *Naarischkeit* befassen.« Er wirkte wieder amüsiert wie zu Anfang. »Und wer weiß, wenn Sie einige Zeit bei uns verbracht haben, sehen Sie vielleicht manches mit anderen Augen. Auch Sie werden Ihre Irrtümer einsehen und sich eines Tages der wahren *Minyan* zuwenden.«

Die Gvura-Leute waren ein bunt zusammengewürfeltes Gemisch von Menschen. Daniel führte die Vernehmungen in ihrem Speisesaal, einem behelfsmäßig eingerichteten Raum, der mit Segeltuch überdacht war. Auf dem nackten Betonboden standen Aluminiumtische und Klappstühle. Aus der Küche hörte man das Geklapper von Geschirr, und es roch nach heißem Öl.

Etwa die Hälfte der Leute waren Israelis – die meisten jüngere Marokkaner und Iraker, aber auch ein paar Jemeniter. Ehemalige Straßenjungen, wortkarg und mit abgebrühten Gesichtern. Die Amerikaner waren entweder religiöse Typen mit ungepflegten Bärten und übergroßen *Kipots*, oder auch Nicht-Religiöse, die sich schwer einordnen ließen.

Bob Arnon gehörte zur letzteren Sorte, ein Mann in mittleren Jahren mit graugelocktem Haar, buschigem Backenbart, kräftigen Kinnladen und einem gewaltigen, gebrochenen Nasenbein. Er lebte seit zwei Jahren in Israel, war dreimal wegen ungebührlichen Benehmens festgenommen worden und wegen Körperverletzung vorbestraft.

Er trug ausgeblichene Jeans und hatte sich über sein T-Shirt mit der Aufschrift *New York Yankees* kreuzweise Patronengurte geschnallt. Das Hemd saß eng und ließ seine dicken, behaarten Arme und eine beträchtliche Wölbung in der Bauchgegend sehen. Gegen seinen Bauch drückte der blankpolierte Holzgriff eines vernickelten Revolvers vom Kaliber 45 – ein Colt amerikanischer Herkunft. Die Waffe steckte in einem handgefertigten Lederholster. Ein kleiner Junge, dachte Daniel, der gern den großen Cowboy mimte.

Zusätzlich zu dem Colt hatte der Stellvertreter Kagans ein Jagdmesser umgeschnallt, das er an seinem Gürtel in einer Stoffhülle aus Tarnfarben trug. In der Hand hielt er einen schwarzen Baseballschläger, dessen mit Klebeband umwickelter Griff mit der Zeit schmutziggrau geworden war. Er hätte den Krieg mitgemacht, gab er Daniel zu verstehen, hellauf begeistert, daß sich jemand für seine Person interessierte. Am Anfang sprach er Hebräisch mit amerikanischem Akzent, ging aber zu Englisch über, als Daniel ihm in dieser Sprache antwortete.

»In Korea hab ich die volle Härte erlebt. Waren richtig zähe kleine Wichser, aber wir haben denen schon gezeigt, wo's langgeht – jedenfalls keine Araber, soviel steht fest. Als ich wieder in die Staaten kam, bin ich dann so eine Kleinigkeit rumgeflippt.«

»Was meinen Sie mit ›rumgeflippt‹?«

Arnon blinzelte ihm zu. »Mal hier, mal da – aber mein Ding

habe ich immer geschoben, habe den Leuten den einen oder anderen Gefallen getan. Nur gute Taten, wenn Sie verstehen, was ich meine. Meinen letzten Job hatte ich in einer Bar in New York – oben in Harlem, ganz heiße Gegend, schon mal was davon gehört? Fünf Jahre habe ich in dem Schuppen abgezogen, und nie hat's Ärger gegeben mit diesen schwarzen Schwuchteln.« Er setzte ein breites Grinsen auf und klopfte an seinen Baseballschläger.

»Kann ich bitte mal Ihr Messer sehen?«

»Das hier? Logisch. Echt geiles Teil, als Allzweckwaffe ganz groß, hab' ich schon seit fünfzehn Jahren.« Arnon zog es aus der Hülle und reichte es Daniel, der die schwere, breite Klinge in seiner Hand inspizierte. Die sägeförmige Schnittfläche war rasierklingenscharf geschliffen. Ein gefährliches Instrument, aber nach Levis Instruktionen nicht das, wonach er suchte. Andererseits hatte auch der Graue Mann eine gezackte Klinge benutzt. Aber die war stumpfer und kleiner ...

Er gab Arnon die Waffe zurück.

»Haben Sie noch mehr Messer, Mr. Arnon?«

»Noch mehr Messer? Na, und ob. Eine ganze Kiste voll, alles mit rübergebracht aus den Staaten – hier konnte ich mit den Dingern ja noch nichts machen. Aber wie ich hörte, sind im See von Galiläa allerhand Fische zu jagen. Stimmt das?«

»Ja. Die anderen Messer, Mr. Arnon ...«

»In der Kiste ist noch eins mit gerillter Klinge, ein Schalenmesser und ein Dolch von der schweizerischen Armee – glaube ich zumindest. Vielleicht auch eine Ersatzklinge dafür. Dann besitze ich noch ein kleines Schmuckstück, das man sich unters Kopfkissen legen kann, und ein antikes japanisches Samuraischwert, das ich mal in Manila aufgegabelt habe. Wollen Sie auch was über meine Kanonen wissen?«

»Im Moment nicht. Nachher kommen noch ein paar andere Kriminalbeamte. Die wollen sich sicher Ihre Waffen ansehen.«

»Logisch.« Arnon grinste. »Aber wenn ich der Typ wäre,

der diese Arabernutten aufgeschlitzt hat, würde ich das wohl kaum an die große Glocke hängen, oder? Würde doch mein Messer nicht offen bei mir tragen und es Ihnen zeigen.«

»Und was würden Sie tun, Mr. Arnon?«

»Die Klinge säubern, einölen und verstecken. Das heißt: wenn – wohlgemerkt. Rein hypothetisch.«

»Haben Sie mir sonst noch was zu sagen – rein hypothetisch?«

»Nur, daß Sie bei uns total auf dem Holzweg sind. Ein Araber hier, ein Araber da, mit so was gibt sich die Gvura nicht ab. Wir sehen das Problem soziologisch – die müssen verschwinden.«

Die Frauen demonstrierten eine sonderbare Mischung aus Kampflust und Unterwürfigkeit. Nach der Vernehmung der Männer traten sie im Gänsemarsch ein. Stoischen Gleichmut im Gesicht, brachten sie ihre Kinder mit und widersetzten sich Daniels Vorschlag, daß die Kleinen den Raum verlassen sollten.

»Meine Fragen sind für Kinderohren nicht geeignet«, sagte er zu einer der ersten. Sie hatte drei Kinder bei sich, das älteste ein kaum vierjähriges Mädchen, das jüngste ein Säugling, der in ihren Armen zappelte.

»Nein. Die sollen das mit ansehen«, sagte sie. »Ich bestehe darauf.« Sie war jung, hatte ein blasses Gesicht mit schmalen Lippen und trug einen langärmeligen, gestreiften Unterrock, der ihr bis über die Knie reichte. Ein weißes Kopftuch bedeckte ihr Haar fast vollständig, und über die Schulter hatte sie eine Uzi geschnallt. Das Baby grabschte mit seinen winzigen Fingern nach der Waffe und betastete den Lauf des Maschinengewehrs.

»Warum?« fragte Daniel.

»Um ihnen zu zeigen, wie das ist.«

Das klang, als sei sie selbst noch ein Kind. Ein Teenager, der sich gegen seine Eltern behauptet. Noch so jung, dachte

Daniel, und schon Mutter von drei Kindern. Sie hatte strahlendwache Augen, und ihre schweren Brüste waren voller Milch.

»Wie was ist, *Gveret* Edelstein?«

»Die Welt, in der wie leben. Fangen Sie an, stellen Sie Ihre Fragen.« Sie blickte auf den Kleinen und streichelte ihm übers Haar. »Paßt gut auf, Kinder. Was jetzt kommt, nennt man Schikane. Das ist unter den Juden so üblich.«

Bis zum Mittag hatte er mit einem Drittel der Leute gesprochen, aber keinen gefunden, der ihn näher interessierte, bis auf Arnon mit seinen Messern und seiner Vorstrafe wegen Körperverletzung. Und auch er schien eher ein Großmaul zu sein, bei dem nicht viel dahintersteckte, ein rauher Bursche, der in die Jahre gekommen war und noch immer seinen pubertären Phantasien nachhing. Seine Vorstrafe hatte nicht viel zu bedeuten – am Rande einer politischen Demonstration war er an einer Prügelei beteiligt gewesen. Arnons linker Haken war auf der Nase eines jungen Mannes gelandet, der ein Transparent mit einer Friedensparole durch die Straßen trug. Als die Polizei auftauchte und den Streit schlichten wollte, hatte Arnon Widerstand geleistet. Da er nicht vorbestraft war, wurde er auf Bewährung entlassen. Nicht unbedingt das, was man sich unter einem psychopathischen Killer vorstellte, aber man konnte nie wissen. Die anderen, befand Daniel, sollten den Cowboy noch einmal gründlich unter die Lupe nehmen.

Um zwölf Uhr dreißig ertönte die Essensglocke, und die Leute aus der Siedlung strömten in den Speisesaal, um ihre Mahlzeit einzunehmen, gebratenen Fisch mit Salat. Als sich jeder an seinen angestammten Platz begab, machte Daniel seinen Stuhl frei und verließ den Saal, draußen am Eingang begegnete er Kagan und seiner Frau.

»Na, Inspektor, wie stehen die Aktien?« rief der Gvura-Führer. »Haben Sie Ihren geisteskranken Killer schon bei uns gefunden?«

Mrs. Kagan zuckte zusammen, als hätte ihr Mann einen unanständigen Witz gemacht.

Mit einem unverbindlichen Lächeln ging Daniel den Weg zum Kontrollposten hinunter. Er hörte noch, wie Kagan hinter seinem Rücken auf seine Frau einredete. Von einem Schmelztiegel sprach er, vom Untergang einer schönen alten Kultur und daß alles eine Schande wäre.

Um zwölf Uhr sechsundvierzig fuhren Shmeltzer und Avi Cohen mit dem BMW am Kontrollposten vor. Nach Laufers Anweisungen sollten die Gvura-Leute von vier Beamten vernommen werden. Daniel hatte dem nur teilweise entsprochen und Avi für den Nachmittag aus der Altstadt abgezogen; aber dies hier war kein Job für Daoud, und er hatte auch nicht die Absicht, den Chinesen von seinem laufenden Auftrag zu entbinden.

Sein Interesse galt der Geschichte, die Yossi über den Amerikaner in Erfahrung gebracht hatte, den Mann mit den engstehenden Augen und dem seltsamen Grinsen. Trotz aller Zweifel an der Glaubwürdigkeit des Buckligen war das wenigstens etwas – eine einsame Rettungsboje, die mitten auf dem großen Ozean des Nichts schlingerte. Er ließ den Chinesen und Daoud noch einmal im Team arbeiten – der Araber sollte ihn bis zum Sonnenuntergang begleiten und anschließend wieder die Überwachung von Roselli aufnehmen. Yossi, Daoud und Cohen sollten alle ihre Energie daran setzen, eine Bestätigung für die Geschichte des Buckligen zu finden; vielleicht war der Mann mit den engstehenden Augen auch anderen Leuten begegnet. Und sie mußten die Rote Amira Nasser auftreiben. Daß sie dunkelhaarig und etwas einfältig war, stellte sie in eine Reihe mit Fatma und Juliet. Bis jetzt wußten sie nur gerüchtweise, daß ihre Familie in Jordanien lebte und daß sie von dort weggelaufen war. Und im Hadassah-Krankenhaus existierte eine Karteikarte über sie – vor sechs Monaten hatte man sie dort wegen einer Syphilis behandelt. Vom Sozialamt bekam sie keine Zahlungen, und in keiner anderen

Behörde gab es irgendwelche Unterlagen über ihre Person. Eine echte Professionelle, die von ihren Einkünften lebte.

Avi parkte den BMW neben Daniels Escort. Er und Shmeltzer stiegen aus und stapften den steil ansteigenden Pfad hinauf, bei jedem ihrer Schritte wirbelte Staub auf. Daniel begrüßte die beiden, informierte sie über den letzten Stand der Dinge und überreichte ihnen eine Liste der Gvura-Mitglieder. Er bat sie, alle Personen auf ihre Waffen zu überprüfen und sich dabei besonders intensiv mit Bob Arnon zu befassen. Jede Klinge, die auch nur entfernt mit Levis Angaben übereinstimmte, sollte beschlagnahmt und etikettiert werden.

»Könnte dieser Arnon für uns interessant werden?« fragte Shmeltzer.

»Er ist Amerikaner, spielt gern mit Feuerwaffen und Messern, hat sich im letzten Juni mit einem Linken geprügelt, und er haßt Araber.«

»Hat er engstehende Augen?« Shmeltzer lächelte säuerlich. Er kannte den Buckligen noch aus dessen Zeit als kleiner Taschendieb und war weit davon entfernt, die Geschichte des kleinen Ganoven für glaubwürdig zu halten.

»Blutunterlaufen«, sagte Daniel. »Ansonsten unauffällig.«

»Alberne politische Spielchen sind das, mit denen wir uns hier abgeben. Die reinste Zeitverschwendung.«

Avi nickte wie ein pflichtbewußter Sohn.

»Okay, bringen wir die Sache hinter uns«, sagte Daniel. »Geben Sie einen Bericht an Laufer und machen Sie weiter.«

»Laufer hat meinen Vater gekannt«, sagte Cohen. »Darum hält er mich wohl für seinen Laufburschen. Ich halte ihn für einen Dreckskerl.«

»Wie sieht's mit Malkovsky aus?« fragte ihn Daniel.

»Nichts Neues. Läuft immer noch wie aufgedreht durch die Gegend. Lieber wäre ich jetzt bei ihm, anstatt hier Spielchen zu treiben, die sich der Dreckskerl ausgedacht hat.«

»Der Dreckskerl ist mir heute morgen in der Eingangshalle

über den Weg gelaufen und wollte mich in die Mangel nehmen«, sagte Shmeltzer. »Wollte wissen, was uns diese Chorknäblein hier für Lieder vorgesungen hätten – der scheint mal wieder heiß zu sein auf eine neue Presseerklärung. Ich habe ihm gesagt, wir hätten gerade erst angefangen; es sei noch zu früh, um etwas zu sagen; aber allem Anschein nach seien die Leute so unschuldig wie die Lämmlein auf der Wiese – ob der verehrte *Tat nitzav* wünsche, daß wir auf derselben Schiene weiterfahren? ›Wie soll ich das verstehen?‹ sagt er. Darauf ich: ›Sollen wir auch die anderen Knesset-Abgeordneten und ihre Familien überprüfen?‹«

Daniel lachte. »Wie hat er reagiert?«

»Wie ein altes Auto – hat gestottert und gespuckt, hörte sich an wie Blech gegen Blech – und ist dann zur nächsten Toilette gerannt. Um sich da, nehme ich an, mit vertikaler Kommunikation zu befassen.«

Um zwei Uhr dreizehn war Daniel wieder in Jerusalem. Bei einem Straßenhändler in der Bahnhofsgegend kaufte er sich eine *Falafel* und aß sie im Auto auf der Fahrt zum Präsidium. Zurück in seinem Büro begann er, die Ergebnisse von Kagans Vernehmung auf offizielle Formblätter zu übertragen; er wollte die Sache so schnell wie möglich vom Hals haben. Dann rief er in der Telefonzentrale an und bat um eine Funkverbindung mit dem Chinesen. Bevor ihn die Telefonistin vermittelt hatte, unterbrach sie und sagte: »Da kommt gerade was für Sie rein. Wollen Sie's annehmen?«

»Na klar.« Er mußte ein minutenlanges Gewitter von atmosphärischen Störungen über sich ergehen lassen, bis er Sprechkontakt mit *Salman* Afif bekam, dem schnauzbärtigen Drusen von der Grenzpatrouille, der sich von seinem Jeep aus meldete.

»Ich bin hier draußen im Gelände bei ein paar Beduinen – es sind die Leute, über die wir neulich gesprochen haben. Sie sind in Richtung Süden gewandert und haben unterwegs etwas Interessantes gefunden. Das werden Sie sich bestimmt ansehen wollen.«

Er sagte Daniel, worum es sich handelte, und gab ihm seinen Standort an, nannte die präzisen militärischen Koordinaten. Daniel nahm eine Landkarte und fixierte den Ort mit einer Nadel, die Stelle lag genau nördlich und in dreieinhalb Kilometer Entfernung vom höchsten Punkt des Skopus. Fünfzehnhundert Meter außerhalb der Peripherie des Geländes, das er nach dem Auffinden von Fatmas Leiche engmaschig hatte absuchen lassen.

Zum Greifen nahe.

»Wie komme ich da am besten hin?«

»Ich kann zu Ihnen in die Stadt fahren«, sagte Afif, »und Sie dann hierherbringen, über die Eselspiste würden wir's wohl schaffen. Aber Sie könnten schneller hier sein, wenn Sie selbst kämen und den letzten Kilometer zu Fuß den Hang hinuntersteigen – bis an die Stelle, wo das Gelände flacher wird. Von da geht es nur noch ein Stück geradeaus. Was haben Sie für Schuhe an?«

»Die werden das überleben. Ich mache mich sofort auf den Weg – sehe Sie dann dort. Danke Ihnen, daß Sie die Augen so gut aufgehalten haben.«

»War keine Heldentat«, sagte der Druse. »Da hätte auch ein Blinder drüber stolpern können.«

Daniel legte auf und schob seine Papiere zur Seite. Dann rief er die Laborleute an.

41 Daniel stellte den Escort am Straßenrand ab; gegenüber lag in Sichtweite das Amelia-Katharina. Er setzte sich einen schmalkrempigen Strohhut auf, um sich vor der unbarmherzigen judäischen Sonne zu schützen, und schnallte sich die Sandalen fest. Dann stieg er aus dem Wagen. Zia Hajab, der Wachmann, saß im Eingang des Krankenhauses. Wie ein nasser Sack hing er in seinem Plastikstuhl und döste vor sich hin.

Daniel warf einen kurzen Blick zurück in Richtung auf die Wasserrinne, wo man Fatmas Leiche aufgefunden hatte, lief dann auf die Hügelkette zu, kletterte über den Kamm und begann mit dem Abstieg.

Er ging seitwärts, mit leicht gebeugten Knien, und kam schnell voran, fühlte sich in guter körperlicher Verfassung; von dem brütend heißen Wüstenboden spürte er trockene Hitzewellen aufsteigen, ließ sich davon aber nicht beirren.

Der Sommer stand vor der Tür – seit dem Auffinden von Fatmas Leiche waren dreiundzwanzig Tage vergangen, und der Fall zog sich hin, vermutlich bis in die nächste Saison. In diesem Jahr hatte es nur eine kurze, von heißen Ostwinden unterbrochene Regenzeit gegeben, aber noch hielten sich Buschgruppen und Spuren von Vegetation in den terrassenartigen Stufen der Berghänge und widersetzten sich dem unvermeidlich näherrückenden Sommer.

Daniel verschaffte sich mit den Absätzen einigermaßen Halt und hielt sich mit ausgestreckten Armen im Gleichgewicht; halb gehend, halb springend, arbeitete er sich auf dem weichen Terra-Rossa-Boden voran. Allmählich ging die rostrote Farbe in den fahlen Ton des Rendzina über – jenes kreideartigen Kalksteins, der tot und wie aus Plastik wirkte, sich aber immer noch zerreiben ließ, wenn man ihn zu bearbeiten wußte. Schließlich war alles grau, hart und spröde – ein Gelände aus Geröll und Fels, dessen Farbe an ausgedörrte Knochen erinnerte. Unwirtliches Land, das sich eher in Nichts auflösen würde, als sich bebauen zu lassen. Eine Leere, aus der sich nur noch die verkümmernden Reste von Frühlingsunkraut abhoben.

Afifs Jeep wirkte vor dem kreideweißen Hintergrund wie ein staubfarbener Brocken, dessen Umrisse sich beim Näherkommen stetig vergrößerten. Daniel nahm seinen Hut ab, schwenkte ihn und sah die Scheinwerfer des Grenzpatrouillenwagens aufblinken. Als er noch vierzig Meter zu laufen hatte, wurde der Motor des Jeeps gestartet. Er trabte auf den Wagen zu, ohne auf den Sand zu achten, der sich zwischen seinen Zehen festsetzte. Dann aber erinnerte er sich daran, daß man an beiden Leichen keine Spuren von Sand festgestellt hatte.

Afif gab Gas, und der Jeep ruckte in den Lagern. Daniel kletterte hinein und mußte sich festhalten, als der Druse den Wagen scharf wendete und beschleunigte.

Die Fahrt war eine Tortur für das Rückgrat und höllisch laut, der Motor heulte auf wie unter Protest, als Afif das Getriebe quälte; er manövrierte den Wagen an niedrigen Kalksteinbrocken vorbei, nutzte zielstrebig die ebenen Flußbetten ausgetrockneter Stromläufe. Die hellen Augen des Drusen verbargen sich hinter einer Sonnenbrille aus Spiegelglas. Er trug ein locker gebundenes rotes Halstuch, und sein mächtiger Schnurrbart war an den Enden gelb vom Wüstenstaub.

»Was ist das für ein Beduinenstamm?« rief Daniel.

»Die Leute sind hier aus der Gegend, wie gesagt. Mit den großen Stämmen haben sie nichts zu tun. Sie ziehen mit ihren Ziegen und Schafen bis hoch nach Ramallah, im Sommer kommen sie hierher und kampieren im Norden der Stadt.«

Daniel erinnerte sich, daß er hinter dem Stadtrand ein kleines Lager gesehen hatte, neun oder zehn niedrige schwarze Zelte aus Ziegenfell, die in der Sonnenglut brüteten.

»Gleich hinter der Ramot Road, sagten Sie?«

»Genau das sind die Leute«, sagte Afif. Vor der nächsten Steigung schaltete er zurück, drehte am Steuer und beschleunigte wieder.

»Wie lange sind sie mit ihrem Vieh schon hier?«

»Acht Tage.«

»Und wo waren sie vorher?«

»Oben im Norden, ungefähr einen Monat lang.«

Beduinen, dachte Daniel und hielt sich an seinem Sitz fest. Echte Beduinen, und nicht diese ewig lächelnden juwelenbehängten Geschäftsleute wie in Beersheva, die Zelttouren und Kamelritte für Touristen organisierten. Von solchen Leuten Informationen zu erhalten, war so gut wie ausgeschlossen.

Die Beduinen betrachteten sich als freie Menschen. Sie verachteten die Stadtbewohner, die in ihren Augen Sklaven waren, Knechte und Tagelöhner. Sie selbst lebten aus voller Überzeugung am Rande des Existenzminimums in einer extrem menschenfeindlichen Umgebung und besaßen wie alle Lebewesen in der Wüste eine hochentwickelte Anpassungsfähigkeit.

Ein Chamäleon, dachte Daniel. Der Beduine pflegte jedem zu sagen, was er hören wollte, und hatte keine Skrupel, für verschiedene Parteien gleichzeitig zu arbeiten. Glubb Pasha hatte seine Arabische Legion auf den Fähigkeiten der Beduinen aufgebaut; ohne sie hätte die jordanische Armee keine vierundzwanzig Stunden überstanden. Nach '67 aber hatten sie eine Kehrtwendung gemacht und waren als Freiwillige in die israelische Armee gegangen, als Spurenleser, was sie besser konnten als jeder andere. Derzeit kursierten Gerüchte, daß einige von ihnen sogar als Kuriere für die PLO arbeiteten – Handgranaten in den Satteltaschen, Plastikbomben im Gazastreifen. Chamäleons.

»Warum sind die Leute auf Sie zugekommen?« fragte Daniel.

»Das sind sie gar nicht«, sagte Afif. »Wir waren auf Streife und bewegten uns südöstlich von Al Jib – man hatte uns verdächtige Bewegungen an der Ramot Road gemeldet. Wie es sich herausstellte, war es ein Bautrupp auf Spätschicht. Ich sah durch mein Fernglas, bemerkte die Beduinen und beschloß, mir die Leute aus der Nähe anzuschauen.«

»Haben die Ihnen mal Schwierigkeiten gemacht?«

»Nein, wir überprüfen sie in regelmäßigen Abständen. Sie sind sehr arm und haben genug zu tun, ihre Ziegen am Leben zu erhalten und sie auf den Markt zu treiben, ohne daß sie Schaden nehmen. Aufmerksam wurde ich, weil sie sich alle an einer Stelle versammelt hatten. Es sah aus, als hielten sie eine Art Kriegsrat, obwohl ihr Lager einen guten Kilometer weiter nördlich liegt. Also fuhr ich hin und fand die Leute am Höhleneingang, sie standen herum und steckten die Köpfe zusammen. Als sie uns kommen hörten, wollten sie weglaufen; aber ich konnte sie zurückhalten, bis ich den Innenraum der Höhle überprüft hatte. Als ich sah, was passiert war, trommelte ich sie alle zusammen, sie sollten sich bei der Höhle zu einer Gruppe aufstellen, und dann habe ich Sie angerufen.«

»Sie glauben nicht, daß die was damit zu tun haben könnten?«

Der Druse zwirbelte mit den Fingern an seinem Schnurrbart. »Mit den Beduinen ist das so eine Sache. Aber ich glaube schon, daß sie uns die Wahrheit sagen. In den letzten Tagen kann sich in der Höhle nichts mehr abgespielt haben, dafür gab es keine Anzeichen. Nur getrockneter Kot – wahrscheinlich von Schakalen oder Hunden.«

»Wieviel Leute haben die Höhle tatsächlich betreten?«

»Der Junge, der die Stelle gefunden hat, sein Vater und ein paar andere. Wir waren ziemlich schnell dort, gleich nachdem sie ihre Entdeckung gemacht hatten, und die restlichen Leute konnten wir noch zurückhalten.«

»Ich werde Finger- und Fußabdrücke machen lassen, damit wir Vergleiche haben. Die Laborleute müßten in einer Stunde hier sein. Wir haben einen langen Tag vor uns.«

»Ich packe das schon, kein Problem für mich.«

»Gut. Wieviel Männer haben Sie zur Verfügung?«

»Zehn.«

»Sie sollen das Gelände um die Höhle in einem Umkreis von eineinhalb Kilometern absuchen. Dabei auf alles Ungewöhnliche achten – weitere Höhlen, Kleidungsstücke, persönliche Gegenstände, menschliche Abfälle – Sie kennen die Routine.«

»Wollen Sie eine regelrechte Rasterfahndung?«

»Dafür würden Sie Verstärkung brauchen. Ist das die Sache wert?«

»Es sind schon ein paar Wochen vergangen«, sagte Afif. »Und vor elf Tagen hatten wir diesen starken *Chamsin*.« Er sprach nicht weiter, weil er Daniel die naheliegende Schlußfolgerung überlassen wollte: Es bestand nur eine minimale Chance, daß ein Fußabdruck oder andere Spuren dem rauhen, heißen Wüstenwind aus dem Osten widerstanden hätten.

»Organisieren Sie eine engmaschige Suchaktion in einem Radius von einem halben Kilometer um die Höhle. Wenn die Leute auf eine zweite Höhle stoßen, sollen sie das melden und weitere Anweisungen abwarten. Ansonsten genügt ein sorgfältiges Absuchen des restlichen Geländes.«

Der Druse nickte. Sein Wagen kippte in eine Schräglage, als sie ein dichtes Netz aus seichten Wadis überquerten; Felsbrocken und verdorrte Äste versperrten den Weg. Ein Geröllhagel attackierte das Bodenblech des Jeeps, und die Karosserie gab hohle Geräusche von sich. Afif drückte den Fuß aufs Gaspedal, die Reifen drehten durch und wirbelten eine Menge Staub auf. Daniel zog sich den Hut tiefer ins Gesicht, drückte seine Hand über Mund und Nase und hielt die Luft an. Der Jeep nahm jetzt eine Steigung, und für einen Moment verlor Daniel den Halt, er wurde in die Luft gehoben und prallte hart auf seine Sitzfläche zurück.

Als sich die Staubwolke gesenkt hatte, tauchte am Horizont das Beduinenlager in ihr Blickfeld: längliche, dunkle Flecken von Zelten und so niedrig, daß man sie für Schatten halten konnte. Als sie näher kamen, ließen sich auch die anderen Fahrzeuge der Grenzpatrouilleneinheit erkennen – zwei weitere Jeeps und ein Lastwagen mit Segeltuchplane, die sich mit ihren rotierenden Blaulichtern wichtig taten.

Der Lastwagen war in der Nähe eines zerklüfteten Berges aus Kalkstein abgestellt und von einer braungesprenkelten Wolke umgeben, von der Hitzewellen aufstiegen: eine Ziegenherde, die sich unruhig bewegte. Am Rande stand reglos ein einzelner Schäfer, den Hirtenstab in der Hand.

»Da drüben liegt die Höhle«, sagte Afif und wies auf den Berg. »Die Öffnung ist auf der anderen Seite.«

Er hielt mit dem Jeep auf die Herde zu, brachte den Wagen nur wenige Meter vor den Ziegen zum Stehen und stellte den Motor ab.

Zwei Beduinen, ein Junge und ein Mann, standen neben dem Lastwagen mit der Segeltuchplane, flankiert von den Männern der Grenzpatrouille. Die übrigen Nomaden hatten sich zu ihren Zelten zurückgezogen. Zu sehen waren nur die männlichen Beduinen, Männer und Jungen, die mit übereinander geschlagenen Beinen auf Stapeln von leuchtend bunten Decken saßen. Reglos und stumm, wie in einem Zustand von Betäubung. Doch Daniel wußte, daß auch ihre Frauen hier waren. Jene verschleierten und tätowierten Wesen, die hinter Vorhängen aus Ziegenfell hockten und sie jetzt heimlich beobachteten. Sie hatten ihren Platz im rückwärtigen Teil der Zelte, den sie *haramluk* nannten, und dort kauerten sie neben ihrem Holzofen und dem Küchengerät, bis man sie heranwinkte, damit sie ihre Dienste verrichteten.

Ein Aasgeier kreischte hoch über ihren Köpfen und drehte nach Norden ab. Die Ziegen fingen an zu zittern, beruhigten sich aber, als der Schäfer sie anblaffte.

Daniel folgte Afif, der schnurstracks durch die Herde marschierte, und die Tiere wichen bereitwillig vor den Eindringlingen zur Seite, um gleich hinter ihnen die Reihen wieder zu schließen; ein meckernder und schnaubender Pulk aus Fell und Gehörn.

»Das ist die Familie Jussef Ibn Umar«, sagte Afif, als sie auf die beiden zugingen. »Der Vater heißt Khalid, der Junge Hussein.«

Er übergab Daniel ihre Personalausweise, wandte sich wieder den Beduinen zu und stellte Daniel als Chefdetektiv vor, wobei er den beiden unmißverständlich klarmachte, daß er mit gehörigem Respekt zu behandeln sei. Khalid Jussef Ibn Umar reagierte mit einer formvollendeten Verbeugung und knuffte seinen Sohn, bis auch der Junge sich verbeugte. Daniel begrüßte die beiden förmlich und entließ Afif mit einem Kopfnicken. Der Druse machte sich auf den Weg, um seine Leute zu instruieren.

Daniel überprüfte die Ausweise, machte sich Notizen und betrachtete die Beduinen. Der Junge war zehn und für sein Alter etwas klein geraten; er hatte ein rundes, ernstes Gesicht mit hellwachen Augen, sein Haar war kurz geschoren bis auf die Kopfhaut. Der Vater hatte ein breites weißes Tuch um den Kopf gewickelt, das von einem Band aus Ziegenfell zusammengehalten wurde. Beide trugen weit geschnittene schwere Umhänge aus grober, dunkler Wolle. Ihre Füße steckten in offenen Sandalen und waren von Staub überzogen, die gelblichen Fußnägel hatten Risse, und am linken Fuß des Jungen fehlte der kleine Zeh. Wenn man den beiden zu nahe kam, roch es kräftig nach käsiger Milch und Ziegenfleisch.

»Ich danke Ihnen für Ihre Hilfe«, sagte er zu Ibn Umar, dem Vater, der sich noch einmal verbeugte. Es war ein schmächtiger, vornübergebeugter Mann mit spärlichem Bartwuchs und einer trockenen, gegerbten Haut. Ein Auge war vom grauen Star verschleiert, durch den zahnlosen Mund wirkte sein Gesicht eingefallen, die verkrümmten Hände waren kreuzweise von Narben bedeckt. Die Eintragung in seinem Ausweis besagte, daß er neununddreißig war, aber er sah aus wie ein Sechzigjähriger. Verkrüppelt wie so viele von ihnen, gezeichnet von Unterernährung, Krankheit und Inzucht, den verheerenden Begleiterscheinungen eines Lebens in der Wüste.

Mit Vierzig, so hieß es, war ein Beduine alt und taugte zu nichts mehr. Alles andere als der edle König der Wüste, den T.E. Lawrence beschrieben hatte, dachte Daniel, als er Khalid anschaute. Überhaupt war das meiste, was der Engländer zu Papier gebracht hatte, nichts als blanker Unsinn – als sie damals auf der Oberschule »Die sieben Säulen der Weisheit« in hebräischer Übersetzung lasen, hatten er und seine Kameraden gelacht, bis ihnen der Bauch weh tat.

Der Junge hatte die ganze Zeit auf seine Zehenspitzen gestarrt, und als er aufsah, begegnete er Daniels Blick. Daniel lächelte ihm zu, worauf er prompt den Kopf wieder senkte.

Der Junge hatte klare Augen, eine klare Gesichtshaut, und er sah gescheit aus. Seine Kleinwüchsigkeit hielt sich in normalen Grenzen. Anders als sein Vater strotzte er vor Gesundheit. Zweifellos das Resultat von zehn Sommerwochen im Zeltlager hinter der Ramot Road, den Jagdgründen für Sozialarbeiter, Erzieher, Einsätze der mobilen Gesundheitsfürsorge, Impfkampagnen, Versorgungsaktionen. Die verpönte Lebensweise der Stadtmenschen.

»Zeigen Sie mir die Höhle«, sagte er. Khalid Jussef Ibn Umar führte ihn zur abgelegenen Seite des zerklüfteten Kalksteinberges. Hussein folgte ihm. Vor dem Höhleneingang gab ihnen Daniel zu verstehen, daß sie auf ihn warten sollten.

Er trat ein paar Schritte zurück und warf einen Blick auf den Hügel. Eine unbedeutende vulkanische Eruption, von Buschwerk umsäumt. Durch den Kalkstein liefen horizontale Rillen, die von höhlenartigen Vertiefungen unterbrochen waren – wie bei einer eingefallenen Schichttorte. Uralte Wasser waren Jahrhunderte lang die Nordmauer heruntergeflossen und hatten sie in eine spiralförmige, einem Schneckenhaus ähnliche Skulptur verwandelt. Die Öffnung sah aus wie ein Schlitz an der Spitze eines Schiffsbuges. Auf den ersten Blick hatte Daniel den Eindruck, daß der Spalt viel zu eng war, als daß ein erwachsener Mann hätte hindurchschlüpfen können. Erst als er näher heranging, erkannte er, daß es sich um eine optische Täuschung handelte: hinter der äußeren Lippe verbarg sich ein weiträumiger Hohlraum in dem Gestein, eine schalenartige Vertiefung, die ausreichend Platz zum Passieren bot. Er gelangte durch die Öffnung und gab den Beduinen mit einem Wink zu verstehen, daß sie ihm folgen sollten.

Im Innern der Höhle war es kühl, in der abgestandenen Luft hing ein schwerer, wilder Moschusgeruch.

Er hatte Finsternis erwartet, aber statt dessen empfing ihn gedämpftes Licht. Als er nach oben blickte, erkannte er auch die Quelle: Im Scheitelpunkt der Gesteinsspirale befand sich eine Windung, durch deren Öffnung ein diagonaler Sonnenstrahl einfiel; die vielfache Brechung dämpfte die Helligkeit, und kleine Stäubchen tanzten in dem Licht.

Der Strahl war gebündelt, als hielte jemand eine Taschenlampe in der Hand; er traf auf die Mitte eines niedrigen, tafelartigen Felsens von ungefähr zwei Metern Länge und halber Breite und zerfloß an den Rändern zu Dämmerlicht.

Der Fels hatte einen rostrot gefärbten Fleck – wie eine steinerne Gitarre. Ein Fleck mit den Konturen eines weiblichen Körpers. Die äußeren Umrisse einer Frauengestalt, in der Mitte leer und an den Rändern rötlich grün, an einigen Stellen sternförmig zerfließend; anderswo ging die Färbung bis an den Rand des Felsens und noch darüber hinaus. Sie breitete sich fächerförmig aus und zerfloß zu trägen Tropfen.

Die silhouettenhaften Spuren eines Menschenopfers, dargebracht auf einem Fels-Altar. In den Felsen geätzt wie Siegellack, zum Relief erstarrt.

Er wäre gern näher herangegangen, um sich einen besseren Überblick zu verschaffen, wußte aber, daß er auf die Laborleute warten mußte, und gab sich mit seinem Standpunkt zufrieden.

Die Silhouettenfigur hatte leicht gespreizte Beine, die Arme lagen dicht am Rumpf.

Eingeätzt. Die Prozedur des Ausblutens.

Blut zersetzte sich rasch. Wenn es den Unbilden der Witterung ausgesetzt war, konnte es einen grauen, grünen oder blauen Ton annehmen, eine Vielfalt von Färbungen, die anders aussahen als Blut in flüssigem Zustand. Aber Daniel hatte solche Dinge zur Genüge gesehen, um sich darin auszukennen. So gut wie die Beduinen, wie er mit einem Blick auf die Männer feststellte. Wenn sie ihre Tiere schlachteten, ging das nicht ohne Blutspritzer auf ihrer Kleidung ab; meist mangelte es an Wasser, so daß sie oft wochenlang nicht waschen konnten. Sogar der Junge kannte sich mit Blutflecken aus.

Khalid trat mit unruhigem Blick von einem Bein aufs andere. Es war ihm anzumerken, wie unbehaglich er sich fühlte.

Daniel sah sich noch einmal den Felsblock an.

Die Silhouette war ohne Kopf, die Konturen endeten am Hals. Er stellte sich einen Menschen vor, hilflos auf dem Fels liegend, die Beine leicht gespreizt, der Kopf nach hinten abgekippt, der Hals aufgeschlitzt. Ein hilfloser menschlicher Körper, der ausblutete.

Er glaubte, etwas zu erkennen – einen weißen Stoffetzen, der an der oberen Kante des Felsens hängengeblieben war; aber das Licht reichte nicht bis zu diesem Teil des Altars; um ganz sicher zu sein, war es zu dunkel.

Er schaute sich in der Höhle um. Die Decke war niedrig und gewölbt, wie von einem Architekten entworfen. An einer Seitenwand bemerkte er ein paar Flecken, die auch von Blut stammen konnten. Neben dem Fels-Altar waren Fußspuren zu sehen. In einer Ecke stapelte sich Unrat: vertrocknete Kothaufen, abgebrochene Zweige und Kiesbrocken.

»Wie sind Sie auf diese Höhle gestoßen?« fragte er Khalid.

»Mein Sohn hat sie gefunden.«

Er fragte Hussein: »Wie hast du diese Höhle gefunden?«

Der Junge blieb stumm. Sein Vater warf ihm einen unwirschen Blick zu, knuffte ihn am Hals und sagte ihm, er solle gefälligst den Mund aufmachen.

Hussein murmelte etwas Unverständliches.

»Lauter!« befahl der Vater.

»Ich ... ich hab' das Vieh gehütet.«

»Ich verstehe«, sagte Daniel. »Und was ist dann passiert?«

»Eins von den Jungen ist weggelaufen und in die Höhle gerannt.«

»Eine von deinen Ziegen?«

»Ein Junges. Ein Weibchen.« Hussein schaute zu seinem Vater hoch. »Die Weiße mit dem braunen Fleck am Kopf. Sie rennt gerne weg.«

»Was hast du dann gemacht?« fragte Daniel.

»Ich bin hinterher.« Die Unterlippe des Jungen bebte. Er sah verängstigt aus.

Er ist schließlich noch ein Kind, dachte Daniel und lächelte ihm zu. Dann ging er in die Hocke, so daß sie mit ihren Gesichtern auf gleicher Höhe waren.

»Du machst deine Sache sehr gut. Ich finde es tapfer von dir, daß du mir diese Geschichte erzählst.«

Der Junge ließ den Kopf hängen. Sein Vater faßte ihn unters Kinn und flüsterte ihm ein paar grimmige Worte ins Ohr.

»Ich bin da reingegangen«, sagte Hussein. »Und dann hab' ich den Tisch gesehen.«

»Den Tisch?«

»Den Felsen«, sagte Khalid Jussef Ibn Umar. »Den Felsen nennt er Tisch.«

»Da hast du ganz recht«, sagte Daniel zu dem Jungen. »Der sieht ja aus wie ein Tisch. Hast du in der Höhle auch was angefaßt?«

»Ja.«

»Und was hast du angefaßt?«

»Diesen Stoff da.« Er zeigte auf den weißen Fetzen an der Felskante.

Ein Alptraum für die Laborleute, dachte Daniel und fragte sich, was der Junge wohl sonst noch angerichtet hatte.

»Erinnerst du dich, wie der Stoff ausgesehen hat?«

Der Junge trat einen Schritt vor. »Er hängt doch da drüben, wir können ihn nehmen.«

Daniel hielt ihn am Arm fest. »Nein, Hussein, wir dürfen hier nichts anrühren. Es kommen noch ein paar andere Polizeibeamte, und wir müssen warten, bis die sich alles angesehen haben.«

Der Junge geriet wieder in Panik.

»Ich ... aber ich wußte doch nicht –«

»Schon gut, mach dir keine Sorgen«, sagte Daniel. »Wie sah der Stoff denn aus?«

»Weiß mit blauen Streifen. Und mit Flecken.«

»Was waren das für Flecken?«

Der Junge zögerte.

»Du kannst es mir ruhig sagen, Hussein.«

»Von Blut.«

Daniel blickte noch einmal auf den Stoffetzen und sah, daß er viel größer war, als er gedacht hatte. Und nur ein kleines Stück davon war weiß. Der Rest hatte denselben Farbton wie der blutbefleckte Fels. Hoffentlich reichte das für eine anständige Analyse, dachte er.

Hussein murmelte wieder etwas.

»Was hast du denn, mein Junge?« fragte Daniel.

»Ich dachte ... ich dachte, es wäre die Wohnung von einem wilden Tier!«

»Ja, da hättest du wohl auch recht gehabt. Was für Tiere hast du hier draußen schon gesehen?«

»Schakale, Kaninchen, Hunde. Und Löwen.«

»Löwen hast du hier gesehen? Wirklich?«

Daniel mußte ein Schmunzeln unterdrücken. Die Löwen waren schließlich in Judäa schon seit mehreren Jahrhunderten ausgestorben.

Hussein nickte und blickte in eine andere Richtung.

»Sag die Wahrheit, Junge«, befahl sein Vater.

»Ich hab' die Löwen aber gehört«, sagte der Junge mit einer Bestimmtheit, die man ihm gar nicht zugetraut hätte. »Ich habe gehört, wie sie gebrüllt haben.«

»Das hat er wohl geträumt«, sagte Khalid und knuffte ihn in die Seite. »Dummer Bengel.«

»Du hast also den Stoff angefaßt«, sagte Daniel. »Und was hast du dann gemacht?«

»Dann habe ich das Weibchen genommen und bin weggerannt.«

»Und dann?«

»Bin ich zu meinem Vater gegangen und habe ihm die Sache mit dem Tisch erzählt.«

»Sehr gut.« Daniel richtete sich wieder auf. Und zu dem Vater sagte er: »Wir werden die Fingerabdrücke von Ihrem Sohn abnehmen müssen.«

Hussein schluchzte und fing an zu weinen.

»Sei still!« befahl Khalid.

»Das tut überhaupt nicht weh, Hussein«, sagte Daniel und hockte sich wieder hin. »Ich verspreche es dir. Ein Polizeibeamter wird deine Finger nehmen und sie über einem Stempelkissen mit Tinte abrollen, danach drückt er sie auf ein Stück Papier und macht ein Bild von den Linien an deinen Fingerspitzen. Und dann wäscht er dir alles wieder ab. Das ist alles. Vielleicht macht er auch noch ein Bild von deinen Füßen, dafür nimmt er sich weißen Gips und etwas Wasser. Aber das tut alles nicht weh.«

Hussein war nicht zu überzeugen. Er wischte sich die Nase, hielt sich den Arm vor seine Augen und hörte nicht auf zu schluchzen.

»Pscht. Stell dich nicht an wie ein kleines Mädchen«, ermahnte ihn der Vater und zog ihm den Arm weg. Mit einem Stück von seinem Ärmel trocknete er dem Jungen die Tränen.

»Du hast deine Sache sehr gut gemacht«, sagte Daniel zu Hussein. »Ich danke dir.« Er schenkte ihm ein Lächeln, das der Kleine nicht erwiderte, dann wandte er sich an Khalid und fragte: »Hat sonst noch jemand irgend welche Gegenstände in der Höhle angefaßt?«

»Nein«, sagte Khalid. »Niemand hat sich da hineingetraut. Es war ein Greuel.«

»Wie lange weiden Sie Ihr Vieh schon in der Nähe der Höhle?«

»Acht Tage.«

»Und wo waren Sie vorher?«

»Da oben.« Der Beduine wies auf die Höhlendecke.

»Im Norden?«

»Ja.«

»Wie lange haben Sie im Norden geweidet?«

»Seit der Ramadan zu Ende ist.«

Die Beduinen orientierten sich am Wechsel des Mondes, und seine Angaben stimmten präzise mit Afifs Beobachtungen überein.

»Haben Sie in der ganzen Zeit hier draußen irgend etwas Ungewöhnliches bemerkt? Besonders in der Nacht?«

»Nur die Jeeps mit ihren blauen Lichtern. Die fahren hier immer, die ganze Zeit. Manchmal sehen wir auch einen Armeelastwagen.«

»Sonst niemanden?«

»Nein.«

»Was ist mit Geräuschen? Haben Sie irgend etwas Besonderes gehört?«

»Überhaupt nichts. Nur die Geräusche der Wüste.«

»Was sind das für Geräusche?«

Jussef Ibn Umar kratzte sich am Kinn. »Nagetiere, das Rascheln eines Blattes im Wind. Ein Käfer, der an einem Stück Kot nagt.«

Als er die Dinge so genau beschrieb, kamen Daniel Erinnerungen an vergangene Zeiten, an seine Nächte als Soldat, in denen er Wache schieben mußte, an herzbeklemmende Stunden; aber damals hatte er gelernt, daß es in der Natur keine Stille gab.

»Musik der Nacht«, sagte Daniel.

Khalid musterte ihn mit einem kritischen Blick, als fragte er sich, ob sich dieser törichte Stadtmensch über ihn lustig machte. Als er schließlich befand, daß Daniel es ernst gemeint hatte, nickte er und sagte: »Ja, Sir. Und es waren keine falschen Töne dabei.«

Steinfeld trat mit gerunzelter Stirn aus dem Höhleneingang. Er streifte seine Handschuhe ab, klopfte sich den Dreck von der Hose und kam auf Daniel zu. Ein paar Techniker nahmen den Beduinen Fingerabdrücke ab, machten Gipsabdrücke von ihren Füßen und besorgten sich Faserproben von ihrer Kleidung. Afifs Leute suchten die unmittelbare Umgebung ab, sie trugen Plastikbeutel und fixierten jeden einzelnen Quadratmeter.

»Hier geht die Post ab«, sagte Steinfeld mit Blick auf die Nomaden. »Da riechen ja die Ziegen noch besser als diese Herrschaften.«

»Was können Sie mir sagen?«

»Im Augenblick nicht allzu viel. Ich habe meine Analyse mit destilliertem Wasser gemacht, also den Orthoskop-Test. Es handelt sich in der Tat um menschliches Blut. Für den restlichen Teil der Höhle nehme ich am besten mein Leuchtspray, aber ich brauche mehr Dunkelheit, dann lassen sich die Spritzflecken deutlicher erkennen. Sie müssen mir das Loch zum Himmel abdecken.«

Daniel rief einen Mann von der Grenzpatrouille zu sich und gab ihm die Anweisung, ein Segeltuch über das Loch zu werfen.

»Fest darüberspannen!« rief Steinfeld, als sich der Beamte entfernte. »Ich habe hier gleich eine Blutprobe gemacht«, sagte er zu Daniel. »Blutgruppe Null, genau wie bei Ihren beiden Opfern und bei dreiundvierzig Prozent der Bevölkerung, da haben wir also schlechte Karten. Was die anderen Merkmale betrifft, gab es, glaube ich, einen Unterschied zwischen den beiden – wahrscheinlich beim Haptoglobin, aber nageln Sie mich nicht darauf fest. Ich könnte mich irren. Machen Sie sich lieber keine allzu großen Hoffnungen. Blut zersetzt sich rasch, besonders hier draußen im Freien. Es ist unwahrscheinlich, daß Sie Material bekommen, mit dem Sie vor Gericht aufwarten können.«

»Das Gericht wollen wir erst mal vergessen«, sagte Daniel. »Ich wäre schon froh über eine Identifizierung.«

»Auch da sollten Sie sich keine Wunderdinge erhoffen. Am

besten ist es, wenn ich mit den Proben ins Labor gehe. Vielleicht zeigt das Material noch Reaktionen. Ich habe einen Mann da drin, der Gesteinsproben sichern soll; sein Kollege arbeitet mit einer Schaufel und sucht den Boden ab, er sammelt auch den Kot, obwohl der schon ein paar Wochen alt ist und mit Gewißheit von Hunden stammt – man kann die Scheiße fast noch bellen hören. Wenn wir was Interessantes feststellen, sind Sie jedenfalls der erste, der davon erfährt.«

»Was ist mit dem Stoff?«

»Sieht nach Baumwolle aus«, sagte Steinfeld. »Könnte vielleicht zu Ihrer Nummer eins passen, aber es handelt sich um ein sehr gebräuchliches Material. Und um Ihre nächste Frage gleich vorwegzunehmen, die Fußabdrücke sind ganz frisch – stammen von den Sandalen unserer nomadischen Freunde. Ein paar Fingerabdrücke haben wir gefunden, wahrscheinlich auch von den Leuten.« Er blickte auf seine Uhr. »Ist sonst noch was? Das Blut wird nicht unbedingt frischer.«

»Nein. Und danke, daß Sie so schnell hergekommen sind. Wann können Sie mir die Resultate durchgeben?«

Steinfeld schnaubte. »Gestern, wie üblich. So hätten Sie's doch gern, oder?«

42

Wegen der Sache mit dem Kater flippte sie total aus, schrie und heulte und wollte sich schier umbringen. Stolperte durchs ganze Haus, riß Schränke und Schubladen auf und schleuderte Sachen durch die Gegend, um die sich die Hausmädchen kümmern sollten. Ging in die Küche, in den Keller, sogar in sein Zimmer – Räume, die sie seit Jahren nicht mehr betreten hatte. Stimmte ihren weinerlichen, primadonnenhaften Singsang an und rief immer wieder nach ihm mit jener sonderbar kieksenden Stimme.

»Kommkomm, Schnee-ball, kommkomm!«

Etwas nervös wurde er doch, als sie in sein Zimmer eindrang und in alle Ecken schaute. Auch wenn er wußte, daß er mit großer Sorgfalt vorgegangen war.

»Hast du mein Baby gesehen? Sag's mir, oder der Teufel soll dich holen!«

»Nein, Mami.«

»Oh, Gott!« Sie schluchzte und weinte und raufte sich die Haare.

Er hatte wirklich alles perfekt gesäubert – nicht der kleinste Tropfen Blut war übriggeblieben. Mit den Operationsscheren aus dem Koffer mit dem Chirurgenbesteck hatte er, was von der Leiche noch übrig war, in kleine Teile zerschnitten, in Zeitungspapier gewickelt und anschließend Stück für Stück in verschiedenen Abwassergullies der Nachbarschaft verschwinden lassen. Er hatte es nachts getan, als es frisch war und kühl, die Sommerblumen standen in voller Blüte und verströmten jenen intensiven süßen Duft, der sich nicht verflüchtigte.

Ein Abenteuer.

Auch sie ging nach draußen – er hatte sie noch nie zuvor aus dem Haus gehen sehen. Sie zog sich diesen Bademantel aus Satin über, in dem sie auf der Straße lächerlich wirkte; sie schaffte es tatsächlich halbwegs bis zum nächsten Wohnblock und sang immerzu »Schneeball, kommkomm, du ungezogener kleiner Schlingel, Liebling!« Dann mußte sie umkehren, weil sie am Ende ihrer Kräfte war; vollkommen verwirrt und totenblaß kam sie zurück, schloß sich in ihr Zimmer ein und erbrach sich so geräuschvoll, daß er ihr Keuchen durch die Tür hören konnte.

Als sie sich endlich damit abfinden mußte, daß der kleine Scheißer endgültig verschwunden war, bekam sie regelrechte Wahnvorstellungen. Jemand mußte den Kater umgebracht haben.

Fest davon überzeugt, daß Doktor es war, erwischte sie ihn in der Bibliothek, überhäufte ihn mit Vorwürfen und beschuldigte ihn.

Doktor ging erst gar nicht auf sie ein, aber sie hörte nicht auf zu schreien, er sei ein Mörder, er hätte Schneeball wegen eines blutigen jüdischen Rituals ermordet und sein Blut für ein verfluchtes jüdisches Gericht benutzt.

Am Ende wurde Doktor wütend und sagte: »Vielleicht ist er weggelaufen, weil er es mit dir nicht mehr aushalten konnte, Christina. Weil er es nicht mehr mit ansehen konnte, wie du Tag und Nacht säufst und dir dann die Seele aus dem Leib kotzt.«

Danach verfielen sie in ihren üblichen Streit, und er schlich die Treppe hinunter und nahm seinen gewohnten Platz auf der Nummer sechs ein. Lauschte und wichste und prägte sich Sexbilder ein, an die er denken konnte, wenn er beim Wichsen allein war.

Am nächsten Morgen rief sie bei der Humanistischen Union an und erklärte den Leuten, ihr Mann würde Tiere ermorden, er hätte ihren preisgekrönten Angorakater umgebracht und ihn ins Krankenhaus geschafft, um seine Leiche für medizinische Experimente zu mißbrauchen. Dann telefonierte sie mit dem Krankenhaus und der Ärztekammer und wollte Doktor wegen Tierquälerei anzeigen.

Aber sie brauchte bloß den Mund aufzumachen, dann war allen Leuten sofort klar, daß man sie nicht für voll nehmen konnte. Für ihr Anliegen interessierte sich kein Mensch.

Während er operierte, hatte das Dröhnen in seinem Kopf nachgelassen. Er hatte sich groß und stark gefühlt wie ein Riese; alles war phantastisch gelaufen.

Ein Erfolg, die wahre Wissenschaft. Er schnitt behutsam, legte eine Gewebeschicht nach der andern frei und schaute sich dabei die Farben an: gelbliches Fett, die Muskeln fleischrot, die Leber purpurrot, die Eingeweide bräunlich-rötlich und dann diese bläulichen Häutchen, überzogen von einem Geflecht aus Blutgefäßen; wie Straßen auf einer Landkarte sah das aus.

Das kleine Herz pumpte, man hätte meinen können, daß an den Rändern das Blut durchsickerte.

Ihm war, als habe er ein Kind vor sich, mit dem er machen konnte, was er wollte.

So ein Tier sah schön aus, wenn man es von innen betrachtete, so schön wie die Schaubilder, die er in einem von Doktors Büchern gesehen hatte. *Die Anatomie des Menschen* – auf Plastikbögen, die schichtweise übereinander lagen, war eine jeweils andere Abbildung des menschlichen Körpers zu sehen. Die Bögen lagen direkt hintereinander. Man konnte sie entblättern, einen nach dem andern, es begann mit einer vollständigen Person – ein nackter Mensch –, und dann blätterte man auf die nächste Seite und stieß auf die Muskeln, auf eine Figur, die nur aus gestreiften roten Muskeln bestand. Auf dem nächsten Bogen waren die Muskeln weg und man sah die inneren Organe, danach kam ein ausgefranster Mann, der nur aus Nerven und Hirn bestand und am Ende ein Skelett.

Eigentlich waren es zwei. Ein Plastikmann und eine Plastikfrau.

Die Frau gefiel ihm besser, er sah, daß die Titten im Innern fast nur aus Fettgewebe bestanden, das machte ihm Spaß.

Komisch war das.

Wie schön so ein Körper von innen aussah, mit all den verschiedenen Farben; ganz schön kompliziert.

In der Schule nahmen sie Fruchtfliegen durch, und es wurde geredet und geredet; mit der Realität, so wie hier, hatte das nichts zu tun.

Wissenschaft war das nicht.

Als er mit dem Kater zu Ende war, trennte er ihm das Zwerchfell durch, und das Tier hörte auf zu atmen.

Dann räumte er auf, nahm sich viel Zeit dafür, war supervorsichtig.

Denn darauf kam es an. Perfekte Sauberkeit war alles. Auf diese Weise würde man ihn nie erwischen.

Ohne den Kater wurde alles noch schlimmer mit ihr, sie wurde zunehmend wunderlicher. Kam kaum noch aus ihrem Zimmer, führte Selbstgespräche und kotzte aus, was sie gegessen hatte – sie war total am Ende. Die Hausmädchen nannten sie nur noch Senora Loca, die Klofrau; sie waren davon überzeugt, daß sie endgültig den Verstand verloren hatte, und machten keinen Hehl aus ihrer Meinung.

Er hätte gern gewußt, weshalb Doktor überhaupt noch mit ihr zusammenblieb. Warum gab Doktor ihr nicht einfach einen Tritt in den Arsch? Bis er sie dann wieder einmal streiten hörte. Sie beschuldigte Doktor, mit den kleinen Pipimädchen im Krankenhaus zu ficken, und meinte, das würde sie sich nicht bieten lassen. Ihr könnte er nicht denselben Scheiß andrehen wie damals Lillian – sie nämlich würde ihn in dem Fall auf der Stelle rausschmeißen. Würde ihn restlos fertigmachen, bis er mit dem Bus zur Arbeit fahren und jeden Tag Eintopf essen müßte.

Doktor gab ihr darauf keine Antwort, also schien an ihrer Drohung etwas dran zu sein.

So oft wie früher stritten sie sich nicht mehr, im Gegenteil. Doch das lag nur daran, daß Doktor so gut wie gar nicht mehr zu Hause war. Aber wenn er mal kam, dann flogen die Fetzen, und sie brachten die Luft zum Brennen.

Er ging jetzt nicht mehr jedesmal nach unten, um zu lauschen. Inzwischen hatte er eine Unmenge von Phantasiebildern mit gewalttätigem Sex im Kopf; Bilder, die er sich jederzeit vorstellen und mit denen er arbeiten konnte. Trotzdem war die Wirkung immer noch am stärksten, wenn er sie tatsächlich belauschte, durch den Türspalt beobachtete, was sich zwischen ihnen abspielte.

Einmal waren sie in Hochform, in der Woche nach seinem fünfzehnten Geburtstag, den man nicht gefeiert hatte. Nicht daß er etwas anderes erwartet hätte – sie war zu betrunken, und Doktor ignorierte seine Geburtstage, seit er sich geweigert hatte, an der *Bar Mitzvah* teilzunehmen.

Der Scheißtyp hielt doch selber nicht auf Religion – warum zum Teufel sollte er dann diesen ganzen jüdischen Krempel lernen?

Er hatte abgewartet, ob sich bei ihm so etwas wie ein Geburtstagsgefühl einstellen würde. Als das nicht geschah, sagte er sich: Scheiß drauf, ihr Saftärsche, verließ am Abend das Haus und ging spazieren. Ein paar Häuserblocks weiter fand er den Hund – einen Terrier ohne Halsband, völlig verwahrlost. Dann steckte er ihn unter seinen Mantel und schaffte ihn zu sich nach Hause. Oben in seinem Zimmer gab er ihm eine Betäubung und inszenierte eine tolle chirurgische Nummer, einfach super. Operierte ihn mit dem großen Amputiermesser von Liston und berauschte sich an dem Gewicht des Instruments. Es gab ihm ein Gefühl von Überlegenheit.

In dieser Nacht träumte er verrückte Geschichten. Er sah ein Gewimmel von Tieren und Mädchen, sie führten wilde Tänze vor ihm auf, stießen Schreie aus und flehten ihn an, er solle es ihnen besorgen. Er saß dabei auf einem sesselartigen Thron und schaute von hoch oben in diese Arena aus Feuer und Blut. Eine gräßliche Szene; am Ende hatte er alles penibel in Ordnung gebracht und sich dabei ausgesprochen wohlgefühlt.

Er wachte auf, als sie sich stritten.

Auf ging's! Die Geburtstagsfeier konnte losgehen.

Wieder saß er unten auf der Nummer sechs, dachte an die wunderbaren Dinge, die er heute schon erlebt hatte, und war in bester Stimmung.

Auch wenn er den Anfang verpaßt hatte, war ihm sofort klar, daß es bei ihrem Streit um Sarah ging – wenn sie in Hochform waren, drehte es sich immer um sie.

Sie hatte ein Prädikatsexamen gemacht und war an der ersten medizinischen Fachschule ihrer Wahl angenommen worden. Doktor war mit fliegenden Fahnen zu ihr geeilt, hatte sie mit reichlich Geld beschenkt, ihr eine komplette neue Garderobe spendiert und eine Auslandsreise gezahlt – Flugtickets erster Klasse, Übernachtungen in Luxushotels und dazu noch diverse Kreditkarten.

»Wann zum Teufel hab' ich so was mal von dir bekommen?«

»Wann zum Teufel hast du so was mal verdient?«

»Laß mich zufrieden, du mieses Arschloch. Ich hab' mein Leben für dich weggegeben, nicht mehr und nicht weniger. Für dich hab' ich mich ruiniert!«

»Jetzt geht das wieder los.«

»Beklag dich nicht, du Bastard. Du hast verdammt recht, wenn du sagst, jetzt geht das wieder los. Glaub bloß nicht, ich wüßte nicht, was du tust.«

»Und das wäre?«

»Du gibst ihr dein ganzes Geld, so daß am Ende nichts mehr übrigbleibt.«

»Du denkst wohl schon an deine Erbschaft, was?«

»Da hast du verdammt recht. Was hab' ich denn sonst noch vom Leben zu erwarten?«

»Bei deiner Sauferei und bei den ganzen Abführmitteln, die du so schluckst, Christina – da wäre ich mir an deiner Stelle nicht so sicher, ob du noch unter den Lebenden bist, wenn es was zu erben gibt.«

»Warte nur ab, du Scheißkerl. Ich bringe dich noch unter die Erde, und bei deinem Begräbnis werde ich lachend dabeistehen und auf deinem Grab tanzen.«

»Da wäre ich mir nicht so sicher.«

»Ich bin mir da ganz sicher.«

»Zehn zu eins, daß deine Elektrolytewerte total von der Rolle sind, und weiß der Teufel, was von deiner Leber noch übrig ist – du riechst ja schon wie ein Säufer, Jesus.«

»Komm mir nicht mit Jesus! Jesus liebt mich, und er haßt dich, weil du ein Jesusmörder bist. Untersteh dich, vor mir die Augen zu verdrehen, du verfluchter Jude und Christusmörder.«

»Plötzlich bist du auch noch religiös geworden.«

»Ich bin immer religiös gewesen. Jesus liebt mich, und ich liebe ihn.«

»Du und Jesus, ihr beiden habt wohl was miteinander, wenn ich das richtig sehe.«

»Lach nur, solange du noch lachen kannst, du Arschloch. Ich werde gerettet werden, und du wirst eines Tages in der Hölle verbrennen – zusammen mit dieser hakennasigen kleinen Schlampe und ihrer hakennasigen Mutter. Ich würde dich ja auf der Stelle rausschmeißen, damit alle Welt sieht, was du für ein Dieb bist. Mich hindert nur, daß die beiden dann ihre dreckigen Pfoten in den Topf stecken würden und ihre jüdischen Winkeladvokaten mobilisieren, um mir alles wegzunehmen.«

»Ich dachte, ich würde ihnen sowieso schon alles zuschustern.«

»Versuch bloß nicht, mich anzuscheißen, Charles. Ich weiß, was du vorhast.«

»Wie schön. Wenn du das sagst, wird es wohl so sein.«

»Eins sage ich dir: Deine hakennasigen Schlampen werden noch mit dir in der Hölle braten. Und ich sage dir: Ausnehmen lasse ich mich von euch nicht, das geht nur über meine Leiche.«

»Sarah ist ein großartiges Mädchen. Sie hat es verdient. Ich werde ihr geben, was ich für richtig halte.«

»Da kannst du Gift drauf nehmen.«

»Was soll das heißen?«

»Da kannst du wohl nicht drüber lachen. Du weißt genau, was ich meine.«

»Ekelhaft bist du. Geh mir bloß aus den Augen, zum Teufel.«

»Und deine kleine hakennasige Schlampe, die hat natürlich Klasse, mit ihren Haaren an den Beinen und ihrer Nase, die aussieht wie ein –«

»Lillian ist eine Frau, der du nicht das Wasser reichen kannst.«

»Papageienschnabel. Hat doch wirklich Klasse, diese Nase, was?«

»Halt die Schnauze, Christina!«

»Halt die Schnauze, Christina – jetzt willst du mich abschieben wie einen Sack Müll, oder was? Es hat ja mal eine Zeit gegeben, wo du mich absolut nicht ekelhaft gefunden hast. Wo du's leid warst mit deiner jüdischen Fotze. Ignoriert hast du mich, du Supermann? Du hast mich nicht ignoriert, als du damals die Nase voll hattest von deiner jüdischen Fotze und nur noch meine haben wolltest. Hast deine hakennasige Schlampe rausgeworfen, weil du nur noch das hier haben wolltest, komm, sieh's dir an – so was schönes Blondes und Süßes und Feuchtes –«

»Du bist widerlich. Zieh dir was über.«

»Hakennasige Schlampen haben so was doch nicht, oder? Hakennasige Schlampen sind ganz behaart und riechen schlecht und sind schmutzig, sie sind wie die Tiere. Deine hakennasige Lillian, deine hakennasige Sarah!«

»Halt die Schnauze!«

»Ah, da kannst du nun wohl gar nicht drüber lachen. Wenn du dir vorstellen sollst, daß dein kleiner Engel eine schmutzige –«

»Halt die Schnauze, sonst werde ich dich –«

»Sonst wirst du mich was? Mich schlagen? Mich umbringen? Und wenn schon. Ich werde wiederkommen und dich heimsuchen, werde als Gespenst auf deinem Grab tanzen.«

»Nun reicht's.«

»Aber mir reicht's nicht, Charles. Mir wird es niemals reichen, weil du so ein verlogener krimineller Arsch bist. Weil du einer kleinen Nutte vermachen willst, was mir zusteht. Weil du davon träumst, daß sie die heilige Jungfrau Maria wäre oder so was in der Art. Du dämlicher Kerl, glaubst du denn im Ernst, sie hätte nichts zwischen den Beinen? Was glaubst du denn, wie sie auf die Akademie gekommen ist? Auf die Knie ist sie gegangen vor so einem Zulassungsbeamten und hat ihm –«

»Halt endlich deine gottverdammte, dreckige Schnauze!«

»Tut weh, wenn man die Wahrheit hören muß, nicht?«

»Hör zu, du besoffenes, schwachsinniges Stück! Sie ist auf die medizinische Akademie gekommen, weil sie ihr Examen mit Eins gemacht hat, summa cum laude und Phi Beta Kappa. Sie hat mehr Verstand in ihrem kleinen Finger als du in deinem ganzen alkoholbenebelten Gehirn.«

»Nutte summa cum laude.«

»Also gut, Christina, ich lasse mich von dir nicht fertigmachen. Du bist eifersüchtig auf Sarah, weil sie ein wunderbares Mädchen ist, und du fühlst dich von ihr bedroht, bloß weil sie nun mal auf der Welt ist.«

»Sie ist eine hakennasige kleine Schlampe, genau wie ihre Mutter.«

»Ihre Mutter ist eine kultivierte Frau mit Niveau. Ich hätte mit ihr zusammenbleiben sollen.«

»Und warum hast du's nicht getan?«

»Weiß der Himmel.«

»Der Himmel weiß das, ganz recht. Jesus weiß es auch, daß du ein verfluchter Heuchler und Lügner bist. Sie war frigid und langweilig und überall behaart. Du wolltest eine Frau mit glatten weißen Beinen und einer hübschen Pussy, nicht so eine Judenfotze, wolltest deinen Schwanz in den Mund der Jungfrau Maria stecken – hast es so nötig gehabt, daß du gleich im Sprechzimmer über mich hergefallen bist, die Patienten draußen im Wartezimmer sind dir dabei egal gewesen. Vergewaltigt hast du mich, du Arschloch!«

»Wer da wen vergewaltigt hat, das ist noch die Frage –«

»Vergewaltigt hast du mich und mich benutzt. Und nun willst du, was ich verdient habe – mein Blutgeld –, deiner hakennasigen Schlampe zukommen lassen.«

»Es reicht, ich bin müde. Ich muß morgen sehr früh operieren.«

»Du bist müde? Müde bin ich auch. Weil ich dein Gefasel nicht mehr ertragen kann. Ihr diese Garderobe zu schenken und diese Reise – sie ist schon hoffnungslos verwöhnt und verdorben.«

»Sie ist ein großartiges Mädchen, und sie hat es verdient. Ende der Diskussion.«

»Sie ist eine Schlampe, genau wie ihre Mutter.«

»Ihre Mutter hat mir eine wunderbare Tochter geschenkt.«

»Und ich? Habe ich dir etwa nichts geschenkt? Bei der Entbindung hat's mich fast zerrissen – ich hab' mich nie mehr richtig davon erholt!«

»Fast zerrissen? Das soll wohl ein Witz sein. Bei dem Becken, das du hast. Da kann man doch mit einem Lieferwagen durchfahren.«

»Es hat mich fast zerrissen, du verdammtes Arschloch. Was habe ich dir geschenkt, ich, du verdammtes Arschloch?«

»Einen Verrückten.«

»Leck mich doch!«

»Der Junge ist verrückt, Christina. Daran ist nicht zu deuteln.«

»Hör zu, du blöder Judenscheißer. Der Junge ist schön – Haare hat er wie ein griechischer Gott! Und dann diese verträumten Augen. Seine Nase ist klein und gerade. Und groß ist er – schon so groß wie du, er wird bald einen ganzen Kopf größer sein als du; wird dir, wenn ich es ihm sage, die Scheiße aus dem Leib schlagen, um seine Mama zu beschützen.«

»Er ist verrückt, Christina – du hast ihm deine verrückten genetischen Anlagen mitgegeben. Hast du mal versucht, ein Gespräch mit ihm zu führen? Natürlich nicht – wie könntest du auch? Blau wie du bist –«

»Leck mich doch, er ist ein schönes –«

»Versuch's doch mal, du versoffene, schwachsinnige Schlampe. Sag einfach mal hallo zu ihm, und dann schau dir sein verrücktes Grinsen an. Er ist genau wie du – wunderlich, bleibt Tag und Nacht in seinem Zimmer. Weiß der Teufel, was er da treibt.«

»Er studiert. Er ist ein Intellektueller – das sieht man seinen Augen an.«

»Was soll er denn wohl studieren? In der Schule ist er ein Versager, in den letzten drei Jahren ist er nicht über einen Durchschnitt von Vier hinausgekommen. Aber das entzieht sich wohl deiner Kenntnis, nehme ich an. Mit dir telefoniert der Schulleiter ja nicht – kein Mensch ruft dich an, weil alle Welt weiß, daß du von morgens bis abends zu betrunken bist, um auch nur zwei halbwegs vernünftige Sätze auf die Reihe zu kriegen. Aber mich rufen sie an. Seine Lehrer, seine Tutoren, und alle halten ihn für verrückt. Erst letzte Woche habe ich ein Telefongespräch mit dem Schulleiter geführt. Tatsache ist, daß ich ihn bestechen mußte und ihm eine neue Laboreinrichtung versprochen habe, um dein schönes Kind vorm endgültigen Rausschmiß zu bewahren.«

»Hast du dem Schullehrer auch gesagt, daß er einen brutalen und grausamen Vater hat, der nie für ihn oder für seine Mutter dagewesen ist und der seine Mutter vergewaltigt hat? Daß sein Vater ein Christusmörder ist? Daß sein Vater die eigene Frau umbringen wollte, nur um mit den kleinen Pipimädchen zu bumsen? Hast du ihm gesagt –«

»Keine Freunde, kann dem Unterricht nicht folgen, sitzt im Klassenzimmer und starrt den ganzen Tag in die Luft – das sind deine Anlagen, das hat er nur von dir, Christina. Weiß der Teufel, ob er da noch mal rauskommt. Der Schulleiter hat vorgeschlagen, daß er in eine Psychotherapie geht. Ich habe mit Emil Diefenbach gesprochen – er arbeitet mit einer Gruppe von Jugendlichen und meinte, er würde ihn gern mal kennenlernen.«

»Zu so einem jüdischen Seelenklempner wirst du ihn nicht schaffen.«

»Ich werde mit ihm tun, was ich für richtig halte, zum Teufel.«

»Nicht mit meinem Sohn.«

»Der Junge ist absolut verrückt, Christina – du hast eine

Mißgeburt zur Welt gebracht. Vielleicht ist ihm noch zu helfen, ich weiß es nicht. Auf jeden Fall muß er eine Chance bekommen.«

»Nur über meine Leiche, du schmutziger, hinterhältiger Bastard. Du willst ihn doch nur kaputt machen – ihm sein Gehirn vergiften, genau wie du das mit mir gemacht hast. Ihm seinen Anteil wegnehmen, damit du alles deiner hakennasigen Schlampe geben kannst.«

»Mir kommen gleich die Tränen.«

»Aber das werde ich nicht zulassen!«

»Und wie stellst du dir das vor? Was kannst du denn schon gegen mich machen?«

»Ich werde einen Anwalt nehmen. Eine Mutter hat ihre Rechte.«

»Du bist keine Mutter. Du bist ein Nichts, Christina. Eine Mutter – oder etwas in der Art – bist du schon seit langer Zeit nicht mehr.«

»Ich bin seine leibliche Mutter. Jesus hat mich dazu ausersehen, damit ich ihn beschütze.«

»Und ich bin sein leiblicher Vater. Das einzig gesunde Elternteil, das er hat.«

»Untersteh dich, an seinem Kopf herumzupfuschen, du Scheißkerl!«

»Gute Nacht, Christina.«

»Er ist nicht von dir, und darum hast du nicht an ihm herumzupfuschen, du Scheißkerl! In ihm ist nicht die kleinste Spur von dir!«

»Die Diskussion ist beendet, Christina. Geh mir aus dem Weg.«

»Sieh ihn dir doch mal genau an, du Scheißkerl! Was er für Haare hat und was für eine Nase – in ihm steckt nichts von einem Juden. Er ist nicht von dir.«

»Ja, ja, schön wär's. Laß meinen Arm los.«

»Das ist die Wahrheit, du dämlicher Judenarsch. Er ist nicht von dir – er ist von Schwann!«

Schweigen.

»Er ist von Schwann, du Arschloch. Ist dir denn die Ähnlichkeit nie aufgefallen?«

»Was, zum Teufel, erzählst du da eigentlich?«

»Ach, nun ist der Herr verstimmt, und am liebsten würde er mich umbringen. Rühr mich bloß nicht an – sonst fange ich an zu schreien.«

»Ich habe gesagt, was erzählst du da eigentlich, Christina!«

»Ich erzähle von dem Sommer, als Schwann bei uns wohnte. Er hat mich jeden Tag gehabt. Wir haben es überall gemacht, im Haus, am Strand, im Swimmingpool!«

Schweigen.

»Schau ihn dir doch mal genau an. Du erinnerst dich doch noch an das Gesicht von Schwann? Die Ähnlichkeit ist verblüffend, nicht wahr, Charles?«

»Absurd.«

»Absurd bist du gewesen, Charles. Du wolltest Schwann den Supermann vormachen, das Arztgenie, hast ihm pompöse Vorträge gehalten über die Tätigkeit des Chirurgen und seinen Platz in der Gesellschaft. Du hast dir eingebildet, er würde zu dir aufschauen. Bist dir ja so großartig vorgekommen, wenn er dich mit Professor und Doktor titulierte, und dabei ist er die ganze Zeit nur hinter mir hergewesen. Ich war der Grund, meinetwegen hat er dir ständig die Füße küssen wollen und dir gesagt, was du für ein prächtiger Kerl wärst. Und wenn du aus dem Haus gingst, hast du geglaubt, er würde sich allen Ernstes für deine Bibliothek interessieren. Du bist kaum aus der Tür gewesen, da hab' ich ihm die Pfadfinderliebhaberin gemacht – allzeit bereit. Wir sind nur so übereinander hergefallen und haben einen Riesenspaß miteinander gehabt, und er hat mir ein wunderschönes Baby gemacht, ohne einen einzigen schmutzigen Tropfen jüdisches Blut. *Also laß die Finger von ihm, du Bastard, wehe, wenn du es wagst, ihn anzufassen. Er ist nicht von dir!*«

Stille. Das Geräusch von schweren Schritten.

»Aha! Da hat's ihm doch die Sprache verschlagen, nun muß er klein beigeben und seinen Schwanz einziehen. Und seine Gemeinheiten kann er sich jetzt ein für alle Mal abschminken!«

43 »Der Dreckskerl wird stolz auf Sie sein«, sagte Shmeltzer, als er den Konferenzraum betrat. »Was steht denn für die Besprechung zu erwarten – diskutieren wir horizontal oder vertikal?«

»Diagonal«, sagte Daniel und pinnte eine Karte von Jerusalem und Umgebung an die Wand neben der Tafel. Die Stelle, wo man die beiden Opfer aufgefunden hatte, waren mit einem roten Kreis markiert, ebenso die Höhle.

Shmeltzer nahm seinen Platz am Tisch ein. Den Chinesen und Daoud begrüßte er mit einem Kopfnicken und griff nach der Kaffeekanne.

Es war acht Uhr morgens; vor genau zwanzig Stunden hatte man den blutbefleckten Felsblock entdeckt. Der Raum lag im Erdgeschoß des Präsidiums, hatte weiße Wände und wurde von einer voluminösen Klimaanlage kühl gehalten.

Daniel hatte die Karte befestigt und nahm einen Zeigestock zur Hand. Shmeltzer reichte ihm die Kaffeekanne, und er füllte seine Tasse. Der Chinese und Daoud steckten sich Zigaretten an. Tabakqualm und eine leichte Anspannung breiteten sich in der kühlen Luft des Raumes aus.

»Wo ist Cohen?« fragte Daniel den Chinesen.

»Weiß ich nicht. Er sollte mich um sieben treffen, wir wollten einen Gang durch das Armenierviertel machen. Seitdem habe ich nichts von ihm gesehen und gehört.«

»Ach, die Extravaganzen der Jugend«, sagte Shmeltzer. Er goß sich Kaffee nach, trank einen großen Schluck.

»Extravaganzen können wir uns nicht leisten«, sagte Daniel. Er nahm den Telefonhörer ab, hinterließ in der Zentrale die Nachricht, *Samal* Cohen solle umgehend anrufen, und legte dann, leicht irritiert, wieder auf. Wo er doch gestern erst gedacht hatte, der Junge würde sich machen. Aber so konnte es einem gehen.

»Fangen wir an«, sagte er und klopfte mit dem Zeigestock auf die Karte. Gestern abend hatte er sie alle einzeln angerufen und über die Sache mit der Höhle informiert. Heute morgen ging er noch einmal die grundlegenden Dinge mit ihnen durch und ließ ihnen Zeit, sich Notizen zu machen. Schließlich ging er wieder an seinen Platz zurück und nahm den gerichtsmedizinischen Bericht zu Hand.

»Meir Steinfeld schulden wir ein Essen im ›Cow On The Roof‹. Er hat die ganze Nacht durchgearbeitet und mehr herausbekommen, als wir erwarten konnten. Es gab zwei Sorten tierisches Blut in der Höhle – Nagetier und Hund – und menschliches Blut der Gruppe Null, Rhesusfaktor positiv. Fatma und Juliet waren beide Null-positiv, aber der Haptoglobin-Test hat zu unterschiedlichen Ergebnissen geführt. Juliet hatte den Typ zwei, der am häufigsten vorkommt; aber Fatma besaß Typ eins, der sich nur bei etwa fünfzehn Prozent der Bevölkerung findet. Steinfeld hat ausschließlich den Typ eins gefunden. Es spricht also alles dafür, daß Juliet nicht in der Höhle getötet wurde.«

»Das ist noch kein Beweis, daß Fatma dort getötet wurde«, sagte Shmeltzer. »Fünfzehn Prozent sind ja keine so niedrige Quote.«

»Kein Beweis«, sagte Daniel, »aber immerhin ein starkes Indiz. Steinfeld bezeichnet den Blutverlust als außerordentlich hoch. Dr. Levi nimmt an, daß er zum Tode geführt hat. Die anthropometrische Analyse der Umrisse auf dem Felsblock indiziert eine schmächtige weibliche Person von Fatmas Größe. Eine beträchtliche Menge von eingetrocknetem Blut fand sich in der Schmutzschicht an der Spitze des Felsblocks, was auf eine tiefe, stark blutende Wunde am Kopf oder Hals schließen läßt. Der Blutausfluß an den Seiten verweist auf kleinere, aber zahlreiche Wunden am Rumpf. Sind andere Opfer bekannt, auf die eine derartige Beschreibung zutreffen würde?«

»Um die Rolle des Advocatus Diaboli zu spielen«, sagte Shmeltzer, »schlage ich ein anderes Szenarium vor: Die Beduinen haben eine ihrer eigenen Frauen auf diesem Felsen verstümmelt. Haben sie hingerichtet, weil sie mit dem falschen Mann gebumst hat oder Dinge gesagt hat, die ihr nicht zustanden. Anschließend haben sie sie irgendwo in der Wüste begraben.«

»Das würde nicht in den zeitlichen Rahmen passen«, sagte Daniel. »Steinfeld schätzt das Alter des Blutes auf drei bis sechs Wochen – nicht, daß er darauf einen Eid ablegen würde. Aber es ist mit Sicherheit älter als acht Tage, und genauso lange haben die Beduinen in diesem Wüstengelände ihr Vieh weiden lassen. Die Leute von der Grenzpatrouille hatten sie über längere Zeit geortet; seit dem Ende der Regenzeit hielten sie sich oben im Norden auf, also weit entfernt von der Höhle. Und der Stoffetzen stimmt mit der Beschreibung des Hemdes überein, das Fatma trug, als sie zum letzten Mal gesehen wurde.« Er zögerte. »Bombensicher ist das alles nicht, aber die Sache ist es wirklich wert, verfolgt zu werden.«

Shmeltzer nickte und nahm sich noch einen Schluck Kaffee. »In Ordnung«, sagte er, »also zwei Tatorte. Aber warum?«

»Ich weiß es nicht«, sagte Daniel. »Und keine der beiden Leichen ist in der Höhle gewaschen worden – seit vier Monaten hat es dort nicht mehr geregnet, und beide Leichen sind gründlich gewaschen worden.«

»Man könnte Wasser in Behältern in die Wüste transportieren«, sagte der Chinese. »Letzten Sommer haben wir ein paar Wochen im Kibbuz meiner Frau verbracht. Mich haben sie an die Arbeit zu den Karpfenteichen geschickt, mußte mich mit Flaschen von Destillat abschleppen, immer hin und zurück, um die Filter durchzuspülen. Große Plastikbehälter – die fassen acht Liter, wiegen etwa dreißig Kilo. Zwei davon würden ausreichen, um eine Leiche zu waschen, glauben Sie nicht?«

Shmeltzer stand auf und sah sich die Karte aus nächster Nähe an. »Wir haben es mit einer vier Kilometer langen Steigung zu tun, Yossi. Bei Dunkelheit den Berghang hinunter. Kennen Sie jemanden, der so etwas abziehen könnte und dabei sechzig Kilo Wasser schleppt und vielleicht auch noch einen vierzig Kilo schweren Körper?«

Der Chinese grinste und dehnte seinen gewaltigen Bizeps.

»Soll das ein Geständnis sein, Goliath?« Shmeltzer schüttelte den Kopf und ging wieder an seinen Platz.

»Das Wasser könnte mit Eseln transportiert worden sein«, sagte Daniel, »aber niemand hat da unten irgendwelche Esel beobachtet, was auch völlig unrationell wäre. Mehr Logik hat die Annahme, daß Fatma in der Höhle ermordet wurde und man sie dort hat ausbluten lassen. Die Leiche ist dann an einen zweiten Ort geschafft worden, wo sie schließlich auch gesäubert wurde. Vielleicht derselbe Ort, an dem man Juliet getötet hat.«

»Er bringt sie um, dann schafft er sie woanders hin, um sie zu waschen«, sagte der Chinese. »Sehr sonderbar. Wo ist da der Sinn?«

»Wie ein Mensch, der auf einem Altar geopfert wird«, sagte Shmeltzer. »Ein *Korban*, genau wie im Alten Testament.« Er lächelte säuerlich. »Vielleicht hätten wir Kagans Leute noch mal gründlicher ausquetschen sollen.«

Korbanot, das alte judäische Opferritual, das den Gebeten vorausging. Daniel hatte selbst schon daran gedacht – schon die Vorstellung war irritierend. Er schaute in die Runde, bis sein Blick an Daoud hängenblieb, dem einzigen nicht-jüdischen Gesicht. Daoud war nichts anzumerken.

»Ja«, sagte er. »Die beiden Morde haben etwas Zeremonielles.« Er fand ein Stück Kreide und schrieb an die Tafel:

FATMA: Getötet in der Höhle, gewaschen?
JULIET: Getötet? Gewaschen?

»In der Umgebung von Ein Qerem gibt es noch andere Höhlen«, sagte Daoud. »Nicht weit von der Stelle, wo man Juliet aufgefunden hat. Und ein paar von den Bächen dort führen auch Wasser.«

Daniel nickte. »Die Leute von der Grenzpatrouille haben sich dort bei Sonnenaufgang auf die Suche gemacht. Afif hat sich vor einer Stunde gemeldet – bis jetzt haben sie noch nichts gefunden.«

»Vielleicht gibt es mehrere Tatorte«, sagte Shmeltzer, »weil wir es mit mehreren Mördern zu tun haben. Vielleicht mit einer ganzen Bande von blutrünstigen Bastarden, die irgendeinen verrückten Kult betreiben? Wie die Dinge laufen, würde mich das überhaupt nicht wundern. Sie könnten Wasser in kleinen Behältern in die Höhle hinunterschaffen. Wenn sie ihre Wohnungen benutzen, hätten wir Tatorte zur Auswahl wie Sand am Meer.«

»Eine Karawane von Menschen würde in der Wüste auffallen«, sagte Daniel. »Afifs Männer hätten sie höchstwahrscheinlich mit ihren Infrarot-Gläsern entdeckt.«

»Diese Jungs haben sicher Adleraugen, aber unfehlbar sind sie auch nicht«, sagte Shmeltzer. »Sie haben sich einen Mörder durch die Lappen gehen lassen, der vier Kilometer weit durch das Gelände gewandert ist, mit einer Leiche auf der Schulter und ausgerüstet mit Messer, Laken und einer tragbaren Lampe, falls er sie nachts zermetzelt hat.«

»In Ordnung«, sagte Daniel, »wir können das nicht ausschließen.« Er schrieb an die Tafel: MEHRERE TÄTER? Machte dann eine Pause, um einen Schluck Kaffee zu trinken, stellte aber die Tasse mit der inzwischen lauwarm gewordenen Brühe wieder auf den Tisch zurück.

»Noch etwas«, sagte er. »Von außen wirkt die Höhle unzugänglich. Es muß sie also vorher jemand inspiziert haben. Und Sehenswürdigkeiten gibt es in der Gegend auch nicht unbedingt – die Touristenführer bringen da keine Leute hinunter.«

»Darum bin ich auf die Beduinen gekommen«, sagte Shmeltzer. »Die kennen dort jedes einzelne Sandkorn. Aber vielleicht haben wir's auch mit ein paar blutrünstigen Archäologen zu tun.«

»Setzen Sie sich mit der Universität in Verbindung, Nahum, und mit dem Naturschutzbund. Stellen Sie fest, ob in der Gegend Ausgrabungen geplant sind und ob im vergangenen Jahr irgendwelche Wandergruppen in die Gegend geführt wurden.«

Shmeltzer nickte und machte sich eine Notiz.

»Kommen wir zum nächsten Punkt«, sagte Daniel. »Ich habe einen Anruf von der Armee bekommen wegen Aljuni – der Frauenmörder aus Gaza. Er ist die ständige Überwachung leid und hat nun endlich einem Lügendetektortest zugestimmt. Tel Aviv wird das besorgen und uns den Bericht zuschicken. Gibt's sonst was Akutes zu klären? Dann wäre da noch die Sache mit dem Buckligen und seine Geschichte von dem Amerikaner mit den engstehenden Augen.«

»Der Bucklige ist ein hinterhältiges Dreckstück«, sagte Shmeltzer. »Der lügt doch, sobald er den Mund aufmacht.«

»Was hat er davon, wenn er uns eine solche Geschichte auftischt?« fragte Daniel.

Shmeltzer hielt eine Hand hoch und hakte die Punkte an seinen Fingern ab. »Will eine Festnahme wegen Unterschlagung vermeiden, will sich bei uns lieb Kind machen, will generell Aufmerksamkeit erregen.«

»Das glaube ich nicht, Nahum«, sagte der Chinese. »Die Ganoven haben wir bei diesem Ding auf unserer Seite. Seit dem Schlamassel mit dem Schlächter pfeifen sie finanziell aus dem letzten Loch. Die Rote Amira mag ja dem Buckligen einen Bären aufgebunden haben; aber ich würde meine Hand dafür ins Feuer legen, daß er ihre Geschichte wortgetreu wiedergegeben hat.«

»Wenn wir einmal von der Glaubwürdigkeit des Buckligen absehen«, sagte Daniel, »dann ist es doch problematisch, die

Geschichte in unseren Fall einzufügen. Allem Anschein nach war der Mann mit den engstehenden Augen auf eine schnelle Nummer mit einer Straßenhure aus. Unser Killer ist aber nicht der impulsive Typ, der sich spontan seine Opfer sucht. Und die Opfer haben beide nicht als Straßenmädchen gearbeitet: Fatma war keine Hure, Juliet war erst neu in der Stadt – sie hatte noch nicht genug Zeit, um ihre Bordellkontakte zu etablieren, und hier in Israel besaß sie keine Erfahrung mit der Straßenarbeit.«

»In Haifa hat sie als Straßenmädchen gearbeitet«, sagte der Chinese.

»Einen Tag lang, bis man sie schnappte. Und sie hat sich angestellt wie die Jungfrau vom Lande – der Detektiv vom Bezirk Nord, der sie aufgriff, hat mir erzählt, daß er sie für alles andere als eine Professionelle hielt. Sie hatte keine Ahnung, daß käuflicher Sex nicht gegen das Gesetz verstößt, solange sie die Klappe hält. Er hat sie geschnappt, als sie auf aggressive Weise nach Freiern suchte, was illegal ist; sie hat ein paar Matrosen auf die plumpe Tour angemacht. Bestimmt wäre sie, wenn sie noch lebte, mit der Zeit cleverer geworden und hätte schließlich eine Beschäftigung gefunden. Aber die Huren und Zuhälter, bei denen Sie sich umgehört haben, wollen weder Juliet noch Fatma in Jerusalem auf der Straße gesehen haben, oder, Yossi?«

»Nein.« Der Hüne schüttelte den Kopf. »Auf dem Straßenstrich sind beide nicht gesehen worden. Aber Juliet könnte vielleicht in den dunkleren Seitenstraßen angeschafft haben. Und es ist denkbar, daß Fatma gar nicht so unschuldig war. Ihr Freund war ein Arsch – vielleicht hat er sie an andere Männer verkauft.«

»Vielleicht«, sagte Daniel. »Nach Aussagen des Bruders hat Abdelatif gemeint, sie sei tot; was bedeutet haben könnte, daß sie promiskuitiv geworden war, aber kein Mensch hat sie auf dem Strich gesehen, und die regulären Mädchen haben immer einen Blick für die Neuen.« Er schüttelte wieder den

Kopf. »Nein, ich glaube nicht, daß die Mädchen ihrem Killer an der Bordsteinkante begegnet sind. Hier ging es ja nicht um Sex auf die Schnelle – beide haben sie Heroin bekommen, was sie sich widerstandslos injizieren ließen. Für mich heißt das, es muß eine Art von Verführung gegeben haben, auf die sie hereingefallen sind. Juliet hatte Erfahrungen mit Drogen, darum mag in ihrem Fall das Heroin tatsächlich ein Köder gewesen sein. Aber was veranlaßt ein so traditionsgebundenes Mädchen wie Fatma, sich hinzulegen und sich eine Spritze geben zu lassen?«

»Der Reiz des Neuen«, sagte der Chinese. »Und wenn sie erst mal abrutschen, gibt es kein Halten mehr.«

»Wir haben Erkenntnisse, daß sie noch gar nicht so tief abgerutscht war. Nur wenige Tage, bevor sie das Kloster verließ, hat sie sich noch in dem Olivenhain mit Anwar getroffen; sie wollte sich wieder mit der Familie versöhnen, und er sollte ihr dabei helfen. Also konnte sie so rettungslos tief noch nicht gestürzt sein. Diese Spritze anzunehmen, das war für sie ein gewaltiger Schritt; nur ein Mensch, der in ihren Augen vertrauenswürdig war, kann sie dazu überredet oder verführt haben. Es muß jemand gewesen sein, der seine Vertrauensposition mißbraucht hat. Eben darum haben wir so viel Zeit auf die Ärzte verwandt, und darum habe ich auch Elias auf den Mönch angesetzt.« Er wandte sich an Daoud: »Wie sieht's denn damit aus?«

»Unverändert dasselbe Bild. Er kommt nach draußen und geht spazieren, plötzlich macht er dann auf dem Absatz kehrt und eilt ins Kloster zurück. Bis über das Ende der Via Dolorosa kommt er nie hinaus. Normalerweise kehrt er schon nach ein paar Schritten wieder um. Als ob ihn etwas schwer belasten würde.«

«Bleiben Sie dran. Vielleicht finden Sie heraus, was ihn so bedrückt.«

Daoud nickte, dann sagte er: »Eine Frage noch, *Pakad*.«
»Bitte.«

»Die Sache mit dem spontanen Sex von der Straße. Wir haben es doch mit einer psychologisch gestörten Person zu tun, mit einem kaputten Typ. Könnte es da nicht sein, daß er auch mal von seinen selbst gesetzten Grundsätzen abweicht und einem spontanen Impuls nachgibt?«

»Vielleicht haben Sie damit sogar recht, Elias. Aber warum hätte er ausgerechnet auf Amira Nasser zugehen sollen? Fatma und Juliet besaßen eine auffallende Ähnlichkeit, woraus zu schließen ist, daß er's auf einen bestimmten Typ abgesehen hat – kleine, hübsche Brünette mit Ohrringen. Und wahrscheinlich steht er auf junge Mädchen – bei Juliet hat er sich durch ihr kindliches Gesicht täuschen lassen. Ohne Perücke ist auch Amira eine kleine Brünette, aber wer sie auf der Straße bei der Arbeit beobachtet, kann das nicht wissen. Der sieht nur eine Rothaarige in Hot Pants und Netzhemd, die sich ihr Gesicht mit Make-up verkleistert.«

»Vielleicht steht er auf unterschiedliche Typen und hat ganz unterschiedliche Interessen«, sagte der Chinese. »Mit den Rothaarigen macht er Sex, und die Brünetten bringt er um.«

»Moment mal«, sagte Shmeltzer. »Bevor wir diesen Punkt weiter diskutieren, sollten wir doch das Wesentliche nicht aus den Augen verlieren: dieser Kerl aus Amerika hat nicht die geringste Kleinigkeit angestellt, die man ihm zur Last legen könnte. Er bot Bargeld an, die Hure wies ihn ab, dann kniff er den Schwanz ein und zog ab, und damit hatte sich's. Angeblich hat er ihr Angst eingejagt, weil ihr sein Grinsen nicht gefiel. Angeblich hatte er engstehende Augen – was immer das heißen mag. Sehr dürftig, Freunde. Und der Umstand, daß die Geschichte von dem Buckligen stammt, macht alles noch dürftiger.«

»Ich gebe Ihnen recht«, sagte Daniel, »aber eine dürftige Geschichte ist besser als gar keine. Und nachdem wir alle Schwachstellen aufgezählt haben, bin ich immer noch an der Sache interessiert. Die Tatsache, daß Amira Angst vor diesem

Kerl hatte, läßt sich nicht ableugnen – Prostituierte entwickeln, was ihre Freier betrifft, eine sehr gute Menschenkenntnis; denn schließlich hängt ihre persönliche Sicherheit davon ab. Wenn Amira glaubte, daß er etwas Sonderbares an sich hatte, dann war das vielleicht auch so. Und der zeitliche Rahmen fällt ins Auge. Donnerstagnacht – ein Mord pro Woche. Also noch mal, wie hat sie ihn genau beschrieben, Yossi?«

Der Chinese blätterte in seinem Notizblock.

»Nach Darstellung des Buckligen war es ›ein Amerikaner mit irren Augen ... er tauchte auf wie aus dem Nichts ... sie meinte, er hätte sich irgendwo abseits der Straße versteckt‹. Ich habe mir die Stelle angesehen – es gibt da ein kleines Feld, in dem man sich verstecken könnte. Die Laborleute haben Reifenspuren gefunden und jede Menge Fußspuren, aber es war alles viel zu undeutlich, um etwas zu identifizieren.«

»Weiter«, sagte Daniel.

»›Er wollte Sex für Geld, aber es war etwas in seinen Augen, das ihr angst machte, und sie lehnte ab.‹ Ich habe den Buckligen gefragt, was denn mit seinen Augen nicht stimmte, und er sagte, Amira hätte gemeint, sie seien ›engstehend. Verrückt ... Sein Lächeln war so seltsam, es war eher ein breites Grinsen. Aber das Grinsen eines Killers.‹ Auf die Frage, wie er sich denn das Grinsen eines Killers vorstellen würde, sagte er: ›Kein freundliches Grinsen, es war das Grinsen eines Verrückten.‹«

Der Hüne schlug seinen Notizblock zu. »Ich habe versucht, mehr aus ihm herauszubekommen – hab' ihn ausgequetscht bis auf die letzten Tropfen, aber das war alles. Wenn Sie wollen, kann ich ihn mir ja noch mal vornehmen.«

»Sorgen Sie nur dafür, daß er die Stadt nicht verläßt.« Daniel stand auf und schrieb an die Tafel: AMERIKANER?

»Für Amira«, sagte er, »konnte Amerikaner alles Mögliche bedeutet haben – ein echter Amerikaner oder ein Mann, der englisch sprach oder auch nur amerikanisch gekleidet war. Oder es war jemand, der in ihren Augen amerikanisch aussah; was sich übersetzen läßt mit: hellhäutig, kräftige Gestalt, T-

Shirt mit der amerikanischen Flagge – wer weiß? Aber zumindest können wir von einem Ausländer mit ungeklärter Herkunft sprechen – ein Mann, der seiner Erscheinung nach nicht levantinisch ist. Was uns immerhin die Möglichkeit gibt, in dieser Richtung zu ermitteln.«

»Vergleiche ziehen mit ähnlich gelagerten Mordfällen im Ausland«, sagte Shmeltzer. »In Amerika und Europa.«

»Genau. Unser neuer Mann bei der Interpol in Bonn heißt Friedman. Ich habe versucht, ihn zu erreichen, seit Yossi mir von der Geschichte des Buckligen erzählt hat. Er ist nicht in der Stadt – in seinem Büro will man mir keine Auskunft geben, wo er zu erreichen ist. Wenn er anruft, werde ich ihn bitten, sich mit sämtlichen Kollegen von der Interpol in Europa in Verbindung zu setzen. Sie sollen nach Aufzeichnungen über ähnlich gelagerte Verbrechen suchen, die in den letzten zehn Jahren begangen wurden. Das dürfte nicht allzu schwierig sein; abgesehen von den Deutschen, deren Quote an Mordfällen im allgemeinen so gering ist wie bei uns. Aber ein so besonders scheußlicher Fall wird sich dann auch leichter finden lassen. In Amerika ist die Situation komplizierter: Man verzeichnet dort in jedem Jahr eine ungeheuer große Anzahl an Sexualmorden, aber es gibt keine zentrale Erfassungsstelle – Gesetzgebung und Rechtsprechung sind in den einzelnen Bundesstaaten unterschiedlich, und sie kommunizieren nur selten miteinander. Erst in den letzten Jahren hat man dem FBI mehr Bedeutung zugestanden – sie sind nun im Begriff, Kapitalverbrechen auch zentral zu erfassen, miteinander in Bezug zu bringen und auf diese Weise Serienmörder zu ermitteln, die durchs ganze Land reisen und Menschen umbringen. Im Augenblick sind sie dabei, eine Datenbank zu erstellen. Ich habe, glaube ich, eine Chance, mich da einzuklinken, und zwar außerhalb der bürokratischen Kleiderordnung. Aber es wäre schon ganz nett, wenn wir uns inzwischen mit Amira unterhalten könnten. Haben wir Informationen, wo sie im Moment steckt, Yossi?«

»Alle drei haben wir gerüchtweise gehört, daß sie wieder in Jordanien ist«, sagte der Chinese. »Angeblich soll sie jetzt in einem kleinen Ort in der Umgebung von Amman wohnen. Elias und mir hat man gesteckt, daß sie in Suweilih sein soll. Cohen hat man was von Hisban erzählt. Als wir den Gerüchten auf den Grund gehen wollten, bekamen wir immer nur zu hören, daß einer einem anderen weitererzählt hat, was er selbst um ein paar Ecken herum erfahren hatte.«

»Mehr als dürftig«, sagte Shmeltzer. »Aber da wir gerade von Gerüchten reden – Darousha ist definitiv homosexuell, Shin Bet verfügt über entsprechende Erkenntnisse. Letztes Jahr hatte er eine Liebesaffäre mit einem jüdischen Arzt. Hajab, der Wachmann, verbringt seine freie Zeit in Daroushas Haus in Ramallah und verrichtet dort Gelegenheitsarbeiten. Nicht ausgeschlossen, daß sich dabei auch noch andere Dinge abspielen. Wollen Sie, daß Shin Bet an der Geschichte dranbleibt?«

»Hat für uns keine Priorität«, sagte Daniel und mußte an Ben Davids Bemerkungen über latente Homosexuelle denken. »Wichtiger ist, daß Sie Kontakt mit dem Mann vom Mossad in Amman aufnehmen und Amira aufspüren.«

»Die Sache mit dem Bordell in Beirut hat letztens bei den Leuten keinen allzu großen Jubel ausgelöst, und hiermit wird das auch nicht anders sein, Dani. Die kleine Nutte ist ja kein Sicherheitsrisiko. Der Fall ist nicht politisch. Wenn Sie aus Amman einen Agenten abziehen und den Mann über die Dörfer schicken, dann ist das verdammt viel Aufwand.«

»Der ganze Schlamassel hat sich eben doch zu einem Politikum entwickelt«, sagte Daniel. »Laufer hat mich ausdrücklich davon in Kenntnis gesetzt, daß von seiten der Syrer mit einer offiziellen Verlautbarung zu rechnen ist. Sie wollen eine UN-Resolution erwirken, ›um die zionistischen Besatzer vor der Weltöffentlichkeit für das brutale Abschlachten von unschuldigen arabischen Frauen zu verurteilen‹. Bei den derzeitigen Mehrheitsverhältnissen sind solche Anträge ohne weiteres durchzudrücken, und darum wird man uns bald von allerhöchster Stelle die Hölle heiß machen. Möglicherweise wird man Ihnen also mehr Bereitschaft zur Kooperation entgegenbringen, als Sie sich träumen lassen. Außerdem braucht uns der Agent keine sensationellen Enthüllungen zu liefern, eine Ortsangabe genügt.«

»Und wenn man sie ausfindig macht, was dann? Sollen wir eine Entführung für sie inszenieren?«

»Erst wollen wir mal abwarten, ob sie aufzuspüren ist. Dann sehen wir weiter.«

»Okay«, sagte Shmeltzer und faßte ein gemeinsames Frühstück mit seiner Sheraton-Freundin ins Auge. Er sah das neuerdings rein dienstlich – um sich mit ihr noch Spielchen auf der Bettkante vorzustellen, fehlte es ihm an Phantasie. Seit ihm Eva begegnet war, erschienen ihm alle anderen Frauen wie aus Pappe.

»Sind noch Fragen?« sagte Daniel.

Der Chinese hob einen Finger. »Was passiert, wenn uns Interpol oder die Amerikaner tatsächlich etwas Interessantes anzubieten haben?«

»Dann überprüfen wir alle Flugreisenden, die aus dem Land kommen, in dem das entsprechende Verbrechen begangen wurde. Wir reduzieren unsere eigenen Listen und befassen uns mit der Vernehmung von Ausländern.«

Der Hüne fing an zu knurren.

»Ja, ich weiß«, sagte Daniel. »Besonders amüsant ist das nicht.«

Das Telefon klingelte. Daniel nahm ab, am anderen Ende meldete sich Avi Cohen. »Dani?« Seine Stimme klang aufreizend fröhlich.

»Ja, Cohen. Hoffentlich haben Sie gute Gründe, unsere Besprechung versäumt zu haben.«

»Wirklich gute Gründe, Dani.« Der Junge war geradezu überschwenglich. »Bessere gibt's gar nicht.«

44 Eigenartig war es schon, wie die Geschichte abgelaufen war, dachte Avi. Und nicht ohne Ironie. Aber er hatte die Sache durchgezogen.

Er verließ das Russische Territorium und machte sich auf den Weg zu dem kopfsteingepflasterten Parkplatz, fühlte sich auch nach vier Stunden Formulararbeit in bester Stimmung. Jedes einzelne Wort hatte er sich unter Schweißtropfen abgerungen, ohne sich von jemandem helfen zu lassen. Er wollte Sharavi beweisen, daß er mit allem zurechtkam, wenn er sich nur Mühe gab.

Der BMW parkte zwischen zwei polizeilichen Zivilfahrzeugen. Er schloß den Wagen auf, stieg ein, ließ die Kupplung schießen und startete mit quietschenden Reifen durch das Tor des Geländes, wofür ihn zwei Männer in Uniform mit mißbilligenden Blicken bedachten. Er bog in westlicher Richtung in die Rehov Yafo, drückte aufs Gaspedal und kam zwanzig Meter weiter mit einer Vollbremsung knapp hinter einem Zementlastwagen zum Stehen; die Maschine des Gefährts machte einen Lärm wie ein Düsenbomber.

Ein Verkehrsstau. Die Blechlawine auf der Yafo kam nicht vom Fleck, die Autofahrer hockten auf ihren Hupen. Die Fußgänger nutzten den Vorteil der Situation, sie drückten sich an den Stoßstangen entlang und überquerten verkehrswidrig zwischen den stehenden Automobilen die Straße. Avi beobachtete, wie ein berittener Uniformierter immer wieder in seine Pfeife blies und erfolglos versuchte, die Dinge in Gang zu bringen.

Klasse, dachte er und schaute, wie der Mann hoch zu Roß in dem Verkehrsgewühl hin- und herparadierte. Sein Pferd war ein schöner Araber, der Reiter ein älterer Typ, wahrscheinlich Marokkaner. Avi fiel auf, daß er immer noch *Samal* war. Nicht gerade eine berauschende Karriere, aber der Mann saß trotzdem kerzengerade in seinem Sattel. Bewahrte inmitten der Abgase und des Verkehrslärms seine Würde.

Es war kurz nach der Befreiung im Jahr '67, als Avi zum ersten Mal einen berittenen Polizisten zu Gesicht bekam; er war mit seinem Vater, der hier dienstlich zu tun hatte, auf einer Fahrt nach Jerusalem. In einem Verkehrsstau, genau wie heute, blieben sie stecken; Avi, damals noch ein schüchternes Kind von fünf Jahren, knabberte Sonnenblumenkerne und spuckte sie aus dem Wagenfenster; sein Vater bearbeitete in einem fort die Autohupe, fluchte und schimpfte, als Verwaltungsassistent eines Abgeordneten der Knesset habe er etwas Besseres verdient.

»Das möchte ich auch mal werden, *Abba*.«

»Was, Verwaltungsassistent?«

»Polizist auf einem Pferd.«

»Sei nicht so dumm, mein Junge. Das sind doch nur unnütze Schaustücke. Nichts weiter als ein kleines Bonbon für die Leute aus dem Osten.«

»Die kriegen Bonbons, *Abba*?«

Sein Vater verdrehte die Augen und steckte sich eine von seinen wohlriechenden Panama-Zigarren an; dann gab er Avi einen flüchtigen Klaps aufs Knie und sagte:

»Auf Pferden zu reiten, das war damals den Juden im Irak und in Marokko nicht erlaubt – die Araber duldeten es nicht. Als sie nach Israel kamen, hatten sie dann erst mal nichts anderes im Sinn, als auf ein Pferd zu springen. Darum haben wir ein paar für sie angeschafft und ihnen gesagt, wenn sie Polizisten würden, dürften sie auch reiten. Und seitdem, mein lieber Avi, sind die Leute ganz zufrieden.«

»Der da sieht aber gar nicht zufrieden aus, *Abba*. Er sieht groß und stark aus.«

»Der ist schon zufrieden, glaub mir. Wir haben sie alle zufriedengestellt, so geht das in der Politik.«

Avi blickte in den Rückspiegel, sah eine Ampel auf Grün springen und beobachtete, wie sich eine Kolonne von Autos in westlicher Richtung in Bewegung setzte, um ans Stauende aufzuschließen. Er schaltete seine Warnblinkanlage ein, stieg aus dem BMW und ging mitten auf die Straße, um zu sehen, wo das Problem lag.

»Geh wieder in dein Auto, du Idiot!« brüllte jemand. »Steh da nicht rum, wir wollen alle weiter!«

Avi ignorierte das ohrenbetäubende Hupkonzert, das hinter ihm losbrach. Die Chance, daß sich hier in absehbarer Zeit etwas bewegen ließ, war fast gleich Null. Bis zur nächsten Kreuzung stand alles still.

»Idiot! Mach hier keine Randale!«

Jetzt konnte Avi erkennen, was den Stau verursacht hatte: auf der östlichen Fahrbahn war ein Taxi liegengeblieben. Aus unerfindlichen Gründen hatte der Fahrer versucht, seinen Wagen über die Straße und auf die Gegenfahrbahn zu schieben; als Folge davon blockierte er den Verkehr in beiden Richtungen; die Blechlawine war in einer Falle aus vergitterten Leitplanken steckengeblieben. Auf den zwei Fahrbahnen ging nun gar nichts mehr, und die erhitzten Gemüter machten sich lautstark Luft.

Avi hielt nach einem Fluchtweg Ausschau – wenn es sein mußte, wäre er auch über den Bürgersteig gerauscht. Aber zu beiden Seiten der Yafo reihten sich die Einkaufsläden bis dicht an den Straßenrand, und so gab es für ihn nicht einmal die Möglichkeit zu wenden.

Phantastisch – seinen Termin mit Sharavi konnte er wohl in den Wind schreiben. Und daß er gestern nicht zur Teambesprechung erschienen war, hatte bei dem Jemeniter auch nicht gerade große Freude ausgelöst.

Trotzdem, kein Problem. Wenn Sharavi erst erfuhr, wie gut die Dinge gelaufen waren, würde er allerhand Pluspunkte für sich verbuchen. Sogar sämtliche Formulare hatte er fein säuberlich ausgefüllt.

Avi hörte ein schrilles Pfeifen, blickte hoch und sah hinter sich den berittenen Polizisten, der auf ihn einschimpfte und ihn mit ein paar Gesten zu seinem Auto zurückwinkte. Als

Avi seine Dienstmarke aus der Tasche zog, hatte ihm aber der Uniformierte schon wieder den Rücken zugedreht und war anderweitig beschäftigt.

»Schaustück«, murmelte Avi und stieg wieder in seinen Wagen. Kurbelte die Seitenfenster hoch, schaltete die Klimaanlage an und nahm sich eine Zigarette; dann stellte er den Motor ab, drehte den Zündschlüssel in die Parkposition und schob ein Band von den »Culture Club« in sein Cassettendeck. Der erste Song hieß »Karma Chamäleon«. Dieser George war ein echt abgefahrener Typ, ein Paradiesvogel, aber sein Metier beherrschte er.

Avi stellte das Gerät lauter und summte die Melodie mit, auch wenn er den Songtext nur lückenhaft verstand; er war in fabelhafter Stimmung.

Alle berittenen Polizisten mit Trillerpfeifen sollten ihm den Buckel runterrutschen, und sämtliche Vorgesetzten dieser Welt konnten ihn mit ihren Besprechungsterminen am Arsch lecken. Seine gute Laune ließ er sich von niemandem verderben.

Er stellte seinen Sitz zurück, lehnte sich nach hinten und ließ sich die Ereignisse von gestern nacht noch einmal durch den Kopf gehen.

Es war schon eigenartig gelaufen, nicht ohne Ironie, denn um ein Haar hätte er die ganze Sache sogar verpaßt. Da er seine Balkonaufenthalte beinahe zu einer Art Hobby gemacht hatte und viel Zeit da draußen verbrachte, hatte das Mädchen aus Südafrika angefangen, an ihm herumzunörgeln. (»Bist du vielleicht ein Voyeur, Avraham? Wenn das so weitergeht, kaufe ich dir demnächst noch ein Fernglas!«)

Im allgemeinen konnte er ihre Quengeleien aber in annehmbaren Grenzen halten, wenn er sich charmante Zärtlichkeiten für sie einfallen ließ und sie mit erstklassigem Sex verwöhnte – jene speziellen kleinen Gesten und Extras, die einem Mädchen zeigten, wie sehr einem an ihrem Vergnügen gelegen war. Immer war er darauf bedacht, daß sie nicht zu kurz kam; alle möglichen Stellungen probierte er mit ihr durch, war ausdauernd, und kurz bevor sie soweit war, zog er sich zurück, um dann gleich wieder in sie einzudringen; und wenn sie dann tatsächlich kam, war sie derart erschöpft, daß sie auf der Stelle einschlief. Daß er anschließend aus ihrem Bett stieg, bekam sie schon nicht mehr mit.

Und immer wieder zog es ihn auf den Balkon.

Gestern nacht allerdings war er selbst ganz groggy gewesen. Zum Abendessen hatte das Mädchen zwei riesige Steaks für sie gebraten – kaum zu glauben, was sie für monatliche Wechsel bekam; solche Rinderfilets hatte er bisher nur ein einziges Mal zu Gesicht bekommen, auf einer Europareise mit seiner Familie.

Steak und Bratkartoffeln und gehäckselter Salat. Dazu eine Flasche Bordeaux und anschließend eine halbe Schokoladentorte. Hinterher war es Avi ganz schummerig um die Nase gewesen, aber trotzdem hatte er noch seinen Mann stehen können; verbindlichsten Dank, Madame.

Sie hatte nach ihm gegriffen und ihn kichernd auf ihr Bett gezogen. Dann vierundvierzig Minuten (er hatte genau auf die Uhr geschaut) pumpen, was das Zeug hielt, das Mädchen klammerte sich an ihm fest wie eine Ertrinkende an ihren Lebensretter. Avi spürte, wie er in Schweiß geriet und der Wein ihm tröpfchenweise aus den Poren drang.

Doch diesmal hatte es auch ihn geschafft. Einen Augenblick noch hörte er auf die gleichmäßigen Atemzüge des Mädchens, dann fiel er in einen tiefen, traumlosen Schlaf.

Den Balkon schenkte er sich für heute; es war das erste Mal, seit er seinen Posten im Wolfson bezogen hatte.

Dann die Schreie von draußen – er hatte keine Ahnung, wieviele er überhört haben mochte. Aber das Schreien war so laut, daß es ihn mit einem Ruck aus dem Schlaf riß, und er fröstelte am ganzen Leibe. Auch das Mädchen wurde wach, setzte sich aufrecht und hielt wie in einem Kinofilm das Laken vor die Brüste – was zum Teufel hatte sie vor ihm zu verbergen?

Wieder ein Schrei. Avi schwang seine Beine aus dem Bett und schüttelte heftig den Kopf, um sicher zu gehen, daß er nicht etwa träumte.

»Avraham«, sagte das Mädchen mit heiserer Stimme. »Was ist denn los?«

Avi war jetzt aufgestanden. Das Mädchen streckte den Arm nach ihm aus.

»Avraham!«

In ihrer Schlaftrunkenheit sah sie häßlich aus, dachte Avi. Ganz schön mitgenommen. Und er wußte, daß sie in fünf Jahren immer so aussehen würde. Von morgens bis abends. Während er zum Balkon rannte, entschloß er sich, mit ihr Schluß zu machen, und zwar bald.

»Was ist denn, Avraham?«

»Shh.«

Unten im Hof sah er Malkovsky, barfuß und in einem weißen Bademantel, in dem er aussah wie ein Polarbär. Schwerfällig schleppte er sich im Kreise herum, einem Kind hinterher – einem Mädchen von vielleicht zwölf Jahren.

Eine von seinen Töchtern, die zweitälteste. Avi erinnerte sich; sie war ihm aufgefallen, weil sie immer so ernst wirkte und sich von den anderen absonderte.

Sheindel – so hieß sie.

Sheindel hatte einen Schlafanzug an. Ihr blondes Haar, das sie sonst zu Zöpfen geflochten hatte, schwebte wie ein Fächer über ihren Schultern, als sie vor dem Polarbär herrannte.

Und sie schrie: »Nein, nein, nein! Nicht noch mal!«

»Komm, Sheindeleh! Komm doch her. Es tut mir leid!«

»Nein! Hau ab! Ich hasse dich!«

»*Schah schtill*! Leise!« Malkovsky streckte den Arm aus, um nach ihr zu greifen, und bewegte sich, schwer wie er war, wie ein Tolpatsch.

Avi lief zurück ins Schlafzimmer. Warf sich in seine Hose und zog sein Hemd über, das er sich nicht einmal zuknöpfte, die Schreie vom Hof gingen ihm nicht aus dem Ohr:

»Nein! Laß mich los! Ich hasse dich. Aahh!«

»Bleib stehen, sag ich! Ich befehle es dir!«

Avi machte das Licht an. Sein südafrikanisches Häschen kreischte auf und warf sich unter die Bettdecke. Er stolperte durchs Zimmer, seine Augen mußten sich erst an die plötzliche Helligkeit gewöhnen. Wo hatte er bloß die Handschellen, zum Teufel! Immer war er bereit gewesen, und nun passierte ihm so was ... dieser Wein ... Ach, da auf dem Nachttisch lagen sie. Er steckte die Handschellen in die Tasche. Jetzt noch schnell die Pistole ...

»Hilfe!« Sheindel schrie aus Leibeskräften.

»Willst du wohl Ruhe geben, du dämliche Göre!«

»Nein, nein, hau ab! Hilfe!«

Avi sah nun wieder klar. Er fand seine Neunmillimeter in ihrem Halfter über dem Stuhl, nahm sie an sich, stopfte sie in seinen Hosenbund und lief zur Tür.

»Ist es was mit Terroristen?« fragte das Mädchen unter der Bettdecke.

»Nein. Schlaf weiter.« Avi stieß die Tür auf und dachte: es gibt verschiedene Spielarten des Terrorismus.

Er sprintete zum Treppenflur, nahm vier Stufen auf einmal, geriet außer Atem und fühlte sich, seltsam genug, fast freudig erregt. Als er den Hof erreichte, gingen überall in den umliegenden Wohnungen die Lichter an, der Wolfson-Komplex belebte sich.

Malkovsky drehte ihm den Rücken zu. Von Sheindel war nichts zu sehen. Als Avi hörte, wie sie schluchzte und nach Luft rang, wurde ihm klar, daß sie hinter ihrem Vater stecken mußte, der sie mit seiner gewaltigen Leibesfülle abschirmte. Sie hatte sich in die hinterste Ecke des Hofes geflüchtet. Malkovsky stolperte schnaufend und mit weit ausgebreiteten Armen auf sie zu.

»Sheindel«, sagte er mit einschmeichelnder Stimme. »Ich bin doch dein *Tateh*.«

»Nein!« Sie schluchzte, rang nach Luft. »Du bist ein« –

wieder schluchzte sie und wimmerte – »ein *Rasha!*« Böser Mann.

»Rühren Sie das Mädchen nicht an«, sagte Avi.

Mit einem Ruck fuhr Malkovsky herum und blickte in den Lauf der Beretta. Seine kleinen Augen blitzten vor Aufregung, und der Schweiß rann in Strömen über sein leichenblasses Gesicht.

»Was ist?« sagte er.

»Ich bin Polizeibeamter. Lassen Sie die Finger von dem Mädchen, Malkovsky. Legen Sie sich flach auf die Erde.«

Malkovsky zögerte. Avi ging auf ihn zu, die Waffe auf ihn gerichtet. Malkovsky ging ein paar Schritte zurück. Avi packte mit einer Hand nach dem Aufschlag seines weißen Bademantels, stellte einen Fuß hinter Malkovskys Knöchel und brachte ihn kurzerhand zu Fall; ein Judogriff, den er im Grundkurs gelernt hatte.

Je größer die Leute sind, desto schneller fallen sie, dachte er, als er Malkovsky kopfüber zusammenbrechen sah. Das lag an der Hebelwirkung, wie der Trainer beim Selbstverteidigungskurs erklärt hatte, aber was damit gemeint war, begriff Avi erst jetzt.

Er arbeitete rasch und kostete seine ganze Kompetenz aus. Mit einem Ruck riß er Malkovsky beide Arme hinter den Rücken. Bei der Korpulenz des Mannes war es gar nicht so einfach, seine Gliedmaßen lang genug zu strecken, um ihm Handschellen anzulegen; aber er zerrte und zog, bis er das Metall über seine weichen, behaarten Handgelenke streifen konnte.

»Au, Sie tun mir weh«, sagte Malkovsky. Sein Atem ging mühsam und stoßweise. Er drehte den Kopf zur Seite, und Avi sah, daß ihm Blutstropfen in sein üppiges Barthaar rannen; bei seinem Sturz hatte er sich das Gesicht aufgeschlagen.

»Na so was«, sagte Avi und vergewisserte sich, daß die Handschellen festsaßen.

Malkovsky stöhnte.

Wäre es nicht komisch, wenn der Fettwanst hier auf der Stelle das Zeitliche segnete – mit einem Herzanfall oder so? Der Gerechtigkeit wäre damit Genüge getan, der damit verbundene Formularkram aber würde ein Alptraum werden.

»Au.«

»Schnauze.«

Als er Malkovsky festgeschnürt hatte, wandte sich Avi dem Kind zu. Das Mädchen saß mit hochgezogenen Knien da und hatte den Kopf in den Armen vergraben.

»Es ist schon gut«, sagte er. »Du bist jetzt in Sicherheit.«

Ihr kleiner Körper schüttelte sich unter Weinkrämpfen. Avi wollte sie trösten, wußte aber nicht, ob es richtig war, sie zu berühren.

Über den Hof klangen Schritte. Ein älteres Ehepaar – die ersten Nachbar fanden sich ein, um zu glotzen. Avi wies seine Dienstmarke vor und sagte ihnen, sie sollten wieder ins Haus gehen. Die beiden starrten auf Malkovsky, der in seiner ganzen Leibesfülle ausgestreckt am Boden lag. Avi mußte seine Anweisung wiederholen, dann erst fügten sich die Leute. Weitere Hausbewohner drängten sich scharenweise in den Hof. Avi konnte sie nur unter Androhung von Gewalt verscheuchen, bis er schließlich wieder mit Malkovsky und dem Mädchen allein war. Aber die Leute waren nicht etwa verschwunden, er spürte ihre Blicke; Fenster wurden aufgeschoben, er hörte ihr Flüstern und Gemurmel. Sah ihre Silhouetten, die trüben Konturen im Zwielicht.

Wahre Voyeure. Und sie bekamen ein übles Schauspiel geboten.

Wo zum Teufel steckte die Mutter?

Malkovsky fing an zu beten, murmelte Worte, die Avi irgendwie bekannt vorkamen – er hatte das Gebet schon einmal gehört, konnte es aber nicht recht unterbringen.

Das Mädchen schluchzte. Er legte ihr seine Hand auf die Schulter, und sie riß sich sofort los.

Malkovsky befahl er, sich nicht von der Stelle zu rühren; er behielt Sheindel im Auge und ging zur Wohnungstür der Malkovskys. Die Frau machte auf, bevor er angeklopft hatte; sie mußte die ganze Zeit hinter der Tür gewartet haben.

Sie stand einfach nur da und starrte ihn an. Ihr Haar war lang und blond – ohne Kopfbedeckung hatte er sie noch nie gesehen.

»Kommen Sie nach draußen«, sagte Avi zu ihr.

Langsam wie eine Schlafwandlerin ging sie auf den Hof. Schaute ihren Mann an und begann, ihn auf jiddisch zu verfluchen.

Nun hör sich das mal einer an, dachte Avi – Scheißstück, Hurenbock –, er hätte nicht gedacht, daß eine religiöse Frau solche Wörter in ihrem Repertoire hatte.

»Bayla, bitte«, jammerte Malkovsky. »Hilf mir doch.«

Die Frau ging zu ihm, lächelte Avi zu und verpaßte dann dem Fettwanst ein paar kräftige Fußtritte in die Rippengegend.

Malkovsky brüllte vor Schmerz und krümmte sich hilflos wie ein angeketteter Ochse, der zur Schlachtbank geführt werden soll.

Sheindel nagte an den Knöcheln ihrer Finger, um sich zu beruhigen.

Avi zerrte die Frau zur Seite und sagte: »Schluß jetzt, kümmern Sie sich lieber um Ihre Tochter.«

Mrs. Malkovsky formte ihre Hände zu Krallen, blickte voller Verachtung auf ihren Mann hinunter und spuckte ihm auf den Rücken.

»*Momzer! Meeskeit! Schoyn opgetrent?*«

Sheindel ließ von ihren Fingern ab und fing an zu jammern.

»Aua«, stöhnte Malkovsky und betete, während seine Frau ihn verfluchte. Jetzt erkannte Avi das Gebet wieder. Es war das *El Molei Rakhamim*, ein Totengebet.

»*Schtik dreck! Yentzer!*« schrie Bayla Malkovsky. »*Schoyn opgetrent? Schoyn obgetrent – gai in drerd arein!*« Damit wollte sie sich auf Malkovsky stürzen. Avi konnte sie im letzten Augenblick zurückhalten, sie wand sich in seinem Griff, spuckte, schimpfte und ging plötzlich mit ihren Krallen auf Avi los, um ihm die Augen auszukratzen.

Avi gab ihr eine schallende Ohrfeige. Sie starrte ihn ungläubig an. Eigentlich eine hübsche Frau, wenn man über ihre Erbitterung, ihre Hysterie und die schlampige Kleidung hinwegsah. Sie fing an zu wimmern und biß verzweifelt die Zähne zusammen, um ihre Tränen zurückzuhalten. Das Kind schien sich die Seele aus dem Leibe heulen zu wollen.

»Schluß jetzt«, sagte er zu der Frau. »Unternehmen Sie endlich was. Tun Sie um Gottes willen Ihre Pflicht als Mutter.«

Mrs. Malkovsky fiel in sich zusammen und heulte nun auch los, jammerte mit ihrer Tochter im Duett.

Großartig. Ein Konzert wie zum Yom Kippur.

»Au, au«, klagte sie und riß an ihren Haaren. »*Riboynoy shel oylam!*«

»Hören Sie auf zu jammern«, sagte Avi. »Hilf dir selbst, dann hilft dir Gott. Wenn Sie Ihre Pflicht getan hätten, wäre das alles nicht passiert.«

Mitten in einem Schluchzer hielt die Frau plötzlich ein, sie erstarrte vor Scham. Riß sich ein kräftiges Haarbüschel aus und nickte heftig mit dem Kopf. Auf und ab, immerzu auf und ab. Sie verfiel in ruckartige Bewegungen, wirkte wie ein Roboter, der nach einem Kurzschluß außer Kontrolle geraten war.

»Kümmern Sie sich jetzt um Ihre Tochter«, sagte Avi, der nun allmählich die Geduld verlor. »Gehen Sie in die Wohnung zurück.«

Die Frau machte noch ein paar Roboterbewegungen, ehe sie kapitulierte; dann ging sie auf Sheindel zu und berührte sie behutsam an der Schulter.

Das Mädchen schaute hoch, das kleine Gesicht voller Tränen. Die Mutter streckte ihren Arm nach ihr aus, sie nahm nun all ihre Kraft zusammen und versuchte, das Kind zu trösten.

Avi beobachtete die Reaktion der Kleinen, die Pistole noch immer auf Malkovskys massigen Rücken gerichtet.

»Sheindeleh«, sagte Mrs. Malkovsky. »*Bubbeleh*.« Sie kniete sich neben das Mädchen, legte ihr den Arm um die Schulter. Sheindel ließ sie gewähren, machte aber keine Anstalten, ihre Geste zu erwidern.

Na schön, dachte Avi, zumindest hatte das Kind sie nicht zurückgestoßen; vielleicht war da doch noch ein Stück ehrliches Gefühl. Trotzdem, daß man es soweit hatte kommen lassen müssen ...

Mrs. Malkovsky richtete sich auf und hob auch Sheindel auf die Beine.

»Nun machen Sie endlich, daß Sie reinkommen«, sagte Avi und wunderte sich selbst über seinen schroffen Ton.

Die beiden gingen zusammen in die Wohnung zurück.

»So, und jetzt zu Ihnen«, sagte Avi zu Malkovsky.

Der Fettwanst stöhnte.

»Was ist denn los?« Die Stimme war neu. »Was wird hier gespielt?«

Ein kahlköpfiger kleiner Mann mit einem schmalen grauen Schnurrbart war in den Hof gekommen. Über seinem Schlafanzug trug er ein Sportsakko; der Aufzug wirkte lächerlich. Es war Greenberg, der Hausverwalter. Avi hatte ihn ab und zu auf dem Gelände herumschnüffeln sehen.

»Sie«, sagte Greenberg und starrte auf die Beretta. »Sie haben sich hier doch ewig auf dem Tennisplatz herumgetrieben und im Swimmingpool.«

»Ich bin Detektiv Cohen und arbeite hier im Spezialauftrag der Kriminalpolizei, und Sie brauche ich, um einen Anruf für mich zu erledigen.«

»Was hat der denn verbrochen?«

»Er hat gegen Recht und Gesetz verstoßen. Gehen Sie jetzt in Ihre Wohnung, rufen Sie die 110 und sagen Sie der Vermittlung, daß Detektiv Avraham Cohen einen Streifenwagen anfordert, der an diese Adresse geschickt werden soll.«

Malkovsky fing wieder an zu beten. Sein inständiges Gemurmel vermengte sich mit dem Quietschen der Fensterläden und dem Geraune der heimlichen Zuschauer zu einer seltsamen Geräuschkulisse.

»Das hier ist ein ordentliches, anständiges Haus«, sagte Greenberg, dem die Situation nicht in den Kopf gehen wollte.

»Dann sollten wir auch dafür sorgen, daß es so bleibt. Erledigen Sie das mit dem Telefonanruf, bevor die Nachbarn merken, daß Sie Wohnungen an gefährliche Verbrecher vermieten.«

»Verbrecher? Ausgeschlossen –«

»Rufen Sie 110«, sagte Avi. »Beeilen Sie sich. Sonst werde ich diesen Mann auf der Stelle erschießen. Den Dreck dürfen Sie dann selbst wegmachen.«

Malkovsky stöhnte.

Und Greenberg rannte los.

45 Irgendwie mochte Laufers Sekretärin *Pakad* Sharavi, in ihren Augen hatte er schon immer zu den netteren Mitarbeitern gehört. Und wenn er zu ihr ins Vorzimmer kam, begrüßte sie ihn lächelnd und in Erwartung einer kleinen Plauderei. Aber heute wirkte sein Lächeln verkrampft, wie eine armselige Entschuldigung, daß er mit seinen Gedanken woanders war. Anstatt sich wie sonst für einen Augenblick zu ihr zu setzen, stürmte er schnurstracks an ihr vorbei. Erst im letzten Moment erinnerte sie sich an ihre dienstlichen Pflichten.

»*Pakad* – das geht nicht! Er ist mitten in einer Besprechung!«

Er ignorierte sie einfach und lief ohne ein Wort ins Dienstzimmer ihres Vorgesetzten.

Der stellvertretende Polizeichef war in einer Besprechung mit seiner Siphonflasche, er polierte die Metallteile und studierte intensiv den Mechanismus der Spritzdüse. Als er Daniel hereinkommen sah, stellte er die Flasche hastig auf den Tisch und sagte: »Was soll das, Sharavi!«

»Ich muß wissen, wo er ist.«

»Mit Ihren Hirngespinsten kann ich mich nicht befassen, Sharavi. Dazu ist mir meine Zeit zu schade. Verlassen Sie mein Büro, und zwar sofort.«

»Erst will ich wissen, wo er ist, *Tat nitzav*.«

Der stellvertretende Polizeichef sprang aus seinem Stuhl, kam aufgeregt um seinen Schreibtisch gelaufen und blieb dicht vor Daniel stehen; fast hätte er ihn umgerannt.

»Machen Sie, daß Sie rauskommen.«

»Ich will wissen, wo Malkovsky ist.«

»Der Mann geht Sie nichts an.«

»Der Mann ist eine verdächtige Person. Ich will ihn vernehmen.«

»Raus.«

Daniel ignorierte den Ablenkungsversuch. »Malkovsky ist eine verdächtige Person in meinem Mordfall. Ich muß dringend mit ihm reden.«

»Das ist dummes Zeug«, sagte Laufer. »Er ist nicht der Schlächter – soweit habe ich persönlich in der Sache ermittelt.«

»Was hat er für Beweise vorgelegt, um Sie von seiner Unschuld zu überzeugen?«

»Versuchen Sie nicht, mich in ein Verhör zu ziehen, Sharavi. Es sollte Ihnen genügen, daß der Mann als Verdachtsperson in Ihrem Fall nicht mehr in Frage kommt.«

Daniel mußte sich große Mühe geben, um nicht die Beherrschung zu verlieren. »Der Mann ist gefährlich. Wenn Cohen ihn nicht erwischt hätte, würde er immer noch Kinder vergewaltigen, unter offizieller Duldung der Behörden.«

»Ach, dieser Cohen«, sagte der stellvertretende Polizeichef. »Noch so ein Verstoß gegen dienstliche Anweisungen, wofür man Sie – und ihn – zur Verantwortung ziehen wird. Selbstverständlich wird man ihm, wenn er beschuldigt wird, wegen seiner Unerfahrenheit mildernde Umstände zubilligen. Unverantwortliche Einflußnahme durch einen vorgesetzten Beamten.«

»Cohen hatte –«

»Ja, ich weiß, Sharavi. Die kleine Freundin im Wolfson; wie das Leben manchmal so spielt.« Laufer streckte einen Finger aus und bohrte ein Loch in die Luft. »Werden Sie nicht frech und spielen Sie keine Spielchen mit mir, Sie Scheißkerl. Aber wenn Sie unbedingt wollen, gut. Ich habe da was ganz Neues im Angebot, nennt sich Suspendierung vom Dienst; ich nehme Ihnen den Fall des Schlächters weg – und jeden anderen Fall auch, bis zum Abschluß eines Disziplinarverfahrens erhalten Sie keine Bezüge mehr. Wenn ich mit Ihnen fertig bin, werden Sie in Katamon Tet den Verkehr leiten und noch dankbar dafür sein.«

»Nein«, sagte Daniel. »Der Fall gehört mir. Ich werde ihn nicht abgeben.«

Laufer starrte ihn an. »Haben Sie den Verstand verloren?«

Als Daniel keine Antwort gab, ging der stellvertretende Polizeichef hinter den Schreibtisch und setzte sich in seinen Sessel. Er schlug einen ledergebundenen Terminkalender auf und begann, Notizen zu machen.

»Versetzt zur Abteilung Straßenverkehr, Sharavi. Sie können ja versuchen, den sauberen Herrn in Australien anzurufen, wenn Sie meinen, daß der Ihnen helfen würde. Mit Protektion können Sie schon lange nicht mehr rechnen – die Zeiten sind vorbei.« Der stellvertretende Polizeichef fing laut an zu lachen. »Das Komische ist nur, daß Sie sich die Suppe selbst eingebrockt haben – Sie haben sich ins Knie geschossen, und eben wieder. Stecken Ihre Nase in Sachen, die Sie nichts angehen.« Laufer nahm eine Packung englische Ovals vom Schreibtisch, aber die Schachtel war leer und er schob sie beiseite. »Wie eine kleine braune Ratte, die im Müll herumwühlt.«

»Wenn ich nicht herumgewühlt hätte«, sagte Daniel, »würden Sie noch in Beersheva sitzen und Formulare ausfüllen.«

Laufer stieß einen unwilligen Laut aus und ließ seine Hand auf den Tisch knallen. Seine Augen traten hervor, und sein Gesicht verfärbte sich dunkelrot. Daniel beobachtete ihn. Wie er tief einatmete und dann mit verkniffenen Lippen die Luft ausstieß. Wie sich seine massige Brust hob und senkte und er seine stummelartigen Finger spreizte. Er trommelte mit den Fingern auf der Tischplatte und hatte ein Zucken in den Händen, als ob er gewalttätig werden wollte.

Plötzlich lächelte er, verzog sein Gesicht zu einem kalten, verschwörerischen Grinsen.

»Aha. Jetzt wird mir alles klar. Ihre Prügelei mit Rashmawi. Sie wollen sich wohl zu einem Fall für den Psychiater machen, Sharavi, was? Vorzeitig in Pension gehen wegen nervlicher Überforderung.«

»Mir geht es sehr gut«, sagte Daniel. »Ich will an meinem Fall arbeiten. Verbrecher überführen, anstatt sie vor Strafverfolgung zu schützen.«

»Sie haben keinen Fall mehr. Sie sind mit sofortiger Wirkung suspendiert.« Laufer hielt ihm seine fleischige Hand entgegen. »Händigen Sie mir Ihre Dienstmarke aus.«

»Das meinen Sie doch nicht ernst.«

»Was!«

»Wenn ich dies Büro verlasse und vom Dienst suspendiert bin, wird mich mein erster Weg zur Presse führen.«

»Jeder Kontakt zur Presse ist Ihnen hiermit untersagt. Das ist eine dienstliche Anweisung. Wenn Sie sich darüber hinwegsetzen, sind Sie erledigt.«

»Damit kann ich leben«, sagte Daniel. »Aber Straßenverkehr kann ich nicht ausstehen.«

Laufer lehnte sich in seinem Stuhl zurück und starrte eine Weile gegen die Decke, dann konzentrierte er sich wieder auf Daniel.

»Sharavi, Sharavi, glauben Sie denn wirklich, ich würde

mich von Ihren Drohungen einschüchtern lassen? Was soll denn groß passieren, wenn Sie wirklich den Mund aufmachen? Worauf wird das denn am Ende hinauslaufen? Ein neugieriger kleiner Detektiv ist unfähig, einen Fall zu lösen, mit dem er betraut ist. Um von seiner Inkompetenz abzulenken, fängt er an, öffentlich über interne administrative Maßnahmen zu jammern. Kleine Fische sind das, selbst für die lokalen Verhältnisse.«

Der stellvertretende Polizeichef faltete die Hände über seinem rundlichen Bauch. Sein Gesicht wirkte gelassen, beinahe selbstzufrieden, aber mit den Fingern trommelte er weiter auf die Tischplatte.

Zum Bluffen besaß er kein Talent, dachte Daniel. Gegen Shoshi hätte er beim Pokern keine Chance.

»Um die Lokalblätter geht es mir nicht«, sagte Daniel. »Ich spreche von der internationalen Presse. Die Auslandsagenturen würden sich die Finger nach der Geschichte lecken – da gibt es einen Mann, der in den Straßen von Jerusalem umgeht und kleine Kinder vergewaltigt. Er wird dabei von den Polizeibehörden gedeckt und macht mysteriöse Kungeleien mit einem hassidischen Rabbi. ›Der Verdächtige wurde festgenommen, als er sich an seiner eigenen Tochter vergehen wollte. Der stellvertretende Polizeichef Avigdor Laufer hatte ihm seinen persönlichen Schutz vor jeglicher Strafverfolgung zugesichert. Gegen den Beamten, der die Festnahme des Verdächtigen veranlaßte, wurde ein Disziplinarverfahren eröffnet –‹«

»Das reicht in höhere Etagen als nur bis zu Avigdor Laufer, Sie Idiot! Sie haben keine Ahnung, womit Sie's da zu tun haben!«

»Je höher, desto besser. Für die Presse ist das ein gefundenes Fressen.«

Laufer war wieder auf den Beinen. Er machte ein finsteres Gesicht und zeigte mit dem Finger auf ihn. »Wenn Sie das tun, sind Sie weg vom Fenster, und zwar ein für alle Mal – als Beamter ruiniert, man wird Ihnen Ihren Dienstgrad aberkennen, Sie verlieren sämtliche soziale Sicherheiten, beziehen keine Pension, haben keine Perspektive für die Zukunft. Ohne jede Aussicht auf eine anständige Arbeit. Wenn Sie Glück haben, bekommen Sie noch einen Job bei der Müllabfuhr und können mit den Arabern zusammen die Scheiße von der Straße schaufeln.«

»*Tat nitzav*«, sagte Daniel, »wir kennen uns nicht besonders gut. Darum möchte ich Sie mit meiner persönlichen Situation vertraut machen. Seit dem Tag meiner Heirat haben meine Schwiegereltern mich dazu bewegen wollen, nach Amerika zu ziehen. Es sind gute Juden, sie respektieren den Staat Israel; aber sie wünschen sich sehr, daß ihre einzige Tochter bei ihnen in der Nähe lebt. Darum halten sie mir ein Angebot offen – neues Haus, neues Auto, gesicherte Schulausbildung für meine Kinder und einen Job in der Firma meines Schwiegervaters. Tatsächlich ein sehr anständiger Job – eine verantwortungsvolle Position in der Geschäftsleitung mit geregelter Arbeitszeit und einem höheren Einkommen, als ich es hier jemals erzielen könnte; sogar höher als das, was Sie zu erwarten haben. Das einzige, was mich an dieser Arbeit noch hält, ist die Arbeit selbst – ich will auf anständige Art und Weise meinen Job machen.«

Der stellvertretende Polizeichef sagte kein Wort. Daniel nahm seine Brieftasche heraus und hielt ihm seine Dienstmarke hin.

»Wollen Sie die noch?«

»Können Sie sich an den Hut stecken«, sagte Laufer. »Und mich können Sie mal am Arsch lecken.«

Wie schön, dachte Daniel, daß der Mann nur ein Bürohengst war und kein Detektiv. Al Birnbaum hatte nie eine eigene Firma besessen, hatte sein Arbeitsleben lang immer nur Rohpapier an Druckereifirmen verkauft. Und selbst das war Schnee von gestern – seit zehn Jahren lebte er schon im Ruhestand.

46 Daniel verließ Laufers Büro und ging in sein eigenes Dienstzimmer; er hatte erreicht, was er wollte, spürte aber kein Gefühl von Triumph.

Die Chance, Malkovsky zu verhören, hatte er verpaßt, weil Cohen die Verhaftungsaktion als eine Ein-Mann-Show abgezogen und den Verdächtigen eingebuchtet hatte, ohne ihn zu benachrichtigen. Und ob der Kindesmißhandler auch ein Killer war, würden sie nie erfahren – wieder so ein ungelöster Fall wie der Graue Mann.

Daniel hatte sich überlegt, ob er Cohen kommen lassen sollte, um ihm eine Rüge zu erteilen und ihn aus dem Team zu werfen. Aber der Junge hatte Malkovskys Tochter gerettet, beim Einsatz tadellose Arbeit geleistet und bei der Festnahme nur die besten Absichten gehabt. Als Cohen über seinen Berichtsformularen schwitzte, konnte er beim besten Willen nicht ahnen, was sich zur selben Zeit abspielte.

Und er hatte reichlich zu berichten. Sämtliche Einzelheiten der Verhaftung waren präzise dokumentiert, alles auf korrekten Formularen und in perfekter Ausdrucksweise, ohne jeden Rechtschreibfehler. Wahrscheinlich hatte er sich dafür die halbe Nacht um die Ohren geschlagen. In der Zwischenzeit hieß es: auf Nimmerwiedersehen, Malkovsky. Der Mann verschwand mit Polizeigeleit durch die Hintertür, in Handschellen an einen Agenten von Shin Bet gekettet, der wie ein Hassidim gekleidet war. Eine schnelle Autofahrt zum Ben Gurion, keine Paß- und keine Sicherheitskontrolle und zwei Erste-Klasse-Tickets für die nächste El Al-Maschine zum Flughafen Kennedy.

Stoff für einen handfesten Skandal, aber zu kurzlebig – die Leute vergaßen schnell; und weil bestimmt schon bald etwas Größeres und Besseres passierte, hatte Daniel beschlossen, die Geschichte zu verwerten, solange sie noch etwas taugte. Er wollte Cohens und seine eigene Position sichern, Anwar Rashmawis Anwalt in Schach halten und es gar nicht erst zu irgendwelchen blödsinnigen Disziplinarverfahren kommen lassen. Und Laufer wollte er dazu drängen, einen Bericht über Malkovskys Vernehmung abzugeben, falls man das Vernehmung nennen konnte – drei, vier flüchtige Fragen in einem Hinterzimmer auf dem Flughafengelände, das war's dann; auf Wiedersehen, und wieder einer, den wir Gott sei Dank los sind. Unter Druck hatte der stellvertretende Polizeichef seine Zustimmung gegeben, daß Mossad mit den Ermittlungsbeamten in New York Kontakt aufnehmen und die Leute versuchen sollten, Malkovsky wegen der Morde an Fatma und Juliet zu verhören.

Nur ein symbolischer Triumph, mehr nicht; denn als ernsthafte Verdachtsperson kam Malkovsky für Daniel nicht in Frage; nicht mehr seit der Entdeckung des blutigen Felsens. Der Mann hatte ein enormes Übergewicht und war in schlechter körperlicher Verfassung; im Gefängnis hatte er über Atembeschwerden geklagt. Der diensthabende Arzt attestierte ihm gefährlich hohen Blutdruck. Es war unwahrscheinlich, daß er durch die Wüste marschiert war und dabei noch einen Menschen hätte tragen können. Trotzdem fiel es Daniel nicht schwer, Shmeltzers Idee zu folgen; er hätte sich Malkovsky ohne weiteres als Mitglied einer mörderischen Kultgemeinschaft vorstellen können.

Aber Hassidim, die sich als Killer betätigten – schon der Gedanke war verrückt.

Doch das war nicht das Entscheidende. Der Boß hatte noch nichts von dem Felsen gewußt, als sie Malkovsky nach New York verfrachteten. Sie hatten sich eingemischt und seinen Fall mit politischem Dreck besudelt.

Er hatte das schon einmal erlebt und wollte es nicht zum zweiten Mal durchmachen.

Wie eine Ratte, die im Müll herumwühlt.

Versuchen Sie doch, in Australien anzurufen.

Er mußte an Gavrieli denken und fragte sich, ob er gern in Melbourne war und wie er mit seiner Arbeit als Botschafts-

Attaché zurechtkam. Der glorreiche Gideon machte im Smoking eine gute Figur, war ein exzellenter Weinkenner und wußte, wie man auf Gesellschaften Konversation machte; trotzdem, da war sich Daniel sicher, war seine Tätigkeit für ihn alles andere als die große Erfüllung.

Im Müll wühlen und herumschnüffeln. In die Hand beißen, die ihn gefüttert hatte – und gut gefüttert, nicht mit Brosamen abgespeist.

Laufer war ein Dummkopf, aber er hatte mit seinen Worten die alten Wunden wieder aufgerissen. Das Schuldgefühl. Dabei hatte es für ihn nicht die geringste Alternative gegeben.

Bis zum heutigen Tag war ihm nicht klar, warum man gerade ihn mit Lippmann beauftragt hatte. Gavrieli hatte ihm diese Frage nicht beantwortet; seit dem Tag, als die Akte geschlossen wurde, war er Daniel aus dem Weg gegangen.

Er mußte mit Sicherheit gewußt haben, daß die Wahrheit ans Licht kam.

Oder hatte er damit gerechnet, daß Daniel den Fall vertuschte oder bei den Ermittlungen versagte? War das ganze Gerede über Daniels Talente nur ein hinterlistiger Trick, um ihn als Schachfigur zu benutzen, die er in bestimmte Positionen schieben konnte?

Gavrieli hatte seine eigene Art, sich auszudrücken.

Zum ersten Mal waren sie sich 1967 begegnet, Anfang Mai kurz nach dem Passahfest, sie trafen sich in einem militärischen Trainingslager in der Nähe von Ashdod. Es war ein wunderbarer Frühling, trocken und die Luft voller Düfte; aber es gab auch düstere Gerüchte, die wie schwere Gewitterwolken über dem Stützpunkt hingen: Nasser plante, mit seinen Truppen in den Sinai einzumarschieren. Niemand wußte genau, was in den nächsten Tagen passieren würde.

Daniel war damals neunzehn Jahre alt und Rekrut, die Jeshiva hatte er vor einem Jahr verlassen und ruhte sich nun auf seinen Lorbeeren aus, die er zum Abschluß seiner Ausbildung als Fallschirmspringer errungen hatte – mußte immer wieder an seine Absprünge denken, den lebensbedrohlichen Nervenkitzel beim freien Fall. Jetzt war er dem 66. Bataillon zugeteilt worden und hatte sich in der Feldwebeluniform beim Stützpunkt gemeldet, mit rotem Barett und Panzerstiefeln, alles noch so neu, daß er sich darin vorkam wie in einem Kostüm beim Purimfest.

Beim 66. unterzog man ihn einer Reihe von physischen und psychologischen Tests, teilte ihn anschließend einer Nachtkämpfereinheit zu. Der befehlshabende Kommandeur war Gideon Gavrieli. Nach allem, was er über ihn gehört hatte, machte sich Daniel auf einen Typ mit einem Ledergesicht gefaßt. Aber stattdessen trat ihm ein junger Mann gegenüber, groß, mit schwarzen Haaren und blauen Augen, ausgestattet mit der Attraktivität eines Filmschauspielers und einer gehörigen Portion Arroganz.

Der glorreiche Gideon. War kaum sechs Jahre älter als Daniel, aber ihm um Jahrzehnte voraus. Beide Eltern Rechtsanwälte und große Nummern in der Regierungspartei, der Vater zudem General im Ruhestand. Eine wohlbehütete Kindheit in ihrem Landhaus in Zahala; Reitstunden im Country Club von Caesarea; Jahresabonnements in der Philharmonie und der Habimah; Sommerurlaube im Ausland. Dann drei Jahre in der Armee in hochrangigen Dienstgraden; Auszeichnungen für besondere Leistungen als Präzisionsschütze und Nahkämpfer; mit zwanzig Jahren Hauptmann; Immatrikulation an der Hebräischen Uni, wo man ihn nach kurzer Zeit zum Ersten Vorsitzenden der Studentenvertretung wählte. Er stand knapp einen Monat vor seinem Juraexamen, als es an der Südgrenze zu brodeln begann und man ihn wieder zu den Waffen rief. Bald, so hieß es, wäre er Major, einer der jüngsten in der Armee und nicht gewillt, sich damit zu begnügen.

Er hatte sich Daniel sofort ausgesucht und ihn in seine Kommandostelle kommen lassen, wo er ihm Eiswaffeln und Pulverkaffee anbot.

»Sie sind Jemenit.«

»Ja.«

»Jemeniter, so sagt man, sind intelligent. Trifft das auch auf Sie zu?«

»Ich glaube, das haben andere, nicht ich selbst zu beurteilen.«

»Es geht hier nicht um falsche Bescheidenheit. Was immer Sie gehört haben – die Ägypter werden uns angreifen. In absehbarer Zeit werden sie nicht mehr auf Pappkameraden schießen. Halten Sie sich nun für intelligent oder nicht?«

»Ja.«

»Gut. Ich freue mich, daß Ihnen das klar ist. Dann kann ich Ihnen ja auch sagen, daß die Testergebnisse Ihre Annahme bestätigen. Ich möchte, daß Sie in der nächsten Woche ein paar zusätzliche Prüfungen ablegen. Das wird Ihnen nützlich sein, um sich zum Leutnant zu qualifizieren, und ich erwarte von Ihnen, daß Sie glänzend abschneiden, ist das klar?«

»Ja.«

»Sagen Sie, was ist Ihr Vater von Beruf?«

»Juwelier.«

»Was haben Sie für Zukunftspläne, falls Sie den Krieg überleben?«

»Das weiß ich nicht.«

»Haben Sie auch mit Juwelen gearbeitet?«

»Ein bißchen.«

»Aber Sie sind nicht so befähigt wie Ihr Vater.«

»Nein.«

»Und werden es nie so weit bringen.«

»Nie.«

»Ein allgemeines Problem. Was schwebt Ihnen sonst beruflich vor?«

»Ich dachte an Jura.«

»Das sollten Sie ganz schnell vergessen. Jemeniter sind viel zu redlich, um für den Beruf des Anwalt zu taugen. Was sonst noch?«

»Ich weiß nicht.«

»Warum nicht?«

»Weil ich mir darüber noch nicht genug Gedanken gemacht habe.«

»Das ist ein Fehler. Denken Sie von jetzt an darüber nach, Sharavi. Sie dürfen sich nicht einfach treiben lassen, wenn Sie die Fähigkeit haben, sich freizuschwimmen.«

Vier Wochen später lagen sie bäuchlings auf einem schlammigen Abhang nordwestlich des Skopus und arbeiteten sich in der Dunkelheit auf allen vieren durch ein kreuzweise angelegtes Geflecht befestigter Schützengräben, die den Ammunition Hill umgaben. Zwei Überlebende eines fünf Mann starken Maschinengewehrkommandos mit dem Auftrag, Scharfschützen der Arabischen Legion unschädlich zu machen.

Niemandsland. Neunzehn Jahre lang hatten die Jordanier auf ihrer Seite des Hügels Befestigungen angelegt und in Erwartung des JIHAD Unterstände gebaut: hatten Schützengräben – Wunden aus betonierten Einkerbungen – in den Hügel geschlagen, vierzig an der Zahl; einige so davon so gut getarnt, daß sie selbst bei Tageslicht unsichtbar waren.

Aber jetzt gab es kein Tageslicht. Es war drei Uhr morgens, vor einer Stunde hatte der Angriff begonnen. Zu Anfang hatte ein Bombardement der Artillerie das Gelände aufgeweicht; dann wurden Panzer eingesetzt, um feindliche Minen zur Explosion zu bringen. In ihren Spuren folgten die Pioniere mit ihrem lärmenden Spielzeug und jagten militärische Befestigungen in die Luft – israelische und jordanische –, die den Hügel seit dem Waffenstillstand von '49 gabelförmig unterteilten.

An den anderen Fronten hatte die israelische Luftwaffe ganze Arbeit geleistet – Nassers Düsenjäger zerstört, bevor sie abheben konnten, und in den Golanhöhen gab es für die Syrer manche bittere Pille zu schlucken. Aber Jerusalem war viel zu kostbar, es gab zu viele heilige Stätten, um flächendeckende Luftangriffe riskieren zu können.

Und das bedeutete Nahkampf, Mann gegen Mann.

Übriggeblieben war auf beiden Seiten nur noch ein Haufen verzweifelter Männer. Husseins restliche Truppe von der Arabischen Legion verbarg sich oben auf dem Hügel in zwei Bunkern und hockte weiter unterhalb in dem Netzwerk von Schützengräben. Die Männer vom 66. schlängelten sich hügelaufwärts durch den Dreck wie menschliche Würmer. Ihr Fortkommen war nur in Metern zu zählen, und ein Wettlauf mit der aufgehenden Sonne – das grausame Morgenlicht würde sie wie Wanzen auf einem weißen Bettlaken präsentieren.

Die letzten dreißig Minuten waren ein Alptraum gewesen – das Sperrfeuer der Artillerie und die Schreie der Verwundeten, das Zersplittern von Olivenbäumen und ihr grausig flüsterndes Geräusch, wenn sie umstürzten; die Rufe nach Tragbahren und Sanitätern; das Stöhnen der Schwerverletzten und Sterbenden hielt länger an, als es medizinische Erkenntnisse hätten erklären können. Dreihundert Meter weiter südwestlich stand die Alte Britische Polizeischule in Flammen; die Vorratssilos der UNRWA, darin jordanische Heckenschützen Stellung bezogen hatten, prasselten und knisterten wie Lagerfeuer. Aus den Stellungen der Legion wurden Raketen abgeschossen, gefolgt von Granatfeuer und Salven aus automatischen Waffen; die Geschosse pflügten den Boden auf und warfen todbringende Wölkchen, säten Samen aus heißem Metall, der niemals Früchte tragen würde.

Die ersten zwei Männer des Kommandos waren gleichzeitig gefallen, nur wenige Sekunden, nachdem sie auf einen flachen, an den UN-Wassertank grenzenden Graben zugegangen waren; ein Versteck der Scharfschützen, das mit Infrarotgläsern nicht auszumachen war. Augenblicke später starb der dritte Mann, ein pausbäckiger *Kibbuznik* namens Kobi Altman, der sich, als seine Kameraden fielen, zu einer spontanen Aktion hinreißen ließ – er war aufgesprungen, ohne jede Deckung auf den Graben losgestürmt und hatte mit seiner Uzi um sich geschossen. Zehn Jordanier tötete er, bevor ihn der elfte traf. Als er in sich zusammensackte, rannten Gavrieli und

Daniel vorwärts, feuerten blindlings in den Schützengraben und erledigten den letzten Legionär.

Gavrieli kniete am Rand des Grabens, inspizierte ihn und hielt dabei seine Uzi im Anschlag. Daniel nahm Kobis Leiche auf seine Schulter und wartete.

Kein Laut, keine Bewegung. Gavrieli nickte. Die beiden Männer legten sich flach auf den Boden und krochen langsam vorwärts. Gavrieli packte Kobi an den Füßen, um Daniel die Last zu erleichtern. Sie suchten nach einer sicheren Stelle, an der sie die Leiche ablegen konnten, dann eine günstige Position, aus der man eine Granate gegen den Wasserturm schleudern konnte. Ihr Plan war klar: Geschützt von den Nachwirkungen der Explosion würden sie auf den großen Bunker an der Nordwestseite des Hügels zulaufen, wo sich eine Truppe von Legionären verbarrikadiert hatte, die Schüsse aus dem Hinterhalt abgaben. Sie wollten Granaten in den Bunker werfen, in der Hoffnung, daß sich die Wirkung ihrer Attacke durch den berstenden Beton vervielfachte. Wenn sie den Angriff lebend überstanden, wollten sie zurückkommen und Kobi holen.

Gavrieli suchte den Berghang nach einer Deckung für sie ab und zeigte schließlich auf einen verkrüppelten jungen Olivenbaum. Als sie sich zwei Meter vorwärts gearbeitet hatten, brach ein donnerndes Geschützfeuer los, dessen Druckwellen sie rückwärts in Richtung auf den Schützengraben trieben.

Die Artillerie feuerte eine nächste Salve. Der Boden unter Daniel bebte; für Sekundenbruchteile fühlte er sich in die Luft gehoben wie ein Leichtgewicht, dann prallte er wieder auf die Erde. Er krallte sich fest, vergrub seine Finger im Dreck, um nicht nach hinten zu rutschen und auf den Leichenhaufen in dem Schützengraben zu stürzen. Er lag da und wartete.

Das Artilleriefeuer erstarb.

Gavrieli streckte wieder seinen Arm aus. Eine Leuchtrakete schoß aus dem großen Bunker und zerplatzte in mittlerer

Höhe; ein Sternenregen warf scharlachrote Streifen auf das schmutzverkrustete Gesicht des Kommandeurs. Seine Arroganz war ihm gründlich vergangen – er wirkte alt und wie zerschlagen, gezeichnet von Bitterkeit und Übermüdung.

Die beiden Männer krochen in Richtung auf den Olivenbaum, wollten zu der Stelle, wo sie Kobis Leiche abgelegt hatten. Als sie das Geräusch aus dem Schützengraben hörten, schreckten sie gleichzeitig auf.

Herausgekrochen kam ein Mann, eine Leiche war zum Leben erwacht – ein wankendes Gespenst, das sich in der Finsternis zu voller Größe aufrichtete; das Gewehr im Anschlag und nach einem Ziel suchend.

Gavrieli ging auf die Gestalt los und bekam eine Kugel in die Brust. Er brach zusammen. Daniel wich nach rechts aus, zog sich in die Dunkelheit zurück und ließ sich lautlos zu Boden fallen; seine Uzi steckte unter seinem Rücken. Er mußte an die Waffe kommen, hatte aber Angst, sich zu verraten, wenn er auch nur die geringste Bewegung machte.

Der Jordanier pirschte sich näher und feuerte auf die Stelle, wo Daniel eben noch gelegen hatte, verfehlte ihn, aber nur knapp.

Als Daniel versuchte, sich auf die andere Seite zu rollen, knisterte es im Unterholz. Sein Herz klopfte ihm bis zum Hals – bestimmt konnte es der Legionär hören.

Der Jordanier blieb stehen. Daniel hielt den Atem an.

Der Jordanier feuerte; Daniel rollte sich zur Seite.

Für ein paar Augenblicke war alles still, die Sekunden zerdehnten sich grausam lange; seine Lungen drohten zu platzen.

Gavrieli stöhnte auf. Der Jordanier fuhr herum und zielte, um ihn zu erledigen.

Daniel kam auf die Knie, griff gleichzeitig seine Uzi. Der Legionär hörte ihn, begriff, was los war, traf in Sekundenbruchteilen eine Entscheidung – die richtige – und feuerte auf den unverletzten Feind.

Daniel hatte keine Chance, zurückzuschießen. Er stürzte zu Boden, spürte, wie die Kugel seine Schläfe streifte.

Der Jordanier feuerte weiter. Daniel wühlte sich in die Erde, um mit ihr zu verschmelzen, in ihr Sicherheit zu finden.

Bei dem Sturz hatte es ihm die Uzi weggeschlagen. Sie krachte gegen einen Felsen. Der Jordanier wirbelte herum und feuerte in Richtung auf das Geräusch.

Daniel sprang mit einem gewaltigen Satz nach vorn, bekam den Legionär an den Fußknöcheln zu fassen. Die beiden Männer taumelten rückwärts in den Graben und gingen zu Boden.

Sie stöhnten und keuchten vor Wut, zerrten aneinander und bissen, rollten durch Kot und geronnene Blutlachen. Siamesische Zwillinge, das Gewehr unentrinnbar zwischen ihnen wie eine mörderische Nabelschnur. Zwei Männer, verhakt in einer tödlichen Umarmung. Unter ihnen ein Polster aus totem Fleisch, immer noch weich und warm, es stank nach Blut und Kordit, dem widerlichen Ausfluß von offenen Leibern und Eingeweiden.

Daniel wurde mit dem Gesicht in das Polster gedrückt; er spürte, wie eine leblose Hand seinen Mund streifte, die Finger waren noch warm. Eine klebrige Flüssigkeit lief ihm übers Gesicht. Er wälzte sich herum und bekam den Gewehrlauf mit beiden Händen zu fassen. Dem Jordanier gelang es, die Oberhand zu gewinnen, er bekam die Waffe wieder frei.

Der Legionär hatte keine Mütze auf. Daniel griff ihm ins Haar und riß den Mann an sich, sah jetzt, daß er noch jung war – er hatte ein glattes Gesicht, dünne Lippen und einen leichten Schnurrbart.

Er versuchte, den Jordanier ins Kinn zu beißen.

Der Jordanier wand sich aus seiner Umklammerung. Sie zerrten aneinander und schlugen wild um sich, kämpften um das Gewehr, wichen dabei dem Bajonett aus, das oben am Lauf steckte.

Plötzlich ließ der Jordanier das Gewehr los. Schwitzige Hände umklammerten Daniels Hals, bis ihm schwarz vor Augen wurde. Er drückte die Finger weg und trat dem Jordanier mit voller Wucht in den Unterleib.

Der Jordanier schrie vor Schmerzen. Sie rollten und wälzten sich in einem Meer von toten Leibern. Daniel spürte, wie ihm das Bajonett die Wange aufschlitzte. Mit gekrallten Fingern ging er dem Jordanier an die Augen, drückte mit dem Daumen gegen den unteren Rand einer Augenhöhle, drückte fester und quetschte ihm ein Auge aus.

Für den Bruchteil einer Sekunde lag der Legionär wie gelähmt; doch schienen der Schock und die Todesangst seine Kräfte zu verdoppeln. Wie ein Berserker schlug er um sich, grub seine Zähne in Daniels Schulter und biß sich fest, bis Daniel ihm drei seiner Finger brach; es hörte sich an, als ob kleine Zweige knackten.

Fast unglaublich, aber der Jordanier kämpfte weiter. Er knirschte mit den Zähnen und stieß Grunzlaute aus, agierte nur noch automatisch wie eine menschliche Maschine. Er wand sich und schlüpfte aus der mörderischen Umklammerung, hob das Gewehr und schlug Daniel den Kolben in die Magengrube. Das Fleischpolster dämpfte die Wirkung des Hiebes, aber Daniel spürte, wie ihm die Luft wegblieb. Er schwamm in einem Ozean von Schmerzen, war hilflos, und im selben Moment holte der Jordanier zum zweiten Mal mit dem Gewehr aus – nicht um zu schießen, nein, er wollte diesen Juden auf viel gründlichere Weise aus dem Leben befördern: wollte mit dem Bajonett auf ihn einstechen; seine leere Augenhöhle war ein tiefes schwarzes Loch, und sein Mund verzerrte sich zu einem lautlosen Gebrüll.

Ein Gespenst will mich umbringen, schoß es Daniel durch den Kopf. Verzweifelt rang er nach Luft, als die Bajonettspitze auf ihn gerichtet war. Mit letzter Kraft rollte er sich zur Seite, und die Klinge versank mit einem dumpfen Laut im Körper einer Leiche. Als der Legionär sie mit einem Ruck herausziehen wollte, streckte Daniel den Arm aus, um nach der Waffe zu greifen.

Aber er war nicht schnell genug – der Jordanier hatte sie wieder. Doch dann fing er an zu schreien, flehte Allah um Gnade an, verkrallte eine Hand in seinem Gesicht. Sein Augapfel baumelte an Sehnen und Bändern, schlug ihm gegen die Backe; das Ganze wirkte so künstlich wie eine Szene aus einem Horrorfilm. Der Mann begann zu begreifen, wie furchtbar er verletzt war.

Daniel kämpfte, um sich hochzuarbeiten, wollte sich aus dem Gewirr von menschlichen Torsos und welken Gliedmaßen befreien.

Der Jordanier versuchte fieberhaft, das Auge mit seinen gebrochenen Fingern wieder an seinen Platz zu drücken. Es war ein erbärmlicher Anblick; mit einer Hand fummelte er an seinem Gesicht herum, mit der anderen stach er wie wild mit dem Bajonett um sich.

Daniel streckte seine Hand aus, griff nach der herumwirbelnden Waffe, bekam aber nur Metall zu fassen, kein Holz. Er spürte die Klinge, und die Bajonettspitze bohrte sich durch das Innere seiner linken Hand. Ein beißender, sengender Schmerz jagte durch seinen Arm und traf ihn mitten ins Rückgrat. Unwillkürlich schloß er die Augen, und in seinen Ohren dröhnte rasender Lärm. Er versuchte mit einem Ruck freizukommen, aber seine Hand war wie festgenagelt, und der Jordanier drückte ihn zu Boden, riß an dem Bajonett, um ihn zu vernichten.

Eben jener Gedanke an seine eigene Vernichtung – die Vorstellung, er selbst läge als ein Stück menschlicher Müll auf dem Leichenhaufen im Schützengraben, setzte noch einmal neue Kräfte in ihm frei.

Daniel hob beide Füße und holte zu einem gewaltigen Tritt aus, mit dem ganzen Körper schnellte er senkrecht hoch wie eine Rakete. Festgenagelt blieb nur seine verwundete Hand, und sie sank ein Stück tiefer in das Polster aus toten Leibern.

Mit letzter Energie warf er sich jetzt dem Jordanier entgegen. Kümmerte sich nicht mehr um den glühendheißen

Klumpen, der einmal seine linke Hand gewesen war. Für ihn gab es nur noch eins: er wollte leben.

Mit einem verzweifelten Ruck warf er sich hoch; er spürte, wie es ihm die Hand auseinanderriß; die Metallklinge drehte sich in seinem Fleisch, durchtrennte ihm Nerven, Bänder und Sehnen. Daniel biß die Zähne zusammen, daß es knirschte; er bewegte sich längst irgendwo jenseits aller Schmerzgrenzen, und als es ihm gelang, mit seinem Stiefel das Kinn des Jordaniers zu treffen, war er endlich frei.

Das Gewehr fiel zur Seite und riß ihm noch einen Fleischbrocken aus der Hand. Aber immerhin konnte er sich losmachen, seine schwerverletzte Hand befreien.

Der Jordanier hatte sich von Daniels Fußtritt erholt und versuchte wieder, ihn zu beißen. Daniel rammte ihm seine unverletzte Handkante unter die Nase, und als der Mann fiel, warf er sich wie ein wild gewordener Schakal über ihn und verkrallte sich in seinem Gesicht – riß ihm ein Ohr ab, quetschte ihm noch das andere Auge aus, und als der Jordanier nur noch hilflos wimmerte, zerschmetterte Daniel ihm mit geballter Faust den Kehlkopf.

Mit beiden Händen hielt er den Hals des Legionärs umklammert. Seine verletzte Hand war nur noch ein nutzloser, triefender Klumpen, aber was hätte er sonst damit anfangen sollen? Er drückte und krallte und preßte, bis der Jordanier keine Lebenszeichen mehr von sich gab.

Als der junge Soldat erstarrte, drehte sich Daniel zur Seite und erbrach sich.

Er fiel in sich zusammen, lag sekundenlang reglos auf dem Leichenhaufen. Als er Gewehrfeuer und Gavrielis Wimmern hörte, kam er wieder hoch und stützte sich auf seine Ellbogen. Er tastete sich durch den Schützengraben und brachte es irgendwie fertig, einem erschossenen Jordanier das blutbefleckte Hemd vom Leibe zu ziehen. Einen sauberen Stoffetzen riß er ab, um sich seine Hand zu verbinden; sie fühlte sich jetzt an, als hätte man sie in heißem Fett gesotten.

Dann kroch er wieder aus dem Graben und kletterte zu Gavrieli.

Der Kommandeur lebte, er hatte die Augen offen; aber sein Atemgeräusch klang schlimm – kraftlos und schwach, und wenn er Luft holte, hörte man ein trockenes Rasseln. Gavrieli krümmte sich vor Schmerzen, warf sich hin und her, und als Daniel ihm mühsam das Hemd aufknöpfte, zitterte er am ganzen Leib. Schließlich war er soweit und konnte die Wunde inspizieren, ein sauberes und ziemlich kleines Loch. Er wußte, daß der Austritt der Kugel am Rücken schlimmer aussah, konnte aber Gavrieli nicht umdrehen, um sich das anzusehen. Die Kugel war auf der rechten Brustseite eingedrungen, sie hatte das Herz verfehlt, aber vermutlich die Lunge durchbohrt. Daniel untersuchte die Stelle am Boden und berührte eine Blutlache; aber sie war nicht sehr groß, es gab also noch Hoffnung.

»Sie sind okay«, sagte er.

Gavrieli verzog eine Augenbraue und hustete. Sein Blick flatterte, und er fing an zu frösteln.

Daniel hielt ihn noch eine Weile in seinem Arm und kletterte dann in den Schützengraben zurück. Gegen den eigenen Schmerz ankämpfend, riß er zwei toten Jordaniern die Kampfjacken vom Leib. Als er sich wieder nach oben gearbeitet hatte, nahm er die eine als Decke, die andere rollte er zu einem Kissen zusammen und legte sie Gavrieli unter die Füße.

Er fand Gavrielis Funkgerät und konnte eine Meldung absetzen; im Flüsterton forderte er Sanitäter an, gab seinen Standort durch und berichtete über den Zustand des restlichen Kommandos; schließlich informierte er den Fernmeldeoffizier, daß man den Schützengraben neutralisiert hätte. Dann kroch er auf allen vieren zu Kobis Leiche hinüber. Der Mund des Kibbuzniks stand offen; aber sonst wirkte er doch seltsam würdevoll. Daniel schob ihm den Mund zu und machte sich auf die Suche nach den beiden Uzis.

Eine Zeitlang tappte er im Dunkeln; schließlich fand er Kobis Waffe und dann auch seine eigene, die Griffe waren beide verbeult, die Waffen aber noch funktionsfähig. Er arbeitete sich mit den Gewehren bis an die Stelle zurück, wo Gavrieli lag, und setzte sich neben den Verletzten. Dann wartete er.

Draußen wütete wieder die Schlacht; aber der Gefechtslärm klang weit entfernt, so, als ginge ihn das alles nichts mehr an. Im Norden prasselte Maschinengewehrfeuer, und die Artillerie antwortete mit einer Salve, die den Hügel erschütterte.

Als Gavrieli plötzlich nach Luft rang, glaubte Daniel, daß es mit ihm zu Ende ginge. Doch einen Augenblick später normalisierte sich seine Atmung, sie blieb schwach, aber regelmäßig. Daniel wich nicht von seiner Seite, sah immer wieder nach ihm und hielt ihn warm. Die beiden Uzis legte er nicht mehr aus der Hand. Seltsam, die Schmerzen in seinem Arm schienen ihn eher zu beruhigen.

Solange er Schmerzen hatte, war er noch am Leben.

Es verging eine ganze Stunde, bis die Rettungsmannschaft eintraf. Als sie ihn auf die Tragbare legten, fing er an zu weinen.

Drei Monate später kam Gavrieli in das Reha-Zentrum und besuchte ihn. Es war ein feuchtschwüler Tag, die Hitze drückte. Daniel saß in einem überdachten Innenhof und haßte sein Leben.

Gavrieli, strandgebräunt, trug ein weißes Strickhemd und weiße Shorts – après Tennis, sehr elegant. Seine Lunge sei verheilt, verkündete er in einem Ton, als ob sein Gesundheitszustand Daniels allergrößte Sorge gewesen sei. Seine gebrochenen Rippen waren wieder in Ordnung. Ab und zu spürte er noch Schmerzen, er hatte abgenommen, aber im großen und ganzen fühlte er sich in Hochform.

Daniel dagegen betrachtete sich zunehmend als Krüppel, als ein Monstrum. Er steckte tief in einer schweren Depression, die von Zeit zu Zeit in eine anfallartige, hochgradige

Reizbarkeit überging. Die Tage zogen wie hinter einem stumpfen, grauen Dunstschleier an ihm vorbei. Die Nächte waren noch schlimmer: Grauenhafte Bilder verfolgten ihn in seinen Träumen, und der Morgen danach war trostlos.

»Sie sehen aber auch gut aus«, sagte Gavrieli. Er schenkte einen Früchtepunsch ein, und als Daniel das Getränk ablehnte, trank er es selbst. Die Diskrepanz ihres gesundheitlichen Zustandes machte Gavrieli verlegen; der hustete keuchend, als wolle er Daniel zeigen, daß auch er seine Schäden davongetragen hatte. Am liebsten hätte Daniel ihn weggeschickt; aber er hielt sich zurück, höflich wie er war, und schließlich hatte er seinen höheren Dienstrang zu respektieren.

Eine künstlich aufgeblähte halbe Stunde lang machten sie Konversation, tauschten temperamentlos ihre Erinnerungen an die Kämpfe um die Befreiung der Altstadt aus: Daniel hatte sich mit den Ärzten wegen seiner vorzeitigen Entlassung herumgestritten; er wollte beim Marsch durch das Dungtor dabei sein, war bereit, unter dem Feuer der Heckenschützen zu sterben. Als er Rabbi Gorens leidenschaftlichen Aufruf hörte, hatte er vor Freude und Erleichterung geschluchzt, für einen Augenblick erschien ihm sein Schmerz wie weggeblasen, und alles bekam wieder einen Sinn. Aber nun war selbst die Erinnerung an jene seligen Momente verblaßt.

Gavrieli redete weitschweifig über das neue Israel in seinen erweiterten Grenzen, erzählte von seinem Besuch in Hebron und von der Grabstätte ihrer Vorfahren. Daniel nickte nur und blockte ab, was er sagen wollte; er sehnte sich nach dem Alleinsein, wollte sich nur noch den egoistischen Genüssen des Selbstmitleids hingeben. Schließlich spürte Gavrieli, was mit ihm los war, und erhob sich verärgert.

»Ehe ich's vergesse«, sagte er. »Sie sind jetzt übrigens Hauptmann. Ihre Papiere müßten Ihnen in den nächsten Tagen zugehen. Gratuliere. Bis dann.«

»Und Sie? Wozu hat man Sie befördert?«

Aber Gavrieli war schon unterwegs und konnte seine Frage nicht mehr hören. Oder tat jedenfalls so.

Tatsächlich war er zum Oberstleutnant befördert worden. Daniel sah ihn ein Jahr später an der Hebräischen Uni. In der Sommeruniform eines Oberstleutnant, mit Bändern geschmückt, spazierte er über den Campus, umgeben von einer kleinen Gruppe jüngerer Studenten, die ihn bewunderten.

Daniel hatte den letzten Übungskurs für heute hinter sich und machte sich wie üblich auf den Heimweg. Das erste Jahr seines Jurastudiums hatte er absolviert und gute Noten erzielt, aber nicht das Gefühl, etwas zustande gebracht zu haben. Die Vorlesungen empfand er wie aus einer anderen Welt, als pedantisches Getue, die Lehrbücher als ein Sammelsurium kleingedruckter Belanglosigkeiten, die man ersonnen hatte, um von der Wahrheit abzulenken. Sein Pensum erarbeitete er sich ohne wirkliches Engagement, in den Prüfungen reproduzierte er den Stoff eher mechanisch; was er in seinen Übungen und Seminaren zu hören bekam, erinnerte ihn an jene sterilisierten, geschmacklosen Essensrationen, die Bestandteil seiner militärischen Überlebensausrüstung gewesen waren – knapp ausreichend, um ihn mit dem Allernötigsten zu versorgen, aber himmelweit entfernt von leiblichen Annehmlichkeiten.

Gavrieli erkannte ihn und rief seinen Namen. Daniel ging weiter – diesmal war es an ihm, sich taub zu stellen.

Er war nicht in der Stimmung, um mit dem glorreichen Gideon zu plaudern. Überhaupt mit irgend jemandem zu plaudern. Seit seiner Entlassung aus dem Reha-Zentrum hatte er einen großen Bogen um seine alten Freunde gemacht und sich nicht mehr um andere bemüht. Seine Tage erschöpften sich in immer gleicher Routine: morgendliche Gebete, die Fahrt mit dem Bus zur Universität und gleich nach den Übungskursen wieder zurück in seine Wohnung über dem Juwelierladen, wo er saubermachte und dann ein Essen für sich und seinen Vater zubereitete. Den restlichen Abend verbrachte er über seinen

Büchern. Sein Vater machte sich Sorgen um ihn, sagte aber kein Wort. Auch nicht, als er eines Tages sämtliche Schmuckstücke zusammensuchte, die er als Jugendlicher fabriziert hatte – mittelmäßige Arbeiten, aber immerhin hatte er sie jahrelang aufbewahrt, und nun schmolz er sie zu einem Klumpen Silber zusammen, den er auf einer Arbeitsbank im Hinterzimmer des Ladens liegen ließ.

»Hallo, Dani. Dani Sharavi!«

Gavrieli rief laut hinter ihm her. Daniel blieb nichts anderes übrig, als stehenzubleiben und ihn zu begrüßen. Er drehte sich um, schaute in ein Dutzend Gesichter – die Studenten aus den Erstsemestern hingen wie gebannt an dem Blick ihres Idols, starrten auf den kleingewachsenen, braunhäutigen Studenten mit der *Kipah* auf der afrikanischen Haarfrisur und seiner Narbenhand, die aussah wie ein Stück Fleisch, das der Schlachter weggeworfen hatte.

»Hallo, Gideon.«

Gavrieli speiste seine Fans mit ein paar Worten ab, und die jungen Leute zogen sich mißmutig zurück; dann ging er auf Daniel zu. Er sah sich die Titel der Bücher an, die Daniel unter dem Arm hielt, und schien leicht amüsiert.

»Jura.«

»Ja.«

»Sie hassen doch den Kram, oder? Erzählen Sie mir keine Geschichten – ich sehe es Ihnen an. Ich habe Ihnen ja gleich gesagt, daß es nicht zu Ihnen paßt.«

»Es paßt sehr gut zu mir.«

»Selbstverständlich. Hören Sie, ich habe gerade eine Gastvorlesung gehalten – über Geschichten aus dem Krieg und ähnlichen Blödsinn –, ich hätte jetzt ein paar Minuten Zeit. Wie wär's mit einer Tasse Kaffee?«

»Ich möchte eigentlich –«

»Also wissen Sie, ich hatte sowieso vor, Sie anzurufen. Ich habe etwas mit Ihnen zu besprechen.«

Sie gingen in die Studenten-Cafeteria. Jeder schien Gavrieli zu kennen; die Frau hinter dem Tresen mit den Backwaren nahm sich besonders viel Zeit, für ihn das größte Schokoladenröllchen auszusuchen. Daniel durfte sich in dem Licht sonnen, das von Gavrielis Glorienschein ausging, und bekam das zweitgrößte Stück.

»Na, wie ist es Ihnen ergangen?«

»Gut.«

»Als ich Sie das letzte Mal sah, waren Sie ziemlich am Ende. Total niedergeschlagen. Die Ärzte haben mir damals gesagt, Sie wären schon längere Zeit in dem Zustand gewesen.«

Lipschitz, dieser verdammte Gauner. »Die Ärzte hätten besser die Klappe gehalten.«

Gavrieli lächelte. »Denen blieb gar nichts anderes übrig. Der befehlshabende Offizier hat ein Recht auf Information. Hören Sie, ich habe volles Verständnis für Ihren Haß auf die Jura – auch ich hasse den Kram, habe nicht einen einzigen Tag praktiziert und verspüre dazu auch nicht die geringste Absicht. Außerdem werde ich meinen Abschied von der Armee nehmen – man will mich da jetzt zum Bürohengst machen.«

Seine letzte Bemerkung unterlegte er mit einer dramatischen Geste.

Daniel störte, daß von ihm eine entsprechende Reaktion erwartet wurde. Er nahm einen Schluck Kaffee und biß ein Stück von seinem Schokoladenröllchen ab. Gavrieli schaute ihn an und sprach weiter, ohne sich irritieren zu lassen.

»Ein neues Zeitalter ist angebrochen, mein Freund. Das gilt für uns beide. Es geht darum, neue Kontinente zu erobern – im wörtlichen und im metaphorischen Sinne, es ist Zeit zum Aufbruch. Wissen Sie, ich kann verstehen, daß Sie niedergeschlagen sind. An diesem Punkt war ich selbst einmal. Kaum zu glauben, was ich in den ersten Wochen nach meiner Entlassung aus dem Krankenhaus getrieben habe: ich hatte nichts anderes im Sinn als zu spielen – und zwar Kinderspiele, der ganze Kram, für den ich nie Zeit gehabt habe, weil ich immer mit meinem Studium und dem Militärdienst beschäftigt war.

Dame, Schach, *Sheshbesh* und Monopoly, das ist ein Spiel aus Amerika – man ist Kapitalist, rafft möglichst viel Grundbesitz zusammen und schaltet damit den Gegenspieler aus. Ich habe mit den Kindern meiner Schwester gespielt und ein Spiel nach dem andern durchgezogen. Alle glaubten, ich wäre verrückt geworden; aber ich war einfach ausgehungert nach neuen Dingen, auch wenn es noch so dummes Zeug war. Anschließend habe ich dann drei Wochen lang nichts als Hamburger gegessen und Champagner getrunken. Sie können das sicher verstehen.«

»Klar«, sagte Daniel, aber das stimmte nicht. Neue Erfahrungen waren so ziemlich das letzte, was er sich wünschte. Nach allem, was er gesehen und erlebt hatte, sehnte er sich nach Harmonie und Frieden.

»Als ich von der ganzen Spielerei die Nase voll hatte«, sagte Gavrieli, »wußte ich, daß ich wieder etwas anpacken mußte, aber mit Jura sollte es nichts zu tun haben, und auch nicht mit der Armee. Ich wollte eine neue Herausforderung. Darum gehe ich jetzt zur Polizei.«

Diesmal konnte Daniel seine Überraschung nicht verhehlen, und er sagte: »Das hätte ich nicht gedacht.«

»Ja, ich weiß. Aber ich spreche von einer ganz neuartigen Polizei, absolut professionell – beste Technologie, Erhöhung sämtlicher Gehälter, dieselben Einstufungen wie beim Militär. Die Trottel werden entlassen, und statt dessen stellt man intelligente, gut ausgebildete Beamte ein: Leute von der Universität, höhere Schulbildung als Minimalanforderung. Ich werde als Chefinspektor eintreten, was natürlich verglichen mit meinem Dienstrang bei der Armee eine beträchtliche Herabstufung bedeutet, aber ich habe eine weitreichende Verantwortung und viel Handlungsfreiheit. Man erwartet von mir eine Neuorganisation der Kriminalpolizeibehörde, ich soll ein Sicherheitskonzept für die neuen Territorien ausarbeiten und bin dem Bezirkskommandeur direkt unterstellt; keine Untergebenen, keine Papierkriege mit bürokratischen Instanzen. In sechs Monaten ist meine Beförderung zum Chefkommissar fällig. Anschließend geht's weiter aufwärts; wenn der Boß in Pension geht, übernehme ich seine Position.« Gavrieli schwieg einen Augenblick. »Wollen Sie nicht mitmachen?«

Daniel lachte. »Das glaube ich kaum.«

»Was gibt's da zu lachen? Sind Sie glücklich mit dem, was Sie tun?«

»Mir geht's gut.«

»Ganz bestimmt. Ich weiß doch, wie Sie sind – Jura paßt nicht zu Ihnen. Sie werden auf Ihrem Arsch sitzen und sich fragen, warum die Welt so schlecht ist und warum die Guten immer auf der Verliererseite bleiben. Darüber hinaus werden Sie sich mit Ihren Honoraren immer durchwursteln müssen, nie sind die Fälle richtig gelöst. Und es besteht ein Überangebot – die großen Firmen stellen nicht mehr ein. Ohne familiäre Verbindungen wird es Jahre dauern, ehe Sie Ihr Auskommen finden. Sie werden kleine Brötchen backen müssen, um über die Runden zu kommen. Halten Sie sich an mich, Dani, und ich werde dafür sorgen, daß Sie den Anfängerkram überspringen und sich die Dreckarbeit schenken können.«

Mit zwei Fingern zeichnete Gavrieli einen viereckigen Rahmen in die Luft. Daniels Gesicht setzte er in die Mitte. »Ich sehe den Detektiv in Ihnen. Ihre Hand spielt dabei keine Rolle, weil Sie Ihren Verstand benutzen werden und nicht Ihre Fäuste. Trotzdem haben Sie es mit handfesten Dingen zu tun, Einsatzarbeit auf der Straße, keine Sonntagsreden. Sie werden bei jeder Fortbildung bevorzugt, sind der Kriminalpolizei zugeteilt und erhalten sofort den Dienstgrad eines Hauptfeldwebels. Was gleichbedeutend ist mit den besten Fällen – Sie werden sehr rasch gute Leistungen vorweisen können und bringen es im Handumdrehen zum Kommissar. Wenn ich mich weiter nach oben bewege, werde ich Sie mitnehmen.«

»Das glaube ich kaum«, sagte Daniel noch einmal.

»Weil Sie noch nicht genügend nachgedacht haben. Sie lassen sich immer noch zu sehr treiben. Wenn Sie das nächste

Mal über Ihren Büchern sitzen, sehen Sie sich die Gesetzestexte mal genau an, diesen ganzen Quatsch von englischen Rechtsvorschriften, die wir den glorreichen Briten zu verdanken haben – ihre Richter tragen Perücken und furzen in ihre Talare. Atmen Sie mal tief durch und denken Sie darüber nach, ob Sie sich den Rest Ihres Lebens nicht auch anders vorstellen können.«

Daniel fuhr sich mit seiner Hand über die Lippen und stand auf. »Ich muß jetzt gehen.«

»Kann ich Sie im Auto mitnehmen?«

»Nein, vielen Dank.«

»Na gut. Hier ist meine Karte, rufen Sie mich an, wenn Sie es sich anders überlegt haben.«

Als das neue Studienjahr in die zweite Woche ging, rief Daniel ihn an. Neunzig Tage später trug er eine Uniform und machte Streifengänge in den Katamonim. Gavrieli wollte ihm das ersparen, aber Daniel hatte seine Gefälligkeit abgelehnt; er wollte Straßenarbeit machen, um ein Gefühl für den Job zu bekommen, das Gideon niemals haben würde – bei all seiner Intelligenz und seinem wachen Verstand hatte er sich eine gewisse Naivität bewahrt, eine Aura von Unbesiegbarkeit, und daß er die Kämpfe am Ammunition Hill überlebt hatte, konnte ihn darin nur bestärken.

Er verfügt über eine innere Veranlagung, dachte Daniel, die ihn von den Schattenseiten des Lebens fernhält.

Was aber letztlich auch bewirkt hatte, daß er nun zur falschen Zeit am falschen Ort war; rettungslos weggeschwemmt von den Abwasserstrudeln des Falles Lippmann.

Gideon selbst hatte Regie geführt, gespielt wurde immer nach seinem Drehbuch. Daniel sah keinen Grund, die Schuld dafür bei sich zu suchen. Warum sollte er sich dafür entschuldigen, daß er seine Arbeit getan hatte.

Er sah auf die Uhr. Wie spät war es jetzt in Melbourne? Man war dort acht Stunden weiter, also mitten am Abend.

Vielleicht gab es einen Empfang in der Botschaft. Der glorreiche Gideon an der Seite des Geschäftsträgers, ein Cocktail-Glas zwischen den manikürten Fingern, und bestimmt bedachte er die Damen mit artigen Komplimenten und gab geistreiche Anekdoten zum besten. Das maßgeschneiderte Dinnerjackett kaschierte die leichte Wölbung über seiner Neunmillimeter.

Geschäftsführender Attaché. Bei Licht besehen nicht mehr als ein Leibwächter, ein Mann im Smoking mit Revolver. Wahrscheinlich fühlte er sich ziemlich unglücklich in seiner Rolle.

Ganz im Gegensatz zu mir, dachte Daniel. Ein Mann in meiner Situation kann eigentlich nur wunschlos glücklich sein. Ich habe es mit einem Killer zu tun, der frei herumläuft, muß mich mit Heroin abgeben und mit blutbefleckten Felsen. Mit verrückten Hassidim und *Korbanot*, mit wunderlichen Mönchen und vermißten Huren, die von sonderbaren Männern mit engstehenden Augen eingeschüchtert wurden.

Da sitze ich nun in dieser weißen Klause und suche nach den großen Zusammenhängen. Einen halben Kilometer südöstlich des Ammunition Hill.

47

Es war ein schwüler Sommer. Er war siebzehn, in drei Monaten achtzehn, als er eines Abends in die Bibliothek ging und Doktor um ein Auto bat. Zweimal mußte er fragen, bis der blöde Kerl von seiner medizinischen Zeitschrift aufsah und ihn überhaupt zur Kenntnis nahm.

»Was willst du?«
»Einen Wagen.«
»Und wozu?«
»Die andern Jungs haben auch alle einen.«
»Aber wozu brauchst du denn einen Wagen?«
»Zum Rumfahren und für die Schule.«
»Schule findest du so wichtig? Ist ja ganz was Neues.«

Achselzucken.

»Wenn ich das richtig sehe, bist du in den allermeisten Fächern durchgerauscht. Ich hätte nicht gedacht, daß dir die Schule so viel bedeutet.«

Achselzucken.

»Nein, dir ein Auto zu geben, einfach so, das sehe ich nicht ein.«

Dies verdammte überlegene Lächeln. Das Arschloch hatte zwei Wagen für sich allein, eine große, leise Limousine und einen Sportwagen, so eine richtig heiße Schüssel, sah aus wie ein Phallus auf Rädern; und niemand außer ihm durfte die beiden Autos fahren. Auch sie besaß eine große, leise Limousine, einen Luxusschlitten, der aber seit längerer Zeit in der Garage stand; Doktor hatte das Kurbelgehäuse demontieren und den Wagen aufbocken lassen.

Der Scheißkerl lebte im Überfluß, hatte das dicke Geld und die dicken Autos. Aber als er seinen Führerschein machte, hatte er für die Fahrstunden eine alte Rostlaube nehmen müssen, die einem der Hausmädchen gehörte. Die Karre besaß nicht mal eine Servolenkung, beim Einparken konnte man verrückt werden – deshalb war er auch zweimal durch die Prüfung gefallen.

»Leih mir doch das Geld. Ich zahl's dir zurück.«

»Ach, wirklich?« Amüsiert.

»Mmh.«

»Und wie gedenkst du das zu tun?«

»Ich werde mir einen Job besorgen.«

»Einen Job.«

»Ja.«

»Und für was für eine Arbeit glaubst du qualifiziert zu sein?«

»Ich könnte im Krankenhaus arbeiten.«

»Im Krankenhaus.«

»Ja.«

»Und was stellst du dir da vor?«

»Irgendwas.«
»Irgendwas?«
»Irgendwas.«

Doktor sprach mit dem verantwortlichen Hausmeister – einem geistig zurückgebliebenen Nigger – und besorgte ihm einen Job im Putzdienst. Der Nigger war von der Sache nicht sonderlich begeistert; er und Doktor hatten darüber diskutiert, während er nur ein paar Schritte abseits stand und wartete. Die beiden redeten über ihn, als wenn er Luft wäre. Unsichtbar.

»Weiß nicht recht, Doc, es ist Dreckarbeit.«
»Das ist gut so, Jewel. Genau das Richtige.«

Der Nigger führte ihn in den Job ein, er mußte Erbrochenes und Pisse von den Fußböden der Krankenzimmer aufwischen, Kathederbeutel entleeren und Müll wegbringen – keine Tätigkeit mit großen persönlichen Entfaltungsmöglichkeiten.

Nach zwei Wochen Arbeit roch er wie alles, was er aufzuwischen hatte; und er wurde den Geruch einfach nicht mehr los. Wenn er in Doktors Nähe kam, wandte sich der Scheißkerl mit Grausen von ihm ab.

Schließlich erfuhr der Leiter der Personalabteilung von der Sache und versetzte ihn; wollte nicht zulassen, daß der Sohn des Chefarztes für Herzchirurgie derartige Dreckarbeit tun mußte.

Man steckte ihn in die Postabteilung, und das war eine fabelhafte Sache. Er brauchte sich nicht einmal hinzustellen und einzelne Sendungen zu sortieren – hatte nur Botengänge zu machen und Material in den verschiedenen Abteilungen auszuliefern.

Er tat das den ganzen Sommer über, wurde nach und nach mit dem Innenleben des Krankenhauses vertraut – kannte bald jedes Büro und jedes Labor.

Es war erstaunlich, wie nachlässig die Leute mit ihren persönlichen Sachen umgingen und nie etwas verschlossen – ihre Nachttischschubladen mit den kleinen Geldkassen blieben offen; und wenn sie aufs Klo gingen, ließen sie ihre Portemonnaies auf dem Tisch liegen.

Er stibitzte Bargeld; immer nur kleine Beträge, die aber mit der Zeit zu ansehnlichen Sümmchen wuchsen.

Er stahl Rezeptformulare und Drogen, aber nur in kleinen Mengen. Demerol und Percodan und Ritalin und Seconal und ähnliche Medikamente, verkaufte alles an die Junkies aus der Drogenszene auf dem einschlägigen Boulevard, nur ein paar Häuserblocks weiter.

Manchmal öffnete er Briefumschläge mit Schecks und verhökerte sie zu fünf Prozent des Nennwertes an die Junkies. Ab und zu kam es vor, daß jemand so dumm war und brieflich Bargeld schickte, als Stiftung für den Wohltätigkeitsfonds des Krankenhauses. So etwas wanderte sofort in seine Tasche.

Er machte Büchersendungen auf und nahm sie mit nach Hause, wenn er auf interessante Titel stieß – zum Beispiel ausgefallene medizinische Darstellungen über Sex und Gewalt. Einmal fand er in einem Schrank im Gesellschaftsraum der Assistenzärzte einen Stapel Pornobücher – mit Fotos, auf denen weiße Männer Niggermädchen fickten und umgekehrt. Zu Hause in seinem Zimmer schnitt er die Frauen auf und brachte sie richtig zum Schreien, dann starrte er sie an, bis es ihn aufregte und er wirklich gut kommen konnte.

Langsam, aber sicher manövrierte er sich aus seiner Mini-Einkommens-Situation in eine Position mit ausgezeichneten Einnahmemöglichkeiten.

Es kam nur darauf an, die Übersicht zu behalten. Einen Plan aufzustellen und sich genau daran zu halten.

Für jeden hatte er ein Lächeln, war pünktlich, höflich und jederzeit zu kleinen Gefälligkeiten bereit. Überall beliebt. Die eine oder andere Krankenschwester und auch ein Krankenpfleger, den er für schwul hielt, schienen mit seinem Ding zu liebäugeln. Aber diese Leute interessierten ihn nicht, es sei denn, er hätte sie schreien hören können: du Lllangweiler.

Es war ein großartiger Sommer, eine Zeit, in der er sehr viel lernte. Er hatte auch Sendungen in der pathologischen Abteilung abzugeben – das waren coole Typen, die sich, in Gegenwart von lauter Leichen, ihr Mittagessen schmecken ließen. Der Chef-Pathologe war so ein hoch aufgeschossener Typ mit britischem Akzent und einem gestutzten weißen Bart. Er war Kettenraucher, steckte sich eine Mentholzigarette nach der anderen an und hustete ständig.

Einmal brachte er eine Packung Handschuhe in die Pathologie. Im Büro war niemand. Er machte sich an den Schreibtisch der Sekretärin und war im Begriff, die Schubladen zu durchsuchen, als er plötzlich ein surrendes Geräusch vom anderen Ende des Korridors hörte – aus einem der Labors, die neben den Büroräumen lagen.

Er ging nach nebenan und riskierte einen Blick. Die Tür stand offen, und in dem Raum war es kühl. Der Weißbart stand vor einer Leiche. Die Leiche lag auf einem Tisch aus rostfreiem Stahl – ein Mann; er hatte einen Penis. Seine Haut war von stumpfer, grüngrauer Farbe.

Weißbart hielt eine elektrische Säge mit einem kleinen runden Griff in der Hand – sah aus wie ein Küchengerät – und war dabei, die Schädeldecke vom Kopf der Leiche abzutrennen. Im Raum lag ein sonderbarer Geruch von Verbranntem. Er stand da und roch es. Zuerst wurde ihm leicht übel, aber dann erregte es ihn.

»Ja?« sagte Weißbart. »Was haben Sie da?«

»Einen Karton Handschuhe.«

»Stellen Sie's da drüben ab.«

Weißbart fing wieder an zu sägen, blickte hoch und sah, wie er die Messer und chirurgischen Instrumente anstarrte. Der Schnitt in der Brust der Leiche hatte die Form eines Ypsilon, die Gewebelappen waren festgepinnt, die Bauchhöhle leer, all die schönen Dinge entnommen – man konnte bis auf die Wirbelsäule sehen. Es war ein älterer Typ, er hatte ein runzeliges Ding; und er hatte eine Rasur gebraucht. Auf den Stahltischen standen Gefäße mit Organproben – die er allesamt identifizieren konnte, was er toll fand. Ein Kübel Blut, Phiolen mit Flüssigkeit; die Dinge erinnerten ihn an seine eigenen Experimente, aber hier lag alles offen in einem schönen großen Raum.

Wahre Wissenschaft.

Weißbart lächelte. »Interessiert?«

Ein Nicken.

Weißbart sägte weiter, zog ihm jetzt die Schädeldecke ab wie ein Judenkäppchen. Witzig, vielleicht war der Mann ja tatsächlich Jude gewesen – sein Ding war zu runzelig, als daß man es daran hätte erkennen können.

»Die Großhirnrinde«, sagte Weißbart und zeigte mit dem Finger darauf. »Das ist die kosmische Sülze, wo die Illusionen von der Unsterblichkeit des Menschen ausgebrütet werden.«

Was für eine Scheiße.

Er wollte sagen: ich weiß selbst, was das ist, du Arsch. Hab' ich schon oft gesehen und hab' Organe genauso cool aus einer Leiche genommen, wie du das tust.

Statt dessen nickte er nur. Stellte sich dumm. Wollte auf Nummer Sicher gehen.

Weißbart hob das Gehirn an und legte es in eine jener Schalen, wie man sie im Supermarkt zum Abwiegen von Gemüse verwendet.

»Schwer«, sagte er. Und lächelte. »Muß wohl ein Intellektueller gewesen sein.«

Er wußte nicht, was er sagen sollte, nickte nur und sah ihm weiter zu, bis Weißbart ein ganz verkniffenes Gesicht machte und sagte: »Haben Sie denn nichts zu tun?«

Allein mit seinen Drogengeschäften gelang es ihm, sein mieses Gehalt zu vervierfachen. Der Sommer erwies sich als sehr profitabel. Und zwar in mehr als einer Hinsicht.

Zum ersten Mal in seinem Leben konnte er Doktor in seiner alltäglichen Umgebung beobachten. Der Scheißer führte sich sogar noch unangenehmer auf, als er geglaubt hatte – kommandierte die Leute herum und konnte an keinem Spiegel vorbeigehen, ohne einen Blick hineinzuwerfen. Was zum Teufel hatte er wohl davon, immerzu diese Hakennase und diesen Spitzbauch in Augenschein zu nehmen? Seine Haut wurde auch schon ganz rot und fleckig. Rötliche Haut konnte bedeuten, daß er krank war – eines Tages bekam der Scheißkerl vielleicht einen Herzanfall und fiel tot um; dann war er nicht mehr imstande, sich selbst aufzuschneiden, um sich zu kurieren, das stand fest.

Tot umfallen und vielleicht Sarah das ganze Geld überlassen. Der zukünftigen Dr. Sarah. Aber sie wollte Psychotherapeutin werden und nicht operieren. Kaum zu glauben.

Er observierte Doktor auf Schritt und Tritt, lernte ihn dabei zum ersten Mal richtig kennen. Der Scheißkerl merkte nicht im geringsten, daß er ständig beobachtet wurde. Sie konnten beide nebeneinander stehen, ohne daß er ihn auch nur wahrgenommen hätte.

Doktor hielt ihn für verrückt. Für ausgesprochen sonderbar. In seinen Augen war er nur ein Stück Scheiße. Er existierte gar nicht für ihn.

Das machte ihn unsichtbar, und es verschaffte ihm glänzende Möglichkeiten.

Doktor besaß eine Schwäche für junge Mädchen. Er mußte feststellen, daß ihr ewiges Geschrei und ihre Vorwürfe, er würde mit Pipimädchen ficken, nicht ganz aus der Luft gegriffen waren.

Der Scheißkerl flirtete mit allen, aber mit einer machte er besonders ernst. Audrey, eine blöde kleine Brünette, siebzehn Jahre alt, ging auch noch zur Oberschule, genau wie Mr. Unsichtbar. Aber sie wußte sehr gut, wo es langging.

Groß war sie nicht, aber sonst war alles dran – großer

Arsch, große Titten, ihre Haare trug sie zu einem Pferdeschwanz gebunden, und beim Gehen wackelte sie immerzu mit den Hüften.

Doktor hätte ihr Vater sein können.

Doch sie trieben es miteinander, da war er sich sicher. Er beobachtete sie, sah sie in Doktors Büro verschwinden, als die Sekretärin nach Hause gegangen war. Am Anfang klopfte sie noch an, und Doktor rief sie herein; aber später benutzte sie ihren eigenen Schlüssel. Nach einer halben Stunde steckte sie dann immer den Kopf durch die Tür, schaute, ob die Luft rein war; dann zog sie kichernd von dannen und wackelte mit den Hüften. Wackelte den Korridor entlang und ließ ihre Handtasche schlenkern, legte beim Gehen immer so einen kleinen Hüpfschritt ein, wie ein Schulmädchen, was so viel heißen sollte wie: ich hab' gewonnen.

Dachte, niemand hätte sie gesehen.

Da gab es aber doch jemanden.

Der unsichtbare Mann, der einen großen Karton trug, hinter dem er sein Gesicht verbarg. Auch wenn er nicht unsichtbar gewesen wäre, hinter dem Karton war er sicher. Ha.

Er hätte viel darum gegeben, wenn er ihren Körper aufschneiden und ihre Organe hätte ausräumen können.

Phantasiebilder.

Schrei-Bilder.

Einmal wären Doktor und Audrey um ein Haar erwischt worden: Ein Hausmeister war früher als sonst zur Arbeit erschienen, hatte Doktors Bürotür aufgemacht und war auf der Stelle von Doktor wieder auf den Korridor eskortiert worden; der arme Kerl hatte völlig fertig ausgesehen. Doktor war ohne seinen weißen Kittel. Nur in Hemd und Hose. Die Krawatte gelockert, ein paar Knöpfe standen offen.

Von da an trafen sie sich nicht mehr im Krankenhaus. Fuhren, ein- oder zweimal die Woche, in ein Motel, das in derselben Gegend lag wie der berüchtigte Boulevard mit der einschlägigen Szene. Ein heruntergekommener Laden mit drei

Dutzend Zimmern um ein schäbiges Hauptgebäude, auf dem Dach hingen handgemalte Schilder mit Werbesprüchen für Wasserbetten und elektrische Massagen.

Der letzte Dreck.

Er fand es beschämend, daß sich die Menschen so erniedrigen konnten.

Er folgte ihnen, mußte laufen, weil er immer noch kein Auto hatte; aber es war ganz in der Nähe des Krankenhauses, nur fünf Häuserblocks weiter. Außerdem war er gut zu Fuß – also kein Problem.

Hinter einem hohen Gebüsch ging er in Stellung, hockte sich hin und hielt die Augen auf.

Doktor nahm immer den Wagen. Aber er parkte ihn einen halben Block weiter in einer dunklen Seitenstraße. Das letzte Stück bis zum Motel gingen die beiden zu Fuß; Doktor legte ihr dabei seinen großen Arm um die Schulter, und Audrey wackelte mit ihren Hüften und kicherte. Was dann kam, war absehbar: sie gingen immer in dasselbe Zimmer, Nummer achtundzwanzig, am Ende des Flurs. Lllangweilig.

Der Portier war so ein dürrer, schlitzäugiger Typ, gelb und hohlwangig, verbrachte wahrscheinlich seine freie Zeit in einer Opiumhöhle. Er schien was an der Blase zu haben, alle halbe Stunde verschwand er auf die Toilette. Aber vielleicht fixte er auch – der Kerl trug immer lange Ärmel.

Die Duplikate der Zimmerschlüssel hingen an einem Brett gleich hinter dem Rezeptionstisch.

Er ging mit großer Sorgfalt vor, ließ sich alles drei Wochen lang durch den Kopf gehen. In dieser Zeit verlegte er sich nur aufs Beobachten und versuchte, das Dröhnen in seinem Kopf zu ignorieren; das Geräusch schwoll an und wurde sehr laut, wenn er sich vorstellte, was die beiden in dem Zimmer trieben.

Es war alles eine Sache der Planung.

In der vierten Woche sollte es losgehen. Er hatte seine Ausrüstung bei sich, war ganz in Schwarz gekleidet wie ein Anarchist und fühlte sich in absoluter Topform; überzeugt davon, daß er für eine gute Sache kämpfte.

Am ersten Tag klappte es nicht. Als der Portier pinkeln ging oder sich einen Schuß setzen wollte, tauchte ein zweiter schlitzäugiger Typ im Büro auf; auch der sah aus wie ein Junkie. Schlitzauge Nummer zwei stand nur so in der Gegend herum. Als der Portier zurückkam, plauderten sie eine Weile miteinander.

Am zweiten Tag passierte es dann. Schlitzauge Nummer eins verpißte sich wie üblich. Das Büro war leer, Sekunden später rannte er hinein, setzte über den Tresen, schnappte sich das Duplikat für Zimmer achtundzwanzig und sprang wieder zurück. Als Nummer eins wieder hinter seinem Tresen stand, war er schon an der Tür von Zimmer achtundzwanzig, die Ausrüstung im Anschlag.

Es war dunkel. Draußen parkten ein paar Autos; es gab noch andere Zimmer, die belegt waren; aber überall waren die Vorhänge zugezogen. Niemand begegnete ihm – es war kein Ort, an dem man gern gesehen wurde.

Er wartete, hatte einen gewaltigen Steifen in der Hose, so hart, daß er beinahe die Tür damit hätte einschlagen können.

Legte sein Ohr an die Tür und hörte Gemurmel und Geräusche von Sex.

Wartete noch einen Moment, bis er ganz sicher war, daß sie es taten, steckte dann den Schlüssel ins Schloß, stieß die Tür auf und rannte hinein, machte das große Licht an und tanzte durchs Zimmer und lachte und schoß seine Fotos.

Er erwischte sie in einer guten Stellung. Audrey saß gerade auf Doktor, sie spielten das Eierspiel, genau wie sie es immer in der Bibliothek gemacht hatten. Ihr eiförmiger Arsch war kleiner und fester und leicht sonnengebräunt, aber das Spiel war dasselbe, immer rein und raus.

Klick.

Schreie.

Was zum Teufel – du!

Klick.

Audrey wurde hysterisch, fing an zu weinen und zappelte, um sich zu befreien. Aus lauter Angst hielt Doktor sie fest, brüllte ihn an, brüllte aber doch nur in ihr Ohr.

Eine Posse.

Sie waren eng ineinander verhakt; aber es sah aus, als ob sie sich gegenseitig haßten, denn sie kamen nicht voneinander los!

Phantastisch. Klick, Klick! Die Phantasiebilder würden noch toller werden als die realen Fotos, und als er sah, wie sie miteinander kämpften und schrieen, wäre es ihm fast gekommen.

Klick.

Sie strampelten, um voneinander loszukommen. In ihrer Angst stellten sie sich unbeholfen an und fielen beide auf die Seite.

Klick, eine neue Stellung.

Klick Klick.

Schließlich kam Audrey frei, rannte nackt und schluchzend zum Badezimmer. Er machte noch mehr Schnappschüsse von Doktor und hörte, wie sie sich nebenan erbrach – schien wohl bei Frauen so üblich zu sein.

Doktors Gesicht war tiefrot angelaufen, und sein Ding fiel in sich zusammen. Er griff nach einem Bettlaken, wollte sich bedecken.

Klick.

»Du kleines –« Doktor sprang hoch und kam auf ihn zu.

Der Kerl war schwächlich und nicht besonders gut beieinander. Er versetzte ihm einen Stoß gegen die Brust, und Doktor taumelte zum Bett, mit dem Arsch zur Kamera.

Klick.

Doktor stand wieder auf.

Er steckte die Kamera ein und schlenderte lächelnd zur Tür.

»Bis dann, Paps.«

Am nächsten Morgen fand er eine Notiz neben seinem Bett.
Welches Auto willst du haben?
Er besaß zwei. Einen Jaguar XKE Roadstar, den er immer nahm, wenn er Lust hatte, sich zu amüsieren, und einen Plymouth Sedan; den benutzte er, wenn er nicht gesehen werden wollte.

Er fuhr die beiden Wagen ein paar Wochen und ließ Doktor so lange im Glauben, aus dem Schneider zu sein. Eines schönen Nachmittags spazierte er dann an seiner Sekretärin vorbei, ohne auch nur mit einem Wort um Erlaubnis zu fragen, öffnete die Tür mit der Aufschrift PRIVAT, ging hinein und machte die Tür hinter sich zu.

Der Scheißer saß an seinem Schreibtisch, war mit einem medizinischen Diagramm befaßt und machte Notizen. Er sah auf und versuchte, ein strenges Gesicht aufzusetzen und den Boß zu mimen, aber es gelang ihm nicht so recht. Offensichtlich ging ihm der Arsch auf Grundeis.

»Was gibt es?«
»Wir müssen miteinander reden, Paps.«
»Na klar. Nimm doch Platz.«

Auf Doktors Schreibtisch stand ein Feuchthaltebehälter aus Zedernholz, gefüllt mit Zigarren. Reichlich bekloppt für einen Herzchirurgen; aber der Kerl hatte sich ja selbst nie daran gehalten, was er anderen predigte.

Er ließ Doktor nicht aus den Augen, als er sich eine Zigarre nahm, sie feucht leckte und anzündete.

Doktor wollte etwas sagen. Etwas Väterliches. Verkniff sich dann aber seine Bemerkung.

»Was willst du?«

Redete also gar nicht erst um den heißen Brei herum, von wegen »mein Sohn«, ließ nicht einmal den Anschein aufkommen, daß es hier um etwas anderes gehen könnte als um eine geschäftliche Unterredung.

Er gab ihm keine Antwort, ließ die Asche an seiner Zigarre wachsen und schnipste sie auf den Teppich.

Doktor biß die Zähne aufeinander, um nicht die Beherrschung zu verlieren.

Er dagegen blies Ringe aus Zigarrenrauch in die Luft.

»Also, Paps«, sagte er schließlich. »Die Fotos sind an einem sicheren Ort, ich habe außerdem eine Anweisung hinterlegt, daß die Umschläge zu öffnen sind, falls mir etwas zustoßen sollte. Wenn du dir also gedacht hast, du hättest was davon, wenn du mich fertigmachst, dann vergiß das.«

»Werd nicht komisch. Dir was anzutun, wäre das letzte, was ich mir –«

»Ganz recht.«

»Du kannst mir glauben, ich wollte für dich doch immer nur –«

»Dein Gesülze kannst du dir sparen.« Er beugte sich vor und ließ einen dicken grauen Wurm aus Zigarrenasche auf die Schreibtischplatte fallen. Mitten auf Doktors Diagramm. Nahm sich dann ein paar Seiten und fing an zu lesen.

»Das darfst du nicht –«

»Wieso nicht?«

»Das sind vertrauliche Daten über Patienten.«

»Scheiß drauf.«

Doktor seufzte und versuchte es auf die schleimige Tour: »Hör zu, ich bin mir ja bewußt, daß unser beider Verhältnis nie besonders –«

»Dein Gesülze kannst du dir sparen, hab' ich gesagt!« Er wurde ziemlich laut. Doktor blickte nervös zur Tür.

Er blätterte die Diagramme durch. Keine guten Bilder. Langweilig. Legte alles wieder hin.

»Die Fotos stecken in verschiedenen Kuverts, Paps. Eins adressiert an Mama, eins an Dr. Schönfeld und eins an Audrey's Eltern. Ich habe dich jetzt in der Hand.«

Doktor starrte ihn an. Seine Augen wurden schmal.

Eine Weile sprachen sie beide kein Wort, saßen sich gegenüber und schwiegen sich an.

»Was willst du?« fragte Doktor schließlich.

»Die eine oder andere Gefälligkeit.«
»Was für eine Gefälligkeit?«
»Ich habe da so meine Vorstellungen.«
Doktor starrte ihn unentwegt an.
Die Zigarre schmeckte auf einmal nach Scheiße. Er drückte sie auf Doktors Schreibtisch aus und ließ den Stummel wie einen Haufen Kacke auf dem glänzenden Holz liegen.
»Keine großen Gefälligkeiten, Paps. Nur ein paar Kleinigkeiten, die ich für wichtig halte.«
»Und das wäre?« Wollte ihm wieder den knallharten Typ vormachen, dabei ging ihm der Arsch auf Grundeis.
Nun war es an ihm zu lächeln. »Ich lasse von mir hören.«
Er stand auf, schlenderte um den Schreibtisch und ging auf Doktor zu. Klopfte ihm auf die Schulter und lächelte wieder.
»Bis dann, du Hengst.«

48 Es war ein Uhr fünfzehn, als Daniel die Nachricht aus Tel Aviv erhielt. Aljuni, dem Messerstecher aus Gaza, der etliche Frauen massakriert hatte, war beim Test am Lügendetektor nichts nachzuweisen. Um ein Uhr dreißig setzte sich Daniel über Funk mit dem Chinesen in Verbindung. In der Altstadt gab es nichts Neues.
»Was ist mit Cohen?« fragte er.
»Kommt sich immer noch reichlich angemeiert vor wegen der Sache mit Malkovsky, aber anscheinend macht er seinen Job.«
»Wie geht's Daoud mit Roselli?«
Der Kraftmensch brach in Gelächter aus.
»Lassen Sie mich mitlachen«, sagte Daniel.
»Daoud hat den Vormittag in der Rolle eines Bettlers mit Schüttellähmung verbracht, hat an Christi Kreuzweg bei der Vierten Station lauthals nach Almosen gejammert. Ist dabei so überzeugend in seiner Rolle gewesen, daß er sich Prügel von

einem arabischen Polizisten eingehandelt hat. Der gute Mann hat ihm mit seinem Knüppel gegen die Fußsohlen geschlagen und geschrien, er solle gefälligst die heiligen Stätten nicht entweihen.«

»Wie geht's ihm?«

»Leicht vergnatscht ist er, aber seine Rolle spielt er mit Leidenschaft. Sie müßten ihn mal sehen, Dani – wie er sich an allen Gliedern schüttelt, und dreckig ist er wie der letzte Penner. Wenn es einen gibt, der irgendwelches Gerede aufschnappen kann, dann er.«

»Werfen Sie für mich einen Shekel in seine Büchse«, sagte Daniel.

»Hab' ich schon gemacht. Ich melde mich nachher noch mal.«

Um zwei Uhr rief Shmeltzer an.

»Die archäologische Abteilung der Hebräischen Uni und die Leute vom Naturschutz haben mir versprochen, mir so bald wie möglich ihre Exkursionslisten zu besorgen. Und mit der Lady habe ich inzwischen auch gefrühstückt. Sie wollen unser Ersuchen, nach der Nutte namens Nasser zu fahnden, wohlwollend in Betracht ziehen.«

»Mehr war da nicht zu machen?«

»Bei dieser Art von Zusammenarbeit kommt es darauf an, was sich zwischen den Zeilen herauslesen läßt. Den Frühstückstermin bekam ich sofort, sie nehmen die Sache also ernst. Von meinem Gefühl her werden sie auch durchaus nach ihr fahnden, solange sie dabei kein Risiko eingehen. Das Problem ist nur, daß die Agenten in Amman große Schwierigkeiten hatten, sich als Organisation zu etablieren – sie werden wegen einer solchen Sache nicht die gesamte Operation gefährden wollen.«

»Bleiben Sie dran«, sagte Daniel. »Wenn wir etwas Druck machen müssen, dann lassen Sie mich das wissen.«

»Ich glaube nicht, daß sich da mit Druck etwas erreichen läßt«, sagte Shmeltzer. »Aber da ist noch etwas anderes. Ich bin in Tel Aviv, in der Beilison Klinik – darum melde ich mich auch erst jetzt. Ich bekam einen Anruf von einem Arzt, mit dem ich vor ein paar Wochen schon mal gesprochen habe – Dr. Krieger, ein Augenarzt, er hatte etwas über einen seiner Kollegen zu sagen, einen Anästhesisten namens Drori. Erinnern Sie sich noch, was es letztes Jahr für ein Theater wegen eines Arztes gab, der sich weigerte, einem Araberkind eine Betäubung zu geben? Ein schielendes Baby – als es in den Operationssaal geschoben wurde, fing die Mutter an zu beten, Allah möge die Augen ihres kleinen Löwen gerade richten, damit er später dann die Zionisten mit Steinen bewerfen könne. Der Arzt ist ausgerastet und hat ihr gesagt, sie solle sich mit ihrem Baby zum Teufel scheren; er könne nur hoffen, das Kind würde erblinden. Dann hat er einen Abgang gemacht. Das war Drori.«

»Ich erinnere mich. Ein linksradikaler Abgeordneter in der Knesset wollte ihn damals vor Gericht bringen.«

»Richtig – das war Sardoffsky mit seinen notorisch marxistischen Sprüchen. Aber wie auch immer – die Sache war nach zwei Tagen gegessen, und damit hatte sich's. Nach Aussage dieses Krieger hat sich Drori nun, was Araber betrifft, ein regelrechtes Feindbild zurechtgezimmert. Seit dem Vorfall mit dem Baby ist er eher noch militanter geworden. Seine arabischen Patienten müssen sich erst einem Verhör unterziehen, bevor er sich zu einer Behandlung herabläßt. Sie sollen eine Loyalitätserklärung für den Staat Israel abgeben und ihm außerdem versichern, daß sie Yassir Arafat für ein hinterhältiges Schwein halten. Wenn irgendein Kollege mit ihm über eine Trennung von Politik und Medizin diskutieren will, reagiert er irrational – wie Krieger sagt. Es soll darüber schon fast zu Handgreiflichkeiten gekommen sein. Außerdem ist er ein Einzelgänger, unverheiratet, lehnt jeden außerdienstlichen Kontakt ab. Krieger sagt, daß er während seiner Nachtschicht mehrmals beobachtet hat, wie Drori das Krankenhaus verließ, in seinen Wagen stieg und erst in den frühen Morgenstunden wiederkam, unrasiert und in derselben Kleidung. Es sei offensichtlich, daß der Mann nicht geschlafen und sich die Nacht über mit anderen Dingen befaßt habe.«

»Hat bestimmt sein Unwesen in finsteren Gassen getrieben und junge Frauen erstochen.«

»Krieger sagt, er habe es erst nicht glauben wollen, sei aber nach längerer Überlegung zu dem Schluß gekommen, daß nur Drori unser Mann sein kann. Natürlich war ihm nicht besonders wohl dabei, mir das alles zu erzählen. Er kam sich wie ein Denunziant vor. Doch als anständiger Staatsbürger hätte man ja auch gewisse Pflichten.«

»Glauben Sie, daß persönliche Ressentiments zwischen den beiden eine Rolle spielen?«

»Kann gut sein, aber ein sonderbarer Vogel ist dieser Drori schon. Darum sollten wir uns auch näher mit ihm befassen.«

»Was wissen Sie noch über seine Person?«

»Aus seinen Dienstpapieren geht hervor, daß er vor zwei Jahren aus England eingewandert ist – aus Schottland, genauer gesagt. Ursprünglich hieß er Denzer – Selwyn Denzer. Die Ehe wurde geschieden, seine Frau und die Kinder hat er dort zurückgelassen. In seiner Personalakte heißt es, daß er als Mediziner einen sehr guten Ruf hat, aber schwierig im persönlichen Umgang ist.«

»Hat sich sein Schlafdefizit auf seine Arbeitsleistung ausgewirkt?«

»Noch nicht, aber man beobachtet ihn mit Argusaugen und wartet nur darauf, daß er sich etwas zuschulden kommen läßt. Sie suchen nach einem Vorwand, um ihn loszuwerden.«

»Wo wohnt er?«

»In Petah Tikva.«

»Das ist nicht gerade um die Ecke.«

»Nein, aber über die neue Schnellstraße hätte er reichlich Zeit, um hin- und zurückzufahren. Wer weiß, vielleicht liegt unser zweiter Tatort außerhalb der Stadt. Ein Fanatiker wie dieser Mann könnte etwas mit Ritualmorden zu tun haben und eine Art symbolisches Exempel statuieren wollen.«

»Besteht irgendeine Verbindung zwischen ihm und Kagan?«

»Drori hält Gvura nach Kriegers Aussage für viel zu gemäßigt.«

»Okay«, sagte Daniel. »Stellen Sie fest, was er in den beiden Mordnächten gemacht hat.«

»Mach ich.«

Nachdem Shmeltzer aufgelegt hatte, ließ sich Daniel zum zehnten Mal mit Bonn verbinden, um den Mann von Interpol zu sprechen. Eine Sekretärin versicherte ihm, Mr. Friedman sei selbstverständlich über das Anliegen des *Pakad* informiert und würde sich umgehend und sobald es seine Zeit erlaube, mit ihm in Verbindung setzen. Auf sein Drängen, ob sich die Angelegenheit nicht beschleunigen ließe, reagierte sie mit kühler, routinierter Unverbindlichkeit.

Er packte seine Karten und Papiere zusammen, verließ das Büro und fuhr zum Hotel »Laromme«. In der Lobby herrschte großes Gedränge, Touristen standen Schlange vor der Rezeption, um Zimmer zu buchen und ihre Rechnungen zu zahlen, ganze Heerscharen von Angestellten kümmerten sich um ihre Anliegen.

Sämtliche Telefonkabinen waren besetzt. Daniel suchte nach dem Geschäftsführer und entdeckte ihn bei einem der fahrbaren Gepäckständer, wo er sich gerade lautstark mit einem Dienstmann auseinandersetzte. Als der sich verdrückt hatte, ging Daniel auf den Manager zu und sagte: »Bitte, rufen Sie Mr. und Mrs. Brooker für mich an, Yigal. Die Zimmernummer habe ich leider nicht im Kopf.«

Der Mann zog die Augenbrauen hoch. »Ist etwas mit den Herrschaften, worüber ich informiert werden sollte?«

»Es sind Freunde von mir.«

»Oh. In dem Fall können wir uns den Anruf ersparen. Mrs. Brooker ist heute morgen um zehn Uhr ausgegangen und hat sich mit einer blonden Dame – sehr attraktive Frau – am Taxistand getroffen. Mr. Brooker ist draußen am Swimmingpool.«

»Fabelhaft, Yigal. Hätten Sie nicht Lust, die Branche zu wechseln? Sie würden einen guten Detektiv abgeben.«

Der Geschäftsführer zog die Schultern hoch. »Die beiden sind ja nicht so leicht zu übersehen.«

Daniel begab sich zum Pool – tauchte ein in das Freizeitambiente von Bikinis, vielstimmiger Ausgelassenheit und dem Geklimper von Gläsern mit kühlen Drinks. Das Wasser im Schwimmbecken schimmerte marineblau, durchsetzt von den türkisfarbenen Sprenkeln der Bodenfliesen. Lust zu schwimmen hatten offenbar nur ein paar Kinder und ein einzelner älterer Mann, der mit gleichmäßig langsamen Armbewegungen seine Bahnen zog.

Gene lag ausgestreckt auf einer Liege neben einem Tisch mit Sonnenschirm und war eingeschlafen; einen Arm hatte er übers Gesicht gelegt, der andere ruhte an seiner Seite. Auf einem Tablett stand in Reichweite eine Flasche Heineken, daneben ein halbvolles Glas Bier. Er trug eine grünweiß gestreifte Badehose. Seine Beine waren von oben bis unten mit weißgrauen, struppigen Haarborsten bewachsen, und sein Bauch drängte sich über den Hosengürtel wie eine pralle Woge aus schwarzem Ebenholz.

Daniel mußte unwillkürlich an ein Walroß denken. Ein bulliges Walroß, das sich auf einem Felsen sonnt.

Er ließ sich auf einem Klappstuhl nieder. Eine Kellnerin kam auf ihn zu, und er bestellte sich eine Limocola. Als sie ihm den Drink gebracht hatte, nippte er bedächtig an seinem Glas und betrachtete den selig schlafenden Gene. Die Eiswürfel in seiner Cola waren schon zur Hälfte geschmolzen, als der dunkelhäutige Mann endlich Lebenszeichen von sich gab.

Ein Arm hob sich, löste sich von dem schweißnassen, teerfarbenen Gesicht. Gene drückte noch einmal die Augen zu, bekam sie schließlich auf und begriff, daß Daniel vor ihm saß. »Na so was«, sagte er, setzte sich auf und streckte seinen Arm aus.

Daniel schüttelte ihm die Hand. »Lieutenant Brooker. So

stelle ich mir einen Mann vor, der seinen Frieden mit der Welt gemacht hat.«

Gene schmunzelte, räkelte sich und zog ein Handtuch vom Tisch. »Ich arbeite sehr angestrengt an der Vervollkommnung meiner Sonnenbräune.« Er fuhr mit der Hand über seine Augenbrauen und wischte sich das Gesicht mit dem Handtuch ab. »Lu ist im Museum, hört sich einen Vortrag an über archäologische Ausgrabungen an den heiligen Stätten – Laura ist übrigens auch mitgegangen, glaube ich. Und was hast du auf dem Herzen?«

»Ich muß Kontakt mit dem FBI aufnehmen, Gene. Ob du mir dabei helfen kannst?«

Das brachte den dunkelhäutigen Mann auf die Beine.

»Man sollte es nicht für möglich halten«, sagte er. »Ich dachte schon, du schämst dich, mich danach zu fragen.«

Sie fuhren zu Daniel, der nur zwei Häuserblocks weiter wohnte. Laura hatte eine Nachricht hinterlassen; Shoshi, schrieb sie, würde heute später als sonst aus der Schule kommen, weil sie an einem wissenschaftlichen Projekt mitzuarbeiten hätte; die Jungen seien bei Freunden; sie selbst wäre mit Luanne um fünf, spätestens um fünf Uhr dreißig zurück.

Gene ließ sich am Eßzimmertisch nieder und tätschelte Dayan, bis Daniel mit diversen Aktenordnern, Karten, Bleistiften und einer Handvoll Papier anrückte. Er rollte das Telefonkabel aus, stellte Gene den Apparat vor die Nase und setzte sich neben ihn. Dann nahm er sich ein Blatt und begann zu schreiben; im Handumdrehen hatte er eine Zahlenkolonne parallel zum linken Seitenrand zu Papier gebracht und versah jede einzelne Ziffer mit mehreren Stichworten. Als er damit durch war, drückte er Gene die Liste in die Hand, der sich seine Brille mit den Halbgläsern aufsetzte und zu lesen begann.

»Das Programm ist noch ziemlich neu – man nennt es VI-CAP«, sagte Gene. »Dahinter verbirgt sich nichts anderes als die amerikanische Abkürzung von ›Programm für zentral geleitete Ermittlungen in Sachen Kapitalverbrechen‹. Die Kollegen vom FBI haben eine besondere Vorliebe für solche sprachlichen Ungetüme.«

»Sie haben auch eine besondere Vorliebe für Papierkriege. Sonst wäre ich dir nicht damit gekommen. Normalerweise kostet uns das Wochen.«

»Wenn du dich damit entschuldigen willst, dann möchte ich das überhört haben.« Gene konzentrierte sich wieder auf Daniels Notizen. »Allzu viel gibt das nicht her, Danny. Deine Angaben über die spezifischen Verstümmelungen der Opfer – Hals, Brüste, Geschlechtsteile –, das ist geradezu gattungstypisch für Sexualmörder. Wie oft habe ich mir so etwas im Lauf der Jahre schon ansehen müssen.«

»Zwischen den beiden Opfern gab es noch einen Unterschied«, sagte Daniel. »Im Fall eins wurden die Genitalien verstümmelt, im Fall zwei vollkommen entfernt.«

»Mmh, verstehe – das könnte für uns oder gegen uns arbeiten. Es hängt ganz davon ab, wie sie das Programm des Computers im Detail codiert haben. Wenn sie nur mit dem Parameter ›Verletzungsmerkmale‹ arbeiten, haben wir verloren. Denn wir geben ihnen zwei verschiedenartige Daten und verringern damit die Chance, einen ähnlich gelagerten Fall zu finden, um fünfzig Prozent. Wenn sie dagegen ihre Parameter als Sequenzen codiert haben – was ich von hier aus nicht beurteilen kann und was du dir wie eine Art Suchlauf vorstellen mußt –, dann hätten wir wesentlich bessere Karten. Klingt wahrscheinlich alles etwas verwirrend.«

Gene las weiter. »Das Waschen der Leichen könnte uns vielleicht weiterbringen, aber selbst das ist so sonderbar nicht – ein gutes Mittel, die Spuren zu verwischen. Diese verrückten Vögel machen sich meistens noch an ihren toten Opfern zu schaffen, manipulieren daran herum, treiben Sex mit der Leiche. 1949 hatten wir bei uns in L.A. einen Fall, die Schwarze Daliah, erregte damals ziemlich viel Aufsehen. Der Täter hat die Leiche regelrecht ausbluten lassen und säuberlich abgebürstet, genau wie in deinen Fällen. Man hat ihn nie gefaßt, über welchen Zeitraum willst du sie recherchieren lassen?«

»So weit wie möglich zurück.«

»Wenn ich mich recht erinnere, werden die Akten mit ungelösten Fällen zehn Jahre lang aufbewahrt. Das meiste Material ist also jüngeren Datums. Es wird von Jahr zu Jahr mehr – gibt keine Liebe mehr unter den Menschen.«

Er warf noch einen Blick auf Daniels Notizen und legte das Papier beiseite. »Na gut, packen wir's an. Warte mal, zwischen L.A. und hier haben wir einen Zeitunterschied von zehn Stunden, für Virginia macht das also sieben Stunden – demnach ist es kurz nach acht Uhr morgens. Okay, dann müßte McGuire jetzt im Büro sein. Mach mir die Verbindung.«

Daniel tippte die Auslandsvorwahl und bekam von einer Tonbandstimme zu hören, sämtliche Leitungen nach Übersee seien zur Zeit leider besetzt. Er rief in der lokalen Telefonzentrale an und erhielt, wenn auch nach minutenlanger Diskussion, eine internationale Leitung. Gene übernahm den Hörer, wählte Virginia an und wartete.

»Kein Rufzeichen zu hören.«

»Das kann manchmal dauern.«

Der dunkelhäutige Mann nickte, klopfte mit seinem Finger auf den Apparat. »McGuire ist ein ausgesprochen netter Kerl und für einen Mann vom FBI recht kooperativ. Er hockt jetzt in der FBI-Akademie in Quantico und ist mit besitzurkundlichen Streitfällen befaßt, vorher war er im Büro in L.A. Wir haben mal zusammen gearbeitet, es ging erst um Urkundenfälschung, aber der Fall entwickelte sich dann zu ... Okay, da ist das Klingeln.«

Nach ein paar Sekunden bekam er seinen Kontaktmann an den Apparat, und Gene telefonierte mit gleichmäßig gelassener Stimme.

»Hallo, Sam? Gene Brooker. Ich stecke hier im Nahen Osten ... Nein, hast dich nicht verhört. Betätige mich neuerdings als internationaler Berater ... Mmh, erzähle ich dir alles, wenn ich zurück bin. Die Sache ist so, ich muß dringend an euer VICAP – und zwar brauche ich speziell die Daten über Serienmörder. Hab' es hier mit ein paar Fällen zu tun, bei denen es Hinweise gibt, daß der Täter unter Umständen auch im Ausland zugeschlagen hat. Was ich brauche, ist eine Recherche über Besonderheiten von Stichwunden und spezifische Vorgehensweisen von Tätern. Vielleicht habt ihr ja Fälle mit übereinstimmenden Merkmalen ... Nein, Politik ist absolut nicht im Spiel ... wir arbeiten ohne doppelten Boden – da gebe ich dir mein Wort drauf, großes Pfadfinderehrenwort. Wir wollen nur einen ausgesprochen bösen Buben fangen, der möglicherweise mit einem weitläufigen Radius operiert ... Ja, ich weiß, ist alles noch in der Entwicklung. Sind schon Persönlichkeitsdiagramme eingearbeitet? ... Okay, natürlich nehme ich alles, wie's von euch kommt. Mit wem spreche ich am besten? ... Du willst das für mich machen? Super. Ich danke dir. Hast du was zu schreiben? Hier sind die Parameter ...«

Als er Daniels Liste in allen Einzelheiten mit ihm durchgegangen war, gab er McGuire noch seine Nummer im Hotel »Laromme«, damit er zurückrufen konnte, hielt dann die Sprechmuschel zu und sagte: »Willst du ihm deinen Büroanschluß geben?«

»Ja«, sagte Daniel, »und auch den von hier.« Er notierte Gene die beiden Telefonnummern, der sie an den FBI-Mann weitergab.

Gene bedankte sich noch einmal bei McGuire und legte dann auf. »So, das wäre eingefädelt«, sagte er. »Ein paar Tage wird es dauern, vielleicht auch länger. Persönlichkeitsdiagramme haben sie noch nicht programmiert. Nur elementare statistische Daten und Korrelationen.«

»Dank dir, Gene.«

»Keine Ursache.«

Sie gingen den Fall noch einmal durch. Gene zeigte viel Einfühlungsvermögen und hatte auch Vorschläge zu machen;

aber er konnte nichts vorbringen, woran Daniel nicht selbst schon gedacht hätte. Einerseits war er etwas enttäuscht, daß Gene nichts Neues einfiel. Andererseits empfand er es als Befriedigung, daß auch ein Außenstehender nicht mit Patentrezepten aufwarten konnte.

Um drei Uhr dreißig fing sein Magen an zu knurren, und erst jetzt fiel ihm ein, daß er heute Frühstück und Mittagessen hatte ausfallen lassen. »Hast du Hunger?« fragte er Gene.

»Ich könnte eine Kleinigkeit vertragen.«

Er stand auf, um ein paar Käsebrote und Kaffee zu machen, als das Telefon klingelte; es war die Vermittlung im Polizeipräsidium mit der Meldung, ein Mr. Friedman aus Bonn sei am Apparat und drohe damit, aufzulegen, wenn man ihn nicht binnen dreißig Sekunden mit *Pakad* Sharavi verbunden hätte.

»Stellen Sie mich durch«, sagte er.

»Lassen Sie uns in Zukunft bitte wissen, wo Sie zu erreichen sind, wenn Sie Ihr Büro verlassen«, sagte der Mann aus der Telefonzentrale und verband ihn mit Bonn.

»Sharavi.«

»Sharavi, hier ist Friedman. Wie ich höre, haben Sie Probleme.« Die Stimme des Interpol-Mannes klang heiser. Er sprach laut und hastig wie jemand, der aus einem anfahrenden Zug noch Abschiedsgrüße ruft.

»Etwas Unterstützung könnten wir schon brauchen.«

»Den Eindruck habe ich allerdings auch. Das dauert ja eine Ewigkeit, bis man Sie an den Apparat bekommt – bei Ihnen scheint die Linke nicht zu wissen, was die Rechte tut.«

Zwei Monate war der Kollege nun in Deutschland und hielt sich offenbar für Supermann. Daniel ignorierte den rüpelhaften Ton, erklärte ihm sein Anliegen und gab ihm schließlich eine detaillierte Beschreibung der Stichwunden.

»Unschön«, sagte Friedman. »Wollen Sie auch Griechenland haben?«

»Ja.«

599

»Das wird aber etwas dauern.«

»Sehen Sie zu, was sich machen läßt.«

»Sie müssen sich darüber im klaren sein, daß wir mit dem Computer noch nachhinken – unsere sogenannten aktuellen Daten sind teilweise über ein Jahr alt. Um den letzten Stand der Dinge zu erfassen, sind persönliche Telefongespräche erforderlich.«

»Darüber bin ich mir bewußt. Unser zeitliches Limit sind vier Wochen. Ich würde mich sehr freuen, wenn Sie Telefongespräche in der Sache führen könnten.«

»Welche Anhaltspunkte haben Sie für Europa?«

»Eventuelle Identifizierung einer verdächtigen Person im Ausland.«

»Was verstehen Sie unter ›eventuell‹?«

»Der Informant hat die Person als ›amerikanisch‹ bezeichnet, was aber auch ›europäisch‹ bedeuten könnte.«

»Ist der Informant nicht ganz dicht oder einfach nur vorsichtig?«

»Nicht greifbar, Aufenthaltsort unbekannt. Die Identifizierung stammt aus zweiter Hand.«

»Klingt reichlich dürftig«, sagte Friedman.

»Wenn der Fall schon gelöst wäre, hätte ich Sie wohl kaum angerufen.«

»Ich sehe keinen Grund zur Aufregung. Was Sie brauchen, werde ich Ihnen schon besorgen. Ich habe nur gesagt, daß Ihre Angaben dürftig klingen. Gibt es sonst noch Dinge, die ich wissen müßte?«

»Nein.«

»Falls noch etwas auftauchen sollte, möchte ich das umgehend auf meinem Tisch haben. Man ist nämlich nicht mit unserer Arbeit zufrieden – schieben uns die Schuld an ihren Problemen mit den Terroristen in die Schuhe. Wenn wir den Leuten mal was liefern könnten, käme wieder mehr Öl ins Getriebe.«

»Was bei uns einläuft, leiten wir weiter, und Sie sind immer unsere erste Adresse«, sagte Daniel. Er gab dem Interpol-Mann noch seine private Telefonnummer und legte den Hörer auf die Gabel. Er sah Gene an. Der dunkelhäutige Mann lächelte vielsagend.

»Freundlicher Zeitgenosse«, sagte er.

»Ein neuer Mann«, sagte Daniel. »Wir schulden uns nichts, jedenfalls bis jetzt nicht.«

Er ging in die Küche, goß den Kaffee in die Kanne und machte Roggenbrot zurecht, belegte die Schnitten mit gelben Käsescheiben.

Gene kam zu ihm und sagte: »Ein Personalwechsel im Kollegenkreis, das ist immer so eine Sache für sich. Mich hat es mal sechs Jahre gekostet, um ein halbwegs anständiges Verhältnis zu einem Captain aufzubauen. Bekam dann prompt einen neuen Mann vor die Nase gesetzt und mußte wieder bei Null anfangen.«

»Davon weiß ich auch ein Lied zu singen«, sagte Daniel und machte den Kühlschrank auf. »Magst du Senf?«

49

Mit Wilbur sprach niemand mehr, aber er konnte damit leben. Kein Problem für ihn.

Jede Woche eine Story über den Schlächter, und die Leute in New York waren glücklich. Es war phantastisch, wie man sich um seine Sachen riß, nicht nur in den Staaten, weltweit. Einfach phantastisch, bei den letzten drei Artikeln war es ihm sogar gelungen, eine ganze Zeile unter der Überschrift für seinen Namen als Autor abzustauben.

Es kam nur darauf an, sich etwas einfallen zu lassen. Wenn man etwas in der Hand hatte, mußte man eben was daraus machen. Die Fakten waren bei einer solchen Sache weniger wichtig als das notwendige Flair.

Und daran war wirklich kein Mangel: in einer biblischen Stadt mit dem Ambiente von Tausend-und-einer-Nacht, einem explosiven Pulverfaß voller ethnischer Spannungen, sucht ein fanatischer Messerstecher nach immer neuen Opfern.

Die Geschichte würde sich in phantastische Bilder umsetzen lassen – er hatte angefangen, über eine Drehbuchfassung nachzudenken.

Hinzu kam noch der politische Aspekt. Arabische Frauen wurden ermordet – die Implikationen lagen auf der Hand.

Am Anfang hatte er sich auf die rein menschliche Perspektive konzentriert, war nach Silwan gefahren und hatte bei der Familie des ersten Opfers angeklopft, in der Hoffnung auf eine rührselige Geschichte über die trauernden Hinterbliebenen.

Nachdem man ihn dort nicht hatte einlassen wollen, bekam er einen Soziologieprofessor von der Bir-Zeit-Universität zu fassen; ein arroganter Stiesel namens El Said, der an der New Yorker Columbia studiert hatte. Der Mann liebte nur sich selbst, war in der Hauptsache an persönlicher Imagepflege interessiert und eigentlich nur scharf darauf, mit seinen Ansichten über die politischen Ursachen von Gewaltverbrechen in einer rassistischen Gesellschaft zitiert zu werden.

Als er dies bis auf den letzten Tropfen ausgemolken hatte, war es an der Zeit, die Geschichte bis in ihre Anfänge zurückzuverfolgen und der Sache eine historische Perspektive zu geben. Er verbrachte Stunden in den Archivräumen der »Jerusalem Post« – kein besonders imposanter Ort am nördlichen Stadtrand in der Nähe eines staubigen Industriegeländes. Man konnte das Gebäude nur von der Rückseite betreten, mußte zwischen den Lastwagen durch, die Zeitungen auslieferten, und dann über eine Art Laderampe. Gleich nebenan lag ein Schlachthaus oder eine Geflügelverarbeitungsanlage; als er das Archiv betrat, hörte er das Gezeter der Hühner, und es roch penetrant nach verbrannten Federn.

Im Innern des Gebäudes sah es nicht viel besser aus: vom Boden bis zur Decke standen reihenweise Bücherregale, die in der Mitte durchhingen, die Tische waren verkratzt, die Linoleumböden rissig, und weit und breit gab es keinen Computer. Der Archivar war ein gebückt gehender, komischer Kerl mit hängenden Schultern, schlurfendem Gang, triefenden Augen und ungesunder Gesichtshaut.

Eine Gestalt wie aus einem Roman von Dickens, fand Wilbur; es hätte ihn nicht gewundert, wenn der komische Kauz beim Gehen noch knarrende Geräusche von sich gegeben hätte.

Aber der Alte war absolut kompetent und kannte sich bestens aus. Er kassierte eine Benutzungsgebühr von Wilbur, und noch ehe der Korrespondent sein Wechselgeld nachgezählt hatte, stand er mit der gewünschten Akte schon wieder vor ihm.

Wilbur hatte sich entschlossen, den politischen Aspekt des Falles erst einmal ruhen zu lassen, und recherchierte Sexualmorde, in der Hoffnung, die eine oder andere Legende zerstören zu können. Die Lokalpresse wiederholte ein ums andere Mal, was Steve Rappaport ihm an jenem ersten Nachmittag im »Fink« erzählt hatte: Psychopathische Mörder waren in Israel praktisch unbekannt. Aber das konnte wieder so ein Mythos sein, mit dem sich das Auserwählte Volk selbst beweihräucherte. Wilbur war nicht bereit, alles für bare Münze zu nehmen.

Er stöberte Zeitungsausschnitte und Berichte durch, ließ sich Rappaports Unterlagen bringen und auch Material von anderen Reportern, die sich in der Hauptsache auf den kriminalistischen Teil des Falles konzentriert hatten; so verfolgte er die Entwicklung zurück bis in das Jahr '48 und fand es bestätigt: Die Quote an Gewaltverbrechen war niedrig und im Lauf der letzten siebenunddreißig Jahre seit der Staatsgründung relativ konstant geblieben. Die wenigen Mordfälle beruhten zumeist auf familiären Streitigkeiten und waren eher als fahrlässige Tötung oder als Totschlag einzustufen; Serienmorde und ungewöhnliche Todesfälle dagegen gab es so gut wie nicht. Und wenn er das richtig einschätzte, beruhten die niedrigen Quoten nicht auf irgendwelchen Verschleierungen oder auf ungenügender Berichterstattung. Schließlich herrschte seit '48 Pressefreiheit im Lande.

Also kein Knüller, aber der Umstand, daß sich zwei Serienmorde in rascher Folge ereignet hatten, wies ihm eine neue Richtung: hin zu reflektierenden, theoretischen Artikeln über gesellschaftliche Umwälzungen, die zum plötzlichen Anwachsen von Aggressionen führten. Neue Quellen brauchte er dafür nicht aufzutun: El Said und andere professorale Klugscheißer, die sich für ebenso unfehlbar hielten, beglückten ihn nur allzu gern mit ihren soziologischen Diagnosen.

Mit derart pseudoakademisch aufgemotzten Artikeln stieß er auf große Resonanz, besonders in Europa. Auch New York verlangte Nachschub. Die anderen Auslandskorrespondenten gerieten unter heftigen Beschuß, mußten sich kritische Worte von ihren Auftraggebern anhören, weil sie vor Ort nicht die ersten gewesen waren – und mit ihm wollte jetzt keiner mehr etwas zu tun haben. Das galt auch für Rappaport – der Junge war gelb vor Neid, fest davon überzeugt, daß man ihn beklaut hatte.

Wieder eine Quelle, die versiegt war. Und bei der Polizei hüllte man sich in Schweigen.

Für ihn kein Problem. Er hatte andere Dinge im Kopf: Je länger er darüber nachdachte, desto attraktiver fand er die Idee, das Ganze zu einem Drehbuch zu verarbeiten.

Er begann mit einem ersten Entwurf, spürte aber, daß es der Geschichte noch an Fleisch und Blut fehlte.

Er recherchierte die erste Mordserie, die einem Unhold mit dem Beinamen Grauer Mann zugeschrieben wurde, konnte einen längeren Rückblick darüber schreiben und brachte außerdem in Erfahrung, daß der damals für die Ermittlungen verantwortliche Beamte jetzt auch den Fall des Schlächters bearbeitete – ein Mann namens Sharavi aus der Abteilung Kapitalverbrechen. Zitate von ihm waren nicht abgedruckt, es gab auch keine Fotos. Vielleicht war er ein starker, schweigsamer Typ, aber es konnte auch sein, daß er sich einfach keine Fragen nach seinen Ermittlungserfolgen stellen lassen wollte.

Wilbur wählte die Nummer seines Büros am French Hill, wo aber niemand abnahm, was kaum verwunderlich war. Er ließ den Archivkauz alles verfügbare Material über Sharavi ausgraben und stieß auf eine Artikelserie, die im letzten Herbst in den Zeitungen erschienen war. Beim Lesen bekam er große Augen:

Elazar Lippmann, ehemaliges Parlamentsmitglied. Der Regierungspartei nahestehend, bei den Wählern erfolgreich und das mit aufstrebender Tendenz, ausgeprägtes Interesse an Kriminologie und Gefängnisreformen. Er wurde zum Direktor des Gefängnisses vom Ramle berufen und tat sich öffentlich mit Reden über humanen Strafvollzug, verbesserte Ausbildung und Rehabilitation hervor. Ein richtiger Prachtkerl – mit einem Omar-Sharif-Bärtchen und einem attraktiven Lächeln –, der Mann erfreute sich offenbar überall großer Beliebtheit. Der gute alte Stevie Rappaport hatte ihn sogar für die Wochenendbeilage interviewt – eine stümperhafte Arbeit, las sich wie pure Hofberichterstattung.

Es löste überall im Lande große Bestürzung aus, als Lippmann sechs Monate später auf dem Weg zur Arbeit in einen Hinterhalt geriet und zusammen mit seinem Fahrer ermordet wurde – die Täter schossen mit Maschinengewehren.

Daniel Sharavi hatte damals die Ermittlungen geleitet, war vom stellvertretenden Polizeichef persönlich mit der Aufgabe betraut worden; und da der Fall Grauer Mann noch nicht gelöst war, ließ sich daraus schließen, daß er entweder tüchtig sein oder über gute Beziehungen verfügen mußte.

Ein fähiger Mann, der gründliche Arbeit leistete, befand Wilbur, als er die Artikel über den Fall Lippmann durchgearbeitet und ein Gefühl für den rasanten Arbeitsrhythmus bekommen hatte, mit dem die Untersuchung vorangetrieben wurde; man stellte das Gefängnis buchstäblich auf den Kopf, vernahm jeden einzelnen Mann, ob Wärter oder Insasse; knöpfte sich Bandenführer vor und auch ihre Spezis, die draußen für sie arbeiteten; verhörte ganze Busladungen von palästinensischen Aktivisten, führte sogar Gespräche mit Klienten, die Lippmann vor zehn Jahren, ehe er in die Politik ging, als Anwalt vertreten hatte.

Vielerlei Intrigen wurden zutage gefördert, doch am Ende entpuppte sich alles als ein weiterer mieser Fall von Korruption. Lippmann war nicht der strahlende Held gewesen, für den man ihn gehalten hatte, sondern ein raffinierter Gangster. Vier Wochen nach seinem Tode sorgte die Presse dafür, daß er zum zweiten Mal umgebracht wurde.

Sharavi löste diesen Fall – und zwar in kürzester Zeit. Brachte den Schmutz ans Tageslicht, in dem Lippmann sich gesuhlt hatte, und stellte fest, daß der Kerl vom ersten Tage an korrupt gewesen war und, seit er das Gefängnis leitete, mächtig zugeschlagen hatte: zwei fette Bankkonten in der Schweiz, eines auf den Bahamas; ein kleines Vermögen, angehäuft durch den Verkauf von Gefälligkeiten aller Art – Besuchszeiten außer der Reihe, vorgezogene Entlassungen, Befreiungen von bestimmten Arbeiten, sogar illegale Wochenendurlaube für gefährliche Schwerverbrecher. Wer sich vor der Bezahlung drückte, mußte bitter dafür büßen – Juden ließ er zu den Arabern in die Zellenblocks sperren und umgekehrt; ausgesuchte Wärter sahen angelegentlich zur Seite, wenn Blut dabei floß.

Vor dem Hintergrund einer solchen Situation waren die Meuchelmörder leicht ausfindig zu machen – drei Brüder eines achtzehn Jahre alten Gefängnisinsassen, der des Einbruchs überführt war. Der Mann hatte sich drücken wollen und mußte dafür mit einer gebrochenen Nase und einem geweiteten Anus bezahlen.

Ein komischer Vogel, dieser Gefängnisleiter Lippmann – und das in mehrfacher Hinsicht.

Einer von Sharavis Männern erwischte einen stellvertretenden Anstaltsleiter dabei, wie er den Schreibtisch seines

Chefs plünderte; in seiner Tasche fand man Schnipsel von zerrissenen Fotos. Die Bilder wurden wie ein Puzzlespiel zusammengesetzt, Schnappschüsse von Politikerfiguren, die in Begleitung von Callgirls ein Trinkgelage veranstalteten – nichts Ausgefallenes, nur Wein, kalte Platten, tief ausgeschnittene Kleider, das übliche Partyvergnügen. Die Politiker verloren ihren Job. Einer von ihnen, so stellte sich heraus, war der stellvertretende Polizeichef, auch so ein Prachtkerl namens Gideon Gavrieli. Von ihm existierte sogar ein Foto – er sah aus wie Warren Beatty und konnte lächeln wie ein Hochschul-Baseballcrack.

Gavrieli gab zu, an der Party teilgenommen zu haben, hatte sich aber, wie er behauptete, sonst nichts zuschulden kommen lassen. Irgend jemand schenkte ihm Glauben und setzte ihn auf ein Schiff nach Australien.

Sharavi wurde zum Chefinspektor befördert.

Ein interessanter Typ, dachte Wilbur. Hat zwei ungelöste Serienmorde am Hals und erwischt zwischendurch den eigenen Boß bei einem saftigen Fehltritt. Ein Mann in einer solchen Situation konnte in der Chefetage nicht allzu beliebt sein.

War bestimmt interessant zu beobachten, wie es mit ihm weitergehen würde.

Wilbur saß an seinem Tisch im Beit Agron, als die Post kam; er starrte auf das Insektengitter im Fensterrahmen und nippte an einem Plastikbecher mit Wild Turkey.

Es klopfte an der Tür. Wilbur leerte den Becher, warf ihn in den Abfalleimer. »Herein.«

Ein hagerer Junge mit blonden Haaren kam ins Zimmer geschlendert. »Die Post, Mr. Worberg.«

Mutti, Student im vierten Semester, der sich nebenbei als Bürobote betätigte. Was bedeutete, daß Sonia, die in ihrer Rolle als Sekretärin eine glatte Fehlbesetzung war, wieder einmal Mittagspause machte, ohne daß sie ihn um Erlaubnis gefragt hätte.

»Pack alles auf den Tisch.«

»Ja, Mr. Worberg.«

Ein halbes Dutzend Briefumschläge und die letzten Ausgaben von »Time«, »Newsweek« und vom »Herald Tribune« landeten neben seiner Schreibmaschine, in der ein Manuskriptpapier mit der Überschrift *Der Schlächter: Ein Drehbuch von Mark A.Wilbur* steckte. Das Papier unter dem Titel war leer.

Wilbur zog das Blatt heraus, knüllte es zusammen, warf es auf den Boden. Er schlug den »Herald« auf und suchte nach seinem letzten Artikel über den Schlächter. Nichts. So ging das nun schon seit drei Tagen. Er fragte sich, ob er mit seinen Artikeln möglicherweise überzogen hatte und nun in der Patsche saß, spürte einen Stich in der Magengegend und zog die Schubladen mit dem »Turkey« auf. Als er die Flasche berührte, fiel ihm ein, daß Mutti immer noch dastand, grinste und dumm in die Gegend glotzte. Er schob die Schublade wieder zu.

Dämlicher Trottel – sein Vater hatte einen Hauswartsposten im Pressegebäude. Mutti wünschte sich nichts sehnlicher, als einmal der israelische Sherlock Holmes zu werden. Grabowsky mit seiner sozialen Ader hatte ihn als Laufburschen beschäftigt und ihn Wilbur vererbt. Ein anstelliger Typ, der aber nicht unbedingt das Zeug zum intellektuellen Überflieger hatte. Daß er sich seinen Namen nicht merken konnte, kümmerte Wilbur schon seit längerer Zeit nicht mehr.

»Was ist denn?«

»Müssen Sie mich noch etwas gebrauchen, Mr. Worberg?«

»Mmh, wo du mich fragst. Geh mal ins Wimpy's runter und besorg' mir einen Hamburger – mit Zwiebeln, Mayonnaise und Beilage. Hast du verstanden?«

Mutti nickte heftig. »Und zu trinken?«

»Ein Bier.«

»Okay, Mr. Worberg.« Der Junge rannte los und knallte die Tür hinter sich zu.

Als er wieder allein war, befaßte sich Wilbur mit seiner Post. Ein Kontoauszug, endlich, über die Rechnungsbelege aus seinem Urlaub in Griechenland. Die Einladung zu einem Empfang im Journalistenclub von Tel Aviv, nur Absagen erbeten; ein eingeschriebener Brief aus Übersee von einem Anwalt aus Nashville, der rückständige Unterhaltszahlungen für seine Nummer zwei anmahnte. Was ihm ein Schmunzeln entlockte – die Sendung hatte Umwege über Rio und New York genommen und war sechs Wochen unterwegs gewesen. Eine letzte Frist, die ihm der Juristenschwengel gesetzt hatte, war schon um zwei Wochen überschritten, danach drohte man ihm mit »einer strafrechtlichen Verfolgung zum Einklagen der Forderung«. Wilbur warf das Schreiben in die Ablage zu den unerledigten Vorgängen und ging die übrige Post durch. Rechnungen, das Nachrichtenblatt des Rockefeller-Museums, eine Einladung zu einer Pressekonferenz mit Büffet, veranstaltet von den WIZO-Frauen aus Anlaß der Grundsteinlegung für ein neues Waisenhaus. Papierkorb. Dann aber kam, als er den Stapel zur Hälfte durchgesehen hatte, etwas Eigenartiges.

Ein gewöhnlicher weißer Briefumschlag ohne Frankierung, beschriftet nur mit seinem Namen in Großbuchstaben, doch derart ungestüm, daß beim W von Wilbur das Papier eingerissen war.

In dem Umschlag steckte ein Blatt Papier – weiß, billig, ohne Wasserzeichen.

Auf dem Blatt klebte ein auf weißem Hochglanzpapier gedruckter Text in hebräischer Sprache, den man offenbar aus einem Buch herausgeschnitten hatte.

Er starrte auf den Text, hatte nicht die geringste Ahnung, was er zu bedeuten hätte, aber das Drum und Dran – die Zustellung per Boten, die ungestüme Handschrift, der Textausschnitt aus einem Buch – das alles roch nach einer sonderbaren Geschichte.

Er starrte weiter auf den Text, und die Buchstaben starrten

ihn an, eine Ansammlung aus willkürlich gesetzten Häkchen und schwungvollen Bögen.

Unverständlich.

Aber sonderbar, ohne jeden Zweifel. Er spürte ein leichtes Ziehen im Magen.

Wußte auch, was er jetzt brauchte.

Als Mutti zurückkam und ihm das Essen brachte, empfing er ihn wie einen verlorenen Sohn.

50 Donnerstag. Eine brütende Schwüle lastete über der Stadt. Als Daniel am Ort des Geschehens eintraf, schlug ihm beißender Gestank entgegen; es roch nach verbranntem Gummi und nach Kordit. Gewehrfeuer hatte den Frieden der ländlichen Idylle zerstört, Aggressivität und Haß bestimmten die Szenerie auf dem Gelände vor der Einfahrt nach Beit Gvura.

Die Hebron Road war mit einer Straßensperre verbarrikadiert: Stahlgitter, wie man sie bei Straßentumulten benutzte, waren zu beiden Seiten mit Soldaten besetzt und von Armeelastwagen flankiert. Daniel stellte den Escort am Straßenrand ab und ging zu Fuß weiter, in seiner *Pakad*-Uniform ließ man ihn unbehelligt passieren.

Eine Absperrkette von Soldaten stand in Viererreihen postiert zehn Meter hinter den Barrikaden. Ein Stück weiter drängte sich eine aufgebrachte Menge von Gvura-Leuten, Auge in Auge mit Militärpolizisten, die sich ständig vor und zurück bewegten, um die Menge im Zaum zu halten und die Leute nach und nach zum Eingang der Siedlung zu bugsieren. Die Gvura-Leute schwangen drohend Fäuste und beschimpften die Polizisten mit obszönen Gemeinheiten, machten aber keine Anstalten, auf die MPS loszugehen. An die meisten konnte sich Daniel noch von seinen Vernehmungen erinnern; jetzt stand den Leuten die Wut ins Gesicht geschrieben. Er sah sich nach Kagan um und nach Bob Arnon, doch von beiden war nichts zu sehen.

Auf der anderen Seite der Absperrkette tobte ein hysterischer Haufen arabischer Jugendlicher, die aus Hebron anmarschiert waren. Sie trugen Transparente und PLO-Fahnen. Einige Plakate lagen zerfetzt im Straßendreck. Schwelender Dunst hing in der glühend heißen Luft und schien sich über die Köpfe der Araber zu senken – sie hatten ein paar alte Autoreifen aus der Stadt bis hierher gerollt und den Gummi in Brand gesetzt. Die Flammen waren inzwischen gelöscht, die Reifen lagen am Rande der Straße und qualmten wie riesige angebrannte Pfannkuchen.

Ein Militärlastwagen, ausgerüstet mit kompletter Funkkapazität, diente als Kommandostelle und war seitlich der Straße in einer sandigen Lichtung, die von einem Dutzend alter Feigenbäume umstanden war, stationiert. Rings um den Lastwagen parkten mehrere mit Segeltuchplanen bespannte Jeeps der Militärpolizei, alle unbemannt.

Ein paar Schritte hinter den Feigenbaumreihen gab es eine zweite Lichtung, und daneben lag ein kleiner Weinberg; smaragdgrüne Blätter warfen Schatten auf Weinreben, die wie Amethyste in der Nachmittagssonne funkelten. Vier Militärkrankenwagen und ein halbes Dutzend Transporter füllten die Lichtung. Mehrere Fahrzeuge waren mit Schlössern verriegelt und wurden von Soldaten bewacht. Daneben hatte man ein Zivilfahrzeug abgestellt – ein kleiner schmutzfarbener Fiat mit Kennzeichen aus Hebron, die Reifen allesamt platt, die Karosserie mit Einschußlöchern übersät und die Windschutzscheibe zersplittert.

Zwei Mannschaftswagen und einer der Krankenwagen setzten sich in Bewegung, fuhren über den Dreckstreifen am Straßenrand, bis sie die Absperrungen passiert hatten; auf dem Asphalt wendeten sie, beschleunigten rasch und rasten mit gellenden Alarmsirenen in Richtung Norden nach Jerusalem zurück. Um einen zweiten Krankenwagen gab es ein hektisches Durcheinander: Männer in weißen Kitteln liefen mit hellroten Blutbeuteln, gläserne Infusionsbehälter klirrten und glitzerten im Sonnenlicht.

Daniel entdeckte Oberst Marciano, einen Mann von hünenhafter Größe, der unübersehbar an der vorderen Stoßstange des Lastwagens lehnte. Er ging auf ihn zu, bewegte sich rasch, aber vorsichtig, behielt bei jedem Schritt das Geschehen im Auge.

Die Soldatenkette marschierte geschlossen vorwärts, und die Araber wichen zurück; aber die Aktion verlief nicht reibungslos. Es kam zu Handgreiflichkeiten, wo die Amtsgewalt auf Widerstand stieß – Geschiebe auf engem Raum, haßerfüllte Schreie, das dumpfe, gemeine Geräusch vom Aufprall von Metall gegen Fleisch.

Marciano hob ein Megaphon vor seinen Mund und brüllte einen Befehl.

Aus den hinteren Reihen der Soldatenkette wurde eine Gewehrsalve in die Luft abgefeuert, und der Pöbel zuckte zurück.

Für einen Augenblick schien es, als wollten sich die Araber zerstreuen. Doch dann wurden plötzlich PLO-Parolen gekreischt, und ein paar Männer setzten sich auf den Asphalt. Andere, die zurücklaufen wollten, stolperten über sie und stürzten. Soldaten in der vordersten Reihe zogen sie gleich wieder hoch und drängten sie weiter. Die Sitzenden wurden schnellstens beiseite geschafft, man packte die Leute am Kragen und überließ sie den MPs, die sie zu den Mannschaftswagen drängten. Randalierer leisteten Widerstand, es kam zu Festnahmen; Männer strampelten mit Armen und Beinen, spuckten wild um sich wie in einem Tollhaus.

Innerhalb von Sekunden waren die Araber um mehrere Meter zurückgedrängt. Plötzlich flogen Steine, mitten aus der Menge wurden große Brocken geworfen, ein Hagel von Wurfgeschossen ging auf die Postenketten nieder. Einer landete neben Daniel, der hinter einem Jeep in Deckung ging.

Er sah, wie die Soldaten schützend ihre Arme hoben, in dem Gesicht eines unglücklichen Rekruten war ein blutiger Riß aufgesprungen.

Marciano blaffte in sein Megaphon.

Die Soldaten gaben mehrere Salven ab, diesmal zielten sie über die Köpfe der Menge. Die Araber gerieten in Panik und rannten Hals über Kopf nach hinten; wer nicht schnell genug war, wurde einfach niedergetrampelt.

Man brüllte PLO-Parolen, schleuderte Steine.

Ein Soldat fiel zu Boden.

Befehle über Megaphon. Steinwürfe. Soldaten mit Gewehren feuerten Gummigeschosse, hielten direkt in die Menge. Mehrere Araber griffen sich an Arme und Beine, brachen zusammen und wanden sich vor Schmerzen.

Der Pöbel war jetzt endgültig auseinander, die Araber schwärmten aus, rannten in Richtung Hebron, jeder für sich allein. Hals über Kopf hasteten sie los, um sich in Sicherheit zu bringen.

Plötzlich löste sich ein langhaariger bärtiger Mann von ungefähr Zwanzig aus dem Getümmel, stürmte mit wildem Blick auf die Soldatentruppe los, in einer Hand ein langes Messer, in der anderen einen gezackten Brocken aus Beton.

Mit erhobenem Messer stürzte er sich auf die Soldaten, die zusammenrückten und feuerten. Mit scharfer Munition.

Der langhaarige Mann schien vom Boden abzuheben, er wirbelte durch die Luft, Rauchwölkchen drangen aus schwarz zerfetzten Löchern in seinem Körper. Die Löcher färbten sich rot und flossen über. Blut spritzte aus seinem Leib. So jäh, wie er aufgetaucht war, fiel er in sich zusammen, und seine Lebenssäfte versickerten im Dreck der Straße.

Ein paar Araber hatten sich umgedreht, um ihn sterben zu sehen. Wie angewurzelt blieben sie stehen, schreckensstarr, mit offenem Mund.

Die Postenkette rückte nach vorn, bildete einen Kreis um den Toten und drängte die restlichen Araber zurück. Die Soldaten gingen jetzt unerbittlich vorwärts, bis jeder Aufrührer festgenommen oder geflüchtet war.

Die Straße lag wieder ruhig da, hingestreckte Gestalten, Blutlachen und leere Patronenhülsen zierten den Asphalt.

Sanitäter kamen mit Tragbahren herbeigeeilt, hoben verwundete Soldaten und Araber auf, den toten Messerhelden ließen sie bis zuletzt liegen.

»Verrotten lassen!« rief ein Gvura-Mann. Andere Siedler nahmen seinen Ruf auf und brüllten die Worte im Sprechchor. Sie fingen an vorzurücken. Oberst Marciano sprach in das Megaphon; die hintere Postenkette machte kehrt und baute sich vor den Gvura-Leuten auf.

»Na los«, schrie eine Frau. »Schießt doch auf Juden! Ihr verdammten Nazis!«

Die Soldaten zeigten keine Reaktion. Kindergesichter mit Blicken wie aus Granit.

Daniel ging auf Marciano zu. Der Oberst war von Untergebenen umringt, begrüßte ihn aber mit einem Kopfnicken und erteilte mit gleichbleibend ruhiger Stimme einen Befehl nach dem anderen.

Marciano war ein Zwei-Meter-Mann, der seinen ovalförmigen Leib auf beängstigend langen, stelzenartigen Beinen balancierte. Auch sein Kopf hatte die Form eines Ovals – kahl, braungebrannt und von Falten zerfurcht, mit einer gewaltigen, fleischigen Nase und einem Kinn, das noch etwas Zuwachs hätte vertragen können. Ohne Megaphon klang seine Stimme eher sanft. Er konnte auf eine steile Karriere zurückblicken, hatte beim '67er Sinaifeldzug und im Yom-Kippur-Krieg wahre Heldentaten vollbracht; seit zwei Jahren war er mit der Verantwortung für Judäas innere Sicherheit betraut. Ein systematischer Denker, der sich in Philosophie und Geschichte auskannte und dem alles zuzufliegen schien.

Als sich seine Untergebenen auf den Weg gemacht hatten, um seine Befehle auszuführen, griff er nach Daniels Hand und sagte: »Das war's dann wohl.«

»Ich habe einen Anruf bekommen, und da sagte man mir, die Sache hier hätte was mit meinem Fall zu tun.«

»Kann gut sein, Sekunde noch.«

Zwei Soldaten schafften die Leiche des Arabers an den Straßenrand, hielten ihn aber so niedrig an Armen und Beinen, daß er mit dem Hinterteil durch den Dreck schleifte. Marciano nahm sein Megaphon und sagte: »Anheben, den Mann.« Seine Stimme klang scharf. Erschrocken fügten sich die Soldaten.

Marciano hielt den Lautsprecher noch am Mund, als ein Armeeleutnant auf ihn zukam und sagte: »Was sollen wir mit denen da machen, *Barukh*?« Er zeigte auf die Gvura-Leute, die immer noch brüllten und wilde Flüche ausstießen.

»Setzen Sie eine Nachricht an Shimshon in Hebron ab, daß in den nächsten vierundzwanzig Stunden alle Bewegungen nördlich der Stadtgrenzen einzuschränken sind«, sagte Marciano. »Hundert Meter südlich stellen Sie mit Ihrer Truppe eine Postenkette auf und sorgen dafür, daß dort niemand ohne Legitimation passiert. Das gilt für den Rest des Tages. Wenn die Postenkette erst mal steht, überlassen Sie Ihren Leuten alles weitere.«

Der Leutnant wischte sich mit dem Handrücken über die Stirn und zog ab.

»Kommen Sie«, sagte Marciano. Mit ein paar Schritten war er am Heckteil des Lastwagens und kletterte auf die Ladefläche. Daniel folgte ihm. Die beiden ließen sich auf dem heißen, gewellten Stahlblech nieder. Marciano steckte sich eine Zigarette an und inhalierte tief. Dann machte er eine Feldflasche von seinem Gürtel los, nahm einen kräftigen Schluck und reichte sie Daniel weiter. Das Wasser in der Flasche war kühl und schmeckte angenehm.

Marciano streckte seine langen Beine aus.

»Abgespielt hat sich die ganze Sache folgendermaßen«, sagte er. »Vor ungefähr zwei Stunden stellt sich eine Frau aus der Gvura-Siedlung vor die Einfahrt und wartet auf eine Mitfahrgelegenheit nach Jerusalem – die Frau war schwanger und hatte einen Termin in der Shaarei-Zedek-Klinik. Zuständig für den Fahrdienst war einer von Kagans Stellvertretern – ein Amerikaner namens Arnon –, er wurde mit einer Wagenladung von Schulbüchern erwartet, sollte aber noch mal zurückfahren, um noch eine Torah zu besorgen und gleichzeitig die Frau in die Klinik zu bringen. Er hatte sich verspätet. Sie war allein und hat in der Wartezeit Schuhe für ihr Baby gestrickt.

Plötzlich fährt dann dies Auto vor.« Marciano zeigte auf den schmutzfarbenen Fiat. »Drei Araber springen heraus. Zwei Männer fuchteln mit Schlachtermessern herum. Der dritte schwingt eine Pistole – eine von diesen billigen tschechischen Dingern, die einem eher in der Hand losgehen, als daß sie feuern. Die Männer wollen auf die schwangere Frau los. Die ist zu Tode erschrocken, rührt sich nicht von der Stelle. Sie faseln was von Blut- und Sühneopfern, Rache für gemordete Jungfrauen. Die Frau fängt an zu schreien. Sie halten ihr den Mund zu, wollen sie ins Auto zerren.

Inzwischen taucht Arnon auf, sieht sofort, was passiert, und läuft hin, um zu helfen. Rennt mit einer Pistole auf die Leute los und schwenkt die Waffe, hat aber Angst, die Frau zu treffen. Der Araber fängt an zu schießen – aus nächster Nähe ballert er dreimal daneben, aber dann erwischt er Arnon mit einem Bauchschuß.

Arnon geht zu Boden. Der schwangeren Frau gelingt es, sich zu befreien, sie rennt um ihr Leben und schreit aus Leibeskräften. Die Araber hinter ihr her. Zufällig macht Mrs. Kagan gerade einen Spaziergang in der Umgebung der Siedlung, sie hört die Pistolenschüsse und das Geschrei und kommt angelaufen. Schnappt sich noch eine Uzi und geht damit in Stellung. Der Araber mit der Pistole schießt auf sie, trifft aber nicht und will wegrennen. Mrs. Kagan verfolgt die drei Männer und eröffnet das Feuer, schießt auf das Auto. Zwei tötet sie auf der Stelle, den dritten verwundet sie. In der Zwischenzeit kommen sämtliche Gvura-Leute angetanzt. Sie zerren den verwundeten Kerl aus dem Wagen und schlagen so lange auf ihn ein, bis er stirbt.«

Marciano machte eine Pause und zog an seiner Zigarette. »Die Story ist doch filmreif, Dani, oder? Aber das ist noch nicht alles. Wie es scheint, sind die drei Araber nur ein Teil der Bande. Vier andere Männer warten auf sie in einer Wohnung in Hebron – mit Messern und einem Leichentuch, um offensichtlich eine Racheorgie zu inszenieren. Als aber der Fiat nicht auftaucht, machen sie sich selbst auf den Weg und wollen wissen, was passiert ist. Sehen die Gvura-Leute um die Leichen ihrer Kumpel stehen und greifen zu *ihren* Tschechis. Die Gvuraniks entdecken die Männer und gehen auf sie los – es kommt zu einer wilden Schießerei, wobei aber niemand verletzt wird. Die Araber steigen aufs Gaspedal, rasen zurück nach Hebron und verbreiten überall, die Juden hätten durchgedreht und würden ihre palästinensischen Helden ermorden. Um die Sache noch schlimmer zu machen, ein Professor von der Bir Zeit – ein Arschloch, wie es im Buche steht, El Said heißt der Mann – ist zu Besuch bei einem Onkel, hört die Geschichte und stellt sich mitten in den *Souq*, hält aus dem Stand eine spontane Hetzrede und bringt den Mob so richtig in Fahrt. Den Rest haben Sie ja selbst gesehen.«

Marciano zog wieder an seiner Zigarette und nahm noch einen Schluck aus der Feldflasche. Die Alarmsirenen von mehreren Krankenwagen stimmten ein schrilles Konzert an, das allmählich leiser wurde; gleichzeitig heulten Motoren auf, und im Hintergrund brüllten die Gvura-Leute immer noch ihre markigen Parolen.

»Was Ihren Fall angeht«, sagte der Oberst, »da haben wir in dem Fiat einen Zeitungsartikel gefunden – Sie wissen sicher, welchen ich meine.«

»Ich habe heute noch keine Zeitung gelesen«, sagte Daniel.

»Dann werde ich Ihnen eine besorgen.« Marciano richtete sich auf, steckte seinen Kopf aus dem Lastwagen und rief einen MP zu sich.

»Ich brauche den Beutel mit der Bezeichnung Nummer neun aus dem Beweismaterial, das wir sichergestellt haben.«

Der MP trottete von dannen.

»Wo ist Kagan?« fragte Daniel.

»Bei seiner Frau. Die Schießerei mit den Arabern muß sie wohl ziemlich mitgenommen haben. Sie hat hinterher einen Nervenzusammenbruch gehabt – man hat sie zur Beobachtung ins Hadassah eingeliefert.«

Daniel erinnerte sich an die Frau; ihre würdevolle Gelassenheit hatte ihm Eindruck gemacht. Er hoffte, daß sie bald wieder zu Kräften kam.

»Wie sieht es sonst mit den Opfern aus?« fragte er.

»Wir haben die drei Toten in dem Fiat. Die schwangere Frau hat nur ein paar Kratzer abbekommen, aber es würde mich nicht wundern, wenn sie ihr Baby verliert. Arnons Bauchschuß sah böse aus, er hat viel Blut verloren – beim Transport ins Krankenhaus war er ohne Bewußtsein. Den Typ mit dem Messer haben Sie eben gesehen – heute abend wird man ihn sicher noch als Helden bejubeln. Der dämliche Kerl hat uns praktisch keine andere Wahl gelassen. Sechs von meinen Jungens haben Fleischwunden erlitten. Ein Haufen Araber mit Verletzungen durch Gummimunition. Zehn Leute haben wir hier festgenommen, dazu noch El Said und die vier Gangster aus dem zweiten Auto – wir bringen sie alle nach Ramle. Heute abend können Sie sich die Leute vornehmen. Ich kann mir allerdings nicht vorstellen, daß irgend etwas für Sie dabei herauskommt – es war eine spontane Geschichte, wieder mal der typische Fall von Aktion und Reaktion.«

Der MP kam mit einem Papierbeutel zurück. Marciano nahm ihn an sich, holte eine Zeitung heraus und gab sie Daniel.

Die Morgenausgabe des »Al Quds«. Eine Schlagzeile auf der ersten Seite lautete: *Neue Indizien im Mordfall des Schlächters – Hinweise auf zionistische Verschwörung*. Darunter war ein Artikel des Auslandskorrespondenten Mark Wilbur in arabischer Übersetzung abgedruckt; der zuständige Lokalredakteur hatte den Text noch mit allerlei blumigen Einfügungen verziert.

»Das ist heute auch in unseren Zeitungen erschienen«, sagte Marciano. »Allerdings ohne diesen zusätzlichen Quatsch.«

»Ich war schon bei Sonnenaufgang an der Front«, sagte Daniel und bedauerte sogleich seinen entschuldigenden Tonfall. *An der Front.* Durch die Wüste war er gegangen und hatte die Umgebung der Mörderhöhle abgeschritten, sein Piepser war jenseits der Hügelkette kaum noch empfangsbereit gewesen. Im Kreis war er gewandert, immer im Kreis, wie ein judäischer Eremit. In der Hoffnung, etwas zu finden ... aber was? Neue Hinweise? Kosmische Einsichten? Hatte sich abgekehrt von der Realität, bis er wieder zu seinem Auto gegangen war, wo ihn Shmeltzers Funkspruch erreichte, mit der Nachricht von den Krawallen.

Daniel nahm den Artikel zur Hand, und mit jedem Satz, den er las, wurde er wütender.

Mark Wilbur behauptete, daß man ihm eine anonyme Nachricht zugespielt hätte – der anonyme Absender könne aber, das ließ der Reporter deutlich durchblicken, nur der Schlächter selbst gewesen sein. Ein blankes Blatt Papier sei mit zwei Absätzen eines Textes beklebt gewesen, den man aus einer hebräischen Bibel herausgeschnitten hatte; die präzise Übersetzung und die Quellenangaben hätten »Schriftgelehrte« besorgt.

Die erste Textstelle war, Wilbur zufolge, gleichbedeutend mit der »traditionellen alttestamentarischen Rechtfertigung für eine Judaisierung Palästinas«:

Weil er deine Väter geliebt und ihre Nachkommen erwählt hat, hat er dich herausgeführt mit seinem Angesicht durch seine große Kraft aus Ägypten, damit er vor dir her Völker vertriebe, die größer und stärker sind als du, und dich hineinbrachte, um dir ihr Land zum Erdteil zu geben, wie es jetzt ist. (Fünftes Buch Mose 4,37-38)

Die zweite Textstelle bezeichnete er als eine »Sammlung von mosaischen Opferritualen, entnommen dem Dritten Buch Mose«:

Will er aber ein Schaf zum Sündenopfer bringen, so bringe er ein weibliches, das ohne Fehler ist. (4,32)

Aber die Eingeweide und die Schenkel soll er mit Wasser waschen. (1,13)

Wer das Fleisch des Opfers anrührt, soll dem Heiligtum gehören, und wer von seinem Blut ein Kleid besprengt, der soll das besprengte Stück waschen an heiliger Stätte. (6,20)

Soll er mit Wasser waschen, dachte Daniel. Mit Ausnahme der Personen, die an den Ermittlungen beteiligt waren, wußte niemand, daß der Täter die Leichen gewaschen hatte. Wenn man von einer undichten Stelle absah, würde das bedeuten, daß die Textstellen tatsächlich einen ernstzunehmenden Hinweis enthielten. Ein Beweismittel also, das Wilbur der Polizei vorenthalten hatte.

Daniel biß die Zähne zusammen und las weiter:

»... läßt sich also die Möglichkeit nicht ausschließen, daß der Schlächter seine Morde aus ethnisch religiösen Motiven begeht. In beiden Fällen handelte es sich bei den Opfern um junge arabische Frauen; und obwohl es die Polizeibehörden bis zum heutigen Tage für richtig hielten, der Öffentlichkeit alle näheren Einzelheiten des Falles vorzuenthalten, kommen entsprechende Gerüchte nicht zum Verstummen, seit das erste Opfer, die fünfzehnjährige Fatma Rashmawi, vor nunmehr beinahe einem Monat aufgefunden wurde. Ihre Leiche, so heißt es, weise Verstümmelungen auf, wie sie bisher nur von religiösen Opferritualen bekannt geworden sind.«

Im selben Stil ging es noch über mehrere Passagen weiter. Der Verfasser erörterte die Konflikte zwischen »rechtsradikalen religiösen Siedlern in der West Bank und der einheimischen palästinensischen Bevölkerung«; und weiter hieß es in dem Artikel: »... obwohl im jüdischen Gottesdienst das Gebet an die Stelle des religiösen Tieropfers getreten ist, so gehören doch zahlreiche Verweise auf das Opferritual zum wesentlichen Bestandteil der Liturgie.« Er zitierte aus Moshe Kagans schlimmsten Hetzreden und betonte ausdrücklich, der Gvura-Führer würde die Bibel mißbrauchen, um eine »zwangsweise territoriale Expansion« zu rechtfertigen. Schließlich erwähnte er noch, daß sich unter zahlreichen Israelis ein wachsender Unmut verbreitet habe wegen der »... wie sie meinen, terroristischen Willkürakte, die von entrechteten Palästinensern begangen werden«.

Der Verfasser suggerierte jedem Leser den Gedanken an die lange Tradition von Rache und Vergeltung in den Ländern des Mittleren Ostens. Deutete subtil, aber doch unmißverständlich an, daß nur die Gvura-Leute oder eine vergleichbare Gruppe als Täter in Frage kommen konnte, ohne eine direkte Beschuldigung auszusprechen.

Seine Formulierung waren nicht ohne Raffinesse – er verstand es, den Eindruck zu erwecken, als ob ihm einzig und allein an der Wahrheitsfindung gelegen wäre. Mit seinen Anspielungen und allem, was er zwischen den Zeilen sagte, richtete er mehr Schaden an, als wenn er klare Schuldzuweisungen erteilt hätte.

»Feine Sache ist das, die wir mit unserer Pressefreiheit anrichten.« Marciano lächelte.

Daniel steckte die Zeitung in den Beutel zurück und sagte: »Die werde ich mir aufbewahren. Haben Sie sonst noch was?«

»Sämtliche Waffen sind einzeln registriert und für Fingerabdrücke präpariert. Wir haben auch versucht, den Wagen für unsere Zwecke sauber zu halten, aber die Gvura-Leute sind natürlich überall drangewesen. Die konspirative Wohnung in Hebron ist versiegelt und steht unter Bewachung. Wann können Ihre Leute zur Stelle sein?«

»Sofort. Können Sie mir eine Sprechverbindung mit dem French Hill geben?«

»Kein Problem«, sagte Marciano und drückte seine Zigarette aus.

Die beiden Männer kletterten von der Ladefläche des Lasters und stiegen wieder ins Fahrerhaus. Der Oberst tippte auf ein paar Knöpfe und übergab Daniel das Funkgerät. Dann verabschiedete er sich mit ein paar guten Wünschen und kletterte nach draußen. Daniel sah ihm noch einen Augenblick nach und schaute zu, wie Marciano mit staksigen Schritten über den Asphalt spazierte. An einer Stelle blieb er stehen und bückte sich, um einen Blutfleck zu inspizieren; mit einem Untergebenen wechselte er noch ein paar Worte und bedachte die Gvura-Leute, die sich nach und nach in ihre Häuser zurückzogen, mit einem letzten, leidenschaftslosen Blick.

Der Rhythmus der Ereignisse verlangsamte sich zusehends. Nur die Hitze blieb konstant. Eine Schar von Raben flog über dem Weinberg auf, die Vögel kreisten in geschlossener Formation über ihren Köpfen, um schließlich kehrtzumachen und sich in den Feigenbäumen niederzulassen. Große, träge wirkende Tiere, deren wohlgenährte Leiber von blauschwarzen, ölig glänzenden Flügeln umhüllt waren. Sie hockten auf den grauen, knorrigen Ästen und gaben entgegen ihrer Gewohnheit keinen Laut von sich.

Mißtrauische Kreaturen. Noah hatte seinerzeit einen Raben ausgesandt, um Land hinterm Horizont zu suchen; der Vogel war zurückgekehrt, ohne seine Mission zu vollenden. Sein Instinkt hatte ihm eingegeben, wenn man den Worten der Rabbis glauben mochte, daß Noah mit seinem Weibchen etwas Böses im Schilde führte.

Daniel schaute noch einen Augenblick auf die Vögel und meldete sich dann über Funk.

51

Wilbur hatte sie überhaupt nicht kommen hören. Er feierte seine Story über den Brief des Schlächters – das größte Ding, das ihm bisher untergekommen war – und krönte seinen Nachmittag im »Fink's« mit einer Riesenportion Steak und Kartoffelchips, die er mit ein paar Gläsern Wild Turkey hinunterspülte. Anschließend gönnte er sich noch ein paar kühle Heineken. Das Lokal schien wie ausgestorben – sämtliche Kollegen waren ausgeschwirrt, um ihre Berichte über die blutigen Krawalle vor der Gvura-Siedlung zu Papier zubringen. Reiner Routinekram, wenn man ihn fragte; morgen früh krähte kein Hahn mehr danach. Er genoß die Einsamkeit, ließ sich sein fünftes Bier schmecken und schwebte auf einer sommerlich heiteren Alkoholwolke dahin, als er den Griff wie einen Schraubstock um einen Ellbogen spürte. Ein grauer Ärmel schwang sich von hinten um seinen Hals, und für Sekundenbruchteile hielt man ihm eine Dienstmarke vor die Nase.

»Was zum –« Er wollte sich umdrehen. Eine große, warme Hand umklammerte ihn und hielt seinen Kopf fest, drückte auf die Stellen hinter seinen Ohren, so daß er nur noch geradeaus schauen konnte. Eine zweite Hand packte ihn am Gürtel und preßte ihn nach vorn, um zu verhindern, daß er rückwärts vom Barhocker rutschen konnte.

Mit einem Blick aus den Augenwinkeln suchte er nach dem Barmixer, wollte sich einen Zeugen sichern für das, was hier mit ihm passierte. Der Mann war weg.

»Polizei. Kommen Sie mit«, sagte jemand mit heiserer Stimme.

»Also Moment mal –« Er wurde vom Hocker gehoben, und als man mit ihm durch die Tür marschierte, spürte er die Wirkung des Alkohols in seinen Beinen. Draußen wartete ein Auto mit laufendem Motor.

Wilbur versuchte, in dem Gedränge einen klaren Kopf zu behalten, wollte sich alle Einzelheiten einprägen.

Der Wagen: ein weißer Ford Escort, viertürig. Keine Chance, die Kennzeichen abzulesen. Der Fahrer hielt sich seine Zeitung vors Gesicht.

Die Hintertür wurde geöffnet. Man bugsierte ihn auf die Rückbank, neben ihm saß ein junger Mann. Ausgesprochen gutaussehend. Sonnengebräunt. Vollbart. Hautenges rotes Polohemd, eng geschnittene Designer-Jeans. Er sah wütend aus.

»Gurt anlegen«, sagte der Heisere und stieg ebenfalls hinten ein, quetschte Wilbur in die Mitte und knallte die Tür zu. Wilbur musterte ihn von der Seite. Der Mann war schon etwas älter; weicher grauer Anzug, Brille, blasses Gesicht, Hakennase und dünne Lippen. Semitische Version des Hauptdarstellers aus »American Gothic«. Etwas Unangenehmes ging von ihm aus, Wilbur spürte ein flaues Gefühl in der Magengrube.

Er riß sich zusammen, wollte krampfhaft gegen seine Ängste angehen, sagte sich: Kein Problem, schließlich leben wir in einer Demokratie. Hier gibt es keine Typen von der Savak, es sei denn ... sie waren gar keine Polizisten. Was er von der Dienstmarke gesehen hatte, war nichts als ein blitzendes Stück Metall gewesen – in einer Demokratie, sollte man meinen, würden die Bullen sich anders aufführen.

Schwarze Phantasiebilder schossen ihm durch den Kopf. Israelische Mafia. Oder irgendeine verrückte arabische Organisation – obwohl die Männer auf der Rückbank beide nicht wie Araber aussahen.

Vielleicht waren es auch ein paar Verrückte von der Gvura, die sich wegen der Krawalle an ihm rächen wollten.

Ein vierter Mann näherte sich von hinten und stieg in den Wagen, setzte sich vorn neben den Fahrer. Buschiges schwarzes Haar, groß und breit – mußte der Typ sein, der ihn vorhin am Genick gepackt hatte. Schwarzweißes Polohemd. Gewaltige, muskelbepackte Schultern – Oberkörper wie ein Gewichtheber. Der Beifahrersitz knarrte bei der kleinsten Bewegung unter seiner Leibesfülle.

»Was zum Teufel wird hier eigentlich gespielt?«

»Gurt anlegen«, wiederholte der Heisere, und als Wilbur nicht gleich reagierte, griffen er und Adonis über ihn hinweg und machten den Gurt selbst fest, verzurrten ihn knapp über seinem Unterleib.

Der Fahrer des Escort legte den ersten Gang ein. Kraushaarfrisur, gemäßigter Afro-Look mit *Yarmulke*, die mit einer Metallklemme über dem Scheitel festgemacht war. Eine gehäkelte schwarze *Yarmulke*, der Saum mit roten Rosen bestückt. Über seinem weißen Hemdkragen war ein Streifen schwarzer Haut zu sehen – ein dunkelhäutiger Jude?

Krauskopf ließ die HaHistadrut Street links liegen, nahm die King George in Richtung Norden, preschte bei Gelb über die Kreuzung an der Yafo und fuhr dann die Straus hinunter. Wie ein Vergnügungsfahrer auf dem Rummel schlängelte er sich im Zickzackkurs durch den Verkehr.

Könnte alles aus einem zweitklassigen ausländischen Kinofilm stammen, dachte Wilbur. Französische oder italienische Produktion. Aber dies war blanke Realität, und ihm ging der Arsch auf Grundeis.

Der Escort raste mit halsbrecherischer Geschwindigkeit weiter. An der Malkhei Yisrael stand die Ampel auf Rot, und Krauskopf bog in eine Gasse ein, die so schmal war, daß der Wagen beinahe zu beiden Seiten an den Steinmauern entlanggeschrammt wäre. Krauskopf nahm seinen Fuß nicht vom Gaspedal und wich sogar noch kleinen Schlaglöchern und Abfallhaufen aus.

Wilbur preßte seine Fingernägel in beide Knie. Seine Bandscheiben wurden heftig durchgerüttelt, auch wenn Adonis und der Heisere, die ihn zwischen ihren Schultern einklemmten, den Großteil der Erschütterungen auffingen. Sie starrten unentwegt geradeaus, widmeten ihm nicht die geringste Aufmerksamkeit; als sei er viel zu unbedeutend, um ihn auch nur eines Blickes zu würdigen. Ein Geruch von Eau de Cologne und Schweiß ging von den Männern aus. Der Heisere behielt eine Hand im Jackett.

Raffiniert, der Mann.

Vor ihnen lag eine Haarnadelkurve. Krauskopf raste weiter mit unverminderter Geschwindigkeit.

Wilbur fixierte seine Schuhspitzen, um seinen Brechreiz zu unterdrücken.

625

An der Yeheskel bogen sie links in die Shmuel Hanavi ein, und Wilbur dachte: Sie müssen doch von der Polizei sein. Fahren mit mir ins Präsidium zum French Hill.

Unerhört.

Ein Gefühl von Zorn überkam ihn, und er ging nicht mehr dagegen an. Legte sich jetzt den präzisen Wortlaut für einen offiziellen Protest zurecht.

Doch dann passierte der Escort das Polizeigelände über eine Umgehungsstraße und setzte die Fahrt in Richtung Norden fort. Wilbur spürte, wie die Angst wieder in ihm hochkam und ihm die Kehle zuschnürte, schlimmer als zuvor und vermengt mit alkoholisierter Übelkeit.

»Ich verlange von Ihnen –« Ein klägliches Krächzen war alles, was er hervorbrachte.

»Ruhe«, sagte der Heisere, und sein Ton war unmißverständlich.

Krauskopf behielt die Geschwindigkeit bei. Die Vorstädte im Norden wischten an ihnen vorüber. Als sie die Ramot Eshkol passiert hatten, sah die Stadt nicht mehr aus wie eine Stadt.

Gottverdammte Wüste. Leere Landschaften, die Ausläufer des Ramot. Dann die Hügelkette im Norden.

Ramot A.

Ramot B.

Wilbur zwang sich zur Konzentration, um sich alle Einzelheiten einzuprägen, war in Gedanken bei seiner Story, die er aus den Ereignissen machen würde. Eine Story, die diesen Bastarden in der Kehle steckenbleiben sollte: Auslandskorrespondent gewaltsam entführt; Proteste auf Regierungsebene. Bilaterale Beziehungen belastet. Exklusivstory von Mark A. Wilbur. Fernsehinterviews, Talkshows. Einladung zum Dinner im Weißen Haus. Und das Drehbuch würde sich von selbst verkaufen ... Die Frage war nur, wer seine Person am besten darstellen konnte. Redford vielleicht? Aber der war viel zu öde ...

Alles Fiktion, die Realität war wie ausgeknipst.

Die vier Männer im Auto sprachen kein Wort. Und das war real: Sie schienen nicht das geringste Interesse an ihm zu haben.

Das machte ihm angst.

Einzelheiten also:

Wohnsiedlungen, in aller Eile hochgezogen für Einwanderer, die massenhaft ins Land kamen – Anhäufungen von schmucklosen Quadern, die Löschbetonfassaden mit Kalkstein versetzt, alles auf kargem Gelände ohne jede landschaftliche Gestaltung. Trostlos. Wie die Wohnsilos drüben in New York, nur daß die hier noch wie Geisterstädte wirkten, durch riesige Sandflächen voneinander getrennt.

Zwischen den Häuserreihen hing Wäsche zum Trocknen auf der Leine.

Ein handtuchgroßer Park, umstanden von ein paar Pinien und Olivenbäumen. Frauen mit Kopftüchern schoben Kinderwagen vor sich her. In den Straßen chassidisch wirkende Männer, die Hände hinter dem Rücken verschränkt. Ein kleines Einkaufszentrum.

Eine Handvoll Menschen. Zu weit entfernt, um zu bemerken, was hier vorging.

Außerdem hatten sie andere Sorgen.

Der Escort raste weiter mit überhöhter Geschwindigkeit, das Fahrgestell dröhnte und ratterte.

Ramot Pollin.

Vereinzelt noch Menschen, dann niemand mehr. Die Umgebung wirkte zunehmend desolater.

Halbfertige Wohnhausfundamente. Baugerüste. Skelettartige Kellergeschosse. Auf einer betonierten Rampe eine Tankstelle aus Fertigbauteilen, die dreckverschmierten Fensterflächen undurchsichtig und noch kreuzweise verklebt; vier längliche Gruben, die für Zapfsäulen vorgesehen waren.

Aber keine Arbeiter, keine Anzeichen von Bautätigkeit. Sicher wieder mal ein Streik, wie üblich.

Rinnen. Spuren von Traktorreifen. Krater mit stillgelegten Bulldozern und Baukränen, an den Rändern aufgehäufte braune Erdhügel mit weichen Konturen.

Unfertige Straßen, die buchstäblich im Sande verliefen.

Ruhig. Still. Vielleicht etwas zu still.

Die Straße eine Berg- und Talbahn, dann ein jähes Gefälle und am Ende wieder ein Baugelände, verlassen und menschenleer. Ein einziges Stockwerk aus Löschbeton, sonst nur Holzgerüste. In einiger Entfernung waren Zelte zu erkennen. Beduinen – wo um alles in der Welt, dachte Wilbur, wollen die Leute mit mir hin?

Krauskopf beantwortete seine Frage und bog von der Straße ab, fuhr durch einen verschlammten Graben und direkt auf das Baugelände. Er steuerte in einem Bogen um die Betonmauern, bis er an der Rückseite auf eine zwei Meter große Öffnung traf, in die er hineinfuhr.

Drinnen war, halbverdeckt im Schatten, ein zweiter Wagen abgestellt. Roter BMW, die Karosserie von einer grauen Staubschicht überzogen.

Krauskopf stellte den Motor ab.

Wilbur sah sich um: ein düsterer, unfreundlicher Raum, wahrscheinlich die zukünftige Tiefgarage. Unter der Decke Sperrholzplatten und schwarze Plastikplanen. Auf dem dreckigen Fußboden haufenweise Abfall: mit Nägeln beschlagene Holzreste, Teile von Fasergipsplatten, Isolierstoffe, Rundeisen, und zweifellos schwebte eine bekömmliche Dosis von Asbestpartikeln in der Luft.

Als Grabowsky ihn damals einarbeitete, hatte er Wilbur amüsante Geschichten von der israelischen Mafia erzählt, die ihre Opfer in den Fundamenten von Rohbauten einbetonierte. Streng religiöse Chassidim fürchteten sich, wenn sie *Kohen* waren – eine besondere Art von Priestern –, die Gebäude zu betreten, weil die Gesetzesvorschriften es den Juden nicht erlaubten, sich in der Nähe von Leichen aufzuhalten.

So amüsant fand er die Geschichte gar nicht mehr.

Nein, das konnte nicht sein. Krauskopf trug eine *Yarmulke*. War ein richtig netter Jude und nicht von der Mafia.

Dann erinnerte er sich an das Ding, das ein paar Typen mit *Yarmulke* neulich im Diamantenbezirk abgezogen hatten.

Schöne Scheiße.

»Okay«, sagte der Heisere. Er machte die Tür auf. Wilbur sah, wie sich seine Anzugjacke über der Pistole wölbte. Das Gewebe war aus Wolle – und das Arschloch schwitzte nicht mal.

Alle bis auf Krauskopf stiegen aus dem Wagen. Der Heisere nahm Wilbur beim Ellbogen und führte ihn ein paar Schritte an der vorderen Stoßstange vorbei.

Adonis und der Kraftmensch verschränkten ihre Arme vor der Brust, bauten sich vor ihm auf und starrten ihm in die Augen. Der Kraftmensch ließ zum ersten Mal sein Gesicht erkennen. Wilbur sah, daß es ein Orientale war – ein gottverdammter orientalischer Riese mit eiskalten Schlitzaugen. Das konnte alles nur ein Traum sein. Er hatte einfach zu viel getrunken und wachte bestimmt jeden Augenblick mit einem erstklassigen Kater auf.

Eine Tür knallte. Krauskopf war jetzt aus dem Wagen gestiegen, in einer Hand hielt er einen Aktenkoffer und in der anderen die Zeitung, die er sich vors Gesicht gehalten hatte.

Wilbur warf einen Blick auf die Zeitung. Die internationale Ausgabe der »Trib« von heute morgen, mit seiner Story über den Brief des Schlächters auf der zweiten Seite.

Der Heisere hielt ihn immer noch am Ellbogen. Adonis und Schlitzauge hatten sich in die Dunkelheit zurückgezogen, aber ihre Gegenwart war deutlich zu spüren.

Krauskopf kam auf ihn zu. Der Mann war ziemlich klein – und kein Schwarzer, eher so ein Mischlingstyp, wie er einem überall in Brasilien begegnet. Aber mit eigenartigen goldgelben Augen, die im Dämmerlicht katzenartig schimmerten. Seine Hand, mit der er die Zeitung hielt, war übel zugerichtet – sie schien steif zu sein, und das Gewebe war mit glänzen-

629

den, hellroten Narben überzogen. Ansonsten war seine Haut braun, glatt und makellos. Er hatte beinahe ein Kindergesicht. Nur seine Augen wirkten alt.

»Guten Tag, Mr. Wilbur.« Eine sanfte Stimme, fast ohne Akzent.

»Wer sind Sie?« *Wer zum Teufel sind Sie!*

»Daniel Sharavi. Wie ich hörte, haben Sie sich schon nach mir erkundigt.«

Dieser dämliche Archivkauz. Sie steckten alle unter einer Decke.

»Bei den Recherchen für meine Arbeit –«

»Eben darüber wollen wir uns mit Ihnen unterhalten«, sagte Sharavi, »über Ihre Arbeit.« Er wedelte mit der »Herald Tribune«.

Wilbur spürte wieder seinen Zorn. Er war maßlos wütend über das, was diese Bastarde ihm zumuteten.

»Die Sache stinkt«, sagte er. »Das ist Kidnapping, was Sie –«

»Halten Sie Ihre dreckige Schnauze«, sagte der Heisere und packte ihn fester am Ellbogen. Er hatte einen stärkeren Akzent als Sharavi, aber seine Worte und vor allem sein Ton waren unmißverständlich.

Sharavi warf einen Blick auf den Heiseren und lächelte entschuldigend, als wolle er für einen Bruder, der vom rechten Weg abgekommen war, um Nachsicht bitten. Der gute und der böse Bulle ... man wollte ihm also eine Nummer nach dem uralten Strickmuster vorführen.

»Nehmen Sie Platz«, sagte Sharavi und wies auf ein Brett aus Furnierholz, das über zwei Betonklötzen lag.

»Ich bleibe stehen.«

Der Heisere lotste ihn zu dem Brett und drückte ihn nach unten. Mit Gewalt.

»Sitzen bleiben.«

Wilbur starrte zu ihm hoch. Dieses Arschloch sah aus wie ein Buchhalter. Wie ein behördlich beauftragter Rechnungsprüfer mit schlechten Nachrichten.

Wilbur hielt seinem Blick stand. »Das sind Gestapomethoden«, sagte er.

Der Heisere ging vor ihm in die Hocke und setzte ein ganz gemeines Lächeln auf. »Sie kennen sich aus mit der Gestapo?«

Als Wilbur keine Antwort gab, stand das Arschloch auf, stampfte mit seinem Schuh in den Dreck und sagte:

»*Schmock.*«

Sharavi sagte etwas auf Hebräisch zu ihm, und der Kerl zog sich zurück, verschränkte wie die anderen die Arme vor der Brust.

Sharavi rückte einen Betonklotz vor Wilburs Füße, setzte sich auf den Stein und fixierte ihn.

»Ihr Artikel in der heutigen Ausgabe war sehr interessant«, sagte er.

»Kommen Sie zur Sache.«

»Sie haben sich eines Bibelkenners bedient, um alle Verweisstellen präzise zu lokalisieren.«

Wilbur sagte kein Wort.

»Darf ich fragen, um welchen Bibelkenner es sich handelt?«

»Meine Quellen sind vertraulich. Ihre Regierung sichert jedem Journalisten das Recht –«

Sharavi lächelte.

»Mutti Abramowitz ist nicht unbedingt ein großer Bibelkenner. Im Gegenteil. Von seinem Vater habe ich erfahren, daß er bei der Bibelarbeit in der Schule über mäßige Leistungen nicht hinausgekommen ist.«

Der kleine Mann stützte die Arme auf seine Knie, beugte sich vor und schien auf eine Antwort zu warten.

»Worauf wollen Sie hinaus?« fragte Wilbur.

Sharavi ignorierte die Frage, klappte seinen Aktenkoffer auf und kramte in den Papieren. Sein Kopf blieb hinter dem Deckel verborgen, als er fragte: »Wo sind Sie am Donnerstag vor drei Wochen gewesen?«

»Also, wie soll ich mich denn daran noch erinnern?«

»Am Tag, bevor Juliet Haddads Leiche aufgefunden wurde.«

»Ich weiß nicht, wo ich da gewesen bin, wahrscheinlich bin ich hinter einer ... Hey, Augenblick mal. Das muß ich mir nicht gefallen lassen.« Wilbur richtete sich auf. »Ich will einen Anwalt.«

»Sie glauben also, daß Sie einen Anwalt brauchen?« fragte Sharavi mit sanfter Stimme. »Und weshalb?«

»Weil meine Rechte hier mit Füßen getreten werden. Ich kann Ihnen nur dringend raten, Ihre Aktion auf der Stelle abzublasen und damit den Schaden in Grenzen zu halten, weil ich nämlich einen Mordskrach veranstalten werde, und zwar in einer Größenordnung –«

»Nehmen Sie doch Platz, Mr. Wilbur«, sagte Sharavi.

Der Heisere trat einen Schritt vor, seine Hand steckte in der Jackentasche. »Hinsetzen.«

Wilbur setzte sich, ihm war schwindlig. Die Wirkung des Alkohols vermengte sich mit seinen Aggressionen.

»Was haben Sie am Donnerstag vor drei Wochen gemacht?« wiederholte Sharavi.

»Ich habe keine Ahnung. Da war ich gerade aus Griechenland zurück, aber das haben Sie und Ihre Leute ja wahrscheinlich schon herausgefunden, oder?«

»Sagen Sie mir alles, was Sie über die Morde an Fatma Rashmawi und Juliet Haddad wissen.«

»Meine Artikel sprechen für sich selbst.«

Der Heisere sagte: »Ihre Artikel sind ein Dreck.«

»Erzählen Sie mir von den Wunden an Juliet Haddads Leiche«, sagte Sharavi, beinahe im Flüsterton.

»Wieso zum Teufel soll ich irgendwas darüber wissen?«

Sharavi schlug die »Herald Tribune« auf, suchte mit seinem Finger nach einer bestimmten Stelle und las, als er sie gefunden hatte, laut vor: »›... kommen entsprechende Gerüchte nicht zum Verstummen ... Ihre Leiche, so heißt es, weise Verstümmelungen auf, wie sie bisher nur von religiösen Opferritualen bekannt geworden sind.‹ Wo haben Sie solche Gerüchte gehört, Mr. Wilbur?«

Wilbur gab keine Antwort. Sharavi wandte sich zu den anderen und fragte: »Hat einer von Ihnen solche Gerüchte gehört?«

Die drei Männer schüttelten den Kopf.

»Wir haben überhaupt nichts von solchen Gerüchten gehört, Mr. Wilbur. Wo haben Sie denn davon gehört?«

»Meine Quellen sind streng vertraulich.«

»Ihre Quellen sind ein Dreck«, sagte der Heisere. »Sie sind ein Lügner. Die Quellen erfinden Sie selbst.«

»Inspektor Shmeltzer mangelt es an einem gewissen Taktgefühl«, sagte Sharavi und lächelte. »Aber ich kann nicht allzu streng mit ihm ins Gericht gehen, Mr. Wilbur. Dazu ist er zu sensibel.« Der kleine Bastard streckte seine Hände aus und hielt die Innenflächen nach oben; er war die Freundlichkeit in Person. Seine verletzte Hand war ganz und gar mit vernarbten Geweberunzeln überzogen.

»Mutti Abramowitz als Bibelkenner«, sagte er kopfschüttelnd. »Ein Clown wie Samir El Said als wissenschaftlich ausgewiesener Soziologe. Gerüchte über ›Verstümmelungen wie bei religiösen Opferritualen‹. Sie besitzen eine lebhafte Phantasie, Mr. Wilbur.«

»Lügner«, sagte der Heisere.

»Hören Sie«, sagte Wilbur. »Wenn Sie mit mir die Nummer vom guten und vom bösen Bullen abziehen wollen, dann können Sie sich das schenken. Ich bin genauso oft im Kino gewesen wie Sie.«

»Fürs Kino scheinen Sie sowieso eine Schwäche zu haben, nicht wahr?«

Sharavi griff in seine Aktentasche, nahm ein paar Papiere heraus und reichte sie Wilbur.

Die Titelseite seines Drehbuchs und einige Entwürfe. Kein Original, aber Fotokopien.

»Sie haben nicht das Recht —«

»Hochinteressante Lektüre«, sagte Sharavi. »Erstaunlich, was Ihnen zu dem Schlächter so alles einfällt.«

»Das ist nur Fiktion.«

Sharavi lächelte. »Erstaunlich«, wiederholte er. »Sie waren es doch, der ihn zuerst als den ›Schlächter‹ bezeichnet hat, nicht wahr? In einem gewissen Sinn haben Sie ihn also erfunden.«

»Was haben Sie sonst noch aus meinem Büro gestohlen?«

»Erzählen Sie mir alles, was Sie über die Morde an Fatma Rashmawi und Juliet Haddad wissen.«

»Ich sagte Ihnen ja schon – alles, was ich weiß, können Sie in meinen Artikeln nachlesen.«

»Ihre Artikel sind ein Dreck«, sagte der Heisere alias Shmeltzer.

»Das ist doch unerhört«, sagte Wilbur.

»Ein Mord ist immer etwas Unerhörtes«, sagte Sharavi.

»Da brechen Sie in mein Büro ein, stehlen mir meine persönlichen –«

»Genau wie Watergate«, schlug Sharavi vor.

»Wilburgate«, sagte Shmeltzer. »Idiotengate.« Er sagte etwas auf Hebräisch, Adonis und Schlitzauge lachten.

Sharavi schüttelte den Kopf. Die Männer beruhigten sich.

»Eine lebhafte Phantasie«, sagte er und wandte sich wieder zu Wilbur. »Sie hören Gerüchte, von denen die Polizei nichts gehört hat, Sie bekommen Briefe und behaupten, sie stammten vom Schlächter –«

»Ich habe nichts Derartiges behauptet, ich habe nur –«

»Sie haben es deutlich durchblicken lassen. Genauso deutlich wie im Fall der Gvura-Leute, die Sie damit verantwortlich machen für –«

»Ich analysiere nur Fakten«, sagte Wilbur. »Mache meine Recherchen und entwickle plausible Hypothesen –«

»Plausible Hypothesen?«

»Ganz recht, mein Herr.«

»Sie scheinen mehr über den Schlächter zu wissen als jeder

andere. Kennen seine Motive, seine ›Verstümmelungen wie bei religiösen Opferritualen‹ und ahnen sogar, was in seinem Inneren vorgeht. Daß Sie ihm so viel Verständnis entgegenbringen, wird er sicher schätzen. Er sieht in Ihnen einen Freund, und darum schreibt er Ihnen einen Brief – einen unfrankierten Brief. Einen Brief ohne Fingerabdrücke und ohne Schweißspuren, wenn man einmal von denen absieht, die mit den Abdrücken auf Ihrer Whiskyflasche und Ihrer Schreibmaschine identisch sind. Ihre eigenen Fingerabdrücke. Und Ihr eigener Schweiß.«

»Dieser Briefumschlag wurde mir in meine Post gesteckt.«

»Ja, das sagt auch Mutti Abramowitz. Allerdings hatte die Post schon eine Stunde lang in Ihrem Briefkasten gelegen, bevor er sie herausnahm und Ihnen brachte.«

»Und was besagt das?«

»Es besagt, daß Sie den Briefumschlag vielleicht selbst in Ihren Kasten gesteckt haben.«

»Das ist absurd.«

»Nein«, sagte Sharavi. »Das ist eine *plausible Hypothese*. Mutti Abramowitz in der Rolle des Bibelkenners ist *absurd*.«

»Warum sollte ich so etwas tun?« fragte Wilbur und war sich sogleich darüber im klaren, wie töricht seine Frage war, denn die Antwort lag schließlich auf der Hand. »Ich schreibe nur meine Berichte«, sagte er und redete gegen die Wand an. »Ich fabriziere sie nicht.«

Sharavi schwieg, als nähme er ihm die Bemerkung ab.

»Heute morgen«, sagte er schließlich, »mußten fünf Menschen sterben, eine Frau wird wahrscheinlich ihr Baby verlieren und ein Mann einen Großteil seiner Eingeweide. Zahlreiche Personen erlitten Verletzungen. Alles wegen der ›Berichte‹, die Sie erfunden haben.«

»Dem Boten mit der schlechten Nachricht hat man noch immer den Kopf abgeschlagen«, sagte Wilbur. »Das kennt man ja.«

»Sicher kennen Sie das. *Meine* Recherchen haben ergeben,

daß Sie, was das Erfinden von Nachrichten betrifft, auf eine reiche Erfahrung zurückblicken können. Ritualmorde am Mardi Gras, die sich am Ende als Selbsttötungen erwiesen, Enthüllungsstorys, die sich allesamt in heiße Luft auflösten.«

Wilbur rang mühsam nach Fassung. »Ich wüßte nicht, was wir noch zu bereden hätten.«

»Aber das ist doch Schnee von gestern«, sagte Sharavi. »Mich interessiert in der Hauptsache, wie weit Sie mit ihren aktuellen Erfindungen gegangen sind. Ob Sie zum Beispiel, weil Sie scharf auf eine saftige Kriminalstory waren, das Verbrechen selbst unterstützt haben?«

Wilbur schoß aus seinem Sitz.

»Was zum Teufel reden Sie da!«

Sharavi klappte den Aktenkoffer zu, legte ihn auf seinen Schoß und lächelte.

»Probieren geht über studieren, Mr. Wilbur. Man bleibt immer hart an den Tatsachen.«

»Die Diskussion ist für mich erledigt.« Sein Herz klopfte ihm bis zum Hals, und seine Hände zitterten. Er gab sich alle Mühe, einen kaltschnäuzigen Ton anzuschlagen. »Ohne meinen Anwalt läuft hier nichts mehr.«

Sharavi nahm sich viel Zeit, ehe er weitersprach. Er ließ die Stille wirken.

»Wo waren Sie am Donnerstag vor drei Wochen, Mr. Wilbur?«

»Weiß ich doch nicht – aber ich war in Griechenland, als die erste umgebracht wurde! An diesem fabelhaften Mittelmeer, nur am anderen Ende!«

»Setzen Sie sich«, sagte Shmeltzer.

»Alles Blödsinn«, sagte Wilbur. »Totaler Blödsinn und reine Schikane.«

Sharavi winkte Shmeltzer beiseite und sagte: »Bleiben Sie ruhig stehen, wenn Ihnen das lieber ist.« Er fixierte ihn mit einem Blick aus seinen goldgelben Augen. »Sagen Sie, Mr. Wilbur, was für Instrumente mit scharfen Klingen besitzen

Sie noch außer dem Sabatier-Besteck in Ihrer Küche und dem schweizerischen Militärdolch in Ihrer Schreibtischschublade?«

»Absurd«, sagte Wilbur. Sein Herz klopfte immer noch wie verrückt.

»Haben Sie außer in der Rehov Alharizi noch eine andere Wohnung gemietet?«

»Ich will einen Anwalt.«

»Sie haben Samir El Said zitiert, und zwar ausführlich. Was für eine Beziehung haben Sie zu diesem Mann?«

Wilbur antwortete nicht.

»Schnauze auf, *Schmock*«, sagte der Heisere.

»Ich habe nichts zu sagen. Diese ganze Geschichte kotzt mich allmählich an.«

»Unterhalten Sie homosexuelle Beziehungen mit Professor El Said?«

Die Frage traf Wilbur wie aus heiterem Himmel. Er versuchte ein Pokergesicht aufzusetzen, aber Sharavi signalisierte ihm mit seinem Lächeln, daß es ihm nicht ganz gelungen war.

»Das habe ich mir auch nicht vorstellen können«, sagte der kleine Bastard. »Für ihn sind Sie wirklich schon ein bißchen zu alt.«

»Ich bin nicht homosexuell«, sagte Wilbur und dachte: Wofür zum Teufel rechtfertige ich mich eigentlich.

»Sie mögen also Frauen?«

»Sie etwa nicht?«

»Nicht so, daß ich sie aufschneiden würde.«

»Mein Gott.«

»Religiös ist unser *Schmock* auch noch«, sagte der Heisere.

»Ich habe nichts mehr zu sagen«, meinte Wilbur.

»Wissen Sie«, sagte Sharavi, »wir haben alle sehr viel Zeit. Und wenn es dunkel wird, werden wir die Ratten mit unseren Taschenlampen verjagen.«

»Wie Sie meinen«, sagte Wilbur.

Aber seine Verzögerungstaktik funktionierte nicht.

Sharavi setzte die Vernehmung fort und befragte ihn noch einmal anderthalb Stunden lang zu den Mordfällen. Wann er sich wo aufgehalten hatte; in welchen Geschäften er seine Bettwäsche kaufte; was er für Seife benutzte; wieviele Kilometer er jeden Tag mit dem Auto zurücklegte. Ob er gesunde Augen hätte, was für Drogen er nahm und ob er unter die Dusche oder lieber in die Badewanne ging. Seine persönliche Einstellung zur Körperhygiene. Offenkundige Belanglosigkeiten, Lappalien, über die er sich noch nie Gedanken gemacht hatte. Immer wieder dieselben Fragen, nur die Formulierungen variierten geringfügig. Um dann wie durch die Hintertür einen Punkt anzusprechen, der zunächst völlig irrelevant schien, aber am Ende doch mit etwas anderem verknüpft war.

Er wollte ihn aus dem Gleichgewicht bringen.

Ging mit ihm um, als hätte er's mit einem ganz normalen Mörder zu tun.

Wilbur war entschlossen, sich zu widersetzen. Dieser kleine Bastard sollte nichts von ihm bekommen. Aber am Ende mußte er sich doch eingestehen, daß er sich erweichen ließ. Sharavi hatte ihn mit seinem Lächeln, mit seinen ständigen Wiederholungen und seiner Hartnäckigkeit zermürbt; auch mit der Art, wie er auf Wilburs Ausbrüche reagierte, seine Beschimpfungen einfach ignorierte.

Als der Reporter allmählich einsah, daß es für ihn nichts mehr zu gewinnen gab, war seine Niederlage längst besiegelt. Er beantwortete Sharavis Fragen fügsam. In seinen Beinen spürte er eine große Müdigkeit vom langen Stehen, wollte sich aber nicht hinsetzen, um seine Niederlage nicht noch zu unterstreichen.

Die Vernehmung schien endlos, und da er sein Versagen verdrängen wollte, redete er sich ein, daß auch der kleine Bastard bald am Ende seiner Kraft sein müßte. Und sich dann freundlicher verhielt.

Ihn als Berater betrachtete und nicht als Verdächtigen.

Ihm Glauben schenkte.

Nach neunzig Minuten gab sich Sharavi zufrieden, stellte keine weiteren Fragen mehr und wollte nur noch über Nebensächlichkeiten mit ihm plaudern. Wilbur spürte, wie sich seine Anspannung löste, er fühlte sich erleichtert. Setzte sich am Ende doch noch hin und schlug seine Beine übereinander.

Zwanzig Minuten später verebbte auch die Plauderei. In dem höhlenartigen Kellergeschoß war es dunkel geworden und kühler. Die Nacht brach herein.

Sharavi sprach ein paar Worte mit Schlitzauge, der auf Wilbur zuging und ihm eine Zigarette anbot. Er lehnte ab. Schließlich klappte Sharavi seinen Aktenkoffer zu und lächelte wieder. »Das war's«, sagte er.

»Großartig«, sagte Wilbur. »Können Sie mich auf dem Rückweg an der Beit Agron absetzen?«

»Aber nicht doch«, sagte Sharavi, als hätte dieses Ansinnen ihn denn doch überrascht.

Schlitzauge drückte seine Hand auf Wilburs Schulter. Adonis kam auf ihn zu, legte ihm Handschellen an.

»Das ist Unterinspektor Lee«, sagte Sharavi und blickte auf den Chinesen. »Und das ist Detektiv Cohen. Die beiden Herren werden Sie nach Jerusalem zurückbringen. Und zwar in das Gefängnis auf dem Russischen Gelände. Sie sind festgenommen wegen Behinderung polizeilicher Ermittlungen und wegen Unterdrückung von Beweismaterial.«

Wilbur lagen ein paar wüste Beschimpfungen auf der Zunge. Doch zum Sprechen fehlte ihm auf einmal die Kraft, er brachte kein einziges Wort über die Lippen.

Sharavi klopfte sich den Straßenstaub von der Hose.

»Machen Sie's gut, Mark. Falls Sie mir noch irgend etwas zu sagen haben, werden Sie in mir jederzeit einen geneigten Zuhörer finden.«

Als der BMW nicht mehr zu sehen war, wandte sich Daniel zu Shmeltzer. »Na, was meinen Sie?«

»Wenn ich seinen Augen etwas habe ansehen können, dann war das nur der nackte Alkoholismus – die Flaschenkollektion in seiner Wohnung ist wirklich sehenswert. Und was sein Grinsen angeht, viel Anlaß zum Schmunzeln haben wir ihm ja nicht gegeben, Dani, oder? Was wir bei ihm in der Wohnung und im Büro gefunden haben, ist nicht dazu angetan, ihn mit dem Fall in Verbindung zu bringen. Und die Sache mit Griechenland verschafft ihm ein Alibi für den Mord an Fatma – was natürlich bedeutungslos ist, wenn er über die entsprechenden Freunde verfügt. Was hat Ihnen Ben David zu dem Brief sagen können?«

»Nach den Bibelzitaten zu urteilen, haben wir's nach seiner Ansicht mit einem wahren Fanatiker zu tun, oder mit einer Person, die sich einen solchen Anschein geben möchte. Eins steht aber fest: Wer immer für die Notiz verantwortlich sein mag, ein wirklicher Bibelkenner kann es nicht sein – die Passagen aus dem Dritten Buch Mose stehen nicht in der richtigen Reihenfolge und sind auch aus dem Zusammenhang gerissen. Bei der Stelle, wo es um das Waschen von Gliedmaßen geht, ist im Original ein männliches Tier gemeint. Das Ganze riecht nach einem Schwindel – da will uns jemand auf eine falsche Fährte locken.«

»Da will jemand den Juden die Geschichte in die Schuhe schieben«, sagte Shmeltzer. »Dieser Wilbur ist ein *Schmock*, und das ist genau sein Stil.« Er spuckte in den Straßendreck. »Konnte Ben David etwas über die Druckschrift auf dem Briefumschlag sagen?«

»Die Großbuchstaben sind sehr langsam und mit Bedacht geschrieben worden. Und zwar von einer Person, die mit der englischen Schrift vertraut sein muß. Daß der Umschlag auf englisch adressiert war und nicht auf hebräisch, spricht für unsere Hypothese von einem Ausländer als Täter. Dagegen steht, daß die Bibelzitate hebräisch sind. Aber Meir

Steinfeld war noch bei mir, kurz bevor ich Sie beide abgeholt habe. Er wollte mit mir über die Druckbuchstaben und das Blutserum reden und hat dabei auch die Sache mit den hebräischen Zitaten in ein ganz anderes Licht gerückt. Der Text stammt demnach aus einer hebräisch-englischen Bibel – einer Geschenkausgabe, wie die Touristen sie gern kaufen und die auch hier am Ort gedruckt wird. Ein ausgesprochener Massenartikel – es hätte keinen Sinn, die Buchhandlungen danach abzuklappern. Er hat mir ein Exemplar gezeigt, Nahum. Die Texte sind parallel nebeneinander ausgedruckt. Das Englisch könnte jeder lesen und dann die dazu passenden hebräischen Verse ausschneiden. Wie das Briefkuvert adressiert wurde, ist eine andere Sache.«

»Irgend so ein Arschloch von Antisemit«, sagte Shmeltzer. »Eine rassistische Verunglimpfung.«

»Natürlich gibt es noch die Alternative, daß der Absender Hebräisch genauso gut wie Englisch beherrschen könnte und beide Sprachen benutzt hat, um ein kleines Versteckspiel für uns zu inszenieren. Ein Angeber, der gern zeigen möchte, was er doch für ein cleverer Bursche ist. Solche Mätzchen sind für Serienmörder typisch.«

»Falls der Absender mit dem Killer identisch ist.«

»Falls.« Daniel nickte zustimmend. »Vielleicht ist alles auch nur blanker Unfug. Trotzdem bleibt noch der Hinweis auf die Sache mit den Waschungen.«

»Eine undichte Stelle bei der Presse«, sagte Shmeltzer.

»Wenn das so wäre, hätte irgendein Journalist auch Gebrauch davon gemacht. Aber nicht mal Wilbur hat den Punkt konkret erwähnt, bei ihm war nur die Rede von Menschenopfern im allgemeinen. Und Ben David meinte, gerade aus der Handschrift ließe sich manches ablesen. Die langsame Schreibweise und der dabei ausgeübte Druck seien ein Indiz für Berechnung und verdrängte Aggressionen – für ein hohes Potential an Aggressionen. Da das Papier beim Beschriften

641

eingerissen ist, handelt es sich nach seinen Worten um ein Aggressionspotential, das sich entladen will.«

»Was soll das heißen?«

»Wenn der Briefschreiber mit unserem Killer identisch ist, können wir uns wahrscheinlich auf einen neuen Mord gefaßt machen. Vielleicht schon bald – heute ist Donnerstag.«

»Aber nicht, wenn Wilbur unser Mann ist und wir ihn solange einsperren«, sagte Shmeltzer.

»Das muß nicht unbedingt sein. Sie sind doch selbst so von der Gruppentheorie angetan.«

»Dieser Kerl hat es mir angetan, Dani. Ich hätte nichts dagegen einzuwenden, wenn er mal für eine Weile aus dem Verkehr gezogen würde. Ein bißchen Hege und Pflege im Knast wird vielleicht sei Gedächtnis auffrischen. Zumindest können wir den widerlichen Typ wegen Behinderung polizeilicher Ermittlungen festhalten.«

»Die Vernehmung hat Ihnen so richtig Spaß gemacht, Nahum, stimmt's?«

»Für ein solches Arschloch mache ich das gratis.«

Die beiden Männer stiegen in den Escort. Daniel ließ den Motor aufheulen, steuerte den Wagen aus dem Erdgeschoß und fuhr über das steinige Gelände. Kleine Kiesel prasselten gegen die Unterseite der Karosserie. Von der Sonne war nur noch ein Halbrund über dem Horizont zu sehen, in dem Dämmerlicht wirkte das Gebäude mit den Gerüstteilen, als sei es im Zerfall begriffen. Wie abgestorben.

»Da wir gerade über die Behinderung von Ermittlungsarbeit sprechen«, sagte Shmeltzer, »Drori, der Anästhesist, scheidet als Verdächtiger aus. Er hat in den letzten beiden Mordnächten Dienst in seinem Krankenhaus gehabt und Notfälle operiert. Eins ärgert mich dabei besonders. In der Donnerstagnacht, als Fatma getötet wurde, hat Krieger – von dem die Informationen über ihn stammen – ebenfalls Dienst gehabt. Sie haben sogar zusammen operiert. Krieger hat versucht, den Kerl reinzulegen.«

»Eine persönliche Angelegenheit«, sagte Daniel. »Wie wir uns schon dachten.«

Shmeltzer verzog das Gesicht. »Ich habe Drori beschattet, um festzustellen, was es mit seinen mitternächtlichen Spritztouren auf sich hat, die er immer dann unternimmt, wenn Krieger im Dienst ist. Er fährt schnurstracks zu Kriegers Wohnung und steigt mit dessen Frau ins Bett. Eine Eifersuchtsgeschichte, das alte Lied. Und wir sollten für den Bastard die Handlanger spielen. Wenn wir nicht so viel zu tun hätten, würde ich mir den Kerl vornehmen und Fraktur mit ihm reden.«

»Hat sich bei den Wüstentouren schon irgendetwas ergeben?«

»In der Universität und beim Naturschutzbund prüft man noch die Unterlagen – mit der üblichen bürokratischen Geschwindigkeit.«

Daniel lenkte den Escort auf die Straße und wendete in Richtung Süden. Eine Zeitlang fuhren sie, ohne zu reden, und passierten die obere Ramot, hielten sich in Richtung auf die Hügelketten der Ramot A und B. Dicht vor ihnen war ein Schulbus an die Bordsteinkante gefahren. Dutzende von dunkel gewandeten Yeshiva-Schülern drängten sich durch die Türen. Ihre Mütter, die an der Bushaltestelle auf sie gewartet hatten, begrüßten sie mit liebevollen Umarmungen; es gab Küßchen und kleine Naschereien. Der Bus schwenkte scharf aus, setzte sich rücksichtslos in die Fahrspur des Escort, und Daniel mußte das Steuer herumreißen, um eine Kollision zu vermeiden.

»Idiot«, murmelte Shmeltzer. Bei dem Ausweichmanöver war ihm die Brille verrutscht, und er rückte sie wieder zurecht. Hundert Meter weiter sagte er: »Einen Journalisten steckt man nicht so einfach in den Knast, Herr *Pakad*. Dafür gibt's was aufs Haupt, und zwar kübelweise politische Jauche.«

»Ich werde mir einen großen Hut aufsetzen«, sagte Daniel.

Er drückte das Gaspedal bis zum Bodenblech und raste zurück in Richtung auf die Stadt mit ihren Geheimnissen.

52 Wundervoll, wundervoll, wundervoll, dachte der Grinsende Mann und masturbierte. Dann dachte er: Ich klinge wie Lawrence fucking Welk, und fing an zu kichern.

Aber es *war* wundervoll. Sandnigger und Judenbengel, die einander auffraßen. Schmatzten und quiekten wie hakennasige Nagetiere.

Und er war der Trainer.

Projekt *Untermensch.*

Er stellte sich Schwärme von Ratten vor, die einander angriffen. Kamen auf ihren kleinen Rattenfüßen aus den Abwasserkanälen, fauligen Dachrinnen, glucksten in den Gullies.

Kleine braune Sandnigger-Ratten mit kleinen fetzigen Köpfen und schwarzen Schnurrbärten. Kleine rosa-graue Juden-Ratten mit *Yarmulkes* und Kinnbärten. Jammerten und kreischten und schnappten nacheinander, bissen Schnauzen und Lippen ab und hinterließen klaffende Löcher wie auf den Fotos in Dieter Schwanns großem grünen Buch.

Zack. Da fliegt der Schwanz ab.

Zack. Da ist ein Ohr weg.

Mampften einander auf, bis nichts mehr übrig war als kleine Knochenhaufen und kleine feuchte Rattenflecken, die man recht gut wegputzen konnte.

Und gesegnete Stille – Platz für den weißen Mann.

Keine schlimmen Maschinengeräusche mehr.

Eine Menge Ellbogenraum.

Zack.

Was für ein tolles Gefühl, etwas in Gang zu setzen und zuzusehen, wie es ganz genau so abläuft, wie man's geplant hat.

Echte Macht.

Echtes Know-how.

Macht. Durch den Gedanken kam er schneller, als er vorgehabt hatte. Er verlor sich ein paar Sekunden lang in einem Orgasmus, der sein Gehirn erschütterte, schaukelte hin und her auf dem Bett, streichelte und quetschte sich ab mit der einen Hand, während er mit der anderen die halb abgeheilten Hakenkreuzwunden auf seinen Schenkeln streichelte.

Gedankenkontrolle.

Wie er den Doktor beherrscht hatte, obwohl der Fucker nur eine Ratte gewesen war, und jetzt eine Menge auf seinen Befehl rumkraxeln ließ.

Aber eine wichtige Ratte, ein Widerling sondergleichen.

Der Michelangelo der Vorstellung.

Nein. Dalí. *Das* war ein Mindfucker, schlabbrige Uhren, in ihrem eigenen Dung gekochte Schnecken. Und sie sagten, er wäre ein Jude. Lügen!

Gewalt übern Doktor. Er achtete darauf, daß er die Erpressung nicht übertrieb – der liebe alte Dad war ein gieriges Schwein, der war nichts wert. Stößt du ihn zu weit und keiner weiß, was er tun würde.

Wichtig war, ein gutes Gleichgewicht zu behalten. Haust den Scheißer mit Bitten an, wo es wirklich drauf ankommt. Setzt ihn hart und schnell unter Druck, kein Pardon, und ab. Und laß ihn dann den Rest seines Lebens herumgehen und denken, er sei ein freier Mann.

Wenn du die Zange ansetzt: Cash. Eine Menge Cash – mehr als irgendwer sonst in seinem Alter hatte, aber das alles machte dem Doktor nichts aus – der Fucker knackte die Spardosen und ramschte alles ein, all diese Wohnblöcke, die ihm gehörten, diese Wertpapiere und Einzahlungsbestätigungen.

Geldsüchtig wie alle.

Wie bringt man einem jüdischen Baby das Schwimmen bei?

Wirf einen Penny ins Becken. Der Rest erledigt sich dann von selbst.

Das Bißchen, was er rausquetschte, addierte sich überraschend schnell. Etwas davon ging auf sein Sparkonto, etwas in das Depot, zusammen mit den Anleihen.

Steuerfreie Kommunalobligationen und leistungsstarke Corporations – er schnitt eifrig jeden Monat seine Coupons ab. Er ließ das Geld stehen, steckte nur die Zinsen ein. Doktor sagte seinem Anwalt, die Zeit sei jetzt da, etwas von seinem Besitz an seinen geliebten Sohn weiterzugeben, um die Erbschaftssteuer zu umgehen.

Besitzplanung. So ein netter Dad.

Bargeld und Anleihen und Investment-Papiere, die er verkaufen konnte, wann immer er wollte. Doktor stellte ihm seinen Broker vor, sagte dem schleimigen, zugeknöpften Armleuchter, er wolle, daß sein geliebter Sohn schon in jungen Jahren die finanziellen Schliche kennen und Entscheidungen fällen lerne.

Superdad.

Und die Autos – der Jag total cool, aber dauernd in der Werkstatt. Eine Zeitlang mal groß in Mode für Spazierfahrten, kam sich vor wie Graf Shit, der Kaiser der echten Wissenschaft. Der Plymouth häßlich, aber zuverlässig, großer Kofferraum für Spielzeug oder was auch immer.

Doktor hatte ihm drei Kreditkarten für Zapfstellen gegeben. Die Unterhaltskosten und Versicherungspolicen wurden immer rechtzeitig bezahlt.

Er hatte das Haus für sich – Doktor war ausgezogen, wohnte in einem Eigentumswohnungskomplex in der Nähe des Krankenhauses. *Sie* war jetzt nur noch ein gurgelndes Loch, schlief und pißte ins Bett, Gehirnströme total verschmort.

Doktor, toller Ehemann, der er war, stellte private Pflegerinnen ein, die sich um sie kümmerten. Jede Woche andere Gesichter, fette Niggerschicksen und schicke Schwulis – die saßen nur da und lösten Kreuzworträtsel, rauchten, wechselten die Bezüge, stahlen Schmuck und Essen.

Die Mädchen waren gegangen; an ihrer Stelle ein Nigger,

der/die einmal in der Woche zum Staubwischen und Aufräumen des Geschirrs kam.

Das Haus hatte angefangen alt und verbraucht zu riechen. Wie der Tod. Nur dieses Zimmer war sauber. Und die Bibliothek.

Er staubte da selbst ab.

Sauberkeit nächst der Göttlichkeit.

Nettes ruhiges Haus – er war der Herr.

Er versuchte es am Junior College, nahm Mickey-Mouse-Kurse und ging oft genug hin, um gerade zu bestehen. Behielt seinen Job beim Krankenhaus, fuhr an drei Nachmittagen in der Woche die Post aus – der reichste fucking Mailboy der City.

Er las Zeitungen und Bücher der Krankenhausbibliothek, lernte eine Menge. Schlich sich in die Pathologie, öffnete Kühlfächer und hantierte an Leichen herum, rieb sich an dem kalten Fleisch, beäugte die Löcher und Zerrungen der Organe. Kodierte neue Bewußtseinsbilder.

Nighttime was the right time.

Fuhr den Nasty Boulevard hinauf, glotzte, an den Geeks und Freaks und Junkies und Slimos und Huren vorbei. Fuhr mit dem Jag, um anzugeben, der Plymouth war fürs Geschäft. Er sehnte sich nach neuen Identitäten, suchte die Theatershops auf Nasty auf und kaufte Hüte, Brillen und Sonnenbrillen, falsche Schnurrbärte, Bärte und Perücken, um sich zu verkleiden. Um jemand anders zu sein. Probierte mit verschiedenen Stimmen zu sprechen, entwickelte unterschiedliche Charakteristiken.

Er konnte alles mögliche sein.

Am Anfang war er nur herumgefahren und hatte geglotzt. Am Motel vorbei, wo er Doktor mit der Schwesternhelferin erwischt hatte, sah nur minderwertige Wagen und ein anderes Schlitzauge am Empfang.

Er hielt an, schloß die Augen und fragte sich, was da drinnen vor sich ging. Wieviele Huren fickten wieviele Geeks, was die alles taten, ein Schatz an bildlichen Vorstellungen. Huren, die eigentlichen Frauen.

Er beschloß, sich mit ihnen zu beschäftigen, kreuzte bei ihnen wochenlang auf und ab, erwischte hier ein Lächeln und da ein Lächeln, aber nicht genug, um Kontakt aufzunehmen, dann schließlich die Tat, das Herz klopfte genauso wie damals, als er auf der Treppe gesessen hatte.

Er pickte sich eine ganz zufällig heraus von einer Hot-Pants-Hühnerparty an einem Laternenpfahl. Sagte wie ein Roboter seinen Spruch her und guckte nicht mal genau hin, wie sie aussah, bis sie eingestiegen war und er sie ein paar Blocks weit gefahren hatte.

Totale Abschlaffe: fette Niggerschnalle, Ubangi-Lippen und weißer Lidschatten. Hängetitten, Schwangerschaftsstreifen – sie mußte vierzig sein.

Sie fuhren in eine Seitenstraße mit dem Plymouth, einigten sich auf einen Blow job auf dem Vordersitz.

Er kam schnell; die Alte hustete und spie in ein Taschentuch aus, als ob er Abfall wäre. Völlig unbefriedigend, aber ein Anfang.

Die nächsten paar Male war es genauso, aber trotzdem mochte er es, sammelte Bilder für die Erinnerung. Lag Stunden danach im Bett, stellte sich später vor, daß er die Huren aufmachte, ihre Löcher erforschte, sie säuberte und sich völlig cool und obenauf dabei fühlte.

Dann traf er Nightwing.

Sie arbeitete allein, an einer ruhigen Ecke mehrere Blocks östlich von den Hot-Pants-Hennen. Gute Knochenstruktur, trotz des rotschwarzen Lippenstifts, des kalkweißen Vampir-Make-ups und der meilenlangen falschen Wimpern. Fette Schenkel quollen aus schwarzseidenem winzigem Rock. Alles in Schwarz.

Ein wenig älter als er, Anfang Zwanzig wahrscheinlich. Kurz und stämmig, langes schwarzes Haar, große schwarze Augen, ein irres Gesicht.

Ein Sarah-Gesicht!
Das war die Hauptsache! Die Ähnlichkeit freakte ihn total aus – so sehr, daß er das erstemal, als er sie sah, aufs Gaspedal trat und vorbeifuhr, ohne was zu machen. Fuhr eine Meile, bis er sich in der Gewalt hatte, dann zurück über den Boulevard, einen U-Turn und langsames Zufahren auf ihre Straßenecke.

Im Jag, Verdeck herunter, Tweedjacke, Deerstalker, Cap, Bürstenschnurrbart. Identität: British Gentleman.

Sie redete und zankte mit dem fetten Spic. Der Spic schüttelte den Kopf und ging weiter. Sie zeigte ihm den Vogel.

Er ging langsamer, und er sah sie sich genau an, das Sarah-Gesicht.

Sie sah den Wagen zuerst, glänzende Stoßstangen, riesige Rücklichter, hartes Vorderende. Roch nach Geld, sah zu ihm auf und leckte sich die Lippen.

Scharfe kleine weiße Zähne. Katzenzähne.

»Hey, Cutie, wanna party?«

Merkwürdiger Akzent. Wop? Spic?

Immer noch gefreakt, fuhr er wieder bei ihr vorbei, blickte in den Rückspiegel und sah, daß sie ihn abwies.

Am nächsten Abend saß er im Plymouth, einen anderen Hut, andere Perücke. Kein Wiedererkennen.

»Hey, Cutie.«

Er beugte sich vor und stieß die Tür auf: Hops mal rein, Babe. Sagte es so cool wie ein Filmhengst, aber so nervös, daß er sich auf einen Kitzel hin in die Hose gepinkelt hätte.

Sie kam an die Bordsteinkante, beugte sich vor, ihre Titten hingen aus einem schwarzen Vinylhalter raus.

Ja, hello-dah. Sah ihn von oben bis unten an.

Hi, Babe.

Noch mehr Abtaxierung, die falschen Wimpern öffnen und schließen sich wie Mottenflügel. Dann das Zurückweichen. »Du bist doch nicht etwa 'n Cop?«

Charmantes Lächeln: »Sehe ich wie ein Cop aus, Babe?«

»Niemand sieht wie Cop aus, Cutie.«

Er lächelte weiter, blätterte seine Scheine vor: »Wenn ich die ganze Nacht reden wollte, wäre ich einer Rap-Gruppe beigetreten.«

Sie zögerte, sah sich um, kratzte ein Fischnetzknie.

Er fuhr den Plymouth ein paar Zentimeter weiter.

»Halt an, Cutie.«

Jetzt lächelte *sie,* lauter Katzenzähne, die böse Sarah. Er beobachtete sie, sie machte ihn total an. Sein Ständer eine Tonne galvanisierten Rohrs.

Sie stieg ein, schloß die Tür und streckte sich. Wie eine Katze. Nannte einen Preis.

»Fein, Baby. Sei locker.«

Sie betrachtete ihn wieder. Streckte sich.

»Fahr drei Blocks und dann rechts, Cutie.«

»Was ist denn da?«

»Ein hübscher, bequemer kleiner Ort zum Party-Feiern.«

Zwei Minuten später das alte Vordersitz-Kopf-im-Schoß-Klischee, nur anders: Er hatte gedacht, er würde gleich losschießen, aber die Sarah-Ähnlichkeit schuf Bewußtseinsbilder, die ihn eine Weile in Gang hielten. Er ließ sie arbeiten, drückte ihren Kopf herunter, wickelte ihr Haar um seine Finger, dann gab er's ihr.

So war's richtig!

Und diese spie nicht aus: *Yum.* Mit einem Lächeln.

Sie log, aber er liebte sie trotzdem deswegen.

Liebte *sie.*

Weil es wahre Liebe war, bezahlte er sie öfter, als sie verabredet hatten, suchte sie in der nächsten und der übernächsten Woche, wußte ihren Namen nicht, wußte nicht, nach wem er hätte fragen sollen – nach der Sarah, die schluckt? Fuhr hungrig nach Hause, kreuzte herum, stahl einen streunenden Hund und gab sich seinen wissenschaftlichen Arbeiten hin und lebte von Erinnerungen bis zur dritten Nacht, als er sie an einer anderen Ecke, noch weiter im Osten, entdeckte.

Noch immer in Schwarz, immer noch schön.
Kein Wiedererkennen, bis sie ganz nah herankam.
»Nun, hallo, Cutie!«
Ausgefallener Akzent, aber bestimmt kein Spic.
Nachdem sie ihn erledigt hatte, fragte er, wie sie hieße.
»Nightwing.«
»Was ist denn das für ein Name?«
»Mein Straßenname, Cutie.«
»Wie heißt du richtig?«
»Die Straße ist richtig, Cutie. Du fragst zuviel. Reden ist Zeitverschwendung.« Katzenlächeln. »Nun, also sieh dir das mal an ... Hey, junges Blut – ein paar Sekunden? Du bist so süß, ich gebe dir einen Discount.«
»Ich bezahle dich regelmäßig.«
»Ach, bist du nicht süß – oh, so ungeduldig. Geh, mach, stoß meinen Kopf, zieh an meinem Haar – ein bißchen fester, sogar wenn mein Cutie abrutscht.«
Sie trafen sich regelmäßig, wenigstens einmal die Woche, manchmal zweimal. Fuhren jedesmal weiter vom Nasty weg, in die Hügel hinauf, von denen man auf den Boulevard hinabsah. Sie parkten in Sackgassen und von Bäumen verdunkelten Seitenstraßen, es waren immer Blow jobs, keiner von ihnen wollte irgend etwas Kompliziertes.
Lockere Verabredungen, kein Händehalten im Kino, kein solcher Bull shit. Er mochte die Ehrlichkeit, die Tatsache, daß keiner von beiden das Bedürfnis nach einem Gespräch oder nach anderen Lügen hatte.
Aber er erfuhr trotzdem ein bißchen über sie – sie redete gern, wenn sie ihren Lippenstift wieder auftrug.
Sie war von außerhalb, arbeitete seit sechs Monaten auf Nasty, zuerst mit einem Zuhälter, jetzt aber allein. Der Zuhälter, ein bösartiger Nigger namens BoJo, hatte ihr vorgeworfen, sie unterschlage ihm Geld, und schnitt sie auf. Sie zeigte ihm die Narbe unter der einen Titte, ein ausgebeulter blauer Zipper. Er leckte sie.

Da sie unabhängig war, mußte sie für alle Fälle vorsorgen, sich von den Zuhälter-Sklavinnen fernhalten, sich auf ruhigere Ecken beschränken. Das wurde schwerer – die Zuhälter breiteten sich aus, schoben sie nach Osten, weg von den heißen Plätzen am Nasty Strip. Aber die Hügel waren okay. Alles war okay.

»Ich hab' keine Probleme, Cutie. Ich hab keine Probleme, ich komme klar, Cutie Pie.«

Sie plauderte ein bißchen, wollte aber keine Fragen beantworten, nicht mal über den Akzent, den er noch immer nicht einordnen konnte: Sinti und Roma?

Die Geheimnistuerei machte ihm nichts aus. Nein, im Gegenteil, sie gefiel ihm sogar.

Wenigstens nicht diese *Friedens-und-Verständnis-Soße, diese Freude-Eierkuchen-Pampe.*

Er zahlte; sie nuckelte ihn ab. Er hatte jetzt immer eine Eiskiste im Kofferraum des Plymouth, brachte Bier, Pepsi und Orange-Soda mit. Sie spülte sich hinterher den Mund aus und leckte mit ihrer kalten Zunge seine Brustwarzen durchs Hemd hindurch. Meistens brachte es ihn für ein paar Sekunden in Schwung.

Er wurde allmählich Experte, konnte es jetzt immer länger hinausziehen und erklärte sich freiwillig bereit, ihr den Zeitaufwand zu bezahlen und nicht nur den Akt. Sie quiekte vor Vergnügen und sagte ihm, er sei voll süß. Ging vor ihm mit vorgetäuschter Begeisterung in die Knie, so echt, daß ihm schwindlig wurde, und flüsterte halberstickt, daß sie alles für ihn tun würde, er solle es ihr nur sagen.

Mach weiter so wie jetzt, Babe.

Er legte sich auch einen Spitznamen zu: Dr. Terrific. Dr. Toll.

Er stellte sich vor: Dr. T liebt N – in die Großhirnrinde geschnitzt.

»Komm schon, Cutie. Du bist zu jung für einen Arzt.«
»Da würdest du dich aber wundern.«

»Aber du hast Geld wie'n Doktor, was?«
»Möchtest du noch was verdienen?«
»Genau.«
Später sagte sie: »Wenn du'n Doktor bist, hast du wahrscheinlich alle Arten von wahnsinnigen Drogen, was?«
»Drogen sind nicht gut für dich.«
»Du nimmst mich auf'n Arm, was?«
Geheimnisvolles Lächeln.
Nach ihrem zwanzigsten Treffen schnupfte sie Heroin und bot ihm auch welches an. Er sagte nein, sah zu, wie sie schläfrig und schlaff wurde, und spielte mit ihrem Körper, während sie halb bewußtlos dalag. Wahre Liebe.

Mit Neunzehn konnte er an der Art, wie andere Leute ihn beäugten, erkennen, daß er gut aussah. Er war sicher, daß er älter aussah – vielleicht einundzwanzig oder vier- oder fünfundzwanzig. Als er neunzehneinhalb war, wurde sein Leben sauberer: *Sie* starb, hörte einfach auf zu atmen in ihrem Bett und lag zwei Stunden lang in ihrem eigenen Dreck da, bis eine der Pflegerinnen aus der Küche heraufkam und es sah.

Jetzt gehörte ihm das Haus *ganz allein.* Es hatte nicht viel gebraucht, um den Doktor zu »überzeugen«, daß er ihn allein hier leben lassen sollte.

Neunzehneinhalb und ganz obenauf in der Welt: eine eigene Wohnung, endlos viel Geld und eine echte große Liebe mit Kopf im Schoß.

Er ließ den Eispalast entrümpeln, die Teppiche herausreißen, gab alles weg. Sagte dem retardo Nigger, er solle es mit Desinfektionsmitteln aussprühen, alle Fenster aufmachen. Er beschloß, ihn auf Dauer leerstehen zu lassen.

Er wachte eines Morgens auf und fühlte sich irrsinnig stark und wußte, daß er ein Ziel vor Augen hatte. Er hatte auf den richtigen Zeitpunkt gewartet, um mit der Untersuchung zu beginnen, und wußte, jetzt war der Augenblick da, fing an, im Branchentelefonbuch unter Privatdetektive zu suchen.

Er wollte eine Ein-Mann-Agentur; die großen Firmen waren alle reich vom Geld der großen Geschäftsleute, die würden ihn nicht ernst nehmen.

Er fand ein halbes Dutzend mögliche Kandidaten, alle in billigen Wohngegenden, rief sie an, hörte sich ihre Stimmen an und traf eine Verabredung mit dem, der am hungrigsten klang.

Schleimi namens J. Walter Fields, schlimme Adresse, nicht weit vom Nasty Strip.

Er verabredete sich für den späten Nachmittag mit ihm.

Das Büro war im vierten Stock des zerfallenen Kastens ohne Fahrstuhl, Weinsäufer pennten nahe dem Eingang, die Hälfte der Räume stand leer, scheißfarbenes rissiges Linoleum, nackte Glühbirnen und leere Fassungen, der Hausflur stank nach Urin.

Fields Büro war ein einziger Raum mit einer Glastür, ein Männerklo an der einen und ein Antwortdienst an der anderen Seite.

Zuverlässige Nachforschungen
J.W. Fields, Präsident

Drinnen sah es wie im Spätprogramm aus: Geruch nach alten Kleidern, vor Schmutz starrende Wände, auf einem Stuhl stand ein Ventilator, Schreibtisch und Karteikästen aus Metall. Ein von Fliegendreck gesprenkeltes Fenster gab die Sicht auf unbewegliche Neonreklamen und das Teerdach des Abrißhauses von gegenüber frei.

Fields war ein kleiner, fetter Schleimsack Ende Fünfzig. Feuchte, hungrige Augen, schlecht sitzender Anzug, Paradontose. Er ließ die Füße auf dem Schreibtisch liegen und futterte Lakritzekugeln, während er eine Augenbraue hob und seinen Besucher anstarrte. Tat wer weiß wie gelangweilt.

»Yeah?«

»Wir sind miteinander verabredet.« Sagte es mit einer tiefen Stimme.

Fields warf einen Blick hinunter auf seinen dicken, altmodischen Tischkalender, der auf einer von Rostflecken übersäten Unterlage ruhte. »Sie sind Dr. Terrif, hm?«

Sprach es wie *tariff* aus.

»Das stimmt.«

»Also, mit mir kannst du nicht rechnen. Hau ab, Junge. Vergeude nicht meine Zeit.«

»Sie sind knapp, was Zeit angeht, hm?«

»Paß auf, was du sagst, Junge.« Ein rissiger, schmutziger Daumen deutete auf die Tür. »Hau ab, Junge.«

Jungenhaftes Schulternzucken. »Oka-ay.« Er zog eine dicke Rolle Geldscheine heraus, steckte sie wieder ein und drehte sich um, wollte gehen.

Schleimsack ließ ihn zur Tür gehen, dann redete er. Gab sich mächtig Mühe, den Hunger in seiner Stimme zu übertönen.

»Wow, was hast du vor, Junge?«

»Doktor.«

»Klar, klar. Du bist'n Doktor, ich bin Mr. Universe.«

Verachtung im Blick für den Schleimbeutel: »Es gibt für uns nichts zu reden.« Sagte es mit der richtigen, eisigen Betonung, riß die Tür auf und ging hinaus.

Er war zehn Schritte den Korridor hinuntergegangen, als er das Schlurfen von Fields billigen Schuhen hinter sich hörte.

»Komm ... Doc. Sei doch nicht so *empfindlich*.«

Er hörte nicht auf das Gegreine, ging weiter.

»Laß uns miteinander *reden*, Doc.« Fields lief hinter ihm her und versuchte ihn einzuholen. »Kommen Sie, Dr. Terrif.«

Da hielt er an, drehte sich zu ihm um und betrachtete den jämmerlichen Schleimer.

»Ihr Benehmen stinkt zum Himmel, Fields.«

»Hören Sie ... Ich wußte nicht ...«

»Bitten Sie um Entschuldigung.« Macht.

Fields zögerte, sah aus, als ob ihm übel wäre, als stände er hoch oben auf einem Sprungbrett über einer Jauchegrube.

Ticktack, leckte sich die Lippen. Man konnte die Dollarzeichen wie Spielautomatensymbole in seinen Augen aufblinken sehen.

Einen Sekundenbruchteil später zog er die Luft ein und sprang hinein: »Sie müssen verstehen ... Doc. In meinem Geschäft, da bekommt man's mit allen möglichen Typen zu tun, mit allen Arten von Gaunern. Ich versuche mich doch nur zu schützen ... Sie haben ein junges Gesicht, gute Gene, Glück gehabt, Doc ... Okay, es tut mir leid. Wie soll ich sagen, fangen wir noch mal von vorn an?«

Zurück im Rattenloch seines Büros nahm Fields einen grauen Becher auf, der einmal weiß gewesen war, und bot ihm eine Tasse Pulverkaffee an.

Ich trinke lieber Schlangensaft, Fucker. »Lassen Sie uns zum Geschäft kommen, Fields.«

»Natürlich, natürlich, zu Ihren Diensten, Doc.«

Er erklärte dem Schleimo, was er wollte. Fields paßte genau auf, versuchte sich wie eine intelligente Lebensform zu geben. Mampfte Lakritze und sagte »Jaha« und »Ja, ja, Doc.«

»Meinen Sie, daß Sie das schaffen?«

»Klar, klar, Doc, kein Problem. Dieser Schwann, was wollen Sie von ihm – Geld oder vicey versey?«

»Das geht Sie gar nichts an.« Sagte es ihm automatisch, total cool. Mit der tiefen Stimme klang er genau wie ein reicher Typ, voll in Kontrolle – und das war er ja auch, wenn man genau hinsah. Zum Herrschen geboren.

»Okay, kein Problem, Doc. Nur hilft's manchmal, wenn man den *Grund* kennt, warum etwas geschieht.«

»Sie tun nur das, wofür ich Sie bezahle, und machen sich bitte um den Grund keine Sorgen.«

»Natürlich, klar.«

»Wann können Sie die Informationen haben?«

»Schwer zu sagen, Doc. Hängt von 'ner Menge Dinge ab. Sie geben mir nicht viele Anhaltspunkte.«

»Hier ist Ihr Vorschuß. Plus.« Stand da und pellte Scheine

herunter, einen Hunderter mehr, als der Schleim verlangt hatte. Locker aus dem Handgelenk, total cool.

»Ich hab' Ausgaben, Doc.«

Noch ein Hunderter wechselte in Schleims Hand hinüber. »Wenn die Information innerhalb von drei Wochen da ist, sind noch zwei Extrahunderter für Sie drin.«

Fields nickte überdeutlich, es kam ihm beinahe in seinen billigen Hosen. »Okay, klar, Doc, drei Wochen, Ihr Fall kommt ganz nach oben, als Nummer eins auf die Liste. Wo kann ich Sie erreichen?«

»Ich melde mich bei *Ihnen*. Setzen Sie sich hin. Ich finde selbst hinaus.«

»Ja, klar, ist mir ein Vergnügen, für Sie zu arbeiten.«

Nachdem er das Büro verlassen hatte, schloß er die Tür hinter sich und trat für einen Augenblick beiseite, da hörte er den Schleimbeutel sagen: »Der Junge stinkt vor Geld.«

Nightwing fing an, in seiner Gegenwart regelmäßig Heroin zu nehmen. Die ersten Male schnupfte sie es, dann spritzte sie es sich unter die Haut.

»Ich nehm's nicht intravenös, Cutie. Damit macht man sich nämlich richtig kaputt.«

Aber zehn Verabredungen später spritzte sie es sich in eine Vene am Bein.

»Ich komme schon damit klar.«

Er hatte eine Menge medizinischer Bücher über die Rauschgiftsucht gelesen und wußte, daß sie nach Ausreden suchte, sie war biochemisch süchtig, aber er sagte nichts. Wenn sie einnickte, benutzte er die Zeit, um ihren Körper zu erforschen. Sie wußte, was er tat, lächelte und gab leise, katzenähnliche Laute von sich, während er bohrte und tastete, knabberte und abschmeckte.

Eines Nachts, sie parkten gerade in einer Seitenstraße oben in den Hügeln, und Nightwing lag alle viere von sich streckend im Vordersitz des Plymouth, hörte er Motoren aufheulen, sah rote Lichter – zwei Polizeiautos rasten vorbei, unterwegs, um irgend etwas in einem der Häuser am Hügel zu überprüfen. Einbruch? Geräuschloser Alarm, von einem Einbrecher ausgelöst? In dem Fall würden sie zurückkommen und die Gegend nach Verdächtigen absuchen. Er dachte an das Heroin in Nightwings schwarzer Vinylbluse und bekam einen Wutanfall.

Wegen Rauschgift auffliegen? Das würde sein ach so vollkommenes Leben völlig durcheinanderbringen!

Er legte den Leerlauf ein und ließ den Plymouth mit abgeschalteten Scheinwerfern den Hügel hinabrollen. Nightwing schlief fest weiter, rollte mit den Bewegungen des Wagens hin und her und schnarchte wie eine kleine Sau. In diesem Augenblick sah er in ihr nur ein Stück Dreck und haßte sie, wollte sie aufschlitzen, in sie hineintauchen, sie ausräumen und saubermachen. Dann überkamen ihn Liebesgefühle und verdrängten die wissenschaftlichen.

Er ließ den Wagen bis Nasty hinunterrollen, schaltete den Motor und die Scheinwerfer an, ordnete sich in den Verkehr ein und versuchte sich zu beruhigen. Aber der Gedanke, daß er wegen Rauschgifts auffliegen könnte, machte ihn wahnsinnig, er hatte in psychiatrischen Büchern über das gelesen, was sich in den Gefängnissen abspielte, und wußte, was mit frischem weißem Fleisch passierte.

Haftbedingte Homosexualität: In eine Zelle mit psychopathischen Niggern gesperrt, die ihm den Arsch aufreißen würden. Seine Macht über Doktor hätte nachgelassen, der Fucker hätte die Anwälte in der Hand, könnte ihn so lange, wie er wollte, drin schmoren lassen. Würde vielleicht sogar irgendeinen Nigger anheuern, der ihn mit 'nem selbstgemachten Stilett aufschlitzte.

Er bog vom Boulevard ab, fuhr sechs Querstraßen weit, parkte und griff nach Nightwings Handtasche. Sie lag mit dem Hintern auf dem Riemen. Er zerrte daran. Sie bewegte sich, wachte aber nicht auf.

Schnell, in wahnsinniger Eile wühlte er zwischen Kaugummipapieren und Taschentüchern, Plastikbrieftasche, Kamm, Make-up, Pfefferminzrolle, Gummis in Alufolie und all dem anderen Kram herum, den sie da drinnen aufbewahrte, bis er schließlich den kleinen Umschlag aus transparentem Papier fand. Er warf ihn aus dem Wagen, fuhr dann noch eine halbe Meile, bevor er sich sicher fühlte.

Er parkte wieder unter einer Straßenlampe, stellte den Motor ab. Die Handtasche lag auf seinem Schoß. Nightwing schlief immer noch.

Als er sich beruhigte, überkam ihn die Neugier, verdrängte die Angst. Er öffnete die Handtasche, nahm die Plastikbrieftasche heraus.

Darin befand sich ein Führerschein, ein Foto von Nightwing ohne Vampir-Make-up, einfach ein hübsches, dunkelhaariges Mädchen, wie ein Zwilling von Sarah.

Lilah Shehadeh. Zweiundfünfzig, hundertvierzehn. Ihrem Geburtsdatum nach war sie dreiundzwanzig. Adresse in Niggertown, wahrscheinlich von ihrer Zeit mit BoJo her.

Shehadeh. Was zum Teufel war das denn bloß für ein Name?

Als sie aufwachte, erzählte er ihr, daß er ihr Zeug rausgeschmissen hatte. Sie fuhr kerzengerade hoch und fing an zu zetern.

»Oh, Scheiße! Das war verdammt gutes Zeug, China fucking White war das!«

»Wieviel war es wert?«

»Hundert Dollar.«

»Rede keinen Unsinn, Babe!«

»Fünfzig, und das ist kein Unsinn. China White Heavy Duty –«

»Hier sind sechzig. Kauf dir neues Zeug. Aber schlepp's nicht mit rum, wenn du mit mir zusammen bist.«

Sie riß sich das Geld unter den Nagel. »Bist'n lustiger Vogel, du.«

Wutflammen brannten ihm vom Hals bis zum Arschloch. Das schlimme Maschinengeräusch wurde ohrenbetäubend.

Er warf ihr einen langen, eisigen Blick zu, so voller Verachtung wie der, mit dem er Fields zusammengestaucht hatte.

»Das ist dein letztes Date, Babe.«

Panik unter den meilenlangen Wimpern: »Och, come on, Cutie.«

»Mir macht's auch keinen Spaß, Babe.«

Sie streckte die Arme aus, ließ ihre langen, schwarzen Fingernägel über seinen Unterarm gleiten. Er fühlte nichts – wenn man cool war, war's leicht.

»Och come on, Dr. Cutes. Ich hab' doch nur Spaß gemacht. Du bist richtig nett.« Sie packte ihn. »Ganz groß, große Klasse.«

Er schob ihre Finger weg und schüttelte traurig den Kopf.

Zeit für uns, Abschied zu nehmen, Babe.

»Och komm doch, wir haben doch soviel Spaß zusammen. Laß doch nicht so eine kleine –«

Sie weinte. Die schlimme Maschine hallte in seinem Kopf wider, so daß er sich hohl vorkam. Zu nichts gut.

Seine Hand lag blitzschnell an ihrem Hals. Ein schmaler, zierlicher Hals, hübsch und zerbrechlich in seiner Hand. Er stieß sie zurück gegen die Tür des Wagens. Sah die Angst in ihren Augen und spürte, daß sein Ständer riesig groß war.

Ein bißchen Druck auf die Halsschlagader, schnitt ihr für einen Sekundenbruchteil die Blutzufuhr vom Gehirn ab, dann wieder locker, so daß sie atmen konnte. Er ließ sie wissen, was er mit ihr tun konnte, wenn er wollte. Daß sie ein Käfer über einer Flamme war. Da hing sie am Ende einer Pinzette.

Sie mußte wissen, wer die Pinzette hielt.

»Hör mir genau zu, Babe. Okay?«

Sie versuchte zu sprechen. Durch die Angst waren ihre Stimmbänder wie eingefroren.

»Ich bin sehr, sehr gern mit dir zusammen – du bist toll. Aber wir müssen uns auf etwas einigen. Okay? Nicke, wenn du einverstanden bist.«

Nicken.

»Die Schönheit unserer Beziehung besteht darin, daß wir einander das geben, was wir brauchen. Stimmt's?«

Nicken.

»Das heißt, beide müssen wir glücklich bleiben.«

Nicken.

»Es ist mir gleich, ob du dich mit Heroin umlegen willst. Aber ich will nicht, daß du mich in Gefahr bringst. Das ist nur fair, nicht?«

Nicken.

»Also bitte kein Rauschgift, wenn du mit mir zusammen bist. Ein Bier ist okay, ein oder zwei höchstens. Wenn du mich fragst und wenn ich es dir erlaube. Keine Überraschungen. Ich achte deine Rechte und du achtest meine. Okay?«

Nicken.

»Na, sind wir noch Freunde?«

Nicken, Nicken, Nicken.

Er ließ sie los. Ihre Augen waren noch immer aufgerissen vor Angst – er konnte den Respekt darin sehen, den sie vor ihm empfand.

»Hier, Babe.« Er gab ihr einen Fünfziger extra. »Der ist für deinen guten Willen, damit du weißt, daß ich nur das Beste für dich will.«

Sie versuchte das Geld zu nehmen. Ihre Hände zitterten. Er steckte es ihr zwischen die Titten. Zeigte auf seinen Unterleib und sagte: »Ich bin soweit, es kann wieder losgehen.«

Nachdem sie fertig waren, fragte er sie: »Was für ein Name ist das, Shehadeh?«

»Arabisch.«

»Bist du Araberin?«

»Fuck, no, ich bin Amerikanerin.«

»Aber deine Familienangehörigen sind Araber?«

»Ich will nicht von denen reden.« Trotzig. Dann sah sie ihn erschrocken an, fragte sich, ob sie schon wieder etwas Falsches gesagt hatte.

Er lächelte innerlich. Dachte: Die Beziehung hat ein ganz neues Niveau erreicht. Immer noch ist es zwanglose und echte Liebe, aber die Rollen sind jetzt festgelegt. Beide kennen wir unseren Text.

Er hielt ihr Gesicht in den Händen, fühlte, wie sie zitterte. Küßte sie auf die Lippen, nicht mit der Zunge, nur ganz freundlich. Zärtlich – gab ihr zu verstehen, daß alles in Butter war. Er war gnädig.

Sie hatten ein langes, glückliches Leben miteinander verbracht.

Er traf sich mit Fields, drei Wochen nachdem er dem Schleim die Aufgabe erteilt hatte. Der dreckige kleine Fucker war überraschend gründlich, hielt eine dicke Akte mit der Aufschrift *Schwann, D.* in seinen dicken, kleinen Pfoten.

»Wie geht's, Doc?«

»Hier ist Ihr Geld. Was haben Sie herausgekriegt?«

Fields stopfte sich das Geld in die Hemdtasche. »Gute Nachrichten und schlechte Nachrichten, Doc. Die gute Nachricht ist, daß ich alles über ihn herausgefunden habe. Die schlechte Nachricht ist, der Hundsfott ist tot.«

Sagte es mit einem Augenzwinkern, der sein eigenes Todesurteil war.

»Tot?«

»Wie ein Türknauf.« Schleimbeutel zuckte die Schultern. »Bei diesen alten Forderungen kann man manchmal die Erben im Nachlaßgericht verklagen und versuchen, an das Geld heranzukommen, aber dieser Schwann war ein Ausländer – ein verdammter deutscher Kraut. Man hat seinen Leichnam zurück ins Krautland überführt. Versuchen Sie mal, von denen was zu kriegen, da brauchen Sie einen Anwalt für internationales Recht.«

Tot. Daddy tot. Seine Wurzeln vollkommen abgetrennt. Er saß hier, betäubt, von Schmerz überwältigt.

Fields mißverstand die Betäubtheit, nahm sie für Enttäuschung über die nicht einzutreibende Forderung, versuchte ihn mit einem »So ein Pech, was, Doc« zu trösten. »Aber 'n junger Mann wie Sie, Doktor und so, sollte das doch abschreiben können, zahlen Sie dieses Jahr eben weniger Steuern. Gibt Schlimmeres, eh?«

Plapperte sinnloses Zeug. Machte alles für sich nur noch schlimmer.

Der Schleim starrte ihn an. Er schüttelte die Betäubung ab. »Geben Sie mir die Akte.«

»Ich habe einen Bericht für Sie, Doc. Alles zusammengefaßt und so.«

»Ich will die Akte.«

»Äh, gewöhnlich behalte ich die Akte. Sie bekommen eine Kopie, ich bekomme die Kopiergebühren von Ihnen extra.«

»Würden zwanzig Dollar dafür reichen?«

»Oh, ja – dreißig Dollar wären schon besser, Doc.«

Fields nahm die drei Zehner und streckte ihm den Aktenordner hin.

»Der gehört Ihnen, Doc.«

»Danke.« Er stand auf, nahm den Aktenordner in die eine Hand, hob mit der anderen den altmodischen Schreibtischkalender auf und zog dem Fucker mit dem rostigen Fuß eins über das Gesicht.

Fields brach geräuschlos über seinem Schreibtisch zusammen. Ein roter Fleck breitete sich unter seinem Gesicht über das Löschpapier aus.

Er umwickelte die Hände mit Papiertaschentüchern, hob den Schleim auf und untersuchte ihn. Die Vorderseite von Fields' Gesicht war flach und blutig, die Nase eine weiche Schmiere. Immer noch ein ganz schwacher Puls am Handgelenk.

Er legte ihn mit dem Gesicht nach unten auf den Schreibtisch und schlug ihm dann immer wieder mit dem Fuß des Tischkalenders in den Nacken, hatte Spaß daran. Ließ ihn für Schwann und das Zwinkern der schleimigen Augen bezahlen.

Kein Puls mehr – wie könnte da auch einer sein? Die Medulla oblongata war zu Scheiße zermanscht.

Sah aus dem Fenster: nur Neon und Tauben auf dem Dach. Er zog das Rouleau herunter, verschloß die Tür und durchsuchte die Karteien und den Kalender auf irgendwelche andere Erwähnungen von seinem oder Schwanns Namen, dann wischte er sich mit einem Taschentuch die Hände ab und alles, was er berührt hatte – das Wichtigste war: hinterher gut saubermachen.

Ein bißchen Blut war ihm auf das Hemd gespritzt. Er knöpfte sich die Jacke zu; so sah man es nicht.

Er nahm die Schwann-Akte auf, ließ den Fucker da, wo er ausblutete, liegen, stieg über ihn hinweg, in die Halle hinaus und schlenderte fort. Ein Gefühl wie ein König, wie der große Kaiser.

Dr. T.

Diese guten Gefühle nahmen zu, als er über Nasty nach Hause fuhr. Als er die Geeks und Zuhälter und Junkies und Motorradfahrer sah, die sich alle so furchtbar schlecht vorkamen, so schlecht. Und dachte: Wie viele von euch Verlierern sind jemals den ganzen Weg bis zum Ende gegangen? Und er dachte daran, wie Fields' Gesicht ausgesehen hatte, nachdem er es eingeschlagen hatte. Der schwache Puls. Und dann gar nichts mehr.

Ein riesiger Schritt für Dr. Terrific.

Daheim legte er die Schwann-Akte aufs Bett, zog sich nackt aus, masturbierte zweimal und nahm ein kaltes Bad, das ihn wütend und hungrig auf blutige Vorstellungen machte. Nachdem er sich trockengerieben hatte, spritzte er noch ein paarmal ab, kam schwach aber nett, und ging, immer noch nackt, hinein und holte sich die Akte.

Der edle Schwann, tot.

An den Wurzeln abgetrennt.

Die bösen Maschinen fingen an zu mahlen.

Er hätte sich mit Fields Zeit lassen, ihn richtig abstrafen,

Schleims Leiche zwecks Untersuchung, echter Wissenschaft, mit nach Haus nehmen sollen.

Nun würde der Leichnam richtig verwesen, ein echter Stinker. Also kein Verlust.

Hatte sowieso keinen Sinn, sich über vergossene Milch – vergossenes Blut, haha – die Augen auszuweinen.

Er grinste, nahm die Akte mit in den muffigen, leeren Raum, der einst der Eispalast gewesen war, setzte sich auf den nackten Fußboden und fing an zu lesen.

53

Es war vierzehn Minuten vor Mitternacht, der Donnerstag ging seinem Ende zu, als Bruder Roselli das Kloster zum Heiligen Erlöser verließ. Er nahm die St. Francis Street und machte sich auf den Weg in Richtung Osten.

Elias Daoud ließ sich davon nicht sonderlich beeindrucken. Er steckte in der staubverkrusteten Ordenskleidung eines Franziskaners und hielt sich im Schatten des Casa-Nova-Hospitals versteckt. Roselli war bislang bestenfalls die Via Dolorosa entlanggegangen, hatte Christi Weg zum Kreuz in umgekehrter Richtung abgeschritten und gelangte bis an die Tore des Klosters zur Geißelung. Am Heiligen Grab machte er halt, überlegte sich offenbar, ob er hineingehen sollte; doch dann kehrte er um. Und für Rosellis Verhältnisse war das schon ein weitläufiger Spaziergang – normalerweise brachte er es nur bis zur Marktstraße; sie zerteilte in Längsrichtung die Altstadt in zwei Hälften und trennte das Jüdische vom Christlichen Viertel. Und immer wenn er dort ankam, machte er eine ruckartige Bewegung mit dem Kopf und wandte sich augenblicklich um.

Eigentlich war es kaum noch der Mühe wert, den Mann zu verfolgen.

Ein komischer Heiliger, dachte Daoud. Inzwischen hegte

er einen tiefen Groll gegen den Mönch, denn nur ihm hatte er es zu verdanken, daß sein Leben so stumpf und langweilig geworden war. Stunde um Stunde und Nacht für Nacht hockte er hier und rührte sich so wenig vom Fleck wie die Pflastersteine unter seinen Füßen, und immer trug er eine derbe, verdreckte Mönchskutte oder seine zerlumpte Bettlermontur. Ein wirklich eintöniger Job, fand er; wenn dieser Stumpfsinn noch lange anhielt, würde ihm bald das Gehirn einlaufen.

Je länger er darüber nachdachte, desto größer wurde sein Unmut; dann wiederum plagten ihn Schuldgefühle, denn er hielt es für Unrecht, gegen einen Gottesmann Groll zu hegen.

Aber was für ein seltsamer Gottesmann. Was mochte wohl in ihm vorgehen, wenn er seine Spaziergänge so abrupt abbrach? Wie ein Spielzeug, das jemand aufgedreht hatte. Zuerst machte er sich immer zielstrebig auf den Weg, um bald darauf wieder umzukehren, wie von unsichtbarer Hand gesteuert.

Persönliche Konflikte, darüber war er sich mit Sharavi einig. Der Mann litt offenbar unter schweren inneren Konflikten. Wir müssen ihn weiter beschatten, hatte der Jemeniter gesagt.

Auch auf Sharavi war er inzwischen nicht mehr allzu gut zu sprechen. Er war es schließlich, der ihn vom eigentlichen Geschehen fernhielt und ihn mit einem Auftrag beschäftigte, der eigentlich keiner war.

Aber, um ehrlich zu sein: es war nicht die Langeweile, die ihm zu schaffen machte. Eine Woche ging schnell vorüber – er war von Natur aus geduldig, hatte die Einsamkeit der Agentenarbeit immer genossen und schlüpfte gern in die Rolle anderer.

Er fühlte sich einfach ausgeschlossen.

Dabei hatte er gute Arbeit geleistet; immerhin war es ihm gelungen, die kleine Rashmawi zu identifizieren. Aber das spielte jetzt keine Rolle mehr – seit der Fall in eine politische Richtung lief, kam er sich vor wie das fünfte Rad am Wagen.

So gut wie aussichtslos, daß man ihn noch mal mit einem Auftrag betraute, an dem etwas dran war.

Die anderen dagegen arbeiteten als Team – sogar der junge Cohen war dabei, kaum mehr als ein blutiger Anfänger, ohne Urteilsvermögen und ohne Sachverstand. Aber doch mitten im Geschehen.

Während ein Elias Daoud herumsitzen und zuschauen mußte, wie dieser seltsame Mönch Spaziergänge unternahm, die er nach zweihundert Metern abzubrechen pflegte.

Er wußte, was er nach diesem Auftrag zu erwarten hatte. Wenn der Fall des Schlächters abgelaufen war, ging es für ihn zurück nach Kishle, zurück womöglich in die Uniform, befaßt mit Taschendiebstählen unter Touristen und belanglosen Streitigkeiten. Irgendwann konnte er vielleicht mal wieder mit einem Beschattungsauftrag rechnen, wenn es nichts Politisches war.

Aber wenn man für die Juden arbeitete, war alles politisch.

Er kannte keinen Araber, der den Juden, wenn sie aus dem Lande verschwinden würden, auch nur eine einzige Träne nachgeweint hätte. In letzter Zeit war wieder viel nationalistisches Gerede im Umlauf, sogar unter den Christen. Er selbst hatte sich für Politik nie sonderlich begeistern können. Nicht daß er, wenn man ihn fragen würde, viel für die Juden übrig gehabt hätte; ein rein arabischer Gesamtstaat wäre auch ihm am liebsten gewesen. Aber andererseits, wenn sie das allgemeine Lamento über die Juden nicht mehr hätten, würden Christen und Moslems bestimmt wieder übereinander herfallen; das war seit vielen hundert Jahren so gewesen. Und was dabei herauskam, kannte man ja zur Genüge – man brauchte nur auf den Libanon zu schauen.

Darum war es wahrscheinlich am besten, wenn die Juden im Lande blieben. Natürlich nicht an der Regierung. Aber mit einer Minderheit ließ es sich durchaus leben, zumal es von allen anderen Problemen ablenkte.

Er trat auf die St. Francis Street und blickte in Richtung

Osten. Hundert Meter weiter, dicht hinter der Es Sayyida Road, erkannte er die Umrisse einer Gestalt; es war Roselli. Das Klappern seiner Sandalen hörte man deutlich in der ganzen Straße. Daoud trug ebenfalls Sandalen, aber mit Kreppsohlen. Eine Spezialanfertigung für die Polizei. Der kleine Unterschied blieb unter seiner bodenlangen Ordenstracht verborgen.

Roselli setzte seinen Weg fort und hatte jetzt fast die Kreuzung am Markt erreicht.

Daoud hielt sich verborgen, blieb dicht an den Häuserwänden und war ständig auf dem Sprung, in einen Hauseingang zu schlüpfen, falls der Mönch kehrtmachte.

Roselli ging am abessinischen Kloster vorüber, blieb einen Moment stehen, wandte sich dann rechter Hand in den *Souq* El Attarin und war verschwunden.

Daoud brauchte einen Augenblick, bis er registriert hatte, was passiert war. Als er den ersten Schock halbwegs überwunden hatte, rannte er los, um den Mönch einzuholen; von Langeweile konnte auf einmal keine Rede mehr sein, statt dessen bekam er es nun mit der Angst zu tun.

Hatte nur noch den einen Gedanken: was wird, wenn er mir jetzt entwischt?

Im Osten bestand der *Souq* aus einem dichten Geflecht von engen Straßen und überwölbten Gäßchen, die allesamt ins Jüdische Viertel führten. Winzige Hinterhöfe und altertümliche, mit Tonkuppeln überdachte und von den Juden restaurierte Wohnungen, Waisenhäuser und einklassige Schulen und Synagogen. Wenn ein Mensch sich nachts verlaufen wollte, gab es keinen Stadtbezirk, der besser dafür geeignet gewesen wäre.

Mein Gott, was für ein Pech, schoß es ihm immer wieder durch den Kopf, als er lautlos die dunkle Straße entlang sprintete. Nach all diesen Nächten, jener einzigen langen Flaute, hatte er nur einen Sekundenbruchteil nicht aufgepaßt und prompt versagt.

Eine Donnerstagnacht, das kam noch hinzu. Wenn Roselli

der Schlächter war, sprach alles dafür, daß er wieder zuschlagen würde.

Daoud rannte in Richtung *Souq*, war ganz verkrampft vor lauter Anspannung und hatte nur einen Gedanken: bloß nicht wieder Dienst in Uniform. Bitte, lieber Gott, hilf mir, daß ich den Mann nicht aus den Augen verliere.

Er bog in die El Attarin ein und hatte den *Souq* jetzt erreicht. Atemlos drückte er sich gegen eine kalte Steinmauer und blickte sich um.

Sein Stoßgebet war erhört worden: Rosellis Konturen hoben sich deutlich sichtbar im Mondlicht ab, das zwischen den Rundbögen einfiel. Mit schnellen, zielstrebigen Schritten stieg er über die steinernen Stufen und ging dann die menschenleere Marktstraße hinunter.

Daoud folgte ihm. Der *Souq* lag um diese Zeit wie ausgestorben da, und überall waren die Läden heruntergelassen. Ekelhaft süßliche Gerüche von allen erdenklichen Marktprodukten waberten noch immer durch die Nachtluft, stellenweise überlagert von anderen Düften: es roch nach frisch gebeiztem Leder, Gewürzen, Erdnüssen und Kaffee.

Roselli ging weiter bis zum Ende des *Souqs*, erreichte die Attarin an der Stelle, wo sie in die Habad Street überging.

Sie bewegten sich jetzt auf rein jüdischem Territorium. Was trieb den Mönch in eine solche Gegend! Aber vielleicht hatte er vor, sich weiter in Richtung Westen zu bewegen, ins Armenische Viertel. Doch mit den Spitzhüten hatte ein Franziskaner auch nicht mehr gemein als mit den Juden.

Daoud bewahrte den immer gleichen Abstand, wechselte ab und zu unauffällig die Straßenseite und ließ Roselli, der sich unentwegt in Richtung Süden hielt, nicht einen Moment aus den Augen. So ging es an den Kolonnaden der Cardo vorbei, weiter über den höher gelegenen, renommierten Marktplatz des Jüdischen Viertels mit all den Modegeschäften, die die Juden dort eingerichtet hatten. Dann über den weitläufigen Parkplatz, der jetzt unbenutzt dalag.

Auf den Mauern standen zwei Grenzposten und hielten Wache. Als sie das Geklapper von Rosellis Sandalen hörten, drehten sie sich um, starrten erst ihn an und dann Daoud, der Sekunden später folgte. Einen Moment lang taxierten sie die beiden Männer, um sich dann ebenso rasch wieder abzuwenden.

Zwei Braunkittel, nichts Ungewöhnliches.

Roselli passierte den Torbogen, der tagsüber den armenischen Geldverleihern als Außenbüro diente; die Kathedrale des heiligen Jakobus ließ er links liegen, ebenso das armenisch-orthodoxe Kloster.

Daoud blieb dem Mönch auf den Fersen, der nun auf das Ziontor zuging, und ließ sich durch den Kopf gehen, was es sonst noch an römisch-katholischen Stätten in diesem Teil der Stadt gab: die St.-Petri-Kirche Zum Ersten Hahnenschrei? Vielleicht wollte der Mönch aber auch die Mauern der Altstadt hinter sich lassen und zur Krypta der Schlafenden Maria – das Grab der Mutter Jesu war den Franziskanern anvertraut.

Doch mit all diesen Heiligtümern hatte Roselli nichts im Sinn.

Gleich hinter dem Ziontor gab es eine Vielzahl jüdischer Schulen – *Yeshivas*. Allesamt Neubauten, angelegt auf dem Gelände der alten Yeshivas, die Hussein 1948 in Schutt und Asche gelegt hatte. Die Jordanier hatten hier arabische Wohnungen errichtet, die man aber 1967 wieder konfiszierte, um Platz zu schaffen für den Neubau eben jener Schulen.

Jerusalem und seine typische Schaukelpolitik.

Yeshivas waren keine Horte der Stille – die Juden liebten es, ihre religiösen Studien wie einen liturgischen Gesang zu psalmodieren, damit es alle Welt hören konnte. Schwarzkittel mit langen Bärten und Jugendliche mit Flaumhaar im Gesicht hockten hinter hölzernen Lesepulten, waren in ihre Bücher vertieft und studierten das Alte Testament und den Talmud. Sie rezitierten und disputierten ohne Unterlaß – selbst zu dieser späten Stunde waren die Häuser noch voller Leben: hell erleuchtete Fenster warfen Licht in die Dunkelheit; im Vorübergehen hörte Daoud ein leises, melodiöses Geleier von Stimmen.

Natürlich waren es Ketzer, aber eines mußte man ihnen immerhin lassen: Sie besaßen eine bewundernswerte Konzentrationsfähigkeit.

Roselli war jetzt an den größeren *Yeshivas* vorbei und ging auf ein kleineres Haus zu, das etwas abgesetzt von der Straße lag und neben den Nachbargebäuden eher unscheinbar wirkte.

Die Ohavei-Akademie für Torah und Talmud – ein Haus mit Kuppeldach und schmuckloser Fassade. An der Vorderseite lag ein armseliger unbefestigter Hof; seitlich stand eine große Pinie, deren zahllose Zweige ihre spinnwebartigen Schatten über vier parkende Autos warfen.

Der Mönch hockte sich hinter den Baum. Daoud ging dichter heran und sah, daß nur wenige Schritte hinter dem Baum eine hohe Steinmauer verlief und die *Yeshiva* von einem dreistöckigen Gebäude mit glatten steinernen Wänden trennte. Es ging nicht mehr weiter. Was hatte der Mann vor?

Einen Augenblick später kam der Mönch hinter dem Baum wieder zum Vorschein, aber er war kein Mönch mehr.

Seine Ordenstracht war verschwunden, er stand in Hemd und Hosen da.

Auf dem Kopf hatte er ein Käppchen, wie es die Juden trugen!

Daoud konnte nur staunen, mit welcher Selbstverständlichkeit sich dieser Roselli in einen Juden verwandelt hatte und nun auf den Eingang der Ohavei-Akademie für Torah und Talmud zuging und an die Tür klopfte.

Ein junger Mann von vielleicht sechzehn Jahren machte ihm auf. Es war ihm deutlich anzumerken, daß er Roselli nicht zum ersten Mal sah. Die beiden gaben sich die Hand und wechselten ein paar Worte; der junge Mann nickte und verschwand. Roselli blieb im Eingang stehen, die Hände in seinen Hosentaschen.

Daoud bekam es plötzlich mit der Angst zu tun: Was hatte das zu bedeuten – ging es hier um eine jüdische Verschwörung, um eine Kultgemeinschaft? Sollte am Ende doch etwas Wahres an der Notiz mit den Bibelzitaten sein, die man dem amerikanischen Journalisten geschickt hatte? War das Gerede von den jüdischen Blutopfern vielleicht doch nicht nur müßiges Geschwätz, wie er die ganze Zeit geglaubt hatte?

Das hatte ihm gerade noch gefehlt. Arabischer Detektiv deckt jüdische Mordverschwörung auf.

In diesem Land gab es keinen Menschen, der ihm so etwas abgenommen hätte. Eher würde man Arafat zum Premierminister wählen.

Dem Boten, der die schlechte Nachricht überbrachte, war noch immer der Kopf abgeschlagen worden – und ein Mann wie Elias Daoud würde einen vorzüglichen Sündenbock abgeben. Erfolg und Versagen lagen in diesem Fall dicht beieinander.

Mein Schicksal ist die Demut, dachte er. *Kismet* – wenn mir, oh Herr, ein so blasphemisch moslemischer Gedanke gestattet sein möge.

Trotzdem hatte er seine Pflicht zu tun, was blieb ihm auch anderes übrig? Er glitt zwischen zwei parkende Autos, duckte sich und behielt weiter die *Yeshiva* im Auge.

Roselli stand noch immer im Hauseingang; mit seinem Käppchen wirkte er wie ein rotbärtiger Jude. Daoud war drauf und dran, auf ihn zuzugehen, um ihn zu konfrontieren. Was sollte er tun, wenn der Mönch das Gebäude betrat?

Und was mochte sich im Innern des Hauses wirklich abspielen, abgesehen davon, daß die Juden dort ihre Gesänge psalmodierten? Lag da ein hilfloses arabisches Mädchen angekettet in einem Kerker? Wieder ein unschuldiges Menschenopfer, dem ein Ritualmord bevorstand?

Obwohl es eine warme Nacht war, überkam ihn ein Schaudern. Er tastete unter seiner Ordenstracht nach der beruhigenden Schwere seiner Beretta. Und wartete.

In der Tür erschien ein zweiter Mann. Der Typ eines Rabbi. Groß, in den Vierzigern, mit einem langen, dunklen Bart. Hemdsärmelig und mit einfachen Hosen, über seinem Gürtel baumelten jene seltsamen weißen Fransen.

Auch er schüttelte Roselli die Hand.

Wollte er ihm gratulieren?

Aber wofür?

Roselli und der Rabbi verließen die *Yeshiva* und gingen geradewegs in Richtung auf die geparkten Autos, sie kamen direkt auf Daoud zu.

Er duckte sich tiefer. Sie gingen an ihm vorbei, wandten sich nach rechts und spazierten Seite an Seite südwärts durch das Ziontor und dann in Richtung Zionberg – zum Al Sion, dem Teil des Al Qud, den man traditionell den Juden zugewiesen hatte. Nach ihm hatten sie dann auch ihre Bewegung genannt; und sie glorifizierten ihn, indem sie ihn als Berg bezeichneten. Dabei war es wirklich kaum mehr als ein staubiger Hügel.

Daoud richtete sich auf und ging ihnen nach, beobachtete, wie sie die Touristenagentur passierten und am Davidgrab vorbeigingen. Schließlich gelangten sie auf die unbefestigte Straße, die zur Autobahn Hativat Yerushalayim führte.

Die Schnellstraße war um diese Zeit wie ausgestorben. Roselli und der Rabbi überquerten die Fahrbahn und kletterten über die steinerne Kante, die an der Trasse entlanglief.

Und waren plötzlich wie vom Erdboden verschwunden.

Daoud wußte, daß die beiden auf der gegenüberliegenden Seite nur den dunklen Hügel hinabklettern konnten. Jenen Felshang, an dessen höchster Stelle das Hinnom-Tal zu überschauen war. Linker Hand war Silwan zu erkennen; in der Ortschaft brannten nur wenige Lichter.

Daoud überquerte die Schnellstraße.

Wo waren sie hin? Was erwartete sie auf der abgelegenen Seite des Hügels, gab es da noch eine Mörderhöhle?

Er kletterte über die Kante, gab sich Mühe, in dem trockenen Unterholz kein Geräusch zu machen. Und dann sah er sie. Die beiden hockten nur ein paar Meter entfernt, unter dem federartigen Schirm einer vom Wind zerzausten Akazie.

Sie saßen da und redeten miteinander. Er hörte das Gemurmel ihrer Stimmen, konnte aber kein Wort verstehen.

Vorsichtig arbeitete er sich näher, trat auf einen trockenen Ast und sah, wie sie die Köpfe hoben. Der Rabbi sagte auf englisch: »Nur eine Maus.«

Mit angehaltenem Atem machte er noch einen Schritt, dann noch einen. War jetzt am nächsten Baum, einer verkrüppelten Pinie. Gerade dicht genug, um verstehen zu können, was sie sagten. Langsam ließ er sich nieder, lehnte sich gegen den Pinienstamm, zog die Beretta aus seiner Robe und legte die Waffe in seinen Schoß.

»Also, Joseph«, sagte der Rabbi, »dreimal habe ich Ihnen absagen müssen, und nun ist es wohl an der Zeit, daß ich Sie anhöre.«

»Ich danke Ihnen, Rabbi Buchwald.«

»Keine Ursache, ich tue nur meine Pflicht. Doch ist es auch meine Pflicht, Sie daran zu erinnern, daß Sie vor einem bedeutsamen Schritt in Ihrem Leben stehen. Mit allen Konsequenzen.«

»Das ist mir bewußt, Rabbi.«

»Wirklich?«

»Ja. Ich kann Ihnen gar nicht sagen, wie oft ich mich schon aufgemacht habe, um mit Ihnen zu sprechen. Unterwegs hat mich dann immer wieder eine Starrheit befallen, und ich bin umgekehrt. In den letzten zwei Monaten habe ich an gar nichts anderes mehr denken können, ich habe meditiert und gebetet. Aber ich weiß nun, daß ich es wirklich will – ich muß es einfach tun.«

»Sie werden große Veränderungen in Ihrem Leben zu bewältigen haben. Was Sie sich damit auferlegen, wird schmerzhaft für Sie sein, Joseph. Ihre Vergangenheit wird ganz und gar gelöscht. Sie werden wie ein Waisenkind leben.«

»Das weiß ich wohl.«

»Ihre Mutter – sind Sie bereit, sie für tot zu erklären?«

Schweigen.

»Ja.«

»Sind Sie sich da auch wirklich sicher?«

»Selbst wenn ich es nicht wäre, Rabbi; sie ist es ja, die sich gewiß von mir lossagen würde. So läuft es am Ende auf dasselbe hinaus.«

»Was ist mit Vater Bernardo? Sie haben immer voller Zuneigung von ihm gesprochen. Werden Sie sich auch von ihm so einfach lossagen können?«

»Ich will nicht sagen, daß es mir leicht fällt – aber es geht nicht anders.«

»Man wird Sie sehr wahrscheinlich exkommunizieren.«

Wieder ein Schweigen.

»Das spielt keine Rolle. Jetzt nicht mehr.«

Daoud hörte den Rabbi seufzen. Die beiden Männer saßen eine Weile schweigend; Roselli blieb reglos, Buchwald wiegte sich ein wenig, und in den Spitzen seines wolligen Bartes reflektierte das Sternenlicht.

»Joseph«, sagte er schließlich, »was ich Ihnen zu bieten habe, ist nicht viel. Meine Pflicht ist es, Juden, die vom rechten Glauben abgefallen sind, wieder in den Schoß der Kirche zu führen – das ist meine eigentliche Aufgabe, Bekehrungen sind nicht meine Sache. Mehr als Tisch und Bett wird man Ihnen nicht geben – und selbst davon nur das Allernötigste, eine kleine Zelle.«

»Ich bin nichts anderes gewöhnt, Rabbi.«

Buchwald lachte leise. »Ja, gewiß. Aber mit der Isolation allein ist es nicht getan, Sie müssen auch mit Feindseligkeiten rechnen. Und ich werde nicht da sein können, um Sie zu beschützen, selbst wenn ich wollte – was übrigens nicht der Fall ist. Tatsächlich möchte ich Sie ausdrücklich anweisen, sich von den anderen fernzuhalten.«

Roselli gab keine Antwort.

Der Rabbi hüstelte. »Auch wenn ich mir eine andere Haltung zu eigen machen würde, selbst dann werden Sie immer ein Geächteter bleiben. Niemand wird Ihnen trauen.«

»Das ist verständlich«, sagte Roselli. »Es läßt sich nur im historischen Zusammenhang sehen.«

»Außerdem ist da noch Ihre soziale Stellung, die Sie verlieren werden, Joseph. Als Mönch haben Sie sich Ansehen erworben und genießen das Prestige eines gelehrten Mannes. Bei uns wird Ihnen Ihre Gelehrsamkeit nichts mehr nützen – im Gegenteil. Sie müssen wieder ganz von vorn anfangen. Selbst die Kleinen im Kindergarten werden Ihnen noch manches beibringen können.«

»Das alles ist nicht wirklich wichtig, Rabbi. Ich weiß, was ich zu tun habe. Als ich zum ersten Mal meinen Fuß auf den heiligen Boden setzte, habe ich es sofort gespürt, und heute ist mein Gefühl stärker als je zuvor. Das Jüdische ist der wahre Kern. Alles andere ist unwesentlich.«

Buchwald schnaubte. »Schöne Worte sind das – der wahre Kern, der Glaube, dieser ganze intellektuelle Kram. Das müssen Sie nun alles über Bord werfen – es sogar vergessen. Sie wollen Jude werden. Konzentrieren Sie sich auf das, was Sie tun. Die Taten zählen, Joseph. Der Rest ist ...« Der Rabbi warf seine Hände hoch.

»Sagen Sie mir, was ich zu tun habe, und ich werde es tun.«

»So einfach wollen Sie sich das machen? Wie es bei Simon geschrieben steht.«

Roselli schwieg.

»Gut, gut«, sagte Rabbi Buchwald. »Sie wollen Jude werden, und ich gebe Ihnen eine Chance. Aber man wird Sie auf Schritt und Tritt auf Ihre Redlichkeit hin prüfen.« Wieder lachte er leise. »Verglichen mit dem, was ich für Sie bereithalte, wird Ihnen das Kloster wie ein Ferienparadies erscheinen.«

»Ich bin bereit.«

»So glauben Sie jedenfalls.« Der Rabbi erhob sich. Auch Roselli stand auf.

»Da ist noch etwas«, sagte der Mönch.

»Was denn?«

»Ich bin wegen der Mordtaten des Schlächters verhört worden. Das erste Mädchen, das er getötet hat, ist für eine Zeitlang bei den Heiligen Erlösern untergekommen. Ich bin es damals gewesen; mir ist sie über den Weg gelaufen. Ganz erschöpft und ausgehungert hat sie sich in der Nähe des Klosters herumgetrieben; und ich habe Vater Bernardo überredet, sie bei uns aufzunehmen. Ein Inspektor von der Polizei hat mich dazu vernommen; nach dem zweiten Mord kam er wieder, um mich noch einmal zu sprechen. Ich kann es nicht mit Bestimmtheit sagen, aber er hält mich vielleicht für verdächtig.«

»Was sollte er denn für Gründe haben, Joseph?«

»Das weiß ich wirklich nicht. Ich werde immer ganz nervös, wenn ich mit der Polizei spreche – wahrscheinlich hängt mir das noch aus der Zeit der Protestmärsche an. Ich bin damals ein paarmal festgenommen worden. Die Polizisten haben sich immer nur rüpelhaft aufgeführt, das hätte alles nicht sein müssen. Ich mag die Leute nicht; vielleicht merkt man mir das an.«

»Sündenbekenntnisse sind etwas für Katholiken«, sagte Buchwald. »Warum erzählen Sie mir das?«

»Ich wollte nicht, daß eine peinliche Situation für Sie oder die Yeshiva entsteht, falls die Polizei mich noch einmal aufsucht.«

»Haben Sie etwas getan, das uns in eine peinliche Situation bringen könnte?«

»Um Gottes willen, nein«, sagte Roselli, und seine Stimme schnappte über. »Ich habe sie ins Kloster geholt, und mehr hatte ich nicht damit zu tun.«

»Dann brauchen Sie sich keine Sorgen zu machen«, sagte der Rabbi. »Kommen Sie, es ist schon spät. Ich habe noch zu tun.«

Er ging los. Roselli folgte ihm. Sie kamen dicht an Daouds Baum vorbei. Er hielt den Atem an, bis die beiden fast die Schnellstraße erreicht hatten, dann stand er auf und ging ihnen nach.

»Wann werden Sie einziehen?« fragte Buchwald.

»Ich hatte an Montag gedacht – bis dahin kann ich meine persönlichen Angelegenheiten geregelt haben.«

»Regeln Sie, was immer Sie wollen. Lassen Sie es mich nur rechtzeitig wissen, damit ich meine Jungen auf unseren neuen Schüler vorbereiten kann.«

»Ja, Rabbi.«

Sie kletterten bis zur Trasse der Autobahn, blieben am Fahrbahnrand stehen und warteten ab, bis ein einsamer Lieferwagen mit großem Getöse vorbeigerauscht war.

Daoud, der sich in geduckter Haltung dicht hinter ihnen hielt, konnte sehen, wie sich beim Sprechen ihre Lippen bewegten; doch der Lärm des Lieferwagens übertönte alles andere. Sie überquerten die Fahrbahn und wanderten über den sanft ansteigenden Hang des Berges Zion.

Daoud folgte ihnen in sicherem Abstand und lauschte konzentriert.

»Ich habe Alpträume gehabt wegen Fatma – sie war das erste Opfer«, sagte Roselli. »Habe mich immer wieder gefragt, ob ich nicht doch etwas hätte tun können, um das Mädchen zu retten.«

Rabbi Buchwald legte dem Mönch seine Hand auf die Schulter und gab ihm einen freundschaftlichen Klaps. »Sie haben eine ausgeprägte Begabung zu leiden, Yosef Roselli. Aber wir werden wohl trotzdem noch einen guten Juden aus Ihnen machen.«

Daoud beschattete die beiden bis zum Eingang der Yeshiva, wo Roselli sich bei dem Rabbi bedankte und sich, nunmehr allein, auf den Rückweg in Richtung Norden machte. Hinter dem großen Baum wechselte er rasch seine Kleidung und kam im Mönchsgewand wieder zum Vorschein.

So ein Heuchler, dachte Daoud und betastete seine eigene Ordenstracht. Er war ganz aufgebracht wegen des törichten Geredes vom wahren Kern des Glaubens; schon der Gedanke allein machte ihn wütend, daß jemand Christus so einfach abtun mochte, wie man eine Zeitung von gestern wegwarf. Daoud schwor sich, diesem Roselli so lange wie möglich auf den Fersen zu bleiben, in der Hoffnung, weitere Geheimnisse zutage zu fördern; vielleicht gab es noch andere Falltüren in dem verdrehten Hirn des Mönches.

Als Roselli den Parkplatz im Jüdischen Viertel erreicht hatte, blieb er einen Augenblick stehen, stieg dann die Treppen bis zum oberen Rand der Stadtmauer hinauf und spazierte die mit Zinnen besetzte Brustwehr entlang; unter einer Schießscharte machte er halt. In der Nähe standen zwei Soldaten von der Grenzpatrouille. Es waren Drusen; beide trugen, wie er erkennen konnte, mächtige Schnurrbärte, und sie hatten Ferngläser und Gewehre bei sich.

Die Wachtposten warfen einen Blick auf Roselli und schlenderten ihm entgegen. Er nickte ihnen zu und lächelte; die drei Männer hielten ein Schwätzchen, bis sich die Drusen nach einer Weile entfernten, um ihren Patrouillengang wieder aufzunehmen. Als der Mönch allein war, hievte er sich nach oben und kauerte sich in die steinerne Kerbe der Schießscharte; die Knie zog er dicht an seinen Körper, sein Kinn hielt er in beiden Händen.

So verharrte er in Stein gebettet, bis der Morgen graute, starrte reglos und stumm in die Dunkelheit. Ahnte nichts von Daoud, der sich hinter dem Geländewagen der Grenzpatrouille verbarg und Roselli nicht einen Moment aus den Augen ließ, während er stinkende Benzinschwaden aus einem undichten Tank einatmete.

54 Es war Freitagmorgen, eine neue Leiche war nicht aufgetaucht. Daniel hatte sich die halbe Nacht mit Mark Wilbur um die Ohren geschlagen und außerdem noch Anweisungen erteilt, wie der Skopus und andere Waldgegenden überwacht werden sollten. Als er sein Verhör um vier Uhr morgens beendete, war er überzeugt, daß er es mit einem intellektuell unredlichen Mann zu tun hatte. Aber ein Mörder war der Reporter bestimmt nicht. Daniel fuhr nach Hause, um noch drei Stunden zu schlafen. Und gegen acht war er wieder im Präsidium.

Als er den Korridor zu seinem Büro entlangging, bemerkte er jemanden in der Nähe seiner Tür. Der Mann drehte sich um und kam auf ihn zu, und jetzt erkannte er Laufer.

Der stellvertretende Polizeichef machte schnelle und zielstrebige Schritte, seine Verärgerung war ihm von weitem anzusehen. Er schwenkte die Arme, als marschierte er bei einer Militärparade.

Alles klar zum Gefecht, eine Standpauke kündigte sich an. Wilburs Festnahme konnte natürlich nicht ohne Folgen bleiben.

Sie hatten den Reporter in eine Einzelzelle gesperrt und das Desaster, das er in Beit Gvura provoziert hatte, zum Anlaß genommen, sich auf strengste Sicherheitsbestimmungen zu berufen; nicht einmal einen Anwalt durfte er konsultieren. Mit dem Formularkram war Avi Cohen betraut worden, um den Vorgang in die Länge zu ziehen – soweit Daniel wußte, hockte der arme Junge immer noch über den Papieren und biß sich die Zähne daran aus. Aber inzwischen war die Geschichte bestimmt durchgesickert, die Anwälte der Kabelgesellschaft waren dem Boß wahrscheinlich schon mit den üblichen Drohungen gekommen, und der hielt sich nicht lange damit auf und leitete den ganzen Schlamassel eine Etage tiefer an seine Adresse weiter.

Als Laufer noch ein paar Meter zu gehen hatte, trafen sich

ihre Blicke. Daniel machte sich auf eine böse Attacke gefaßt. Doch zu seiner Überraschung hörte er nur: »Guten Morgen, Sharavi.« Und damit ließ ihn der Polizeivize stehen.

Als er sein Büro betrat, begriff er dann auch, was es damit auf sich hatte.

Vor seinem Schreibtisch saß ein Mann und döste; wie ein Sack hing er in seinem Stuhl, das Kinn lag auf seinen wulstigen Fingerknöcheln. Im Aschenbecher glimmte eine halb aufgerauchte Zigarre und verbreitete einen strengen, bitteren Tabakgeruch.

Die Brust des Mannes hob und senkte sich; und der Kopf rutschte ihm zur Seite. Sein rotbackiges Gesicht war Daniel durchaus vertraut. Der Mann hatte einen korpulenten Leib mit kurzen Gliedmaßen und füllte damit den ganzen Stuhl aus; seine drallen Schenkel quollen zu beiden Seiten über die Sitzfläche und wirkten in den Hosentaschen wie pralle Würste, die man in einen viel zu knappen Darm gestopft hatte. Ein winziger weißer Spitzbart zierte sein gespaltenes Kinn.

Daniel wußte, daß der Mann fünfundsiebzig war; aber mit seiner gesunden Gesichtsfarbe und der jungenhaften, graublonden Haartolle, die so gar nicht zu ihm passen wollte, wirkte er um zehn Jahre jünger. Die Kragenspitzen seines offenen weißen Hemdes hingen über den Aufschlägen eines zerknitterten, metallgrauen Sportsakkos; darunter war ein halbkreisförmiges Stück unbehaarte rosarote Haut zu sehen.

Die vollgepfropften Hosenbeine waren taubengrau und hatten schon lange keine Bekanntschaft mehr mit einem Bügeleisen gemacht. Er trug billige Laufschuhe mit geriffelten Sohlen. Ein kastanienbraunes seidenes Einstecktuch schmückte die Brusttasche seines Sportsakkos – ein Hauch von Dandy, der pure Widerspruch zu seiner restlichen Ausstattung. Der Mann hatte eine Schwäche für das Unpassende, und daß er Überraschungen liebte, war überall bekannt.

Daniel machte die Tür hinter sich zu, ohne daß sich der

korpulente Mann in seinem Schlaf hätte stören lassen – auch das eine Pose, die Daniel vertraut war. Die Zeitungsreporter machten sich einen Spaß daraus, Fotos von ihm zu schießen, wenn er bei offiziellen Anlässen sein Nickerchen hielt – zusammengesackt in seinem Stuhl, in sich versunken und nicht mehr von dieser Welt, neben ihm ein stocksteifer Würdenträger, zu dessen Ehren ein Empfang gegeben wurde.

Ein klarer Fall von Narkolepsie, sagten seine Kritiker; der Mann war nicht mehr ganz richtig im Kopf, vollkommen ungeeignet für seinen Job. Andere meinten, es sei nur eine Marotte und gehöre zu seiner Selbststilisierung; ein Image, das er sich im Lauf der letzten zwanzig Jahre aufgebaut hatte.

Daniel mußte sich an den pummeligen grauen Knien vorbeidrängen, um hinter seinen Schreibtisch zu gelangen.

Shmeltzer hatte sein Versprechen gehalten, an seinem Platz lag ein Hefter mit der Aufschrift *Info Besichtigungstouren*. Er nahm ihn zur Hand. Der schlafende Mann öffnete seine blaßgrauen Augen, brummelte vor sich hin und starrte ihn an.

Daniel legte Shmeltzers Hefter beiseite. »Guten Morgen, Herr Bürgermeister.«

»Guten Morgen, *Pakad* Sharavi. Wir haben uns ja schon kennengelernt – bei der Einweihung der Konzerthalle. Damals trugen Sie noch einen Schnurrbart.«

»Ja.« Es war drei Jahre her – Daniel konnte sich kaum noch daran erinnern. Er war für die Sicherheit zuständig gewesen, mit dem Mann selbst hatte er nicht ein Wort gesprochen.

Seine Begrüßungsfloskeln war der Bürgermeister damit losgeworden. Nun setzte er sich aufrecht und runzelte die Stirn.

»Seit einer Stunde warte ich hier schon auf Sie«, sagte er und wirkte jetzt hellwach. Ehe Daniel ihm antworten konnte, fuhr er fort: »Diese Mordfälle, das ganze blödsinnige Gerede von Schlächtern und Menschenopfern und Racheakten bringt mich allmählich in Schwierigkeiten. Der Tourismus verzeichnet schon sinkende Tendenzen. Was tun Sie dagegen?«

Daniel gab ihm einen Bericht über den aktuellen Stand der Ermittlungen.

»Das weiß ich doch alles«, unterbrach ihn der Bürgermeister. »Ich will von Ihnen hören, was es Neues gibt.«

»Nichts.«

Der Bürgermeister steckte sich seine kalte Zigarre wieder an.

»Was sind Sie doch für ein aufrichtiger Mann – Diogenes hätte seine Freude an Ihnen gehabt. Aber in der Stadt brodelt es mittlerweile an allen Ecken und Enden. Die wirtschaftliche Rezession macht uns reichlich zu schaffen, und Einbrüche im Tourismusgeschäft haben uns gerade noch gefehlt. Sagen Sie, dies Papier mit den Bibelzitaten – ist da irgendwas dran?«

»Schon möglich.«

»Nun kommen Sie mir bitte nicht mit Ausflüchten. Haben wir es mit einem jüdischen Bürger zu tun? Ist es einer von den Schwarzkitteln?«

»Wir haben keine Beweise dafür, daß irgendeine besondere Gruppe am Werk ist.«

»Was ist mit Kagan und seiner Bande?«

»Dafür gibt es keinerlei Beweise. Und was mich betrifft, ich habe da so meine Zweifel.«

»Wieso?«

»Wir haben die Leute sehr gründlich in die Mangel genommen.«

»Avigdor Laufer meint, die Typen wären allesamt verdächtig.«

»Avigdor Laufer meint so manches.«

Der Bürgermeister lachte. »Ja, er ist ein Idiot.« Sein Gelächter verstummte abrupt, und im nachhinein wirkte es unecht.

»Hinter dem Schreiben steckt vielleicht wirklich jemand«, sagte Daniel, »der ein Interesse daran hat, die Geschichte den religiösen Juden in die Schuhe zu schieben.«

»Ist das eine professionelle Einschätzung, oder sagen Sie das, weil Sie eine *Kipah* tragen?«

»Die Bibelzitate waren nur Fragmente und vollkommen aus dem Zusammenhang gerissen. Dadurch wirkt das Papier wie eine Fälschung.«

»Gut, gut«, sagte der Bürgermeister, und sein Desinteresse war ihm deutlich anzumerken. »Entscheidend ist doch, was wir dagegen tun können.«

»Unsere Strategie läßt nicht zu wünschen übrig. Wir können nur weitermachen.«

Der Bürgermeister bekam schmale Augen. »Und das sind keine Ausflüchte?«

Daniel schüttelte den Kopf.

»Wann können wir mit Resultaten rechnen?«

»Ich kann Ihnen nichts versprechen. Serienkiller sind bekanntlich schwer zu fassen.«

»Serienkiller«, sagte der Bürgermeister, als ob er das Wort noch nie gehört hätte. Dann murmelte er etwas Unverständliches, es klang wie »Killerameisen«.

»Wie bitte?«

»Dieser Wilbur – wann wollen Sie den Mann wieder laufen lassen?«

»Wir müssen ihn noch vernehmen. Er steht unter der Beschuldigung, polizeiliche Ermittlungsarbeit behindert zu haben. Die Papiere sind in Arbeit.«

»Aller Voraussicht nach wollen Sie ihn also nicht vor Gericht stellen?«

»Man wird ihn genauso behandeln wie jeden –«

»Wissen Sie, *Pakad*, wir sind hier nicht bei der Müllabfuhr. Darum sollten Sie mich nicht mit irgendwelcher Scheiße zuschütten.«

»Der Mann hat uns immerhin relevante Beweismittel vorenthalten.«

»Ist er ein Mörder?«

»Durchaus möglich.«

»Und auch wahrscheinlich?«

»Nein.«

»Dann lassen Sie ihn laufen. Mit Problemen bin ich zur Zeit reichlich eingedeckt. Ich bin schon mit Ihrem Serienkiller bestens bedient.«

»Der Mann könnte sich für uns als nützlich erweisen –«

»Wieso?«

»Falls der Killer noch mal Kontakt mit ihm aufnehmen sollte –«

»Im Gefängnis wird er wohl kaum mit ihm in Kontakt treten, *Pakad*.«

»Man könnte ihn entlassen und die Sache zum schwebenden Verfahren erklären. In der Zwischenzeit würden wir ihn dann überwachen.«

»Und wenn er es vorzieht, das Land zu verlassen?«

»So etwas läßt sich verhindern.«

»Sie wollen ihn doch hoffentlich nicht für Ihre Zwecke als Geisel nehmen? Wo sind wir denn hier – etwa in Beirut?«

»Wir verfügen über ausreichende –«

»Lassen Sie ihn laufen«, sagte der Bürgermeister. Sein Ton klang plötzlich gereizt, und sein Gesicht versteinerte. Er beugte sich vor und stach mit seiner Zigarre in den Aschenbecher. Wie mit einem Bajonett. Ein Kegel aus Zigarrenasche fiel auf Daniels Schreibtisch.

»Bei allem Respekt –«

»Wenn Sie schon von Respekt sprechen, dann hören Sie auf zu diskutieren und lassen den Idioten laufen. Ich habe mich mit seinem Boß in New York unterhalten. Er ist Vorsitzender einer Gesellschaft, die den Korrespondentendienst betreibt. Man weiß dort, daß Wilbur unprofessionell gearbeitet hat. Die Leute haben mir auch versichert, daß sie die Sache mit seiner Verhaftung nicht an die große Glocke hängen wollen. Man wird ihn versetzen, und zwar an eine Stelle, wo er keinen Schaden anrichten kann – aber nicht gleich, erst in einem Monat etwa. Man will natürlich jeden Anschein von Kapitulation vermeiden. Aber die Vereinbarung kommt nur unter der Bedingung zustande, daß wir ihn auf der Stelle freilassen.«

»In der Zwischenzeit schreibt er weiter.«

»Er schreibt weiter, aber seine Artikel – alle Artikel, die den Fall des Schlächters betreffen – müssen vor ihrer Veröffentlichung durch die Sicherheitszensur.«

»Die Zensur besteht nur auf dem Papier, das hat sich unter den einheimischen Journalisten herumgesprochen und auch unter den Ausländern«, sagte Daniel. »Alle Welt weiß, wieviel wir uns darauf einbilden, demokratischer als die Amerikaner zu sein. Bei uns läßt man alles durchgehen.«

»Seine Sachen nicht. Einen Monat noch, dann sind wir den Kerl los«, sagte der Bürgermeister. »Wir haben schon schlimmere Leute toleriert.« Wieder fiel ihm ein Aschenrest auf den Tisch. »Kommen Sie, *Pakad*, geben Sie mir Ihre Zusage. Jetzt gleich. Ich brauche Ihre Bereitschaft zur Zusammenarbeit. Wilburs Boß – dieser besagte Vorsitzende – wird im nächsten Monat nach Jerusalem kommen und uns einen Besuch abstatten. Bildet sich ein, er wäre so eine Art Amateurarchäologe. Ich empfange ihn am Flughafen mit allem offiziellen Brimborium, habe für ihn eine Besichtigung des Allbright Instituts und des Rockefeller arrangiert, und er wird sich ein paar Ausgrabungsstellen in der Umgebung ansehen. Ich würde mich sehr freuen, *Pakad*, wenn das alles glatt über die Bühne ginge.«

»Reichen Sie mir doch bitte mal den Aschenbecher«, sagte Daniel. Er nahm ihn dem Bürgermeister aus seiner wulstigen Hand, bürstete die abgefallene Asche in den Behälter und wischte den Tisch mit einem Taschentuch sauber.

»Eine Hand wäscht die andere, *Pakad*. Und alle kleinen Ameisen sind glücklich. In Ihren Augen mag das vielleicht unmoralisch sein; aber für einen Realisten ist es nur das tägliche Brot.«

»Ohne eine Genehmigung aus dem Büro des Staatsanwalts kann ich die Anschuldigungen nicht einfach fallenlassen«, sagte Daniel. »Aber ich gehe davon aus, daß dafür schon eine Regelung getroffen wurde.«

»Was für ein Detektiv.« Der Bürgermeister lächelte. Er hantierte mit seiner Zigarre, als hielte er einen Marschallstab zwischen den Fingern. »Nun spielen Sie nicht die beleidigte Leberwurst. Selbstgerechtigkeit ist eine Eigenschaft, die man getrost den Soldaten und den Pilgern überlassen darf. Und Soldaten und Pilger haben in dieser Stadt bekanntlich immer nur Trümmer und Ruinen hinterlassen.«

»Sender Malkovsky«, sagte Daniel. »Wer hat denn da wem die Hand gewaschen?«

Der Bürgermeister zeigte keine Regung. »Man muß die Dinge in ihrem großen Zusammenhang sehen, *Pakad* Sharavi. Diese Stadt besteht aus einer Ansammlung von kleinen Ameisenhaufen; es gibt Ameisen von jeglicher Couleur, ganze Heerscharen von Ameisen; und alle sind sie davon überzeugt, Gott oder Allah oder Jesus habe ihnen anbefohlen, sie sollten die jeweils anderen verschlingen. Pakad, Sie müssen sich einmal vor Augen halten, mit was für einem Aggressionspotential wir es da zu tun haben. Und so sind die Verhältnisse seit zweitausend Jahren. Jetzt stehen wir vor einer neuen Situation, und wenn wir das Faß nicht zum Überlaufen bringen wollen, haben wir nur eine einzige Möglichkeit: wir müssen ein Gleichgewicht der Kräfte schaffen. Pluralismus. Jede Ameise muß sich in ihrem kleinen Loch als unumschränkter Herrscher fühlen können. Und Ihr Schlächter ist drauf und dran, eben diese Konstellation der Kräfte aus der Balance zu kippen.«

»Malkovsky ist keine Ameise. Er vergewaltigt kleine Kinder.«

Der Bürgermeister zog an seiner Zigarre und inhalierte, wedelte den Rauch beiseite und tat mit derselben Geste auch Daniels Bemerkung ab. »Aus einem solchen Blickwinkel mag Ihnen unsere Vorgehensweise im Fall Malkovsky als falsch erscheinen. Aber wenn Sie die Dinge in einem größeren Zusammenhang betrachten, müssen Sie einsehen, daß wir da keinen Fehler begangen haben. Ich werde Ihnen was sagen, *Pakad*: Die grundlegenden Konflikte in Jerusalem spielen sich nicht mehr zwischen Arabern und Juden ab. Wir sind es nun mal, die für lange Zeit am Ruder bleiben werden. Die andere Seite wird sich weiterhin dagegen wehren, aber das ist alles nur Theater. In Wahrheit lassen sie sich nur allzu gern gefallen, was wir ihnen bieten: schulische Ausbildung, medizinische Versorgung. Die Jordanier haben so etwas nie für sie getan; und sie wissen sehr wohl, daß sie von denen rein gar nichts zu erwarten haben. Arafat ist nur ein Papiertiger, er stammt aus dem Clan der Husseinis – und die Araber werden nie vergessen, daß es Husseins Leute waren, die ihr Land konfiszierten und es billig weiterverkauft haben. So passen sie sich also an, und wir passen uns an – das ist unser Status quo, nicht unbedingt die große Liebe, aber wir werden schon miteinander zurechtkommen.

Das Problem liegt in Wahrheit woanders. Es geht in Zukunft einzig und allein um die Konflikte zwischen Juden und Juden – da sind die Schwarzkittel, und sie stehen gegen alle anderen. Es sind Fanatiker, sie erkennen diesen Staat nicht an und wollen alles niederreißen, wofür wir einmal gekämpft haben. Sie wollen einen zweiten Iran schaffen, aber unter der Herrschaft von jüdischen Ayatollahs. Stellen Sie sich das mal vor: keine Kinos, keine Cafés, keine Museen oder Konzertsäle. Fanatiker, die uns vorschreiben wollen, daß wir an jede Wohnungstür *Mezuzahs* hängen sollen und dreimal am Tag Gebete verrichten müssen. Wenn wir uns nicht fügen, wird man uns am Zionplatz öffentlich verprügeln. Und diese Leute vermehren sich wie die Kaninchen – haben Familien mit neun oder zehn Kindern. Sie emigrieren zu Tausenden aus ihren Ghettos in Amerika, um in unserem Land neue Ghettos zu errichten. Den ganzen Tag hocken sie in ihren Yeshivas und stecken die Köpfe zusammen, sie leben von Arbeitslosenunterstützung – und vom Militärdienst wollen sie nichts wissen. Wir haben es mit Tausenden von Staatsfeinden zu tun, und es wachsen immer neue nach – gefährlich sind sie, weil sie unterdrückt werden – sexuell und emotional. Sie wissen, wie gewalttätig sie werden können. Denken Sie nur an die Brandanschläge auf die Autobusse, die wir jeden Samstagabend in Mea She'arim erlebt haben. Nicht einmal der Fußballplatz, den wir für sie angelegt haben, hat dies Aggressionspotential in vernünftige Bahnen leiten können.«

Der Bürgermeister zündete sich seine Zigarre wieder an. »Gewalttätig«, wiederholte er. »Darum erscheinen mir die religiösen Anspielungen in der Notiz an Wilbur gar nicht so unplausibel – diese Schwarzkittel sind imstande, mit Gewalt gegen jedermann vorzugehen, der sie beleidigt. Trotzdem gibt es nach Ihren Informationen keine Beweise dafür, daß irgendeine besondere Gruppe am Werk ist.«

»Malkovsky«, erinnerte ihn Daniel.

Es war dem Bürgermeister anzusehen, daß er die Angelegenheit für belanglos hielt.

»Malkovskys *Rebbe* – der Prostnitzer – ist ein potentiell wertvoller Mann. Einer, auf den wir uns unbedingt verlassen können. Er ist ein Vetter des *Rebbe* Satmar, von dem er sich aber vor drei Jahren losgesagt hat, nach einem Disput um die Amtsnachfolge. Das allein hat nicht viel zu bedeuten – sie streiten ja ständig miteinander. Doch als es darum ging, eine eigenständige Identität für sich zu schaffen, nahm der Prostnitzer eine staatskonforme Haltung ein. Stellen Sie sich das mal vor: der ultraradikale Fanatiker, wie er im Buche steht – schwarzer Hut mit Pelzbesatz, Schläfenlocken, Gamaschen –, ein solcher Mann stellt sich hin und sagt, rechtschaffene Juden sollen den Staat unterstützen.«

»Agudah tut das doch schon seit vielen Jahren.«

»Agudah ist nicht von Bedeutung. Seinen Leuten geht es nur darum, koschere Hotels zu bauen und viel Geld zu verdienen. Aber dieser Prostnitzer besitzt wirklich Statur. Er hat eine charismatische Ausstrahlung. Wenn er seinen Hassidim sagt, der Messiah habe mit dem Sieg von '67 ein Zeichen gesetzt, dann hat sein Wort Gewicht.«

»Ich habe so etwas nie von ihm gehört«, sagte Daniel.

»Aber ich, im privaten Kreis. Er wartet nur auf den richtigen Zeitpunkt, um damit an die Öffentlichkeit zu gehen. Die Sache mit Malkovsky wird die Dinge ein wenig bremsen, aber mit seiner Haltung steht er im Wort. Als Gegenleistung verlangt er nur ein paar Gefälligkeiten. Geringfügige Gefälligkeiten, die ich ihm auch mit Kußhand gewähre, weil so viel auf dem Spiel steht. Wenn wir einen seiner Anhänger in aller Öffentlichkeit als Perversen entlarven, wäre das nicht produktiv. Bedenken Sie: wir haben eine Chance, in die Kreise der Fanatiker einzudringen, wir treiben einen ersten Keil in ihre nach außen geschlossenen Reihen. Die Leute haben die Mentalität von Mitläufern. Es sind Konformisten. Einer macht den Anfang, und die anderen ziehen nach; es kommt darauf an, ihr System von festgefahrenen Überzeugungen zu erschüttern und statt dessen eine kreative Spannung zu schaffen. Wenn wir ihre fixen Ideen über die absoluten Wahrheiten ins Wanken bringen, schwächen wir den Fanatismus. Die Fronten entschärfen sich, und wir stärken die Vitalität unseres Pluralismus.«

»Ameisen, die von einem Loch zum andern krabbeln?« fragte Daniel.

Der Bürgermeister sah auf die Uhr und erhob sich von seinem Platz.

»Es ist spät geworden. Ich habe zu viel theoretisiert. Ich erwarte also, daß Mark Wilbur unverzüglich entlassen und nicht weiter behelligt wird. Offenbar sind Sie ein intelligenter Mensch. Wenn Sie den Wunsch haben, unsere Diskussion über Ameisenhaufen weiterzuführen, dann rufen Sie mich doch einfach im Büro oder in meiner Wohnung an – die Nummern finden Sie im Telefonbuch. Wir verabreden uns für einen Abend, stellen einen guten Schnaps auf den Tisch und kramen ein wenig in den Philosophiebüchern. Aber das braucht noch etwas Zeit. Erst mal sollten Sie diese alberne Geschichte mit dem Schlächter aus der Welt schaffen.«

Als Daniel wieder allein war, nahm er die Mappe mit den Tourunterlagen zur Hand. Die Universität hatte eine Liste über die Teilnehmer an neuen Feldstudien in der weiteren Umgebung der Mörderhöhle zusammengestellt, bezogen auf drei Expeditionen jährlich für den Zeitraum der letzten drei Jahre. Erkundungen wurden schon seit '67 durchgeführt, aber früher datierte Listen waren nicht mehr aufzutreiben. (»D.: Sie hätten mal deren Unterlagen sehen sollen, das reinste Chaos«, hatte Shmeltzer notiert. »Professoren!«)

Das letzte Unternehmen war im Sommer vor einem Jahr durchgeführt worden, eine Oberflächengrabung in eineinhalb Kilometer Entfernung nördlich der Höhle; die Mittel hatte das Institut für Archäologie zur Verfügung gestellt. Bei den übrigen Erkundungen, die von Geologen durchgeführt wurden, ging es um das Vermessen von unterirdischen Wasserspeichern. Teilgenommen hatten Fakultätsmitglieder, Studenten und Hospitanten von anderen Universitäten. In der Liste waren nur die Professoren aufgeführt; ein halbes Dutzend Namen, die immer wieder auftauchten. Zwei befanden sich auf einer Auslandsreise; die übrigen vier hatte Shmeltzer vernommen, drei davon waren Frauen. Hinweise hatten sich nicht ergeben, nur eine unvollständige Liste mit Namen von Studenten, die irgendwelche zerstreuten Professoren aus dem Gedächtnis zusammengestellt hatten. Die Studenten waren alle Israelis, mit Ausnahme eines Nigerianers, der sechs Monate vor dem ersten Mord nach Afrika zurückgekehrt war. Diese Personen mußten noch befragt werden.

Keines der kommerziellen Reiseunternehmen hatte Führungen in diesen Teil der Wüste im Angebot, was kaum verwunderlich war – für Touristen gab die Gegend nicht viel her. Wenn sie die Wüste sehen wollten, zeigte man ihnen den Kamelmarkt in Beersheva, Masada, Ein Gedi und das verdreckte Tote Meer.

Der Naturschutzbund hatte in dieser Gegend vor sechs Monaten einmal eine Führung für eine Gruppe von Wanderern organisiert; die Leute wollten die einjährige Wüstenflora studieren. Geführt wurden sie damals von einer Frau namens Nurit Blau, die jetzt mit einem Mann aus dem Kibbuz Sa'ad verheiratet war. Shmeltzer hatte sie angerufen; sie habe erst kürzlich ein Baby bekommen, sagte sie am Telefon, und ihre Stimme klang noch etwas ermattet; an die Tour konnte sie sich kaum noch erinnern, außer daß man das Unternehmen wegen eines verrückten Wolkenbruchs vorzeitig habe abbrechen müssen. Nein, besonders aufgefallen sei ihr niemand von den Teilnehmern. Es seien vielleicht ein paar Ausländer dabeigewesen, aber erinnern könnte sie sich beim besten Willen nicht mehr – und nach so langer Zeit sei das wohl auch ganz normal.

Eine Nachfrage im Büro des Naturschutzbundes brachte nichts ein; Namenslisten mit Reservierungen wurden nicht länger aufbewahrt als bis zum Tag der Führung. Und vollständig waren die Listen ohnehin nicht. Die meisten Wanderer machten sich gar nicht die Mühe, ihre Plätze im voraus reservieren zu lassen; sie fanden sich einfach am Morgen der Wanderung an einer verabredeten Stelle ein, zahlten ihre Gebühr und schlossen sich der Gruppe an.

Ergebnis unterm Strich: dürftig. Hinzu kam, daß Namenslisten noch gar nichts bewiesen; jedermann konnte in der Wüste umherspazieren, wie er Lust hatte. Trotzdem, wenn man erst einmal einen Weg eingeschlagen hatte, mußte man ihn auch bis zu Ende gehen. Es war ja nicht so, daß sie in einem Meer von Beweismaterial schwammen. Er wollte Cohen und den Chinesen damit beauftragen, die Studenten zu vernehmen; außerdem sollten sie die Namen der fehlenden Personen ausfindig machen und auch die überprüfen.

Um acht Uhr fünfundzwanzig ging er den Flur hinunter, nach etlichen Umwegen landete er vor dem Büro von Amos Harel. Die Tür trug kein Namensschild und war geschlossen. Er klopfte, wartete, bis ihm aufgemacht wurde, und starrte ein paar Sekunden später in die grauen Augen des Undercover-Agenten.

Harel hielt in einer Hand eine glimmende Gauloise, in der anderen einen Filzschreiber. Er trug ein T-Shirt und Jeans. Der weiße Vollbart, den er bei seinem letzten Auftrag noch getragen hatte, war weg und enthüllte ein bleiches, hageres Gesicht, dessen Kinnladen von Rasiermesserkratzern verunziert waren.

»Morgen, Dani.«

»Morgen.«

Harel bat ihn nicht in sein Büro, stand einfach nur da und wartete ab, was Daniel mitzuteilen hatte. Obwohl er zehn Jahre älter war als er und immerhin Chefkommissar, kehrte er niemals seinen Dienstrang hervor, konzentrierte sich ausschließlich auf seine Arbeit. Unter den knallharten Burschen in seiner Umgebung gab es keinen, der es mit ihm hätte aufnehmen können. Auch wenn ihm das beim besten Willen nicht anzusehen war – bei seinen schmalen Schultern und dem krummen Rücken, in dem drei Granatsplitter steckten, mit schönen Grüßen von Anwar Sadat. Harel besaß ein emotionales Barometer, das anscheinend niemals eine persönliche Empfindung anzeigte, und er verfügte über das Gespür eines Bluthundes für die subtilen kleinen Unstimmigkeiten und die verdächtigen Gepäckstücke.

»Morgen, Amos. Lassen Sie Wilburs Briefkasten noch überwachen?«

»Unser Mann hat sich vor zwei Stunden das letzte Mal gemeldet – nichts passiert.«

»Wilbur ist aus dem Gefängnis entlassen – da hat jemand von ganz oben an der Strippe gezogen. Man wird Sie wahrscheinlich ersuchen, die Überwachung einzustellen. Sie würden mir einen großen Gefallen tun, wenn Sie sich damit etwas Zeit ließen –«

»Hat man also wieder an der Strippe gezogen.« Harel runzelte die Stirn. »Wieviel Zeit brauchen Sie?«

»Einen Tag ungefähr, vielleicht eineinhalb Tage. Dann kann ich einen von meinen eigenen Leuten darauf ansetzen.

Die kleine Verzögerung zu kaschieren, dürfte kein Problem für Sie sein.«

»Nein«, sagte der Latam-Boß. »Kein Problem für uns.«

Ihm ausdrücklich zu danken, war in seinem Fall überflüssig; Daniel drehte sich wortlos um und ging wieder in sein Büro, um sich telefonisch mit dem Gefängnis auf dem Russischen Gelände verbinden zu lassen. Er wollte von Shmeltzer hören, ob die Mossad-Leute bei der Suche nach der Roten Amira Nasser weitergekommen waren. Aber der Detektiv war im Gefängnisgebäude nicht zu erreichen, und Daniel überlegte, ob er nicht bei Mossad direkt anfragen sollte. Aber die Leute hatten es nicht gern, wenn man sich nicht an die vereinbarten Regeln hielt. Darum war es wohl besser, an den routinemäßigen Kontaktwegen festzuhalten.

»Verbinden Sie mich mit Unterinspektor Lee«, sagte er zu dem Beamten in der Telefonzentrale des Gefängnisses.

Es dauerte eine Minute, bis er den Chinesen an den Apparat bekam. Daniel erzählte ihm, daß er heute morgen hohen Besuch im Büro gehabt hatte.

»Ach was, Mister Schlafmütze persönlich? Wie ist er denn so?«

»Ein liebenswerter Zeitgenosse. Er betrachtet die Menschen als Insekten. Und wenn Sie noch irgendwelche Fragen an Wilbur haben, Yossi, dann sollten Sie am besten gleich noch mal auf ihn zugehen. Er wird uns nämlich bald verlassen.«

»Das hat er schon getan. Hier sind gerade eben zwei Typen aufgetaucht, echte Saftärsche waren das; die haben ihn liebevoll an sich genommen. Kann ich jetzt nicht Avi bei dem Formularkram helfen? Der arme Junge schwitzt sich sonst noch die Seele aus dem Leib.«

»Okay. War denn von Wilbur noch irgendwas rauszubekommen?«

»Nicht die Bohne. Wir sind nett zu ihm gewesen, haben ihm Kaffee angeboten. Der Mann ist zusammengebrochen – keine Spur von Rückgrat. Erzählt nur den letzten Scheiß. Am

Ende hat er noch stundenlang von seiner Kindheit gefaselt. Muß wohl einen ziemlich miesen Vater gehabt haben, als Anwalt ein großes Tier, wollte natürlich auch einen Anwalt aus ihm machen, von Schreiberlingen hat er nie viel gehalten.« Der Chinese gähnte in seine Sprechmuschel.

»Wo steckt Nahum?«

»Nachdem er Wilbur bestimmt hundertmal einen *Schmock* genannt hat, ist er dann abgedampft – hat irgendwas von Studenten gemurmelt, die er vernehmen wollte.«

»Die Leute haben an einer Tour durch die Wüste teilgenommen, ihre Namen haben wir von der Universität. Versuchen Sie, Nahum zu erreichen, und helfen Sie ihm bei den Vernehmungen. Sagen Sie ihm auch, daß ich von ihm wissen will, was die Nachforschungen in Sachen Amira Nasser ergeben haben. Nehmen Sie auch Cohen mit, damit Sie schneller vorankommen; um zwei müssen Sie ihn aber gehen lassen. Er soll den Latam-Mann bei der Überwachung des Briefkastens ablösen. Sagen Sie ihm, er soll sich bei Hamashbir ein paar neue Kleidungsstücke kaufen – nichts Modisches, nur Sachen, die auch ein Kibbuznik tragen würde. Außerdem soll er sich seinen Bart abrasieren, sich das Haar kurzschneiden lassen und eine Brille mit Fensterglas aufsetzen.«

»Schlechte Behandlung der Fußtruppen«, lachte der Chinese. »Ich werde seine Tränen in einer Flasche auffangen und sie dem Richter beim Arbeitsgericht vor die Nase stellen. Aber hören Sie, Aviva rief eben an – sie hat heute morgen frei. Ist das okay für Sie, wenn ich mal zum Frühstücken nach Hause gehe?«

Daniel überlegte. Die Sache mit den Archäologiestudenten hatte keine Eile. »Setzen Sie sich vorher noch mit Nahum in Verbindung. Und dann sollen Sie alle was frühstücken.«

»Henkersmahlzeit für den armen Cohen«, sagte der Chinese und gluckste noch immer.

Um acht Uhr vierzig rief Daniel seine eigene Frau an.

»Ich liebe dich«, sagte er. »Tut mir leid, daß ich heute morgen so schnell aus dem Haus mußte. Was glaubst du wohl, wer im Büro auf mich gewartet hat?«

»Der Premierminister?«

»Viel wichtiger.«

»Meinst du das ernst?«

»Doch, doch.«

»Wer denn, Daniel?«

»Der Bürgermeister.«

»Bei dir im Büro?«

»Ich mache meine Tür auf, und da sitzt der gute Mann und hält sein Nickerchen.«

»Ich dachte immer, die Sache mit seiner Schlaferei wäre nur eine Schau für die Medien.«

»Heute morgen hat er für mich eine Privatvorstellung gegeben.«

»Und was hat er von dir gewollt?«

»Ich soll den amerikanischen Reporter laufenlassen und mich darauf gefaßt machen, daß ich in Zukunft genauestens kontrolliert werde.«

»Du hast ihn bestimmt sehr positiv beeindruckt.«

»Er wäre noch positiver beeindruckt gewesen, wenn ich erst die Mordfälle aufgeklärt hätte. Er betrachtet das nämlich als eine Gefährdung der öffentlichen Sicherheit.«

Laura schwieg einen Moment, dann sagte sie: »Man will dich unter Druck setzen.«

»Das kennen wir ja schon.«

»Hör zu, ehe ich's vergesse – Gene hat vor ungefähr einer Viertelstunde angerufen und gesagt, er hätte versucht, dich im Büro zu erreichen, wäre aber nicht durchgekommen.«

»Ist er im ›Laromme‹?«

»Ich glaub schon. Du weißt doch, daß die beiden diesen Sonntag nach Rom fliegen.«

»Jetzt schon?«

»Die vier Wochen sind vorbei, Liebling.«

Daniel seufzte.

»Es gibt ja immer noch ein nächstes Mal«, sagte Laura. »Luanne hat schon davon gesprochen, daß sie uns im kommenden Jahr wieder besuchen wollen. Jedenfalls wollen sie heute abend kommen und zum Sabbat mit uns essen. Kannst du bis drei Uhr zu Hause sein?«

»Klar.«

»Gut. Bei Lieberman ist Wein und Gebäck für uns abzuholen. Außerdem gibt es noch eine junge Dame in deinem Leben, die ein neues Kleid bekommen hat, das sie erst tragen möchte, nachdem du es begutachtet hast.«

»Sag ihr, daß ich sie sehr lieb habe. Und die anderen auch.«

Dann rief er Gene im »Laromme« an.

Der dunkelhäutige Mann hob beim ersten Klingeln den Hörer ab und sagte: »Ich hatte gehofft, daß du es bist. Das dauert ja eine Ewigkeit, bis man zu dir durchgestellt wird. Sind das Sicherheitsgründe?«

»Wahrscheinlich liegt es eher an den schlechten Leitungen. Was gibt's Neues?«

»McGuire hat mich angerufen, mit den Computerdaten. Ich glaube, ich hab' da was Interessantes für dich. Hast du was zu schreiben?«

»Jetzt ja. Schieß los.«

»Sie haben fünfhundertsiebenundachtzig ungelöste Fälle, die möglicherweise in das Serienmuster fallen. Bei zweihundertsiebenundneunzig wurden Messer benutzt. Davon wiederum hat die Maschine einundneunzig Fälle ausgespuckt, deren Verletzungsmerkmale Ähnlichkeit mit deinen aufweisen, und zwar über den Zeitraum der letzten fünfzehn Jahre – was sie an Daten speichern, geht doch weiter zurück, als ich dachte; aber das Material aus den letzten fünf Jahren ist relativ oberflächlich.«

»Einundneunzig«, sagte Daniel und stellte sich die Berge von verstümmelten Leichen vor.

»So viele sind das auch wieder nicht, wenn man bedenkt, daß deine Verletzungsmerkmale genau genommen verflixt allgemein sind«, sagte Gene. »Aber die meisten Fälle unterscheiden sich von deinen, weil die Täter auf andere Art und Weise vorgegangen sind: mit Messer und Pistole oder Messer und Erdrosselung des Opfers. Und was die demographischen Merkmale der Opfer betrifft, handelt es sich um männliche Personen, Kinder, alte Damen, Ehepaare. Grundsätzlich sind sie damit nach meiner Meinung noch nicht aus dem Kreis der fraglichen Fälle auszuschließen – wir haben es manchmal mit Monstern zu tun, die töten einfach, wie es gerade kommt. Aber es hat keinen Sinn, eine so riesige Menge mit einem Mal in Angriff zu nehmen. Wir müssen alles in kleinere Gruppierungen auflösen.«

»Jüngere weibliche Personen«, sagte Daniel.

»Genau. Da sind achtundfünfzig im Bereich zwischen siebzehn und siebenundzwanzig Jahren. Das FBI hat damit seine statistischen Spielereien betrieben und diese Zahl noch einmal in sieben Gruppierungen untergliedert, die allem Anschein nach die Handschrift desselben Killers oder der Killer aufweisen, obwohl es auch da Überschneidungen gibt. Die Trennspeicher sind nicht absolut sauber. Aber wenn man eingibt: dunkle Hautfarbe, unterschiedliche Messerklingen und Drogen-Überdosis, verringert sich die Anzahl ganz beträchtlich, und es wird hochinteressant: bleiben noch sieben Fälle, und keines der Opfer wurde erdrosselt, was allein schon ungewöhnlich ist. Ein Fall kommt noch hinzu, der in allem übereinstimmt, außer daß keine unterschiedlichen Messerklingen erwähnt sind. Der erste Fall ist in L.A. passiert: Ein Mädchen wurde vor vierzehn Jahren, im März 1971, mit tödlichen Stichwunden aufgefunden, und zwar in einer Höhle – wie findest du das?«

»In Los Angeles gibt es Höhlen?« fragte Daniel und griff an seine Schreibtischkante.

»Hunderte in den Hügeln der Umgebung. Die hier liegt im

Griffith Park – ein großes Gelände am nördlichen Rand von Hollywood, mit Tausenden von Quadratmetern. Es gibt dort einen Zoo und ein Planetarium, aber alles übrige ist Wildnis.«
»Ist sie in der Höhle getötet worden?«
»Das FBI meint, ja.«
»Wie war die Höhle in ihrem Innern beschaffen?«
»Solche Einzelheiten haben sie bis jetzt nicht einprogrammiert. Eine Sekunde noch – was hier steht, mußt du dir unbedingt anhören: Der Name des Opfers ist Lilah Shehadeh; und weiter heißt es: weiblich, dreiundzwanzig Jahre alt, Kaukasierin, schwarzes Haar, braune Augen. Aber Shehadeh ist doch ein arabischer Name, nicht wahr?«
»Ja«, sagte Daniel und konnte seine innere Erregung nicht verhehlen. »Mach weiter.«
»Zahlreiche Stichwunden, verursacht durch mehrere verschiedene Waffen, Tod durch hohen Blutverlust – das arme Ding ist verblutet. Eine Überdosis Heroin, was zur Vollnarkose führte; die Kehle durchtrennt, verheerende Verstümmelungen im Genitalbereich; keine Spuren außer geringfügigen Rückständen von Elfenbeinseife – klingt, als sei die Leiche gewaschen worden.«
»In der Höhle?«
»In dem Computerausdruck ist darüber nichts erwähnt. Im Griffith Park gibt es Bachläufe, die im März nach den großen Regenfällen noch Wasser führen können. Laß mich mal sehen, was ich außerdem noch habe ... Shehadeh war eine drogensüchtige Prostituierte. Ich hab' mir das Gehirn zermartert, kann mich aber beim besten Willen nicht an ihren Fall erinnern. Damals habe ich im Bezirk Südwest gearbeitet, genau am anderen Ende der Stadt. Und ehrlich gesagt, wenn da mal eine Nutte erstochen wird, macht man nicht allzu viel Aufhebens davon. Gerade habe ich mit einem Kumpel aus dem Bezirk Hollywood telefoniert und ihn gebeten, die Akte noch mal auszugraben. Er soll mich zurückrufen und mir die Einzelheiten durchgeben.«

»Vielen Dank, Lieutenant Brooker.«

»Weiter geht's: Fall Nummer zwei ist mehr als zwei Jahre später passiert, und zwar im Juli '73 in New Orleans. Wieder eine Prostituierte namens Angelique Breau, auch unter Drogen gesetzt – diesmal war es Demerol –, die Stichwunden identisch mit denen von Shehadeh. Spuren von Seife und Shampoo der Handelsmarken Dial und Prell – damit nimmt er's wohl nicht so genau. Die Person muß irgendwo anders getötet worden sein, aber ihre Leiche wurde in einer Gruft auf dem Friedhof St. Louis aufgefunden – was ja ebenfalls etwas Höhlenartiges hat, meinst du nicht auch? Und was die Abfolge der Zerstörungen im Genitalbereich und die Entfernung von Körperteilen betrifft, gibt es wiederum eine Übereinstimmung mit deinen Opfern – bei Shehadeh wurde der Schamhügel verstümmelt; bei Breau sind die Eierstöcke entfernt worden. Sie wird beschrieben als weibliche Kaukasierin, schwarzes Haar und braune Augen, neunzehn Jahre alt; aber in New Orleans wimmelt es nur so von ethnischen Mischtypen. Wenn du einen Führerschein beantragst und auf dem Formular in die entsprechende Rubrik ›Kaukasierin‹ einträgst, wird kein Mensch mit dir darüber eine lange Diskussion anfangen. Mit einem Namen wie Breau könnte sie als blütenweiße Pariserin durchgehen oder als eine Sumpfdotterblume aus Kalkutta, als kreolische Mulattin oder als Mischung aus alledem.«

»Dunkler Typ. Denkbar wäre auch eine mediterrane Herkunft«, sagte Daniel.

»Nicht ausgeschlossen.«

»Es kann durchaus eine Araberin gewesen sein, Gene. Da gibt's viele – Marokkaner, Algerier – mit französischen Namen.«

»Hmm. Vielleicht. Aber die nächsten beiden sind bestimmt keine Araberinnen, woraus sich wahrscheinlich schließen läßt, daß es der Killer auf Frauen mit einer ganz bestimmten äußeren Erscheinung abgesehen hat, ihre Nationalität ist nicht ausschlaggebend.«

Junge Frauen mit dunklem Teint, dachte Daniel. Auf den Straßen jeder beliebigen orientalischen, mediterranen oder lateinamerikanischen Stadt gab es diesen Typ wie Sand am Meer. Doch der Killer – wenn es sich denn um ein und denselben Killer handelte – war nach Jerusalem gekommen.

Die äußere Erscheinung allein war es nicht; der Mann mußte noch auf etwas anderes aus sein ...

»Der dritte Mord ereignete sich im April '75, einundzwanzig Monate nach dem Fall Breau«, sagte Gene. »Im Nordosten von Arizona, einem Wüstengebiet außerhalb von Phoenix. Name des Opfers: Shawnee Scoggins, weiblich, gebürtige Nordamerikanerin – und indianisch. Achtzehn Jahre, schwarzes Haar, braune Augen. Entfernt wurden in ihrem Fall Eierstöcke *und* Nieren. Ermordet hat man sie an einem anderen Ort, aber die Leiche wurden neben dem Highway aufgefunden, in der Nähe eines Indianerreservates. Die Reservatspolizei hat den Fall bearbeitet. Das Mädchen war vorbestraft wegen kleinerer Delikte, sie hatte Drogenprobleme. An ihrem Arm Spuren von frischen Einstichen, eine Überdosis Heroin, keine Stoffasern, keine Rückstände von Seife. Aber sie ist auch das einzige Opfer, bei dem keine Verletzungen durch unterschiedliche Waffen registriert wurden. Demnach könnte es sich durchaus um ein Versagen der Ortspolizei handeln. Vielleicht haben sie nicht alle Daten vollständig aufgezeichnet, sind bei ihren Ermittlungen nicht korrekt vorgegangen, oder man hat bei der Autopsie geschlampt. Alle anderen Tatumstände stimmen nämlich überein. Ich schlage vor, du nimmst den Fall mit hinzu.«

»In Ordnung.«

»Nach der Scoggins gibt es dann eine Pause von zweiunddreißig Monaten bis zum Dezember '77. Wieder ist es in Kalifornien passiert, aber diesmal weiter nördlich, in der Nähe von San Francisco. Und an diesen Fall kann ich mich noch erinnern: eine Nackttänzerin namens Maria Mendoza, einundzwanzig, schwarzhaarig, braune Augen; sie ging der Prostitution nach und war wegen Drogendelikten vorbestraft. Was von ihr übrigblieb, entdeckte man in der Nähe einer Höhle am Berg Tamalpais.«

»Nicht in der Höhle?«

»Ich habe McGuire zu dem Punkt befragt. In dem Computerausdruck heißt es ›in der Nähe‹ – wie nahe, ist nicht erwähnt. Schwer zu verstehen, wieso man bestimmte Daten aufzeichnet und andere einfach ausläßt.«

»Ist sie da auch getötet worden?«

»Nein. Es muß woanders gewesen sein, der Tatort wurde nicht identifiziert. Das war eine verdammt schmutzige Geschichte. Der Frau wurden sämtliche innere Organe entnommen – sie bestand buchstäblich nur noch aus Haut und Knochen. Die Polizei von San Francisco hatte damals eine Serie von ungelösten Mordfällen am Hals. Sie wurden einem Verrückten zugeschrieben, der sich selbst als Zodiak bezeichnete und Bekennerbriefe unter diesem Namen an die Zeitungen verschickte. Seinen vermutlich letzten Mord beging Zodiak im Oktober '75; aber das war weiter östlich, in Sacramento. In San Francisco rechnete man damit, daß er noch einmal zurückkommen würde, um dort wieder sein Unwesen zu treiben. Ich kann mich so gut an den Fall erinnern, weil ein Mann, der ursprünglich als Zodiak verdächtigt wurde, nach L.A. umgezogen ist, und zwar kurz nachdem Mendozas Leiche aufgefunden wurde. Wir standen in Alarmbereitschaft. Haben den Mann rund um die Uhr beschattet – aber das Unternehmen erwies sich als ein Schlag ins Wasser.«

»Wie war sein Name?«

»Karl Witik. Ein verrückter Biologiestudent. Ein Weißer, hatte trotzdem ein Haus in Watts gemietet, in dem er Eichhörnchen und Mäuse frei herumlaufen ließ. Aber freu dich nicht zu früh – es ist nicht dein Mann. Der Kerl hat sich Anfang '78 eine Kugel durch den Kopf geschossen. Zwei andere Typen, die als Zodiaks in Frage kamen, haben '79 und '81 ein ähnliches Schicksal genommen. Demnach ist er also wahrscheinlich auch gar nicht in San Francisco aufgetreten.«

»Das sind acht«, sagte Daniel und warf einen Blick auf seine Notizen. »Bleiben noch vier.«

»Bleiben noch vier«, sagte Gene. »Und es kommt noch viel schlimmer. Mendoza ist die letzte Leiche auf der Liste, die halbwegs intakt geblieben ist. Bei den restlichen Opfern handelt es sich nur noch um Zerstückelungen: August 1978 in Miami, Florida; Juli 1980 in Sun Valley, Idaho; März '82 in Crater Lake, Oregon; Januar '84 in Hana, Hawaii. Allesamt junge, dunkelhäutige Frauen, und in keinem Fall waren Stoffreste oder Fingerabdrücke aufzufinden; immer wurden Spuren von Seifenresten und Rückstände von Heroin in der Gewebehaut festgestellt; die Knochen wiesen Furchen auf, die auf verschiedenartige Messerklingen schließen lassen; die Körperteile lagen in Waldgebieten oder Wüstengegenden verstreut. Drei der Opfer konnten nicht mehr identifiziert werden, darunter auch eine Frau, deren Kopf niemals gefunden wurde. Das junge Mädchen vom Crater Lake wurde identifiziert als eine Sherry Blumenthal, siebzehn Jahre alt, weggelaufen von ihrer Familie in Seattle. Und immer dasselbe Lied: Drogendelikte, Prostitution. ›Die sterblichen Überreste des Opfers wurden in einem Zustand von fortgeschrittener Verwesung am Nordufer des Sees aufgefunden.‹«

Gene legte eine Pause ein. »Klingt alles, als hätten wir's mit deinem Killer zu tun, oder?«

»Die Vorgehensweise ist identisch«, sagte Daniel. Seine schweißnassen Hände hatten feuchte Abdrücke auf dem Schreibtisch hinterlassen. »Ein Killer auf Reisen.«

»Eine Bestie der Highways«, sagte Gene. »Je besser wir unsere Daten aus den Bundesstaaten koordinieren, desto mehr bringen wir ans Tageslicht. Sieht aus, als ob unser Typ auf weiten Reisen steht.«

Daniel überflog noch einmal seine Notizen. »Zwei Morde

wurden in Kalifornien verübt. Vielleicht lebt er da und operiert von dort aus.«

»Es ist derselbe Bundesstaat, aber L.A. und San Francisco liegen fast siebenhundert Kilometer voneinander entfernt«, sagte Gene. »Vielleicht gefällt ihm einfach nur das Wetter.«

Daniel sah sich die Aufstellung der einzelnen Tatorte noch einmal genau an. »Sind das nicht alles Gegenden mit einem beständigen und angenehmen Klima?«

»Hmm, laß mich mal sehen: Oregon, Louisiana – da kannst du zwar auch allerlei Regen und Frost abbekommen; aber sonst hast du recht, im allgemeinen herrscht dort ein mildes Klima.«

»Würde man an diesen Orten auch Ferien machen?«

»Ich denke schon. Wieso?«

»Zwischen den einzelnen Morden liegt eine Zeitspanne von fast zwei Jahren durchschnittlich«, sagte Daniel. »Vielleicht lebt der Killer eine Zeitlang ganz normal und begeht seine Morde immer nur, wenn er in Urlaub fährt.«

»Ich muß mir doch die Zeitpunkte mal näher anschauen«, sagte Gene und blieb für ein paar Augenblicke still. »Nein«, meinte er dann, »das glaube ich nicht. Im Januar ist in Hawaii noch keine Saison, es ist bewölkt und regnerisch. New Orleans und Miami sind im Juli heiß und stickig – die Leute fliegen da nur im Winter hin. Außerdem gibt es eine Menge Typen, die nicht auf Ferien angewiesen sind, wenn sie reisen: Gammler, Lastwagenfahrer – alles Leute, die für ihren Job auf die Straße müssen. Und du darfst die Sache mit der Zeitspanne auch nicht überschätzen. Er kann in der Zwischenzeit durchaus fleißig weitergemordet haben – nach Schätzungen des FBI müssen wir für jedes registrierte Opfer noch eine sechsfache Dunkelziffer kalkulieren.«

Fünfhundertsiebenundachtzig mal sechs. »Über dreitausend unentdeckte Mordfälle«, sagte Daniel. »Wie kann das denn angehen?«

»Ausreißer, hilflose Personen, die ausgesetzt wurden. Waisen, Vermißte, die für immer vermißt bleiben. In einem großen Land, da gibt's auch große Schweinereien – die Verhältnisse sind nicht so wie hier, Danny.«

Daniel versuchte sich mühsam auf etwas anderes zu konzentrieren und beugte sich wieder über seine Notizen. »Der erste Mord wurde vor vierzehn Jahren verübt, was uns Aufschluß über sein Alter geben kann. Wie jung könnte er wohl bestenfalls um diese Zeit gewesen sein, was meinst du – vierzehn?«

»Ich habe schon von Sexualmördern im Kindesalter gehört«, sagte Gene, »aber da spielt normalerweise die Impulsivität eine große Rolle. Und Schlampigkeit. Aber bei der kalkulierten Vorgehensweise des Täters – wie er die Spuren verwischt und Rauschgift verwendet hat, um die Opfer zu betäuben – gehe ich davon aus, daß es sich um einen Erwachsenen handeln muß. Achtzehn, neunzehn Jahre als untere Grenze, vielleicht Anfang Zwanzig.«

»Okay, wollen wir auf Nummer Sicher gehen und geben ihm sechzehn«, sagte Daniel. »Demnach müßte er heute zumindest dreißig sein, höchstwahrscheinlich eher älter.«

»Wenn Shehadeh sein erstes Opfer war.«

»Wenn das nicht der Fall ist, dann könnte er auch viel älter sein. Aber nicht sehr viel jünger.«

»Logisch«, sagte Gene.

»Anfang Dreißig oder älter«, dachte Daniel laut. »Ein Amerikaner oder eine Person, die häufig nach Amerika reist.« Und ohne es auszusprechen, dachte er noch: Wenn es kein Amerikaner ist, sind alle seine USA-Aufenthalte in seinem Reisepaß abgestempelt.

»Hundert zu eins, daß es ein Amerikaner ist«, sagte Gene. »Er kannte sich im Gelände aus, wußte, wo er töten und wo er die Leichen ablegen konnte. Die Fundorte sind zum Teil ziemlich abgelegen. Amerikaner sind mißtrauisch gegenüber Ausländern. Wenn da doch einer herumgeschlichen sein sollte, dann wäre dies auch im Laufe der einen oder anderen Ermittlung herausgekommen. Es sei denn«, fügte er hinzu, »du hättest von Interpol anderslautende Informationen.«

»Nein, von Interpol warte ich immer noch auf eine Nachricht. Eine Frage, Gene: In Amerika haben wir es mit einem reisenden Killer zu tun, der Täter fährt von Stadt zu Stadt. Hier bleibt er aber in Jerusalem. Warum hat er nicht ein Mädchen in Jerusalem umgebracht, eine zweite in Tel Aviv und ist dann nach Haifa gefahren?«

»Vielleicht hat Jerusalem eine besondere Bedeutung für ihn. Ein Heiligtum, das er schänden will.«

»Vielleicht«, sagte Daniel. Doch in seinem Kopf überschlugen sich die Gedanken.

Er schändet das Heiligtum dreier Religionen. Er schändet Frauen. Schwarzhaarige Frauen mit braunen Augen. Araberinnen. Eine mexikanische Stripperin. Ein Indianermädchen. In Louisiana wahrscheinlich ein Mischblut. Wahrscheinlich auch eine Jüdin – das Mädchen aus Oregon namens Blumenthal konnte durchaus jüdischer Herkunft sein.

Jedes identifizierte Opfer gehörte einer rassischen oder ethnischen Minderheit an.

Und hier hatte er es auf Araberinnen abgesehen. Die größte ethnische Minderheit im Lande.

Ein Killer mit rassistischen Motiven?

Ein jüdischer Killer? Eine extreme Form des Kaganismus, die ihre Rechtfertigung in Bibeltexten suchte und es bis zum blutigen Exzeß trieb?

Oder handelte es sich um eine mörderische Verleumdungskampagne, wie Shmeltzer behauptete? Ein Killer, der seine Untaten den Juden in die Schuhe schieben wollte?

Wer immer Wilbur jene Notiz zugespielt haben mochte – er hatte auch die Bibel geschändet. Einfach den Text ausgeschnitten und auf ein Papier geklebt, als ginge es um ein beliebiges Erpresserschreiben. Welcher Jude, der auf seine Religion hielt, würde so etwas tun? Wo man doch die Zitate ebensogut hätte kopieren können? Es sei denn, man verstand kein Hebräisch.

Das Briefkuvert adressiert mit Großbuchstaben in englischer Sprache.

Der Mann verstand vermutlich kein Hebräisch. Ein Ausländer.

Ein Außenseiter.

Der Haßgefühle säen, Juden und Araber gegeneinander aufbringen wollte? Semiten gegen Semiten?

Der wahrhafte Anti-Semit.

Ein Irrer aus Amerika mit rassistischen Motiven. Amira Nassers Geschichte von dem Ausländer mit den verrückten Augen klang zunehmend besser: der irre Blick, das seltsame Lächeln ... Verdammt noch mal, wo blieben denn die heißen Jungs vom Mossad, wenn man sie wirklich brauchte?

»... alles viel zu allgemein, wir brauchen konkrete Fakten«, hörte er Gene sagen. »Am besten sieht man sich die Polizeiakten im Original an, oder zumindest sollten wir uns die wichtigsten Details telefonisch besorgen. Im Fall San Francisco und New Orleans kann ich dir helfen. In den anderen Bereichen kenne ich niemanden persönlich, aber vielleicht sind die Leute kooperativ; ein amerikanischer Bulle hilft dem anderen.«

»Was du für mich getan hast, mein Freund, ist schon mehr als genug. Ich werde selbst bei den Dienststellen anrufen. Hast du Adressen und Telefonnummern?«

Gene gab sie ihm durch und sagte dann: »Die Telefonate sind kein Problem für mich, Danny. Wenn du's mir überläßt, geht alles viel schneller, glaub mir das.«

»Dir bleiben nur noch vier Tage in Jerusalem, Gene. Ich möchte dir nicht noch den Rest deines Urlaubs vermiesen.«

Am anderen Ende der Leitung herrschte einen Augenblick Funkstille.

»Hör zu«, sagte Gene, »wenn du mich brauchst, kann ich unsere Abreise verschieben.«

»Gene, Rom ist eine wunderschöne –«

»Danny, in Rom, da gibt's doch auch nur Kirchen. Noch

größere sogar. Dann die Reliquienschreine und Wandgemälde. Und von den Deckengemälden bekomme ich immer so einen steifen Hals.«

Daniel mußte lachen.

»Andererseits«, sagte der dunkelhäutige Mann, »glaube ich, daß es hier tatsächlich noch ein paar heilige Stätten gibt, die Lu nicht besichtigt hat. Heute morgen hat sie sich gerade erst darüber beklagt, daß sie eine Vortragsreihe über antike Sitzgruppen aus Keramik oder so was Ähnliches verpaßt hätte. Die Chancen stehen also nicht schlecht. Ich könnte sie dazu überreden, daß wir unsere Reisepläne ändern, falls du mich brauchst. Muß ich aber bald wissen, sonst bekommen wir Probleme, wenn wir unsere Tickets umschreiben lassen.«

»Ich brauche dich, Gene.«

»Das höre ich gern. Kannst du mir ja heute abend beim Essen noch mal sagen. Inzwischen hänge ich mich ans Telefon. Bis dann.«

Daniel legte den Hörer auf, aber die Geschichte ging ihm nicht mehr aus dem Kopf. Ein Killer auf Reisen.

Von Amerika nach Israel.

Ob er in Europa einen Zwischenstopp eingelegt hatte?

Daniel rief in Bonn an und wählte Friedmans Nummer, obwohl er wußte, daß es in Deutschland um diese Zeit noch früh am Morgen war. Und wenn er den Interpol-Mann aus seinen süßen Träumen reißen würde, wollte er das in Kauf nehmen.

Am anderen Ende meldete sich die Sekretärin mit ihrer mechanisch klingenden Stimme. Sie sprach eine Bandansage.

Daniel knallte den Hörer auf und konzentrierte sich wieder auf seine Notizen. Er ließ sich alle Daten und Fakten noch einmal durch den Kopf gehen und gab seiner Phantasie freien Lauf. Und immerzu kreiste alles um denselben Gedanken:

Ein Killer mit rassistischen Motiven.

Kühl kalkulierend. Vorsichtig.

Ein Mann, der sich seine Opfer gefügig machte.

Daniel mußte wieder an eine Formulierung denken, die er

bei seiner Lektüre von Fachbüchern und Monographien über psychopathische Killer gefunden hatte.
Mengele in Miniaturformat.
Nur allzu gut erinnerte er sich noch an die ekelhaften Taschenbücher in der Praxis von Ben David. »Das Schwarzbuch des Faschistischen Horrors«.
»Lesen Sie das Kapitel über ›Mord aus Profitsucht‹«, hatte der Psychologe gesagt. »Die medizinischen Experimente.«
»Mir fiel auf, daß ich schon in Nazi-Begriffen über diese Leute denke ...«
»Sehen Sie, Sie brauchen mich gar nicht. Ihr Unbewußtes führt Sie schon in die richtige Richtung.«
Sein Unbewußtes. Seit längerem spürte er eine innere Müdigkeit, ein Gefühl von Ohnmacht, das ihn lähmte; seine Instinkte funktionierten nicht mehr, weil sie einfach unterfordert waren. Aber die Daten des FBI – diese logische Verkettung von einzelnen Mosaiksteinchen – wirkten auf Daniel wie ein neuer Impuls. Der Killer hatte endlich Gestalt angenommen; vor seinem inneren Auge war eine Art Skulptur entstanden, die sich nicht mehr verrücken ließ – sicher eine rohe Skulptur mit groben Konturen, die im Licht der Ungewißheit schillerten. Aber immerhin eine Gestalt.
Daniel war fest davon überzeugt, daß er sich nicht irrte.
Der Killer war kein Jude und kein Araber.
Ein Amerikaner mit sonderbaren Augen. Ein Mann, der mit seinem kranken Hirn ein rassistisches Problem ausbrütete. Ein reißendes Ungeheuer der Landstraße, das um eine Herde von Opferlämmern schlich.
Amerikaner. Tausende lebten hier, und noch mehr reisten als Touristen ein; aber beschattet wurden nur Roselli und Wilbur. Besonders vielversprechend war das auch nicht: Der Reporter besaß zwar kein Berufsethos, aber das machte ihn noch längst nicht zum Killer; der Mönch trug schwer an seinem großen Geheimnis, er wollte zum Judentum konvertieren.

Ein Intrigant, aber kein Verdächtiger.

Es sei denn, es gab in seinem Leben noch andere große Geheimnisse.

Nach den Gesprächen zu urteilen, die Daoud mitangehört hatte, wußte der Mönch, daß man ihn verdächtigte. Ob er mit seinem Umzug in die *Yeshiva* vielleicht noch ganz andere Dinge unter den Teppich kehren wollte?

Daniel hatte Daoud angewiesen, Roselli auf den Fersen zu bleiben. Sein »Ja, *Pakad*« hatte zwar spontan, aber auch etwas gequält geklungen. Vor lauter Langeweile konnte der arme Kerl inzwischen kaum noch geradeaus schauen. Wenn sich nicht bald etwas Greifbares ergab, wollte Daniel ihn mit seinen Talenten für eine anspruchsvollere Aufgabe einsetzen. Harels Leute von der Latam konnten ohne weiteres Rosellis Observation übernehmen, wenn sie sich einfach in Mönchskleidung oder in eine *Kaffiyah* warfen.

Daniel mußte wieder an Roselli denken. Der Mönch hatte den Entschluß gefaßt, sich als erwachsener Mann in einer *Yeshiva* noch einmal auf die Schulbank zu setzen.

Ein Mensch auf der Suche nach spiritueller Erfüllung? Oder nur ein labiler Mann, der aus dem Gleichgewicht geraten war und sich seinen spontanen Impulsen überließ?

Noch so ein verrückter Amerikaner. Besaß er einen irren Blick?

In den Straßen von Jerusalem gab es Tausende von Amerikanern – und gesucht wurde der eine mit dem irren Blick. Ebenso hätte man aus einem riesigen Haufen Dreck ein Gran Gold sieben können.

Eine große Schweinerei, und dabei lebten sie in einem kleinen Land. Ein Außenseiter konnte hier nicht bis in alle Ewigkeit untertauchen.

Daniel nahm einen Stift und brachte seinen Plan zu Papier.

Sämtliche Fluggesellschaften sollten überprüft und Zehntausende von Reisepaßeintragungen, die nicht per Computer erfaßt waren, Seite für Seite kontrolliert werden – eben jene langwierige Prozedur, die der Chinese schon im vorhinein so lauthals beklagt hatte. Aber der einzig sichere Weg, die rohe Skulptur zu bearbeiten und deutliche Konturen in den Stein zu meißeln. Zu überprüfen waren auch alle Hotels, Pensionen, Herbergen, Studentenheime, die Wohnungsmakler und Autoverleihfirmen, die Reiseagenturen und Tourveranstalter. Auch *Kubbizim* und *Moshavim,* in denen Ausländer unentgeltlich arbeiteten.

Sollte sich der bösartige Bastard doch vergraben, wo er wollte. Überall würde er ihn aufstöbern, den Kerl wie Unkraut mit den Wurzeln aus der Erde reißen und seinem schändlichen Treiben ein Ende machen.

Zum ersten Mal seit langer Zeit sah Daniel einen Silberstreif am Horizont. Spürte einen Hoffnungsschimmer. Und das Jagdfieber des Detektivs.

Es klopfte an seiner Tür, und das unvermittelte Geräusch riß ihn aus seinen Gedanken.

»Ja?«

Die Tür öffnete sich, und ein Uniformierter steckte seinen Kopf durch den Spalt. Ein schlaksiger junger Mann mit rötlichem Flaum am Kinn, offenbar hatte er seine Ausbildung noch nicht lange hinter sich. Er blinzelte aufgeregt, sein Kopf ging ruckartig hin und her; nervös guckte er in alle Ecken des Büros, nur Daniels Blick mied er.

»*Pakad* Sharavi?«

»Ja? Kommen Sie rein.«

Der Streifenpolizist blieb im Korridor stehen, steckte nur den Kopf durch die Tür, ängstlich und wachsam wie ein Huhn, das auf die Klinge des *Shohet* gefaßt war.

»Was gibt es?«

Der Uniformierte biß sich auf die Lippe und verschluckte sich vor lauter Aufregung, bis er endlich mit der Sprache herauskam:

»*Pakad*, eine Leiche; man hat mir gesagt, ich soll sie rufen. Sie wüßten dann schon Bescheid. In Talpiyot, wo das Industriegelände ist. Ganz in der Nähe von dem Platz, wo wir immer die Autos der Falschparker hinschleppen.«

55
Dr. Levis prompte Arbeitsweise verdiente Anerkennung. Die Leiche war nach Abu Kabir transportiert worden, und wenige Stunden später bekam Daniel die Obduktionsergebnisse schon telefonisch übermittelt.

Dabei hätte sich der Pathologe in diesem Fall durchaus Zeit lassen können. Die Verletzungsmerkmale bei Nummer drei waren mit denen von Fatma und Juliet identisch, abgesehen von einer Kleinigkeit, auf die Daniel allerdings gefaßt gewesen war: Bei Shahin Barakat hatte der Killer die Eierstöcke und die Nieren entnommen.

Genauso war er vor zehn Jahren vorgegangen, bei seinem dritten amerikanischen Opfer. Dem Indianermädchen Shawnee Scoggins.

Shahins Leiche war in einer Gruppe von Eukalyptusbäumen aufgefunden worden, einfach weggeworfen wie ein Stück Müll, das zudem einen üblichen Geruch von fortschreitender Verwesung und Menthol verströmte. Nur ein paar Meter von dem Gelände entfernt, auf dem die Polizei die Fahrzeuge der Falschparker abstellte.

Nun will er uns auch noch zum Narren halten.

Shahin. Wieder so ein hübsches Gesicht, das unversehrt geblieben war, und ein paar Zentimeter tiefer die klaffende Wunde am Hals. Neunzehn Jahre alt, ihr glänzendes schwarzes Haar war wellig und voll. Winzige Löcher in den zierlichen Ohrläppchen, und auch diesmal fehlten die Ohrringe.

Aber im Unterschied zu den anderen war sie verheiratet. Der Ehemann hatte tagelang bei der Außenstelle in Kishle herumgelungert und die Uniformierten mit seinem Gejammer genervt, ob sie ihm nicht seine Frau suchen könnten.

»Die Ex-Frau.« Streifenpolizist Mustafa Habiba beeilte

sich, diesen Umstand sofort richtigzustellen, als Daniel die Außenstelle betreten hatte; und dann erzählte er ihm die Geschichte aus seiner Sicht.

Schließlich rannte er los, um dem *Pakad* eine Tasse türkischen Kaffee zu holen, um die er gar nicht gebeten hatte, und dazu noch ein Stück *Baklava*, in Wachspapier gewickelt. Der arabische Polizist war noch ein Relikt aus den Tagen der jordanischen Besatzungszeit. Ein Mann, der keinerlei Ausbildung besaß, mittlerweile auf die Sechzig zuging und nur noch in der Erwartung lebte, daß die Juden ihm seine Pension zahlten. Bei der Polizei wurde er geduldet, weil er sich in den finsteren Seitengassen und mit deren Bewohnern bestens auskannte. Außerdem profitierte er von den personalpolitischen Vorstellungen des Bosses, der den frommen Wunsch hegte, in seinem Verwaltungsbereich eine Illusion von Kontinuität zu wahren.

»Erst wirft er sie raus, spricht ihr dreimal den *Talaq*, dann überlegt er sich's anders, und am Ende können wir für ihn noch die Eheberater spielen. Wie hätten wir das denn ahnen sollen, *Pakad*?«

Habiba hätte eine Rasur vertragen können. Ein ängstliches Zucken lief ihm über sein graubärtiges Gesicht, seine Uniform hatte lange keine Bekanntschaft mehr mit einem Bügeleisen gemacht. Daniel war mit ihm ins Präsidium zurückgefahren, und in der makellosen Sterilität des Vernehmungszimmers wirkte der Mann wie deplaciert. Ein Fossil.

Da ließ er sich vierzig Jahre lang seine Taschen mit kleinem Bakschisch vollstopfen, dachte Daniel, und als Gegenleistung hatten die Menschen die ganze Zeit über nichts als die Herablassung einer Amtsperson von ihm zu spüren bekommen. Nun hat er Angst, daß man ihm daraus am Ende noch einen Strick drehen will.

»Das hätten wir doch nicht ahnen können«, sagte Habiba noch einmal mit weinerlicher Stimme.

»Gewiß nicht«, sagte Daniel. Die Ängstlichkeit des Mannes begann ihm auf die Nerven zu gehen.

»Wir hätten ja ihretwegen eine Suchaktion veranstalten können, aber damit wären wir doch auch nicht weitergekommen«, insistierte Habiba. »Wenn sich dieser Schlächter sein Opfer gesucht hat, gibt es für das Mädchen kein Entrinnen mehr.«

Der betagte Polizist sprach geradezu mit Ehrfurcht von dem Killer. Sicher bemäntelte er damit auch ein Gefühl von Verachtung, das er für das Versagen seiner eigenen Kollegen empfand.

Offenbar stellte er sich den Bastard als einen Übermenschen vor, eine Art Dämon – ein jüdischer Dämon. Die hilflose Haltung des Mannes, sein demütiger Respekt vor dem Bösen brachten Daniel in Wut; er mußte mühsam an sich halten, um den älteren Beamten nicht fürchterlich abzukanzeln.

»Eheberater sollen wir für ihn spielen«, murmelte Habiba. »Als wenn wir nicht sonst schon genug am Hals hätten. Da sollen wir uns auch noch mit so einem Blödsinn befassen.«

Daniels Selbstbeherrschung hatte ihre Grenzen.

»Gewiß haben Sie auch sonst schon genug am Hals«, sagte er. »Es ist wohl besser für Sie, wenn Sie wieder nach Kishle zurückfahren. Lassen Sie sich nur ja nicht von Ihren dringenden Amtsgeschäften abhalten, und erst recht nicht, weil wir in irgendeinem Mordfall ermitteln.«

Habiba wurde rot. »Aber so habe ich das doch nicht gemeint, *Pakad* –«

»Lassen Sie's gut sein, Officer Habiba. Fahren Sie nur wieder nach Kishle. Und wegen Ihrer Pension brauchen Sie sich keine Sorgen zu machen. Freuen Sie sich auf Ihre Zeit als Rentner.«

Habiba hatte noch eine Bemerkung auf der Zunge, überlegte es sich aber noch mal und verließ das Zimmer.

Daniel sah auf die Uhr. Schon nach sechs. Seine Familie konnte er für heute abschreiben; den Sabbat erst recht. Der Ehemann saß in einem Nebenraum und wurde von seinen Angehörigen getröstet, Shmeltzer und der Chinese ließen ihn dabei keine Sekunde aus den Augen. Daniel hatte etwas aus ihm herauszubringen versucht; aber der arme Kerl stand noch zu sehr unter dem Schock und war nicht ansprechbar, verharrte in eisigem Schweigen, wie gelähmt. In Bewegung waren nur seine Hände, mit den Fingernägeln kratzte er sich das Gesicht blutig, ohne jede Empfindung für den körperlichen Schmerz, was Daniel besonders erschütterte.

Vielleicht würde Daoud mehr ausrichten können. Er war auf dem Weg von der Altstadt hierher, und sie rechneten jede Minute mit seinem Eintreffen. Man hatte ihn wieder gerufen, und seine Freude war am Telefon unüberhörbar gewesen – er schätzte sich glücklich, daß man ihn für einen Mann mit besonderen Talenten hielt. Und seine Erleichterung darüber, daß er Roselli nicht mehr zu überwachen brauchte, hatte man ihm deutlich anmerken können. Der Zeitpunkt hätte kaum günstiger sein können – nach den Beobachtungsergebnissen der letzten Nacht hatte der Mönch immerhin ein felsenfestes Alibi vorzuweisen.

Daniel versuchte sich Roselli als Schüler in einer *Yeshiva* vorzustellen; er hatte seine Zweifel, daß der Mönch seiner neuen Liebschaft lange treu bleiben würde. Die spartanische Unterbringung und die siebzehnstündigen Arbeitstage, die Buchwald seinen Schülern abverlangte, mochten ihm vielleicht noch von seinem strengen mönchischen Leben her vertraut sein. Doch Daniel hatte den Verdacht, daß Roselli nur einer jener weltanschaulichen Schmetterlinge war, die wie von Blüte zu Blüte von einem Glaubensbekenntnis zum anderen flogen. Ein Suchender, dem es nicht bestimmt war, jemals zu finden, was er suchte. Es war dem Menschen nun einmal aufgegeben, die eigene innere Leere für sich selbst mit Sinn zu erfüllen. Kein Rabbi und kein Priester und kein Mullah konnte einem das abnehmen.

Suchende würde es immer geben. Und immer strömten sie in Scharen nach Jerusalem. Die Stadt wirkte wie ein psychischer Magnet auf die Rosellis dieser Welt und auf jene, die ihnen Erlösung verhießen. Bei ihrem ersten Treffen im Restaurant »The Star« hatte Shmeltzer noch den gewaltigen Zustrom der Fanatiker und Spinner beklagt, als ob es sich um ein neuerliches Phänomen handeln würde; doch die Anziehungskraft Jerusalems war so alt wie die Stadt selbst. Pilger und Geißler, Kreuzigungsfetischisten und falsche Messias, Träumer, Derwische, Scharlatane und solche, die ihnen blindlings folgten. Fest entschlossen, aus jedem Felsbrocken ein paar Blutstropfen zu quetschen und sich in Halluzinationen vorzugaukeln, aus jedem abgestorbenen Hügel mit Buffalogras züngelte eine heilige Flamme.

Suchende aus allen Ländern der Welt, manche von ihnen waren eindeutig verrückt, und andere bewegten sich an der Schwelle zur Verrücktheit. Woge für Woge brandete gegen die Stadt, und trotzdem überlebte sie, im steten Wandel von Zerstörung und Wiedergeburt. Vielleicht gerade deshalb.

Verrückte Menschen von sanftem Gemüt, die nach einem inneren Halt suchten.

Anders als das metzelnde, räubernde, zynische Monster, nach dem Daniel suchte.

Ungeheuer der Landstraße.

Ein Verrückter, dem es um Chaos und Zerstörung ging, um den Zusammenbruch jeder inneren und äußeren Ordnung – die Hölle auf Erden.

Daniel war entschlossen, den Mann zu vernichten.

Er saß hinter einem Spiegel, der von einer Seite her durchsichtig war, und beobachtete Daoud bei der Vernehmung des Ehemannes. Keine besonders raffinierte Tarnung, aber wenn Abdin sie durchschaute, ließ er es sich jedenfalls nicht anmerken.

Der arabische Detektiv ging mit der einzig richtigen Strategie vor – er bewies Autorität, Einfühlungsvermögen und Geduld; appellierte an ihn in seiner Rolle als Ehemann, der von dem Wunsch beseelt sein mußte, den Mörder seiner Frau zu finden und ihren Tod zu rächen. Doch am Anfang ohne jeden

Erfolg: Barakat blockte vollkommen ab, genau wie vorher bei Daniel.

Wenn es zwischen dem Ausmaß von Leid und liebender Hingabe eine Entsprechung geben konnte, dann hatte wohl kein Mann je eine größere Liebe für eine Frau empfunden als Abdin Barakat für Shahin. Er blieb stumm vor Gram, wirkte eben deshalb um so verzweifelter. Eine derart beredte Klageoper war Daniel noch nie zu Ohren gekommen.

Der Mann sieht selbst wie eine Leiche aus, dachte Daniel. Seine Wangen waren eingefallen, die Gesichtszüge starr und leblos. Sein leerer Blick aus den tiefliegenden Augenhöhlen war kaum noch wahrzunehmen. Und die grobkörnige Gesichtshaut wirkte weißlich wie eine Mullbinde.

Ein junger Mann, der in seiner Trauer wie mumifiziert wirkte.

Acht Jahre älter als Shahin, aber immer noch fast ein Jugendlicher. Hager und hoch aufgeschossen, das Haar kurz und nicht besonders gut geschnitten; die eingerissenen Fingernägel und die dreckverschmierte Kleidung ließen erkennen, daß er seine Arbeit mit den Händen verrichtete.

Beschäftigt war er in einer Metallwerkstatt in Jerusalems Altstadt. Ein Familienbetrieb, der Töpfe und Pfannen reparierte – sein Vater war der Chef. Und gleichzeitig der Hausbesitzer. Vier Ehejahre lang hatten sie zwei Zimmer bewohnt, die man im Moslemischen Viertel ohne behördliche Genehmigung im oberen Stockwerk des Hauses der Familie Barakat einfach angebaut hatte. Eine kleine Kochnische und ein winziges Schlafzimmer für Abdin und Shahin – ihre Namen reimten sich, was auf eine gewisse Harmonie schließen ließ. Und solange sie keine Kinder hatten, was brauchten sie mehr?

Die Kinderlosigkeit ihrer Ehe war es auch, die zur Scheidung geführt haben mußte, dachte Daniel. Nach vier unfruchtbaren Ehejahren hatte es wohl mit der Toleranz von Abdins Familie ein Ende. Frauen, die keine Kinder gebaren, besaßen in den Augen der Moslems keinerlei Existenzberechtigung. Nach ihren Gesetzen war es für einen Ehemann in einem solchen Fall außerordentlich leicht, sich seiner Frau zu entledigen; mit dem *Talaq*, der verbalen Aufkündigung, die keiner näheren Rechtfertigung bedurfte, wurde der Scheidungsprozeß in Gang gesetzt. Nach dreimaliger Aufkündigung der Ehe war die Trennung endgültig.

Barakat, der mit Daoud hinter der Spiegelfläche saß, brach auf einmal in Tränen aus. Er konnte nicht mehr an sich halten, sein Zusammenbruch kündigte sich an. Daoud reichte ihm ein Taschentuch. Er hielt es krampfhaft fest, schluchzte und rang mühsam nach Fassung, was ihm aber nicht gelingen wollte. Vergrub sein Gesicht in beiden Händen und schüttelte heftig den Kopf, als ob er immerzu Nein sagen wollte.

Daoud gab ihm ein zweites Taschentuch und begann noch einmal von vorn.

Seine Geduld machte sich bezahlt. Zwei Stunden lang hatte Daoud den Mann angehört, mit Taschentücher versorgt und ihn sanft gedrängelt, bis es ihm endlich gelang, Barakat zum Sprechen zu bringen – er redete leise, aber ungestüm und in beinahe hysterischen Tiraden.

Doch damit war noch längst nicht alles gewonnen, wie Daoud sehr wohl wußte. Darum brachte er sich mit seiner Körpersprache in die Vernehmung ein, schob sein Gesicht so nahe an das von Barakat, daß sie sich hätten küssen können; seine Hände legte er auf die Schultern des Mannes und drückte ihn leicht; auch ihre Knie berührten sich. Alles in ihrer Umgebung war wie weggedrängt, die Außenwelt existierte nicht mehr. Zwei Menschen saßen in einem abgeschlossenen Vakuum aus Fragen und Antworten.

»Wann haben Sie Ihre Frau zum letzten Mal gesehen, Mr. Barakat?«

Barakat starrte auf den Fußboden.

»Versuchen Sie sich zu erinnern. Es ist wichtig für uns, Mr. Barakat.«

»M-Montag.«

»Jetzt am letzten Montag?«
»Ja.«
»Sind Sie sich ganz sicher?«
»Ja.«
»Also nicht am Sonntag oder am Dienstag?«
»Nein, am Montag ist das gewesen, und da war –« Barakat brach in Tränen aus, und wieder vergrub er sein Gesicht in beiden Händen.

Daoud schaute über seine Schultern hinweg, die nun vor Weinkrämpfen zuckten. Er suchte Daniels Blick hinter dem Spiegel, zog seine Augenbrauen hoch und klopfte einen lautlosen Rhythmus auf die Tischplatte. Blickte auf das Tonbandgerät neben ihnen auf dem Tisch und wartete ab, bis sich Barakat etwas gefangen hatte.

»Montag also, und da war was, Mr. Barakat?«
»Da war es ... endgültig.«
»Was war endgültig?«
Keine Antwort.
»Der dritte *Talaq*?« Daoud nannte ihm das Stichwort.
Barakat hauchte eine Antwort. »Ja.«
»Am Montag haben sie die endgültige Scheidung ausgesprochen?«

Heftiges Kopfnicken. Tränen rannen ihm übers Gesicht, und er brauchte wieder Taschentücher.

»Es war vorgesehen, daß Shahin die Wohnung am Montag zu verlassen hatte?«
»Ja.«
»Und wo wollte sie hin?«
Barakat nahm die Hände von seinem Gesicht. »Weiß ich nicht.«
»Wo lebt Shahins Familie?«
»Sie hat keine Familie mehr, nur noch eine Mutter in Nablus.«
»Und ihr Vater?«
»Der ist tot.«

»Wann ist er gestorben?«

»Vor vielen Jahren. Bevor wir ...« Wieder mußte er weinen, die Tränen liefen ihm über die eingefallenen Wangen und blieben in den blutig gekratzten Schrammen hängen.

»Bevor Sie geheiratet haben?«

»Ja.«

»Und ihre Geschwister?«

»Sie hat keine Geschwister.«

»Ein Einzelkind? Und kein Mann in der ganzen Familie?« Daoud war seine Verwunderung anzumerken.

»Ja, eine Schande ist das gewesen.« Barakat richtete sich in seinem Stuhl auf. »Ihre Mutter war wie ein Baum, der keine Früchte tragen konnte. Ihr Leib war nichts wert, immerzu hatte sie nur Frauenkrankheiten. Mein Vater sagte ...«

Barakat brach mitten im Satz ab und wich dem Blick des Kriminalbeamten aus. Mit einer Hand fuhr er sich geistesabwesend über die Schrammen in seinem Gesicht.

»Was hat Ihr Vater gesagt?«

»Daß sie ...«

Barakat schüttelte seinen Kopf, und er sah aus wie ein Hund, der sein Leben lang nur Fußtritte bekommen hatte.

»Sagen Sie's mir, Abdin.«

Endloses Schweigen.

»Für die Worte seines Vaters braucht man sich gewiß nicht zu schämen«, sagte Daoud.

Barakat zitterte am ganzen Körper. »Mein Vater hat gesagt ... er sagte ... Shahins Mutter ... ihre Lenden wären verflucht, sie wäre von einem bösen Geist besessen – von einem *Djinn*. Er sagte, ein Fluch läge auch auf Shahin. Man hätte uns um die Mitgift betrogen.«

»Ein *Djinn*?«

»Ja, eine ältere Tante von mir ist eine *Kodia* – sie hat es auch gemeint.«

»Hat diese Tante nichts unternommen, um den bösen Geist zu vertreiben? Hat sie die Blechtrommel geschlagen?«

»Nein, nein. Dazu war es viel zu spät. Die Besessenheit sei übermächtig, sagte sie. Mit meinem Vater ist sie übereingekommen, daß es nur rechtschaffen sei, wenn Shahin fortgeschickt würde. Als Tochter sei auch sie mit dem Übel behaftet. Ein verfaulter Baum kann keine gesunden Früchte hervorbringen.«

»Natürlich«, sagte Daoud. »Das ist logisch.«

»Vor der Hochzeit haben wir nichts von dem *Djinn* erfahren«, sagte Barakat. »Man hat uns betrogen, sagt mein Vater. Wir sind geprellt worden.«

»Ihr Vater ist ein kluger Geschäftsmann«, sagte Daoud. »Er weiß zu beurteilen, was eine Ware wirklich wert ist.«

Sein sarkastischer Unterton war nicht zu überhören, und Daniel war gespannt, wie Barakat reagieren würde. Aber der junge Mann nickte nur. Er war froh, daß jemand Verständnis für seine Lage zeigte.

»Mein Vater wollte sich an die WAQF wenden«, sagte er. »Man sollte eine gerichtliche Entscheidung fällen, er wollte die Mitgift von der Mutter zurückverlangen. Aber er wußte, daß es keinen Sinn hatte. Die Alte besitzt ja nichts mehr, sie ist vollkommen weggetreten.«

»Weggetreten?«

»Hier oben.« Barakat tippte sich an die Stirn. »Der *Djinn* hat sie auch da befallen, genau wie ihre Lenden.« Er zog ein finsteres Gesicht und richtete sich in seinem Stuhl auf, breitschultrig und selbstbewußt. Nichts an ihm erinnerte mehr an die von Schuldgefühlen geplagte, in sich zusammengesunkene Gestalt. Er griff nach dem Wasserglas, das er bis jetzt nicht angerührt hatte, und nahm einen großen Schluck.

Daniel, der seine plötzliche Verwandlung mit angesehen hatte, dachte: Nun will er seinen Kummer mit einem Anflug von Arroganz übertünchen. Lange würde er das bestimmt nicht durchhalten.

»Die Mutter ist also verrückt?« fragt Daoud.

»Vollkommen. Sie faselt nur noch dummes Zeug, stottert

und ist nicht mehr imstande, sich sauber zu halten. Ist jetzt in eine Irrenanstalt gekommen und steckt in einer Zelle!«

»Wo ist diese Anstalt?«

»Weiß ich nicht genau. Ein ziemlich heruntergekommenes Haus in der Umgebung von Nablus.«

»Hat Shahin sie nie besucht?«

»Nein, das habe ich nicht erlaubt. Wegen der Ansteckung – *ein* Gebrechen war schon schlimm genug. Die ganze Sippschaft ist mit einem Fluch belegt. Unsere Mitgift hat man durch Betrug erschlichen!«

Daoud nickte zustimmend und bot Barakat noch etwas Wasser an. Als der junge Mann getrunken hatte, nahm Daoud die Vernehmung wieder auf. Er suchte nach Hinweisen, die Aufschluß über Shahins Aufenthaltsort nach ihrer Trennung hätten geben können, fragte nach Freunden und Bekannten, bei denen sie möglicherweise untergekommen war.

»Nein, sie hatte keine Freundinnen«, sagte Barakat. »Shahin hat sich den ganzen Tag über nur im Haus eingeschlossen, mit anderen Frauen wollte sie nichts zu tun haben.«

»Wie kam das denn?«

»Sie konnte deren Kinder nicht ertragen.«

»Mochte sie Kinder nicht?«

»Am Anfang schon. Aber dann hat sie sich geändert.«

»Und wie war das?«

»Wenn sie andere Kinder sah, mußte sie immer an ihr eigenes Gebrechen denken. Sie hat dann nur noch bissige Bemerkungen gemacht. Sogar über die Kinder meines Bruders. Die wären schlecht erzogen, sagte sie – eine Insektenplage, würden immerzu an ihr herumkrabbeln.«

Eine vereinsamte und bittere junge Frau, dachte Daniel. Keine Freunde, keine Familie. Als sie auch noch die Sicherheit ihrer Ehe verloren hatte, stand sie so hilflos da wie Fatma und so entwurzelt wie Juliet.

Die Schwächsten griff er sich zuerst.

Wenn man nur wüßte, wo er sich seine Opfer suchte.

»Kommen wir noch mal auf den Montag«, sagte Daoud. »Als Sie Shahin zum letzten Mal gesehen haben – um welche Uhrzeit war das?«

»Ich weiß nicht.«

»Ungefähr.«

»Morgens.«

»Frühmorgens?«

Barakat klopfte sich mit einem Fingernagel gegen die Zähne und überlegte. »Um acht bin ich zur Arbeit gegangen. Da hat sie noch ...« Die Worte erstarben ihm in der Kehle. Auf einmal fing er wieder an zu weinen, er schluchzte krampfhaft.

»Da hat sie noch was, Abdin?«

»Oh, Allah, so hilf mir doch! Ich hab' es nicht gewußt. Wenn ich es gewußt hätte, wäre ich nie im Leben ...«

»Was hat sie gemacht, als Sie zur Arbeit gingen?« Daoud drängte ihn sanft, aber nachdrücklich.

Barakat hörte nicht auf zu weinen. Daoud faßte ihn bei den Schultern und schüttelte ihn leicht.

»Kommen Sie, kommen Sie.«

Barakat beruhigte sich.

»Nun sagen Sie mir, was hat Shahin gemacht, als Sie sie zum letzten Mal gesehen haben, Abdin.«

Barakat murmelte etwas Unverständliches.

Daoud beugte sich vor. »Was war das?«

»Sie hat ... Oh, Allah sei mir gnädig! Sie hat saubergemacht!«

»Was hat sie saubergemacht?«

Schluchzen.

»Was hat sie saubergemacht, Abdin?«

»Die Küche. Mein Geschirr. Meine Frühstückssachen.«

Danach zog Barakat sich wieder zurück, wirkte abweisend und gefiel sich in der Rolle der männlichen Mimose. Gab Daoud zwar noch Antwort auf seine Fragen, aber eher mechanisch; er brummte nur, zog die Schultern hoch, nickte und schüttelte den Kopf, wann immer er damit das eine oder andere Wort ersetzen konnte; er murmelte nur einsilbig, anstatt vollständige Sätze zu sprechen. Jede Information mußte man ihm einzeln aus der Nase ziehen, eine frustrierende Prozedur. Aber Daoud ließ nicht nach, schritt mit dem Ehemann ein und denselben Weg immer noch einmal von neuem ab und kam am Ende wieder auf eben jenen Umstand zu sprechen, der einen Keil zwischen Barakat und Shahin getrieben hatte.

»Hat sie jemals etwas unternommen, um gesund zu werden und ihr Gebrechen zu heilen?« Daoud formulierte seine Frage so, als ob Barakats Frau für ihr Leiden verantwortlich zu machen wäre.

Kopfnicken.

»Was hat sie unternommen?«

»Gebetet.«

»Sie hat selbst gebetet?«

Kopfnicken.

»Wo?«

»Al Aqsa.«

»Haben auch andere Leute für sie gebetet?«

Kopfnicken.

»Und wer?«

»Mein Vater hat ein Bittgesuch an die WAQF gerichtet. Es sind ein paar gottesfürchtige alte Männer berufen worden.«

»Um für Shahin zu beten?«

Kopfnicken. »Und ...«

»Und was?«

Barakat fing wieder an zu weinen.

»Was haben Sie denn, Abdin?«

»Ich – ich habe auch für sie gebetet. Jede einzelne *Surah* aus dem Koran habe ich einmal in einer langen Nacht rezitiert. Den *Zikr* habe ich gesungen, bis ich ohnmächtig geworden bin. Aber Allah hat sein Ohr vor mir verschlossen. Ich bin ein unwerter Mensch.«

»Ein starker *Djinn*«, sagte Daoud. Er machte seine Sache

sehr gut, fand Daniel. Man wußte ja, wie Christen über die religiösen Anschauungen der Moslems dachten.

Barakat ließ den Kopf hängen.

Daoud schaute auf die Uhr. »Wollen Sie noch Wasser, Abdin? Oder etwas zu essen?«

Kopfschütteln.

»Ist Shahin mal zu einem Arzt gegangen?«

Kopfnicken.

»Was war das für ein Arzt?«

»Ein Heilpraktiker.«

»Wann ist das gewesen?«

»Letztes Jahr.«

»Und in letzter Zeit?«

Kopfschütteln.

»Wie hieß der Heilpraktiker?»

»Professor Mehdi.«

»Professor Mehdi in der Ibn Sina Street?«

Kopfnicken.

Daoud runzelte die Stirn, und Daniel hinter der Glaswand tat es ihm nach. Mehdi war ein Quacksalber, der illegale Abtreibungen durchführte; man hatte ihn mehrmals wegen Betrugs inhaftiert und immer wieder entlassen müssen. Die Behörden gaben regelmäßig den Einlassungen seines Anwalts nach; es handele sich um die berufliche Benachteiligung des Angehörigen einer ethnischen Minderheit, argumentierte er.

»Was hat Professor Mehdi ihr empfohlen?«

Achselzucken.

»Sie wissen es nicht?«

Kopfschütteln.

»Hat sie Ihnen nie was gesagt?«

Barakat hob theatralisch die Arme bis in Schulterhöhe und ließ sie wieder sinken. »Mein Geld hat er mir abgenommen – für nichts. Was hat es eingebracht?«

»Ist sie auch bei einem praktischen Arzt gewesen?«

Kopfnicken.

»Nachdem sie bei Professor Mehdi war oder vorher?«
»Nachdem.«
»Wann war das?«
»Letzten Monat, und jetzt noch.«
»Wann jetzt noch?«
»Bevor sie ...« Barakat kaute auf seiner Unterlippe.
»Bevor sie wegging?«
Kopfnicken.
»Bevor sie wegging. Und wann genau?«
»Sonntag.«
»Am Tag, bevor sie wegging, ist sie noch bei diesem Arzt gewesen?«
Kopfnicken.
»Wollte sie sich behandeln lassen?«
Barakat zuckte die Achseln.
»Warum ist sie zu dem Termin gegangen?«
Der Mann verkrampfte sich am ganzen Körper, dann zuckte er wieder mit den Schultern.

Auch Daoud wirkte verspannt; er sah plötzlich aus, als wollte er Barakat an die Kehle gehen. Trommelte mit seinen Fingerspitzen auf den Tisch, zwang sich aber zur Beherrschung und setzte ein beruhigendes Lächeln auf.

»An dem Tag, bevor sie weggegangen ist, hat sie also diesen Arzt aufgesucht. Aber warum, wissen Sie nicht.«
Kopfnicken.
»Wie heißt der Arzt?«
»Weiß ich nicht.«
»Haben Sie keine Rechnung von ihm bezahlen müssen?«
Kopfschütteln.
»Wer hat denn den Arzt bezahlt, Abdin?«
»Gar keiner.«
»Shahin ist von dem Arzt umsonst behandelt worden?«
Kopfnicken.
»Aus Gefälligkeit?«
Kopfschütteln.

»Weshalb denn sonst?«

»Es war ein Arzt von der UNO – sie hatte einen Flüchtlingsausweis. Da hat man sie umsonst behandelt.«

Daoud rückte mit seinem Stuhl neben Barakat.

»Dieser Arzt von der UNO – wo hat der seine Praxis?«

»Das ist keine Praxis. Es ist ein Krankenhaus.«

»Welches Krankenhaus denn, Abdin?«

Daoud schlug jetzt einen gereizten Ton an, der nicht mehr zu überhören war. Barakat preßte sich mit dem Rücken gegen seine Stuhllehne, um vor Daoud zurückzuweichen. In seinen Augen war etwas Verletztes, so als ob er sagen wollte: *Ich gebe mir doch wirklich alle Mühe.*

»Welches Krankenhaus?« sagte Daoud und war auf einmal laut geworden. Er kam aus seinem Stuhl und baute sich in voller Größe vor Barakat auf, war mit seiner Geduld am Ende und machte keinen Hehl daraus.

»Das große hellrote«, sagte Barakat hastig. »Das große hellrote, oben auf dem Skopus.«

56 Patienten trafen von halb zehn Uhr an am Amelia-Katharina ein, die ersten waren ein Haufen Männer, Gesindel, das den ganzen Tag von der Stadt bis hier hinauf zu Fuß gegangen war. Zia Hajab hätte sie dann gleich hereinlassen können, aber er ließ sie statt dessen warten; so zogen sie in dem mit Bögen versehenen Eingang der Anlage Kreise, während er auf seinem Stuhl saß, süßen Eistee schlürfte und sich die Stirn abwischte.

So eine Hitze, da würde ihn keiner hetzen.

Die wartenden Männer spürten auch die Hitze und bewegten sich, um nicht festzubacken, zogen Gesichter und fingerten an ihren Sorgenperlen herum. Die meisten wiesen sichtbare Stigmata einer Krankheit oder Behinderung auf: bandagierte und gesplitterte Knochen, genähte Wunden, Augenentzündungen, Hautausschlag. Ein paar kamen Hajab gesund vor, sie lauerten wahrscheinlich auf Pillen, die sie verkaufen konnten – ein schöner Gewinn.

Einer der Männer hob sein Gewand hoch und urinierte gegen die Wand. Ein paar andere fingen an zu murren. Der Wächter beachtete sie nicht, holte tief Luft und nahm noch einen Schluck von der kühlen Flüssigkeit.

Da sie fast nichts zahlten, konnten sie warten.

Es war erst zehn Uhr, und schon reichte die Hitze tief hinein in Hajabs Eingeweide und entzündete sie. Er fächelte sich mit einer Zeitung Luft zu, linste ins Teeglas. Ein Eisstück schwamm oben drauf. Er kippte das Glas, so daß das Eis an seinen Zähnen lag. Er genoß die Kälte, knabberte dann ein Stück ab und ließ es eine Weile auf der Zunge liegen.

Er drehte sich herum, als er das Geräusch des Dieselmotors hörte. Ein Lastwagen von der UNRWA – der aus Nablus – fuhr vor dem Krankenhaus vor und hielt an. Der Fahrer stieg aus und ließ hinten das Gitter herunter, woraufhin zwanzig oder dreißig Männer herabsprangen und sich zu den Murrenden aus der Stadt gesellten. Die Gruppen verschmolzen zu einer einzigen ruhelosen Menge; das Murren wurde lauter.

Hajab hob seine Schreibtafel vom Boden auf und stand vor ihnen. Ein traurig aussehender Haufen.

»Wann dürfen wir eintreten, Sir?« fragte ein zahnloser Alter.

Hajab brachte ihn mit einem Blick zum Schweigen.

»Warum müssen wir warten?« keuchte ein anderer, jüngerer mit einem unverschämten Gesicht und tränenden, verkrusteten Augen. »Wir sind von Nablus hergekommen. Wir müssen den Arzt sprechen.«

Hajab streckte die Hand aus und besah die Schreibtafel. Siebzig Patienten waren für die Männerbehandlung, wie jeden Samstag, angemeldet, dazu kamen noch die, die unangemeldet eintrafen oder die mit ungültigen Flüchtlingsausweisen oder ohne jeden Ausweis behandelt werden wollten. Ein voller Samstag, der durch die Hitze noch schlimmer wurde, aber nicht so schlimm wie der Donnerstag, wenn die Frauen kamen – Scharen von ihnen, dreimal mehr als Männer. Frauen hatten einen schwachen Geist, schrieen bei jeder kleinen Krankheit *Katastrophe!* Kreischten und plapperten wie Elstern, bis Hajabs Kopf am Ende des Tages im Begriff war zu bersten.

»Komm, laß uns rein«, sagte der mit den schlimmen Augen. »Wir haben unsere Rechte.«

»Geduld«, sagte Hajab und gab sich den Anschein, er müsse die Schreibtafel prüfen. Er hatte Mr. Baldwin zugesehen, wußte, was ein echter Verwaltungsbeamter zu zeigen hatte, der der Lage gewachsen war.

Ein Mann, der sich auf einen Stock stützte, setzte sich auf den Boden. Ein anderer sah ihn an und sagte: »*Sehhetak bel donya*« – »ohne Gesundheit spielt wirklich nichts eine Rolle« – zu einem Chor von Nickenden.

»Schlimm genug, krank zu sein«, sagte Triefauge. »Muß man sich auch noch von einem Bleistifttäter so erniedrigen lassen.«

Ein Gemurmel der Zustimmung erhob sich unter der Menge.

Triefauge kratzte sich am Hintern und wollte etwas sagen.

»Also gut«, sagte Hajab, zog die Hosen hoch und den Schreiber heraus. »Halten Sie Ihre Karten bereit.«

Gerade als er den ersten Haufen hineingelassen hatte, kam ein zweiter Lastwagen – der aus Hebron – die Straße aus dem Südwesten mühsam herauf. Der Motor dieses Lastwagens stotterte ungesund – die Gangschaltung klang abgenutzt, wahrscheinlich mußte auch sonst eine Menge repariert werden. Er hätte sich furchtbar gern darüber hergemacht und gezeigt, was er mit einem Schraubenschlüssel und einem Schraubenzieher konnte, aber die Zeiten waren vorbei. *Al maktoub.*

Der Lastwagen aus Hebron schaffte es nicht so leicht über den Mount Scopus. Als er schleuderte und bockte, kam ein zweitüriger weißer Subaru aus der entgegengesetzten Richtung – vom Campus der Hebräischen Universität – her angefahren. Der Subaru hielt an, rollte mehrere Meter und kam genau gegenüber dem Amelia-Katharina zum Stehen. Wahrscheinlich ein Tourist, dachte Hajab, als er sah, daß es ein Mietwagen von Hertz war.

Die Tür des Subaru ging auf, und ein großer Kerl in einem dunklen Anzug stieg aus und ging auf das Amelia-Katharina zu. Sonnenlicht blitzte an seiner Brust auf – Kameras – eindeutig ein Tourist –, zwei Kameras hingen an langen Riemen. Von dort aus, wo Hajab saß, sahen sie teuer aus – einer von diesen großen Apparaten aus Schwarz und Chrom mit diesen riesigen Linsen, die wie Nasen herausstachen.

Der Dummkopf hielt mitten auf der Straße an, trotz des sich nähernden Lastwagens und seines enormen Lärms. Er deckte eine der Linsen der Kameras ab, hob den Apparat in Augenhöhe und fing an, Fotos vom Krankenhaus zu machen.

Hajab runzelte die Stirn. So etwas durfte nicht passieren. Nicht ohne irgendeine Bezahlung. Seine Kommission.

Er schob sich vom Sessel hoch, wischte sich den Mund ab und trat einen Schritt vor, hielt ein beim Anblick des Lastwagens aus Hebron, der gerade über den Berg kam und genau auf den Kerl mit den beiden Kameras zufuhr, der einfach immer weiterknipste – war er denn taub?

Der Fahrer des Lastwagens sah ihn erst nicht, trat dann auf die Bremsen, die wie erschrockene Ziegen aufschrieen – noch ein Reparaturauftrag an einen Experten –, und hupte. Der Mann mit den Kameras sah hoch, winkte wie einer, bei dem irgend etwas nicht stimmt, und stolperte beiseite. Der Fahrer hupte wieder, nur zur Betonung. Der Mann mit den Kameras verbeugte sich und trottete über die Straße. Genau auf Hajabs Stuhl zu.

Als er näher kam, sah Hajab, daß es ein Japaner war. Ein sehr großer und breiter von ihnen, aber trotzdem Japaner mit dem saublöden Touristenausdruck im Gesicht, das sie alle hatten: schlecht sitzender Anzug, riesiges Lächeln, Brillen mit dicken Linsen, das Haar ganz glatt mit Pomade. Die Kameras hingen an ihnen wie Körperteile – japanische Babies wurden wahrscheinlich mit Kameras am Leib geboren.

Sie waren die besten, die Japaner. Reich, das waren sie allesamt und naiv – leicht zu überzeugen, daß die Kommission Pflicht sei. Hajab hatte für eine Gruppe von ihnen letzten Monat Modell gesessen, hatte fünf Dollar von jedem bekommen, Geld, das er immer noch in einer Kaffeedose unter seinem Bett in Ramallah hatte. Seinem eigenen Bett.

»No pictures«, sagte er streng auf englisch.

Der Japaner lächelte und verbeugte sich, richtete die Kamera auf den Rosengarten hinter dem Bogen, schoß ein Bild und richtete die Linse dann genau auf den Eingang.

»Nein, nein, Sie dürfen hier nicht fotografieren«, sagte der Wächter, trat zwischen den Japaner und die Tür und schüttelte seinen Finger vor dem gelben Gesicht. Der Japaner lächelte breiter, verstand den Mann nicht. Hajab suchte in seinem Gedächtnis nach englischen Worten, die er bei Mr. Baldwin gelernt hatte: »Forbidden!«

Der Japaner formte mit dem Mund ein O, nickte mehrmals und verbeugte sich. Der Japaner stellte seine Nikons wieder auf Hajab ein. Die Nikon klickte und surrte.

Hajab wollte etwas sagen, wurde aber durch das Rasseln der Ketten am Ende des Lastwagens aus Hebron, ihr Schleudern auf dem Asphalt, daran gehindert. Der Japaner schrie trotz des Lärms immer auf Hajabs Porträt ein.

»Nein, nein.« Hajab schüttelte den Kopf.

Der Japaner starrte ihn an. Setzte die erste Kamera ab und nahm die zweite hoch. Hinter ihm fuhr der Lastwagen aus Hebron weg.

»Nein«, wiederholte Hajab. »Verboten.«

Der Japaner lächelte, verbeugte sich, fing an mit der zweiten Kamera Aufnahmen zu machen.

Idiot. Vielleicht hieß »nein« *ja* in seiner Sprache – obwohl die in den letzten Monaten ihn sehr gut verstanden hatten. Vielleicht war dieser nur halsstarrig.

Zu groß, als daß man ihn einschüchtern könnte, stellte Hajab fest. Das Beste, was er tun konnte, war, die Fotografiererei zu unterbrechen und eine kleine Pantomime mit seiner Brieftasche darauf folgen zu lassen.

Er sagte dem Idioten: »UN sagt, mußt für Fotos bezahlen«, steckte die Hand in die hintere Hosentasche, wurde am Weiterreden durch einen Schwarm von Hebron-Patienten gehindert, die zum Eingang humpelten.

Aggressiv drängten sie sich neben ihn, versuchten an ihm vorbeizukommen, ohne ihre Karten zu zeigen. Typische Hebron-Tiere. Wo sie auftauchten, da gab es Ärger.

»Warte«, sagte Hajab und streckte die Hand aus.

Die Hebron-Patienten drängten sich so oder so vor, umzingelten den großen Japaner und fingen an, ihn mit einer Mischung aus Neugier und Mißtrauen anzustarren, während er Fotos machte.

»Karten!« rief Hajab, streckte die Arme nach beiden Seiten aus, um zu verhindern, daß einer von ihnen durchkam. »Sie müssen Karten vorzeigen! Ohne die werden Sie von keinem Arzt empfangen.«

»Er hat mich letzten Monat empfangen«, sagte ein Mann. »Sagte, eine Karte wäre nicht nötig.«

»Jetzt ist sie aber nötig.« Hajab wandte sich dem Japaner zu und ergriff seinen Arm, der sich unter dem Jackenärmel riesig anfühlte: »Hören Sie auf damit, Sie! Fotografieren verboten.«

»Laß den Mann fotografieren«, sagte ein Mann mit einem bandagierten Kinn und geschwollenen Lippen, dessen Worte undeutlich herauskamen. Er grinste den Japaner an und sagte auf Arabisch: »Fotografiere mich, gelber Bruder.«

Die Raufbolde von Hebron lachten.

»Und mich auch.«

»Und mich, ich will Filmstar werden!«

Der Japaner reagierte auf die Rufe und das Lächeln, indem er den Mechanismus seiner Kamera betätigte.

Hajab zerrte am Arm des Japaners, der so hart wie ein Kalksteinblock und genauso schwer von der Stelle zu bewegen war.

»Nein, Nein! Verboten zu fotografieren!«

»Warum darf er denn nicht fotografieren?« fragte ein Patient.

»UN-Bestimmungen.«

»Immer diese Bestimmungen! Diese dummen Bestimmungen!«

»Vergessen Sie die Bestimmungen! Lassen Sie uns ein – wir sind krank!«

Mehrere Patienten drängten eilig vorwärts. Einer schaffte es an Hajab vorbei. Hajab sagte: »Halt, du!«, und der Schleicher hielt an. Vorgebeugter kleiner Kerl mit schon ganz fahler Haut und einem sorgenvollen Gesicht. Er deutete auf seinen Kehlkopf und danach auf seinen Bauch.

»Karte?« fragte Hajab.

»Ich hab' sie verloren«, sagte der Mann, er krächzte mühevoll mit tiefer Stimme und hielt sich immer noch den Bauch.

»Der Doktor empfängt Sie nicht ohne.«

Der Mann stöhnte schmerzhaft.

»Laß ihn rein!« rief jemand. »Er hat im Lastwagen gekotzt, hat ihn verstänkert.«

»Laß mich rein – ich muß auch kotzen«, sagte eine andere Stimme in der Menge.

»Ich auch. Ich habe außerdem Durchfall.«

Gelächter, es folgten weitere Kruditäten.

Der Japaner schien zu glauben, daß das Gelächter sich auf ihn bezog, und antwortete auf jeden Witz und jede rüde Bemerkung mit einem Klicken seines Auslösers.

Ein Zirkus, dachte Hajab, alles wegen dieses kamerabeladenen Affen. Als er die Hände ausstreckte, um die Nikon herunterzuholen, rannten mehrere Rowdies zur Tür.

»Hören Sie auf mit dem Fotografieren! Verboten!« sagte er. Der Japaner lächelte und knipste weiter.

Immer mehr Patienten drängten sich jetzt durch. Wollten zum Vordereingang, kein einziger machte sich die Mühe, seine Karte vorzuzeigen.

Klick, klick.

»Verboten!«

Wahrscheinlich war der Film zu Ende, dachte Hajab. Auf keinen Fall würde man es ihm gestatten, die Kamera auf dem Grund und Boden des Krankenhauses wieder zu laden.

Aber statt in seine Filmtasche zu langen, lächelte der Japaner Hajab an und streckte ihm die Hand hin, als ob er die seine schütteln wolle.

Hajab nahm sie kurz, zog die Hand zurück und hielt sie mit der Handfläche nach oben. »Zwanzig Dollar, amerikanische. UN-Bestimmungen.«

Der Japaner lächelte wieder, verbeugte sich und ging fort.

»Zwanzig Dollar«, lachte ein Patient, als er vorbeiging.

»Zwanzig Dollar wofür, für einen Kuß?« fragte ein anderer.

Hajab dachte daran, ihnen nachzugehen, trat aber statt dessen beiseite. Der Japaner stand wieder mitten auf der Straße, zog eine dritte Kamera, eine kleinere, aus der Jackentasche und machte noch mehr von seinen verdammten Fotos, stieg dann in seinen Subaru und fuhr weg.

Fast alle Hebron-Patienten waren an die Tür gekommen. Nur ein paar Nachzügler blieben noch, humpelten oder stelzten die zittrigen, zögernden Schritte der wirklich Behinderten.

Hajab verfügte sich wieder in den Schatten seines Stuhls. An einem heißen Tag wie diesem lohnte es sich nicht, wertvolle Energie zu verschwenden. Er ließ die Schenkel auf dem Sitz mit dem dünnen Plastik zur Ruhe kommen und wischte sich die Stirn ab. Wenn drinnen irgend etwas passierte, ging ihn das nichts an.

Er lehnte sich zurück, streckte die Beine aus und nahm einen großen Schluck Tee. Er entfaltete die Zeitung und wandte sich den Anzeigen zu, las die Gebrauchtwagenanzeigen. Vergaß seine Umgebung, vergaß den Japaner, die Spaßvögel und die Drückeberger, schenkte den Nachzüglern keinerlei Beachtung mehr und bemerkte jene beiden mit Sicherheit nicht, die nicht mit den anderen zusammen auf dem Lastwagen gekommen waren, sondern während des Höhepunkts der von dem Japaner hervorgerufenen Aufregung aus einem Kieferndickicht knapp hinter der Absperrkette hinter dem Krankenhausgelände herausgetreten waren.

Sie trugen lange, schwere Gewänder, diese beiden, und hängende Burnusse verbargen ihre Gesichter. Und obwohl sie sie nicht gebraucht hätten, befanden sich in ihren Taschen Flüchtlingsausweise, die entfernt jenen ähnelten, die von UNRWA ausgegeben wurden. Passable Nachahmungen, gerade ein paar Stunden zuvor gedruckt.

Im Krankenhaus passierte tatsächlich allerhand. Die Luftkühlung war zusammengebrochen, das Gebäude verwandelte sich in ein Dampfbad. Zwei freiwillige Ärzte tauchten nicht auf, beim Aufrufen der Patienten lag man schon eine Stunde zurück, und die Patientenmenge war groß, verletzte und kranke Männer quollen aus dem Wartezimmer über in die Haupthalle, wo sie standen, hockten, saßen und an den Gipssäulen lehnten.

Die stickige Luft roch nach ungewaschenen Körpern und Infektionen. Nahum Shmeltzer suchte sich einen Platz an der Nordwand und beobachtete die ankommenden Ärzte, Schwestern und Patienten mit scheelem Blick.

Der kleine falsche Schnurrbart war lächerlich, saß wie ein großer schwarzer Fussel über seiner Lippe. Er hatte sich nicht rasiert und nicht geduscht und kam sich genauso schmutzig vor wie die anderen auch. Dazu kam noch, daß die Gewänder, die Latam ihm gegeben hatte, so kratzig wie Pferdehaar und so schwer wie Blei waren. Er schwitzte wie ein kranker Mann, fühlte richtig, wie das Fieber über ihn kam – war das die Strafe für die Methode Stanislawski?

Der einzige helle Fleck war das Lächeln, das das Kostüm bei Eva ausgelöst hatte. Er hatte sie bei Hadassah aufgegabelt, nach Hause gebracht, versucht sie zum Essen zu bewegen und sie dann vier Stunden lang im Arm gehalten, bevor sie eingeschlafen war, wußte, daß sie die ganze Nacht lang aufbleiben und auf den Anruf warten würde. Der alte Mann war dem Tod nahe; sie dachte immer wieder daran, ob sie nicht doch zum Krankenhaus zurückfahren sollte, hatte Angst, den Augenblick zu verpassen, in dem er hinüberglitt.

Trotzdem, als Shmeltzer um fünf aufgestanden war und den arabischen Outfit angezogen hatte, hatten sich ihre Mundwinkel aufwärts bewegt – nur für einen Augenblick, aber jedes bißchen half ... Mist, er fühlte sich nicht wohl.

Daoud schien das alles nichts auszumachen, wie er feststellte. Der Araber stand auf der anderen Seite der Eingangshalle, fiel unter den anderen nicht auf, cool wie Regen. Gelegentlich ein Augenkontakt mit Shmeltzer, aber meist nur ein Fleck im Untergrund. Behielt die Tür der Registratur im Rücken und wartete auf Shmeltzers Signal, um dann unauffällige Handbewegungen zu machen. Bewegungen, die man nicht sah, wenn man nicht darauf achtete. Die Hände am Schloß beschäftigt, das Gesicht so leer wie ein unbeschriebenes Notizblatt.

Vielleicht machte Arabern diese Sache nichts aus, dachte Shmeltzer. Wenn man ihnen trauen konnte, waren sie gute Undercover-Agenten.

Araber. Hier saß er, von ihnen umgeben. Von seiner Dienstzeit im Gefangenenlager 1948 abgesehen war er noch nie mit so vielen von ihnen auf einmal zusammen gewesen.

Wenn sie wüßten, wer er war, würden sie ihn wahrscheinlich auseinanderreißen. Mit der Beretta würde er ein paar von ihnen erledigen, aber nicht genug. Nicht, daß sie's je herausfinden würden. Er hatte in den Spiegel gesehen, nachdem er den Outfit angelegt hatte, selbst überrascht, was für einen guten Araber er abgab. Ahmed Ibn Shmeltzer ...

Jemand zündete eine Zigarette an. Ein paar andere taten ein gleiches. Ein Bursche neben ihm stieß ihn an und fragte ihn, ob er etwas zu rauchen hätte. All das trotz der Tatsache, daß die amerikanische Schwester, Cassidy, zweimal herausgekommen war und in lautem Arabisch *Rauchen verboten!* verkündet hatte.

Die Araber ignorierten sie; da redete eine Frau, es hätte auch ganz genausogut ein Esel sein können, der da schrie.

»Zu rauchen?« wiederholte der Bursche, stieß ihn wieder an.

»Ich habe nichts«, sagte Shmeltzer auf Arabisch.

Das Cassidy-Mädchen war wieder draußen in der Halle und rief einen Namen aus. Ein Bettler auf Krücken grunzte und humpelte auf sie zu.

Shmeltzer sah die Schwester an, als sie den Krüppel zu einem Untersuchungszimmer brachte. Sah nach nichts aus, wie Schwarzbrot, kein Busen, keine Hüften, der Typ von trockener Fut, der immer von schmierigen Scheichs wie Al-Niyadi ausgebeutet wurde.

Ein paar Minuten später kam der Scheich persönlich aus einem der Untersuchungszimmer heraus, tadellos gebügelt und makellos in seinem langen Arztkittel. Er warf dem Mob der Patienten einen verächtlichen Blick zu, schüttelte seine Manschettenknöpfe und ließ dabei eine goldene Armbanduhr aufblitzen.

Ein weißer Schwan schwamm zwischen Schlammenten, dachte Shmeltzer, und er weiß es. Er folgte Al Biyadi auf seinem Weg durch die Halle in die Registratur. Daoud hatte sich von der Tür entfernt, sich hingesetzt und tat so, als ob er schliefe.

Al Biyadi öffnete die Tür mit einem Schlüssel. Arroganter junger Snob – was zum Teufel tat er da, warum arbeitete er hier, anstatt sich eine schöne Praxis in Ramallah oder Ost-Jerusalem zu mieten? Warum gab er sich damit ab, arme Leute zusammenzunähen, wenn er dickes Geld scheffeln könnte, indem er die reichen Landbesitzerfamilien oder die Touristen im International Hotel behandelte?

Die erste Untersuchung hatte ergeben, daß er ein Playboy mit teuren Hobbies war. Kaum der Typ, aus dem man einen guten Menschen machen konnte. Wenn nicht noch ein anderer Zweck dahintersteckte.

Wie: Zugang zum Opfer.

Nach Danis Theorie war der Schlächter ein Psycho mit noch etwas – ein Rassist, der darauf aus war, Unfrieden zwischen Juden und Arabern zu stiften. Shmeltzer war nicht sicher, ob er das so kaufte, aber wenn das stimmte, stärkte das nur noch seine eigene Theorie: Al Biyadi war ein heimlicher Radikaler, und für den Schlächter kam gerade er in Frage. Er hatte das gestern abend beim Meeting des Notstabes deutlich gesagt. Niemand hatte ihm zugestimmt oder widersprochen.

Aber es paßte, der Snob einschließlich der Tatsache, daß er in Amerika lebte.

»Vor zehn Jahren, Nahum«, hatte Dani eingewendet. Ihr typischer Streit.

»Woher weißt du das?«

»In unseren Paßunterlagen haben wir es schon bei der ersten Untersuchung festgestellt.«

Vor zehn Jahren. Vier Jahre zu spät, um zwei der Morde aus dem FBI-Computer mit ihnen zu vergleichen.

Aber Shmeltzer war nicht bereit, den Bastard so leicht laufen zu lassen. Bevor er sich zum Collegebesuch in Detroit, Michigan niedergelassen hatte, hatte Al Biyadi in Amman gelebt, war zu einer teuren Internatsschule gegangen, derselben, die auch Husseins Kinder besuchten. So ein reiches Kind wie er konnte leicht zwischen Jordanien und Amerika als Tourist hin- und herfliegen, mit einem jordanischen Paß. Alle Reisen, die vor seiner Rückkehr nach Israel stattfanden, tauchten in ihren Akten nicht auf.

Die amerikanische Einwanderungsbehörde würde allerdings Unterlagen über sie haben. Dani hatte sich bereit erklärt, mit ihnen Verbindung aufzunehmen, obwohl das Beschaffen der Information, wenn man die gemachten Erfahrungen zugrunde legte, Wochen, vielleicht Monate dauern konnte.

Bis dahin war, was Nahum Shmeltzer anging, das Buch, das Dr. Hassan Al Biyadis Namen trug, noch offen. Weit offen.

Jedenfalls gab es keinen Grund, mit den amerikanischen Morden verheiratet zu sein. Vielleicht war die Ähnlichkeit rein zufällig – ein merkwürdiger Zufall, wie man zugeben mußte, wenn man an die Höhlen und das Heroin dachte. Aber vielleicht arbeiteten gewisse Typen von manischen Sexualstraftätern nach jeweils typischen Mustern, einem gemeinsamen seelischen Leitfaden, der sie dazu brachte, Frauen auf ähnliche Art aufzuschneiden und dann in Höhlen abzulegen. Danis schwarzer Freund hatte gesagt, die Ähnlichkeit sei zu groß, als daß es sich nur um einen Zufall handeln könnte. Ein amerikanischer Detektiv würde viel darüber wissen, aber auch das wäre nur Theorie. Es gab keine unwiderlegbaren Beweise ...

Al Biyadi kam aus der Registratur heraus und hielt mehrere Krankenblätter in der Hand, schloß die Tür ab, stieg über Daoud hinweg und spitzte verächtlich die Lippen.

Wie zimperlich, dachte Shmeltzer. Vielleicht ein latenter Homosexueller – der Seelendoktor hatte gesagt, Serienkiller wären das oft.

Guck dir die Frauen an, die sie sich aussuchen: Das Cassidy-Mädchen hatte kein Fleisch auf den Knochen – überhaupt nicht viel für eine Frau, vor allem nicht für einen reichen Emporkömmling wie Al Biyadi.

Ein seltsames Paar. Vielleicht waren die beiden zusammen in dem Geschäft. Heimliche Radikale, die davon träumen, eine gewaltsame Revolution in Gang zu bringen – ein Killerteam. Der Gedanke an mehr als einen Mörder hatte ihm immer gefallen. Mehrere Mordplätze, ein Partner, der einem das Zeug zur Höhle tragen und wieder abholen half, als Aufpasser diente, die Leichen schön gründlich wusch – nette Schwester im Dienst des Doktors.

Und eine *Partnerin,* um leichter an die Opfer heranzukommen. Eine Frau würde einer anderen Frau vertrauen, vor allem einer freundlichen Schwester in einer weißen Tracht. Würde ihr glauben, wenn sie sagte: »Entspannen Sie sich. Nach dieser kleinen Injektion werden Sie sich besser fühlen.«

Vertrauen ... Vielleicht hatte die Cassidy die ersten beiden Amerikanerinnen selbst erledigt – eine Frau mit einer sexuellen Manie. Warum nicht? Dann, vier Jahre später, kommt Al Biyadi nach Amerika, trifft sie im Harper-Hospital, die beiden stellen fest, daß sie gemeinsame Interessen haben, und starten einen Mordclub. Es klang weit hergeholt, aber man wußte nie. Aber genug mit dem Spekulieren. Er bekam Kopfschmerzen davon. Was er brauchte, waren gute, altmodische Beweise.

Die alte Schweizer Schwester, Catherine Hauser, kam in die Mitte des Korridors hinaus und rief einen Namen. Ihre Stimme war zu leise in dem Gesumm des allgemeinen Geredes, und niemand hörte sie.

»Ruhe!« ordnete Al Biyadi an, der gerade ein Untersuchungszimmer betreten wollte. »Sofort herrscht hier Ruhe!«

Die Männer in der Halle gehorchten.

Al Biyadi sah sie mit finsterem Blick an und nickte wie ein kleiner Prinz, der Gnaden gewährte. »Den Namen dürfen Sie noch einmal vorlesen, Schwester Hauser.«

Die Alte wiederholte ihn. Ein Patient sagte »ich« und stand auf, um ihr zu folgen. Al Biyadi stieß die Tür auf und verschwand.

Shmeltzer stützte sich mit dem Ellbogen gegen die Wand und wartete. Der Mann neben ihm hatte von jemand anderem eine Zigarette bekommen und stieß dicke Qualmwolken aus, die in der heißen Luft herumwirbelten und lange brauchten, bis sie sich auflösten. Auf der anderen Seite der Halle redete

Daoud mit einem Kerl, der eine Binde über einem Auge trug. Ahmed Ibn Dayan ...

Die beiden anderen Ärzte – der ältere Araber, Darousha, und der Kanadier, Carter – kamen, zwischen sich einen Araber, aus einem Zimmer heraus. Der Araber trug einen Fuß in Gips und stolperte, die Arme auf ihren Schultern und von ihnen gestützt, durch die Halle.

Ach wie süß.

Die Wohltäter. Als Verdächtige fand Shmeltzer sie schwach. Klar, ein Kanadier war fast wie ein Amerikaner. Carter hätte sicherlich an keiner Grenze Schwierigkeiten. Aber wenn die amerikanischen Morde irgendwen entlasteten, dann ihn: Schon in der Voruntersuchung hatte sich herausgestellt, daß er während vier der Mordtaten in Südamerika gewesen war. Eine Reise mit dem Peace Corps nach Ecuador in seinem ersten Studienjahr als Mediziner, eine Rückreise Jahre später, als Arzt. Ein echter Wohltäter, der sanfte Hippietyp, aber wahrscheinlich tief im Innern ein Antisemit – jeder, der für UNRWA arbeitete, mußte einer sein. Aber seine Referenzen vom Peace Corps waren überwältigend: seinem Beruf ergebener Arzt, hatte Menschen das Leben gerettet, Ausbrüche von Cholera verhindert, Dörfer bauen, Ströme eindämmen helfen, blablabla. Wenn man's glauben wollte, pißte Dr. Richard Carter Champagner.

Darousha paßte auch höllisch gut als *Tsadik:* für seine Freundlichkeit bekannt, keine politischen Interessen, kam gut mit den jüdischen Ärzten aus – nahm Kurse in Hadassah und bekam gute Noten. So sauber wie ein blitzender Operationssaal.

Daoud und Shmeltzer hatten den Gebäudekomplex hinter sich gelassen und offenes Gelände erwartet. Aber der ganze Besitz war von einem drei Meter hohen Maschendrahtzaun umschlossen.

Gefangen.

»Wohin jetzt?« fragte Daoud und rannte auf der Stelle.

Shmeltzer hielt an, fühlte, wie ihm die Knie weh taten, sein

Herz pumpte wie wild. Er dachte: Komisch, ich habe einen richtigen Herzanfall.

Er ließ den Blick über das Gelände schweifen, sah sich nach dem Krankenhaus um. Ein großer Teil des Parterres des riesigen rosa Gebäudes bestand aus Glasscheiben – weitere Fenstertüren führten zu einer überdachten Sonnenveranda. Ein Solarium in den Mandatstagen – die verdammten Briten sonnten sich, während ihr Weltreich unter ihnen wegfaulte. Jetzt das Eßzimmer.

Auf der Sonnenveranda war niemand, aber wenn irgendwer im Eßzimmer war und hinaussah, würde er ihn und den Araber leicht entdecken. So ein Mist.

Aber welche andere Möglichkeit gab es?

»Geh weiter«, sagte er und deutete auf das Nordende des Anwesens.

Was früher mal ein welliger Rasen gewesen war, war jetzt Dreck mit einer Schicht aus Steinen und Kiefernadeln. Sie rannten in den Schatten einer Piniengruppe, durchliefen mehrere Meter Schatten, bevor sie zwischen den Bäumen hervorkamen und sich auf einem steil abfallenden öden Hang wiederfanden, der genau zur nördlichen Peripherie des Besitzes, dem Rand einer Klippe führte. Man hatte ein hängendes Dreieck in den Drahtzaun geschnitten, das jetzt den blauen Himmel einrahmte. Eine Tür in den Himmel.

Höllischer Blick, dachte Shmeltzer und nahm die fernen sahnig-purpurnen Umrisse der Wüste und die terrassierten, noch immer von Grün bewachsenen Hügel von Judäa in sich auf.

Saphirblauer Himmel oben; die große, trockene Decke darunter. Hügel als Falten. Höhlen als Mottenlöcher.

Höhlen.

Er blickte zurück zwischen den Bäumen, sah zwei Figuren auf der Sonnenveranda, die eine von ihnen in Khaki, die andere in Weiß. Sie standen eine Weile da, gingen dann wieder hinein.

Wer zum Teufel scherte sich um einen kranken alten Araber?

Daoud hatte die Tür im Drahtzaun geöffnet. Sah hinaus in die Wildnis.

»Wie sieht's denn auf der Seite aus?« fragte ihn Shmeltzer.

Der Araber ließ sich herunter auf den Boden fallen, krabbelte bis an den Rand und linste hinunter.

»Nur ein kurzes Stück geht's abwärts, kein Problem«, sagte er überrascht. »Sieht wie ein Wanderpfad aus.«

Sie ließen sich über den Rand fallen, Daoud zuerst, Shmeltzer nach ihm. Sie landeten auf flacher, weicher Erde, einer breiten Terrasse – drei mal zwei Meter. Die erste der überdimensionierten Stufen war hier in den Berg eingeschnitten.

»Wie eine Treppe«, sagte Daoud.

Shmeltzer nickte. Unter den Treppenstufen fand sich ein dichtes, menschenfeindliches Buschwerk aus Wasser verschmähenden Pflanzen. Häßliches Zeug, grüngraue Stacheln und Kringel, manches gebräunt in der langen Hitze.

Ein Spalt im Buschwerk fiel ihm auf, eine Teilung wie die des Roten Meeres. Die beiden Detektive stiegen die Treppe hinunter und drangen in den Spalt ein, bewegten sich zentimeterweise durch einen schmalen Durchgang, der kaum so breit wie ein Mensch war. Unter ihren Füßen rundete sich eine flache Oberfläche zu einem konkaven Graben; sie versanken plötzlich und mußten die Arme benutzen, um das Gleichgewicht zu halten. Aber bald gewöhnten sie sich an die Höhle und gingen stetig und schnell den Abhang des Hügels hinunter. In der Taille vorgebeugt, um sich nicht von den dornigen Zweigen über dem Kopf erwischen zu lassen.

Shmeltzer wurde langsamer und sah sich die Zweige an. Ein Bogen aus grünem Buschwerk – der klassische Bogen von Jerusalem, dieser von der Natur ausgedacht. Das Dach undurchsichtig, abgesehen von den Stellen, wo die Sonne hindurchschien und Lichtfetzen hindurchfielen, die strahlend weiße geometrische Muster auf die hartgepreßte Erde warfen.

Ein Tunnel, dachte er. Der geradewegs hinunter in die Wüste führte, aber vom Flugzeug aus oder von unten sah man nur das Buschwerk, eine graugrüne Schlangenlinie. Wahrscheinlich vor vielen Jahren von den Briten geschaffen, oder vielleicht von den Jordaniern nach ihnen oder den Türken vor ihnen. Ein Fluchtweg.

»Wie sieht's aus?« fragte er Daoud. »Bist du immer noch in Form?«

Der Araber klopfte sich auf den Magen. »Hab's immer noch drauf.«

»Okay, folgen wir dem. Sehen wir mal nach, wohin das führt.«

57 Nach einer Weile wurde Nightwing offener, was sie selbst anging, wenn sie auf dem Rücksitz seines Plymouth in seinen Armen lag, nachdem sie ihn geschafft hatte, und von ihrer Kindheit erzählte – wie sie als fettes, pickliges und ungeliebtes Mädchen aufgewachsen war und wie ein Arschloch-Vater sie terrorisiert hatte, der jede Nacht zu ihr ins Bett gekrochen war und sie vergewaltigt hatte. Am nächsten Morgen hatte er immer Schuldgefühle gehabt und sie an ihr abreagiert, indem er sie ohrfeigte und eine Hure nannte. Die übrige Familie hielt zu ihm und behandelte sie wie Dreck.

Einmal sah er Tränen in ihren Augen, von denen ihm übel wurde; wenn er sie von ihrem persönlichen Mist reden hörte, wurde ihm schlecht. Aber er hinderte sie nicht daran, es auszukotzen, saß zurückgelehnt da und tat so, als höre er ihr zu, voller Einfühlungsvermögen. Inzwischen füllte sich sein Kopf mit Bildern: echte wissenschaftliche Experimente an wimmernden Hunden, wie er die Leichen in der Pathologie berührte, Erinnerungsdias an das, was er Fields angetan hatte, wie der Kopf des Schleimbeutels so voll zermanscht ausgesehen hatte. Dachte: Ein *Shrink,* Seelenschrumpfdoktor zu sein ist leicht.

Eines Nachts fuhren sie Nasty hinunter auf der Suche nach einem Parkplatz, und sie sagte: »Das ist er – das ist BoJo!«

Er fuhr langsamer, um sich den Zuhälter genau anzusehen, sah einen kleinen, mageren Neger in einem purpurnen Anzug mit Revers aus unechtem Fell und einem roten Hut mit einem unechten Leopardenfell-Band und Pfauenfedern. Der kleine Schleim stand an einer Ecke und redete mit zwei fetten blonden Huren, legte die Arme um sie, zeigte eine Menge Goldzähne.

Nightwing ließ sich tief ins Polster hinabsinken und tippte ihm an den Arm. »Fahr schneller. Ich will nicht, daß er mich sieht!«

Er fuhr den Plymouth langsamer und lächelte. »Was, hast du Angst vor so einem bißchen Scheiße?«

»Er ist vielleicht klein, aber er ist übel.«

»Ja, richtig.«

»Glauben Sie es, Doktor T. Komm, wir verschwinden von hier!«

»Ja, richtig.«

Danach fingen sie an, dem Nigger zuzusehen.

BoJo war ein Gewohnheitswesen, tauchte mittwochs, freitags und sonntags auf dem Boulevard auf, immer um elf Uhr abends. Kam stets von einem südlichen Teil der Stadt in einem fünf Jahre alten nagellackflaschenroten Pontiac Grand Prix mit Weißwandreifen im Gangsterstil, die auf riesige Chromfelgen aufgezogen waren, silbern funklendem Vinyltop, geätzten Opernscheiben, unechtem Hermelin und Zuck-und-Roll-Interieur mit purpurnem Saum. »BJ«-Monogramm in Gold auf den Türen und geschwärzte Fenster mit Aufklebern, die warnten, daß der ganze beschissene Wirrwarr von einem superfeine Bewegungen fühlenden Alarmsystem geschützt wurde.

Das Zuhältermobil fand sich immer in derselben Parkverbotszone an der Südseite von Nasty. Die Cops sahen nie nach;

Grand Prix bekam nie ein Strafmandat. Wenn BoJo aus dem Wagen stieg, streckte er sich immer, dann zündete er sich mit einem goldenen Feuerzeug, das wie ein Playboykaninchen aussah, eine extralange, mit einer Goldspitze versehene purpurne Sherman an, bevor er den Alarm mit dem kleinen Handapparat einstellte. Wiederholte denselben Gesang und Tanz auf seinem Rückweg zum Wagen.

Die Abende des kleinen Scheißers waren genauso vorhersagbar: ein Spaziergang auf Nasty in Richtung Westen, Einsammeln des Geldes von seinen Huren bis Mitternacht, dann der Rest der Nacht in einer nach Kotze stinkenden Zuhälterbar namens »Ivan's Pistol Dawn«, mittwochs und freitags, trinkend Begaffen der Tänzerinnen in einem Striplokal namens »Lube Job« jeden Sonntag.

Dr. Terrific folgte ihm. Niemand achtete auf den glattrasierten Kerl in Windjacke, T-Shirt, frischgewaschenen Jeans und blauen Tennies. Auch nur ein Soldat im Urlaub, auf der Suche nach Action.

Soldaten des Schicksals.

Ab und zu ging BoJo mit einer der »Lube-Job«-Stripperinnen oder einer Hure aus. Ab und zu mit einem anderen Nigger, einem großen, hellhaarigen, muskulösen Typen, der seinen Leibwächter mimte. Aber gewöhnlich kam er ohne ihn aus, schwankte den ganzen Boulevard entlang, als ob er ihm gehörte. Die Selbstsicherheit kam wahrscheinlich von der kleinen vernickelten Pistole, die er trug, von dem 45er Cowboyschießeisen mit weißem Handgriff aus Perlmuttimitation. Er nahm sie manchmal aus dem Handschuhfach und wedelte damit herum, als ob's ein Spielzeug wäre, bevor er sie zurück in den Hosenbund steckte.

Der Fucker *schien* wirklich selbstsicher, tanzte und stolzierte herum, lachte die ganze Zeit, sein Mund eine fucking Goldmine. Er trug hautenge Satinhosen, so daß seine Beine noch dünner wirkten, als sie ohnehin waren, eine maßgeschneiderte schäbige Jacke mit breiten Schultern und Kunstlederschuhe mit hohen Absätzen. Sogar mit den Absätzen war er klein. Schwarzer Zwergenscheiß. Leicht zu identifizieren.

Er beobachtete den Punk seit Wochen, wartete, wenn es eine warme Freitagnacht war, bis BoJo von seinen Gängen oder Parties um halb vier Uhr in der Frühe heimkam. Wartete in der nach Scheiße stinkenden Gasse vier Stunden lang, stand neben einem nach Scheiße stinkenden Abfallcontainer, aber nicht im geringsten müde. Ließ die Abfallgerüche durch sich hindurchziehen, schwebte darüber wie ein Engel, das Gewissen rein und frei von Gedanken.

Sah nur immer Fields' Gesicht, dann BoJos, dann die beiden zusammen, die sich zu einer Schleimmaske aus Weißem und Nigger vereinten.

Wow. Seine Hände juckten.

BoJo bog von Nasty aus in einer Seitenstraße ein, er schnipste mit den Fingern und torkelte – hatte wahrscheinlich zuviel gebechert und sich sein schwarzes Gehirn mit zuviel Gras benebelt oder was auch immer. Er blieb einen Block von dem Pontiac entfernt stehen, wie er es immer tat, zog die Hosen hoch und steckte sich seine Sherman an. Die Flamme aus dem Kaninchenfeuerzeug beleuchtete einen kurzen, häßlichen Augenblick lang sein Affengesicht.

Sobald die Flamme erlosch, kam Dr. Terrific lautlos aus der Gasse hervorgerannt, ganz pico bello und als Superheld eine Macht des Schicksals.

Er zog ein Brecheisen unter seiner Windjacke hervor, joggte auf zappeligen Teeniefüßen zum Grand Prix hinüber, hob das Brecheisen über den Kopf und schlug damit, so fest er konnte, zu und zerschmetterte die Windschutzscheibe. Als der Lärm des zersplitternden Glases noch wie Musik in seinen Ohren war, schwang er sich zur rechten, der Mitfahrerseite hinüber und hockte sich geduckt auf den Bürgersteig.

Der superempfindliche Bewegungsdetektor fing an zu jaulen.

BoJo hatte an seiner Zigarette gezogen. Der Zuhälter

brauchte einen Augenblick, bis er begriff, was vor sich ging. Dann fing er auch an loszujaulen.

Im Einklang mit dem Alarm.

Soul Musik.

Der Fucker zog sein Schießeisen raus, rannte und torkelte zum Grand Prix, so schnell die schwulen hohen Absätze ihn tragen wollten. Stolperte und fluchte, kam schließlich an und starrte mit offenem Mund auf die verwüstete Windschutzscheibe. Inzwischen stieß der Alarm noch immer seinen mechanischen Schmerzensschrei aus.

BoJo sprang herum, schwang die 45er hin und her, sah hierhin und dorthin, spuckte und fluchte. Er sagte: »Kommt her, ihr *Mothahfuckahs, goddam fuckin' Mothahfuckahs!*«

Der Alarm schüttete weiter sein kleines elektronisches Herz aus.

Inzwischen verhielt *er* sich ruhig wie ein toter Mann, hockte mit dem Brecheisen in der Hand am Boden. Bereit. Der dumme Nigger sah ihn nicht, dachte nicht daran, mal die Fahrgastseite zu prüfen. Sprang da nur immer herum, spuckte und fluchte, beugte sich hinüber, um mit dem Finger abzutasten, was von der Windschutzscheibe noch übrig war, starrte ganze Brocken von Sicherheitsglas an, die losgebrochen waren, Hunderte von Glasblasen überall: auf dem Armaturenbrett mit dem falschen Hermelinbesatz und auf den hochlehnigen Schalensitzen mit dem falschen Hermelinbezug.

Wiederholte *Mothahfuckah, fuckin' Mothahfuckah* dauernd, als ob es zu irgendeinem Schwerttanz gehörte, stampfte mit seinem Füßchen mit dem hohen Absatz auf, schwenkte den Colt in der Luft herum, legte ihn dann schließlich weg, nahm die Fernsteuerung aus der Tasche und stellte den Alarm ab.

Das Jaulen endete; die Stille wirkte noch lauter.

Dr. T. hielt die Luft an.

»*Shit*«, sagte BoJo, nahm den Hut ab und massierte seinen kahl werdenden Kopf. »*Oh fuck, mothafuckin shee-it.*«

Nigger öffnete die Fahrertür mit einem vergoldeten

Schlüssel, wischte Glas vom Sitz und vom Armaturenbrett, horchte auf das traurige Klirren, als es in die Gosse fiel, sagte noch einmal »*Shee-it*« und stieg dann aus, um ein weiters Mal die Windschutzscheibe zu prüfen, als wäre alles nur ein böser Traum, und wenn er wieder hinsähe, wäre alles okay.

Es war nicht okay.

»Verdammter Mist. *Shee-it*.«

Berühmte letzte Worte, denn als der Fucker sich aufrichtete, starrte er in das saubere Gesicht des Superhelden und hörte:

»Hi, ich bin Doktor Terrific. Was haben wir denn für ein Problem?«

»Sagen Sie, was ...« Er fühlte, ohne ihn richtig zu begreifen, den betäubenden Schmerz, als der Doc ihm mit dem Brecheisen auf die Nase schlug, sein Gesicht zu Brei verwandelte und Knochensplitter in alle armseligen Entschuldigungen für Gehirnmasse trieb, die er in dem häßlichen schwarzen Affenschädel besaß.

Es war so leicht, genau wie bei Fields.

So leicht war es, daß es ihn hart machte.

Brombeergelee, dachte er, als er immer wieder auf den Negerschleim einschlug, jedesmal trat er zurück und wischte sich mit Taschentüchern ab, damit das Blut nicht auf seine Kleidung spritzte. Er wischte das Brecheisen ab und ließ es neben dem Toten liegen. Mit Hilfe der Taschentücher holte er die 45er aus dem Hosenbund des Schleims und legte sie dem Zuhälter auf den Unterleib.

»*Umgawa, umgawa*. Leck mich, Niggershit.«

Dann ging er in die Gasse zurück, holte seine Polaroidkamera, kehrte zu dem Haufen nassem Niggergelump zurück und knipste ein Bild mit Blitz, bevor er ganz lässig davonschlenderte.

Er blieb drei Blocks entfernt unter einer Straßenlampe stehen und fand ein paar winzige Blutspritzer auf den Schuhen und dem T-Shirt. Die Schuhe wischte er ab. Das Hemd verbarg er schnell, indem er den Reißverschluß der Windjacke hochzog. Dann ging er weiter. Zwei Blocks entfernt stand der Plymouth, nett und gemütlich. Er stieg ein und fuhr zu einer anderen Straße mit Containern. Öffnete den Kofferraum des Wagens und feuchtete ein paar Lumpen mit Alkohol und Wasser aus ein paar Plastikflaschen aus dem Krankenhaus an, die er dort aufbewahrte. Er riß die Kamera auseinander, genoß das Geräusch, wie sie krachte und platzte, und stellte sich vor, es wäre der Körper des Negers, den er zerbrach. Er wischte jedes einzelne Stück ab und verteilte dann alles in drei verschiedene Container.

Er fuhr weiter und warf die Taschentücher in vier verschiedene Gullies, riß die Ecke mit dem meisten Blut ab und aß sie auf.

Er belohnte sich mit einem Bier aus dem Eiskasten im Kofferraum. Trank es langsam, lässig aus.

Zwanzig Minuten später war er wieder auf dem Boulevard, kreuzte zu Fuß unter den Geeks und Kriechern und Schleimbeuteln, die da in der Nacht herumgeisterten, und wußte, daß sie *ihm* gehörten, daß er jederzeit, wenn er wollte, jeden von ihnen haben konnte.

Er fand einen Schnellimbiß, der vierundzwanzig Stunden am Tag geöffnet war – ein schmieriger, heruntergekommener Laden mit einem pockennarbigen Schlitzauge hinterm Tresen. Nachdem er das Schlitzauge so lange angestarrt hatte, bis es ihm den Schlüssel zur Herrentoilette gegeben hatte, wusch er sich, prüfte sein Gesicht, berührte sich, weil er nicht richtig dran glauben konnte, daß er wirklich da war.

Er ging zum Tresen zurück, bestellte einen doppelten Cheeseburger und einen Vanilleshake von dem Schlitzauge, setzte sich auf einen geplatzten Plastikhocker und fing an zu essen. Es schmeckte ihm ausgezeichnet.

Die einzigen anderen Gäste waren ein paar stinkende Schwule, Motorradfahrer in schwarzen Lederklamotten, die sich *Teriyakidogs* und Zwiebelringe in den Mund stopften. Sie bemerkten ihn, stießen einander an und versuchten ihn durch Anstarren niederzuzwingen, versuchten ihn mit dem bösen Auge zu verhexen.

Als er sie angrinste, kamen sie auf andere Gedanken.

Er dachte, Nightwing würde von dem Schnappschuß mit dem toten schwarzen Gelee darauf beeindruckt, von Dankbarkeit *ihrem Helden* gegenüber überwältigt sein. Statt dessen sah sie ihn mit einem eigenartigen Blick an, als wäre er schmutzig. Er kam sich deswegen einen Augenblick lang mies vor, und er hatte Angst, wie damals als Kind, wenn er mit zusammengekniffenem Schließmuskel auf Treppenstufe Nummer sechs gesessen und Angst davor gehabt hatte, daß man ihn erwischte.

Er starrte zurück, ihr ins Gesicht, die sie ihn anstarrte, hörte das Geräusch der schlimmen Maschine lauter werden und dachte: Blöde, undankbare Schlampe. Heißer, beißender Schmerz biß wütend in seinen Gaumen; er fühlte den kalten, runden Stahl des Brecheisens in seinen Händen. Er beruhigte sich mit einem tiefen Atemzug, der seinen Brustkorb weitete und Erinnerungen daran, wie der Nigger hingestürzt war. Kunstlederschuhe, schwarz vor Nachtblut.

Locker bleiben. Geduld.

Aber er wußte, daß sie ein hoffnungsloser Fall war. Die Liebesromanze war vorbei.

Er zerriß das Foto in kleine Fetzen, aß sie und grinste. Streckte sich und gähnte. »Ich hab's für dich getan. Jetzt bist du in Sicherheit, Babe.«

»Yeah.« Erzwungenes Lächeln. »T-toll. Danke – du bist toll!«

»Das *Vergnügen* ist ganz auf meiner Seite, Babe.« Ein Befehl.

Eine Minute später: »Mach's mir noch mal, Babe.«

Sie zögerte, sah den Blick in seinem Gesicht und sagte dann: »Ja, klar, *mein* Vergnügen, gratis« und senkte den Kopf herab.

Danach veränderte sich ihr Verhältnis. Sie trafen sich weiterhin, sie nahm das Geld von ihm, tat, was er verlangte, aber sie hielt sich zurück. Emotional. Er merkte das.

Nicht mehr Freund und Freundin, jetzt war es heavy duty, Liebe und Respekt, wie ein Kind sie gegenüber einem Elternteil hat.

Das war okay. Er hatte es satt, ihr Geflenne zu hören von ihrem gemeinen alten Daddy, all den Typen, die ihn nicht hochkriegen konnten, ihr auf den Beinen herumtröpfelten, von denen, die Spaß daran hatten, ihr weh zu tun.

Schluß damit. Macht war besser als Tag für Tag zusammen zu sein, Woche für Woche. Was ihn anging, hätten sie es so noch eine Weile weitertreiben können.

Aber sie brachte alles durcheinander. Was geschah, war ihre Schuld, wenn man sich die Sache genau betrachtete. Diese Gedankenlosigkeit, sein Andenken zu beschmutzen.

Schwann zu beschmutzen.

Eins mußte man Fields lassen: der Scheißkerl war gründlich gewesen. Überprüfung anhand von ausländischen Telefonbüchern, Arbeits- und Einwanderungspapieren, Ärzteregistern, KFZ-Zulassungsstellen, Todesanzeigen im »Medical Journal«.

Die Arbeit eines Privatdetektivs bestand eindeutig mehr aus Routineuntersuchungen als aus genialen Gedankenblitzen, und all das Zeugs im Fernsehen war totaler Blödsinn.

Er lernte etwas überaus Wichtiges: Eine Menge Informationen lagen einfach herum und warteten auf den, der sie aufhob, man mußte nur wissen, wo man zu suchen hatte.

Eine Enttäuschung: Die beste Information, die Fields sich verschafft hatte, stammte geradewegs aus Schwanns Krankenhauspersonalkartei – desselben Krankenhauses, in dem er zwei Jahre gearbeitet hatte! Aus der Pathologie ausgerechnet – und dahin hatte er mindestens tausendmal die Post ausgeliefert, tat es immer noch, und letzte Woche noch eine Leiche gestreichelt.

All diese geheiligten Tatsachen direkt unter seiner Nase, und er hatte einem Dummkopf-Schleimo Geld dafür bezahlt, daß er sie herausfand!

Als er darüber nachsann, fing er zu zittern an, und es drängte ihn, sich zu schneiden. Er beruhigte sich aber mit einem Bier und einem Streicheln, sagte sich, es wäre in Ordnung, wenn man Fehler machte, solange man etwas dabei lernte.

Er hatte etwas gelernt. Von einem Toten, einem fucking Schleimbeutel.

Es zahlte sich aus, die Augen offenzuhalten.

Was Äußerlichkeiten anging, war Fields' Bericht eine Katastrophe: billiges Papier, verschmierte Tinte, Eselsohren, der Text auf einer billigen Maschine mit schadhaften Buchstaben getippt und von Tippfehlern und nicht eingehaltenem Rand verdorben. An den Rand hatte Fields in seiner winzigen Handschrift Bemerkungen geschrieben – der Schleim hatte offenbar vorgehabt, noch mehr Geld aus ihm herauszuquetschen, indem er die Hilfsbereitschaft auf die Spitze trieb. Der Fucker schrieb da in einem schleimigen, kumpelhaften Ton, so daß er ihn am liebsten wieder zum Leben erweckt hätte, um ihn noch einmal zu zerfetzen.

Dennoch war die Akte etwas Heiliges, eine Bibel.

Der gute Daddy!

Er studierte die Bibel jeden Tag, saß nackt auf dem Fußboden des Eispalasts und berührte sich. Manchmal betete er mehr als einmal, prägte sich den Text ein, jedes Wort war heilig. Starrte stundenlang Schwanns Foto auf dem Krankenhausausweis an, bis er sich das Bild ins Hirn gebrannt hatte.

Sein Gesicht.

Das gleiche Gesicht. Gut geschnitten und hübsch.

Hübsch, weil Schwann ihm das Superheldentum vererben wollte und ein paar dieser Gesichtschromosome in *ihren* schmutzigen Schoß gequetscht hatte.

So hatte er ihr minderwertiges Gewebe seinem Supersperma unterworfen. Das Kommando ging vom Vater auf den Sohn über, eine funkelnde Clonen-Kette.

Wer ihm ins Gesicht sah und Schwann kannte, mußte wissen, was los war. Doktor war ein dummer Judenfuck, daß er nicht darauf gekommen war.

Niemand sonst hatte es je erwähnt, weil sie sich von den Juden an der Nase herumführen ließen. Doktor hatte sie ausgezahlt.

Er intensivierte seine Bibelstudien, fing an, die Akte immer nach dem Essen zu lesen. Das Neue Neue Testament. Das Buch Dieter, Kapitel eins, Vers eins.

Am Anfang wurde Dieter Schwann geboren.

Als einziges Kind – genau wie er! – von Hermann Schwann und Hilde Lobauer Schwann.

Datum des gesegneten Ereignisses: 20. April 1926.

Der geheiligte Geburtsort: Garmisch-Partenkirchen, Deutschland.

(»Eleganter Skisportort für die Reichen, Doc«, hatte Fields danebengeschrieben. »Vater hatte wahrscheinlich Geld, hat vielleicht noch immer welches. Man könnte versuchen, an eins ihrer Bankkonten heranzukommen, aber Überseesachen sind schwer ohne internationalen Anwalt durchzuziehen, man kann froh sein, wenn man eine Antwort kriegt.«)

Großmutter Hilde: Fields hatte wenig über sie zu sagen. (»Keine Einzelheiten zu erfahren. 1962 gestorben, habe nicht herausbekommen, wer sie beerbt hat. Aus ausländischen Quellen ist vielleicht mehr zu erfahren.«) Aber *er* war sicher, daß sie schön war. Sauber und cool. Und blond.

Großvater Hermann: Ein Arzt natürlich. Ein *bedeutender* – Dr. Dr., med. und phil., Chirurgieprofessor an der Berliner Universität.

Herr Professor Doktor Hermann Schwann. (»1952 gestorben. Ein Nazi. Ich habe im Zeitschriftenindex nachgeschlagen, sein Name taucht 1949 in einem Artikel des »Life«-Magazins über die Gerichtsverfahren in Nürnberg auf. Er hat anscheinend in Dachau Experimente durchgeführt, wurde wegen Kriegsverbrechen verurteilt und nach dem Krieg inhaftiert. Starb im Gefängnis. So ein Pech für den Hundesohn, eh, Doc?«)

So ein Pech für den Schleimbeutel Fields, eh?

Kapitel zwei, Vers eins: Dieter wird ein Mann.

Supercloner war auch ein Arzt gewesen. Ein glänzender Vertreter seines Fachs – das konnte man zwischen den Zeilen der Bibel/des Berichts lesen:

»Doktor med. 1949, Universität von Berlin« – was hieß, daß er mit Dreiundzwanzig Doktor war! »Assistenz und Planstelle in der chirurgischen Pathologie 1949–51« – die hatten sie nicht irgendwem gegeben! »1951 in die USA mit einem Studentenvisum eingewandert für ein post-doktorales Stipendium für Mikro-Anatomie-Forschung. Beendet 1953 und dann als Pathologe zum Ärztestab des Columbia Presbyterian Hospital in New York.«

Zwischen den Zeilen war der doppelte Sinn und Zweck der Auswanderung zu erkennen!

A. Abrundung einer glänzenden medizinischen Ausbildung.

B. Abschießen des Superheldenspermas in einen Gebärmutter heißenden Behälter, bis perfekte Clonierung beendet ist.

Fuck die Gebärmutter – der Same lebt weiter!

Dr. Terrific alias Dieter Schwann junior – nein, *der zweite*, nein, römische Numerierung: II. II. II.

Dr. Dieter Schwann, II.

Herr Professor Doktor Dieter Schwann, II: Berühmter – weltberühmter Arzt, Facharzt für chirurgische Pathologie, Mikroanatom, er gibt das Leben und nimmt es, putzt weg den Schmutz und Dreck, Phantasiekünstler und Umtrieb in allen Gassen.

Dieter Schwann war für die Sünden dieser Welt gestorben, aber sein Same lebte fort.

Lebte.

Eine edle Story, aber am Schluß des Berichts ertrank sie in Lügen. Die apokryphen Bücher. Indem er die Wahrheit zu verbergen trachtete, hatte Fields seinen Tod noch tausendmal mehr verdient.

Es war zu schnell gegangen. Der Schleim hatte eine Lektion gebraucht. Echt wissenschaftlich.

Ende mit Mr. Nice Guy.

Trotzdem riß er die Lügen nicht heraus, weil er die Bibel nun mal in keiner Weise verändern wollte. Zwang sich zum Lesen, um seinen Willen zu stählen und sein Herz abzuhärten.

»Schwann ging 1959 von Columbia weg. Sie wollten nicht sagen, warum – seine Akte war geschlossen. (Ich habe einen Fingerzeig bekommen, daß irgend etwas moralisch Anrüchiges geschehen war, was einleuchtet, wenn man sieht, was aus dem Kerl wurde.) Danach läßt ihn der Gesundheitsdienst in einer Laden-Klinik in Harlem arbeiten – das ist eine besonders schlimme, von Schwarzen bewohnte Gegend – von 1960 bis 1963. Erste Festnahme wegen Rauschgift ist 1963. Er bekam Bewährung, verlor seine Zulassung, legte Widerspruch ein und verlor. Keine Beschäftigungsnachweise nach 1963. Zweite Festnahme 1964 wegen Heroinbesitzes und Vereinbarung, es zu verkaufen. Ein Jahr auf Rikers Island – das ist ein Gefängnis von New York City –, nach sechs Monaten auf Bewährung entlassen. 1965 wieder festgenommen und für sieben Jahre ins Staatsgefängnis von Attica gesteckt. Starb 1969 an einer Heroinüberdosis im Gefängnis.«

An den Rand geschrieben: »Wie der Vater, so der Sohn, eh?«

Er las die gekritzelte Anmerkung zum millionsten Mal, er brannte vor Wut. Rieb sich den Schwanz, bis die Haut wund und von blutroten nadelspitzen Punkten bedeckt war. Schlug die Finger wie Klauen in die Schenkel, zerrte an der Haut und durchbrach den Lärm der bösen Maschine, der jetzt so laut wie Donner und so stark wie eine Gezeitenwelle war.

»Keine Unterlagen, wo beerdigt«, schrieb Fields. »Wahrscheinlich Armenbegräbnis (ziemlich mies für einen Doktor, eh?). Keine Bankkonten oder Kreditkarten, keine permanente Adresse seit 1963.« Am Rand: »Ich würde nicht damit rechnen, daß ich mein Geld kriege, Doc. Dem Kerl mag es eine Zeitlang ganz gut gegangen sein, aber dann hat er alles für Rauschgift verpißt. Und außerdem ist es ein paar Jahre her. Die Sache mit dem Ausland scheint unsere beste Möglichkeit zu sein. Was meinen Sie, Doc?«

Er dachte – dachte dachtedachtedachtedachtenach.
Nichts!!!

Einmal, im Sommer, wurden zwei Touristenmädchen aus dem Mittleren Westen nahe Nasty vergewaltigt und erstochen, und die Politiker erhitzten und sorgten sich alle wegen dieser Verbrechen. Die Cops reagierten wie gute kleine Roboter und erzwangen eine Polizeistunde für zehn Uhr abends, überfielen Bars und Skin-Läden, schlugen Löcher in Köpfe, schleppten Geeks und Creeps ins Gefängnis dafür, daß sie auf den Bürgersteig gespuckt hatten.

Eine Bedrohung seiner Beziehung zu Nightwing, aber kein Problem für Dr. T. – er war ohnehin so weit, den Verkehr mit der undankbaren Schlampe abzubrechen. Er hatte nachgedacht, wie es am besten zu bewerkstelligen sei. Über einen Plan.

Sie war eine oberflächliche Person, hatte aufgehört, ihm ihre Angst zu zeigen, aber die gefühlsmäßige Distanz war immer noch da. Aber *sie* wollte *ihn* und sagte:

»Hör mal, Doc, du brauchst dich gar nicht zu verdrücken. Ich habe einen anderen Platz gefunden. Einen sicheren.«

Er dachte eine Weile nach.

»Klar, Babe.«

In den Hügeln nördlich des Boulevards gab es einen riesigen Park mit einem Zoo und einem Observatorium und einem Dutzend Tore. Sie sagte ihm, da solle er hinfahren, dirigierte ihn zu einem obskuren Tor an der Ostseite, das fast völlig unter riesigen Eukalyptusbäumen verschwand – ein federnder Metallrahmen mit gekreuzten Holzbalken – und das die Parkwächter immer abzuschließen vergaßen.

Sie stieg aus, öffnete es, stieg wieder ein und sie fuhren hindurch.

Der Park war nachts schwarz wie Öl. Nightwing deutete nach links, zu einer gewundenen Straße, die einen der Berge umkreiste, der sich in der Mitte des Parks befand. Er fuhr langsam und vorsichtig, die Scheinwerfer hatte er ausgeschaltet, im Bewußtsein der jähen Abhänge auf beiden Seiten und der Lichter von der Stadt, die kleiner wurden, während sie hinaufkletterten.

Sie kamen fast bis zum Gipfel des Berges und gelangten zu einer flachen Abbiegemöglichkeit, bevor sie sagte: »Genau hier. Park unter den Bäumen und stell den Motor ab.« Als er zögerte: »Los, sei kein Party-Pooper.«

Er parkte. Sie stieg aus. »Komm. Ich möchte dir was zeigen.«

Er stieg vorsichtig aus. Ging zwischen Wänden von Bäumen einen schlangenlinienförmigen Weg hinunter.

Unheimlich. Aber er hatte keine Angst. Sein Körper war hart und stark von stundenlanger Selbstfolter und vom Gewichtheben, seinen Augen sahen katzscharf in der Dunkelheit – er war jetzt *zum Teil* Katze. Snowballs Beitrag zu seinem arischen übermenschlichen Superbewußtsein.

Übermensch. Kultur. Das Reich. Er sang sich die heiligen Worte vor, während er Nightwings Arschwackeln folgte. *Arbeit macht frei.*

So vieles konnte man in einer Bibliothek erfahren.

Die Bibliothekarin im Junior College war eine ältere Frau mit mächtigen Titten, sah nicht schlecht aus, aber war nicht sein Typ.

»Entschuldigen Sie bitte ...«

Lächeln. »Ja, was kann ich für Sie tun?«

»Hm. Ich muß einen Aufsatz über rassistische Literatur für Soziologie 101 schreiben. Was können Sie mir da empfehlen?«

»Lassen Sie uns sehen. Die allgemeinen Stichworte finden Sie im Sachwortkatalog – sie könnten Bigotterie, Rassismus ... Vorurteil, möglicherweise Ethnizität versuchen. Wie weit wollen Sie zurückgehen?«

»Zwanzigstes Jahrhundert.«

»Hmm. Wir haben auch eine Spezialsammlung von Nazi- und Neonazi-Literatur, die man uns gerade vor ein paar Monaten gestiftet hat.«

»Oh?« (Ich weiß, du Blindschleiche. Ein Lastwagen voll von dem Zeugs, das die Wimps von der Koalition gegen den Rassismus gespendet haben. Langhaarige Judenbengel und Spics und Nigger, die die Studenten den Übeln des Vorurteils aussetzten, ihr verdammtes *Bewußtsein* steigern wollten. Verdammte Kerzenlichtzeremonie mit irgendeinem hakennasigen Rabbi, der von Frieden-Liebe-Bruderliebe faselt. Stand groß in der Studentenzeitung – er hatte den Artikel ausgeschnitten und in seine Mappe gelegt.)

Wären Sie daran interessiert, wollen Sie sich das mal ansehen? Lächeln. Ihre Titten klingelten, als sie sprach.

Ich denke, ja.

Sie sagte, er solle warten, ging in den hinteren Raum und kam mit einem Wagen voller Akten zurück.

Hier, bitte. Entleihen können Sie es nicht. Sie müssen es hier lesen.

Danke. Sie haben mir sehr geholfen.

Lächeln. Dazu sind wir doch hier.

Er schob den Wagen zu einem Tisch an der Wand, weg von allen anderen, öffnete die Fächer und fand den sorgsam gehüteten Schatz.

»Mein Kampf« auf Englisch. Gerald L.K. Smith. George Lincoln Rockwell. »The Thunderbolt«. »The Klansman«. Und die Klassiker: »Protokolle der Weisen von Zion«. »Der Stürmer« mit den tollen Karikaturen.

Sie verkündeten die Wahrheit.

Ihre Worte packten ihn, setzten etwas in ihm in Gang, das, wie er wußte, gut und richtig war.

Er wollte alles aufessen, alle Bücher und Pamphlete kauen und verschlingen, direkt in seinen genetischen Code einprogrammieren.

Aber nicht die Bücher der Lügner.

Weinerlicher, mickriger Scheiß, geschrieben von Juden und Judensympathisanten über die SS, die Todeslager und Dr. Dr. Josef Mengele, Fotos von Zwillingen als Opfern, Leichenbergen, die abschreckend wirken sollten.

Aber ihn machten sie an.

Unter all den Lügen ein echter Schatz: ein Buch über die Gerichtsverfahren von Nürnberg, das ein jüdischer Anwalt geschrieben hat, der dabei war. Hinten eine Liste der Angeklagten. Der edle Herr Doktor Großvater nahm dort einen Ehrenplatz in der SS-Reihe ein. Sein süßer Name blinkte wie ein Leuchtturm.

Ein unscharfes Gruppenfoto der Angeklagten vor Gericht. *Dasselbe Gesicht!*

Hermann an Dieter an Dieter II.

Der Same lebt!

Er kehrte immer wieder in die Bibliothek zurück, ließ sich den Wagen geben und rollte ihn in eine stille Ecke – so ein fleißiger Junge. Lebte wochenlang mit dem Schatz, während er geheiligte Sätze in Spiralbücher abschrieb, die Worte aufbewahrte und die Wahrheit in sein Bewußtsein einbrannte.

Die Juden steckten hinter dem Rauschgifthandel, dem Weltkommunismus, den Geschlechtskrankheiten, Kriegen und Verbrechen. Darauf aus, die Welt in einen schmutzigen Ort für Hakennasen zu verwandeln.

Das sagte Gerald L.K. Smith. Auch George Lincoln Rockwell und Robert Shelton. Sie bewiesen es mit Tatsachen, entlarvten die Holocaust-Lügen und die Verschwörer der jüdischen Bankiers.

Der Führer: verfolgt. Großvater Hermann: für etwas bestraft, was er gar nicht begangen hat, im Gefängnis verstorben.

Daddy Dieter tot in einer Gefängniszelle!

Gekreuzigt von Negerzuhältern und -Pushern und den jüdischen Drogenbankiers, die alles eingesteckt haben.

Heil Daddy! Er hatte das Gefühl, daß er gleich losheulen müßte ...

Schlanke Finger auf seinem Arm brachten ihn in den Park, an die Nachtluft zurück. Sie hatten das Ende des Weges erreicht. Nightwing streichelte sein Haar.

»Komm schon, Dr. T., es ist ruhig hier, keine Streifen. Nichts, das einen aufschrecken kann!«

Er sah sie an – durch sie hindurch.

Dumme Schnalle hatte ihre Netzbluse aufgeknöpft und zeigte ihre Titten, die Hände auf den Hüften, wollte sexy wirken. Das Mondlicht traf ihr Gesicht, verwandelte sie in ein Skelett, dann in ein Mädchen zurück, dann wieder in ein Skelett.

Sich verschiebende Schichten.

Die Schönheit unter der Oberfläche.

»Komm, Cutie.« Zeigte auf eine Höhle. Nahm ihn bei der Hand und führte ihn hinein.

Dunkler, nach Schimmel riechender Ort. Sie nahm eine winzige Taschenlampe aus ihrer Handtasche, schaltete sie ein und ließ den Lichtstrahl über rissige Steinwände, herabhängende Steindecken schweifen. Ein Junikäfer, vorübergehend von dem Licht geblendet, kam zu Verstand und krabbelte los auf der Suche nach Deckung. Andere Insekten zappelten in den Ecken der Höhle – Spinnen und was alles. Nightwing kümmerte sich nicht um sie, sondern kroch statt dessen zum entfernten Ende der Höhle hin und zeigte ihm ihren Hintern unter dem Mikrorock, zwei Linien ihrer schwarzen Höschen gingen quer durch ihre Backen. An der einen Wand lag eine schmutzig aussehende Armydecke. Sie zog sie weg, holte einen billigen Vinylkoffer hervor und öffnete ihn.

Als er sie bei ihren geschickten Bewegungen beobachtete und den Koffer sah, wußte er, daß sie schon oft hier gewesen war, tausendemal, mit Tausenden von anderen Männern. Hatte sie in ihre Geheimnisse eingeweiht, *ihn* aber nicht.

Dumme, gefühllose Schlampe! Nach allem, was er für sie getan hatte, hatte sie ihm nicht mal so weit vertraut, daß sie ihm ihr kleines Versteck zeigte. Erst nachdem Tausende von anderen zuerst hier heraufgekommen waren, sie mit ihren Lügen und ihrem dreckigen Saft vollgepumpt hatten.

Der letzte Strohhalm. Bleib ganz ruhig.

»Was ist in dem Koffer, Babe?«

»*Spie-ielsachen.*« Sie leckte sich die Lippen.

»Laß mich sehen.«

»Nur wenn du mir versprichst, daß du ein *guter* Junge sein willst.«

»Natürlich, Babe.«

»Versprichst du's?«

»Ich versprech's.«

Das »Spielzeug« bestand, wie zu erwarten, aus den neuesten Geräten der Sado-Maso-Shops, dem Zeug, das man am Ende von Fickbüchern hinten in den Anzeigen fand: Peitschen, Ketten, Stiefel mit Spikes, einen mit Beulen versehenen überdimensionierten schwarzen Dildo, ein Dominierungshelm aus Leder mit Straps und Buckeln überall.

Gähnen.

Sie zog die Stiefel an und hob ein Bein, damit er ihre Fut sehen konnte, während sie es tat.

Doppeltes Gähnen.

Zog die Netzbluse aus, zog einen ledernen Büstenhalter an mit Löchern, ausgeschnitten für die Brustwarzen.

Laaangweilig.

Dann setzte sie den Hut auf. Schwarzseidene Nazioffiziersmütze mit glänzendem schwarzem Schirm, die Totenkopfinsignien der SS über der Schirmmitte. Unter dem grinsenden Totenkopf der doppelte Blitz, der bedeutete: Schwann-Schwann.

»Wo hast du das her, Babe?«

»*Irgend*woher.« Beugte sich zu ihm herüber und ließ den langen Nagel eines Fingers an seinem Arm herabgleiten und dachte, sie mache ihn damit an, während sie nichts anderes tat, als heiße Nadeln in sein Fleisch zu bohren.

Setzte die Mütze auf. Hob den Arm zum Salutieren.

»Heil! Nightwing! Da dum, da tum.« Ekelhaftes Lächeln. Schlimmer deutscher Akzent: »Vont me to poot it on ven I do you, little Adolf? I giff grreat hat!«

Ganz ruhig bleiben. Bleib in Kontrolle. »Klar, Babe.«

»Hey, fühl mal *da*! Du *stehst* also auf diesen Nazishit, stimmt's? *Dachte* ich mir.« Salutieren. »Heil Blow-jobs!«

Faßte ihn an, zog den Reißverschluß herunter.

»Sieh mich mal richtig an, Fräulein Adolfa Titler, zu Diensten, lutsche dich auf Wunsch bis ins Vierte Reich. Gott, bist du hart. Du stehst hier wirklich sehr drauf, wie? Ich habe dein Ding gefunden!«

Er hätte mit ihr genau das machen können, was er mit Fields und dem Nigger gemacht hatte, aber das wäre ungerecht. Sie verdiente etwas Besseres.

Er preßte die Kinnladen zusammen, drückte den Lärm und die Tränen weg und sagte: »Klar, tu ich, Babe.«

Sie lächelte ihm mit dem Mund zu, der den Tod auffessen würde, und ging in die Knie.

Sie gingen danach noch dreimal in die Höhle. Beim dritten Mal legte er Tücher, Seife, ein paar Wasserflaschen und die Messer in den Kofferraum seines Wagens. Das Rauschgift war in ihrer Handtasche. Er wußte durch ihr Verhalten, daß sie stark heroinabhängig geworden war. Überraschte ihn nicht, herauszufinden, daß sie seine Anordnungen einfach mißachtete. Denn so funktionierte ein Junkie. So süchtig nach allen möglichen Schlichen wie nach der Nadel.

Als er die Spritze aus ihrer Tasche zog, war sie wie gelähmt vor Angst. Erleichtert – dankbar –, als er nicht wütend wurde.

Einen richtigen Orgasmus bekam sie, als er sagte: »Keine Angst. Ich habe mich schon zu lange auf dich gefreut, Babe. Du willst dir eine Spritze machen, laß dich nicht aufhalten.«

»Bist du sicher?« Bereits stoßweises Atmen.

»Sicher, Babe.«

Bevor er zu reden aufhörte, hantierte sie mit der Spritze, keuchte, fixte, lächelte, nickte ein.

Er wartete. Als sie völlig weg war, ging er zum Wagen zurück.

Am Morgen nach seiner letzten Verabredung mit Nightwing wachte er mit dem Gefühl auf, ein neues Ziel im Leben zu haben, wußte, daß das Leben nun schönere und größere Dinge für ihn bereithielt. Nachdem er sich berührt hatte, während er echte wissenschaftliche Fotos betrachtete, ging er zur Arbeit ins Krankenhaus, lieferte die Post in der Chirurgie ab und lauerte dem Doktor in seinem Büro auf.

»Was willst du?«

»Ist lange her, Studium, Geld, ich will Medizin studieren.«

Fuckjude war außer sich.

»Das ist Wahnsinn! Du hast ja noch nicht mal deine beiden Jahre Junior College geschafft!«

Achselzucken.

»Hast du irgendwelche wissenschaftlichen Kurse genommen?«

»Ein paar.«

»Sind deine Noten etwas besser?«

»Ich bin gut.«

»Natürlich bist du gut. Lauter Ausreichend, und du willst Arzt werden.«

»Ich *werde* Arzt.«

Fucker haute mit der Hand auf den Tisch. Die Augen quollen aus seinem häßlichen purpurroten Gesicht. Wütend, weil ein arischer Krieger in die jüdische Ärzteverschwörung einbrach.

»Hör mal zu ...«

»Ich möchte den Doktor machen. Du sorgst mir dafür.«

»Jesus Christus! Wie zum Teufel erwartest du von mir, daß ich so etwas abziehe!«

»Dein Problem.« Solange anstarren, bis der Fucker die Augen niederschlägt, völlig cool bleiben.

Er ging mit federnden Schritten fort, bereit für eine strahlende neue Zukunft.

58

Samstag, neunzehn Uhr dreiundvierzig. Daniel hatte gerade sein *Ma'ariv* und die *Havdalah* zu Ende gebetet und damit von einem Sabbat Abschied genommen, der im Grunde nicht stattgefunden hatte. Mit der Ergebenheit eines Ungläubigen hatte er zu seinem Gott gesprochen; seine Gedanken kreisten unablässig um den Fall, und ständig ging ihm die neue Information durch den Kopf.

Er legte seine *Siddur* beiseite und begann eben damit, seine Notizen für die Mitarbeiterbesprechung zu sortieren, als ihn der Anruf aus der Telefonzentrale erreichte; man teilte ihm mit, ein Mr. Vangidder sei am Apparat.

Der Name sagte ihm nichts. Offenbar ein Ausländer. »Hat er gesagt, worum es sich handelt?«

»Nein.«

Wahrscheinlich wieder so ein ausländischer Reporter. Man hatte zwar von höchster Stelle eine Nachrichtensperre über den Fall des Schlächters verhängt, doch die Journalisten verfolgten sie trotzdem auf Schritt und Tritt.

»Notieren Sie seine Nummer und sagen Sie ihm, ich würde zurückrufen.«

Er legte auf und war schon in der Tür, als das Telefon wieder klingelte. Einen Moment überlegte er, ob er es nicht ignorieren und einfach läuten lassen sollte, aber schließlich nahm er doch ab.

»*Pakad?*« Der Mann aus der Telefonzentrale meldete sich noch einmal. »Es geht wieder um diesen Vangidder. Er sagt, er sei Polizeibeamter und riefe aus den Niederlanden an; er meint, Sie würden ihn bestimmt sprechen wollen. Es muß aber gleich sein – er fährt noch heute abend für eine Woche in Urlaub.«

Die holländische Polizei? Sollte den Mann von der Interpol am Ende doch noch ein Anfall von Pflichteifer ereilt haben?

»Stellen Sie ihn durch.«

»Okay.«

Er mußte eine ganze Serie von elektronischen Pfeiftönen über sich ergehen lassen, was ihn etwas nervös machte; man konnte nur hoffen, daß die Auslandsverbindung nicht zusammengebrochen war. In Anbetracht dessen, was Shmeltzer und Daoud über die Leute im Amelia-Katharina herausgefunden hatten, würde jede Information aus Europa ihren Ermittlungen nur zugute kommen.

Auf die Pfeiftöne folgte eine Serenade von atmosphärischen Störungen, dann ein leises, mechanisches Dröhnen, bis sich schließlich eine aufgeregte, joviale Männerstimme in tadellosem Englisch vernehmen ließ.

»Chefinspektor Sharavi? Hier ist Joop van Gelder von der Kriminalpolizei in Amsterdam.«

»Hallo ... spreche ich mit Chefinspektor ...«

»Commissaris«, sagte van Gelder. »Etwa dasselbe wie Chefinspektor.«

Tatsächlich rangierte, wie Daniel wußte, sein Dienstgrad eine Stufe über dem Chefinspektor. Joop van Gelder war offenbar ein bescheidener Mann. Daniel empfand über die Entfernung von einigen tausend Meilen eine spontane Sympathie für den Kollegen.

»Hallo, Commissaris. Vielen Dank für Ihren Anruf. Tut mir

leid, daß es so lange gedauert hat, bis man Sie durchstellen konnte.«

»Das lag nur an mir«, sagte van Gelder liebenswürdig. »Ich hatte nicht daran gedacht, mich als Polizeibeamter zu erkennen zu geben, war einfach davon ausgegangen, daß Ihr Mann von der Interpol Ihnen meinen Namen durchgegeben hätte.«

Schönen Dank auch, Friedman.

»Nein, tut mir leid, Commissaris, aber das hat er nicht getan.«

»Egal. Wir beide haben wichtigere Dinge miteinander zu besprechen, ja? Heute morgen hat Ihr Mann uns die Daten eines Kapitalverbrechens durchgegeben. Die stimmen so eindeutig mit einem ungelösten Mord in unserer Stadt überein, daß ich unbedingt mit Ihnen Kontakt aufnehmen mußte. Ich bin im Moment außer Dienst und beim Kofferpacken für einen Englandurlaub. Mrs. van Gelder duldet keinen weiteren Aufschub, aber ich habe es doch noch geschafft, die Akte über den Fall aufzutreiben, und wollte die Information vor meiner Abreise an Sie weitergeben.«

Daniel bedankte sich noch einmal und meinte es wirklich ehrlich. »Wie lange liegt Ihr Fall zurück, Commissaris?«

»Fünfzehn Monate.«

Fünfzehn Monate. Es stimmte also, was Friedman über die Computer bei Interpol gesagt hatte.

»Eine schmutzige Geschichte«, sagte van Gelder. »Eindeutig ein Sexualmord. Wir haben den Fall nie aufgeklärt. Unser beratender Psychiater meinte, es könne sich hier nur um den ersten Mord eines psychopathischen Serienkillers handeln. Wir waren uns nicht sicher – allzu oft haben wir mit solchen Sachen nicht zu tun.«

»Wir auch nicht.« Bis jetzt jedenfalls.

»Bei den Deutschen ist das anders«, sagte van Gelder. »Und bei den Amerikanern auch. Da fragt man sich doch, warum, nicht wahr? Jedenfalls standen wir, als kein zweiter Mord passierte, vor der Alternative: entweder hatte der Psychiater sich geirrt – kommt ja mal vor, ja?« Er lachte. »Oder der Mörder war nur vorübergehend in Amsterdam und ist abgereist, um anderswo seinem blutigen Handwerk nachzugehen.«

»Ein Psychopath auf Reisen«, sagte Daniel und berichtete ihm von den Erkenntnissen des FBI.

»Entsetzlich«, sagte van Gelder. »Das Material des FBI wollte ich auch recherchieren. Doch die Amerikaner waren alles andere als kooperativ. Sie haben sich hinter ihren bürokratischen Barrieren verschanzt, und als es keinen zweiten Mord mehr gab, und das bei unserer ständigen Arbeitsüberlastung ...« Die Stimme des Holländers driftete ab, sein schlechtes Gewissen war offenkundig.

Daniel hielt es für rücksichtslos, dem Mann Mangel an Gründlichkeit vorzuhalten, und darum schwieg er lieber.

»Wir können Koffer auf versteckte Bomben überprüfen«, sagte van Gelder, »aber diese Art von Terroristen sind nicht so einfach zu schnappen, ja?«

»Ja«, sagte Daniel. »Messer kann ein Täter überall kaufen. Selbst wenn er immer wieder die alten verwendet, gibt es Mittel und Wege, sie zu transportieren, die ganz legitim zu erklären sind.«

»Ein Arzt.«

»Das gehört zu unseren Hypothesen.«

»Auch wir sind davon ausgegangen, Chefinspektor. Und eine Zeitlang habe ich geglaubt, der Fall sei auch so zu lösen. Bei unserer Überprüfung der Aktenunterlagen fanden wir keine ähnlich gelagerten Mordfälle im restlichen Bereich der Interpol-Länder, aber tatsächlich wurde ein fast identisches Verbrechen im September 1972 in Sumbok begangen – das ist eine winzige Insel in der südlichen Region von Indonesien, einer früheren holländischen Kolonie. In den meisten ehemaligen Kolonien halten wir noch Kontakt mit der örtlichen Polizei auf Konsultationsebene – sie schicken uns zweimal im Jahr ihr Material. Einer meiner Mitarbeiter hat einen solchen Halbjahresbericht gesichtet und stieß dabei auf den Fall – ein unaufgeklärter Mord mit schweren Verstümmelungen an einem sechzehnjährigen Mädchen.

Am Anfang glaubten wir, die Sache könnte etwas mit einem Stammesritual zu tun haben – unser Opfer in Amsterdam war Indonesierin, Halbindonesierin, genauer gesagt. Eine Prostituierte namens Anjanette Gaikeena. Es war denkbar, daß der Mord vielleicht mit einem primitiven Ritual oder einem Racheakt zusammenhing – eine Abrechnung unter Familien, die sich seit Generationen befehden. Aber wie sich herausstellte, hatte ihre Familie nicht die geringsten Kontakte nach Sumbok. Die Mutter stammt aus dem nördlichen Borneo; der Vater ist Holländer – lernte die Mutter während seiner Dienstzeit beim Militär kennen und hat sie dann vor achtzehn Jahren mit nach Amsterdam genommen.

Als ich den Bericht über den Sexualmord dort unten las, war ich ziemlich irritiert, Chefinspektor. Sumbok besteht nun wirklich aus nicht viel mehr als einer größeren Sandbank mit etwas Dschungel – es gibt ein paar Kautschukplantagen, ein wenig Melonenanbau und keinerlei Tourismus. Dann fiel mir wieder ein, daß es dort früher eine Hochschule für Medizin gab: die Große Medizinische Akademie St. Ignatius. Hat nichts mit der katholischen Kirche zu tun – das ›St.‹ wurde nur verwendet, damit es offiziell klingt. Eine bestenfalls viertrangige Institution. Ohne Examinierungsrecht, die Ausstattung kümmerlich, aber mit immens hohen Studiengebühren – die reinste Geldschneiderei. Betrieben wurde das Ganze von ein paar gewissenlosen amerikanischen Geschäftsleuten. Es kam zu Auseinandersetzungen über steuerliche Abgaben; und 1979 wurde die Hochschule dann von der indonesischen Regierung geschlossen. 1972 aber war der Lehrbetrieb noch in vollem Gange, eingeschrieben waren mehr als vierhundert Studenten – meist Ausländer, die man sonst nirgendwo aufgenommen hatte. Es gelang mir, ein Verzeichnis des Lehrkörpers und der Studenten aus dem Jahre 1972 zu besorgen, habe sämtliche Namen mit unseren Reisepaßunterlagen für den Zeitpunkt des Mordes an der Gaikeena überprüft, konnte aber leider keine Übereinstimmung feststellen.«

Während van Gelder noch sprach, hatte Daniel die Unterlagen von der FBI-Datenbank zur Hand genommen. Shehadeh: März '71, Breau: Juli '73. Der Mord in Sumbok fiel genau in die Zeit dazwischen.

»Haben Sie dies Verzeichnis greifbar, Commissaris?«

»Liegt hier vor mir.«

»Ich möchte Ihnen jetzt gern ein paar Namen vorlesen. Sehen Sie doch bitte nach, ob einer davon in Ihrer Liste auftaucht.«

»Alles klar?«

Das Resultat war gleich Null.

»Wäre auch zu schön gewesen«, sagte van Gelder. »Man kann nicht immer Glück haben, ja?«

»Ja. Trotzdem würde ich das Verzeichnis gern mal sehen.«

»Ich schicke Ihnen ein Telex, geht heute noch ab.«

»Danke Ihnen. Erzählen Sie mir noch etwas von Ihrem Mordfall, Commissaris.«

Van Gelder beschrieb, was sich in Amsterdam abgespielt hatte: Anjanette Gaikeenas entsetzlich zugerichtete Leiche war in dem Schuppen eines kleinen Fischereibetriebes aufgefunden worden, ganz in der Nähe von einem der Hafenbecken im nordöstlichen Teil der Stadt.

»Das ist eine wüste Gegend«, sagte der Commissaris. »Liegt direkt hinter unserem berühmten Rotlichtbezirk – sind Sie mal in Amsterdam gewesen, Chefinspektor?«

»Nur ein einziges Mal, bei einer Zwischenlandung im letzten Jahr. Was ich gesehen habe, war sehr schön; ich hatte nur keine Gelegenheit, mich richtig umzuschauen. Den Bezirk habe ich aber gesehen.« Nicht die geringste Gelegenheit hatte er für andere Dinge gehabt; denn er war zu zwei Tagen Hausarrest in einer Appartementsuite verdonnert gewesen, wo er für ein halbes Dutzend olympischer Ruderer und Fußballspieler den Babysitter zu spielen hatte. Mit halbem Ohr mußte er sich die rotzig rüpelhaften Scherze der Athleten anhören, und seine Uzi durfte er dabei nicht eine Sekunde lang aus der Hand legen. Die Stimmung unter den Sportlern wurde immer gereizter, und bevor sie noch irgendwelches Unheil anrichten würden, gewährte man ihnen schließlich ein einziges Mal Ausgang. Die Entscheidung war einstimmig: alle wollten sie zu den legendären Huren von Amsterdam.

»Den Rotlichtbezirk schaut sich jeder an«, sagte van Gelder ein wenig traurig. »Aber kein Tourist interessiert sich für die Hafengegend, wo Gaikeenas Leiche aufgefunden wurde. Nachts liegt alles öde und verlassen; abgesehen von ein paar Pennern, besoffenen Seeleuten und anderen üblen Zeitgenossen, die sich da herumtreiben. Der Schuppen war nicht abgeschlossen – zu klauen gibt's dort nichts außer Fischabfällen und einem verrotteten alten Tisch. Und genau auf dem hat sie gelegen, auf weiße Laken gebettet. Ihre Wunden stimmten exakt mit denen an Ihrem ersten Opfer überein. Unser Pathologe sagte, sie sei mit Heroin betäubt worden, und der Täter habe mindestens drei Messer benutzt, so scharf wie ein Chirurgenskalpell, was nicht heißen soll, daß er auch ein Chirurgenskalpell verwendet hat. Besonders beeindruckt hat ihn, wie sauber die Leiche gewaschen war – von Stoffetzen keine Spur, kein Samen, kein Tropfen fremdes Blut. Die Seife, mit der ihr Körper und Kopfhaar gewaschen wurden, gibt es überall am Ort zu kaufen; in jedem zweiten Hotel wird einem die Sorte im Badezimmer angeboten; jährlich werden Millionen Stück davon verkauft – also eine Spur, die man gut und gern vergessen kann. Wir habe festzustellen versucht, wer die Bettlaken verkauft, aber ohne Erfolg.«

»Hat man sie am Fundort getötet?«

»Wissen wir nicht. Sicher ist nur, daß sie dort gewaschen wurde und auch ausgeblutet ist. In dem Schuppen befindet sich eine breite Rinne, in dem der Fisch gesäubert wird und die Abfälle ins Meer geleitet werden; der Hohlraum ist groß genug, um einer Frau wie Gaikeena Platz zu bieten. Vor der Ausgangsschleuse hat die Rinne eine Krümmung, und an dieser Stelle fanden wir in den Fischabfällen Spuren von menschlichem Blut.«

Sie hatten gründliche Arbeit geleistet, dachte Daniel, doch leider vergeblich.

Van Gelder hatte denselben Gedanken. »Wir gingen noch einmal die Listen der uns bekannten Sexualtäter und Messerhelden durch, haben jeden einzelnen stundenlang verhört, uns mit den Stammkunden des Mädchens unterhalten und jede Prostituierte und jeden Zuhälter im gesamten Bezirk danach befragt, mit wem sie in jener Nacht zusammen war. Wir bekamen eine Unmenge von Hinweisen, aber alle erwiesen sich als falsch. Gemessen daran, was wir jetzt über diesen Reisenden wissen, war alles nur reine Zeitverschwendung, ja?« Der heiter joviale Ton war dem Holländer abhanden gekommen, doch seine Stimme klang auf einmal sehr eindringlich. »Aber jetzt sind Sie ihm auf der Spur, mein Freund. Wir werden zusammenarbeiten.«

»Noch einmal zu den Namen, die ich Ihnen vorgelesen habe«, sagte Daniel. »Es wäre schön, wenn davon der eine oder andere in ihren Reisepaßunterlagen auftaucht.«

»Sind das denn alles ernsthaft Verdächtige?« fragte der Holländer.

»Bis jetzt noch.« Daniel war sich klar darüber, daß van Gelder gern erfahren hätte, in welcher Reihenfolge die einzelnen Namen für seine Ermittlungen von Bedeutung waren. Damit aber konnte er leider nicht dienen. »Was immer Sie über eine dieser Personen herausfinden – jede Kleinigkeit bedeutet für uns eine gewaltige Hilfe.«

»Sollte sich bei der Überprüfung der Paßunterlagen etwas Positives ergeben, werden wir der Sache in allen Richtungen nachgehen – Hotels, Fluggesellschaften, Reisebusunternehmer, Kanalschiffer, Geschäftsleute. Wenn irgend jemand von diesen Leuten zum Zeitpunkt des Mordes an Gaikeena in Amsterdam gewesen sein sollte, werden wir Ihnen absolut lückenlose Aufzeichnungen über seinen Aufenthaltsort und jeden seiner Schritte liefern. Ich werde jetzt eine Woche Urlaub in England machen. Für die Zeit meiner Abwesenheit ist Ihr Ansprechpartner Pieter Bij Duurstede.« Van Gelder buchstabierte den Namen und sagte: »Er ist Chefinspektor, ein sehr zuverlässiger Mann. Er wird sich sofort mit Ihnen in Verbindung setzen, wenn sich irgend etwas herausstellt.«

Van Gelder gab Daniel Bij Duurstedes direkte Telefonnummer, dann sagte er: »In der Zwischenzeit werde ich mir den Wachwechsel am Buckinghampalast anschauen.«

Daniel lachte. »Ich danke Ihnen, Commissaris. Sie haben uns wirklich sehr geholfen.«

»Ich mache nur meinen Job«, sagte van Gelder. Er zögerte. »Wissen Sie, wir Holländer sind immer so stolz auf unsere Toleranz. Leider wird uns diese Toleranz manchmal als Untätigkeit ausgelegt.« Und nach einer Pause: »Diesen Verrückten müssen wir hinter Schloß und Riegel bringen, mein Freund. Wir wollen ihm zeigen, daß wir für eine so perfide Art von Bösartigkeit keine Toleranz aufbringen.«

59

Alle waren sie pünktlich, sogar Avi, der mit seinem kurzen Haarschnitt und dem glattrasierten Gesicht wie ein Schuljunge aussah; an den Stellen, wo sein Bart gewesen war, wies seine Haut einen leicht bläulichen Schimmer auf.

Daniel nahm sein Papier zur Hand und erstattete ihnen Bericht über die ärztlichen Gutachten.

»Alle drei waren Patientinnen im Amelia-Katharina. Nahum und Elias sind heute morgen an ihre Unterlagen gekommen, und ich werde Ihnen jetzt die für uns wesentlichen Informationen erläutern. Fatma und Shahin sind beide in der Allgemeinmedizinischen Abteilung für Frauen behandelt worden. Sprechstunden sind dort dreimal im Monat, und zwar jeweils am Donnerstag. Jeder zweite Donnerstag im Monat ist für spezielle Behandlungen vorgesehen – Gynäkologie und Geburtshilfe, Augenkrankheiten, Hals-, Nasen-, Ohrenleiden, Hautkrankheiten und neurologische Beschwerden. Juliet hat die neurologische Abteilung aufgesucht, um sich wegen ihrer epileptischen Anfälle neue Medikamente zu besorgen.

Zunächst zu Fatma: sie kam an dem Donnerstag, bevor sie das Kloster verließ, in die Sprechstunde; diagnostiziert wurden ein Ausschlag im Vaginalbereich und außerdem Filzläuse. Peggy Cassidy, die amerikanische Krankenschwester, hat offenbar den größten Teil der eigentlichen Untersuchung und Behandlung durchgeführt. In ihren Notizen heißt es, Fatma habe zunächst behauptet, sie sei noch Jungfrau und könne sich gar nicht erklären, wo sie sich die Filzläuse oder den Ausschlag geholt habe – letzterer erwies sich als eine Pilzinfektion, die in der Medizin als CANDIDA ALBICANS bezeichnet wird. Bei näherer Befragung habe sie aber einen Zusammenbruch erlitten. Sie gab zu, daß sie mit ihrem Freund sexuell verkehrte, ihre Familie in Schande gebracht habe und man sie deshalb verstoßen hätte. Cassidy beschreibt ihren Zustand wie folgt: ›Die Patientin läßt Symptome einer agitierten Depression erkennen und wirkt verängstigt; sie ist isoliert und hat keinerlei soziale Bindungen.‹ Fatma litt nicht nur unter einem Schuldgefühl, weil sie ihre Jungfräulichkeit verloren hatte und die Reaktion ihrer Familie fürchten mußte. Sie war auch davon überzeugt, daß sie es gewesen sei, die Abdelatif mit den Filzläusen angesteckt hätte; und der Gedanke, er würde es herausbekommen und sie deshalb verlassen, machte ihr schreckliche Angst. Dabei haben wir von Maksoud, dem Schwager, gehört, daß höchstwahrscheinlich eher das Gegenteil zutraf. Abdelatif verkehrte mit Prostituierten und hatte Maksouds gesamte Familie mehr als einmal infiziert.

Cassidy verabreichte Fatma eine Sulfatsalbe gegen die Infektion und verordnete ein Wannenbad zur Entlausung. Ihre Kleidungsstücke wurden im Krankenhaus gewaschen. Cassidy wollte sie auch einer psychologischen Beratung unterziehen, schreibt aber, ›wegen der Sprachbarriere und der Abwehrhaltung der Patientin hat sich keine therapeutische Basis herstellen lassen‹. Ein Termin zur Nachuntersuchung wurde für die kommende Woche vereinbart; Cassidy hatte große Zweifel, daß Fatma sie tatsächlich noch einmal aufsuchen würde. Aber sie erschien pünktlich um neun Uhr dreißig am Vormittag – was mit Anwar Rashmawis Darstellung übereinstimmt, der beobachtet hat, wie seine Schwester und Abdelatif sich am Donnerstagvormittag am Neuen Tor verabschiedeten und dann getrennte Wege gingen. Abdelatif kaufte sich am Ostbahnhof eine Busfahrkarte nach Hebron. Und wo Fatma hingegangen ist, wissen wir nun.

Aus Cassidys Aufzeichnungen über ihren zweiten Besuch geht hervor, daß Fatmas Infektion abgeklungen und sie auch nicht mehr von Läusen befallen war, doch ihr emotionaler Zustand hatte sich verschlechtert – sie wirkte ›äußerst deprimiert‹. Ein Beratungsgespräch blieb erneut ohne Erfolg. Man sagte Fatma, sie solle sich in zwei Wochen noch einmal zur nächsten Sprechstunde in der Allgemeinmedizinischen Abteilung melden. Cassidy gab auch zu bedenken, daß möglicherweise eine psychiatrische Behandlung angezeigt sei. Die protokollarischen Aufzeichnungen über Fatmas Sprechstundenbesuche sind mit Dr. Hassan Al Biyadi abgestimmt worden, der sie auch gegengezeichnet hat.«

Die Detektive nahmen Daniels Bericht mit versteinerten Gesichtern auf. Sie saßen wie erstarrt, niemand sagte ein Wort.

»Nun zu Juliet«, fuhr David fort. »Sie kam am darauffolgenden Donnerstag in die Sprechstunde der Neurologischen Abteilung, wobei sich die einzelnen Abteilungen wahrscheinlich nur dem Namen nach unterscheiden. Auch sie wurde zuerst von Peggy Cassidy behandelt, der die Einstichspuren an ihren Armen und Beinen auffielen. Auf die Frage, ob sie Drogen nähme, gab Juliet eine negative Antwort. Cassidy glaubte ihr nicht und notierte: ›Patientin weist Symptome von Drogensucht auf und läßt Anzeichen von Schwachsinn erkennen, der auf einer mentalen Entwicklungshemmung beruhen kann. Zu vermuten ist auch eine Aphasie aufgrund des Drogenmißbrauchs, einer chronischen Epilepsie oder deren Zusammenwirken.‹ Weiter heißt es in ihrem Papier, Juliet sei erst vor kurzer Zeit aus dem Libanon gekommen und verfüge über keinerlei familiäre Kontakte oder soziale Bindungen.«

»Wieder ein ideales Opfer«, sagte der Chinese.

Daniel nickte. »Cassidy bezeichnete Juliet als ›in hohem Maße unkooperativ‹ und empfahl außerdem, ihr nur eine geringe Menge an Medikamenten zu geben, um sicherzustellen, daß sie wiederkommen und sich einem Elektroenzephalogramm sowie einem Intelligenztest unterziehen würde. Al Biyadi hat sie untersucht, ihr für eine Woche Phenobarbital und Dilantin verschrieben und Cassidys Papier gegengezeichnet. Am selben Abend wurde Juliet dann ermordet.«

Shmeltzer grummelte in sich hinein und schüttelte den Kopf. Er hatte sich seit Tagen nicht mehr rasiert, sah verhärmt und alt aus.

»Bleibt noch unser letztes Opfer, Shahin Barakat«, fuhr Daniel fort. »Sie ist im Laufe der letzten sechs Wochen dreimal in der Allgemeinmedizinischen Abteilung behandelt worden, das erste Mal von Cassidy und Dr. Carter; die beiden anderen Male von Cassidy und Dr. Al Biyadi. Sie kam in die Sprechstunde und bat um eine allgemeine Untersuchung, die wiederum Cassidy durchführte und deren Ergebnis von Carter gegengezeichnet wurde. Abgesehen von einer Infektion am äußeren Ohr, die mit Antibiotika behandelt wurde, befand man ihren gesundheitlichen Allgemeinzustand für gut. Wobei die Cassidy allerdings notierte, daß sie bedrückt wirkte. Außerdem bezeichnete sie Shahin als ›gesprächsbereit‹.«

»Meint wohl eher leichtgläubig«, sagte Shmeltzer.

»Bei der zweiten Behandlung wurde sie noch einmal am Ohr untersucht, das inzwischen abgeheilt war. Aber sie habe, schreibt Cassidy, noch bedrückter gewirkt – kommt uns bekannt vor, nicht wahr? –, und als man sie dazu befragte, begann sie, über das Problem ihrer Unfruchtbarkeit zu sprechen. In den Augen ihres Ehemannes und seiner Familie sei das eine Schande. Ihr Mann habe sie einmal geliebt, aber jetzt würde er sie hassen. Einmal habe er ihr schon die Ehe aufgekündigt. Sie war davon überzeugt, daß er den *Talaq* auch vollenden und sie letztlich verstoßen würde. Nach Cassidys Worten wurde sie ›eindringlich über ihren familiären Hintergrund und andere soziale Bindungen befragt. Die Patientin gibt an, keine Geschwister zu haben, der Vater sei verstorben; sie habe zwar noch eine Mutter, bezeichnet sie aber als *sehr krank*. Auf die Frage, welcher Art diese mütterliche *Krankheit* sei, reagiert die Patientin mit sichtlicher Anspannung und ergeht sich in zweifelhaften Ausflüchten, was vermuten läßt, daß es sich um ein psychiatrisches Problem oder um einen sonstwie stigmatisierenden Zustand handelt.‹

Cassidy empfahl Shahin, zunächst einmal eine Untersuchung ihres Beckens vornehmen zu lassen, um die Ursachen ihrer Unfruchtbarkeit zu diagnostizieren. Shahin wollte wissen, ob dies nicht von einer Ärztin durchgeführt werden könne. Da aber keine Medizinerinnen zur Verfügung standen, bat sie die Cassidy, die Untersuchung selbst vorzunehmen. Cassidy erklärte ihr, sie sei dafür nicht qualifiziert. Shahin lehnte daraufhin die Untersuchung ab und sagte, niemand außer ihrem Ehemann dürfe sie intim berühren. Außerdem bestand sie auf einer arabischen Ärztin. Cassidy sagte ihr, die nächste erreichbare arabische Medizinerin in den Diensten der UNRWA sei eine praktische Ärztin, die in einer mobilen Klinik im Lager Deir El Balah in Gaza einmal im Monat eine kostenlose Sprechstunde abhielt – eine Überweisung nach dort würde sie ihr gern besorgen. Shahin wies ihren Vorschlag ab und meinte, die Reise nach Gaza sei ihr zu weit. An diesem Punkt gab Cassidy schließlich auf und notierte: ›Die Patientin betrachtet das Problem ihrer Unfruchtbarkeit und ihres ehelichen Status noch immer aus einer hartnäckigen Abwehrhaltung. Wenn ihr Ehemann weiterhin starken Druck auf sie ausübt, wird sie sich einer diagnostischen Beurteilung wahrscheinlich nicht mehr entziehen.‹

Vor zwei Tagen kam Shahin zum letzten Mal in die Sprechstunde. Cassidy beschreibt ihren Zustand nunmehr als ›außerordentlich depressiv‹. Ihr Ehemann hatte tatsächlich den endgültigen *Talaq* ausgesprochen. Sie wußte nicht, wo sie bleiben sollte, und hatte nichts mehr zu essen. Bei einer Überprüfung ihres Körpergewichts wurde festgestellt, daß sie seit ihrem zweiten Besuch in der Klinik in den letzten vier Wochen drei Kilo abgenommen hatte. Der Cassidy erklärte sie, daß sie an Appetitlosigkeit litte und seit ihrer Verstoßung nicht mehr gegessen und auch nicht mehr richtig geschlafen habe. Sie habe nachts in der Umgebung des Garten Gethsemane unter einem alten Baum kampiert; das Leben habe für sie keinen Sinn mehr. Cassidy konstatierte außerdem einen sehr niedrigen Blutdruck; sie gab ihr etwas zu essen, ließ sie ein Bad nehmen und versuchte, ein ›Beratungsgespräch‹ mit ihr zu führen. Shahin äußerte, sie habe schreckliche Angst, den Verstand zu verlieren, und gab auch zu, daß ihre eigene Mutter geisteskrank sei; nach Ansicht ihres Ehemannes würde sich die Krankheit auf sie übertragen. Cassidy empfahl vorübergehende Bettruhe in einer Station des Krankenhauses und anschließend ihre Unterbringung in einem Obdachlosenasyl für Frauen. Shahin lehnte dies ab, nahm aber noch etwas Essen zu sich. Dann hat sie nach Cassidys Darstellung die Klinik gegen den Rat der Ärzte verlassen. In Al Biyadis Sprechstunde ist sie nicht gewesen, aber er war mit Cassidys Beurteilung einverstanden und hat ihr Papier gegengezeichnet.«

Daniel legte seine Unterlagen aus der Hand und blickte in die Runde.

»Drei entwurzelte junge Frauen also. Zwei sind vollkommen verängstigt, depressiv und ganz auf sich allein gestellt. Die andere ist eine schwachsinnige, drogensüchtige Herumtreiberin ohne familiäre Bindungen. Die perfekten Opfer, wie Yossi schon sagte. Nur daß der Killer nicht mit Abdin Barakat und dessen unerschütterlicher Liebe für seine Shahin gerechnet hat. Wenn Elias ihn nicht zum Sprechen gebracht hätte, würden wir heute noch herumrätseln, was die drei Frauen miteinander verbindet.«

Daoud nahm das Kompliment mit einem kaum wahrnehmbaren Kopfnicken entgegen.

»Cassidy und Al Biyadi haben sich mit allen drei Patientinnen befaßt«, sagte Daniel. »Carter dagegen nur mit einer. Die Kontakte der beiden Ärzte scheinen aber minimal gewesen zu sein – ein flüchtiger Blick, und dann weiter nach dem Motto: die Nächste bitte. Bei dem großen Andrang von Patienten ist es nachvollziehbar, daß sie mit den Namen Fatma und Juliet nichts mehr anzufangen wissen. Aber Peggy Cassidy hat sich eingehend mit den Frauen beschäftigt. Es spricht alles dafür, daß sie sich an ihre Namen hätte erinnern müssen. Sie hat uns also substanzielle Informationen vorenthalten – bestenfalls. Schlimmstenfalls aber –«

»*Schlimmstenfalls* kommt der Sache wohl näher«, sagte Shmeltzer. »Sie hatte ein Motiv, die Gelegenheit und die Mittel. Sie und ihr Lover, die beiden arbeiten zusammen.«

»Was für ein Motiv?« fragte der Chinese.

»Wie Dani schon sagte: Beide sind PLO-Sympathisanten, die uns gegen die Araber ausspielen wollen, um dann Rache und Vergeltung zu üben und ein Blutbad anzurichten.«

Bei dem Wort »uns«, das war Daniel nicht entgangen, hatte Daoud lächeln müssen, wenn auch nur flüchtig. Auch er war unrasiert und sah übermüdet aus. Er saß an der Seite des älteren Mannes. Zwei abgekämpfte alte Haudegen.

»Ein perfektes Arrangement«, sagte Shmeltzer. »Hunderte von Patienten gehen dort ständig aus und ein. An einem Tag die Frauen, am nächsten die Männer. Cassidy sichtet die Leute und selektiert die Opfer. Als Frau hat sie's nicht schwer, bei den Menschen Vertrauen zu erwecken. Sie macht sie *gesprächsbereit*. Nach einer Spritze, so versichert sie ihnen, werden sie sich wohlfühlen und zur Ruhe kommen. Dann hat ihr Lover seinen Auftritt und ...« Shmeltzer fuhr sich mit dem Finger über die Gurgel.

So macht er sich an seine Opfer, dachte Daniel. Und die Schwächsten greift er sich zuerst.

»Wir haben es mit drei Tatorten zu tun«, fuhr Shmeltzer fort. »Die Höhle und ihre beiden Zimmer.« Er wandte sich zu Daoud. »Zeigen Sie uns mal die Pläne.«

Daoud faltete eine Grundrißskizze des Amelia-Katharina auseinander und breitete sie mitten auf dem Konferenztisch aus; die Zeichnung stammte noch aus der Mandatszeit. Alle beugten sich über das Papier. Daoud zeigte auf mehrere Räume im Westflügel, die mit roten Buchstaben neu beschriftet waren.

»Dies sind früher einmal die Zimmer des Dienstpersonals gewesen«, sagte er. »Jetzt sind dort die Krankenhausangestellten untergebracht. Nahum hat sich die Schilder an den Türen eingeprägt.«

»Er aber auch«, sagte Shmeltzer und sah Daoud stirnrunzelnd an. »Keine falsche Bescheidenheit.«

»Al Biyadis Zimmer liegt hier am Ende, gleich neben dem Hintereingang«, sagte Daoud. »Cassidy wohnt dort, direkt neben ihm.«

»Es wäre kein Wunder, wenn zwischen den Zimmern eine Verbindungstür existierte«, sagte Shmeltzer. »Zwei Spülbecken, zwei Badewannen und Platz genug, um in aller Gemütsruhe einen Menschen zu zermetzeln und die Leiche zu waschen. Rauschgift, Messer, Bettlaken, Handtücher, Seife, die Waschmaschine des Krankenhauses – alles ist leicht zugänglich. Zum Hinterausgang des Gebäudes sind es nur ein paar Schritte, und auch bei Dunkelheit läßt sich sehr rasch der

Eingang dieses unterirdischen Ganges ausmachen, den wir entdeckt haben.«

»Wie weit ist es vom Ende des Tunnels bis zu der Mörderhöhle?« fragte Daniel.

»Gut einen Kilometer vielleicht«, sagte Shmeltzer, »aber wenn man sich bei Nacht auf den Weg macht, wird das kaum jemandem auffallen. Einer trägt die Leiche, der andere das Gerät und die Instrumente. Das dichte Unterholz bietet eine perfekte Tarnung, um vom Krankenhaus direkt in die Wüste zu gelangen. Aus der Luft sieht der Grünstreifen sicher aus wie alle anderen – wir könnten uns vielleicht ein paar Fotos von der Luftwaffe besorgen, um es anschaulich zu machen.«

»Wenn sie zwei Zimmer haben, was soll dann noch die Höhle?« fragte der Chinese.

»Weiß der Teufel. Die Leute sind nun mal verrückt«, sagte Shmeltzer. »Politisch motiviert, aber eben zwei verrückte Arschlöcher – ein teuflisches Pärchen.«

Daniel sah sich den Grundriß noch einmal an, dann rollte er das Papier zusammen und legte es zu seinen Notizen. »Sind Sie auf dem Gelände irgend jemandem aufgefallen?«

»Kaum«, sagte Shmeltzer. »Ich wurde nicht weiter beachtet, Baldwin hat wahrscheinlich einen verblödeten alten Araber in mir gesehen, der irgendwohin losgehumpelt ist, um sich einen Platz zum Sterben zu suchen – *eine in hohem Maße unkooperative Person.* Solche Leute sind sie wohl gewöhnt.«

Daoud nickte zustimmend.

»Aber sie werden die Papiere in der Patientenkartei vermissen.«

»Sicher, wenn jemand danach sucht«, sagte Shmeltzer. »Aber warum sollten sie?«

»Warum sollten Cassidy und Al Biyadi etwas derart Augenfälliges tun und ihre eigenen Patienten umbringen?« fragte Daniel. »Und wieso bewahren sie auch noch die persönlichen Karteikarten auf? Warum beseitigen sie nicht ihre Unterlagen?«

»Aus Arroganz«, sagte Shmeltzer. »Die typische Arroganz der UNO. Seit '48 verstoßen sie jeden Tag gegen ihre eigene Charta, und da sie bis heute damit durchgekommen sind, halten sie sich inzwischen für unangreifbar. Hinzu kommt, daß Cassidy und Al Biyadi auch persönlich ausgesprochen arrogant sind – sie ist eine falsche Schlange, er stolziert durch die Gegend wie ein Chefarzt in seiner Privatklinik, und seine Patienten behandelt er durchweg wie Untermenschen.«

»Wie ein ganz normaler Arzt«, sagte der Chinese.

Daniel erinnerte sich an seine erste und einzige Begegnung mit Al Biyadi, nervös und feindselig war ihm der junge Arzt gegenübergetreten. Er mußte auch an Baldwin und seinen frostigen Empfang denken, und daß die Leute aus dem Amelia-Katharina ihn in seinem eigenen Land wie einen unerwünschten Ausländer behandelt hatten.

Das große, hellrote Gebäude war der ideale Ort für den Anfang gewesen. Der Killer hatte seine erste schmutzige Arbeit in der Nähe seines Wohnorts verrichtet, und dabei war ihm Yaakov Schlesingers disziplinierte Zeiteinteilung entgegengekommen. Er wußte genau, wann er ohne Risiko die Straße überqueren konnte, um Fatmas Leiche abzulegen. Juliet und Shahin hatte er dann ans andere Ende der Stadt geschafft, um die Aufmerksamkeit vom Skopus abzulenken.

Ihre Ermittlungen hatten sich nun zu einem Kreis geschlossen. Zwei Menschen mußten dafür mit ihrem Leben bezahlen.

Wieder machte er sich Vorwürfe, stellte selbstkritische Überlegungen an. Was hatte er versäumt, was hätte er besser machen können – selbstquälerische Gedanken, die wie Bandwürmer in seinem Inneren nagten.

»Jeder Krankenhausmitarbeiter hätte anfällige Patienten aussortieren können«, sagte er. »Nicht nur Al Biyadi und die Cassidy. Diese Karteikarten waren für jedermann zugänglich – bedenken Sie nur, wie leicht Sie daran gekommen sind. Und wir sollten auch nicht die Rote Amira Nasser vergessen und ihren Amerikaner mit dem sonderbaren Blick. Biyadi ist nun beim besten Willen nicht mit einem Mann aus dem Westen zu verwechseln. Nach dem letzten Stand unserer Erkenntnisse mag Amiras Geschichte ohne Bedeutung für uns sein, aber es wäre doch nicht schlecht, wenn wir eine detaillierte Beschreibung von ihr bekämen. Behaupten die Mossad-Leute eigentlich immer noch, daß sie in Jordanien nicht auffindbar ist, Nahum?«

»Spurlos verschwunden«, sagte Shmeltzer. »Das kann durchaus wahr sein, kann aber auch an dem Tick dieser Leute liegen, die überall nur Verschwörung und Intrige wittern. Wie dem auch sei, ich glaube, ihre Geschichte ist tatsächlich ohne Bedeutung für uns und ein Hirngespinst des Buckligen. Wir haben keine Hinweise dafür gefunden, daß man sie im Amelia-Katharina behandelt hätte. Amira paßt einfach nicht ins Bild. Und wenn wir nach einem sonderbar wirkenden Amerikaner suchen, warum sollte das nicht die Cassidy sein? Vielleicht hat sie sich als Mann verkleidet – ein maskuliner Typ ist sie ohnehin. Vielleicht war es genau das, was Nasser als sonderbar empfand.«

»Vielleicht hat sie sich operieren lassen«, sagte der Chinese, »und sich einer Geschlechtsumwandlung unterzogen.« Er gluckste. »Hat sich womöglich Eier annähen lassen und will eine zweite Golda werden.«

Sein Scherz riß die Männer nicht vom Stuhl.

»Wenn die Klinik jeden Donnerstag geöffnet hat, wie erklärt sich dann die Zeitverschiebung?« sagte Avi. »Zwei Morde im Abstand von einer Woche, und dann passiert bis zum letzten Freitag gar nichts.«

»Wenn Amira Nassers Geschichte wahr ist«, sagte Daniel, »dann hatte er es auf sie abgesehen, und zwar exakt eine Woche nach dem Mord an Juliet. Ben David hat mir erklärt, daß bei Psychopathen zwischen ihren Aktionen immer wieder Phasen von Untätigkeit zu beobachten sind – ein Zeichen dafür, daß ihre Triebkontrolle nicht mehr funktioniert. Vielleicht hat ihn sein Versagen im Fall Amira Nasser zu dieser wochenlangen Pause veranlaßt, und er wollte einfach vorsichtig sein.«

»Amiras Geschichte ist pure Erfindung«, sagte Shmeltzer. »Wahrscheinlicher finde ich, daß wochenlang kein geeignetes Opfer mehr in der Klinik aufgetaucht ist. Die Mädchen waren nicht dumm genug oder zu wenig anfällig.«

»Ein guter Einwand, Nahum. Aber dagegen stehen acht amerikanische Mordfälle, die mit unseren übereinstimmen; und das ist keine pure Erfindung. Als man Al Biyadi das Einreisevisum verweigert hat, wurde seine persönliche Vergangenheit ziemlich sorgfältig unter die Lupe genommen. Nach unseren Erkenntnissen war er bis 1975 in Amman und hat keine Reisen nach Amerika unternommen. Das umfaßt die Zeitspanne zwischen dem ersten Mord in Los Angeles und dem zweiten in New Orleans. Ich habe auch Ihren Hinweis ernstgenommen, daß er in den Jahren vor 1975 als Tourist zwischen Jordanien und den USA hin- und hergependelt sein könnte. Ich habe die Amerikaner gebeten, ihre Unterlagen für den Fall zu überprüfen, daß wir beim ersten Mal etwas übersehen hätten. Aber bei einem solchen Vorgehen müssen wir das amerikanischen Außenministerium einbeziehen, und das bedeutet immer Aktenarbeit und lange Verzögerungen. Um die Prozedur abzukürzen, habe ich Lieutenant Brooker gebeten, seine Verbindungen in den USA spielen zu lassen. Er soll mir dabei helfen, die Aktivitäten der Krankenhausmitarbeiter in Amerika zu recherchieren – wir werden sehen, was wir sonst noch alles über Al Biyadi, Cassidy und die andern in Erfahrung bringen können.

Was die andern betrifft, so ist Shahin beim ersten Mal von dem Kanadier Carter untersucht worden. Er hat blondes Haar, hätte ohne Visum in die USA einreisen können.

Alles, was wir über ihn wissen, stammt aus den Unterlagen des Peace Corps. Wir werden ihn uns einmal näher anschauen. Dann gibt es noch Baldwin, den Verwalter, und der ist tatsächlich Amerikaner. Er leitet das Krankenhaus, kann jederzeit die Patientenkartei einsehen, besitzt Schlüssel für jedes Zimmer. Ich hatte außerdem den Eindruck, daß er und Ma'ila Khoury, seine libanesische Sekretärin, etwas miteinander haben – vielleicht hegt er ja eine Art Haßliebe für arabische Frauen.

Dr. Darousha und Hajab scheinen eine weiße Weste zu haben«, fuhr er fort. »Nach Auskunft von Shin Bet hat keiner der beiden seit '67 das Land verlassen. Hajab ist nie ein Reisepaß ausgestellt worden. Trotzdem werden wir uns beide noch mal anschauen. Dasselbe gilt für die ältere Krankenschwester Hauser, von der ich mir nicht vorstellen kann, daß sie irgendwem etwas zuleide tun könnte. Bei den ehrenamtlichen Mitarbeitern ist es etwas problematisch. Shin Bet hat uns ein Verzeichnis mit ungefähr zwei Dutzend ausländischen Ärzten, Krankenschwestern und Technikern zur Verfügung gestellt, die alle ehrenamtlich und auf Teilzeitbasis im Amelia-Katharina beschäftigt sind. Diese Personen sind im allgemeinen Mitglieder einer kirchlichen Organisation oder auch der UNRWA selbst und verbringen einen Großteil ihrer Zeit in den Lagern. Bei der Shin Bet existierte noch eine ältere Liste, die sie sich früher mal besorgt hatten; man wollte gerade zum jetzigen Zeitpunkt die UN nicht damit belästigen. Das Verzeichnis kommt von einem Agenten aus einem der Flüchtlingslager im Gazastreifen. Es ist nur eine Zusammenstellung von Namen. Welche ehrenamtlichen Mitarbeiter sich, wenn überhaupt, in den Tagen im Amelia-Katharina aufgehalten haben, als man unsere Opfer untersucht hat, geht nicht daraus hervor.«

Der Chinese steckte sich eine Zigarette an, reichte die Packung herum. Avi und Daoud bedienten sich. Der Raum füllte sich mit Zigarettenqualm.

»Eine Information liegt uns noch vor«, sagte Daniel. »Kurz bevor ich herkam, erhielt ich einen Anruf aus Holland, der unsere These vom Ausländer bekräftigt.«

Er berichtete von seinem Gespräch mit van Gelder und sagte schließlich: »Von den ständigen oder den ehrenamtlichen Mitarbeitern des Amelia-Katharina erscheint kein einziger Name in dem Verzeichnis der indonesischen Medizinhochschule. Möglicherweise hat sich jemand unter falschem Namen an der ›Akademie St. Ignatius‹ eingeschrieben – oder auch unter seinem richtigen Namen, den er dann später geändert hat. Die Schule stand in einem schlechten Ruf; der Lehrbetrieb wurde schließlich eingestellt. Ein Arzt, dem es gelang, bei einer angesehenen Einrichtung Fuß zu fassen, mag sehr wohl daran interessiert gewesen sein, den Begriff Sumbok aus seinem persönlichen Werdegang zu tilgen. Bei meinen Überlegungen in dieser Richtung bin ich wieder auf Baldwin gestoßen – ein professioneller Krankenhausdirektor. Manchmal erreichen ja Leute, die es selbst nicht bis zum Arzt gebracht haben, eine Position, in der sie mit Ärzten zusammenarbeiten.«

»Als Vorgesetzter von Ärzten«, sagte Shmeltzer.

»Genau. Vielleicht hat er in Sumbok ein Medizinstudium begonnen und es nicht geschafft, an eine ordentliche Hochschule zu wechseln. So hat er sich dann als Bürohengst betätigt. Für jeden ehrenamtlichen technischen Mitarbeiter gilt natürlich dasselbe. Auf jeden Fall könnte der Mord in Holland sehr gut in das Schema passen – die Gaikeena wurde vor fünfzehn Monaten umgebracht. Van Gelder ist sicher, daß bei Interpol keine Erkenntnisse über ähnlich gelagerte Morde im europäischen Bereich vorliegen, was ich mir allerdings noch bestätigen lassen möchte. Wenn der Killer von Amsterdam aus direkt nach Israel gereist ist, dann wird er wahrscheinlich seinen Reisepaß mit seinem jetzigen Namen benutzt haben. Die Paßkontrolle in Amsterdam ist mit den Recherchen befaßt – ich erwarte in Kürze ihren Anruf. Außerdem habe ich die Originalunterlagen der amerikanischen Mordfälle beantragt; sie enthalten womöglich ein paar Details, die uns weiterhelfen können. Und dann bekomme ich noch ein Verzeichnis der Hochschulangehörigen von Sumbok. Wir werden versuchen nachzuvollziehen, wohin die Studenten von St. Ignatius gegangen sind – die Graduierten und die Studienabbrecher – und ob sich Hinweise für Namensänderungen finden. Gene Brooker übernimmt die Amerikaner; ich kümmere mich um die übrigen. Wenn wir jemanden finden, der sich zum Zeitpunkt des Mordes an der Gaikeena in Amsterdam aufgehalten hat und auch während unserer Mordfälle hier im Lande war, können wir gegen ihn vorgehen.«

»Und wenn nicht?« sagte der Chinese.

»Wenn sich keine unserer Spuren als ergiebig erweist, werden wir alle Personen unter die Lupe nehmen müssen, die nach dem Mord an der Gaikeena aus Amsterdam eingereist sind. Dasselbe gilt für Personen, die per Flugzeug oder per Schiff eingetroffen sind und Aufenthalt in Amsterdam hatten – was für eine große Anzahl von Flügen aus New York zutrifft. Eine Unmenge von Menschen.«

»Lawinen von Menschen«, sagte Shmeltzer, »wenn der Killer von Amsterdam nach Paris, London, Zürich, Istanbul, Athen, Rom et cetera gereist ist und dort keinen Mord begangen hat. Hat sich nur so lange aufgehalten, bis er sich einen falschen Paß beschaffen konnte, und ist dann in die Maschine nach Ben Gurion gestiegen. Damit wäre er uns durch die Lappen gegangen.«

»Das ist durchaus möglich«, gab Daniel zu.

»Sollen wir denn wirklich sämtliche Personen überprüfen, die seit dem Fall Gaikeena bei uns eingereist sind, Dani? Es bleiben noch fünf Tage, und dann wird wieder so ein unglückliches Häuflein von potentiellen Opfern in dem Krankenhaus eintrudeln. Was um alles in der Welt hindert uns daran, in dieses Gebäude einzudringen? Wir nehmen die Räume der Mitarbeiter unter die Lupe und verschaffen uns handfeste Beweise.«

»Absolutes Veto aus der Chefetage. Die Herrschaften sind

schon in Rage, weil wir die Karteikarten aus dem Amelia-Katharina geklaut haben, ohne sie vorher zu informieren. Und auf legale Weise Zutritt zu bekommen, steht völlig außer Frage – die UN würde niemals kapitulieren, ohne vorher ein Riesentheater zu veranstalten. Der Boß betrachtet diesen Fall vornehmlich als Politikum. Allein in der letzten Woche haben die Vereinigten Staaten stillschweigend sieben von arabischer Seite geförderte Interventionen im Sicherheitsrat zu Fall gebracht, mit denen man uns wegen der Morde auf internationaler Ebene verurteilen wollte. Seit dem Aufruhr in Beit Gvura hat es drei weitere Vergeltungsanschläge auf jüdische Frauen gegeben. In einem Fall wäre es beinahe zu einer Tragödie gekommen. Ich wüßte überhaupt nichts davon, wenn Laufer mich nicht informiert hätte. Haben Sie was davon gehört?«

Allgemeines Kopfschütteln.

»Sie sehen also, wieviel den Leuten daran gelegen ist, den Anschein von Ruhe und Ordnung zu wahren. Aufgrund der raschen Identifizierung des Opfers konnten wir vermeiden, daß die Zeitungen über Shahins Ermordung berichteten. Der Gerüchteküche in der Altstadt haben wir es aber zu verdanken, daß zwei arabische Blätter doch noch dahintergekommen sind und versuchten, eine Meldung über den Fall an unauffälliger Stelle auf die letzte Seite zu mogeln. Sie wurden mit einem Druckverbot von zweiundsiebzig Stunden belegt. Aber die UNRWA zu kontrollieren, sind wir natürlich nicht imstande. Eine Konfrontation mit ihnen würde den gesamten Fall von neuem in den Blickpunkt des öffentliches Interesses rücken. Dasselbe würde passieren, wenn uns ein grober Patzer unterliefe. Ich weiß, das wird nicht eintreten, Nahum. Aber die Herrschaften in den holzgetäfelten Büros wollen meine Zuversicht nicht recht teilen. Sie möchten unter allen Umständen vermeiden, daß es zu einer Sondersitzung im Sicherheitsrat kommt, denn unser Risiko basiert auf drei medizinischen Gutachten.«

»Kann es nicht sein, daß Laufer uns nur leimen will?« fragte Avi.

»Nein. Seit dem Besuch des Bürgermeisters hat Laufer sich ziemlich zurückgehalten; auch wenn er jetzt wieder anfängt, mich zu drängeln. Er steht unter großem Druck, man erwartet von ihm eine Lösung des Falles. Darum hat er auch nichts dagegen einzuwenden, wenn wir handeln. Die Botschaft aus der Chefetage ist eindeutig. Sie wollen noch mehr Beweise von uns, bevor sie bereit sind, eine Aktion zu genehmigen.«

»*Schmocks*«, sagte Shmeltzer. Mit seinen Händen beschrieb er eine kreisförmige Bewegung. »Wir sollen ihnen Beweise liefern, bevor sie uns autorisieren, Beweise zu liefern – was zum Teufel sollen wir dann überhaupt machen?«

»Das Krankenhaus und jeden einzelnen Mitarbeiter im Auge behalten; feststellen, wer hineingeht und wer wieder herauskommt.«

»Überwachung. Wirklich sehr kreativ«, sagte Shmeltzer. »Während wir uns die Ärsche breitsitzen, inspizieren die Wölfe ihre Lämmer.«

»Wie Sie schon sagten, wir haben noch fünf Tage, bis die Klinik wieder aufmacht«, sagte Daniel. »Wenn sich bis dahin nichts weiter ergeben hat, schleusen wir einfach zwei weibliche Agenten von der Latam in die Klinik ein, um damit wenigstens eine direkte Entführung zu verhindern. In der Zwischenzeit sollten wir darüber reden, wie wir die Überwachung handhaben.«

Shmeltzer zog die Schultern hoch. »Reden.«

»Latam ist autorisiert worden, zehn Beamte für uns abzustellen – acht Männer und zwei Frauen. Angesichts der Personalprobleme in Amos Harels Abteilung ist das großzügig, und es sind alles gute Leute – Shimson Katz, Itzik Nash, Männer von diesem Kaliber. Ich habe sie heute nachmittag über alles Notwendige informiert. Sie werden die nähere Umgebung des Krankenhauses beobachten, die ehrenamtlichen Mitarbeiter kontrollieren und uns als Verstärkung zur Verfügung stehen. Das ist zwar nur ein sehr weitmaschiges Netz, aber besser als gar nichts. Avi, ich möchte, daß Sie Mark Wilbur auf den Fersen bleiben und besonders seinen Briefkasten keine Sekunde aus den Augen lassen. Dieser Killer ist machtbesessen und badet in der öffentlichen Aufmerksamkeit, die ihm durch diese Artikel zuteil geworden ist. Er wird sämtliche Zeitungen durchblättern und nach Berichten über den Mord an Shahin suchen. Da aber nichts erscheint, bringt ihn das vielleicht in Rage und veranlaßt ihn zu einer dramatischen Geste, mit der er Wilbur auf sich aufmerksam machen will. Wesentlich ist, daß Sie nicht erkannt werden. Darum sollten Sie Ihr Äußeres ständig verändern – mit *Kipot,* Hüten, verschiedenen Brillen und vergammelter Kleidung. Spielen Sie das eine Mal den Mann von der Müllabfuhr, und am nächsten Tag treten Sie dann mit einer Karre als Felafel-Verkäufer auf.«

»Als Müllwerker kannst du dein Liebesleben aber vergessen, Kleiner«, sagte der Chinese, hielt sich die Nase zu und gab Avi einen Klaps auf den Rücken.

Der junge Kriminalbeamte rieb sich sein bloßes Kinn und verzog das Gesicht scherzhaft zu einer miesepetrigen Grimasse. »Wir müssen den Bastard schnappen, damit ich mir endlich wieder einen Bart wachsen lassen kann.«

»Für die übrigen Herren habe ich die folgenden Aufgaben.«

Als Daniel wieder in sein Büro kam, warf er als erstes einen Blick auf seinen Schreibtisch, in der Hoffnung, daß inzwischen das Telex aus Amsterdam eingetroffen war. Als er nichts vorfand, erkundigte er sich in der Telefonzentrale, ob Bij Duurstede für ihn angerufen hätte.

»Nichts, *Pakad.* Wir haben Ihre Anweisung, Sie unverzüglich zu benachrichtigen.«

Er drückte auf den Schaltknopf an seinem Apparat und wählte Genes Nummer im »Laromme«.

Der dunkelhäutige Mann nahm beim vierten Klingeln ab.

»Bis jetzt nichts, das für uns von Interesse wäre«, sagte er. »Ich habe alle medizinischen Hochschulen erreicht, auch die Ausbildungsstellen für Krankenschwestern und Baldwins College in San Antonio, Texas. Soweit ich sagen kann, scheinen alle fraglichen Personen tatsächlich die von ihnen angegebenen Schulen besucht zu haben. Nur ihre Examen sind noch zu überprüfen. Sämtliche Sachbearbeiter haben mir versprochen, ihre Unterlagen vollständig durchzusehen. Kurz vor Dienstschluß werde ich mich noch mal bei den Leuten melden und feststellen, ob sie Wort gehalten haben. Sie glauben natürlich, ich würde von L.A. aus telefonieren. Für den Fall, daß jemand auf die Idee kommt, zurückzurufen, habe ich einen meiner Mitarbeiter in der Telefonzentrale entsprechend informiert – der Mann wird mir ein Alibi geben. Wenn sie jemand anderen ans Telefon bekommen, haben wir natürlich Pech gehabt. Wie sieht es denn mit den Verzeichnissen der Fachärzte aus, von denen ich gesprochen habe – gibt es da etwas in deinem Archiv?«

»Nein, wir haben nur eine Liste von den israelischen Ärzten.«

»Sehr schade. Okay, dann werde ich einen Kollegen von mir anrufen. Soll der mal ein bißchen Beinarbeit für mich machen. Gibt's bei dir irgendwelche Neuigkeiten?«

Daniel berichtete ihm von dem Anruf aus Amsterdam.

»Hmm, interessant«, sagte Gene. »Also ein Weltreisender.«

»Die Wunden an dem holländischen Opfer stimmten mit unserem ersten Fall überein. Aber mittlerweile haben wir's hier mit einem Duplikat des amerikanischen Musters zu tun. Ich habe den Eindruck, daß die Sache in Amsterdam für unseren Killer so etwas wie eine Trockenübung gewesen ist, Gene. Die Vorbereitung für ein größeres Unternehmen hier bei uns.«

»Es steckt ein persönliches Motiv dahinter«, sagte Gene. »Muß etwas mit Antisemitismus zu tun haben.« Er zögerte. »Vielleicht hilft uns die Liste über die Hochschulangehörigen von dieser Insel auf die Sprünge.«

»Ja. Ich werde gleich mal nachsehen, ob das Telex angekommen ist. Danke dir für alles, Gene. Wenn ich etwas höre, sage ich dir sofort Bescheid. Wann wirst du umziehen?«

»Bin gerade dabei. Ich war schon in der Tür. Und du hältst das immer noch für nötig?«

»Deine Telefonrechnung ist jetzt schon astronomisch hoch. Wenn du dich nicht von mir entschädigen lassen willst, solltest du zumindest meinen Apparat benutzen.«

»Und wer entschädigt dich?«

»Ich werde einen entsprechenden Antrag stellen. Eventuell bekomme ich dann die Auslagen ersetzt. Aber für dich eine Erklärung zu finden, ist etwas schwieriger.«

»Okay, aber ich habe nun schon den meisten Stellen, mit denen ich gesprochen habe, mein Hotelzimmer als Postadresse angegeben. Es muß ständig jemand nachsehen, ob eine Sendung eintrifft.«

»Das übernehme ich – du machst die Telefonate. Laura erwartet dich schon. Sie hat den Tisch in ihrem Studio für dich freigemacht. Du findest Brote und –«

»Getränke im Kühlschrank, ich weiß. Lu und ich, wir sind zum Sabbatessen bei ihr gewesen. Shoshi hat die Sachen selbst zubereitet, hat mir auch gezeigt, wie sie alles in Plastik gewickelt hat. Heute abend wollen sie zusammen Eis essen gehen. Wenn du rechtzeitig anrufst, kannst du sie vielleicht noch erwischen.«

»Danke für den Tip. *Shalom*.«

»*Shalom*«, sagte Gene. »Und *Shavua tov*.« Die traditionelle Formel, mit der man sich, wenn der Sabbat vorüber war, Gutes für die kommende Woche wünschte.

»Wo hast du das denn gelernt?«

»Haben mir deine Kinder beigebracht.«

Daniel mußte lachen, obwohl ihm gar nicht danach zumute war. »*Shavua tov*«, sagte er. Gute Wünsche konnte man immer gebrauchen.

Nach dem Gespräch mit Gene fiel ihm ein, daß er sich mal

wieder bei seiner Familie melden sollte. Laura nahm den Hörer ab, ihre Stimme klang verkrampft.

»*Shavua tov*«, sagte er. »Tut mir leid, daß ich nicht schon eher angerufen habe.«

»Daniel, der Hund ist weg.«

»Was?«

»Dayan ist nicht mehr da, einfach so weggelaufen. Er war heute nachmittag noch nicht draußen gewesen, und da ist Shoshi mit ihm in den Park gegangen. Sie hat eine Freundin getroffen, ist mit ihr ins Plaudern gekommen und hat ihn von der Leine gelassen. Als sie sich umdrehte, war er verschwunden. Die beiden Mädchen haben überall nach ihm gesucht. Sie wollte gar nicht nach Hause kommen, hat sich jetzt in ihr Zimmer eingeschlossen und ist vollkommen hysterisch.«

»Laß mich mal mit ihr sprechen.«

»Augenblick.«

Er wartete geduldig. Laura kam wieder an den Apparat und sagte: »Sie ist immer noch ganz aufgeregt und schämt sich auch, will mit keinem Menschen reden, Daniel.«

»Wann ist das denn passiert?«

»Gleich nach dem Sabbat.«

Das war schon über eine Stunde her. Man hatte ihn nicht angerufen.

»Das hat er noch nie gemacht«, sagte Laura. »Sonst war er doch immer ein kleiner Feigling und hing dir die ganze Zeit am Hosenbein.«

So bald wird es für ihn kein Hosenbein mehr geben, an das er sich hängen kann, dachte Daniel.

»Was machen die Jungens?«

»Sind beide ungewöhnlich still. Mikey hat sogar versucht, Shoshi einen Kuß zu geben. Du kannst dir also vorstellen, was sich hier abgespielt hat.«

»Er wird schon wiederkommen, Laura.«

»Das glaube ich ja auch. Ich habe extra die Haustür für ihn offengelassen, falls er zurückkommen sollte. Wir wollten eigentlich Eis essen gehen, aber ich möchte nicht, daß der arme kleine Kerl angetrottet kommt, und keiner ist zu Hause.«

»Gene wird gleich vorbeikommen. Wenn er da ist, solltet ihr ruhig ausgehen – es wird euch allen gut tun. In der Zwischenzeit würde ich mal bei den Berkowitz im zweiten Stock nachfragen – Dayan mag die Katze von den Leuten. Und dann bei Lieberman – Shoshi nimmt ihn meistens mit in den Laden. Und Lieberman gibt ihm immer etwas Hühnerklein.«

»Die Berkowitz haben ihn nicht gesehen, und in dem Laden ist er auch nicht rumgelaufen. Ich habe eben noch mit Lieberman telefoniert – er ist zu Hause und macht erst morgen früh um zehn wieder auf. Ich habe ihn gebeten, auf Dayan zu achten, wenn er im Laden ist. Na, Kommissar, wie mache ich mich?«

»Das ist Eins plus. Ich vermisse dich.«

»Ich vermisse dich auch. Gibt's bei dir denn was Neues?«

»Wir machen kleine Fortschritte. Eine Lösung ist noch längst nicht in Sicht, aber das Netz zieht sich langsam zusammen. Stück für Stück.«

Sie war klug genug, ihn nicht nach Einzelheiten zu fragen. »Du wirst ihn erwischen«, sagte sie. »Es ist nur noch eine Frage der Zeit.« Und dann: »Kommst du heute abend nach Hause?«

»Das habe ich jedenfalls vor. Ich erwarte ein Telex aus Übersee, und wenn ich das habe, mache ich mich gleich auf den Weg. Wo wollt ihr denn Eis essen gehen? Ich kann ja Gene abholen – vielleicht können wir noch nachkommen.«

Laura lachte. »Das glaubst du doch wohl selbst nicht.«

»Falls es klappen sollte«, sagte Daniel.

»Falls es klappen sollte, hatte ich ans ›Café Max‹ gedacht. Die Jungen haben einen langen Mittagsschlaf gehabt. Vielleicht halten sie heute abend etwas länger durch. Wenn nicht, essen wir einfach unterwegs und schauen wahrscheinlich noch bei deinem Vater vorbei.« Lauras Stimme klang bedrückt. »Mir ist so mies zumute wegen unserem kleinen

Hund. Ich habe nie gewollt, daß er bei uns zur Hauptperson wird, aber inzwischen gehört er doch zur Familie. Ich weiß ja, verglichen mit dem, was du am Hals hast, ist das alles nicht so wichtig, aber –«

»Doch, es ist wichtig. Wenn ich mich hier freimachen kann, werde ich noch mit dem Auto nach ihm suchen. Hatte er seine Plakette um den Hals?«

»Natürlich.«

»Dann werden wir ihn schon finden. Irgendwo muß er ja stecken. Mach dir keine Sorgen.«

»Wahrscheinlich hast du recht. Aber warum macht er so was und läuft uns einfach weg, Daniel?«

»Die Hormone. Vielleicht hat er sich verliebt und sich eine Freundin zugelegt – eine dänische Dogge.«

Laura lachte wieder, und diesmal klang sie wie befreit. »Wenn du das so siehst, dann tut er mir auch nicht mehr so leid.«

»Mir auch nicht«, sagte Daniel. »Ich bin eher eifersüchtig.«

60 Weg, alle drei Karten.

Vorhersehbar. Langweilig.

L-a-a-ngweilig.

Er dachte daran und zog sein Grinsen so weit, daß es sein Gesicht zu zerreißen drohte, stellte sich vor, daß sein Gesicht in zwei Teile zerriß und wieder zusammenwuchs. Mytosis – wäre das nicht was? Zwei überlegene arische *Schwann-hemi*-Gesichter rollen über Judenland wie nukleare Mace-Bälle, schäumen die Seife auf, rollen mit der Dampfwalze über den Auswurf ...

Drei Karten, große Sache. Sie dachten wahrscheinlich, sie hätten eine *fucking bible*, aber sie waren im Denken beschränkt, vorausberechenbar. Das falsche Überlegenheitsgefühl sollte sie einlullen.

Inzwischen wurde er kreativ. Der Schlüssel war die Kreativität.

Er wollte zwar bei seinem Plan bleiben, aber Improvisationen Raum lassen. Über dem Sumpf mit dem Abschaum schweben und Identität gegen Triumph eintauschen.

Saubermachen danach.

Zweifellos beobachteten sie ihn. Zweifellos dachten sie, sie wüßten über alles Bescheid.

Wie Fields damals. Grand Prix BoJo und all die richtigen Mädchen in der Wissenschaft.

All seine kleinen Lieblinge, jetzt gereinigt, ein Teil von ihm. *Nightwing*.

Schoßtiernamen, ganz privat. Als er an sie dachte, wurde er hart.

Gauguin-Mädchen, wusch Kleider am Fluß, als er sie kennenlernte. *Hi!*

Voodoo Queen, die Gris-gris und Mojo und andere unheimliche Sprachen sprach im Licht des feuchten, gelben Monds von Louisiana. Nahm ihn mit zum Friedhof und versuchte irgendeine Gemeinheit. Aber löste sich ohne irgendeinen Kampf auf, genau wie die anderen.

Pocahontas. Tausche es gegen alle pulverisierten Andenken.

Jugs. Twinkie. Stoner. Kikette. Stille, weiße Muscheln, geleert, erforscht. All die willkommenen Löcher des letzten Bewußtseinsbildes. All die anderen. So viele andere. Schoßtiernamen, lahme Glieder, letzte Blicke, bevor sie endgültig in die Seligkeit übergehen.

Letzte Blicke voller Vertrauen.

Und hier: *Kleines verlorenes Mädchen. Beirut Bimbo. Die Unfruchtbarkeit*.

Diese Sandniggerweiber, die zutraulichsten von allen; sie respektierten einen Mann, sahen zu einem Mann auf, der eine Position bekleidete – einem Mann der Wissenschaft.

Ja, Herr Doktor.

Machen Sie mit mir, was Sie wollen, Herr Doktor.

Er war ins Judenland mit einem nur ganz allgemeinen Plan für das Projekt *Untermensch* gekommen. Nachdem er auf seiner Klettertour die Höhle entdeckt hatte, hatte er auf einmal alles klar vor sich gesehen – die Inspiration war ihm geradewegs ins Gehirn und in den Schwanz gefahren.

Nightwing II. *Das sollte sie sein.*

Oberbefehl an Dieter II, direkt vom Führergott.

Seine eigene Klettertour mit dem Kleinen Verlorenen Mädchen.

Feuchte Höhlenarbeit, dann ausgebreitet.

Alles ausgebreitet, sich den Arsch an der ganzen Judenstadt abgewischt.

Er fing an sich zu streicheln, eine Hand ruhte auf dem Hundehalsband, er streichelte die Hundemarke mit den Judenbuchstaben, die was sagten? Judenhund?

Wußte, daß es nicht mehr lange dauern würde, die Safari war beinahe vorüber.

Ruht in Frieden. Stücke. Zeit zum Saubermachen.

So eine Überraschung.

Bow wow wow.

61

Der Anruf aus Amsterdam kam um zehn Uhr abends. Van Gelders Mann sprach langsam und mit tiefer Stimme. An einem Schwätzchen unter Polizeibeamten war er nicht interessiert. Die beiden Männer führten ein Dienstgespräch.

»Spreche ich mit Chefinspektor Daniel Sharavi?«

»Ganz recht.«

»Hier ist Pieter Bij Duurstede, Kriminalpolizei Amsterdam. Haben Sie unsere Aufstellung über die Angehörigen der medizinischen Hochschule St. Ignatius bekommen?«

»Noch nicht, Chefinspektor.«

»Wir haben Ihnen ein Telex geschickt; das kann noch nicht lange her sein. Ich werde es prüfen.«

Bij Duurstede bat ihn, am Apparat zu bleiben. Ein paar Augenblicke später meldete er sich wieder.

»Ja, ich hab's geprüft. Es ist rausgegangen, und der Eingang wurde auch bestätigt. Vor rund zwanzig Minuten.«

»Dann werde ich es an meinem Ende prüfen.«

»Vorher möchte ich Ihnen noch etwas anderes durchgeben. Sie haben uns acht Namen genannt und um eine entsprechende Kontrolle unserer Reisepaßunterlagen für den Zeitpunkt des Mordes an Anjanette Gaikeena gebeten. Fünf von den acht sind bei uns verzeichnet. Ich gebe Ihnen die Namen in alphabetischer Reihenfolge: Al Biyadi, H.M.; Baldwin, S.T.; Carter, R.J.; Cassidy, M.P.; Hauser, C.«

Daniel notierte jedes Wort.

»Sie sind fünf Tage vor dem Mord an der Gaikeena aus London gekommen«, sagte Bij Duurstede. »Alle mit demselben Flug – Pan American Airlines, Nummer einhundertzwanzig, First-Class-Tickets. Sie hatten in London einen Tag Aufenthalt, sind dort aus New York mit dem Pan-American-Flug null zwei angekommen, mit First-Class-Tickets. In London haben sie im »Hilton« übernachtet, in Amsterdam waren sie im »Hôtel de l'Europe«. Insgesamt haben sie sich sechs Tage lang hier aufgehalten und an einer dreitägigen Konferenz der Vereinten Nationen zum Flüchtlingsproblem teilgenommen, die in Den Haag stattfand. Nach der Tagung haben sie ein paar Besichtigungen gemacht – Schiffsfahrten über die Kanäle, Volendam und Marken, Edam, das Anne-Frank-Haus. Jede Tour ist von einer hiesigen Agentur organisiert worden – die Listen mit den Teilnehmern habe ich.«

Das Anne-Frank-Haus. Für einen Mengele im Miniaturformat genau das Richtige.

»An der Tagung haben über hundert Delegierte teilgenommen«, fügte Bij Duurstede hinzu. »Sie findet einmal im Jahr statt.«

»Wie weit ist es vom »De l'Europe« bis zu der Stelle, wo Gaikeenas Leiche aufgefunden wurde?«

»Nicht sehr weit. Dazwischen liegt der Rotlicht-Bezirk.«

Daniel rief sich die engen, kopfsteingepflasterten Straßen des Bezirks in Erinnerung, den er aus eigener Anschauung kannte. Aus den Bars der Umgebung dröhnte Rockmusik mit schweren Bässen, die Nächte waren feucht und etwas kühl, die Kanalwasser schwarz und still. Seine Leichtathleten, konfrontiert mit der Schamlosigkeit des Milieus, betrachteten die Szenerie mit fiebrigen Augen: mollige Blondinen und glutäugige Orientalinnen boten sich an, verkauften ihre Liebesdienste wie Schoko-Riegel zum raschen Verzehr. Manche gingen auf den Straßenstrich, andere posierten halbnackt hinter bläulich ausgeleuchteten Schaufensterscheiben, träge und unbeweglich wie Statuen.

Passiv. Wie dafür geschaffen, einem Dämon dienstbar zu sein, der seine Triebe kühl kalkulierte.

Daniel hatte die Bilder vor Augen. Ein Spaziergang um Mitternacht, ein einsamer Spaziergang nach ein paar Cocktails und etwas Konversation im Foyer eines Hotels – vielleicht dem »De l'Europe«? Der Killer, ein seriös gekleideter Mann in einem langen Mantel mit tiefen Taschen für die Messer. Ließ eine Weile, auf der Suche nach seinem Opfer, die verführerischen Blicke unter den langen Augenwimpern auf sich wirken und traf dann seine Wahl: ein nackter Schenkel blitzte auf, Gulden wechselten den Besitzer. Ein Geldschein noch als Zulage für etwas Besonderes – ein bißchen was Ausgefallenes. Die wahren Absichten getarnt durch schüchternes Gehabe. Vielleicht sogar ein verlegenes Lächeln:

Können wir, eh, nach unten gehen, zum Hafen?
Warum denn, Süßer? Ich hab' ein schönes warmes Bett.
Laß uns zum Hafen, bitte. Ich zahl' dir auch was dafür.
Stehst wohl auf Wasser, mein Liebling?
Eh, ja.

Wasser haben wir auch hier um die Ecke.
Mit gefällt's nun mal im Hafen. Ist das hier genug für dich?
O ja, Süßer. Anjanette gefällt's doch auch im Hafen. Ebbe und Flut, das Auf und Ab ...

»Gaikeena wurde einen Tag nach der Konferenz ermordet«, sagte Bij Duurstede. »Ihre fünf Leute sind am nächsten Morgen nach Rom geflogen, zusammen mit dreiundzwanzig anderen von der UN. Alitalia Flug Nummer drei einundsiebzig, erster Klasse. Die UN-Leute reisen immer erster Klasse.«

Daniel nahm die Liste mit den ehrenamtlichen Mitarbeitern des Amelia-Katharina zur Hand. Shin Bet hatte das Verzeichnis besorgt.

»Ich habe noch ein paar Namen, Chefinspektor. Wenn Sie prüfen könnten, ob diese Personen auch an der Tagung teilgenommen haben, wäre ich Ihnen dankbar.«

»Geben Sie mir alles durch«, sagte Bij Duurstede. »Das Verzeichnis mit den Tagungsteilnehmern liegt vor mir auf dem Tisch.«

Kurze Zeit später hatte Daniel die Liste der ständig im Amelia-Katharina beschäftigten Mitarbeiter um fünf Personen erweitert: drei Ärzte, zwei Krankenschwestern. Ein Finne, ein Schwede, ein Engländer und zwei Amerikanerinnen. Ankunft, Hotel, Abflug – alles stimmte überein.

»Haben Sie eine Idee, warum die Leute nach Rom geflogen sind?« fragte er.

»Ich weiß es nicht«, sagte Bij Duurstede. »Vielleicht hatten sie eine Audienz beim Papst.«

Daniel ließ sich mit der Paßkontrolle am Flughafen Ben Gurion verbinden und gab den Beamten detaillierte Informationen über zehn Mitarbeiter der UN, die eine Woche nach dem Mord an der Gaikeena mit einer Maschine der Lufthansa aus Rom eingetroffen sein mußten. In zwei weiteren Telefongesprächen mit Scotland Yard und der Kriminalpolizei in Rom erhielt er die Bestätigung, daß dort von ähnlichen Mordfällen in der Zeitspanne zwischen dem Abflug in New York und der Ankunft in Tel Aviv nichts bekannt geworden war. Als er den Hörer auflegte, war es zehn Uhr dreißig – vor achtundvierzig Stunden hatte er zum letzten Mal gebadet und heute morgen um acht ein paar Kekse gegessen.

Er kratzte sich am Kopf und warf einen frustrierten Blick in sein aufgeschlagenes Notizbuch.

Nachdem sich der Verdacht gegen die Mitarbeiter des Amelia-Katharina erhärtet und er mit van Gelder telefoniert hatte, war Daniel zu der Überzeugung gekommen, daß die Auflösung des Falles nur noch eine Frage der Zeit sein konnte. *Das Netz zog sich zusammen.* Er hatte große Erwartungen in das zweite Telefongespräch mit Amsterdam gesetzt, viel zu große Erwartungen. Hatte sich erhofft, daß die geographischen Koordinaten in einem magischen Schnittpunkt zusammenträfen: in einem einzigen Namen, der seine Schuld in die Welt schrie. Statt dessen hatte sich das Netz gelockert, um wieder Platz zu bieten für viele.

Zehn Menschen kamen als Verdachtspersonen in Betracht. Einzeln, zu zweit oder zu dritt. Auch als Clique. Vielleicht lag Shmeltzer mit seiner Theorie von einem verschwörerischen Geheimbund gar nicht so falsch.

Alle konnten sie's gewesen sein. Oder auch keiner.

Zehn Verdächtige. Seine Männer und Amos Harels Undercover-Leute würden bis an den Rand der Erschöpfung arbeiten. Die Chancen, etwas in die Hand zu bekommen, ehe am nächsten Donnerstag wieder eine Frau sterben mußte, standen ausgesprochen schlecht.

Das Telex wegen der Sache mit Sumbok. Bij Duurstede hatte es aufgegeben, aber es war nicht bei ihm eingetroffen. Er machte sich auf den Weg in die Nachrichtenzentrale, um die Angelegenheit zu prüfen. Doch schon im Korridor kam ihm auf halber Strecke ein weiblicher Officer mit dem Ausdruck entgegen.

Er nahm ihr das Papier aus der Hand und las es noch im

Flur; fuhr mit dem Finger über die Namenskolonnen der Studenten von St. Ignatius und wurde nur noch frustrierter, als er die Länge der Liste sah.

Vierhundertzweiunddreißig Studenten, fünfzehn Fakultätsangehörige, zwanzig »untergeordnete« Mitarbeiter. Nicht eine einzige Übereinstimmung mit seinen zehn.

Vierhundertachtundsechzig Nachnamen, dahinter die Anfangsbuchstaben der Vornamen. Keine Angaben über die Nationalität. Etwa die Hälfte der Namen klang angelsächsisch – damit konnte es sich um Briten, Australier, Neuseeländer und Südafrikaner handeln, aber auch um Amerikaner. Und damit nicht genug, es gab sogar Argentinier – mit Namen wie Eduardo Smith. Und Personen mit italienischen, französischen, deutschen und spanischen Namen konnten ebensogut Amerikaner sein.

Vollkommen wertlos.

Er sah die Liste auf arabische Namen durch. Drei waren eindeutig: Abdallah. Ibn Azah. Malki. Bei einigen anderen war eine arabische Herkunft denkbar, aber sie konnten auch aus Pakistan, dem Iran, Malaysia oder Nordafrika stammen: Shah, Terrif, Zorah.

Wieder nur reine Zeitverschwendung.

Er ging wieder in sein Büro, fühlte sich plötzlich sehr müde, zwang sich aber, Gabi Weinroth anzurufen; der Mann von der Latam war auf dem am Skopus gelegenen Campus der Hebräischen Uni postiert und mit einem Infrarot-Teleskop, das auf das Amelia-Katharina gerichtet war, auf dem Dach des Gebäudes der Rechtswissenschaft in Stellung gegangen.

»Professor.« Weinroth meldete sich mit dem vereinbarten Code.

»Sharavi«, sagte Daniel. Er machte das Spiel mit ihren Namen nicht mit. »Irgend etwas Neues?«

»Nichts.«

Das Wort hatte er heute schon viermal gehört. Er gab dem

Undercover-Agenten noch einmal seine private Telefonnummer, legte den Hörer auf und machte sich auf den Weg in die dazu gehörende Wohnung.

Auf der Suche nach Dayan fuhr er durch Talbieh und die benachbarte deutsche Kolonie, bekam aber nur die lumineszierenden Augen von streunenden Katzen zu sehen, die seit Jahrhunderten zum Bild dss nächtlichen Jerusalem gehörten.

Nach drei Runden gab er auf und steuerte den Heimweg an, öffnete die Tür zu seiner Wohnung in Erwartung der vertrauten familiären Geräusche, fand aber alles still.

Er trat ein, machte die Tür zu und hörte ein Räuspern, das aus Lauras Studio kam.

Gene hatte sich dort niedergelassen, saß zwischen Stapeln von Papieren und benutzte Lauras Zeichentisch als Arbeitsplatz. Die bespannten Leinwandteile, die Paletten und Farbkästen lagen beiseite geschoben. Der Raum sah ganz verändert aus.

»Grüß dich«, sagte der dunkelhäutige Mann. Er nahm seine Lesebrille ab und stand auf. »Heute morgen sind die Akten aus Arizona und Oregon angekommen. Ich habe dich nicht angerufen, weil sie nichts Neues enthalten. Die Ermittlungen der Ortspolizei haben nicht viel eingebracht. Deine beiden Jungen schlafen heute nacht bei deinem Vater. Die Damen sind ausgeflogen und sehen sich eine Spätvorstellung im Kino an. Der Geschäftsführer im »Laromme« hat mich eben aus seinem Nachtdienst angerufen, auf den Mann ist wirklich Verlaß. Für mich ist noch eine Sendung eingetroffen. Ich laufe mal eben los und hole sie mir.«

»Ich werde das besorgen.«

»Kommt nicht in Frage«, sagte Gene und musterte ihn von oben bis unten. »Du solltest dich jetzt mal ein bißchen frisch machen. Ich bin gleich wieder da – keine Widerrede.«

Daniel fügte sich und verschwand im Schlafzimmer, wo er sich nackt auszog. Als die Wohnungstür zuklappte, fuhr er unwillkürlich zusammen. Seine Nerven lagen blank, das mußte er sich eingestehen.

In seinen Augen hatte er einen unangenehmen Juckreiz; und sein Magen kam ihm vor wie ein ausgehöhlter Kürbis, der auf seinem Unterleib lastete. Aber er spürte keinen Appetit. Ein Kaffee würde ihm vielleicht gut tun.

Er zog sich einen Bademantel über und ging in die Küche, braute sich eine doppelte Portion Nescafé. Dann trottete er ins Badezimmer und nahm eine Dusche, unter dem Wasserstrahl wäre er beinahe eingeschlafen. Als er sich frische Kleidung angezogen hatte, ging er wieder in die Küche, goß sich eine Tasse ein und setzte sich auf einen Stuhl.

Der Kaffee schmeckte bitter, aber er war heiß. Nach zwei kleinen Schlucken legte er seinen Kopf auf den Tisch, wachte auf, als er mitten in einem verwirrenden Traum war – er saß in einem Ruderboot, machte ruckartige Bewegungen, aber es gab kein Wasser unter dem Boot, nur Sand, ein Trockendock ...

»Hallo, Liebes.«

Über ihm war Lauras Gesicht. Sie lächelte, und ihre Hand lag auf seiner Schulter.

»Wie spät ist es?«

»Zwanzig nach elf.«

Eine halbe Stunde hatte er gelegen.

»Gene hat dich schon hier gesehen. Aber er hat sich nicht getraut, dich zu wecken.«

Daniel kam hoch und rekelte sich. Seine Gelenke taten ihm weh. Laura faßte ihm zärtlich an sein unrasiertes Gesicht, und dann legte sie die Arme um seine Hüften.

»Abgenommen hast du«, sagte sie. »Und dabei kannst du dir das gar nicht leisten.«

»Den Hund konnte ich nicht finden«, sagte er und drückte sie in seine Arme.

»Psst. Halt mich fest.«

Sie umarmten sich stumm.

»Was habt ihr euch denn für einen Film angesehen?« fragte er.

»›Zeugin der Anklage‹.«

»War er gut?«

»Ein Krimi. Willst du die Geschichte hören?«

Er mußte lächeln. »Nein.«

Sie lösten sich schließlich aus ihrer Umarmung und gaben sich einen Kuß. Lauras Lippen schmeckten nach Erdnüssen. Kino-Erdnüssen. Daniel fiel wieder ein, daß sie heute abend aus einem besonderen Grund ins Kino gegangen waren und sich dort ablenken wollten. »Wo steckt Shoshi?« fragte er.

»In ihrem Zimmer.«

»Dann muß ich wohl mal nach ihr sehen.«

»Mach das.«

Er ging durchs Wohnzimmer und über den Flur zum hinteren Schlafzimmer, dabei kam er an Lauras Studio vorbei. Gene hockte über dem Zeichenbrett, das er zum Schreibtisch umfunktioniert hatte; er aß und arbeitete. Mit einem Kugelschreiber in einer Hand und einem Sandwich in der anderen sah er aus wie ein Student, der für sein Examen büffelte. Luanne hatte es sich barfuß auf der Couch gemütlich gemacht und las in einem Buch.

Shoshi hatte ihre Tür zugemacht. Daniel klopfte leise an, und als sie sich nicht meldete, klopfte er noch einmal lauter.

Die Tür ging auf, Shoshis grüne Augen sahen ganz verschwollen aus.

»Hallo, *Motek*.«

»Hallo, *Abba*.«

»Darf ich reinkommen?«

Sie nickte, machte die Tür auf. Das Zimmer war winzig, man konnte kaum ein paar Schritte machen; die Wände waren mit Postern von Rockstars und Fotos beklebt, die sie aus Boulevardzeitungen ausgeschnitten hatte. Das Regal über ihrem Bett war mit Stoffpuppen und Tierfiguren vollgestopft. Auf ihrem kleinen Schreibtisch türmten sich Schulbücher und Erinnerungsstücke – künstlerische Entwürfe, eine Kaurimuschel aus Eilat, seine rote Fallschirmjägermütze und militärische Orden aus dem Jahr '67, eine *Hanukah Menorah* aus leeren Gewehrpatronenhülsen.

Unglaublicher Krimskrams, aber ordentlich aufgeräumt. Sie war immer ein ordentliches Kind gewesen – als sie kaum ihre ersten Schritte gemacht hatte, hatte sie schon versucht, ihre Brotkrümel aufzuwischen.

Er setzte sich auf ihr Bett. Shoshi hockte sich auf den Teppich, drückte ihren Rücken gegen ein Stuhlbein und blickte auf ihre Fußspitzen. Ihre Haarlocken sahen stumpf aus; sie ließ die Schultern hängen.

»Wie war der Film?«

»Schön.«

»*Eema* hat gesagt, es war ein Krimi.«

»Mmh.« Sie zupfte an der Haut eines Fingernagels. Daniel wollte ihr sagen, daß sie damit aufhören solle; aber er unterdrückte den Impuls.

»Ich weiß das mit dem Hund, *Motek*. Du kannst nichts dafür, das weiß ich doch –«

»Ich kann doch was dafür.«

»Shoshi –«

Sie fuhr herum und blickte ihm in die Augen, ihr hübsches Gesicht war vor Wut gerötet. »Ich hatte für ihn die Verantwortung – das hast du doch immer gesagt! Blöd bin ich gewesen, daß ich so lange mit Dorit geschwatzt habe –«

Daniel stand auf und wollte sie in die Arme nehmen. Sie drehte sich weg, und ihre zarte Hand streifte seine Rippen.

Mit beiden Fäusten schlug sie auf ihre Oberschenkel ein. »Blöd, blöd, blöd!«

»Komm mal her«, sagte er und zog sie an sich. Einen Moment sträubte sie sich noch, aber dann sank sie in sich zusammen. Wie eine von ihren Stoffpuppen.

»Ach, *Abba*!« schluchzte sie. »Es geht alles kaputt!«

»Nein, das ist nicht wahr. Es wird alles wieder gut.«

Sie gab keine Antwort, weinte nur noch, die Tränen liefen ihr in Strömen übers Gesicht und tropften ihm auf sein frisches Hemd.

»Es wird alles wieder gut«, sagte Daniel noch einmal. Und meinte damit nicht nur Shoshis Kummer.

62

Es war Sonntag, und mittägliche Stille lag über dem Amelia-Katharina, der Krankenhausbetrieb ruhte, um den christlichen Feiertag zu ehren.

Auf dem ein Stück höher gelegenen Campus der Universität herrschte dieselbe Geschäftigkeit wie an anderen Tagen auch, und niemand nahm von Daniel Notiz, als er sich einen Weg durch das Gedränge der Studenten und Professoren bahnte. Über einen gewundenen Fußweg erreichte er das Gebäude der juristischen Fakultät. Er durchquerte die Eingangshalle, nahm die Treppen bis in das oberste Stockwerk, ging am Ende des Korridors auf eine unbeschilderte Tür zu und klopfte nach einem vereinbarten Code. Die Tür wurde einen Spaltbreit geöffnet. Mißtrauische Augen musterten ihn von oben bis unten; dann hielt man ihm die Tür gerade so weit auf, daß er eintreten konnte. Gabi Weinroth trug Shorts und T-Shirt, er nickte stumm und nahm wieder seine Position an der gegenüberliegenden Seite des Raumes ein, setzte sich ans Fenster. Daniel folgte ihm.

Neben dem Stuhl des Latam-Agenten stand ein Metalltisch mit einem Polizeifunkgerät, daneben zwei Walky-Talkys, ein Logbuch, drei zerdrückte leere Coladosen, eine Stange Marlboro, ein Aschenbecher, der vor Kippen überquoll, und eine halb aufgegessene Steakpita, die in fettverschmierte Wachspapiere gewickelt war. Unter dem Tisch lagen drei schwarze, robuste Gerätekoffer. Ein hochauflösendes Weitwinkelteleskop mit Infrarotausrüstung war auf gleicher Höhe und direkt an der Fensterscheibe mit Blickwinkel in Richtung

Osten installiert, so daß es das gesamte Gelände des Amelia-Katharina erfaßte.

Weinroth zündete sich eine Zigarette an, lehnte sich zurück und wies mit dem Daumen auf das Teleskop. Daniel bückte sich, um einen Blick durch die Linse zu werfen. Zu erkennen waren Schmiedeeisen, Sicherheitsketten und Pinienbäume.

Er richtete sich wieder auf. »Ist jemand weg, außer dem Wächter?« fragte er.

Der Latam-Agent nahm das Logbuch zur Hand, blätterte und fand, was er suchte.

»Der ältere Arzt – Darousha – hat vor dreiundfünfzig Minuten des Gebäude verlassen, und zwar in einem weißen Renault mit UN-Kennzeichen. Er fuhr in Richtung Norden – die Leute von der Grenzpatrouille haben ihn auf der Straße nach Ramallah aufgegabelt. Comfortes, einer unserer Männer, hat seine Ankunft zu Hause bestätigt. Ein paar Minuten später tauchte der Wächter auf. Die beiden gingen in Daroushas Haus und schlossen die Fensterläden – hatten sich wahrscheinlich zu einem mittäglichen Schäferstündchen verabredet. Diese Menschen von der UNO scheinen sich nicht zu überarbeiten, oder?«

»Sonst noch was?«

»Ein paar Leute sind mal kurz raus und rein«, sagte Weinroth. »Muß Liebe schön sein: Al Biyadi und Cassidy haben eine halbe Stunde lang gemeinsam gejoggt – von elf Uhr elf bis elf Uhr dreiundvierzig. Die Mount of Olives Road hinunter und wieder zurück, am Krankenhaus vorbei und dann die Strecke bis zum östlichen Campustor. Dabei ist mir das Gerät abgekippt, wäre beinahe damit umgefallen –, hab' die beiden kurz aus den Augen verloren, aber gleich wieder aufgegabelt, als sie zum Amelia-Katharina zurückliefen. Ein kurzer Lauf, ungefähr fünfeinhalb Kilometer, dann sind sie wieder ins Haus. Seitdem habe ich beide nicht mehr gesehen. Sie ist die bessere Läuferin, hat gute, kräftige Waden, und ihr ist keine Anstrengung anzumerken; aber sie hält sich zurück – will ihn wahrscheinlich nicht kaputtlaufen. Baldwin, der Verwalter, hat einen Spaziergang mit seiner arabischen Sekretärin gemacht, die turteln auch wie Romeo und Julia. Wenn Sie Ihr Einverständnis für einen Bandmitschnitt gegeben hätten, könnte ich Ihnen jetzt das schönste Süßholzraspeln vorspielen.«

Daniel schmunzelte ihm zu, der Latam-Agent grinste freundlich zurück und blies Ringe aus Zigarettenqualm unter die Zimmerdecke. Weinroth hatte ihn zum Einsatz von Mikrofonen überreden wollen – die High-Tech-Spezialisten liebten nun mal ihr Spielzeug. Codeworte und Spielzeug. Aber Daniel hatte das Risiko für zu hoch gehalten. Wenn der oder die Killer auch nur den geringsten Verdacht schöpften, würden sie sich zurückziehen. Und dann steckten sie mit ihren Ermittlungen in einer Sackgasse. Dem Wahnsinn mußte endlich Einhalt geboten werden.

»Wollen Sie, daß ich ein Video mitschneide?« fragte Weinroth und inhalierte. »Ich kann den Recorder ohne weiteres an das Teleskop schließen.«

»Okay. Gibt es sonst noch was? Irgendwelche Lebenszeichen von Carter oder Hauser?«

Weinroth schüttelte den Kopf und simulierte ein Schnarchgeräusch.

»Angenehme Träume«, sagte Daniel. Als er sich in der Tür umsah, hockte der Latam-Agent neben einem Gerätekoffer und hantierte an den Schlössern.

Es war Sonntagabend um acht, und der alte Mann lebte nicht mehr. Shmeltzer ließ sich nichts vormachen. Er konnte es der Krankenschwester am Telefon anhören, die Botschaft klang in ihrer Stimme durch; der gereizte Ton, mit dem sie ihm ein Gespräch mit Eva verweigerte und hartnäckig darauf bestand, Mrs. Schlesinger sei nicht in der Verfassung, mit jemandem zu sprechen.

»Wie wird mit mir sprechen wollen.« Er hatte insistiert.

»Gehören Sie zur Familie?«

»Ja, ich bin der Bruder.« Was nicht einmal so sehr gelogen war, wenn man in Betracht zog, was sich zwischen Eva und ihm getan hatte.

Als die blöde Kuh von Krankenschwester nicht reagierte, wiederholte er sich: »Der Bruder – sie wird mit mir sprechen wollen.«

»Sie ist nicht in der Verfassung, mit jemandem zu sprechen. Ich werde ihr sagen, daß Sie angerufen haben, *Adon* Schnitzer.«

»Shmeltzer.«

Dämliche Tucke.

Klick.

Er hatte die Schlampe zurückrufen und sie anschreien wollen: *Kennen Sie mich denn nicht? Ich bin dieser* Schmock, *der immer bei ihr ist, in jeder freien Minute, die ich habe. Der draußen auf dem Flur auf sie wartet, wenn sie ihm seine kalte Wange küßt und ihm über seine kalte Stirn streichelt.*

Aber die Krankenschwester war auch nur so eine Bürostute, der alles am Arsch vorbeiging. Wir haben schließlich unsere Vorschriften!

Er hing den Hörer ein und verfluchte die Ungerechtigkeit der Welt. Wie zwei Kletten hatten Eva und er aneinandergehangen, seit sie sich das erste Mal begegnet waren; und er hatte ihren Schmerz wie ein menschlicher Schwamm in sich aufgesogen. Hatte sie umarmt und gestreichelt, ihren ganzen Kummer in sich aufgenommen. So viele Tränen waren über seine Schultern geflossen, daß ihm fast die Knochen aufweichten.

Der getreue Nahum, spielte den großen starken Mann. Probte das Unvermeidliche.

Und jetzt, jetzt, als es endlich passiert war, ließ man ihn links liegen. Sie konnten nicht mehr zueinander. Wie zwei Gefangene. Sie, an das verdammte Totenbett gekettet. Er, an seinen Auftrag gefesselt.

Behalten Sie den ekelhaften Scheich und seine ekelhafte Freundin mit dem Hundegesicht im Auge. Auf dem Weg vom Krankenhaus in die Stadt, mit seinem ekelhaften großen grünen Mercedes, und beim Einkaufsbummel in den teuersten Läden von Ostjerusalem. Schließlich mußte er zusehen, wie sie sich im ›Chez Ali Baba‹ an ihrem ekelhaften Tisch auf dem Gehsteig ein spätes Abendessen schmecken ließen.

Da stopften sie sich ihre Bäuche mitten unter all den anderen reichen Arabern und Touristen voll und kommandierten die Kellner herum, als seien sie die Könige.

Zwei Tische weiter saß das Pärchen von der Latam, und auch die beiden bekamen zu essen. Kebab und Schaschlik, auf Holzkohle gegrillt, gebackenes Lamm und gefülltes Lamm, Salatplatten, Kännchen mit Eistee. Dazu ein Blumenbukett für die Dame ...

Und Nahum, der getreue *Schmock*, hockt unterdessen in Bettlerkleidung und mit angeschminktem Hautausschlag auf dem Gehsteig, gerade so weit von den Restaurantgästen entfernt, daß sie seinen Geruch nicht mehr wahrnehmen können. Er selbst atmet die Dunstschwaden aus den Mülltonnen des Lokals ein, muß arabische Flüche über sich ergehen lassen, bekommt gelegentlich einen Tritt gegen das Schienbein und ab und zu ein paar Almosen – aber selbst den kümmerlichen Bettlerlohn, den er sich in seiner bejammernswerten Verkleidung verdiente, hatte er noch an die Behörde abzuliefern. Es kostete ihn eine halbe Stunde Formulararbeit, um die wenigen Münzen korrekt abzubuchen.

In jedem anderen Fall hätte er längst gesagt: ihr könnt mich alle mal, ich gehe in den Ruhestand. Mache mir noch ein paar schöne Jahre mit Eva.

Aber das hier lag anders. Diese Bastarde sollten noch büßen. Und zwar für alles.

Er konzentrierte sich wieder auf die Vorgänge in dem Restaurant.

Al Biyadi schnipste mit den Fingern nach dem Kellner,

und als der Mann am Tisch erschien, blaffte er eine Bestellung. Als sich der Kellner entfernte, warf er einen Blick auf seine Uhr. Eine große goldene Armbanduhr, die er auch im Krankenhaus trug – selbst von hier aus konnte Shmeltzer sehen, wie das Goldmetall schimmerte. In der letzten halben Stunde hatte der Bastard reichlich oft auf die Uhr geschaut. Ob er noch etwas vorhatte?

Das Pärchen von der Latam war vollauf mit dem Essen beschäftigt und schien keine Notiz von der Umgebung zu nehmen; aber genau das war ihr Job – alles wahrzunehmen, ohne selbst wahrgenommen zu werden. Beide waren sie jung, blond, gutaussehend und trugen Modekleidung aus Europa. Wirkten wie ein wohlhabendes Pärchen in den Flitterwochen, das sich selbst genug war.

Ob er jemals mit Eva in die Flitterwochen fahren würde?

Ob sie überhaupt noch etwas mit ihm zu tun haben wollte, nachdem er sie im entscheidenden Moment im Stich lassen mußte? Vielleicht würde sie Schluß mit ihm machen – ob er sie im Stich gelassen hatte oder nicht. Gemeinsam war sie mit einem schwerkranken alten Mann bis ans Ende seiner Tage gegangen. Jetzt, wo er tot war, stand sie vor einem neuen Anfang – warum sollte sie sich gleich wieder mit einem alten Mann zusammentun?

Sie war noch immer eine attraktive Frau; Brüste wie die ihren waren dazu angetan, Männer anzuziehen. Jüngere Männer, virile Typen.

Was sollte sie da mit seinen verkalkten Schultern anfangen und mit seinen weichen Knochen?

Der Kellner brachte einen Drink mit Eiswürfeln an Al Biyadis Tisch. Ein grünes, schäumendes Getränk in übergroßen Kognakschwenkern. Wahrscheinlich Pistazienmilch.

Al Biyadi erhob sein Glas, Cassidy hakte sich bei ihm unter, sie lachten und tranken, schmusten wie zwei verliebte Oberschüler. Nahmen beide noch einen Schluck und küßten sich.

Er hätte sie umbringen können, gleich hier auf der Stelle.

Um elf Uhr abends beendete Gabi Weinroth seine Schicht im obersten Stock des Juragebäudes. Ein kleiner, grauhaariger Agent namens Shimshon Katz löste ihn ab. Katz war gerade von einem drei Monate langen Überwachungsauftrag am Mahane-Yehuda-Markt abgezogen worden und trug einen chassidischen Vollbart zur Schau. Zwölf Wochen hatte er den Rabbi gespielt und nach verdächtigen Paketen Ausschau gehalten – er war heilfroh, daß nichts angefallen war, aber die Langeweile hatte ihm den Nerv geraubt.

»Dies hier ist wahrscheinlich auch nicht besser«, versicherte ihm Weinroth, als er seine Zigarettenpackungen einsammelte. Er zeigte auf das Teleskop. »Meist bleibt alles öde, und wenn du irgendwas sexy findest, sendest du's über unsere Sicherheitsfrequenz – die Kollegen nehmen es dann auf.«

Katz nahm einen Stapel Fotos vom Tisch und mischte sie wie Spielkarten. »Die soll ich wohl alle auswendig lernen?«

»Diese acht hier sind die wichtigsten«, sagte Weinroth und zog die Fotos von den ständigen Mitarbeitern des Amelia-Katharina aus dem Stapel. Er plazierte sie mit der Bildseite nach oben auf den Tisch. »Die anderen sind nur Ehrenamtliche. Von denen hat sich bis jetzt noch keiner hier sehen lassen.«

Katz studierte die sieben Personen der Reihe nach und stockte bei einem unbemerkt aufgenommenen Schnappschuß von Walid Darousha, den die Kamera mit einem finsteren Gesichtsausdruck erwischt hatte.

»Der Typ sieht aber übel aus«, sagte er.

»Er amüsiert sich mit seinem Freund in Ramallah, und für die Leute von der Abteilung Kapitalverbrechen hat er keine besondere Priorität. Also mach hier nicht den Psychoanalytiker – halt nur die Augen auf und schreib ein schönes Protokoll.«

»Ganz, wie du meinst«, sagte Katz jovial. »Wen haben wir denn mit besonderer Priorität?«

Weinroth stieß mit dem Finger auf die Fotos. »Die hier. Nimm es einfach, wie es ist.«

Katz starrte auf die Bilder und zog eine Linie quer über seine Stirn. »Für alle Ewigkeit in mein Gehirn eingeritzt.«

»Dich nehme ich ja auch, wie du bist«, sagte Weinroth. »Ich gehe dann.« Nach ein paar Schritten drehte er sich um und bedachte ihn mit einem boshaften Blick. »Möchtest du, daß ich nach deiner Frau sehe und sie ein bißchen tröste?«

»Klar, warum nicht? Um deine habe ich mich auch schon gekümmert.«

Avi hockte tief in den Sitzen seines Wagens mit den zivilen Kennzeichen und beobachtete angespannt den Eingang zu Wilburs Wohnhaus an der Rehov Alharizi. Der Mond war eine niedrig hängende weiße Sichel, und in die matt beleuchtete Straße fielen die Schatten der hohen Gebäude, die sich im Osten erhoben. Das Oberrabbinat, die jüdische Handelsvertretung, Solel Boneh Builders, das Hotel »Kings«. Repräsentative, öffentliche Gebäude.

Als Kind hatte er eine Unzahl von Sommertagen in öffentlichen Gebäuden verbracht, hegte noch heute verschwommene Erinnerungen an offizielle Besuche, die er aus der Hosenbundperspektive wahrgenommen hatte: die glitzernden Gürtelschlösser, die wogenden Dickbäuche und immerzu Witze, die er nicht verstand. Sein Vater, der sich schier ausschütten wollte vor Lachen, seine große Hand dabei zusammendrückte und jedesmal Avis kleines Händchen fast zerquetscht hätte ...

Vergiß den Scheiß und konzentrier dich auf deinen Job, sagte er in heftiger Wut über sich selbst.

Ein Brummen, das von einem Automotor stammen mußte, aber keine Scheinwerfer, die aufblitzten; vor dem Häuserblock rührte sich nichts.

In dem Hausbriefkasten war nichts Verdächtiges und auch nicht in Wilburs Büro in der Beit Agron – das letztere konnte er persönlich bestätigen, weil er die Büropost selbst zugestellt und das gesamte Pressegebäude bedient hatte. Außer dem Hausmeister hatte sich den ganzen Tag lang niemand in der Nähe von Wilburs Wohnung sehen lassen. Um sechs war der Reporter aus dem Haus gegangen, in Hemdsärmeln und ohne Aktentasche hatte er sich auf den Weg zu »Fink's« gemacht, seine übliche Sauftour. Bis acht war er noch nicht wieder zurück, und Avi wurde wie vereinbart von einem der beiden Latam-Agenten abgelöst. Er selbst fuhr in die Alharizi und parkte den Wagen einen halben Block vor dem Haus des Reporters, einem gepflegten, zweistöckigen Gebäude. Dann wartete er.

Und wartete. Wenn ihn nicht alles täuschte, würde der Bastard kaum mehr nach Hause kommen, sicher hatte er ein Mädchen aufgegabelt und würde sich über Nacht in ihrer Wohnung langmachen.

Die Straße war menschenleer, und darum hätte es wenig Sinn gehabt, wenn er sich jetzt wie bei Tageslicht eine seiner diversen Identitäten zugelegt hätte – als Straßenfeger, Briefträger, Würstchenverkäufer oder *Yeshiva*-Schüler. Ein wirres Knäuel von Kostümierungen lag unbenutzt im Kofferraum seines zivilen Dienstwagens.

Aber was für ein Dienstwagen! Sein eigener Schlitten wäre natürlich nicht in Frage gekommen – der rote BMW war so auffällig wie eine frische Blutlache. An seiner Stelle hatte die Latam einen friedhofsreifen Volkswagen für ihn aufgetrieben; eine grausame kleine Kiste, dessen Getriebe unter Protest aufheulte, wenn man der Schaltung nur den kleinsten Schubs gab. Aus sämtlichen Sitzen drang büschelweise gummiartiges Polster; und im Innenraum stank es nach verschütteten Speiseresten, ausgelaufenem Benzin und muffigem Zigarettenrauch.

Nicht daß er hätte rauchen können – mit dem Aufglimmen der Zigarettenasche wäre seine Tarnung rasch aufgeflogen. So saß er da und tat nichts; nur eine leere Zwei-Liter-Flasche Coca-Cola, die er zum Pissen benutzte, leistete ihm Gesellschaft. Jedesmal, wenn er sie benutzt hatte, leerte er sie im Rinnstein aus.

Nachdem er fast vier Stunden gesessen hatte, war ihm der Arsch eingeschlafen; er mußte sich kräftig kneifen, um das Taubheitsgefühl loszuwerden.

Nash, der Latam-Agent, war an der Rückseite des Gebäudes in Position gegangen und hatte den weitaus besseren Job erwischt; machte sich mit einem Trockenmop in dem langen Korridor zu schaffen, um dann wieder die Straße abzudecken. Kam immerhin an die frische Luft und hatte Bewegung.

Die beiden Männer verständigen sich alle halbe Stunde über Funk. Das letzte Mal vor zehn Minuten.

Alpha hier.

Hier Beta. Dann noch ein Grummeln.

Besonders gesprächig war er nicht, dieser Nash, aber es war wohl anzunehmen, daß Undercover-Agenten nicht unbedingt wegen ihres Konservationstalents eingesetzt wurden. Ganz im Gegenteil: es kam auf das an, was sie sahen, und nicht auf das, was sie zu sagen hatten.

Avi warf einen Blick auf seine Uhr. Zwanzig vor zwölf. Er griff nach der Colaflasche.

Mitternacht in Talbieh, alles war still in der Wohnung der Familie Sharavi; Frauen und Kinder hatten sich zur Ruhe begeben.

Anstatt allein in ihr Hotel zurückzugehen, hatte Luanne sich entschlossen, bei ihnen zu bleiben und im ehelichen Schlafzimmer auf Daniels Seite zu übernachten. Sie kam mit Laura ins Studio, beide im Nachthemd, ihre Gesichter eingecremt – für Luanne war das geliehene Kleidungsstück eine Handbreit zu kurz –, gaben ihren Ehemännern einen flüchtigen Kuß und turtelten von dannen. Daniel hörte sie hinter der dünnen Schlafzimmertür wie zwei Teenager kichern, danach noch ein verschwörerisches Geflüster, bis sie schließlich eingeschlafen waren.

Eine Pyjama-Party. Wie schön für sie. Er war froh darüber, wie die beiden Frauen mit ihrer Situation zurechtkamen; ständig nahmen sie sich etwas vor, noch nie hatte er bei Laura erlebt, daß sie so viel unternommen hätte: Museumsbesuche, Einkaufsbummel in den Boutiquen am Dizengoff Circle und auf dem Jaffa-Flohmarkt mit seinen Verkaufsbuden; Vorträge, Spätvorstellungen im Kino – wie sie sich doch verändert hatte. Für Kinofilme hatte sie früher nie viel übrig gehabt, und später als zehn war sie selten zu Bett gegangen.

Veränderungen.

Aber warum auch nicht? Warum hätte sie sich mit ihrem Leben einschränken sollen, nur weil er wegen des Falles für seine Familie zum Gespenst geworden war? Und dennoch mußte er sich eingestehen, daß er noch ein Stückchen Selbstsucht in sich hatte; der Wunsch nach mehr Abhängigkeit von seiner Person. Sie schien ihn nicht mehr so sehr zu brauchen.

Eben hatte er ein Sandwich mit Hühnchenfleisch aufgegessen, das Shoshi für sie zurechtgemacht hatte – zwar etwas trocken, aber dafür ein architektonisches Wunderwerk und wirklich liebevoll zubereitet: das Brot war sauber zerteilt, die Gurken in Scheibchen geschnitten und jedes einzelne Stück in unterschiedliches Papier eingewickelt. Daniel hatte, wenn er hineinbiß, jedesmal ein schlechtes Gewissen.

Er wischte sich den Mund ab.

»Mensch«, sagte Gene. »Mensch, sieh dir das an.«

Daniel stand auf, ging um den Tisch und stellte sich neben den dunkelhäutigen Mann. Zwischen drei Knäueln Einwickelpapier und dem Sumbok-Verzeichnis lag die frisch eingetroffene Mordakte Lilah Shehadeh alias »Nachtfalter« auf dem zum Schreibtisch umfunktionierten Zeichentisch; aufgeschlagen war eine der letzten Seiten. Die Akte war dick und quoll über vor Papieren, so daß sich die metallene Halterung zwischen den Manila-Deckeln verbogen hatte; Gene hielt den Papierstapel mit seinem breiten Daumen gegen die Tischplatte gedrückt.

»Was hast du denn?« Daniel beugte sich über die Akte. Auf der einen Seite waren die Kopien der Fotos von mehreren Mördern abgeheftet, auf der anderen ein ziemlich dürftig getippter Bericht. Die Fotokopien waren von mäßiger Qualität, die Bilder dunkel und unscharf, der maschinengeschriebene Text leicht verwischt und stellenweise ausgebleicht.

Gene tippte auf den Bericht. »Im Distrikt Hollywood ging man nie von einem Serientäter aus, weil es keinen Anschlußmord mehr gab. Nach ihrer Arbeitshypothese handelte es sich statt dessen um einen vorgetäuschten Sexualmord; die Kollegen meinten, es solle damit ein Machtkampf zwischen Shehadehs Zuhälter und einem Rivalen kaschiert werden. Der Zuhälter, ein Mann namens Bowmont Alvin Johnson, wurde ein paar Monate vor Shehadeh ermordet; man hat damals eine ganze Bande von Luden vernommen – angeblich besaßen sie alle ein Alibi. Shehadeh und Johnson hatten sich schon lange, bevor er getötet wurde, wegen eines Streits getrennt; aber da beide Fälle von denselben Beamten bearbeitet wurden, erinnerten sie sich noch an eine Handtasche, die sie in seiner Wohnung gefunden hatten. Sie gehörte Shehadeh, das war von seinen anderen Mädchen bezeugt worden. Die Handtasche wurde mit dem übrigen Beweismaterial im Archiv abgelegt; erst nach dem Mord an Shehadeh hat man sich den Inhalt etwas genauer angesehen. Über ihre Geschäfte mit dem Sex hat sie nicht buchgeführt – oder sie nahm die entsprechenden Aufzeichnungen bei ihrem Weggang mit –, aber was man statt dessen gefunden hat, ist auch nicht zu verachten: ein Knäuel von Papierfetzen, die alle mit Namen beschriftet waren und von denen die Kollegen annahmen, daß es sich dabei entweder um ihre Rauschgiftdealer oder ihre Kunden handeln müsse. Insgesamt zwanzig Namen. Acht davon wurden nie identifiziert. Einer war ein *D. Terrif*. Darüber hinaus fanden sich mehrfach die Initialen D.T. Und jetzt kommt der Knaller. Hier, sieh dir das mal an.«

Er wanderte mit seinem Zeigefinger über die Sumbok-Liste. Mitten auf der Seite blieb er stehen.
Terrif, D.D.
Daniel erinnerte sich an den Namen. Es war einer von den dreien, bei denen er eine arabische Herkunft unterstellt hatte.

Seine Hände fingen an zu zittern. Eine legte er auf Genes Schulter und sagte: »Endlich.«

»Bingo.« Gene schmunzelte. »Das ist amerikanisch und heißt: ›Haben wir gut gemacht‹.«

Latam-Detektiv Avram Comfortes saß auf einer weichen Laubdecke unter den Orangenbäumen, die Walid Daroushas vornehme und weitläufige Villa in Ramallah umgaben. Er atmete den Duft der Zitrusgewächse ein, verscheuchte Mäuse und auch Nachtfalter, die sich auf den Bäumen niederließen und ihren Nektar aus den Blumenblüten saugten.

Um fünfzehn Minuten nach Mitternacht wurden die metallenen Fensterläden vor Daroushas Schlafzimmerfenster hochgekurbelt. Eine ganze Stunde lang waren sie hermetisch verriegelt gewesen; vorher hatten Darousha und der Wachmann ein spätes Abendessen eingenommen, wobei der Arzt gekocht und der Wachmann gegessen hatte.

Eine ganze Stunde. Comfortes konnte sich lebhaft vorstellen, was sich in dieser Zeit abgespielt hatte und war froh, daß ihm der Anblick erspart geblieben war.

Das Fenster war klein, quadratisch und mit einem Metallgitter eingefaßt, dessen reiche Verzierungen mit den traditionellen Ornamenten einer Moschee alle Ehre gemacht hätten. Dahinter war im Innern sehr deutlich das Schlafzimmer des Arztes zu erkennen. Ein großzügiger Raum, die Wände blau, die Zimmerdecke weiß gestrichen.

Comfortes hob das Fernglas. Sein Blick fiel auf ein sepiafarbenes Familienporträt an der Rückwand; daneben hing eine historische Landkarte, Palästina in den Grenzen vor 1948 – diese Leute gaben wohl niemals auf. Darunter stand ein hohes, breites Bett, darüber eine Decke aus weißem Stoff mit eingewebter Chenille.

Darousha und Zia Hajab saßen Seite an Seite unter der Bettdecke, beide waren nackt bis zu den Hüften und lehnten sich an bestickte Kopfkissen in wildromantischen Farben. Sie saßen einfach da und schwiegen, bis Hajab schließlich etwas sagte und Darousha aufstand. Der Arzt trug ausgebeulte Boxershorts. Er hatte eine dickliche Figur, und seine weiße Haut war stark behaart; liebend ausgreifende Hände zierten als Aufdruck den Bund seiner Unterhose; seine fast weiblichen Brüste gerieten bei jedem seiner Schritte in Bewegung.

Darousha verließ das Schlafzimmer. Hajab war allein und betastete die Bettdecke, wischte sich die Augen und starrte direkt in Comfortes' Blickrichtung.

Wahrnehmbar, das wußte der Undercover-Mann, war für ihn nichts als Dunkelheit.

Was mochte in einem solchen Menschen vorgehen?

Darousha kam wieder und brachte zwei Drinks mit Eiswürfeln auf einem Tablett. Längliche Gläser mit einer klaren, goldgelben Flüssigkeit, daneben ein paar rote Papierservietten. Er bediente Hajab, dann beugte er sich zu ihm hinunter und gab dem Wachmann einen Kuß auf die Wange. Hajab schien es nicht zu bemerken, er leerte sein Glas in großen Zügen.

Darousha sagte etwas. Hajab schüttelte den Kopf, nahm noch einen letzten Schluck und wischte sich mit seinem Handrücken über den Mund. Darousha reichte ihm eine Serviette, nahm ihm das leere Glas ab, gab ihm das zweite und ließ sich wieder auf seiner Bettseite nieder. Er saß einfach nur da und sah zu, wie Hajab trank. War glücklich, daß er ihn bedienen konnte.

Komisch, dachte Comfortes, er hätte eigentlich das Gegenteil erwartet und gemeint, der Arzt hätte hier das Sagen. Aber bei diesen Männern war nun mal alles anders. Da konnte man vor Überraschungen nie sicher sein.

Ein Grund mehr, die beiden nicht aus dem Auge zu lassen.

Er nahm sein Logbuch zur Hand, machte eine Notiz. In der Dunkelheit konnte er seine eigene Schrift nicht erkennen. Aber er wußte, daß seine Worte lesbar waren. Eine Frage der Routine.

Es war dreißig Minuten nach Mitternacht, als Shimshon Katz auf seinem Hochsitz unter dem Dach des Juragebäudes in seinem Teleskop eine Bewegung wahrnahm. Eine menschliche Bewegung, die von der Rückseite des Amelia-Katharina ausging, dann in einem weiten Bogen an der Frontseite des Krankenhauses vorbei in Richtung Südosten verlief und schließlich die Mount of Olives Road erreichte.

Ein Mann. Er schlenkerte seine Arme und ging mit weit ausgreifenden Schritten, wirkte gelöst und entspannt wie ein Mensch, der mit sich und der Welt zufrieden ist.

Der Mann blieb stehen, drehte sich um. Katz konnte ihn für einen Moment ihm Profil sehen; das reichte, um ihn anhand seines Fotos zu identifizieren. Er setzte seinen Weg fort, und Katz verfolgte ihn durch das Teleskop, schaltete mit einer Hand die Videoanlage an. Das Surren der Kamera signalisierte ihm, daß die Geräte ihren Dienst taten.

Vielleicht war es nichts als ein harmloser Spaziergang vorm Schlafengehen. Baldwin, der Verwalter, hatte erst vor zwanzig Minuten ein paar Schritte gemacht. Zusammen mit seiner hübschen kleinen libanesischen Freundin war er den Gebirgskamm entlangspaziert; ein paar Minuten waren die beiden stehengeblieben, um einen Blick auf die nachtfarbene Wüste zu werfen. Dann zogen sie sich wieder ins Haus zurück. Augenblicke später verlöschte das Licht.

Aber dieser nächtliche Spaziergänger ging unbeirrbar seinen Weg in Richtung Stadt. Katz sah, wie seine Silhouette zunehmend kleiner wurde, und stellte das Teleskop auf Vergrößerung, bewegte behutsam den Hebel, um die schwindende Gestalt nicht aus dem Auge zu verlieren.

Er verfolgte und filmte ihn weiter, bis die Straße plötzlich abfiel. Im selben Augenblick war die Gestalt aus seinem Blick verschwunden. Er ging an das Polizeifunkgerät, tippte das digitale Signal für die Sicherheitsfrequenz ein und rief Team Abschnitt Südost.

»Professor hier. Es tut sich was.«

»Hier Reliquie. Genaue Angaben.«

»Lockenkopf. In der Mount of Olives Road, kommt euch zu Fuß entgegen.«

»Kleidung und besondere Kennzeichen?«

»Dunkler Sportmantel, dunkle Hose, dunkles Hemd, dunkle Schuhe. Keine besonderen Kennzeichen.«

»Lockenkopf, ohne Fahrzeug, dunkle Kleidung. Richtig, Professor?«

»Richtig.«

»*Shalom.*«

»*Shalom.*«

Das Gespräch wurde von Einheiten der Grenzpatrouille mitgehört, die in der Wüste oberhalb des Berges Skopus und in der Nähe der Moschee Ras el Amud stationiert waren, wo sich die Jericho Road unvermittelt in Richtung Osten krümmte. Der Mann, der den Funkruf beantwortet hatte, war ein Agent der Latam mit dem Codenamen Reliquie. Er war in der Nähe des Eingangs zum Rockefeller Museum postiert, an der Kreuzung eben dieser Straße mit der Sultan Suleiman, und damit das erste Glied in der menschlichen Kette, aus der das Team Abschnitt Südost bestand. Undercover-Detektive bildeten das zweite und das dritte Glied, sie waren in der Rehov Habad im Zentrum der Altstadt und im Züricher Garten am Fuße des Berges Zion stationiert.

Das vierte Glied bildete Elias Daoud, der in der Außenstelle in Kishle nervös auf die Meldung wartete, daß sich eine verdächtige Person außerhalb der Stadtmauern in genau westliche Richtung bewegte.

Der Funkspruch erreichte Daniels Wohnung, als er gerade

mit dem Büro der amerikanischen Ärztekammer in Washington, D.C., telefonierte und herauszubekommen versuchte, ob ein gewisser Dr. D. Terrif Mitglied dieser Organisation sei oder es zumindest gewesen war. Die Sekretärin hatte ihn gebeten, am Apparat zu bleiben und einen Moment zu warten, bis sie sich mit ihrem Vorgesetzten verständigt hatte; er übergab Gene den Telefonhörer und hörte sich sehr genau an, was Katz zu berichten hatte.

Und fragte sich, wie alle anderen auch, ob Dr. Richard Carter heute nacht vielleicht noch etwas anderes vorhatte als einen harmlosen Spaziergang.

63

Ein Wunder, dachte Avi, als er Wilbur, eine Papiertüte im Arm, auf seine Haustür zutorkeln sah. Nach dem, was dieser *Shikur* an Alkohol in sich hineingeschüttet hatte, grenzte es schon an ein Wunder, daß er nicht irgendwo in der Gosse hängengeblieben war.

Ein Uhr dreiundvierzig morgens kam er von einer ausgedehnteren Party, oder hatte er die Nacht durchfeiern wollen und dann doch abgebrochen?

Durch sein Fernglas sah er, wie der Reporter an seinem Schlüsselbund herumfummelte, endlich den Richtigen fand und an seinem Haustürschlüsselloch herumkratzte.

Sollte sich doch lieber vorsichtig anschleichen und blitzartig mit dem Schlüssel zustoßen. Aber wenn man seine ruckartigen Bewegungen sah, war das wohl auch nicht die richtige Strategie.

Irgendwie kam Wilbur dann doch mit seinem Schlüssel zurecht und stolperte in das würfelartige Gebäude. Avi schaltete sein Sprechfunkgerät ein, um dem Latam-Agenten auf seiner Position im Innern zu melden, daß die fragliche Person das Haus betreten hatte.

»Hier Alpha.«

Der Mann meldete sich nicht.

Vielleicht war der Reporter schnurstracks durch das Gebäude gewankt und an der Rückseite wieder auf der Straße gelandet – weil er sich übergeben mußte oder noch etwas aus seinem Wagen holen wollte. Wenn das der Fall war, hätte sich der Undercover-Mann mit jedem Wort in sein Sprechfunkgerät preisgeben können.

Er wollte eine Weile warten, ehe er es noch einmal versuchte, hoffte in der Zwischenzeit auf ein Zeichen, daß Wilbur seine Wohnung betreten hatte.

Zehn Minuten lang saß er voller Ungeduld in dem Volkswagen, dann ging im zweiten Stock ein Licht an; es war das Fenster des Reporters.

»Hier Alpha.«

Sein zweiter Funkruf blieb ohne Antwort und fünf Minuten später auch der dritte.

Schließlich stieg Avi aus seinem Wagen, rannte mit seinen nagelneuen Nikes um den halben Block bis zu Wilburs Haus und versuchte es von dort noch einmal mit seinem Funksprechgerät.

Nichts.

Vielleicht hatte Nash etwas gesehen und war Wilbur in das Gebäude gefolgt, womöglich sollte er sich doch besser zurückhalten.

Trotzdem, Sharavi hatte klare Anweisung gegeben, daß sie regelmäßig in Kontakt bleiben sollten.

Halt dich an deine Befehle, Cohen. Dann gibt's auch keinen Ärger.

Er stand vor der Frontseite des quadratischen Gebäudes, das in Dunkelheit gehüllt war. In der Wohnung des Reporters brannte immer noch Licht, ein Viereck aus weichen Bernsteinfarben leuchtete aus den tiefschwarzen Schatten.

Avi kontrollierte noch einmal die Straße in beiden Richtungen, dann griff er nach seiner Taschenlampe und schlüpfte unbemerkt in den schmalen Spalt zwischen Wilburs Haus und dem südlich angrenzenden Nachbargebäude. Er spürte feuchtes Gras unter seinen Schuhen, und als er ein Knirschen wie von berstenden Glasscherben hörte, blieb er einen Augenblick stehen und lauschte, bewegte sich schrittweise voran, bis er die Rückseite des Gebäudes erreichte und in der kleinen Gasse stand.

Die Hintertür stand einen Spaltbreit offen. Dahinter ein Stück Korridor, schwarz wie die Nacht. Wilburs geleaster Alfasud stand zusammen mit drei anderen Wagen auf einem verdreckten kleinen Parkplatz. Avi nahm sich vor, auf dem Rückweg die Kennzeichen zu notieren, und ging langsam auf die Tür zu.

Ein penetranter Gestank schlug ihm entgegen. *Scheiße.* Es stank nach frischer Scheiße, und zwar aus allernächster Nähe – hoffentlich war er nicht mit den Nikes hineingetreten oder hatte sich die Hose beschmiert. Das hätte ihm bei dieser ganzen Unternehmung gerade noch gefehlt.

Er ging einen Schritt näher, und der Gestank wurde intensiver. Er stellte sich vor, durch einen gewaltigen Haufen von Scheiße zu waten, der ihm bis an die Hosenaufschläge reichte; er stellte seine Taschenlampe auf die niedrigste Stufe, ließ den Lichtstrahl über seine Hosenbeine wandern und leuchtete dann den Bodenbelag vor seinen Füßen ab.

Dreck, ein Flaschendeckel und seltsamerweise zwei Schuhe.

Aber sie lagen senkrecht, die Schuhspitzen zeigten in die Luft. Ein Paar Laufschuhe und zwei weiße Knöchel – die Hosenbeine eines Menschen. Ein Gürtel. Ein Hemd. Gespreizte Arme.

Ein Gesicht.

Es dauerte keine Sekunde, bis er begriffen hatte: vor ihm lag die Leiche des Latam-Agenten, dem armen Kerl hatte man eine Art Schnur um den Hals gezurrt. Seine Augen standen offen und quollen aus den Höhlen, seine Zunge war angeschwollen und hing ihm aus dem Mund, die Lippen waren aufgebläht.

Speichel lief aus seinem Mundwinkel.

Und dann der Gestank.

Plötzlich mußte er an seinen Ausbildungskurs über Gewaltanwendung mit Todesfolge denken, über dem englischsprachigen Lehrbuch hatte er so manchen Schweißtropfen vergossen. Und plötzlich war ihm klar, weshalb es hier nach Scheiße roch: Tod durch Strangulation führt zu einem Reflex, bei dem sich der Darm entleert ...

Sofort schaltete er die Taschenlampe aus, griff wie in Panik nach der Beretta unter seinem Hemd und spürte, bevor er sie herausholen konnte, einen betäubenden, elektrisierenden Schmerz in seinem Hinterkopf; eine grausame Einsicht, die ihn blitzartig überkam.

Dann gar nichts mehr.

Wilbur spürte einen bitteren Geschmack im Mund und ein Gefühl von Übelkeit im Magen, als er sich zur Dusche schleppte. Er machte einen halbherzigen Versuch, sich abzutrocknen, und zwängte sich dann in seinen Bademantel.

Was war das für eine Nacht – er erlebte nur noch eine Scheiße nach der anderen.

Er war geschafft, das Auserwählte Volk hatte ihn erledigt.

Angezählt, ausgepunktet. Und er kam nicht wieder auf die Beine.

Über den Schlächter gab es keine Artikel mehr, nicht einen einzigen Satz, seit Sharavi mit seinem Rollkommando angerückt war und sie ihn mit ihren Gestapomethoden ...

Sein Kopf schmerzte wie verrückt, er fühlte sich fiebrig und litt wie ein Hund. Das dämliche Weib mit ihrem billigen Brandy – Gott sei Dank, daß er noch so geistesgegenwärtig gewesen war, die Flasche Wild Turkey an sich zu nehmen.

Gott sei Dank, daß er nicht auch den Whisky mit ihr vergeudet hatte. Die Flasche wartete auf seinem Nachttisch, der Deckel unangetastet.

Eiswürfel waren im Gefrierschrank; er hatte die Schale erst

heute morgen gefüllt – oder war es gestern morgen gewesen? Egal. Wichtig war nur, daß er Eis hatte. Und den Turkey. Den Deckel knallen lassen – die Flasche entjungfern – und sich den guten Stoff in den Hals schütten.

Ein einsamer, aber freundlicher Gedanke am Ende eines reichlich beschissenen Tages.

Am Ende von etlichen beschissenen Tagen.

Er kabelte seine Stories an die Redaktion und blätterte anschließend jede Ausgabe durch, aber sie druckten keine einzige lausige Zeile. Dabei waren die Stories gut: eine erschütternde Geschichte, die sich mit dem unglücklichen Schicksal der Rashmawis befaßte; stark geschminkt, aber menschlich ergreifend – verdammt ergreifend. Er kannte sich aus mit ergreifenden Geschichten. Eine weitere mit einem Schrumpfkopf von der Uni von Tel Aviv, der aus dem Lehnstuhl die Psyche des Schlächters analysierte. Und ein Interview mit einem ekelhaften Gvura-Typ, der sich im Streit von seinen Gesinnungsgenossen getrennt hatte und nun offenlegte, auf welche Weise sich Kagan bei wohlhabenden und angesehenen jüdischen Bürgern in Amerika seine finanziellen Mittel beschaffte; Leute in seidenen Maßanzügen, die Wert darauf legten, inkognito zu bleiben. Mit seinem Artikel hatte er das Inkognito gelüftet, er konnte Namen nennen und die Zuwendungen in Dollarbeträgen beziffern. Hinzugefügt hatte er noch einen kunstvoll formulierten Essay, der die ganze Geschichte in einen größeren sozialpsychologischen Zusammenhang stellte: der Konflikt zwischen dem traditionellen zionistischen Idealismus und dem modernen militaristischen ...

Jedenfalls keine Kleinigkeit. Nicht ein Wort hatten sie abgedruckt.

Er war auf dem Nullpunkt. Sie hatten ihn ausgeklinkt, er war nicht mehr existent – man hatte ihn praktisch umgebracht.

Am Anfang hatte er noch an eine Verzögerung geglaubt,

vielleicht war er in einen Engpaß geraten, weil sie gerade ein Überangebot von Stories hatten. Aber nach vier Tagen wußte er, daß es andere Gründe geben mußte; er griff nach dem Telefonhörer und rief New York an. Machte einen großen Krach, beklagte die regierungsamtliche Zensur und hatte eigentlich Entrüstung erwartet, kollegiale Loyalität angesichts einer solchen Beschneidung der Pressefreiheit. *Kannst mit uns rechnen, Mark, wir sind doch Kumpel, klar boxen wir das durch.*

Statt dessen redeten sie um den heißen Brei, man machte viele Worte, ohne wirklich etwas zu sagen, wie es unter Politikern üblich war, wenn sie mit unangenehmen Fragen konfrontiert wurden.

New York machte das Spiel also mit.

Man hatte ihn auf den Altar gelegt, den Göttern ein Menschenopfer dargebracht.

Genau wie es der Schlächter zu tun pflegte. Aber er war ein unbesungenes Opfer – und sein eigenes Begräbnis konnte er sich lebhaft vorstellen.

Nebraska. Oder Cleveland. Ein Schreibtischjob auf dem Abstellgleis, die reinste Strafexpedition. In der Zwischenzeit konnte er nur abwarten, an seinem Drehbuch arbeiten und Briefe an die Agenturen in L.A. schreiben – wenn die Sache klappte, konnten sie ihm alle den Buckel runterrutschen. Er würde derweil im »Spago« sitzen, bei Pizza mit gebratener Ente ...

Bis dahin gab es für ihn allerdings noch eine Reihe von trüben Tagen zu überstehen, verlorene Zeit. Mit einem hübschen kleinen Flirt würde er sich über seinen Frust hinwegtrösten.

Ein Flirt und der Turkey.

Gott sei Dank, daß er den kostbaren Stoff nicht an die Dame mit ihrem faulen Zauber verschwendet hatte.

Eine australische Reporterin, mit Schultern wie ein Rugbyspieler. Aber ein hübsches Gesicht – keine Olivia Newton-John, aber mit klaren, ebenmäßigen Zügen, hübsche blonde Haare, eine gute Haut. Und dann diese karamelfarbenen Sommersprossen an ihrem Hals und im Ausschnitt – er war verflixt neugierig, wo sie sonst noch Sommersprossen hatte.

So wie sie im »Fink's« auftrat, standen seine Chancen nicht schlecht; davon war er überzeugt. Den Wild Turkey hatte er bei dem Barmann gekauft – der doppelte Ladenpreis plus Trinkgeld gingen auf sein Spesenkonto. Dann setzte er sich zu ihr an den Tisch. Fünf Minuten später lag ihre Hand auf seinem Knie.

Ein Blick in die Augen, ein Zwinkern. Gehen wir zu mir oder zu dir?

Sie gingen zu ihr.

Die kleine Ein-Zimmer-Wohnung lag nur ein paar Häuser weit von ihm entfernt. Möbel besaß sie so gut wie keine – sie kam eben erst aus dem Lande der Känguruhs. Aber dafür hatte sie alle Spielzeuge, die für eine Party unentbehrlich waren: Stereoanlage, stapelweise Cassetten mit Soft-Rock. Ein Futon auf dem Fußboden, Kerzen. Und Flaschen.

Eine ganze Kollektion von Flaschen: billiger Brandy, zehn verschiedene Sorten; jede Art von Branntwein, die man sich nur vorstellen konnte. Sie stand auf billigen Brandy.

Einen nach dem anderen hatten sie sich in den Hals geschüttet, sie tranken aus demselben Marmeladenglas. Dann offenbarte sie ihm ihr kleines Geheimnis, stopfte winzige, schokoladenfarbene Brötchen Haschisch in ein Filtermundstück von Dunhill, deren Wirkung durchaus angenehm war, das Hasch machte ihren schlechten Schnaps etwas erträglicher.

Ein kleines Bonbon für die Seele, hatte sie ihm zugeflüstert und dabei mit der Zunge in seinem Ohr gespielt.

Sanftes Licht, sanfte Rockmusik vom Band.

Ihre Zungen trafen sich zu einem Geplänkel, und dann ließen sie sich fallen, um die Tiefen ihrer ganz privaten Unterwelt auszuloten. So richtig schön.

Hätte man meinen können.

Er ließ das Handtuch fallen, spürte die Kühle der Fliesen

unter seinen Füßen und fröstelte am ganzen Körper. Fühlte sich unsicher auf den Beinen. Er sah alles wie durch einen nebelhaften Schleier und hatte einen Brechreiz in der Kehle.

Mein Gott, es war ein Gefühl, als ob sich seine Eingeweide nach außen kehren wollten – auf was für ein Gesöff hatte er sich bloß eingelassen?

Er beugte sich über das Waschbecken, machte die Augen zu und ließ einen Anfall von trockenem Erbrechen über sich ergehen; danach fühlte er sich wie ausgelaugt, er rang nach Luft und mußte sich vor lauter Kraftlosigkeit am Waschbeckenrand festhalten.

Was das widerliche Gesöff in seinen Verdauungskanälen anrichtete, wollte er sich lieber nicht vorstellen. Und war das Hasch auch wirklich reines Hasch gewesen? Er erinnerte sich an eine verrückte Nacht beim Karneval in Rio. Sein Marihuana war mit einer Art Halluzinogen versetzt gewesen, und anschließend war er drei Tage lang auf Bürgersteigen wie aus Gummi herumgelaufen.

Sie aber hatte eine ganze Flasche getrunken, ohne auch nur mit der Wimper zu zucken.

Diese Australier – soffen wie die Löcher und zogen sich die Drogen rein, wie es gerade kam. Da sie alle von Verbrechern abstammten, hatte es vielleicht etwas mit ihren Genen zu tun ...

Sein Herz klopfte wie verrückt und stolperte. Er dachte an einen Herzanfall, eine alptraumhafte Vorstellung, die er rasch wieder verdrängte; er machte das Klosett zu und setzte sich auf den Deckel, hatte Atemschwierigkeiten. Krampfhaft versuchte er, nicht mehr an das Desaster der vergangenen Nacht zu denken; aber es gelang ihm nicht, sein verwirrtes Hirn spielte einfach verrückt.

Beide liegen sie Seite an Seite auf dem Futon, er hat seine Hand auf ihrem Oberschenkel – ein kräftiger Schenkel voller Sommersprossen. Sie kippen das Brandy-Gesöff in sich hinein und rauchen Hasch und kippen noch mehr Brandy. Er hat seine Hand in ihrer Bluse, und sie, sie läßt ihn einfach gewähren, grinst nur blöde und sagt immerzu *Prost* und muß rülpsen und schüttet das Zeug in sich hinein wie Perrier-Wasser.

Alles läßt sich gut an, es ist die reinste Erlösung für ihn nach diesen trüben Tagen. Aber dann fängt sie plötzlich an zu plappern – macht den Mund nicht mehr zu, will nur noch quatschen.

Weg mit der Bluse – ein kerniges Mädchen mit Sommersprossen auf kernigen Titten, um die sie jedes Playboy-Fotomodell beneidet hätte; genau wie er sich das vorgestellt hatte. Große braune Nippel; und sie läßt ihn daran lutschen, läßt ihn an ihrem Körper spielen – wir sind richtig gut drauf, Marko –, aber sie hört nicht mehr auf zu reden.

Ihr Stoff tat seine Wirkung. Sie plapperte wie ein Wasserfall und, was ihn etwas nervös machte, mit einem unüberhörbaren Anflug von Hysterie. Es kam ihm vor, als würde eine falsche Bewegung genügen, um sie vollkommen aus der Fassung zu bringen. Sie hätte jeden Augenblick in Tränen ausbrechen oder schreien können, man würde sie vergewaltigen oder so etwas Ähnliches.

Sie redete wirres Zeug. Hüpfte von einem Thema zum andern, sprach ohne den geringsten logischen Zusammenhang und voller Aufregung auf ihn ein.

Über ihren Ex-Mann. Exotische Vögel. Die Wohnungseinrichtung ihrer Eltern. Saufgelage in ihrer Zeit an der Oberschule. Eine Kakteensammlung in ihrem Kindergarten. Heimweh. Eine Abtreibung auf dem College. Ihr Bruder mit seinem Job als Schafscherer.

Dann allerlei sonderbares Zeug über Schafe: Schafe scheren. Schafe dippen. Schafe beim Ficken beobachten. Schafe kastrieren – nicht unbedingt die Suppe, aus der man ein Lexikon für Erotik hätte kochen können ... Was redete er da für einen Blödsinn? Ihre Verrücktheit schien ansteckend zu sein.

Sein Schädel dröhnte, als ob er zerspringen wollte. Beim

dritten Versuch gelang es ihm endlich, auf die Beine zu kommen; er wankte in sein Schlafzimmer und steuerte auf die Turkey-Flasche zu. Die Eiswürfel konnten warten.

Das Licht war aus. Komisch, dachte er, vorhin hatte er's doch angelassen.

Mit seinem Kopf stimmte etwas nicht, die kleinen grauen Zellen gingen langsam zum Teufel – bestimmt hatte sie ihm irgendwas in das Haschisch getan. Oder in den Fusel.

Immerhin tat ihm die Dunkelheit gut. Ihm war, als hätte man ihm Sandkörner unter die Augenlider gerieben, und er war dankbar für das gedämpfte Licht aus der Eingangshalle, das nur mehr die verschwommenen Konturen des Raumes erkennen ließ ...

Er griff nach seinem Turkey auf dem Nachttisch und faßte ins Leere.

Die Flasche war weg.

Oh, Scheiße, er mußte sie woanders abgestellt haben und wußte nicht mehr wo. Mein Gott, war er am Ende, diesmal hatte er wirklich ausgiebig zugelangt. Das dämliche Weib mußte ihn mit ihrem Brombeer-Pfirsich-Birnen-Fusel vergiftet haben. Fertiggemacht hatte sie ihn und ihn vergiftet.

Und wie sie ihn fertiggemacht hatte. Alles, wirklich alles hatte sie mit sich machen lassen; er hatte ihr in die Hose gegriffen, und sie lag passiv da wie eine Patientin im Koma. Er breitete ihre kräftigen Sommersprossenbeine auseinander, und sie ließ ihn auch gewähren, als er in sie hineinschlüpfte wie mit einem Finger in einen geölten Handschuh. Ließ ihn derart gewähren, daß er sich bald fragte, ob sie ihn überhaupt spürte – war sie etwas Größeres gewohnt? Er bewegte sich in ihr, er wollte, daß sie ihn fühlte, streichelte sie, wandte jeden Trick an, den er kannte; aber sie lag einfach nur da und starrte unter die Decke und plapperte. Als wenn er es mit einer anderen machte und sie, die in einen geschwätzigen Dämmerzustand abgedriftet war, das alles gar nichts angehen würde.

Sie leistete nicht den geringsten Widerstand, aber bei ihrem Dauergeplapper war ihm alles vergangen; und als er nicht mal mehr einen Ständer hatte, zog er sich zurück und stand auf.

Sie plapperte weiter, lag gespreizt wie ein gewaltiges Stück Geflügel und bemerkte gar nicht, wie er sich anzog und die ungeöffnete Flasche mit dem Turkey an sich nahm. Er hörte sie noch plappern, als er längst die Tür zu ihrer Wohnung hinter sich zugemacht hatte ...

Er torkelte durch sein Zimmer, tastete überall nach dem Turkey.

Wo zum Teufel hatte er die verdammte Flasche gelassen?

Er mußte den Verstand verloren haben. Auf staksigen Beinen stapfte er durch das Zimmer, suchte den Fußboden ab, das Bett, den Schrank, das Klosett, spürte, wie er zunehmend in Panik geriet –

»Suchen Sie das hier?« hörte er jemanden sagen.

Sein Herz raste wie verrückt, und in seiner Brust spürte er stechende Schmerzen.

In der Tür die Umrisse einer Gestalt vor dem Dämmerlicht aus der Eingangshalle. Ein Mann, mit Hut und einem langen Mantel. Schimmernde Brillengläser. Ein flaumiger Bart.

Der Mann kam auf ihn zu. Grinste.

»Was zum Teufel –«

»Tag, ich bin Dr. Terrific. Was haben wir denn für ein Problem?«

Er konnte seine Zähne erkennen. Und sein Grinsen.

Ein unheimliches Grinsen.

Oh, Scheiße, Dr. Terrific: Das war D.T. Natürlich, die Anfangsbuchstaben D.T.

Das Delirium tremens. Er sah Gespenster. Man hörte immer, wenn es die anderen traf, konnte sich aber nicht vorstellen, daß es einem jemals selbst passierte. Die mahnenden Worte des brasilianischen Arztes mit den weichen, feuchten Händen fielen ihm wieder ein: *Ihre Leber, Mr. Wil-*

bur. Mit den Daiquiri-Cocktails müssen wir uns aber ein bißchen zurückhalten.

Mit der Sauferei war jetzt Schluß, das stand für ihn fest; ab morgen war Feierabend, aber endgültig. Jeden Tag dreimal um den Häuserblock, und dann mehr Vitamin B ...

»Suchen Sie das hier, Mark?« wiederholte das Deliriumtremens-Gespenst und hielt ihm die Turkey-Flasche entgegen.

Mußte eine Halluzination sein.

Vergiftetes Hasch. Dies Zeug war mit etwas anderem versetzt – LSD ... Das Gespenst mit dem Hut grinste noch breiter. Geradezu furchterregend real für eine Halluzination ...

Wilbur setzte sich auf die Bettkante und rieb sich mit beiden Händen die Augen, in der Hoffnung, die Halluzination würde sich, wenn er wieder hinsah, verflüchtigt haben.

Doch seine Hoffnung trog.

»Was zum Teufel soll das –«

Die gespenstische Gestalt schüttelte den Kopf. »Etwas mehr Respekt, Mark.«

Er nannte ihn bei seinem Namen, als ob er ihn persönlich kannte, als ob er zu ihm gehörte, ein Teil von ihm war. Wie in einem jener Comic Strips aus seinen Kindertagen. *Hier spricht dein Gewissen, Mark.*

Er machte eine wegwerfende Handbewegung. »Verpiß dich.«

Das Gespenst griff in seinen Mantel und zog etwas heraus. Länglich und glänzend. Selbst in dem trüben Licht begriff Wilbur sofort, was es war.

Ein Messer. Das größte Messer, das ihm jemals vor Augen gekommen war – die Klinge an die dreißig Zentimeter lang, vielleicht sogar länger. Schimmerndes Metall, der Griff aus Perlmutt.

Wilbur starrte auf die funkelnde Klinge. Kalt und glatt und grausam und wirklich ... die nackte Wirklichkeit. Mein Gott –

»Ich vermisse Ihre Artikel, Mark. Die Artikel über mich. Sie können mich doch nicht so einfach im Stich lassen.«

Auf einmal war ihm alles klar.

»Hören Sie«, sagte er gequält, »ich wollte ja weitermachen. Aber man hat mich nicht gelassen.«

Der Mann grinste unentwegt und hörte sich an, was er zu sagen hatte.

Dutzende von Interviews, die er mit Experten geführt hatte, rasten ihm durch den Kopf. *Zeit gewinnen ist das Wichtigste*, verdammt noch mal. Eine Beziehung herstellen. Gefühle und Empfindungen etablieren.

»Die Pressezensur – Sie wissen ja, wie das ist«, sagte er. Rang sich ein Lächeln ab – Mann, wie sein Gesicht weh tat. Dies verfluchte Messer ... »Ich habe mehrere Artikel geschrieben – wenn Sie die sehen wollen, kann ich Sie Ihnen zeigen –, liegen alle in meinem Schreibtisch im Wohnzimmer.« Er verschluckte ganze Silben, faselte wie ein Betrunkener. *Sprich deutlicher!*

»Im Wohnzimmer«, wiederholte er. Gleich neben dem Eingang, mit einem Satz konnte er an der Tür sein ...

»Da ist noch etwas, Mark«, sagte der Bastard, der noch immer grinste und so tat, als ob er gar nicht zugehört hätte. »Sie haben mich einen Schlächter genannt. Das ist ein Mann fürs Grobe. Aber ich bin ein Profi. Was ich betreibe ist wahre Wissenschaft. Und hinterher sorge ich immer gewissenhaft für Ordnung.«

Nein, um Gottes willen nein, das alles darf nicht wahr sein – er mußte raus aus diesem Zimmer, diesem verfluchten Zimmer, einfach wegrennen ...

»Das tut mir leid, ich wollte damit nicht sagen –«

»Abgesehen davon habe ich Ihre Artikel wirklich sehr vermißt, Mark. Wir hatten doch eine Vereinbarung getroffen. Die konnten Sie nicht einfach aufkündigen, ohne mir ein Wort zu sagen.«

Der Mann mit dem Hut und dem langen Mantel kam ein paar Schritte näher. Er hatte ein sonderbares Gesicht, irgend etwas stimmte nicht mit ihm – er war einfach kaputt, mehr fiel ihm dazu nicht ein ... und im Augenblick hatte er weiß Gott andere Sorgen –

Zeit gewinnen.

»Ich weiß, was Sie meinen. An Ihrer Stelle würde ich das auch so sehen. Aber es liegt einfach an diesem System, ein Skandal ist das.« Nun war er es, der in Geschwätzigkeit verfiel. Er schwadronierte über New York, über das Auserwählte Volk, die zionistisch gelenkte Pressezensur, der sie beide zum Opfer gefallen seien. Der Grinsende stand einfach da, in einer Hand die Flasche, in der anderen das Messer. Und hörte ihn an.

»Wir können zusammenarbeiten, Doktor. Ich schreibe Ihnen Ihre Story, genau nach Ihren Vorstellungen, wir machen ein großes Buch zusammen; kein Mensch wird erfahren, wer Sie wirklich sind, dafür sorge ich schon. Und wenn wir erst mal raus sind aus diesem verrotteten Land, brauchen wir uns nicht mehr mit der Zensur herumzuschlagen, das kann ich Ihnen versprechen. In Hollywood wird man sich die Finger lecken nach der Geschichte ...«

Der Grinsende Mann schien ihn gar nicht mehr zu hören. War mit seinen Gedanken längst woanders. Wilbur spürte noch immer ein schmerzhaftes Brennen in den Augen, er riß sich mühsam vom Anblick dieses kaputten Gesichtes los und ließ seinen Blick wandern: der Bastard hielt die Turkey-Flasche in einer Hand, das Messer in der anderen. Wilbur entschloß sich zum Angriff, überlegte, auf welche Hand er sich stürzen sollte.

Die mit dem Messer.

Er machte sich bereit. Stille. Ein endlos langer Augenblick. Sein Herz raste. Er bekam keine Luft mehr, erstickte fast an seiner eigenen Angst ... Schluß jetzt! Positiv denken – Zeit gewinnen.

Einmal mußte er das Arschloch noch ablenken.

»Also«, sagte er, »erzählen Sie mir ein bißchen von sich.«

Der Grinsende Mann kam auf ihn zu. Wilbur sah den Blick

in seinen Augen und resignierte. Es war sinnlos. Alles vorbei.

Er wollte schreien, bekam aber keinen Laut heraus. Mühte sich, von dem Bett hochzukommen, und fiel auf den Rücken wie ein hilfloser Käfer.

Gelähmt vor Angst. Er hatte gehört, daß Tiere in den letzten Sekunden ihres Lebens, bevor sie von Raubtieren in Stücke gerissen werden, zum Selbstschutz in eine totale Lähmung verfielen. Das Hirn schaltete ab. Eine Vollnarkose – oh, mein Gott, das war seine letzte Hoffnung. Laß mich ein Tier sein, betäube mich, nimm mir meine schreckliche Angst, dies endlose Warten ...

Über ihm schwebte das bärtige Gesicht des Grinsenden.

Wilbur stieß ein schwächliches Gurgeln aus, er schlug die Hände vors Gesicht, weil er den Anblick des Messers nicht mehr ertragen konnte. Verzweifelt mühte er sich, an andere Dinge zu denken, stellte sich Bilder vor, Erinnerungen, nur um die Qual des Wartens zu verkürzen.

Gott, wie er Messer haßte. Messer waren so unfair – und er war doch kein übler Kerl.

Die Hand mit dem Messer bewegte sich nicht einen Millimeter.

Aber die mit der Flasche.

64

Das »Ali Baba« machte gewöhnlich um Mitternacht zu, aber da Al Biyadi dem Kellner ein paar Dollar in die Hand gedrückt hatte, bekamen er und die Cassidy noch einen Pistaziendrink serviert, während um sie herum die Lichter verlöschten.

Müssen ziemlich viele Dollar gewesen sein, dachte Shmeltzer, als er sah, wie der Kellner ein Schälchen mit Keksen vor ihnen abstellte und seinen Auftritt mit einem Zeremoniell aus Verbeugungen und Kratzfuß krönte.

Cassidy nahm einen Keks und knabberte daran. Offenbar

langweilte sie sich, ihr säuerliches Gesicht wirkte leer und ausdruckslos. Al Biyadi trank einen Schluck und schaute auf die Uhr. Eigentlich wirkten sie wie ein ganz normales Pärchen, das den Abend in einem Lokal verbrachte; aber Shmeltzer besaß genug Instinkt, um zu spüren, daß irgend etwas in der Luft lag – immerhin hatte der *Schmock* im Laufe einer Stunde nicht weniger als vierzehnmal auf die Uhr geschaut.

Je länger er die beiden betrachtete, desto mehr erschienen sie ihm wie ein ungleiches Paar – der Casanova in seinem dunklen Maßanzug und den Lackschuhen; die Cassidy mit ihrer hochgekämmten Frisur, den riesigen Ohrringen und ihrem Spitzenkleid; sie wollte wohl mit aller Gewalt feminin wirken, auch wenn ihr dabei nicht allzu viel Erfolg beschieden war. Von Zeit zu Zeit berührte sie sanft den Arm des Casanovas, was der jedesmal mit einem aufgesetzten Lächeln quittierte, wenn er überhaupt eine Reaktion zeigte.

Der *Schmock* war reichlich nervös, schien mit seinen Gedanken offenbar woanders.

Aus einem der hinteren Räume des Restaurants trat eine junge dunkelhaarige Frau in weißer Arbeitskleidung, mit Eimer und Wischlappen ausgerüstet; kniend begann sie, den Gehsteig zu reinigen.

Al Biyadi und Cassidy ignorierten sie und spielten beharrlich ihre kleine Szene weiter.

Sie schienen auf etwas zu warten. Aber worauf?

Das Pärchen von der Latam hatte gezahlt und vor zehn Minuten das Restaurant verlassen. Nach einer kurzen Verständigung mit Shmeltzer waren sie Hand in Hand auf der Sarah E-Din in Richtung Norden davonspaziert. Für den oberflächlichen Betrachter ein Touristenpärchen, das sich in einer Suite des »American Colony Hotel« ins gemeinsame Vergnügen stürzen wollte.

Al Biyadi schaute wieder auf die Uhr, als ob er einen nervösen Tick hätte. Die Cassidy legte ihren Keks beiseite, hielt jetzt beide Hände in ihrem Schoß.

Die Putzfrau schob ihren Wassereimer dicht an den Tisch der beiden, wischte im Kreise um sie herum, rückte immer näher an sie heran.

Sie hockte auf den Knien, war mit beiden Händen ständig in Bewegung und drehte Shmeltzer dabei ihren schmalen weißen Rücken zu. Es hätte ihn nicht gewundert, wenn Al Biyadi eine abfällige Bemerkung über sie machte – der Mann hielt viel auf sein Standesbewußtsein.

Doch statt dessen blickte er konzentriert in ihre Richtung und schien ihr zuzuhören. Wirkte angespannt und nickte. Die Cassidy hatte ihren Blick demonstrativ auf unendlich gestellt.

Die Putzfrau schob ihren Eimer an eine andere Stelle, wischte noch einen Moment weiter und verschwand dann im hinteren Teil des Restaurants. Der Gehsteig war erst zur Hälfte gereinigt. Al Biyadi warf wieder ein paar Geldscheine auf den Tisch und schob sie unter den gläsernen Kerzenständer, dann stand er auf und bürstete sich die Hosen ab.

Auch die Cassidy erhob sich und griff nach seinem Arm. Drückte fest zu – durch sein Fernglas konnte Shmeltzer erkennen, daß sich ihre Finger wie Krallen um das dunkle Stoffgewebe schlossen.

Al Biyadi löste ihre Hand von seinem Arm und schüttelte unmerklich den Kopf, als wolle er sagen: nicht jetzt.

Die Cassidy ließ die Arme baumeln. Tippte nervös mit der Schuhspitze auf das Pflaster.

Die beiden standen nebeneinander auf dem Gehsteig.

Einen Augenblick später hörte Shmeltzer Geräusche von der Hintertür des Restaurants. Die Tür wurde geöffnet, und ein Strahl aus ockerfarbenem Licht fiel in die Dunkelheit; aus der Küche drang das Geklapper von Geschirr. Er drückte sich in eine dunkle Ecke und beobachtete, wie die Putzfrau, nun in einem dunklen Kleid, herauskam und sich die Haare lockerte. Eine kleine Frau – *petite*. Mit einem hübschen Profil.

Sie trat auf die Salah E-Din und ging in Richtung Norden,

schlug denselben Weg ein wie vorher das Pärchen von der Latam.

Shmeltzer sah, daß sie etwas plattfüßig war; sie hatte einen leicht schlurfenden Gang. Als das Geräusch ihrer Schritte verklungen war, trat er aus seinem Versteck, warf ihr noch einen Blick nach und schaute wieder zum »Ali Baba«.

Die Außenbeleuchtung des Restaurants war jetzt abgeschaltet. Der Kellner faltete Tischdecken, löschte Kerzen und klappte die Tische zusammen.

Al Biyadi und die Cassidy hatten dieselbe Richtung wie die Putzfrau eingeschlagen. Mit zielstrebigen Schritten gingen sie im Abstand von zwei Meter an ihm vorbei, ohne miteinander zu sprechen. Shmeltzer griff nach seinem Funksprechgerät und nahm Kontakt mit dem Pärchen von der Latam auf. Die Frau meldete sich.

»Hier Gattin.«

»Die beiden sind jetzt unterwegs, sie verfolgen eine junge Frau, klein, Anfang Zwanzig, dunkles Kleid, schulterlanges, dunkles Haar. Alle drei kommen Ihnen auf der Salah E-Din entgegen. Wo stehen Sie im Augenblick?«

»Direkt hinter der Az-Zahara, neben dem Reisebüro Joulani.«

Er verstaute das Funkgerät unter seiner Bettlermontur, steckte es in die Tasche seiner Windjacke und verfluchte die Hitze und seine diversen Kleidungsstücke. Dann machte er sich auf den Weg und folgte den Leuten im Abstand von einem Häuserblock.

Was für eine groteske Karawane.

Casanova und sein Herzblatt behielten ihren schnellen Schritt bei. Hier und da bummelten noch ein paar einsame Gestalten durch die nächtlichen Straßen – Gammler und Gepäckträger, Tellerwäscher aus den arabischen Hotels, die eben von ihrer Spätschicht kamen – Shmeltzer fiel es nicht allzu schwer, seine Jagdbeute im Auge zu behalten; er brauchte sich nur auf einen Frauenkopf zu konzentrieren, der sich dicht neben dem eines männlichen Begleiters bewegte. Und daß Männer und Frauen nebeneinander hergingen, bekam man in Ostjerusalem nicht sehr häufig zu sehen.

Sie überquerten die Az-Zahara-Street, gingen dicht an der Reiseagentur vorbei, wo das Latam-Pärchen im verborgenen auf sie wartete; sie ließen das Amerikanische Institut für Orientalistik hinter sich und gingen dann auf die anglikanische Sankt-Georgs-Kathedrale mit ihren gotischen Türmen zu.

Ein paar Schritte hinter der Kathedrale taten sie sich mit der Putzfrau zusammen und wechselten ein paar Worte, die Shmeltzer nicht verstehen konnte. Dann ging das sonderbare Trio erst in östliche, dann in südliche Richtung und die Ibn Haldoun hinunter. Eine schmale und kurze Straße, die als Sackgasse auf die Ibn Batuta und die Frontfassade des Hotel »Ritz« zulief.

Doch kurz vor dem Ende der Sackgasse blieben sie stehen, traten durch ein schmiedeeisernes Tor in den Hof einer alten und vornehmen, von Mauern umgebenen Arabervilla und waren von der Bildfläche verschwunden.

Shmeltzer wartete auf der gegenüberliegenden Straßenseite auf das Pärchen von der Latam, und als er sie in die Ibn Haldoun einbiegen sah, schlenderte er ihnen entgegen, um sie zu begrüßen. Zu dritt gingen sie noch zwanzig Meter weiter, um das grelle Licht der Straßenlaternen zu meiden.

»Sind sie alle drei da drin?« fragte der Mann.

Shmeltzer nickte. »Sind eben erst rein, vor einer knappen Minute. Wissen Sie etwas über das Gebäude?«

»Ist auf keiner Liste verzeichnet, die mir geläufig wäre«, sagte die Frau. »Aber ganz hübsch für eine Straßenreinigerin.«

»Sie hat Ähnlichkeit mit den ersten drei Opfern des Schlächters«, sagte Shmeltzer. »Klein, dunkel, nicht unattraktiv. Wir haben geglaubt, sie würden sich ihre Schäfchen direkt im Krankenhaus aufgabeln, aber vielleicht stimmt das gar nicht. Vielleicht nutzen sie die ärztlichen Untersuchungen nur als erste Kontaktaufnahme und treffen eine Vereinbarung für später – wo es dann um käuflichen Sex geht.« Er zögerte, warf wieder einen Blick auf das Haus. Ein luxuriöser Bau mit zwei Stockwerken und zahlreichen Verzierungen, in Stein gemeißelt. »Wäre nett, wenn man wüßte, wer so einen Palast besitzt.«

»Da rufe ich sofort an, im Ministerium für Wohnwesen wird man uns Angaben über den Besitzer machen können«, sagte die Frau und griff nach dem Funksprechgerät in ihrer Handtasche.

»Dafür haben wir jetzt keine Zeit«, sagte Shmeltzer. »Vielleicht hat man sie in diesem Augenblick schon unter Drogen gesetzt und für den chirurgischen Eingriff aufgebahrt. Rufen Sie French Hill an, geben Sie einen Lagebericht durch und melden Sie, daß wir in das Haus eindringen. Und fordern Sie Verstärkung an – sie sollen auch einen Krankenwagen bereithalten.«

Er sah den Mann an. »Kommen Sie.«

Die beiden rannten mit gezogenen Berettas auf das Haus zu und schlüpften durch den Eingang, die Türflügel waren mit einer leichten Rostschicht überzogen. Eigentlich hätten sie gleichzeitig durch die vordere und hintere Tür eindringen müssen; aber eine Reihe von italienischen Zypressen, die zu einer dichten grünen Mauer zusammengewachsen waren, blockierten auf beiden Seiten den Zugang zur Rückseite der Villa. So beschränkten sie sich auf die Vorderfront und konzentrierten sich auf die Details: eine einzelne Tür in der Mitte; die Fenster vergittert, fast alle Läden heruntergelassen. Vorn über dem Eingang zwei Balkons, der Hof mit ansehnlichen Blumenbeeten bepflanzt. Möglicherweise war das Haus in mehrere Einzelwohnungen unterteilt – was in Jerusalem bei größeren Gebäuden ohnehin meistens der Fall war –, aber da es nur eine Tür gab, ließ sich das nicht mit Gewißheit feststellen.

Shmeltzer wies mit seiner Pistole in Richtung Haustür. Der Latam-Mann folgte ihm.

Verriegelt. Der Agent zog einen Dietrich aus der Tasche. Er war schnell und leistete saubere Arbeit. Brauchte keine zwei Minuten, bis er das Schloß geöffnet hatte. Er sah Shmeltzer an, wollte die Tür aufstoßen und wartete auf sein Zeichen.

Shmeltzer wußte wohl, was dem Mann jetzt durch den Kopf ging. Eine solche Luxusvilla besaß wahrscheinlich eine Alarmanlage; wenn sie als Tatort diente, mußten sie mit einer Minenfalle rechnen.

Bin schon zu alt für solche Sachen, dachte er. Zu alt, um einer Araberin das Leben zu retten. Aber was sollte er machen – es war nun mal sein Job.

Er stieß die Tür auf, ging ein paar Schritte, der Latam-Mann hielt sich dicht hinter ihm. Keine Alarmglocken; keine Detonation. Und keine Granatsplitter, die ihm die Brust aufgerissen hätten. Nun gut. Sein Leben war noch einmal gerettet, und vor ihm lag ein neuer, segensreicher Tag.

Eine quadratische Diele, ein runder Perserteppich, am hinteren Ende zwei weitere Türen. Shmeltzer und der Latam-Agent postierten sich an den gegenüberliegenden Wänden, jeder übernahm eine Tür, rüttelte vorsichtig an der Klinke.

Die Tür des Latam-Mannes ließ sich öffnen. Dahinter lag eine Wendeltreppe mit nackten Steinstufen.

Shmeltzer stieg nach oben und fand den letzten Treppenabsatz mit Brettern verriegelt; die Luft war staubig, es roch muffig und abgestanden. Er faßte an die Bretter. Alle waren sie festgenagelt, keines saß locker. Heute abend konnte niemand hier oben gewesen sein.

Also wieder ins untere Stockwerk, wo er dem Latam-Mann das Signal gab, die zweite Tür in Angriff zu nehmen. Sie war verriegelt. Es gab zwei Schlösser, die übereinander lagen. Das eine kapitulierte schon beim ersten Versuch mit dem Dietrich; das zweite dagegen erwies sich als widerspenstig.

Die Minuten verrannen, und Shmeltzer stellte sich vor, wie gleichzeitig die Blutstropfen im Takt des Sekundenzeigers fielen. Seine Hände waren naß vor Schweiß, das Metall der Beretta fühlte sich kalt und seifig an. Er schaute dem Latam-Mann zu, der sich noch immer an dem Schloß zu schaffen machte, und mußte an die Putzfrau denken, die jetzt nackt auf irgendeinem Tisch aufgebahrt lag, mit dem Kopf nach unten. Blut tropfte auf einen Teppich ...

Er war einfach zu alt geworden für diese Art von Wahnsinn.

Der Latam-Agent arbeitete geduldig mit seinen Geräten, schraubte und drückte, rutschte einmal ab, um am Ende doch den richtigen Dreh zu finden.

Die Tür öffnete sich ohne einen Laut.

Sie betraten ein weitläufiges, halbdunkles Vorzimmer mit einem schimmernden Steinfußboden; schwere Vorhänge verwehrten den Blick auf die Fenster an der Rückwand; ein paar Schwingtüren führten auf der rechten Seite in einen Korridor. In einer Wandnische brannte eine matt leuchtende Glühbirne und hüllte das preziöse antike Mobiliar in schwaches, gelbliches Licht – alte Möbelstücke im englischen Stil, steife Sitzgarnituren, die Tische mit verschnörkelten Beinen. Spitzendecken. Andere Tische mit Intarsien im arabischen Stil, ein überdimensionales Backgammon-Brett; hinter den Glastüren einer voluminösen Schrankwand eine Sammlung von Silbergeschirr, Porzellantellern und Nippsachen. Auf einem Sofa lag eine Gitarre. Daneben Schnitzereien aus Elfenbein. Und alles mit kostbaren Teppichen ausgelegt.

Das Interieur wohlhabender Leute. Aber auch hier der abgestandene Geruch von muffigen alten Kleidern. Ein Mobiliar wie die Requisiten auf einer Theaterbühne; wohnen konnte hier niemand mehr. Und das seit langer Zeit.

Das Vorzimmer ging auf der linken Seite in eine altmodisch ausgestattete Küche über. Der Latam-Mann warf einen Blick in den Raum, kam zurück und schüttelte nur den Kopf. Nichts.

Blieb nur noch der Weg durch den Korridor.

Die verdammten Schwingtüren quietschten. Shmeltzer

hielt einen Flügel auf, der Latam-Mann folgte. Die beiden Männer traten auf einen orientalischen Läufer. Türen, vier an der Zahl. Schlafzimmer. Ein schmaler Streifen Licht unter einer Tür auf der linken Seite. Dahinter gedämpfte Geräusche.

Sie schlichen auf die Tür zu und lauschten mit angehaltenem Atem. Ein Gemurmel von Stimmen. Al Biyadi war deutlich herauszuhören, sein Ton klang erregt. Er sprach arabisch, eine Frauenstimme antwortete, aber was sie sagten, war nicht zu verstehen.

Shmeltzer und der Latam-Mann verständigten sich stumm. Die Sache sei an ihm, bedeutete Shmeltzer dem Agenten mit einer Geste. Er war schließlich der Jüngere und der Mann mit den strapazierfähigeren Beinen.

Der Latam-Mann nahm einen kurzen Anlauf und trat die Tür ein. Beide rannten sie hinein, hielten ihre Berettas im Anschlag und brüllten: »Polizei! Alles hinlegen! Hinlegen! Alles hinlegen! Polizei!«

Von einem Mordgemetzel keine Spur, Blut war hier nicht geflossen. Al Biyadi und die zwei Frauen standen, sprachlos vor Verwunderung, mitten in einem hell erleuchteten kahlen Raum zwischen einem guten Dutzend Holzkisten. Die meisten davon waren mit einer Segeltuchplane bedeckt; einige wenige standen offen. Auf den Holzbrettern entzifferte Shmeltzer die Aufschrift LANDWIRTSCHAFTLICHES GERÄT in hebräischen und arabischen Schablonenbuchstaben.

Auf dem Boden lag eine Brechstange und Mengen von Verpackungsmaterial aus Stroh. Mitten im Raum stand eine aufgebrochene Kiste.

Sie war bis zum Rand mit Gewehren gefüllt, mit großen, schweren, russischen Gewehren. So viele auf einmal hatte Shmeltzer seit der Entwaffnung der Ägypter im Jahre '67 nicht mehr zu Gesicht bekommen.

Al Biyadi hielt ein Gewehr im Arm und machte ein Gesicht wie ein Kind, das man bei einem verbotenen Griff in die Keksdose erwischt hatte. Die Frauen hatten sich auf den Boden fallen lassen, aber der *Schmock* rührte sich nicht von der Stelle.

»Runter damit!« brüllte Shmeltzer und hielt dem Dreckskerl die Beretta mitten ins Gesicht.

Al Biyadi zögerte. Er blickte auf sein Gewehr und dann wieder zu Shmeltzer.

»Weg mit dem Ding, du widerliche Ratte!«

»Oh Gott«, stöhnte Peggy Cassidy, die ausgestreckt auf dem Boden lag.

Al Biyadi ließ das Gewehr fallen. In der nächsten Sekunde wäre er ein toter Mann gewesen.

»Auf die Erde legen, auf den Bauch!« befahl Shmeltzer. Al Biyadi gehorchte.

Shmeltzer zielte mit seinem Revolver auf Al Biyadis Rückgrat und ging vorsichtig auf ihn zu. Mit einem Fußtritt beförderte er das Gewehr aus der Reichweite des Bastards, um wenig später festzustellen, daß die Waffe nicht geladen war.

65

So hübsch, dachte der Grinsende Mann, als er den Körper des jungen Polizisten nackt auf dem Tisch ausgestreckt liegen sah.

Jeder Muskel war deutlich zu erkennen, wie bei einer guten Skulptur, die Haut fest und weich, die Gesichtszüge vollkommen gebildet.

Adonis. Keine Hakennase.

Schwer zu glauben, daß das hier Judenscheiße war. Er hatte die Taschen des Idioten durchsucht und einen Nichtjuden-Ausweis zu finden gehofft, etwas, das anzeigte, daß er ein Arier war, den man irgendwie dazu verlockt hatte, für die Juden zu arbeiten.

Aber es war keine Brieftasche zu finden, keine Papiere. Nur ein Davidstern an einer dünnen Goldkette, die in eine der Taschen gestopft war.

Versteckte, daß er Jude war. Der Idiot war Judenscheiße. Das war nicht gut, eine Beleidigung.

Der Idiot war genetisch ein glücklicher Zufall, hatte heimlich ein paar arische Gene gestohlen.

Aber *hübsch*. Das letztemal, daß er einen Mann gesehen hatte, der so gut aussah, war vor Jahren in dem Stinkloch Sumbok gewesen. Vierzehn Jahre alter Gauguin-Junge, den man tot ins Gross-Anatomy-Lab brachte – für ein paar Mark von seinen Angehörigen verkauft, neunzig Pfund medizinisches Forschungsmaterial. Neunzig Pfund erstklassigen Protoplasmas: kupferbraune Haut, undurchsichtige lange Augenwimpern, glänzendes schwarzes Haar. Das kleine Schlitzauge war an akuter bakterieller Meningitis gestorben; sobald er den Schädel aufgesägt und die Hirnrinde freigelegt hatte, war der Schaden offensichtlich, bei all dem gelbgrünen Schleim, der die Meninges verstopfte.

Aber trotz der Hirnfäule blieb der Körper schön, fest und glatt wie der eines Mädchens. Glatt wie Sarah. Kaum zu glauben, daß er zu hundert Prozent ein Schlitzauge – kaum zu glauben, daß er ein *Mann* war.

Aber verfault bis in den Kern, sogar im Tod:

Der kleine Schlitzaugenbastard hatte seine Pläne ruiniert!

Das bestätigte ihn in seiner Meinung:

Männer mußten schnell umgebracht werden: der tödliche Schlag ins Gesicht oder ein tödlicher Würgegriff mit Luftröhrenriß. Der gewaltige Stoß, der letzte, überraschte Blick, bevor die Lichter ausgingen.

»Jetzt weißt du, wer hier die Macht hat. Bye-bye.«

Frauen mußte man mit Genuß verzehren. Sich aufsparen. Für die echte Wissenschaft. Aber dieser auf dem Tisch war hübsch. Fast wie eine Frau.

Frau genug?

Sein erster Impuls, nachdem er den Idioten kalt betrachtet hatte, war, ihn, wie er dort lag, fertig zu machen, mit einem guten Stiefeltritt ins Gesicht, wo er ihn hinter dem Haus des

Reporters mit dem anderen Judenmist zusammen liegengelassen hatte.

Dann sah er das Gesicht und den Körper, und er sah etwas, das ihn erzittern ließ.

So hübsch.

Er wurde hart.

Beunruhigende Gedanken so schmerzhaft wie Bienenstiche blitzten ihm im Kopf herum:

Der Hübsche als schwuler Junge?

Junge oder Mädchen?

Er scheuchte die Gedanken fort, konzentrierte sich auf den Idioten, der unbeweglich, unter seiner Kontrolle, dalag.

Der *Idiot* war ein schwuler Junge.

Die SS hatte gewußt, was mit Schwulen zu tun war.

Echte Wissenschaft. Die Aussicht auf das Abenteuer: *Das* hatte ihn hart gemacht.

Er holte tief Luft, hielt sie an; die bienenstichartigen Gedanken flogen weg. Rasch durchsuchte er die Taschen der Designer-Jeans des Schwulen, fand Autoschlüssel, konfiszierte sie zusammen mit der Kanone, die der Schwule hatte fallen lassen, und gab dem Schwulen dann eine Spritze H für die Nacht, damit er ruhig blieb. Draußen auf der Straße schließlich tastete er zahllose Autotüren ab, bis er das Schloß fand, zu dem die Schlüssel paßten.

Man ging Risiken ein, hatte dann aber auch Spaß an den Endokrinen, die plötzlich angerauscht kamen. Seine Mittelostsarafi war fast vorüber, warum sollte man nicht den letzten Tropfen Vergnügen aus etwas herausholen, bevor man sich zum nächsten Vorhaben weiterbewegte?

Er fand den Wagen sehr bald: verbeulter VW-Käfer – der Schwule hatte ihn nicht abgeschlossen. Er fuhr ihn zur Straße zurück, warf den bewußtlosen Körper des Schwulen in den Kofferraum. Entdeckte Kostüm-, Identitätswechsel – Idiot hatte geglaubt, *er* wisse, wie das Spiel zu spielen sei! Dann vier Minuten Fahrzeit zum »Deutschen Haus«, der VW in die

Garage neben seinen Mercedes eingestellt. Noch fünf Minuten und der schwule Adonis lag ausgestreckt und gefesselt auf dem Eßzimmertisch.

Judenjunge Adonis. Zu hübsch – ganz falsch. Ein Verstoß gegen Schwanns Gesetz, ihm oblag es, das Verbrechen zu rächen.

Improvisation.

Und warum nicht? Improvisation war gut, wenn sie stilvoll war. Dieser letzte Akt würde schließlich eine *große* Improvisation sein, der letzte Brennstoffschub, der das Projekt *Untermensch* richtig von der Erde abheben ließ.

Überraschung, Überraschung. Sollten die Spiele beginnen.

Der Idiot auf dem Tisch bewegte sich und machte ein klickendes Geräusch hinten im Hals.

Er beugte sich über den Schwulen, prüfte seinen Puls und seine Atmung, achtete darauf, ob er nicht gerade im Begriff war, sich zu übergeben und dann am Erbrochenen ersticken könnte.

Alle Systeme funktionierten normal.

Der Idiot war wieder still. Hübsch.

Ja, definitiv hübsch genug für einen Ausflug in die echte Wissenschaft.

Erforschung der Schwulen-Bauchhöhle – Großvater Hermann würde es unterstützen.

Grenzen überwinden: Männer, Frauen, Hunde, Katzen, Ratten, Reptilien, Spinnen, Coelenterata – alle weichen Gewebe und Schmerzempfänger. Die Unterschiede waren gering, wenn man genau hinsah. Geschmackssache. Wenn man einen Körper öffnete und in das willkommene Loch hineinsah, die Wand und dahinter die Eingeweide, dann erkannte man die Gemeinsamkeit. Alle waren sie gleich.

Als Fleisch betrachtet.

Nicht als Bewußtsein.

Ein feines arisches Schwannsches Bewußtsein befand sich in einer anderen kognitiven Sphäre als der Gehirndreck hohlköpfiger *Untermenschen*.

Und dieser junge Nackte auf seinem Tisch war ein schwuler Judenjunge, etwa nicht?

Hübsch.

Aber ein *Mann.*

Mehr Bienenstiche!

Er hatte schon einmal einen Mann untersucht. Es hatte seine Pläne ruiniert.

Seither hatte er sich diszipliniert. Die Männer fanden wie der Blitz ihr Ende, die Frauen waren für die Erforschung da.

Aber inzwischen hatte er schon viel geschafft. Hatte gelernt, vorsichtig zu sein und alles perfekt zu säubern.

Ein Stich.

Klatsch.

Fuck it! Er hatte das Ruder in der Hand; er brauchte sich keine Gedanken mehr darüber zu machen, was Gauguin Boy ihm angetan hatte.

Ganz im *Gegenteil:* Er mußte sich von den Zwängen *befreien.* Sich emanzipieren. Dieter Schwann und Großvater Hermann würden sich das wünschen, würden stolz auf ihn sein.

Plötzlich wußte er, warum der junge Cop zu ihm gekommen war: Der Idiot war dazu da, um ihn zu *retten,* von ihm genossen zu werden. Der Nachtisch nach dem letzten Akt. Ein Rosenstrauß, der nach einer bravourösen Leistung auf die Bühne gestoßen wird.

Rosen von Dieter, eine Botschaft: Befreie dich selbst.

Sein Entschluß war klar.

Den Idioten würde er hübsch verschnürt lassen und mit genug H vollpumpen, um ihn ruhigzuhalten; dann, nachdem der Schlußvorhang gefallen war, würde er zurückkommen, ihn aufwecken und ihm etwas mehr H – nein, *curare* geben, genau wie dem Hund. Motorische Lähmung bei totalem Bewußtsein!

Lagen erstarrt wie Eis, hilflos wie Leichname, aber sie hörten und sahen und rochen. *Wußten!*

Was genau los war.

Was genau *ihm* zugefügt wurde.

Die Angst in all den Augen.

Bow wow wow.

Ein superber Plan. Er dachte ihn im Kopf zu Ende, fing an, eine Masse neuer Nadeln vorzubereiten, und dachte:

Das wird mich für immer von meinen Erinnerungen an Sumbok befreien.

Aber als er darüber nachdachte, drängten sich ihm Sumbok-Erinnerungen auf, verursachten schlechte Maschinengeräusche mit hohen Schwingungen wie Termiten, die sich durchs Bauholz fressen.

Er berührte sich, streichelte sich, versuchte an dem Geräusch vorbeizukommen. Ließ eine Glasspritze zu Boden fallen und hörte kaum, wie sie zerplatzte, als er sich mit Bildern abmühte. Doktors selbstzufriedenes, aufgedunsenes Gesicht:

»Nun, ich habe endlich einen Platz für dich gefunden. Keine besonders gute medizinische Hochschule, aber eine medizinische Hochschule immerhin. Hat mich ein Vermögen gekostet, sie dazu zu bewegen, daß sie dich nehmen. Wenn du die vier Jahre irgendwie schaffst und das Examen für Ausländer bestehst, findest du vielleicht irgendwo eine Assistenzarztstelle.«

Verdammtes selbstgefälliges Lächeln. Übersetze: Du Blödmann wirst nie zurechtkommen.

Zeigte ihm, wieviel *er* wußte, der lahme Fuck. Was alle praktischen Zwecke anging, war er bereits ein Arzt; er brauchte es nur noch legal zu machen, indem er seine tolle praktische Erfahrung als Dr. Terrific in die Welt der langweiligen Bücher und papierenen Förmlichkeiten einbrachte. Und dann sein Erbe verlangte:

Dr. med. Dr. phil. Dieter Schwann, arischer Eroberer des willkommenen Lochs. Mengele-Magier-Künstler, Maler der Bauchscheidewand.

Der Same gerettet!

Er füllte die Antragsformulare mit einem Gefühl der Freude und der Zielstrebigkeit aus, bereitete sich für das Abenteuer vor, masturbierte zu Bildern, auf denen er in Abstufungen zu sehen war; er selbst zehn Fuß groß, in Doktorgewändern aus schwarzem Satin mit samtenem Kragen, das Satinbarett forsch nach hinten gekippt. Sammelte Ehrenurkunden ein, hielt die Abschiedsrede und weihte dann den Dr.-Dieter-Schwann-Lehrstuhl für chirurgische Pathologie und viszerale Exploration an der Universität von Berlin ein.

Bravo.

Lebte von diesen Bildern während der nervenaufreibenden Flugreise nach Djakarta, nur um die Freude in seinem Innern zu spüren, als die klapprige Propellermaschine in dem fauligen, feuchten Dreckloch von einer Insel landete.

Ein braunes Stück Erdoberfläche. Rundherum Wasser, wie auf einer Witzzeichnung. Sand und Dreck und Bäume mit herabhängenden Zweigen.

»Wo sind wir?«

Der Pilot, ein Halbblut mit verfaulten Zähnen, hatte den Motor abgeschaltet, die Tür geöffnet und warf sein Gepäck hinaus auf den Landestrip.

»Willkommen in Sumbok, Doc.«

Realität: Moskitos und Sümpfe und Grashütten und pockennarbiger Gauguin-Abschaum, der in Lendentücher und T-Shirts gekleidet herumhumpelte. Schweine und Ziegen und Enten lebten mit in den Hütten, überall Scheißhaufen. An der Südseite der Insel eine mit Dreck gefüllte stagnierende Bucht, Quallen, Schnecken und andere ekelhafte Sachen werden an den Strand gespült, verpesten und besudeln den Sand. Das Übrige ist ein Dschungel: Schlangen, alptraumhafte Käfer, so groß wie Ratten, Ratten so groß wie Hunde, haarige Dinger, die nachts qietschten und kreischten.

Die sogenannte *Schule*? Ein paar rostende Wellblechhütten, Holzhäuser mit Zementboden als Schlafsäle, die Betten von einem Moskitonetz überdeckt. Ein großes, zerbröckelndes Stuckgebäude für die Klassen. Im Keller die Groß-Anatomie.

Ein handgemaltes Metallschild über dem Eingang verkündete: *Die Große Medizinische Einrichtung von St. Ignatius.*

Großer Witz, haha.

Außer daß er ihn lebte.

Die sogenannten *Studenten*: ein Haufen Verlierer. Schwachsinnige, Drogensüchtige, chronische Querulanten, Perverse undeutlicher ethnischer Herkunft. Die *Fakultät*: schlitzäugige Kriecher mit Zeugnissen von zweifelhaften Orten. Hielten ihre Vorlesungen in einem Pidgin-English ab, das kein normaler Mensch verstehen konnte, beleidigten gern die Studenten und bestanden darauf, als Professoren angesprochen zu werden. Es kam ihm vor, als strahle er Haß in ihre Schlitzaugen aus und lächelte:

Mächtig viel Stärke in den Hemden, One Hung Low.

Totaler Reinfall, keiner tat irgend etwas. Die meisten Studenten gaben nach ein paar Monaten auf und fuhren heim, verloren damit die Ausbildungsgebühr für zwei Jahre, die sie im voraus bezahlt hatten. Die anderen ließen sich die Energie aussaugen und wurden zu Gammlern und Pennern – sonnten sich tags am Strand, gaben sich nachts dem Rauchen von Dope, dem Wichsen unter dem Moskitonetz und Inselwanderungen hin, auf denen sie zwölfjährige Gauguinmädchen zu verführen suchten.

Verkommen. Er wußte, wenn er sich in ihre Apathie hinabsaugen ließ, würde ihn das von der Schwann-Mission abbringen. Er überlegte, wie er sich isolieren könnte, stellte fest, daß ein Identitätswechsel in Ordnung war – Identitätswechsel reinigten immer das Bewußtsein, erneuerten den Geist.

Und er wußte, welche Identität er annehmen wollte, die einzige, die es ihm erlaubte, über allem zu schweben.

Er ging zum Dekan und sprach mit ihm darüber. Schlitzäugigstes Schlitzauge von allen, gemeiner kleiner Scheißer mit fettigem Draculahaar, öliger gelber Haut, Schweinsaugen, bleistiftschmalem Schnurrbart, Spitzbauch, als ob er eine Melone verschluckt hätte. Aber mit einem schicken holländischen Namen: Professor Dr. med. Dr. sc. Anton Bromat van der Veering.

Aufgeblasener kleiner Sack.

Saß hinter einem großen, unordentlichen Schreibtisch, umgeben von Büchern, die er niemals las. Rauchte eine Meerschaumpfeife, die eine nackte Frau darstellte.

Schlitzauge nahm sich Zeit, bis er seine Pfeife anzündete, ließ ihn eine Weile dastehen, bevor er seine Gegenwart anerkannte. Er verbrachte die Zeit damit, sich vorzustellen, wie er dem Sack das Gesicht einschlug und Meerschaumsplitter auf den blutigen gelben Brei streute wie ein Konditor seinen Zucker auf die Zitronentorte ...

»Ja, was ist?«

»Ich möchte meinen Namen ändern, Herr Dekan.«

»Was? Wovon reden Sie?«

»Ich möchte meinen Namen ändern.«

»Das ist eine juristische Sache, die muß man mit ...«

»Juristische Sachen interessieren mich nicht, Herr Dekan, das hier ist eine persönliche Angelegenheit.«

Er sprach leise und ernsthaft, wie ein Arzt zum anderen, wie er den Doktor mit seinen Mitarbeitern hatte reden hören, wenn sie einen Fall besprachen.

Sack war überrascht. Eng. »Ich weiß wirklich nicht, was.«

»Von nun an möchte ich als Dieter Terrif bekannt sein.«

»Buchstabieren Sie das.«

Verwirrung in den Schweinsaugen. »Ist das Ihr richtiger Name? Terrif?«

»Sozusagen.«

»Ich verstehe nicht ...«

»Es ist mein richtiger Name.«

»Warum haben Sie sich denn dann nicht so eintragen lassen, als ...«

»Eine lange Geschichte, Herr Dekan.« Charmantes Lächeln: »Und für Ihre Ziele irrelevant. Wichtig ist, daß ich von nun an als Dieter Terrif bekannt sein will. Wenn ich das Examen mache, wird auf meinem Diplom Dr. med. Dr. phil. Dieter Terrif stehen.«

Ein Schnitzer. Der Sack bemerkte ihn, stürzte sich darauf:

»Einen Dr. phil. können Sie bei uns nicht bekommen, Mister ...«

»Das weiß ich. Ich beabsichtige mein Studium nach dem Dr. med. fortzusetzen. Chirurgische Pathologie, histologische Forschungen.«

Der Sack war sichtlich verwirrt. Das war das Problem, wenn man mit minderwertigen Typen zu tun hatte.

»Wirklich, dies ist höchst irregulär.«

Der Sack streichelte die Brüste der Meerschaumdame, seine Schweinsaugen weiteten sich, als er das Geld auf seinem Schreibtisch landen sah.

Einen, zwei, drei, vier, fünf Hundertdollarscheine, aufgefächert wie eine grüne Pokerhand.

»Geht es damit in Ordnung?«

Eine gierige Hand streckte sich danach aus. Dann ein Zögern. Mehr Gier.

Weitere Fünfhundert landeten auf dem Schreibtisch.

»Was sagen Sie, Herr Dekan?«

»Nun, ich denke ...«

Der kleine Mistkerl hatte danach einen Piek auf ihn, sah ihn jedesmal seltsam an, wenn sie aneinander vorbeikamen.

Wie auch immer. Diese neue Identität wusch ihn von allem ab. Sechs Monate Medizinstudium vergingen rasch, trotz tropischer Stürme und eines heftigen Regens, der mehr Moskitos auf die Insel brachte; eine Plage von haarigen Spinnen, stacheligen Eidechsen und anderen Kriechtieren, die ihren Weg in die Schlafsäle fanden, über Bettücher krabbelten und die Alpträume mit der Realität verschmolzen.

Seine Kommilitonen wachten schreiend auf. Immer mehr

Schwachsinnige gaben das Studium auf, sprachen davon, zur Pharmazie überzuwechseln oder Chiropraktiker zu werden.

Für ihn kam dieser zweitklassige Unsinn überhaupt nicht in Frage, das stand fest.

Er schwebte darüber, er knackte die Bücher. Füllte sich den Kopf mit Arzt-Worten, besuchte mit besonderem Vergnügen die Groß-Pathologie, verbrachte dort Extrazeit. Allein im Keller.

Er brauchte wenig Nahrung und wenig Schlaf und bereitete sich für die ihm zustehende Rolle eines mit einem Preis ausgezeichneten Pathologen im Stab des Columbia Presbyterian Hospital vor.

Dann kam der Tag, an dem sie Gauguin Boy hereinrollten, das Gehirn verwüstet, aber der Körper so schön.

Der Kadaver wurde einem anderen Studenten zugeteilt. Er bestach den Idioten und gab ihm einen abstoßenden, eingeschrumpften alten Mann, plus Bargeld für den Knaben.

Kam nachts zurück zum Studieren. Und Schneiden. Zündete die Lampe über dem Seziertisch an, ließ den übrigen Raum im Dunkeln. Öffnete den schwarzen Lederkoffer, nahm das Messer, das man den Tänzer nannte, und machte eine richtige wissenschaftliche, Y-förmige Inzision. Knackte das Brustbein und steckte die Hautlappen mit Nadeln zurück.

Und sah die Schönheit des Innern.

Er wäre gern hineingetaucht und zwischen den Farben umhergetrieben, eins mit den Zellen, der Struktur, der Ursuppe des Lebens.

Ein Fleisch.

Und warum nicht?

Automatisch, ohne nachzudenken, zog er sich aus, seine Nacktheit war köstlich und heilig. Der Sezierraum war heiß und feucht und stank nach Formaldehyd und Fäulnis, Heuschrecken zirpten drinnen und draußen. Aber er fürchtete sich nicht, er schwitzte nicht, so ruhig war er, da er ein Ziel hatte, über allem schwebte er.

Dann der Abstieg. Auf den Knaben hinunter, das Loch war ein Fenster zur Schönheit, hieß ihn willkommen.

Verschmelzung.

Kühles Fleisch.

Ein Augenblick unbeschreiblicher Ekstase, dann Verrat:

Flüche in Pidgin-English. Elektrisches Licht, blendend grell.

Professor Dr. med. Dr. phil. Anton Bromet van der Veering stand im Eingang, die Pfeife in der Hand, und die nackte Meerschaumdame ähnelte einem winzigen weiblichen Opfer, das in seinen schleimigen gelben Fingern zappelte.

Er starrte ihn an, die Schweinsschlitzaugen so hervorgequollen, daß sie rund geworden waren.

Der Fucker warf ihn noch in der gleichen Nacht hinaus, drei Tage Frist, bis zu der er die Insel verlassen mußte. Blieb resolut, mit Geld war nichts mehr zu erreichen.

Das erstemal in St. Ignatius' Geschichte, daß so etwas geschah. Heiße, mörderische Scham überkam ihn, und er zitterte, als er packte. Er überlegte, ob er sich mit dem Tänzer die Pulsadern aufschneiden und alles beenden sollte, als er begriff, daß es eine Ehre war, hinausgeworfen zu werden.

Er hatte Glück: befreit vom *Scheißhaufen*, getrennt vom Gestank. Zu sauber und zu edel für diesen Ort. Es war alles Teil eines Plans – Schwanns Plan.

Dieter-Daddy hatte etwas Besseres mit ihm vor. Saubere Sachen.

Er tat die Mißerfolgsgedanken ab und gab sich selbst eine Abschiedsparty. Gauguin-Mädchen unten am Fluß, wusch Wäsche. Austausch eines Lächelns. »Hi, ich bin Dr. Terrific.« Die süße Glückseligkeit der richtigen Wissenschaft, im sahnigen grünen Schweigen des Dschungels.

Er wusch sie mit Flußwasser aus ihrem Eimer. Ließ sie unter einem riesigen Mangobaum liegen – die blutroten Früchte paßten so zu den weichen, schwärenden, die zu Boden gefallen waren.

»Lebwohl, Stinkloch.«

Ein Zwischenaufenthalt in Amsterdam, Huren in den Fenstern – er hätte wahnsinnig gern echte Wissenschaft mit ihnen gespielt, aber keine Zeit.

Daheim suchte er den Doktor in seinem Büro im Krankenhaus auf.

Judenfuck sagte gar nichts. »Ich hab's dir ja gesagt«, sollte sein Schweigen ausdrücken.

»Du findest für mich eine andere Uni. Eine richtige.«

»Ach ja, natürlich, ganz einfach so.«

»Wetten, daß?« Er wußte, daß er den Fucker in der Hand hatte.

Aber eine Woche später war der Fucker Geschichte. Im Operationssaal vornübergekippt, auf einen Patienten. Tot.

Erstklassiger Witz: Berühmter Herzspezialist stirbt an Herzanfall. Scheffelt das große Geld ein, indem er an die Arterien anderer Leute einen Bypaß flickt; währenddessen verstopfen seine eigenen.

Komisch, aber nicht zum Lachen. Im Tod lief der Fucker zur Höchstform auf: er hatte ihn enterbt. Alles Sarah überschrieben.

Als ob sie's nötig hätte, Harvard absolviert, Massachussetts General Hospital, eine Psychiaterin jetzt mit einer nagelneuen Praxis in Boston. Und mit dem fetten kleinen hakennasigen Judenscheißer verheiratet, er war auch ein Shrink. Zu allem anderen kam noch: Seine Familie stank vor Geld. Die beiden scheffelten es nur so mit ihrem Stadthaus in Beacon Hill, ihrem Sommerhaus »am Kap«, Mercedes, teurer Kleidung, Theaterkarten.

Er und Sarah bemerkten einander kaum bei der Beerdigung. Er starrte ihre Titten an, hielt sich aber zurück, sprach mit keinem. Sie interpretierte es als schwere Pflichttrauer und schrieb ihm einen Brief, der vor falschem Mitgefühl stank, und überschrieb ihm das rosa *Haus*.

Warf dem dummen kleinen Bruder einen Knochen zu.

Eines Tages würde er sie deswegen umbringen.

Seiner Macht über den Doktor beraubt, nahm er sich Zeit, seine Situation zu überprüfen: Seine Wagen gehörten ihm. Die Papiere machten sich gut – ein paar Hunderttausend. Auf dem Sparkonto waren Zweiundvierzigtausend – Geld, das er sich all die Jahre von seinem Gehalt im Krankenhaus abgespart und das er an den Pillen verdient hatte. Seine Kleidung, seine Kostüme. Die Bücher in der Bibliothek. Das große grüne Buch. Die Schwann-Bibel. Die Tänzer in ihrem mit Samt ausgeschlagenen Lederkoffer.

Er verkaufte das rosa Haus billig und schnell, nahm dafür noch einmal Vierhunderttausend ein. Nach Abzug der Steuern und Kommission blieben Zweihundertdreißigtausend.

Er brachte alles zur Bank. Packte die Bücher in Kisten, die Kisten in den Plymouth und fuhr umher auf der Suche nach einer Wohnung und fand ein Appartement nahe Nasty: zwei Schlafzimmer, zwei Bäder, sauber und billig. Zwanzig Dollar pro Monat extra für zwei Parkplätze.

Er verbrachte zwei Tage damit, die neue Behausung vom Fußboden bis zur Decke zu schrubben, und richtete sich das Schlafzimmer Nummer zwei als Laboratorium ein. Fuhr zum Krankenhaus zurück und bekam seinen Postauslieferungsjob wieder, stahl mehr Pillen als je und verkaufte sie für eine höhere Gewinnspanne. Vermehrte sein Vermögen und verbrachte seine Freizeit in der Bibliothek.

Den Urlaub sparte er sich auf für Reisen. Medizinische Kongresse, Vergnügungsreisen, unter Verwendung interessanter neuer Identitäten.

Reisen waren ein *Vergnügen*. Fallen stellen und jagen.

Nun hatte er wirklich seinen Horizont erweitert, war ein internationaler Jäger.

Wieder in Europa: Nachtarbeit in Amsterdam. Nach all den Jahren war er wieder hier, fand eine schlitzäugige Fenster-Schlampe, nahm sie hinunter zu den Docks und führte sie in die Welt der echten Wissenschaft ein.

Kaufte H von einem Nigger mit Brillantohrring in der Kalverstraat nahe dem Dam Platz, verpackte es ohne Angst – UN-Gepäck bekam eine V.I.P.-Behandlung und wurde nicht durchsucht. Wer käme außerdem auf den Gedanken, den Stoff *in* den Mittleren Osten zu bringen?

Dann weiter nach Judenland.

Ein Deutsches Haus im Judenland.

So wahr, so richtig.

Beim Entwurf seines Safari-Plans in New York hatte er gewußt: Er brauchte einen zweiten Ort, seinen eigenen Ort, fern von den anderen. Am Broadway, nahe Times Square, gab es einen Zeitungsstand, der auch in der Nacht aufhatte. Eines Freitag nachts ging er hin und kaufte sich die »Jerusalem Post«, US-Ausgabe. Nahm sie mit nach Hause und las die Kleinanzeigen unter *Wohnungen, Jerusalem – Zu vermieten* und las magische Worte: VILLA, DEUTSCHE KOLONIE, 3 Räume, Komfort, möbliert, 1 Jahr Minimum.

Eine Telefonnummer in New York.

Die deutsche Kolonie. Er sah es in der *Encyclopedia Judaica* in der New York Public Library nach. Altes Viertel im Süden Jerusalems, genannt nach der deutschen Templer-Sekte, die von den 70er Jahren des neunzehnten Jahrhunderts bis zum Heiligen Krieg des Führers dort lebte, wurde dann von den Briten wegen der Verteilung von Naziliteratur hinausgeworfen.

Arier im Judenland, Brüder im Geist! So wahr, so richtig!

Der Judenfuck, der die Anzeige aufgegeben hatte, war ein Professor namens Gordon, der zwischendurch ein Jahr an der Universität der Stadt New York verbringen wollte und mehr als glücklich war, ihm das Haus zu vermieten, vor allem, nachdem er ihm die Jahresmiete im voraus in bar plus Kaution anbot.

Falscher Name, Postschließfach in Manhattan als Adresse.

Alles telefonisch vereinbart.

Bargeld per Post, Schlüssel per Post ans Schließfach drei Tage später.

Einen Monat darauf ging er durch das Haus und wußte, daß es rechtmäßig ihm gehörte.

Altes, dunkles Haus mit dem Ziegeldach im Schatten der großen Räume, von der Straße aus nicht zu sehen. Haupteingang vorn und ein anderer Eingang hinten. Eine geschlossene Doppelgarage. Und ein Vorteil, von dem er erst Monate später erfuhr: südlich vom Liberty Bell Park, hops spring hüpf zu dem Turm, in dem der Nigger-Jude Sharavi wohnte.

Ein guter Blick auf den Turm.

Er und sein Hund und seine Nigger-Freunde und seine Juden-Familie.

Mußte Schicksal sein, alles kam zusammen.

Er machte es sich gemütlich in seinem Deutschen Haus. Hätte allerhand dafür gegeben, den Blick in Gordons hakennasigem Gesicht zu sehen, wenn er nächstes Jahr zurückkehrte und herausbekam, was mit seinem kleinen Judennest geschehen war, was er sich für seine verdammte *Kaution* eingehandelt hatte.

Aber Doktor Terrific würde dann schon lange fort sein. Auf zu neuen Abenteuern.

Der schwule Cop lag auf dem Tisch, bewegte sich wieder, seine hübschen Lider flatterten, der Mund öffnete sich wie zu einem Kuß.

Er zog eine Spritze auf mit H und beschloß dann zu warten.

Laß ihn aufwachen, die Hakenkreuze an den Wänden sehen, die Köpfe und Felle und Botschaften von Dieter. Dann soll er seine Spritze bekommen.

Der Schwule schlug die Augen weit auf. Öffnete dann den Mund sperrangelweit, der rasch mit einem Tuch verstopft war.

Er sah sich den Raum an, würgte und bäumte sich auf und zerrte an den Fesseln.

»Hi, ich bin Dr. Terrific. Was haben wir denn für ein Problem?«

66 Montag früh um zwei Uhr. Daniel hörte noch immer die Schreie und flehentlichen Bitten von Margaret Pauline Cassidy, als er das Verhörzimmer verließ.

Ein Wächter vom Mossad reichte ihm die Nachricht: *Rav Pakad* Harel mußte sofort mit ihm sprechen. Er stieg die Treppe von den unterirdischen Verhörzimmern hoch bis in die dritte Etage und fragte sich, was der Latam-Chef wohl herausgefunden hatte. Während er kletterte, kehrten seine Gedanken zu Cassidy zurück.

Arme junge Frau. Am Anfang des Verhörs war sie hochmütig und voller Verachtung gewesen, da hatte sie noch gedacht, daß Al Biyadi sie heiraten wollte, daß ihre Beziehung etwas mit Liebe zu tun hätte.

Shmeltzer hatte sie tief verletzt, ihr im Handumdrehen diese Illusionen geraubt.

Daraufhin öffnete sie sich schnell. Das Tonband zeichnete längst schon die Namen, Daten und Zahlen auf, als die großen Tiere hereinstürmten: Laufer, *sein* Boß, hochrangige schmallippige Jungens von Mossad und Shin Bet. Übernahmen den Fall. Der jetzt die nationale Sicherheit berührte. Shmeltzer und Daniel durften bleiben, aber zum Beobachterstatus relegiert.

Die Prioritäten waren klar, Laufers Haltung ein hervorragendes Barometer. Seit der verdeckten Amelia-Katharina-Aktion war der stellvertretende Kommandeur von seiner Haltung des Hände weg abgekommen und verlangte nun täglich einen Bericht über den Fortgang der Untersuchung, Kopien der Krankenblätter, die Sumbok-Liste, die Aufzeichnungen der Observierung vom Gericht aus. Aber an diesem Morgen hatte er für all das keine Zeit und zeigte so auch nicht die geringste Neugier, was diesen Fall anbetraf.

Fein, fein, Sharavi. Huschte an Daniel vorbei, um die Terroristen zu verhören.

Daniel sah auch zu, saß hinter dem nach einer Seite hin

durchsichtigen Spiegel, als ein Inspektor vom Mossad den Acker abschritt, den Shmeltzer gepflügt hatte.

Drei Verhöre fanden gleichzeitig statt. Ein Marathon.

Al Biyadi in einem Raum; nebenan seine Cousine, die falsche Putzfrau. Beide schweigen sie, still wie Staub.

Aber Cassidy hatte Nahum etwas erzählt. Er hatte die Beleidigungen, die antisemitischen Gemeinheiten nicht beachtet, immer wieder ihren Widerstand zu erschüttern versucht, bis es ihm gelang, ihr zu zeigen, daß man sie mißbraucht und erniedrigt hatte.

Als ihr diese Erkenntnis kam, vollzog sie eine völlige Kehrtwendung und richtete ihren Zorn gegen Al Biyadi, ihre Schande und Verletztheit brachen hervor, sie redete so schnell, daß man sie auffordern mußte, langsamer zu sprechen, damit es auf dem Tonband deutlich zu hören wäre.

Sie hatte viel zu erzählen: Wie Hassan sie verführt und mit Versprechen von einer Heirat, einem großen Haus in Amerika, Huntington Beach, Kalifornien, an sich gefesselt hatte. Kinder, Autos, das gute Leben.

Nur noch einen Auftrag galt es zu erledigen, danach könnte man sich dann mit dem häuslichen Glück anfreunden. Einmal, zweimal, daraus wurde ein Dutzend.

Sie hatte in Detroit angefangen, PLO-Literatur für ihn zu tippen und zu verteilen, sie schrieb und korrigierte die englischen Texte, lieferte Kartons voll an abgelegene, nachts geöffnete Spelunken aus. Traf Männer in Cafés, lächelnde Araber. Rückblickend begriff sie: Die hatten keinen Respekt vor ihr gehabt, hatten sich über sie lustig gemacht. Damals fand sie sie geheimnisvoll und charmant.

Laufbotin. Pakete waren am Metropolitan Airport in Detroit abzuholen. Verschlüsselte Telefonanrufe waren zu erledigen, und unverständliche Botschaften mußten aufgezeichnet werden. Stippvisiten in Kanada: Es waren Pakete zu einem Reihenhaus in Montreal zu bringen, und die Rückkehr hatte mit anderen Paketen zu erfolgen, die nach Michigan mußten.

Kaffee einzuschenken und Schmalzgebäck anzubieten galt es, wenn Hassan seine Freunde im Keller einer Moschee der Black Muslims empfing. All das hatte in ihrer Freizeit zu geschehen – von ihrer Schicht im Harper Hospital ging sie direkt zu ihrem unbezahlten Zweitjob. Aber entschädigt war sie durch Liebe worden, sie befreite ihren Geliebten, damit er sein Medizinstudium beenden konnte. Der Mangel an Zärtlichkeit hatte ihr manchmal weh getan. Aber sie sagte sich: Er hat als Patriot wichtigere Dinge als Kino und Abendessen in eleganten Restaurants im Kopf. Als Patriot war er in Gefahr – die Zionisten beobachteten ihn; er mußte den Eindruck erwecken, er interessiere sich nicht für Politik.

Er liebte sie nicht sehr oft, sagte ihr, sie sei eine Heldin als Geliebte des Aktivisten, genau so eine Frau wünsche er sich als Mutter für seine Kinder.

Sie ließen sich beide bei den Vereinten Nationen einstellen, wollten in Palästina aktiv werden. Hier arbeitete er als Arzt, während sie die Schmutzarbeit machte.

Sie setzte zwanzig verschiedene Propagandapamphlete auf, fand einen Drucker in Nablus, der sie auf Englisch, Französisch und Arabisch herstellen konnte. Nahm Kontakt mit den PLO-Aktivisten auf, die als Patienten verkleidet in das Amelia-Katharina kamen, entwickelte eine freundschaftliche Beziehung zu einer von ihnen – Hassans Cousine, Samra. Ein hübsches Mädchen mit dunkler Haut, auch als Schwester ausgebildet, aber vollzeitbeschäftigt – für die Befreiung Palästinas. Hassan stellte sie einander in einem der Untersuchungszimmer vor; eine leichte freundschaftliche Bindung entwickelte sich bald daraus. Die beiden Frauen gingen ein enges Vertrauensverhältnis miteinander ein, sie wurden: Tutor und Studentin.

Samra führte, Peggy machte sich sehr gut.

Im Februar beförderte man sie in eine wichtigere Position: Sie diente als Verbindungsfrau zwischen Hassan und Waffenschmugglern in Jordanien, sie zahlte Geld aus, beaufsichtigte

Lieferungen, früh am Morgen, wenn die Holzkisten vor dem großen Haus am Ibn Haldoun ankamen.

Samra lebte in einer Wohnung in Sheikh Jarrah, aber das Haus gehörte ihr, der König hatte es ihrer Familie geschenkt – einer reichen Familie, wie Hassans. Ihr Vater war ein Richter in Ostjerusalem gewesen, bevor er 1967 nach Amman entflohen war.

Gute Freundin, die Cousine Samra.

In Wirklichkeit war sie gar keine Cousine, sondern Ehefrau. Die alleinige Frau von Hassan Al Biyadi. Ein jordanischer Trauschein, der sich in ihrer Handtasche fand, zusammen mit einer Unterschrift ihres Vaters, des Richters, bewies es.

Shmeltzer hatte Cassidy mit dem eselsohrigen Papier vor der Nase herumgewedelt, ihr gesagt, sie wäre eine dumme Gans, eine Idiotin, eine schwachsinnige Person, die es verdiene, daß man sie hinters Licht führte.

Sie schrie verzweifelt, stritt alles ab. Der alte Kommissar brachte sie mit einer Ohrfeige zur Vernunft, so daß ihr hysterischer Anfall endete, er attackierte sie außerdem mit wüsten Beschimpfungen, bis Daniel schon zu überlegen anfing, ob er nicht eingreifen sollte. Aber er tat es nicht, und schließlich gab Peggy Cassidy ihren Widerstand auf und fing an, die Realität zu begreifen. Zitternd saß sie auf ihrem Stuhl, schluckte Wasser, hatte außerdem Wasserblasen am Mund und konnte gar nicht so schnell alles herausbekommen, was sie wußte, wie sie es sich gewünscht hätte.

Ja, sie hatte gewußt, daß die ersten beiden Opfer des Schlächters Patienten von Amelia-Katharina waren. Sie hatte es jemandem – wenigstens Mr. Baldwin – sagen wollen. Aber Hassan verbot es ihr. Er sagte, ihre Tarnung sei wichtiger, sie könnten es sich nicht leisten, daß Polizei auf dem Gelände herumsuche.

Sie fing an zu weinen: »Diese armen Frauen!« Um die hatte sich Hassan nicht gekümmert, er kümmerte sich ja um niemanden! Er war ein Schwein – die Araber waren alle

Schweine. Dreckige sexistische Schweine, sie hoffte, daß sie alle in der Hölle verfaulen, daß die Juden sie alle bis zum letzten ausrotten würden.

Von einem Extrem zum anderen.

Ein haltloses Mädchen. Daniel fragte sich, wie sie mit dem Gefängnis fertig werden würde.

Amos Harel wartete draußen vor seinem Büro, ging rauchend auf und ab. Nervosität war sonst nicht seine Art; etwas stimmte mit ihm nicht.

Gauloisestummel lagen am Boden verstreut. Die Tür war zu. Als Daniel näherkam, sah er den Blick auf dem Gesicht des Latam-Chefs, und eine Flamme entzündete sich sogleich in den Tiefen seines Bauches.

»Einer meiner Männer ist tot«, sagte Harel heiser. »Itzik Nash, erwürgt in der Gosse hinter dem Reporterhaus. Von Ihrer Gruppe fehlt Cohen – keine Spur von dem Wagen, mit dem wir ihn losgeschickt haben. Wir haben sein Sprechfunkgerät nahe bei Itziks Leiche gefunden. Die beiden sollten regulär miteinander Kontakt halten – Cohen wollte wahrscheinlich gerade nachsehen, was mit Itzik war, als es ihn erwischte. Der Reporter ist auch tot, zu Brei geschlagen in seiner Wohnung, jemand hat Hakenkreuze aus Blut an die Wände seines Schlafzimmers gemalt – aus seinem eigenen Blut, wie die forensische Untersuchung festgestellt hat. Sie scheuern und staubwedeln noch daran herum. Der Kanadier, Carter, ist der einzige Verdächtige, der gestern abend aus war. Und keiner weiß, wo der Mann steckt.«

Daniel kannte Itzik Nash – sie hatten zusammen die Polizeischule besucht. Ein Fettkloß, der immer die lasterhaftesten Witze erzählte. Daniel stellte sich vor: Itzik mit der dick heraushängenden Zunge im Gesicht – wie ein gähnender Idiot – als Opfer des Würgers. Dachte an Avi in den Händen des Schlächters und merkte auf einmal, daß er zitterte.

»Gott! Was zum Teufel ist passiert?«

Harel packte den Türknopf, drehte ihn wie wild und schob die Tür auf. In seinem Büro saß ein Latamnik – der Mann, der als Reliquie gesendet hatte. Er starrte auf den Fußboden. Auf Harels Räuspern hin hob er den Kopf, und Daniel sah, daß seine Augen tot, von einem Film bedeckt waren. Er sah verwelkt aus, wie eine Hülle seiner selbst. Der Code-Name Reliquie, Überbleibsel, paßte seltsamerweise zu ihm.

»Verschwinde, zum Teufel, und sag ihm, was passiert ist«, befahl Harel.

»Er hat uns an der Nase herumgeführt«, sagte der Latamnik und kam an die Tür.

Harel näherte sein Gesicht dem Mann und besprühte Reliquie mit Speichel, als er sprach: »Kein *vidduy*, nur Fakten.«

Reliquie leckte sich die Lippen, nickte und rezitierte: »Carter schlug den vorhersagbaren Weg ein, von Ben Adayah nach Sultan Suleiman, er ging genau an mir vorbei. Ich nahm seine Spur in dem Augenblick auf, als er am Rockefeller vorbeikam, folgte ihm in die Nablus Road hinauf und ins »Pilgrim's Vision Hotel«. Es war leer, bis auf den Nachtportier. Carter schrieb sich ein, ging die Treppe hinauf. Ich bearbeitete den Portier; er nannte mir die Zimmernummer – 302 – und daß Carter eine Hure bestellt hätte. Ich fragte, ob Carter schon jemals zuvor dort abgestiegen wäre – und ob er eine bestimmte Hure haben wollte. Der Portier sagte zu beiden Fragen nein. Es war nur eine Gunstgewerblerin da zu dieser späten Stunde – sie arbeitete noch in einem der anderen Zimmer, würde in fünfzehn Minuten frei sein. Er wollte sie dann hinaufschicken. Ich warnte ihn davor, sich irgend etwas anmerken zu lassen, daß ich auf der Lauer lag, nahm einen Hausschlüssel und wartete in dem Zimmer hinter der Rezeption. Als die Hure erschien und den Schlüssel an sich nahm, folgte ich ihr bis zur 302, ließ sie hineingehen, wartete vielleicht fünfzehn Sekunden, ging dann selbst hinein.«

Der Latamnik schüttelte den Kopf, glaubte es immer noch nicht.

»Sie war ganz allein, *Pakad*, saß auf dem Bett und las ein Comicbook. Keine Spur von Carter. Das Fenster war verriegelt, staubig – war in letzter Zeit von niemandem geöffnet worden. Ich suchte überall nach ihm, sah in den anderen Räumen nach und in den Waschräumen und Toiletten. Nichts. Er muß hinten hinausgeschlüpft sein – es gibt da hinten eine Treppe, die hinaus zum Pikud Hamerkaz führt.«

»Hast du dir keine zusätzlichen Informationen geben lassen?« fragte Daniel. Seine Hände waren geballt und sein Magen brannte. Sein Körper war so gespannt, daß die Muskeln durch die Haut zu platzen drohten.

»Natürlich, natürlich. Ich kenne den Grundriß des Hotels – wir haben es letzten Winter wegen des Verdachts auf Drogenschmuggel überwacht. Ich habe, sobald ich konnte, losgefunkt – während ich auf das Erscheinen der Hure wartete, vielleicht drei Minuten, nachdem Carter angekommen war. Der nächste war einer von unseren Leuten, Vestreich auf der Habad Street, aber wenn er fort war, hieß das, daß wir keinen mehr in der Altstadt hatten. Ihr Araber, Daoud, kam also von Kishle herüber, vielleicht fünf, sechs Minuten später, und stellte sich draußen hinten auf.«

»Kann Carter gewußt haben, daß Sie ihm folgten?«

»Ausgeschlossen. Ich folgte ihm in zwanzig Meter Abstand, immer im Schatten. Nicht mal Gott hätte mich entdeckt.«

»Kann irgendwer Carter vor Ihnen gewarnt haben?«

Reliquie drückte sich an die Korridorwand, als wolle er schrumpfen. »Unmöglich. Ich hatte den Nachtportier die ganze Zeit im Auge; es war niemand sonst da. Ich wollte, daß er Carter anrief, um festzustellen, ob der Bastard oben war, aber der Palast ist ein Scheißloch, ein halber Stern; keine Telefonverbindung mit den Zimmern, keine Möglichkeit, eine Nachricht zu übermitteln. Ich sage Ihnen: Daoud war innerhalb von fünf Minuten hinten am Haus – er hat ihn nicht weggehen sehen.«

»Plus die drei Minuten, bevor du angerufen hast, macht acht«, sagte Daniel. »Eine Menge Zeit.«

»Vier hätten nicht gereicht – der Bastard ist gar nicht erst zum Zimmer hinaufgeklettert! Ist nie bis in den dritten Stock gekommen. Wahrscheinlich ist er eine Treppe hinaufgegangen, ist dann zur Hintertreppe durchgegangen und hinausgeschlüpft, bevor Daoud eintraf. Er hat das verdammte Hotel als Tunnel benutzt.«

»Wo ist Daoud jetzt?«

»Sucht Cohen«, sagte Reliquie. »Wäre Carter nach Süden, zurück zur Sultan Suleiman gegangen, wäre er Daoud genau in die Arme gelaufen, also muß er nach Norden gegangen sein, Pikud Hamerkaz hinauf, vielleicht westlich nach Mea She'arim oder geradeaus nach Sheikh Jarrah hoch. Wir haben den Nordwest- und den Nordost-Sektor alarmiert – keiner hat irgend etwas gesehen.«

Der Latamnik wandte sich an seinen Boß.

»Der verdammte Bastard hat mich getäuscht, Amos. Man hat uns gesagt, er wüßte wahrscheinlich nichts davon, daß er überwacht wird, aber das ist Unsinn. So wie er gehandelt hat, wußte er, daß etwas in der Luft lag – er hat bar bezahlt, sich nicht mit seinem richtigen Namen eingetragen ...«

»Terrif«, murmelte Daniel. »Er hat sich als D. Terrif eingetragen.«

»Ja«, sagte Reliquie mit schwacher Stimme, als ob noch eine Überraschung sein Herz strapazieren würde. »Woher wissen Sie das?«

Daniel achtete nicht auf ihn, rannte fort.

Er lief die vier Treppen in den Keller hinunter, bestand darauf, trotz der Proteste der Mossad-Wache, daß der stellvertretende Polizeichef Laufer aus dem Verhör herausgeholt wurde.

Laufer kam erhitzt und ärgerlich und streitlustig heraus. Bevor er den Mund öffnen konnte, sagte Daniel: »Halte den Mund und hör zu. Harels Itzik Nash ist tot. Avi Cohen ist vielleicht auch tot.« Als er die Einzelheiten der mißlungenen Überwachung erzählte, sah Laufer alt aus.

»Mist. Cohen. War der Junge auf so etwas gefaßt?«

Blöder Bastard, dachte Daniel. Sogar jetzt sucht er jemandem die Schuld zu geben. »Carter ist irgendwo da draußen«, sagte er und überging die Frage. »Cohens Wagen ist nirgendwo zu sehen, was bedeuten könnte, daß er in einer Garage steht. Das bestärkt unseren Verdacht, daß es noch einen zweiten Ort gibt – einen zweiten Ort, fern vom Krankenhaus, wo er seine Opfer tötet. Ich möchte eine Genehmigung, um in das Amelia-Katharina gehen zu können, ich möchte durch Carters Zimmer gehen und sehen, ob wir eine Adresse finden. Und daß wir ein Foto des Bastards an die Presse geben, damit es morgen in den Zeitungen ist.«

Laufer verlagerte sein Gewicht von einem Fuß auf den anderen. »Ich weiß nicht.«

Daniel hätte den Idioten am liebsten beim Kragen gepackt, statt dessen fragte er: »Wieso denn nicht?«

»Das Timing ist schlecht, Sharavi.«

Daniel krallte die Finger seiner schlimmen Hand zusammen, hob das verstümmelte Glied dem stellvertretenden Polizeichef unter die Nase. »Ich habe da einen Wahnsinnigen, der frei draußen herumläuft, einen neuen Mann, den er jeden Augenblick hinschlachten kann – was verlangst du sonst noch!«

Laufer trat zurück, machte ein trauriges Gesicht, fast als ob er Mitleid mit ihm hätte. »Warte«, sagte er und ging ins Verhörzimmer zurück. Daniel wartete, während die Minuten langsam wie Honig dahinflossen, ertrank in Untätigkeit, wütend, daß er *nichts* tun konnte. Trotz der kalten Luft des Airconditioning rann der Schweiß in kalten Rinnsalen aus ihm heraus, er atmete eine Duftwolke seines Körpers ein. Er roch bitter. Giftig vor Zorn.

Der stellvertretende Polizeichef kam zurück und schüttelte den Kopf.

»Noch nicht. Mossad möchte nicht, daß die Aufmerksamkeit auf das Krankenhaus gelenkt wird – es darf nichts durchsickern, bevor nicht alle Mitglieder von Al Biyadis Terroristenzelle in Haft sind. Die meisten sind einheimische Armleuchter – sie werden derzeit gerade dingfest gemacht. Aber der Big Boss – der, der Al Biyadi anleitet – ist letzte Woche über Damaskus nach Paris entwischt. Wir warten auf Bestätigung, daß unsere französischen Mitarbeiter ihn haben.«

»Was ist mit *meinem* Mitarbeiter, verdammter Kerl, du! Was ist, wenn Cohen irgendwo auf einem Seziertisch liegt?«

Der Stellvertretende überhörte diese Respektlosigkeit, redete leise und rhythmisch, mit der übertriebenen Geduld, die man geistig Behinderten und Geiselnehmern gegenüber aufbringt. »Wir sprechen nicht von einem langen Zeitraum. Ein paar Stunden nur, bis die Verhaftungen am Ort abgeschlossen sind. Die Daten aus Paris können jeden Augenblick kommen – es dauert höchstens einen Tag.«

»Einen Tag!« Daniel spie auf den Fußboden und zeigte auf die geschlossene Tür des Verhörzimmers. »Lassen Sie mich reingehen und mit ihnen reden. Lassen Sie mich denen Fotos zeigen von dem, was dieses Monster macht.«

»Fotos werden die nicht interessieren, Sharavi. Die haben selbst eine nette Sammlung: die Japs, die Pilger niedermähen; Ben Gurion; der Ma'alot-Schulbus; Qiryat Shemona; Nahariya. Das Haus war ein verdammtes Arsenal – Pistolen, Kalaschnikows, Granaten mit besonderer Streuwirkung, ein verdammtes *Raketenabschußgerät*! Sie hatten vor, die westliche Mauer während der *Shaharit*-Feier am *Shabbat* zu sprengen – möglichst während einer großen Touristen-*Bar-Mitzvah*. Schematische Darstellungen der besten Plätze, um Bomben zu legen: am Rabinovitz-Spielplatz, dem Tiferet-Shlomo-Waisenhaus, dem Zoo, dem Liberty Bell Park – denk mal, was das für Bilder geben würde, Sharavi. Hunderte von toten Kindern! Cassidy sagte, es gäbe noch zwei Waffenlager – in Beit Jalla und Gaza. Einen Mist von der Größe wegzuräumen ist wichtiger als einen Wahnsinnigen.« Er schwieg, zögerte. »Wichtiger sogar noch als ein unbedeutender Detektiv, der wahrscheinlich schon tot ist.«

Daniel wandte sich um und wollte gehen.

Laufer ergriff ihn beim Arm.

»Ich lasse dich nicht total im Stich. Von diesem Augenblick an ist es die höchste Priorität der Abteilung, Carter zu finden – *als verdeckte Aktion*. Das Krankenhaus wird beobachtet – Armleuchter zeigt sein Gesicht und ist in Haft, bevor er merkt, was los ist. Du willst mehr Leute, du kriegst sie, den ganzen verdammten Latam, die Grenzpatrouille, Flugzeuge, was auch immer. In jedem Streifenwagen wird ein Foto von Carter sein ...«

»Sechs Wagen«, sagte Daniel. »Einer ist in Reparatur.«

»Nicht nur in Jerusalem«, sagte Laufer. »In jeder Stadt. Du machst dir Sorgen, daß fünf Wagen nicht unsere Straßen patrouillieren können – nimm meinen verdammten Volvo. Ich setze meinen verdammten Fahrer auf Patrouille ein, okay? Willst du eine Adresse von Carter? Sieh dir alle Grundstückseintragungen, Kundenlisten der Elektrizitäts- und Wasserwerke und die verdammten Telefonrechnungen an – jeder Büroangestellte und Computer in der verdammten Stadt steht zu deiner Verfügung. Wenn irgendwer quertreibt, rufst du mich sofort an. Sobald diese Zelle erledigt ist, nehmen wir uns das Krankenhaus vor.«

»Ich möchte Zugang zu den UN-Akten.«

»Darauf wirst du noch etwas warten müssen«, sagte Laufer. »Einer von Al Biyadis Terroristenfreunden ist Sekretär im UN-Hauptsitz auf dem Hügel des Bösen Rats. Überrascht?«

Laufers Finger waren feucht auf seinem Arm. Daniel machte sich los.

»Ich muß arbeiten.«

»Mach keinen Quatsch«, sagte Laufer. »Das ist ernst.«

»Siehst du mich lächeln?« Daniel drehte sich um und entfernte sich.

»Du und Shmeltzer, ihr bekommt eine Anerkennung wegen des aufgeflogenen Waffenlagers«, rief ihm Laufer nach. »Auszeichnungen.«

»Toll«, rief Daniel ihm über die Schulter nach. »Die gebe ich dann Cohens Mutter.«

Er erreichte den Chinesen um drei Uhr per Funk, Daoud fünf Minuten später. Beide hatten sie die Stadt auf der Suche nach Avi oder dem Volkswagen durchquert. Er rief sie zurück, vereinbarte ein Meeting mit den drei ihm verbliebenen Detektiven und Amos Harel.

»Verdammter grüner Junge«, sagte der Chinese. »Verdammter Dummkopf. Wahrscheinlich hat er so einen John-Wayne-Stunt abgezogen, bevor es ihn erwischte.«

»Alles spricht dafür, daß er sich an die Regeln gehalten hat«, sagte Daniel. Aber Laufers Frage beschäftigte ihn: Der grüne Junge war nicht ganz zuverlässig. *War* er bereit gewesen?

»Wie auch immer«, sagte der Chinese. »Was nun, Fotos des Bastards in alle Zeitungen?«

»Nein.« Er unterrichtete sie von der durch Mossad auferlegten Beschränkung und spürte, wie die Wut im Raum sich zu etwas Dunklem und Bedrohlichem verhärtete.

Daoud atmete aus, schloß die Augen und rieb sich die Schläfen, als litte er unter heftigen Schmerzen. Shmeltzer stand auf und ging im Kreis herum wie ein alter Schakal. Harel holte eine Gauloise heraus und zerdrückte sie unangezündet zwischen den Fingern.

»Verdammte Verkleidungskünstler-Schweinehunde!« explodierte der Chinese. »Ich sage euch ...«

»Keine Zeit dafür, Yossi«, schnitt Daniel ihm das Wort ab. »Jetzt organisieren wir die Fahndung richtig, passen auf, daß er diesmal nicht durchkommt. Amos gibt uns jeden Mann, den wir brauchen – er wird sie auf Beobachtungsposten stellen an der Fernstraße von Jerusalem nach Tel Aviv und an der Küstenstraße, an Bahnhöfen, Bushaltestellen, am Flugplatz

Ben Gurion, an allen Häfen einschließlich der Frachter-Docks von Eilat. Wenn ich durch bin, sagt er euch die Details.

Die Armee in den besetzten Gebieten ist in Alarmbereitschaft; Marciano ist für Judäa, Yinon für Samaria und Barbash für Gaza verantwortlich. Die Grenzpatrouillen führen einzelne Durchsuchungen an der Allenby-Brücke und Metulla durch, nehmen das Gebiet einschließlich der Altstadt fester in den Griff. Sie suchen auch bewaldetes Gebiet ab und sind nahe der Mordhöhle stationiert. Teleskopische Überwachung von Amelia-Katharina wurde um einen Infrarot von der Wüste erweitert, der auf die Rückseite des Grundstücks gerichtet ist.«

Er entfaltete mehrere Blätter Papier. »Das sind die privaten Telefonnummern der Angestellten in der Registratur und ihrer Vorgesetzten bei der Telefongesellschaft, dem Zulassungsamt, dem Ministerium für Bau- und Wohnungswesen, dem Energieministerium und allen Banken. Wir teilen sie untereinander auf, fangen an die Leute zu wecken und versuchen jenes Heim zu finden, das ein wenig anders als die anderen ist. Wir achten auf die Namen Carter und Terrif – einschließlich aller möglichen Variationen in der Schreibweise. Jetzt, da wir wissen, wer er ist, wird er nicht sehr weit kommen.«

Aber bei sich dachte er: Warum sollte es leichter sein, einen Verrückten zu fangen, als meinen eigenen Hund zu finden.

Er arbeitete bis sechs, leitete die Fahndung nach Richard Carter ein und überwachte sie, dann erst erlaubte er sich eine Tasse Kaffee, die seine trockene Kehle und sein schmerzender Magen zurückwiesen. Um zehn nach sechs ging er in sein Büro zurück und holte alle Notizen zusammen, die er sich bei seinem ersten und einzigen Meeting mit Carter gemacht hatte. Las sie zum zwanzigsten Mal und sah Carters Gesicht vor seinem geistigen Auge Gestalt annehmen.

Ein bemerkenswertes Gesicht, kein Monster, kein Teufel. Am Ende war es immer so. Eichmann, Landru, Kürten und

Barbie. Enttäuschend menschlich, deprimierend irdisch-banal.

Amira Nasser soll von den Augen eines Wahnsinnigen, von leeren Augen gesprochen haben. Dem Grinsen eines Killers. Alles, woran er sich bei Carters Augen erinnerte, war, daß sie schmal und grau waren. Graue Augen hinter altmodischen runden Brillengläsern. Einen rötlichblonden Vollbart. Den schlaksigen, sorglosen Gang eines Rucksacktouristen.

Früherer Hippie. Ein Träumer.

Er schluckte den Kaffee mit Mühe herunter und erinnerte sich an noch etwas – ein unmotiviertes stilles Kichern als Antwort auf seine Fragen.

»Etwas Lustiges, Dr. Carter?«

Große Finger strichen durch den Bart. Ein Lächeln – wenn etwas Böses an diesem Lächeln gewesen war, war es ihm wohl entgangen.

»Eigentlich nicht. Nur daß das so wie einer von den Polizeifilmen zu Hause klingt – wo waren Sie an dem und dem Abend und all das.«

Der Bastard hatte so lässig, so relaxed gewirkt.

Daniel quälte sich mit Fragen wie: War er unachtsam gewesen, war ihm etwas entgangen? Ein psychopathisches Glitzern in seinen Augen? Ein nahezu mikroskopischer Beweis für etwas Böses, das ihm als Detektiv hätte auffallen müssen?

Er wiederholte in Gedanken noch einmal den Ablauf des Verhörs. Ging noch einmal seine Notizen durch. Die Fragen, die Antworten, bei denen Carter gelächelt hatte.

Wo waren Sie an dem und dem Abend und all das.

Und wo bist du heute abend, Richard Carter, du mörderischer Abschaum?

67 Um sieben Uhr morgens brachte Shmeltzer ihm eine Aufstellung von Namen, die er aus Telefonbüchern, aus den Kundenverzeichnissen der Stadtwerke und aus Akten der Kommunalverwaltung zusammengestellt hatte. Es gab zwei Carter in Jerusalem, fünf in Tel Aviv, darunter ein höherer Beamter in der amerikanischen Botschaft. Einer lebte in Haifa, drei weitere an verschiedenen Orten in Galiläa. Aber niemand mit dem Vornamen Richard. Es gab drei Trif, vier Trifuse, aber keinen Richard oder jemanden mit dem Anfangsbuchstaben D. Keinen Tarrif oder Terrif. Alle Eintragungen stammten aus älteren Verzeichnissen. Daniel setzte Leute in Marsch, um vorsichtshalber die Ortsansässigen zu überprüfen zu lassen, und gab den Kollegen in den übrigen Distrikten gleichlautende Aufträge für ihre Amtsbereiche.

Um zwanzig nach sieben rief er zu Hause an. Laura meldete sich. Im Hintergrund hörte er die Jungen herumtoben, und aus dem Radio drang laute Musik.

»Guten Morgen, Herr Kommissar.«
»Hallo, Laura.«
»Muß ja schlimm sein.«
»Stimmt.«
»Willst du darüber reden?«
»Nein.«
Sie zögerte. »Na gut.«

Er hatte jede Gelassenheit im Umgang mit ihr verloren. Es fiel ihm schwer zu verstehen, daß es auch noch Dinge gab, bei denen es nicht unbedingt um Leben und Tod ging. Und trotzdem, sie war für ihn der liebste Mensch und sein bester Freund. Sie hatte Besseres verdient, als von ihm wie eine Untergebene behandelt zu werden. Er versuchte, einen besänftigenden Tonfall anzuschlagen, und sagte: »Es tut mir wirklich leid. Aber ich kann dir das jetzt nicht alles um den Hals hängen.«

»Verstehe schon.« Ihre Stimme klang mechanisch.

»Wann ich nach Hause komme, kann ich noch nicht sagen.«

»Mach dir keine Sorgen. Du mußt tun, was du für richtig hältst. Ich habe den ganzen Vormittag über zu arbeiten, muß hier noch klar Schiff machen und das Bild für Lu und Gene zu Ende bringen. Nach der Schule wollen Lu und ich mit den Jungen in den Zoo, anschließend gehen wir essen. Shoshi wollte nicht mitkommen. Sie wird heute bei Dorit Shamgar übernachten – die Telefonnummer liegt auf dem Kühlschrank.«

Als Daniel sich vorstellte, wie Mikey und Benny im Zoo herumtollten, fiel ihm wieder Laufers Bericht von den Plänen und Skizzen ein, die man in dem Haus in der Ibn Haldoun gefunden hatte. Grauenhafte Visionen, Bilder von detonierenden Bomben schossen ihm durch den Kopf. Er zwang sich, an etwas anderes zu denken – man konnte verrückt werden, wenn man sich allzu sehr mit solchen Phantasien befaßte.

»Warum wollte sie nicht mit in den Zoo?« fragte er.

»Das ist was für kleine Kinder; sie und Dorit haben wichtigere Dinge zu tun – sie möchte mal etwas allein unternehmen, Daniel. Das braucht sie für ihre Entwicklung.«

»Liegt es nicht auch daran, daß sie wegen dem Hund immer noch etwas durcheinander ist?«

»Vielleicht hat es auch ein bißchen damit zu tun. Aber sie kommt schon darüber hinweg – hier ist Gene. Er hat fast die ganze Nacht durchgearbeitet, will aber nicht nach Hause, um sich etwas Ruhe zu gönnen.«

»Okay, gibt ihn mir mal. Bis dann.«

»Bis dann.«

»Danny«, sagte Gene. »Ich bin der Sache mit diesem Terrif nachgegangen und ...«

»Der Name Terrif wurde von Richard Carter benutzt«, sagte Daniel. Er berichtete Gene von den Ereignissen der letzten Nacht. Verständigte sich mit dem Kollegen über alles, was er mit seiner Frau nicht hatte besprechen wollen.

Gene hörte ihn an, sagte schließlich: »Eine böse Geschichte. Furchtbar, diese Sache mit deinem Mann.« Sie schwiegen für einen Moment. »Also Carter? So ein Schlitzohr. Was ich über ihn herausgefunden habe, sieht durchweg sauber aus. Die Angaben von McGill haben sich als richtig erwiesen – nach Auskunft eines Sachbearbeiters, dem die Unterlagen der Medizinakademie vorliegen, hat der Mann sogar besonders gute Leistungen erbracht und sehr gute Forschungsarbeit auf dem Gebiet der Tropenkrankheiten geleistet. Beim Peace-Corps soll er diese Arbeit fortgesetzt und damit vielen Menschen das Leben gerettet haben. Abgesehen davon, daß er auf der Oberschule mal mit einer Marihuanazigarette erwischt wurde, weiß niemand etwas Nachteiliges über ihn zu sagen.«

»Ich schon«, sagte Daniel. »Die Papiere sind möglicherweise gefälscht. Und das wäre noch die geringste seiner Sünden.«

»Stimmt. Ich hab noch ein paar Informationen für dich. Hast du einen Moment Zeit?«

»Klar.«

»Die Sache mit den Tatorten in Amerika ist mir noch mal durch den Kopf gegangen – du hattest doch das schöne Wetter und die Ferienorte angesprochen. Solche Ortschaften sind auch sehr beliebt bei Organisationen, die Konferenzveranstaltungen durchführen – zum Beispiel Tagungen für Mediziner. Es ist mir gelungen, Kontakte mit der Handelskammer in New Orleans und Miami aufzunehmen. Ich konnte die Leute dazu überreden, die Teilnehmerverzeichnisse ihrer Tagungen in den Jahren 1973 beziehungsweise 1978 durchzusehen, und dabei bin ich auf einen Zusammenhang gestoßen: Die Gesellschaft für Chirurgische Pathologie hat an beiden Orten Seminare veranstaltet. Es dreht sich da zwar um eine relativ kleine Gruppe von prominenten Ärzten, aber die Veranstaltungen werden auch von vielen anderen Leuten besucht – Wissenschaftlern, Technikern, Studenten. Ich habe dann in der Zentrale in Washington, D.C., angerufen. Das Teilnehmerverzeichnis von 1973 existiert nicht mehr, aber sie haben noch eins vom August 1978. An der Veranstaltung in Miami hat mit Sicherheit ein D. Terrif teilgenommen, er war als Student eingetragen. Die Konferenz begann zwei Tage vor dem Mord und endete fünf Tage später. Nach meinen Informationen ist Richard Carter 1978 noch Student gewesen – seinen Doktor hat er 1979 gemacht. Aber er war in diesem Sommer schon für das Peace-Corps in Ecuador tätig.«

»Es läßt sich also nicht ausschließen, daß er Ecuador verlassen hat und für eine Woche nach Miami geflogen ist. Dabei kann er Terrif als Decknamen benutzt haben, um dann wieder zurückzukehren und unter dem Namen Carter seine guten Taten als Wohltäter der Menschheit zu vollbringen.«

»Dr. Carter, Mr. Terrif. Ein Mann mit einem Doppelleben?«
»Oder einfach ein gerissener Psychopath.«
»Mmh, das würde auch zu einer anderen Sache passen, auf die ich gestoßen bin. Nachdem wir in der Shehadeh-Akte den Hinweis auf D. Terrif gefunden hatten, habe ich einen Kollegen im Parker Center angerufen und ihn gebeten, sämtliche Papiere auf diesen Namen hin zu untersuchen. Das Ergebnis war gleich Null, er ist nicht einmal bei der Sozialversicherung registriert. Eine Person mit diesem Namen wurde dort nie erfaßt – und dabei ist dort so gut wieder jeder Erwachsene verzeichnet, der jemals in Amerika Steuern gezahlt hat. Nun stammt Carter zwar aus Kanada, also muß das auf ihn nicht unbedingt zutreffen, aber mein Kollege gab da einen sehr interessanten Hinweis: Terrif, meinte er, müssen nicht unbedingt ein authentischer Personenname sein. Er habe es im ersten Moment für eine Abkürzung des Wortes ›Terrific‹ gehalten.«

Daniel dachte darüber nach. Das war jene Art von sprachlicher Nuancierung, die einem leicht entging, wenn man in einer fremden Sprache arbeitete.

»D. Terrific«, sagte Gene. »Hinter dem D verbirgt sich vielleicht noch ein anderer Name, aber es könnte eine Abkürzung für Doktor sein.«

»Doktor Terrific.«

»Klingt wie ein Superstar. Immer wenn er seine Morde begeht, nimmt der Strolch eine andere Identität an.«

»Ja«, sagte Daniel. »Vom Gefühl her gebe ich dir recht.«

»Das wird dir im Moment vielleicht nicht weiterhelfen«, sagte Gene, »aber wenn du ihn vor Gericht bringst, sieht das anders aus.« Er unterdrückte ein Gähnen.

»Unbedingt«, sagte Daniel. »Und ein dickes Dankeschön für alles, Gene. Nun geh bitte in dein Hotel und sieh zu, daß du noch etwas Schlaf bekommst.«

»Mach ich. Aber vorher will ich noch feststellen, ob es den Namen Terrif in Kanada gibt, und außerdem möchte ich recherchieren, ob um die fragliche Zeit ein Carter oder ein Terrif für die Route Ecuador-Miami einen Flug gebucht hatte. Natürlich ist das ein etwas verwegener Versuch, weil es schon sieben Jahre her ist; aber man weiß ja nie, was sich auszahlt. Wo kann ich dich finden?«

»Ich pendle hin und her«, sagte Daniel. »Aber spätestens heute abend werde ich mich bei dir melden.«

»Okay. Viel Glück. Und ruf mich auf jeden Fall an, wenn du den Strolch geschnappt hast.«

68

Montag, fünf Uhr nachmittags. Ein am Ort ansässiger Mann, der zu Al Biyadis Terroristenzelle gehörte, hatte sich bis jetzt seiner Festnahme entziehen können; in Paris herrschte Funkstille, und beim Mossad spielte man immer noch auf Zeit.

Richard Carter war in ganz Israel zwischen Quneitra im Norden und Eilat im Süden nicht weniger als sechzehnmal dingfest gemacht worden. Sechzehn blonde Männer mit rötlichem Bart hatte man zur Einvernahme von der Straße geholt, um sie anschließend alle wieder laufen zu lassen: fünf Israelis, vier Amerikaner, zwei Briten, zwei Deutsche, ein Schwede, ein Däne und ein unglücklicher Tourist aus Kanada, der von den Polizeibeamten in Tel Aviv fünf Stunden lang festgehalten wurde und dann den Anschluß an seine Reisegruppe verpaßte, die sich auf eine Exkursion mit dem Flugzeug nach Griechenland begab.

Zwei Volkswagen des Typs, den Avi Cohen zuletzt gefahren hatte, wurden ausfindig gemacht und sichergestellt; der eine im Kibbuz Lavi, der andere in Safed. Beide Besitzer mußten eine intensive Vernehmung über sich ergehen lassen. Der Wagen in Safed gehörte einem mittelmäßig begabten, aber populären Künstler, der lautstark protestierte, man wolle ihn wegen seiner linksgerichteten politischen Ansichten schikanieren. Es stellte sich heraus, daß die Halter der beiden Fahrzeuge ordnungsgemäß registriert und versichert waren.

Um sechs Uhr sah Daniel zusammen mit Amos Harel noch einmal das Überwachungsprotokoll des Amelia-Katharina durch:

Sechs Uhr dreizehn, morgens: ein blauer Lieferwagen, Typ Renault, von der Firma Aswadeh in Ostjerusalem fährt am Hintereingang des Krankenhauses vor. Das Tor mit den schmiedeeisernen Ketten ist zugesperrt. Ein Mann steigt aus dem Wagen, geht auf den Eingang zu. Ma'ila Khoury, Sorrel Baldwins Sekretärin, kommt aus dem Haus, redet mit ihm und zieht sich wieder zurück. Ein paar Minuten später schließt die Khoury das Tor auf und quittiert die Lieferung von Lebensmitteln. Um sechs Uhr achtundzwanzig verläßt der Lieferwagen das Krankenhausgelände. Das Fahrzeug ist, wie sich bei einer Überprüfung der Kennzeichen herausstellt, ordnungsgemäß auf den Namen der Firma Al Aswadeh eingetragen.

Sieben Uhr zehn, morgens: Zia Hajab steigt an der Haltestelle Ostjerusalem aus dem Bus, der die Strecke Ramallah-Jerusalem befährt. Kauft sich bei einem Straßenhändler ein Eisgetränk, geht zu Fuß vom Busbahnhof zum Krankenhaus. Gegen acht Uhr morgens hat er seinen Posten eingenommen.

Neun Uhr zwanzig, morgens: Dr. Walid Darousha trifft mit seinem Peugeot aus Ramallah ein, stellt den Wagen an der Rückseite ab und betritt das Krankenhaus.

Zehn Uhr fünfzehn, morgens: Ma'ila Khoury verläßt das Krankenhaus in Sorrel Baldwins schwarzem Lancia Beta und fährt zu Hamashbir Letzarkhan in der King George Street. Verbringt zwei Stunden in dem Kaufhaus, kauft Miederhöschen, ein Negligé und ein Schaumgummikissen. Bezahlt den Einkauf mit einer UN-Visakarte von Sorrel Baldwin. Die Seriennummer wird registriert und bestätigt. Sie nimmt im »Café Max« ein Mittagessen ein und ist um ein Uhr dreiundvierzig wieder im Krankenhaus.

Elf Uhr morgens: Vierzehn männliche Patienten stellen sich am Krankenhauseingang in einer Reihe auf. Zia Hajab läßt sie zweiundzwanzig Minuten lang warten, ehe sie eintreten dürfen. Um vierzehn Uhr fünfundvierzig sind alle abgefertigt und gegangen.

Fünfzehn Uhr elf: Ein Mercedes-Lieferwagen mit grünem Fahrerhäuschen fährt am Hintereingang des Krankenhauses vor. Die Ladefläche trägt Namenszug, Adresse und Telefonnummer des Wäschedienstes »Sonnenschein« in Bethlehem. Zehn Säcke werden eingeladen, sechs ausgeliefert, außerdem zahlreiche gefaltete Tischdecken und Bettlaken. Mehrere Wäschesäcke sind groß genug, um einen menschlichen Körper aufzunehmen. Vergrößerungen des Fotomaterials lassen erkennen, daß die Besatzung des Lieferwagens aus Arabern besteht; Bartträger sind nicht darunter, und keine der Personen hat irgendwelche Ähnlichkeit mit Carter. Der Lieferwagen verläßt das Gebäude um fünfzehn Uhr vierundzwanzig. Das Fahrzeug ist, wie eine Überprüfung der Kennzeichen ergibt, ordnungsgemäß auf den Namen der Firma »Sonnenschein« eingetragen.

Sechzehn Uhr zweiundvierzig: Ein neuer Personenbus

vom Typ Mercedes mit verglastem Oberdeck bringt eine Reisegruppe von christlichen Touristen zum Amelia-Katharina, sämtliche Personen sind Gäste im »Hotel Intercontinental« auf dem Ölberg. Es handelt sich um insgesamt dreiundzwanzig Touristen; neun davon sind Männer, abgesehen von dem Busfahrer und dem Reiseleiter. Alle männlichen Touristen sind über sechzig Jahre alt. Fahrer und Reiseleiter sind arabischer Herkunft, mittelgroß, dunkelhaarig; einer trägt einen Bart. Beide sind schätzungsweise einen Meter siebzig groß. Der Reiseführer händigt Zia Hajab Geld aus, worauf die Touristen den Hof des Krankenhauses betreten dürfen, um Fotos zu machen. Der Bus verläßt das Gebäude um sechzehn Uhr siebenundvierzig. Die Überprüfung der Kennzeichen ergibt eine ordnungsgemäße Eintragung des Fahrzeuges auf den Namen der Firma Ölberg-Tours in Ostjerusalem.

Siebzehn Uhr achtundvierzig: Eine weiße Limousine vom Typ Mercedes-Diesel mit UN-Kennzeichen fährt am Hintereingang des Krankenhauses vor. Ein Mann mit *Kaffiyah* und arabischer Kleidung entlädt mehrere Kartons mit dem arabischen Schriftzug URKUNDEN und bringt sie in das Gebäude. Zwei der Kartons sind vermutlich groß genug, um einen zusammengekrümmten menschlichen Körper zu bergen. Der Mann ist schätzungsweise so groß wie Richard Carter. Es wurden mehrere Fotos aufgenommen und vergrößert. Wegen der Kopfbedeckung und der Position der fraglichen Person waren keine Frontalaufnahmen möglich. Ein Foto im Halbprofil läßt erkennen, daß der Mann ein glatt rasiertes Kinn und einen schmalen dunklen Schnurrbart hat, aber keine Brille trägt; er hat auch keine Ähnlichkeit mit einem computergenerierten Porträt Richard Carters ohne Bart. Das Fahrzeug ist, wie eine Überprüfung des Kennzeichens ergibt, ordnungsgemäß im UN-Hauptquartier im Regierungsgebäude registriert.

»Hier steht nichts davon, daß er wieder weggefahren ist«, sagte Daniel.

»Er ist erst vor fünfzehn Minuten angekommen, Dani«,

sagte Harel und wies auf die Zeitangabe. »Die Eintragung ist noch taufrisch. Wenn er über Nacht bleibt, werden Sie der erste sein, der davon erfährt.«

Um achtzehn Uhr fünfzehn fuhr Daniel nach Hause, er wollte duschen und sich umziehen. Den Escort parkte er in der Nähe des Hauseingangs. Eine leichte Brise ging durch die Jacarandabäume und ließ die Blütenblätter erzittern.

Er ging auf die Haustür zu und fand sie verschlossen. Ob der Hund zurückgekommen war?

Als er den Schlüssel ins Schloß steckte, hörte er, wie jemand laut nach ihm rief. Daniel drehte sich um. Einen halben Häuserblock weiter sah er einen rundlichen Mann, der auf ihn zugelaufen kam und heftig winkte. Seine weiße Schürze flatterte im Wind.

Lieberman, der Lebensmittelhändler. Wahrscheinlich hatte Laura eine Einkaufstüte in seinem Laden vergessen.

Daniel winkte zurück und wartete. Einen Augenblick später stand der Lebensmittelhändler vor ihm, er war ganz außer Atem und wischte sich den Schweiß von der Stirn.

»Guten Abend, Mr. Lieberman.«

»*Pakad*«, schnaufte der Krämer, »es hat vielleicht nichts zu sagen ... aber ich wollte Ihnen doch ... jedenfalls wollte ich Ihnen ... Bescheid sagen.«

»Immer mit der Ruhe, Mr. Lieberman.«

Der Lebensmittelhändler atmete tief durch und klopfte sich auf die Brust.

»Früher habe ich mal Fußball gespielt ... ist schon lange her.« Er lächelte.

Daniel erwiderte sein Lächeln. Er wartete ab, bis der Lebensmittelhändler wieder zu Atem gekommen war, dann sagte er: »Was haben Sie denn, Mr. Lieberman?«

»Vielleicht hat es gar nichts zu sagen. Ich wollte Sie nur auf dem laufenden halten – Sie wissen ja, was ich alles zu sehen bekomme, wenn ich hinter meinem Tresen sitze: da bleibt mir nichts Menschliches fremd. Und was ich so beobachte, muß ich doch an Sie weitergeben; das halte ich einfach für meine Pflicht.«

»Selbstverständlich, Mr. Lieberman.«

»Also, vor ungefähr einer Stunde ist das gewesen, da ist Ihre Tochter mit einem Mann weggefahren. Ein Schwarzer war das, ziemlich groß; er sagte, er hätte ihren Hund gefunden.«

»Ich habe Besuch aus Amerika, mein Gast ist ein dunkelhäutiger Mann«, sagte Daniel. Und dachte: Gene ist wirklich bewundernswert. Ein Superdetektiv.

»Nein, nein. Mr. Brooker habe ich ja kennengelernt. Es war ein Jude in schwarzer Kleidung, ein Fanatiker – mit einem langen schwarzen Mantel, schwarzem Hut und Vollbart.«

»Ein Chassidim? Shoshi ist mit einem Chassidim ins Auto gestiegen?«

»Das sage ich ja die ganze Zeit. Sie war gerade zu mir in den Laden gekommen. Hatte Kekse backen wollen, mit ihrer Freundin zusammen, und dabei ist ihnen die Schokolade ausgegangen. Shoshi kam vorbei, um noch welche zu besorgen. Als ich eingebont hatte, ist sie gleich wieder losgegangen und war vielleicht fünf Meter vor meinem Laden, da steigt dieser Schwarze aus einem geparkten Auto und fängt an, mit ihr zu reden. Ich dachte mir, es wäre vielleicht ein Lehrer von ihr oder ein Freund aus der –«

»Was war das für ein Auto?«

»Weißer Mercedes, ein Diesel, hat furchtbar viel Krach gemacht.«

Daniel spürte, wie sein Herz ins Stolpern geriet. »Haben Sie die Kennzeichen gesehen?«

»Nein, das tut mir leid, ich dachte –«

»Weiter. Was ist dann passiert?«

»Dieser Schwarze hat ihr irgendwas erzählt und meinte wohl, er hätte ihren Hund gefunden. Das Tier sei verletzt – und er würde sie zu ihm bringen. Shoshi hat sich die Sache einen Moment überlegt. Dann ist sie in den Mercedes gestiegen, und die beiden sind losgefahren. Ein paar Minuten später habe ich mir das ganze noch mal durch den Kopf gehen lassen – der Mann war religiös, aber allem Anschein nach hat sie ihn nicht gekannt. Dann habe ich gleich bei Ihrer Frau angerufen – aber es nahm niemand ab. Da habe ich mir gedacht, ich sollte vielleicht doch lieber –«

Nein, dachte Daniel, und der Schrecken fuhr ihm durch alle Glieder, nein, nein, das darf doch nicht wahr sein!

Er griff Lieberman an seine weichen Schultern. »Sagen Sie mir, wie dieser Chassidim aussah.«

»Groß, wie ich Ihnen schon sagte. Ungefähr in Ihrem Alter, vielleicht älter, vielleicht auch etwas jünger. Hatte einen roten Vollbart, trug eine Brille. Und dann so ein breites Grinsen, wie ein Politiker. Warten Sie mal, was war sonst noch –«

Daniel packte ihn noch fester. »In welche Richtung sind sie gefahren?«

Der Lebensmittelhändler zuckte unter seinem Griff zusammen. »Immer da lang.« Er zeigte nach Norden. »Aber mit Shoshi ist doch alles okay, oder?«

Daniel ließ von ihm ab und rannte zu seinem Escort.

69

Nein! Mein Gott, bitte. Bitteliebergott, liebergottbitte.

Hätte ich doch bloß, ach, wenn ich doch nur. Gellende Stoßgebete in einem ohrenbetäubenden Sturm von Alpträumen. Mit dem rechten Bein drückte er das Gaspedal bis aufs Bodenblech; seine Hände waren mit dem Steuer seines Autos verschweißt.

Nicht mit meinem Baby, mein erstes Kind, meine kleine Promenadenmischung.

»Kostbar, ein so kostbares Wesen. Nein, mit ihr nicht. Jede andere, aber nicht sie.

Unwirklich. Und doch die Wahrheit.
Alpträume. Ein Perpetuum Mobile aus Alpträumen.
Schluß jetzt!
Tränen strömten ihm übers Gesicht, sie flossen aus seinen Augen wie Blut aus einer tödlichen Wunde. Er riß sich zusammen, wollte unbedingt einen klaren Kopf bewahren.
Die Geschwindigkeit halten, die Minuten verlängern.
Mein Gott, bitte.
An der Kreuzung zur King David stand die Ampel auf Rot; die Blechlawine auf dem Boulevard kam ins Stocken. Der Gegenverkehr setzte sich in Bewegung, eine Kolonne von Linksabbiegern blockierte seine Fahrspur.
Daniel drückte auf die Hupe. Nichts rührte sich. Er lenkte den Escort auf den Bürgersteig, wirbelte dann das Steuer herum, um ein paar aufgeschreckte Fußgänger nicht zu überfahren. Dahinwatschelnde Touristen in grellbunter Kleidung. Eine Mutter mit einem Kinderwagen.
Macht gefälligst Platz.
Muß mein eigenes Baby retten!
Leute pfiffen und schrieen ihm hinterher, es gab ein wütendes Hupkonzert. Er krachte gegen die Bordsteinkante der Verkehrsinsel, nahm das Hindernis und war von der Straße.
Das Bodenblech schrammte gegen den Stein, Metallteile zerbarsten, Radkappen sprangen ab.
Wieder das Geschimpfe von Passanten. *Ein Verrückter! So ein Arschloch!*
Runter von der Verkehrsinsel. Der Escort schleuderte, er steuerte nach links, um fluchenden Autofahrern auszuweichen. Taxifahrer mit ihrem dreckigen Mundwerk.
Leckt mich doch am Arsch – ist ja nicht euer Kind, das da auf dem Opferaltar liegt.
Kurz vor dem Hotel »King David« stellte sich ihm ein aufgebrachter Verkehrspolizist in den Weg und gestikulierte wild.
Mach Platz, du Idiot, sonst muß du sterben.
Ist ja nicht dein Kind.

Im letzten Moment sprang der Kerl zur Seite.

Bitte, lieber Gott, bitte.

Immer auf dem Gas bleiben.

Feilschen mit dem Allmächtigen!

Ich will ja auch ein besserer Mensch werden. Ein besserer Ehemann und Vater und Jude und alles.

Wenn du sie nur am Leben lassen –

Wieder starker Verkehr, endlose Autoschlangen, eine Heuschreckenplage aus Blech.

Nur nicht langsamer werden.

Er steuerte einen Zickzackkurs, wich Hindernissen aus, fuhr auf den Gehweg und wieder herunter, fegte Mülleimer auf die Straße. Bremsen quietschten. Wieder fluchten die Autofahrer.

Er legte sich auf die Seite, rang mit dem Steuer wie mit einem wilden Tier.

Nur nicht die Kontrolle verlieren.

Keine Zeit, um die magnetisch haftende Signallampe auf sein Autodach zu stellen.

Keine Zeit, um noch Verstärkung anzufordern – selbst wenn Leute verfügbar gewesen wären, hätte er niemanden gerufen.

Hatte keine Lust, das immer gleiche Lied zu hören: Tut mir leid, *Pakad*, aber er ist uns entwischt.

Nicht mit meinem Kind.

Oh, Gott, nein.

Er drängte alle seine Empfindungen und Gedanken beiseite, wollte vollkommen frei sein im Kopf, frei von Zeit und Raum. Frei sogar von seinem Gott.

Die Stadt gefror zu einem einzigen Gletscher. Die Straßen eine Landschaft aus schmutzigem Eis, der Escort ein rasender Motorschlitten.

Glatt und ohne Reibung. Ohne Risiko.

Die Shlomo Hamelekh entlang, hügelabwärts mit voller Kraft voraus.

Wieder rote Ampeln, die er einfach ignorierte, er rauschte daran vorbei, blind für den Zusammenhang von Ursache und Wirkung.

Will nur zu meinem Kind.

Motek, ich bin auf dem Weg.

Eine steile Bodensenke. Der Wagen hob ab und schlug so hart auf die Fahrbahn zurück, daß der Aufprall sein Rückgrat elektrisierte.

Der Schmerz tat ihm gut. Schmerz bedeutete Leben.

Lebendig sein. Laß sie noch lebendig sein. Dein *Abba* ist auf dem Weg zu dir, *Motek*, meine süße kleine Promenadenmischung.

Ach, wenn der Escort doch ein Flugzeug wäre, ein Düsenjäger auf dem Flug nach Norden, frühmorgens auf derselben Strecke wie vor einem Monat.

Fatmas Leiche in dem weißen Laken.

Shoshana.

So hübsch. So unschuldig.

Die beiden Gesichter, wie sie da nebeneinander lagen, wie Blutsgeschwister – nein, er mußte wieder auf den Gletscher!

Es ging einen Berg hoch. Der Escort kämpfte. Fahr schneller, du verdammtes Auto, schneller, oder ich werde dich in sämtliche Stücke reißen –

Werde *ihn*, dieses Schwein, in sämtliche Stücke reißen.

Das Blut pochte ihm in den Schläfen. Er taxierte seine Waffen: da war nur die Neunmillimeter. Seine Uzi lag im Präsidium.

Er hatte immer noch seine Hände.

Die eine war brauchbar.

Er raste jetzt über den Zahal Square, konnte um Haaresbreite zwei, drei Zusammenstöße vermeiden, mußte sich das haßerfüllte Gebrüll von ahnungslosen Autofahrern anhören. Wenn diese Leute wüßten, worum es ging, würden sie ihn anfeuern, hätten ihm zugejubelt.

Die Sultan Suleiman entlang, vorbei an einem Spalier von erschrockenen Gesichtern.

Die Altstadt. Ihre Schönheit war nur noch Legende. Die Mauer mit Blut getränkt. Eroberer kamen und gingen, nur die Friedhöfe blieben.

Jeremiah, der Prophet, sang seine Klagelieder.

Als die Römer die Stadt belagerten, hatten Mütter das Fleisch ihrer eigenen Kinder gegessen.

Ströme von Blut rannen über den Kalkstein. Und von den Opferaltären.

Christliche Kreuzfahrer wateten knietief im Blut, schlachteten unschuldige Menschen –

Aber nicht mein unschuldiges Kind.

Shoshi.

Fatma. Shoshi.

Fatmashoshi.

Er zermarterte sich das Hirn mit Gedanken, wie sie nur ein Polizeibeamter haben konnte. Quälende Phantasien, die das Eis des Gletschers bersten ließen.

Seine kleine *Motek* die Nummer vier – nein!

Amsterdam war nur ein Probelauf.

Die Meuchelmorde in Israel eine Kopie der Meuchelmorde in Amerika.

Die amerikanische Nummer vier.

Genes Stimme in seinem Ohr: *Das hier ist wirklich eine schmutzige Geschichte, Danny ... sämtliche inneren Organe –* Nein!

Abba ist auf dem Weg zu dir, mein Engel.

Motek, Motek, du mußt durchhalten. Nimm all deine Kraft zusammen. Kämpfe um dein Leben.

Sie war buchstäblich nur noch Haut und Knochen –

Nein!

Ich hätte bei ihr sein, hätte ihr ein besserer Vater sein müssen.

Will versprechen, mich zu bessern.

Gott wird das alles nicht zulassen, wenn ich mein Versprechen einhalte.

Vor ihm auf der Straße zog ein alter Araber einen Handkarren, voll mit Melonen beladen. Daniel raste mit unverminderter Geschwindigkeit. Aus der Gegenrichtung kam gleichzeitig ein Bus. Daniel konnte nicht weit genug ausweichen und streifte das Vorderteil des Handkarrens mit seiner hinteren Stoßstange.

In seinem Rückspiegel sah er, was passierte: die Melonen rollten quer über die Sultan Suleiman. Der alte Mann fiel auf den Bauch, rappelte sich wieder hoch und drohte ihm mit beiden Fäusten.

Scheiß auf deine Melonen.

Ich hab' andere Sorgen.

Bitte, laß sie noch am Leben.

Auf der Ben Adayah gab es keinen Verkehr, es ging den Hügel aufwärts, und die Strecke war frei. Gott hatte ihn erhört.

Ein Reisebus mit Touristen holperte hügelabwärts über die Mount of Olives Road.

Daniel riskierte ein kühnes Ausweichmanöver.

Ein paar Idioten zeigten mit dem Finger auf ihn, steckten ihre Köpfe zusammen und ereiferten sich.

Fliegen müßte er, über sie hinwegfliegen.

Bis auf den Skopus.

Das blutige Auge einer Stadt, deren Mauern mit Blut getränkt waren.

Abba ist auf dem Weg zu dir!

Das Amelia-Katharina. Ein gottverfluchtes Schlachthaus mit hellroten Fassaden, hellrot wie die Farbe von dünnem Blut.

Er hielt auf den Eingang zu, brachte den Escort mit quietschenden Bremsen zum Stehen, blockierte die Tür. Griff nach seiner Beretta, prüfte die Ladung Patronen und sprang mit einem Satz aus dem Wagen.

Hajab, der arabische Wachmann, war auf den Beinen. Drohte ihm mit der Faust.

»Halt! Stehenbleiben! Da können Sie nicht parken!«

Ignorierte den Idioten. Rannte quer über den Hof.

Hajab baute sich auf, wollte sich ihm in den Weg stellen.

Vor lauter Entrüstung war dem Kerl das Gesicht rot angelaufen. Der Idiot fing an zu brüllen: »Halt! Sie versperren den Eingang. Das ist unbefugtes Betreten von UNO-Gelände!«

Er stürmte auf den Kerl zu.

Der Idiot breitete seine Arme aus, wollte ihn festhalten.

»Ich warne Sie, wenn Mr. Baldwin zurückkommt, werden Sie große –«

Daniel holte aus und schlug dem Mann mit der Beretta mitten ins Gesicht. Hörte noch ein knirschendes Geräusch von berstenden Knochen und, als der Kerl stürzte, den dumpfen Aufprall seines massigen Körpers.

Rannte mit aller Kraft, flog beinahe über den Hof, zertrampelte die Blumenbeete. Erdrückte die kränklich blassen Rosen.

Beerdigungsblumen.

Heute sollte es keine Beerdigung geben – *Motek*, ich komme!

War schon durch die Tür und rief sich die Skizze in Erinnerung, den Grundriß des Gebäudes aus der Mandatszeit.

Im Westflügel: die Räume der Bediensteten. Jetzt die Zimmer des Krankenhauspersonals. Namensschilder an den Türen.

Das Schlachthaus war leer, kein Mensch zu sehen.

Er rannte weiter, die Pistole in der Hand.

Eine Tür ging auf, jemand hatte ihn gehört, steckte den Kopf nach draußen.

Hauser, die ältere Krankenschwester in einem gestärkten weißen Kittel und mit weißem Häubchen. Fuhr sich vor Schreck mit der Hand an die Lippen.

Sie rief etwas. Ma'ila Khoury, die libanesische Sekretärin, stolperte mit ihren gefährlich hohen Absätzen auf den Korridor. Als sie sein Gesicht sah, lief sie sofort zurück in ihr Büro, knallte die Tür zu und schloß hinter sich ab.

In seiner Phantasie wurde er zu einem Geschoß, jagte in atemberaubender Geschwindigkeit durch die Korridore.

Namensschilder an den Türen. Baldwin. Darousha. Hajab. Blah, blah, blah. Carter.

Carter.

Das Nazischwein.

Er griff nach dem Türknauf, rechnete damit, daß abgeschlossen war, wollte mit seiner Beretta das Schloß sprengen ...

Die Tür war offen.

Carter lag im Bett, hatte einen blauen Pyjama an. Zugedeckt mit einem Laken.

Sein Gesicht war leichenblaß, ein paar Kissen stützten seinen Rücken; sein offener Mund wirkte wie ein dunkles, spitzes O inmitten seines Bartes.

Von Shoshi keine Spur! Er kam zu spät – oh Gott, nein!

Er zielte mit dem Revolver auf Carter. Brüllte ihn an:

»Wo ist sie?«

Carters Augen weiteten sich. Graue Pupillen in gelblicher Hornhaut. »Ach, du Scheiße.«

Daniel ging auf ihn zu.

Carter hielt sich einen Arm vors Gesicht.

Ehe er zu ihm ans Bett stürmte, sah Daniel sich mit einem raschen Blick in dem Zimmer um.

Ein Dreckstall. Dieses Nazischwein, überall schmutzige Kleidungsstücke und Papiere. Der Nachttisch quoll über vor Pillenfläschchen und Röhrchen. Daneben ein Teller mit Essensresten. Und ein Stethoskop.

Im ganzen Raum stank es nach Medizin und Blähungen und Erbrochenem.

Der Geruch von Krankheit.

Er riß Carter den Arm vom Gesicht. Griff nach seiner Brille und schleuderte sie durchs Zimmer.

Das Glas zersplitterte.

Carter blinzelte. Er zitterte am ganzen Leib und stammelte: »Oh, mein Gott.«

Auch Nazis hatten offenbar ihre Gebete.

Er setzte Carter sein Knie auf die Brust und drückte zu. Der Nazi keuchte schwer.

Daniel nahm die Pistole in die Narbenhand, mit der anderen packte er Carter am Hals. Ein dicker, aber weicher Hals.

Er griff zu und würgte ihn.

»Wo ist sie, zum Teufel! Wo ist sie! Der Teufel soll Sie holen, wenn Sie nicht auf der Stelle den Mund aufmachen!«

Der Nazi gab ein blubberndes Geräusch von sich, das aus seinem tiefsten Innern kam; besonders gesund klang es nicht.

Er ließ von ihm ab. Carter hustete, rang nach Luft.

»Wo ist sie?«

»We-er?«

Er gab dem Monster eine schallende Ohrfeige. Der Abdruck seiner Hand materialisierte sich wie ein Polaroidfoto auf dem bleichen Fleisch des Nazis.

Wieder würgte er das Monster.

Carters Augäpfel rollten nach oben.

Daniel ließ von ihm ab. »Wo ist sie?«

Carter schüttelte den Kopf, wollte schreien, brachte aber nur ein Krächzen hervor.

»Reden Sie, oder ich puste Ihnen den Kopf ab!«

»We –«

»Meine Tochter!«

»Weiß nicht, wovon Sie –«

Klatsch.

Tränen rannen ihm übers Gesicht, und er keuchte schwer. »Wo ist sie!«

»Ich schwöre ...« Er keuchte, schluckte ... »Weiß nicht, wo-wovon Sie-Sie ...« Ein Keuchen ... »wovon Sie reden.«

»Meine Tochter! Ein wunderschönes Mädchen mit grünen Augen!«

Carter schüttelte verzweifelt den Kopf, fing an zu schluchzen, hustete und würgte.

»Cohen«, sagte Daniel. »Nash. Fatma. Juliet. Shahin. Und alle anderen, du Dreckschwein!«

Holte wieder mit seiner Hand aus.

Carter schrie auf und duckte sich, wollte sich unter dem Laken verkriechen.

Daniel griff ihm ins Haar, zog ihn heftig nach oben. Der Nazi hatte eine heiße Kopfhaut, sein Haar war schweißnaß.

»Das ist deine letzte Chance, bevor ich dir deinen dreckigen Kopf vom Leib blase.«

Ein beißender Geruch breitete sich in dem Zimmer aus, auf dem Laken neben Carters Unterleib entstand ein feuchter Fleck.

»Oh, Gottogott«, krächzte Carter. »Ich sch-schwöre es, bitte gla-glauben Sie mir doch. So eine Scheiße – ich wei-weiß wirklich nicht, wo-wovon Sie reden.«

Er drückte ihm wieder die Hand an die Kehle.

»Mach endlich den Mund auf, du –«

Hinter ihm eine entrüstete Frauenstimme: »Was machen Sie da? Lassen Sie den Mann los, Sie!«

Zwei Hände zerrten an seinem Hemd. Er schüttelte sie ab, blieb mit seinem Knie auf Carters Brust, drückte dem Monster den Revolver an die Schläfe und drehte sich nach hinten.

Die unvermittelte Bewegung brachte Catherine Hauser aus dem Gleichgewicht. Sie taumelte zurück, stürzte und lag mit gespreizten Beinen am Boden; der Rock war ihr bis über die bleichen Schenkel hochgerutscht, sie trug weiße Strümpfe und derbes Schuhwerk.

Dann stand sie wieder auf und bürstete sich ihre Tracht ab. In ihrem Gesicht standen rote Flecken. Ihre Hände zitterten.

»Raus«, sagte Daniel. »Das hier ist Sache der Polizei.«

Die alte Frau wich nicht von der Stelle. »Was wollen Sie von dem armen Richard?«

»Der Mann ist ein Mörder. Er hat meine Tochter.«

Die Hauser starrte ihn an, als ob sie es mit einem Verrückten zu tun hätte.

»Unsinn! Der hat niemanden umgebracht. Er ist ein kranker Mann!«

»Machen Sie, daß Sie rauskommen, und zwar schnell!« brüllte Daniel.

»Ein Magen-Darm-Katarrh«, sagte die Hauser. »Der arme Kerl liegt seit vier Tagen im Bett.«

Daniel drehte sich um und schaute Carter an. Der Kanadier machte keine Anstalten, sich zu bewegen. Sein Atem ging schnell und klang hohl.

Vertauschte Identitäten.

Ein Schauspieler, der sich auf seine Rollen verstand.

»So krank kann er gar nicht sein«, knurrte Daniel. »Heute ist er am frühen Morgen in die Stadt gegangen, hat drei Männer umgebracht und anschließend meine Tochter entführt.«

»Lächerlich!« schnauzte die Hauser. »Um welche Zeit denn heute morgen?«

»Gegen Mitternacht ist er losgegangen, den ganzen Tag über weggeblieben und erst kurz vor sechs wiedergekommen.«

»Absoluter Unsinn! Richard ist von acht bis jetzt in diesem Zimmer gewesen – hat sich ständig erbrochen und leidet an Durchfall. Ich war selbst die ganze Zeit hier, um ihn zu versorgen. Habe das Speibecken um zwölf Uhr dreißig gesäubert, ihn gegen zwei und vier mit dem Schwamm abgerieben; und seitdem sehe ich die ganze Zeit nach ihm, zu jeder vollen Stunde. Vor zwanzig Minuten habe ich ihm noch die Temperatur gemessen. Er hat hohes Fieber – fühlen Sie doch seine Stirn. Hat viel Flüssigkeit verloren, muß Antibiotika nehmen und kann kaum laufen.«

Daniel nahm seine Pistole von Carters Stirn. Mit den Fingerspitzen berührte er vorsichtig das Gesicht des Kanadiers.

Seine Haut brannte.

Carter zitterte am ganzen Leib und wand sich unter Schluchzern.

Die Hauser schaute ihn an und redete dann mit energischer Stimme auf Daniel ein.

»Der arme Kerl kann keine zwei Schritte laufen, von einem Weg in die Stadt ganz zu schweigen. Ich muß Sie warnen, Inspektor, wie auch immer Sie heißen mögen: Die UN-Dienststelle ist inzwischen verständigt worden. Wenn Sie ihn weiter so brutal behandeln, werden Sie ernsthafte Schwierigkeiten bekommen.«

Daniel starrte erst sie und dann Carter an. Der Mann wimmerte, sein Atem ging schwer. Sein geschundener Hals war rot angelaufen und verkrampfte sich zusehends. Carter hustete, gab gurgelnde Geräusche von sich.

Daniel trat von dem Bett zurück. Die Hauser stellte sich zwischen ihn und Carter.

»Die Sache mit Ihrer Tochter tut mir leid, aber Sie haben einen unschuldigen Mann gequält.«

Eine wahrhaft robuste alte Frau.

Wieder starrte er sie an, und ihm wurde klar, daß sie die Wahrheit sagte.

Carter erbrach sich in das Bettlaken. Die Hauser griff nach einer Blechschale, hielt sie ihm unters Kinn und fuhr ihm mit einem Waschlappen über die Lippen.

Dieser Mann befand sich in einem hundsmiserablen Zustand. War seit vier Tagen bettlägerig.

Carter konnte es nicht sein, der nächtliche Spaziergänger war jemand anders gewesen.

Ein Spiel mit vertauschten Rollen.

Und ein Psychopath, der die Fäden in der Hand hielt.

Carter machte ruckartige Bewegungen und schüttelte sich heftig. Spuckte klaren Schleim aus und stöhnte.

Das war kein Theater.

»Bitte, gehen Sie jetzt, Inspektor«, sagte die Hauser.

Carter konnte es nicht sein. Aber wer sonst?

Mein Gott, wer denn sonst?

Der Wachmann fiel ihm wieder ein, vorhin hatte er noch gedroht: *Wenn Mr. Baldwin zurückkommt, werden Sie großen Ärger –*

Wenn Mr. Baldwin zurückkommt – wo war der Mann denn überhaupt?

Aus dem Logbuch, das bei der Überwachung geführt wurde, ging hervor, daß der Krankenhausverwalter seit Sonntagmorgen das Amelia-Katharina nicht mehr verlassen hatte.

Ein Spiel mit vertauschten Rollen.

Der eine schlüpfte in die Haut des anderen.

Dr. Terrific.

Leiter des Krankenhauses. Verantwortlich für die Ärzte.

Nimmt eine Identität an, wenn er sich seine Mordopfer sucht.

Der nächtliche Spaziergänger hatte wie Carter ausgesehen – aber es war nicht Carter gewesen.

Der Chassidim war auch kein Chassidim.

Der Araber in dem weißen Mercedes-Diesel war kein Araber. Der Mann hatte Pappkartons mit der Aufschrift AKTEN in das Gebäude getragen. Von einem Bart war nichts erwähnt.

Schätzungsweise groß genug, um einen menschlichen Körper zu verbergen, wenn er zusammengekrümmt ist.

Oder sehr klein.

Der Körper eines Kindes.

Er tat, worum die Hauser ihn gebeten hatte, und verließ das Zimmer. Rannte zu der Tür mit dem Namensschild BALDWIN, S.T.

Abgeschlossen.

Er brachte die Beretta in Anschlag, zerstörte das Türschloß und trat ein. Bereit zu töten.

Ein großer Raum, der Fußboden mit Fliesen ausgelegt und die Wände weiß getüncht, alles doppelt so groß wie Carters Zimmer.

Auf der Skizze mit dem Gebäudegrundriß: Die Vorratskammer.

Ein großes, gußeisernes Bett. Die Decken glatt gezogen

und geradezu militärisch straff eingeschlagen. Alles sauber und ordentlich, jedes Ding an seinem Platz.

Auf dem Bett, säuberlich zusammengelegt, die Kleidung eines Chassidim. Daneben ein falscher roter Bart und eine Brille.

Etwas Grünes und Glänzendes.

Eine Schmetterlingsbrosche, silbernes Filigran mit Malachitaugen.

Von dem Monster keine Spur.

Auch nicht von Shoshi.

Mit vorgehaltener Beretta tastete er sich ins Badezimmer. Niemand.

Gepäckstücke in einer Ecke: drei Koffer, gepackt und vergurtet.

Wirklich eine schmutzige Geschichte, Danny.

Daniel unterdrückte seine Angst und machte die Koffer auf.

Die beiden größeren enthielten nur Kleidungsstücke, allesamt akkurat zusammengelegt. Er schob seine Hände unter das Zeug, warf alle Sachen heraus und machte sich an den kleineren Koffer.

Toilettenartikel, Rasierzeug. Falsche Schnurrbärte, Perücken, Vollbärte, eine Flasche Haarfärbemittel, Tuben mit Theaterschminke.

In dem Rasierzeug fand er das Ticket für eine Schiffsreise nach Zypern. Eine griechische Reederei; gebucht war nur die Hinfahrt. Das Schiff sollte morgen im Hafen von Eilat auslaufen.

Er hat uns angeschissen, Pakad.

Daniel durchsuchte den Wandschrank: er war leer.

Er suchte nach Ausgängen zum Dachgeschoß, nach Falltüren.

Nichts.

Wo steckte der Kerl? In der Höhle? Aber die wurde von der Grenzpatrouille bewacht – die Männer hätten ihn bemerken müssen.

Er kniete sich hin und warf einen Blick unter das gußeiserne Bett.

Was für ein dämliches Ritual. Er kam sich vor, als suche er nach Gespenstern.

Entdeckte Scharniere aus Messing, eine Erhebung in dem Fliesenboden. Holz.

Eine Falltür im Boden.

Auf der Skizze mit dem Gebäudegrundriß: der provisorische Weinkeller.

Er schob das Bett zur Seite.

Die Tür ein Rechteck aus solidem Hartholz, das sich von der Zimmermitte bis zu einer Seitenwand erstreckte. Der Türknauf war entfernt, das Loch mit Holz verstöpselt.

An den Rändern Spuren von Gewaltanwendung. Wahrscheinlich eine Brechstange.

Er sah sich nach dem Werkzeug um. Nichts – der Bastard mußte es mit nach unten genommen haben.

Er kämpfte mit aller Gewalt, um die Klappe aufzubekommen, rutschte mehrmals ab, quetschte sich die Fingernägel und schürfte sich die Haut von den Händen. Schließlich gelang ihm ein kraftvoller Hebelgriff. Die Tür öffnete sich, er trat zur Seite.

Unten war alles dunkel.

Er schlüpfte durch die Öffnung.

Abba *ist auf dem Weg!*

70 Er stieg leise und wie von Sinnen die schmale, steile Steintreppe hinab.

Die absolute Dunkelheit wirkte schwindelerregend. Er berührte feuchte Steinwände, um sich zu stützen und zu orientieren.

Bitte, Gott.

Der Gang wand sich hin und her, veränderte die Richtung,

dann folgten weitere Stufen, eine dumpfe Kälte stieg aus den unsichtbaren Tiefen auf.

Er eilte wie blind abwärts.

Ein tiefer Keller. Gut – vielleicht war der Knall des Schusses nicht bis hier hinabgedrungen.

Wieder eine Windung des Ganges und noch eine Treppe.

Dann der Erdboden, er packte die Beretta und streckte seine schlimme Hand aus. Metall. Er tastete daran herum, fummelte mit den verstümmelten Fingern und hielt den Atem an. Eine niedrige Metalltür, oben abgerundet. Blech – er konnte die Schweißnähte und Bolzen fühlen. Bekam eine Klinke in die Hand, drehte und stieß sie auf.

Sie öffnete sich.

Stille. Kein Ungeheuer.

Aber ein eisiges weißes Licht strahlte ihn an.

Für den Augenblick geblendet, trat er unwillkürlich einen Schritt zurück, hielt sich die Hand vor die Augen und blinzelte. Seine Pupillen zogen sich schmerzhaft zusammen. Als sie sich teilweise auf die Helligkeit eingestellt hatten, trat er einen Schritt vor und sah, daß er sich in einem kleinen, höhlenartigen Raum befand, der bis auf eine trogartige Doppelspüle und zwei mit etwas Ungesundem verkrusteten Abflüssen am Boden leer war.

Boden, Wände und Decke waren aus roh behauenem Stein, der ganze Raum war herausgehauen aus dem Grundgestein. Altersschwarz war er und von Streifen grünlich blauen Schimmels bedeckt, darüber hatte man ein Gerüst aus rissigem Holz gebaut; mit großen Zwischenräumen angebrachte Kiefernholzlatten, überkreuz geordnet, verdeckten zum Teil die Wände; an der Decke knorrige Balken, von denen an Ketten Schaltbretter mit Neonröhren hingen.

Dutzende von Neonröhren – ein halbes Hundert – gossen ein Licht aus, von dem die Augen schmerzten.

Er hörte Gelächter, wandte sich in jene Richtung, aus der es kam.

Am Ende des Raums, jenseits des Lichts, war eine andere Tür; alt, wacklig, aus Holz, mit rostigen Eisenbändern verstärkt. Er rannte auf sie zu, schob sie auf, trat in den anderen Raum, der etwas größer als der erste war, das Licht darin war noch heller, seltsam silbrig-lavendelfarben.

Kalte Luft, chemisch bitter. Wieder ein Trog mit Abflüssen.

In der Mitte stand ein langer Tisch mit einer Stahlplatte darauf, der auf breiten, metallischen Füßen ruhte, die man am Boden festgeschraubt hatte.

Daniel stand an seinem Fußende und sah hinab auf etwas Weiches, Weißes, weiße Knospen – die Sohlen von zwei kleinen Füßen. Zwei zierliche Waden, eine unbehaarte Scham, spindeldürre Rippen, ein konkav gewölbter Bauch, flache Brust.

Der nackte Körper seines Babys, die dunkle Haut weiß in diesem Licht.

Sie lag unbeweglich in einem Nest aus weißen Tüchern, in der Beuge ihres schlaffen Armes ein blutroter Punkt.

Ihren Nacken und die Schultern hatte man mit mehreren zusammengerollten Kissen abgestützt, während ihr Kopf zurückgeworfen war, das Kinn aufwärts, der Mund offen. Ihr lilienweißer Hals krümmte sich auf irgendeine schändliche Art dem Betrachter entgegen.

Die Opferstellung.

Es drängte ihn, ihr zu Hilfe zu eilen und sie zu beschützen, aber das Messer hielt ihn zurück, das ihre Luftröhre streichelte. Es hatte eine lange Schneide, war doppelseitig geschliffen und steckte in einem Perlmutthandgriff.

Weiß auf Weiß.

So still. Oh, Gott, nein – aber kein Blut außer dort, wo der Nadeleinstich den roten Flecken hinterlassen hatte, der Körper noch wie eine Skulptur vollkommen, keine Wunden zu sehen. Ihre Brust hob und senkte sich in einem flachen, von der Betäubung gehemmten Auf und Ab.

Die Gabe der Zeit ...

Hinter ihr eine weiße Masse. Weiße Hände – große Hände mit dicken Fingern. Eine hielt das Messer. Die andere war in ihre Locken hinabgetaucht, hineinverwickelt. Streichelte sie zärtlich.

Ein häßliches Gelächter.

Baldwin stand am Kopf des Tisches – drohend, nackt, Shoshis Kopf diente seiner Brust als Schild, ihr Leben abhängig vom Drehen seines Handgelenks.

Er schielte lüstern, seiner Sache sicher.

Die Tischplatte reichte ihm bis zum Nabel. Was von seinem Oberkörper zu sehen war, war wuchtig, muskelbepanzert, mit etwas Öligem eingeschmiert.

Das Neonlicht tauchte ihn in ein unheimliches Lavendelgrau. Er schwitzte trotz der Kälte, sein dünnes Haar lag in Strähnen wie nasser Zwirn auf seinem nackten grauen Schädel.

Sein Körper war glattrasiert, so glatt wie der eines Mädchens, und von Gänsehaut bedeckt, das Fleisch glühte feucht, glatt und glänzend wie eine Made, die nachts dort, wo sie sich eingegraben hat, aufgeschreckt wird.

Er stand etwas rechts von der Mitte des Tisches, sein linkes Bein war zu sehen. Hakenkreuzförmige Narben bedeckten seinen Schenkel – übel aussehende purpurne Brandmale. Eine frische Hakenkreuzwunde war gerade über dem Knie eingeschnitten worden, und die Haut ringsum war rosa vom verschmierten Blut.

Er starrte Daniel an, seine Augen waren kalte, flache Zwillingsgucklöcher, durch die man die Hölle sah.

Vor ihm ausgebreitet ein blitzendes Arsenal chirurgischer Instrumente – Messer, Nadeln, Scheren, Klammern – auf einem exakt gefalteten Tuch aus weißem Leinen. Daneben lag eine zur Hälfte mit einer milchigen Flüssigkeit gefüllte Spritze.

Shoshi totenstill.

Abba *ist hier.*

Ein karottenfarbener Puls hielt sich tapfer unter der Messerscheide. Daniel zielte mit der Beretta.

Baldwin zog Shoshis Kopf höher, so daß ihre Locken zu einem Bart an seinem Kinn wurden. Er lachte wieder, er hatte keine Angst.

»Hi, ich bin Dr. Terrific. Was gibt es für ein Problem?«

Ganz plötzlich fing das Messer an, an Shoshis Hals zu sägen.

Daniel hörte auf zu atmen, fing an zu schreien, wollte sich auf sie stürzen – aber es kam kein Blut.

Gelächter.

Ein Spiel. Das Grinsen wurde breiter. Er sägte weiter.

»Magst du meine Fleischfiedel, Judenfuck?«

Auf dem Perlmuttgriff des Messers fing sich das Licht, das Daniel blendete.

Weiß auf Weiß.

Auf Weiß.

Ein weißes Hakenkreuz war ungeschickt auf den dunklen Steinfußboden gemalt. In Blockbuchstaben:

Heil Schwann! Schwanns Same lebt!!!

Baldwins Gesicht verzerrte sich vor Ekstase. Berauscht von seinem Spiel sah er nicht, daß Daniel sich nach rechts bewegte. Einen Schritt. Noch einen.

»Keine Bewegung, Judenfuck.«

Die Warnung kam mit dem ekelerregenden Grinsen heraus. Eine mißtönende Stimme, hart und roh. Mechanisch. Keine Spur von einem Cowboy-Drawl, wie man ihn in den Südstaaten der USA hörte.

Tief, aber von einer versuchsweise durchdringenden Schärfe, knarrend, schallend.

Ein Echo der Schreie verlorener, geopferter Frauen. Daniel schwor, daß er sie hören konnte, wollte sich die Ohren zuhalten.

Baldwins Mund und sein Grinsen wurden breiter.

Die Finger seiner linken Hand fächelten hinab über Shoshis Gesicht, spatenförmige Fingerspitzen streichelten ihre Wangenknochen, ihre Lippen, während die rechte das Messer an Ort und Stelle festhielt. Baldwin bewegte es rückwärts und vorwärts, belustigt über seine Angst.

Ein Kichern: »Ich hatte noch nie eine so Zarte.«

Daniel bewegte sich einen weiteren Zentimeter nach rechts.

»Laß den Ballermann fallen, oder ich fange an zu schnipseln.« Grinsen. Große weiße Zähne. Purpurne Zunge. Lavendelfarbene Lippen.

Daniel ließ die Beretta langsam sinken und sah zu, wie Baldwins Augen der Waffe folgten – schlechte Konzentration. Er schob den Fuß vorwärts, noch ein Viertelschritt. Und noch einer. Auf der rechten Seite des Tisches jetzt. Näher.

»Ich hab' gesagt, du sollst ihn fallen lassen, Niggerjude. Ganz.« Baldwin drückte die flache Seite der Klinge an Shoshis Hals, ihr Puls war nicht mehr zu erkennen. Er streckte sich genüßlich im Bewußtsein seiner Macht. Bewegte sich dabei aber nach rechts in seinem unbewußten Abwehrversuch.

Sein Unterleib kam zum Vorschein. Sein Penis war zur Hälfte aufgerichtet, ein Zylinder aus weißer Stärke, der schwankend über der Brandwunde des Oberschenkels aufragte.

Er entfernte seine linke Hand von Shoshis Körper, ließ sie herabsinken und fing an zu masturbieren. Schielte lüstern, mißtrauisch herüber.

»*Zwei* Waffen.« Kichern. »Echte Wissenschaft.«

Daniel ließ die Beretta sinken, bis sie in der Höhe des Organs war. Noch ein Schritt vorwärts.

Baldwin lachte, beschleunigte die Handbewegung. Sägte gleichzeitig immer mit dem Messer hin und her.

»Alberner Millimeter, adieu Judenmädel.«

Die Stimme wurde höher, die Erektion härtete sich, kippte aufwärts.

Macht war für ihn alles. Kontrolle der Schlüssel.

Daniel spielte mit. Sagte: »Bitte.«

»Bitte«, lachte Baldwin. Er masturbierte noch etwas, hielt dann an und ließ den Finger über die obere Schneide des Messers gleiten. Die untere lag noch immer auf Shoshis Luftröhre.

»Das ist ein Liston-Amputator, Judendreck. Er weiß schon, wann er blitzschnell lostanzen muß, schneidet wie Butter durch den Knochen.« Grinsen. Kichern. Er hob das Messer, senkte es herab.

»Bitte. Tun Sie ihr nicht weh.«

»Einmal falsch geblinzelt, und wir spielen mit ihrem verdammten Kopf Fußball.«

»Bitte. Ich *flehe* Sie an.«

Baldwins Brauen wölbten sich aufwärts. Er leckte sich die Lippen.

»Du meinst das wirklich, du unbedeutendes Stück Scheiße einer Küchenschabe?«

»Ja.« Vorwärts.

»Ja, *Herr Doktor.*«

»Ja, Herr Doktor.« Bettelte, machte ein unterwürfiges Gesicht und achtete darauf, daß Baldwin ihm nicht auf die Füße sah. Bewegte sich nahe genug heran an Shoshis Bein, daß er sie am Fußgelenk packen und wegziehen konnte. Aber das Messer küßte noch immer ihr Fleisch. Ein Muskelzucken, und ihre Halsvene war durchtrennt.

»*Ja, bitte, Herr Professor Doktor!*«

»Ja, bitte, Herr Professor Doktor.«

Baldwin lächelte und seufzte. Dann fältelte sich sein Gesicht jäh in eine lebendige Maske des Hasses.

»*Dann laß den Ballermann fallen, Scheißkerl!*«

Daniel senkte die Beretta tiefer. Fing an um Gnade zu betteln, als er es tat. Ließ die Augen durch den Raum wandern und prägte sich die Situation ein.

Keine weiteren Türen. Dies war der Endpunkt.

»Bitte, Herr Doktor, tun Sie ihr nicht weh. Nehmen Sie mich statt dessen.«

Idiotisch, aber es amüsierte den Bastard, er gewann Zeit.

An einem Nagel, der in einer Latte steckte, hingen glänzende Sachen. Goldene Ohrringe. Drei Paare.

In der Ecke ein Eisschrank. Daneben lag ein Brecheisen. Zu weit entfernt.

In einem Wandregal sah er zwei große Stabtaschenlampen, weitere Bettücher, Kissen. Packen zusammengefalteter Kleidung: Kleider, Unterwäsche. Ein zerrissenes weißes Kleid mit blauen Streifen, ein Streifen fehlte.

Neben der Kleidung Gläser, gefüllt mit einer klaren Flüssigkeit und mit Etiketten versehen. Weiche, rosafarbene Sachen schwammen darin.

Zwei davon erkannte er. Es waren Nieren.

Andere waren ihm nicht geläufig. Rundliche Dinge, eindeutig Eingeweide.

»*Fallen lassen, Scheißgehirn, oder ich schneide sie!*«

Brüllen, aber ein leiser Unterton von Panik.

Feigheit.

Ein passives Monster, das sich die Schwachen heraussuchte. Noch wenn er sie in seiner Gewalt hatte und sie einschläferte, bevor er an sein schmutziges Werk ging, fürchtete er den Widerstand. Brachte sich oberflächlich Wunden bei, aber Daniel wußte, daß er nichts tun würde, das ihm gefährlich werden könnte.

Er senkte die Beretta ganz herab. Baldwin war wieder abgelenkt von ihrem Heruntersinken.

Daniel bewegte sich näher an den Kopf des Tisches heran, sah Baldwin an, dann an ihm vorbei zu einem ausgestopften Tier empor, das unterhalb der Gläser auf dem Regal stand. Dann erkannte er den schwarzen Fleck über dem Auge, begriff, daß es Dayan war. Steif wie ein Spielzeug. Tot. Nein – gelähmt, die großen braunen Augen bewegten sich hin und her, *folgten* ihm. Flehten ihn an um Rettung.

»Auf den Boden oder Fußball!« kreischte Baldwin und klang wie ein Kind, das einen Wutanfall hatte.

Daniel sagte: »Ja, Herr Doktor« und warf die Beretta durch den Raum. Sie traf die Seite des Trogs mit den beiden Abflüssen und fiel mit einem Scheppern zu Boden.

In jenem Augenblick, als Baldwins Augen der Flugbahn der Beretta folgten, hob sich die Hand, die das Messer hielt. *Ein Millimeter Luft zwischen Messerscheide und Hals.* Daniel stürzte sich, beide Hände ausgestreckt, auf Baldwins Handgelenk und stieß das Messer nach oben, weg von Shoshi. Er senkte den Kopf und stieß ihn mit aller Kraft in Baldwins öligen Unterleib, drängte das Ungeheuer zurück.

Das Ungeheuer war schwer, mit seinen zwanzig Kilo zusätzlichem Gewicht ihm gegenüber im Vorteil. Muskeln hart wie Stein. Einen Kopf größer. Zwei gesunde Hände.

Daniel legte die ganze Gewalt seines Zorns in den Angriff. Baldwin taumelte rückwärts, gegen das Wandregal. Die Latten vibrierten. Ein Glas kippte um, fiel herunter und zerbrach. Etwas Feuchtes, Glänzendes glitt über den Boden.

Ohrringe klingelten.

Baldwin riß den Mund auf, brüllte, griff das Messer schwingend an.

Daniel wich zurück vor den tödlichen Schwüngen. Baldwins Stiche trafen mehrere Male hintereinander daneben. Er verlor das Gleichgewicht.

Groß und stark, aber kein geübter Kämpfer.

Daniel benutzte die Gelegenheit, um Baldwin wieder den Kopf in den Magen zu rammen, bohrte die Fäuste in den Bauch und die Lenden des Monsters, trat gegen nackte Schienbeine, langte aufwärts, bekam ein Handgelenk zu fassen und kämpfte um das Messer.

Baldwin kämpfte sich frei. Stach zu, traf daneben. Trat auf zerbrochenes Glas, schrie auf.

Daniel stampfte auf den verletzten Fuß, griff mit der gesunden Hand nach dem Messer, versuchte die Klauen seiner verstümmelten Hand in Baldwins Brust zu bohren. Die Fingernägel trafen auf das ölige Fleisch und glitten wirkungslos ab.

Seine Augen suchten die Beretta. Sie lag zu weit entfernt. Er trat Baldwin gegen das Knie. Bestrafung, keine Verletzung. Bekam Baldwins Hand mit seinen beiden Händen zu fassen, fühlte den glatten Perlmuttgriff des Messers.

Auf die Finger zielen, darin sitzen so viele Nervenenden.

Er versuchte Baldwins Zeigefinger zurückzubiegen, aber Baldwin hielt ihn fest. Daniels Hebelwirkung war zu schwach, seine Hand glitt ab, kam der Messerscheide gefährlich nahe. Bevor er den Griff des Messers wieder fassen konnte, riß Baldwin den Arm hoch und packte es anders an, stach zu, hoch und runter, rückwärts und vorwärts, stach zu und drehte es herum, hatte es in seiner Gewalt, während Daniel sich festhielt und um sich selbst drehte, um nicht aufgeschlitzt zu werden.

Die rosa Haut von Daniels schlimmer Hand schrammte an der Schneide entlang. Der Nagel platzte auf und dann das weiche Fleisch darunter. Bohrender Schmerz. Ein warmes Bad aus Blut.

Er hielt mit seiner gesunden Hand den Griff fest und drückte gegen Baldwins Finger.

Baldwin sah das Blut. Lachte, es erfrischte ihn.

Er ließ den Kopf auf Daniels Schulter sinken, grub die Zähne hinein.

Daniel wand sich, ein brennender Schmerz, dem er entrinnen mußte. Eine tiefe Wunde, noch mehr Blut – sein Hemd fing an die Scharlachfarbe aufzusaugen. Kein Problem, er konnte noch eine Menge entbehren, würde nicht aufhören, bevor noch ein Tropfen in ihm war.

Aber als er Baldwins Biß zu entkommen suchte, hatte er auch das Messer loslassen müssen.

Baldwin hob die mächtige Klinge.

Daniel streckte seine schlimme Hand aus, die Handfläche nach oben.

Das Messer kam herunter.

Ging durch ihn hindurch.

Noch genug Nerven vorhanden, um den Schmerz anzuzeigen.

Alter Schmerz, Erinnerungsschmerz.

Wieder am Hügelabhang. Wieder in der Schlacht.

Baldwin drehte das Messer herum, beide Hände umklammerten den Griff, als er es tat, die große Klinge fraß Muskeln, durchtrennte Sehnen, drohte die Mittelhandknochen voneinander zu trennen, die Hand der Länge nach aufzuspalten.

Das Monster brüllte. Knirschte mit den Zähnen. Seine Augen waren leer, obszön.

Darauf aus, ihn zu vernichten.

Baldwin richtete sich zu seiner vollen Größe auf und drückte das Messer herunter. Stieß Daniel mit heftigen Bewegungen zu Boden.

Ein gewaltiger Druck, der ihn zermalmte, unbarmherzig. Daniel merkte, wie seine Knie schwach wurden, nachgaben, sich beugten. Er sank hin, aufgespießt.

Baldwins Grinsen war breiter denn je. Triumphierend. Er drückte ihn herunter, keuchte und schwitzte, Öl und Schweiß vermischten sich, liefen in klebrigen Strömen an ihm herab.

Daniel sah zu ihm auf, sah die Hakenkreuz-Brandwunden.

Das Brecheisen – lag zu weit weg.

Baldwin lachte, schrie, drehte das Messer in der Wunde herum.

Daniel richtete sich mit aller Kraft auf; die Messerklinge zerfetzte weiter seine Hand, dehnte ihr blutiges Reich weiter aus.

Er unterdrückte den Schmerz, seine Augen hingen an Baldwins, hielten das Monster fest, weigerten sich, ihm zu unterliegen.

Baldwin lachte, verschluckte Luft.

»Du ... zuerst ... sie ... als ... Nachtisch.«

Daniel fühlte, wie er ausblutete, die Kraft seiner Muskeln ließ nach, und er wußte, daß er nicht mehr lange aushalten konnte.

Er versuchte sich wieder aufzurichten, stieß fester nach oben, machte seinen Arm steif, gerade, wie aus Stahl. Drückte fest zu, gab dann ganz plötzlich nach, leistete keinen Widerstand mehr, ließ sich in einer Fallschirmjägerrolle zurückfallen, die aufgespießte Hand schlug auf dem Bogen auf, das Messer folgte ihr nach, aber unbeabsichtigt, von der Schwerkraft dazu gezwungen.

Daniel trat ihm wieder gegen das Knie.

Diesmal hörte er etwas reißen.

Baldwin heulte auf, als ob man ihn verraten hätte, umklammerte sein Bein und brach zusammen. Fiel mit voller Gewalt auf Daniel, kam auf der einen Hand zu liegen, während die andere noch das Messer umklammert hielt.

Baldwin schloß die Augen, zog an der Klinge, versuchte den Liston-Amputator frei zu bekommen, um ausholen zu können.

Aber das Messer steckte zwischen den Knochen fest, die waren nicht auseinanderzukriegen. Was ihm blieb, war, damit hin- und herzusägen, um mehr Blutgefäße zu öffnen. Wußte, daß die Zeit für ihn arbeitete. Die Schmerzen des Nigger-Juden mußten furchtbar sein – er war kleiner, minderwertiger, zum Untergang bestimmt.

Aber der kleine Fuck wollte nicht aufgeben, wehrte sich.

Harte Schläge trafen seine arische Nase, Wangen, sein Kinn und seinen Mund. Seine Unterlippe platzte auf. Er schmeckte sein eigenes Blut, schluckte es – heldensüß –, aber es würgte ihn.

Die Schläge kamen weiter wie Rasierklingen-Regen, und seine eigenen Schmerzen wurden schlimmer, als ob der Nigger-Jude alles aufnahm, was er gelernt hatte, und auf ihn zurückspuckte.

Er zwang sich zu einem D.T.-Grinsen, sah hinab, suchte für die Anzeichen einer Ohnmacht.

Judenfuck lächelte zurück, er lächelte ihn an!

Der Abschaum – dieser *verdammte Untermenschen-Abschaum*

kümmerte sich nicht um Schmerzen, ob der Liston auf ihm tanzte, ihn lebendig auffraß.

Er nahm seine ganze Kraft zusammen und zog am Messer, um es in die Höhe zu reißen. Abschaum benutzte seine Hand als Waffe, stieß ihn zurück, hielt das Messer fest.

Plötzlich hatten sich braune Finger in seine Wange gekrallt und rissen die Haut herunter. Fleischfetzen pellten herunter wie die Borke eines Baumes.

Oh, nein!

Blut – *sein* Blut – spritzte ihm ins Gesicht, in die Augen. Alles rot.

Er schluchzte vor Verzweiflung, sagte dem Liston Lebewohl und ließ es los. Wehrte mit der einen Hand die endlosen Schläge ab und versuchte mit der anderen, den Nigger bei der Gurgel zu packen.

Daniel fühlte dicke, nasse Finger über seinen Kehlkopf krabbeln.

Er rollte sich frei. Schlug auf Baldwins Nase, Mund, Kinn. Zielte auf die Wangen-Löcher. Das Grinsen für immer auslöschen.

Weiterlächeln. Das hat dem Feigling Angst eingejagt.

Baldwin erneuerte seinen Würgegriff.

Bekam den Kehlkopf zu fassen. Drückte darauf, um ihn zu zerquetschen und herauszureißen.

Daniel spürte, wie der Atem ihm mit einem traurigen Zischen aus der Brust fuhr. Der Umkreis seines Gesichtsfeldes wurde grau, dann schwarz. Sein Kopf war voll von hohlen Geräuschen. Todesrasseln. Seine Lungen füllten sich schnell mit nassem Sand.

Er schlug immer weiter zu, riß Fetzen aus dem Gesicht des Ungeheuers. Die großen Finger würgten ihn weiter.

Das Messer durchbohrte noch seine Hand, steckte fest, tat so weh.

Zwei schmerzende Stellen.

Baldwin fluchte, spuckte, würgte ihn. Eine fast vollkommene Dunkelheit. Beißende Flammen wüteten in seiner Brust, leckten aufwärts, versengten seinen Gaumen, näherten sich seinem Gehirn.

So heiß, trotzdem kalt.

Ohnmacht ...

Das Monster, stärker als er. Auf Zerstörung aus.

Sie zum Nachtisch.

Nein!

Er suchte in seinem Innern, jenseits seiner selbst, jenseits aller Empfindungen die letzte Faser Kraft, nahm den Schmerz auf sich, ging darüber hinaus. Er krümmte sich, blind, außer Atem, machte einen Buckel, tastete umher, fand einen von Baldwins Fingern. Nahm ihn in Besitz, bog ihn zurück und brach ihn in einer einzigen, geschwinden Bewegung.

Ein Knacklaut, dann fern ein Schrei. Der Griff um seinen Hals lockerte sich. Ein Atemholen.

Noch zwei Finger, zusammen angepackt. Gebogen, gebrochen. Noch einer.

Baldwins Hand fiel ab. Er schrie, ruderte endlos mit dem einen Arm herum.

Daniel versetzte ihm einen heftigen Stoß, warf sich auf den großen, öligen Körper, ging mit ihm zu Boden.

Baldwin heulte wie ein Baby, die Augen geschlossen, flach auf dem Rücken ausgestreckt, umklammerte seine Hand, ungeschützt.

Daniel zog das Messer aus der Hand. Baldwin schlug wie wild um sich, traf Daniel mit einem Fußtritt in den Solar plexus, so daß Daniel keine Luft mehr bekam.

Daniel keuchte, japste nach Luft. Das Messer fiel klappernd auf den Steinfußboden.

Als Baldwin es hörte, schlug er die Augen auf, setzte sich auf und streckte die Hand mit den ungebrochenen Fingern nach der Waffe aus.

Daniel warf sich auf Baldwin, vermied den Kontakt mit den knirschenden Zähnen, den krallenden Fingern. Baldwin knurrte, stieß mit dem Kopf nach Daniel, versuchte ihm in die Nase zu beißen. Daniel stieß ihn zurück, spürte etwas Weiches. Bekanntes. Nachgiebiges.

Seine Finger hatten Baldwins linkes Auge entdeckt. Er schloß sie um den Augapfel, bohrte, hebelte, riß es los.

Baldwin schrie, griff sich nach dem Gesicht, berührte die leere Augenhöhle, schrie wieder und schlug die Zähne in Daniels Schulter. Als er die Wunde fand, fing er zu kauen an, um sie zu vergrößern.

Daniel fühlte, daß sein Fleisch nachgab – er wurde verzehrt.

Beinahe bewußtlos vor Schmerz zwang er sich, an Shoshi zu denken, kämpfte gegen die Bewußtlosigkeit, versiegelte die Erinnerungen an die Schlacht und griff das andere Auge an.

Als er merkte, was vor sich ging, versuchte Baldwin ihm mit wahnsinnigem Zappeln und Sich-Winden zu entkommen. Aber Daniel wollte jetzt dieses Auge, seine Hand kroch wie eine hungrige Landkrabbe auf ihr Opfer zu, durch nichts abzubringen. Sie fand, was sie gesucht hatte, ergriff es und riß es los.

Als seine Welt sich endgültig verdunkelte, zuckte Baldwin und schlug um sich und weinte Blut aus leeren Augenhöhlen. Aber seine Zähne blieben in Daniels Schulter, zermalmten und zerrissen das Fleisch, und durch den Schmerz verstärkte sich die Kraft des Bisses.

Daniel stieß eine Faust in Baldwins scharlachrot gewaschenes Gesicht. Seine Faust streifte Knochen, Haut und Knorpel. Schließlich gelang es ihm, Ballen und Daumen seiner gesunden Hand unter Baldwins Kinn zu schieben und ihm plötzlich einen Stoß zu versetzen. Unwillkürlich entspannten sich Baldwins Kieferknochen. Daniel kam frei.

Baldwin bemühte sich, auf die Knie hochzukommen, ein stöhnendes, ohnmächtiges Gespenst. Sein Gesicht eine weiße, bleiche Totenmaske, gähnende Löcher, schwarz und bodenlos unter seinen Augenbrauen.

Er schrie und warf wie wild die Arme herum, suchte Kontakt mit der Leere.

Daniel holte sich das Messer, umklammerte es mit seiner gesunden Hand. Trat in frisches Blut, rutsche und taumelte rückwärts.

Baldwin hörte ihn fallen. Er kam auf die Füße, stolperte herum und suchte sich irgendwo aufzustützen.

Und er fand etwas. Die gebrochenen Finger legten sich um den kalten metallenen Rand des Seziertisches, bewegten sich dann vorwärts, als ob sie eigene Gedanken verfolgten.

Ein teuflisches Lächeln breitete sich auf Baldwins Gesicht aus, zerfraß sich auf dem Weg durch Schmerz und Blindheit.

Seine ungebrochene Hand, riesig, glitschig vor Blut, senkte sich herab auf Shoshis Gesicht, wurde zu einer Klaue.

Jetzt schrie Daniel auf. Er sprang Baldwin an und stieß ihm die zerfetzte Schulter in den eisenharten Körper, so daß er vom Tisch zurückwich.

Baldwin wirbelte mit den Armen in der Luft herum, tat einen Schritt vorwärts wie ein Betrunkener und umarmte ihn, bohrte seine Fingernägel in Daniels Rücken. Blutrosa Zähne klapperten und senkten sich herab, auf der Suche nach einem vertrauten Ziel.

Daniel kämpfte darum, Baldwin abzuschütteln, fühlte aber den Griff, mit dem er ihn umklammert hielt, fester werden. Trotz allem, das ihm zugestoßen war, war noch immer Kraft in dem Ungeheuer. Daniels Hand umklammerte den Griff des Messers, aber die Klinge war zwischen sie gepreßt, flach gegen ihre Körper. Nutzlos und untätig.

Baldwin schien unempfindlich gegenüber der Kälte des chirurgischen Stahls auf seiner nackten Brust zu sein. Er hob die Hand und fuhr damit in Daniels Haar, riß mit aller Kraft. Daniel merkte, wie seine Kopfhaut sich vom Schädel löste.

Baldwin riß noch einmal.

Daniel bekam durch Drehen das Messer frei und fand den Fleck, nach dem er suchte, knapp unter Baldwins Brustkorb.

Baldwin schlängelte seine Finger durch Daniels Haar, über Daniels Stirn, zu Daniels Augen.

Er kratzte herum, umfaßte den Augapfel mit Daumen und Zeigefinger und schrie in dem Moment triumphierend auf, als Daniel das Messer nach oben hineinstieß. Die Klinge glitt lautlos hinein und beendete ihre Reise rasch, indem sie durch Zwerchfell und Lunge eindrang und in Baldwins Herz zur Ruhe kam.

Baldwin fiel rückwärts hin, sein Körper verkrampfte sich, und dann öffnete er überrascht den Mund und stieß einen Schwall Blut aus. Er umklammerte Daniel in einem letzten Spasmus und starb in den Armen des Detektivs.

71

Alles um ihn war weiß, die Menschen verschwammen im Nebel.

Sie kümmerten sich um ihn, sie pflegten und trösteten ihn, sprachen ihm Mut zu. Standen um sein Bett wie freundliche Fremde. Lächelten und nickten ihm zu, meinten, er würde schon Fortschritte machen, und alles liefe wirklich bestens. Übersahen dabei geflissentlich seine Verbände und Blutbeutel, die Flaschen mit der Traubenzuckerlösung und jene Röhrchen, die an seinem Körper befestigt waren, Flüssigkeiten absaugten und zuführten.

Meist bekam er gar nicht mit, was sie zu ihm sagten; aber er tat, als ob er jedes Wort verstehen könnte, um ihre Gefühle nicht zu verletzen.

Sie hatten ihm etwas gegeben, um seine Schmerzen zu dämpfen. Das Mittel wirkte, aber er fühlte sich wie in nassen Zement getaucht, die Atemluft wurde flüssig, der geringste Konzentrationsversuch zum Kraftakt. Als ob er Wasser treten würde und seine Beine mit Sandsäcken beschwert wären.

Er sei schon okay, versuchte er den Leuten zu sagen und

bewegte seine Lippen. Die Menschen in Weiß nickten, lächelten ihm zu.

Eine Weile trat er noch Wasser, dann gab er auf und versank in der Tiefe.

Am zweiten Tag fühlte er sich ein wenig klarer im Kopf, aber schwach war er noch immer; und die Schmerzen traten wieder auf, heftiger noch als am Tag zuvor. Man befreite ihn von seinen Röhrchen, gab ihm einen Schluck zu trinken und verabreichte neue Schmerztabletten, die er im Mund behielt und verschwinden ließ, sobald die Krankenschwester aus dem Zimmer war.

Laura saß an seinem Bett; sie wußte, was ihm gut tat und was nicht. Wenn er einschlief, nahm sie sich ein Buch vor oder machte sich an eine Häkelarbeit. Wenn er wach wurde, war sie da und faßte nach seiner unversehrten Hand; sie wischte ihm die Stirn und hielt ihm ein Glas mit Wasser an die Lippen, noch ehe er darum gebeten hatte.

Einmal, es ging schon auf den Abend zu, war er aufgewacht und hatte sie zeichnen sehen. Er räusperte sich, und sie drehte den Zeichenblock um, zeigte ihm, woran sie gerade arbeitete.

Es war ein Stilleben. Eine Schale mit Früchten, daneben eine Flasche Wein.

Er mußte lachen und hörte sich noch lachen, als er längst wieder in seinen Schmerzen versank. Danach schlief er ein und träumte von dem Tag, an dem sie sich zum ersten Mal begegnet waren – ein heißer, trockener Morgen im September, der erste Septembermonat im vereinten Jerusalem. In ein paar Tagen feierte man die *Rosh Hashanah*, den Beginn eines neuen Jahres, das zu keinen großen Hoffnungen Anlaß bot.

Er war Streifenpolizist und trug noch eine Uniform, hatte im »Café Max« gesessen und an einem Glas Sodawasser genippt. Wollte sich von einem anstrengenden Arbeitstag in den Katamonim erholen: seine versehrte Hand schmerzte vor Anspannung, die wüsten Beschimpfungen der *Pooshtakim* lagen ihm noch im Magen, und nun saß er hier und grübelte darüber nach, ob er wirklich die richtige Entscheidung für sich getroffen hatte. Vielleicht wollte ihn Gavrieli tatsächlich nur als eine Schachfigur benutzen.

Neben ihm im Café saß eine Gruppe von Kunststudenten, die aus der Belazel kamen. Langhaarige junge Männer und Frauen, nonkonformistische Leute mit lachenden Gesichtern und feinsinnigen Händen. Ihr Gelächter ging ihm auf die Nerven. Sie nahmen drei Tische in Beschlag, tranken Eiskaffee, verschlangen Käsetoast und Cremeschnitten; außerdem verpesteten sie das winzige Restaurant mit Zigarettenqualm und belästigten die übrigen Gäste mit ihrem lauten Geschwätz.

Eines der Mädchen fiel ihm auf. Sie war schlank, hatte langes, welliges blondes Haar, blaue Augen und sah ungewöhnlich hübsch aus. Für eine Kunststudentin wirkte sie eigentlich viel zu jung.

Erst als sie ihm ein Lächeln zuwarf, merkte er, daß er sie die ganze Zeit angestarrt hatte. Verlegen wandte er sich ab und trank sein Sodawasser aus. Er rief nach der Rechnung, und als er in die Tasche griff, um sein Portemonnaie herauszuziehen, stellte er sich so ungeschickt an, daß es ihm aus der Hand fiel. Er bückte sich, um es aufzuheben, und dabei fiel sein Blick wieder auf die Kunststudenten. Und das blonde Mädchen.

Sie war offenbar mit ihrem Stuhl ein wenig von den anderen weggerückt. Saß ihm nun direkt gegenüber und zeichnete auf einem Block Papier. Sah ihm geradewegs in die Augen, lächelte und beugte sich wieder über ihre Skizze.

Sie zeichnete ein Porträt von ihm! Was für eine Unverfrorenheit, wie konnte man nur derart aufdringlich sein!

Er starrte sie an. Sie lächelte nur und zeichnete weiter.

All sein Ärger, der sich den Tag über angestaut hatte, kam auf einmal in ihm hoch und wollte ihm die Kehle zuschnüren. Er drehte ihr den Rücken zu, knallte ein paar Geldscheine auf den Tisch und stand auf, um das Café zu verlassen.

Als er in der Tür war, spürte er, wie eine Hand ihn am Ellbogen berührte.

»Ist irgendwas?«

Das Mädchen schaute zu ihm auf – besonders groß war sie nicht. Und sie war ihm einfach nachgegangen. Über ausgebleichten Jeans und Sandalen trug sie einen bestickten schwarzen Kittel. Dazu ein großes rotes Halstuch – sie gefiel sich in der Rolle der Künstlerin.

»Stimmt was nicht?« fragte sie noch einmal. Ihr Hebräisch hatte einen amerikanischen Akzent. Wunderbar, diese verwöhnten jungen Dinger aus gutem Hause, die sich ihre Blütenträume vom Papa bezahlen ließen. Sie war wohl auf ein Abenteuer aus, dachte er, zur Abwechslung sollte es jetzt mal ein Polizist in Uniform sein.

»Ach was«, sagte er auf englisch.

Sein Ton war so barsch, daß sie erschrak und unwillkürlich einen Schritt zurücktrat. Daniel kam sich plötzlich wie ein Flegel vor; er wußte nicht mehr recht, was er sagen sollte.

»Oh«, sagte sie und schaute auf seine bandagierte Hand. »Okay. Es ist nur, weil Sie mich so angeschaut haben, und dann waren Sie auf einmal wütend. Darum wollte ich nur wissen, ob vielleicht irgendwas nicht stimmt.«

»Ach was«, wiederholte er und gab sich Mühe, einen freundlicheren Ton anzuschlagen. »Ich sah nur, daß Sie ein Porträt von mir gezeichnet haben, und wunderte mich, das ist alles.«

Das Mädchen zog die Augenbrauen hoch. Und dann prustete sie los, fing an zu lachen. Biß sich auf den Finger, um an sich zu halten. Kicherte in sich hinein.

So ein verwöhntes Ding, und albern ist sie auch noch, dachte Daniel und ärgerte sich wieder. Er drehte sich um, gehen.

»Nein. Warten Sie«, sagte das Mädchen und faßte ihn am Ärmel. »Hier.« Sie klappte ihren Skizzenblock auf und drehte ihn um, damit er ihre Zeichnung sehen konnte.

Ein Stilleben. Eine Schale mit Früchten, daneben ein Weinglas.

»Nicht besonders gut, oder?«

»Doch, doch.« *Bist ein Idiot, Sharavi.* »Sehr hübsch ist das.«

»Nein, das stimmt nicht. Es ist ganz furchtbar. Ein abgedroschenes Klischee, soll eigentlich nur ein Scherz sein – an der Kunstschule amüsiert man sich darüber.«

»Nein, nein, Sie können sehr gut zeichnen. Tut mir wirklich leid, ich dachte –«

»Ach, was soll's.« Das Mädchen klappte seinen Skizzenblock zu und lächelte ihn an.

Sie hatte ein wunderschönes Lächeln. Daniel ertappte sich dabei, wie er die Narbenhand hinter seinem Rücken verbergen wollte.

Sie schwiegen, beide waren sie etwas verlegen. Das Mädchen faßte sich eher als Daniel.

»Möchten Sie denn gern, daß ich ein Porträt von Ihnen zeichne?«

»Nein, nein, das geht nicht, ich muß jetzt –«

»Sie haben ein wunderbares Gesicht«, sagte das Mädchen. »Wirklich. Diese prägnanten Gesichtszüge.« Sie hob ihre Hand, wollte seine Wange berühren, zog sie aber zurück. »Und wenn ich Sie darum bitte? Etwas Übung würde mir gut tun.«

»Nein wirklich, ich –«

Sie nahm ihn beim Arm, führte ihn die King George hinunter. Ein paar Minuten später saß er unter einer Pinie im grünen Gras des Independence Park; das Mädchen hockte ihm gegenüber, die Beine verschränkt, und voller Eifer machte sie sich an die Arbeit, skizzierte und schraffierte.

Als sie fertig war, riß sie das Papier aus dem Zeichenblock und überreichte ihm sein Porträt, ihre hübschen Finger waren von dem Kohlestift ganz schwarz.

An diesem Punkt seines Traumes verschwamm die Realität, die Dinge verkehrten sich ins Irreale.

Das Blatt begann in seiner Hand zu wachsen, nahm die doppelte und dreifache Größe an, hatte auf einmal die Ausmaße eines Bettlakens. Dehnte sich weiter aus, wuchs zu einem riesigen Transparent an, das den ganzen Himmel bedeckte. Wurde zum Himmel selbst.

Alles war weiß, so weit das Auge reichte.

Vier Gesichter. In Kohle gezeichnet.

Ein nachdenklicher Daniel, der viel besser aussah als in Wirklichkeit.

Drei lachende kleine Kinder mit pausbäckigen Gesichtern.

Was mag das wohl bedeuten, dachte er. Das Bild wirkte so angenehm und heiter. Er mochte sich nicht dagegen wehren.

Das Porträt nahm Farbe an, Tiefe und eine fotorealistische Genauigkeit. Ein Wandbild, riesig wie der Himmel.

Vier gigantisch große Gesichter – und in seinem Gesicht ein Lächeln, das himmelweit leuchtete.

»Wer ist das?« fragte er und schaute die kleinen Kinder an. Auch in ihren Gesichtern stand ein Lächeln, aber es galt ihm, ihre Blicke waren auf ihn gerichtet.

»Unsere Kinder«, sagte das Mädchen. »Eines Tages werden wir Kinder zusammen haben, wunderschöne Kinder. Und du wirst der beste Vater der Welt sein.«

»Aber wie?« fragte Daniel. Er hatte sie nie zuvor gesehen, und trotzdem schienen sie ihm vertraut. Er selbst irrte wie ein Fremder durch seinen eigenen Traum. »Wie kann ich wissen, was ich tun soll?«

Das blonde Mädchen lächelte, beugte sich über ihn und gab ihm einen sanften Kuß auf die Lippen. »Du wirst es wissen, wenn die Zeit dafür gekommen ist.«

Daniel dachte darüber nach. Was sie sagte, klang vernünftig. Er konnte es annehmen.

Um acht Uhr dreißig kamen Gene und Luanne, sie hatten ihm Blumen und Schokolade mitgebracht. Gene plauderte mit ihm, steckte ihm eine Zigarre zu und meinte, er käme bestimmt bald wieder auf die Beine. Luanne fand, er sähe großartig aus. Sie ging auf ihn zu und gab ihm einen Kuß auf die Stirn. Ein angenehmer Duft ging von ihr aus, ein Aroma wie von frischer Minze. Als sie gehen wollten, schloß Laura sich den beiden an.

Am selben Nachmittag kreuzte Laufer bei ihm auf, begleitet von einigen Herren aus der Chefetage. Als Daniel zu allem Überfluß noch eine feierliche kleine Rede des Polizeivize über sich ergehen lassen sollte, entschloß er sich nach den ersten Sätzen zu einem Nickerchen.

Um die Abendbrotzeit kam Laura wieder, zusammen mit den Kindern und seinem Vater; sie brachte ihm *Shwarma* und Steak*pitas*, kaltes Bier und Sodawasser. Daniel nahm sie alle in den Arm und küßte sie. Er tätschelte Mikeys und Bennys butterweiche Wangen, ließ die beiden mit dem Rollstuhl spielen und am Fernseher herumfummeln. Shoshi sah er nur am Fenster sitzen und hinausschauen.

Sein Vater blieb noch länger bei ihm. Er nahm die *Tefillim* zur Hand und sang mit seiner sanften, beruhigenden Stimme ein paar Psalmen für ihn; es waren die alten *Nigunim* aus dem Jemen, deren Rhythmus dem Takt seines Herzschlags entsprach.

Als er wieder aufwachte, war es beinahe zehn Uhr und fast dunkel geworden; sein Vater war längst fort. Den Band mit den Psalmen hatte er bei ihm gelassen; das Buch lag zugeklappt auf seinem Nachttisch. Daniel nahm es an sich; und es gelang ihm, die *Tefillim* mit einer Hand aufzuschlagen. Leise sang er die alten Lieder noch einmal für sich allein.

Ein paar Minuten später kam Shmeltzer in sein Zimmer gestürzt, eine schwergewichtige Krankenschwester war ihm auf den Fersen. Die Besuchszeit sei schon lange beendet, protestierte sie lauthals; dieser Patient habe heute ohnehin schon zu viel Besuch gehabt.

»Sie können mir mal den Buckel runterrutschen, *Yenta*«, sagte der nicht mehr ganz junge Beamte. »Ich habe die Nase voll von Ihren ewigen Vorschriften. Es handelt sich hier um eine Angelegenheit der Kriminalpolizei, wir haben eine dienstliche Besprechung. Sagen Sie ihr das, Dani.«

»Eine dienstliche Besprechung.« Daniel schmunzelte. »Das geht schon in Ordnung.«

Die Krankenschwester stemmte ihre Hände in die Hüften, rückte ihre Haube zurecht und sagte: »Für Sie mag das vielleicht in Ordnung sein. Aber wir haben hier unsere Vorschriften, und die gelten auch für Sie, *Pakad*. Ich werde jetzt den diensthabenden Arzt rufen.«

»Gehen Sie nur und rufen Sie ihn«, sagte Shmeltzer. »Und wenn Sie ihn sehen, steigen Sie erst mal mit ihm in den Wäscheschrank und ziehen eine anständige Nummer mit ihm ab.«

Die Krankenschwester wollte auf ihn losgehen, besann sich aber und dampfte wutschnaubend ab. Shmeltzer schob einen Stuhl neben das Bett und setzte sich.

»In Wirklichkeit hieß der Bastard Julian Heymon«, sagte er. »Amerikaner, stammt aus Los Angeles, sehr betuchte Eltern, beide tot. Ein Versager von Anfang an, ist sogar in Sumbok rausgeflogen; warum, wissen wir nicht, aber in einem solchen Laden – da muß er's schon weit getrieben haben. An anderen medizinischen Hochschulen wurde er nicht aufgenommen, und seitdem zog er ziellos durch die USA; er lebte von seiner Erbschaft und nahm unter falschem Namen an Medizinertagungen teil. Daß wir ihm das Handwerk legten, verhalf dem FBI dazu, vierzehn offene Mordakten zu schließen. Für mindestens fünf weitere Fälle kommt er als Täter in Frage. Was aber nicht heißen soll, daß Sie nun mit heißen Dankschreiben aus den USA rechnen können.

Der wirkliche Sorrel Baldwin war ein Krankenhausdirektor aus Texas, ein begabter junger Mann auf dem Weg nach oben – hat seinen Magister an der Amerikanischen Universität gemacht und danach in der dortigen Krankenhausabteilung gearbeitet, als Beirut noch so eine Art Vorort von Zürich war. Er blieb ein Jahr dort, kehrte 1974 in die USA zurück und übernahm eine leitende Position in einem luxuriös ausgestatteten Pathologielabor in Houston, das Herzchirurgen versorgte – Heymons Vater war Herzchirurg, ein Jude – das muß man sich mal vorstellen! Also hat da wohl eine sonderbare Verbindung bestanden. Unter dem ganzen Krempel in dem Haus in der Deutschen Kolonie fanden sich zahlreiche Hinweise auf einen weiteren Vater, einen Mann namens Schwann. Wir versuchen das noch zu recherchieren, müssen auch die Kisten mit den präparierten Tierleichen sichten und die Naziparolen registrieren, mit denen er die Wände beschmiert hat. Etliche Notizbücher hat er auch verfaßt, er nannte sie EXPERIMENTELLE DATEN: WAHRE WISSENSCHAFT. Im großen und ganzen nichts als Makulatur – psychopathische Wahnideen, Experimente mit Folterungen. Soweit ich das sagen kann, hatten Sie mit der Annahme rassistischer Motive recht. Wir sind mehrmals auf das Schlagwort *Projekt Untermensch* gestoßen – mit seinen Morden hat er uns gegen die Araber aufhetzen wollen und die Araber gegen uns. Wir sollten uns gegenseitig ausrotten. Alles beseitigen, was –«

Shmeltzer sprach nicht weiter. Er räusperte sich, schaute aus dem Fenster. »Ja, das wäre also die ganze Geschichte –«

»Shoshi zu beseitigen, war sein letztes Projekt«, sagte Daniel. »Er hatte vor, sie zu verstümmeln und neben ihrer Leiche eine Notiz zu hinterlassen, die das Ganze als die Vergeltungstat eines arabischen Mordkommandos hinstellen sollte.«

Shmeltzer nickte. »Aus seinen Aufzeichnungen geht hervor, daß er anschließend irgendwo in Afrika weitermachen wollte – in Südafrika oder Zimbabwe. In meinen Augen war das alles nichts als purer Blödsinn. Dieser *Schmock* hatte schlicht und einfach Spaß daran, andere Menschen zu töten. Das wollte er mit politischen Motiven übertünchen. Was Sie mit ihm gemacht haben, war noch viel zu menschenfreundlich. Er hätte ein schlimmeres Ende verdient.«

Daniel schloß die Augen. »Was ist aus dem echten Baldwin geworden?«

»Dieser Mann kann einem wirklich leid tun«, sagte Shmeltzer. »Dem armen Teufel lag die Welt zu Füßen, als er 1975 in New York an einem Medizinerkongreß über finanzwirtschaftliche Fragen teilnahm. Er war zusammen mit ein paar anderen Direktoren in einem Restaurant, wollte anschließend noch einen Spaziergang machen und wurde nie wieder gesehen.«

»Vor zehn Jahren«, sagte Daniel und mußte daran denken, was Gene über Amerika gesagt hatte: In einem großen Land passieren auch große Schweinereien. Personen verschwinden eines Tages und tauchen nie wieder auf.

»Heymon hatte Geduld, das muß man ihm lassen«, sagte Shmeltzer. »Er verschaffte sich Baldwins Papiere – vier Jahre lang hat er sich davon nur Duplikate und Kopien angefertigt. In dem Haus in der Deutschen Kolonie haben wir noch andere falsche Papiere gefunden, der Bastard hat sich also das Beste herausgesucht. 1979 bekam er einen Job unter dem Namen Sorrel Baldwin, als Verwaltungsdirektor einer Abtreibungsklinik in Long Beach, Kalifornien. Vier Jahre später ist er dann zur UNO gegangen – Baldwin verfügte über erstklassige Bewerbungsunterlagen, womit ich nicht sagen will, daß man dort sehr wählerisch ist. In New York hat er eine Zeitlang in UNO-Papieren herumgewühlt – vielleicht hat es ihm ja sogar Spaß gemacht, für Waldheim zu arbeiten. Später hat er dann Arabisch studiert und sich für den Job am Amelia-Katharina beworben, den er auch bekam. Alles übrige ist Geschichte.«

»Was ist mit Khoury, seiner Freundin?«

»Sie behauptet, genauso schockiert zu sein wie alle anderen. Wir können ihr nichts Gegenteiliges nachweisen. Daß Baldwin – oder Heymon – ein sehr sonderbarer Kerl war, habe sie gewußt, sagt sie. Er hätte nie versucht, mit ihr ins Bett zu gehen; Händchen zu halten und in die Sterne zu schauen habe ihm schon genügt. Aber sie hätte natürlich nie vermutet ...

blah blah blah. Auf jeden Fall behalten wir sie im Auge. Vielleicht werde ich Cohen damit beauftragen – sie ist attraktiv, hat viel Ausstrahlung.«

»Wie geht's ihm denn?«

Shmeltzer zog die Schultern hoch. »Wenn man ihn fragt, großartig – im Augenblick kommt er sich vor wie John Wayne persönlich. Genaugenommen hat er ja auch gar nicht so sehr gelitten. In der Zeit, als Sie mit Heymon befaßt waren, ließ die Wirkung des Heroins in seinem Körper schon nach. Cohen ist von allein aufgewacht, sah sich von all den Tierköpfen umgeben und glaubte vermutlich, er sei gestorben und in der Hölle. Aber das streitet er ab und meint, es sei einfach sehr komisch gewesen – als ob das alles nur ein Witz war. Trotz seiner Fesseln kroch er zu einem Telefon, steckte sich einen Bleistift zwischen die Zähne und wählte die 110. Als Daoud und der Chinese eintrafen, hatte er sich schon selbst befreit und machte große Sprüche, wie einfach doch alles gewesen wäre. Für seinen Einsatz in der Deutschen Kolonie wird man ihm eine Belobigung aussprechen, und er bekommt natürlich eine Beförderung wie wir alle. Sie sind der einzige, der wirklich allerhand abbekommen hat – Pech, was?«

»Ich und Richard Carter«, sagte Daniel.

»Mmh, der hat auch Pech gehabt«, sagte Shmeltzer. »Er liegt jetzt in der Hadassah, aber er wird überleben. Hajab, der Wachmann, hat ein paar Schrammen am Mund. Die Zähne, die Sie ihm ausgeschlagen haben, waren falsch – sollen die Idioten von der UNO ihm mal eine neue Brücke zahlen. Es versteht sich von selbst, daß die Schwachköpfe vom sogenannten Sicherheitsrat versucht haben, einen Riesenskandal wegen der ganzen Sache zu inszenieren. Selbst Sie wollte man belangen, aber der Boß und der Bürgermeister haben sich für Sie stark gemacht. Es ist sogar die Rede davon, das ganze gottverdammte Krankenhaus aus Gründen der nationalen Sicherheit abzureißen.«

Daniel hustete. Shmeltzer goß ihm etwas Wasser ein und hielt ihm das Glas an die Lippen.

»Zwei kleine Delikatessen habe ich noch auf Lager, *Adon Pakad*. Amira Nasser, die rothaarige Hure, die angeblich die ganze Zeit über in Amman war, stand Gerüchten zufolge bei der Shin Bet auf der Gehaltsliste und hat sich neben der Arbeit auf dem Strich noch ein paar Dollar zusätzlich verdient. Sie sollte die Ohren aufhalten, wenn Gerüchte über Bombenanschläge kursierten. Als ihr Heymon begegnete und sie allzu redselig wurde, hat Shin Bet sie abgezogen und in ein sicheres Haus im Negev gesteckt.«

Daniel setzte sich auf, eine Woge von Schmerz fuhr ihm durch den ganzen Körpern. »Nette Leute sind das. Warum wollten sie uns nicht mit ihr sprechen lassen? Sie hätten uns doch ihre Personalien geben können.«

»Der Zeitpunkt war ungünstig, die Priorität gering«, sagte Shmeltzer. »Und Gerüchten zufolge soll sie auch nicht besonders gut sehen können.«

»Gerüchten zufolge, sieh mal einer an. Ihre Freundin ist wohl neuerdings gesprächig?«

Shmeltzer zog wieder die Schultern hoch, rückte sich die Brille zurecht. »Muß wohl an meinem gnadenlosen Charme liegen, ich bin ja bekannt dafür. Sie meint, ich wäre immer noch zu haben und will unbedingt an meine grüne Seite.«

»Und die andere Delikatesse?«

»Auch da haben wir den falschen Zeitpunkt erwischt. Erinnern Sie sich an die schwangere Frau aus dem Kibbuz, mit der ich gesprochen habe – Nurit Blau, eine ehemalige Reiseführerin vom Naturschutzbund, die an totalem Gedächtnisschwund litt? Heute morgen hat sie Baldwins Foto in der Zeitung gesehen. Rief mich sofort an und sagte, oh, ja, doch, dieser Mann, er war damals bei einer Führung in meiner Gruppe, hat überall herumgeschnüffelt. Also, wenn ich Ihnen weiter behilflich sein kann, bla bla bla – Idiotin, wahrscheinlich wird sie ein Kind mit einem Kohlkopf zur Welt bringen.«

Daniel mußte lachen.

Die Tür ging auf. Herein stürmte die schwergewichtige Krankenschwester, ein junger Arzt an ihrer Seite.

»Der da«, sagte sie und zeigte auf Shmeltzer.

»So schnell schon fertig?« sagte Shmeltzer zu dem Arzt. »Na, das sieht ja gar nicht gut aus, an Ihrem Stehvermögen müssen Sie aber noch arbeiten.«

Dem Arzt fehlten die Worte. »*Adon*«, begann er.

»Gute Nacht, *Pakad*.« Shmeltzer salutierte und war aus dem Zimmer.

72 Auf dem Nachttisch brannte eine Kerze.

Zwei Kilo hat sie bestimmt zugenommen, schätzte Daoud beim Anblick von Mona, die zu ihm ins Bett kam. Sie hatte ihre Zöpfe aufgemacht und ihr Haar zu einem schwarzen, glänzenden Vorhang gekämmt, der ihr bis über die Taille hing. Und was für eine Taille! Ihre weichen Formen verbargen sich unter einem zeltartigen Nachthemd aus schmiegsamer Baumwolle, aber alle ihre Kurven schimmerten durch den Stoff – diese angenehmen Rundungen ihres Leibes.

Sie kuschelte sich an seine Seite, die Spiralfedern quietschten unter ihrem Gewicht, dann legte sie ihren Kopf auf seine Brust und seufzte. Duftete nach Eau de Cologne und dem Aroma der Süßigkeiten, die er ihr gekauft hatte: gezuckerte Mandeln, Schweizer Schokolade mit Fruchtfüllung, Feigen mit Honig.

»Hat dir das Essen geschmeckt?« fragte sie mit schüchterner Stimme.

»Ja.«

»Möchtest du noch was zu essen oder zu trinken haben?«

»Nein.«

Sie lag da und atmete tief. Wartete, wie sich das für eine Frau gehörte, daß er den Anfang machte.

In ihrer kleinen Schlafkammer war es still; ein Fenster stand offen und gab den Blick frei auf den strahlenden Sternenhimmel von Bethlehem. Alle sechs Kinder und auch Großmama lagen endlich im Bett. Die Teppiche waren geklopft, in der Küche war alles abgewaschen, der Raum gelüftet.

Zeit zum Entspannen, aber selbst nach dem schweren Essen und dem süßen Tee gelang es ihm nicht abzuschalten. Nach all diesen Stunden, die er in Verstecken verbracht hatte, immerzu wartend, immer auf der Lauer; und nun sollte alles vorbei sein. Einfach so.

Es gab keine Morde mehr, Gott sei Dank. Und trotzdem, er fühlte sich irgendwie mutlos.

Anständige Arbeit hatte er geleistet, es gab für ihn Aussicht auf Beförderung; aber als der Fall im letzten Stadium war, hatte er nur dagesessen, immer auf der Lauer, und immerzu gewartet.

Es gab jetzt viel Gerede; sie alle seien Helden, hieß es. Aber wenn einer ein Held war, dann der Jemenit. Er hatte dem Killer Auge in Auge gegenübergestanden und seine Hände im Blut des Teufels gewaschen.

Er hatte Sharavi im Krankenhaus besucht, ihm einen Kuchen mitgebracht, den Mona gebacken hatte, kräftig und mit feuchter Hefe, gewürzt mit Anis und mit Rosinen und Feigen garniert.

Der Jemenit hatte mit ihm zusammen gegessen. Hatte seine Arbeit gelobt, ihm noch einmal eine Beförderung in Aussicht gestellt.

Trotzdem: er fragte sich, was ihm die Zukunft bringen würde.

Seine Pflicht tun. Den fremden Herren zu Diensten sein.

Einen Fall wie den Schlächter gab es nur einmal in hundert Jahren. Was für eine Verwendung würden sie nun für ihn haben? Warten, immerzu auf der Lauer? Und dabei seine arabischen Brüder verraten? Sich noch mehr Feinde machen, so wie in Gaza?

929

Mona streichelte ihn am Kinn, ihre Hand war voller kleiner Grübchen. Sie schnurrte wie eine wohlgenährte Katze, voller Lust und bereit, ihn tief in sich aufzunehmen, noch ein Baby zu haben.

Er drehte sich zu ihr, schaute sie an. Betrachtete das hübsche Gesicht mit den runden kleinen Polstern wie von einer Puttenfigur aus einem Geschenkartikelladen.

Sie machte die Augen zu, schürzte erwartungsvoll die Lippen.

Er gab ihr einen Kuß und richtete sich auf, schob sein Nachthemd hoch und machte sich daran, das Gebirge zu erklettern.

Mona öffnete ihre Schenkel und streckte ihm die Hände entgegen.

Im Wohnzimmer klingelte das Telefon.

»Oh, Elias«, murmelte sie.

»Augenblick«, sagte er, kletterte aus dem Bett und ging nach nebenan zu dem Apparat.

Er nahm den Hörer ab. Das Baby war von dem Klingeln aufgewacht. Er hielt sich ein Ohr zu, um das Gegreine des Kleinen nicht zu hören, das andere Ohr drückte er an den Hörer.

»Daoud? Chinese hier.«

»Guten Abend.«

»Ich bin am French Hill. Hab' einen Auftrag für dich, ein Verhör.«

»Ja«, sagte Daoud und strich sein Nachthemd glatt; er war plötzlich hellwach. »Worum geht's?«

»Du kennst doch diese Bekennertypen, die in hellen Scharen aus ihren Löchern gekrochen kommen, seit wir das Ding mit dem Schlächter abgehakt haben? Jetzt ist uns endlich einer zugelaufen, der einen ganz brauchbaren Eindruck macht – für den Fall Grauer Mann. Ein alter Klempner in grauen Arbeitsklamotten, kam vor ein paar Stunden in Kishe anmarschiert, hatte ein Messer bei sich und jammert uns die Ohren voll, er wäre es gewesen. Die Kollegen waren drauf und dran, ihm einen Tritt in den Arsch zu geben, weil sie ihn für einen Simulanten hielten. Aber irgend jemand war doch clever und stellte fest, daß sein Messer mit der Beschreibung des Pathologen übereinstimmte. Wir haben es sofort nach Abu Kabir expediert – die Klinge paßt haargenau in die Gipsabdrücke von den Wunden. Der Typ ist Araber, und darum haben wir gedacht: du bist der richtige Mann, um die Sache in die Hand zu nehmen. Okay?«

»Okay.«

»Wann kannst du hier sein?«

Das Baby hatte sich beruhigt und war wieder eingeschlafen.

Daoud hörte ein Geräusch aus dem Schlafzimmer und drehte sich um. Er sah Mona in der Tür stehen, mit ihrem voluminösen Leib füllte sie beinahe den Türrahmen aus. Ein Anflug von Wehmut war in ihrem Gesicht, wie bei einem Kind, das um Bonbons bettelt, aber eigentlich nicht erwartet, welche zu bekommen.

Daoud kalkulierte.

Mona hielt beide Hände vor ihren Hängebauch. Ihr Nachthemd schob sich in Falten, und ihre Ohrringe funkelten im hellen Licht der Kerze.

»In neunzig Minuten, vielleicht auch etwas eher«, sagte Daoud. Dann legte er auf und zog sich das Nachthemd über den Kopf.

73 Als Disco das Beste, was Tel Aviv zu bieten hatte: eine Dekoration aus riesigen tropischen Motiven, die Farnpflanzen aus purer Seide und die Palmen aus Papiermaché, die Wände mit grünem und schwarzem Samt verhängt und unter der Decke ein Regenbogen aus Aluminium. Stroboskopische Scheinwerfer erzeugten Lichtgewitter, und die High-Tech-Anlage aus Deutschland produzierte einen Sound, bei dem es einem die Schuhe ausziehen konnte.

Dazu die besten Drinks. Russischer Wodka, irischer Whisky, amerikanischer Bourbon, französische Weine. Für Cocktails gab es frisch gepreßte Orangen- und Grapefruitsäfte. Und dann das Essen: gegrillte Lammrippchen an der Bar. Überbackene Auberginen, Steakfleisch an Bambusspießchen, *Shwarmas*, Garnelen, Hühnchensalat auf chinesische Art.

Amerikanische Rockmusik mit schwerem Beat und aggressiven Gitarren.

Die attraktivsten Mädchen, die alle voll auf die Musik abfuhren, tanzten ekstatisch und voller Hingabe. Es waren Hunderte und jede einzelne eine perfekte Puppe, wie von einem lüsternen Frankenstein in einer Sexmaschine erschaffen, die heute abend auf Hochtouren lief. Feste Brüste und blendend weiße Zähne, wirbelnde Haare und in den Gesichtern ein strahlendes Lächeln, das unter dem Gewitter der Stroboskopblitze in allen Farben leuchtete.

Die Mädchen tanzten und wirbelten und bogen sich in den Hüften wie beim Sex.

Avi hockte allein an einem Ecktisch neben der Bar und rauchte. Er fragte sich, ob es nicht doch verkehrt war, hierher zu kommen.

An der Bar saß eine schlanke Brünette, die ihm schon seit fünf Minuten schöne Augen machte. Sie schlug ihre Silberlamébeine übereinander und wieder auseinander, nuckelte an ihrem Strohhalm und ließ einen Pumps von ihren Zehenspitzen baumeln.

Sie hatte einen aufreizenden Blick, der ihn nervös machte.

Er ignorierte sie und steckte sich eine Garnele in den Mund, ohne ihren Geschmack wahrzunehmen.

Ein Mann ging auf sie zu und forderte sie zum Tanz auf. Die beiden gingen gemeinsam.

Zwanzig Dollar nur für das Gedeck, Drinks und Essen gingen extra. Er hatte geglaubt, in dieser Umgebung auf andere

Gedanken zu kommen, aber inzwischen war er skeptisch geworden.

Der Discolärm und die Drinks und das Gelächter der Leute machten alles nur noch schlimmer, betonten den krassen Unterschied zwischen einem schönen, gelungenen Fest und der Geschichte, die ihm passiert war. Als hätte irgendein Idiot sie hübsch eingerahmt und an die Wand gehängt, damit es alle sehen konnten.

Es war einfach verrückt, aber er wurde dies Gefühl nicht mehr los. Es war wie ein Brandmal, jeder konnte ihm die Geschichte ansehen. Er kam sich vor, als wüßten die Leute bis in alle Einzelheiten, was der perverse Kerl ihm angetan hatte.

Dieser Blick. Gefesselt und geknebelt hatte er unter ihm gelegen und ihm in die Augen gesehen, in das Gesicht mit dem bösartigen Grinsen.

Ich rette dich, mein Süßer. Dafür kannst du mir dankbar sein ...

Ein anderes Mädchen setzte sich an die Bar. Rotblond, groß und hübsch, eigentlich nicht sein Typ. Aber ganz nett. Sie redete mit dem Barkeeper und steckte sich eine Zigarette an, während er ihr in einem Kognakschwenker ein limonellengrünes, schaumiges Getränk zubereitete; eine Ananasscheibe steckte er an den Rand des Glases.

Sie rauchte, trommelte mit den Fingern auf dem Thekenholz, bewegte sich zum Rhythmus der Musik und schaute in die Runde. Ihr Blick fiel auf Avi. Sie musterte ihn von oben bis unten. Lächelte und rauchte und klimperte mit ihren Augenwimpern.

Hübsche Wimpern hatte sie und ein hübsches Lächeln. Aber er war noch längst nicht so weit.

Wußte auch nicht, wann sich das jemals wieder einstellen würde.

Steck die dämliche Geschichte in einen Rahmen und häng das Ganze an die Wand, damit es jeder sehen konnte.

Alle wußten sie Bescheid und sahen ihm an, daß er etwas

zu verbergen hatte. Auch wenn sein Geheimnis wie ein Felsbrocken in der Brust lastete.

Gestern nacht war er aufgewacht, halb erstickt unter dem Druck der Erinnerung. Ein Felsbrocken, kalt und klamm und unbarmherzig. Er kämpfte gegen die Bilder in seinen Träumen, konnte kaum atmen ...

Mein Süßer.

Die Rotblonde drehte sich auf ihrem Stuhl, damit er sie von vorn betrachten konnte. Ließ ihn einen Blick auf ihre üppige Figur werfen, eine Kurvenschönheit. Sie trug ein kurzes rotes Brokatjäckchen über schwarzem Leopard. Knapp geschnitten. Kräftige Brüste, in deren Tiefen man versinken konnte. Langes, glänzendes Haar, und sie spielte damit, ihrer Wirkung bewußt. Vielleicht war es ihre Naturfarbe – er war ihr nicht nahe genug, um das mit Bestimmtheit sagen zu können.

Sehr hübsch.

Stroboskopblitze in grünlichen Farben gaben ihr etwas Reptilienhaftes. Für Sekunden nur, doch Avi wandte sich unwillkürlich zur Seite. Als er wieder hinsah, war sie in warme Farben getaucht, so hübsch wie zuvor.

Er zog an seiner Zigarette.

Sie zog an ihrer Zigarette.

In der Rolle des Liebhabers war er kaum zu schlagen.

Alle hatten sie ein freundliches Wort für ihn gehabt – Sharavi, der Araber, selbst der alte Shmeltzer.

Mitbekommen hatten sie nur, daß er die ganze Zeit im Tiefschlaf gelegen hatte, narkotisiert mit einer Dosis Heroin.

Konnten ja nicht wissen, daß dieser Irre ihn aus seiner Betäubung in den Wachzustand geholt hatte, wußten nicht, was dieser widerliche Kerl mit ihm getrieben hatte.

Was er ihm angetan hatte.

Zur Frau hatte er ihn gemacht. Mein kleiner Süßer hatte er zum ihm gesagt und auf deutsch geflucht, als er an ihm herumgespielt hatte mit seinem dreckigen ...

Der unerträgliche Schmerz, diese Schande. Als der widerliche Kerl endlich von ihm abließ und ging, hatte er sich die Hände blutig gerieben, um sich von seinen Fesseln zu befreien, und sich in aller Eile angezogen, bevor sie entdecken konnten, was wirklich passiert war.

Am nächsten Tag war er bis nach Haifa gefahren und hatte oben an der Carmel einen Arzt aufgetrieben. Trat unter falschem Namen auf und erzählte eine lahme Geschichte von seinen blutenden Hämorriden, was ihm der Arzt nicht einmal höflichkeitshalber abnahm. Aber da er Barzahlung im voraus anbot, erübrigten sich peinliche Fragen. Salben, Tinkturen, und gestern dann das Ergebnis der Blutprobe.

Alles in bester Ordnung, Mr. Siegel.

In bester Ordnung.

Die Sache blieb sein Geheimnis. Als er am Tag danach durch die Flure des Präsidiums gegangen war, hatte er sich wie ein Held gefühlt.

Wenn die Leute hier von der Geschichte erfahren würden, war sein berufliches Image für immer und ewig ruiniert.

Verzweifelt versuchte er, die Erinnerung an die Geschehnisse aus seinem Gedächtnis zu löschen, aber sie verfolgten ihn – in seinen Träumen, seinen Tagträumen und in Momenten der Untätigkeit, dominierten seine Gedanken und Empfindungen.

Dreck.

Am liebsten hätte er sich das Gehirn aus dem Schädel gerissen und in ein Säurebad getaucht.

Die Rotblonde war aufgestanden und schlenderte auf ihn zu.

Beugte sich vornüber und ließ ihn für einen winzigen Augenblick eine Andeutung ihrer Nippel sehen, um gleich darauf den Träger wieder hochzuziehen.

Wirklich sehenswert, was sie zu bieten hatte.

Sie stellte sich vor ihm in Positur und lächelte, tippte mit einem Fuß auf, machte ein paar tänzerische Gesten, und ihre Brüste wiegten sich dabei im Rhythmus der Musik.

Er spürte eine Regung in seinen Jeans, ein warmes, rieselndes Gefühl. Aber nur vage und wie aus großer Entfernung, als hätte es nichts mit ihm zu tun.

Er sagte kein Wort, verzog keine Miene.

Sie wirkte etwas irritiert. »Hey. Willst du tanzen?«

Avi blickte zu ihr hoch, versuchte sich auf sie zu konzentrieren.

»Hey«, sagte das Mädchen und setzte noch einmal ihr Lächeln auf, schien aber leicht gekränkt. »Ich habe nicht gewußt, daß es eine Entscheidung auf Leben und Tod ist.«

Sie drehte sich um und wollte gehen.

Avi stand auf, hielt sie fest.

»Nicht ganz«, sagte er, wirbelte sie um die eigene Achse und lächelte selbst. Sein magisches Lächeln, wie es das Mädchen aus Südafrika genannt hatte. Das Lächeln, bei dem sie alle schwach wurden.

Und es blieb wie angeklebt in seinem Gesicht haften, als er sie auf die Tanzfläche führte.

74 Am vierten Tag kam Daniel nach Hause und schlief bis in den Abend. Als er aufwachte, war Shoshi in seinem Zimmer; sie saß auf einem Stuhl am Fenster. Schweigsam und mit großen runden Augen. Sie zupfte an der Haut über ihren Fingernägeln.

Gedankenverloren ...

Daniel mußte an Ben David denken, der ihn gestern besucht hatte. Mit welcher Unruhe er auf ihn gewartet hatte. Ein relativ fremder Mann, der ihm etwas über sein eigenes Kind zu sagen hatte.

»Wir wollen die Dinge nicht beschönigen – gesund ist das Mädchen nicht. Die Geschichte hat sie arg mitgenommen, sie steht noch immer unter dem Schock. Wahrscheinlich wird sie schlecht schlafen können und Alpträume haben, rechnen Sie mit Appetitlosigkeit, auch mit Angstgefühlen und einer übergroßen Anhänglichkeit. Das ist normal; es braucht seine Zeit, bis sie über den Berg ist.«

»Wird sie Rauschgiftprobleme haben?«

»Ausgeschlossen. Da haben Sie nichts zu befürchten. Das Heroin hat sich im Grunde eher als ein Segen für sie erwiesen. In dem Betäubungszustand sind ihr wenigstens die bestialischen Einzelheiten erspart geblieben. So kann sie sich nur noch darin erinnern, daß er sie plötzlich gepackt und niedergedrückt hat, um ihr die Spritze zu verpassen; dann ist sie erst wieder im Krankenwagen zu sich gekommen.«

Als er den Psychologen über ihre Entführung reden hörte, hätte er sich am liebsten in ein Erdloch verkrochen. Ließ sich aber nichts anmerken und meinte auch, seine Gefühle leidlich im Griff zu haben. Aber Ben David hatte einen kritischen Blick, ihm war so leicht nichts vorzumachen.

»Was ist denn, Eli?«

»Also, was sie am schlimmsten bedrückt, ist der Gedanke an Sie – daß Sie nie wieder gesund würden, meint sie, alles sei nur ihre Schuld gewesen, und Sie würden ihr nie mehr verzeihen.«

»Es gibt nichts zu verzeihen, Eli.«

»Natürlich nicht. Das habe ich ihr auch gesagt. Aber es wäre gut, wenn sie das aus Ihrem Munde zu hören bekäme.«

»Liebes?«

»Ja, *Abba*?«

»Komm mal her, setzt dich zu mir aufs Bett.«

»Aber ich will dir doch nicht weh tun.«

»Ach was. Ich bin ein zäher Bursche. Nun komm schon.«

Sie stand von ihrem Stuhl auf, setzte sich auf die Bettkante neben seiner rechten Schulter.

»Wie geht's denn unserem Hund, Shosh?«

»Gut. Zuerst hat er immer nur gewinselt, die ganze Nacht durch, bis es hell wurde. Ich hab' ihn mit zu mir ins Bett genommen. Aber gestern nacht hat er gut geschlafen. Und heute morgen hat er alles aufgefressen, was ich ihm gegeben habe.«

»Und was ist mit dir – wie schläfst du denn?«

»Prima.«

»Hast keine bösen Träume?«

»Nein.«

»Und was hast du zum Frühstück gegessen?«

»Nichts.«

»Warum nicht?«

»Ich hatte keinen Hunger.«

»Machst du eine Schlankheitskur?«

Ein winziges Lächeln huschte über ihre Lippen, und sie hielt sich hastig den Mund zu. Als sie ihre kleine Hand sinken ließ, war das Lächeln erloschen.

»Nein.«

»Was ist es dann, *Yom Kippur*? Habe ich denn so lange geschlafen, daß ich mein ganzes Zeitgefühl verloren habe?«

»Ach, *Abba*.«

»Also mit *Yom Kippur* hat es nichts zu tun. Aber warte mal – dann kann es nur ein Junge sein. Du willst schlank werden wegen eines Jungen.«

»*Abba*!«

»Laß die Jungen doch denken, was sie wollen, und mach dir nichts aus dem Gerede der anderen Leute. Du bist schön, so wie du bist. Ein wundervolles Mädchen.« Er führte ihre Hand an seine Lippen, ließ sie seine unrasierte Wange berühren. Spürte ein Gefühl von Wärme auf der Haut, das tief aus seinem Innern kam. Ein Glücksgefühl.

»Glatt oder kratzend?« Ihr altes Spiel.

»Kratzend. *Abba* –«

»Wundervolles Mädchen«, sagte er noch einmal. Und nach einer kleinen Pause: »Wenn wir einmal davon absehen, wie du mit deinen kleinen Brüdern umgehst.«

Wieder ein winziges Lächeln, aber diesmal ein wenig traurig. Sie wickelte sich ein paar Haarsträhnen um ihre Finger und betastete die silbernen Flügel an ihrer Schmetterlingsbrosche.

»Hast du deine Schularbeiten gemacht?«

»Wir haben heute nichts aufgehabt. In zwei Tagen sind doch Ferien. Die Lehrer lassen uns nur noch Spiele machen. Aber weißt du, die benehmen sich ja auch wie die wilden Tiere.«

»Deine Lehrer benehmen sich wie die wilden Tiere?«

»Mikey und Benny natürlich!«

»Ach so. Was für Tiere meinst du denn?«

Sie machte sich steif, zog ihre Hand weg. »*Abba*, das finde ich jetzt gemein von dir, du behandelst mich wie ein kleines Kind und redest immer nur um den heißen Brei.«

»Was ist das für ein heißer Brei?«

»Daß ich so dumm war und mit einem Fremden mitgegangen bin – du und *Eema*, hundertmal habt ihr mir gesagt, ich soll nicht mit fremden Leuten mitgehen, und dann habe ich es trotzdem getan. Ich dachte, es wäre ein Rabbi –«

»Du hast dir Sorgen gemacht wegen Dayan –«

»Es war so dumm von mir! Idiotisch bin ich gewesen! Und meinetwegen bist du jetzt verletzt, schwer verletzt – an deiner Schulter und an deiner Hand. Es war alles nur meine Schuld!«

Sie zupfte und zerrte an ihren Haaren, verzog ihr kleines Gesicht zu lauter Falten. Daniel schob sie an seine Brust, hielt ihr den Kopf fest und spürte ihren zerbrechlichen Körper, der sich unter einer Welle von Schluchzern verkrampfte.

»Wir wollen nichts beschönigen, Shosh, du hast wirklich einen großen Fehler gemacht. Aber Fehler können auch etwas Gutes bewirken – schließlich war es deinetwegen, daß ein sehr böser Mann gefaßt worden ist und nun keinem Menschen mehr etwas zuleide zu tun kann. Das alles geschieht nach Gottes Plan.«

Schweigen. »Du hast ihn doch bestimmt getötet, *Abba*, oder?«

»Ja.«

Sie setzte sich aufrecht und sah lange durchs Fenster nach draußen. Daniel folgte ihrem Blick, schaute über die Kuppeln und Türme der Altstadt. Die Sonne stand tief am Horizont, und über der Wüste Juda lagen rosarote Schatten. Rosafarben mit weichen Blautönen. Momente, die er gern festgehalten hätte, wie nur ein Künstler es vermochte ...

»Ich bin froh, daß du ihn getötet hast. Aber trotzdem ist es dumm von mir gewesen, und jetzt ist deine ganze Hand kaputt.«

»Kaputt ist sie nicht, sie ist verletzt. Ich werde mich erholen und wieder richtig gesund werden.«

»Nein!« Shoshi schüttelte heftig ihren Kopf. »Im Krankenhaus – ich habe doch gehört, was der Arzt im Krankenhaus gesagt hat. Er meinte, deine Hand wäre kaputt – du könntest von Glück sagen, wenn du überhaupt noch mal was damit anfangen kannst.«

Sie fing wieder an zu weinen. Daniel drückte sie fest an sich, und auch ihm liefen Tränen übers Gesicht.

Er hielt sie in seinem Arm, preßte sie an seine Brust, als wenn er so ihren Schmerz in sich aufnehmen könnte. Wartete geduldig, bis sie sich etwas beruhigt hatte. Dann nahm er ihr Kinn in seine Hand und schaute lange in ihre großen, feuchten Augen. Strich ihr das Haar glatt, küßte ihre tränennassen Wangen und vergaß darüber seine eigenen Schmerzen.

»Ich bin nicht kaputt, Shosheleh. Ich bin sogar sehr gut beieinander. Bitte, glaub mir das. Dein *Abba* wird dich doch nicht belügen, oder?«

Ein Kopfschütteln.

»Dann glaub mir bitte, Liebes. Es geht mir gut, wirklich. Es könnte mir kaum besser gehen. Glaubst du mir?«

Ein Kopfnicken.

Er wiegte sie in seinen Armen, und Erinnerungen kamen in ihm hoch, Bilder aus früheren Tagen – das Baby, dem man die Windeln wechseln mußte; die Breimahlzeiten, mit dem Löffel verabreicht; ihre ersten unbeholfenen Schritte auf wackligen Beinchen, die unvermeidlichen Stürze auf den kleinen Po. Und dann der Gedanke an das elterliche Privileg, die eigenen Kinder aufwachsen zu sehen.

Im Zimmer begann es langsam zu dämmern. »*Motek*«, sagte Daniel, »hol mir meinen *Siddur*. Es ist Zeit für das *Ma'ariv*.«

Als sie ging, um ihm sein Gebetbuch zu holen, sprach er ein stummes *Modeh Ani* – Gott sei Dank, dem Allmächtigen, der seine Seele abermals hatte wiedererstehen lassen. Ein Morgengebet, wenn auch um zwölf Stunden zu spät.

Doch er fühlte sich wie an einem neuen Morgen.

Psycho-Thriller der Spitzenklasse

JONATHAN KELLERMAN

Jonathan Kellermann, Psychologe, begann Mitte der achtziger Jahre Spannungsromane zu schreiben, die ihn auf Anhieb zum Bestsellerautor machten.

SHARON
Die Frau, die zweimal starb
12278-DM 14,90

STADT IN FLAMMEN
12355-DM 14,90

DAS PHANTOM VON JERUSALEM
11910-DM 14,90

Psycho-Thriller der Spitzenklasse

GRAHAM JOYCE

Graham Joyce, mehrfach mit Literaturpreisen ausgezeichneter britischer Autor, versteht es meisterhaft, in den Schlupfwinkeln des Alltags das Unheimliche aufzuspüren.

HAUS DER VERLORENEN TRÄUME
13615-DM 12,90

REQUIEM
13724-DM 12,90

TRAUMLAND
13824-DM 12,90

Band 12831

Jonathan Kellerman

Narben

»Psychologische Raffinesse, intelligent verpackt in einer atemberaubenden Story«

Ein Alptraum sucht die 25jährige Lucy Lowell immer wieder heim, ohne das die Gründe für die schreckliche Vision offenbar werden. Es sind die Bilder eines Verbrechens, das mit dem Leben der Träumerin zu tun haben muß: Ein Kind nachts in einem Wald. Es sieht drei Männer, die etwas vergraben - einen Körper.

Dr. Alex Delaware führt die junge Frau unter Hypnose zurück an jenen Ort und in jene Stunde, als vor ihren Augen Grauenvolles geschah. Er ahnt nicht, in welche Gefahr er seine Patientin damit bringt, denn eine kaltblütiger Killer ist darauf aus, die letzte Zeugin eines furchtbaren Verbrechens zu beseitigen.